DAS BANNER DER JAGUARE, DAS DIE KAVALKADE
DES JÜNGLINGS AUF DEM SCHIMMEL MIT SICH FÜHRTE

HOLZSCHNITT VON TAPARICA QUADERNA,
NACH DER FOTOGRAFIE VON EUCLYDES VILLAR

ARIANO SUASSUNA
DER STEIN DES REICHES

ODER
DIE GESCHICHTE DES FÜRSTEN
VOM BLUT DES GEH-UND-KEHR-ZURÜCK

HERALDISCHER VOLKSROMAN AUS BRASILIEN

AUS DEM BRASILIANISCHEN ÜBERSETZT
UND MIT EINEM NACHWORT VERSEHEN
VON GEORG RUDOLF LIND
HOLZSCHNITTE VON ZÉLIA SUASSUNA

HOBBIT PRESSE / KLETT-COTTA

HOLZSCHNITT VON TAPARICA, NACH DER ZEICHNUNG DES PATERS ANGEFERTIGT UND DIE STEINE DES REICHES DARSTELLEND. AUF DER RECHTEN SEITE ERBLICKT MAN MIT SZEPTER UND UMHANG MEINEN URGROSSVATER DOM JOHANN FERREIRA-QUADERNA, DEN ABSCHEULICHEN, UND AUF DER LINKEN SEITE MEINE URGROSSMUTTER, DIE PRINZESSIN ISABEL, DIE EBEN ENTHAUPTET WIRD. UNTERHALB DES STEINS DAS NEUGEBORENE, DAS SIE IN DEN ZUCKUNGEN DES TODES GEBAR, MEINEN SPÄTEREN GROSSVATER, DOM PEDRO ALEXANDRE.

EUCLYDES VILLARS FOTOGRAFIE
VON DEN BEIDEN STEINEN DES REICHES

DER HÖLLISCHE REITER,
DER LINO PEDRA-VERDE ERSCHIEN

ERSTER BAND

DIE ORIGINALAUSGABE ERSCHIEN UNTER
DEM TITEL „A PEDRA DO REINO"
IN DER LIVRARIA JOSÉ OLYMPIO EDITORA S.A.,
RIO DE JANEIRO
© 1971 ARIANO SUASSUNA

ÜBER ALLE RECHTE DER DEUTSCHEN AUSGABE
VERFÜGT DIE VERLAGSGEMEINSCHAFT
ERNST KLETT – J.G. COTTA'SCHE BUCHHANDLUNG
NACHFOLGER GMBH, STUTTGART

FOTOMECHANISCHE WIEDERGABE NUR MIT
GENEHMIGUNG DES VERLAGES
PRINTED IN GERMANY 1979
GESAMTHERSTELLUNG: WILHELM RÖCK, WEINSBERG

ISBN 3-12-907520-8

BILDNIS DOM ALFONS VI., DAS SICH IN DER SAKRISTEI BEFAND. TAPARICA HAT SCHNURR- UND SPITZBART HINZUGEFÜGT, UM DES KÖNIGS MÄNNLICHKEIT ZU UNTERSTREICHEN. MAN ERKENNT DEUTLICH DIE BEIDEN VORHANGQUASTEN, DIE MICH DAZU BEWOGEN, IN DIESER GESTALT EINEN KARO-KÖNIG ZU SEHEN.

ASTROLOGISCHE STANDARTE VON
DOM PEDRO DINIS QUADERNA, DEM ENTZIFFERER

HISTORIA DE CARLOS MAGNO E OS DOZE PARES DE FRANÇA

GESCHICHTE VON KARL DEM GROSSEN UND DEN ZWÖLF PALADINEN VON FRANKREICH, FLUGSCHRIFT VON JOÃO MELQUÍADES, DEM SÄNGER VON BORBOREMA. TAPARICAS HOLZSCHNITT WURDE NACH DEM GESICHT VON KARL DEM GROSSEN ANGEFERTIGT, WIE ES IN DER „GESCHICHTE DER ZIVILISATION" VON DR. MANOEL DE OLIVEIRA LIMA ABGEBILDET IST.

TAPUIA-FELSZEICHNUNG, DIE SICH AUF
DEN STEINEN VON PEDROS QUELLGROTTE BEFAND

WAPPENSCHILD DES FÜRSTENTUMS BRASILIEN,
DER ZU SEITEN DES KÖNIGS HING

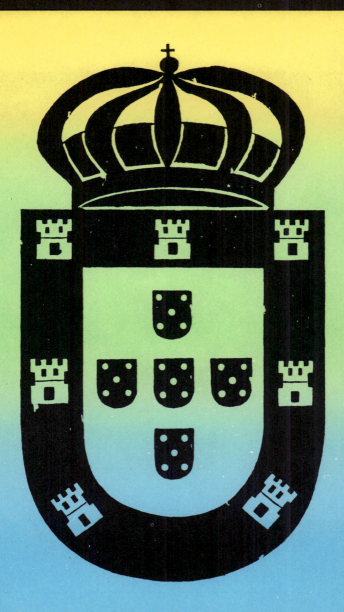

DAS PORTUGIESISCHE SCHILDER-WAPPEN,

DAS BANNER DES HEILIGEN GEISTES VOM SERTÃO,
DAS DER MÖNCH MIT SICH FÜHRTE

DAS BANNER DES SPERBERS

Dem Andenken von

JOÃO SUASSUNA

José de Alencar,
Jesuíno Brilhante,
Sylvio Romero,
Antônio Conselheiro,
Euclydes da Cunha,
Leandro Gomes de Barros,
João Duarte Dantas,
Homero Torres Villar,
José Pereira Lima,
Alfredo Dantas Villar,
José Lins do Rego und
Manuel Dantas Villar,
den Heiligen, Dichtern, Märtyrern,
Propheten und Kriegern
meiner mythischen Sertão-Welt,
dargeboten,
gewidmet
und geweiht
von
Ariano Suassuna

LEITSPRÜCHE

»Bewahrt mir dieses Schwert, Pater, denn eines Tages werde ich mich seiner gegen die Mauren bedienen und das Reich nach Afrika hineintragen!«

Dom Sebastian I. – oder Dom Sebastian der Ersehnte, König von Portugal, Brasilien und dem Sertão, 1578.

»Wer wüßte nicht, daß der würdige Fürst, Herr Dom Pedro III., rechtmäßig von Gott gewährte Macht besitzt, um Brasilien zu regieren? Aus den Wellen des Meeres wird König Sebastian mit seinem ganzen Heer aufsteigen. Mit der Schneide seines Schwertes zieht er alle von dieser papierenen Republik ab, und das Blut wird bis zu den Knöcheln reichen.«

Dom Antônio Conselheiro, Prophet und Regent des Imperiums vom Schönen Berge von Canudos, Sertão von Bahía, 1897.

»Soldaten des ganzen kaiserlichen Heeres! Gedenkt der Scheiterhaufen von Sertão Bonito! Hört mein Wort: Wer Brasilien verteidigt, der stirbt nicht. Mit diesem Banner werden wir unsere Feinde auf dem Felde der Ehre zerschlagen und in der größten aller Schlachten rufen: Es lebe die Unabhängigkeit Brasiliens!«

Dom Pedro II., Kaiser von Brasilien und König von Portugal, 1882.

»Fortan bildet das Stadtgebiet von Princesa in seinen gegenwärtigen Grenzen einen Freistaat, der die Bezeichnung Freistaat von Princesa erhalten wird. Bürger des kriegerischen Princesa! Feiern wir mit Kraft und Leidenschaft die unerhörte Schönheit dieses Kampfes und die unvergleichliche Tapferkeit des Hinterlandes!«

Dom José Pereira – der Dom José I., der Unbezwingliche, Guerrilla-König von Princesa, Sertão von Paraíba, 1930.

»Seid versichert, daß die Republik in Kürze zu Ende geht.
Sie ist ein dorniges Prinzip. Wenn die Monarchie einzieht,
wird man neue Bataillone bilden, denn weil die Bataillone
aus Schuften bestehen, ist es so weit mit uns gekommen.
Der Fürst ist der wahre Herr von Brasilien. Wer Republikaner ist, soll in die Vereinigten Staaten übersiedeln!«

Aus einem Brief im Patronengurt von E. P. Almeida,
Freischärler des Imperiums von Canudos, Sertão von
Bahía, 1897.

»König Sebastian ist sehr mißmutig und betrübt über sein
Volk, weil es ihn verfolgt, das Verzauberte Gefilde nicht
bewässert und die beiden Türme der Kathedrale seines
Reiches nicht mit dem nötigen Blut abwäscht, um ein für
allemal diesen grausamen Zauber aufzuheben.«

Dom Johann Ferreira-Quaderna – oder Dom Johann II.,
der Abscheuliche, König des Schönen Steins, Sertão
von Pajeú, Pernambuco-Paraíba, 1838.

DER STEIN DES REICHES
ODER
DIE GESCHICHTE DES FÜRSTEN VOM BLUT
DES GEH-UND-KEHR-ZURÜCK

Rätselhafter Roman voller Verbrechen und Bluttaten, worin
der geheimnisvolle Jüngling mit dem Schimmel auftritt!
Der Hinterhalt am Sertão-Felsen. Nachrichten über den
Stein des Reiches mit seiner rätselhaften Burg voll verborgener Bedeutungen! Erste Auskünfte über die drei Sertão-
Brüder Arésio, Silvestre und Sinésio! Wie ihr Vater von
grausamen und unbekannten Mördern erschlagen wurde,
welche den alten König enthaupteten und den jüngsten
der drei Prinzen entführten und in einem Kerker begruben,
wo er zwei Jahre lang leiden mußte! Jagdausflüge und heldi-
sche Expeditionen in den Gebirgen des Hinterlandes! Ge-
spenstische, prophetische Erscheinungen! Verwicklungen,
phantastische Schauspiele, Kämpfe und Abenteuer in der
Catinga! Rätsel, Haß, Verleumdung, Liebe, Schlachten,
Sinnlichkeit und Tod!

> Heil dir, Feuermuse aus der
> Wüste der Sertão-Region!
> In der Sonne meines Blutes
> Schmiede meinen Strahlenthron!
> Sing die Felsen-Zaubermale,
> Die versunkne Kathedrale,
> Meiner Heimat Burgbastion!
>
> Edle Damen, edle Herren,
> Hört ein Lied besondrer Art
> Von des strahlenden Sinésio
> Abenteuerlicher Fahrt!
> Wie sein Zepter und Gebot
> Auch dem Banner gold und rot
> Meines Traums gefährlich ward!

ERSTES BUCH
DER STEIN DES REICHES

ERSTE FLUGSCHRIFT
KLEINER AKADEMISCHER GESANG
NACH ART EINER EINFÜHRUNG

Von hier, aus dem oberen Stockwerk, durch das vergitterte Fenster des Gefängnisses, in dem ich gefangen sitze, sehe ich die Umgebung unserer unbezwinglichen Kleinstadt im Sertão. Die Sonne zittert im Blick und blinkt auf den vor mir liegenden Steinen. Von der wilden, dornigen, steinigen Erde, die von der lodernden Sonne geschlagen wird, scheint ein Gluthauch aufzusteigen, der das Keuchen von Generationen und Abergenerationen von Buschräubern, rauhen Gottesknechten und Jahr um Jahr zwischen diesen wilden Steinen ermordeten Propheten sein kann, aber auch das Atemschöpfen des seltsamen Raubtiers Erde – des grauen Jaguars, auf dessen Rücken die lausige Rasse der Menschen haust. Es kann freilich auch der feurige Hauch des anderen Raubtiers, der Gottheit, sein, des gefleckten Jaguars, der Herr ist über den grauen und seit Jahrtausenden unsere Rasse aufstachelt und in die Höhe treibt, auf das Reich zu und auf die Sonne.

━━━

Von hier oben jedoch erblicke ich das dreifache Antlitz des Sertão: Paradies, Fegefeuer und Hölle. Gen Westen, fern und bläulich durch die Entfernung, das Pico-Gebirge mit dem gewaltigen, riesigen Stein, der ihm den Namen gibt. In der Nähe, im trockenen Flußbett des Taperoá, dessen Sand voll zerstükkelter Kristalle ist, die in der Sonne funkeln, stehen große Kaschu-Bäume mit ihren roten und goldfarbenen Früchten. Auf der anderen Seite, gen Osten, zur Straße von Campina Grande und Estaca-Zero hin, sehe ich einzelne wilde Teilstücke des sandigen, von trockenen Quittenbäumen und Feigenkakteen bedeckten Hochlands. Gen Norden hin schließlich erblicke ich Steine, Felsplatten und Hügel, die unsere Kleinstadt umgeben und ihrerseits von dornigen Geiernesselbäumen und

Brennesseln umschlossen werden; sie wirken wie gewaltige graue, giftige, schwarz und rostgefleckte, schlafend in der Sonne ausgestreckte Eidechsen, bei denen Kobras, Sperber und andere mit der Grausamkeit des Weltenjaguars verbundene Raubtiere Zuflucht suchen.

Da erscheint mir nun, vielleicht auf Grund meiner besonderen Lage – eingesperrt im Gefängnis –, der Sertão unter der funkelnden Sonne des Mittags ganz wie ein riesenhaftes Gefängnis; wir alle sind in ihm zwischen Mauern aus Felsengebirgen, unbezwinglichen Grenzmauern, eingekerkert und unter Anklage gestellt und warten auf die Entscheidungen der Justiz, während sich jeden Augenblick der gefleckte Jaguar der Gottheit auf uns stürzen kann, um uns das Blut auszusaugen, uns zu salben und durch Vernichtung zu heilen.

▬

Es ist eben Mittag in unserer kleinen Stadt Taperoá. Wir schreiben den 9. Oktober 1938. Es herrscht Trockenzeit, und hier im Inneren des Gefängnisses, in das ich eingesperrt bin, ist die Hitze seit zehn Uhr morgens unerträglich geworden. Ich habe daher den Unteroffizier Luís Riscão gebeten, er möge mich aus der unten gelegenen Gemeinschaftszelle heraus und hier nach oben kommen lassen, um den Holzboden des oberen Stockwerks zu fegen, wo bis zum Ende vergangenen Jahres die Stadtverwaltung untergebracht war. Unteroffizier Luís Riscão ist ein Sohn jenes gleichnamigen Mannes, der hier im Gefängnis im Jahre 1912 während des sogenannten »Zwölfer-Krieges« starb, und zwar bei einer Schießerei der Polizei mit den Sertão-Truppen, die unter dem Oberbefehl meines Onkels und Paten, Dom Pedro Sebastião Garcia-Barretto, unser Städtchen angriffen, einnahmen und plünderten. Der Unteroffizier hat mithin allen Grund zur Böswilligkeit gegen mich. Da ich aber zu einer »angesehenen Familie« gehöre und ihm kleine Trinkgelder gebe, mäßigt er dieses Übelwollen dann und wann. Heute zum Beispiel gestand er mir, als ich ihn darum bat, das begehrte Privileg des Fege-Häftlings zu. Er schloß die Tür mit dem verrosteten Gitter auf, brachte mich hierher, ließ mich hier allein und eingeschlossen fegen und ging selber fort, um in der Hängematte seines Hauses, das im Hinterhof des Gefängnisses liegt, ein Nickerchen zu machen. Ich nutzte daher den Umstand, daß ich mit der Aufgabe rasch fertig geworden war, streckte mich nachdenklich auf dem Bretterboden neben der Wand aus und suchte nach einer passenden Art und Weise, dieses mein Memorandum derart zu beginnen, daß ich mit der Erzählung meines Mißgeschicks so kräftig wie möglich die großmütigen und mitleidigen Herzen zu rühren vermöchte, die mir jetzt zuhören. Ich dachte bei mir: Wie die »Erinnerungen eines Sergeanten« ist dies ein »Roman«, der von »einem Brasilianer« geschrieben wurde. Ich kann ihn also mit der Behauptung anfangen: Es war – und ist – »zur Zeit des Königs«. In der Tat erfüllt sich in der Zeit zwischen 1935 und diesem unserem Jahr 1938 das sogenannte »Jahrhundert des Königreiches«, und ich bin, meiner Gefangenschaft zum Trotz, der KÖNIG, von dem hier die Rede ist.

Später gelangte ich jedoch zu dem Schluß, daß ich nicht nur in der Zeitangabe, sondern auch im Hinblick auf die Örtlichkeit Klarheit walten lassen muß, wo sich die Ereignisse abspielten, die mich ins Gefängnis brachten. Da mir selber nicht viel einfällt, verfiel ich darauf, auf einen meiner Lehrmeister und Vorgänger zurückzugreifen, auf den genialen brasilianischen Schriftsteller Nuno Marques Pereira. Wie jedermann weiß, führt sein im Jahr 1728 veröffentlichter »Roman« den Titel »Kurzgefaßte erzählerische Darstellung eines Reisenden von Lateinamerika«. Nun wohl, mein eigenes Buch ist in gewisser Hinsicht eine »Erzählerische Darstellung eines Sertão-Reisenden«. Deshalb übertrage ich die Anfangsworte von Nuno Marques Pereira auf unseren Fall und spreche folgendermaßen von dem Ort, an dem sich unser sonderbares Abenteuer zutrug: »Etwa zwölf Grad unterhalb der Äquatorlinie, da, wo das Land des Nordostens ins Meer übergeht, doch ungefähr fünfzig Meilen landeinwärts im Sertão von Cariris Velhos in Nord-Paraíba, auf einer steinigen, dornigen Hochebene, wo sich Ziegenböcke, Esel und Sperber tummeln, und dies ohne andere Richtschnur als die steinigen Hügelketten, die von Melonenkakteen und Wachskerzenkakteen bedeckt sind; hier in dieser schönen, muschelförmigen Bucht ohne Wasser, doch voll von Fossilien und uralten versteinerten Skeletten erblickt man eine reiche, in feines Gold gefaßte Perle: die hochedle und allzeit getreue Stadt Ribeira do Taperoá, die der gleichnamige Fluß umspült.« Nun denn, ich, Dom Pedro Dinis Ferreira-Quaderna, bin der leibhaftige Dom Pedro IV. mit dem Beinamen »der Entzifferer«, König des Fünften Reiches und der Fünften Spielkarte, Prophet der katholischen Sertão-Kirche und Anwärter auf den Thron des brasilianischen Kaiserreiches. Andererseits ergibt sich aus meiner Geburtsurkunde, daß ich in der Stadt Taperoá auf die Welt gekommen bin. Deshalb konnte ich mit der Behauptung beginnen, daß wir uns in diesem Jahr 1938 noch in der »Zeit des Königs« befinden, und ankündigen, daß das edle Sertão-Städtchen, in dem ich geboren wurde, die Bühne für das schreckliche Abenteuer abgibt, das ich zu erzählen habe.

———

Zwecks größere Genauigkeit muß ich noch erläutern. daß mein »Roman« außerdem ein Mermorandum ist, das ich an die brasilianische Nation richte, und zwar zur Verteidigung und als Berufungsunterlage in dem schlimmen Prozeß, in den ich mich verwickelt sehe. Damit aber niemand meine, ich sei ein ordinärer Betrüger, muß ich schließlich klarstellen, daß ich, so unglücklich und zugrunde gerichtet ich jetzt auch sein mag, eingesperrt in das alte Gefängnis unseres Städtchens, nicht mehr und nicht weniger bin als ein Nachkomme – in männlicher und direkter Linie – von Dom João Ferreira-Quaderna, bekannter unter dem Namen Seine Majestät Dom Johann II., der Abscheuliche. Er war ein Mann aus dem Sertão und vor einem Jahrhundert König des Schönen Steins im Sertão von Pajeú an der Grenze zwischen Paraíba und Pernambuco. Das bedeutet, daß ich nicht von jenen überfremdeten und nachgemachten Königen und Kaisern aus dem Hause Braganza abstamme, die mit unangebrachter Ausdauer in Varnhagens »Allgemeiner Geschichte Brasilien« erwähnt werden, sondern, von den legitimen, wahrhaftigen brasilianischen Königen, den braunen, aus der Verbindung von Negern und Mulatten herstammenden Königen vom Stein des Reiches im Sertão, die von 1835 bis 1838 einmal für allemal die geheiligte Krone Brasiliens trugen und sie auf diese Weise ihren Nachfahren kraft Erbschaft des Blutes und göttlicher Bestimmung vermachten.

———

Hier ins Gefängnis gesperrt, lasse ich jetzt an meinem Geist alles Erlebte vorüberziehen, und mein ganzes Leben erscheint mir als ein Traum voll gleichermaßen grotesker und glorioser Begebenheiten. Ich bin ein großer Liebhaber des Kartenspiels. Vielleicht deshalb erscheint mir die Welt als ein Tisch und das Leben als ein Spiel, wo sich edelblütige Goldkönige und braune Kreuzdamen miteinander paaren, wo Asse, Kreuztrümpfe und Joker vorüberziehen, regiert von den unbekannten Regeln des alten, vergessenen Canasta-Spiels. Deshalb auch wende ich mich aus der Tiefe des Kerkers, in dem ich in unserem Jahr 1938 hinter Schloß und Riegel sitze – hungrig, abgerissen, schmutzig und mit meinen 41 Jahren durch Entbehrungen vorzeitig gealtert –, an alle Brasilianer ohne Ausnahme; insbesondere aber auf dem Wege des Obersten Landesgerichts an Justizbeamte und Soldaten – an die gesamte ruhmreiche Kaste, welche die Macht besitzt, andere zu richten und festzusetzen. Zugleich wende ich mich an die brasilianischen Schriftsteller, hauptsächlich an die Gerichtschreiber-Dichter und akademischen Edelleute, wie ich und Pêro Vaz de Caminha welche sind, und tue dies ausdrücklich unter Anrufung der Brasilianischen Akademie, dieses Obersten Gerichts der Geisteswissenschaften.

Jawohl: In dem sonderbaren, gleichermaßen politischen und literarischen Prozeß, in den ich mich auf Beschluß der Justiz verwickelt sehe, ist dies ein Gesuch um Milde, eine Art von Generalbeichte und eine Berufung – ein Appell an das großmütige Herz von Ew. Hochwohlgeboren. Und vor allem richtet sich mein Gesuch, da die Frauen immer ein weicheres Herz haben als die Männer, an die weichen Brüste der Frauen und Töchter von Dero Hochwohlgeboren, darüber hinaus aber an die sanfte Hochwohlgeborenheit aller Frauen, die mich anhören.

Vernehmt drum, edle Herren und schöne Damen mit den weichen Brüsten, meine erschreckliche Geschichte von Liebe und Schuld, von Blut und Gerechtigkeit, von Sinnlichkeit und Gewalttat, von Rätsel, Tod und Tollheit, von Kämpfen auf Landstraßen und Gefechten in den Buschsteppen, eine Geschichte, welche die Summe von alledem ist, was ich erlebte, und meine Knochen schließlich hierher in das alte Gefängnis von Vila Real da Ribeira do Taperoá verschlug, im Sertão von Cariris Velhos, der Landeshauptmannschaft und Provinz Nordparaíba.

▌ ZWEITE FLUGSCHRIFT DER FALL DES SONDERBAREN REITERZUGS ▌

Drei Jahre ist es nun her, daß sich am Samstag vor Pfingsten, am 1. Juni 1935, auf der Straße, die uns mit dem Städtchen Esta-Zero verbindet, ein Reiterzug auf Taperoá zubewegte, der das Geschick vieler Honoratioren des Ortes verändern sollte, das Schicksal des bescheidenen Chronisten-Edelmanns, Rhapsoden-Akademikers und Dichter-Schreibers inbegriffen, der in diesem Augenblick zu Ihnen redet.

Es war vielliecht der absonderlichste Reiterzug, den jemals ein vom Weibe geborener Mensch im Sertão erblickt hat. Übrigens weiß ich nicht einmal, ob der Name »Reiterzug« auf etwas, das eher wie ein verworrener Haufen von Pferden, Käfigen,

Wagen, Zelten, Reitern und wilden Tieren wirkte, tatsächlich paßt. Es war ein echter »Maurenzug«, wie es später am Abend des gleichen Tages sehr zutreffend Dr. Samuel Wandernes formulierte. Intellektueller, Dichter und Anklagevertreter in unserem Bezirk. Denn in der Tat sind, wie er nicht müde wird zu versichern, »die Araber, Neger, Juden, Indiomestizen, Asiaten, Berber und andere maurische Völker der Welt immer halbe Zigeuner, halbe Diebe, streunende und verantwortungslose Roßtäuscher« gewesen; und die sonderbare Reitergruppe, die an jenem Tage die schrecklichste Unruhe über unser Städtchen brachte, hatte in ihrer Gesamtheit auf den ersten Blick etwas von fahrendem Volk an sich und wirkte wie ein wilder, staubbedeckter und »wenig vertraueneinflößender« Nomadenstamm.

Sie bestand aus ungefähr vierzig Reitern. Das Zaumzeug ihrer Pferde bedeckten Medaillen und Münzen, die in der Sonne des Sertão blinkten und die Funken ihres Metalls auf die schimmernden Kristalle der Einfassungsmauern zurückstrahlten. Die Sporen ließen wie feurige Sterne ihre Rosetten klirren, schlugen gegen die Steigbügel und funkelten auf den braunen Lederstiefeln unter den Lederjacken und den staubbedeckten Schäften der ebenfalls braunen, aber mit kräftigen Flicken verstärkten Reithosen; diese Flicken waren wie Knieschützer auf den Hosen und wie Schulterstücke auf den Wämsern angebracht. Auf den großen Lederhüten mit den breiten, gebogenen und hochgeklappten Krempen prangten gleichfalls blinkende Sterne und Münzen – drei auf den Krempen, unzählige auf der Vorderseite und am Kinnriemen. Überhaupt umgab den seltsamen Trupp von Raubtieren, Wagen und Reitern eine Atmosphäre von Pferdemarkt, von Hexerei und Verzauberung, von Zirkusgesellschaft, von Gespensterzug, von Raubritterei, von Handel mit Wurzeln, von Wahrsagerei und Sterndeutertum; und all das zusammen ließ alsdann an einen Stamm fahrender Sertão-Zigeuner denken.

Minder Eingeweihte mag es vielleicht verwundern, daß der geniale brasilianische Dichter und Akademiker-Schutzpatron Antônio Gonçalves Dias, obwohl er ein Jahrhundert vor dieser Szene lebte, schon vorausgesehen hat, daß sie sich zutragen würde. Es sind eben, wie Dr. Samuel Wandernes sagt, »die Dichter wahrhaftige Visionäre«, also Leute, welche die Zukunft voraussagen und Geister und Gespenster sehen, so wie Antônio Conselheiro im belagerten Steinimperium von Canudos die seinigen sah. So möge niemand daran Anstoß nehmen, daß Gonçalves Dias so viele Jahre vorher als ein erleuchteter Visionär, der er war, die Ankunft dieser Reitertruppe in Taperoá voraus*sah* und den sonderbaren Zug, der gegen Mittag des Pfingstsamstags über die Felder des Sertão von Cariri irrte, wie folgt beschrieb:

> Irrende Zigeuner sah man,
> Höchst verschmitzt, schlau und gerieben;
> Diesen Pferdehändlern stand die
> Frechheit ins Gesicht geschrieben:
> Furcht ergriff den, der mit ansah,
> Wie sie ihr Geschäft betrieben.

> Pferdediebe kamen, Männer,
> Wurzelkundig, heilerfahren,
> Tief gebräunt von glühender Sonne,
> Unsre wilden Kriegerscharen,
> Die im Kartenschlagen kundig
> Und verwegne Reiter waren.

> Und es ritt der irrende Knappe
> Eingekreist von Pferdedieben,
> Trug die Farben der Herzdame
> Auf den Wappenschild geschrieben;
> Liebe hegt' er zur Verträumten,
> Hell und heiter war sein Lieben!

Dies Papier ist außerstande,
Einzufangen, was wir sah'n.
Wunderliche Tiere zogen –
Diebsgut alle – ihre Bahn.
Hoch auf weißem Rosse sah'n wir
Unsern *Strahlenden* sich nah'n.

———

Wenn es indessen wirklich fahrende Zigeuner waren, so mußte es ein Stamm sein, der außer der fürstlichen Gewandung, den Medaillen auf dem Zaumzeug und seinem räuberhaften Aussehen noch einige Besonderheiten besaß.

Zunächst einmal tragen die üblichen Sertão-Zigeuner keine Lederkleidung. Sie tragen fast immer Khakihemden und -hosen, große Hüte aus grauem Tuch und Stiefel mit hohen Schäften. Diese nun trugen, wie schon gesagt, enganliegende Hosen, Brustschutz und Wams, alles aus Leder. Auf den aus hartem braunem Bocksleder verfertigten Wämsern jedoch bemerkte man außer den Schutzflicken an Schultern und Knien mit Metallzwecken befestigte Bänder und Embleme. Die Zwecken häuften sich an einigen Stellen massiv oder folgten reihenweise den Nahtlinien und Säumen, dergestalt daß die Lederrüstungen diese Sertão-Reiter dem Maurenkrieger ähnlich machten, den der geniale pernambucanische Dichter Severino Montenegro in einem berühmten Sonett beschrieben hat: in eine schwarze und scharlachrote Rüstung gehüllt, die aus Stahlplatten zusammengefügt und mit Metallen und Wappen eingelegt war, sah er aus wie der harte, stachlige und violett- oder scharlachfarbene Kalkpanzer eines riesenhaften, auf einem Felsen haftenden Schalentiers. Hier jedoch bestanden die Rüstungen nur aus braunschwarzem Leder, auf dem die Metallzwecken befestigt waren; und an Stelle der fremdländisch wirkenden »Felsen« aus Montenegros Sonett bildeten den Hintergrund des Gemäldes die gewaltigen Steinplatten des Sertão, die dann und wann zu Seiten der Straße emporragten, aufgeputzt mit violetten oder gelben vielzipfeligen Bromelien und dem Blutrot der Spitzen von Melonenkakteen.

———

Die zweite Besonderheit bestand darin, daß drei Männer an der Spitze der Reiterschar zogen, nach Art der »Morgenreiter«, die unsere Turnierumzüge anführen.

Der erste und vorderste saß zu Pferde und trug ein Banner in der Hand, das der Volkssänger Lino Pedra-Verde, von mir und Dr. Pedro Gouveia entsprechend instruiert, in einem Flugblatt, das er über das Ereignis verfaßte, wie folgt beschreiben sollte:

> In zwei Felder aufgeteilt
> – eines rechts und eines links –,
> Zeigte es drei Jaguare,
> Rot auf goldnem Felde rechts,
> Silber-Gegenhermeline
> Auf dem schwarzen Grund verstreut.

Mein unehelicher Halbbruder Taparica Pajeú-Quaderna ist Holzschnitzer und »Schneider« aller Holzschnitte, mit denen ich die Titelblätter der von mir in der »Gazette von Taperoá« gedruckten Flugblätter illustriere. Ich bat ihn, er möge eine Nachbildung dieses Banners anfertigen, und füge den Holzschnitt, der sich daraus ergab, den Dokumenten dieser Berufungsschrift bei, denn er ist ein wichtiges Beweisstück in dem Prozeß, der mich hierher in das Gefängnis von Taperoá verschlagen hat.

Hinter dem ersten Morgenreiter jedoch schritt ein zweiter Mann und trug einen wuchtigen Holzschaft mit einer kleineren Querstange, und auf diesem Querarm des Kreuzes saßen Sperber und Falken, deren Fänge mit Ringen an das Holz gefesselt waren.

Hinter ihm ritt ein dritter Mann, der sonderbarste von allen, wie ich glaube. Es war eine Art von Mönchs-Buschritter. Oder, um mich mehr dem Stil meines Lehrmeisters Dr. Samuel Wan-

dernes anzupassen, eine Art von Mönchs-Ritter – die einzigen
Ausdrücke, die vielleicht imstande sind, eine Vorstellung von
dieser Persönlichkeit zu geben; er hieß Bruder Simão und sollte
späterhin in unserem Städtchen zum Mittelpunkt großer Auseinandersetzungen werden. Dies übrigens meiner Ansicht nach
aus Ignoranz und Böswilligkeit: denn hier im Sertão ist nichts
weniger überraschend als ein Buschklepper-Pater vom Typ des
Paters Aristides Ferreira, der 1926 von der »Kolonne Prestes«
in Piancó enthauptet wurde, oder jener Bischöfe und Mönche,
die, nach Ansicht des genialen pernambucanischen Akademi-
kers Dr. Manuel de Oliveira Lima, im Mittelalter eiserne Rüstungen unter den Chorhemden und Pluviales trugen und sich
»an die Spitze bewaffneter Heerhaufen« stellten.

Indessen trat der Mönchs-Buschritter jenes Tages weder im
Chorhemd noch mit einer eisernen Rüstung auf. Er trug eine
weiße Kutte mit einem riesigen, in roter Seide gestickten blutigen, flammenden Herzen Jesu auf der Brust. Unter der aufge-
schürzten Kutte – der Bruder reiste spreizbeinig im Sattel – sah
man lederne Reithosen, Sporen und Schaftstiefel, wie sie die
übrigen Reiter trugen, woran man erkennen konnte, daß Bruder Simão unter dem Habit auch Brustschutz und Wams trug,
wenn auch keinen Lederhut. Zum Ausgleich für diesen Mangel
hing über seiner Kutte ein derber Sertão-Gurt aus Rindsleder,
der mit Patronen vollgestopft war; auf dem Rücken trug er einen querhängenden Stutzen, der mit einem über die Brust laufenden Lederriemen am Körper befestigt war. Der Bruder
führte überdies am Schaft einer Lanze aus Quittenbaum-Holz,
auf den Sattelknauf gestützt, ein Banner mit sich; es war eher
hoch als breit, rote und goldene Muster verzierten das tiefrote
Feld. An den Ecken, einen Kreuzbalken bildend, befanden sich
vier Zeichen, die auf gelbem Tuch gestickt zu sein schienen und
wie Brenneisen zum Brandmarken von Ochsen aussahen, aber
in Wahrheit »Flammen symbolisierten«, wie uns Dr. Pedro
Gouveia später erläutern sollte. Zwischen diesen vier Zeichen,
mehr oder minder in der Mitte des roten Feldes, stand eine

sechzehnstrahlige Sonne mit einer leeren ringförmigen Mitte, die eine fliegende Taube umgab. Unterhalb der Sonne eine Königskrone und über ihr Sphäre und Kreuz; alle diese Zeichen »aus Gold auf einem roten Felde«. Und da dieses Banner ein wichtiger Punkt in meinem Prozeß ist, so folgt auch hier seine Abbildung, der Holzschnitt, den Taparica in die Rinde des Mombinpflaumenbaumes schnitt.

———

Hinter den beiden Bannerträgern, dem Laien und dem Mönch, fuhr in einem Käfig und auf einem Wagen, der von zwei sauber geschorenen, gestriegelten und auf Sertão-Zigeunerart gestutzten Eseln gezogen wurde, ein Jaguar, ein prächtiges, schwarzgeflecktes und goldfarbiges Tier; hier und da ging seine rote Sprenkelung in Goldblond über; die Tönung wechselte und glühte bei Sonnenschein auf.

Darauf folgten in ähnlichen Käfigen: ein Puma von der Art, die man im Sertão »Suçuarana« nennt; ein Pfauenpärchen, dessen Männchen sein mit Juwelen und Edelsteinen besetztes Rad in der Sonne schlug; ein schwarzer Jaguar, wie er sich aus der Paarung von schwarzem Jaguar und Puma ergibt, von der Gattung, deren Nacken oberhalb des Rückgrats Grautöne aufweist und unter deren schwarzem, samtigem Fell man halb schwarze, halb rote, immer aber leuchtende Flecken erblickt: sie heißen auch Graurücken-Jaguare, so wie der schwarze Tigerjaguar auch Schwarzrücken-Jaguar genannt wird. Und da im Sertão keine Tiger leben, diese ausländischen Tiere und verfälschten Jaguare, so geschah es gewiß in hellseherischer Voraussicht, daß ein erleuchteter Visionär, der erhabene brasilianische Barde Joaquim de Souza-Andrade die berühmten Verse schrieb, in denen es heißt:

Im Sertão, seht her, wie im Sertão
Zitternd sich die lichten Flecken wiegen,
Wie der Tiger blitzschnell nach dem Reh jagt!

———

Damit nun Ew. Hochwohlgeboren sich nicht verwundern, daß ich in Jaguaren und Bannern so bewandert bin, erkläre ich erstens, daß ich Mitglied unseres geliebten, traditionellen »Genealogischen und Historischen Instituts im Sertão von Cariri« bin, das von Dr. Pedro Gouveia gegründet worden ist und worin man vor der Aufnahme einen vollständigen Kursus in Bannern, Wappen und anderen heraldischen Dingen besuchen muß. Was die Jaguare angeht, darf ich guten Gewissens sagen, daß ich zusammen mit einem solchen aufwuchs, nämlich auf dem Gut »Gefleckter Jaguar«, das meinem Onkel und Paten, Dom Pedro Sebastião Garcia-Barretto, gehörte. Auf dem »Gefleckter Jaguar« gab es, vermutlich als Anspielung auf den Namen der Besitzung, einen zahmen Jaguar, der frei im Innenhof und auf dem Gartenbeet vor dem Hause umherlief. Zweitens aber kann hier im Sertão, wer nicht auf die Jaguare achtgibt, sehr wohl am Ende von ihnen aufgefressen werden. Und daher stammen alle die sehr lehrreichen Sertão-Geschichten und Sprichwörter über Jaguare. Zum Beispiel das Sprichwort, das besagt: »Wenn einer den Hammel spielt und nicht den Mann, kommt der Jaguar von hinten und frißt ihn.« Oder dieses andere: »Wenn der Jaguar erst tot ist, hat jeder den Mut, ihm den Finger in den Arsch zu stecken.« Es gibt da auch noch die Geschichte von meinem Freund Eusebio Monteiro, der hier auf der Straße als Eusebio »Monturo«, als »Dreckschleuder«, bekannt ist. Er sagte einmal zu mir:

»Ich höre die Leute hier alle Augenblicke sagen: ›Ich bin vielleicht erschrocken, habe einen Satz gemacht, habe losgebrüllt.‹ . . . Schlappes Pack von Schwachmatikussen. Quaderna, an dem Tage, an dem ich einen Satz mache und losbrülle, können Sie ruhig weglaufen: Dann hat mir der Jaguar schon die Hälfte vom Fruchtfleisch meiner Hinterbacken abgefressen!«

Schließlich und endlich, ob es nun für mich eine Frage des Überlebens wäre oder nicht, ich müßte auf alle Fälle in Jaguaren bewandert sein, weil ich außer Dr. Samuel Wandernes noch einen anderen Literatur-Lehrmeister gehabt habe, nämlich seinen größten Rivalen, den Baccalaureus Clemens Hará de Ravasco Anvérsio, Rechtsanwalt, Philosoph und Schulmeister unseres Städtchens. Und seine literarische Bewegung, der »Neger-Tapuia-Jaguarismus Brasiliens«, verlangt unter anderem, daß wir »der Wirklichkeit und den Jaguaren des Sertão treu ergeben« sind.

Doch, wie schon gesagt, folgte auf die Jaguare beim Vorbeizug der »maurischen Reiterschar« ein Pärchen von Königssperbern; das sind die Adler des Sertão. Es erschien auch ein graues Reh mit seinem Männchen, einem prächtigen Spießer mit Gabelgehörn. Es folgte ein Kasten voller Kobras, Pseudoboas, Korallenschlangen und Klapperschlangen. Daran schlossen sich drei oder vier entzückende weiße Reiher an, so daß sich im Zuge die Federtiere und die Raubtiere abwechselten.

Hinter den Wagen mit den Tieren schritten zwei Männer, der eine mit einem Falkensperber – der andere mit einem roten Sperber. Beide Vögel waren mit kleinen Metallspangen an die Handgelenke ihrer Träger gekettet und trugen Masken und Schutzhauben aus Leder auf dem Schnabel und den Krallen.

Ein weiterer Morgenreiter zu Pferde beschloß den ersten Teil des Zuges und eröffnete gleichzeitig den zweiten, die Hauptgruppe der Reiter, die sich weiter hinten in zwei Reihen teilte; jede von beiden ritt auf ihrer Straßenseite. Zwischen den Wagen und den beiden Zigeuner-Reihen, in dem freien Raum, der von ihnen mit Zeichen einer fast religiösen Ehrfurcht ausgespart blieb, kamen zwei Reiter einhergeritten.

Das Pferd des ersten Reiters war ein Rappe, und wäre das nicht der Fall gewesen, so hätte man es nach Größe und Wert mit den Reittieren der übrigen verwechseln können: Braunen, Füchsen, Schecken, Schimmeln oder Isabellen. Der Reiter war ein Mann, der rüstig auf die Fünfzig zuging, »elegant, wenngleich etwas altmodisch gekleidet«, wie später der junge Gustavo Moraes, der älteste Sohn des Zuckerfabrik- und Bergwerkbesitzers Dom Antônio Noronha de Brito Moraes, bei der eingeleiteten Untersuchung zu Protokoll gab. Es war derselbe Dr. Pedro Gouveia de Câmara Pereira Monteiro, der, indem er unser »Genealogisches Institut« gründete und seine Adelsbriefe verteilte, einen so tiefgreifenden Einfluß auf unser aller Leben und das sonderbare Abenteuer ausübte, das Sinésio der Strahlende bei dem verworrenen Streit um das Reich zu bestehen hatte: den Hauptgrund für meine Inhaftierung.

Dr. Pedro Gouveia trug ein schwarzes Jackett mit schwarzseidenem Kragensaum, eine rote Rose im Knopfloch, eine graue Weste mit Taschenuhr an langer goldener Kette, eng anliegende, schwarz und grau gestreifte Hosen, schwarzgraue, seitlich zugeknöpfte Halbstiefel und weiße Gamaschen. Mit der einen Hand hielt er sein Pferd am Zügel. Mit der anderen umklammerte er ein Zwischending zwischen Aktenmappe und Reisetasche. Wie wir später entdecken sollten, befanden sich in dieser Tasche alle Papiere und Dokumente, die im Endeffekt so viel Verwirrung, so viele Todesfälle und so viel Unglück verursachen sollten. Um den Hals trug der Doktor an weißgelbem Band – »in den Papstfarben«, wie er selbst uns erklärte – eine Art von Orden, »ein Kreuz ähnlich dem Christusritterkreuz, aber mit andersartigen Metallen«, denn es war goldgelb und rot. Am Ringfinger der linken Hand des Doktors steckte ein wappengeschmückter Ring, am Zeigefinger der rechten der Status-Edelstein eines Magisters der Jurisprudenz, ein riesiger, von kleinen Diamantsplittern umgebener Rubin.

Ich muß Ew. Hochwohlgeboren erklären, daß ich, obwohl ich ein echtes Akademiemitglied bin, in der Kindheit häufig Kontakt mit den Sertão-Sängern hatte und sogar unter Anleitung meines alten Vetters João Melquíades Ferreira da Silva ein wenig die Kunst des Volksgesangs ausgeübt habe. Später bin ich freilich unter dem Einfluß von Dr. Samuel und Professor Clemens dazu übergegangen, die Volkssänger zu verachten. Bis ich eines guten Tages den Artikel eines arrivierten akademischen Schriftstellers, des Paraíbaners Carlos Dias Fernandes, las, worin er die Volkssänger lobend »Troubadoure mit dem Lederhut« nannte und sagte, »der epische Geist unseres Volkes« gehe in den ungehobelten Gesängen dieser »Sertão-Barden« um. Daraufhin fühlte ich mich autorisiert, meiner alten geheimen Neigung, meiner alten geheimen Bewunderung wieder die Zügel schießen zu lassen. Ich legte die akademische Blödigkeit ab, zu der ich mich genötigt gesehen hatte, dergestalt daß ich jetzt, um Doktor Pedro Gouveia besser zu beschreiben, auf die Verse des genialen Volkssängers Hierônimo de Junqueiro zurückgreifen kann und muß:

> Mager war er wie ein Stecken
> Und benahm sich wie ein Fant;
> Um den Hals ein Kreuz geschlungen,
> Kette, Saum und Seidenband.
> Sattelzeug und Zaum und Bügel
> Waren schwarz wie sein Gewand
> Und sein Hut von gleicher Schwärze,
> Sonnenlicht in seiner Hand;
> Auf den Stiefeln Schutzgamaschen
> Trug er wie ein Herr von Stand,
> Über graugestreifter Weste
> Sich die Uhrenkette wand.
> Seinem Stand gemäß ein Ring
> Zierte seine rechte Hand,
> An der linken Hand dagegen
> Sich ein Wappenring befand.
> Einer war jedoch geliehen,
> Wie es Brauch in unserm Land.

———

Was den zweiten Reiter anbelangt, so ist es, um ihn heraufzubeschwören, womöglich noch unumgänglicher, daß ich bei den Musen anderer brasilianischer Dichter und bei meiner eigenen Beistand suche, bei jenem mannweiblichen Sertão-Sperber, dem ich meine erleuchtete, poetisch-prophetische Vision verdanke. In der Tat umgab ihn eine übernatürliche Atmosphäre, eine Art von »Aura«, die nur das Feuer der Dichtung selber beschreiben kann und die selbst nach seiner Ankunft noch um sein Haupt her wahrgenommen werden konnte, zumindest »von jenen, die Augen haben, um zu sehen«.

Er war ungefähr fünfundzwanzig Jahre alt. Es war nicht einfach ein junger Mann: es war ein Jüngling. Mehr noch: es war ein Knappe. Und es gibt Leute hier im Ort, die noch heute steif und fest behaupten, daß er damals wirklich einem Schildknappen gleichgesehen habe. Wie dem auch sei, die erste Frage jedenfalls, die uns in seiner Gegenwart in den Sinn kam, glich derjenigen, die ich so oft in der »Nationalen Anthologie« von Carlos de Laet gelesen habe: »Herr Knappe, wo ist der König?«

Es war deutlich, daß er der Mittelpunkt, die Ursache und die Ehre des Reiterzugs war, weil man ihm das größte, schönste und beste der Reittiere zuerkannt hatte, einen ausnehmend großen und edlen Schimmel mit rosigen Nüstern, goldgelbem Schweif und ebensolcher Mähne, ein Pferd, das, wie wir später erfuhren, den legendären Namen »Tremedal« trug. Er ritt auf ihm, wie Dr. Samuel später bemerkte, »mit dem gleichzeitig bescheidenen und hoheitsvollen Gebaren eines jungen Fürsten nach der Krönung, der eben deshalb von seiner Königsherrlichkeit durchdrungen ist«. Groß, schlank, mit bräunlicher Haut und braunem Haar, hielt er sich mit Eleganz im Sattel, und seine großen, ebenfalls braunen und etwas melancholischen Augen verbreiteten über sein ganzes Gesicht eine gewisse träumerische Anmut, die seine Gesichtszüge und seinen Charakter bis zu einem gewissen Grad milderte: einen bisweilen ungestümen, energischen, fast harten und einigermaßen rätselhaften Charakter, wie wir später feststellen konnten, vor allem nach den entsetzlichen Begebenheiten bei Arésios Tode.

Da man anscheinend übereingekommen war, daß niemand in der Schar alltäglich gekleidet sein sollte, trug der Jüngling auf dem Schimmel ein noch kunstvoller gearbeitetes Wams als die anderen Reiter. Es ähnelte den »Ehren- und Prunkwämsern«, die bei Reiterparaden und beim Ochsentreiben üblich sind. Es bestand aus drei verschiedenen Lederarten – Bocks-, Kalbs- und Hirschleder –, und in ihm verbanden sich auf mannigfache Art die Farben Gelb, Braun, Rot und Schwarz. Er trug die gleichen Knie- und Schulterschützer wie die anderen. Die seinigen jedoch waren schwarz und mit Streifen aus rotem Leder an das braune Leder der Joppe und der »Armschützer« angenäht, dergestalt daß sein Wams stärker als das jedes anderen der Rüstung eines Sertão-Ritters glich: die Lederstücke glänzten goldgelb, purpurn, rot und schwarz – um diese heraldische Szene der wappengeschmückten Sertão-Reiter mit heraldischen Metallen wiederzugeben. Der Schildknappe selber wirkte mit seiner überwiegend gelben und roten Lederkleidung (ganz Gold, Blut und Herz) wie ein auf einem Schimmel reitender Herzbube, der von einem Sertão-Trupp von Kreuz- und Pik-Buben eskortiert wird.

Am auffälligsten jedoch war, daß ein roter Mantel, mit einer Silberspange am Hals befestigt, auf den Rücken des Knappen herabwallte, so daß er die Kruppe des Rosses »Tremedal« bedeckte, ein Mantel, auf welchem ein großer Wappenschild mit den Tieren des Banners eingestickt war: – drei rote Jaguare auf goldenem Feld und dreizehn silberne Gegenhermeline auf schwarzem Grund. Hier gab es jedoch etwas Neues: über dem Wappen schwebte eine Figur nach Art einer Helmzier, eine schöne Dame mit aufgelöstem Haar, gekleidet in einen schwarzen, mit silbernen Gegenhermelinen übersäten Mantel, welcher ihre Hände bedeckte. Es war die junge, verträumte, grünäugige Dame mit dem glatten, feinen, langen und hellbraunen Haar, die für den Jüngling auf dem Schimmel »die große Liebe seines Lebens« werden sollte.

Vermerken Ew. Hochwohlgeboren, daß schon Gonçalves Dias auf sie Bezug nahm, denn er schrieb, wie ich schon sagte: »Von seiner Herz-Dame führt er im Schild die Farben: Liebe trug er zur Träumenden, und hell war seine Liebe.«

An dem Tage nun, da er sein Abenteuer begann, hatte der Jüngling auf dem Schimmel noch nicht das versonnene, in sich versunkene, träumende Mädchen mit dem braunen Haar und den grünbraunen Augen kennengelernt, welches die große Liebe seines Lebens werden sollte. Wie erklärt sich also, daß er schon ihr Bildnis auf dem Wappenschild eingraviert trug? Ich antworte schlicht: All dies sind »verschlüsselte, rätselhafte Dinge«, wie Dr. Samuel zu sagen pflegt, Dinge, die nur ein Dichter-Schreiber, Akademiker, Ex-Priesterseminarzögling und Sertão-Astrologe wie ich entziffern kann. Gehen wir weiter, denn binnen kurzem werden Ew. Hochwohlgeboren alles in seinem wahren Sinn verstehen.

In der Tat, edle Herren und schöne Damen mit den weichen Brüsten, der Wappenschild, den ich soeben beschrieben habe, war das Familienwappen des Schildknappen, wie Dr. Pedro Gouveia später erläutern sollte. Aber es kann immerhin als »epischer, sterngewollter und schicksalhafter Zufall« gelten, daß die Wappengestalt dieses Schildes eben »eine Dame mit aufgelöstem Haar und bedeckten Händen« war: denn das Mädchen Heliana, die zur großen Liebe und zum Geheimnis seines Lebens wurde, verbrachte ihr Leben mit bedeckten Händen, und man hat keine Nachricht von einem Manne, dem sie bewußt verstattet hätte, sie zu enthüllen – ihn natürlich ausgenommen.

Und um nun die Beschreibung der Schar von Ehrenmännern abzuschließen, welche unser Städtchen an jenem Samstag des Jahres 1935 in Aufruhr versetzen sollte, stütze ich mich auf den genialen Amador Santelmo, der von ihnen, in seinem wohlbekannten »Leben, Abenteuer und Tod von Lampião und Maria Bonita«, folgendermaßen geredet hat:

> Sagt man doch, ein finstrer Schatten,
> Auf der Stirn zwei Hörner spitz,
> Hielt sich an des Knappen Seite
> Während seines ganzen Ritts.

Von dem Kerker an, worin der
Jüngling Todesqualen litt,
Hielt der hornbewehrte Schatten
Stets und ständig mit ihm Schritt.
Wie das Klageweib die Toten
Auf dem letzten Gang geleitet,
Hat der Fürst der Höllengeister
Diesen Jüngling treu begleitet.
War der Doktor grünes Leuchten
Einer Stadt im Todesfrieden,
Dunkles Irrlicht über Grüften
Derer, die da abgeschieden,
Glich der Knappe einer Fackel
Mit des Urlichts ewiger Glut,
Golden wie die Sonne, Drohung
Für die schwarze Höllenglut.
Glich der Doktor einem Talglicht,
Lästerlicher Magier Zeichen,
Trübem Licht aus Kandelabern
Über Tod und Teufels Reichen,
War der Knappe Glanz und Leuchte,
Die von Sonnenblut gespeist;
Seinen sterngeschmückten Leib man
Als der Menschheit Krone preist.

DRITTE FLUGSCHRIFT
DAS ABENTEUER DES HINTERHALTS
IM SERTÃO

Ew. Hochwohlgeboren können sich nicht die Mühe vorstellen,
die es mich kostete, alle Elemente zu dieser Szene zusammen-
zubringen; ich entnahm sie den Beglaubigungen, die ich von
meinen während der Untersuchung gemachten Aussagen anfertigen ließ, Aussagen in »heraldischer Prosa«, wie der große
Carlos Dias Fernandes sagte. Ich vermochte es, weil ich nicht

nur dem »Jaguarismus« von Professor Clemens angehöre, sondern auch der literarischen Bewegung von Dr. Samuel Wandernes, dem »Iberischen Wappen-Tapirismus des Nordostens«. Dank letzterem unterließ ich in den bisher getätigten Beschreibungen jeden Hinweis auf den kleinen Wuchs und die Magerkeit der Sertão-Pferde, die den Reitern als Transportmittel dienten, sowie auf die Armut und den auffälligen und abstoßenden Schmutz der Truppe. In der literarischen Bewegung Samuels gelten diese Regeln: Jagdleopard bedeutet »Jaguar«, Elen heißt »Tapir«, und jedes klapperdürre Mischblutpferdchen Brasiliens wird bei ihm gleich zu einem »schlanken, vollblütigen, nervigen und behenden Abkommen der edlen andalusischen und arabischen Rassen, die in der Iberischen Halbinsel gekreuzt und von den adligen Konquistadoren Spaniens und Portugals mitgebracht wurden, als sie den epischen Kreuzzug der Eroberung Amerikas ins Werk setzten«. Da ich mein ganzes Leben lang Schüler dieser beiden Männer gewesen bin, so kann man auf den ersten Blick erkennen, daß mein Stil eine glückliche Verbindung des »Jaguarismus« von Clemens mit dem »Tapirismus« Samuels ist. Deshalb ging ich, als ich von der Ankunft des Knappen erzählte, jaguarhaft von der »fuchsschlauen, trüben Wirklichkeit des Sertão« aus, von seinen häßlichen, plebejischen Tieren, wie Geier, Kröte und Eidechse, und von seinen verhungerten, schmutzigen, abgerissenen und zahnlosen Dürre-Flüchtlingen. Doch mit einem tapirhaften stilistischen Kunstgriff habe ich, zumindest bei dieser ersten Straßenszene, nur das heraufbeschworen, was sich von der ärmlichen Jaguar-Wirklichkeit des Sertão mit den Metallen und den Tapir-Wappenschilden der Heraldik vereinbaren ließ. Absichtlich sprach ich nur von den Bannern, die tatsächlich im Sertão bei Prozessionen und Reiterzügen im Gebrauch sind; von den Ehrenwämsern, welche die Lederrüstung der Sertão-Bewohner darstellen; von der Kobra-Korallenschlange; vom Jagdleoparden; von den Sperbern; von den Pfauen und den im Wams zu Pferd sitzenden Männern, nicht gewöhnlichen Sertão-Bewohnern, sondern Reitern, die den Ansprüchen einer bannerreichen Rittergeschichte wie der meinigen Genüge leisten.

Indessen hängt von diesem Bericht mein Schicksal ab, und niemand ist so fanatisch, daß er die Literatur gegen das Gefängnis ausspielen würde. Ich muß genau bleiben, und so muß ich unglücklicherweise im gleichen Augenblick, in dem sich alles zu ordnen begann, alles von neuem in Unordnung bringen. Denn als der Reiterzug an jenem Tage in die Nähe des legendären Flüßchens Cosme Pinto geriet, geriet er selber durch einen schmutzigen, jaguarhaften Zwischenfall in Unordnung; dieser hatte einige fuchsgemeine Risse im vordersten Banner zur Folge, bedeckte Männer und Pferde mit Schweiß und Staub und führte sogar zum Blutvergießen, wenngleich letzteres noch als tapirhaft und heraldisch betrachtet werden kann, denn es fielen Schüsse, und in den Sonnenstrahlen blitzten Messer auf – was ja durchaus als heraldisch gelten kann.

———

Zur rechten Seite der Straße nach Taperoá liegt ein Felsplateau von mittlerer Größe; es ist hie und da von rötlichen Flechten gezeichnet und von der Straße abgetrennt durch ein Stück flachen Landes, das von den spärlichen Stämmen des Quittenbaums, des Purgiernußbaums, des Codiaeum-Strauchs, der Malve und der Kratzdistel bedeckt ist. Kurz bevor der Wagen mit dem Jaguar dieses Felsplateau erreichte, blieb er auf einem ansteigenden Hang stecken. Auf einen raschen Befehl des Zigeuners Praxedes hin – der, wie wir später erfuhren, nicht der wahre Kommandant, wohl aber sein Stellvertreter und eine Art Feldwebel der Truppe war – begannen einige der Fuhrknechte, welche die Esel antrieben, den Wagen zu schieben und dadurch den Marsch der geschlossenen Reitergruppe aufzuhalten. Dr. Pedro Gouveia, ungeduldig wegen der Verzögerung, gab seinem Pferd die Sporen und begab sich mit dem Jüngling in die Nähe von Bruder Simão an der Spitze des Zuges. Und während der Rest des Zuges wegen des Zwischenfalls hielt, rückte der vordere Teil voran, dergestalt daß er der erste war, der in einen Hinterhalt geriet; dessen Urheber lagen auf dem Felsplateau hinter Steinen, die auf der Höhe eine Mauer bildeten, versteckt.

Die Schießerei begann auf eine unübliche Weise. Auf dem Gipfel des Felsens erhob sich hinter einem Stein plötzlich ein junger, kraftstrotzender, in Khaki gekleideter Neger, Patronengurte über dem Leib und einen Lederhut auf dem Kopfe. Mit der rechten Hand eine Flinte hoch in die Luft schwingend, sang der Neger eine herausfordernde Strophe und lachte dazu mit seinen weißen, makellosen Zähnen, die in der Sonne schimmerten:

> Weißen Mannes weiße Tochter,
> Wie das Mondlicht hell und schön,
> Nackt will ich dich für mich nehmen,
> Aber nicht zum Altar gehn.
>
> Will dich nur in Fetzen reißen,
> Ludugero heiße ich.
> Schwarz bin ich und will für mich
> Weiße Mädel zum Verschleißen.

Als die Strophe zu Ende war, nutzte der Neger Ludugero – oder Ludugero Schwarze Kobra, wie er auch genannt wurde – den Augenblick der Verblüffung aus, den sein Auftreten verursacht hatte, stieß ein Eselsgeschrei aus, riß die Flinte ans Gesicht und schoß.

Man darf sagen, daß die Rettung des jungen Mannes auf dem Schimmel in diesem Augenblick nur dem Banner zu verdanken war, das der Morgenreiter der ersten Reihe führte. Seinethalben meinte man wohl, er sei »der wichtige junge Mann, dem ihr Auftrag galt«, und so richtete sich der erste Schuß gegen den Bannerträger; ihm galten auch die übrigen Schüsse, ein Kugelhagel, der hinter den Steinen mit trockenem Knall wider-

hallte wie eine in Brand gesteckte Bambuspflanzung; dabei
vernahm man Geschrei, Schimpfreden, Gewieher und Gelächter:

> Und es war ein Mordsspektakel,
> Ringsumher nur Schießerei'n!
> Kugeln pfiffen durch die Lüfte,
> Schlugen in der Nähe ein.
> Kugeln, die beim Aufschlag klangen
> Wie ein Brand im Bambushain.

Der Mann, der die Sperber trug, legte, als er den Schußwechsel
beginnen sah, das Kreuz mit den Vögeln auf dem Boden ab, lief
auf die andere Straßenseite, warf sich auf ihrer Böschung nieder und machte sich so klein wie möglich, um unbemerkt zu
bleiben. Aber der Bannerträger stürzte, den Leib von Kugeln
durchbohrt, in Todeszuckungen vom Pferde. Da er mit dem
Fuß im Steigbügel hängenblieb, schleifte ihn das erschreckte
Pferd in die Richtung von Taperoá, und das Banner bekam einen Riß und wurde schmutzig, während er auf dem harten Stra-
ßenboden Lederstücke und Blutlachen zurückließ, die alsbald
von der Sonne und vom Staub aufgetrunken wurden. Später erfuhren wir, daß er José Colatino hieß. Er stammte aus dem Sertão von Sabugi. Er hatte sein Haus verlassen, das am schroffen,
trockenen Fuß des felsigen Santa-Luzia-Gebirges lag, um sich
in die Truppe des Zigeuners Praxedes einzureihen, und mußte
nun auf diese Weise umkommen!

Dr. Pedro Gouveia, ein erfahrener Mann, überschlug in einem Augenblick, was wohl geschehen würde, wenn der junge
Mann auf dem Schimmel auch nur einige Sekunden länger dort
verweilte. Da sah er, daß Colatinos Pferd, nachdem es 200 oder
300 Meter weit gerannt war und den Leichnam mit sich ge-
schleppt hatte, an der linken Straßenseite stehenblieb und dort
aus Müdigkeit oder aus Phlegma regungslos verharrte. Das deutete darauf hin, daß es dort keine weiteren Buschbanditen gab.
Der Doktor schrie also dem jungen Mann zu: »Ducken Sie sich!«

Zugleich warf er die Aktentasche zu Boden, klammerte sich

an den Hals seines Pferdes, griff nach dem Zügel von »Tremedal«, gab seinem eigenen Pferd die Sporen, und so galoppierten
die beiden zu dem Ort, an dem Colatinos Pferd stehengeblieben war. Der riesenhafte Bruder Simão seinerseits verstand
alsbald die Absicht des Doktors und sah, daß er selbst nichts
Besseres tun konnte, als die Buschbanditen des Felsplateaus
mit Schüssen abzulenken. Er sprang deshalb vom Pferd,
brachte sich, als ein in Sertão-Scharmützeln erfahrener Mann,
hinter dem Tier in Sicherheit und machte den Pferdeleib zum
Schutzwall, während er das Tier, damit es sich nicht davon-
machte, gleichzeitig festhielt, die linke Hand am Zaum und die
rechte am Steigbügelriemen. Als er nun bemerkte, daß das
Pferd zwar bei jedem Kugelknall zusammenzuckte, aber nicht
so erschrocken war, daß es hätte durchgehen können, lockerte
er Zügel und Steigbügelriemen, nahm die Muskete vom Rükken und begann das pausenlose Gewehrfeuer zu erwidern, das
hinter den Steinen des Felsplateaus hervorschlug.

Geraume Zeit später sollte Lino Pedra-Verde die schon erwähnte »Romanze« schreiben, und ich erinnere mich gut, daß
an dieser Stelle der Geschichte ein halb aus der »Romanze vom
tapferen Vilela« abgeschriebener Sechzeiler vorkam, der also
lautete:

> Bruder Simão griff zur Flinte,
> Daß die ganze Welt erklang!
> Harte Finger wurden weich,
> Und der Dampf gen Himmel stank,
> Kugeln schlugen auf die Steine,
> Daß das Echo rückwärts sprang!

Wahr ist, daß der Mönch eigentlich eine Muskete trug. Aber da
diese nicht in die Metrik hineinpaßte, machte Lino Pedra-
Verde in seinem »Flugblatt« daraus eine Flinte. Und eben deshalb gebe ich, obwohl ich von der »glatten und grausamen
Wirklichkeit der Welt« ausgehe wie Clemens, auch Samuel
recht, wenn er sagt, man müsse der Wirklichkeit ein bißchen

nachhelfen, da sie andernfalls nicht recht in die metrischen Vorschriften der Dichtung hineinpassen würde.

———

Während Bruder Simão mit den Buschbanditen Schüsse wechselte, kamen der Doktor und der junge Mann ohne Schaden an den Platz ihrer Wahl. Zum Glück hatte Hauptmann Ludugero falsche Informationen über die Truppe erhalten; die verspätete Ankunft von Wagen und Reitern hatte ihn getäuscht. Seiner Überlegenheit sicher, hatte der Neger nicht dafür gesorgt, daß sich seine Männer auf beide Straßenseiten verteilten.

Der Doktor dachte zunächst daran, Colatinos Pferd einzuholen und den Ritt in Richtung Taperoá fortzusetzen. Dann aber fiel ihm ein, daß es gefährlich sein würde, mit einem Schlag die Verbindung zur Truppe des Zigeuners zu verlieren, die gar nicht weit entfernt war. Er befahl also dem jungen Mann, abzusteigen, saß selber ab, und beide streckten sich, nachdem sie die Pferde zum Hinlegen gezwungen hatten, hinter den Tieren auf dem Boden aus, um sich mehr als bisher um Bruder Simão zu kümmern, der sich in einer schwierigen Lage befand.

Nun überschlugen sich die Ereignisse. Denn sieben oder acht Buschbanditen kamen, als sie oben vom Felsplateau aus sahen, daß die beiden außer Reichweite der Schüsse, aber praktisch waffenlos haltgemacht hatten, aus ihrer steinernen Verschanzung hervor. Sie ließen zwei oder drei ihrer Kameraden zum Schußwechsel mit dem Mönch zurück, stiegen auf der rechten Flanke der Anhöhe herunter und liefen auf die beiden zu, um sie fertigzumachen. Der Doktor zog die Pistole und wollte schon dem jungen Mann befehlen, er solle aufsitzen und sein Heil in der Flucht suchen. Doch in diesem Augenblick tauchte der Zigeuner Praxedes auf der Straße auf und galoppierte in höchster Geschwindigkeit mit seinen Reitern heran. Wie wir später erfuhren, reiste der wahre Kommandant und Feldmeister der Truppe inkognito, mitten unter den einfachen Eseltreibern des Zuges. Von seinem Standort bei den Wagen aus hatte er die Detonationen der Schüsse gehört und in dieser Notlage dem Zigeuner Order gegeben, den Platz mit Pferdehufen sauber zu fegen.

Es war eine glückliche Entscheidung. Wenn die Buschräuber nicht von der Höhe des Felsens heruntergestiegen wären, so wäre die Lage der Zigeuner vertrackt geworden, denn zum Felsplateau konnten sie nicht hinaufreiten. Sie hätten absitzen müssen, und die dicken Wämser und Lederhosen hätten ihre Bewegungsfreiheit beim Kampf Mann gegen Mann behindert. Aber die Cangaceiros waren ja aus ihrem Unterschlupf hinter den Felsen hervorgekommen und liefen nun zu Fuß über das flache Gelände am Straßenrand entlang.

Mitten im vollen Galopp folgte die rechte Reihe der Reiter einem in den Wind geschriebenen Befehl des Zigeuners und preschte durch die Dornbuschsteppe, um in den Rücken des Felsplateaus hinter die dort postierten Buschräuber zu gelangen und so die Lage des Mönches zu verbessern. Die übrigen ritten zwischen Bruder Simão und den Felsen hindurch, zückten ihre riesigen Hahnenkamm-Messer und sprengten mit dem Zigeuner an der Spitze auf die Cangaceiros los, die auf den jungen Mann und den Doktor zuliefen.

Vom Felsplateau aus überschaute Ludugero Schwarze Kobra alles und begriff den Ernst der Lage. Mutig und frech, wie er war, legte er die Hände muschelförmig an den Mund und rief, sich selbst und seine Leute verspottend: »Holla, jetzt werden wir alle über die Klinge springen müssen. Lauft wie die Ziegen, bei allen sechshundert Teufeln! Steigt auf die Quittenbäume, Leute! Verkriecht euch in die Hohlräume der Welt, sonst werdet ihr alle Blut spucken!«

Damit eilte er selbst unter großem Gelächter vom Felsplateau im Laufschritt herunter, begleitet von den Cangaceiros, die noch bei ihm waren, und setzte sich in den Buschwald ab. Die Cangaceiros, die auf den Doktor und den jungen Mann zuliefen, hörten das Geschrei ihres Hauptmanns Ludugero und begriffen, um was es ging. Sie änderten die Richtung ihres Lau-

fes, drangen in die Dornbuschsteppe ein und konnten eine
Steinumwallung erreichen, die sie behende übersprangen. Sie
verloren sich im spärlichen, stachligen Buschwald des Geheges,
das dahinter lag. Überzeugt, daß sie schon den Hauptzweck des
Hinterhalts erfüllt und den jungen Mann getötet hatten, den
man ihnen beschrieben hatte, wollten sie nun so eilig wie möglich entkommen und dem ungleichen Kampf mit der ganzen
Truppe entgehen. Dies entsprach andererseits den Wünschen
des Mönches und des Doktors. Als sie sahen, daß die Buschräuber flohen, kamen beide zusammen, besprachen sich rasch
und gaben Praxedes eine Order. Nun war die Reihe an dem Zigeuner, den Befehl zu geben, die Reiterschar solle den gefährlichen Buschwald verlassen, der die Cangaceiros bei einem neu-
erlichen Hinterhalt begünstigen konnte. Der Trupp gehorchte
Praxedes, fand sich von neuem auf der Straße zusammen, und
alle blickten, unmerklich von der Gestalt des Jünglings auf dem
Schimmel angezogen, auf ihn, als wollten sie feststellen, in welchem Maße die Ereignisse ihn in Mitleidenschaft gezogen hätten. Er stand schon wieder auf seinen Füßen, hielt »Tremedal«
am Zügel fest und betrachtete versunken den Leichnam des
jungen Mannes, der an seiner Stelle gestorben war. Der Doktor
ergriff die wichtige Aktentasche, ging zu ihm hin und zog sein
Pferd am Zügel:

»Kommen Sie, gehn wir!« sagte er zu dem jungen Mann.
»Was geschehen ist, ist geschehen.«

»Ist er tot?« fragte der junge Mann noch immer halb geistesabwesend.

»Ja, gewiß! Aber gehn wir!« drängte Doktor Pedro Gouveia.

Während sie so redeten und den jungen Mann anschauten,
spähte Bruder Simão verstohlen nach herumliegenden Patronen und verstaute drei oder vier zerquetschte Bleikugeln in der
Tasche seiner Soutane. Der junge Mann starrte noch immer auf
Colatinos Leichnam und bemerkte dabei:

»Zum ersten Mal sehe ich den Tod!«

»So ist das Leben!« sagte der Doktor, ergriff das Banner, wischte mit dem Taschentuch den Staub ab, der es beschmutzt hatte, und reichte es jemand anderem, damit er Colatinos Posten als Festreiter einnähme. Und er fuhr fort: »Heute oder morgen, durch eine Kugel oder eine Krankheit, sterben mußte er doch eines guten Tages! Und vielleicht ist es nicht das erste Mal, daß Sie dem Tod ins Antlitz sehen! Vielleicht haben Sie nur *auf Grund von alledem, was vorgefallen ist,* die anderen Toten vergessen, die Sie *zuvor* gesehen haben. Doch reiten wir von hier fort, denn die Cangaceiros können mit mehr Leuten zurückkommen!«

In diesem Augenblick trat ein großer, magerer und starker Mann mit braunen Augen, von dem die Ruhe, die Energie und die scheinbare Sanftmut der beherztesten Sertão-Bewohner ausgingen, aus der Mitte der Treiber hervor, die inzwischen bereits angelangt waren, und ging auf den Doktor zu. Er war der Chef und Oberhauptmann der Truppe, und sein Name elektrisierte alle Leute, als er sich später im Städtchen ausbreitete; denn es war kein Geringerer als der berühmte Luís Pereira de Sousa, bekannter als Luís vom Dreieck, wegen seines kleinen Gutsbesitzes in Pajeú: »Das Dreieck«. Darüber staunen, daß der Name Luís vom Dreieck einen solchen Wirbel unter uns hervorrief, kann nur, wer zwei Tatsachen nicht kennt: erstens, daß Luís vom Dreieck zu der großen Familie der Pereiras aus Pajeú gehörte – berühmt durch ihren Mut und ihre kriegerischen Taten – und ein Verwandter von Dom José Pereira Lima war, dem selben Sertão-Edelmann, der sich 1930 gegen die Regierung erhoben und zum Guerilla-König von Princesa gemacht hatte, wobei er die Unabhängigkeit der Stadtgemeinde mit Nationalhymne, Briefmarken, Fahne, Verfassung und allem übrigen ausrief. An der Spitze eines Heeres von 2000 bewaffneten Männern wiegelte er den Sertão von Paraíba in einem heroischen Kleinkrieg auf, den die Regierung des Präsidenten João Pessoa vergeblich mit ihrer Polizei zu beenden versuchte. In diesem Königreich oder Freien Territorium von

Princesa war Dom José Pereira Lima, der Unbesiegbare, König, und Luís vom Dreieck, damals 32 Jahre alt, war Konnetabel und Chef des Generalstabs. Die andere wichtige, mit Luís vom Dreieck verbundene Tatsache war, daß er ein Landstück besaß, das genau auf der Grenze zwischen Paraíba und Pernambuco in der Gegend des Piancó-Gebirges lag. Auf diesem Gebiet liegt das berühmte Reichs-Gebirge, in dem sich jene beiden riesigen, schmalen, langen und parallelen Felsen erheben, welche unsere Sertão-Bewohner als heilig betrachten, weil sie die Türme der Burg, Festung oder verzauberten Kathedrale sind, wo mein Urgroßvater, Dom Johann Ferreira-Quaderna, König war. Er predigte seinen Untertanen, dort liege, verschüttet durch grausame Verzauberung, die Burg, und nur Blut könne den Zauber lösen, so daß das Elend des Sertão mit einem Schlage zu Ende ginge und wir alle glücklich, reich, schön, mächtig, ewig jung und unsterblich würden.

Luís vom Dreieck trat auf den Doktor zu und sprach:

»Habe ich es Ihnen nicht gesagt, Doktor? Das war die Bande von Ludugero Schwarze Kobra!«

»Schon recht!« stimmte der Doktor zu. »Aber das Ganze ist sicher von den Herrschaften in Taperoá ausgeheckt worden: von Arésio Garcia-Barretto und Antônio Moraes!«

»Aber haben Sie gesehen, wie sehr ich recht hatte? Der Gedanke, im Wams zu reisen, den Sie ausgetüftelt hatten, hätte uns alle den Kopf kosten können.«

»Es ist wahr, und ich wußte wohl, daß Sie recht hatten, Luís!« gab der Doktor ernst zurück. »Aber auf Banner und Wämser konnte ich nicht verzichten: all das war mir unentbehrlich, um das Volk zu beeindrucken, wenn wir in Taperoá einziehen! Und beschweren Sie sich nicht, denn das Banner war *auch* meine Idee, und wenn das Banner nicht gewesen wäre, wäre der Tote zu dieser Stunde ein anderer! Ich bedaure den Burschen, der gestorben ist, aber einer von uns mußte ohnehin daran glauben, und im übrigen läuft ja alles gut! Bevor wir nach Cosme Pinto kommen, halten wir eine Rast, begraben Colatino und essen zu Mittag, dann bleibt uns immer noch Zeit, gegen zwei Uhr nachmittags nach Taperoá zu gelangen, genau wenn die Kavalkade beginnt, die der Präfekt organisiert hat. Brechen wir auf!«

Sie stiegen auf. Auch der junge Mann vom Schimmel saß auf. Zu jener Zeit schlummerten die Kräfte der Gewalttätigkeit und die unterirdischen Gottheiten noch in seinem Blut; sie waren noch nicht durch das Gift des Zusammenlebens mit uns geweckt worden. Dergestalt wußte er, verträumt und geistesabwesend, in jenem Augenblick nicht, wieviel Gewalttaten und Todesfälle er – wie am Tage seiner Ankunft – während der drei Jahre, die zwischen jenem Pfingstsamstag von 1935 und der Karwoche des heurigen Jahres 1938 lagen, unter uns heraufbeschwören sollte. Auch war es diese Eingangsszene des »Verworrenen Streits um das Königreich des Sertão«, die schließlich meine Knochen in das Gefängnis verschlug, in dem ich gefangensitze, auf Gedeih und Verderb dem Urteil von Ew. Hochwohlgeboren ausgeliefert.

An jenem Tage jedoch war, trotz dem Zeichen, das uns die Vorsehung mit Colatinos Tod gegeben hatte, die sorglose, aber schuldhafte Unwissenheit noch nicht zerbrochen, in der wir uns alle befanden, die wir an dem schrecklichen Abenteuer des jungen Mannes mit dem Schimmel teilnehmen sollten. Die Sonne bestrahlte und durchglühte alles wie zuvor. Als wäre er von ihr erzeugt, begann ein »Schmied« im Buschwald seinen metallischen Gesang, der dem Schlag eines Hammers auf einen Amboß ähnelt, einen Gesang, auf den das ebenfalls heftige und metallische Summen einer Termitenschar folgte. Colatinos Leichnam wurde quer über das Pferd gelegt und mitgeführt, solange er auf das Begräbnis warten mußte, das der Doktor für später angeordnet hatte; es sollte in der unmittelbaren Umgebung des historischen Flüßchens, wo im siebzehnten Jahrhundert der Adjudant Cosme Pinto die Erschließung des Cariri-Gebietes unter dem Befehl des Oberhauptmanns Teodósio de Oliveira Ledo begonnen hatte, vonstatten gehen. Neuerlich machte sich die Reitergruppe – voraus das Banner – auf den Weg nach Taperoá. Jetzt ritten jedoch zur Vorsicht der junge Mann, der Doktor und der Mönch mitten zwischen zwei Reihen von Reitern, und alle reisten mit der Flinte in der Hand, bereit für jeden neuen Angriff. Dies sollte jedoch der letzte ernsthafte Zwischenfall bis zu ihrer Ankunft in Taperoá bleiben. Die Hauptgefahr war vorüber, dergestalt daß in diesem Augenblick, wie es schon 1922 der geniale J. A. Nogueira vorausgesehen hatte – in seinem Buch »Gigantentraum«, das so viel Einfluß auf uns Sertão-Akademiemitglieder ausübte –, »der Traumpilger an Felsplateau und Hinterhalt vorbei die Grenze der beiden Reiche überquerte. Der unterirdische Fluß spiegelte nun nicht mehr die rauhe Düsternis der Todesgegend: es erhob sich gleichsam eine Diamantensäule, durchbrach den Erdboden und verbreitete sich unter einem mittäglichen Himmel, in der felsigen Gegend der Sonne und des Hochlands, die der Erneuerer des Lebens dazu ausersehen hatte, von seiner feurigen Gegenwart erleuchtet zu werden.«

VIERTE FLUGSCHRIFT DER FALL DES ENTHAUPTETEN GUTSBESITZERS

Man kann sagen, edle Herren und schöne Damen, daß es zwei unmittelbare Gründe für meine Gefängnishaft gab. Der erste war die Ankunft des jungen Mannes mit dem Schimmel in Taperoá. Der zweite, damit eng verbundene, war die Ermordung, genauer gesagt die Enthauptung meines Onkels und Paten, des Gutsbesitzers Dom Pedro Sebastião Garcia-Barretto. Mein Pate wurde am 24. August 1930 in dem hochgelegenen Gemach eines Turmes auf seinem Gut »Gefleckter Jaguar« tot aufgefunden. Dieser Turm diente gleichzeitig als Wachturm des Herrenhauses und als Glockenturm für die Gutskapelle, die unmittelbar an das Haus anschloß. Sein oberes Gemach war ein quadratisches Zimmer ohne Möbel oder Fenster. Fußboden, dicke Wände und Deckengewölbe bestanden aus gekalktem Stein. Andererseits war mein Pate an jenem Tage allein in das Gemach eingetreten und hatte sich darin eingeriegelt, wozu er nicht nur den Schlüssel, sondern auch die Eisenstange verwendet hatte, welche als Riegel an der Innenseite der Tür befestigt war. Ein weiteres Geheimnis: Am gleichen Tage verschwand Sinésio, der jüngste Sohn meines Paten, ohne daß man wußte, auf welche Weise. Es hieß, er sei entführt worden, auf Geheiß von Leuten, die seinen Vater enthauptet hatten, Leuten, die den jungen Mann haßten, weil er beim Sertão-Volk beliebt war; er war für dieses Volk die letzte Hoffnung auf ein rätselhaftes Reich, dem ähnlich, das mein Urgroßvater geschaffen hatte. Sinésio war entführt worden und, wie man berichtete, auf grausame, rätselhafte Weise zwei Jahre später in Paraíba gestorben, was das Volk nicht hinderte, auf seine Rückkehr und sein wunderträchtiges Reich zu hoffen.

Ich frage nun: Wie konnte mein Pate in einem dickwandigen, fensterlosen Zimmer, dessen Tür von ihm selbst von innen verriegelt worden war, enthauptet werden? Wie konnten Mörder darin eindringen, wo es doch keinen Zugang gab? Wie konnten sie wieder hinausgelangen und das Zimmer von innen verriegelt lassen? Wer waren diese Mörder? Auf welche Weise entführten sie Sinésio, den strahlenden Jüngling, der die Hoffnungen der Sertão-Bewohner auf ein Reich des Glücks, der Gerechtigkeit, der Schönheit und der Größe für alle auf sich vereinigte? Nun, dazu kann ich keine Hypothesen vorlegen, denn da eben liegt der Hase im Pfeffer! Das ist der »blutig-rätselhafte Mittelpunkt« meiner Geschichte. Ich erinnere daran, daß der geniale Dichter Nicolau Fagundes Varela uns Brasilianer alle darauf hinweist, daß »die ironischen Fremden« immer auf der Lauer liegen und das geringste Versehen unsererseits ausspähen, um dann »den vaterländischen Gedanken« lächerlich zu machen:
Fatales Schicksal brasilianischer Meister!
Fatales Schicksal brasilianischer Barden!

Ruchlose Politik, schwarz und abscheulich:
Ein Pestilenzhauch tötet und erstickt,
Was in den Augen der ironischen Fremden
Das vaterländische Denken ehren könnte!

Nun besteht eines der Argumente, das die »ironischen Fremden« am häufigsten aufbieten, in der Behauptung, wir, die Brasilianer, seien unfähig, eine richtige »Fabel«, ein gut gesponnenes Netz, eine unauflösliche Intrige für einen »Roman voll Blut und Verbrechen« zustande zu bringen. Sie behaupten, dazu brauche man nicht einmal einen mit besonderem Scharfsinn begabten Erwachsenen: jeder ausländische Jugendliche sei imstande, die brasilianischen Rätsel zu lösen, welche, von einem oberflächlichen Volke gewoben, im Licht einer allzu hellen Sonne wenig dunkel, wenig bösartig und versteckt, bei der ersten Prüfung durchsichtig und kinderleicht aufzulösen seien.

Ja, und wenn das nur die Ausländer sagten, dann ginge es noch an: aber sogar das erhabene brasilianische Genie Tobias Barretto sagt es, und da hört sich denn doch alles auf! Tobias Barretto meint, in Brasilien könne unmöglich »ein genialer Roman« erscheinen, weil »unser öffentliches und privates Leben nicht hinlänglich reich an Schicksalswendungen und romanhaften Vorfällen« sei. Er bedauert, daß unter uns »eine aufrichtige, dem Delirium nahe, schreckensvolle und blutrünstige Liebe« selten sei, oder daß sie sich, wenn sie einmal vorkomme, einen alten Mann wie den Landgerichtsrat Pontes Visgueiro aussuche, den berühmten Mörder aus Alagoa zur Zeit des Zweiten Kaiserreiches. Und er kommentiert bissig: »Selbst das eine oder andere Verbrechen, das vielleicht sein Haupt über das Niveau der Gewöhnlichkeit zu erheben vermag, kann den allgemeinen Eindruck beständiger Eintönigkeit nicht verwischen. Selbst in der Kriminalstatistik erweist sich unser Land als kleinkariert. Das häufigste Verbrechen ist eben das leichtsinnigste und törichteste: der Pferdediebstahl.«

So etwas liest man und wird ganz mutlos, weil man meint, es sei für einen Brasilianer unmöglich, Homer und andere hochquotierte ausländische Genien zu überbieten! Glücklicherweise ruft uns Doktor Samuel zur gleichen Zeit in Erinnerung, daß die Eroberung Lateinamerikas »ein Heldenepos« war. Wir ersehen daraus, daß wir viel größer sind als Griechenland – dieses kleine Drecksland! –, und bei diesem Gedanken erholt sich unser Herz, das von Ungerechtigkeit erbittert, aber auch von Hoffnungen entflammt wird! Jawohl, edle Herren und schöne Damen: denn ich, Dom Pedro Quaderna (Quaderna, der Astrolog, Quaderna, der Entzifferer, wie ich so oft genannt werde), ich, kriegerischer und souveräner Dichter eines Reiches, dessen Untertanen fast alle beritten, Roßtäuscher und Pferderäuber sind, fordere jeden Ironiker – Brasilianer oder Ausländer – heraus, erstens eine blutrünstigere, schrecklichere, grausamere, dem Wahnwitz nähere Liebesgeschichte als die meinige zu erzählen und sodann, bevor ich es selber tue, das rätselhafte Zentrum aus Blut und Verbrechen in meiner Geschichte zu entschlüsseln, d. h. die Enthauptung meines Paten und das »prophetische Verschwinden« seines Sohnes Sinésio, des Strahlenden, Hoffnung und Banner des Sertão-Reiches.

Auf Grund dieser beiden Tatsachen sagte ich vor kurzem, daß die unmittelbaren Gründe meiner Gefängnishaft der Tod meines Paten und die Ankunft des jungen Mannes auf dem Schimmel in Taperoá gewesen seien. Die weiter zurückliegenden Ursachen waren das »Lied von der Gräfin«, das mein Blut während der Pubertät in Brand setzte, und die vor genau einem Jahrhundert, zwischen 1835 und 1838, vorgefallenen Ereignisse, als meine Familie im Sertão am Reichsstein auf dem Thron saß, zwischen dem pernambucanischen Pajeú und dem paraíbanischen Piancó. Die letzteren sind nicht nur die am weitesten zurückliegenden, sondern auch die wichtigsten Ereignisse. Sie waren womöglich der Grund und der Anfang »aller Widrigkeiten meiner gepeinigten Existenz«, wie es in den Erzählungen heißt, die in einem meiner Lieblingsbücher, im »Literarischen lusobrasilianischen Scharaden-Almanach« stehen. Deshalb muß ich gleich zu Beginn von ihnen erzählen, damit Ew. Hochwohlgeboren sich mit der Zeit eine möglichst vollständige Meinung über meinen Fall bilden können.

———

Um diese Geschichte zu erzählen, werde ich, sooft ich kann, auf die Worte genialer brasilianischer Schriftsteller zurückgreifen, wie den Komtur Francisco Benício das Chagas, den Dr. Pereira da Costa und den Dr. Antônio Attico de Souza Leite, allesamt Akademiemitglieder oder arriviert und deshalb außerhalb jeder Diskussion: so wird niemand sagen können, ich löge aus Großmannssucht und wolle von neuem einen Ferreira-Quaderna – mich – auf den Thron von Brasilien setzen, auf den auch, wenngleich völlig unberechtigt, die Betrüger aus dem Hause Braganza Anspruch erheben. Ich tue dies auch, weil derart mit den Worten der anderen beweiskräftiger wird, daß die Geschichte meiner Familie ein wahres Heldenepos ist, das nach dem Rezept des Rhetorikers und Grammatikers von Kaiser Pedro II., Dr. Amorim Carvalho, geschrieben ist: eine epische Geschichte mit bewaffneten und zu Pferde sitzenden Rittern, mit Enthauptungen und blutigen Kämpfen, bedeutsamen Belagerungen, mit dem Sturz von Thronen, Kronen und anderen Monarchien – was mich seit jeher begeistert hat, aus politischen und literarischen Gründen, die ich sogleich erläutern werde.

Im übrigen ist das eine Lüge: nicht seit jeher! Anfänglich war die Geschichte meiner Familie für uns, die Ferreira-Quadernas, eine Art von beschämendem Stigma und ein unauslöschlicher Makel in unserem Blut. Und das mit gutem Grund, da allein mein Urgroßvater, Seine Majestät König Johann Ferreira-Quaderna, der Abscheuliche, in einem Zeitraum von drei Tagen 53 Personen enthaupten ließ, unter ihnen 30 unschuldige Kinder; das geschah in dem schicksalhaften, unter schlechten Vorzeichen stehenden Monat Mai des Jahres 1838. Mein

Vater, Dom Pedro Justino, und meine Tante Dona Filipa, seine Schwester, grausten sich vor all den von unseren Vorfahren begangenen Morden und fürchteten, das Blut der Unschuldigen könne eines Tages auf unsere Häupter zurückfallen, wie die Juden das Blut Christi auf die ihrigen herabriefen.

Trotz all diesen Sorgen erzählte eines Tages mein alter Verwandter und Firmpate, der Volksbarde João Melquíades Ferreira, in einem Augenblick der Begeisterung für die Größe der Familie dies alles mir, der ich sein Schüler in »der Kunst der Dichtung« war. Ich war entsetzlich niedergeschlagen und fühlte mich, als vergiftete das vergossene Blut ein für allemal das meinige. Damals mochte ich ungefähr zwölf Jahre alt gewesen sein; und was mich bei alldem am meisten beeindruckte, war der Tod eines Kindes, das ungefähr meines Alters war; sein eigener Vater hatte es auf Befehl meines Urgroßvaters enthauptet. In der Stunde der Opferung hatte der Unschuldsengel dem Enthaupter sanfte Vorwürfe gemacht und klagend bemerkt: »Mein Vater, hast du nicht gesagt, du liebtest mich so sehr?«

Ich war erschrocken und zerschmettert, weil ich von dem ferreirarischen und quadernesken Blut abstammte, das mit so vielen Verbrechen beladen ist! Erst später begann ich allmählich, indem ich die Ideen, die mir Samuel, Clemens und andere lieferten, zusammenfügte, die Dinge besser zu verstehen und zu entdecken, daß ich in einen Anlaß für Ehrungen, Monarchien und ruhmreiche Rittertaten verwandeln konnte, was mein Vater als Schandfleck und Stigma des königlichen Blutes der Quadernas betrachtet hatte. Einer dieser Ideenlieferanten war der Pater Daniel: eines guten Tages bewies er in einer aufsehenerregenden Predigt, daß alle Menschen, nicht nur die Juden, die Mörder Christi sind. Als ich ihm zuhörte, ging mir folgender Gedanke durch den Kopf: »Wenn das stimmt, dann sind alle anderen Menschen, nicht nur die Quadernas, für jene Morde am Stein des Reiches verantwortlich.« Und damit begann ich mich von dem ausschließlichen Gewicht der gesamten Blutschuld zu befreien. Ein anderer Ideenbringer war João Melquíades Ferreira selber. Einige Zeit später sang er zu meiner Unterrichtung ein Flugblatt, das er verfaßt hatte: »Leben, Leiden und Sterben – Glück, Symbol und Zeichen – unseres Herrn Jesu Christi«. In diesem Flugblatt sagte João Melquíades, der Pater Daniels Predigt gehört hatte, an einer Stelle:

> Das von ihm vergossne Blut
> Ward zu unsres Schicksals Ehr'.
> Mörder Christi sind wir alle,
> Diese Mordschuld drückt uns schwer.
> Gottesmörder sind wir alle,
> Deshalb sind wir Gott wie er.

Ich konnte nicht umhin, neuerlich dem Gedanken nachzuhängen, daß, wenn das Faktum des Gottesmordes alle Menschen göttlich machte, meine Abstammung von einer Familie von Königen, mörderischen Königen, der beste Beweis für mein eigenes Königtum wäre.

Doch abgesehen von diesen Zeugen sagte mir Doktor Samuel Wandernes eines Tages, ich hätte außer arabisch-zigeunerischem und gotisch-flämischem Blut noch einige Tropfen jüdischen Blutes in mir, ererbt von meiner Mutter, Maria Sulpícia Garcia-Barretto. Von da an begriff ich: auf alle Fälle würde ich zu den berühmtesten Verbrechern der Welt gehören – zu denjenigen, die, weil sie den Mut zum Gottesmord gehabt hatten, allen Menschen die Möglichkeit vermittelt hatten, aufzusteigen und dem Göttlichen gleichzukommen. Was Professor Clemens angeht, so bewies er mir eines Tages anhand von Beispielen aus der »Geschichte der Zivilisation« von Oliveira Lima, daß alle königlichen Familien der Welt aus Verbrechern, Pferdedieben und Mördern bestehen, dergestalt daß die meinige nicht unbedingt eine Ausnahme bildete. Daraufhin kam, selbst wenn meine Phantasie Feuer fing und mir ungewollt die Ermordung all jener Kinder durch den Sinn ging, meine Vernunft dem Gewissen zu Hilfe, und ich hielt meiner Vision jenen anderen Kindermord entgegen, der im Sertão von Judäa vorgefallen war, zu der Zeit, als Christus ein Kind war. Ich sagte mir, daß Herodes, obwohl er den Befehl zu diesem Morden gegeben hatte, unter dem ruhmreichen Namen Seiner Majestät Herodes I., des Großen, in die Geschichte eingegangen ist. Und dann fühlte ich mich nicht mehr enterbt, sondern eher stolz, weil ich der Urenkel Seiner Majestät Johanns II., des Abscheulichen, war.

Aber ich will mich nicht länger aufhalten, sondern sogleich den ruhmreichen und blutigen Aufstieg der Quadernas auf den Thron des Reichssteins im Sertão von Brasilien erzählen.

FÜNFTE FLUGSCHRIFT
ERSTE NACHRICHT VON DEN QUADERNAS UND DEM STEIN DES REICHES

Der Stein des Reiches liegt in einem unwegsamen, felsigen Gebirge im Sertão von Pajeú, an der Grenze zwischen Paraíba und Pernambuco, in einem Gebirge, das nach den schlimmen Ereignissen vom 18. Mai 1838 als »Reichsgebirge« bekannt zu werden begann. Von ihm strömen Gewässer zu Tal, die über die Flüsse Pajeú, Piancó und Piranhas mit drei der »sieben heiligen Ströme« und drei der sieben Königreiche meines Imperiums verbunden sind. Heutzutage ist das Gebirge weniger unwegsam und undurchdringlich als zur Zeit meines Urgroßvaters Dom João Ferreira-Quaderna, aber immer noch ist der Zugang schwierig und mühsam. Es ist mit Rautensträuchern, dornigen Schlingpflanzen, Mimosen, Geiernesselbäumen, Schlingpflanzen, Brennesseln, Bauhinien und Quittenbäumen bedeckt. Catolé-Palmen und Dornenkakteen vervollständigen die Vegetation, und man erzählt, während der Herrschaft der Quadernas hätten Erde und Steine so viel Blut getrunken, daß die Catolé-Palmen jedes Jahr am Karfreitag zu seufzen, die Steine an ihren braunen Stellen und den Silber- oder Malachit-Einsprengseln zu blitzen und die Melonenkakteen Blut zu schwitzen begin-

nen, rotes, lebendiges Blut, als wäre es vor kurzem vergossen
worden. Dies ist jedoch nicht das wichtigste Element zur Be-
gründung von Ruhm und Blut meiner königlichen Würde: es
sind vielmehr die beiden schon erwähnten braunen Riesenstei-
ne; sie sind halb zylindrisch, halb viereckig, hoch, lang, schmal,
parallel und mehr oder minder gleichförmig, ragen vom Erdboden in den Gluthimmel und bilden mit einer Höhe von mehr
als zwanzig Metern die Türme meiner Burg, der verzauberten
Kathedrale, welche meine Vorfahren, die Könige, zu Ecksteí-
nen unseres brasilianischen Imperiums erklärt haben. Der geniale Sertão-Akademiker Antônio Attico de Souza Leite, der
in ihrer Nähe auf die Welt kam, spricht von ihnen in seiner »epischen Chronik« mit dem Titel »Memorandum über den Schönen Stein oder das Verzauberte Reich in der Gemarkung
Vila-Bela, Provinz Pernambuco«, die 1874 geschrieben und
auf einer denkwürdigen Sitzung des »Archäologischen Instituts
von Pernambuco« vorgetragen wurde, wie folgt: »Der Schöne
Stein oder Reichsstein, wie er heute genannt wird, besteht aus
zwei riesenhaften Pyramiden aus massivem Gestein, eisenfarben und annähernd viereckig, welche aus dem Schoß der Erde
nebeneinander aufragen, sich in gleichem Abstand voneinander erheben und dabei große Ähnlichkeit mit den Türmen einer
weiträumigen Domkirche aufweisen, 150 Spannen (also 33
Meter) hoch. Die gen Osten liegende erhielt, wegen des Kat-
zensilbers, das sie von der halben Höhe bis zur Spitze bedeckt,
den Namen Schöner Stein – zum gänzlichen Nachteil ihrer Gefährtin. Gen Westen liegt am äußersten Ende der zweiten Py-
ramide, auch Turm genannt, ein kleiner, halb unterirdischer
Saal, den man das Heiligtum nennt, nicht nur weil dies der Ort
war, den die Brautleute zuerst betraten, nachdem sie der falsche Priester der Sekte, der sogenannte Bruder Simão, getraut
hatte, sondern weil eben dort der Prophet, der abscheuliche
König Johann Ferreira-Quaderna, bei seinen Riten behauptete, alle Opfer, die man ihm darbrächte, würden mit Seiner Majestät König Sebastian zugleich ruhmreich auferstehen. Südlich

von diesem Saal, jedoch in größter Nähe von ihm, erheben sich verschiedene große Felsen, die, übereinanderliegend, eine Art von gewölbter Laube bilden. Dieser Ort hieß der Thron oder auch die Kanzel, weil von ihm aus König Johann Ferreira-Quaderna, der falsche Prophet, zu seinen Gefolgsleuten predigte. Ungefähr 200 Klafter nördlich der beiden Türme erhebt sich ein riesiger Felsen, in dessen unterem Teil eine Naturhöhle ein großes Versteck bildete, das nach Erweiterung durch die Sebastianisten groß genug war, um 200 Personen aufzunehmen. Dieser Platz ist unter dem Namen »Heiliges Haus« bekannt, weil dort der perverse und abscheuliche König Johann Ferreira-Quaderna seine Anhänger empfing und in Rauschzustand versetzte, indem er ihnen jedesmal, wenn er freiwillige Opfer für das Königreich verlangte, ein Gebräu einflößte.«

— — —

Dies, edle Herren und schöne Damen, war einer der Abschnitte aus der epischen Chronik, die auf meine politisch-literarische Bildung den stärksten Einfluß ausübten. Er überzeugte mich ein für allemal, daß in den Granitmauern all dessen, was dort draußen Sertão-Fels ist, etwas Heiliges verborgen und gefangen liegt. Er heiligte für immer in meinem Blut die Wörter *Turm, Stein, Katzensilber, Prophet, Thron, Sebastianismus, Fels, eisenfarbener Stein, Malachit-Glanz, Kathedrale* und *Reich*.

Dazu kommt noch, daß ich in der Regierungszeitung von Paraíba, »Die Union«, einen Artikel gelesen hatte, der 1924 von dem außerordentlichen Ademar Vidal veröffentlicht worden war, einem paraíbanischen Schriftsteller, der so bedeutend war, daß er sogar zum Polizeikommissar aufstieg. In diesem Artikel berichtete er von einer Reise durch den Sertão und sagte, die Felsen und Steine unseres geheiligten Cariri nähmen bisweilen Formen an, die wie zerfallene Festungen oder Burgen wirken. Von da an war es jedesmal, wenn ich mich an die beiden Zwillingsfelsen vom Stein des Reiches erinnerte, als wären sie nicht nur die unterirdische Kathedrale, die meine Vorfahren, die Könige, entdeckt hatten, sondern die Festung und Burg, auf denen die königliche Würde unseres Blutes gegründet ist.

Im Jahre 1838 verfertigte Pater Francisco José Corrêa de Albuquerque eine Zeichnung mit der Darstellung der beiden verzauberten Steine unseres Königreiches, eine Zeichnung, die Pereira da Costa und Souza Leite veröffentlichten. Ich holte meinen Bruder Taparica in unsere Bibliothek und bat ihn, das Bild des Paters zu kopieren und hernach in Holz zu schneiden, damit es in einem »Flugblatt« gedruckt werde, das ich zu veröffentlichen gedachte: sein Gegenstand sollte unser Königreich sein. Taparica machte dazu anfänglich ein Gesicht wie drei Tage Regenwetter. Er sagte, auf der Zeichnung des Paters sei alles zu klein, und deshalb würde ein Holzschnitt viel Arbeit kosten. Ich erwiderte, er könne ja die Zeichnung auf seine Weise abändern. Da stimmte er zu und verfertigte den Holzschnitt, der ebenfalls den Beweisstücken dieser Berufungseingabe beigefügt ist, um Ew. Hochwohlgeboren alle notwendigen Elemente für das Studium der Angelegenheit zu verschaffen.

▌ SECHSTE FLUGSCHRIFT ▌
DAS ERSTE REICH

Wie man an dieser einfachen Probe sieht, waren die Ereignisse am Reichsstein hinlänglich unheilvoll und schicksalhaft, um mein Blut auf immer mit königlicher Würde zu zeichnen. In Wahrheit beginnt jedoch unsere königliche Geschichte früher, an einem anderen heiligen Stein, im Rodeador-Gebirge, wo im Jahre 1819 drei Sertão-Infanten auftraten. Der erste von ihnen, Dom Silvestre José dos Santos, der ohne Nachkommenschaft starb, war der erste Mann aus meiner Familie, der auf den Thron gelangte, unter dem Namen Dom Silvester I., König des Rodeador-Gebirges. Der zweite war sein Bruder, Dom Gonzalo José Vieira dos Santos. Der dritte war mein Ururgroßvater, Dom José Maria Ferreira-Quaderna, Vetter und Schwager der beiden ersten, weil er ihre Schwester, die Infantin Dona Maria Vieira dos Santos, geheiratet hatte, in deren Leib mein Urgroßvater, Dom Johann Ferreira-Quaderna, der Abscheuliche, erzeugt werden sollte.

Die Herrschaft Dom Silvesters I. im Rodeador-Gebirge war kurz, besaß aber bereits alle traditionellen Merkmale unserer Dynastie. Sein Thron war ein Sertão-Felsen, Kathedrale, Festung und Burg in einem. Von dort aus predigte er auch die Auferstehung des alten, blutigen, keuschen und makellosen Königs Sebastian, des Ersehnten. Er predigte auch die Revolution mit dem Kopfab der Mächtigen und der Einführung eines neuen Reiches, in dem das Volk die Macht haben sollte. Der anerkannte Akademiker aus Pernambuco, Doktor Pereira da Costa, schrieb seine Chronik, die ich aus Gründen der rhetorischen Kürze nicht ausführlich zitiere. Ich beschränke mich auf die Mitteilung, daß die Besitzenden der Umgegend, aus Angst vor der Ausbreitung eines so revolutionären Reiches, an den Gouverneur Luís do Rêgo appellierten, der eine Truppe dorthin entsandte, unter dem Oberbefehl von Marschall Luís Antônio Salazar Moscoso. Sie setzte das Lager in Brand, so daß Frauen und Kinder in den Flammen umkamen, während die Männer, die Brand und Gewehrfeuer entkamen, über die Klinge springen mußten.

Die epische Chronik Pereira da Costas vermehrte ganz verteufelt die Zahl meiner heiligen Wörter: *Gefolge, Auferstehung, Seine Majestät, Schatz, Tempel, Enthüllung, Schimären, Wunder, Zauberei, Verzauberung, Entzauberung, Juwel, Ordensverleihung, Bruderschaftsmitglied, Büßer, Gewölbe, Liturgie, Herausforderung, Waffen, Trank, Vieh, Feuer, Lager, Schlächterei, Überfall, Ortschaft, Flammen, Schwerter* und *Schießerei*. Jedes Mal, wenn ich mir dieses erste Reich vorstellte, das erste Imperium meiner Familie, sah ich all das auf dem Rodeador-Gebirge vergossene Blut auf eine Silberkrone tropfen. Ich sah beim Pickpock des Gewehrfeuers die Schwerter unter ruhmreichen Flammen leuchten. Ich sah meine Verwandten mit den Zähnen knirschen und vor heiliger Wut schäumen, wie sie in Verteidigung des in Brand gesteckten Lagers unter Feuerschein, wunderbaren Schimären und Offenbarungen kämpften.

So kam es, daß der Thron meiner Familie allmählich mein Blut vergiftete und verherrlichte, bis ich zu dem »Wunder- und Zauberwesen« wurde, das ich heute bin; und deshalb war, als der junge Mann mit dem Schimmel wunderbarerweise unter uns erschien, mein Blut vorbereitet, und ich wagte es, mich trotz all meiner Feigheit in sein Abenteuer zu stürzen.

Weiterhin ist wichtig, daß, wie Pereira da Costa sagt, zur Überlieferung meiner Familie immer die Gründung eines Reiches neben einem Stein gehört hat, in welchem König Sebastian der Ersehnte gefangen und verzaubert liegt. Im Königreich herrscht ein halb freimaurerischer Sertão-Katholizismus, auf den gestützt unsere Familie beginnt, die Viehherden, die Ländereien und die Gutshöfe, die Weideflächen und die Geldtruhen der reichen Besitzer zu überfallen, um sie, zugleich mit Offizierspatenten und Adelsbriefen, an die armen und getreuen Untertanen des Reiches zu verteilen. All dies wurde von mir geduldig studiert und begriffen in dem Maße, wie ich heranwuchs; ich bewahrte all dies in meinem Herzen für den Zeitpunkt auf, wo sich zwischen 1935 und 1938 ein Jahrhundert über dem Stein des Reiches runden und der Weg auftun würde, auf dem von neuem ein Ferreira-Quaderna den Thron des Sertão von Brasilien besteigen könnte.

▌SIEBTE FLUGSCHRIFT▐
▌DAS ZWEITE REICH▐

Das erste Reich meiner Familie endete also unter Flammen, mit dem glorreichen, schicksalhaften Sturz des Steins im Rodeador-Gebirge, mit der Enthauptung König Silvesters I. durch das blanke Schwert.

Sein Bruder, seine Schwester und deren Mann jedoch entkamen dem Gemetzel. Eingedenk der Gefahr, die sie liefen, wenn sie dort blieben, wanderten sie in den Sertão von Pajeú aus und ließen sich im Gebiet des späteren Reichsgebirges nieder. Es war ein Beschluß der göttlichen Vorsehung, die Ferreira-Quadernas genau auf der Grenze der beiden heiligsten Provinzen des brasilianischen Imperiums, Paraíba und Pernambuco, festzuhalten, denen höchstens Rio Grande do Norte völlig ebenbürtig an die Seite gestellt werden kann. So zeichneten sich allmählich die Grenzen unseres Imperiums vom Reichsstein ab, das von sieben heiligen Strömen durchflossen und von sieben tributpflichtigen Königreichen gebildet wird.

Jene irrenden, auf dem Rückzug begriffenen und vom Unglück verfolgten Fürsten gelangten also auf den Wegen und Umwegen des Sertão bis zum Zerschnittenen Gebirge, wo sie sich, die fürstliche Abstammung ihres Blutes vergessend, in den Schutz einer einfachen Familie von Sertão-Baronen begaben, den mächtigen, tatenreichen Pereiras – einer Familie, die in unserer Zeit den großartigen Luís vom Dreieck, Konnetabel des Reiches von Princesa und Anführer der Truppe des Jünglings auf dem Schimmel, hervorbringen sollte.

Nur kurz sollte indessen die plebejische Ruhe anhalten, welche meine Vorfahren in Vila Bela am Zerschnittenen Gebirge heuchelten, denn die Berufung zum König zwickt das Blut meiner Familie wie der Teufel! Eines Tages geriet der Infant Dom João Antônio Vieira dos Santos, Sohn von Dom Gonzalo José, als er die glorreiche, von seinem Onkel, König Dom Silvester I., erlebte Geschichte erfuhr, in die Begeisterung des heiligen Thronehrgeizes und der schäumenden Gabe der Prophetie: er proklamierte sich zum König und eröffnete so das Zweite Reich mit einer neuen Prophezeiung des Verzauberten Reiches, indem er unter dem Namen Dom Johann I., der Vorläufer, den Thron bestieg. Der geniale Antônio Attico de Souza Leite erzählt darüber: »Stürmisch und furchteinflößend verlief das Jahr 1835. Die von Parteien umkämpfte Gemarkung Flôres war Schauplatz ständiger Unruhen und Zusammenstöße. Gegen

69

Anfang des Jahres 1836 versah sich ein Indio-Mestize weißer Abstammung mit Namen João Antônio dos Santos, Bewohner des Grenzgebiets von Vila Bela am Zerschnittenen Gebirge, mit zwei mehr oder weniger schönen Steinchen, zeigte sie geheimnistuerisch den unbedarften Einwohnern dieser Ortschaft und behauptete, es seien zwei hochfeine Brillanten, die er selber einem verzauberten Bergwerk entnommen habe. Angeregt von einem alten FLUGBLATT, das er nie aus der Hand legte, worin eine der damals sehr verbreiteten Erzählungen oder Legenden vom geheimnisvollen Verschwinden König Sebastians bei der Schlacht von Alcácer-Quibir in Afrika und seiner erhofften und nahezu unvermeidlichen Wiederauferstehung stand, versuchte er der Bevölkerung der benachbarten Bezirke einzureden, er werde jeden Tag von König Sebastian an einen kaum von seiner Wohnung entfernten Ort geführt: dort zeige ihm der König außer einer verzauberten Lagune, an deren Ufer er die beiden und andere Brillanten aufgelesen habe, die zwei herrlichen Türme eines schon zur Hälfte sichtbaren Tempels, welcher gewiß in der nahen Zeit seiner neuen Thronbesteigung die Kathedrale des Reiches bilden würde. Mit solchen Reden – und indem er ständig einen Gemeinplatz aus einem FLUGBLATT vorwies, worin der seherische, zum Propheten aufgestiegene Schriftsteller lehrte: ›Wenn Marie und Johann Hochzeit machen, wird das Königreich entzaubert lachen‹ – brachte er es fertig, dank der Unwissenheit der Bevölkerung und der bekannten Neigung des menschlichen Geistes, sich vom Wunderbaren und Phantastischen hinreißen zu lassen, nicht nur seine Heirat mit einem interessanten Mädchen namens Maria zu bewerkstelligen – das ihm bis dahin stets verweigert worden war –, sondern auch *leihweise* von vielen Gutsbesitzern des Ortes Ochsen, Pferde und Geld zu erhalten. Diese Spenden waren nicht gering und erfolgten unter der *beschwerlichen Bedingung*, alles mit Zins und Zinseszins zurückzuerstatten, sobald die Entzauberung des geheimnisvollen Reiches eingetreten wäre. Von Beginn seiner Predigt an halfen ihm sein eigener Vater,

Gonzalo José Vieira dos Santos, sein Bruder Pedro Antônio, seine Onkel und Verwandten José Joaquim Vieira, Manuel Vieira, José Vieira, Carlos Vieira, José Maria Ferreira-Quaderna und João Pilé Vieira Gomes; sie stellten sozusagen seine Apostelschar dar, legten von seinen Reichtümern Zeugnis ab und brachten seine schlauen Betrügereien unter der unwissenden Bevölkerung von Piancó, von Cariri, Riacho do Navio und den Ufern des São-Francisco-Flusses in Umlauf. Seine Anstrengungen und die seiner glühenden Anhänger ließen die Sekte allmählich durch vielfältige Erfolge bei den untersten Schichten der Gesellschaft anwachsen. Diese und andere Überlegungen bewogen den Pater Antônio Gonçalves de Lima, die Anwesenheit des Missionars Pater Francisco José Corrêa de Albuquerque in jenem Bezirk anzufordern. Der unermüdliche Apostel ließ trotz seinen 70 Jahren und seiner schwachen Gesundheit nicht auf sich warten. Von den Vorfällen unterrichtet, begab er sich auf das Gut ›Wasserfall‹, das dem Hauptmann Simplício Pereira gehörte, wo der Betrüger glücklicherweise noch während der Missionstage vor dem bewundernswerten Priester erschien. Nachdem er ihm die beiden Steine – die alles andere, nur keine Brillanten waren – übergeben und seine Betrügereien öffentlich gebeichtet hatte, versprach er ihm, sich aus dem Ort zurückzuziehen, was er auch sogleich ins Werk setzte; er zog in Richtung Fischfluß im Sertão von Paraíba ab und von dort in den Sertão der Inhamuns in der Provinz Ceará.«

ACHTE FLUGSCHRIFT
DAS DRITTE REICH

Wie man sieht, ging die Tradition unseres Königreiches weiter. Und sie wäre noch viel weiter gegangen, wäre nicht unangebrachterweise der Pater dazwischengetreten, der meinen Urgroßonkel, Dom Johann I., zur Abdankung überredete, was beweist, daß der rein römische, orthodoxe und offizielle Katholizismus für die geheiligte Krone des Sertão verhängnisvoll ist.

Weil er sich auf solche Gespräche einließ, verlor mein Onkel Dom Johann I. seinen königlichen und glorreichen Namen und erhielt dafür einen anderen, nur mehr fürstlichen – Dom Johann Anton, Prior von Crato (weil er in die Umgebung von Crato, im Sertão von Ceará, übersiedelte). Doch die monarchischen Angelegenheiten sind so unvoraussehbar, daß das, was wie ein verheerendes Ereignis für unsere Krone aussah, nur eine geheime Absicht der göttlichen Vorsehung verbarg, welche im Sertão das Dritte Reich zu errichten wünschte, jenes Reich, das in Wahrheit der Zauberkern aus Feuer und Blut für die Königswürde der Quadernas werden sollte.

Es hatte nämlich mein Urgroßvater, der Infant Dom João Ferreira-Quaderna, mit einem Schlag seine beiden Kusinen, die Infantin Josefa und die Prinzessin Isabela, ver- und entführt, die Schwestern des abgedankten Königs Dom Johann I. Mein Urgroßvater war halb wahnsinnig; ich brauche nur zu erwähnen, daß er später, als er schon zum König gekrönt worden war, am Stein des Reiches ein katholisches Sertão-Ritual einführte, demzufolge er, der König, am Tage ihrer Heirat als erster die Bräute bestieg, seiner Ansicht nach, »um ihnen den Heiligen Geist einzuimpfen«. Es scheint jedoch, daß er nur ein Mannsbild war, das gleichzeitig ein Sakrileg und eine Grausamkeit beging – doch nachdem einmal seine Potenz durch Blut und Bosheit geweckt worden war, konnte sie niemand mehr in Schranken halten. Nun wohl: da der Sertão-Katholizismus am Stein des Reiches die Vielweiberei erlaubte, legte sich Dom Johann Ferreira-Quaderna, der Abscheuliche, die geheiligte Zahl von sieben Frauen zu, unter welchen indes die beiden schwesterlichen Prinzessinnen Josefa und Isabela die wichtigsten waren, weil sie aus königlichem Blute stammten.

Nachdem nun mein Urgroßvater die beiden Infantinnen verführt hatte, reiste er mit ihnen noch während der Königsherrschaft von Dom Johann I. in den Sertão von Paraíba. Dort spürte ihn in der Gegend von Catolé do Rocha nach seiner Abdankung sein Schwager und Vetter, der nunmehrige Prior von

Crato, Dom Johann Anton auf, der Bruder der beiden Schwestern, und erzählte ihm von den großen ritterlichen Taten, Wahnträumen und Verzauberungen, die er in Pajeú erlebt hatte. Er sagte ihm, trotz seiner Abdankung sei das Fundament des Reichssteins festgegründet im Sertão zurückgeblieben: die verzauberte Lagune der Diamanten, die Silberminen und die beiden Türme von Burg, Kathedrale und Festung unserer Rasse. Man weiß sogar, daß er zum Schwager geäußert haben soll: »Johann! Der Stein des Reiches ist die Grundlage für das künftige Imperium Brasiliens! Wenn dem so ist, setze dir die Krone aufs Haupt, bevor ein anderer Abenteurer nach ihr greift!« Und so weihte er an Ort und Stelle dank der prophetischen Rechte eines Priors, die ihm eigneten, seinen Schwager und meinen Urgroßvater zum König; selbiger nahm, unter dem Namen Johann II., seine Frauen, kehrte nach Pajeú zurück, bestieg den Thron und eröffnete das Dritte Reich.

Über dies alles gibt es ein Dokument der Regierung, etwas Offizielles und also Unwiderlegliches. Es ist ein Briefbericht, gerichtet an Francisco do Rêgo Barros, Grafen von Boa Vista, Gouverneur – zur Zeit des Reiches – der Provinz von Pernambuco. Er wurde abgefaßt von dem Präfekten von Flôres, dem Sertão-Edelmann Francisco Barbosa Nogueira Paes, und im Sekretariat der Regierung von Pernambuco registriert, was beweist, daß sogar das falsche, überfremdete Kaiserreich der Braganzas offiziell, durch seinen Drecksgrafen, die Wirklichkeit des Imperiums vom Stein des Reiches anerkannte. In diesem Dokument steht klipp und klar, daß mein Urgroßvater, der gekrönte König, in Wahrheit auf den heiligen und glorreichen Einfall kam, die Türme unserer Felsenburg mit dem Blut der Unschuldigen zu baden. Und deshalb ist es in der Tat das Dritte Reich gewesen, welches das Blut der Quadernas mit dem unauslöschlichen Stigma der Königswürde zeichnete. Trotz seinem offiziellen Charakter jedoch, und obwohl er das Gift des »verzauberten, heiligen, in Blut gebadeten Feldes« in mich einimpfte, läßt der Briefbericht eine Anzahl wichtiger Fakten aus, die mit der Politik der Quadernas eng verbunden sind. Er erklärt zum Beispiel nicht, daß König Sebastians Heer zur Vernichtung der Mächtigen anrücken soll. Er erwähnt auch nicht, daß mein Urgroßvater außer Menschen auch junge Hunde enthaupten ließ, welche am Tage der Auferstehung, in Drachen verwandelt, wiederkehren sollen, um alle Besitzenden zu verschlingen, wonach die Ländereien der Verblichenen unter die Armen aufgeteilt werden sollten. Deshalb sagt Pereira da Costa auch, nachdem er bestätigt hat, daß der König sieben Frauen besaß, »außer religiösem Fanatismus« komme »bei diesen Visionären ein gleichsam sozialistisches Denken« zum Vorschein.

▬▬

Das Dritte Reich dauerte von 1836 bis 1838. Unglücklicherweise jedoch legte der Verrat, wie es immer in diesen Fällen tragisch-epischer Monarchie geschieht, dem Heiligen Imperium vom Stein des Reiches einen Hinterhalt, was sich so zutrug, wie ich es gleich erzählen will.

Es geschah nämlich, daß das Reich immer neue Anhänger anzog und unsere Vettern aus der Familie Vieira einen unserer Verwandten zum Beitritt einluden, den Grafen Dom José Vieira Gomes, einen falschen, verräterischen, kriecherischen und unheilbringenden Menschen, der schließlich als Abtrünniger enden sollte. Er war Viehhirt beim Kommandanten Manuel Pereira, einem adligen, reichen und mächtigen Mann, dem Vater des Barons von Pajeú. Die Familie Pereira, die mächtigste unter den Sertão-Baronen jener Gegend, war von der revolutionären Predigt am Stein des Reiches am stärksten in Mitleidenschaft gezogen worden. Deshalb war der Verrat des Grafen für sie ein Segen des Himmels. Der Verräter kam ins Reichsgebirge, sah alles und nutzte alles, mehrere Tage hindurch. Er trank sogar von dem heiligen Zauberwein, dessen vollständiges Rezept nur die Fürsten vom Blute unseres Hauses kennen. Göttlich berauscht, erblickte er auf diese Weise die Silber- und Diamantschätze des Reiches und beschlief ich weiß nicht wie viele Frauen, die ihm mein Urgroßvater großmütig abtrat. Nun wohl: trotz all diesen Vorrechten ging dieser Judas, dieser Kain hin und verriet die Begebenheiten und den Zugang zu unserem Königreich den Herodes und Kaiphas aus der Familie Pereira.

Im Mai 1838 ereignete sich dann »die Sternstunde« des Imperiums vom Stein des Reiches. In jenem Monat hatte mein Urgroßvater den glorreichen Mut, ein großes Blutbad zu veranstalten, das sich später zu einem wahren Sertão-Krieg ausweiten sollte, dem »Krieg des Reiches«, mit dem allgemeinen Kopfab der Besitzenden, das laut Samuel und Clemens für jede anständige Revolution unentbehrlich ist. Da jedoch die Gerechtigkeit, um vortrefflich zu sein, zu Hause anfangen muß, mußte das Morden unter den Untertanen des Reiches selbst beginnen: Diejenigen, die sich freiwillig für die Enthauptung zur Verfügung stellten, sollten binnen dreier Tage als »Granden des Imperiums« schön, mächtig, ewig jung und unsterblich auferstehen.

Der alte Infant, Dom José Maria Ferreira-Quaderna, mein Ururgroßvater und Vater des Königs, war der erste, der ein Beispiel gab; er wurde enthauptet und badete die Felsen mit seinem Blut. Andere Morde folgten, anfänglich freiwillig, später nicht mehr, denn Enthauptetwerden ist, selbst bei garantierter Auferstehung, verteufelt ungemütlich. Da wurde der König ungeduldig, wählte einige Scharfrichter aus, vor allem unter unseren Vettern Vieira, und befahl, die Opfer mit Gewalt festzuhalten, die sich nach der Auswahl der Enthauptung verweigerten.

Wie auch immer, das Morden war groß, »und das Blut stieg bis zu den Knöcheln«, wie der Regent Dom Antônio Conselheiro in Canudos zu sagen pflegte. Nun werden in solchen Augenblicken immer Schreie und Bitten um Erbarmen laut; die für den Tod Bestimmten beten und weinen. Unter dem Vorwand des Mitleids nun flüchtete der untreue Graf, Dom José Vieira Gomes, die Verzweiflungsschreie der Opfer und die von ihrer Enthauptung verursachte Verwirrung ausnützend, auf einem versteckten Seitenweg zwischen Kakteen und dornigen Schlingpflanzen und rief die Truppen der Barone von Pajeú, der Pereiras, die das geheiligte Imperium vom Stein des Reiches liquidierten. Unser Oberchronist, Antônio Attico de Souza Leite, erzählt: »Es war ungefähr zehn Uhr morgens, am 17. Mai 1838. Mit seinen Brüdern Cipriano und Alexandre Pereira vor seinem Gutshaus ›Bethlehem‹ sitzend, das fünf Meilen westlich des Zerschnittenen Gebirges liegt, plauderte der Kommandant Manuel Pereira über das nach der unerwarteten Flucht seines Viehhirten José Vieira Gomes sich selbst überlassene Vieh auf seinem Gut ›Caiçara‹. Mit einem Mal erscheint ein schmieriges, abgerissenes, unkenntliches und verschrecktes Individuum und wirft sich vor ihnen auf die Knie. Es war José Vieira Gomes, der Viehhirt, der seit mehr als zwanzig Tagen verschwunden war und nun flehentlich bat: ›Helfen Sie mir, Herr, und verzeihen Sie mir um Gottes willen! Mehr als zwanzig Tage ist es her, daß mein Onkel José Joaquim Vieira mich auf Euer Gnaden Gut überredet hat! Er führte mich ins Schöne Gebirge; ich sollte schöne Dinge zu sehen bekommen und ihm bei der Verteidigung der Schätze und des Reiches helfen, das von João Antônio dos Santos entdeckt worden war. Sie waren, erzählte er mir, schon von einem anderen sehr weisen König, Johann Ferreira-Quaderna, entzaubert worden, den er aus Paraíba hergeschickt hatte. Ich habe keinen Ehrgeiz, aber ich wollte doch sehen, ob das wahr wäre. Als ich dort ankam, fand ich wirklich viele Leute am Fuß des Schönen Steins, und der König war mit einer großen Krone auf dem Kopf auf eine Felsspitze geklettert, predigte, sang und sprang ausgelassen herum. Als er seine Ansprache beendete, ließ das Volk König Sebastian mehrfach hochleben, und mein Vetter Manuel Vieira, der jetzt Bruder Simão heißt und mit Vater, Familie und Brüdern dort war, traute zwei Mädchen aus Piancó und übergab sie alsdann dem König, damit er ihnen den ›Dispens‹ erteile (dieser Dispens bestand darin, daß er die Braut der Macht des Königs übergab; der gab sie am nächsten Tag völlig ›dispensiert‹ zurück). Danach reichte der König – den sie privat auch João Ferreira nennen und manchmal auch einfach Joca – den beiden Bräuten den Arm, und wir zogen alle unter Sang und Spiel und Händeklatschen ins Heilige Haus, eine Art von offener Höhle unter einem wundertätigen Felsen. Dort tranken alle ein vom König verabfolgtes Gebräu, das sie Zauberwein nannten, ein Getränk aus dem Saft der Pithecolobium-Akazie und der Brunfelsie: es wirkt wie Alkohol und Opium zusammen. Und wir rauchten Pfeifen, bis wir die Schätze *sahen*. So ging die Zeit dahin, bis der König am 14. dieses Monats Mai – o Tag des Schreckens und des Unheils! –, nachdem er allen viel Wein verabreicht hatte, erklärte: ›König Sebastian wäre sehr unzufrieden und betrübt über sein Volk.‹ – ›Und warum?‹, fragten die Männer tieftraurig und die Frauen in Tränen aufgelöst. ›Weil ihr ungläubig seid! Weil ihr schwach seid! Weil ihr falsch seid! Und schließlich, weil man ihn verfolgt, das Verzauberte Feld nicht bewässert und die beiden Türme der Kathedrale seines Reiches nicht mit dem nötigen Blut abwäscht, um diesen grausamen Zauber ein für allemal aufzuheben!‹ rief der König. Ach, mein Herr! Was nun folgte, war entsetzlich! Der alte José Maria Juca Ferreira-Quaderna, der Vater des Königs, lief als erster auf die Steine zu, umarmte sie und bot seinen Hals Carlos Vieira dar, der ihn mit einem scharf geschliffenen Hackmesser – zu diesem Zweck stand er schon da – glatt vom Rumpf abtrennte! Die Frauen und Männer packten ihre Kinder und übergaben sie Carlos Vieira, José Vieira und anderen; sie schnitten ihnen die Kehle durch und zerschlugen Köpfe an den Felsen und salbten sie so mit Blut! Bei dieser Gelegenheit nutzte ich Verwirrung und Entsetzen aus und flüchtete unerkannt; aber ich war so erschrocken und unglücklich, daß ich mehr als zwei Tage verloren umherirrte!«

━━━━

So floh also der Verräter vom Stein des Reiches und lief am 15. und 16. Mai 1838 richtungslos umher. Erst am 17. fand er das

Haus der Pereiras, vor denen er sich unterwürfig wie jeder Verräter mit einer Lakaienseele hündisch und eines Prinzen von Geblüt unwürdig zu Boden warf und sie als »Meine Herren und Gebieter!« anredete. Dort auf dem Gut »Bethlehem« fand er, nachdem er das Reich verraten und sich erbötig gemacht hatte, die Pereiras als Führer hinzugeleiten, Aufnahme und Hilfe, und alle zusammen bereiteten die Unterdrückung vor.

Unterdessen waren die Unsrigen, den Verrat des Abtrünnigen nicht ahnend, weiter damit beschäftigt, am Stein des Reiches das Ereignis der Wiederkehr des Königs vorzubereiten. Mein Urgroßvater hätte vielleicht dem Morden vorher Einhalt geboten: jedoch gewann sein Geschlechtstrieb, vom Blutbad angestachelt, die Oberhand. Er ließ seine Frau, die Prinzessin Isabela, herbeibringen und wollte sie in Gegenwart aller besitzen, während das Blut der Enthaupteten strömte. Sie war jedoch im neunten Monat schwanger, die Geburt schon nahe, und so weigerte sie sich. Da ergriff Dom Johann II., der Abscheuliche, ihre Schwester, die Königin Josefa, und, während er sich anschickte, sie zu besitzen, befahl er, man solle ihr siebzehn Messerstiche verabfolgen, was während des Beischlafs geschah; dadurch erreichte er, wie er sagte, einen Genuß, wie er ihn nie zuvor verspürt hatte. Souza Leite ist reservierter und lehnt es ab, die Sache mit allen Einzelheiten zu erzählen. Selbst so jedoch sind seine Worte noch hinreichend stark, um eine Vorstellung von dieser königlichen, blutigen Szene zu vermitteln; er sagt nämlich: »Die Opferung wurde an den folgenden Tagen, dem 15. und 16. Mai 1838, mit der gleichen, wenn nicht größerer Überspanntheit fortgesetzt, während der ungeheuerliche, abscheuliche João Ferreira-Quaderna die ganze Schar in einem beständigen Delirium oder Rausch hielt. Auf dem Gipfel dieses Rausches stieg ein Mulatte namens José Pilé Vieira Gomes, um sich den besten Anteil am Königreich zu sichern, auf die Spitze eines nahen Felsens und stürzte sich, zwei Enkel im Arm, herunter. Alsbald ergreift José Vieira seinen zehnjährigen Sohn, stellt ihn auf den Opferstein und schlägt ihm mit dem ersten Streich den Arm ab. Das Opfer rief ihm auf den Knien mit gefalteten Händen zu: ›Vater, hast du nicht gesagt, du liebtest mich so sehr?‹ Eine Witwe namens Francisca, welche den närrischen Ehrgeiz hegte, Königin zu werden, opfert mit eigener Hand ihre beiden jüngsten Kinder. Isabela, die Schwester Pedro Antônios und des ersten Königs Johann Anton, die von dem Ungeheuer geschwängerte, wird von dem abscheulichen Johann Ferreira-Quaderna zum Opfer bestimmt; auf ihr Flehen und ihre Schwangerschaftsbeteuerungen ruft er Carlos und José Vieira zu: ›Opfert sie so, wie sie ist, damit sie nicht zwei Schmerzen zugleich erleiden muß, Gebären und Verzaubertsein!‹ So vorgeschritten war die Schwangerschaft der Unglücklichen, daß einige Augenblicke, nachdem ihre Kehle den Todesstreich empfangen hatte, das Kind die Steinrampe herabrollte und sich am Boden ausstreckte. Endlich erhält Josefa, die Schwester von Isabela, Pedro Antônio und dem ersten König Johann Anton, bekannt als Königin Josefa, weil auch sie das Monstrum Johann Ferreira-Quaderna geehelicht hatte, über siebzig Messerstiche. Auf diese Weise vermochte der abscheuliche Johann Ferreira-Quaderna am Ende des dritten Schlachttages, den Fuß der beiden Granittürme und das umliegende Gelände mit dem Blut von dreißig Kindern, zwölf Männern – darunter seinem eigenen Vater – und elf Frauen zu waschen und zu überschwemmen. Ihre Leichname wurden zugleich mit den Kadavern von vierzehn Hunden am Fuß der Felsen niedergelegt.«

Ich bin mir völlig im klaren über die Voreingenommenheit Souza Leites meiner Familie gegenüber. Doch sie hat auch ihr Gutes, denn so ist alles, was er zu unseren Gunsten aussagt, absolut unverdächtig. Nun hat das berühmte Akademiemitglied trotz all seiner Abneigung aus einer für die quaderneske Monarchie und ihre Ruhmestaten grundlegenden Tatsache keinen Hehl gemacht: Am Stein des Reiches hat man auf dem Haupte meines Urgroßvaters die geheiligte Krone aus Leder und Silber gesehen, welche die wahre Krone Brasiliens ist, die gleiche, die sich heute noch in meinem Besitz befindet.

Unglücklicherweise jedoch sollte ein so wohlbegonnener Tag wie jener 17. Mai 1838 der letzte des Mordens und unseres Dritten Reiches sein: denn am Morgen dieses Tages zettelte ein weiterer Urgroßonkel, der Infant Dom Pedro Antônio, einen Aufstand gegen Dom Johann II., den Abscheulichen, an, blieb siegreich und brachte neuerdings den Zweig der Vieira-dos-Santos auf den Thron; sein Viertes Reich sollte nur bis zum folgenden Tage dauern. Souza Leite erzählt: »Am Morgen des 17. Mai 1838 jedoch, als *das Ungeheuer* sich anschickte, das Volk auf neue Schlächtereien vorzubereiten, kam ihm Pedro Antônio, entrüstet über den Tod seiner beiden Schwestern, Königin Josefa und Prinzessin Isabela, zuvor und bestieg den Thron, weil er sich besser für die Macht legitimiert glaubte, war er doch der Bruder des ersten Königs Johann Anton. Vom Throne aus verkündete er mit lauter Stimme, König Sebastian sei ihm, umgeben von seinem Hofstaat, in der vorangehenden Nacht erschienen und verlange nach der Gegenwart des Königs Johann Ferreira-Quaderna, dem einzigen Opfer, das noch ausstehe, damit sich seine vollständige Entzauberung vollziehen könnte. ›Es lebe König Sebastian! Es lebe unser Bruder Pedro Antônio!‹, erklang der einstimmige Schrei aller Umstehenden. Wenige Stunden später wurde Pedro Antônio unter dem Namen Dom Pedro I. zum König proklamiert, und der Leichnam seines Vorgängers, abscheulichen Angedenkens, wurde an Füßen und Händen an zwei großen Baumstämmen festgebunden. Leute, die sich im Königreich aufgehalten haben, versichern übereinstimmend, daß man gezwungen war, Johann Ferreira-Quadernas Kopf zu zerschmettern, ihm die Eingeweide aus dem Leib zu reißen und seinen Leichnam an Händen und Füßen an die Bäume zu binden, weil er nach seinem Tode Gebrüll und Grunzlaute von sich gab und unheilverkündend zuckte – mit Mund, Bauch und Armen. Deshalb und weil man an diesem Ort nicht mehr reine Luft schöpfen konnte, befahl der neue König

die Verlegung des Zeltlagers an den Fuß einiger Herzfrucht-
bäume in der Nähe der Felsen, wo sich das Wiedererscheinen
Königs Sebastians vollziehen sollte.«

NEUNTE FLUGSCHRIFT
DAS VIERTE REICH

So nahm also das Vierte Reich seinen Anfang, das, wie ich
schon sagte, nur einen Tag dauerte, aber den Vorteil hatte, Brasilien zu offenbaren, wer sein wahrer und wirklicher Dom Pedro I. war, nämlich der unsrige und nicht der verkommene Portugiese aus dem Hause Braganza, der von unserem Anklagevertreter, Doktor Samuel Wandernes, so stark aufgewertet
wird. Wir gelangen nun zu dem epischsten, bannerträchtigsten
und ritterlichsten Abschnitt der Geschichte vom Stein des Reiches. Ich sage dies, weil nun die Sertão-Ritter auftreten, die
vom Oberhauptmann Manuel Pereira, Herrn von Pajeú, befehligt werden; alle galoppieren mit blinkenden Schwertern und
silberbeschlagenen Hakenbüchsen heran, auf der Strafexpedi-
tion gegen die braunen Könige und Propheten vom Stein des
Reiches. Nach geduldigen Forschungen habe ich entdeckt, daß
die Ehrengarde des Kommandanten Manuel Pereira an jenem
Tage aus 36 Reitern bestand, unter welchen seine neun Brüder
herausragten: Antônio, Simplício, João, Francisco, Victor,
Joaquim, Sebastião, Cipriano und Alexandre. Dies zeigt, daß er
dreimal bedeutender war als Karl der Große, weil er dreimal
zwölf Pairs von Frankreich unter sich hatte. Er war ein unversöhnlicher Feind meines Hauses: doch ich unterstreiche seine
Größe aus Sertão-Patriotismus, um gleich eingangs die Überlegenheit des Sertão über das aufgeblasene und schäbige kleine
Ländchen Frankreich zu beweisen.

Kommandant Manuel Pereira verbrachte die Nacht des 17.
Mai mit der Aufstellung seines Reitertrupps, derart daß er sich
schon im Anmarsch auf das Reichsgebirge befand, als »die
Morgenröte des 18. Mai ihr rosiges Licht über die silbrigen

Wasser des Flüßchens Belém auszugießen begann«, wie Souza Leite in seinem reinen epischen Stil sagt. Und er erzählt dann, wie die Truppe, von dem Verräter geleitet, den besten Zugangsweg entdeckte und über das Gebirge kletterte, durch Schlinggewächse und dornige Kakteen vordrang und endlich mannshohes Gras durchquerte: »In dem Augenblick jedoch, in welchem sich die Pereiras mit den ihnen folgenden Soldaten der Rodung näherten und den Herzfruchtbäumen zuwandten, standen sie König Pedro Antônio von Angesicht zu Angesicht gegenüber; er trug eine große Krone auf dem Kopfe und war begleitet von einem zahlreichen Gefolge aus Frauen, Kindern und mit Buschmessern und Knüppeln bewaffneten Männern. ›Nur keine Angst vor ihnen! Die Truppen unseres Reiches stoßen zu uns! Es lebe König Sebastian!‹ rief Pedro Antônio, schwenkte seine Krone in der Luft und stürzte sich wutentbrannt mit den Seinigen auf den Reiterhaufen. Schrecklich war das Ergebnis dieses Zusammenstoßes der beiden Streitkräfte: auf dem Schlachtfeld blieben unzählige Leichen zurück, darunter die von König Pedro Antônio und vielen seiner Anhänger, aber auch die von Cipriano und Alexandre Pereira. Kommandant Manuel Pereira führte persönlich die Frauen und Kinder der dort dingfest gemachten Verbrecher ab. Kaum gelangte er zu seinem Gut ›Bethlehem‹, so sandte er die Gefangenen an den Präfekten von Flôres, Francisco Barbosa Nogueira Paes, weiter. Dieser ließ die Frauen frei, verteilte die Kinder und überstellte die Delinquenten dem Strafrichter. Eines dieser Kinder ist heute – 1874 – der würdige Notar der Kleinstadt Flôres, Joaquim José do Nascimento Wanderley; er wurde erzogen von Pater Manuel José do Nascimento Bruno Wanderley, von dem er den Nachnamen übernahm. Unter den Delinquenten befand sich auch Gonzalo José dos Santos, der Vater des ersten Königs Johann Anton, welcher, vom Geschworenengericht von Flôres verurteilt, seine Lebenstage in Ketten im Zuchthaus von Fernando de Noronha beendigte.«

ZEHNTE FLUGSCHRIFT
DAS FÜNFTE REICH

Dies war das tragische Ende des Vierten Reiches. Und trotz seiner Feindseligkeit muß der geniale Souza Leite zugeben, daß der blutige Untergang unserer Krone »eine Katastrophe, eine haarsträubende Tragödie war, welche die Geschichte verzeichnen wird«: was beweist, daß unser Königshaus den übrigen in nichts nachsteht, was Stammbaum und epische Würde anbetrifft. Unsere Monarchie, wie jeder dieses Namens würdige Thron, endet damit, daß Flur und Krone in Königsblut gebadet werden.

So bleibt mir nur noch darzustellen, wie die doppelte Königslinie der Vieiras-dos-Santos und der Quadernas schließlich in eine einzige verschmolz und sich in meiner Person alle Rechte auf die geheiligte Krone des Sertão vereinigten. Wie ich schon erzählt habe, heiratete mein Urgroßvater gleichzeitig zwei Schwestern, die beiden Infantinnen, seine Kusinen, nämlich die Königin Josefa und die Prinzessin Isabela. Von der ersten hatte er keine Kinder, doch die zweite wurde von ihm schwanger. Ew. Hochwohlgeboren haben aus der Chronik ersehen, daß die Prinzessin Isabela in dem Augenblick, in dem sie enthauptet wurde, ein Kind gebar, das den Felsen herab zu Boden rollte. Durch dieses Kind nun lebte das königliche Geschlecht der Quadernas weiter.

Der Leichnam meiner Urgroßmutter Isabela wurde erst am Morgen des folgenden Tages von einem Viehhirten aufgefunden, der, als er neugierig umherstreifte, um sich das Schlachtfeld anzusehen, ein schwaches Wimmern hinter den Felsen vernahm. Erschrocken näherte er sich dem Ort, woher das Weinen kam, und es bot sich ihm ein haarsträubendes Bild. Auf dem Boden lag der junge, nackte, dunkelbraune Leichnam einer enthaupteten Frau. Zwischen ihren Schenkeln eingerollt lagen zwei riesige Korallenschlangen von einem bei dieser Gattung nie dagewesenen Ausmaß. Zwei Jaguare beleckten und beschnupperten den Leichnam und flüchteten, als der Eindringling auftauchte. Zu jeder Seite der Leiche lag ein Frauenkopf; beide Köpfe waren am Hals abgetrennt. Die Köpfe ähnelten sich sehr, waren gleich schön und trugen das gleiche lange schwarze Haar. Und da zumindest aus der Chronik glaubwürdiger Historiker nicht ersichtlich ist, daß meine Urgroßmutter zwei Köpfe gehabt hätte, war einer davon wahrscheinlich der ihrer Schwester, der Königin Josefa, deren Leichnam nie aufgefunden wurde.

Seltsam ist jedoch, daß das Kind überlebt hatte und in der Nähe des Leichnams seiner jungen Mutter lag. Wie konnte das Neugeborene überlebt haben? Man weiß es nicht, und ich, das berühmte Mitglied des »Genealogischen und historischen Instituts von Cariri«, stelle keine Hypothesen auf; ich sage nur, was ich auch beweisen kann. Doch sicherlich hat es mit der hier in Cariri umlaufenden Darstellung seine Richtigkeit, wonach einer der beiden Jaguare ein Weibchen war und den kleinen Unschuldsengel an seinem ersten Lebenstag gesäugt hat, womit ja im übrigen nur andere berühmte Beispiele aus der Geschichte aufgefrischt worden wären.

Wichtig ist jedenfalls, daß der Viehhirt mit dem Kind Mitleid empfand und es mitnahm. Als er später erfuhr, daß Kommandant Pereira die Kinder der übrigen Verblichenen verteilt hatte, brachte er das unschuldige Kind nach Flôres und übergab es demselben Pater Manuel José do Nascimento Wanderley, der auch das zweite, den späteren Notar, unter seine Fittiche genommen hatte.

Dieser Pater Wanderley war ein gütiger, tugendhafter und kluger Mann. Weil er wußte, daß sein neuer Schützling ein Sohn König Johann Ferreira-Quadernas war, hatte er Angst, dieses Gerücht könnte sich ausbreiten und das Blutzeichen der Familie auf das Haupt des kleinen Fürsten herabziehen. Es war nämlich mein Urgroßvater vor allem unter seinem Nachnamen Ferreira bekannt; so wird er auch von allen, die über den Stein des

Reiches schreiben, genannt: nur ich habe aus Gründen der größeren Klarheit den Namen Quaderna hinzugefügt, der erst bei mir in Erscheinung tritt. Der Pater machte sich das zunutze, als er das Kind taufte; er ließ den Namen Ferreira weg und behielt nur den Namen Quaderna bei, der fast niemandem bekannt war. Und so geschah es, daß mein Großvater, der kleine, dem Blutbad entronnene Fürst, auf den Namen Pedro Alexandre Quaderna getauft wurde und nicht auf den Namen Pedro Alexandre Vieira-dos-Santos Ferreira-Quaderna, wie es unter normalen Umständen geschehen wäre.

Als das Kind erwachsen war, gab ihm der tugendhafte Pater Wanderley seine natürliche Tochter Bruna Wanderley zur Ehefrau, ein blondes, im Hinterland ob seiner Schönheit bekanntes Mädchen. Und aus der Heirat Brunas mit meinem Großvater, Dom Pedro Alexandre (der unter dem Namen Dom Pedro II. den Thron bestieg), ging Dom Pedro Justino Quaderna (oder Dom Pedro III.) hervor, der zu meinem Vater werden sollte, und zwar durch seine Heirat mit Dona Maria Sulpícia Garcia-Barretto, einer unehelichen Tochter des Barons von Cariri und Schwester meines Onkels und Paten, Dom Pedro Sebastião Garcia-Barretto; dieser wurde auf die von mir bereits erwähnte grausame und rätselhafte Weise am 24. August 1930 ermordet, an einem Tage, an dem der Teufel los war.

ELFTE FLUGSCHRIFT
DAS ABENTEUER VON ROSA UND DER GRÄFIN

Hier sind also einige der Gründe aufgeführt, die mich meine quaderneske Abkunft als ehrenvoll betrachten lassen. Ein weiterer, ebenfalls triftiger Grund war das »Lied von der Gräfin«, das mich seinerseits darauf vorbereitete, zwei schlimme Einflüsse in meinem Leben zu empfangen, denjenigen meiner Tante, Dona Filipa Quaderna, und den meines Firmpaten, des Volksbarden João Melquíades Ferreira.

Im übrigen würden Ew. Hochwohlgeboren den Einfluß, den meine Tante Filipa auf mich ausübte, nur verstehen können, wenn Ihnen beide, Tante und Neffe, persönlich bekannt wären. Nachdem ich lange darüber nachgedacht habe, möchte ich heute sagen, daß ich als Kind meine Mutter, die sanfte und gütige Maria Sulpícia, sehr geliebt habe. Bewundern, bewundern jedoch konnte ich nur meine Tante Filipa, welche an den Tagen, an denen sie schlechter Laune war, vier oder fünf Schnäpse kippte, ein wildes Pferd bestieg, über den Marktplatz ritt, das Tongeschirr am Boden in Scherben schlug und sogar den Raufbolden Ohrfeigen verabfolgte. Ich, der ich in der Bewunderung von Jagden, Reiterzügen, Schießereien, Messerstechereien und anderen Sertão-Heldenstücken geboren und großgeworden war, hatte das Unglück, ein schlechter Reiter, ein schlechter Jäger und ein schlechter Raufbold zu sein. Vielleicht deshalb bewunderte ich meine Tante Filipa, in deren hochgewachsener, magerer Kranichgestalt sich der gesamte Mut der Familie Quaderna vereinigt zu haben schien.

Tante Filipa war es, die mich nach dem Tode meiner Mutter Maria Sulpícia großzog. Da ich der jüngste unter den ehelichen Söhnen meines Vaters war, bevorzugte mich meine Tante, und viele der Mutproben, die abzulegen ich mich im Laufe meines Lebens gezwungen sah, bestand ich aus Angst vor ihr. Ich durfte doch nicht zulassen, daß Tante Filipa in ihrem Lieblingsneffen einen Feigling entdeckte, einen Menschen ohne Talent und ohne Substanz, einen Kerl, der nicht lange zu Pferde sitzen konnte, ohne Schwielen am Hintern zu bekommen und Schwellungen an beiden Knien gleichzeitig. Ich konnte auch nicht zugeben, daß meine Tante zu der bitteren Einsicht gelangte, daß sie, eine Frau, mehr Mut im Leibe hatte als die Männer der Familie; das hätte sie vor Kummer umgebracht. Wenn deshalb eine Streitfrage auftauchte, bei der ihrem besonderen Ehrenkodex zufolge »die Ehre der Quadernas« auf dem Spiel stand, so suchte ich mich verschreckt und ganz gegen meine Neigung so sehr wie möglich dem Bilde anzunähern, das sie sich von mir gemacht hatte.

Nun wohl: nach dem Tode meiner Mutter wurde Tante Filipa Hausverwalterin im »Herrenhaus zum Gefleckten Jaguar«, auf dem Gut meines Paten Dom Pedro Sebastião. Eindrucksvoll waren die Ruhe, die Bescheidenheit und die sanfte Energie, die sie mit dem männlichen Mut und den Galoppritten der Tage, an denen sie mißgestimmt war, zu verbinden wußte. An diesen Tagen der Alltagsruhe zog sie den langen Rock und die Ärmeljacke an, die sie immer zu tragen pflegte, rückte die Brille mit der goldenen Fassung auf der Nase zurecht, setzte sich auf ein Kissen und klöppelte eine Spitze nach der anderen, wobei sie alte Volkslieder und Bänkelgesänge zum besten gab, die sie zu Dutzenden auswendig wußte. Mein Pate hegte für sie die größte Bewunderung. Auf diese Weise, Spitzen klöppelnd und ihre Lieder singend, übte sie eine despotische Alleinherrschaft aus: über das Gesinde und die Erziehung der Kinder, über den Katechismus und die Vergnügungen der Töchter der Gutsbewohner und der Viehhirten. Den Mädchen brachte sie einige ihrer alten Rundgesangweisen bei und scharte sie abends im fliesenbelegten Innenhof des Gutes zu Gesang und Tanz um sich.

In dem Maße, in dem ich in die Länge schoß und bei den Ziegen meiner Tante die ersten Versuche anstellte – auf eine Weise, die ich später genauer erzählen werde –, gab ich die Streifzüge mit der Steinschleuder auf und rückte abends näher an den Kreis der kleinen und der größeren Mädchen heran, die ich zuvor als eines wahren Mannes unwürdig verachtet hatte. Auf einmal begann ich, sie jeden Abend im Tanz herumzuschwenken; ich wollte die Berührung mit einem der weiter entwickelten Mädchen ausnutzen, dessen Brüste sich schon rundeten und das bereit war, mich heimlich vom Hofe weg zu den dunkleren Büschen zu begleiten, die für Spiele und Scherze geeigneter waren. Wenn wir überrascht wurden, setzte es Kopfnüsse, und Tante Filipa unterstrich sie mit der Bemerkung:

»So ein Schlingel! So ein Schwerenöter! Ganz genau der Papa!«

Tante Filipa konnte nämlich meinem Vater das ungeregelte Leben nicht verzeihen, das ihm den Spitznamen »Schürzenjäger von Cariri« eingetragen hatte, und zwar in einer Zeitung von Campina, die gegen meinen Paten Opposition machte.

———

Eines Abends brachte Tante Filipa den Mädchen einen Rundgesang bei; zu diesem gesungenen Zwiegespräch brauchte man auch einen Burschen. Ich war eigentlich schon ein bißchen zu groß, aber ich drängte mich wild nach dem Platz, ohne mir etwas aus den Spötteleien zu machen, die mir die Söhne anderer Gutsleute, meine Kameraden Lino Pedra-Verde, Severino Putrião, Marcelino Arapuá und andere Tagediebe zuriefen. Ich hatte nämlich seit vielen Tagen ein Auge auf die Tochter eines der Viehhirten, auf Rosa, geworfen, ein braunes Mädchen mit glattem Haar; sie war schon zur Jungfrau herangewachsen und überaus interessiert an allem, was sie noch nicht kannte.

Tante Filipa war damit einverstanden, daß ich in den Kreis eintrat. Sie erklärte mir, ich solle die Rolle eines Ritters spielen und Elisa, die Tochter der Gevatterin Teresa, die der Gräfin. Elisa stand auf der anderen Seite des Kreises; alle Mädchen sahen mich an. Die Mädchen waren die Töchter der Gräfin; an diese mußte ich mich wenden, das Lied anstimmen und folgendes Zwiegespräch führen:

–Gräfin, Gräfin, hört Ihr mich?
–Was soll dir die Gräfin, sprich!
–Eines dieser Mädchen will ich,
Will sie in die Ehe führen.
–Meine Töchter hol ich nicht
Aus der sicheren Klosterhut,
Nicht für Gold und nicht für Silber,
Nicht für Aragoniens Blut!
–Ach, wie kam ich her so glücklich!
Ach, wie geh ich traurig fort!

–Komm nur wieder, Ritter, komm nur,
Komm und such dir eine aus!
–Diese stinkt, die riecht nicht fein,
Diese ißt nur Kirmesbrot.
Diese dort, die soll allein
Meine Eh'gefährtin sein!

Damit man den aufgeregten Gemütszustand, in dem ich mich bei diesem Spiel befand, richtig versteht, muß ich hinzufügen, daß die Nacht kalt war und der Mond schien; es war eine der Sertão-Nächte, in denen der Himmel Sterne frißt und der Buschwald rings um den »Gefleckten Jaguar« wunderschön ist und herrlich duftet. All dies zusammen mit dem Verlangen, das ich nach Rosa, meiner Erwählten, verspürte, versetzte mich in eine Erregung, die mich über mich selbst hinauswachsen und außer mir geraten ließ. Traum und Blut verschmolzen zu einem einzigen, vom Verlangen entzündeten Feuer, wegen der Schönheit des Mädchens, wegen der Lieder, wegen der Nacht, wegen des Mondes und wegen der Sterne. Die Worte der Romanze berührten mich noch tiefer, weil ihr Sinn dunkel und befremdlich war. Beeindruckt von Gold, Silber, Kloster und Blut, ward sogleich alles heilig für mich, geheiligt vom Licht des Mondes, der mir wie eine goldene Kugel erschien, feucht vom Blute von Aragonien, das von der Nacht im Buschwald tropfte, im Silberstaub seines Lichtes.

Da wurde Tante Filipa gerufen, um drinnen eine häusliche Angelegenheit zu klären. Ich verließ den Hof, durchschritt das Portal und gelangte an den Rand des Buschwalds, den ich traumverloren anschaute. Da hörte ich hinter mir vorsichtige sanfte Schritte: und ehe ich mich noch umschaute, wußte ich, daß es Rosa war.

Erst viel später sollte ich eine Frau erkennen, in der denkwürdigen Nacht, als Arésio und ich in den Zirkus »Estringuine« gingen, und zwar nach Schluß der Vorführung. Doch die erste Liebeserfahrung, die ich in jener Nacht mit Rosa erlebte, war

viel bedeutsamer. Sie erlaubte, daß ich sie küßte, was ich recht
ungeschickt, unwissend und herzlich tat, mit einem Kuß, der
nur die weiche, duftende Haut ihrer Lippen streifte. Zum Ausgleich küßte ich ihr Haar, atmete den berauschenden Duft ein,
der von ihrem Leib ausging, hob instinktiv die Hand, ließ sie
sanft über ihren Busen gleiten und berührte ihre beiden Brust-
knospen.

In diesem Augenblick vernahm ich Tante Filipas Stimme,
die auf dem Hof nach mir rief. Ich sagte zu Rosa, sie solle an der
Außenmauer entlang ins Haus zurückgehen, damit es so aussehe, als käme sie aus dem Hausinneren, und kehrte allein durch
das Eingangsportal zurück. Trotz all diesen Vorsichtsmaßnahmen jedoch war Tante Filipa äußerst mißtrauisch. Ich trat nahe
an sie heran, streichelte sie und schmeichelte ihrer Eitelkeit, indem ich einen Spitzenkragen lobte, den sie selber verfertigt
hatte und ständig trug. Gleichzeitig wuchs das Glücksgefühl,
das ich erlebte, derart an, daß mir die ganze Welt um mich
herum verklärt erschien. Ich hatte große Lust, zu Bett zu gehen,
um von meinem Verlangen und meiner Erregung zu träumen.
Ich spürte jedoch noch den Drang, etwas Näheres über das zu
erfahren, was mich an der »Romanze von der Gräfin« verwirrt
und fasziniert hatte. Ich fragte also Tante Filipa, was eine Gräfin sei und was ein Ritter zu bedeuten habe.

»Das sind alte Geschichten, Dinis!« sagte sie. »Danach
fragst du besser deinen Vater, der mehr Bildung hat als ich. Ich
glaube, eine Gräfin ist eine Prinzessin, die Tochter eines reichen Gutsbesitzers, eines Königs wie Dom Pedro I. oder Dom
Sebastian.«

»Und ein Ritter?« beharrte ich, nachdem ich in meinem Blut
den Namen Prinzessin vermerkt hatte, der sich nun für immer
mit Rosas Duft und ihren Brüsten verband.

»Ein Ritter«, erklärte Tante Filipa, »das ist ein Mann, der
ein Pferd hat und auf ihm reitet, andere Ritter mit dem Messer
bekämpft und die Tochter des Königs heiratet.«

Deshalb nun, edle Herren und schöne Damen, hat die »Romanze von der Gräfin« so verteufelt dazu beigetragen, daß ich in Begeisterung geriet, als ich später die Geschichte vom Stein des Reiches kennenlernte, in der die Pereiras, die Barone von Pajeú, zu Pferde saßen und die Reitertruppe befehligten, die mit ihren Messern den königlichen Thron der Quadernas stürzen sollte. Sie bereitete mich auch darauf vor, das zu begreifen, was der Jüngling mit dem Schimmel wirklich zu bedeuten hatte. Seit jener Nacht mit Rosa und der Romanze stellte ich mir jedesmal, wenn ich einen Viehhirten zu Pferde sah, mit seinem Wams, seinem Lederhut und dem mit Metallsternchen verzierten Zaumzeug seines Pferdes, im Geiste vor, dieses Metall wäre Silber, und sprach zu mir selbst: »Da reitet ein Ritter hoch zu Roß! Er wird Rosa entführen, die schönste Tochter der Gräfin und des Königs Pedro I., um sie in den Buschwald zu tragen, ihr duftendes Haar zu küssen und ihre Brüste zu streicheln, während die goldene Kugel des Mondes vom Blute Aragoniens benetzt wird, das aus dem Silbermünzenlicht der Nacht herabtropft!«

ZWÖLFTE FLUGSCHRIFT
DAS REICH DER DICHTUNG

In dem Maße, wie ich heranwuchs, schlugen diese Überlegungen immer tiefere Wurzeln in meinem Blut. Ich hörte, memorierte und sang zahllose Bänkellieder und Romanzen, die mir Tante Filipa, mein Firmpate João Melquíades Ferreira und die alte Maria Galdina beibrachten; die Letztgenannte war eine halb schwachsinnige Alte, die uns gelegentlich besuchte.

João Melquíades war ein im ganzen Sertão bekannter Volksbarde. Er unterzeichnete seine Flugblätter mit dem stolzen Beinamen »Der Sänger von Borborema« – als Huldigung für das geheiligte Gebirge von Paraíba. Er war 1897 im »Krieg von Canudos« Soldat gewesen und hatte unter dem Befehl des damaligen Oberstleutnants Dantas Barretto gekämpft. Danach gehörte er zu den Truppen, die Acre besetzt hatten, das zuvor von irregulären Nordostler-Verbänden unter Plácido de Castro erobert worden war. Im Range eines Unteroffiziers hatte man ihn in Pension geschickt; er kehrte nun in seine Heimat Paraíba zurück und stellte sich unter den Schutz des mächtigen Mannes von Cariri, meines Paten Dom Pedro Sebastião. Dieser gab dem alten Sänger in der Nähe des Herrenhauses Unterkunft, wo João Melquíades keine weiteren Verpflichtungen hatte; er konnte von seinem Sold als Unteroffizier und von dem Verkauf seiner Flugblätter und Bänkellieder leben. Dann sollte er berühmt werden, und zwar mit einer Romanze über den »Krieg von Canudos« sowie durch die zahllosen Flugblätter, die er gegen die Protestanten schrieb. Diese »Neusektierer« begannen damals »mit ihren Evangelien, ihren Lehrabweichungen und ihrer Proselytenmacherei«, wie unser Pater Renato entrüstet sagte, im Hinterland aufzutreten.

Was die alte Maria Galdina angeht, so kannte man sie unter drei Namen: Frau Maria Galdina, Galdina Gato und Frau Maria von Badalo, weil sie aus der Familie Gato stammte und in Badalo wohnte, einer Gegend in unserer Gemeinde, wo nur die Verrückten zu Hause sind. Sie nahm es schrecklich übel, wenn ihr etwas Derartiges zu Ohren kam. Manchmal tauchte sie im »Gefleckten Jaguar« auf, um Eier, Koriander und Hühner zu verkaufen. Tante Filipa kaufte ihr alles ab, auch wenn sie es nicht gebrauchen konnte. Und weil sie sie respektvoll *Dona* Maria Galdina nannte und ihre Narrheit nicht beachtete, hielt die Alte die größten Stücke auf sie. Sie schwatzte überall herum, Tante Filipa sei ein Engel. Nie erschien sie im »Gefleckten Jaguar«, ohne ihr kleine Geschenke mitzubringen, Angurien-Gurken, Eier und – selbst zur Winterzeit – ein oder zwei Armvoll Rosen von ihrem Hof.

Nun, die Freundschaft zwischen meiner Tante und der Alten von Badalo wuchs noch mehr, als sich herausstellte, daß sie beide alte Lieder liebten, die nur sie allein noch kannten. Wenn also Frau Maria Galdina zu uns ins Haus kam, setzte sie sich auf den Boden neben das Kissen, auf dem Tante Filipa Spitzen klöppelte, und sie fingen an, sonderbare Romanzen zu singen, bei denen die eine der anderen einhalf, Romanzen, die denjenigen des alten João Melquíades gleichzeitig ähnlich und unähnlich waren. Sie kannten jedoch auch Cangaceiro-Romanzen und -lieder und schätzten das »ABC von Jesuíno Brilhante« sehr. Beide bewunderten diesen Cangaceiro, sie sahen ihn als »den mutigsten und ritterlichsten Cangaceiro im ganzen Hinterland« an, ganz anders als die unverschämten Cangaceiros von heute, »welche die Familien nicht mehr respektieren«, wie die Alte von Badalo in voller Übereinstimmung mit Tante Filipa sagte.

Was ich am meisten an Jesuíno Brilhante und den übrigen Cangaceiros bewunderte, war der Mut, mit dem sie alle einem grausamen und blutigen Tode ins Auge schauten. Unter dem Eindruck des königlichen Todes meiner Vorfahren in Pajeú erschreckte und faszinierte er mich gleichzeitig. Ich wollte der königlichen Größe nachhelfen, die sie im Leben wie im Sterben an den Tag gelegt hatten, doch ich wußte, daß mein Mut dazu nicht ausreichte. Ich hörte den Trupp der Sertão-Ritter und -Barone mit Feuerrohren und Schwertern bewaffnet zum Stein des Reiches reiten. Ich hörte das Aufeinanderprallen der Eisen in der Schlacht. Ich sah die abgeschnittenen Kehlen, sah das Blut der Könige und Prinzessinnen hervorspritzen und den glühenden Sertão-Boden tränken. Dergestalt daß, als Dona Maria Galdina und Tante Filipa eines Tages eine bestimmte Romanze sangen, die ebenfalls von Jesuíno Brilhante handelte, dies alles plötzlich in meinem Kopfe Feuer fing. Ich erinnere mich an eine Strophe, in der es hieß:

> Jesuíno ist gestorben!
> Tot der König des Sertão!
> Auf dem Feld der Ehre starb er,
> Wollt' sich nicht dem Feind ergeben.
> Lieber seines Bruders Schmach
> Rächen mit dem eignen Leben!

Eingestimmt durch die Begebenheiten vom Stein des Reiches, beeindruckt von den Wörtern *König* und *Feld* (»Feld der Ehre« war für mich gleichbedeutend mit »blutgetränktem Zauberfeld«), begann ich Jesuíno Brilhante mit meinem Urgroßvater Dom João Ferreira-Quaderna zu vermischen. Ich erlernte also die Melodie des »Liedes von Jesuíno«, und wenn ich an die Verse gelangte, die ich soeben zitiert habe, ersetzte ich ihre Worte durch die folgenden:

> König Johann ist gestorben,
> Tot der König des Sertão!
> Auf dem Zauberfeld erlitt er
> Blutige Exekution!
> Peter Anton war sein Mörder,
> Folgt' dem Bruder auf den Thron!

Dies alles war zu Beginn nur untergründig in meinem Blut vorhanden, als dunkles Gift, das in mir seine tiefen, unausrottbaren Wurzeln ausbreitete. Erst später gewann alles an Deutlichkeit, vor allem dank dem Unterricht meines Paten João Melquíades Ferreira. Er war nämlich dem Beispiel seines alten Lehrmeisters, des großen Francisco Romano aus Vila do Teixeira, gefolgt und hatte auf dem »Gefleckten Jaguar« eine Sängerschule ins Leben gerufen, in der er uns »Kunst, Auswendiglernen und Inspiration der Dichtung« beizubringen versuchte. Er spürte unter uns diejenigen auf, die seinen Romanzen und Flugblättern mit der größten Aufmerksamkeit zuhörten, überzeugte sich davon, ob sie wirklich »zur Kunst berufen« waren, und machte sie dann zu seinen Schülern. Schließlich wählte er vier unter den besten aus: mich, Marcolino Arapúa, Severino Putrião und Lino Pedra-Verde.

Er begann seinen Unterricht mit der Feststellung, es gebe zwei Arten von Romanzen: die »versifizierte und gereimte« oder auch poetische und die »nicht-versifizierte und ungereimte« oder Prosa-Romanze. Und er veranstaltete mit uns fol-

gende Übung: wir mußten eine nicht-gereimte Romanze nehmen und in Verse bringen und das in Prosa Erzählte nun in Versen erzählen. Er las uns die »Geschichte von Karl dem Großen
und den zwölf Paladinen von Frankreich« vor, die uns durch
das Heldentum ihrer Rittertaten und die Geschichten von Kronen und Schlachten bezauberte; wegen der Geschichte vom
Stein des Reiches standen sie mir klar vor Augen samt ihren
verliebten und unglücklichen Prinzessinnen, die entweder enthauptet oder entehrt, immer aber von Rittern in tödlichen
Zweikämpfen begehrt wurden. Diese Duelle wurden mit dem
Degen ausgetragen, neben riesigen Steinen und auf einem
Zauberfeld, das von unschuldigem Blut durchtränkt war. Unzählige Hinterland-Sänger und -Dichter hatten schon diese
Romanze von Kaiser Karl dem Großen in Verse gebracht. Wir
zogen die gereimten Fassungen vor, nicht nur weil man sie
leichter auswendig behalten, sondern auch weil man die Verse
singen konnte, indem man die Melodie auf der Gitarre begleitete, was João Melquíades nicht versäumte uns beizubringen.
Eine dieser Fassungen lautete:

> Als der König Karl der Große
> Seine Schlacht gewonnen schon,
> Baute er die Jakobskirche
> Auf für Spaniens Schutzpatron
> Und ließ Unsrer Lieben Frauen
> Einen Dom zu Aachen bauen.

> Sechzehn Städte nahm er ein,
> Treu blieb ihm des Krieges Glück.
> Da dies Glück ihm immer beistand,
> Dankt' er Gott für sein Geschick.
> Er fuhr in das deutsche Land,
> Kam dann nach Paris zurück.

> In dem Kreis der Paladine
> Zog Reinald von Montalban,

Zogen Guy, Fürst von Burgund,
Thierri, Herrscher von Dardan,
Roland und Freund Oliver,
Dazu auch Graf Galalan.

Lambert sah man von Brabant,
Galdebod aus Friesenmark,
Auch den Lothringer Garin,
Ogier aus Dänemark,
Basin, Fürst von Genua,
Lauter Recken kühn und stark.

Gerard sah man und Rainier,
Engelo von Almirant,
Naimes aus dem Bayernland,
Hoël und Riol von Nantes,
Reinald und den treuen Anselm,
Otton, Fürsten von Anglant.

Zwanzig Jahre hat der Kaiser
Unter Schlachtenlärm verbracht.
In Italien, Frankreich, Deutschland
Hielten seine Heere Wacht.
»Neuer Krieg bricht aus in Spanien!«,
Ward ihm Botschaft überbracht.

Was mich daran beeindruckte, waren die Ortsnamen und außerdem die Tatsache, daß die zwölf Paladine von Frankreich in
der Aufzählung zwanzig ergaben. Eines Tages fragte ich Tante
Filipa, wo alle diese wundervollen Orte lägen, die da Lothringen, Deutschland, Bayern, Genua und Brabant hießen. Sie
antwortete mir:

»Genau weiß ich es nicht, Dinis, aber sie müssen höllisch
weit entfernt sein, ungefähr dort, wo die Türkei liegt, schon fast
am Rande der Welt. Im Zerschnittenen Gebirge lebt eine Familie Lothringen: Also müssen diese Orte wohl jenseits des
Sertão von Pajeú liegen, oberhalb des Zerschnittenen Gebir-

ges, mehr als sechzig Meilen von hier. Oder vielleicht auch in Richtung Piauí zwischen der Türkei und Deutschland. Der Krieg von Dr. Santa Cruz gegen die Regierung von Paraíba soll sich 1912 in dieser Gegend abgespielt haben; was mich nur wundert, ist, weshalb einige Leute ihn den ›Zwölfer-Krieg‹, andere den ›Vierzehner-Krieg‹ nennen; unsereiner weiß dabei überhaupt nicht mehr, wie viele Könige denn nun eigentlich mit dabeiwaren, ob es zwölf waren oder vierzehn. Dabeiwaren, außer einem gewissen Togo aus Japan, der Kaiserdeitsch, Antônio Silvino, die Pereiras, Dom Sebastian, Karl der Große, die Viriatos, das ganze Kriegspersonal! Ich sage das, weil ich zu jener Zeit deinen Vater gefragt habe: ›Justino, kannst du mir sagen, ob Paraíba mit drinsteckt in diesem Krieg, der gerade herrscht?‹ Er gab mir zur Antwort: ›Filipa, Paraíba gehört zu Brasilien, und Brasilien steckt mit drin.‹ Da fragte ich ihn: ›Für oder gegen Deutschland?‹ Da sagte er: ›Gegen den Kaiserdeitsch.‹ Ich fragte zurück: ›Gegen was?‹ Dein Vater sagte: ›Gegen Deutschland! Der Kaiserdeitsch ist der König von Deutschland.‹ Da fragte ich: ›Und wenn Deutschland den Krieg gewinnt, glaubst du, daß sie unserem Gevatter Pedro Sebastião sein Land wegnehmen?‹ Justino gab zur Antwort: ›Diese Leute in der Regierung sind so gemein, daß sie zu so etwas durchaus fähig sind.‹ Da packte mich die Wut, und ich sagte: ›Wenn es so weit kommt, kehre ich dem alten Brasilien den Rücken und gehe nach Ceará.‹«

——

Der alte João Melquíades lehrte uns außerdem, unter den Romanzen gebe es sieben Haupttypen: die Liebesromanzen, die Romanzen von Hurerei und liederlichem Leben, die Cangaceiro- und Ritterromanzen, die beispielhaften Romanzen, die Romanzen von Schelmenstücken, von Vagabunden und schlauen Streichen, die Zeitungsromanzen und die Romanzen von Wahrsagungen und Geistern.

Eines Tages hörte ich, wie Tante Filipa und die Alte von Badalo zusammen eines jener Lieder sangen, die ich sonderbar, aber der »Romanze von der Gräfin« ähnlich fand. Beide saßen am Boden und klöppelten Spitzen, und während Tante Filipa die Klöppel bediente, sang sie im Duett mit Dona Maria Galdina:

Frau Galdina: Ach Valença! Weh Valença!
     Bald wirst du in Flammen stehen!
     Mögst du eher noch durch Mauren
     Als durch Christen untergehen!
     Ach Valença! Weh Valença!
     Eh drei Tage noch vergehen,
     Wirst du – heut so stark befestigt –
     Mauren vor den Toren sehen!

Tante Filipa: Kleide, kleide, meine Tochter,
     Dich in Silber ein und Gold!
     Halte auf mir diesen Mauren
     Mit Geplauder ungewollt.
     Sparsam seien deine Worte,
     Aber wohlgesetzt und hold.
     Sparsam rede, aber rede
     Von der Liebe reichem Sold!

Das gab mir nun Anlaß, meinen Paten João Melquíades über diese Lieder zu befragen. Er erklärte mir, das seien »alte, halb verstümmelte und schon ein bißchen aus der Mode gekommene Romanzen«. Er sagte, der Kampf zwischen Christen und Mauren, von dem das Lied sprach, sei der nämliche, den ich alle Jahre zwischen Weihnachten und Dreikönigstag bei Aufführungen der »Galione Catrineta« mit ansähe, wo die Maurenkönige zur roten Partei, die Christenkönige zur blauen gehörten. Er kannte einige von diesen alten Liedern, die er aus professionellen Gründen zu Beginn seiner Laufbahn als Volksbarde auswendig gelernt hatte. Und er sang mir eines von ihnen vor, eine Mischung von Liebes- und Hurerei-Romanze. Sie hieß »Romanze von der Tochter des brasilianischen Kaisers« und lautete so:

Kaiser Pedro hatte eine
Tochter, die ein Bankert war.
Und er liebte sie gar innig;
Deshalb schlug sie aus der Art.
Von Baronen reich und mächtig
Oft um sie geworben ward.
Aber sie wies alle Freier
Immer von sich stolz und hart.
– Der ist kindisch! Der zu alt mir!
Dieser hat noch keinen Bart!
Dieser da, der ist zum Schwingen
Eines Schwertes viel zu zart!

Kaiser Pedro sagte lachend:
Strafe bleibt dir nicht erspart,
Wenn du dich wohl gar in einen
Viehhirten am End' vernarrt!

Auf dem Gutshof ihres Vaters,
Als der Morgen wich dem Tag,
Die Infantin wieder einmal
Sinnend in dem Fenster lag.
Mit der Hacke gingen drei der
Knechte ihrer Arbeit nach.
Und der stattlichste von ihnen
Fleißig seiner Pflicht oblag:
Wolle pflanzte er, dem Vieh
teilt' er Streu und Futter zu –
Trug ein Lederwams am Leibe,
An den Füßen derbe Schuh'.
Nun, zu eben diesem Viehhirt
Die Infantin Liebe packt.
Und der Viehhirt schwingt die Hacke,
Und er weiß wohl, wie er's macht.

Die Prinzessin ruft die Alte,
Der sie ganz vertraut, heran:

– Sieh dir diesen braven Viehhirt,
Der die Hacke schwingt, gut an!
Grafen, Fürsten, edle Ritter –
Ich will keinen andren Mann!
Ruf ihn her zu mir, doch heimlich,
Daß es niemand sehen kann!

Und die Alte läuft zum Hirten,
Trifft beim Graben ihn allein.
Komm nur mit mir, lieber Hirte,
Schau nicht so verlegen drein!
Heb die Augen auf, es scheint der
Morgenstern schon hell herein!

Durch das Gartentor getreten
Sind sie, weil das Haus verschlossen;
Bis ins Kämmerlein des Mädchens
Ist der Viehhirt vorgestoßen.

– Herrin, sprecht, was steht zu Diensten?
Wollt Ihr mir den Auftrag nennen? –
– Ich will wissen, ob du Mut hast,
Meinen Urwald abzubrennen. –
– Mut, Mut habe ich zu allem,
Was ein rechter Mann muß kennen.
Bitte sagt mir, edle Frau,
Wo liegt dieser Wald genau? –
– Unterhalb der beiden Berge,
In der Nähe meiner Quelle,
Unterhalb der Schiefen Eb'ne,
An der Schneise der Gedehnten,
An der Grotte »Wilder Panther«,
An der Rodung der Ersehnten.

Einen vollen Tag vergnügten
Sie sich und dazu die Nacht:

Und der Viehhirt grub und hackte,
Und er weiß, wie man es macht.

Mitternächtlich bat um Frieden
Die Prinzessin abgespannt:
– 's ist genug, mein lieber Viehhirt!
Hast den Urwald abgebrannt!
Und ich selbst bin schier vergangen
Bei der Stämme Feuerbrand!

So die stolze Kaisertochter
Die verdiente Strafe fand.

Nun wußte ich aber, daß mein Urgroßonkel Dom Pedro I., der
Kaiser vom Stein des Reiches, weder Sohn noch Tochter besaß,
weshalb ich über die Lügereien dieser Romanze ganz außer mir
geriet. Erst viel später erfuhr ich, daß der Vater der Bankert-
tochter der andere Dom Pedro I., der falsche, der Betrüger aus
dem Hause Braganza, war. Gewiß war es seine Tochter, die
Fürstin von Goiás, welche, von ihrer Mutter, der Markgräfin
von Santos, erblich belastet, zur Heldin der Romanze geworden war, die mir mein Pate an jenem Tage vorsang.

▌ DREIZEHNTE FLUGSCHRIFT ▌
▌ DER FALL DES REITERTURNIERS ▌

Samstags nahm mich Tante Filipa auf den Markt mit, und wir
blieben bis zum nächsten Tag aus, um der Sonntagsmesse beizuwohnen. Einmal gab es nach Beendigung der Kirmes ein Rei-
terturnier, was ebenfalls für mein Leben von erstrangiger Bedeutung werden sollte.

Es traten vierundzwanzig Ritter an. Zwölf von ihnen ver-
körperten die zwölf Paladine von Frankreich von der blauen
Partei, die übrigen die zwölf Paladine von Frankreich von der
roten Partei. Es gab also einen blauen und einen roten Roland,
dergestalt daß hier, obwohl es vierundzwanzig Reiter waren,

die zwölf Paladine von Frankreich wirklich zwölf waren, nämlich Roland, Oliver, Garin von Lothringen, Gerald von Roussillon, Guy von Burgund, Richard aus der Normandie, Thierri von Dardanien, Ogier von Dänemark, Basin von Genua, Hoël von Nantes, der Fürst Naimes und Lambert von Brabant.

Niemand kann sich die königliche Begeisterung vorstellen, die mich ergriff, als die Ritter durch die Straße zogen und die Vorreiter die Banner der beiden Parteien, der blauen und der roten, vorantrugen. Man erklärte mir, die Blauen würden mit den Roten um Preise kämpfen, und ich müsse mich für eine der beiden Parteien entscheiden. Man sagte mir, die blaue Partei sei die Farbe der Gottesmutter und die rote diejenige Christi. Aber Tante Filipa, die sich für Blau entschied, weil sie der Madonna von der unbefleckten Empfängnis ergeben war, sagte mir gleich, ich solle nichts auf dieses Gerede geben, denn die rote Partei sei das Zeichen des Teufels. Es bestürzte mich, daß eine einzige Farbe, nämlich Rot, gleichzeitig Christus und dem Teufel gehören konnte. Erst als ich schon erwachsen war, meine religiösen und astrologischen Kenntnisse erweitert und den Katholizismus vom Stein des Reiches studiert hatte, begriff ich, wie tief und wie sehr den Gestirnen und Tierkreiszeichen angemessen diese Feststellung war. Aber das geschah erst später und bleibt für später aufgespart: An meinem ersten Turniertag folgte ich Tante Filipas Rat und entschied mich für die blaue Partei: Daran tat ich übrigens sehr gut, denn sie gewann, und ich konnte meine Begeisterung kaum zügeln.

Es stellte sich jedoch heraus, daß sich die besiegten Ritter nicht mit ihrer Niederlage abfinden wollten; sie forderten für den nächsten Samstag Revanche. Wieder fuhren Tante Filipa und ich auf die Kirmes; und während ich auf die Wiederholung des Sieges der Blauen wartete, was ich für bloße Routinesache hielt, da ihnen doch die Gottesmutter gegen den Teufel beistand, gewannen die Roten!

Ich schämte mich: Das durfte denn doch nicht wahr sein! Am ersten Tag hatte ich mich für die triumphalen, vom Winde gepeitschten roten Banner begeistert, die herausfordernd unter dem blauen Himmel flatterten; und nur deshalb hatte ich mich nicht der roten Partei angeschlossen, weil ich meine Seele nicht aufs Spiel setzen wollte und überhaupt völlig sicher war, daß die Blauen mit Hilfe der Gottesmutter immer gewinnen würden. Ich wollte nun mein Mäntelchen nach dem Winde hängen und auf Rot übergehen, fragte aber vorher Tante Filipa, welche Partei häufiger gewinne. Sie gab verwirrt Antwort, das könne niemand voraussagen. Wie sollte ich also dann meine Wahl treffen? Wenn es zumindest eine gewisse Logik des Gewinnens gegeben hätte! Dazu kommt, daß ich beide Banner hübsch fand: das blaue war still und brüderlich, aber das rote festlich und mutig, und mir gefielen alle beide! Es gab mithin nur eine Lösung, und der schloß ich mich an: ich beschloß, zu beiden Parteien auf einmal zu gehören und mich erst nach dem Turnier für die Partei des Tages zu entscheiden. Als die Blauen gewannen, kehrte ich zum »Gefleckten Jaguar« zurück und sagte:

»Heute war ich für die Blauen!«

Tante Filipa hörte das grollend, aber stillschweigend mit an. Als jedoch die Roten gewannen und ich ihre Partei ergriff, brummte sie:

»Dieser Junge ist völlig charakterlos! Ich weiß gar nicht, nach wem er gerät, er hat überhaupt kein Schamgefühl im Leibe!«

All das half mir mit der Zeit, die Geschichte vom Stein des Reiches immer besser zu verstehen und auf die Königswürde und Ritterschaft meiner Vorfahren stolz zu sein. Es verwandelte mir auch die Welt, meine unwirtliche, graue und felsige Sertão-Welt, in ein Zauberreich ähnlich dem, das mein Urgroßvater gegründet und berühmte Dichterakademiker ein für allemal in meinem Blute entzündet hatten. Mein graues, häßliches und gedrücktes Leben als Kind im Hinterland, das nach dem Ruin des väterlichen Gutes Armut und Abhängigkeit ausgeliefert war, gewann Fülle durch den Galoppritt, die Farben und Banner der Turniere und die Heldentaten und Reiterzüge aus den Flugschriften. Wenn ich mir nun also die Begebenheiten vom Stein des Reiches vorstellte, so sah ich da die Pereiras wie die christlichen Ritter von der blauen Partei das Reich belagern und erstürmen, das von den Maurenkönigen von der roten Partei – der Familie Quaderna – begründet worden war und verteidigt wurde. Ich träumte davon, auch selber eines Tages König und Ritter zu werden wie mein Urgroßvater. Nicht um die anderen zu enthaupten, sondern um Rosa und die sieben Prinzessinnen zu erobern, sieben Wälder abzubrennen und das Schlüsselloch der Umgürtung aller übrigen zu öffnen, dank dem königlichen Recht, allen Jungfrauen des Reiches in ihrer ersten Brautnacht den »Dispens« zu erteilen.

———

Gleichzeitig verschlang ich gierig die Flugschriften und Romanzen, die mir durch die Vermittlung meines Paten und Lehrers João Melquíades zur Kenntnis gelangten. War die Romanze sehr lang, so wurde sie in mehreren Flugblättern veröffentlicht, wie »Die Geschichte von Alonso und Marina«, die in zwei Teile gegliedert war: »Alonso und Marina oder Die Macht der Liebe« und »Alonsos Tod und Marinas Rache«. Es war dies eine Mischung aus Liebes- und Heldenromanze, und ich fand diese Doppeltitel wunderbar, ihr »dieses oder jenes«. Manchmal enthielt die Flugschrift auf der ersten Seite unterhalb des Titels eine Art Erläuterung, die den Käufern den Mund wäßrig machen sollte. So zum Beispiel:

FÜRST JOHANN OHNE FURCHT UND DIE PRINZESSIN VON DER DIAMANTENINSEL
ROMANZE VOLL GEHEIMNISVOLLER EREIGNISSE, WORIN MAN EINEN JUNGEN PRINZEN REISEND AUF DEN FURCHTBARSTEN STRASSEN UMHERIRREN SIEHT, IMMER AUF DER SUCHE NACH VERWINKELTEN LABYRINTHEN, DIE IHM FURCHT, LIEBE, OPFER UND TRIUMPH EINTRAGEN SOLLEN!

Es gab auch die beispielhaften Romanzen wie »Das Exempel der vier Ratschläge«. Es gab die Cangaceiro- und Ritterromanzen, wie etwa »Die Begegnung Antônio Silvinos mit dem Messerhelden Nicácio«. Diese begann mit einer Überlegung, welche nach Ansicht von João Melquíades »bis auf die Knochen philosophisch, philanthropisch und liturgisch« war. Sie lautete so:

Hier auf Erden sind wir Menschen
Herr nicht über das Geschick:
Immer tragen wir das Joch von
Gottes Fügung im Genick.
Aus dem Erdenstaub geschaffen,
Kehren wir zum Staub zurück.

Und so zeig' ich euch die Straße,
Auf der einstmals und auch heute
Blutgebadet Fürsten sterben,
Ihres Übermutes Beute.
Wie ihr Prunk zu Staub zerfallen,
Hört euch an, ihr lieben Leute!

Noch einmal waren es die drei enthaupteten Könige vom Stein des Reiches, die vor meine Einbildungskraft traten, als ich meinen Paten diese Verse »mit ihrer tiefen philanthropischen und liturgischen Bedeutung« singen hörte. Und als 1930 mein Onkel Dom Pedro Sebastião Garcia-Barretto enthauptet wurde, waren es diese Verse, die meine Erinnerung aufwühlten und mein Blut in Brand setzten.

Manchmal wurden zu Beginn der Flugschrift die Musen, Apoll, Merkur oder andere Gestalten angerufen, die später, als ich mich der Astrologie widmete, große Bedeutung in meinem Leben gewannen. Das war der Fall bei einer Romanze von unglücklicher Liebe: »Der Mörder der Ehre oder Die Garten-Närrin«, die mit folgender Strophe begann:

Aus dem Reich der Elohim
Nah' dich, Muse, meine Herrin,

> Bringe mir Apollos Feder,
> Und schreib hier an meiner Stelle,
> Schreib den »Mörder fremder Ehre
> Oder auch Die Garten-Närrin«.

So begreifen Ew. Hochwohlgeboren schon, warum ich diesen Stil in meinem Memorandum beibehalte: ich wollte und will damit nicht nur Ew. Hochwohlgeboren, sondern »das Volk im allgemeinen« günstig stimmen und darüber hinaus die göttlich-teuflischen Mächte, welche alle im Hinterland von Paraíba geborenen und aufgewachsenen Dichter schützen.

▌ VIERZEHNTE FLUGSCHRIFT ▌ DER FALL DER SERTÃO-BURG ▌

Eines Tages, als ich schon in die Königs- und Rittergeschichten der »Allgemeinen Geschichte Brasiliens« eingeweiht war, kam mir ein von Lino Pedra-Verde auswendig gelerntes Flugblatt zu Ohren, das wie folgt begann:

> In den Espinhara-Bergen,
> Nah der kleinen Stadt Pombal,
> Wohnte einstmals reich und prächtig
> Der Baron Alfons Durval,
> Der noch obendrein verschwägert
> Mit des Kaisers Sippe war.

Ich schämte mich bereits nicht mehr, sondern war stolz darauf, daß ich zum Königshaus vom Stein des Reiches gehörte, derart daß ich ständig Angst vor Rivalen hatte. Espinhara und die Kleinstadt Pombal lagen hier in Paraíba, zwei Schritte von unserem Cariri entfernt: binnen kurzem würden, wenn diese Art von Literatur weiterlebte, die Sertão-Bewohner meinen, daß die Kaiser aus dem Hause der Quadernas mit den Betrügern aus dem Hause Braganza auf einer Stufe stünden und irgendein hergelaufener Baron Alfonso Durval genausoviel wert sei wie Dom Andrelino Pereira, Baron von Pajeú!

Ich beschloß daher, das Übel bei der Wurzel zu packen: ich bat João Melquíades, er möge als Verwandter der Ferreira-Quadernas eine Romanze über den Stein des Reiches schreiben. Er entsprach dieser Bitte, und die Flugschrift wurde ein Prachtstück; ich besorgte den Druck und vertrieb sie auf den Märkten. Sie begann so:

> In dem Reich von Pajeú
> König João Ferreira wohnte,
> Der, ein Graf und ein Baron,
> Keinen seiner Diener schonte
> Und mit einer Silberkrone
> Hoch auf einem Felsen thronte!
>
> Zwei der Felsen hat man dort
> Nah und parallel gesichtet;
> Eisenfarbig war der Stein
> Und mit Gold gelb überschichtet;
> Daraus schuf zu seinem Ruhm
> König João ein Heiligtum,
> Hat dort seine Burg errichtet!

Nun, so war es ehrenvoll und nach meinem Geschmack! Ich machte João Melquíades darauf aufmerksam, daß die Krone unserer Vorfahren aus billigem Blech und nicht aus Silber war und die Inkrustationen am Stein des Reiches »eine Art von Katzensilber« und nicht aus gelbem Gold, wie er in der Flugschrift geschrieben hatte. Er gab mir zur Antwort, der Reim und die Poesie nötigten einen, diese Veränderungen um des philosophischen Ruhmes und der liturgischen Schönheit willen vorzunehmen. Ich sah das ein, schloß mich seiner Meinung an und wollte nun wissen, was das für eine BURG sei, die in seiner Flugschrift auftauchte, nicht aber in den Büchern von Pereira da Costa und Souza Leite. Er erwiderte, jeder König besitze eine Burg, eine Festung, einen Bau aus Stein und Kalk, worin er sich zur Verteidigung gegen die Feinde und zum Zeichen seiner

Königswürde einschließe. Alle Volkssänger pflegten, wenn sie
die Taten der Cangaceiros besangen, in Versen eine Burg für
ihren Helden zu errichten. Die Burg Antônio Silvinos beispielsweise wurde wie folgt beschrieben:

> Meine Burg in großer Höhe
> Fest auf Stein gegründet ward.
> Nicht an Steinen, nicht an Mörtel
> Ward beim Mauerbau gespart.
> Die Regierung gab sich Müh',
> Doch bezwungen ward sie nie,
> Denn der Stein war allzu hart.

All diese großen monarchischen Dinge setzten mein Blut in
Brand und weckten meinen Wunsch, mich auf den Thron meiner Vorfahren zu setzen und mich von neuem des steinernen
Schlosses zu bemächtigen, das sie in Pajeú errichtet hatten. Als
jedoch mein Traum seinen feurigsten Höhepunkt erreichte,
kam mir eine entsetzliche Erinnerung: Alle Könige meiner
Familie hatten mit durchschnittener Kehle geendet; eines gewaltsamen Todes war auch Jesuíno Brilhante, der König des
Sertão, gestorben. Da senkte ich beschämt den Kopf, scheute
den gewaltsamen Tod, der mir gewiß war, wenn ich mein Königreich in die Tat umsetzte, und beschloß bei mir, daß ich lieber ein lebendiger Feigling als ein enthaupteter König sein
wollte.

———

So standen die Dinge, als ich eines Tages Tante Filipa und die
Alte von Badalo gemeinsam die »Herausforderung Francisco
Romanos an Ignácio von Catingueira« singen hörte. Tante Filipa sang die dem ersten Sänger zugedachten Strophen und
Frau Maria Galdina den Part des zweiten. Da wurde ich plötzlich auf einen Abschnitt aufmerksam, in welchem Romano, der
wußte, daß Ignácio eine »Burg« besaß, ihn folgendermaßen
bedrohte:

Romano: Du, Ignácio, kennst mich wohl
         Und weißt sehr wohl, wer ich bin.
         Und ich kann es dir beschwören,
         Zur Catinga zieh ich hin:
         Deine nie zerstörte Burg
         Zu zerstören steht mein Sinn.

Ignácio: Meiner Bergburg feste Wände
          Haben hundert Meter Breite.
          Und das Fundament ist dreißig
          Meter tief auf jeder Seite.
          Mehr als eine Meile hoch
          Ragt der Bergfried in die Weite.

Romano: Was du immer haben magst,
         Macht mich nimmermehr verlegen:
         Deinen Hund vergift' ich, und die
         Kobra wird mein Stock erlegen.
         Ich zerschmettre deine Festung,
         Will dein ganzes WERK wegfegen!

Beunruhigt suchte ich meinen Paten João Melquíades auf, und
was er sagte, war für meine Laufbahn eine wahre Offenbarung.
So wie nämlich die Volkssänger Festungen für die Cangaceiros
erfanden, erbauten sie auch mit Worten und Versfolgen Burgen für sich selber, felsige, schöne, unzugängliche und ummau-
erte Plätze, worin die Herren sich stolz abschlossen und zu Königen krönten, während die anderen Sänger sie in den Wettge-
sängen belagern und versuchen mußten, sie Schritt um Schritt
kraft ihrer Kühnheit und ihres dichterischen Feuers zu vernichten. Die Burgen der Dichter und Volksbarden hießen ebenfalls
unterschiedlos Festungen, Marksteine und Werke.

Das war ein großer Augenblick in meinem Leben. Es war
der Ausgang aus der Sackgasse, in der ich mich befand. Indem
ich zum Volkssänger wurde, konnte ich mit Versgestein die
Burg meines Reiches wiedererrichten und die Quadernas wie-

der auf den Thron Brasiliens setzen, ohne meine Kehle zu riskieren und mich auf Reiterstücke einzulassen, für die ich weder Zeit noch Fähigkeiten habe, schlechter Reiter, der ich bin, und noch schlechterer Schütze!

———

So empfing für mich die Dichtung ihre endgültige Bedeutung, als die einzige Kunst, die mich gleichzeitig zum König ohne Risiko machen und mein Dasein als Entzifferer nobilitieren konnte. Den Wurzeln meines Blutes fügte ich als fundamentale Neuerwerbung die literarische BURG hinzu und fuhr fort, durch die Welt der Flugblätter zu streifen, nachzudenken und zu träumen. Eine der Gattungen, die ich am meisten schätzte, waren die Romanzen vom liederlichen Leben, unterteilt in zwei Gruppen, die Romanzen von Hurerei und die von Narren- und Vagabundenstreichen. Von den ersteren begeisterten mich am meisten die »Zehnzeiler« des Volksbarden Leandro Gomes de Barros, Glossen über das Motto:

> Welches ist die enge Gasse,
> Die man nicht zu dritt betritt?
> Einer geht hinein, zwei warten,
> Helfen bei der Arbeit mit.

Die Glossen lauteten folgendermaßen:

> Bruder Bedegueba sagt
> Zu dem Bruder Manzepó:
> Eine Gasse kenn' ich, wo
> Das Quartier mir sehr behagt.
> Diese Gasse stimmt mich froh;
> Gern gäb' ich mein Ordenskleid,
> Wär' sie zum Besuch bereit,
> Denn es scheint mir an der Zeit,
> Daß ich endlich bald erfasse,
> Welches ist die enge Gasse.

Jüngst las ich in alten Briefen,
Daß sie unterm Berg versteckt,
Den ein frischer Quell beleckt.
Ihre Breite muß ich prüfen,
Ihre vielgerühmten Tiefen –
Prüfen darf man nicht zu dritt;
Darum darf kein andrer mit:
Nur der Vordermann dringt ein
In der Gasse stillen Hain,
Den man nicht zu dritt betritt.

Und ein Pater gab Bericht,
Daß er einmal jagen ging
Und sich hier im Wald verfing,
Sah ein Tier und schoß es nicht.
Drinnen eine Stimme spricht:
»Pater, sagt mir, wer Ihr seid!
Bin zum Einlaß stets bereit,
Wenn Ihr keine Antwort scheut!«
Von den drein, die draußen warten,
Einer geht hinein, zwei warten.

Und ein Mönch mit glatter Haut
Hat mir folgendes vertraut:
»Auch ich selbst, Gott soll mich strafen,
Hab' auf diesem Berg geschlafen!
Oft komm ich zu diesem Hafen,
Und zwei andre halten Schritt:
Drinnen kann man sie nicht leiden,
Weil sie schlaff und zu bescheiden,
Deshalb dring' *ich* ein, die beiden
Helfen bei der Arbeit mit.

Nun war Leandro Gomes de Barros jedoch auch der Verfasser
von »Alonso und Marina oder Die Macht der Liebe«, und ich
wunderte mich darüber, daß er, obwohl so versiert in puncto

Lotterleben und in puncto Schweinereien, auf so keusche Weise Alonsos Heirat mit der wilden, leidenschaftlichen Marina erzählen konnte. João Melquíades erklärte mir aber, daß Leandro, hätte er Marinas Brautnacht unverschämt beschrieben, unter Umständen verhaftet worden wäre. Ich hielt ihm entgegen, ich hätte eine Flugschrift gelesen unter dem Titel: »Geschichte von einem Alten, der 72 Stunden gegen eine gewisse Miss Brown kämpfte, ohne auf ihren Grund zu gelangen oder ihre Seiten zu beschädigen«, ein ganz abgefeimtes Opus, das gleichwohl veröffentlicht worden war. João Melquíades sagte, ich solle besser achtgeben; die Flugschrift über den Alten sei anonym erschienen, damit der Verfasser nicht ins Gefängnis wandern müsse.

Fortan achtete ich darauf und sah, daß die Romanzen von Hurerei wirklich nie Verfassernamen trugen. Ich verschlang sie gierig und verglich sie anschließend mit anderen, reimlosen, die mir durch die Vermittlung von Lino Pedra-Verde bekannt wurden. In dem Maße, wie wir heranwuchsen, wurde Lino zum Volksbarden. Und zwar zum echten: nicht zum Sonntagsbarden wie ich, sondern zum kontraktierbaren Berufssänger wie João Melquíades. Und so begann er zu reisen und kam dabei auch nach Campina Grande, von wo er reimlose, höchst unmoralische Romanzen mitbrachte, um sie auf den Märkten weiterzuverkaufen. Als ich die erste las, geriet ich in die allerschlimmste Verwirrung. Ich war fasziniert und gleichzeitig erschüttert und dachte bei mir selbst: »Haben diese Leute eigentlich keine Angst? Sie werden alle im Gefängnis und in der Hölle landen und mich dabei mitnehmen.« Eine dieser Romanzen hieß »Der Mann in der Feuerstraße«. Eine andere: »Die Himmelshure«. Doch die beste von allen war »Das Patenkind Monsignore Angelos oder Die Liebesburg«; ich bedauerte sehr, sie nicht schon in der Nacht mit Rosa gekannt zu haben, denn dann wäre alles zum guten Abschluß gelangt, und ich hätte mit ihr all das angestellt, was die Romanze mich jetzt lehrte.

Sonderbar war indessen, daß diese Romanzen alle von einem gewissen Vicomte von Montalvão geschrieben und unterzeichnet waren, sicherlich einem Verwandten des Markgrafen Montalvão, einer Persönlichkeit aus der »Geschichte Brasiliens«; ich glaube sogar, er war unser Vizekönig. Sollte der Vicomte ein Sohn des Markgrafen gewesen sein? Ich befragte Lino, aber er machte sich darüber lustig:

»Von einem Vicomte kann hier keine Rede sein, Dinis! Diese Romanzen sind in Campinas selbst geschrieben worden, und zwar von einem gewissen José de Santa Rita Pinheiro Nogueira, meinem Freund. Er schnappt sich ein paar Bücher, die er in Recife gekauft hat, schreibt sie um, bearbeitet sie, kürzt sie oder fügt etwas hinzu, zeichnet unter dem Namen Vicomte de Montalvão, um nicht ins Loch zu wandern, druckt sie und verkauft sie dann. Das bringt ihm verdammt viel Geld, weil es allen Leuten Spaß macht, Zotiges zu lesen.«

»Aber wenn er geschnappt wird, muß er ins Gefängnis, Lino! Einmal wegen der Zoten und dann wegen des Plagiats!«

»Aber nein, keineswegs. Das mit dem Plagiat mag für die anderen gelten, für uns Volkssänger nicht! Siehst du nicht, daß João Melquíades seinen Schülern aufgibt, ›Die Jungfrau Theodora‹, ›Robert der Teufel‹, die ›Geschichte von Karl dem Großen‹ und andere in Versform zu plagiieren?«

»Das stimmt!« sagte ich, da ich einsah, daß Lino recht hatte.

Von nun an hatte ich nie mehr Skrupel, mir fremdes Schrifttum anzueignen und so den »Mangel an Phantasie und Autorität« wettzumachen, den Samuel und Clemens mir, »einem Rätselmacher und Intellektuellen zweiter Klasse«, ständig ankreideten. Neubestärkt stürzte ich mich gierig auf die Lektüre der Romanzen von José de Santa Rita Pinheiro Nogueira, Vicomte de Montalvão. Mein Lieblingsstück war »Das Patenkind Monsignore Angelos«, weil darin außer Hurereien auch das heroische Motiv der Liebesburg vorkam. Das zeigte mir, daß es in der Festung eines Königs, Dichters und Sängers, wie ich einer war, außer Heldentaten und Reiterstücken auf Straßen und Buschsteppen auch Kemenaten und Alkoven für die Liebe und die Liederlichkeit geben mußte. Ebendies war in der Burg vom Stein des Reiches der Fall gewesen, wo mein Urgroßvater Dom Johann II. blutiges Heldentum auf dem verzauberten Feld praktiziert hatte und die Ausschweifungen im unterirdischen Saal, wo er den Jungfrauen den »Dispens« erteilte.

Hinzu kommt, daß der verteufelte Vicomte womöglich noch besser schreiben konnte als Antônio Attico de Souza Leite. Ich kam jählings zu der Überzeugung, daß für meine dichterische Berufung das Plagiat unentbehrlich sein müßte, weil ich allein nie die Intelligenz besitzen würde, wie diese beiden Meister zu schreiben. Sein Buch begann folgendermaßen: »Wenn der liebenswürdige Leser Teresa, das verwaiste Patenkind des lüsternen Monsignore Angelo, nicht gekannt haben sollte, so möge er sie auf meiner Burg aufsuchen! Dort wohnt sie, in dem literarischen Repertoire, das ich mir zu Lasten meiner Geliebten angelegt habe. In dieser königlichen Burg, die ich mir mit dem unverdrossenen Stemmeisen meines goldenen Federkiels angelegt habe, wird der erlauchte Leser eine bejahrte, nicht abgelebte, sondern nur etwas schwerfällige Gouvernante finden, die ihn zwar nicht aalglatt, aber doch mit großer Geschicklichkeit empfangen wird.« Der Vicomte erzählte sodann, wie Teresas Mutter das Mädchen sterbend in die Obhut Monsignore Angelos übergab, eines »sinnlichen, skrupellosen Paters«, der sie in dem Maße, wie sein Patenkind zur Jungfrau wurde, zu verführen begann, wobei er sich den Umstand zunutze machte, daß sie »unschuldig und mutwillig, naiv und wollüstig war«. Nach dem Mittagessen pflegte sich Monsignore Angelo auf einen Diwan zu setzen oder im Bett auszustrecken, um die Siesta zu halten. Dies war der rechte Augenblick für seine Ausschweifungen, die ich aus Angst vor der Hölle lieber nicht wiedergeben will. Ich will nur erzählen, daß Monsignore Angelo eines Tages nach verschiedenen Scharmützeln mit Teresa entdeckte, daß die Frucht reif war, und dachte: »Jetzt wird es Zeit, sie mit etwas Sinnenöl einzureiben, das als Gegengift dient und sie die Giftstoffe aus ihren Nervengeweben ausscheiden läßt, während ihr gleichzeitig der bewußte Pfeil ins Eingeweide fährt.« Es folgten dann noch drei oder vier weitere Scharmützel, und der Vicomte schloß mit der Feststellung, daß sich »das Problem sogleich löste, und der kühne Soldat mit dem roten Helm die feuchte Wiese betrat, die Sperren sanft zerteilte und ganz in die schwarze und rote Grotte eindrang, die im Zentrum der Liebesburg angelegt war«.

━━━━━

Wie man sieht, konnten unsere armseligen Sertão-Flugschriften nicht im entferntesten mit den Romanzen des Vicomte wetteifern. Die Liederlichkeit unserer Romanzen war eher eine lachenerregende Unverschämtheit, die den Leuten nur einfach Spaß bereitete. Wirklich gut waren wir nur in den Tagedieb- und Vagabunden-Romanzen, in den Streichen und Schelmenstücken der Gauner. Diese Landstreicher-Gauner waren unter uns äußerst volkstümlich. Die bekanntesten waren Pedro »Übelkunst«, João »Übelkunst« – sein Enkel und Bewohner von Rio Grande do Norte –, Pedro »Schlaumann«, João »Grille« und »Feuertermite«, letztgenannter ein Sertão-Bewohner aus Paraíba wie ich, dessen Leben in einer zweiteiligen Romanze erzählt wird. Die Geschichte von João »Übelkunst« spielte in den drei Provinzen, die »das Herz Brasiliens« bilden, Paraíba, Rio Grande do Norte und Pernambuco; die einzelnen Begebenheiten ereigneten sich in Cariri, Piancó, Pajeú und Seridó. Die Abenteuer von Pajeú spielten im Zerschnittenen Gebirge, am gleichen Ort also, wo das glorreiche, blutige Königtum meines Hauses begonnen hatte. Doch der ulkigste Teil begab sich in Seridó in Rio Grande do Norte, als João »Übelkunst« auf der Straße einen wütenden Portugiesen traf und ihn folgendermaßen einwickelte:

> So kam er nach Seridó:
> Da sich nichts im Geldsack regt,
> Pflückt er ein paar Pfefferschoten,

Die er flugs zu Markte trägt.
Auf dem Wege hat er einen
Portugiesen reingelegt.

Hans fand diesen Portugiesen
Mit 'nem Maulesel befaßt,
Der vom Fleck nicht wollte, bockend
Unter schwerer Schüsseln Last.
Daß sein Herr so auf ihn eindrosch,
Hat dem Esel nicht gepaßt.

»Kamerad«, hat Hans gesprochen,
»Warum bleibt dein Esel stehn?
Nimm hier diese Pfefferschoten,
So was hast du nicht gesehn.
Steck sie ihm in seinen Hintern,
Dann wird er gleich wieder gehn.«

Und der Dummkopf schob die Schoten
An den Ort, den Hans genannt;
Und der Maulesel trat um sich,
Warf den Tragkorb umeinand;
Das Geschirr zerbrach, der Esel
Ist im Sturmschritt fortgerannt.

Hans sprach zu dem Portugiesen:
»Siehst du wohl, dein Esel läuft schon!
Mit dem Mittelchen im Blasloch
Läuft und läuft er wie verhext,
Und nur dann holst du ihn wieder,
Wenn du's auch in deines steckst.«

Und der arme Portugiese
Wollt' den Esel holen ein,
Und so steckt' er sich die Schote
In sein eignes Windloch rein.
Hans rief: »Deinem Stinkadorus
Bringt das Pech, du dummes Schwein!«

Als der Portugiese diese
Glut verspürt in seinem Po,
Riß er's Messer aus dem Gürtel –,
Aber Hans rief nur: »Oho!«
Mit dem Tempo, das du vorlegst,
Kommst du heut' bis Mossoró!«

Als João nun aufs Geratewohl auf der Straße einherzog, stieß er
auf einen Gutshof, wo er den Besitzer bat, ihn gegen Speis und
Trank und ein kleines Gehalt einzustellen. Der Gutsherr stellt
ihn ein, und João arbeitet eine Zeitlang sehr ausdauernd, bis er
das Vertrauen seines Arbeitgebers gewonnen hat. Dann heckt
er wieder einen Streich aus, den das Flugblatt wie folgt berichtet:

Hans blieb seiner Arbeit treu
Auf des Herren Länderei'n.
Er verhielt sich still zwei Jahre,
Ließ die schlimmen Streiche sein,
Und so schlich er sich fein sachte
In des Chefs Vertrauen ein.

Eines Tags jedoch gewann
Satan über Hans Gewalt,
Und er legte seines Herren
Tochter einen Hinterhalt;
Sie war arglos; deshalb fiel sie
In des Teufels Schlingen bald.

Hans sprach zu ihr: »Magdalena,
Dein Herr Vater läßt dir sagen,
Weil er mit mir Freund ist, soll ich
Dich zum Schlaf ins Bettchen tragen.«
Sie gab nach; sie dachte bei sich:
»Papa will's! Dann kann ich's wagen.«

Als der Vater plötzlich kam,
Waren sie im schönsten Tanz.

Aus dem Zimmer rief das Mädchen:
»Ich lieg hier mit meinem Hans.
Dein Wunsch war für mich Befehl.
Meine Pflicht erfüllt' ich ganz.«

Als der Alte den Verrat roch,
Reagiert' er wutentbrannt,
Und er trat mit einem Fußtritt
Tür und Klinke aus der Wand.
Hans stand da in Unterhosen
Und die Maid im Nachtgewand.

Heftig packt der Alte Hans und
Schmettert ihm die Faust ans Kinn.
Hans rief noch: »Herr Anaclet!« –
Schwindlig ward ihm, er fiel hin –
»Laßt mich leben, weil ich Vater
Eures ersten Enkels bin.«

Und die Alte sprach zum Alten:
»Laß Hans leben! Bleib gerecht!
Sonst kommt unsre liebe Tochter
Ins Gerede, das wär schlecht.«
Hans sprach: »Da ich sie vernascht hab',
Wär' mir auch die Heirat recht.«

Ich lachte über diese Schelmenstücke, die auf den staubbedeckten Wegen des Hinterlandes ausgeheckt worden waren, und
mit Stolz entsann ich mich dessen, daß am Stein des Reiches die
Enthauptungen und die Schlacht Stoff für eine ritterliche Can-
gaceiro-Romanze boten. Den ersten Romanzenstoff jedoch
hatte die »Schelmerei« meines Urgroßonkels geliefert, des ersten Königs Johann Anton, der einen Streich ausgebrütet hatte
welcher ebenso genial war wie diejenigen, die João Melquíades
vortrug; er hatte dazu nur zwei Steinchen und eine Flugschrift

mit der Prophezeiung über König Sebastian benötigt und auf einem so armseligen Fundament eine so gewaltige Monarchie aufgebaut.

———

So formte sich allmählich in meinem Blute das Vorhaben, selbst von neuem auf Dichterart meine felsige, mauerumwehrte Burg zu errichten. Aus Anleihen hier und dort, aus der Verbindung der Begebenheiten mit meinen Träumen mußte sich am Ende eine stark bewehrte Burg ergeben, deren beide Türme im Herzen meines Reiches lagen. Astrologisch bestand dieses, dornig und halb wüstenhaft, aus sieben Königreichen: aus Cariri Velho, Espinhara, Seridó, Pajeú, Canudos, Cariris Novos und aus dem Ipanema-Gebirge. Es war das Fünfte Reich, das von so vielen brasilianischen Sertão-Propheten vorausgesagt worden war und von sieben heiligen Strömen durchflossen wurde: vom São-Moxotó, vom Vaza-Barris, vom Ipanema, vom Pajeú, vom Taperoá-Paraíba, vom Piancó-Piranhas und vom Jaguaribe. Dort würde ich ohne Gefahr für Leib und Leben die Felsentürme meiner Burg neu errichten, damit sie mir als Thron, Altar und Sperbernest diene, wo ich Höhenluft atmen konnte. Es sollte ein mächtiges literarisches Sertão-Reich werden, ein Markstein, ein Werk voll staubiger Straßen, Buschsteppen, Felsgebirgen und Hügelketten; Viehhirten und Cangaceiros durchzogen es, die, zu Pferde sitzend und in Lederrüstungen gehüllt, um schöne Frauen kämpften.

Ein Reich, ständig vom blutigen Hauch des Unheils, unseligen poetischen, sinnlichen Leidenschaften und derbem ausgelassenem Gelächter, vom Pickpock der Gewehrschüsse durchfegt, ein Reich voller Kriege, Blutrache und Hinterhalte, voll stampfender Pferdehufe, durchweht von den beiden kriegerischen Winden des Hinterlandes: dem Cariri, dem kalten, rauhen Wind der Gebirgsnächte, und dem Espinhara, dem glühenden, versengenden Wind der heißen Nachmittage. Die Cangaceiro- und Banner-Episoden der Geschichte würden sich in Gebirgen, in der Buschsteppe und auf den Landstraßen abspielen, die scherzhaften Vagabundenstreiche in den Innenhöfen, in den Küchen und auf den stillen Pfaden, und die liederlichen Liebesabenteuer in den Burgkemenaten – die Burg selber aber war der Mittelpunkt meines gesamten Reiches.

FÜNFZEHNTE FLUGSCHRIFT
DER TRAUM VON DER WAHREN BURG

Es war ein grandioser Traum, ein Traum nach dem Geschmack der Quaderna-Sippe. Im Grunde jedoch glimmte noch ganz still im Innersten meines Blutes, von der Feigheit zurückgedrängt, der Wunsch, die Königsburg wiederaufzurichten, die Burg am Stein des Reiches. Nicht etwa nur eine poetische Burg zu errichten wie die Volksbarden, sondern nach Pajeú zu ziehen und mit Pferdegetrappel, Dolchstößen und Gewehrschüssen die Steinburg wieder einzunehmen, die mir gehörte und von den Pereiras erobert worden war. Nur so würde auch ich König des Sertão werden können wie Jesuíno Brilhante und mein Urgroßvater. Nur so würde ich wirklich der Ritter werden, der Brasilien verkörperte, geschätzt und geehrt von seinen Freunden, gefürchtet von seinen Feinden und geliebt von den Frauen, schönen Prinzessinnen, die mit der Rosa vom »Gefleckten Jaguar« und der Marina des Flugblatts Ähnlichkeit besaßen. Sie alle würde ich ganz nach Laune besitzen, bei den Jungfrauen das ius primae noctis ausüben und sie sogar enthaupten, falls mir danach der Sinn stehen sollte, so wie er meinem Urgroßvater, dem »Abscheulichen«, danach gestanden hatte.

Nun hatte mein Onkel und Pate Dom Pedro Sebastião Garcia-Barretto im Jahre 1930 am »Krieg von Princesa« teilgenommen, und zwar an der Seite von Dom José Pereira Lima gegen Regierung und Polizei des Präsidenten João Pessoa. Als Dom José Pereira in diesem Krieg die Unabhängigkeit der Kleinstadt »Princesa Isabela« ausrief und ihr Verfassung, Nationalhymne und eigene Landesfarben gab, machte ich ihn insgeheim zum König von Espinhara und aus der Kleinstadt Prin-

cesa die Hauptstadt des Reiches. Der Name »Princesa Isabela«
konnte nur einem Plan der Vorsehung entsprungen sein: irgendein Arschlecker und Steißbeschnupperer der Braganzas
hatte unserer hochedlen und vielgetreuen Stadt diesen Namen
angehängt, um der falschen Prinzessin Isabela aus dem Hause
Braganza zu schmeicheln, der Tochter des Betrügers Dom Pedro I. Jetzt zeigte sich jedoch, daß die Prinzessin Isabela, die der
Hauptstadt meines Reiches von Espinhara den Namen gab, in
Wahrheit aus dem Hause der Quadernas stammte und meine
Urgroßmutter war. Das alles teilte ich nur deshalb nicht Dom
José Pereira Lima mit, weil er mich für einen einfachen Schützling und armen Verwandten meines Paten hielt und sich über
meinen Größenwahn gewiß verwundert hätte. Deshalb salbte
ich ihn heimlich zum König von Espinhara. Und da die Regierung ihn trotz allen Anstrengungen nicht zu besiegen vermochte, nannte ich ihn Dom Joseph I., den Unbezwinglichen, so wie
ich bereits meinen Paten Dom Pedro Sebastião zum König von
Cariri gesalbt hatte, was ihm nach seinem Tode den Einzug in
die Chronik des Sertão unter dem Beinamen Dom Pedro Sebastião der Enthauptete eintrug.

Wie man sich erinnern wird, war der Konnetabel des Reiches von Princesa im Jahre 1930 Luís Pereira de Sousa oder
auch Luís vom Dreieck, derselbe, der inkognito die Truppe des
Jünglings mit dem Schimmel befehligte. In meiner Eigenschaft
als Botenträger und Vertrauensmann meines Paten kam ich
1930 mehrfach nach Princesa, in Begleitung meines Halbbru-
ders Malaquias Nicolau Pavão-Quaderna; ich hatte geheime
Botschaften Dom Pedro Sebastiãos an Dom José Pereira aus-
zurichten. Niemand kann sich meine Aufregung vorstellen, als
ich auf der ersten dieser Fahrten Luís vom Dreieck in Princesa
kennenlernte und erfuhr, daß er, ein Nachkomme des Kommandanten Manuel Pereira und des Barons von Pajeú, der gegenwärtige Besitzer der Ländereien war, auf denen die Steintürme unserer geheiligten, verschütteten und verzauberten
Burg lagen. Es konnte nur ein weiterer Wille der Vorsehung

gewesen sein, daß ausgerechnet das Reichsgebirge in die Hand des Mannes gefallen war, der, einst ein Feind unserer Familie, jetzt als unser Freund und Verbündeter gelten konnte.

Ich beschloß sogleich, ins Gebirge zu reisen, um meine Burg kennenzulernen. Der Zeitpunkt war jedoch nicht günstig, denn 1930 befand ich mich in kriegerischer Mission auf Reisen, die Straßen wimmelten von Soldaten und Patrouillen und waren für uns, die versprengten Soldaten dieses Guerilla-Abenteuers, hochgradig gefährlich. Dennoch suchte ich entschlossen die Freundschaft von Luís vom Dreieck zu gewinnen und gewann sie auch, und er versprach mir, mich später einmal einzuladen, wenn wir beide mit dem Leben davongekommen sein würden. Über den Stein des Reiches hatte ich mich ausgeschwiegen: denn wenn er auch mein Freund war, so war Luís vom Dreieck doch ein reinblütiger Pereira und mochte durchaus zu dem Entschluß gelangen, einen Sproß der königlichen Sippe der Quadernas zu liquidieren.

Unterdessen ging der »Krieg von Princesa« vorüber; mein Pate büßte deshalb seinen Kopf ein; doch ich kam mit dem Leben davon und Luís vom Dreieck ebenfalls. Die Jahre 1931, 1932 und 1933 gingen vorüber. Das Jahr 1934 verging, und es näherte sich 1935, ein hochbedeutsames Jahr, weil es den Beginn des von unzähligen Sertão-Prophezeiungen verkündeten »Jahrhunderts des Verzauberten Reiches« bezeichnete. Das wirklich bedeutungsvolle Reich meiner Familie hatte von 1835 bis 1838 gewährt. Als wir nun das Jahresende von 1934 erreichten, schrieb ich an Luís vom Dreieck, berief mich auf sein Versprechen und erklärte mich bereit, im Januar in das Zerschnittene Gebirge zu reisen, falls er sein Versprechen einlösen könne.

Etwa zwanzig Tage später erhielt ich die Antwort des Konnetabels von Princesa. Er schrieb, es sei ihm eine große Ehre, seinen Freund und Verbündeten von 1930 zu empfangen. Er erinnere sich genau an sein Versprechen: ich könne im Januar

kommen oder sonst wann immer; er und die übrigen Pereiras
würden mich mit weit geöffneten Armen aufnehmen. Er riet
mir, die gleiche Reiseroute einzuschlagen wie bei meinen Fahrten im Jahre 1930: Taperoá, Destêrro, Teixeira, Imaculada,
Agua-Branca, Taveres, Princesa. Dort solle ich die Grenze
überqueren, in Pernambuco einziehen und über Flôres bis zum
Zerschnittenen Gebirge weiterreisen. Er fragte an, ob ich mich
noch an den gegenwärtigen Chef des Hauses Pereira, Manuel
Pereira Lima, bekannter unter dem Namen »Né von Carnaúba-
ba-Palme«, erinnern könne. Und er ließ mich wissen, mit ihm
habe er vereinbart, daß er mich als seinen Gast im Zerschnittenen Gebirge empfangen würde. Von dort aus würde man mich
auf den Weg zum Städtchen Bernardo Vieira bringen, wo er,
Luís vom Dreieck, auf mich warten würde.

Ich entsann mich genau des alten Edelmannes, Dom Manuel Pereira, des Herrn von »Carnaúba-Palme«. Als Mitglied
des Generalstabs von König Dom José Pereira war er einer der
zwölf Paladine und einer der Großen im Reich von Princesa
gewesen. Er war ein kriegerischer und in Kampfzeiten gefährlicher Herr, zu Friedenszeiten jedoch gastfreundlich und milde.
Als Verbündeter und Verwandter des Königs von Espinhara
hatte er einen Teil seiner zahllosen Buschkrieger in das unbesiegbare Heer von Princesa eingereiht. All diese Dinge gingen
mir glühend im Kopf herum, und ich verbrachte die Neujahrs-
nacht des Jahres 1935 in der angespanntesten Erwartung. Die
Jahre der hundertjährigen Wiederkehr des Reiches sollten beginnen und ich zum ersten Mal den Stein des Reiches erblicken.
Unmerklich formte ich Luís vom Dreiecks Brief in eine epische
Chronik in jenem monarchischen Stil um, den ich beim Lesen
der Geschichten von Souza Leite erlernt hatte. Ich sprach zu
mir selber: »Von der königlichen Kleinstadt Ribeira do Taperoá aufbrechend, werde ich zwei Ruhequartiere beziehen. Das
erste noch innerhalb meines Cariri-Reiches in der Kleinstadt
Serra do Teixeira. Das zweite in der königlichen Kleinstadt
Princesa Isabela, der Hauptstadt meines Espinhara-Reiches.

Von dort werde ich die Grenze überqueren und mein Königreich Pajeú betreten und triumphierend zu Pferd wie jeder ordentliche Rittersmann in meine Hauptstadt einziehen, meine hochedle und getreue Stadt Bela im Zerschnittenen Gebirge.«

———

Ich sandte also ein Telegramm an Dreiecks-Luís, benachrichtigte ihn von meinem Kommen und begann meine Reisevorbereitungen. Ich hatte beschlossen, meinen Lieblingsbruder Malaquias mitzunehmen und einen Freund, den Edelmann Euclydes Villar, einen Intellektuellen und berühmten Dichter unserer Stadt, der nicht nur ein Meister in Silbenrätseln und Logogriphen, sondern auch ein angesehener Fotograf war und eine eigene Fotowerkstatt besaß, zuerst in seiner Heimat Taperoá, später in der alten Vila Bela de Campina Grande.

Malaquias' Begleitung war mir unentbehrlich, denn im Unterschied zu mir ist er mutig, ein guter Reiter, guter Schütze und guter Jäger. Die Quadernas sind ein großes Geschlecht, aber Malaquias ist der größte, stärkste und bestgebaute von allen. Ich glaube, es gab in Cariri nur zwei Männer, die imstande gewesen wären, Malaquias im Zweikampf zu besiegen. Der eine war Marino Quelé Pimenta wegen seiner ungeheuren Körperkräfte. Der zweite war mein Vetter Arésio Garcia-Barretto, der älteste Sohn meines Paten: nicht weil er der Stärkere gewesen wäre, sondern weil Malaquias beim Kampf mit Lust und Liebe kämpfte, während der dunkelhäutige, untersetzte Arésio, sobald er die ersten Schläge eingesteckt hatte, nicht mehr verhindern konnte, daß aus seinem Inneren die dunkle blinde Gewalttätigkeit hervorbrach, die in den Verstecken seines Blutes wohnte und Ursache für unser aller und sein eigenes Unglück werden sollte. Mein Bruder Malaquias gehörte zu jenen Menschen, die mühelos mit einem Lächeln die Frauen anziehen, worum ich ihn immer beneidet habe. Oft hatte ich Monat um Monat wahre Wunder an Geschicklichkeit vollbracht, um die Aufmerksamkeit einer Frau zu erregen, nur um am

Ende Malaquias von einer seiner Verkaufsreisen als Viehhändler zurückkehren und, ohne den Finger krumm zu machen, im Nu das erreichen zu sehen, was ich mit langer Mühsal vergeblich versucht hatte. Es blieb mir nur der Trost, Chef und Lieblingsbruder von Malaquias und den übrigen Halbbrüdern zu sein, die meine ehelichen Brüder Manuel, Francisco, Antônio und Alfredo nicht ausstehen konnten.

So hatte Malaquias' Begleitung den Sinn, die Familie Quaderna gegenüber den kriegerischen und tatenreichen Pereiras in Respekt zu setzen. Im Zerschnittenen Gebirge konnte ich in Silbenrätseln, Gesprächen über Jagd und Kriegszüge, Astrologie und alles, was mit Literatur zu tun hat, als Dichter, ehemaliger Seminarist und Akademiemitglied, das ich bin, selber meinen Mann stehen. Wenn ich aber allein dort hingegangen wäre, so hätten mich die Pereiras unfehlbar an Heroismus und Reitertaten übertroffen.

Was Euclydes Villar betrifft, so hatte ich mir insgeheim geschworen, daß ich bei meiner Ankunft in Pajeú Mittel und Wege finden würde, von den Pereiras selber zum Stein des Reiches geführt zu werden. Das war ein Sieg, wenn sie denjenigen dorthin bringen würden, den sie für einen einfachen Schreiber, ehemaligen Priesterseminarzögling und Bibliothekar hielten, der aber in Wahrheit König des Fünften Reiches war, Dom Pedro Dinis Quaderna, der Astrologe, oder Dom Pedro IV., der Entzifferer, wie mein bekannterer Spitzname lautete. Euclydes Villar sollte den Auftrag haben, die Hauptstationen der Fahrt in Fotos festzuhalten. Ich wollte neben den Steinen mit den vollkommen gleichen Türmen porträtiert werden, während ihr Katzensilber glorreich in der Sonne leuchtete und sie im Traum meines Blutes die Burg aus Stein und Silber bildeten.

SECHZEHNTE FLUGSCHRIFT
DIE REISE

Mitte Januar 1935 reisten wir im Morgengrauen ab, ich auf meinem Pferde »Pedra Lispe«, Malaquias auf seinem »Goldas« und Euclydes Villar auf seinem Saumtier »Jaguar«, das mein Bruder ihm für die Fahrt geliehen hatte.

Um mir nicht den Spott der anderen zuzuziehen, hatte ich beschlossen, die Reise durch langsames Tempo und lange Ruhepausen so sehr wie möglich in die Länge zu ziehen, unter dem Vorwand, wir befänden uns auf einer Vergnügungsreise, nicht auf einer Kriegs- oder Dienstfahrt. Ich hatte meinen ganzen Sattel mit Kissen ausgepolstert und die Sattel der Gefährten ungepolstert gelassen: so wollte ich zumindest die Druckstellen am Hintern in Grenzen halten, wenn schon die Schmerzen an den geschwollenen Knien unvermeidlich waren.

Trotz all diesen Vorsichtsmaßnahmen gelangte ich jedoch ziemlich angeschlagen in meine treue Stadt Destêrro, die erste Etappe unserer abenteuerlichen Reise. In Teixeira wurden wir dann von dem Baccalaureus José Duarte Dantas empfangen und in Imaculada von seinem Vetter, Dom José Duarte Dantas Corrêa de Goes. Im Städtchen Tavares erwartete uns Francisco Mendes, der im Königreich von Princesa Stallknecht und Privatsekretär Dom Josés I. gewesen war. Es war der erinnerungsträchtigste Teil dieser Reiseetappe, während deren Malaquias und ich alle Orte wiedersahen, die wir fünf Jahre zuvor als Schlachtfelder, Kampf- und Patrouillenschauplätze erlebt hatten. In Princesa nahm uns Dom José Pereira Lima persönlich in Empfang; er hatte zwar seinen Thron eingebüßt, war aber so gastfrei und nobel wie eh und je. König war er zwar nicht mehr, aber immer noch Herr von Princesa und als solcher von seinen größten Gegnern anerkannt. Am Abend frischte er im Beisein von Francisco Mendes die schrecklichsten und absonderlichsten Episoden aus dem »Krieg um Princesa« auf. Dann erinnerte er sich an meinen enthaupteten Paten und erkundigte sich nach den Einzelheiten seines Todes. Er fragte, ob das rätselhafte Verbrechen immer noch unaufgeklärt und ob es wahr sei, daß Sinésio am Todestage seines Vaters wie durch Zaubermacht verschwunden sei. Ich bestätigte das alles und sagte ihm, niemand habe begriffen, wie sich mein Pate in einem fensterlosen Zimmer, das auf allen Seiten zugemauert war, einriegeln und doch von grausamen unbekannten Mördern umgebracht werden konnte. Der edle Herr von Princesa befahl Francisco Mendes, uns bis zum Städtchen Flôres das Geleit zu geben und dabei auf seinem Gut »Kürbisse« Rast zu machen; von dort aus ritten wir allein weiter und gelangten am 30. Januar 1935 ins Zerschnittene Gebirge.

Der alte Edelmann Dom Manuel Pereira Lins wohnte nicht in der Stadt, sondern auf seinem Gut »Carnaúba-Palme«, das im vergangenen Jahrhundert Mittelpunkt des seinem Großvater übereigneten Siedlungslandes gewesen war. Daher aßen wir in einem Gasthaus zu Mittag und brachen gegen zwei Uhr nachmittags nach »Carnaúba« auf; bei sinkender Nacht gelangten wir zum Gutshaus.

Zu diesem Zeitpunkt fühlte ich mich recht elend. Zum Glück waren meine Knie, der Körperteil, der von Ritten am meisten mitgenommen wird, vor lauter Schmerzen schon eingeschlafen. Ich nahm ein Bad und aß zu Abend, konnte aber, um die Wahrheit zu sagen, die uns nach Sertão-Brauch gewährte Höflichkeit und Gastfreundschaft nicht gebührend erwidern. Oberst Né von Carnaúba und seine Frau, Dona Pautila de Menezes, überboten sich, ebenso wie ihre Söhne Deósio, Leonidas und Argemiro, in Aufmerksamkeiten und Gefälligkeiten. Der höflichste und freundlichste von allen war der junge Argemiro, ein dunkelhäutiger junger Bursche von achtzehn oder neunzehn Jahren; irgendwann im Verlauf des Abends sagte er:

»Vater, laß mich die Gäste auf ihr Zimmer führen, denn sie werden von der Reise erschöpft sein.«

»Ich nicht!« protestierte ich sogleich, um keinen Mangel an Kondition zu zeigen. »Hier kann höchstens Euclydes Villar müde sein, der an solche Sachen nicht gewöhnt ist. Mir macht es nichts aus, bis zum Morgen weiterzureden.«

Oberst Né beschloß in seiner Güte, die Schmach der Müdigkeit auf seine über sechzig Jahre zu laden.

»Gut denn!« sagte er. »Für euch junge Leute gibt es keine Müdigkeit. Aber ich bin alt, und wer hier müde und schlafbedürftig ist, bin ich. Gehen wir zu Bett!«

Ich wußte die Höflichkeit des alten Edelmanns zu schätzen; er war stärker als alle übrigen, versteckte aber diese Stärke, um uns nicht zu demütigen. Und ich überließ mich in dieser Nacht einem Schlaf, aus dem mich die abklingenden Schmerzen meines Körpers nur weckten, damit ich mich von neuem dem freudigen Bewußtsein hingeben konnte, im Bett zu liegen und weiterzuschlafen statt wach zu sein und zu Pferd zu sitzen. Ich hatte gar keine Zeit, das neue Bett oder die Nacht befremdlich zu finden, die heißer war als unsere frischen Sertão-Nächte im Gebirge von Cariri.

▌ SIEBZEHNTE FLUGSCHRIFT ▌
DIE ERSTE ABENTEUERLICHE JAGD

Ich erwachte bei Tagesanbruch und vernahm die vertrauten Geräusche des Gutshofes, die mich an mein Erwachen als Kind auf dem »Gefleckten Jaguar« und auf dem Gutshof »Wunder« erinnerten: das Brüllen des Viehs im Stall, die Gespräche der Dienerschaft in der Küche, Rufe und Gelächter der Viehhirten, das Gescheppr der Töpfe und Milchkannen, die von den kleinen Söhnen der Gutsleute ins Haus gebracht wurden.

Nach den Regeln der guten Sertão-Gastlichkeit war unser Zimmer mit einem Waschbecken, einer Wasserschüssel, Gläsern sowie einem Toilettentisch mit Spiegel und Kämmen ausgestattet. So erschienen wir gut gewaschen, rasiert und sauber im Wohnzimmer zum Kaffee; dieser wurde reichlich aufgetragen, und dazu gab es Milch, Maiskuchen mit Butter, gesalzene Tapioka, Yamswurzeln, Mandiokmehl, Quark und hausgemachten Käse.

Wir hatten vereinbart, daß wir am Nachmittag unsere Schützenkunst erproben wollten; das taten wir dann auch an einer Lagune, die in der Nähe des Hauses auf der anderen Seite der Kapelle lag. Dies war Malaquias' Stunde. Wenn bis dahin ich in Gespräch und Redeschwall geglänzt hatte, so kam nun sein erster großer Augenblick. Wir waren alle gut ausgerüstet, hatten Patronentaschen am Gurt und außerdem Lederbeutel mit Jagdmunition.

Malaquias' Gewehr hatte einen doppelten Lauf und das Kaliber Zwölf. Er hegte und pflegte es zärtlich wie ein Vater. Er bewahrte es, sauber und gut geölt, in Tücher eingewickelt in einem Lederetui auf und machte es erst im Augenblick der Jagd schußfertig. Mein Gewehr war eine Achtundzwanziger mit nur einem Lauf; es war verrostet und schmutzig, weil ich es lieblos und auf gut Glück im Schrank liegen ließ. Es war für mich weniger eine Waffe als ein Dekorationsstück, mit dessen Hilfe ich mir, Tante Filipa und dem Sertão-Volk gegenüber dem ritterlichen Bild entsprechen wollte, das ich mir von mir gemacht hatte. Mochte ich auch nur ein feiger Dichter, ein friedlicher Silbenrätselentzifferer, ein ehemaliger Priesterzögling und Kabinettschreiber sein, dank meinem Pferd mit dem heldischen Namen und meiner Achtundzwanziger-Büchse konnte ich den Titel eines Ritters, Soldaten und Jägers beanspruchen. Ob ich deren Aufgaben gut oder schlecht nachkam, stand auf einem anderen Blatt. Tatsache ist jedoch, daß die Glücksgöttin zuweilen meine Standhaftigkeit und Diensttreue auf die unverhoffteste und zufälligste Art und Weise belohnte. Jedoch kannten nur die Menschen meiner nächsten Umgebung wie Malaquias die wahren Vorgänge bei gewissen legendären Begebenheiten, in die ich verwickelt wurde. Und da alle Leute meine unfreiwilligen Heldentaten lobten und ausschmückten, wirkten sie auf denjenigen, der ihren wahren Kern kannte, meist komisch. Hinzu kommt, daß mich Malaquias und die Leute seiner Umgebung auf Grund von Dingen schätzten, die für mich eine Quelle der Demütigung waren: wegen der Silbenrätsel, der Flugblätter und alles übrigen, was mit meiner literarischen Tätigkeit als Akademiemitglied verbunden war. Unter den übrigen Literaten von Taperoá, Leuten, die außerstande waren, auch nur einen einzigen Schuß abzufeuern, stand ich im Ruf eines halben Cangaceiros, Jägers und Reiters. Und so erfüllte sich denn der von mir entworfene Plan mit Ach und Krach – zum größeren Glanz meiner königlichen Phantasie und zum großen Jubel Tante Filipas.

Eben deshalb ging ich hier auf Jagd, bewaffnet und mit Patronentaschen behängt wie Malaquias, Deósio, Leonidas und Argemiro. Euclydes Villar hingegen war ein typischer Kaffeehaus-Literat aus Taperoá. Er spielte einfach nicht mit. Er hütete sich weislich, ein Gewehr umzuhängen, aus Angst, man könnte ihn zwingen, einen Schuß daraus abzugeben, und seine Eigenliebe dadurch Schaden erleiden.

———

Wir zogen also los und schlugen die Richtung ein, in welcher von der Terrasse des Hauses aus das »Forkengebirge« sichtbar wird, wo einer der tapfersten Pereiras unserer Epoche, Sinhô, der verehrte Chef von Virgolino Ferreira Lampião, in einem blutigen Kampf gegen die Polizei und die Carvalhos den Sieg davongetragen hatte. Wir stiegen von der Anhöhe des Hauses herab und wanderten auf die Lagune zu, die nicht weit davon entfernt liegt. Wir schritten auf einem arg verwahrlosten alten Pfad, der auf beiden Seiten von Hundsgiftbäumen bestanden war. Wir hatten jedoch kaum mehr als die Hälfte des Weges zurückgelegt, als eine von uns aufgeschreckte Wildtaube aus ihrem Nest aufflog und sich auf die Äste einer Pithecellobium-Akazie setzte, die von Säulenkakteen umstanden war. Sogleich riß ich meine Achtundzwanziger an die Backe und wollte schießen, als Malaquias jählings meine Waffe nach unten drückte und sagte:

»Nicht schießen, Meister Dinis! Auf der Lagune kann es Wildenten geben, und wenn du hier schießt, scheuchst du dort alles auf.«

Halb gedemütigt nahm ich zur Literatur Zuflucht, zu dem, was Samuel und Clemens verächtlich »Quadernas Almanach-Eingebungen« nennen:

»Richtig!« sagte ich. »Meine Jagdlust ist so gewaltig, daß ich mich beim Anblick des Kleinwilds gar nicht erinnert habe, daß ich das Großwild erschrecken könnte. Aber so sind wir echten Jäger eben, und wie das Sprichwort sagt: ›Besser die Taube in der Hand als zwei im Hintern‹.«

Darauf waren die Umstehenden nicht gefaßt, und sie mußten lachen; ich sah, daß meine Sache bei den Pereiras gerettet war. Von nun an konnte ich so viele Fahrkarten schießen, wie ich wollte, und ein Fiasko nach dem anderen erleben: mein Mangel an Geschicklichkeit würde mir sogar noch weitere Sympathien eintragen. So war es mir mein Leben lang mit meinem Paten und sogar mit dessen Sohn Arésio ergangen, einem Choleriker, der nur mir und niemand anderem sonst das verzieh, was er »den Muff der intellektuellen Kapaune« zu nennen beliebte.

Wir gelangten nun zu einem alten Holzlattengatter; die Gattertür war herausgerissen worden, die Pfosten ebenfalls. Von hier aus sichteten wir die Lagune; sie war nach den ersten Winterregen des Januars spärlich mit Wasser bedeckt. Wir hielten hinter dem Gatter, und Malaquias ging allein voran; geduckt schlich er auf leisen Sohlen auf ein Wäldchen von Wasserfuß los, das im flachen, ebenen Boden der Lagune wuchs.

Es dauerte nicht lange, da vernahmen wir den ersten Büchsenknall. Die Wildenten stiegen in Schwärmen auf, schnatterten verzweifelt, und wir sahen, wie eine von ihnen, verwundet, auf ihrem niedrigen Flug einen Fuß nachzog und tapfer versuchte, den sicheren Zug der anderen zu begleiten. Doch sie hatte eine zu starke Bleiladung abbekommen, und so fiel sie bald in das Sumpfgras im Wasser, nicht weit entfernt von Malaquias. Gleichzeitig knallte ein zweiter Schuß, und eine zweite Wildente trudelte, im Fluge getroffen, vom Himmel, diese mit geschlossenen Flügeln. Malaquias tauchte aus dem Sumpfgras auf, in welchem er bisher gebückt vorwärtsgekrochen war, und lief zu der Stelle, wo die erste Wildente auf dem Boden lag. Er hörte das Flügelschlagen des zu Tode getroffenen Vogels, ging vom Wege ab, beugte sich plötzlich nieder und packte die wild flatternde Wildente. Er drehte ihr den Hals um und tötete sie. Dann watete er im flachen Wasser bis zu einer Lichtung im Wasserfuß und hob die zweite Wildente auf, die dort auf dem Wasser trieb. Er drehte sich zu uns um, klemmte sein Gewehr unter die Achsel und hob, eine Wildente in jeder Hand, die Arme halb empor, um uns seine Glanztat vorzuführen. Stolz auf meinen Bruder, wollte ich ein bißchen von seinem Glanz auf die ganze Familie leiten und rief:

»Gut getroffen, Malaquias! Du kannst die Familie Quaderna nicht verleugnen.«

Mein Zwischenruf erfolgte zur rechten Zeit: denn als der erste Augenblick der Begeisterung vorüber war, bemerkte ich, daß die Pereiras schon anfingen, Einschränkungen zu machen. Sie lobten übertrieben laut Malaquias' Gewehr, um so die Verdienste des Schützen zu schmälern. Argemiro konnte nicht mehr an sich halten und sagte:

»Mit so einem Gewehr würde ich auch keinen Fehlschuß machen.«

Um die Ehre der Quadernas zu retten, gab ich sogleich zurück:

»Das Gewehr ist gut, und der Jäger erstklassig.«

Wir wanderten also zu der Stelle, wo sich Malaquias befand, wir und noch ein Bursche vom Gutshof, der uns begleitet hatte, um als Jagdhelfer zu dienen. Er erhielt den Auftrag, die geschossenen Vögel zu tragen. Malaquias hatte sein erstes Jagdmütchen gekühlt und wandte sich nun an mich, um das Verbot zu mildern, das er zuvor über mich verhängt hatte:

»Fertig, Meister Dinis! Die Wildenten sind auf und davon, und nun können wir beide nach Belieben auf die kleineren Vögel schießen.«

Ich beschrieb einen Bogen, ging um den Wasserfuß herum, und da entdeckte ich auch schon das erste Schuppentäubchen, auf das ich unter den Augen aller Zuschauer zielte, aber zu meinem Unglück elend verfehlte. Zwei Minuten später zeigte sich ein Wildtaubenpärchen. Ich schoß auf die erste und fehlte; auf die zweite und fehlte. Malaquias spürte Mitleid mit seinem unbegabten älteren Bruder und sagte hinter mir mit gedämpfter Stimme:

»Das war nichts, Dinis, der letzte Schuß hat den Vogel nur gestreift! Aber sieh einmal dort: In deiner Nähe, hinter der Tirucallihecke, sitzt eine Sabiá-Drossel auf dem Boden.«

»Wo?« fragte ich und schaute und suchte vergeblich, ohne den Vogel entdecken zu können.

»Jetzt ist sie aufgeflogen, sie sitzt auf der Tirucallihecke, etwas oberhalb des Bodens.«

Ich schaute wieder auf die von Malaquias angegebene Stelle, und da sah ich die Drossel auf einem niedrigen Tirucallizweig hinter einer Astgabel sitzen; sie saß halb versteckt, aber in einer wunderbaren Position für meinen Schuß, weil die beiden Zweige der Astgabel genau das Ziel anzeigten. Ich kümmerte mich nicht darum, daß das Ziel so klein war, und bemühte mich nur, mitten durch das V der beiden grünen Zweige zu zielen: Ich drückte auf den Abzug, und die Sabiá-Drossel fiel tot herab.

Es war eine Leistung! Zwar war sie nicht sehr heldenhaft, verglichen mit Malaquias' Taten, aber immerhin eine Leistung, die mich ein wenig über das vorangegangene Fiasko hinwegtröstete. Und ich begann schon einen gewissen Stolz zu spüren, als ich den Burschen hinter mir den üblichen Spottsatz sagen hörte:

»Endlich hat dieser Mann den Finger aus dem Podex gezogen.«

»Aus meinem heraus und in deinen hinein, du Unglücksmensch!« gab ich sogleich zurück. »Jetzt versuch ihn mal wieder herauszuziehen!«

Wieder brachen die Pereiras in Gelächter aus. Der Bursche wurde etwas verlegen und stotterte:

»Na ja, ich habe das gesagt, weil es so üblich ist, aber ein guter Schuß war es schon, das muß man sagen! Sie haben voll getroffen, und der Vogel ist schon halb verwest zu Boden gefallen.«

Er hob die Sabiá-Drossel auf, und ich trennte mich von der Gruppe, einmal, um für mich selbst auf Jagd zu gehen, dann aber auch, um beim Schießen unbeobachtet zu sein.

———

Ich drang nun zwischen Pithecellobium-Akazien, Hundsgiftbäumen und Wasserfuß vor, die das flache Feld rings um die Lagune bestanden. Eine Wildtaube flog auf; ich verfehlte sie. Eine zweite: wieder daneben. Enttäuscht hielt ich ein wenig inne und war unschlüssig, ob ich umkehren sollte. Doch ich änderte meinen Entschluß: ich schlug einen Pfad, eine Art Ziegenweg, ein, und als ich ein wenig weitergegangen war, hörte ich eine Jurity-Taube nicht weit von mir entfernt im Buschwald gurren. Ich ging vom Weg ab und trat in den Buschwald ein, mußte aber an einer Stelle stehenbleiben, weil ich mich mit den Füßen in einem Zweig verfangen hatte. Ich benutzte die Pause, um festzustellen, ob die Jurity fortgeflogen war: doch sie gurrte noch immer ganz ruhig weiter. Ich machte mich von dem Ast frei, schön langsam, um keinen Lärm zu erregen, und begann, mich auf Samtpfoten wie eine Katze weich und heimtückisch anzuschleichen. Plötzlich hörte ich die Jurity von neuem gurren, nur etwa zehn Schritte von mir entfernt. Ich blickte in die Richtung des Gurrens und sah den Vogel völlig sorglos auf dem Ast einer halb erblühten Akazie sitzen. Mit klopfendem Herzen riß ich mein Gewehr an die Backe und begann zu zielen. Im gleichen Augenblick jedoch, in dem ich schießen wollte, ertönte nicht sehr weit entfernt der dumpfe Knall von Malaquias' Flinte, und meine Jurity schwang die Flügel und flog davon.

Zwischen den Zähnen verwünschte ich meinen unseligen Bruder, der auf diese Weise verjagt hatte, was mir zum großen Ruhm dieses Nachmittags gereichen sollte, und lief nach der Seite, aus welcher der Schuß gefallen war. Ich kam auf das offene Feld und bemerkte die Gruppe in der Nähe der Wolfsmilchhecke; Malaquias schwenkte triumphierend eine Rostgans, die er auf ihrem verirrten Flug getroffen hatte. Ich winkte ihm heftig zu, so daß man es für einen Gruß, aber auch für ein Zeichen des Ärgers halten konnte, und drehte mich, um von neuem in den Buschwald hineinzugehen. Genau in diesem Augenblick entdeckte ich, von der gegenüberliegenden Seite der Lagune herkommend, einen Vogel am Himmel: es war eine Silberhalstaube, die einsam und in großer Höhe daherflog und fast genau über meinem Kopf vorüberziehen wollte. Überstürzt zielte ich auf sie und drückte ab. Sie schlug im Flug einen Winkel, so daß ich schon glaubte, ich hätte getroffen. Doch sie war nur vom Gewehrfeuer erschreckt worden: die Silberhalstaube nahm ihre Flugrichtung wieder auf, überflog das offene Feld und kam auf die Gruppe zu. Nervös rief ich hinüber:

»Schau die Silberhalstaube, Malaquias! Schieß!«

Doch Malquias schoß nicht. Ich lief hinüber, um festzustellen, weshalb er nicht geschossen hatte. Malaquias hatte die Position, in der sie vorbeigeflogen war, für ungünstig gehalten und es für besser erachtet, seine Munition zu schonen. Um Fragen nach dem Ergebnis meiner einsamen Exkursion abzubiegen, rief ich sogleich:

»Du bist gewiß ein großer Schütze, Malaquias, aber ein lustloser Jäger. Die Silberhalstaube befand sich auch für mich in einer sehr schlechten Position. Und ich habe doch geschossen! Wenigstens habe ich es versucht: eine Silberhalstaube läßt man nicht so ohne weiteres vorbeifliegen!«

Malaquias, der mich gut kannte und wußte, daß das alles nur Gerede war, amüsierte sich. Doch die Pereiras, die ohnehin wegen seines Jagderfolgs schon etwas verschnupft waren, stimmten mir sogleich zu. Deodósio sagte:

»Das ist wahr, Meister Dinis, da haben Sie recht. Ich hätte auch geschossen. Ich habe nur deshalb nicht geschossen, weil ich meinte, als Gast seien Sie an der Reihe.«

Malaquias gab mit der Bescheidenheit und Selbstsicherheit der wahren Größe keine Antwort und verteidigte sich nicht. Er sagte nur, unser Jagdbursche mahne zum Weitergehen; wir sollten die Fahrstraße überqueren und bis zu einem Stausee wandern, auf dem zuweilen Wasserhühner schwammen. Nach all dem Gewehrfeuer war es freilich fast ausgeschlossen, daß nicht alle fortgeflogen waren. Doch zur Gewissenserleichterung beschlossen wir, unser Heil zu versuchen, und ich erhielt die gar nicht erbetene Erlaubnis, auf alles zu schießen, was mir vor die Flinte kommen würde.

Diese Etappe der Jagd sollte indes für meine Eigenliebe schmeichelhafter ausfallen. Ich schieße weniger schlecht auf Vögel, die am Boden sitzen, als auf Vögel auf Ästen. Die Sonne begann schon unterzugehen, da stießen wir auf Kapernsträucher zu beiden Seiten des Weges, und eine Schar Wildtauben pickte am Boden die Samenkörner auf. Ich gab nacheinander sechs Schüsse ab und vertat nur einen, und das vor den Augen der Pereiras, die zu diesem Zeitpunkt auch schon schießen wollten, um zu zeigen, wer sie waren. Doch wie wir vorausgesehen hatten, war der Jagdtag nun wirklich zu Ende. Der Stausee war leer. Unter einer dicktropfigen Regenhusche übersprangen wir eine Einfriedigung und schlugen den Rückweg zum Gutshaus ein, wo wir durchnäßt, aber stolz anlangten; ich brüstete mich mit den fünf Wildtäubchen und der Sabiá-Drossel, die mich gegenüber Malaquias nicht allzu schlecht abschneiden ließen und über den Verlust der Jurity und der Silberhalstaube einigermaßen hinwegtrösteten. Und ich war sogar recht eingebildet, als Dona Pautila de Menezes, die ehrenwerte Baronin von Pajeú, meine Lage durchschaute und gütig bemerkte:

»Die Wildenten sind mehr etwas für das Auge; aber wie köstlich wird erst die Geflügelsuppe schmecken, die ich von den Täubchen kochen lassen werde, die dieser junge Mann hier geschossen hat.«

———

An jenem Abend aßen wir Taubensuppe, Entenbraten, gesalzenes Trockenfleisch mit geröstetem Mandiokmehl, Kürbis mit Milch und, zur Krönung des Ganzen, Kaschu-Kompott. Nach dem Abendessen plauderten wir, auf Liegestühlen unter dem Vordach des Hauses sitzend, während die Sterne am Himmel funkelten und in der Ferne in Richtung der Stadt Custódia Blitze den Himmel zerschnitten. Die Erde und die frische Nachtluft rochen nach Buschwald und Regen; ich nahm die nachmittägliche Jagd zum Vorwand und brachte das Gespräch auf dieses Thema. Ich zählte alle meine Mißerfolge auf und übertrieb dabei und erfand einiges dazu. Zum Schluß ließ ich den Satz fallen, den ich als Kernstück meines Planes vorbereitet hatte. Ich sagte:

»Aber Wildenten und Tauben sind Kleinwild, ein Kinderspiel! Schade, daß es hier nicht ein wildes Gebirge gibt, in dem man noch heute ansehnlicheres Wild findet wie Jacú-Wildhühner und Hirsche. Das wäre die richtige Jagdbeute für uns; mit ihr würden wir nach der Rückkehr in Taperoá den Ruhm des Zerschnittenen Gebirges verbreiten!«

Ich hatte schon im Ort gehört, daß es im Reichsgebirge dieses Jagdwild gab. Wie ich geahnt hatte, antwortete mir der alte Edelmann »Né von Carnaúba« mit sanfter Stimme, aber doch etwas in seiner Heimatliebe getroffen, aus seiner Ecke:

»Und dabei können Sie hier wirklich noch Jacús und Hirsche finden! Schauen Sie, von hier bis zum Reichsgebirge gehört alles Land den Pereiras! Morgen früh werde ich einen Boten zu unserem Gut ›Bethlehem‹ schicken. Dort gibt es einen dichten Joazeiro-Palmenwald, der zu den besten Futterplätzen für Jacús zählt, die es überhaupt in dieser Gegend gibt. Diese Wildhühner sind ganz versessen auf die Joazeiro-Früchte. Morgens in aller Frühe können Sie leicht einige von ihnen antreffen, wenn sie die reifen Früchte aufpicken, die über Nacht zu Boden gefallen sind. In diesem Jahr reifen die Joazeiro-Früchte vor der Zeit, so daß ich glaube, daß die Jacús schon dort in der Gegend sein müssen. Und was die Hirsche angeht, so können Sie noch den einen oder anderen im Reichsgebirge antreffen. Am besten versuchen Sie, sie an den schattigen Ruheplätzen abzuschießen, vor allem unter den Imbu-Bäumen, wo sie gleich nach Mittag im Schatten, geschützt vor der Hitze, lagern. Das Reichsgebirge ist bedeckt mit Catolé-Kokospalmen. Unter ihren Stämmen finden Sie ganze Berge von Palmschößlingen, welche die Hirsche äsen. Sie äsen Fruchtfleisch und Fasern fast ganz: kaum mehr als die Schale bleibt übrig. Das kann Ihnen als Zeichen dafür dienen, daß die Hirsche an den Wildwechselstellen vorübergekommen sind. Ich werde veranlassen, daß der Bote, wenn er die Jacú-Jagd in ›Bethlehem‹ vorbereitet hat, auf einen Sprung nach Bernardo Vieira fährt und meinen Gevatter Luís vom Dreieck davon verständigt, daß ihr übermorgen dort ankommt. Das Reichsgebirge ist etwas weit entfernt von hier. Aber da ihr auf alle Fälle durch Sítios Novos müßt, um euch mit ihm zu treffen, ist es nur eine kleine Mühe, einen Abstecher zum Gebirge zu unternehmen. Luís selber kann als Führer dienen, damit ihr ein oder zwei Hirsche im Reichsgebirge schießen könnt.«

Der alte Edelmann von »Carnaúba« ahnte nicht, mit welcher Gefühlsaufwallung ich seine Anspielungen auf das Reichsgebirge mitangehört hatte. Ich sorgte jedoch dafür, daß meine Aufregung in keiner Weise sichtbar wurde. Ich stand auf und sagte:

»Dann wollen wir zu Bett gehen, um dementsprechend früh aufzuwachen. Die Jäger unter uns, Malaquias, Deósio, Leonidas, Argemiro und ich, werden ihre Gewehre überprüfen. Euclydes Villar soll seinen Fotoapparat schußfertig machen, denn übermorgen, so Gott will, möchte ich ein Bild von mir haben, wie ich oben auf dem Reichsgebirge einen von mir erlegten Hirsch an den Hinterläufen hochhalte.«

ACHTZEHNTE FLUGSCHRIFT
DIE ZWEITE ABENTEUERLICHE JAGD

Am nächsten Tage bot man uns auf »Carnaúba« noch ein Mittagessen, wie es nur der Sertão in dieser Vollständigkeit offerieren konnte: in der Schale gekochtes Gürteltierfleisch; geröstete Maismehlkuchen mit gekochten Eiern und in Streifen geschnittenen Stückchen Gürteltierfleisch; gebratenes salziges Trokkenfleisch; weiße Bohnen, mit Käserinden, Bratwurst und Kürbis gekocht; und als Nachtisch zuerst Kaschu-Früchte, dann hausgemachtes Guavenbirnenkompott, das mit Butterkremkäse gegessen wird.

Nach der Siesta, ungefähr gegen zwei Uhr nachmittags, stiegen wir zu Pferd und brachen zum Gut »Bethlehem« auf, wo der Bote uns schon erwarten mußte. Auf der Reise gab es keinen bemerkenswerten Zwischenfall. Doch es waren fünf Meilen, so daß ich dort wieder halb zerschlagen ankam.

Vor dem uralten Gutshaus befand sich, wie im Zerschnittenen Gebirge üblich, eine Terrasse mit Ziegelboden, eingefaßt von einem Holzzaun. Auf ihr mußten wir nach Junggesellenart nächtigen, denn das Haus war unbewohnt und verschlossen. Die Frau des Viehhirten hatte für uns, vom Boten verständigt, ein einfaches Mahl vorbereitet, das wir eilig hinunterschlangen, todmüde und erschöpft wie wir waren von den fünf zu Pferde zurückgelegten Meilen.

In der Nacht jedoch konnte ich trotz meiner Erschöpfung zunächst kein Auge zutun. Mein Kopf brannte, und ohne daß ich es gewollt hätte, fielen mir alle Augenblicke die wichtigsten Episoden aus dem blutigen Abenteuer vom Stein des Reiches ein. Ich versuchte sie zu vergessen. Ich schloß die Augen, um zu sehen, ob ich vielleicht doch noch einschlafen könnte. Aber

immer, wenn ich nahe daran war, fiel mir wieder ein, daß eben
an dieser Stelle, auf der Terrasse des Hauses, wo ich mich befand, am 17. Mai 1838 die drei Sertão-Barone Manuel, Alexandre und Cipriano Pereira miteinander geredet hatten, als
der abtrünnige Graf Dom José Vieira Gomes ihnen die Begebenheiten im Verzauberten Reich hinterbrachte. Ich schloß die
Augen fester und versuchte, den Schlaf herbeizuzwingen. Doch
sobald ich sie schloß, traten wie mit feurigen Lettern die Worte
aus Souza Leites Erzählung vor meine Augen, und meine
Schläfen pochten, während ich im Geiste wiederholte: »Es war
am Morgen des 17. Mai 1838 gegen zehn Uhr. Mit seinen Brüdern Cipriano und Alexandre Pereira vor seinem Gutshaus in
›Bethlehem‹ sitzend, plauderte der Kommandant Manuel Pereira mit ihnen etc.«

Erst gegen Morgen muß ich eingeschlafen sein. Und ich hatte
den Eindruck, überhaupt noch nicht geschlafen zu haben, als
Malaquias brüllte:
»Aufgewacht, Meister Dinis! Aufgewacht und los geht's!
Sonst verpassen wir die Jacús!‹
Wir frühstückten in Windeseile und ritten noch im blassen
Licht der letzten Sterne los, hinein in den Joazeiro-Wald zwi-
schen den Gütern »Bethlehem« und »Gehege«. Sechs Ansitze
waren vorbereitet worden, einer für jeden von uns. Diesmal
bemerkte ich sogleich, daß die Pereiras, ihrer Gastgeberpflich-
ten ledig, darauf brannten, die Quadernas um jeden Preis zu
schlagen. Ich vertraute jedoch auf Malaquias' Schützenkunst.
Wenn ich allein und getrennt von Malaquias in meiner Ecke
bliebe, konnten die Pereiras behaupten, daß sie gegen einen
Quaderna verloren, gegen den anderen aber gewonnen hätten.
Außerdem mußte ich nicht nur für die Ehre der Quadernas,
sondern auch für meine eigene sorgen. Deshalb setzte ich mich
sogleich an die Spitze der Jagdgesellschaft und wählte für mich
den Ansitz in der Nähe von Malaquias aus. So konnte ich meine

und seine Taten zu den »Taten der Quadernas« addieren und die Familienehre zusammen mit meiner eigenen retten. Für Euclydes Villar hatten die Pereiras ebenfalls ein Gewehr besorgt, aber er wies es unter dem Vorwand zurück, der Fotoapparat sei schon schwer und unbequem genug. Ich verwies ihn an Deósio, den ältesten der jungen Pereiras. Argemiro und Leonidas begaben sich zu ihren Ansitzen, die gleichfalls nebeneinander lagen.

Um die Geschichte abzukürzen: Bevor noch die Sonne gänzlich aufgegangen war, begannen die Jacús aus dem Buschwald in den Joazeiro-Wald überzuwechseln. Ich vertat einen Schuß nach dem anderen. Viermal hörte ich jedoch zwischendurch das dumpfe Gebell von Malaquias' Zwölfer, und von meinem Platz aus konnte ich erkennen, daß vier riesige Jacús zu Boden fielen. Ich war schon der Verzweiflung nahe, weil der Morgen vorschritt und die Jagd binnen kurzem zu Ende gehen mußte. Da schickte ich ein demütiges Gebet gen Himmel, um aus dieser Lage herauszukommen. Kaum war das Gebet zu Ende, senkte sich ein Jacú aus dem Buschwald herab und hielt auf den mir am nächsten stehenden Joazeiro-Baum zu. Er kam herunter, scharrte auf dem Boden und fing an, die Früchte aufzupicken. Er saß viel näher bei mir als bei Malaquias, der ihn von seinem Versteck im Ansitz aus vielleicht sehen konnte, doch für einen Schuß viel zu weit entfernt war. Mit pochendem Herzen brachte ich meine Achtundzwanziger in Anschlag. Leider dauerte das Zielen jedoch bei mir recht lange. Und in dem Augenblick, in dem ich auf den Abzug drücken wollte, hörte ich den Schuß, den Malaquias von seinem Platz aus auf meinen Jacú abgegeben hatte. Mein Bruder konnte vor lauter Ungeduld, weil ich nicht schoß und »weil er den Jacú schon wieder davonfliegen sah«, nicht an sich halten und versuchte auf diese Weise sogar, sich das Ergebnis meiner heimlichen Gebete zunutze zu machen!

Die Jacú-Federn stoben nach allen Seiten, und der Vogel schwankte, so daß ich schon glaubte, er würde umfallen. Jedoch sammelte er alle Kräfte, die ihm verblieben waren, setzte zu einem schwerfälligen, unschlüssigen Galopp an und blieb, mit gesenkten Flügeln den Boden streifend, zwei Schritte vor mir stehen; stark verwundet wie er war, öffnete und schloß er krampfartig den Schnabel. Da verlor ich kein weiteres Wort und zauderte nicht länger: ich brannte ihm eine todbringende Ladung aus meiner unsterblichen Achtundzwanziger aufs Gefieder. Der Schlag des aus großer Nähe abgefeuerten Schusses war so heftig, daß der Jacú von der kompakten Bleiladung umgedreht, fortgestoßen wurde und nach hinten fiel.

Malaquias und ich liefen auf ihn zu. Und da ich näher stand, bekam ich den Jacú als erster zu fassen. Noch halb außer Atem durch das Laufen, kam Malaquias an mich heran, rollte in unbewußtem Jagddurst mit den Augen und sagte:

»Gib mir meinen Jacú her!«

»Wieso deinen?« fragte ich ungerührt.

»Mein Schuß hat den Jacú getötet, und deshalb gehört er mir. Er starb bereits, als du zum Schuß kamst, Meister!«

»Wer sagt das denn? Wie willst du das beweisen?« fragte ich und hielt den Jacú immer noch mit beiden Händen fest.

Malaquias blickte mich erstaunt an. Ich bemerkte, daß der blinde, egoistische Jägerstolz allmählich der Wertschätzung wich, die er für mich empfand. Sogleich nützte ich diese Tatsache aus und appellierte an seine brüderliche Freundschaft:

»Du weißt besser als ich, Malaquias, daß mein Schuß dem Jacú den Rest gegeben hat. Ob er schon von deinem Schuß verletzt worden war, weiß ich nicht: ich habe es nicht gesehen, und es tut auch nichts zur Sache. Wichtig ist, daß ihn mein Schuß erledigt hat. Oder soll vielleicht dein älterer Bruder beschämt vor diesen Fremden dastehen?«

Damit hatte ich gewonnenes Spiel. Malaquias versetzte besonnen:

»Du hast recht, Meister Dinis! Dein Schuß hat wirklich dem Vogel den Rest gegeben. Wer weiß, ob er nicht trotz seiner

Verwundung entkommen und im Buschwald verschwunden wäre, bevor ich den nächsten Schuß abgegeben hätte. Nimm den Vogel, der Jacú gehört dir!«

Voller Stolz steckte ich das Wildhuhn in die Jagdtasche, und so kam es, daß ich an jenem denkwürdigen Tage einen toten Jacú der Liste meiner Heldentaten hinzufügte. Doch die Sonne stand schon ziemlich hoch, weitere Jacús waren nicht zu erwarten. Wir verließen die Ansitze und gingen den anderen entgegen, die schon nach uns riefen. Argemiro hatte einen Jacú geschossen und Leonidas einen weiteren: unentschieden mir gegenüber, verloren gegen Malaquias. Deósio hatte einen Jacú nicht einmal aus der Ferne gesehen: er war gar nicht zum Schuß gekommen. Deshalb wiederholte er immer wieder mit wilder Miene:

»Heute ist mein Pechtag! Ich weiß gar nicht, was mit mir los ist, wo ich doch sonst beim Jagen so viel Glück habe.«

Bei diesen Worten schaute er seinen Ansitzgefährten Euclydes Villar schief an; der tat so, als bemerkte er die Anspielung nicht, machte sich an seinen Flanelldecken und Linsen zu schaffen und staubte alle Augenblicke den Balg seines Fotoapparates ab.

NEUNZEHNTE FLUGSCHRIFT
DER FALL DER VERSCHWUNDENEN KRONE

Es war gegen zehn Uhr morgens, als wir in das Städtchen Bernardo Vieira gelangten; ich hatte brüllende Kopfschmerzen. Als wir in die Hauptstraße, die »Kirchstraße«, einritten, trat aus dem Hause seines Verwandten Manuel Conrado Lorena e Sá der große Luís Pereira, der Konnetabel, der dort lächelnd, ruhig und höflich wie immer auf uns gewartet hatte. Ich beantwortete seine Freundlichkeiten kaum, sondern fragte gleich nach der Apotheke, die am Ende der Straße lag; dort hatte ich das Glück, einen engeren Landsmann zu treffen, meinen alten

Bekannten Cecílio Tiburtino de Lima, der mir sogleich zwei Pillen und eine Dosis Fruchtsalz verschrieb, einzunehmen samt einem Glas Milch fünf Minuten später, »damit sich das Blut verteilen und dem Magen gefällig sein kann«. Nun konnte ich in das Haus von Neco Lorena zurückkehren, wo ich mich erholte und etwas von dem vortrefflichen Kaffee zu mir nehmen konnte, den man für uns zubereitet hatte.

So war es denn ungefähr elf Uhr, als wir zum Reichsgebirge aufbrachen, nunmehr unter der Führung von Luís vom Dreieck. Immer noch setzte der wiegende Gang des Pferdes meinem schmerzenden Kopf zu. Um aber kein Schwächezeichen zu geben, hielt ich durch, und wir ritten immer weiter. Während des Rittes drehte sich Dreiecks-Luís zu mir um und sagte:

»Hier, wo wir uns jetzt befinden, ist noch Pernambuco. Aber binnen kurzem führt uns unser Weg nach Paraíba, und wir kommen zu dem Gut ›Stauwehr‹, das unserem Vetter Antônio Pereira gehört, der unter dem Spitznamen Stauwehr-Antônio bekannt ist. Ihr wollt doch bis zum Reichsgebirge reiten, nicht wahr?«

»Gewiß doch«, antwortete ich. »Uns interessiert nur das Reichsgebirge, weil man dort Hirsche jagen kann.«

»Hirsche gibt es hier überall, wo Gebirge ist«, sagte Luís. »Aber da man hier so häufig vom Reichsgebirge spricht, denken die Leute nur daran, wenn sie von Hirschen reden.«

»Und warum spricht man so häufig vom Reichsgebirge?« fragte ich und wollte das Wasser auf meine Mühlen leiten.

»Wegen des Reichssteines und wegen des verzauberten Königreichs, Dinis. Haben Sie nie davon reden hören?«

»Vom Reichsstein? Nie!« log ich.

»In alten Zeiten, zur Zeit des Schnarchhahns, gab es dort einen Hexensabbat. Sogar meine Verwandten haben sich in das Getümmel gestürzt. Mein Urgroßvater Antônio Pereira und der Urgroßvater dieser jungen Leute, Joaquim Pereira, haben dort mitgekämpft und sind mit dem Leben davongekommen.

Aber zwei ihrer Brüder, Cipriano und Alexandre, mußten daran glauben. Jedenfalls haben die Pereiras am Ende die Schlacht gewonnen und den gekrönten König getötet.«

»Den gekrönten König? Welchen König?« fragte ich und tat ganz erstaunt.

»Zu jener Zeit war die Hölle los, Freund. Ein gewisser João Ferreira krönte sich im Reichsgebirge zum König und setzte dem Volk den Floh ins Ohr, König Sebastian werde hier wiederauferstehen und die Armen reich machen. Der König plante, alle Grundbesitzer umzubringen, um ihre Ländereien unter ihre Leute aufzuteilen. Wollen Sie nicht nach der Jagd einen Abstecher zu den Steinen machen, wo das Reich gewesen ist? Es lohnt sich, die Steine anzuschauen, wenn ich auch bei jedem meiner Besuche vor Entsetzen in einen Klumpen fahre, bei der bloßen Erinnerung an das, was sich dort abgespielt hat.«

»Das machen wir«, sagte ich rasch, bevor noch jemand Einspruch erheben konnte. »So etwas darf man unter keinen Umständen verpassen.«

»Sehr richtig!« stimmte Luís zu. »Allerdings wimmelt es dort von Räubergeschichten; jeder stellt die Begebenheiten in seinem Licht dar. Nur eines scheint hieb- und stichfest zu sein: Der König hieß Johann Ferreira, wollte mit den Grundbesitzern aufräumen und war mit einer Frau verheiratet, die Königin Quitéria hieß.«

»Nicht Quitéria, Josefa!« entfuhr es mir.

Dreiecks-Luís sah mich erstaunt an:

»Ich habe immer sagen hören, sie hätte Quitéria geheißen.« Jetzt war es zu spät zum Rückzug. Ich fuhr fort:

»Nein, König Johann Ferreira besaß sieben Frauen. Vielleicht hieß eine von ihnen Quitéria, das weiß ich nicht. Aber die beiden Hauptfrauen waren Königin Josefa und Prinzessin Isabela.«

»Und woher wollen Sie das wissen?« fragte Euclydes Villar. »Haben Sie nicht eben noch gesagt, Sie hätten nie davon reden hören?«

»Als mich Dreiecks-Luís fragte, erinnerte ich mich nicht sofort daran, und deshalb sagte ich, die Geschichte sei mir unbekannt. Doch während er redete, fiel mir die Geschichte allmählich ein, und jetzt erinnere ich mich, etwas darüber in der Stadtbibliothek von Taperoá gelesen zu haben, in der Zeitschrift des Archäologischen Instituts von Pernambuco, die uns Gustavo Moraes gestiftet hat. Die Zeitschrift bringt sogar eine Illustration, welche die beiden parallelen und fast gleichen Türme zeigt. Jetzt erinnere ich mich ganz deutlich.«

»Nun gut, falls wir nicht allzu spät mit den Hirschen fertig werden, reiten wir auf einen Sprung dorthin, damit ihr die alten Steine sehen könnt«, versetzte Luís.

In diesem Augenblick kamen wir auf der rechten Straßenseite an einer Lagune vorüber. Luís vom Dreieck erläuterte:

»Das ist Vieiras Lagune. Die Vieiras waren Verwandte von König Johann Ferreira und ebenfalls in den ›Krieg um das Reich‹ verwickelt. Sie behaupteten, die Lagune sei verzaubert und hier habe König Sebastian eine Goldmine für die Armen versteckt.«

Mein Herz tat einen Sprung in meiner Brust. Sogleich ritt ich an das Ufer der Lagune: ich wollte sehen, ob ich ein oder zwei von den Steinchen fände, mit denen mein Urgroßenkel seine Predigt vom nahenden Reich begonnen hatte. Erstaunt über mein jähes Davonreiten, verhielten die anderen ihre Pferde auf der Straße und blickten mir nach. Ich nahm das Gewehr vom Sattelknauf, brachte es in Anschlag und näherte mich so dem Wasser.

Da geschah etwas, das ich nicht erwartet hatte: ein Jassana-Wasserhuhn flog bei meinem Näherkommen erschrocken aus den Schlingpflanzen des Ufers auf. Ich mußte schießen. Und da ich ganz sicher war, daß ich doch danebenschießen würde, riß ich das Gewehr hoch, ohne anzulegen und drückte ab. Das Jassana fiel getroffen zu Boden. Überrascht und mit hängendem Kinn, aber schon stolzgebläht, hörte ich Malaquias begeistert von der Straße her rufen:

»Bravo, Meister Dinis! Ein Meisterschuß!«

Das war eine günstige Schicksalsfügung und bewies wieder einmal, daß die Astrologie nicht lügt. Noch auf »Carnaúba« nämlich hatte ich die Sterne über meine Expedition befragt und im Almanach folgende Auskunft gefunden: »Für die unter dem Zeichen des Zwillings Geborenen ist die Zeit günstig wegen des wohltätigen Einflusses des Planeten Merkur. Eine Reise kann Liebesangelegenheiten, Finanzen, politische und gesellschaftliche Stellung verbessern. Ein großer Fund steht in Aussicht. Übelwollende Person möchte intervenieren, wird jedoch keinen Erfolg haben. Achten Sie mehr auf Ihre Umwelt!« Es lag klar, sonnenklar zutage. Die Reise zum Stein des Reiches würde für die Monarchie der Quadernas günstig verlaufen, und ich mußte die Augen offenhalten, um nicht nur die Einmischung der übelwollenden Pereiras zu vermeiden, sondern auch ein Zeichen zu bemerken, einen Fund, den mir die Sterne zeigen würden. Und was konnte es im Augenblick Besseres für meine gesellschaftliche, politische und finanzielle Stellung geben, als einen Treffer dieser Güte zu landen?

Zufrieden sprang ich aus dem Sattel und fing an, unter dem Vorwand, nach dem Jassana zu suchen, am Ufer der Lagune auf und ab zu gehen, um zu sehen, ob ich irgendeinen glitzernden Stein fand. Aber die Zeit verging, und da war nichts. Die Gefährten wurden ungeduldig und riefen herüber:

»Weiter drinnen liegt es, Dinis! Es ist ins Wasser gefallen. Am Ufer finden Sie gar nichts.«

Ich mußte meine Verstellungskünste aufgeben, watete ins flache Wasser der Lagune hinein und durchnäßte mir die Halbstiefel und den unteren Teil der blauen Nietenhose. Ohne Mühe fand ich das rotbrüstige Jassana-Huhn, das ich schon lange vorher bemerkt hatte. Ich packte es an den Stelzen und begann aus dem Wasser herauszuwaten, zufrieden mit meinem Schuß, aber etwas enttäuscht wegen der monarchischen Angelegenheiten. In diesem Augenblick fiel ein Sonnenstrahl auf eine Malachit-Inkrustation auf einem Stein, der weiter links lag, nicht am Lagunenufer, sondern oberhalb am niedrigen, weiß-braunen Lehmufer eines trockenen Bachbetts. Dorthin wandte ich mich und verfiel in Staunen, tief beeindruckt von meinem Schicksal! Am Boden neben dem Ufer lag ein ovaler, weißer, abgeplatteter, nicht übermäßig glänzender Stein von der ungefähren Größe eines Brötchens. Die weiße Oberfläche war von violetten und rötlichen Einschlüssen gezeichnet, die in ihrer Gesamtheit genau die Gestalt eines Skorpions bildeten, das astrologische Schicksalszeichen unseres Reiches, des siebensternigen Imperiums des Skorpions!

Die größte Sensation stand aber noch bevor. In dem Augenblick, in welchem ich mich bückte, um den Stein aufzuheben, erblickte ich auf einem anderen Stein etwas, das mir im ersten Augenblick nur wie ein alter weggeworfener Lederhut vorkam. Nun war aber die Krone, die mein Urgroßvater am Stein des Reiches getragen hatte, aus Metall – angeblich aus Silber! – und steckte auf einem Lederhut, der ihr als Futter diente. Sie war nach der Schlacht von dem gleichen Viehhirten gefunden worden, der auch den unschuldigen Sohn der enthaupteten Prinzessin gefunden hatte, welcher später in die Obhut von Pater Wanderley gelangte. Die Krone, oder genauer: ihr Metallteil, war auf uns gekommen, das Futter jedoch verlorengegangen. Ich hatte schon daran gedacht, sie auf einen beliebigen Lederhut aufzuziehen, der ihr die nötige Würde verliehen hätte, freilich nie das alte Futter ersetzen konnte, das auf dem Haupt von drei Königen gethront hatte. Man kann sich daher meine Erregung ausmalen, als ich feststellte, daß der von mir gefundene Lederhut seitliche Einkerbungen aufwies, die mehr oder minder zu den Metallblättern der Krone paßten. Es gab keinen Zweifel: es war das Futter, das man am Tag der Schlacht weggeworfen hatte. Es war der astrologische Fund, den der Almanach vorausgesagt hatte.

Mit der größten Begeisterung verwahrte ich Stein und Lederhut in der Jagdtasche, zusammen mit dem Jassana, und kehrte zu den anderen zurück. Malaquias, der genau wußte, daß mir in Jagddingen ein Lob von ihm angenehm war, rief mir zu:

»Dich hat wohl der wilde Hund gebissen, Dinis! Das war wirklich ein Prachtschuß! Aber am meisten habe ich mich darüber gewundert, daß du das Jassana von hier aus mitten im Wald gesehen hast. Doch jetzt zügle deinen Jagdeifer, sonst verscheuchen uns die Schüsse den letzten Hirsch aus dem Gebirge. Sind wir bald dort, Luís?«

»Viel fehlt nicht mehr!« antwortete Luís vom Dreieck. »Hier an der Lagune von Vieira vorbei führt ein Abkürzungsweg. Aber für uns ist es besser, wir reiten zum Gut ›Stauwehr‹, wo wir die Pferde einstellen können.«

▌ ZWANZIGSTE FLUGSCHRIFT ▌ DIE DRITTE ABENTEUERLICHE JAGD

Ungefähr gegen zwei Uhr nachmittags gelangten wir zum »Stauwehr«, das schon auf dem Gebiet von Paraíba liegt. Wir hatten keine Zeit zu verlieren. Der Besitzer, Herr Antônio, ein Vetter der Pereiras, befahl seinem alten Leibwächter Luís Cachoeira, einem Viehhirten und Cangaceiro außer Diensten, er solle uns zum Stein des Reiches führen. Luís Cachoeira an der Spitze, gingen wir um das Gutshaus herum, an einem Schafspferch vorbei und betraten, einstweilen auf flachem Gelände, den Buschwald. Das Gebirge begann jedoch dort in unmittelbarer Nähe, dergestalt daß der Weg nun steil anstieg.

Unterwegs blieb Luís Cachoeira stehen, wies nach oben auf die Anhöhe im Gebirge und wandte sich an mich mit der Frage:

»Sehen Euer Gnaden dort das Haus auf dem Berggipfel? Sagen Sie mir, ob es aus Lehm oder aus Stein ist!«

»Aus Ziegelsteinen!« erwiderte ich überzeugt. »Aus Ziegeln und Verputz. Jetzt ist der Verputz alt und an einigen Stellen schwarz geworden.«

Cachoeira lachte vergnügt.

»Das ist nur ein Stein, Herr Major! Von hier aus irren sich alle und meinen, es sei ein Haus. Beim Aufstieg ins Gebirge kommen wir dort in der Nähe vorbei. Aber es ist auch nicht weiter verwunderlich, daß Sie sich geirrt haben, denn wir kommen an so vielen merkwürdigen Steinen vorbei, daß der dort nur einer unter vielen ist.«

Wir kletterten immer weiter auf dem steilen Weg empor. Der Buschwald wurde immer dichter, immer unwegsamer und dorniger. Cachoeira schritt vorneweg, trotz seinen siebzig Jahren behende und sicher wie ein alter Sertão-Waldgänger; sein Körper war so straff, ausgetrocknet und hart, als hätten die Jahre einen dunklen, halbverbrannten Stamm von Eisenholz ausgetrocknet und gehärtet. Hinter Cachoeira gingen Deósio, Leonidas und Argemiro Pereira. Hinter ihm Dreiecks-Luís, gefolgt von Malaquias, von mir und von Euclydes Villar. Die Sonne brannte, und der Aufstieg ins Gebirge wurde immer steiler und härter. Niemand schwitzte. Oder besser, wir schwitzten zwar, aber die heiße Sonne und der Wind ließen den Schweiß sogleich wieder trocknen, so daß wir binnen kurzem vor Durst beinahe verschmachteten und unsere Haut vor Trockenheit rissig wurde. Außerdem umschlang uns ab und zu eine Liane; dornige Schlinggewächse hängten sich an unseren Hosen fest oder verletzten uns mit ihren scharfen, krummen Dornen.

Mir ging der Atem aus. Ich schaute nach vorn, in der Hoffnung, auch Luís Cachoeira würde sein Herz spüren; aber da war nichts zu machen. Er hielt sich an der Spitze, rauchte eine Strohzigarette, und ich sah an dem sicheren, gleichmäßigen Rhythmus der Rauchzüge, daß sich nicht einmal seine Atmung beschleunigt hatte. Ich war verzweifelt. Meine Lungen waren schon dem Platzen nahe. Gleichzeitig wußte ich aber, daß die Quadernas, wenn ich vor den anderen um eine Verschnaufpause bitten wollte, das Gesicht verlieren würden. In meinem Inneren entschied ich: »Lieber platze ich, als daß ich klein beigebe.« Und da ich überzeugt war, daß ich sterben würde – denn ein Mehr an Anstrengung konnte ich nicht mehr aushalten! –, begann ich in der Stille Gott alle meine Sünden zu beichten und betete ein Bußgebet. Da erlaubten Gott und die Gestirne, daß ich hinter mir ein sonderbares Geräusch vernahm, eine Mischung aus Pfeifen, Schweinegrunzen und Asthmatikerschnaufen, das den schwerfälligen Rhythmus strauchelnder Füße unterstrich. Ich warf einen spähenden Blick hinter mich und erblickte Euclydes Villar, der noch weit ärger daran war als ich. Das bedeutete die Versöhnung zwischen den Quadernas und den Pereiras; mein Leben und meine Ehre waren gerettet. Ich nutzte es zu dem atemlosen Schrei:

»Halt, Leute, halt! Sonst stirbt uns noch Euclydes Villar!«

Die Erleichterung war allgemein; doch das Beste war, daß Euclydes Villar, sobald er wieder sprechen konnte, mir für mein Eingreifen dankte und eingestand, daß er dem Tode nahe gewesen sei. Jedoch waren alle derartig erschöpft, daß niemand den Mut hatte, grausam zu sein gegen den armen Dichter, Fotografen und Silbenrätselerfinder, der so wenig an diese Sertão-Wanderungen und -Heldentaten gewöhnt war. Mit Ausnahme von Cachoeira keuchten alle; alle ließen sich am Boden nieder, um zu verschnaufen.

Ich setzte mich nicht, ich legte mich hin. Ich machte es mir im Schatten eines Pfefferbaums bequem; immer noch schlug mein Herz wie ein zügelloses Pferd. Cachoeira war der einzige, der sich nicht setzte. Er lehnte sich an einen Baumstamm und begann, immer noch weiterrauchend, Begebenheiten aus dem Gebirge und aus seinem Leben zu erzählen. Er war es auch, der uns nach einer halbe Stunde ermahnte, den Weg fortzusetzen, und hinzufügte:

»Euer Gnaden sind erschöpft, aber nur Mut, denn das schlimmste Stück des Aufstiegs haben wir schon geschafft. Von nun an geht es immer weiter bergan, doch der Anstieg ist sacht, und man spürt ihn kaum.«

——

Cachoeira schlug nun ein gemäßigtes Tempo ein, wofür ich Gott dankte. Nachdem wir noch ein Stück gegangen waren, stießen wir auf die erste Catolé-Palme am Wegrand. Wie vom Herrn von »Carnaúba« vorausgesagt, lagen am Boden bergeweise die abgeknabberten kleinen gelben Kokosschößlinge umher, was darauf schließen ließ, daß noch vor kurzem Rehwild hier geäst haben mußte. Wir gingen also vom Wege ab, drangen in den Buschwald ein und suchten nach Imbu-Bäumen; laut Cachoeira mußte es mit dem Teufel zugehen, wenn dort um diese Zeit keine äsenden Hirsche zu finden waren.

Als wir uns dem ersten Imbu-Baum näherten, zeigte sich Deósio sogleich entschlossen, die Quadernas um jeden Preis zu besiegen, vor allem nach seinem Mißgeschick mit den Jacús. Er schritt eilig voraus und begann sich anzupirschen. Die Phase der Gastfreundschaft lag hinter uns; jetzt hieß es: Jeder für sich, und Gott für uns alle! Doch die Jagdregeln blieben in Kraft, dergestalt daß wir alle anhielten und abwarteten, was er unternehmen würde.

Ich bekenne, daß mich schlimme Ahnungen peinigten, dazu eine verteufelte Angst, es könne ein Pereira und nicht ein Quaderna sein, der als erster die ehrenvollste Jagdbeute – einen Hirsch – erlegen würde. Bekümmert betete ich von neuem und bat diesmal Gott und meinen Planeten, daß Deósio entweder keinen Hirsch finden oder aber den Schuß vertun möge. Und plötzlich traute ich meinen Augen kaum: ganz in der Nähe schlummerte eine Klapperschlange im Astloch eines Imbu-Baumes, der von der Zeit ausgehöhlt und ebenso alt und grau wie die Schlange war. Ein boshafter Plan blitzte in meinem Blute auf. Ohne weiteres Nachdenken, nur von meinem boshaften Instinkt geleitet, hielt ich den Lauf meiner Achtundzwanziger an den Kopf der schlafenden Kobra und drückte ab.

Im gleichen Augenblick knackte es im ganzen Wald auf der Seite des Imbu-Baumes, und wir hörten Deósios Entrüstungsschrei, weil er das Rotwild verloren sah, das nun im Buschwald

152

verschwand. Die Überraschung war allgemein. Es hagelte Fragen. Was war los gewesen? Warum hatte ich geschossen? Stillschweigend deutete ich auf die Klapperschlange, die sich einrollte und im wütenden, giftigen, heftigen Giftschlangensterben wie toll verknäuelte. Ich zeigte auf sie und sagte:

»Ihr staunt, warum ich geschossen habe? Die Klapperschlange war ganz in der Nähe von Euclydes Villar, seht ihr das? Sollte ich vielleicht wegen eines Hirsches das Leben meines Freundes Euclydes Villar aufs Spiel setzen?«

Deósio Pereira, dem das Pech noch leibhaftig vor der Seele stand, das ihm der Scharadenmacher bei den Jacús eingebracht hatte, schaute ihn an, als ob er sich nicht sicher wäre, ob sein Leben wirklich den Verlust eines Hirsches wert wäre. Doch er sagte kein Wort, weil ihm das seine adlige Erziehung verbot, und Tatsache ist, daß wir keinen weiteren Hirsch mehr trafen. Alle waren untröstlich außer mir und Cachoeira, welcher der Klapperschlange die Haut abgezogen, sie zum Geschenk erhalten hatte und nun überglücklich war; falls er sie nicht auf dem Markt verkaufe, sagte er, wolle er sich daraus einen Gürtel machen.

———

Wir standen nun am Gipfel des Gebirges, auf einer flachen, weiten und hochragenden Ebene, die hie und da mit riesigen, seltsam geformten Felsbrocken gesprenkelt war; sie sahen aus wie große alte Echsen, die in der Sonne, auf dem Raubtierfell der Erde eingeschlafen waren. Die beiden Türme indessen waren noch unsichtbar; und wir begannen nun das letzte Wegstück zu durchwandern, das uns von ihm trennte.

Genau da nun kam mir einer jener Zufälle zu Hilfe, mit denen die Glücksgöttin zuweilen meine Beharrlichkeit belohnt, und das spielte sich auf folgende Weise ab. Auf der rechten Seite unseres Weges erblickte man gefällte Baumstämme und Brandstellen von frischen Rodungsarbeiten. Auf der linken Wegseite war der Buschwald vom Feuer verschont geblieben. In meiner unbewußten Angst vor der Ankunft am Stein war ich zurückgeblieben und sogar von Euclydes Villar überholt worden. Deshalb war ich der einzige, der ein kleines Preá-Meerschweinchen bemerkte, das aus seinen vom Rodungsfeuer halb verbrannten Schlupflöchern herauskam, den Weg überquerte, auf zehn Schritte Entfernung an mir vorbeilief und nicht weit entfernt, dicht bei einem Gebüsch von Combretum-Kletterpflanzen, anhielt. Dort rührte es sich nicht mehr und blieb in einer so sonderbar gespannten Haltung stehen, daß es mich in Erstaunen versetzte. Ich war versucht, einen Schuß auf das Preá abzugeben. Was mich zurückhielt, war die Gewißheit, daß ich auf jeden Fall Spott ernten würde: wenn ich vorbeischoß, würde mich mein schlechtes Zielen lächerlich machen; wenn ich aber traf, die unbedeutende Jagdbeute. Doch da die Gruppe weit voraus war, war ich ohne Zeugen: so konnte ich, wenn ich danebenschoß, sagen, ich hätte auf Großwild geschossen; und wenn ich traf, konnte ich nach Belieben die Schußentfernung übertreiben, um mit der Genauigkeit meines Zielens die Unehre wettzumachen, daß ich mit dem Achtundzwanziger ein Tier erlegte, das auch ein Kind mit einer Schleuder zur Strecke bringen konnte.

So hob ich das Gewehr an die Backe und schoß. Ich lege hier, edle Herren und schöne Damen, eine Generalbeichte ab und will deshalb nichts verbergen und also auch bekennen, daß ich danebengeschossen habe. Ich verfehlte das Preá elendiglich, obwohl es weniger als zehn Schritte von mir entfernt war. Ich sah das Tierchen einen Satz nach links machen, ein Loch im Buschwald finden und aus meinem Blick verschwinden, während die grünen Combretum-Blätter, von meinem Schuß in alle Himmelsrichtungen versprengt, zu Boden stoben.

———

Teuflischen Ärger im Leibe, verspürte ich den Geschmack der Niederlage und der Demütigung auf der Zunge und senkte das Gewehr; ich wollte eben meine Wanderung wiederaufnehmen, um die anderen einzuholen, als ich ein Knacken hinter dem

Gebüsch vernahm. Ich lief hin, und fast wäre mir das Herz in die Hose gefallen. Dort stand, von meinem Schuß tödlich getroffen, nicht etwa eine Kobra oder irgendeine Klapperschlange; auch kein Jacú, kein Federvieh, kein Hirsch, kein ängstliches Wild, das vor den Menschen davonläuft, keines von den mittelmäßigen Jagdtieren der Ziegenschwanzjäger: sondern ein Jaguar, ein ausgewachsener Jaguar! Zwar kein richtiger Jaguar, das ist wahr. Es war ein graubrauner, kleiner Puma. Immerhin war es ein Jaguar, ein Wild, von dem ich nicht einmal zu träumen gewagt hatte, auch nicht in den kühnsten Augenblicken meines kriegerischen Ehrgeizes. Als das Preá-Meerschweinchen von mir fortlief, hatte es ihn auf drei Schritte Entfernung gewittert: deshalb war es in der Stellung stehengeblieben, die mich so erstaunt hatte. Und ich selbst hatte das Sprichwort wahr gemacht, das da lautet: »Ich habe auf das geschossen, was ich sah, und das getroffen, was ich nicht gesehen hatte«; ich hatte durch Zufall das Meerschweinchen verfehlt und mein Blei im Schlund des Raubtiers placiert.

Vor Angst halbtot, mit zitternden Händen und verdunkeltem Blick und dem Aussehen eines Narren schob ich rasch eine neue Patrone in mein Gewehr, hielt den Lauf genau auf das Genick der Bestie und gab ihr den Gnadenschuß. Meine Gefährten hörten die Schüsse und kamen alle neugierig herbeigelaufen. Ich war absichtlich schon zum Weg zurückgegangen, blieb dort erwartungsvoll stehen und hielt mit der Rechten das Gewehr, mit der Linken die Jagdtasche fest. So konnte ich mein Zittern besser verheimlichen. Ich wußte wohl, je größer meine Bescheidenheit und mein Gleichmut waren, desto größeren Eindruck würde meine Tat machen und ich dieser Tat würdig erscheinen, so als gäbe es nichts Alltäglicheres in meinem Leben als den Abschuß eines Jaguars.

Als nun alle herankamen und die Pereiras mich auf dem Weg still dastehen sahen, hielten sie sogleich meine scheinbare Ruhe für Enttäuschung und dachten glückstrahlend, ich hätte wieder einmal danebengeschossen. Deósio beschloß, sich für den Verlust des Hirsches zu rächen, und spöttelte am ärgsten:

»Zwei Schüsse, Meister Dinis?« erkundigte er sich ironisch. »Entweder haben sie eine Eidechse gestreift, oder es war Großwild, und Sie mußten es mit zwei Schüssen erlegen. Was war denn los? War es ein Hirsch? Sagen Sie mir bloß nicht, daß sie vorbeigeschossen haben! Wo ist das Tier?«

Ich wartete ab, bis er sich beruhigt hatte; dann erwiderte ich mit der gleichmütigsten Miene, deren ich fähig war:

»Es war kein Hirsch, es war ein Jaguar.«

»Ein Jaguar, Dinis?« rief Malaquias mit verändertem Gesichtsausdruck, aber immer noch ungläubig.

»Jawohl, ein Jaguar! Dort liegt er, hinter dem Combretum. Ich habe das Tier von hier aus erblickt und ihm Kugeln auf das Fell gebrannt.«

»Und getroffen?«

»Geh hin und überzeuge dich selbst, ob ich getroffen habe oder nicht! Der zweite Schuß war nur der Gnadenschuß, denn vom ersten war er schon bedient. Aber gerate nur nicht aus dem Häuschen, Malaquias, denn das ist das Vieh nicht wert. Es ist nur ein mieser roter Jaguar, ein Puma!«

»Von mies kann keine Rede sein, Meister Dinis«, schnaubte Malaquias, der ganz stolzgebläht war wegen dieser Leistung seines ungeschickten, untauglichen Bruders. »Einen miesen Jaguar gibt es nicht. Jaguar ist Jaguar. Von heute an kannst du dich als einen guten Jäger betrachten, einen großen Jäger von der Gattung, die Jaguare erlegt, und diese Ehre kann dir keiner mehr nehmen.«

Ich war drauf und dran, vor Stolz zu platzen. Der alte Luís Cachoeira packte den großen Puma, lud ihn auf seinen Nacken und trug ihn so, mit einer Hand die Vorderpfoten, mit der anderen die Hinterpfoten festhaltend. Und so machte ich mich denn an jenem glorreichen Tage mit erneuertem Mut auf den Weg zur Steinburg meiner Sippe und verbuchte auf der Habenseite meines Ruhmes eine Schlange und einen Jaguar, geheiligte astrologische Tiere, die mein Schicksalsplanet für mein königli-

156

ches Los bestimmt hatte, so als wollte er andeuten, was binnen kurzem am Stein des Reiches das Siegel der Salbung und der Weihe erhalten sollte.

EINUNDZWANZIGSTE FLUGSCHRIFT
DIE STEINE DES REICHES

Ew. Hochwohlgeboren dürften schon bemerkt haben, daß die Bilder von Jaguar und Stein in meinem Blute sehr bedeutsam sind. Von den Jaguaren habe ich schon mehrfach gesprochen und dabei daran erinnert, daß ich mit einem solchen – einem Weibchen – auf dem »Gefleckten Jaguar« aufgewachsen bin. Außerdem sang Tante Filipa, um mich in den Schlaf zu wiegen, unter anderem »Die Romanze vom Gefleckten Jaguar«, und ich träumte häufig von ihm, einerseits als dem Bilde für alles Schöne und Freudespendende, andererseits als der Verkörperung von Bosheit, Gefahr und Unordnung. In Träumen bestieg ich sogar seinen Rücken, vielleicht in Erinnerung an den Versuch, den Arésio und ich als junge Burschen bei dem zahmen Jaguar des Gutshofs unternommen hatten. Was die Steine betrifft, so waren es wohl die Worte des »Memorandums über das Verzauberte Reich« sowie die blutigen, von meinem Urgroßvater veranlaßten Enthauptungen, die ihre Gefährlichkeit auf mein Blut übertragen hatten.

So kann es nicht verwundern, daß ich mich jetzt dem Stein des Reiches mit pochendem Herzen näherte, da ich ja einen von mir selber erlegten Jaguar mit mir trug und vor den schicksalhaftesten, glorreichsten Steinen der Welt stand. Die Umgebung der Burg meines königlichen quadernesken Blutes zeigte mehr und mehr ihre verwünschte, unerforschliche, grausame und herausfordernde Wildheit. Das alte, ungeschlachte Amphitheater schien zu verlangen, daß ich mein Blut auf die Steine verströmen sollte, damit deutlich würde, ob ich zur gleichen Zeit, da ich etwas Steinernes in mein Blut aufnahm, auf diese Felsen etwas Menschliches übertragen, das Rätsel entziffern und den Schatz entzaubern könnte, die aus ihrem Inneren nach mir Ausschau hielten. Nun begann ich den wahren Sinn des blutigen Versuches, den mein Urgroßvater dort unternommen hatte, besser zu begreifen. Wahrscheinlich hatten die im Stein gefangenen und mit dem Jaguar des Göttlichen verbundenen Teufel auch ihm den Drang zu entziffern und zu entzaubern eingegeben, der dann ihn und so viele andere zur Enthauptung geführt hatte. Nun griffen diese Empfindungen auf mich, den Urenkel, über, traten Jaguar und Steine zu einer einzigen Herausforderung zusammen. Das Blut des von mir erlegten Jaguars tropfte auf die Steine, das Abbild des Göttlichen, und ich entrüstete mich über mich selber, daß ich nicht auf den Gedanken gekommen war, an einem Karfreitag hierherzukommen, um Blut aus den Melonenkakteen tropfen zu sehen, wie es alle Jahre geschah.

Zum Unglück hielt jedoch der Standort der Burg, mochte er gleich vom Standpunkt unheilvoller Schicksalsfügung aus vollkommen dem Königstraum meines Blutes entsprechen, vom künstlerischen Standpunkt aus einige Enttäuschungen bereit, die anfänglich, angesichts der beiden Steintürme, meinen Stolz verletzten. Allerdings trugen nicht sie daran die Schuld, sondern der Pater, der die Illustration angefertigt, und Souza Leite, der sie beschrieben hatte.

Der erste Eindruck war günstig, als wir noch in einiger Entfernung aus dem Buschwald traten und ich auf der Höhe des Gebirges den Umriß der beiden Steine gewahrte, von denen der eine den anderen fast verdeckte. Sie waren in der Tat ziemlich hoch, aber nicht so hoch, wie die beiden Gewährsleute behauptet hatten. Sie mochten etwa zwanzig Meter hoch sein, nicht dreißig, wie beide versichert hatten. Ich fand diese Aufschneiderei zweier ernsthafter Männer, eines Paters und eines Akademiemitgliedes, ziemlich empörend. Erst später, als ich die Dinge besser zu verstehen begann und den epischen wie den prophetischen Stil gründlicher studiert hatte, kam ich dahinter, daß Aufschneiderei eines der unentbehrlichsten Kennzeichen von Tragödien, Wahrsagungen und epischen Chroniken wie den ihrigen ist. Im ersten Augenblick freilich war die Enttäuschung hart. Der Pater hatte die beiden Steine von vorn gezeichnet, den einen fast gleich dem anderen; beide wirkten tatsächlich wie die Steintürme der unterirdischen Kathedrale meines Reiches. Nun zeigte sich aber, daß die Steine, wenn man die Position einnahm, in der die Illustration entstanden war, ziemlich unterschiedlich aussahen, der eine breiter, der andere schmaler, mit einer Verdickung an der Spitze. Diese Verdickung verschandelte mir das ideale, glorreiche Bild, das ich mir all die Jahre hindurch in meinem Blute geschmiedet hatte, im Vertrauen auf die Epen, welche von bemerkenswerten Akademikern verfaßt worden waren. Noch etwas stimmte mich untröstlich: Antônio Attico de Souza Leite behauptete, einer der beiden Steine, der »schöne« Stein, sei von der Mitte bis zur Spitze mit Katzensilber inkrustiert, das von einer »Infiltration von Malachit« hervorgerufen sein sollte. Jetzt schaute ich mir die Augen aus dem Kopfe und sah nichts. So aufmerksam ich auch die Steine von allen Seiten aus anschauen mochte, ich konnte durchaus kein Katzensilber erkennen. Kein Einschluß, der mir das Gold, das Silber und das Blut Aragoniens aus der »Romanze von der Gräfin« suggeriert hätte. Ich bemerkte auch nicht die Blutspuren des Königs, ein Blut, das zufolge den Sertão-Legenden lebendig und rot an dem Stein klebte, an den Stellen, die der zu Tode getroffene König berührt hatte. Überall bemerkte ich nur die rostfarbenen Flecken der trockenen Flechten, die wir hier im Sertão »Rattenpisse« nennen – es war enttäuschend und niederschmetternd!

Es war dies ein Kummer, den ich nur Euclydes Villar anvertrauen konnte. Ich trat zu ihm und teilte ihm meine Enttäuschung mit; ich faßte noch einmal alles zusammen, was ich gelesen hatte und nun nicht vorfand. Zu meiner Überraschung war jedoch Euclydes anderer Ansicht. Er fand die Steine so, wie sie waren, parallel, klobig und eisenfarben, »unglaublich eindrucksvoll«, vielleicht weil er nicht das gelesen hatte, was ich gelesen hatte; so konnte er nicht zuviel erwarten und die glorreichen, monarchischen, silbernen Bilder nicht erschaffen, denen ich mein Lebensblut einflößte. Was Souza Leites »Silberregen« anlangte, so staunte Euclydes Villar darüber, daß ich, ein Dichter und Akademiker, die Steine enttäuschend fand und gegen die phantasievolle Erfindung des genialen pernambucanischen Schriftstellers aus dem vorigen Jahrhundert protestierte. Für Villar waren die Welt und die Literatur eben so: auf Erden gab es nie oder nur ganz selten »Silberregen«, und »das rote Blut der Steine, das sich die ganze Zeit über lebendig und frisch erhalten hatte«, war in der gemeinen Wirklichkeit immer nur einfache Rattenpisse. Wenn unsereiner nicht etwas dazulügen und »dazu beitragen würde, daß die krummen und fleckigen Steine der Realität in rotem Blut und Silber glänzten, so würden sie nie in das Zauberreich der Literatur Einlaß finden«. Euclydes Villar erinnerte mich daran, daß alle brasilianischen Dichter auf diese Weise logen, vor allem Alberto de Oliveira und Olavo Bilac, die in jedem Gedicht Juwelen, Gold, Silber und Edelsteine entdeckten.

All diese Gedanken des Fotografen machten mir Eindruck. Ohne von der Messe mehr als die Hälfte zu verstehen, hatte er den Ausdruck »Zauberreich der Literatur« verwendet. Den Namen »Zauberreich« hatten aber auch die Akademiker des vorigen Jahrhunderts bei ihren Berichten über unser Reich gewählt. Darin erblickte ich ein neues Zeichen der göttlichen Vorsehung und der Planeten, die mir zu Hilfe kamen, wenn mein monarchischer Glaube ins Wanken zu geraten begann; als König, Volksbarde, Dichter und Krieger der Sertão-Reiterzüge hatte ich die Verpflichtung, das Reich, die Burg, den Markstein, die Kathedrale, das Werk und die Festung meiner Sippe zu erneuern. Die Flugblätter und Romanzen mußten durch das Feuer der Poesie das glorreiche frühere Bild wiederherstellen, von welchem die krummen und mit Rattenpisse befleckten Steine nur eine schändliche Karikatur darstellten.

Wenn ich nun bemerkt hatte, daß die beiden Steine ungleich

waren, so versicherte mir Euclydes Villar, das komme ganz auf den Standpunkt an. Als Fotograf und Meister seiner Kunst wolle er mir, wenn wir zum Zerschnittenen Gebirge gekommen waren und er seine Platten belichtet hatte, zeigen, daß der Holzschnitt des Paters, »durch Kunst entsprechend berichtigt«, »getreuer« sei als das grobe Bild der Wirklichkeit, welches ich, der doch kein Künstler war, so hartnäckig vor den Augen zu haben behauptete.

ZWEIUNDZWANZIGSTE FLUGSCHRIFT DIE WEIHE DES FÜNFTEN REICHES

Indessen komme ich jetzt zum Ende des Berichts von meiner abenteuerlichen Expedition zum Stein des Reiches und muß mich kurz fassen, denn »die Kürze ist die Höflichkeit der Klassiker«. Ich will also nur noch sagen, daß ich dort vor den Steinen eine Aufnahme von mir machen ließ: mit quer über den Rükken gelegtem Jaguar. Eine weitere Aufnahme machte ich selbst von Argemiro Pereira, um mich besser daran zu erinnern, daß es diese Familie von Sertão-Baronen gewagt hatte, ihre lästerliche Hand an gesalbte und geweihte Könige zu legen. Dann ging ich, während die anderen sich ausruhten, um die Steine herum, klopfte sie verstohlen mit den Fingerknöcheln ab und sagte dabei das »Gebet des Kristalls« her, das der heiligmäßige Pater von Juàzeiro, mein Pate Pater Cícero, verfaßt hat. Ich wollte sehen, ob der Stein sich dadurch auftäte und in seinem Inneren der berühmte Schatz vom Stein des Reiches zum Vorschein käme. Aber es war nichts zu machen. So heftig ich auch klopfen mochte, der Stein wollte sich diesmal nicht öffnen. Die Haut meiner Fingerknöchel war schon aufgesprungen und blutete. Ich beschloß, von diesem Teil meines Überfalls auf die Gottheit Abstand zu nehmen und den anderen auszuführen, der mein wahres Reiseziel gebildet hatte.

Hinter den beiden Türmen, einsam und isoliert, »verbor-

gen« vor dem Blick der Gefährten, öffnete ich meine lederne
Reisetasche, leerte sie und zog die Silberkrone meiner Vorfahren heraus. Ich nahm den gefundenen Lederhut, klemmte den
Metallreifen in seine Einschnitte und stellte so die Insignie unseres Königtums vollkommen wieder her. Ich nahm die beiden
Stachelstöcke, die ich immer mit mir führte, zur Hand, für Lai-
en und Blinde einfach Stöcke zum Ochsentreiben. Auf die
Spitze des einen steckte ich die Weltkugel mit dem Kreuz, die
ihn in ein Zepter verwandelte, und auf den anderen den blatt-
umrankten und mit einem Messer gekerbten Halbkreis, durch
welchen er sich in einen Prophetenstab verwandelte. Endlich
nahm ich den Königsmantel heraus, der aus Jaguar- und Wild-
katzenfellen zusammengenäht war. Alles war bereit, doch ich
zögerte und fürchtete mich noch immer. Ich setzte die Krone
für Augenblicke auf einer Felsspitze ab und verlor mich in ihrer
Betrachtung: sie funkelte schreckenerregend, silbrig, schicksalhaft und unheilvoll und schwitzte Blut in der Sonne. Es war
ein großer, gefährlich diabolischer, ruhmreich göttlicher Augenblick. Die von mir geplante Zeremonie konnte mich meinen
Kopf kosten und gewann doch gleichzeitig für mein Blut die
Größe des Fünften Reiches zurück. Die ungleichen, rohen, riesigen Felsen übten trotz ihrer Grobheit eine rätselhafte Faszination auf mich aus: wie das Untier Bruzakan, die Kuttenkuh,
das geheimnisvolle Pferd, der Drache des Reiches Geh-und-
kehr-zurück, die Bestie Ipupriapa, kurz alle Inkarnationen,
welche der Gefleckte Jaguar des Göttlichen im Sertão, auf dem
Meer oder in den Abenteuern der Flugschriften annahm. Ein
blutdürstiges, nicht zu sättigendes Raubtier besaß hier bei den
Steinen sein Verzaubertes Reich, berief mich zu einem gefährlichen Weiheakt und forderte, daß ich mich über mich selber
erhöbe. Ich spürte wohl, etwas Kostbares, Reines, Gefährliches, Wertvolles und Seltenes würde für immer auf mich übergehen, sollte ich den Mut aufbringen, meine Feigheit, Gemeinheit, Niedertracht, Veranlagung zu Bequemlichkeit und Sicherheit zu überwinden und mein Blut dem Raubtier der Ver-

zauberung, dem Jaguar des Göttlichen, zum Opfer darzubringen; er würde es aufschlürfen und dabei mich selbst zerstören, aber meine Natur vergöttlichen und in Übereinstimmung mit ihm selber bringen, ganz wie es Pater Daniel in seinen Predigten sagte. Euclydes Villar hatte recht: der Regen von Silber und Blut, den ich Schwacher und Verblendeter am Äußeren der Felsen nicht wahrzunehmen vermocht hatte, steckte vielleicht in ihnen und bildete ein unteilbares Ganzes mit dem Diamantenschatz und den Quarz- und Bergkristall-Inkrustationen, die zwischen den Granitplatten verstreut waren. Möglicherweise steckte dort wirklich der verzauberte, sagenhafte Schatz vom Stein des Reiches, den König Sebastian verheißen und mein Pate, Dom Pedro Sebastião, der König von Cariri, neu entdeckt, aber verloren und vergraben in einer Grotte aus Sertão-Felsen zurückgelassen hatte.

Da faßte ich Mut. Ich erhob mich, befestigte den Königsmantel an meinem Hals, schlug ihn über die Schultern zurück, stieg auf den Opferfelsen, wo die Prinzessin Isabela enthauptet worden war, setzte die Krone aufs Haupt und blieb einen Augenblick – das Zepter in der Rechten, den Stab in der Linken – in der Position stehen, in welcher Dom Johann Ferreira-Quaderna, der Abscheuliche, auf dem Holzstich des Paters erscheint. Ich sah das Hinterland in der Sonne glühen, die Steine funkeln, hörte die Catolé-Kokospalmen, die dornigen Kakteen und den steinigen Boden im heißen Wind seufzen. Ich begann die sakramentalen Worte zu sprechen. Plötzlich spürte ich den schrecklichen Durst, unter dem ich litt, ins Unerträgliche anwachsen. Irgendwo in der Nähe tat sich der Backofenschlund des Sertão auf, und der glühende Raubtierhauch versengte mich. Eine Art Schwindel ergriff meinen Verstand, erhitzte und verzauberte ihn; in einem Wirbel von Ruhm, Hölle und Königtum bebte mein Blut in heiligem epileptischem Entsetzen. Ich knirschte mit den Zähnen: »Ich muß sterben. Niemand kann so weit und so hoch steigen«, doch ich faßte mich, hielt mich aufrecht und sprach die Worte des »Kristallgebets« zu Ende, bis ich spürte, daß mein Mark und Bein geweiht worden war und auf meiner Stirn das Königssiegel Gottes brannte.

———

Fertig. Nun war keine Flucht mehr möglich. Wie jämmerlich ich mich in Zukunft dem Göttlichen gegenüber immer verhalten mochte, der Höhenflug war nicht aufzuhalten. Ich war nicht mehr Dom Pedro Dinis Quaderna, ein armer ruinierter Adliger, Schreiber und Astrolog von Cariri: ich war Dom Pedro IV., der Entzifferer, König und Prophet des Fünften Reiches und des Reichssteins von Brasilien.

Leider können jedoch diese allzu reinen und glutvollen Augenblicke nicht von Dauer sein. Ich mußte auf den Erdboden zurückkehren. Ich wickelte meine Königszeichen wieder ein, ging zu den Gefährten zurück, stellte mich noch gefaßter als beim Tode des Jaguars und tat so, als ob sich nicht ein für mich, das Hinterland, Brasilien, die Welt und Gott hochbedeutsames Ereignis abgespielt hätte.

Um zum Schluß zu kommen: wir kehrten nach »Carnaúba« zurück und verließen das historische Gut der Pereiras zwei Tage später. Im Zerschnittenen Gebirge entwickelte Euclydes Villar seine belichteten Platten. Mir fiel die Kinnlade herunter, weil er einen Standort entdeckt hatte, von welchem aus die beiden Felsen wirklich wie die Türme meiner Reichsburg aussahen.

Als wir nach Taperoá zurückkamen, suchte ich meinen Bruder Taparica auf, gab ihm das Foto und bat ihn, eine Holzschnitt-Kopie davon anzufertigen. Taparica sah das Bild prüfend an und meinte dann:

»Das Bild ist eine viel zu schlechte Vorlage für einen Holzschnitt, Dinis!«

»Ich weiß«, antwortete ich. »Aber es ist sehr wichtig für meine Literatur und die Größe unserer Familie. Kannst du es nicht vielleicht doch hinbiegen, Taparica?»

»Nun, hinbiegen läßt sich alles. Ärgerlich ist nur, daß die

Steine von der Seite aufgenommen sind und der eine den anderen verdeckt. Auf dem Holzschnitt werden beide wie ein einziger Stein aussehen, wenn ich sie nicht mit einem weißen Strich voneinander abtrenne.«

»Dann trenn sie nur!« ermunterte ich ihn. »Trenn die beiden Steine mit dem weißen Strich!«

»Außerdem ist der größere Stein ziemlich schweinisch und höllisch unanständig.«

»Unanständig? Warum unanständig?«

»Er sieht wie ein Schwanz aus.«

»Tatsächlich«, stimmte ich erschrocken zu. »Aber mach es trotzdem! Einverstanden?«

»Nun, wenn du unbedingt willst, einverstanden«, stimmte er schließlich zu.

Taparica nahm die Fotografie mit und brachte mir später den Holzschnitt, den ich diesen Unterlagen beifüge. Unterdessen hatte Taparica aber seinerseits bei der Geschichte vom Stein des Reiches und der Aussicht, Fürst werden zu können, Feuer gefangen. Er wollte einen weiteren Holzschnitt auf seine Weise herstellen. Noch einmal wollte er dabei von der Zeichnung des Paters ausgehen. Mit einem horizontalen Strich sollte das Bild in der Mitte geteilt werden. Ins obere Feld wollte er die beiden Steintürme fein gleichförmig und voneinander abgeteilt setzen, damit man alles besser verstehen könne. Zwischen beide wollte er einen Sonnengott stellen, ein männliches astrologisches Zeichen, wie ich ihm erklärt hatte. Ins Zentrum der unteren Hälfte kam das Gesicht unseres Urgroßvaters, des Königs, ganz aus der Nähe gesehen, mit auf den Lederhut montierter Silberkrone, dem Zepter in der Rechten und dem Prophetenstab in der Linken, die Schultern von einem Mantel umwallt, den die Kreuzzeichen der blauen Partei der Christen und die Halbmonde der roten Partei der Mauren verzierten. In die vier Ecken des Holzschnitts wollte er die männlichen, kriegerischen und volkstümlichen Zeichen des Tarock-Spiels setzen, weil, wie ich ihm schon erklärt hatte, unser Urgroßvater ein Sertão-König von Kreuz und Pik, köpfend, goldblutig und schwarzrot, gewesen war. Endlich zu den Seiten der Königsgestalt die astrologischen Zeichen von Mars und Skorpion, die Tierkreiszeichen des glorreichen, ruchlosen Quadernas. Dieser Holzschnitt ist hier auch beigefügt, und Ew. Hochwohlgeboren können besser als ich Geschick oder Ungeschick meines Bruders bei seiner Zeichnung beurteilen.

———

Auch nach der Rückkehr nach Taperoá sank mein Traum nicht ins Gewöhnliche ab, im Gegenteil: noch ruhmreichere Ziele standen ihm vor Augen. Als Infant war ich ins Reichsgebirge gefahren und als gekrönter, gesalbter und geweihter König zurückgekehrt. Das offizielle Bild des Steins war für immer in Taparicas Holzschnitt festgehalten. Das Blut des Jaguars war an die Stelle des Blutes des Enthaupteten getreten, das ich nicht mehr vorgefunden hatte. Der an der Lagune entdeckte Skorpionstein gesellte sich zu einem Felsbrocken, den ich mit Hammerschlägen vom Fuß des Reichssteins abgelöst hatte. Beide sollten als Ecksteine am Fuß eines anderen Felsens vergraben werden, den ich mir hier in Taperoá zum Altar und Thron meiner Liturgie gewählt hatte. Das Rätsel um den Schatz des Reichssteins war diesmal noch nicht entziffert und gelöst worden. Doch war es von neuem innerhalb der Grenzen meines Reiches geahnt und bestätigt worden. Unzweifelhaft lagen Münzen und Diamanten in einer tief im Gesteinsinneren verborgenen Grotte begraben. An einem Tage, den das Schicksal, die Gestirne und die Vorsehung bestimmen mußten, würde ich erneut ins Abenteuer aufbrechen, um den Schatz zu entziffern, aufzufinden und auszugraben, und das mit Hilfe einer alten Landkarte, die mir mein Pate hinterlassen hatte. Dies alles bildete den Regen aus Silber, Traum und Blut, der im Silberlicht der Mondgöttin, der weiblichen Gottheit, und im Glutlicht des Sonnengottes, des Manngestirns, von nun an auf meine Krone und meine Steinburg herabtropfen würde: zusammen mit dem aragonesischen Blut des Traumes, der Unsterblichkeit, der Macht und des Ruhmes, mit König Dom Pedro IV. dem Entzifferer, der sieben Frauen liebte und über die sieben Königreiche seines Imperiums herrschte, unter den heiligen Gewässern der sieben Ströme und unter einem Himmel, der mit dem Siebengestirn des Skorpions astrologisch darüber funkelte.

ZWEITES BUCH
DIE EINGEMAUERTEN

DREIUNDZWANZIGSTE FLUGSCHRIFT
CHRONIK DER FAMILIE GARCIA-BARRETTO

Man versteht nun bereits, warum die Geschichte meiner väterlichen Familie meine Bereitschaft erhöhen mußte, die Ankunft des Jünglings auf dem Schimmel zu begrüßen, so daß ich mich entgegen meinem vorsichtigen, ja feigen Akademikernaturell darauf einließ, ihn bei seinem schrecklichen Abenteuer zu begleiten: die wappengeschmückten Reitergeschichten der Quadernas, mit denen ich aufgewachsen war, mußten mir mit der Zeit in Fleisch und Blut übergehen. Doch stand die Geschichte meiner mütterlichen Sippe nicht dahinter zurück. Auch sie spielte eine entscheidende Rolle in meinem Leben, und so muß ich ihre Hauptbegebenheiten erzählen.

Die Garcia-Barrettos, die Familie meiner Mutter, stammten aus Pernambuco, hatten sich aber gegen Ende des 16. Jahrhunderts in Paraíba niedergelassen. Der erste Brasilienfahrer der Familie war in dem verhängnisvollen Jahre 1578 nach Pernambuco gelangt, gleich nachdem die Portugiesen und Brasilianer, von den Mauren in der Schlacht bei Alcácer-Quibir geschlagen, den Weg freigegeben hatten, auf welchem Philipp II. von Spanien auch König des Kaiserreiches Brasiliens, des Skorpionreiches des Nordostens und vor allem des felsigen und geweihten Sertão-Reiches werden konnte. Unser Vorfahr hieß Sebastião Barretto. In Pernambuco angelangt, hatte er sich unter den Schutz des Morganatsherrn vom Kap, João Paes Barretto, gestellt, der als sein Verwandter galt. Bald darauf heiratete Sebastião Barretto eine Verwandte, ein Protektionskind der berühmten Familie Paes Barretto, Dona Ines Fernandes Garcia.

Das erste Kind dieses Paars, ein in Olinda geborener Knabe, trug den Namen Miguel; in unserer Familie überliefert man, in seiner Kindheit habe sich ein Vorkommnis ereignet, das auf seine gesamte Nachkommenschaft schlimme Auswirkungen haben sollte. Als er nämlich kurz vor der Vollendung des zehnten Lebensjahres stand, erkrankte er an der Pest, bei einer der

Epidemien, die damals die treue Stadt Olinda heimzusuchen pflegten. Nun ist der für Pestfälle zuständige Heilige der hl. Sebastian, »der reine, heilige, junge, keusche und makellose Krieger«, der, wie Dr. Samuel sagt, »von seinen eigenen Mit-Zenturionen auf Befehl des Kaisers von Rom mit Pfeilen durchbohrt wurde«. Als Dona Ines ihren Sohn verloren glaubte, legte sie beim hl. Sebastian ein Gelübde ab: wenn das Kind mit dem Leben davonkäme, solle es sogleich umbenannt werden und zusätzlich zu seinem Taufnamen Miguel den Namen Sebastian erhalten. Ferner gelobte sie, daß alle männlichen Nachkommen, die vielleicht aus Miguels Blut hervorgehen würden, im Taufbecken den Namen Sebastian oder diesen Namen einem etwaigen anderen hinzugefügt erhalten sollten. Und Miguel überlebte die Pest. Bei der Firmung nahm er den Namen des Heiligen zu seinem Namen hinzu, wuchs heran, heiratete eine gewisse Mécia Teixeira, wurde Vater eines Knaben, dem er den Namen Sebastião Garcia-Barretto verlieh, und starb auf tragische Weise unter den Pfeilschüssen der Tapuia-Indianer, wie es übrigens bereits seinem Vater bei den Eroberungskriegen in Paraíba ergangen war.

Nun beginnt die erschreckende Geschichte der Garcia-Barrettos: denn dieser Sebastião, Miguels Sohn, unternahm nach seiner Heirat mit einem Mädchen namens Catarina Moura einen »Vorstoß« auf dem Paraíba-Strom, eroberte Ländereien in Pilar und fand dort als Vater und Großvater sein Ende durch die Pfeile der Tapuias. Nun bildeten ja, wie Professor Clemens ständig zu sagen pflegt, unsere Vorfahren im 16. und 17. Jahrhundert »eine kriminelle Frömmlergesellschaft aus Adligen und Verbannten, die von den Jesuiten und der Inquisition in Schrecken gehalten wurde«. Wegen der ständigen Todesfälle durch Pfeilschüsse begann sich die Legende zu bilden, die Sippe der Garcia-Barrettos stehe unter einem Fluch. Wäre es nach diesen Kommentaren gegangen, so hätte Miguel eigentlich an der Pest sterben müssen, wenn sich seine Eltern mit dem Spruch der Gestirne abgefunden hätten. Er war jedoch nicht daran gestorben, und das einzig wegen des Gelübdes. Zum Ausgleich dafür hatte sich, weil in den vorbestimmten Ablauf der Dinge Unordnung hineingekommen war, der Fluch eingestellt: der erste Garcia-Barretto, der von nun an nicht den Namen des hl. Sebastian empfangen würde, sollte schon in der Kindheit an der Pest sterben; diejenigen, welche der Pest entkamen, weil sie den Namen Sebastian erhalten hatten, sollten als Erwachsene einem Mord zum Opfer fallen, im allgemeinen Pfeilschüssen, wie es dem heiligen Schutzpatron der Familie widerfahren war.

Vom ausgehenden 17. bis zur Mitte des 18. Jahrhunderts finden wir die Familie immer in den Zuckermühlen der edlen Stadt Pilar. Doch für unsere Geschichte ist ihr wichtigster Vertreter Dom José Sebastião Garcia-Barretto, der im 18. Jahrhundert – schon zur Regierungszeit von König Johann V. – lebte. Er war der erste, der die Gegend am Paraíba-Strom verließ und – auf der Suche nach dem Hinterland – entlang dem trokkenen, breiten Flußbett des Taperoá in die Tiefe von Cariri vordrang; er folgte der Spur der »Vorstöße« von Teodósio de Oliveira, seinem Adjudanten Cosme Pinto und anderen Sertão-Kennern. Auf den Spuren von Böcken und Rindern drang er in den Sertão ein und suchte das Rodungsland, das seinem Vater während der Regentschaft der Infantin Dona Catarina zugestanden worden war. Es war ein ausgedehntes, gebirgiges Sertão-Gebiet, kalt, hochgelegen und dürr, aber ausgezeichnet geeignet für die Viehzucht. Er war äußerst landgierig, ein großer Rinder-, Schaf- und Ziegenzüchter, der Ländereien um Ländereien zu den seinigen hinzufügte und sich am Ende im alten Pora-Poreima niederließ, dem »verwüsteten Land« der Tapuia-Indianer, d.h. auf der alten, trockenen und steinigen Hochebene des Borborema-Gebirges. Dort blieb er, zwischen der königlichen Stadt São João de Cariri und der königlichen Stadt Ribeira do Taperoá. Dort legte er auch die Fundamente zu seinem Herrenhaus, das für das Gebirge sehr charakteristisch war: weiß, quadratförmig, ärmlich, gedrungen und abgeflacht, eine Mischung aus Kloster, Jesuitenmissionshaus und Fort. Das Haus mußte so sein: streng, sparsam ausgestattet, mit Ziegelböden, aber dicken, festungsartigen Wänden; denn seit die braunen Völker der Tapuias 1687 einen allgemeinen Aufstand im Hinterland von Paraíba und Rio Grande do Norte veranstaltet hatten, war die Erinnerung an diesen berühmten »Tapuia-Krieg« noch zu frisch, um in Vergessenheit geraten zu sein. Das Herrenhaus der Garcia-Barrettos bestand aus zwei in der Mitte durch eine Kapelle verbundenen Flügeln; diese Kapelle war ebenfalls gedrungen und abgeflacht und besaß an den Wänden Schießscharten. Und da der Turm der Kapelle quadratisch und massiv war, diente er dem Herrenhaus, an das er stieß, zugleich als Verteidigungs- und Beobachtungsturm.

———

Ich werde noch mehrfach auf dieses »Herrenhaus zum gefleckten Jaguar« zurückkommen, das für unsere Geschichte hochbedeutsam ist, ebenso auf die Kapelle mit den seltsamen Wandmalereien: es gab da grünliche Teufel, Heilige mit braunroten Mänteln, die wie Feuerbrände aussahen, schwarzrote Drachen und Wappen, Dinge, von denen ich später genauer reden werde. Jetzt jedoch muß ich den Herzfruchtbaum erwähnen, der an der Ecke vor der gepflasterten Zufahrt des Hauses stand. Es war ein gewaltiger, ehrwürdiger, uralter Baum mit einem kurzen dicken Stamm, hier und dort ausgehöhlt von den Blattschneideameisen, die ihre konisch-gerundeten braunen Bauten in dem windungsreichen Stamm und den dicksten Ästen anlegten; diese streiften den Boden und sahen wie riesige graue, dicke und runzlige Schlangen aus. Alle Kinder der verschiedenen Generationen der Sertão-Garcia-Barrettos sollten unter diesem Herzfruchtbaum spielen und, wenn die Erntezeit kam, seine duftenden kleinen Früchte verspeisen. Als Dom José Sebastião, noch jung und Junggeselle, im 18. Jahrhundert dorthin gekommen war, hatte er den alten Baum schon vorgefunden. Neben ihm errichtete er sein Haus. Dort heiratete er, alterte und starb und wurde in der Kapelle beigesetzt. Der alte Herzfruchtbaum sah Jahr um Jahr vorübergehen, das eine trocken, das nächste regenreich. Auch Dom José Sebastiãos Kinder kamen auf die Welt, wuchsen heran, heirateten, alterten und starben und wurden alle in der gleichen Kapelle des Herrenhauses begraben, in der sie die Taufe empfangen und geheiratet hatten. Schließlich bildeten Baum, Haus und Kapelle, durch die Generationen verbunden, ein unteilbares Ganzes, ein einziges Wesen, eine »Wesenheit«, wie man im Hinterland von den bösartigen Wesen und Erscheinungen sagt: sie erlebte Haß, Verbrechen, Liebe, Leidenschaften und Leid der besonderen Spielart des Menschengeschlechtes, die in der Einsamkeit unseres Sertão-Gebirges zu Hause ist und anderen Menschen in anderen Erdteilen gleich ist; denn alle wachten, hier auf diese unsere steinige Hochebene geworfen, auf, »ohne befragt worden zu sein, ob sie kommen wollten oder nicht«, wie Professor Clemens in seinen lichtesten philosophischen Augenblicken zu sagen pflegte. »Alle waren zum Tode verurteilt und gingen aus dieser Welt, ohne zu erfahren, wozu sie gerufen worden waren oder welchen Sinn das seltsame Spiel besessen hatte – durchsonnt und düster und rätselhaft schön, wenngleich gefährlich und einigermaßen närrisch.«

Ich gehörte zu denen, die im Bannkreis und Einflußgebiet dieses feierlichen Hauses und seines Baumes aufwuchsen. So kann ich versichern, daß vielleicht der größere Teil ihres Zaubers in der Gelassenheit bestand, mit der beide das aufgeregte Treiben der Menschen vorübergehen sahen. Die rauhe Traurigkeit und die schicksallose, schlecht angewandte Größe dieser vom Rest der Welt übersehenen Menschen schienen endlich auf Haus, Kapelle und Herzfruchtbaum eine strenge Melancholie übertragen zu haben, die in ihrer Nüchternheit und Verhaltenheit besonders eindrucksvoll war. Die Aura von Scheitern, Verbrechen und Leid – und wohl auch, so scheint es, die wie graue Kobras gewundenen Äste – hatte dem alten Herzfruchtbaum den Ruf eines prophetischen Schicksalsbaumes eingetragen; das hatte dann später, wie noch erzählt werden soll, zur Folge, daß man ihn ruchloserweise fällte.

Wie schon gesagt: um das Herrenhaus vom »Gefleckten Jaguar« her weideten unermeßliche Herden, dehnten sich grenzenlose Weideplätze, lebte eine zahllose Schar von Verwandten und Dienstleuten, so wie es auch bei den Pereiras, den Baronen von Pajeú, der Fall war. Die Besitzungen von Dom José Sebastião waren größer als einige kleine, aber berühmte Königreiche der Welt, denn seine Ländereien bedeckten mehrere heutige Distrikte von Cariri. König Josef I. erkannte ihm das Recht zu, das Wappen der Familie Garcia-Barretto zu führen und den Rang eines Adelsritters seines Hauses.

Nun, ich will nicht unbescheiden sein, aber von dieser berühmten Familie stammte meine Mutter Maria Sulpícia ab. Und zwar auf folgende Weise: jener Garcia-Barretto, der während der letzten Tage des Kaiserreichs Brasilien lebte, erhielt von dem Betrüger Dom Pedro II. den Titel eines Barons von Cariri verliehen. Meine Mutter war seine Tochter. Mein Onkel und Pate, Dom Pedro Sebastião, war sein Sohn; mit dem Unterschied, daß er ein eheliches Kind war und meine Mutter, die Ärmste, ein Bankert. Dennoch liebte mein Pate seine Halbschwester sehr; sie wuchs im Hause auf und genoß seinen Schutz. Mein Vater spürte Liebe zu Dom Pedro Sebastiãos Halbschwester und machte ihr einen Heiratsantrag; böse Zungen behaupteten alsbald, sein wahres Ziel sei ein Anschlag auf die Heiratstruhe gewesen und er habe sich durch diese Eheschließung bereichern wollen. Das ist eine Verleumdung. Aber einen Hauch von Wahrheit hatte es doch, denn erst nach seiner Heirat besaß mein verewigter Vater, damals ein Notariatsschreiber, zum ersten Mal in seinem Leben Ländereien und Besitztümer, wie sie seiner königlichen Abkunft entsprachen.

Das Gut, das mein Vater als Mitgift erhielt, wurde vom »Gefleckten Jaguar« abgetrennt und hieß »Wunder«. Dort kamen meine älteren Brüder Manuel, Antônio, Alfredo und Francisco auf die Welt. Dort wurde auch meine Schwester Joana geboren. Dort erblickte ich das Licht der Welt, als letztes der ehelichen Kinder. Denn von nun an verfiel mein Vater dem Lotterleben, schwängerte alle Töchter des Gutspersonals, die ihm das erleichterten, und meine Stiefbrüder brachten uns erneut an den Rand des Ruins. Mein Vater war gegen alle liebevoll und gab jedem sein Stückchen Land, so daß unser Besitz völlig zerstükkelt wurde, zur großen Entrüstung von Tante Filipa, welche die Bastarde nur die »Negerkinder« nannte.

Als mein Onkel und Pate Dom Pedro Sebastião unseren Ruin sah, kam er uns noch einmal zu Hilfe. Wir zogen alle in das Herrenhaus des »Gefleckten Jaguars« um, wo ich heranwuchs – das geschah noch zu Lebzeiten der ersten Frau meines Paten, Dona Maria da Purificação Pereira Monteiro. Doch im Jahre 1908 wurde er Witwer, und gegen Ende des gleichen Jahres heiratete er meine Schwester Joana Quaderna, seine Nichte, die viele Jahre jünger war als er.

All das sollte jedoch besser erzählt werden, wenn der Zeitpunkt dafür gekommen ist. Einstweilen will ich nur vorausschicken, daß mein Pate aus erster Ehe einen Sohn hatte, meinen Vetter Arésio, der im Jahre 1900 geboren wurde. Aus seiner zweiten Ehe stammte mein Neffe und Vetter Sinésio, der zehn Jahre jünger war als sein Bruder. Viele blutige Begebenheiten ergaben sich aus der Verschiedenheit dieser beiden: war Arésio hart, einzelgängerisch, heftig, braunhäutig, mit dichtem Bart und schwarzem Lockenhaar, so war Sinésio ruhig, strahlend, blond und bei allen Leuten beliebt, vor allem bei den Armen auf dem Gut und in der Stadt. Er war seines Vaters Liebling; und das alles ließ Legenden um seine Person entstehen. Denn der über der Sippe der Garcia-Barrettos waltende Fluch erfaßte auch meinen Paten und Sinésio. Sinésio wurde auf rätselhafte Weise entführt und verschwand wie durch Zaubergewalt von hier – am 24. August 1930. Und am gleichen Tag, einem Datum, an welchem bekanntlich der Teufel frei herumläuft, fand man meinen Paten in dem hohen Gemach des Kapellenturms auf, das er selber von innen verriegelt hatte. Er war tot, ermordet, niemand weiß, wie oder von wem. Er war wie der hl. Sebastian gestorben. Wahr ist freilich, daß er nicht eigentlich von Pfeilen durchbohrt, sondern enthauptet wurde. Indessen hatte man, wie zur Erfüllung der Prophezeiung, seinen Körper mit Messerstichen verunstaltet, so daß er, als wir ihn fanden, wie »ein mit Pfeilen durchbohrter Sankt Sebastian« aussah, um eine Wendung des genialen Dichters Pedro Vaz de Caminha anzuführen, des ersten Dichterschreibers der brasilianischen Armada.

▎ VIERUNDZWANZIGSTE FLUGSCHRIFT ▎ DER FALL DES SERTÃO-PHILOSOPHEN

In der eben erzählten Fassung wurde die Geschichte der Garcia-Barrettos in meiner Familie überliefert. Jedoch nur bis 1907; denn in diesem Jahr kam eine andere, nicht minder unheilvolle, jedoch noch königlichere und ehrenvollere Version in Umlauf.

Wir lebten auf dem »Gefleckten Jaguar« unter der Obhut eines Hauslehrers, des Professors Clemens Hará de Ravasco Anvérsio – »Philosoph, Baccalaureus, Historiker, eine Leuchte, eine Kapazität«, wie man im ganzen Hinterland meinte. Seine Eltern waren unbekannt. Man wußte nur, daß er aus der Stadt Patu in Rio Grande do Norte stammte. Als Kind war er »ein hübsches Negerlein mit dichtem Haarschopf« gewesen, das man auf der Schwelle des berühmten Sertão-Latinisten Antônio Gomes de Arruda Barreto in Brejo da Cruz, Paraíba, in der Nähe der Grenze von Rio Grande do Norte, abgelegt hatte. Der Humanist Antônio Gomes nahm das Kind auf und erzog es in seinem berühmten Gymnasium »7. September«, wo Clemens ein glänzender Schüler wurde. Der ausgesetzte Negerjunge nutzte die liberalen Anwandlungen des zweiten Kaiserreiches unter Dom Pedro II. aus, absolvierte sein Vorbereitungsjahr und trat dann in die juristische Fakultät von Recife ein.

Damals herrschte im geistigen Leben der Fakultät die erste Generation der Juristen, Philosophen und Soziologen, die unter dem Einfluß des genialen Mulatten aus Sergipe, Tobias Barretto de Menezes, und seiner ruhmreichen »Teutonischen Sertão-Philosophie- und -Literaturschule« ausgebildet worden war. »Unter dem Einfluß von Sylvio Romero, Clóvis Beviláquia, Franklin Távora, Martins Junior und Artur Orlando« hatte Clemens seine Ausbildung empfangen, wie er selber uns zu erzählen pflegte.

Nach Abschluß seiner Studien kehrte Clemens in das Hinterland von Rio Grande do Norte zurück, in die Stadt Mossoró, wo Antônio Gomes sein Gymnasium neu eingerichtet hatte. In diesem Gymnasium »7. September« war Clemens festangestellter Lehrer und Disziplinar-Aufseher. Die Schüler vergötterten ihn, fasziniert von seinen frischen, respektlosen Worten, von seinen vorurteilslosen Umgangsformen und Meinungen, die denen von Tobias Barreto ähnelten und eben deshalb große Anziehungskraft ausübten; das zog ihm sogleich Neid und Intrigen zu.

Zu diesem Zeitpunkt unternahm Dom Pedro Sebastião Garcia-Barretto eine Reise nach Mossoró, wo er bei einer Feier Clemens, den Redner des Tages, kennenlernte. Er erwärmte sich für ihn und lud ihn, weil ihm die schwierige Lage bekannt war, in der sich der glänzende Lehrer befand, ein, als Privatlehrer für mich und Arésio auf dem »Gefleckten Jaguar« zu wohnen. Als später die übrigen Söhne meines Paten auf die Welt kamen, also Silvestre, der Bastard, und Sinésio, war Clemens unser aller berühmter und allseitig geschätzter Lehrer. Während er uns seine Lektionen erteilte, »im Hinterland vergraben, in einer weit hinter seinen Verdiensten zurückbleibenden Position«, konzipierte er mit der Zeit ein tiefschürfendes philosophisches Werk, den »Traktat der Penetral-Philosophie«, der dazu bestimmt war, die »Deutschen Studien« von Tobias Barretto zu übertreffen und die philosophische Landschaft Brasiliens zu revolutionieren. Auf dem »Gefleckten Jaguar« galten Clemens' Worte als unumstößliche Gewißheiten. Dom Pedro Sebastião bewunderte ihn und mochte ihn auf seine etwas unklare und rätselhafte Weise gut leiden. Seine Frau dagegen, Dona Maria da Purificação, konnte Clemens wegen seines Antiklerikalismus, Atheismus und anderer gewagter Anschauungen, die der Meister von der Schule von Recife übernommen hatte, nicht ausstehen. Doch da niemand das geistige Format besaß, um dem Philosophen entgegenzutreten, schluckte sie ihre abweichende Meinung hinunter und behandelte ihn per Distanz, hart, aber höflich.

▌ FÜNFUNDZWANZIGSTE FLUGSCHRIFT ▌ DER EDELMANN AUS DEN ZUCKERMÜHLEN

Clemens' souveräne Stellung dauerte bis 1906 oder 1907, als unter uns eine andere, ebenfalls für unsere Geschichte hochwichtige Persönlichkeit auftauchte, Dr. Samuel Wandernes. Dieser war weder Neger noch stammte er aus dem Hinterland oder aus Rio Grande do Norte. Er war weißhäutig und von Adel, »ein Edelmann aus den Zuckermühlen von Pernambuco«, wie er zu sagen pflegte. Nach seinen Worten war sein Vater, der ruinierte Herr der Zuckermühle »Guarupá«, Zwischenhändler im Zuckerhandel von Recife geworden, wo er »auf großem Fuße lebte, wie es sich für einen Adligen schickt«. Er, Samuel, »Morganatsherr von Guarupá« und ebenfalls Absolvent der juristischen Fakultät, war jedoch nicht ein Radikaler wie Clemens, sondern »ein Dichter des Traums und Erforscher der Legende«. In dieser Eigenschaft hatte auch er ein Buch konzipiert, ein geniales Werk mit dem Titel »Der König und die smaragdene Krone«. Zwecks Abfassung dieses Buches »der Tradition und der Brasilianität« hatte er sich »genealogischen und heraldischen Studien über die Adelsfamilien von Pernambuco« gewidmet. Dabei war er auf die »sonderbare Geschichte der Familie Garcia-Barretto« gestoßen, die er »zufällig in alten Manuskripten in den Archiven der Kathedrale und im Kloster des hl. Benedikt in Olinda« entdeckt hatte. Seine Fassung wich jedoch von der unsrigen ab; sie war »noch seltsamer und legendärer«. Wie jedermann weiß, wurden die Portugiesen unter dem Oberbefehl von König Sebastian am 4. August 1578 in Nordafrika von den Mauren geschlagen, die der König Molei-Moluco befehligte. Es war eine blutige Schlacht, bei welcher der König und viele adlige Herren den Tod fanden; Dom Sebastian, »jung, keusch und kriegerisch wie der Heilige, dem er seinen Namen verdankte, Kreuzfahrer und mittelalterlicher Ritter, der sich in die iberische Renaissance verirrt hatte« – wie Samuel sagte –, galt als in der Schlacht gefallen. Dieser Tod hinterließ in Portugal und in Brasilien »eine Legende von Blut, Gewalttätigkeit, Religion und ›Saudade‹, die bezeichnend ist für die ganze Rasse«. Und da in der Folgezeit Philipp II. über uns seine »theokratische Selbstherrschaft« errichtete, verdichteten sich die brasilianischen und portugiesischen Hoffnungen auf eine Wiederherstellung der Unabhängigkeit im Sebastianismus. Unter dem Volk verbreitete sich, zuerst in Portugal und später in Brasilien, die Meinung, Dom Sebastian sei nicht gestorben: er sei nur verzaubert und werde eines Tages auf dem Seeweg, auf einer in Nebelschwaden eingehüllten Galeere, zurückkehren, um das Königreich wiederaufzurichten und das Glück des Volkes endgültig zu besiegeln.

Nun war aber genau gegen Ende des Jahres 1578 der geheimnisvolle junge Edelmann Dom Sebastião Barretto in Olinda an Land gegangen, der Ahnherr und Ursprung der Familie Garcia-Barretto, zu der wir gehörten. Samuel behauptete nun, seinen »historisch-poetischen« Forschungen zufolge sei dieser Edelmann König Sebastian in eigener Person gewesen; er sei dem Schlachtentod entronnen und inkognito auf einer Galeere nach Brasilien gelangt, bereit, hier »in einer neuen Phase kriegerisch-mystischer Askese seine Soldatenehre und seine verlorenen Rittersporen zurückzugewinnen«. Dies sei der wahre Grund für die Beibehaltung des Namens Sebastian bei allen Söhnen der Familie Garcià-Barretto. Er, Samuel, hatte, »angezogen von Traum und Legende«, beschlossen, einen Teil seines Lebens den Forschungen über die, wie er sich ausdrückte, »schönste und heraldischste Familienüberlieferung« des Nordostens zu widmen. Sein Vater war mit dem großen Delmiro Gouveia, einem Sertão-Bewohner und -kenner, befreundet; Geschäfte mit Vieh, Leder und Wolle führten diesen als Agenten und Händler vom Sertão von São Francisco de Alagoas bis Bahía, Pernambuco, Paraíba, Rio Grande do Norte und Ceará. Delmiro Gouveia, der auf dem »Gefleckten Jaguar« Vieh und Wolle einkaufte, hatte dem damals noch jungen Dr. Samuel die Nachricht übermittelt, im Sertão von Cariri in Paraíba lebe die ruhmreiche Sippe der Garcia-Barrettos weiter fort. Samuel war fasziniert, bat ihn um eine Empfehlung für meinen Paten und klopfte im »Gefleckten Jaguar« an, um die Familie aus der Nähe in Augenschein zu nehmen, der er einen guten Teil seines Buches widmen wollte.

Er kam und blieb und suchte in den alten Familienpapieren und in den staubbedeckten Archiven der Sertão-Notariate nach Fakten, welche die königliche Abkunft der Garcia-Barrettos beweisen sollten. Die Zeit verging, und die Forschungen kamen zu keinem Abschluß. Ein Jahr verging, ein weiteres verstrich. Dona Maria da Purificação starb. Mein verwitweter Onkel heiratete meine Schwester Joana. Sinésio wurde geboren und wuchs heran. Ich bezog das Priesterseminar und verließ es wieder. Mein Bruder Manuel heiratete. Und es änderte sich nichts. Samuel wohnte immer noch im »Gefleckten Jaguar« und bezog seinen Unterhalt von meinem Paten, den er mit »Dom« anredete und von dem er wöchentlich einen Wechsel erhielt, wozu er erklärte, sein Vater schreibe diese Summen in Delmiro Gouveias Firma dem Konto meines Paten gut.

Dom Pedro Sebastião, reich und mächtig, großzügig und sorglos im Umgang mit Menschen, prüfte nie nach, ob diese Gutschriften auch wirklich erfolgten. Wer jedoch Verdacht schöpfte und sich später darüber entrüstete, war Clemens. Von Anbeginn witterte er in dem Eindringling, in dem eleganten und schönrednerischen ›Dichter des Traumes‹ »einen Hochstapler, der sich auf dem ›Gefleckten Jaguar‹ eingeschlichen hatte, um die Gutgläubigkeit einer gewissen reichen und mächtigen Persönlichkeit auszubeuten und sie mit Adelsmärchen einzuwickeln, um die Situation auf diese Weise besser auszuschlachten«. Clemens' Groll steigerte sich noch, weil Samuel ihm einen großen Vorteil voraushatte: statt Atheist und Antiklerikaler aus der Schule von Tobias Barretto war er ein begeisterter Anhänger von Carlos Dias Fernandes, dem genialen Schriftsteller aus Paraíba. Nach Samuels Meinung war Carlos Dias Fernandes im Nordosten »der einzige, der imstande war, gleichzeitig eine heraldische Prosa und Verse von Traum und Juwelenglanz zu schreiben, auf der Zither der lyrischen Dichtung ebenso meisterhaft zu spielen wie den Kiel des Prosaisten zu führen und die Theorbe der Epik zu schlagen«. Dieser Satz machte mich zum ersten Mal mit diesen Instrumenten bekannt, die für die Ausrüstung jedes genialen Schriftstellers unentbehrlich sind. Darüber hinaus jedoch war Carlos Dias Fernandes auch noch »der mutige Verteidiger des katholischen Glaubens« in Brasilien, ein Mann, der kühn und mutig genug war, um ein Blutbad, einen »Kreuzzug« zu fordern, mittels dessen die brasilianischen Katholiken ihren Glauben verteidigen sollten, und zwar mit Hilfe von »Wagemut und Gewalttaten, außer Kraft gesetzten Rechten und Sturzbächen vergossenen Blutes«.

Mit solchen rechtgläubigen, adligen Kreuzfahrerideen war es für Samuel verständlicherweise einfacher als für Clemens, sich bei dem adligen Sertão-Ehepaar beliebt zu machen, in dessen Hause wir alle als Verwandte oder Dienstleute lebten. Als Neger und Schüler des Mulatten Tobias Barretto goß Clemens seinen Spott über das gesamte Adelswesen aus, sei es in Brasilien, sei es in Spanien. Doch ihren Zwistigkeiten zum Trotz spürten Samuel und er, daß mein Vater als Verwandter ein gefährlicher Rivale im Ringen um die Gunst meines Paten war. Deshalb verbündeten sie sich gegen ihn in einem Krieg, den ich nach meines Vaters Tode erbte. Mein Vater war nicht nur ein wurzelkundiger Heilkünstler und Autor des »Almanachs von Cariri«, den er jedes Jahr herausgab und den ich ebenfalls von ihm übernahm, sondern auch ein verdienstvoller Familienforscher. Er kannte sich in der Chronik aller Familien von Cariri aus und verkündete stolzgeschwellt, wir Quadernas stammten vom König von Portugal, Dom Dinis dem Landmann, ab. Clemens giftete über diese königliche Abstammung der Quadernas und schreckte nicht einmal vor dem mächtigen und wehrhaften Adelswesen der Garcia-Barrettos zurück. Ständig wiederholte er einen Ausspruch von Tobias Barretto, wonach die beiden Epidemien, die in Brasilien die meisten Opfer forderten, der Kropf in Minas Gerais und die Adelsmanie im Nordosten seien. Samuel tat sich mit Clemens zusammen, um meinen Vater zu verspotten, dem er den Beinamen »der adlige Wurzelsepp« anhängte. Doch da er kein Jakobiner war wie Clemens, gab er sich damit zufrieden, ließ Unterschiede gelten und pries in den höchsten Tönen »das königliche Blut der Garcia-Barrettos, der Nachkommen von König Sebastian«. Er redete meinen Paten nur als »Dom« Pedro Sebastião an und erklärte, der Titel »Dom« sei anfänglich ein Vorrecht der Fürsten von Geblüt gewesen und erst später auf alle »Magnaten mit Banner und Besitz« ausgedehnt worden. So lernte ich von ihm, diese Anrede zu verwenden, ohne welche ich später weder den Namen meines Paten noch meinen eigenen hören mochte. Tatsache ist allerdings, daß Samuel, als er zum staatlichen Anklagevertreter avanciert war, seine Krallen ausstreckte und sein wahres Denken preisgab; demzufolge war »der Adel des Hinterlandes barbarisch, bastardisiert und heruntergekommen, verglichen mit dem Adel aus den Zuckermühlen von Pernambuco, dem einzig wahren in ganz Brasilien«. Anfangs jedoch, als er auf dem »Gefleckten Jaguar« von den Leibrenten meines Paten lebte, lobte er noch unterschiedslos die gesamte Aristokratie des Nordostens und insbesondere die Familie Garcia-Barretto.

Dom Pedro Sebastião und seine Frau, deren Familien zur Zeit des Kaiserreiches immer der alten liberalen Partei angehört hatten, waren der Monarchie treu ergeben geblieben, so daß sie nicht umhin konnten, über Samuels Prahlereien zu staunen, wenn er uns auf den Karten der »Geschichte der Zivilisation« von Oliveira Lima zeigte, daß der »Gefleckte Jaguar« an Ausdehnung und Bedeutung ungefähr gleichrangig sei mit Reichen wie dem der Dorer in Griechenland oder Asturien in Spanien. So setzte er uns allen mit der Zeit einen Gedanken in den Kopf, dem ich endlich die letzte Weihe gab: Dom Pedro Sebastião sei eine Art König von Cariri, Sohn eines dem Thron durch Blutsbande nahestehenden Barons.

So nistete sich Samuel auf dem »Gefleckten Jaguar« ein und blieb dort bis zum Tode meines Paten im Jahre 1930. Gleichzeitig drängte er sich immer mehr in Clemens' Stellung ein. Seine Unterrichtsstunden waren freilich spärlich und unordentlich; sie bestanden fast ausschließlich darin, daß er mit lauter Stimme aus seinen Lieblingsdichtern vorlas, vor allem aus den traditionalistischen und patriotischen.. Clemens verwünschte »den verheerenden Einfluß dieses betrunkenen Parasiten der katholischen Reaktion auf die Jugend«. An den Samstagen nämlich flüchtete Samuel in die Stadt, wo er in den Intellektuellenkreisen bekannt und geschätzt war, und dort soff er wie ein Bürstenbinder und schlief alsdann bis Sonntagnacht durch. Doch da er damit niemandem weh tat, drückte mein Pate auch angesichts dieser Schwäche beide Augen zu.

So wurden wir alle, die jüngeren Intellektuellen von Taperoá, unter dem widersprüchlichen, aber fruchtbaren Einfluß dieser beiden großen Männer erzogen. In meinen Beziehungen zu ihnen durchlief ich verschiedene Stadien. Zunächst das einer engen schülerhaften Abhängigkeit als Kind und Heranwachsender auf dem »Gefleckten Jaguar«. Als ich das Priesterseminar bezog, wurde ich beiden im Grunde altersgleich, denn ich war nun erwachsen, und sie waren noch nicht alt. Nun erlebte ich eine dunkle Phase des Niedergangs, in der ich ohne eigenen Landbesitz und ohne feste Anstellung in der Stadt harte Zeiten durchzustehen hatte. Da straften sie mich beide, der eine Rechtsanwalt, der andere Anklagevertreter, mit Verachtung: sie sprachen nur mit mir, wenn es unbedingt notwendig war und selbst dann so überlegen-herablassend, daß ich ganz niedergeschmettert war. Glücklicherweise konnte ich jedoch dank dem Einfluß meines Paten wieder aufsteigen und wurde zum Bibliothekar, Notar und amtlichen Steuereinnehmer ernannt. Tante Filipa starb, und ich erbte von ihr vier große, benachbarte Häuser an der Hauptstraße. Von diesen vier Häusern trat ich zwei an meine Lehrmeister ab, damit sie darin gratis wohnen könnten. Da ertötete die Dankbarkeit fast ihre ganze Verachtung, und es begann die goldene Epoche unserer Beziehungen, die Epoche, in welcher sie mich trotz der einen oder anderen Stichelei auf eine Höhe erhoben, die der ihrigen wenn schon nicht gleich, so doch benachbart war. Und so kam alles zusammen und bereitete mich darauf vor, an jenem 1. Juni 1935 der womöglich einzige Mensch im Städtchen zu sein, der in vollem Umfang erfassen konnte, was es mit der Ankunft des jungen Mannes auf dem Schimmel auf sich hatte.

▌ SECHSUNDZWANZIGSTE FLUGSCHRIFT ▌ DER FALL DER DREI EINGEMAUERTEN ▌

Als an jenem Tage der Reiterzug in den Hinterhalt des Hauptmanns Ludugero fiel, befanden sich nicht weit vom Schauplatz des Gefechtes drei für unsere Geschichte hochbedeutsame Persönlichkeiten auf Reisen, nämlich ich, Clemens und Samuel. Eine der Romanzen, die mich als Kind am meisten beeindruckten, war die »Geschichte vom Raufbold Vilela«, in der folgende Strophe vorkam:

> Suchend streift der Fähnrich übers
> Feld, durch Buschwald dicht.

Einen jungen Mann bemerkt er,
Er verhaftet ihn und spricht:
»Du wirst mir Vilela zeigen,
Du magst wollen oder nicht.«

Seit ich diese Romanze auswendig gelernt hatte, erschienen mir
die Felder des Sertão als etwas Heiliges, und jedesmal, wenn ich
auf mein Pferd »Pedra Lispe« stieg und über die Straßen oder
durch die Buschwälder ausritt, fühlte ich mich, obwohl ich
keine kriegerischen Taten vollbrachte wie Vilela, als ein Ritter
und irrender Held auf den Feldern des Hinterlandes. Eben dieses Gefühl empfand ich nun auch jetzt an der Seite der beiden
großen Männer, des Negerphilosophen auf seiner roten Stute
»Expedition« und des weißen Dichters auf seinem Rappen
»Der Kühne«.

Samuel ist mittelgroß, fein und weißhäutig, seine Gesichts-
farbe ist frisch, er ist etwas sommersprossig und rotbäckig, hat
blaue Augen und trägt hellbraunes Haar, das kurz geschoren
ist, weil ihn dieser Haarschnitt jünger aussehen läßt, indem er
die vielen weißen Fäden kaum zum Vorschein kommen läßt,
die ihn allmählich zum Graukopf machen. Clemens nennt ihn
verächtlich »Samuel der Ausgeblichene«, und der Dichter tut
so, als messe er diesen Sticheleien keine Bedeutung bei; er sei
über dergleichen erhaben, sagt er, weil er dem alten Geschlecht
der Wandernes oder Wan d'Ernes, wie er es lieber geschrieben
sehen will, angehöre. Clemens ist ein großer, magerer und starker Neger und würde einen prächtigen König für meinen »Sudanesischen Dreikönigstanz« abgeben, das Kriegerspiel, das
ich hier im Städtchen leite. Er ist ein mit Tapuias gekreuzter
Neger; deshalb sieht seine Haut aus wie ein schwarzbrauner
Ziegelstein, der zu stark gebrannt worden ist. Sein Haar ist glatt
und zeigt kein weißes Fädchen, und das trotz seinem Alter, das
ebenso weit vorgerückt ist wie das Samuels. Seine Gesichtszüge
sind kantig; das Weiß seiner Augen ist schneeweiß und die Iris
gelb, was ihm das Aussehen eines Tigerjaguars oder Schwarzen

Panthers aus dem Sertão verleiht, »ein halb berberhaftes Hindu-Aussehen«, wie er in den exaltiertesten Augenblicken seines Rassenstolzes zu sagen pflegt. Im Städtchen lief das Gerücht um, er sei der Sohn einer alten Jungfer, der Tochter eines Gutsbesitzers; ein schwarzer Eselstreiber habe sie verführt, weil der Landbesitz des Mädchens ihm ins Auge gestochen habe. Die Söhne des Gutsbesitzers sollen ihre geraubte Schwester zurückgeholt und den dreisten Eselstreiber kastriert haben; nun wurde er dick, lächelte stillvergnügt und freundlich und sprach mit ausgesucht gewählter Stimme. Das Kind selber wurde, wie schon gesagt, auf der Türschwelle von Antônio Gomes de Arruda Barretto ausgesetzt. Clemens haßte diese Gerüchte. Entrüstet wies er die Unterstellung von sich, in seinen Adern könne »das weißliche Blut der Verräter Brasiliens« fließen. Er behauptete, er verdanke seine Statur und Hautfarbe der Abkunft von den »sudanesischen Vatu-Stämmen und nicht vom weißen Blut irgendeines verkommenen Gutsbesitzers«; so wäre denn auch sein glattes Haar »reines Tapuia-Erbe«, eine Blutbeigabe, auf die er sich viel zugute tat. Samuel konnte sich gar nicht genug tun in unfreundlichen Anspielungen auf die Hautfarbe des Philosophen. Er nannte ihn Clemens den Kaffer oder Clemens mit der Löwenmähne; sie gingen beide in diesen Sticheleien ganz auf und hatten sich so an sie gewöhnt, daß sie gar nicht mehr ohne einander auskommen konnten.

Die Mittagszeit war nahe. Samuel ritt in einem grauen Anzug und hatte einen weißen Staubmantel übergezogen. Er trug Stiefel aus gelblichem Wildleder, und er hatte eine Sonnenbrille aufgesetzt, um die Augen »vor der barbarischen Sertão-Helligkeit zu schützen«. Und um seine zarte Haut nicht der groben Einstrahlung unserer Sonne auszusetzen, trug er einen weißen Korkhelm auf dem Kopfe; dadurch wirkte er erschreckend, ja abschreckend auf alle, die ihn nicht kannten. Clemens trug Hose, Weste und Jackett aus Khaki-Stoff, dazu kräftige Viehtreiberschuhe, die ein Straßenschuhmacher, Herr Gondim, billig für ihn angefertigt hatte. Ich, ein Sertão-Bewohner wie Clemens, stand ihm in der Kleidung näher als Samuel. Ich habe immer gern Khaki getragen. Doch statt Hose, Weste und Jakkett wie Clemens trug ich auf Cangaceiro-Weise nur Hose und lang fallendes Hemd, dazu Lederhut und Riemenbastschuhe. Da meine Haut dunkelbraun ist, nannten die beiden mich an normalen Tagen Quaderna den Mamelucken, beförderten mich an guten Tagen zu Quaderna dem Mauren und degradierten mich in Augenblicken der Wut zu Quaderna dem Mestizen oder Quaderna dem Braunen. Den letzteren Namen liebten sie sogar besonders; weil er einen Eindruck von meiner Hautfarbe gab, zeigte er, da ein Brauner ja auch eine Pferdegattung ist, an, »mit welchen Geistesgaben der Träger ausgestattet« war.

Meine Cangaceiro-Kleidung brachte mir von Samuels Seite den größten Spott ein. Er sagte, meine Khaki-Kleidung lasse mich aussehen wie den »Wachtposten eines Zuckermühlenbesitzers«. Wenn ich mich dann Clemens zuwende und Sertão-Solidarität suche, läßt er mich abblitzen. Der Philosoph meint nämlich, bei diesen »Cangaceiro-Phantasien« sei »ein Mangel an Haltung und eine Vorspiegelung falscher Tatsachen« zu konstatieren. Nur sein eigener Anzug mit förmlicher Weste und Krawatte sei »sertãogemäß und dem Geiste, nicht der Form nach volkstümlich«, denn unser Ideal müsse es sein, »das Volk zu uns heraufzuziehen und nicht, uns zu ihm hinunterzubeugen«. So nehme ich zwischen Samuel und Clemens eine mittlere Position ein. Ich habe dunkle Haut, schwarze, buschige Augenbrauen, ein Gesicht, »das aussieht, als wäre es mit der Sichel, mit Hobel und Axt in Stein oder Holz geschnitten worden«, wie Samuel sagt, und stamme außerdem »von Mamelucken und Sertão-Eseltreibern ab«, also von der königlichen Sippe Dom Johann Fereira-Quadernas, über die beide ihren Spott ausgießen, weil sie meinen Urgroßvater nicht als König anerkennen. Deshalb meint der elegante und parfümierte Samuel auch, ich stänke »auf drei Meilen Entfernung nach Ziegenbock«.

In unseren Beziehungen zu Frauen wiederholte sich diese Situation. Samuel der Junggeselle hatte für Frauen kein sonderliches Interesse. Er unterhielt eine Art platonischer Freundschaft mit einer intellektuellen Dame unserer Gesellschaft, Dona Carmen Gutierrez Torres Martins. Er erzählte uns, in Recife habe er ein Abenteuer mit einer Prinzessin aus der brasilianischen Kaiserfamilie erlebt, aus der falschen, aus der Familie Braganza. Beide erkannten jedoch, daß es für ihre Liebe keine Zukunft gab, und »Bande zerbrechend, die sie niemals zu knüpfen vermocht hatten«, schworen sie sich ewige Treue, und deshalb lebte der Dichter hier »wie Camões hoffnungslos verliebt in eine Prinzessin und verbannt in das barbarische brasilianische Afrika, den Sertão«.

Was Clemens betrifft, so war er mit einer weißen Frau, Dona Iolanda Gázia, verheiratet. Sie lebten getrennt: fortschrittlich wie er war, hatte der Philosoph Dona Iolanda erklärt, das gemeinsame Leben der Ehepaare sei ein Vorurteil, denn die Gewohnheit zerstöre die wahren Leidenschaften. Samuel ärgerte ihn durch die Bemerkung, die Anziehungskraft, welche die weiße Frau auf ihn ausübe, sei im Grunde rassisch bedingt: »Der schwarze plebejische Hammel spürte einen dunklen Drang nach der blonden weißen Ziege, die für ihn außerhalb seiner Reichweite lag.« Deshalb konnte nur eine Albinofrau mit blondem Haar, blonden Wimpern und blondem Körperhaar auf ihn anziehend wirken. Wie dem auch sei, Clemens machte Dona Iolanda auf seltsame Weise den Hof, indem er an ihrer Tür vorbeiritt und so zeremoniös den Hut vor ihr zog, daß es die ganze Straße kommentierte. Böse Zungen sagten, das seien vereinbarte Zeichen, und in der Nacht springe dann der Rappe über die Mauer und besteige die Schimmelstute.

Ich war kein so eingefleischter Junggeselle wie Samuel, aber auch nicht so verheiratet wie Clemens. Ich lebte in wilder Ehe mit einer Frau namens Maria Safira, von der man auf der Straße munkelte, sie sei vom Teufel besessen. Sie war mit einem viel älteren Mann verheiratet, einer Art von »Heiligem«, Pedro »Mucker«, der nie ihren Körper berührt hatte. Maria Safira, die Frau mit den grünen, unergründlichen Augen, die Frau der Abgründe, besaß die für mich wertvolle Gabe, meine Mannheit aufzustacheln. Diese war in früheren Zeiten wegen des »Eselshauttees«, den zu trinken ich mich gezwungen sah, »um meinen Kopf zu öffnen und bei den Studien im Priesterseminar Erfolg zu haben«, fast ganz unterdrückt worden. Daher die Herrschaft, die sie über mich ausübte, damals, als ich ihr ganz gefügig war.

——

Wir drei ritten nun also dahin und waren an jenem Tage, der unser Leben grundlegend verwandeln sollte, vom Wege abgekommen. Früh waren wir aus der Stadt losgeritten, um die Grotte der Peterquelle zu besuchen, wo man kürzlich »verschiedene petrographische Inschriften und Zeichnungen entdeckt hatte, welche die Tapuias an den Wänden angebracht hatten«, wie uns Clemens erklärte. Anfangs merkte niemand von uns, daß wir in die Irre ritten. Unser Gespräch nahm uns derartig in Anspruch, daß wir unsere Pferde gehen ließen, wohin sie gehen wollten. Auf dem Ritt zur Grotte hatten wir an einer Kapelle angehalten, die ein Viehhirt vor wenigen Jahren bei der Verfolgung eines verirrten Stücks Vieh entdeckt hatte. Sie stammte aus dem Jahre 1710; diese Jahreszahl war am Portal angebracht. Wir hielten im Hof an, ich zog die Balken zurück, welche die Tür verrammelten, und wir gingen in die Sakristei, wo uns Samuel drei Gemälde zeigen wollte, darunter ein Porträt von König Alfons VI., das über einer kleinen hellbraunen Kommode hing und von den beiden anderen Gemälden flankiert wurde. Samuel erläuterte uns das portugiesische Wappen mit den Schilden und der goldenen Weltkugel, dem Zeichen für das Fürstentum Brasilien. Samuel meinte, diese Gemälde hielten »keinen Vergleich aus mit denjenigen in den Kapellen der Küstengegend«. Immerhin seien sie portugiesischen Ursprungs und könnten uns »den iberischen Weg zeigen, den die brasilianische Kunst wieder einschlagen muß«. Dann fragte er mich:

»Woran erinnert Sie dieses Gemälde?«

»Es erinnert mich an einen Goldkönig, der wie ein Kartenkönig aussieht«, gab ich zur Antwort. »Zunächst trägt der König eine Rüstung wie die Kartenkönige. Dann ist das Gemälde voll von Rot und Gold wie die Spielkarten. Außerdem, sehen Sie nur: das Zeichen der Spielkarte ›Gold‹ ist zu beiden Seiten des Königs angebracht.«

»Das sind die Goldquasten des roten Vorhangs im oberen Teil des Gemäldes, Sie Schwachkopf!« versetzte Samuel.

Beide ließen ein Weilchen ihren Spott an mir aus. Als ich ins Städtchen zurückkam, gab ich meinem Bruder Taparica den Auftrag, eine Kopie des Königsgemäldes und der Adelswappen daneben in Holz zu schneiden. Samuel war entrüstet über die »grobe Sertão-Auslegung«, die Taparica zustande brachte. Mein Bruder hatte König Alfons zusätzlich einen Spitzbart und einen Schnurrbart verpaßt, die im Original nicht vorhanden waren: er begründete das mit den Worten, ohne Bart sähe König Alfons aus wie eine Frau, wie »eine jungfräuliche Klosterfrau mit traurigen Augen«. Ich berichtete das Samuel, der entsetzt ausrief:

»Wenn Ihr Bruder Ihnen mit diesem ordinären Gerede kommt, so deshalb, weil er gehört hat, was mit diesem unglücklichen König geschehen ist. Dom Alfons VI., der Ärmste, war impotent. Er heiratete eine Prinzessin aus dem Hause Savoyen, die, nachdem sich seine Impotenz herausgestellt hatte, ihre Heirat rückgängig machte. Der Infant Dom Pedro, der Bruder des Königs, setzte Dom Alfons gefangen, heiratete die Königin und bestieg so unter dem Namen Peter II. den Thron.«

»Dann war das der erste Fall, daß ein Prinz nur deshalb auf den Thron gelangt ist, weil er die Stange hochbringen konnte«, kommentierte ich.

Doch das geschah später. Als wir an jenem Tage zur Grotte gelangten, entspann sich zwischen uns beim Anblick der Tapuia-Malereien eine hitzige Diskussion. Sie waren in zwei Farben, schwarz und rot, gehalten, was zusammen mit dem Gelb des Gesteins drei Farben ergab, und das war nicht die Regel. Samuel ärgerte sich über diese »groben, unproportionierten und kindlichen Malereien«. Clemens hingegen vertrat die Ansicht, eben dies müsse »der Ausgangspunkt für eine volkstümliche brasilianische Jaguarkunst« sein. Er zeigte mir ein junges Mädchen mit ausgebreiteten Beinen und Armen, das wie ein Frosch aussah, zwei Hirsche neben sich hatte und von Stricheleien umgeben war. Vier davon wirkten auf mich wie die Kennzeichen der Spielkarte »Kreuz« und zwei wie »Pik«. Clemens lehnte diese Auslegung ab und erklärte:

»Quaderna, diese Figuren sind männliche und weibliche Geschlechtszeichen, es sind phallische Symbole. Das übrige sind Spiralen, Pfeile und eine Art von verdrehtem Kreuz, kabbalistische Zeichen, die in der Tapuia-Kunst ganz geläufig sind.«

»Wenn wir wieder nach Hause kommen, werde ich meinen Bruder bitten, ein Abbild von dieser ›Tapuia-Kreuz-Dame‹ anzufertigen«, sagte ich. »Dann verheirate ich die Tapuia-Dame mit dem iberischen Goldkönig, und wir wollen doch sehen, ob die Heirat nicht fruchtbarer ausfällt als seine erste Heirat mit der Prinzessin aus dem Hause Savoyen.«

━━━━━

Auf dem Heimritt diskutierten wir literarische Themen von äußerster Wichtigkeit; denn die Ergebnisse sollten offiziell von der Sertão-Gesellschaft gebilligt werden, die wir in Taperoá gegründet hatten, von der »Geisteswissenschaftlichen Akademie der Eingemauerten im Hinterland von Paraíba«. Mittels dieser Akademie wollten wir Taperoá den Rang bewahren helfen, den es seit Jahrhundertbeginn als eines der blühendsten Zentren der Sertão-Geistigkeit von Paraíba innegehabt hatte. Um zu beweisen, daß ich nicht übertreibe, brauche ich nur daran zu erinnern, daß in der Konstellation unserer literarischen Gestirne unter anderen die Namen Samuel Simões, Epaminondas Câmara, Raúl Machado, Euclydes Villar, Celso Mariz und Raimund Coentro funkeln. Samuel und Clemens stammten nicht aus unserer engeren Heimat. Doch hatten sie schon seit so langer Zeit unter uns Wurzeln geschlagen, daß sie als Einheimische betrachtet wurden, und sie verbreiteten in der literarischen Plejade von Taperoá einen ganz besonderen Glanz. Von ihren Sternen sollte zumindest einer nationalen Ruhm erobern, nämlich der Dichter und Jurist Raúl Machado, der gegenwärtig in Rio ansässig ist; dort ist er zu seiner, zu unserer und Paraíbas Ehre Mitglied des Gerichtshofes für die nationale Sicherheit, eines Gerichtshofes, der nach dem Staatsstreich vom 10. November vergangenen Jahres eingerichtet wurde und dazu dienen soll, der durch ihn eingeleiteten Repression ein juristisches Mäntelchen umzuhängen.

———

Der Fall des genialen Raúl Machado zeigt recht deutlich, wie die Literatur einem Menschen helfen kann, in seiner Laufbahn vorwärtszukommen: denn es waren seine bewundernswerten Sonette, welche ihn Stufe um Stufe die Leiter der richterlichen Laufbahn emporklimmen ließen, bis er schließlich den jetzigen Posten erreichte, den höchsten Grad im brasilianischen Gerichtsadel. Sein Beispiel beflügelte uns alle. Sogar mich, obwohl es ein schlimmes Hindernis in meiner Laufbahn gab, die Tatsache nämlich, daß ich keinen Doktortitel besaß, vor allem nicht den Dr. jur. Als unser finanzieller Zusammenbruch eintrat, gerieten wir ehelichen Kinder meines Vaters in eine schwierige Lage. Niemand von uns wollte sich dazu verstehen, Kassierer oder kleiner Angestellter bei Kaufleuten zu werden, mickrigen Bürgern, denen zu dienen schon für die Kinder von Adligen eine Schmach dargestellt hätte: um wieviel mehr für uns, die Nachkommen von Dom Johann II., dem Abscheulichen! Außerdem war in unserem Fall unser Landbesitz, der doch nach Ansicht des Genealogen Carlos Xavier Paes Barretto untrennbar zum Adel hinzugehört, keinen roten Heller wert, weil man ihn unter die Bastarde meines Vaters aufgeteilt hatte.

Also suchten wir ein Hintertürchen. Manuel, der Älteste, wurde Viehhirt im Sertão von Sabugi. Francisco geriet in den »Zwölfer-Krieg« hinein, fand Gefallen am Wanderleben und wurde Leibwächter bei einem Grundherrn, Antônio fand in der Polizei Anstellung und leistete so Francisco im Schwertadel Gesellschaft. Und da die Viehhirten zum Kleinadel zählen und im Dienste des Großadels, also der Gutsbesitzer, stehen, hatten alle drei ihre Probleme halbwegs vernünftig gelöst. Was mich angeht, so hatte mich mein Vater, weil ich für die reitenden Berufe nicht in Betracht kam, für die geistliche Laufbahn bestimmt, die mich bis zum Amt eines Bischofs und zum Kirchenfürsten erheben konnte, einer Würde, die fast so hoch stand wie die meiner königlichen Vorfahren. Deshalb wurde ich auf das altersgraue Priesterseminar von Paraíba geschickt, wo ich, bereits erwachsen, im Alter von 21 Jahren 1918 eintrat und 1923 wieder ausgeschlossen wurde. 1924 jedoch erfolgte, dank dem wachsenden politischen Ansehen meines Paten, meine Ernennung zum Bibliothekar, Notar und Steuereinzieher, was mir die besoldete Muße eines Gerichtsedelmannes verschaffte; diese Stellung war zwar noch immer unzureichend, aber meinem königlichen Blute doch schon eher angemessen.

Ungeachtet all dieser Ämter und Würden fuhren indessen Samuel und Clemens fort, mich ein wenig zu verachten. Sie behaupteten, trotz all ihren Lektionen sei meine Literatur »eine geschmacklose Promenadenmischung«. Sie konnten mir nicht verzeihen, daß ich mich nach wie vor von den Flugblättern und dem Umgang mit »Trunkenbolden, Volksbarden und anderen Tagedieben« anregen ließ. Sie schimpften über die Hurerei-Romanzen des Vicomte de Montalvão. Und vor allem auf den Kult, den mein Vater mit José de Alencar trieb und den ich von ihm übernommen hatte: mit fünfzehn hatte ich die Heldentaten und Reitergeschichten von Peri und Arnaldo Louredo gelesen, dazu auch die Alkoven-Lust-Spiele von Lucíola, war davon fasziniert und wurde ebenfalls ein Bewunderer des Autors von »Der Sertão-Bewohner«, den Clemens und Samuel für »einen Schriftsteller zweiter Klasse« hielten.

Es traten jedoch Umstände ein, mit welchen meine Lehrmeister nicht gerechnet hatten; diese tilgten endlich den schmählichen Makel, daß ich kein Doktor war, meinen großen Anfangsnachteil ihnen gegenüber. Unser Bekannter Euclydes Villar wanderte nämlich nach Campina Grande ab und gründete dort den »Almanach von Campina Grande«. Er war nicht nur Fotograf, sondern auch Erfinder von Silbenrätseln, ein Meister der Logogriphen und der Versrätsel. Von ihm und meinem Vater war ich in diese edle Kunst eingeweiht worden, die Clemens und Samuel verhöhnten. Doch Scharaden und Logogriphen öffneten mir die Tore zum »Almanach von Campina Grande« und damit zu anderen verwandten Publikationen, unter denen der »Lusobrasilianische Literatur- und Scharaden-Almanach« mit seinem jährlichen Anhang, dem »Ödipus«, die wichtigste war. Als ich Mitarbeiter an diesem berühmten Buch geworden war, gewann ich Ansehen, trotz der Kampagne der Nadelstiche, die Clemens und Samuel nicht müde wurden, gegen mich zu führen, da sie vor Neid und Mißgunst beinahe platzten.

Ich ruhte mich jedoch nicht auf meinen Lorbeeren aus. In unserer Stadt gab es ein regierungsfreundliches Wochenblatt, die »Gazette von Taperoá«, die dem Komtur Basílio Monteiro gehörte. Unter Ausnutzung meines Prestiges als Mitarbeiter am »Almanach« überredete ich den Komtur dazu, die »Gazette« um eine literarische, gesellschaftliche, scharadistische und astrologische Seite zu bereichern, deren Redaktion ich übernahm; das führte dazu, daß mich alle diejenigen diskret umwarben, die ihre Artikel, Sonette und Vierzeiler veröffentlichen wollten. Damals erbte ich die großen Häuser, und nun stellten meine neuen Mieter Clemens und Samuel endgültig ihre Kampagne ein.

Der Augenblick war reif, wo ich das Schicksal nötigen durfte, mir günstig zuzublinzeln. Bei der Lektüre des »Almanachs« hatte ich nämlich bemerkt, daß es für die Karriere der anerkannten offiziellen Dichter Brasiliens wichtig war, in irgendeine Akademie einzutreten. Erst der Titel Akademiemitglied öffnete wirklich das Tor zu Würden, die sich später in einträgliche Stellungen verwandelten, welche unseren Verdiensten entsprachen.

Ich versuchte also, mit allen erdenklichen Mitteln in die angesehenste Gesellschaft von Paraíba, in das »Historische und Geographische Institut von Paraíba« aufgenommen zu werden. Siebenmal schrieb ich dorthin, schlug meinen Namen vor, und siebenmal wurde ich abgewiesen, so groß war die Böswilligkeit der Hauptstädter gegen die Intellektuellen im Hinterland.

Ich hatte das alles insgeheim in Angriff genommen und hielt die fortgesetzten Demütigungen, die meinen Stolz knickten, sorgfältig verborgen. Ich glaubte, Clemens und Samuel wüßten nichts von meinen Bemühungen, weil ich sie mit besonderer Sorgfalt vor ihnen geheimgehalten hatte, fürchtete ich doch, sie könnten, von meiner Idee angesteckt, den gleichen Weg betreten und aufgenommen werden. Eines Tages jedoch, als beide zu Einkäufen das Haus verlassen hatten, wartete ich auf dem Postamt auf die Donnerstagssendung und bekam ihre Korrespondenz ausgehändigt: niemand kann sich meinen Schrecken vorstellen, als ich darunter Briefe für sie bemerkte, die beide den Briefkopf des Instituts trugen.

Ich lief nach Hause, setzte heißes Wasser auf, öffnete die Kuverts unter Dampf und erbrach die beiden Briefe, atmete aber erleichtert auf: es waren Absagen, genau wie ich sie bekommen hatte. Es gab keinen Zweifel: die beiden Schufte hatten mich ausspioniert, meinen Plan entdeckt und verräterisch versucht, mich zu schädigen und mir zuvorzukommen!

SIEBENUNDZWANZIGSTE FLUGSCHRIFT
DIE AKADEMIE UND DER UNBEKANNTE
BRASILIANISCHE GENIUS

Ich klebte die Umschläge sorgfältig wieder zu und suchte drei
Tage später meine Rivalen und Lehrmeister auf. Ich tat so, als
wüßte ich von gar nichts, und redete folgendermaßen:

»Hört mir einmal zu, ihr beiden! Vor einiger Zeit hatte ich
eine Idee, die uns gewaltige Vorteile bringen könnte: wir könnten doch alle drei in das ›Historische und Geographische Institut‹ von Paraíba eintreten.«

Beide blickten mich gespannt an, sagten aber nichts, und ich
fuhr fort:

»Mit meinem bekannten Opfermut habe ich mich entschlossen, meinen Einzug als erster zu versuchen, um den Weg frei-
zukämpfen, aber man hat mich abgelehnt. Ich teile euch das
mit, weil ihr beide Doktoren seid und der rechte Weg möglicherweise umgekehrt verläuft: ihr reicht eure Kandidatur ein
und, wenn man euch angenommen hat, setzt ihr euch für mich
ein.«

Sie hätten die Verachtung sehen sollen, mit der Samuel zu
Clemens bemerkte:

»Das hätte gerade noch gefehlt, Clemens! Haben Sie das gehört! Wir sollen so tief herabsinken, daß wir dem Herrn Institut
kriecherisch die Ehre antun, darum anzusuchen, es möge uns
gnädig unter seine illustren Mitglieder aufnehmen. Das wäre ja
die Höhe!«

»Ja, das wäre die Höhe!« echote Clemens mit dem gleichen
gleisnerischen Lächeln. »Quaderna, wenn das Institut uns haben will, soll man uns einstimmig und ohne unser eigenes Zutun
wählen. Und dann werden wir zusehen, ob wir annehmen oder
nicht, nachdem wir die Vor- und Nachteile einer solchen Mit-
gliedschaft reiflich erwogen haben.«

Ich tat so, als wüßte ich nichts von der Abfuhr, die sie sich
geholt hatten, und sagte:

»Nun gut, beruhigt euch nur! Es gereicht euch zur Ehre, daß ihr den Stolz der Sertão-Intellektuellen so hochhaltet! Doch ich habe einen anderen Vorschlag zu machen, der uns weiterbringen kann und dem Prestige der aufgeblasenen Hauptstädter den Todesstoß versetzen wird.«

»Und was sollte das sein?« erkundigte sich Samuel.

»Paraíba besitzt schon ein Historisches Institut, aber noch keine Geisteswissenschaftliche Akademie: also könnten wir hier unsere eigene Akademie ins Leben rufen! Selbst wenn sie später in der Hauptstadt eine weitere gründen sollten, wäre unsere die ältere und deshalb traditionsreicher und ehrwürdiger.«

Die Augen der beiden blitzten auf, aber der Funke des Ehrgeizes erlosch sogleich wieder, und sie setzten eine apathische, verschmitzte Miene der scheinbaren Gleichgültigkeit auf.

»Vielleicht ist es *wirklich* keine schlechte Idee«, sagte Clemens schließlich. »Aber welchen Namen soll die geplante Akademie erhalten?«

»In Vitória de Santo Antão, einer der adligsten Gegenden von Pernambuco, meiner Heimat, gibt es eine ›Akademie der Abergläubischen‹«, brachte Samuel in Erinnerung.

»Das taugt nichts!« protestierte Clemens. »Ich bin nicht abergläubisch, und der bloße Name riecht schon nach klerikaler Reaktion. Ich schlage vor: ›Akademie der Fortschrittlichen‹ oder ›der Aufklärer‹ oder etwas Ähnliches.«

»Das kann ich nicht gelten lassen«, ereiferte sich Samuel. »Ich habe schon unzählige Male betont, daß ich kein Mann des Fortschritts bin und es als die größte Ehre betrachte, für einen reaktionären Katholiken und Obskurantisten gehalten zu werden.«

Um den Streit zu beenden, fiel ich ein:

»Schaut, diese Akademie kommt nur mit Zustimmung aller zustande oder aber überhaupt nicht. Ich schlage vor, unsere Gesellschaft soll heißen: ›Geisteswissenschaftliche Akademie der Eingemauerten von Taperoá‹.«

»Eingemauert? Warum eingemauert?« fragte Samuel verwundert.

»Es ist der einzige Name, auf den wir uns einigen können. Ich bin ›eingemauert‹, weil ich eurer Ansicht nach zwischen Rätsel und Logogriph eingemauert bin. Clemens, weil er ›an die Kette des Welträtsels geschmiedet ist, an die eisernen Ketten des Vorurteils und der sozialen Ungerechtigkeit‹. Was Samuel betrifft, einen ›in die Steinmauern des irdischen Gefängnisses gefallenen Engel‹, so ist auch er eingemauert, weil er hier leben muß, ›verbannt in die afroasiatische Wüste, den Sertão‹. Schließlich sind wir insgesamt alle drei ›eingemauert‹, weil wir bei dem politischen Zickzackkurs, den Brasilien augenblicklich durchläuft, alle so aussehen, als könnte man uns, schuldig oder unschuldig, an die Wand stellen und erschießen.«

Beide sahen mich ganz beeindruckt an. Dann sprach Samuel:

»Sie haben nicht ganz unrecht, Quaderna, auch wenn Sie den wahren Sinn unserer Aussagen unrichtig wiedergeben. Das nennt man ›die Wahrheit im Munde des Narren‹. Aber mit dem Namen ›Akademie der Eingemauerten‹ bin ich einverstanden.«

»Ich auch!« stimmte Clemens zu. »Aber warum sollten wir unseren Wirkungskreis auf Taperoá einschränken? Wir müssen ihn erweitern! Legen wir uns doch, bevor ein hergelaufener Abenteurer auf diesen Einfall kommt, den Titel zu: ›Geisteswissenschaftliche Akademie der Eingemauerten im Sertão von Cariri‹.«

»Und warum nicht ›Geisteswissenschaftliche Akademie der Eingeschlossenen im Sertão von Paraíba‹?« regte Samuel an. »Nicht allein Cariri, das gesamte Hinterland des Staates ist leer. Wir werden es völlig ausfüllen. Wenn sie dann später eine Akademie in der Hauptstadt gründen sollten, so wird es niemals die einzige von Paraíba sein, sondern höchstens die Sumpf- und Küstenakademie, und das auch noch in einem Bundesstaat, in welchem der Sertão die wichtigste Gegend ist.«

Einige Augenblicke schauten wir uns still in die Augen und waren ganz geblendet bei dem Gedanken, wie urplötzlich eine Akademie entstehen und im gleichen Augenblick räumlich und zeitlich so weit ausgreifen konnte, daß sie den ganzen Sertão beherrschte. Ich holte tief Luft und sagte gerührt:

»So ist denn von diesem historischen Augenblick an unsere liebe, ehrwürdige und traditionsreiche ›Geisteswissenschaftliche Akademie der Eingemauerten im Sertão von Paraíba‹ gegründet. Nun müssen wir ihren Präsidenten wählen.«

Samuel ließ niemandem die Zeit, auch nur Atem zu holen:

»Aufrichtig gesagt, ich meine, zum Wohl der Akademie müßte ich ihr erster Präsident werden. Ich habe Beziehungen in Paraíba zu Carlos Dias Fernandes, in Recife zu der Gruppe um die Zeitschrift ›Grenze‹, und sogar in São Paulo zu der ›Tapir-Bewegung‹; ich habe sogar schon eine liebenswürdige Visitenkarte von Plínio Salgado, dem Chef der brasilianischen Rechts-Nationalisten, erhalten. Ich kandidiere hiermit.«

Wie ich vorausgesehen hatte, war Clemens auf der Hut und protestierte:

»Samuel, der Präsident von Institutionen wie der unsrigen ist immer ein ernsthafter Wissenschaftler, ein Ethnologe, ein Philosoph, ein Soziologe oder Rechtsgelehrter. Ich trete gegen Sie auf und kandidiere selber. Ich tue das aus reinstem Opfermut, denn die Präsidententätigkeit wäre für mich kein Ehrenamt, sondern nur eine üble Belastung.«

Das hatte ich geahnt. Ich zog nun die Lösung aus der Westentasche, die ich mir zwei Tage vorher ausgetüftelt hatte:

»Meine Herren Akademiker, liebe Kollegen! Nicht weiter, wenn ich bitten darf! Wir werden folgendes machen: unsere Akademie wird keinen Präsidenten haben. Zu Ehren des ›unbekannten brasilianischen Genius‹ bleibt der Posten unbesetzt. Wir werden nur drei Vizepräsidenten ehrenhalber besitzen, und einer von ihnen wird zwecks Ausübung der Präsidentschaft gewählt.«

»Das ist eine gute Lösung«, sagte Samuel. »Aber wer von uns dreien kommt dafür in Betracht?«

Ich sprach so demütig, wie ich mich stellen konnte:

»Die Schwierigkeit besteht eben darin, zu verhindern, daß der Gewählte die übrigen in den Schatten stellt. Ihr seid Doktoren und arriviert: wenn Samuel gewählt wird, stellt er Clemens in den Schatten, und umgekehrt. Ich stehe von Natur aus im Schatten. Ich habe keine abgeschlossene Ausbildung; ich bin nur ein ›Scharadenkünstler‹, der das Glück hatte, eine Akademie zu gründen, was ich in unser erstes Sitzungsprotokoll aufnehmen lassen werde. Ich werde beantragen, so wie die Akademie von Pernambuco als das ›Haus von Carneiro Vilela‹ bekannt ist, soll unsere Akademie als das ›Haus von Quaderna‹ die letzte Weihe erhalten.«

Clemens fuhr auf, wie von der Tarantel gestochen:

»Was soll das heißen, Quaderna? Sie wollen im Sitzungsprotokoll, in *unserem* Sitzungsprotokoll behaupten, Sie seien *der* Gründer der Akademie? Der *einzige* Gründer?«

»Können Sie vielleicht abstreiten, daß die Idee von mir stammt?« fragte ich.

»Nein! Aber in solchen Fällen werden als Gründer immer alle Mitglieder betrachtet, die bei der ersten Sitzung zugegen sind.«

»Nun gut«, sagte ich. »Wenn Sie Ihre Kandidatur zurückziehen und die meinige unterstützen, kann ich Sie auch im Sitzungsprotokoll unter die Gründer aufnehmen. Sie haben meine Idee von Anfang an unterstützt.«

»Und ich?« rief Samuel erbleichend. »Ich habe sie ebenfalls unterstützt. Ich habe sogar unserer Akademie den endgültigen Namen gegeben.«

»Das ist wahr, Clemens, das muß anerkannt werden«, sagte ich und sah aus wie ein Bild der Gerechtigkeit. »Deshalb werde ich, falls ich der Erwählte sein sollte, in unser Sitzungsprotokoll die Namen von uns dreien als Begründer der Akademie aufnehmen, und sonst weiter niemanden.«

Sie merkten wohl, daß sie keine andere Wahl hatten, und schluckten die Kröte hinunter. So wurde denn unsere ruhmreiche Gesellschaft gegründet, und ich begann, wie Raúl Machado, meinen harten Aufstieg zu Macht und Anerkennung.

Unsere Akademiesitzungen waren von dreierlei Art: »Kabinettsitzungen«, »Sitzungen zu Fuß« und »Sitzungen zu Pferde«. Die Kabinettsitzungen hatte Samuel angeregt; sie sollten dazu dienen, »adlige, hermetische, reine, individuelle, poetische und traumdurchwobene Literatur« zu diskutieren. Die »Sitzungen zu Fuß« hatte Clemens vorgeschlagen: in ihnen wollten wir uns, »mit beiden Beinen auf dem Boden der Wirklichkeit stehend«, von dem »Muff der dekadenten bürgerlichen Literatur« befreien und »uns an die Wirklichkeit halten, an die Analyse und Kritik der gesellschaftlichen Mißstände«, all das »zu Fuß«, »wie das hungernde Volk auf den Straßen des Hinterlandes«. Die »Sitzungen zu Pferd« hatte ich angeregt: immer noch beeinflußt von Liebschaften, Reiterstückchen, Räubertaten und Schelmenstreichen der Flugblätter, wollte ich diese Literatur heroisch zu Pferde diskutieren, über die Felder des Hinterlandes schweifend wie der Raufbold Vilela. Die beiden stimmten zu, verlangten jedoch, daß die »Sitzungen zu Pferd« in drei Kategorien unterteilt würden: in die »philosophischen Ritte«, »die mythisch-poetische Suche« und die »Neuheitssuche«. Die ersteren sollte Clemens ausarbeiten; sie waren für ethnologische, soziologische, historische und philosophische Forschungen bestimmt. Die von Samuel kreierten »mythisch-poetischen Ausritte« sollten den Charakter »eines Ritus, eines Wappenbuchs der poetischen Weihe und des mystischen Verglühens« tragen; sie lagen auf der gleichen Linie wie »die Suche nach dem heiligen Gral«, der »Ergötzliche Wald«, die »Gefährliche Burg« und andere iberische Bücher und waren »durchdrungen von verschlüsseltem mythischem Sinn«. Das fesselte mich wegen meines alten Vorhabens, die »Gefährliche Burg«

der Quadernas wiederherzustellen. Die von mir angeregte »Neuheitssuche« schließlich war mein Versuch, Clemens' »philosophische Ritte« mit Samuels »poetischer Suche« zu verbinden: als Ergebnis sollten dabei interessante Romanzen herauskommen: heroisch, liederlich, mit Schlachtengetümmel, Liebes- und Gefahren-Burgen, sagenhaften Liebschaften, Gelächter, Hurerei und anderen amüsant und ergötzlich zu lesenden Dingen.

ACHTUNDZWANZIGSTE FLUGSCHRIFT DIE SITZUNG ZU PFERD UND DER GENIUS DES VOLKES

Auf dem Heimritt nach dem Besuch der Grotte, schon nahe der Mittagsstunde, hielten wir zwischen Steinen und Dornenkakteen eine typische »Sitzung zu Pferde« ab. Es ging dabei um das Problem der »Genien der Völker« im allgemeinen und um den »Genius des brasilianischen Volkes« im besonderen. Samuel hatte mir erklärt: »Der Genius eines Volkes ist eine Person, die in sich sublimiert und in höchster Steigerung die herausragenden Merkmale des Landes vereinigt.« Dieser Funke griff sogleich auf mein Blut über, denn eben so hatte ich mich an jenem Tage am Stein des Reiches gefühlt: als der König und die lebendige Verkörperung Brasiliens. Ich begriff sogleich, daß, wenn ich zum »Genius des brasilianischen Volkes« erklärt würde, meine poetische, gefährliche Burg aus mir nicht nur individuell, sondern sozusagen »offiziell und von der Regierung beglaubigt« den König Brasiliens machen würde. Es war von grundlegender Wichtigkeit, daß mich die beiden großen Männer an Ort und Stelle über alle mit dem »Genius des Volkes« zusammenhängenden Fragen aufklärten, einen Titel, der, das ahnte ich, zu meinen tiefsten und geheimsten Wünschen paßte. Ich erkundigte mich also bei ihnen: »Wie wird jemand zum Genius des Volkes gewählt? Welcher Art muß seine Tätigkeit beschaffen sein? Muß er König sein? Soldat? Hauptmann? Räuber? Großgrundbesitzer? Viehhirt? Cangaceiro? Anführer einer Revolution?«

»Nein, nichts dergleichen«, antwortete Samuel. »Obwohl ich damit nicht die Könige unterbewerten will. Sie wissen ja, daß dies mein Traum für Brasilien ist: ein Ritter, der sich an die Spitze unabsehbarer Heersäulen von Soldaten stellt, ein reinigendes Blutbad veranstaltet und Brasilien wieder auf den rechten Weg zurückführt, auf den iberischen, adligen Weg der Konquistadoren und Eroberer des Hinterlandes.«

»Papperlapapp!« schnaubte Clemens. »Ein Blutbad ist notwendig, aber es muß vom Volk veranstaltet werden, von den Nachkommen der Neger und Tapuias, die sich um einen wahren Revolutionsführer zusammenschließen. Und Sie, Quaderna, sind Sie für einen König oder den Anführer einer Revolution?«

»Ich will kein Blutbad, Clemens; weder ein König noch ein Revolutionsführer, noch ein Präsident der Republik sollte ein solches veranstalten. Ich habe dergleichen hier im Hinterland schon erlebt, 1912, 1926, 1930 und so weiter, so daß ich euch garantieren kann, daß ein Blutbad die abscheulichste Angelegenheit von der Welt ist.«

Beide legten sogleich souveräne Verachtung an den Tag. Clemens sagte:

»Sieh da, unsere schamhafte Jungfrau, unser Blümlein Rühr-mich-nicht-an! Quaderna, kommen Sie mir nicht mit halben Lösungen! Gewalt ist unumgänglich für denjenigen, der eine neue Ordnung schaffen will. Stimmt das oder nicht, Samuel?«

»Völlig richtig«, antwortete Samuel. »Mit allem übrigen bin ich nicht einverstanden, Clemens, aber ein Blutbad ist unvermeidlich.«

»Ave Maria, ist es das wirklich?« bohrte ich weiter, erschrocken über den Blutdurst dieser gewalttätigen Männer. »Hätten Sie denn Mut, Clemens, zuzusehen, wie man Ihnen die Kehle durchschneidet?«

Ungerührt und hoheitsvoll gab mir der Philosoph zur Antwort: »Quaderna, mein Tod im Verlauf eines brasilianischen Volksaufstandes würde von mir nur als geläufige und im historischen Prozeß völlig normale Episode betrachtet werden.«

»Verwünscht!« sagte ich. »Aber töten, Clemens? Haben Sie denn Mut, einen Menschen umzubringen? Sie müssen eine Menge Leute über die Klinge springen lassen.«

»Mein lieber Quaderna!« versetzte der Philosoph. »Wenn ich um des Volkes willen morden und schlachten muß, dann morde und schlachte ich ohne die geringsten Gewissensbisse.«

»Damit will ich nichts zu tun haben«, bekannte ich. »Meine Familie hat, wie ihr wißt, eine Menge Leute am Stein des Reiches enthauptet, und ich habe schon hinreichend Gewissensbisse. Wenn also dieser ›Genius des brasilianischen Volkes‹, es sei ein König oder ein Revolutionsführer, nur kommt, um Blutbäder zu veranstalten, kann er nicht mit mir rechnen.«

»Der Genius des Volkes ist aber weder das eine noch das andere«, fiel mir Samuel ins Wort. »Der Genius des Volkes ist ein Schriftsteller, der ein Werk schreibt, das als entscheidend für das Bewußtsein seines Volkes angesehen wird.«

———

Davon war ich tief beeindruckt. Das Wort WERK war mir, wie ich schon sagte, heilig, weil es dasselbe bedeutete wie Burg, Markstein und Festung. Ich beschloß, nun mehr denn je mein Werk in Angriff zu nehmen, die Burg, die mich zum König, zum »Genius des brasilianischen Volkes« machen würde. Alles kam so plötzlich, daß ich mich verplapperte und herausplatzte:

»Nun, wenn dem so ist, dann liegt der Fall anders. Ich weigere mich wohl, im Leben Mord und Brand hinzunehmen. In der Literatur jedoch tut das keinem weh. Man schreibt halt wie ich in meinem ›Almanach‹: ›Zwölf Ritter kamen, das Banner voran, auf feurigen Rossen herangesprengt; da knallten zwölf Schüsse, und zwölf schwere Körper rollten von den Pferden herab und durchtränkten den Staub der Straßen mit ihrem

Blut.‹ Am Ende ist dann doch niemand gestorben, und es war eine ergreifend schöne Szene, wie in den Romanen von José de Alencar oder in der ›Geschichte von Karl dem Großen‹.«

Clemens meinte spöttisch:

»Sehr schön, es hat mich sehr gefreut. Sagen Sie nur nicht, daß Sie ein solches Werk schreiben wollen, um damit für den Platz eines ›Genius des brasilianischen Volkes‹ zu kandidieren.«

»O nein, o nein«, stammelte ich. »Zwar würde es mir durchaus Spaß machen, so etwas zu schreiben, aber ich kann nichts erfinden, ich kann nur erzählen, was ich miterlebt habe. Ich möchte nur auf dem Posten sein, damit ich, sobald der ›Genius unseres Volkes‹ in Erscheinung tritt, ihm die gebührende Ehrerbietung erweisen kann. Aber sind Sie wirklich sicher, daß der ›Genius eines Volkes‹ ein Schriftsteller ist?«

»Völlig sicher!« erwiderte Samuel.

»Ist das eine bloße Annahme von euch beiden oder etwas Unwiderlegbares? Ich stelle diese Frage, weil der Punkt in unser heutiges Sitzungsprotokoll aufgenommen werden soll, derart daß ich eine Garantieerklärung von einem anerkannten und über den Parteien stehenden Autor benötige.«

»Nun, so hören Sie!« sprach Samuel. »Im Jahr 1915 hat Carlos Dias Fernandes in seinem genialen Buch ›Talg und Glasperlen‹ erklärt, die Bücher seien ›psychische Verdichtungen der Nationalitäten, zu denen sie gehören‹. Außerdem hat der hervorragende Schriftsteller Mendes Leal Júnior – ein Portugiese und deshalb auch ein Brasilianer – 1844 geschrieben: ›Der Dichter in der Majestät seiner Macht ist mächtiger und wichtiger als die Könige‹, und hinzugefügt, diese seien nur die Könige der Völker, während der Dichter gleichzeitig ›König des Scharfsinns, König der Kunst und König der Massen‹ sei.«

»Aha, jetzt verstehe ich«, rief ich begeistert. »Jetzt haben wir eine allgemein anerkannte These, die in den Sitzungsprotokollen glaubhaft niedergelegt werden kann. Aber ich frage euch: Wie wählt man denn einen Schriftsteller zum ›Genius des brasilianischen Volkes‹? Ernennt ihn der Präsident der Republik?«

»Nein, das muß die Brasilianische Akademie der Geisteswissenschaften veranlassen.«

»Hat unsere Akademie schon den ›Genius des brasilianischen Volkes‹ bestimmt?«

»Nein«, warf Samuel ein. »Die Brasilianische Akademie hat lediglich die offizielle Ernennung von Coelho Netto zum »Fürsten der Prosaisten« und die von Olavo Bilac zum ›Fürsten der brasilianischen Dichter‹ beschlossen. Der Posten eines ›Genius des brasilianischen Volkes‹ ist noch zu vergeben.«

»Gott sei Dank!« entfuhr es mir. Um von meinem Ausrutscher abzulenken, fügte ich hinzu: »Ich sage das, weil mir zu Ohren gekommen ist, der Rat Ruy Barbosa aus Bahía sei schon gewählt worden für den Fall, daß der wahre Nordosten, also wir, das Amt nicht mehr beanspruchen würde.«

»Das ist wahr!« meinte Samuel ernst dreinblickend. »Man hat wirklich davon geredet, weil Ruy Barbosa die große Leistung vollbracht hat, in einem einzigen Aufsatz, in dem berühmten Aufsatz über ›Liederlichkeit‹, ohne sich zu wiederholen, achtundzwanzig Synonyme für das Wort ›Prostituierte‹ zu verwenden.«

»Die portugiesische Sprache soll der Teufel holen, Amen!« merkte ich an. »Doch wie ihr wißt, bin ich Besitzer einer Absteige. Außerdem verdanke ich einen Teil meiner literarischen Ausbildung dem verdächtigen Viertel unserer Stadt, dem ›Leder-Nager‹, so daß ich von diesen Sachen, Freudenmädchen und Freudenhäusern, etwas verstehe. Wenn jemand von euch beiden für den ›Genius des Volkes‹ kandidieren will, braucht er mich nur um Hilfe zu bitten; ich garantiere dafür, daß ich euch wenigstens vierzig Synonyme für *Hure* verschaffe, von denen Ruy Barbosa keines verwendet hat.«

Beide setzten eine abwägende Miene auf, nahmen die Möglichkeit dieser Unterstützung zur Kenntnis, und Clemens fuhr fort:

208

»Für Ruy Barbosa sprach dabei die Tatsache, daß er Rechtsphilosoph und soziologischer Autor war wie Sylvio Romero und Tobias Barretto.«

»In allen Ländern der Erde, Clemens, sind die ›Genien des Volkes‹ immer Dichter, Schöpfer im Gefilde des Traumes und der Einbildungskraft«, wandte Samuel ein. »Und wenn ihr auf abstoßenden Philosophen vom Typ des Teuto-Sergipaners Tobias Barretto herumreitet, so kann unser ›Nationaler Genius‹ niemals gleichberechtigt mit seinen Kollegen den ebenfalls noch freien Platz eines ›Höchsten Genius der Menschheit‹ anstreben.«

▌ NEUNUNDZWANZIGSTE FLUGSCHRIFT ▌ ▌ DER HÖCHSTE GENIUS DER MENSCHHEIT ▌

Das fesselte mich ebenfalls außerordentlich, und deshalb gab ich meinem Pferd einen Sporenschlag in die Weichen, dergestalt daß »Pedra Lispe« einen Satz machte. Ich brachte mich wieder ins Gleichgewicht und sagte:

»Wie ist das? Der Posten eines ›höchsten Genius der Menschheit‹ ist auch noch frei? Ich stelle diese Frage, weil wir im Priesterseminar von Paraíba Rhetorik nach den ›Postillen der Rhetorik und Grammatik‹ von Dr. Amorim Carvalho lernten. Der Doktor war ›Hofredner Kaiser Pedros II.‹, so daß man seine Worte nicht auf die leichte Schulter nehmen kann, und er behauptete, von allen Dichtern sei ›Homer an Zeit und Ruhm der erste‹.«

»Damit bin ich nicht einverstanden, das ist völlig abwegig«, sagte Clemens. »Dieser Gedanke von der individuellen Urheberschaft der Werke ist reaktionär und völlig überholt. Heute ist längst erwiesen, daß Homer niemals existiert hat. Die beiden großen Gedichte, das ›Werk des griechischen Volkes‹, wurden allmählich vom Volke verfaßt und später von den Gelehrten kompiliert.«

»Die Urheberschaft eines Werkes ist immer das Werk eines

Einzelnen«, versetzte Samuel ziemlich aufgebracht. »Trotzdem war Homer nicht ›der höchste Genius der Menschheit‹, vor allem, weil er seine schrecklichen Volkserzählungen ordinär und grob ausgewertet hat.«

Von neuem versuchte ich den Streit zu schlichten. Ich unterbrach ihn:

»Gut denn, wichtig ist, daß schon drei wesentliche Thesen bewiesen sind. Erstens, daß der ›Genius des Volkes‹ ein Schriftsteller ist. Zweitens, daß der Platz eines ›Genius des brasilianischen Volkes‹ noch unbesetzt ist. Und drittens, daß auch der Posten eines ›höchsten Genius der Menschheit‹ noch zur Verfügung steht, weil der einzige bisher aufgetretene Kandidat, Homer, abgesehen davon, daß er nicht existiert hat, grob und ordinär war. All das wird aus unserem Sitzungsprotokoll hervorgehen, das dadurch jenes offizielle und akademische Siegel erhält, das ihm Glaubwürdigkeit verleiht. Doch es gibt noch ein weiteres wichtiges Problem: Welches Thema soll das nationale Werk des brasilianischen Volkes haben?«

——

Mein Plan ging darauf aus, von ihnen schrittweise, ohne daß sie es bemerkten, das Rezept für das Werk des Volkes zu erhalten, damit ich selber es schreiben und beide überflügeln konnte. Sie schauten mich einen Augenblick lang schweigend an, warfen sich dann einen bedeutungsvollen Blick zu, und schließlich sagte Samuel:

»Nun gut, es ist schwierig, das mit kurzen Sätzen zu sagen. Aber ich glaube, das Thema für das Werk unseres Volkes müßte Brasilien sein.«

»Brasilien?« fragte ich erstaunt. »Wieso denn Brasilien?«

»Brasilien, Brasilien!« wiederholte Samuel ungeduldig. »Gibt es ein besseres Thema als die Taten unserer Vorfahren, der Konquistadoren, der ›Rasse der iberischen Giganten‹, die Brasilien geschmiedet und uns in die mittelmeerisch-katholische Kultur einbezogen haben?«

Clemens ärgerte sich und schrie seinerseits:

»Das ist Ihre Vorstellung und die Ihrer Freunde, der Chauvinisten und Nationalisten! Allerdings muß das Werk unseres Volkes Brasilien zum Thema haben. Aber was war denn das für eine Kultur, die uns Portugiesen und Spanier gebracht haben? Die Renaissance-Kultur des im Verfall begriffenen Europa, die Überlegenheit der weißen Rasse und der Kult des Privateigentums. In der gleichen Epoche hat unsere Neger-Tapuia-Mythologie eine mythische Vision der Welt beibehalten, die äußerst fruchtbar ist als Ausgangspunkt für eine Philosophie und umwälzend revolutionär vom sozialen Gesichtspunkt aus, weil sie die Aufhebung des Privateigentums einschließt. Deshalb muß meiner Ansicht nach das Werk des brasilianischen Volkes ein Gedankenwerk sein, ein Werk, das, ausgehend von den Neger- und Tapuia-Mythen, eine ›Vision der Erkenntnis‹ schmiedet, eine Vision vom Menschen auf dieser Welt und eine Vision vom Menschen, die es mit dem Menschen selber zu tun hat.«

»Das ist zu viel für ein einziges Buch«, sagte ich.

»Halt, Quaderna!« sagte Clemens hoheitsvoll. »Kommen Sie mir jetzt nicht mit Ihren Almanach-Tiraden, denn es handelt sich um etwas sehr Ernsthaftes, es handelt sich um den Kern meiner ›Penetral-Philosophie‹.«

▌ DREISSIGSTE FLUGSCHRIFT ▌ DIE PENETRAL-PHILOSOPHIE

Seit langem schon wollte ich Näheres über diese tiefschürfende Clementinische Philosophie erfahren, damit sie mir bei meinen Logogriphen zustatten käme. Deshalb fühlte ich vor:

»Clemens, dieser Name ›Penetral-Philosophie‹ ist wirklich wunderbar. Er ist schön, schwierig, ausgefallen, und an ihm allein kann man schon erkennen, wie tief und bedeutsam Ihre Philosophie ist. Was soll denn das eigentlich heißen: Penetral?«

Clemens entschlüpften zuweilen beim Reden ›Vulgaritäten

und Jargonbrocken‹, wie Samuel sagte. Als er auf diese Weise ausgeforscht wurde, gab er zur Antwort.

»Schauen Sie, Quaderna, mit der Penetral-Philosophie ist es eine verteufelte Sache. Entweder Sie haben eine ›Intuition vom Penetral‹ oder Sie haben überhaupt keine Intuition. Ich brauche Ihnen nur zu sagen, daß der Penetral ›die Vereinigung des Farauten mit dem ungewohnten Geschenk‹ ist, und dies ist der Grund, weshalb der Faraut die Quadratseite des Zugemessenen, die Figur des Turniers, den tierischen Haarwirbel, das grimmige Gewimmel und die unmittelbare Verbindung der Rückfälligkeit umfaßt.«

»Verdammt!« rief ich begeistert. »Das alles ist der Penetral, Clemens?«

»All das und noch viel mehr, Quaderna, denn der Penetral ist das ›Einzig-Weite‹. Wissen Sie, wie ›die Zenturie der ersten Erdbewohner‹, also die Menschen, aus der ›Unerkenntnis zur Erkenntnis‹ gelangt ist?«

»Keine Ahnung, Clemens!« bekannte ich beschämt.

»Gut denn, schließen Sie die Augen, und Sie werden sogleich das Sperberverfahren der penetralischen Erkenntnis erleben!«

»Schon geschehen!« sagte ich gehorsam.

»Und jetzt denken Sie an die Welt, an die uns umgebende Welt!«

»Die Welt . . . Die Welt . . . Fertig, ich habe gedacht.«

»Und woran dachten Sie?«

»Ich dachte an eine Straße, an Steine, an einen Ziegenbock, an die pyramidenförmige Cisalpinie, an einen Jaguar, an eine nackte Frau, an einen Melonenkaktus, an den Wind, an den Staub, an den Duft von Willdipteryx und an einen Esel, der eine Eselin bespringt.«

»Genug, Sie können die Augen wieder au machen. Jetzt sagen Sie mir eines: Was ist das alles, woran Sie gedacht haben?«

»Es ist die Welt!«

»Keineswegs, es ist nur ein Teil davon. Es ist die ›Quadratseite des Zugemessenen‹, das, was Ihnen als Erdenbewohner zugewiesen wurde. Es ist das ›ungewohnte Geschenk‹. Es ist das ›Sachgehörige‹, unterteilt in zwei Teile: die ›Bruderschaft der Unablässigkeit‹ und die ›Kraft des Kupferspats‹, die bei dem von Ihnen Vorgestellten durch die Steine repräsentiert ist. Nun frage ich Sie: gehört all das zum Penetral oder nicht?«

»Ich weiß es nicht, Clemens, aber Sie machen ein Gesicht, bei dem man annehmen muß, daß es hinzugehören muß.«

»Natürlich gehört es dazu, Quaderna. Jedoch haben Sie, um das ›Allhafte‹ zu vervollständigen, bei Ihrer Aufzählung der Welt ein grundlegendes Element ausgelassen, ein Element, das gegenwärtig war und von Ihnen unterschlagen wurde. Was war das für ein Element, Quaderna?«

»Ich weiß es nicht, Clemens.«

»Das waren Sie selbst, der Faraut.«

»Nicht der Faraut, der Quaderna!« rief ich sogleich, eifersüchtig auf meine Identität.

»Quaderna ist ein Faraut«, beharrte Clemens.

Da dies eine versteckte Gemeinheit sein mochte, reagierte ich mit Heftigkeit:

»Zum Teufel, Clemens, hören Sie auf mit Ihren Negerwitzen! Was heißt hier Faraut! Faraut ist ein Dreck. Ein Faraut sind Sie selber! Sie sind wohl völlig verrückt geworden!«

»Warten Sie ab, regen Sie sich ab, Mann! Faraut ist keine Beleidigung. Ich bin ein Faraut, Sie sind ein Faraut, alle Menschen sind Farauten.«

»Gut, wenn das so ist, von mir aus. Und was ist also ein Faraut, Clemens?«

»Nun, Quaderna, Sie, ein fleißiger Leser des ›Illustrierten praktischen Wörterbuchs‹, das Sie von Ihrem Vater geerbt haben, können mich so etwas fragen? Schlagen Sie in Ihrem geliebten Figurenbuch nach! Was steht da zu lesen? ›Faraut‹ bedeutet ›Interpret, Dometsch, Vermittler‹. Das Merkwürdige ist, daß die ›Quadratseite des Zugemessenen‹ und ›der tierische Haarwirbel‹ zum Penetral gehören, aber der Faraut, sei er ›ungestümer Seemann‹ oder ›irrender Tapuia‹ ebenfalls. Ist das nicht großartig? Daraus ergibt sich die ›schreckenerregende Ohnmacht‹, das ›Schwindelgefühl des verbrannten Geistes‹. Als Sie eben an die Welt gedacht haben, spürten Sie da nicht ein Schwindeln?«

»Ich glaube nicht, Clemens.«

»Aber sicherlich doch. Sie können sich nur nicht daran erinnern. Wollen Sie sehen? Schließen Sie noch einmal die Augen! So! Jetzt legen Sie Ihre Hände hinter den Nacken! Sehr gut. Denken Sie von neuem an den Ausschnitt aus dem ›ungewohnten Geschenk‹, an den Sie vorhin gedacht haben! Sind Sie soweit?«

»Jawohl.«

»Jetzt sagen Sie mir: Sie spüren doch eine Art von Schwindelgefühl?«

Allzu beeindruckbar, wie ich bin, fing ich an zu schwanken, und mir wurde verteufelt schwindlig im Kopf. Ich bat Clemens um die Erlaubnis, die Augen wieder öffnen zu dürfen, denn ich war nahe daran, aus dem Sattel zu fallen. Der Philosoph erlaubte es triumphierend:

»Machen Sie ruhig die Augen auf! Nun, wie steht es? War Ihnen schwindlig oder nicht? Das ist der ›Drehwurm der Euphorie‹, der Beginn der Weisheit und der inneren Erhellung. Der Drehwurm verursacht die ›schreckenerregende Ohmacht‹. Diese führt in den ›Abgrund des Zweifels‹, auch bekannt als das ›klaffende Maul der Abschätzigkeit‹. Dieser Abgrund vermittelt dem Farauten das Vorhandensein des ›Paktes‹ und des ›Bruchs‹. Der ›Bruch‹ führt zur ›Manie des Hintangesetztseins‹. Dann wird der ungestüme Seemann und der irrende Tapuia der einzige Faraut. Das heißt also, der Faraut ist gleichzeitig Faraut des ungewohnten Geschenks, Faraut des tierischen Wirbels und Faraut des Farauten. Sehen Sie wohl? Was halten Sie nun vom Penetral, Quaderna?«

»Ich finde ihn erschreckend tief, Clemens. Um ehrlich zu sein, ich habe nur wenig verstanden, aber das genügt schon, um mir zu zeigen, daß Ihre Philosophie verflixt schwierig ist. Aber was ist nun eigentlich der Penetral?«

»Ihre Unwissenheit schreit gen Himmel. ›Penetral‹ ist ›die versteckteste innere Seite eines Gegenstandes‹. In meiner Philosophie ist dieser Begriff allerdings erweitert worden, denn er umfaßt nicht nur die Quadratseite des Zugemessenen und den tierischen Haarwirbel, sondern auch den Farauten durch Vereinigung der Rückfälligkeit. Aber in dem Augenblick, in dem man kalten Blutes vom Penetral redet und versucht, ihn in die Kategorien einer Logik ohne Neger-Tapuia-Sperbertum zu pressen, ist er nicht länger wahrnehmbar. Beschwören Sie die Reste des Neger- und Tapuia-Blutes, das in Ihren Adern rollt, Quaderna, und begreifen Sie, daß der Penetral ›der Penetral ist‹, daß der Penetral ›ist‹. Das Sachgemäße ist das Sachgemäßigte. Die Rösser rossen, die Bäume bäumen, die Esel eseln, die Steine steinen, die Möbel möbeln, die Stühle stühlen, und das Farautische, mannmännlich und weibweiblich, vermag zu leuten und zu farauten. So eben allt das Allhafte, und der Penetral penetralt – und das, Quaderna, ist die grundlegende Wirklichkeit.«

»Teufel auch!« sagte ich, neuerdings ganz benommen. »Und all das gab es schon in der Neger-Tapuia-Mythologie, Clemens?«

»Gewiß, gewiß! Und es gibt es heute noch. Deshalb wird auch der ›Genius des brasilianischen Volkes‹ ein Mann aus dem Volke sein, ein Nachkomme der Neger und Tapuias, der von den Kämpfen und Mythen seines Volkes ausgeht und daraus den großen nationalen Gegenstand machen wird, das Thema zum Werk des Volkes.«

Selbstverständlich dachte Clemens dabei an sich selber. Doch Samuel protestierte sogleich.

»Nichts dergleichen, Quaderna. Der ›Genius des brasilianischen Volkes‹ muß ein Adliger aus den Zuckermühlen Pernambucos sein. Ein Mann, in dessen Adern das Blut der iberischen Konquistadoren rollt, die auf der Grundlage Lateinamerikas das große Imperium erbauten, das den Stolz der katholischen Latinität bildet. Portugal und Spanien waren nicht groß genug, um es zu verwirklichen; für sie mußte es ein ehrgeiziger Traum bleiben. Doch Brasilien ist eines der *sieben gefährlichen Länder der Erde*. Deshalb ist es unsere Aufgabe, dieses glorreiche Imperium hier aufzurichten, das Portugal und Spanien nicht verwirklichen konnten.«

»Wie soll aber das Werk des brasilianischen Volkes geschrieben werden?« fragte ich. »In Versform oder in Prosa?«

»Nach meiner Ansicht in Prosa«, sagte Samuel. »Das ist eine ausgemachte Sache, denn der Philosoph Arturo Orlando hat gesagt: ›Heute entstehen die großen Geistes- und Gefühlssynthesen der Menschheit in Prosa‹.«

Clemens war anderer Ansicht:

»Wie ist das möglich, wenn die Hauptwerke aller anderen Völker ›Nationalgedichte‹ genannt werden?«

»Der Scharadenalmanach schreibt in einem Artikel, die Nationaldichter seien immer epische Dichter«, war ich naiv genug einzuwerfen.

Meine beiden Partner brachen gleichzeitig in Gelächter aus:

»Ein Epos? Das hatte gerade noch gefehlt!« spottete Samuel. »Man sieht, Quaderna stöbert in allen Winkeln herum und möchte gern eines zustande bringen. Worüber denn, großer Gott? Etwa über die barbarischen Kämpfe im Sertão, in die er verwickelt war? Fangen Sie bloß nicht damit an, Quaderna! Es gibt nichts Geschmackloseres als die Bandwurmverse Homers mit ihren langmähnigen Helden und stinkenden Ziegenhirten, die Schlag um Schlag austauschen und auf schweiß- und staubverkrusteten Pferden sitzen, so daß man bei der Lektüre die ganze unausstehliche Buschsteppe zu spüren vermeint.«

Clemens kam seinem Rivalen zu Hilfe, wenngleich auf einem anderen Wege. Er sagte:

»Außerdem ist die Verherrlichung des individuellen Helden, das grundlegende Ziel der Epen, eine überholte, obskurantistische Haltung. Und wenn Sie dazu eine Autorität hören wollen: bereits Carlos Dias Fernandes hat lapidar festgestellt, daß in unserer Zeit das Epos vom Roman verdrängt worden sei.«

EINUNDDREISSIGSTE FLUGSCHRIFT
DER ROMAN ALS BURG

Mein Herz tat einen weiteren Sprung in der Brust, denn das war für mich ebenso wichtig wie der Tod des von mir erlegten Jaguars am Stein des Reiches. Allmählich nahm alles Gestalt an. Ich hatte einmal im »Almanach« einen Artikel gelesen, worin es hieß, daß »ein Werk, um klassisch zu sein, in sich eine ganze Literatur zusammenfassen, vollständig, musterhaft und erstklassig« sein müsse. Das gab mir die Gewähr, daß weder Samuel noch Clemens, der eine von der blauen, der andere von der roten Partei, Vollständigkeit erreichen konnten, denn jeder von ihnen war einseitig radikal. Nur ich konnte, wenn ich die *blauen* Meinungen des einen mit den *roten* des anderen verband, das Rezept des »Almanachs« in die Tat umsetzen.

Jedoch mußte ich genau feststellen, welcher Gattung ich mich widmen wollte. Da fielen mir die von Monsignore Pedro Anísio Dantas im Priesterseminar erteilten Rhetorikstunden ein, und ich fing an, Gattung nach Gattung mit Hilfe des Wörterbuchs zu überprüfen. Als ich auf die Wörter »Roman« und »Romanze« stieß, schrak ich zusammen: es waren die einzigen Gattungen, die es mir erlaubten, in einem einzigen Buch »eine Intrige oder ein Phantasiegewebe des Geistes«, eine »auf Abenteuern und Schimären beruhende Erzählung« und ein »Versgedicht mit heroischem Thema« zu verbinden.

Deshalb hatte ich auch eben nicht den Mut sinken lassen, als beide diskutierten, ob das »Werk des Volkes« in Prosa oder in Versen geschrieben sein müßte: der Romanzenroman versöhnte alle Gegensätze! Und zur größeren Sicherheit beschloß ich, in meine Prosaerzählung Verse von mir und anderen anerkannten brasilianischen Dichtern einzustreuen: so würde ich in meinem Buch nicht nur die gesamte brasilianische Literatur zusammenfassen, sondern aus meiner Sertão-Burg das einzige gleichzeitig in Prosa und Versen abgefaßte Werk machen, ein vollständiges, musterhaftes und erstklassiges Werk! Das einzige, was mir noch Sorgen machte, war die Behauptung des »Almanachs«, wonach die »nationalen Genien« immer Epen-Verfasser waren: doch dafür stand mir die Autorität von Carlos Dias Fernandes gerade, wonach der Roman das wahre Epos der Gegenwart war. Roman und Romanze – da die portugiesische Sprache für beides nur ein Wort kennt, galten mir beide gleich. Ich sah darin einen Wink der Vorsehung, denn die Romane von José do Alencar und die Romanzen von João Melquíades und dem Vicomte de Montalvão waren meine Lieblingsgattungen. Immer tiefere Wurzeln schlug in mir die Entscheidung, über dem grauen, erbärmlichen und blutigen Abenteuer vom Stein des Reiches meine Flagge zu hissen, einen Silberregen über sie auszugießen und König zu werden, ohne die anderen zu enthaupten und ohne meine Kehle aufs Spiel zu setzen; und das war mir nur bei der Abfassung meines Romanzenromans, der Errichtung meiner gefährlichen literarischen Burg möglich.

Ich mußte jedoch zuvor noch andere Lehren verarbeiten. Deshalb setzte ich eine möglichst bescheidene Miene auf und begann, das Gelände zu erkunden. Ich sagte:

»Clemens, ich weiß wohl, Sie sind ein Philosoph, ein seriöser Mann, ein Soziologe, der sich nicht um Romanzen, Flugschriften und andere leichtfertige Literatur kümmert. Sie, Samuel, sind der Meinung, der Roman sei eine Zwittergattung, die sich niemals mit der Poesie messen könne. Wenn dem so ist, so entsteht Ihnen kein Schaden, wenn Sie mich darüber etwas näher aufklären. Ich bin eben dabei, Erzählungen und Feuilletons für den ›Almanach‹ zu schreiben, und würde gern nicht allzu große Fehler begehen, wenn ich die Arbeit beginne. Wie meinen Sie, Clemens, daß ich schreiben sollte? Welche Bücher sollte ich lesen, um mein Handwerk zu erlernen?«

»Sie können anfangen mit der ›Kurzgefaßten erzählerischen Darstellung eines Reisenden von Lateinamerika‹ von Nuno Marques Pereira und mit den ›Werken des Teufelchens mit der durchbohrten Hand‹ von António José dem ›Juden‹, Romane, die von Brasilianern im 18. Jahrhundert geschrieben wurden. Der Titel des erstgenannten lautet übrigens ›Darstellung eines Reisenden von Amerika‹, aber ich sage immer Lateinamerika, damit man nicht meine, es handle sich um die Vereinigten Staaten. Dann können Sie zu den ›Erinnerungen eines Milizsergeanten‹ von Manuel Antônio de Almeida aus dem 19. Jahrhundert übergehen. Damit treten Sie in die gleichzeitig didaktische und pikareske Tradition des brasilianischen Romans ein, mit seinen volkstümlichen, verschmitzten, irrenden, elenden und schmutzigen Typen, deren Hauptsorge der Hunger ist. Doch damit das Ganze nicht abgestanden, reaktionär und ranzig wirkt, wie Muff, Schnupftabak und Spitzen aus dem Rokoko, könnten Sie den Tonfall des Räuberromans aus dem Sertão einfließen lassen, der halb episch, halb pikaresk und halb Sittenschilderung ist. Dazu sollten Sie außer Romanen aus Ceará aus dem 19. Jahrhundert ›Die Cangaceiros‹ von Carlos Dias Fernandes lesen, einen Roman, der 1914 veröffentlicht wurde. Darin finden Sie das gesellschaftliche Phänomen des Buschräubers meisterhaft analysiert; er wird darin als ›Ergebnis der Ungerechtigkeiten des Kapitals‹ angesehen. Eine ganze Sertão-Menschheit zieht an Ihnen vorüber: Mächtige, Gedemütigte, große und kleine Grundbesitzer, Viehhirten, Polizeisoldaten, Cangaceiros und Eselstreiber.«

»Genug!« unterbrach ihn Samuel. »Bei der bloßen Aufzählung sträubt sich mir schon das Haar. Soziologische Analysen, Viehhirten, Eselstreiber! Das ist eine Subliteratur, Clemens! Wenn Sie schon Quaderna bei der Romanlektüre beraten, so empfehlen Sie ihm die ›Renegatin‹ von Carlos Dias Fernandes, deren Handlung in Olinda und Recife spielt, wo die wahren brasilianischen Patrizier zu Hause sind.«

»Wenn die ›Cangaceiros‹ Subliteratur sind, Samuel, so gehört die ›Renegatin‹ zur liederlichen Alkoven-Literatur aus dem Küstengebiet. Das einzige, was mich an der ›Renegatin‹ fesselt, ist, daß darin die Homosexualität und gewisse Formen der perversen Liebe zwischen Emilia Campos und ihrem Mann, dem alten, impotenten Landgerichtsrat Palma, vorgeführt werden. Das fesselt mich aus zwei Gründen. Einmal zeigt es die sozialen Mißstände, welche der Müßiggang der Reichen und der Muff der bürgerlichen Schlafzimmer hervorrufen. Und dann, weil die sexuell Abnormen im Grunde Rebellen gegen die Gesellschaft sind. Ich, ein Revolutionär und Gegner der Ordnung, erschaudere vor der Gestalt des ›guten Bürgers‹, des Menschen mit dem guten Gewissen, des ›Normalbürgers‹! Die sexuelle Perversion ist eine Form der Auflehnung. Allerdings ist sie nicht ganz konsequent, sowenig wie die Revolte des Cangaceiros. Aber auf alle Fälle sind sowohl der Cangaceiro wie der Homosexuelle Handlanger der Revolution.«

»Handlanger der Revolution?« wandte ich ein. »Der Homosexuelle vielleicht, nicht aber der Cangaceiro.«

»Schon wieder kommen Sie mit Ihren Almanach-Ideen. Quaderna, wir reden hier nicht vom Dreikönigsfest. Ich diskutiere eine ernsthafte These, die in unsere Sitzungsprotokolle aufgenommen werden soll.«

»Das ist gut!« verteidigte ich mich. »Sie sagen, der Homosexuelle sei im Grunde ein Rebell, und ärgern sich, weil ich das lustig finde. Meinen Sie das im Ernst, Clemens?«

»Aber gewiß doch. Wenn der Homosexuelle sich weigert, die moralischen Maßstäbe der privilegierten Klasse zu übernehmen, so protestiert er auf seine Weise, wie der Guerillero, gegen die bestehende Ordnung.«

»Nun, Clemens, das durfte nicht kommen«, sagte ich erschreckt. »Ich hätte nie gedacht, daß es eine Form von Guerillakrieg sein könnte, wenn man seinen Hintern hinhält. Wenn Sie jedoch einen Roman machen wollten, wie würden Sie ihn anlegen? Würden Sie in Anlehnung an ›Die Cangaceiros‹ von Carlos Dias Fernandes die Revolte dieser Guerilleros und dazu eine Anzahl rebellischer Homosexueller im Hintergrund zeigen?«

Der Philosoph blickte mich gravitätisch an:

»Schauen Sie, Quaderna, ich würde meine Zeit nicht mit der Abfassung von Romanen verlieren, niemals. Ich bin ein Philosoph, ein Soziologe und verbringe meine Zeit mit einem weitaus ernsthafteren Werk. Doch da Sie ein eingefleischter Silbenrätselmacher und Almanachleser, ein gieriger Verschlinger grober Intrigen sind, will ich Ihnen sagen, wie ich einen Roman schreiben würde, falls mich diese leichtsinnige Literaturgattung fesseln würde.«

Ich hielt den Atem an, denn ich ahnte, daß Clemens mir eine für mein Werk entscheidende Lektion erteilen würde. Er begann:

»Meiner Ansicht nach ist auf diesem Gebiet das große nationale Thema die Revolution der Rassen in Brasilien, allen voran der Negerrasse, weil sie von allen am meisten gedemütigt und verachtet worden ist. Ich würde einen philosophisch-revolutionären Gesellschaftsroman schreiben und die Handlung um die Figur konzentrieren, die für mich der große Held Brasiliens gewesen ist, um Zumbi, den Negerkönig der Volksrepublik von Palmares. Die Errichtung dieser Republik im steinigen ›Bauchgebirge‹ und ihre Belagerung durch die Weißen ist eine ebenso bedeutsame Tat wie ›der Rückzug der Zehntausend‹ oder der ›Trojanische Krieg‹. Unter diesem Namen ist die Begebenheit übrigens auch in die Geschichte Brasiliens eingegangen, nämlich als ›das schwarze Troja von Palmares‹.«

»Was soll das heißen, Clemens?« unterbrach ihn Samuel. »Sie wagen es, eine berühmte Kriegstat wie die Belagerung von Troja mit dem Aufstand der zügellosen Negerhorde von Palmares zu vergleichen?«

»Selbstverständlich!« entgegnete Clemens entrüstet. »Sehen Sie, was das für Leute sind, Quaderna? Wenn zehntausend Griechen auf einem Kriegszug umkommen, dann ist das bedeutsam, weil zehntausend Personen gestorben sind. Wenn aber zehntausend Menschen in Palmares sterben, dann war es nur ein Aufstand von Unruhestiftern, weil nicht zehntausend ›Personen‹ gestorben sind, sondern nur zehntausend Neger.«

»Lassen Sie es gut sein, Clemens! Sie wissen doch, daß ich darin auf Ihrer Seite und gegen Samuel stehe. Reden wir nicht mehr davon; erzählen Sie mir den Rest des Romans, den Sie schreiben würden.«

»Sie könnten Ihren Roman auf den großen Schriftstellern von Pernambuco und Alagoas aufbauen, die alle mehr oder minder Akademiemitglieder und arriviert sind, wie Alfredo Brandão, Jaime de Altavilla und Ulysses Brandão. Ich habe einmal aus Abschnitten dieser Autoren eine Geschichte von Palmares zusammengestellt. Zufällig habe ich diese Bagatelle hier bei mir und kann sie während unserer Akademiesitzung vorlesen.«

Nun zog Clemens unter Samuels Protest, doch mit meiner Zustimmung aus der Innentasche seines Überziehers ein Manuskriptbündel und begann zu erzählen. Er erzählte, wie die von ihren Herren im 17. Jahrhundert mißhandelten Neger in das felsige »Bauchgebirge« geflüchtet seien und sich dort verschanzt hätten. Darin erblickten die Herren eine Bedrohung, vor allem, weil, wie Clemens sagte, »die Grundlage der Gesellschaft in Palmares kollektivistisch, sozialistisch war«. Es begann das Reich von Gangazuma, gefolgt vom Reich Zumbis, des größten aller Negerkönige. Clemens erzählte von Zumbis Hochzeit mit der schönen Negerin Mussala, nachdem er zuvor von Ladane, dem Priester, gekrönt und gesalbt worden war. Die Weißen unternahmen, aufgeteilt in Paulistaner und Nordostler, mehrere Angriffe, die alle abgeschlagen wurden. Doch wie seinerzeit am Stein des Reiches, so fand sich auch hier ein Verräter. »Es war kein reiner Neger, es war ein Mulatte«, hob Clemens hervor. Dieser Mulatte führte die Weißen auf den Zugangsweg, von dem aus der steinerne Wall von Palmares eingenommen werden konnte. Nun folgte die Erzählung von

der heroisch-tragischen Niederlage der Neger. In Clemens'
Worten, die ich den Akademieakten beifügte, spielte sie sich
folgendermaßen ab:

ZWEIUNDDREISSIGSTE FLUGSCHRIFT
DAS TRAGISCHE ABENTEUER
VON KÖNIG ZUMBI VON PALMARES

»Ein Hornruf schallte durchs Tal. Die Sonne begann ihr Licht
über die Szene auszugießen, das erste Grollen der Feldschlangen hallte in der Ferne wider und bezeichnete die Stellung von
Feldwebel Sebastião Dias am Fuße des Gebirges. Der Sturmangriff begann. Anfänglich zersplitterten die Kugeln am Granit
der Wälle und vereitelten den Angriff. Doch einer von Zumbis
Unterführern, ein Mulatte, der in Liebe zu Mussala entbrannt
und von ihr verschmäht worden war, verriet die Neger und
führte die Weißen zu einer Stelle, wo die Mauer den Kanonen-
schüssen nachgeben mußte. Immer wieder schlugen die Mörserkugeln an dieser Stelle ein und verschoben die Umwallung
um einige Meter. Die Neger leisteten den Feuerwaffen tapferen
Widerstand und schleuderten von den Bollwerken Pfeile, ko-
chendes Wasser und Feuerbrände herab. Als die Weißen sahen, daß ihr Erfolg von der Artillerie abhing, erhielt der Major
Bernardo Vieira de Mello, der durch sein Bombardement die
Mauer zu sprengen hatte, den Auftrag, seine siebentausend
Soldaten in den Kampf zu führen. Die Neger wehrten sich mit
Pfeilen, Steinen und Kurzspeeren. Ein Kanonier sank mit zer-
schmettertem Kopf an der Kanone nieder, als er eben die Lunte
anzünden wollte, und ein Soldat breitete, von einem Pfeil
durchbohrt, die Arme aus und fiel vornüber. Blutströme röte-
ten die Erde. Ein barbarisches Geheul stieg in die Lüfte. Nun
mußten die Neger die Bresche in ihrer Mauer verteidigen. Für
den Augenblick rollten sie riesige Felsbrocken in die Lücken.
Doch die weiße Infanterie mit ihren Musketen fegte den Eingang frei und sorgte dafür, daß sich die Kanonen dem Hang des

Gebirges nähern konnten. Neuerlich dröhnten die Feldschlangen, und diesmal war die Bresche groß genug, daß die Vorhut eindringen konnte. Mitten im Rauch, im Zerbröckeln der Steinwehr, im trockenen Gebell der Musketen, bei den schrecklichen Schnarchlauten der Steinschleudern, der Gewehrkolben, der Verwünschungen, der Wut, des Sturmangriffs wogte die scharlachrote Feder von Bernardo Vieira de Mello im ohrenbetäubenden Kampfgewühl auf und nieder. Zumbi war ein schwarzer Titan, der feurig unter den Hekatomben kämpfte. Nimmermehr wollte er das Vertrauen der Seinen einbüßen, solang noch ein Lebensfunke in ihm glühte. In seinen Augen funkelte eine sonderbare Bitterkeit, doch sein Mund ward nicht müde, seine Schicksalsgefährten anzufeuern. Konvulsivisch ertönte ein Kriegshorn in Palmares: das Zeichen der höchsten Gefahr! Ein schwarzer Hauptmann schwang seinen Krummsäbel gegen den Obergouverneur Cristóvão Linz, sank jedoch, das Herz von einer Pistolenkugel durchbohrt, zu Boden. Das Heer der Weißen bewegte sich wie eine anrollende Woge mit seinem Gros auf die Bresche zu. Im Inneren der schwarzen Festung stand schon Bernardo Vieira de Mello nach seinem tollen Sturmangriff.«

Hingerissen von Begeisterung über diesen heldischen Kampf, welcher der Schlacht am Stein des Reiches so ähnlich war, konnte ich nicht an mich halten und rief:

»Unglaublich schön, Clemens!«

Ich fühlte mich selbst ebenso tapfer wie Zumbi oder Jesuíno Brilhante, reckte die Faust gegen die Steine und Kakteen der Dornbuschsteppe und rezitierte mit lauter Stimme:

>Aufgereckt auf Felsgebein
>Kühn mein wilder Sperber stand.
>Heil dir, hoher Königsstein
>Im vergessenen Hinterland!

Deine Schönheit will ich schauen,
Wildeste der Maurenfrauen;
Um dein nacktes Schenkelpaar
Schmiegt sein Fell der Jaguar.

Dir, Palmares, gilt mein Lied,
Dir, granitner Burg-Altar!
Heilig haltet sein Gebiet!

Maurin, deine Brust bewahre
Fest und treu durch alle Jahre
Dein unsagbar schweres Leid!
Schwarze, wilde Diana, lausche
Bei der Brise Laubgerausche
Deines schwarzen Königs Stimme:
Zumbi war ein Fürst im Streit!

Heil dir, tapfre Kriegerin,
Edle Brasilianerin,
Die beim Gluthauch der Catinga
Männerstark im Kampfe war.
Heil dir auf dem Felsgebein,
Kühner, wilder Sperber mein,
Wo der König leidet Pein,
Schwarzgrau wie der Jaguar.

»Können Sie mir erklären, was Sie mit dieser lächerlichen
Szene bezwecken?« erkundigte sich Samuel.

Ich zog verschüchtert meine in die Luft gereckte Faust ein
und erklärte:

»Es gibt hier nichts zu erklären, es ist ein Gedicht, das ich in
Anlehnung an Castro Alves geschrieben habe; dabei folge ich
ausnahmsweise nur dem Jaguarismus und Tapirismus von Clemens.«

»Den Tapir-Teil kann ich nicht gelten lassen! Verschwinde
aus meiner literarischen Bewegung, Scharadenmacher!« versetzte Samuel unerbittlich.

»Ich meinerseits kann den Jaguar-Teil nicht gelten lassen«, versetzte Clemens. »Doch ihr habt mich unterbrochen. Der beste Teil der Geschichte von Zumbi fehlt noch. Hört zu!«

»Die danteske Tragödie beginnt. Mitten in der Fluchtburg lag ein Felsenwachtturm. Dorthin begab sich der König, bedrängt von den Verfolgern. Die letzten Stunden des Kampfes waren die heftigsten: sobald ein Soldat den Fuß auf eine Sturmleiter setzte, um emporzuklimmen, durchbohrte ihm ein Pfeil das Herz oder das Auge. Angesichts der überlegenen Feuerwaffen der Weißen war jedoch kein längerer Widerstand möglich. Und als Zumbi, der letzte König von Palmares, und sein Generalstab sahen, daß sie bei einer Niederlage zu Gefangenen der Weißen werden würden, stiegen sie alle auf den hochragenden Mittelfelsen des Wachtturms und stürzten sich von dort aus auf die untenliegenden Felsen hinab. Besiegt und von der Übermacht erdrückt, unterwarfen sich die Verteidiger von Palmares doch nicht, sie begingen Selbstmord. In der Zitadelle veranstalteten die Soldaten unter den Rauchsäulen der in Brand gesteckten Häuser ein Gemetzel. Sie erschossen oder erstachen die letzten Verteidiger der Negerrepublik. Der Boden war mit verstümmelten Leichen übersät und, während die Strafkommandos in die sechs Wälle der Verschanzung eindrangen, pfählten sie die toten Neger und verwandelten das eroberte Gelände in einen Foltergarten, dessen schwarze Rosen die aufgespießten Menschentorsen waren, die blutigen Tau um sich vertropften. Der schrecklichste Augenblick indes stand noch bevor. Zumbi, den Negerkönig, fand man nämlich dank der unerhörten Widerstandskraft seines Leibes unter den Leichnamen derer, die sich vom Felsen herabgestürzt hatten, noch am Leben. Sein Gesicht war vom Sturz angeschwollen. Noch mit gebrochenem Kiefer und ohne Wange, die Zähne bleckend, ein Auge angeschwollen und geschlossen, beeindruckte dieses Gesicht durch seine Größe, durch die Würde des Unglücks, durch die Hoheit, die es noch in Niederlage und Zerstörung ausstrahlte. Eilig errichteten die Eroberer einen Galgen mit seinen Stützstreben und wanden den von Schwerthieben durchbohrten Leib Zumbis daran empor. Sie legten dem heldenhaften Negerkönig ein Seil um den Hals und hängten ihn auf. Die Frauen, die besiegten Krieger und die Alten seiner Rasse wohnten seinem Todesstöhnen bei und erfüllten den Frieden der Einöde mit ihren Klagerufen. Als Zumbis Leib in den geweiteten Pupillen von Andreas Furtado de Mendonça zu zucken aufhörte, lief er auf den Galgen zu und zerschnitt mit einem Schlag die starke Schnur, welche den Leichnam festhielt. Dumpf schlug der Körper auf dem Boden auf. Der Hauptmann aus São Paulo rief einem Mann aus Domingos Jorge Velhos Truppe zu: »Schneid ihm den Kopf ab!« Alsbald brachte man ihm die blutige Trophäe; sie wurde eingesalzen und dem Gouverneur von Pernambuco, Caetano de Mello e Castro, überbracht – der Leichnam blieb dort unbegraben liegen und fiel den Nabelschweinen, den Wildschweinen des Sertão, zum Raube, die am Abend scharenweise vom Gebirge herabsteigen und ihren Sägezähnen Arbeit geben. Diejenigen, die zum Selbstmord keine Zeit behalten hatten, marschierten unter Peitschenhieben, gebunden, verwundet und mit Füßen getreten, in der Mitte der Sieger, deren Koller und Wämser blutbespritzt waren. Es war die Rückkehr in die Sklaverei.«

DREIUNDDREISSIGSTE FLUGSCHRIFT
DER SONDERBARE FALL
DES DIABOLISCHEN REITERS

Eben als der Philosoph zu dem haarsträubenden, eindrucksvollen Schlußbericht über das »Schwarze Troja von Palmares« gelangt war, ritten wir an einem niedrigen Felsplateau vorbei, das hier und da mit Säulenkakteen, Melonenkakteen und Bromelien bestanden war. Plötzlich hatte ich den Eindruck, daß wir auf unserem Heimritt schon einmal an dieser Stelle vorbeigekommen waren. Sogleich teilte ich den beiden anderen meinen

Verdacht mit; falls er sich bestätigte, bedeutete das, daß wir uns in dem geschlossenen, wilden Catinga-Gehölz verirrt hatten.

Samuel und Clemens zügelten ihre Reittiere, betrachteten das Felsplateau und waren anderer Meinung; sie behaupteten, wir befänden uns auf dem richtigen Wege. Ich hielt meinen Verdacht aufrecht, so daß in Reise und Gespräch eine ziemlich lange Pause eintrat. Diese Pause will ich benutzen, um ein gleichfalls hochwichtiges Ereignis dieses Morgens zu erzählen. Mich selbst packt schon die Langeweile bei diesen endlosen akademischen Erörterungen, die ich hier nur aufnehme, weil sie für das Verständnis meines Falls unentbehrlich sind. Doch jetzt müssen wir entspannen, denn ich fühle schon, daß die Köpfe meiner Hörer und mein eigener vom epischen Schlummer Homers ganz umnebelt sind und schwer hinunterhängen. Was ich nun einschiebe, ist bewegter und hat mehr Pferde und mehr Banner, so daß es vielleicht zusammen mit Visionen und anderen »roman- und feuilletonhaften Dingen« aus dem Schlummer zu rütteln vermag.

An jenem Tage, kurz vor dem Hinterhalt, war ein weiteres Ereignis vorgefallen, das für uns alle bedeutsam werden sollte. Sein Hauptakteur war mein Mitschüler und Bardenkollege Lino Pedra-Verde. Lino, der Sohn eines alten Gutsmannes vom »Gefleckten Jaguar«, hatte nach seiner Ausbildung zum Volksbarden in einer kleinen Ortschaft in der Nähe des Städtchens Estaca-Zero Wohnung bezogen. Am Morgen jenes 1. Juni 1935 war er früh aus dem Hause gegangen und hatte sich auf den Weg zu einem neuen Stück Rodungsland gemacht, das er am Fuß des Gebirges in Arbeit genommen hatte: er wollte sehen, wie weit der Mais gediehen war, den er dort gepflanzt hatte und der seinen Berechnungen nach am Johannistag gebrochen werden mußte.

Lino war beschwingt aus dem Hause gegangen, je mehr er sich jedoch dem Gebirge näherte, desto stärker verdüsterte sich seine Stimmung. Er war ein Mann von mittlerem Wuchs, stämmig und dick, mit dichtem, aber sorgfältig geschorenem

Bart und einem fast viereckigen Schnäuzer im Gesicht. Er war einäugig: als er einmal einen schlecht sitzenden Nagel aus einem Stück Pfefferbaumholz herausziehen wollte, war das Messer abgebrochen und die eiserne Nagelspitze mit großer Heftigkeit durch die Luft gesaust und genau hinein in sein rechtes Auge. Wegen dieses blinden Auges hatte Lino den Spitznamen »Halblicht« bekommen, bei dem er in Wut geriet. Seine Vorliebe galt den prophetischen und gespenstischen Romanzen, vielleicht weil er von Kind auf an Halluzinationen litt; diese verstärkten sich noch, seit ich ihm das vollständige Rezept des »Zauberweins« vom Stein des Reiches mitgeteilt hatte und ihn mit schwarzem Nachtschatten zum Kauen und Rauchen und mit Wein zum Trinken versorgte.

Bevor Lino zum Gebirge gelangte, mußte er ein ausgedehntes Stück Ödland durchqueren, ein wildes Gebiet, das früher einmal von einem Rodungsfeuer verwüstet und dann verlassen worden war. Sogar die Felsen und Steine ragten dort nur mühsam aus dem Staub und der Asche, und die übriggebliebenen Erdschollen waren von häßlichem, unförmigem Geröll bedeckt. Als sich Lino dem Rande des spärlichen Buschwalds näherte, der die verbrannte Lichtung säumte, packte ihn die Vorahnung von etwas Unheilvollem, was ihn auf dem aschebedeckten Boden, auf den von Zeit und Flammen gealterten Steinen erwartete. Instinktiv hielt er an, und im gleichen Augenblick bemerkte er erschrocken, daß sich der Erdboden zu verschieben begann, das heißt: da, wo er stand, wölbte er sich, und weiter vorn, in Richtung des Ödlands, senkte er sich. Entsetzt wollte Lino umkehren, aber was konnte er tun? Während sich der Boden vor ihm senkte, wölbte er sich hinter ihm auf, und ohne es zu wollen, sackte er abwärts und geriet auf der schiefen Ebene des von Geisterhänden gesenkten Abhangs auf das Ödland. So sah er sich plötzlich am Rande des Waldes und vor der Lichtung. Im gleichen Augenblick rüttelte und grollte der Boden, und Lino erblickte, sein eines Auge aufhebend, die Gestalt des Reiters. Zwei Gewißheiten überkamen ihn augenblicklich:

Das war kein irdischer Vorgang, und es war des Reiters Pferd, das »den Boden eindrückte und aus dem Gleichgewicht brachte«. Es schien, als wäre das Ödland ein riesiger Schwebebalken, der auf Linos Seite anstieg, weil das Gewicht des Reiters die andere Seite herunterdrückte. Übrigens bestätigte sich das alsbald, weil der Reiter seinem Pferd die Sporen gab und auf Lino zugeritten kam: in dem Maße, in welchem sie sich dem Mittelpunkt der steinigen, verkohlten Ebene näherten, stieg der Boden auf ihrer Seite und senkte sich auf Linos Seite. Gleichzeitig begann von dieser anderen Seite, aus dem Inneren des Buschwalds, das Gefolge des Reiters hervorzubrechen, vierundzwanzig Drachen, die von ebenso vielen seltsamen Ungeheuern geritten wurden, »einer Kreuzung aus Jaguar und Aasgeier, Schwein und schwarzem Maulesel«, wie Lino mir später erzählte. Erschrocken stand er wie festgenagelt in seiner Ecke und stammelte unzusammenhängende Worte, die er zu einem Gebet zu verbinden suchte. Jetzt nahm er den Reiter schon besser wahr: seine Kleidung wirkte wie eine Mischung aus Cangaceiro-Uniform und Bischofssoutane. In einer Hand trug er ein Feuerschwert, dessen Korb ein riesiges Buch war. In der anderen hielt er eine Art Spiegel oder polierte Stahlplatte, in der sich plötzlich der Widerschein der Sonne fing und Lino blendete. In diesem Augenblick sah der Sänger, wie sich ein sternförmiges Gebilde von dem Spiegelstahl oder dem darüber leuchtenden Himmel ablöste. Das Feuergestirn formte sich zu einer Kugel, zuckte quer über das Ödland hinweg und versehrte und versengte den Boden, auf dem es eine frische Brandspur hinterließ. Die Steine rauchten. Der Boden grollte von neuem, wankte wie von Schwindel ergriffen, und ein sonderbarer Schatten begann sich über die Lichtung auszubreiten und folgte den Pferdehufen, so daß es aussah, als ginge er von den Hufen und der schwarzen Mähne aus. Er war nicht besonders hoch, dieser finstere Schatten; erreichte nur die Höhe des Reiterkopfes. Über ihm erblickte man noch den Himmel. Dieser war indes nicht mehr blau, sondern rot, blutrot. Was dort noch immer blau schien, waren bläuliche, phosphoreszierende Kugeln, »die zersprangen und grollten wie das Grollen des Meeres«.

Jetzt befand sich der Reiter mitten auf dem Felde, und der Boden hatte sich geebnet, aber Linos Entsetzen wuchs nur noch an. Denn aus den Augen des Ungeheuers strahlte ein tiefrotes und ein weiteres grünes Licht, das sich dem Sternfeuer anschloß und gleichfalls den Boden versengte. Und da gewahrte Lino, o Schrecken aller Schrecken! zum ersten Mal mit größerer Deutlichkeit das furchteinflößende Antlitz des Reiters. Seine aufgebogenen Lippen bedeckten nicht seine riesigen Hundereißzähne, und aus seinem Munde gingen wie Zungen sieben Korallenschlangen hervor. Das Pferd war alt und schwarz und schien alle Gemeinheit und Hinterlist der Welt zu tragen. Ihm lag am meisten daran, in Linos Nähe zu gelangen, und wie auf seinen Rat hin begannen die beiden, die wie ein Untier, wie das Tier aus dem Abgrund aussahen, auf ihn zuzukommen, und die langsamen Tritte des häßlichen Gauls beschleunigten sich.

Lino bemerkte wohl, daß er verloren wäre, wenn nicht ein schneller Eingriff des Himmels erfolgte. Fasziniert von den Augen des Reiters und den Kobras, die sich böse in der Luft wiegten, raffte er alle ihm verbliebenen Kräfte zusammen und schrie:

»Hilf mir, heilige Jungfrau, Mutter Gottes!«

Da erhob sich hinter Lino eine neue Gegenwart, ein Wesen, dem ins Gesicht zu blicken, er nicht den Mut hatte, weil es ebenfalls von Feuer und rein und gefährlich war. Fittiche rauschten, der Widerschein von Schwertern und Diamanten blitzte. Stimmen schrien:

»Die Zeit der großen Buße ist gekommen! O Tag des Blutes und der Gewißheit! Das Jüngste Gericht bricht an! Die Welt gelangt an ihren letzten Tag.«

Das Licht der Sonne begann das Dunkel zu verdrängen und erleuchtete von jenseits her einen Stein, der im Dunkeln wie ein erleuchteter Altar zu glänzen begann. Die Gesichte versanken in dieser Helligkeit, und Lino gewann, von der machtvollen Gegenwart des Engels vorwärtsgestoßen, der hinter ihm seine riesigen, juwelenbesetzten Flügel schwang, seinen Mut zurück und überquerte das Feld.

———

Er erzählte mir, in dem Maße, wie er seine Fassung zurückgewann, habe »das Feuer der Poesie seinen Verstand in Brand gesetzt« und das sonderbare Erlebnis, das ihm widerfahren war, dichterische Gestalt angenommen.

»So wie sie mir durch den Kopf gingen«, erzählte er mir später, »lernte ich alle Verse auswendig, um sie später zu Papier zu bringen. Gleichzeitig kamen mir die Verse sonderbar bekannt vor. Von wem mochten sie sein? Helfen Sie mir, Dinis, ob ich mich vielleicht daran erinnern kann. Sind es wirklich meine eigenen Verse? Stammen sie von José Pacheco? Von João Ferreira Lima? Von Josua Gomes da Silva?«

»Wie lauten die Verse, Lino?« fragte ich.

Er rezitierte wie folgt:

> Feldwärts traf ich einen Engel:
> Von Karmin sein Angesicht,
> Seine Flügel wie zwei Messer;
> Dieser nahte sich mir schlicht,
> Und er sprach: Kehr um, tu Buße,
> Denn nun kommt das Weltgericht!
>
> Als das Feld ich überquerte,
> Hat der Engel mich beschützt,
> Einen Drachen mir gewiesen,
> Der auf einem Pferde sitzt.
> Und der Engel sprach: Dies ist
> Der verheißne Antichrist!
>
> Grün und Rot des Antichristen
> Zeichen sind seit ewigen Zeiten,

Und du sahst ihn auf dem Felde
Hoch zu Roß vorüberreiten,
Wie ein Räuber oder Bischof,
Buch und Kampfschwert ihm zur Seiten.

Seine Augen sind von Feuer,
Seine Zähne Drachenhauer,
In der Höhle seines Mundes
Liegen Drachen auf der Lauer,
Und es jagt das grause Untier
Durch die Herzen tiefe Schauer.

Da schlug ich die Augen nieder:
Dunkel hat die Welt umwittert!
In der Ferne stöhnten Meere,
Der Sertão ward ganz erschüttert,
Selbst der Himmel färbte rot sich,
Und die Erde hat gezittert.

Mit Entsetzen sah ich einen
Stern vom hohen Himmel fallen,
Hörte des erschrocknen Volkes
Schreie auf der Flucht verhallen.
Und sie riefen: Heilige Jungfrau,
Gottesmutter, hilf uns allen!

Lino kam zu seinem Rodungsland, brach den Mais nicht – er
fand ihn noch zu grün – und kehrte nach Estaca Zero zurück;
dort fand er das Städtchen völlig aufgewühlt von dem Durchzug
des Jünglings auf dem Schimmel, jenes Reiters, der wie ein Ge-
genbild des anderen wirkte, der ihn auf dem verkohlten Feld so
sehr erschreckt hatte. In seinem durch die Visionen erregten
Geisteszustand war Lino ganz besonders darauf vorbereitet,
von der Beschreibung beeindruckt zu werden, die die Leute
ihm von den medaillenbesetzten Wämsern, den Pferden, dem
mit Münzen geschmückten Zaumzeug, dem Banner mit der
Krone und den Goldflammen, dem Schild mit den roten Jagua-

ren und den dreizehn silbernen Gegenhermelinen gaben. Aufgewühlt erkundigte er sich nach der Richtung, welche der Reiterzug eingeschlagen hatte, und ritt hinter ihm her, eine Tatsache, welche unerhörten Einfluß auf mein Leben gewinnen sollte, wie Ew. Hochwohlgeboren binnen kurzem erkennen werden.

Doch die Pause, die in unserer Reise eingetreten war, ging zu Ende. Clemens und Samuel überzeugten mich, es wäre das Sicherste, auf dem einmal eingeschlagenen Wege weiterzureiten, so daß wir denn die Reise wieder aufnahmen und mit ihr die unterbrochene Unterhaltung.

Clemens hatte das schwarze Epos von Zumbi zu Ende rezitiert und dabei e ne unheilschwangere, eindringliche Miene aufgesetzt, die mich erschauern machte. Sie erinnerte mich an meinen Urgroßvater, der wie Zumbi in einem felsigen, mauerumwallten Königreich enthauptet worden war. Die Schlacht vom Stein des Reiches galoppierte von neuem unter Flammen und Stimmengewühl durch mein Blut, vergrößert um die Szenen von Palmares und Zumbis tragischen Tod. Doch Samuel hatte ganz andere Vorstellungen und begann sogleich, Clemens' Ideen herabzusetzen. Er sagte:

»Ihr beide tut so verblüfft, als ob der Tod dieser Negerbagage ein überirdischer Vorgang sei. Doch das Schlimmste ist, daß Clemens derart, wie ich meine, künstlich unter Berufung auf die Republik von Palmares etwas schaffen will, das es in Brasilien nie gegeben hat, nämlich eine Art von schwarzem Sebastianismus. Das ist ein künstliches Vorhaben, Clemens, denn der Kern, das Fundament Brasiliens ist iberisch. Ob das nun gerecht oder ungerecht sein mag, Clemens, so ist es nun einmal geschehen, und niemand kann es ungeschehen machen. Der einzige echte Sebastianismus ist hier der iberische, den wir von den Portugiesen übernommen haben; hier ist er brasilianisiert worden, und er ist das große nationale Thema, das als Grundlage für das Werk des Volkes dienen kann.«

VIERUNDDREISSIGSTE FLUGSCHRIFT
MEERESODYSSEE EINES
BRASILIANISCHEN EDELMANNES

Das gab mir Anlaß zu neuem Staunen. »Sebastianismus« war, wie man sich erinnern wird, eines der Wörter, die mein Blut und meinen Kopf entflammten, seit die Quadernas am Stein des Reiches die Auferstehung und das Wiedererscheinen von König Sebastian gepredigt hatten. Deshalb beschloß ich, Samuel die Sporen anzusetzen und ihn zum Reden anzustacheln, um seine Ideen einzusaugen, so wie ich zuvor diejenigen des schwarzen Philosophen eingesogen hatte. Ich sagte:

»Aber Samuel, ist der Sebastianismus nicht eine rein portugiesische Angelegenheit?«

»Portugiese oder Brasilianer, das läuft auf eines hinaus, Quaderna. Andererseits überschreitet die Geschichte von König Sebastian dem Ersehnten die nationalen Grenzen und wird zum Menschheitsmythos: dem Mythos des Menschen, den es immer dazu treibt, über sich selbst hinauszuwachsen und sich durch Abenteuer, Raserei, Wagnis, Größe und Martyrium bis zum Göttlichen zu erheben. Deshalb wird auch mein Gedicht ›Der König und die smaragdene Krone‹ durch die großen brasilianischen Figuren unserer Helden und Könige hindurch der Geschichte Portugals in der Geschichte Brasiliens mythische Weihe verleihen. Von Portugal werde ich nur zwei Gestalten einbeziehen: den Seefahrer in der Gestalt des Infanten Heinrich und den Krieger in der Gestalt von König Sebastian, also das Rittertum zu Wasser und zu Lande; beide waren erfüllt von dem Drang nach dem Darüber-hinaus, nach dem Unbekannten, nach dem Göttlichen; er lebt auch in dem Mythos vom Eldorado, das die Konquistadoren suchten, unserem Brasilien! Mein großer Anfangsvorteil ist, daß ich auf portugiesisch, in der schönsten aller Sprachen, schreiben werde. Olavo Bilac sagte sehr zu Recht, nur die iberischen Sprachen, das Portugiesische und das Spanische, könnten ›in der Blasphemie heulen wie die Raubtiere und in der Liebe gurren wie die Tauben‹.«

Clemens unterbrach ihn:

»Nun, Samuel, ich zweifle nicht im mindesten daran, daß in der Liebe das Taubengurren das Wichtigste ist.«

Ich platzte mit meinem Gelächter heraus, und Samuel wandte sich gereizt gegen mich:

»Wenn Sie an einer so albernen Anspielung Spaß haben, Quaderna, dann zeigt das nur, daß Sie sich auf dem moralischen und geistigen Niveau Ihres Vorredners befinden.«

»Ärgern Sie sich nicht über mich, Samuel! Wohl hat es mir Spaß gemacht, aber was Sie vorhin sagten, erscheint mir als äußerst wichtig, denn wenn das Portugiesische die schönste und stärkste Sprache der Welt ist, dann kann auch ›der höchste Genius der Menschheit‹ nur jemand sein, der in portugiesischer Sprache schreibt.«

Beeindruckt wandte sich Clemens um, stimmte zu, und die These wurde einstimmig angenommen. Ermutigt von seinem Siege versetzte Samuel:

»Ich würde, wie gesagt, ein Gedicht über Heinrich den Seefahrer und ein weiteres über König Sebastian schreiben. Brasilien entsteht zwischen diesen beiden keuschen, kriegerischen Fürstengestalten. Dom Heinrich kündigt Brasilien an und sucht es auf dem Meere, Dom Sebastian verwirklicht es und tauft es mit Feuer in der Wüste. Nach ihnen würde ich ein Gedicht auf Duarte Coelho schreiben, einen Edelmann aus einer Nebenlinie, unsere erste mythische Ritterfigur; mit ihrem schwarzen, dichten Lockenbart, mit ihren dunklen Augen ähnelt sie den Galionsfiguren am Bug der portugiesischen Karavellen; Duarte Coelho war ehrgeizig, gewalttätig und anspruchslos. Er war Graf und Herr von Pernambuco, Feudalherr; wie König Sebastian hatte er sich in der Epoche geirrt. In Olinda errichtete er eine turmbewehrte Steinburg und nahm dort mit seiner Mutter Dona Brites de Albuquerque Wohnung; sie stammte aus der Familie des großen Alfonso de Albuquerque, des Afrikaners. Ihr beiden, ihr Viehtreiber aus dem Hinterland, stellt euch so, als wären euch diese Dinge unbekannt. Wußten Sie aber beispielsweise, Quaderna, daß die beiden in Olinda geborenen Söhne von Duarte Coelho mit König Sebastian an der schrecklichen Schlacht von Alcácer-Quibir teilgenommen haben, die 1578 in der Sandwüste von Afrika ausgetragen wurde?«

»Das wußte ich nicht, Samuel«, sagte ich gefesselt.

»Dann wissen Sie es jetzt. Der ältere von beiden war Duarte de Albuquerque Coelho, und der Sebastianismus des Nordostens kreiste eine Zeitlang nicht allein um König Sebastian, sondern auch um diesen Sohn von Duarte Coelho und Dona Brites de Albuquerque. Auch heute ist dieser Glaube noch nicht völlig tot. Denn obwohl einige Dokumente besagen, daß Duarte Albuquerque Coelho nicht in der Schlacht gestorben ist, behauptet der geniale Schriftsteller und pernambucanische Edelmann Carlos Xavier Paes Barretto in seinem Buch: ›Die beiden Söhne von Duarte Coelho, Duarte und Jorge de Albuquerque Coelho, zeichneten sich in den Afrikakriegen aus. Der erstere starb auf dem Schlachtfeld. Von Jorge de Albuquerque Coelho sagt eine berühmte Überlieferung, daß er dem König sein Pferd abtrat, auf dem ›Der Ersehnte‹ sich in Sicherheit bringen sollte, und selber so schwer verwundet am Boden liegen blieb, daß ihm später zwanzig Knochen herausoperiert werden mußten.‹«

Von sonderbaren Ahnungen bewegt, fragte ich:

»Welche Farbe hatte das Pferd, Samuel?«

»Es war ein Schimmel«, antwortete der Edelmann.

Wohlverstanden: wir Verirrten wußten nicht, daß zu jener Stunde nicht weit von uns entfernt der strahlende Jüngling auf dem Schimmel auf der Straße nach Taperoá entlangzog; so kann es nur ein Zeichen des Himmels gewesen sein, daß Samuel überhaupt auf dieses Thema zu sprechen kam. Seiner Prophetengabe unbewußt, fuhr er fort:

»Sehen Sie, Quaderna, Sie haben sich vor kurzem bei der

barbarischen Geschichte der Neger von Palmares begeistert, die Clemens vorgetragen hat. Sehen Sie zu, ob Sie für einen Augenblick Ihren Scharadenmacher- und Sertão-Viehtreiber-Geschmack ablegen und sich etwas Besseres anhören können. Denn ähnlich wie es Clemens mit seinem Negerpack gemacht hat, habe ich etliche Abschnitte aus der adligen Prosa von Bruder Vicente von Salvador entlehnt und etwas über Duarte Coelhos Söhne niedergeschrieben, um mich zu meinem Gedicht anzuregen. Ich möchte auch das der Akademie mitteilen, denn es ist völlig ausgeschlossen, daß Sie bei diesem Epos aus der Zeit der Eroberung Brasiliens mit seinen heldenhaften brasilianischen Adligen, die dem Traum vom mystischen Eldorado nachjagen, nicht in Begeisterung geraten. Es liest sich wie ein heroischer Ritterroman, worin der Ritter von Brasilien im Neu-Thule unseres Vaterlandes nach dem heiligen Smaragdkelch, der goldenen Sphärenkugel, dem Heiligen Gral unseres Volkes sucht. Jawohl, denn nach meiner Meinung war Brasilien immer das Ganze, das Imperium, von welchem die Königreiche Portugal, Spanien und so weiter nur einen Teil bildeten. Und so wird es wieder sein, wenn die brasilianischen Adligen, die sich heute um die prophetische Gestalt von Plínio Salgado scharen, die neue messianische Vision des Integralismus übernehmen. Dann wird das alte Königreich Peru, Mexiko, Bolivien und die beiden iberischen Königreiche, sie alle zusammen werden das Fünfte Reich von Brasilien bilden, die seltsame Königin des Mittags, auf die Christus in seiner rätselhaften letzten ›prophetischen Predigt‹ angespielt hat.«

———

Da trug Samuel, rot vor Begeisterung und mit Tränen in den Augen, für uns einige Abschnitte aus der im 16. Jahrhundert verfaßten Chronik von Bruder Vicente von Salvador über Duarte und Jorge de Albuquerque Coelho vor. Er erzählte, wie Jerônimo von Albuquerque, ihr Onkel, am Kap Santo Agostinho in Pernambuco von den Tapuia-Indianern besiegt wurde.

»Dieser Sieg machte die Indianer wagemutig, und sie erlaubten fortan nicht mehr, daß die Herren der Zuckermühlen ihre Ländereien ausdehnten, um neue Plantagen anlegen zu können. Da bereiteten die beiden Brüder mehrere Expeditionen gegen sie vor ›und verbrachten bei dieser militärischen Übung mehr als fünf Jahre, erlitten viel Hunger und großen Durst und verloren kostbares Blut unter den Pfeilschüssen, die ihre Feinde auf sie abgaben‹. Jorge de Albuquerque Coelho half seinem älteren Bruder während dieser ganzen Zeit als Generalkapitän des Krieges. Bis er eines Tages beschloß, nach Portugal zu reisen, und sich auf der Karavelle ›Heiliger Antonius‹ einschiffte, die an einem Mittwoch, dem 16. Mai 1566, den Hafen von Recife verließ. Die Karavelle war noch nicht hinter die Mole gelangt, da geriet sie auf Grund und wäre beinahe gekentert. Die Freunde meinten, das sei ein Zeichen von schlimmer Vorbedeutung; doch Jorge de Albuquerque Coelho stieg, nachdem die Karavelle ausgebessert worden war, wieder aufs Schiff, und zwar am 29. Juni, dem Peter-und-Pauls-Tag. Sie segelten bis zum 3. September; an diesem Tage wurden sie in der Nähe der Azoren von einer ›Galeere mit französischen lutherischen Korsaren‹ angegriffen, die mit zahlreichen großen Kanonen bestückt war, während unser Schiff nur zwei kleine Kanonen besaß, eine Feldschlange und einen Mörser. Die Matrosen wollten sich ergeben, doch Jorge de Albuquerque Coelho sagte, er werde nie erlauben, daß sich ein Schiff, auf dem er sich befinde, kampflos ergebe. Nur sieben Männer waren bereit, mit ihm zu kämpfen. ›Und nur mit diesen sieben Männern‹, erzählt Bruder Vicente, ›ließ sich die homerische Heldengestalt des brasilianischen Edelmanns auf ein Geschütz-, Hakenbüchsen- und Pfeilduell mit den Franzosen ein.‹ Die Luft erdröhnte von den Detonationen der Geschosse, von den Schreien der Verwundeten, und das salzige Meer färbte sich rot mit dem Blute der Hineinstürzenden.«

Da konnte ich, begeistert von der »Meeresodyssee des brasilianischen Edelmannes«, ebensowenig an mich halten wie bei

der »Ilias zu Lande« seines Neger-Vorredners, und ich rief und
reckte erneut die Faust gen Himmel:

> Brasilianische Matrosen
> Aus dem braunen Vaterland
> Sind es, das Cabral entdeckte
> Und auf seinen Reisen fand.
> Braune Männer wie aus Stein
> Stimmen in die Strophe ein,
> Die der heisere Blinde sang.
> Schiffer von den braunen Küsten
> Werden Karavellen rüsten
> Für die Reise nach Iberien,
> Das uns träumte und bezwang.

Samuel ärgerte sich über die Unterbrechung und sagte abermals kühl und drohend:

»Wenn Sie mir noch einmal mit solchen Kinkerlitzchen
kommen, höre ich auf, der Akademie meine Gedanken mitzuteilen.«

Ich versprach zu schweigen, und Samuel nahm seine Geschichte wieder auf, wo er stehengeblieben war. »Als die feigen
Matrosen sahen, daß Jorge de Albuquerque Coelho trotz seiner
Unterlegenheit bis zum Ende weiterkämpfen würde, beschlossen sie, ihn zu verraten. Sie holten überraschend die Segel ein
und riefen den Franzosen zu, sie sollten das Schiff entern, denn
sie würden ihnen helfen. So vermochten sich die Korsaren des
Schiffes zu bemächtigen. Als der französische Kapitän sah, daß
sie nur über die beiden kleinen Kanonen verfügten, sagte er zu
Jorge: ›Dein Mut erstaunt mich nicht, denn Mut muß jeder gute
Soldat besitzen. Aber was du hier getan hast, war mehr als Mut,
es war Tollkühnheit.‹ Und er belohnte ihn mit der Ehre, am
Kopfende des Tisches zu sitzen. Da gerieten sie am 12. September in einen entsetzlichen Sturm. Die brasilianische Karavelle begann unterzugehen, und alle sahen ihr letztes Stündlein
gekommen. Entsetzt drängten sich die katholischen Brasilianer

und auch die lutherischen Franzosen um den Jesuitenpater Alvaro de Lucena und fingen alle an zu beichten. Doch Jorge de Albuquerque Coelho ermutigte die einen wie die anderen und sagte, sie dürften nicht alles der Sorge Gottes anheimstellen: sie sollten ›auch ihrerseits alles Nötige tun, die einen Wasser pumpen, die anderen das Wasser an Deck abschöpfen‹, ein Rat, dem die Matrosen mit erneuertem Mut folgten. Duarte Coelhos Sohn ermutigte sie mit Worten und Taten und sagte, er vertraue auf die Güte Gottes und das Eingreifen der heiligen Jungfrau, damit sie von der Gefahr freikämen, in der sie sich befänden. Als er das sagte, ›erblickten alle einen starken Glanz inmitten der stockfinsteren Dunkelheit, und es gefiel Gott, den Sturm zu besänftigen‹. Da erschien abermals die französische Galeere, die sich zu Beginn des Sturms von der unsrigen gelöst hatte. Und die Franzosen nahmen alle ihre Leute auf, die sich auf der brasilianischen Galeere befanden, und dazu den größten Teil unserer Lebensmittel, und fuhren nach Frankreich weiter und überließen die Unsrigen auf einem ramponierten Schiff der Gnade des Meeres. Neuerdings bemächtigte sich die Verzweiflung der Brasilianer. Doch Jorge de Albuquerque Coelho ließ Servietten und Handtücher zusammennähen und verfertigte so ein Segel. Sie stellten auch einen Mast her, indem sie zwei Ruder aneinanderbanden. Aus Hängemattenschnüren improvisierten sie die Takelage. Und so begannen sie den entbehrungsreichsten und heldischsten Teil der Reise. Die Franzosen hatten den Unsrigen nur ganz wenig Verpflegung übriggelassen: zwei Säcke mit fauligem Zwieback, ›ein wenig verdorbenes Bier‹, zwei Fässer Wein, ein Fläschchen mit Orangeblütenwasser, einige Kokosnüsse, wenige Handvoll Mehl und sechs große Scheiben Ochsenfisch. Jorge de Albuquerque Coelho teilte diese Verpflegung unter mehr als dreißig Männern auf und sorgte persönlich für die Verteilung. Aber so groß auch seine Anstrengungen und seine Sparsamkeit sein mochten, der Hunger mußte kommen, und er kam denn auch wirklich, und mit ihm kam die Verzweiflung. Ausgehungert und verzweifelt, beschloß die Mannschaft, das Los zu werfen, um einen der Männer zu bestimmen, damit er getötet und von den anderen aufgegessen werde.«

Ich war wiederum begeistert über diese leidvolle Heldengeschichte. Vor allem, weil ich jetzt überzeugt war, daß ich das alles schon kannte, wenn auch aus minder adligen Quellen als Samuel. Deshalb vergaß ich mein Versprechen und unterbrach ihn:

»Diesen Teil der Geschichte kannte ich schon, Samuel, wenn ich auch nicht wußte, wie alles angefangen hatte. Es ist die Geschichte von der Galione Catrineta, die man hier im Sertão beim Fandango singt, wenn das ›Spiel von der Ankunft‹, das ›Matrosenstück‹ aufgeführt wird. In diesem Spiel trägt man eine Romanze vor, und sie lautet folgendermaßen:

Die Galione Catrineta

Hört euch, meine Herren, diese
Schreckliche Geschichte an!
Seht, da kommt die ›Catrineta‹,
Die euch viel erzählen kann.

Länger als ein volles Jahr
Segelte sie übers Meer,
Und es gab nichts mehr zu essen,
Und die Fässer waren leer.
Einer auf dem Schiff muß sterben!
Wer, bestimmt des Loses Wahl.
Gleich das erste dieser Lose
Fällt auf ihren Admiral.
– Haltet inne! ihr Matrosen,
Lieber stürz' ich mich ins Meer;
Lieber biet' ich mich zum Fraß an
Räuberischer Fische Heer;
Niemals laß ich Menschenwesen
Fleisch von meinem Fleisch verzehren.

Wartet auf den guten Ausgang
Unsrer Kreuzfahrt auf den Meeren!
Klettre auf den Mast, Matrose,
Halte Ausschau nach dem Land:
Siehst du Spaniens Küste liegen
Oder Lusitaniens Strand?
– Weder seh ich Spaniens Küste
Noch auch Lusitaniens Strand.
Sieben nackte Schwerter seh ich
Auf dich zielen unverwandt.
– Klimm nur höher, Bootsmann, höher
Auf den Mast, schau noch einmal:
Siehst du Spaniens Küste liegen
Und den Strand von Portugal?
– Die Belohnung seid Ihr schuldig,
Die Belohnung, Admiral!
Ja, ich sehe Spaniens Küste
Und den Strand von Portugal.
Außerdem seh ich drei Mädchen
Sitzen im Orangenhain:
Eine näht, die zweite spinnt,
Fädelt Garn im Rocken ein;
In der Mitte ihrer Schwestern
Weint die jüngste von den drein.
– Alle drei sind meine Töchter.
Ach, ich möchte für mein Leben
Gern sie küssen. Meine Jüngste
Will ich dir zur Gattin geben.
– Eure Tochter will ich nicht,
Denn sie großziehn brächte Müh'.
– Will dir meinen Schimmel geben,
Einen bessern findst du nie.
– Euren Schimmel will ich nicht,
Das könnt Ihr mir nicht verdenken.
– Dann will ich die ›Catrineta‹,

Mein erprobtes Schiff, dir schenken.
– Die Galione will ich nicht,
Schiffe weiß ich nicht zu lenken.
– Was verlangst du noch, Matrose?
Welchen Lohn soll ich dir geben?
– Admiral, ich bin der Teufel,
Ich verlange Euer Leben.
Was ich will, ist Eure Seele,
Diese müßt Ihr mir nun geben.
Nur so landet Ihr im Hafen,
Nur so trotzt Ihr der Gefahr.
– Weiche von mir, Satanas,
Die Versuchung nichtig war.
Meine Seele bring ich Gott,
Meinen Leib dem Meere dar.

Und er stürzt sich in die Fluten,
Und man sieht ihn schon versinken.
Doch ein Engel fängt ihn auf,
Und er läßt ihn nicht ertrinken.
Satan ist entzweigeborsten,
Ruhig werden See und Wind,
Und das Schiff und seine Mannschaft
Heil im Port gelandet sind.

Als ich mit dem Vortrag dieser wundervollen bannergeschmückten epischen Meeresromanze fertig war, stichelte Samuel gleich los:

»Quaderna, vermengen Sie nicht Ihre Sertão-Barbareien
mit dem adligen Wesen der Coelhos, Albuquerques, Cavalcantis und Wan d'Ernes aus der Küstenzone! Über Jorge de Albuquerque Coelho würde ich nur die Verse eines adligen iberischen Troubadours gelten lassen, beispielsweise die von König
Dinis dem Landmann oder Dom Alfonso Sanches, seinem
Sohn. Was Sie da vorgetragen haben, ist eine fast ebenso
unechte plebejische Barbarei wie die Flugschriften, die Sie

und Lino Pedra-Verde auf den Märkten vertreiben, um den Geschmack der Sertão-Bewohner noch mehr zu verderben.«

»Es ist gut, reden wir nicht mehr davon!« stimmte ich zu, um ihn nicht noch weiter zu verärgern. »Ich bin begeistert über diese Geschichte von Duarte und Jorge de Albuquerque Coelho. Wie geht sie aus? Ist es wahr, daß sie in die afrikanische Sandwüste gelangt sind und König Sebastian auf seinem Kreuzzugabenteuer begleitet haben?«

»Ja, das stimmt«, sagte Samuel. »Es gibt Dokumente aus der Epoche, die das beweisen. Und bedenken Sie noch eines, Quaderna: in der Schlacht von Alcácer-Quibir ritt Jorge de Albuquerque Coelho auf einem Schimmel mit goldfarbener Mähne.«

Mein Herz tat seinen gewohnten Satz, und ich sagte:

»Sehen Sie, Samuel! Da haben wir die Geschichte. In der ›Romanze von der Galione Catrineta‹ war das Pferd des Admirals auch ein Schimmel.«

»Das hat nicht die geringste Bedeutung, Quaderna!« versetzte Samuel ungeduldig. »Wichtig ist, daß König Sebastian, der wie ein heraldischer Leopard, eingekreist von schwarzen Hunden, kämpfte, mitten im Schlachtgewühl das Pferd unter dem Leibe getötet wurde. Als er nun auf Jorge de Albuquerque Coelho stieß, der ebenfalls verwundet und blutüberströmt war, bat er ihn um sein Roß, um den Kampf fortzusetzen, den er in jenem Augenblick schon verloren wußte. Der Erbstatthalter von Pernambuco trat seinen Schimmel dem König ab, wohl wissend, daß sein Pferd die einzige Möglichkeit war, die ihm selber zum Entkommen verblieb. König Sebastian saß auf, und auf diesem Schimmel starb der König, oder, besser gesagt, ›er verhüllte sich‹, damit er eines Tages unter seinem oder einem anderen Namen wiederkommen und das Fünfte Reich Brasiliens gründen kann, den messianischen Prophetentraum Antônio Vieiras und anderer Visionäre unseres Volkes. Deshalb danke ich Gott – und hier bekreuzigte sich der Edelmann –, daß ich,

245

obwohl mir mein spanisches Bluterbe einen gewaltigen Stolz einflößt, mehr von Portugiesen als von Spaniern abstamme. Trotz all seiner Größe hat Spanien neben seiner fanatischen adligen Heldenhaftigkeit eine volkhafte Viehtreiber- und Schelmenseite, die mir nie gefallen hat. Und deshalb konnte Portugal, während Spanien mit den vulgären Schelmenstücken des Cervantes dazu beitrug, den ritterlichen Mythos zu zerstören, der Welt die letzte echte Kreuzfahrer- und Rittergestalt schenken, König Sebastian den Ersehnten. Ich bin stolz darauf, daß meine Familie wie die der Lencastres zu denjenigen gehört, in deren iberisches Blut einige Tropfen nordischen Blutes eingeflossen sind. Allerdings ist meine Familie überlegen, denn bei den Lencastres ist grobes englisches Blut eingeströmt, während in den Adern der meinigen das Blut Karls des Kühnen, edles und feines flämisch-burgundisches Blut rollt. Doch es gibt noch einen weiteren Grund für meinen Familienstolz: auf der Iberischen Halbinsel ist Portugal ein Küstenstreifen, ähnlich der Zuckermühlengegend von Pernambuco, während Spanien mit seinem trockenen, braunen, wilden und staubigen Kastilien weitaus mehr Eurem barbarischen Sertão ähnelt.«

——

Kaum hatte Samuel diese Worte gesprochen, da entdeckte ich zu meiner furchtbaren Bestürzung, daß wir von neuem an die gleiche Stelle gekommen waren. Wieder hielten wir an dem großen Stein mit den gleichen Melonenkakteen und Bromelienbüschen. Ich zeigte sie den Gefährten und sagte:

»Seht nur her, der gleiche Stein! Wir haben uns verirrt. Wir sind immerzu geritten und doch wieder an die gleiche Stelle gelangt.«

Diesmal waren die beiden besorgter als ich. Samuel erinnerte uns sofort an den kürzlich vorgekommenen Fall eines Alten, der sich zu Pferd im Catinga-Gehölz verirrt hatte und Hungers gestorben war; der Schädel des Pferdes wurde gefunden — er hatte das Tier an einen Baum gebunden —, er hing am Halfter und war von den Raubvögeln, die den Nacken gefressen hatten, vom Leib getrennt worden. Mit jämmerlicher Miene erkundigte sich der Edelmann:

»Und nun, Clemens?«

»Jetzt müssen wir Quaderna um Hilfe bitten, der in Catinga-Promenaden und -Streifzügen die meiste Praxis hat. Quaderna, reite vorweg, führe uns!«

»Leider habe ich völlig die Richtung verloren«, sagte ich beunruhigt. »Über all den Schleifen, die wir gezogen haben und über der gesammelten Aufmerksamkeit, mit der ich Eurer ritterlichen Literatur gelauscht habe, habe ich völlig die Orientierung eingebüßt. Die Welt erscheint mir dunkel und wie auf den Kopf gestellt. Am besten steigen wir hier ab, bleiben im Schatten dieses Pfefferbaumes und warten, bis die Sonne gen Westen sinkt, dann können wir uns danach richten. Außerdem ist dies hier ein alter Ochsenweg: möglicherweise kommt jemand vorbei, und dann sind wir gerettet.«

Wir stiegen ab und banden unsere Reittiere an den Stamm eines Quittenbaumes und lagerten uns im Schatten des Pfefferbaumes. Meine beiden Lehrmeister und Rivalen waren ein wenig unruhig, aber es gab, um die Zeit zu verbringen, nichts Besseres, als unsere akademischen Debatten fortzusetzen. Samuel führte immer eine Abschrift von Texten über König Sebastian mit sich, die er gesammelt und neu geordnet hatte. Ich war an diesem Thema höchst interessiert und spornte ihn an:

»Hat denn niemand König Sebastian sterben sehen, Samuel?«

»Doch, doch, aber Sie wissen ja, daß der Traum stärker ist als die Wirklichkeit. Antero de Figueiredo berichtet, als die ersten Nachrichten von der Niederlage ins Königreich gelangten, seien die wildesten Gerüchte über den König umgelaufen. Einige sagten, Luís de Brito habe ihn am Ende der Schlacht querfeldein davonreiten sehen, ›durch eine von Mauren freie Schneise‹. Andere behaupteten, ›der König habe tapfer bis zum Tode gekämpft und sein Leichnam sei an dem äußersten

Ende des Schlachtfelds inmitten anderer zwei Tage später gefunden worden, entstellt, verlassen und nackt. Der Kopf war aufgeschwollen, fahl und unter der Glut der afrikanischen Sonne in Verwesung übergegangen.«

»Der Ärmste!« sagte ich. »Also starb er wie König Zumbi im Königreich Palmares.«

»Der Vergleich hinkt!« fiel mir Samuel ins Wort. »König Sebastian hatte echtes blaues Blut wie ich. Und Tatsache ist, daß sich das Volk nie damit abfand, daß er gestorben war. Bald begannen sich verschiedene Legenden von seiner wunderbaren Errettung zu bilden: ›Dom Sebastian war vermummt mit vier anderen Edelleuten entkommen. Dom Sebastian hatte mit einem Segelboot aus Afrika entfliehen können. Dom Sebastian irrt durch die Welt, um für seine Sünden zu büßen: sobald er seine große Seele von ihren schönen Irrtümern geläutert hat – was er durch Bußübungen erreichen wird –, wird er ‚sich enthüllen‘, ins Reich heimkehren und eine Ära der Größe, der Gerechtigkeit und des Friedens einleiten.‹ Und der bis in die Haarspitzen adlige und ritterliche Antero de Figueiredo sagt: ›So trugen die erregten und hoffnungsvollen Herzen die ersten Fäden zu dem zusammen, was später ein Knäuel krauser Legenden der Liebe und Ergebenheit werden sollte.‹«

»Was für ein hirnloser portugiesischer Unfug!« grollte Clemens.

Da mich jedoch die Teilnahme der Brasilianer an der Schlacht fesselte, unterbrach ich ihn:

»Halt, Professor Clemens! Und was für eine Figur hat Jorge de Albuquerque Coelho in Alcácer-Quibir gemacht? Gibt es irgendeinen Hinweis auf ihn und seinen Bruder, auf die Geschichte mit dem Schimmel und andere legendäre Heldentaten, Samuel?«

»Gewiß. Und sehen Sie selbst, ob unser Volk nicht der Welt wahre Heldengestalten geschenkt hat. Kaum gelangt Jorge de Albuquerque Coelho nach Portugal, hungrig, mit kaum vernarbten Pfeilschußwunden, da wird er von der Gestalt des Ritters, des Königs, angezogen. Und als Dom Sebastian den Thron besteigt und sein großes Abenteuer vorbereitet, verläßt auch Duarte, Jorges Bruder, Pernambuco und schließt sich ebenfalls dem Kreuzzug an. Zu jener Zeit war es in den Kriegen Brauch, daß man eine ›Kompanie der Abenteurer‹ bildete, die nur aus unverheirateten jungen Leuten bestand und daher die gewagtesten Aufträge übernahm. Jorge und Duarte verzichteten schon während des Tapuia-Krieges in Pernambuco auf ihre Privilegien und kämpften immer in der ›Abenteurer-Kompanie‹ als einfache Soldaten. Nun gut: für seine afrikanische Expedition stellte König Sebastian gleichfalls eine ›Abenteurer-Kompanie‹ auf, und in ihre Reihen traten die Brasilianer ein. ›Nur der Adel von Geblüt konnte in dieser glanzvollen Kompanie Dienst nehmen, die von dem vertrautesten Vertrauten des Königs, dem hochedlen Cristóvão de Távora, befehligt wurde.‹ Und das Heer sammelt sich und schifft sich auf den Galeeren ein. Ich stelle mir die ritterliche, adlige und katholische Erregung Jorge de Albuquerque Coelhos vor, als er, der kaum seinem großen Mißgeschick auf dem Meer entronnen ist, von neuem das Schiff besteigt, um ›jenen Kreuzzug wie in alten Zeiten‹ zu begleiten, ›der sich voll hochgespanntester Träume in der Glut des Glaubens und hartnäckig verteidigter Ehre auf den Sandwüsten des berberischen Afrika den Maurenschwärmen entgegenwirft, um in einer ungeheuren Opfertat dem Heldentum in einem blutigen Epos die Weihe zu geben‹. Sie überqueren das Meer und gehen in Tanger an Land. Die Kavallerie wird aufgestellt, die Infanterie macht sich kampfbereit. Die Artillerie zieht auf Karren voraus. Und sie dringen in die Wüste des Maurenlandes ein. Das Schicksal vereinbarte eine Begegnung zwischen dem göttlichen Traum und dem heiligenden Tod auf dem Boden Afrikas, der gerade so öde, trocken, stein- und distelübersät ist wie dieser Euer Sertão. Es legte sie auf den 4. August 1578 fest. An diesem Tage kommt es zur Schlacht. Am Abend zuvor hatte ein Maure, unser Verbündeter, Gift ins Essen des Maurenkönigs gemengt, damit sein Tod die Ungläubigen entmutige. Die beiden Heere – das adlig-christliche und das ungläubige der Mauren – stehen sich seit dem Morgen des 4. August gegenüber. Alle meinen, es sei besser, bis zum Nachmittag zu warten: das Gift werde seine Wirkung tun, König Molei-Moluco sterben, und dann werde es ein leichtes sein, die über den Tod ihres Königs erschrockenen Mauren auseinanderzutreiben. Doch König Sebastian beschließt, von einem spanischen Feldwebel beraten, die Schlacht gegen Mittag, beim höchsten Stand der Sonne, zu beginnen. Da folgt das ganze christliche Heer dem Beispiel des Königs und kniet nieder, um das Ave-Maria zu beten. Als sie noch im Gebet knien, feuern die Mauren die ersten Mörserkugeln auf sie ab, und die Salve schlägt gleich einer glühenden Lava aus Eisen und Feuer in die Reihen unserer Soldaten ein. Und der hochedle Chronist dieses letzten, unzeitgemäßen Kreuzzugs berichtet:

FÜNFUNDDREISSIGSTE FLUGSCHRIFT
DAS TRAGISCHE ABENTEUER
KÖNIG SEBASTIANS, DES KÖNIGS VON
PORTUGAL UND BRASILIEN

»Von den ersten Reihen her ruft Dom Jorge de Albuquerque Coelho, stolz zu Roß auf seinem schönen Schimmel, dem König zu, er möge den ›Santiago‹-Ruf, den alten Kampfruf der Iberer, anstimmen. Ein maurischer Hakenbüchsenschuß tötet Hauptmann João Gomes Cabral, das erste Opfer, Bluttaufe, Sakrament und Feuerbrand. Da stimmt der König den Ruf ›Santiago‹ an, und bei diesem heiligen kriegerischen Schrei stürmt er mit trunkener Wut vor und reißt die ihn umgebenden Edelleute mit sich, Dom Fernando de Mascarenhas, Dom Jorge de Albuquerque Coelho, Luís de Brito und viele, viele andere, ein ganzes Kommando von Adelsherren, die nun tollkühn mit Lanzenstößen und Schwerthieben wie ein todbringender Taifun auf die Mauren eindringen. Die wagemutigen ›Abenteurer‹ (die Kompanie von Duarte und Jorge de Albuquerque Coelho) greifen die Flanken des Feindes an, bahnen sich Schneisen in die Wälder von Lanzen und Piken, die sie zurückdrängen, damit die Kavallerie der Portugiesen vorrücken und die Niederlage der Mauren besiegeln kann. Doch der Ansturm war zu heftig. Die Portugiesen müssen ihren Galoppritt zügeln, um nicht die Verbindung zu ihrem Heer zu verlieren. Sie halten inne, sie kehren um. Doch die Mauren legen dieses Manöver als Schwäche aus und greifen die Portugiesen mit frischem Mut und hitzig im Rücken an. Da stürzt sich die Kompanie der Abenteurer, und mit ihr die übrigen Reiter und Infanteristen, von der Vorhut und den Flanken aus, das Gesicht den Mauren zugekehrt, auf den Feind, schwingt die Lanzen und teilt Schwerthiebe aus, wagemutig, feurig und tosend! Mann gegen Mann auf verknäuelten Pferden, kreuzen Mauren und Christen die Schwerter in wütender Raserei; Krummschwerterhiebe prallen auf die Sturmhauben und die eisernen Schilde. Doch die portugiesischen Schwerter schneiden, kreuz und quer geschwungen, mit Glaube und Kühnheit blutig in die Köpfe, spalten Brustkörbe, schlagen Nacken, reißen nieder und töten, und die vom Pferde stürzen, sterben sogleich, niedergetreten von den Pferdehufen, die ihre Brustkästen sprengen, ihre Gesichter zerquetschen, ihre Bäuche zerstückeln. Schon ruft man im christlichen Lager ›Vitoria!‹ Die vorstürmenden ›Abenteurer‹ erreichen bereits die Feldschlangen im Hintergrund des feindlichen Lagers. Noch ein Vorstoß, und sie gelangen zum Eingang des Zeltes, in welchem Molei-Moluco liegt, von dessen mitten in der Schlacht erfolgtem Gifttod sie durch einen im Galoppieren hervorgestoßenen Schrei Dom Antônios, des Priors von Crato, Kunde erhalten haben. Sollte der Vorstoß gelingen, so werden sie sich auf den Leichnam des toten Maurenkönigs stürzen, ihm den Kopf abschlagen, ihn auf die Spitze einer Lanze spießen und die blutige Trophäe siegreich über das Schlachtfeld tragen. Bei den Mauren, vor denen man den Tod ihres Königs verborgen gehalten hat, wird sich Entsetzen ausbreiten und in dieser Minute des

Schreckens eine allgemeine Flucht einsetzen, ein verzweifeltes, wehklagendes Übereinanderhinstürzen!«

Neuerlich konnte ich nicht an mich halten und rief:

»Was für eine grandiose Schlacht, Samuel! Was für mutige Hurensöhne! Das klingt ja wie der Streit der Mauren und Christen im ›Spiel der Krieger‹ und in der ›Galione Catrineta‹, die wir hier mit der blauen und der roten Partei aufführen.«

Samuel sah mich mit so blankem Haß an, daß ich eingeschüchtert schwieg. Da fuhr er fort:

———

»In diesem Augenblick, als die Christen eben an der Schwelle des Sieges standen, stellt sich der Heeresspitze mit quergelegter Hellebarde, um die übermenschliche Wut dieser berühmten Helden zu dämpfen, ein finsterer, unheilverheißender Mann in den Weg und brüllt mit markerschütterndem Schrei:

›Haltet ein! Die Waffen nieder!‹

Entsetzliches Wort! Wort des Satans! Wort des Schicksals! In Panik geraten, zügeln die Schwadronen der unerschrockenen Abenteurer das Ungestüm ihrer feurig galoppierenden Pferde, verhalten staunend und unschlüssig und senken ihre Schwerter. Die Hakenbüchsenschützen senken überrascht die Waffen und laden nicht nach. Die Lanzen und Piken werden eingezogen. Die Augen der Furchtlosen weiten sich vor Entsetzen. Tausend Fragen, tausend Antworten schwirren durch die Luft. Befehle und Gegenbefehle laufen durch die Reihen. Die Woge der Soldaten flutet zurück, der Reitertaifun wirbelt rückwärts. Die Flucht beginnt. Ungeheuerlich ist die Aufregung. Schon wenden viele in entsetzter Flucht dem Feind den Rücken zu. Unheilschwangerer Augenblick! Die Mauren, die dem stürmischen Vorpreschen und der überstürzten Flucht beiwohnen, fassen neuen Mut. Ihre zum Halbmond formierte Reiterei fällt über die Portugiesen her, setzt ihnen nach, verfolgt, zerschmettert sie und fegt, als sie sie zurückweichen sieht, das ganze Schlachtfeld sauber. Die Spitzen des Halbmonds schließen sich, die Christen sind fast umzingelt. Die Niederlage steht bevor. Blind und roh im Delirium ihrer Rache, steigt der Blutdurst der Mauren ins Unermeßliche.

Und Dom Sebastian, der König? Er ist wie ein Drache, ein beflügeltes Rasen! Hier, da und dort wirft er sich gegen den Feind, treibt Piketts von Lanzenreitern auseinander, reißt ganze Reitergruppen zu Boden. Sie hauen auf ihn ein, treffen sein Pferd tödlich. Er steigt ab, springt auf ein anderes, gibt ihm die Sporen und galoppiert; sein Schwert blinkt in der sonnendurchglühten Luft. Bis zu den Hufen seines Rosses ist er mit Blut überströmt. Mit geborstenem Helm, zerrissenen Kniehosen, zerfetztem Panzerhemd setzt er stolz seinen erhabenen Ritt fort, fasziniert vom Glanz der Pflicht, ein tapferer Jüngling von ungebändigten vierundzwanzig Jahren, wie man keinen schöneren auf der Welt gesehen hat. Das zweite Pferd, das König Sebastian bestiegen hat, kann vor Wunden kaum laufen. Der König begegnet dem schwer verwundeten Dom Jorge de Albuquerque Coelho. Er sagt zu ihm:

›Wenn Euer Pferd noch kräftig genug ist, so leiht es mir!‹ Der Statthalter von Pernambuco tritt es ihm eilfertig ab:

›Ich bin nur eine einzige Wunde, ich kann Euch nicht begleiten. Rettet Euch auf ihm, Hoheit, denn ich werde hier sterben, zufrieden mit diesem Dienst an meinem König und an Gott.‹

Vor diesem Wort ›Rettet Euch‹ schrickt Dom Sebastian zusammen:

›Und meine Ehre?‹

Den Fuß im Steigbügel, die linke Hand am Zügel und am Sattelbogen, das Schwert in der Rechten, springt er aufs Pferd und reitet im Galopp genau hinein in die Knäuel der Mauren, die in der Ferne mit den Christen kämpfen. In der raucherfüllten, staubdurchtränkten Luft hallen Schreie, Flüche, Gebete, Schwerterklirren, Waffenprall, Verwünschungen besiegter Wut, Zischlaute siegestrunkener Freude. Es kommt der Augenblick der edelsten Verzweiflung, in welchem die portugiesischen Granden nur noch ruhmreich sterben wollen; kämpfend bis zum allerletzten Augenblick, getrieben von Ehrliebe und Stolz, stürzen sie sich in den ehrenvollen Tod, um durch dieses Opfer über sich selbst hinauszuwachsen. Diese stoische Würde klingt nach in dem Schrei der Edelleute an ihr Volk:

›Sterbt tapfer, Burschen!‹«

Als Samuel bis zu diesem Punkt seiner Erzähl-Lesung gelangt war, legte er, rot vor Erregung und außer Atem, eine Pause ein. Dann faßte er sich wieder und sagte:

»Jetzt müßt ihr mich entschuldigen, aber auf andere Weise kann ich das, was nun folgt, nicht vorlesen.«

Er kniete nieder, bekreuzigte sich, und kniend trug er die tragisch-epische Geschichte von den letzten Zuckungen der Schlacht von Alcácer-Quibir vor:

»König Sebastian befindet sich nun mitten in einem Häuflein portugiesischer Edelleute, treuer Vasallen, die ihn nicht im Stich lassen, sein Pferd festhalten und mit einer verzweifelten Anstrengung heftiger Liebe versuchen, ihn aus dem Schlachtfeld fortzureißen, ihn zu retten. Dafür setzen sie ihr Leben aufs Spiel, für das kostbare Leben ihres Königs. Plötzlich stürmt ein Schwarm von Mauren heran; sie umzingeln ihn und seine Gefährten, trunken vor Freude, daß sie Hand auf diese Geiseln legen können. Schon streiten zwei Mauren untereinander, wem der Bestbewaffnete, der König, gehören solle. Da bindet, mitten im ohrenbetäubenden Stimmenlärm, Cristóvão von Távora, Befehlshaber der ›Kompanie der Abenteurer‹, überzeugt von der unausweichlichen Niederlage König Sebastians, ein weißes Tuch an die Spitze seines Schwertes und hebt es in die Luft, um Waffenstillstand zu erbitten. Angesichts dieses Friedenszeichens dämpfen die Mauren einen Augenblick ihr Feldgeschrei und willigen ein. Doch auf das furchteinflößende Schwert des Königs deutend, rufen sie durch den Mund eines Renegaten-Dolmetschers:

›Er lege zuerst die Waffe nieder!‹

›Nur der Tod kann mir mein Königsschwert aus der Hand reißen!‹ gibt Dom Sebastian hoheitsvoll zurück.

Aufrecht und die Füße straff in den kupfernen Steigbügeln, groß und schön im Unglück des Besiegten, das blonde Haupt helmlos und von Schlägen gezeichnet, das Antlitz blutverklebt, das Hemd schwarz vor Staub und schweißdurchtränkt, mit zerschnittenem Schulterpanzer, betrachtet Dom Sebastian gelassen und unerschrocken die widrige Menge des zerlumpten Heidenvolkes, die Feinde seines Volkes, seines Glaubens, seines Vaterlandes. Cristóvão von Távora hebt, als er Dom Sebastian unrettbar verloren sieht, flehend die Hände und die leidgeprüften Augen zu ihm empor und ruft mit bewegter Stimme:

›Mein Herr und König, worauf sollten wir noch hoffen?‹

›Auf den Himmel, wenn unsere Werke ihn verdienen‹, gibt ihm der König von Portugal gelassen zur Antwort.

Die Augen starr auf eine ferne Idee gerichtet, die blaue Iris durchleuchtet vom seltsamen Himmelslicht der Ehre und des Wahns, bohrt Dom Sebastian, ohne weiteres Parlamentieren abzuwarten, seine goldenen Sporen in die Weichen von Dom Jorge de Albuquerque Coelhos schönem Schimmel und stürzt sich in einem letzten verzweifelten Ansturm dem Tod entgegen, der ihn unsterblich machen wird. Doch bei dem Kriegsgeschrei strömen zahllose Mauren zusammen, die dem Legendenkönig das Gelände verkürzen, verengen und abschnüren, der bis zum letzten Augenblick furchtbare Hiebe mit seinem Meisterschwert austeilt. Sie töten sein Pferd. Zu Fuß wird weitergekämpft. Endlich wirft ihn ein Schwerthieb auf den ungepanzerten Hals zu Boden. Auf dem Boden durchbohrt man ihn mit Lanzenstößen. Zwischen Tod und Leben schwebend, spürt er, mit durchbohrter Brust, er, der die Ehre über das Leben stellt, Stolz darauf, daß er mit dem Gesicht zum Feind getötet wird. Er stirbt. Im Wetterleuchten seines hellsichtigen Hinscheidens muß sein Geist an der Schwelle der Ewigkeit in einer Blutschwade, in einer goldenen Dämmerung den Vers gesehen haben, den er als seinen Leitspruch so oft wiederholte: ›Ein schöner Tod verklärt das ganze Leben.‹ Sein christliches Königsblut sprudelt aus tausend Wunden und bildet um ihn her auf dem glutheißen Lande eine Blutlache, die Aureole seines Martyriums, die Aurora seines Ruhmes. Dies war die letzte Ölung des Rittertums.«

War schon Clemens begeisterungsfähig, so war Samuel eine wahre Mimose, und so brach er, als er den letzten Satz vollendet hatte, in ein Schluchzen aus, das er vergeblich zu zügeln versuchte.

»Entschuldigt! Entschuldigt!« sagte er, bedeckte seine Augen mit den Händen und trocknete seine Tränen.

Dann faßte er sich allmählich wieder. Er setzte sich auf einen Stein und wiederholte:

»Ich bitte euch um Entschuldigung, aber ich kann nicht ohne tiefe Gemütsbewegung den Heldentod dieses schönen, jungen, keuschen und ritterlichen Königs heraufbeschwören. Ich weine um ihn, ich weine um die adlige Schönheit der hingeopferten Jugend, ich beweine mein eigenes Schicksal, ein verbannter Adliger sein zu müssen in diesem eurem sonnenversengten und wüstenhaften Sertão, der voller Steine und Disteln ist wie Alcácer-Quibir. Und ich glaube, ihr beide, zwei sensible Menschen, werdet mir meine Gemütsbewegung verzeihen, denn wenn wir auch verschiedener Ansichten sind, so können wir uns doch auf dem gemeinsamen Felde der Menschlichkeit und der Ehre treffen, um den heroischen und symbolischen Tod dieses Königs zu bewundern, einen Tod, der dem Leiden jedes Menschen gleichsieht, der sich zum Göttlichen aufschwingt und, mit Antero de Figueiredos Worten, ›die letzte Ölung des Rittertums empfängt‹.«

Warum hatte er das nur gesagt? Sogleich streckte Clemens mit kaum verhüllter Kälte die Krallen aus:

»Um ganz offen zu sein, Samuel, ich kann die Gefühlsaufwallung und die Begeisterung nicht teilen, die Sie, ein Brasilianer, für diesen portugiesischen Operettenkönig empfinden. Sie

haben eben noch gesagt, ich wollte hier einen schwarzen Sebastianismus begründen, der nie existiert hat. Was in Wahrheit
künstlich und inexistent ist, ist dieser ›weißhäutige adlige Sebastianismus des Traumes und der Legende‹, der heutzutage
selbst in Portugal von den besten Portugiesen bekämpft wird.
Sie, Samuel, wollen mehr Portugiese sein als die Portugiesen
selbst, königstreuer als der König. Und das Schlimmste ist, daß,
während ihr diesen Träumen von ›müßigen und zerlumpten
Edelleuten‹ nachhängt, die Industrienationen an uns vorbeiziehen, uns beherrschen und ausbeuten. Deshalb halte ich mich
lieber an die portugiesischen Geister, die das verheerende
Abenteuer König Sebastians in Afrika als den wahren Anfang
der Dekadenz Portugals betrachten. Júlio Dantas beispielsweise will von dem ›Ersehnten‹ nichts wissen: er behauptet,
Dom Sebastians Fall sei nur ein Fall von Homosexualität, und
seine berühmte und hochgelobte ›Keuschheit‹ nur deren Resul-
tat. Deshalb seine Ausbrüche, seine Unruhe, sein mönchisch-
militärischer Fanatismus, seine entsetzte Frauenfeindschaft,
sein Wahnsinn, seine psychischen Störungen und Halluzinationen.«

Ich konnte nicht umhin einzuwerfen:

»Aber Clemens, waren Sie nicht für die Homosexualität als
eine Spielart des Guerillakrieges?«

»Einverstanden, Quaderna!« sagte der Philosoph. »Es gibt
eine linke Päderastie der Revolte und eine rechte Päderastie
der Reaktion. König Sebastians Päderastie war rechtsgerichtet,
und deshalb bin ich dagegen.«

SECHSUNDDREISSIGSTE FLUGSCHRIFT
DER GENIUS DES VOLKES UND
DER VOLKSBARDE VON BORBOREMA

Eben in diesem Augenblick hörten wir auf der linken Wegseite
ein Pferd niesen, Hufe klappern, Sporen klirren und alles übrige, was das Herannahen eines Reiters anzeigt. So hingerissen

war ich von den Visionen des Königreiches von Palmares und
der Schlacht von Alcácer-Quibir, daß ich vor Schreck in einen
Klumpen fuhr: mein Nackenhaar sträubte sich, und mein Herz
schlug wild. Ich war schon darauf gefaßt, vor uns die Gestalt des
enthaupteten Königs Zumbi auftauchen zu sehen, hoch zu Roß
und den eigenen Kopf in der Hand tragend, mit rauchendem
Hals und über und über mit Wunden bedeckt wie eine große
schwarze, blutbetaute Rose, um dieses Bild des genialen Jaime
de Altavila aufzugreifen – oder vielleicht sogar König Sebastian
selbst mit Rüstung und leuchtendem Schwert, »das großmütige
Antlitz von einer Lanze durchbohrt«, »die königliche Stirn von
Staub und Blut verkrustet«, auch er von einem Blute überströmt, das laut Antero de Figueiredo die »Aureole seines Mär-
tyrertums und die Aurora seines Ruhmes« gewesen war.

Aber gottseidank war es weder der eine noch der andere. Es
war mein Firmpate und Lehrer im Volksgesang, João Melquíades Ferreira da Silva, der Barde von Borborema, der alte Soldat
aus dem Kriege von Canudos; er war alt geworden und ergraut,
aber immer noch wachsam und flammend in seiner Größe und
in seiner schwierigen Dichter- und Kunstmeistersprache. Er
kam in einem alten Militärdolman angeritten, der ohne Knöpfe
und übersät mit Flicken war. Anstelle der Halbstiefel trug er
Hanfsandalen, Strohhut, Brille, Gitarre und ein Gewehr, das er
nie aus der Hand legte. Als er in die Nähe des Pfefferbaums gelangte, wo wir lagerten, zügelte er sein Reittier und rief, als er
uns erkannte, vergnügt, wach, hart und trotz seinem Alter straff
im Sattel sitzend:

»Hallo, Dinis, Patenkind! Hallo, Professor! Hallo, Dr. Samuel!«

»Hallo, Pate João Ferreira«, sagte ich. »Geben Sie mir Ihren
Segen!«

»Gott segne Sie und gebe Ihnen Verstand und Schamgefühl!
Was tut ihr hier in diesem gottverlorenen Winkel der Welt?«

»Wir haben uns verirrt, Pate. Wir sind von der Straße abgekommen, um zur Grotte der Peterquelle zu reiten, und auf dem

Heimritt habe ich die Richtung verloren, so daß wir uns hier in dieser sechshundertmal verteufelten Steinwüste verirrt haben. Reiten Sie in Richtung Straße?«

»Gewiß doch.«

»Und kennen Sie sich aus?«

»Dinis, Sie wissen, daß ich ein alter Mann bin, aber verirrt habe ich mich noch nie im Leben. Ich kenne den Weg aus dem Effeff. Wenn ihr wieder auf die Straße kommen wollt, so folgt mir, denn mit Gottes Hilfe werden wir dorthin gelangen, und zwar gleich.«

———

Wir saßen auf und ritten los und folgten nun meinem Paten, dessen Ankunft wahrhaftig ein Wink des Himmels war, nicht allein, um unseren Ritt in die Irre zu beenden, sondern auch, um meine Stellung zu verstärken. Wie mein Vater war auch João Melquíades ein kleiner Astrologe und wie ich ein großer Dichter. Sobald ich den Volksgesang zu erlernen begann, hatte er mir das Horoskop für mein Dichtertum gestellt, wie er es übrigens bei allen seinen Schülern machte, um keine Zeit mit »Blindgängern« zu verlieren. Am Tage meines Horoskops suchte er meinen Vater auf und teilte ihm würdig und stolzgeschwellt mit hohler Stimme mit, die Sterne hätten für mich das große Schicksal eines Volksbarden aufgespart, und wenn ich mich mit vollem Einsatz »den Geheimnissen der Kunst« widmen sollte, so würde mein Flug noch in große Höhen führen. Da ich ständig Clemens' und Samuels Spottreden ausgesetzt war, bot mir João Melquíades' Anwesenheit eine starke Unterstützung. Ich teilte sogleich meinem Paten in kurzen Zügen das literarische Problem mit, über das wir debattierten, und schloß mit den Worten:

»Sie, João Melquíades, ein Meister in der Sangeskunst, können uns gewiß einige Hinweise zum Thema geben.«

João Melquíades hatte sich für solche Anlässe eine dunkle Redeweise angewöhnt, eine Eigenheit, die er auch auf seinen Schüler Lino Pedra-Verde übertrug. Er sagte sogleich:

»Was heißt hier Meister der Sangeskunst, Dinis! Ich betrachte mich einzig und ausschließlich als einen Diener der
Konstellation meiner Tierkreiszeichen, als einen kleinen philanthropischen, liturgischen und poetischen Sertão-Instrukteur.
Die Grundlage für mein Schreiben besteht darin, Scherze auszuhecken, die nicht ins Schlüpfrige übergehen, und vorteilhafte
Heldenintrigen auszutüfteln, auch wenn sie phantastisch sind.
Ich kämpfe auch gerne gegen den Protestantismus und die
neuen Sekten, weil sie sich von den Lichtspuren der katholischen Altertümlichkeit entfernen wollen. Diese Dinge, diese
alten Geschichten haben Einfluß auf den Fortschritt der Dichtung: die Geschichten aus der Vergangenheit halten das un-
sterbliche Andenken an die Hohenpriester und Ahnen wach
und leben in der Erinnerung des Dichters weiter; dieser läßt
auch an das Ohr des größten Püffels das Erinnerungssignal ver-
flossener Zeiten gelangen. Ich, Dinis, betrachte mich als einen
›seltenen Vogel‹ aus dem Volke. Das Volk sieht in mir einen
Musensohn, und deshalb versteht es mich, glaubt mir, be-
klatscht mich, hört mich an und steht mir bei, seit ich in dem
Jahre Ihrer Geburt – 1897 – zu schreiben angefangen habe.
Meine Verse sind Ländereien, die in den Gefilden des Traums
beackert werden, ich schmiede meine Verse unter Gottes Leitung und durch Eingebungen aus der ›Hölle‹, unter der Einwirkung von Sonne und Venus!«

Clemens und Samuel brachen in Gelächter aus. João Melquíades mußte ebenfalls lachen, und mir war nie ganz klar, ob
er nun den Spott der beiden großen Männer bemerkt hatte oder
nicht. Ich dachte, ich hätte mich verhört und er hätte »Eingebung aus der Höhe« gemeint. Doch João Melquíades sagte, er
habe nichts anderes als die Hölle gemeint, den teuflischen Führer im Gegensatz zu dem göttlichen Führer, der ihn ebenfalls
inspirierte. Clemens besaß jedoch für solche Dinge kein Organ
und bemerkte:

»Da sehen Sie es, Quaderna! Da sehen Sie, was ich Ihnen
immer gesagt habe. Diese Volkssänger und Flugschriftenver-

fasser darf man keinesfalls ernst nehmen. Feine Lehrmeister haben Sie sich da zugelegt. Nur zu, lauschen Sie ihren Lektionen, schreiben Sie mit ihrer Hilfe Ihr Epos, und dann sehen Sie zu, wie Sie vor dem brasilianischen Volke dastehen werden.«

»Aber ich will gar kein Epos mehr schreiben, Clemens. Anfänglich hatte ich wohl daran gedacht: der Stein des Reiches sollte mein Thema sein und mein Urgroßvater João Ferreira-Quaderna die Hauptfigur. Aber ich gebe das auf, seit mir Carlos Dias Fernandes bewiesen hat, daß Epen überholt sind. Ich war überhaupt schon recht mißtrauisch geworden, weil der Senator Augusto Meira, der Ependichter von Rio Grande do Norte, eine ›Brasiliade‹, ein brasilianisches Nationalepos in vierzehn Gesängen, geschrieben hat, ausgedehnter als die ›Lusiaden‹ des Camões, die nur zehn Gesänge umfassen. Wenn dem so ist, was sollte ich auf dem Felde des brasilianischen Epos Besonderes leisten können? Deshalb habe ich es mir anders überlegt und will jetzt einen ›Romanzenroman‹ schreiben.«

»Aber Quaderna, Sie besitzen doch überhaupt keine schöpferische Phantasie«, sagte Samuel. »Sie geben ja selber zu, daß Sie sich nichts vorstellen können, was Sie nicht mit eigenen Augen gesehen haben: wie wollen Sie dann einen Romanzenroman schreiben, eine Zwittergattung, die immerhin schöpferische Kraft verlangt?«

»Der Plan ist durch Ihre Gespräche angeregt worden«, erklärte ich. »Es ist wahr: ich habe weder Ideen noch schöpferische Kraft. Doch ich glaube, ich kann diese beiden Mängel mit einem Schlag beheben. Was das erste Hindernis betrifft, so habt ihr beiden viele Ideen, mehr als genug, und könnt mir helfen, zumal ich euch, indem ich einen Roman schreibe, nicht ins Gehege komme. Was die Tatsache angeht, daß ich nur beschreiben kann, was ich mit eigenen Augen gesehen habe, so haben diese Augen, die einst von den Würmern gefressen werden, bereits ein blendendes Thema wahrgenommen, aus dem sich ein Romanthema machen läßt, nach dem sich jeder Fleischerhund die Lefzen lecken würde.«

»Und das wäre?« erkundigte sich Clemens neugierig.

»Leben, Leiden und Sterben meines Paten Dom Pedro Sebastião Garcia-Barretto. Ich habe Ihnen nur deshalb nichts davon gesagt, weil ich Angst hatte, Sie könnten mir die Idee stehlen. Jetzt jedoch, wo ihr mir beide versichert, daß ihr nie einen Roman schreiben werdet, kann ich reden und gleich eingangs sagen, daß ich auch schon das Rezept zu dem Buch besitze.«

»Das ›Rezept‹?« fragte Samuel halb gereizt und halb verächtlich.

»Jawohl, ich fand dieses Rezept zuerst in dem ›Illustrierten praktischen Wörterbuch‹, das ich von meinem Vater geerbt habe. Dann in einem Buch der genialen Albertina Bertha, das mir Samuel geliehen hat. Dieses Weib ist eine Wucht, Samuel! Sie ist die Tochter eines wirklichen Hofrats des Kaiserreiches, Lafayette Rodrigues Pereira, so daß ihr Wort fast ebensoviel gilt wie das von Dr. Amorim Carvalho, dem Redner des Betrügers Pedros II. Sie sagt nämlich, früher sei der Roman eine ›Art der Dichtung ohne Gesang‹ gewesen. Später bezeichnete er ›Erzählungen in Prosa‹. Noch später erschienen die Romane in der Form von ›Satiren, Allegorien und Tierfabeln, die von ausgelassenen, obszönen Liedern begleitet wurden‹. In der Neuzeit, sagt sie, sei dann ›der von den neuen Methoden der Verbrechensuntersuchung angeregte Roman‹ bedeutsam geworden. Schaut her, diesen Teil des Rezepts habe ich aus dem Buch abgeschrieben und werde ihn vorlesen. Sie sagt, bei den ›Romanen der Verbrechensuntersuchung‹ werde die Intrige, die auf die Spur des Mordes führt, ›immer von dem großen Entzifferer‹ gewoben, und die Geschichte ende stets ›mit der Belohnung der Tugend und der Bestrafung des Verbrechens‹.«

»Das begreife ich nicht«, sprach Clemens. »Worauf wollen Sie eigentlich hinaus?«

»Ich will darauf hinaus, daß ich aus der Geschichte vom Tode meines Paten einen ›Roman der Verbrechensuntersuchung‹ machen kann, an dem nichts zu beanstanden ist. Die Geschichte erfüllt alle Voraussetzungen. Erstens ist sie schrecklich grausam. Nun sagt Dr. Amorim Carvalho, Tragödie und Epos könnten ihre Helden aus der Sippe der großen Verbrecher beziehen, um außer ihren Scheußlichkeiten auch ihre rührenden Tugenden glänzen zu lassen. Alsdann wurde mein Pate in einem fensterlosen Zimmer enthauptet, dessen Tür er selber von innen verriegelt hatte. So besitzt sein Tod alle Merkmale des ›großen unerklärlichen Verbrechens‹, das die geniale Albertina Bertha als unentbehrlich ansieht für die großen ›Romane der Verbrechensuntersuchung‹.«

»Aber wenn der Tod Ihres Paten nicht entziffert wurde, ist er als Thema unbrauchbar, denn die gleiche Albertina Bertha bemerkt ganz richtig, daß Romane dieser Art mit der Entzifferung des Verbrechens und der Bestrafung des Verbrechers endigen. Wie wollen Sie aber in diesem Fall den Verbrecherhelden aufdecken, wenn niemand weiß, wer die Mörder Ihres Paten gewesen sind?«

»Clemens, ich bin ein professioneller Astrologe und Entzifferer, und ich sage Ihnen, ich werde das Rätsel entziffern und den Helden dieser Geschichte in irgendeiner Form finden. Dann ist da noch etwas: Albertina Bertha meint, der Roman werde sich noch weiter entwickeln, und der Krieg werde ›ein Werk hervorbringen, das mit Alternativlösungen von Rache und Verzeihung vollgesogen ist, entflammt von epischem, glutrotem Rasen, gekrönt mit dem Helmbusch von Hoheit und Siegen, schmerzensreich durch schwere Verzichte und das singende Leben, aus Liebe zur Verteidigung, zum Symbol, zum Ideal und zum Vaterland‹.«

»Und da der Scharadenmacher Quaderna nie die Hoffnung aufgegeben hat, den Sertão durch seine Familie neuerdings in Krieg zu verstricken, wird dies ›der Krieg‹ sein, aus dessen Trümmern ›Ihr Werk‹ emporsteigen wird«, bemerkte Clemens sarkastisch.

Unglaublich! Wie scharfsinnig diese Männer waren, wie sie meine geheimsten Gedanken ans Licht zerrten! Zu meinem Glück fuhr die Gottheit fort, ihre Sinne in den entscheidenden

Augenblicken mit Blindheit zu schlagen. Deshalb bemerkten sie nicht, wie sehr sie in diesem Augenblick in der Sonne der Wahrheit promenierten, und ich konnte also meine unheilvolle Bahn allein fortsetzen. Hinzu kommt, daß ich seit langem listig ausbeutete und aufzeichnete, was Clemens und Samuel sagten, und ganze Abschnitte aus den Büchern exzerptierte, auf die sie in ihren Gesprächen anspielten. Der Haupteinfluß ging freilich von Carlos Dias Fernandes aus. Hinweisen, die ich mir aus »Talg und Glasperlen« zusammengefischt hatte, entnahm ich, daß ein Schriftsteller, der die Absicht haben sollte, »das Werk des brasilianischen Volkes« zu schreiben, »eine äolische Gefühlsfülle besitzen muß, um im Schmelztiegel seiner selbst die überraschenden Psychosen zu verschmelzen, welche den Gestalten seiner Tragödie, seines Gedichtes und seines Romans ›die Aureole der Originalität‹ verleihen«. Auch müsse er über »ästhetische und gelehrte Requisiten« verfügen – und ich besaß den »Almanach« und das »Wörterbuch«. Darüber hinaus waren erforderlich: »Kampfgesinnung, furchtlose Kühnheit der Urteilskraft, raubtierartiges Sichfestbeißen an den empfindlichen Stellen des Gemeinwesens, dazu die granitene Starrheit eines Felsblocks« – und mit Felsen konnte ich ebenfalls dienen, ich besaß gleich zwei davon im Stein des Reiches. Außerdem sollte er noch »dichterisches Ingenium und die psychische Symbiose aus einem Soziologen und einem Künstler« besitzen, was ihm die »Fähigkeit zur Verallgemeinerung« verleihen und ihn »zur Beute hypnotischer Blitze« machen würde. Nun, um Soziologe zu werden, hatte ich Clemens, um Künstler zu werden, Samuel. Da ich andererseits Astrologe bin und hypnotisieren kann, waren auch die »hypnotischen Blitze« garantiert. Schließlich sollte der »Genius des Volkes« mit der »Behendigkeit der Wildkatze« vorgehen – und da kam mir zweifellos Clemens' »Jaguarismus« zustatten. Er sollte mit »schneidender Ironie« ausgestattet sein, »erschreckend pathetisch und grausam bissig«, nur so könne er ein Buch – eine Burg – errichten: »glutrot von innen wie von außen«, ein »flammendes Werk«, der künftige »lichterfüllte Spitzbogen des gesamten geistigen Bauwerks der lateinischen Rasse«, und dabei würde mich Samuels Tapir-Wappenkult nicht im Stich lassen. Ich würde den schwarzen Sebastianismus des einen und den iberischen Sebastianismus des anderen zu einer neuen Art von »braunem Sebastianismus« verbinden und so den Traum vom Stein des Reiches in einer sonnenüberglänzten, burggekrönten Zukunft verwirklichen.

Doch das war noch nicht alles. Clemens und Samuel, der eine ein Neger, der andere ein Weißer, verachteten mich, weil ich der braunhäutige Nachkomme von Mulatten und Negern, Indianern und Weißen war, also von Mischlingen abstammte. Carlos Dias Fernandes hingegen hatte geschrieben: »Wir wollen unser Vaterland wegen seines wunderbaren Hinterlandes lieben, das mit dem reinen Blut seiner Mischlinge dem Genius des Volkes Auftrieb gibt – dieses ausgedörrte, von der Sonne versengte, jedem ausländischen Eindringling unzugängliche Hinterland, wo eine nüchterne Rasse furchtloser Reiter heranwächst – das wilde, trostlose Hinterland, das eines Tages die stürmische Konzeption für unser Epos eingeben wird.« Es lag klar, ja sonnenklar zutage!

Was mich jedoch mit Stolz erfüllte und erschreckte, was bewies, daß mir selber das »Siegel des Genius«, das weißglühende Zeichen des Göttlichen aufgedrückt war, war die Tatsache, daß Carlos Dias Fernandes dem Schriftsteller, der all diese Fähigkeiten in sich vereinigte, ein »überraschendes Aroma« zusprach. Da sehen Sie nur! Das war eben der »Bocksgestank«, den die beiden wohlriechenden, eleganten Doktoren an mir beanstandeten, der Beweis, daß mich die Gottheit dazu ausersehen hatte, der verkündigende Erzengel der Sonne unseres Volkes zu sein.

———

Natürlich hütete ich mich, von diesen Dingen zu reden, um nicht ihre vorzeitige Aufmerksamkeit zu erregen. Doch João

Melquíades hatte schon mehr oder weniger begriffen, worum es ging, und schaltete sich ein:

»Wenn ich recht verstehe, will unser Dinis hier eine Romanze schreiben, und die Herren meinen, er kann das nicht. Ist das so?«

»Genau so ist das, João Melquíades«, sagte Clemens.

»Ew. Hochwohlgeboren erlauben, daß ich in meiner Unkenntnis der Liturgie etwas einwerfe?«

»Gewiß doch, geschätzter Dichter, reden Sie!« sagte Clemens und stellte sich darauf ein, alles komisch zu finden.

»Nun, mit Erlaubnis von Dero Hochwohlgeboren will ich etwas über Dinis und unsere Kunst sagen. Die Welt ist ein riesenhaftes Buch, das Gott in den Augen des Dichters entfaltet. Durch die sichtbare Schöpfung hindurch spricht das unsichtbare Göttliche seine symbolische Sprache. Die Dichtung ist nicht nur eine Berufung, sie ist die zweite der sieben Künste und so erhaben wie ihre Zwillingsschwestern, die Musik und die Malerei. Von der Gottheit her stammt ihre musikalische Wesenheit. Doch, meine Herren, halte niemand eine x-beliebige Strophe für Poesie, denn es gibt viele Gedichte ohne Strophen und unzählige Strophen ohne Poesie . . . Dichter sein heißt nicht nur, Strophen schreiben können. Dichter sein heißt, genialisch, ein ›auserwählter Sohn der Musen‹ sein, ein Mensch, der imstande ist, sich bis zu dem goldenen Baldachin der Sonne zu erheben, von wo aus Gott mit dem Dichter redet. Gott spricht auch durch die Steine hindurch, jawohl, durch die Steine, welche das besondere Gewand der Idee konkret vorzeigen. Doch die Gottheit spricht nur zu dem Dichter, der seine Gedanken zu erheben versteht, durch Größe, Güte und das Lob des Ewigen hervorsticht, durch Ehrbarkeit, Moral und gute Sitten in der Gesellschaft und in der Familie. Es gibt den Dichter der Lobreden und der Flugblätter, und es gibt die Improvisatoren. Es gibt den Dichter von Geist, Rittertum und Reich, der dazu imstande ist, Romanzen von Liebe und Hurerei zu schreiben. Es gibt den blutigen Dichter, der Cangaceiro- und Reiterromanzen schreibt. Es gibt den wissenschaftlichen Dichter; er schreibt die beispielhaften Romanzen. Es gibt den Dichter der Straßen und Plätze, der die Romanzen von schlauen Streichen und Schelmenstücken schreibt. Es gibt den Dichter der Erinnerung, der Romanzen vom Tagesgeschehen und über die Geschichte verfaßt. Und dann gibt es schließlich noch den Planetendichter, der die Romanzen mit Visionen, Prophezeiungen und Gespenstergeschichten schreibt. Nun wohl: ich habe die Sternzeichen unseres Dinis untersucht und bin zu dem Schluß gekommen, daß er hier in Cariri der einzige Dichter ist, der die Gaben eines Dichters von Geist, von der Straße, von der Wissenschaft, von der Erinnerung, vom Blute und vom Planeten in sich vereint. Pedro Dinis Quaderna ist am 16. Juni 1897 auf die Welt gekommen, in der dritten Dekade des Sternzeichens der Zwillinge, zu einer Zeit, in welcher den Astrologiebüchern zufolge ›ein wahrer Genius geboren werden kann‹. Die unter diesem Zeichen geborenen Menschen sind ›gefühlvoll und wankelmütig, aber hervorragend und schreckenstiftend‹. Planet dieses Zeichens ist der Merkur, ein Gestirn, das laut dem ›Ewigen Mondkalender‹ Macht besitzt über ›die Dichter-Schreiber, Literaten, Maler, Goldschmiede, Sticker, Händler, Tatkräftige und Kaufleute‹, wobei noch anzumerken ist, daß, wenn die unheilvollen Einflüsse überwiegen, unter den im Sternzeichen der Zwillinge Geborenen ›Scharlatane, Clowns, Betrüger, Diebe, Erbschleicher und Fälscher‹ auftreten.«

»Was haben Sie da gesagt, mein Pate?« forschte ich wie von ungefähr. »Sie haben doch von Dichter-Schreibern gesprochen? Haben Sie das gehört, Samuel? Das bedeutet, daß ich wie Pêro Vaz de Caminha bin, der Dichter-Schreiber der brasilianischen Flotte.«

Der Edelmann schnalzte mit der Zunge:

»Viel eher sind Sie vielleicht ein Clown, der unter dem ›unheilvollen Einfluß von Zwillingen und Merkur‹ steht, ein Betrüger und Falschmünzer.«

»Mit allem Respekt möchte ich bemerken, Sie irren sich,

Dr. Samuel!« protestierte João Melquíades,. »In der dritten Dekade des Sternzeichens der Zwillinge sind die Einflüsse der Gestirne wohltätig, denn Merkur wird bereits von der Sonne erhellt. Übrigens weiß Dinis das besser als ich, und er hat seinen Bruder Taparica gebeten, ein Holzbild zu schneiden, das den Wagen des Merkur darstellt, wie er von der Sonne bestrahlt und von einem Sperber gezogen wird, während das Zeichen der Zwillinge auf den Rädern leuchtet.«

━━━━

Ich bin überzeugt, daß João Melquíades noch andere »Sternzeichendinge« zu meinen Gunsten vorzubringen hatte. Doch in diesem Augenblick gelangten wir auf die königliche Straße. Meine Orientierungslosigkeit verschwand mit einem Schlage, die Welt hellte sich vor meinem Auge auf, und die Verlegenheit wich. Clemens und Samuel wollten in die Stadt zurückkehren und begleiteten João Melquíades. Ich war jedoch schon aus der Stadt mit der Absicht fortgeritten, allein auf dem heiligen Felsplateau, das in der Nähe jener Straße liegt, zu Mittag zu essen. Ich nahm Abschied von den beiden und versprach ihnen, sie im Städtchen wiederzutreffen, um dem Reiterzug beizuwohnen, den ich und meine Brüder für diesen Nachmittag im Auftrag der Präfektur organisiert hatten. So trennten wir uns und verpaßten auf diese Art um wenige Stunden die Kavalkade des Jünglings auf dem Schimmel.

Jedenfalls besaß ich nun schon Anhaltspunkte, um meinen epenhaften Roman schreiben zu können: im Mittelpunkt sollten als Rätsel aus Verbrechen und Blut die Enthauptung meines Onkels, Paten und Ziehvaters sowie die Verzauberung seines jüngsten Sohnes Sinésio Sebastião des Strahlenden stehen. Rings um den Turm, in welchem der alte König enthauptet worden war, wollte ich auf dem Fundament der beiden anderen Türme vom Stein des Reiches meine Burg errichten und aus »dem Flugblatt im Romanstil« und aus dem »Roman im Flugschriftenstil« eine Art von Sertaniade, Nordostiade oder Brasiliade machen, ähnlich derjenigen des Senators Augusto Meira. Mit dem blutigen Dolch meiner Vorfahren wollte ich die Sertão-Steine herausbrechen. Den Mörtel wollte ich mit meinem Blut anrühren und mit dem Gift, das ich nach Ansicht meiner beiden Lehrmeister in mir trug. Durch das ganze Werk sollten sich die Insignien meines Mutes und die Schmach meiner Verrätereien hindurchziehen, die Standarten und Banner meines Zorns und der Stachel meines dauerhaften Schmerzes. Alles stand mir schon wie in einem Traum vor Augen, während ich über die Straße ritt: mein von prophetischen Flammen umblitzter Thron, die heillose und unrettbare Verbannung, in der ich lebte, meine glühende Herausforderung und meine nutzlose Verzweiflung, die Behausungen meines Leidens und der bittere Nachgeschmack meiner Hoheit. Und so würde ich endlich selber in meinem Werk auftreten, zwischen Spottworten und Sternkreiszeichen gekreuzigt, an die Mauern meiner Burg geschlagen und von Lanzen durchbohrt wie Zumbi und König Sebastian, Ehrungen und Spottreden gleichermaßen ausgesetzt, im merkurialen Sonnenlicht meines Tierkreiszeichens vom Schicksal gezeichnet und ausgezeichnet, in Purpurmantel und Dornenkrone, ein verhöhntes Zepter in den Händen tragend.

Deshalb blicke ich in dem Augenblick, in dem ich meine Geschichte beginne, hier in diesem Gefängnis eingesperrt, gedemütigt, verfolgt und verachtet, in die Vergangenheit zurück, und alles, was mir zustieß, erscheint mir wie ein Traum, eine Vision, die in einem gefährlichen halluzinatorischen Augenblick an mir vorbeigezogen ist, und diese Vision begann mit der Kavalkade des Jünglings auf dem Schimmel. Und das ist auch nicht weiter verwunderlich, da mir in meinen wahndurchglühtesten Augenblicken die Welt selber wie eine lange Sertão-Straße vorkommt, wie ein trockenes, staubbedecktes Spielbrett, wo unter Felsen, Kakteen und Dornen der lichte und dunkle Zug der Menschen vorübergleitet – Könige, Buben, Königinnen, Springer, Türme, Schiffsleute, Damen, Joker, Bischöfe, Asse und Bauern. Meine Burg und die Ereignisse, die sich auf ihr für

immer abspielen, erscheinen mir in ihrer festlichen, blutigen
Traumhaftigkeit wie die Inszenierung eines Schauspiels von der
Art derer, die wir in unserem Zirkus aufführten: mit dem Tanz
der Erde, der Sonne und des Unterirdischen, beim Klang der
wahnwitzigen und obszönen Lieder, die meine mannweibliche
Muse, das Sperberweibchen von Carcará, anstimmte. Sie habe
ich allzeit angerufen und rufe sie noch heute, die Muse des Lebens und des Todes mit dem Saturn-Gesicht, das düster und
wüstenhaft ist, mit dem mondhaften Anlitz des Traumes und
des Blutes und dem durchsonnten und von Gelächter erfüllten
Antlitz der Wirklichkeit. Andererseits wußte ich durchaus, daß
sich all dies im Inneren meines Blutes und meines Kopfes, in
meiner Erinnerung abspielte; dort standen eine Bühne und ein
Vorhang bereit, und in dem Augenblick, in welchem sich der
Vorhang schloß, war auch das Schauspiel zu Ende, dieser
Traum: glorreich und grotesk, mit seinem Hundeknurren und
seinen Hörnerfanfaren, mit seinen Lumpen und seinen goldenen Mänteln, schmutzüberzogen und bannergeschmückt. Oder
mit den Worten eines Volkssängers:

> Daß er träumt nur, weiß der König,
> Daß nicht dauert sein Gebot,
> Denn wir kommen aus dem Nichts her,
> Schlaf beschließt des Lebens Not.
> Und ein Grabmal ist sein Thronsitz –
> Unser Zeichen ist der Tod!

DRITTES BUCH
DIE DREI SERTÃO-BRÜDER

SIEBENUNDDREISSIGSTE FLUGSCHRIFT
DAS GEWEBE MEINES PROZESSES

So war denn alles entschieden; alle Fundamente für den großen Augenblick waren gelegt. Die akademische Erörterung ist abgeschlossen, und man versteht nunmehr die Beweggründe, die mich dazu brachten, meine gefährliche, dornige und felsige Literatur-Burg aufzuführen. Ich kann deshalb nun zu der Ankunft des Jünglings auf dem Schimmel und zu den Gründen zurückkehren, um derentwillen ich im Gefängnis hinter Schloß und Riegel sitze.

Meine Verhaftung erfolgte an jenem verhängnisvollen Karmittwoch, am 13. April unseres Jahres 1938. Am Vortag hatte mich unser Gerichtsdiener Severino Brejeiro in Schrecken gesetzt; er überbrachte mir ein Schreiben des Untersuchungsrichters, worin mich dieser ersuchte, bei ihm vorzusprechen, um über alle Vorkommnisse bei der Ermordung meines Paten und der Ankunft des jungen Mannes auf dem Schimmel in Taperoá auszusagen.

Wir lebten damals, wie Ew. Hochwohlgeboren sich gewiß entsinnen werden, in einer unheilvollen, gefährlichen Zeit. Von meinem persönlichen Standpunkt aus betrachtet, lebten wir noch im »Jahrhundert des Reiches«. Seit dem Jahre 1935 hoffte ich, daß mich irgendein Ereignis – ein Krieg, ein Komet, eine Revolution, ein Wunder – unversehens auf den Thron zurückführen würde, den meine Familie ein Jahrhundert zuvor innegehabt hatte.

Auf der anderen Seite war, vom allgemeinen Gesichtspunkt Brasiliens aus betrachtet, unser Städtchen durch das angespannte und explosiv geladene politische Klima, in welchem wir seit der kommunistischen Revolution von 1935 und dem Staatsstreich vom 10. November des vergangenen Jahres 1937 lebten, von viel Haß, Ressentiment, Ehrgeiz und Neid aufgewühlt worden und dem Wahnwitz nahe, weil Anzeigen, Verdächtigungen, anonyme Briefe und bisweilen gänzlich unerwartete Verrätereien ein Inquisitionsklima geschaffen hatten.

In der Tat nahm die Repression seit November 1935, seit dem von Luís Carlos Prestes, dem Chef der brasilianischen Kommunisten, angeführten Aufstandsversuch immer gewaltsamere Formen an. Verhaftet oder in die Verbannung geschickt hatte man unzählige Kommunisten und Linksliberale der Nationalen Befreiungsallianz, einer Partei, welche die Revolution entfesselt hatte und nun für gesetzeswidrig erklärt worden war. Eine gewisse Zeitlang schien Präsident Getúlio Vargas sich mit der Partei der äußersten Rechten, der Integralistischen Brasilianischen Aktion, verbünden zu wollen, an deren Spitze Plínio Salgado stand (der gleiche Salgado, den unser Samuel so sehr bewunderte, daß er ihn General Francisco Franco und Dr. Antônio de Oliveira Salazar an die Seite stellte und von allen dreien erhoffte, sie würden das große Imperium Neu-Iberiens aufrichten). Doch dann auf einmal kam es, ohne daß es von jemandem erwartet worden wäre, am 10. November 1937 zu einem Staatsstreich: Präsident Vargas verfügte die Aussetzung der Wahlen, setzte die verfassungsmäßigen Rechte außer kraft, ordnete eine strenge Zensur an, berief das berüchtigte Nationale Sicherheits-Tribunal ein (dem unser Dichter Raúl Machado angehört) und verbot die Integralisten, wie er zwei Jahre zuvor die Kommunisten verboten hatte.

Jeden Augenblick erwartete man einen Gegenschlag der Integralisten. Das Jahr 1937 ging zur Neige, und wir traten in das laufende Jahr 1938 ein. Januar und Februar gingen vorbei, wir befanden uns schon Anfang März. Da kamen plötzlich erschreckende Gerüchte in Umlauf. Es verlautete, am 10. März habe es in Rio einen ersten integralistischen Aufstandsversuch gegeben, einen Versuch, der nicht gescheitert, aber auch nicht zum Sieg gelangt sei, weil man ihn in letzter Stunde abgebrochen hatte; die Führer der Integralisten waren zu dem Schluß gekommen, daß die Voraussetzungen für einen Handstreich noch nicht gegeben seien. Es hieß jedoch, dieser stehe jetzt alle Augenblicke bevor, und zwar bedrohlicher denn je.

Von unserem Blickwinkel aus fiel erschwerend ins Gewicht, daß der wichtigste Anführer dieser versuchten Revolte Konteradmiral Federico Villar gewesen war. Als ich davon hörte, bekam ich einen Schreck, weil ich die Reichweite dieser Tatsache für Brasilien im allgemeinen und für Paraíba und Cariri im besonderen ermessen konnte. Konteradmiral Federico Villar gehörte einer seit dem 18. Jahrhundert in Taperoá ansässigen Familie an; sie besaß ausgedehnte Ländereien, die König Joseph I. dem Stammvater der im Sertão von Paraíba angesiedelten Villars übereignet hatte. Dies war auch der Grund, weshalb Samuel diese mächtige Familie hochschätzte, die sich auch in Seridó do Rio Grande do Norte und an anderen Orten ausgebreitet hatte.

In einem solchen Klima lebten wir also, als in unserem Städtchen der Untersuchungsrichter eintraf, ein mächtiger und gefährlicher Mann, der den Gerüchten über die politische Lage, die ohnehin umliefen, neuen Auftrieb gab. Zu meinem Mißgeschick erfolgte in eben diesem unheilschwangeren Klima die Aufhellung des schrecklichen »Abenteuers«, auf das ich mich im Jahre 1912 eingelassen hatte, das im Jahr 1930 blutiger Ernst geworden war und mit den Ereignissen der Jahre 1935 bis 1938 und der Ankunft des Jünglings auf dem Schimmel seinen Gipfelpunkt erreicht hatte. Bereits kurz nach seiner Ankunft waren dem Untersuchungsrichter die wahren Absichten und der Sinn all dieser Vorgänge klargeworden. Er telegrafierte an den Gerichtshof von Paraíba, erbat eine Sondervollmacht, zog die Untersuchung an sich, griff alte Prozesse wieder auf, zerrte verstaubte Akten ans Tageslicht und beschnupperte und zerwühlte alles wie ein gottverdammter Jagdhund.

Da trat das Schlimmste ein, was mir passieren konnte: irgend jemand denunzierte mich beim Untersuchungsrichter als mitverwickelt in die erwähnten Ereignisse und grub mit dieser Anzeige alte, blutige und rätselumwitterte Machenschaften wieder aus, die unter sieben Schlüsseln begraben zu wissen, wir alle froh waren. Nun kamen sie wieder zum Vorschein und brachten Unruhe, Leid und Angst über unsere Familie und einige der einflußreichsten und mächtigsten Persönlichkeiten unseres Städtchens.

ACHTUNDDREISSIGSTE FLUGSCHRIFT DER FALL DES UNFREIWILLIGEN KOPFSTOSSES

Die Anzeige, deren Opfer ich wurde, verdient übrigens noch eine kurze Anmerkung. Alles begann mit einer literarischen Fehde. Ich hatte, um die Wahrheit zu sagen, nie angenommen, meine harmlosen monarchischen Gelüste könnten jemanden neidisch machen. Ich hielt mich selber für unscheinbar und unauffällig und ahnte nicht, wieviel Ärger, Neid, Ressentiment, ja sogar Haß meine Kavalkaden, die doch niemandem ein Haar krümmten, unter meinen Kollegen im Städtchen auslösten.

Unter ihnen gab es einen, der war Schreiber im Notariat eines gewissen Belarmino Gusmão. Es war ein mageres, heruntergekommenes Kerlchen mit dem Gesicht eines Marabus. Wahrscheinlich hegte er und hegt noch immer den wahnwitzigen Traum, er könne der Genius des brasilianischen Volkes werden. Als er nun die Gefahr witterte, die ich für ihn darstellte, begann er sogleich eine versteckte und unfaire Kampagne gegen mich. Um mich auszuschalten, streute er in unseren intellektuellen Sertão-Kreisen die Behauptung aus, ich sei »ein intelligenter Mensch, ein gewitzter ehemaliger Priesterzögling und Scharadenmacher«, aber keinesfalls ein wahrer Dichter, das heißt: »ein scharfsinniger, gebildeter Mann auf der Höhe seiner Zeit«; dem stand seiner Ansicht nach meine Tätigkeit als Astrologe und Scharadenautor im Wege. Sein Plan lag klar zutage: er wollte beweisen, ich sei kein Dichter, weil daraus, wenn es einmal bewiesen war, schlüssig folgerte, daß ich auch nicht »der Nationaldichter Brasiliens« sein konnte.

Seit früher Jugend in den Hinterhalten und Fallstricken des literarischen Sertão-Lebens gewitzigt, hatte ich seit langem von

Clemens und Samuel gelernt, daß es kein besseres Gegengift für solche Nattern gibt, als ihr eigenes Gift gegen sie selber zu richten. Also bediente ich mich des anonymen fliegenden Winkelblatts meines Freundes Dom Eusébio Monturo, »Der Hakenschnabel des Geiers«, einer Zeitung mit breitem Erfolg und ausgedehnter Leserschaft in den Kreisen der ärmeren Stadtviertel. Da ich weiß, daß diese Leute nur kurze Sachen lesen, falls die langen nicht besondere »Reize« aufweisen wie die Hurerei-Romanzen, bestand das erste Epigramm, das ich gegen den Schreiber veröffentlichte, nur aus vier Versen, denen die Initialen seines Namens vorangestellt waren. Es lautete folgendermaßen:

Dieser Mann wird enden,
indem er den bitteren Schierlingsbecher leert:
nicht weil er ein neuer Sokrates wäre,
sondern weil er es mit der griechischen Liebe
des berühmten Autors hält.

Mein Werklein fand bei den Müßiggängern des Ortes Beifall, und so begann die Fehde. Anfänglich besaß sie nur literarischen Charakter, jedenfalls meinte ich das. Ich dachte, es würden sich nun zwei Parteien bilden, die eine zu meinen, die andere zu seinen Gunsten. Dann aber mußte ich meinen Irrtum einsehen: die politische Auseinandersetzung, die Brasilien in zwei Lager teilte und auch jetzt – 1938 – noch immer teilt, griff auf unseren Zwist über, der mir die größten Überraschungen bringen sollte. Plötzlich mußte ich feststellen, daß mich Leute haßten, denen ich nie etwas Böses zugefügt hatte, die mir jedoch nicht die Art und Weise verzeihen konnten, wie ich zu Pferde saß, ein Wams trug, meine vierundzwanzig Reiter bei den Kavalkaden befehligte, als ob sie meine Ehrenwache wären usw. Insgeheim fühlte ich mich, wenn ich bei den Karnevalsumzügen »Bumba-meu-Boi« oder im »Spiel von der Kriegern« den König darstellte, als König von Brasilien. Doch da dies niemandem wehe tat und niemanden außer Amt und Brot setzte, meinte ich, ich könnte das ungestraft tun. Ich täuschte mich. Offenbar ahnten alle, wer ich in Wirklichkeit war, und betrachteten das als unausstehliches Geltungsbedürfnis.

Das Schlimmste war, daß ich keine der beiden Parteien für mich gewinnen konnte. Den Intellektuellen des Städtchens, die es mit Clemens hielten, war ich ebenso verdächtig wie denjenigen, die zu Samuel standen, dergestalt daß sie alle mir nun zu verstehen gaben: Sieh zu, wie du fertig wirst! Am besten war ich noch mit denjenigen dran, die darauf verzichteten, für mich Stellung zu beziehen: denn die übrigen ergriffen offen Partei gegen mich.

Doch da die Fehde nun einmal aufgekommen war, mußte sie auch durchgestanden werden. Mein Epigramm hatte Erfolg gehabt, wenn schon nicht bei den Intellektuellen, so doch zumindest in den ärmeren Stadtvierteln. So entschloß ich mich dazu, ein weiteres, diesmal längeres zu veröffentlichen: ich dachte, die Leute hätten inzwischen an meinem Stil Gefallen gefunden und würden auf etwas Gepfeffertes gefaßt sein und es gern lesen, einerlei, ob es lang wäre oder kurz. Ich beschloß, meinem Werkchen eine literarisch raffiniertere Form zu geben, ganz nach den Regeln, die ich in den Rhetorikstunden von Monsignore Pater Anisios Dantas erlernt hatte. Tatsächlich hatte ich mich im Priesterseminar in der obligatorischen Abfassung von Oden, Elegien, Eklogen, Sonetten und anderen Gattungen geübt, wie das in den Grammatik- und Rhetorik-Postillen von Dr. Amorim Carvalho empfohlen wurde.

Ich nutzte also die Herausgabe einer weiteren Flugschrift vom »Hakenschnabel des Geiers« und publizierte darin ein Epigramm, das heute in ganz Cariri bekannt und berühmt ist. Ich fing an mit dem Bescheidenheitstopos und sagte, ich sei wirklich kein Dichter. Ich gestand ein, ich sei ein Almanach-Verfasser, bewandert nur in Horoskopen und guten und bösen Mondeinflüssen. Ich räumte ein, daß diese Tätigkeit meinen dichterischen Scharfsinn trübe und schädige, und schloß wie folgt:

Also, guter Freund, ein Dichter,
Klar, konkret und sauber, bist nur du!
Ich, aus dem Geschlecht der Richter
– König, Panther, Urutú –,
Räume dir das Feld: laß dich von hinten . . ., Dichter!

Unter meinen Mitbürgern war der Erfolg außerordentlich. Der mickrige Schreiber konnte sich nicht mehr auf der Straße blicken lassen; sobald er irgendwo auftauchte, begannen die Müßiggänger alle im Chor zu rufen: »Konkreter Dichter, laß dich von hinten . . .!« In den Intellektuellen-Kreisen war die Wirkung von entgegengesetzter Art. Diese Herrschaften begannen sich von etwas bedroht zu fühlen, was sie »Quadernas Vipernzunge« nannten.

Und nun folgte eine Begebenheit, in die ich ohne meine Absicht hineingeriet, genau wie beim Tod des Jaguars im Reichsgebirge; ich leistete mir ein unfreiwilliges Heldenstück. Meine allesamt ritterlichen und tapferen Stiefbrüder waren auf meine Almanache und literarischen Leistungen höchst eingebildet. Sie entrüsteten sich über den Schreiber. Sie sprachen zu mir: »Dinis, halt dich nicht mit diesem Kerl auf! Geh auf ihn zu und zieh ihm das Fell über die Ohren, sonst erleidet unsere Familienehre Schaden!« Ich beruhigte sie alle und versuchte sie zu besänftigen. Ich sagte, sie seien vielleicht in Alltagsstreitigkeiten erfahren, aber in literarischen Fehden sei ich der Meister. Ich bat sie vor allem, sie sollten dem Schreiber nicht die Prügel verabreichen, die er verdiente, sonst litte meine Ehre Schaden, weil ich ihnen nicht zuvorgekommen wäre.

Da nun griff der besagte Zufall ein. Eines Morgens ging ich über die Straße, zwei Tage nachdem der bewußte Schreiber einen giftigen, gegen mich gerichteten Schmähartikel an eine Zeitung von Campina Grande geschickt hatte. Als ich um die Ecke bog, glitt ich auf einer Kokosschale, die auf dem Bürgersteig herumlag, aus und fiel zu meiner Überraschung mit dem Kopf in den Bauch meines Gegners, der eben aus der entgegengesetzten Richtung um die Ecke kam. Zufällig erwischte ihn mein unfreiwilliger Kopfstoß am Magenausgang; der Schreiber fiel halb bewußtlos zu Boden und schnappte verzweifelt nach Luft. Als er wieder zu sich kam, erhob er sich und lief eilig davon, überzeugt davon, daß ich ihn mit Absicht angegriffen hätte.

Die Geschichte verbreitete sich mit Windeseile im Ort. Gerüchten zufolge hatte ich den Schreiber nur deshalb nicht umgebracht, weil er rechtzeitig davongelaufen und so dem Dolchstoß entgangen war, den ich ihm versetzen wollte, nachdem ich ihn zuvor mit einem Knüppelhieb auf den Rücken, einem Faustschlag ins Gesicht und einem Kopfstoß in den Bauch zu Boden gestreckt hatte. Die Heldentaten meiner Brüder Antônio und Francisco aus den Zeiten der »Expedition Prestes« im Jahre 1926 waren noch in jedermanns Gedächtnis. Und ich entdeckte besorgt und gleichzeitig stolzgebläht, daß ich, feige wie ich war, im Ruf eines Raufboldes stand.

Meine Brüder konnten sich vor Stolz kaum lassen. Sie überschütteten mich mit Ehrenbezeigungen und waren wegen meiner unfreiwilligen Tat ganz aufgeblasen. Es blieb mir gar nichts anderes übrig: jetzt mußte ich, ob ich das wollte oder nicht, mein Schicksal als »feiger Glückspilz« und das Kreuz des »wider Willen Mutigen« tragen, das mir der Name Quaderna auferlegte.

Sobald sich der Schreiber von seinem Schreck erholt hatte, suchte er den Polizeikommissar auf und führte Klage gegen mich. Das war noch etwas, das mir ganz überraschend kam, denn er gehörte zu jenem Teil der Intellektuellen, der die Polizei immer mit der größten Verachtung behandelte. Jedenfalls weinte er auf dem Kopfkissen des Polizeikommissars seine Tränen aus, und ich wurde aufgefordert, auf dem Kommissariat zu erscheinen. Er hatte dem Kommissar vorgelogen, ich hätte ihn verräterisch von hinten angegriffen. Er zeigte eine Beule vor, die sich an seinem Hinterkopf gebildet hatte (dieser war in Wirklichkeit auf dem Pflaster aufgeschlagen, denn er war ja auf den Rücken gefallen), und behauptete vor dem Kommissar, ich hätte ihm heimtückischerweise einen Stockhieb von hinten versetzt.

Zwar hatten einige Passanten zufällig dem Vorkommnis beigewohnt. Aber sie hielten den Mund, aus Angst, sie könnten als Zeugen vorgeladen werden. Und da ich wirklich aus monarchischer und ritterlicher Gesinnung immer meinen Dolch mit dem Silbergriff bei mir führte, konnte ich feststellen, daß mir niemand abnehmen wollte, mein Kopfstoß sei unfreiwillig gewesen. Die geläufige Meinung ging dahin, ich hätte den Schreiber mit Absicht zu Boden gestoßen und würde ihn mitleidlos zur Ader gelassen haben, wenn er nicht davongelaufen wäre. Der Polizeikommissar selber war völlig davon überzeugt, daß der Schreiber im Grunde recht hatte. Allenfalls räumte er ein, daß ich ihm nicht den Stockhieb von hinten gegeben hätte, ein Faktum, das der Schreiber hinzuerfunden hatte, einmal, um meine Schuld zu vergrößern, und dann, um die Schmach, sich nicht gewehrt zu haben, zu vermindern. Im übrigen waren alle Leute einer Meinung.

In dieser Situation erschien der Richter, und nun wurde die Untersuchung eingeleitet. Angeführt von dem Schreiber, glaubten alle diese Skorpione und Kellerasseln, die mich verabscheuten, der Augenblick sei günstig, um mich auszuschalten: sie sandten den anonymen Brief ab, der mich zum dritten Mal verdächtig machte und als gefährlichen politischen Agenten und mutmaßlichen Verbrecher in die Maschen eines unheilvollen Prozesses verstrickte.

NEUNUNDDREISSIGSTE FLUGSCHRIFT
DIE BLAUE UND DIE ROTE PARTEI

An jenem Karmittwoch, dem 13. April, war ich mit einem Unhagen im Leibe aufgewacht. Maria Safira bemerkte mit ihren abgründigen grünen Augen, daß ich schlecht geschlafen hatte. Noch im Bett sagte sie mit einem rätselhaften Gesichtsausdruck, sie habe von mir geträumt. Im Traum war ich ihr als Teufel verkleidet erschienen, als clownartiger, hörnerbewehrter, räudiger und häßlicher Zirkusteufel, gleichermaßen schreckenerregend und demoralisierend. Ich versuchte, geistreich zu erscheinen und den bösen Zauber abzuwenden, und antwortete ihr also, so gut ich konnte, mit den Versen des genialen Dichters Martins Fontes, die Samuel einmal dazu benutzt hatte, mich lächerlich zu machen; zu meiner Ehre variierte ich sie folgendermaßen:

> Nicht der schöne Buffo bin ich,
> Nicht der muntre Harlekin,
> Lieblingssöhnchen von Brighella
> Oder auch von Cassandrin.
> Nein, o nein! Ich bin »Matthäus«,
> Ganz in Rot und Schwarz gehüllt,
> Bin der Lederjacken-Teufel,
> Bin das blutige Knochenbild,
> Das in einer Welt, die Trauer
> Über alle Wesen breitet,
> Über Blut und Todesstaub
> Im Galopp des Traumes reitet,
> An dem Jaguar des Zufalls
> Eine Schelle des Burlesken,
> In dem Reich der Phantasie
> Tiger alles Romanesken!

Ich war aufgefordert worden, am Nachmittag vor dem Untersuchungsrichter zu erscheinen. Als ich meinen Kaffee getrunken hatte, ging ich, immer noch unter dem üblen Eindruck von Maria Safiras Traum stehend, in die Bibliothek hinüber: dort wollte ich vor meiner schlimmen, aus Schuldgefühl, Furcht und Gewissensbissen gemischten Aufregung Zuflucht suchen. Ich irrte eine Zeitlang unter den alten verstaubten Bänden umher, welche die Regale füllten.

Mitten im Saal standen um einen niedrigen Tisch herum ein

strohgepolstertes Sofa, zwei Schaukelstühle und ein Liegestuhl, die ich dort hatte aufstellen lassen, damit sie bei unseren literarischen Plaudereien und akademischen Sitzungen dienlich wären. Erschöpft und sorgenvoll ließ ich mich – ohne genau zu wissen, was ich tat, so groß war die Angst, die mich überkam, wenn mir die schreckliche Untersuchung einfiel – mühsam in einen Liegestuhl sinken und stützte den Kopf auf meinen rechten, angewinkelten Arm, um wieder zu Kräften zu kommen und nachzusinnen, wie ich mich bei meiner Aussage vor dem Untersuchungsrichter am besten aus der Affäre ziehen könnte. Mir kam ein Satz in den Sinn, den mein Pate, Dom Pedro Sebastião Garcia-Baretto, im Jahre 1930 ab und an aussprach, als er im »Krieg um Princesa« in den Kampf gegen den Präsidenten João Pessoa eingetreten war:

»Mein Ehrgefühl verträgt keine Demütigungen!«

Wenige Monate später jedoch hatte mein Pate sein Leben mit durchschnittener Kehle beendet, ebenso wie mein Urgroßvater, Dom Johann Ferreira-Quaderna, der Abscheuliche, im Jahre 1838. Seit letztgenanntem Ereignis war genau ein Jahrhundert vergangen. Da beschloß ich in meinem Inneren, in der Tiefe meines Wesens, genau das entgegengesetzte Programm zu verfolgen. Ich murmelte mir selber mit leiser Stimme meinen Vorsatz zu:

»Mein Ehrgefühl wird alle Demütigungen aushalten, die sich als notwendig erweisen sollten.« So Gott will, werde ich die Untersuchung überleben, nicht gefangengesetzt und enthauptet werden wie mein Urgroßvater und mein Pate, sondern am Leben bleiben und aus der Haft entlassen werden, um meine Geschichte und die Geschichte des Jünglings auf dem Schimmel anderen erzählen zu können.

———

Kaum hatte ich dieses Gelübde abgelegt, da drangen meine beiden Lehrmeister und literarischen Rivalen in die Bibliothek ein, beide mit einer besorgten und erschöpften Miene, die nicht verhehlen konnte, daß sie die vorangegangene Nacht schlecht geschlafen hatten.

Beide waren sichtlich nervös, ja, ich würde sogar sagen: erschrocken, wenn Furcht ein Gefühl wäre, das in ihrer kriegerischen und streitbaren Politiker-Brust Platz greifen könnte.

Die Beziehungen zwischen uns dreien, edle Herren und schöne Damen, waren immer noch in gewisser Weise sonderbar. Als Rivalen konnten wir einander nicht ausstehen, aber da wir gleichzeitig sehr aufeinander angewiesen waren, waren wir unzertrennlich. Die Rivalität zwischen Samuel und Clemens hatte viele literarische Ursachen, war aber, wie Ew. Hochwohlgeboren schon vermutet haben dürften, hauptsächlich politischer Natur. Wie man bereits gesehen hat, waren beide seit Samuels Ankunft im »Herrenhaus vom Turm zum Gefleckten Jaguar« verschiedene politische Wege gegangen. Von 1930 an, als sich das politische Klima Brasiliens immer mehr verschärfte, wurden beide immer radikaler. Luís Carlos Prestes hatte inzwischen die Kommunistische Partei Brasiliens gegründet, und Plínio Salgado die Partei der extremen Rechten, die Brasilianische Integralisten-Aktion. Kurz darauf versuchten die Kommunisten eine Partei zu gründen, welche die mit ihnen sympathisierenden Liberalen zusammenfassen sollte: diese Partei hieß die Nationale Befreiungsallianz.

Es braucht kaum gesagt zu werden, daß Samuel sogleich der Brasilianischen Integralisten-Aktion beitrat und im Ort eine Sektion ins Leben rief, welche die »Söhne aus gutem Hause«, aus den Familien der Grundherren und sonstigen Besitzenden, zusammenfaßte. Er hatte sogar »eine Visitenkarte von Plínio Salgado erhalten«, mit welchem er seit dem Besuch, den der Führer der Nationalen in Begleitung der paraíbischen Intellektuellen Hortênsio Ribeiro und Pedro Baptista dem Sertão abgestattet hatte, freundschaftliche Beziehungen unterhielt. So hieß es im Ort, wo man von Samuels Prestige ganz geblendet war, denn der Führer Plínio Salgado war nicht nur Parteichef, sondern ein in ganz Brasilien anerkannter Literat.

Was Clemens betraf, so war er geräuschvoll der Nationalen Befreiungsallianz beigetreten, deren örtlichem Komitee er vorstand.

Das Schlimmste war jedoch, daß die unselige Zwietracht, die von Anfang an zwischen diesen beiden genialen Persönlichkeiten herrschte, den politischen, literarischen und philosophischen Fortschritt des Hinterlandes beeinträchtigte und die beiden großen Männer in einem unfruchtbaren Parteienhader trennte, die andernfalls hätten gemeinsam arbeiten und unser Vaterland vorwärtsbringen können. Ja, der von ihnen ausgetragene ideologische Kampf griff vom rein politischen Gebiet auf die Geschichte, die Literatur, die Philosophie, ja sogar die Religion über.

Innerhalb der Geschichte zum Beispiel vertrat jeder der beiden seine Parteimeinung, und das nicht nur für Brasilien: sie trugen die brasilianischen Meinungskämpfe der Gegenwart über alle Epochen und Schauplätze der Welt bis zurück zu den Urgründen menschlichen Lebens aus. Innerhalb der griechischen Geschichte beispielsweise nahm Clemens für Sokrates Partei, der seiner Ansicht nach den Fortschritt und die politische Avantgarde jener Epoche vertrat, und Samuel ergriff die Partei der Aristokraten, die den häßlichen und zerlumpten Philosophen des Volkes vergiftet hatten. Samuel behauptete, Sokrates habe mit seiner zersetzenden Kritik an den religiösen und familiären Traditionen der Griechen wirklich die Jugend verdorben. Innerhalb der römischen Geschichte ergriff Clemens die Partei des Marius, des »Volksführers«, und Samuel die des Sulla, »des aristokratischen Tyrannen«. In einer späteren Geschichtsepoche stand unser Philosoph, wenn sie diesen Teil der Diskussion abschlossen, auf der Seite des Brutus und der Poet auf der Cäsars.

In ähnlicher Weise nahmen sie wutentbrannt auch in allem übrigen Partei. Die Soziologie war das Eigentum der Linken, und die Literatur war stark verdächtig, der Rechten nahezustehen. »Das satirische Gelächter und die Wirklichkeit« standen links, »der monolithische Ernst und der Traum« gehörten der Rechten. Die Prosa gehörte zum Bereich der Linken und die Poesie zu dem der Rechten; doch bezogen sie sogar innerhalb der Poesie Position, denn die reine Lyrik geriet in den Verdacht, »persönlich, subjektiv und deshalb rechtsstehend und reaktionär« zu sein, während die satirische »soziale versittlichende Lehrdichtung« als progressiv und linksstehend galt. Die Natur mit ihrem »harten und grausamen Kampf ums Dasein, mit ihrer Barbarei, ihrer Unordnung, dem Überleben des Stärkeren und allen Merkmalen, die vom Geist des Chaos und der Finsternis zeugten«, stand rechts. Die Stadt hingegen, »ein organisiertes Gemeinwesen, das auf Fortschritt, Arbeit und Maschinen basierte«, stand links. Innerhalb der Gesellschaft stand das männliche Geschlecht, weil es stärker, herrschsüchtiger und ausbeuterischer war als das weibliche, rechts, und das weibliche Geschlecht, das, ausgebeutet, schwach, ressentimentgeladen, revoltierte, links. Im Reich des Geschmacks jedoch stand das männliche Geschlecht mit seiner nüchternen Schmucklosigkeit der Linken nahe, während das weibliche mit seiner Vorliebe für Stoffe und Juwelen rechts stand.

Und so ging es in allen Bereichen weiter. So tiefgreifend war der Streit, daß Professor Clemens, obwohl er Atheist war, für Augenblicke seinen Atheismus vergaß, um selbst innerhalb der Dreifaltigkeit Partei zu ergreifen. Er sagte, er verabscheue Gottvater, der als ein Gott der Wüste, der Gewalttätigkeit, der Strafen, der Plagen, der Tempel aus Gold, Porphyr, Opalen und Diamanten, der bannerschwingenden Heerscharen, der Kriege und der brennenden Dornbüsche sichtlich der Rechten nahestehe; das hatte sogleich zur Folge, daß Samuel, seinem unerbittlichen Katholizismus zum Trotze, den er selber als »rechtgläubig, altüberliefert, inquisitorisch, reaktionär und obskurantistisch« bewertete, gegen den Sohn Gottes Partei nahm, der seiner Meinung nach ein »offenkundiger Demagoge war, den Pöbel begünstigte und zu Klassenkämpfen aufhetzte«.

So fanden die Streitigkeiten und Diskussionen zwischen meinen beiden Lehrmeistern kein Ende. Nach meinem »Hirtenspiel«, das sie verachteten, aber gleichwohl zur Weihnachtszeit besuchten, nannte Samuel Clemens »die Meisterin von der roten Partei«. Clemens rächte sich, indem er Samuel »Obermeisterin von der blauen Partei« nannte. Beide gaben jedoch diese Scherze an dem Tage auf, als sie entdeckten, daß sie sich auch auf diesem Gebiet gegen mich verbünden konnten: in Anspielung auf eine andere Gestalt des »Hirtenspiels«, eine Gestalt, die gleichzeitig der blauen und der roten Partei angehörte (und deren Kleidung sogar diese beiden Farben trug), nannten sie mich »die unschlüssige Diana«, weil ich mich nicht dazu verstehen konnte, den Kommunismus des einen oder den Integralismus des anderen ganz zu übernehmen.

———

An jenem Morgen kamen die beiden gleich nach ihrem Eintritt auf mich zu und ließen sich in ihre angestammten Schaukelstühle fallen. Clemens sprach als Wortführer für sie beide, was mir gleich zeigte, daß sie für den Augenblick ein gemeinsames, wahrscheinlich gegen mich gerichtetes Interesse vereinte:

»Quaderna!« sagte er in einem etwas brüsken Tonfall. »Was haben Sie seit gestern für ein sonderbares Betragen am Leibe? Alle Welt weiß schon, daß Sie von dem Untersuchungsrichter vorgeladen worden sind. Gestern haben wir beide den ganzen Tag lang auf Sie gewartet, um etwas Neues zu erfahren. Bis elf Uhr nachts sind wir aufgeblieben, und niemand kam. Was war denn los? Wo haben Sie gesteckt? Haben Sie zu Hause geschlafen?«

»Allerdings.«

»Und warum haben wir Sie nicht nach Hause kommen sehen?«

»Ich bin durch das Hoftor gekommen.«

»Sehen Sie, es ist genau so, wie ich es Ihnen gesagt habe, Samuel!« sagte Clemens streng. »Quaderna führt Böses im

Schilde und hat schon einiges auf dem Kerbholz. Haben Sie gehört, was er gesagt hat? Er ist wie ein Verbrecher durch die Hintertür gekommen, wie ein Mensch, den sein Gewissen drückt und der sich sogar vor den Augen seiner besten Freunde verstecken muß. Sehen Sie nun, Quaderna, wohin Ihre Unbedachtheit führt? Wie oft habe ich Sie gewarnt! Es geht auf gar keine Kuhhaut! Immer habe ich zu Ihnen gesagt: ›Vorsicht, Quaderna! Eines Tages gibt es einen Kladderadatsch!‹ Sie haben das in den Wind geschlagen und so lange in der verworrenen brasilianischen Politik herumgestöbert, bis Ihnen jetzt das Haus auf den Kopf fällt.«

»Aber Clemens!« gab ich aufgebracht zurück. »Ausgerechnet Sie müssen etwas Derartiges zu mir sagen. Ausgerechnet Sie! Sie, der mir, zusammen mit Samuel, diese Ideen in den Kopf gesetzt hat! Ich hätte mich niemals mit Politik abgegeben, wenn Sie mich nicht dazu getrieben hätten!«

»Was?« rief da Samuel tiefbetroffen und riß seine Augen sperrangelweit gegen mich auf. »Haben Sie das gehört, Clemens? Dieser liederliche Mensch, der sich mit der schlimmsten Hefe des Volkes, mit allen Unruhestiftern und Aufrührern abgibt, stellt die Sache so dar, als ob wir, zwei ehrenwerte Bürger, ihn zu seinen politischen Ansichten gebracht hätten. Sehen Sie, Clemens, Sie sind zwar ein Kommunist, aber eines muß Ihnen die Gerechtigkeit lassen: Sie sind ein ernsthafter Kommunist und geben sich nur mit anderen ernsthaften Kommunisten ab, mit vertrauenswürdigen Leuten, mit denen man nicht einer Meinung zu sein braucht, die man aber immerhin respektieren muß. Mit Quaderna hat es eine andere Bewandtnis. Er hält es mit dem Pöbel: mit den Viehhändlern, Eselstreibern, Zuckerrohrschnapsschmugglern, Volksbarden, ja sogar Buschräubern! Mein Gott! Stellen Sie sich nur vor, das Gericht und das Ministerium von Paraíba entdecken, daß ich mich mit einem solchen Menschen eingelassen habe! Und er läßt auch noch durchblicken, sein Verhalten und seine Ideen seien im Umgang mit uns zustande gekommen!«

»Stellen Sie sich vor, er sagt vor dem Untersuchungsrichter etwas Ähnliches aus!« fügte Clemens düsterblickend hinzu. »Was für eine Meinung wird sich der würdige Beamte aus Paraíba von uns bilden! Was wollen Sie ihm denn alles erzählen, Quaderna?«

»Alles, Clemens, einfach alles.«

»Alles, was soll das heißen? Und vor allem: was denn alles?«

»Alles, alles! Die ganze Geschichte mit der ›Neuen Suche nach dem Krieg des Reiches‹, und vor allem den Teil, der mit dem Tode meines Paten und dem Auftritt des Jünglings auf dem Schimmel zu tun hat.«

»Haben Sie schon mit dem Untersuchungsrichter gesprochen?«

»Nein, heute nachmittag gehe ich zu diesem Zweck ins Gefängnis. Er muß eine Anzeige bekommen haben, irgendeinen anonymen, gegen uns gerichteten Brief, und deshalb will er mich sehen.«

»Einen anonymen Brief? Gegen uns gerichtet?« sagte Samuel erbleichend.

»Der Schuß ist sicher gegen mich gerichtet, denn nur ich bin vorgeladen worden. Ich bitte euch also um eure Hilfe. Verlaßt mich nicht in dieser bitteren Stunde meines Lebens! Sie, Clemens, könnten als Rechtsanwalt und bekannter Kriminalist recht gut meine Verteidigung vor Gericht übernehmen.«

Sogleich setzte der Philosoph eine gedankenverlorene Miene auf, kehrte sich ab und zeigte mir die kalte Schulter, um mich desto leichter im Feuer schmoren zu lassen:

»Quaderna«, sagte er, »Sie müssen schon entschuldigen, aber das ist nicht nur ganz unmöglich, es ist auch völlig überflüssig und zwecklos. Das Klima der Repression, in dem wir seit 1935 leben müssen, hat sich in den letzten Zeiten sehr verschärft; der Boden, auf dem wir treten, ist heute glitschiger und tückischer denn je zuvor. Sie wissen sehr genau, daß mich viele Leute für gefährlich und subversiv halten. Nur mit besonderer Geschicklichkeit bin ich von 1935 an bis zum heutigen Tage

289

dem Gefängnis entgangen; aber ich geriete in eine beklagenswerte Lage, wenn ich etwas mit dieser Untersuchung zu tun bekäme. Ich bin ein gesuchter Mann, auf den man es abgesehen hat, Quaderna, ein Mann, dem die Mächtigen unseres Landes den Tod geschworen haben. Überallhin verfolgen mich die Agenten der Regierung, die im Solde der Reaktion und der internationalen Trusts stehen. Wenn sie mich bei irgendeinem Versehen ertappen, bin ich erledigt. Diese Leute kennen kein Mitleid, und ich habe auch keine mächtigen Beschützer. Da ist es schon besser, wenn Sie sich an Leute halten, die, wie unser hier anwesender Anklagevertreter, bei der Reaktion in Ansehen stehen. Dr. Samuel hat gute Beziehungen bei Gericht und kann sehr wohl vor dem Untersuchungsrichter ein gutes Wort für Sie einlegen.«

Samuel schrak zusammen und warf Clemens, mehr tot als lebendig, einen schiefen, unheilverkündenden Blick zu, weil er auf diesen unseligen Einfall gekommen war. Und dann entzog auch er sich mir mit einem schändlichen Manöver:

»Ich soll Quaderna verteidigen? Und warum eigentlich? Warum ausgerechnet ich? Sind Sie wahnsinnig geworden, Clemens? Ich lasse mich unter gar keinen Umständen mit diesen Leuten ein. Wissen Sie überhaupt, wie gefährlich die Lage ist, Quaderna? Haben Sie die Zeitungen gelesen, die am vergangenen Donnerstag mit der Post gekommen sind?«

»Gewiß doch.«

»Es laufen Gerüchte um, wonach es am 10. des vergangengen Monats März in Rio den Ansatz zu einer Revolte der Integralisten gegeben hat. Wissen Sie, daß der Anführer dieser Revolte der Konteradmiral Federico Villar gewesen ist?«

»Ich weiß es.«

»Der Konteradmiral stammt aus einer hiesigen Familie, und alles deutet darauf hin, daß der geheimnisvolle Untersuchungsrichter aus diesem Grunde hier plötzlich an Land gegangen ist, ohne daß jemand wüßte, warum oder weshalb. Wie Sie sehen, ist die Lage der Nation alles andere als ruhig, und es ist sehr gefährlich, wenn man sich in einer solchen Stunde die Finger verbrennt.«

»Auf internationaler Ebene stehen die Dinge auch schlecht«, fiel Clemens ein. »›Die Union‹ und die ›Zeitung von Pernambuco‹ haben wahrhaft beunruhigende Berichte gebracht. Hier in Brasilien hat der Feigling Getúlio Vargas, nachdem er im November vergangenen Jahres seinen starken Staat eingerichtet hat, vor einer Intervention der Nordamerikaner Angst bekommen und den Speichellecker Osvaldo Aranha zum Minister des Auswärtigen ernannt. Osvaldo Aranha ist, wie ihr wißt, ein Lakai des Imperialismus und hat am Tage seiner Amtsübernahme im vergangenen Monat ›an Volk und Regierung der Vereinigten Staaten‹ eine Grußbotschaft gerichtet, die in der Zeitung nachzulesen ist; es ist wahrlich mehr als eine Botschaft, es ist der schändliche Lehnseid eines Vasallen. Österreich ist ohne einen Schuß an Deutschland ausgeliefert worden. In Spanien unterdrücken die rechtsgerichteten Truppen des Generals Franco das große spanische Volk und schlagen ihm die Köpfe ab. Zum Ausgleich ist in Mexiko ein Linker, Lázaro Cárdenas, an die Macht gekommen und hat die Verstaatlichung der ausländischen Ölgesellschaften eingeleitet. Die ›Zeitung von Pernambuco‹ berichtet, kürzlich habe die mexikanische Regierung zur Unterstützung ihres linken Programms eine Parade organisiert, bei der eine große Menschenmenge in den volkstümlichen Nationaltrachten Mexikos mehr als fünf Stunden lang an der Tribüne vorbeigezogen ist, auf der Lázaro Cárdenas stand. Und die Zeitung kommentiert: ›Eine Gruppe von Kubanern führte ein großes Spruchband mit der Aufschrift mit sich: Kubanisches Volk, Opfer des Imperialismus, wach auf und folge diesem Beispiel!‹ Das kann der Anfang zur lateinamerikanischen Revolution werden, Quaderna!«

Samuel, der bestimmte Äußerungen Clemens' nicht stillschweigend mitanhören mochte, entgegnete sogleich:

»Ich bin überhaupt nicht mit der kommunistischen Interpretation von Clemens einverstanden, aber wer weiß wirklich,

291

wieweit das alles zu tun hat mit dem Kampf der Blonden Bestie, der Bestie Kaliban gegen den lateinamerikanischen Engel, den iberischen Ariel? Diese Angelegenheit, Quaderna, ist mehr als gefährlich, sie gehört zu denjenigen, an die wir nicht rühren dürfen, weil sie mit den schrecklichen Geheimnissen der Macht und der hohen Sphären zusammenhängen. Hinzu kommt, daß dieses ganze verwünschte Gewebe aus Politik und Macht noch durch die Geschichte mit Ihrem Paten und Onkel kompliziert wird, der 1930 enthauptet wurde, eben weil er sich in die hohen diabolischen Sphären der Macht begeben hatte. Hier in Paraíba hat sich zu unserem Unglück die Revolution mit der barbarischen Vendetta der Sertão-Familien verquickt; alter Familienhaß und die Zwistigkeiten der verschiedenen Linien haben sich mit allem verbunden, was an der Macht unheilvoll und gefährlich ist. Ich lasse mich unter keinen Umständen auf diese Geschichte ein, Quaderna! Weiß der Himmel, welche geheimen Ziele und verborgenen Beziehungen dieser Untersuchungsrichter verfolgt. Sie werden sehen, im Grunde ist er nichts weiter als ein Geheimagent, der in IHREN Diensten steht.«

━━━━━

Da hatte ich es!

Nun wußte ich, daß Menschenmacht außerstande sein würde, sie zu meiner Hilfe zu mobilisieren. Wenn Clemens und Samuel es sich in den Kopf gesetzt hatten, daß SIE hinter irgendeiner Unternehmung steckten, mieden sie sie wie die Pest. SIE, das war ein bösartiges Wesen, das ich nie genau zu identifizieren vermochte, das aber allem Anschein nach mit der angelsächsischen Bestie, mit der blonden Kaliban-Bestie zu tun hatte – einem Wesen, das überall steckte, ungreifbar, drohend, unbesieglich und diabolisch. Deshalb unterstützte auch Clemens, was selten genug vorkam, den Gedanken seines Rivalen:

»Jetzt, Samuel, haben Sie trotz Ihren sonstigen reaktionären Dummheiten den springenden Punkt berührt und sind mit dem glühenden Eisen mitten in die Wunde vorgestoßen. Es wird mir immer sonnenklarer, daß der Untersuchungsrichter im Grunde niemand anders ist als ein Gesandter, den SIE ausgeschickt haben, um mich zu liquidieren.«

»Sie zu liquidieren! Was für ein abwegiger Gedanke! Er ist gekommen, um *mich* zu liquidieren!« rief Samuel und erschrak immer mehr über seine eigenen Worte. »Bis jetzt bin ich wie durch ein Wunder allen Versuchen entgangen, die SIE unternommen haben, mich zu ermorden, mich zu foltern, mich festzunehmen, mich auszulöschen. Ich kann es wirklich nur einem besonderen Schutz Gottes und der Engel zuschreiben, daß ich, ein wehrloser, seraphischer Dichter, unversehrt aus so vielen Hinterhalten, Verrätereien und teuflischen Fallstricken hervorgegangen bin, die SIE sich für mich ausgedacht hatten.«

»Sie, Samuel?« fragte ich erschrocken. »Hat man Sie zu ermorden versucht?«

»Etwa nicht? Schauen Sie, Quaderna, eines Tages werde ich einen Zipfel des Schleiers lüften, der über meinem Leben liegt, und Sie werden vor Entsetzen erstarren. Aber hüten Sie sich, Quaderna: die bloße Kenntnis der Dinge, die mir widerfahren sind, kann aus Ihnen ebenfalls ein gebranntes Kind machen, einen Verbannten im eigenen Vaterlande! Einstweilen möchte ich, um Sie zu schonen, nur das erzählen, was vorfiel, als ich ›Die Erbin‹ publizierte: unter allen Gedichten, die zu meinem Werk ›Der König und die Smaragdkrone‹ gehören, ist es vielleicht am engsten mit dem verhängnisvollen imperialen Schicksal Brasiliens verbunden. Ich Ärmster! Zu jener Zeit in Recife war ich noch so naiv, daß ich glaubte, wenn ich mich hinter einem Pseudonym versteckte, könnte ich mich IHRER Verurteilung entziehen. Nichts da! Diese Leute sind mitleidlos und teuflisch, von da an begann mein Leben als Geächteter, der wie ein Krimineller gesucht wird und allen finsteren Mächten ausgeliefert ist, welche SIE zu entfesseln und auf unsere Spur zu setzen verstehen. Aber ich, Quaderna, bin stärker als SIE meinen. Auch ich habe meinen Pakt mit dem Teufel geschlossen, und da ich den Engeln eine Studie gewidmet habe, stehe ich unter dem unmittelbaren Schutz dieser geflügelten, reinen, gefährlichen, glühenden und geschlechtslosen Wesen. Deshalb enthüllt auch, in den gefährlichsten Augenblicken meines Lebens, wenn SIE meinen, SIE hätten mich wirklich gepackt und könnten mich vernichten, der Engel sein schreckliches, leuchtendes und gefahrdrohendes Antlitz, und alles muß meilenweit von mir weichen.«

Ich unterbrach ihn:

»Aber Samuel, Sie haben doch keinen Pakt mit dem Teufel geschlossen?«

»Doch!«

»Und wie können Sie dann gleichzeitig unter dem Schutz der Engel stehen?«

»Schweigen Sie still, Quaderna! Sie, ein einfacher Scharadenmacher und Almanachleser, haben durchaus nicht die geistige Dimension, um diese Dinge zu begreifen! Sagen Sie mir eines: Ist der Teufel nicht ein Engel?«

»Er war es, aber er ist es nicht mehr.«

»Wenn er es war, so ist er es noch, denn ein Engel kennt keine Widersprüche, er besteht aus einem Guß und ist in seiner feurigen Reinheit gefährlich. Sie, Quaderna, ein Herausgeber von Flugschriften und ehemaliger Priesterzögling, können die Rätseltiefe und den Wahrheitsgehalt nicht ausschöpfen, die in meiner Schrift über die Engel zu finden sind. Menschlicher Geist, menschliche Leidensfähigkeit und poetisch-prophetische Vision können nicht weiter gehen, als ich in dieser Studie gegangen bin.«

»Und Ihr Gedicht ›Die Erbin‹ hat auch etwas mit den Engeln zu tun?« wollte ich wissen.

»Quaderna, eines Tages, viele Jahre nach meinem Tode, werden vielleicht die Voraussetzungen dafür gegeben sein, daß man die tiefe Einheit meiner Schriften, meines ganzen Werkes begreifen kann, in dem sich durchgängig ein geheimer und verschlüsselter Sinn entfaltet. Für den Augenblick mag es Ihnen genügen zu erfahren, daß in meinem Werk Brasilien, der Teufel, die Engel und ich selber, wir alle als Erben betrachtet werden. Haben Sie verstanden? Haben Sie die Reichweite dieses Gedankens ermessen?«

»Wohl kaum, Samuel.«

»Das glaube ich Ihnen gern. Sie haben ihn nicht ermessen, und Sie können ihn auch gar nicht ermessen, weil nur ich dazu augenblicklich in der Lage bin. Ganz richtig ist diese Behauptung im übrigen nicht: SIE haben fast alles verstanden und meinen Namen alsbald mit Lettern aus Feuer und Blut in das SCHWARZE BUCH eingetragen, worin all jene eingetragen werden, die SIE für gefährlich halten. Die VERFLUCHTEN müssen mein Gedicht aus der Zeitung ausgeschnitten haben, in der ich es törichterweise veröffentlichte, und SIE haben Kopien an alle IHRE Agenten geschickt, die über die ganze Welt verstreut sind. SIE haben auch den wahren Namen des Autors herausgebracht, der hinter dem Pseudonym Sandernes de Wanderval versteckt war, und seit diesem Tage bin ich ein todgeweihter Mann.«

»Und wie lautete das Gedicht, Samuel?« erkundigte ich mich, begierig, ein Werk kennenzulernen, dem ein solcher politischer Geheimsinn innewohnte, daß es, obwohl unter Pseudonym publiziert, aus seinem Autor einen für immer von IHNEN gebrandmarkten Menschen machen konnte.

Samuel setzte eine unheilverkündende, melancholische Miene auf und fragte:

»Quaderna, wollen Sie das wirklich wissen? Ich weiß nicht, ob ich das Recht habe, Sie aus Ihrer Arglosigkeit zu reißen, indem ich Ihnen gewisse Dinge mitteile. Vorsicht, Quaderna! Ihre Lage ist schwankend, und die bloße Kenntnis gewisser Dinge meines Lebens kann Sie für immer ins Unglück stürzen. ›Die Erbin‹ gehört zu ihnen, und kann Sie auf einen Schlag liquidieren.«

»Sprechen Sie nur! Rezitieren Sie! Ich bin ohnehin dem Unglück preisgegeben; so lerne ich zumindest Ihr Gedicht kennen. Rezitieren Sie es!«

»Nun, wenn Sie darum bitten, so tragen Sie auch die Verantwortung dafür. Also werde ich es hersagen.«

Unser Junker setzte eine inspirierte, ernste, gerührte Miene auf und begann in seiner makellosen Vortragsweise:

Warum wirst du so mißhandelt,
Scharlachfarbnes Herz der Rose?
Wappenschild! O Blut und Krone!
Wo die beiden goldnen Kugeln,
Wo Dom Pedros rotes Zepter?

An dieser Stelle verstummte der Dichter Samuel Wan d'Ernes und starrte mit traumverlorener Prophetenmiene, hochrot vor Gefühlsaufwallung, zur Zimmerdecke. Clemens und ich warteten, daß seine Emotion nachließe und er das Gedicht zu Ende brächte. Aber es kam nichts mehr. Endlich fragte ich schüchtern:

»Kommt noch etwas von dem Gedicht, Samuel?«

»Das war schon das ganze Gedicht, Sie Dummkopf!« sagte er, schlug die Augen auf und funkelte mich wütend an.

»Ist es zu Ende? Wirklich zu Ende?«

»Natürlich ist es zu Ende.«

»Und ›Die Erbin‹ ist nur das?«

»Nur das? Sagten Sie: nur das? Finden Sie das wenig? Da sehen Sie, Clemens, was aus unserem Umgang mit Scharadenmachern herauskommt. Dieser Astrologe möchte, daß ich noch mehr sage, als ich schon gesagt habe, noch mehr wage, als ich ohnehin gewagt habe.«

»Es wundert mich nicht, daß Quaderna das als zuwenig erschienen ist«, sagte Clemens. »Es wundert mich keineswegs, denn ich dachte gleichfalls, das Gedicht hätte erst angefangen. So, wie Sie es rezitiert haben, Samuel, taugt es überhaupt nichts. Es taugt nichts und ergibt keinen Sinn. Deshalb will das brasilianische Volk nichts von der Dichtung wissen. Wie kann das brasilianische Volk seine Dichter hochachten, Samuel, wenn sie sich im elfenbeinernen Turm abkapseln und die Werte der Menschheit, der Nation und der Gemeinschaft beiseite setzen, um diese kleinen Scharaden zu fabrizieren, die noch schlimmer sind als die von Quaderna?«

»Sie, Clemens, sind nicht im mindesten befähigt, die Dichtung, die wahre Dichtung, zu verstehen. Zunächst möchte ich Ihnen sagen, daß mein Gedicht einen Sinn hat, und sodann, daß dieser Sinn ein in hohem Grade nationaler und aktuell-politischer ist.«

»Ihr Gedicht ergibt überhaupt keinen Sinn, Samuel. Was soll es denn heißen?«

»Es bedeutet die Unabhängigkeit und imperiale Größe Brasiliens.«

»Alles nur Geschwätz, Samuel. Ihr Versgebossel hat nichts mit der Unabhängigkeit Brasiliens zu tun. Sie hat nichts damit zu tun und kann auch gar nichts damit zu tun haben, denn Sie als Integralist würden nie etwas schreiben können, das für das brasilianische Volk nützlich wäre.«

»Vom Volk habe ich mit keiner Silbe geredet. Ich habe von der imperialen Größe Brasiliens geredet. Das ist ein Thema, das mein adliges Blut anrührt. Die Plebs, das Volk, wie Sie sagen, tut das nicht. Die interessiert nur Sie, der Sie ein Kaffer und ein Krauskopf sind.«

Clemens fühlte sich in seinem Rassenstolz beleidigt und geriet in Wut:

»Ich bin vielleicht ein Kaffer und ein Krauskopf, aber nicht ein unehrlicher Dichter von Ihrem Kaliber.«

»Unehrlich? Unehrlich ist ein bißchen stark. Weshalb unehrlich?«

»Wieviel Verse zählt dieser kleine Scheißdreck, den Sie da verfaßt haben?«

»Fünf!«

»Nun, von diesen fünf Versen ist einer ein Plagiat, und zwei sind unmoralisch.«

»Clemens, ich habe Ihnen schon weiß Gott wie oft erklärt:

das Plagiat ist ein ganz normaler Schöpfungsvorgang, und es gibt kein unmoralisches Kunstwerk. Wo wollen Sie denn in meinem Gedicht Unmoral bemerkt haben, Clemens?«

»Wiederholen Sie seine beiden letzten Verse!«

»Wo die beiden goldnen Kugeln, Wo Dom Pedros rotes Zepter?«

»Sehen Sie, Quaderna? Die beiden Kugeln und das rote Zepter sind natürlich die Hoden und die Stange von Kaiser Pedro I.«

»Da sieht man Professor Clemens' schlechten Geschmack und ordinäres Wesen; wie alle Kommunisten ist er grob und witzlos«, sagte Samuel. »Sie sollten zumindest ein Gedicht respektieren, das ich aus Patriotismus geschrieben habe und um dessentwillen ich ermordet werden sollte.«

»Und stimmt das denn, Samuel?« fragte ich neugierig. »Hat man versucht, Sie wegen dieses Gedichtes umzubringen?«

»Ob man es versucht hat? Sogar mehrfach, Quaderna! Nur weil ich unter dem Schutz der Engel stand, bin ich nicht liquidiert worden.«

»Und wie hat man Sie ermorden wollen? Auf offener Straße? Zu Hause? Mit Schüssen? Mit dem Messer?«

»Mein Blut hat die Straßen von Recife und von Paraíba benetzt.«

»Sind Sie verletzt worden?«

»Mehr als das, Quaderna: ich kann sagen, daß ich umgebracht worden bin.«

»Umgebracht? Und wieso laufen Sie hier quietschfidel herum?«

»Ich meine den moralischen Tod, denn ich wurde mit Verleumdungen umgebracht. Und die mir angetane Grausamkeit war besonders groß, weil man sich, um mich umzubringen, meines Lieblingsschülers bediente. Meine Tragödie war schlimmer als die Tragödie Christi, Quaderna: Christus wurde von einem schlechten Jünger verraten und ich von einem guten, von meinem Lieblingsschüler.«

Hier nahm sein Gesicht einen Anflug von Wildheit an, und er fuhr fort:

»Doch ich habe schreckliche Rache an dem Verräter genommen, eine Rache, wie sie dem flämisch-iberischen und florentinisch-brasilianischen Edelmann, der ich bin, wohl ansteht, der, wenn es nötig wird, auch Dolch und Gift der Borgias zu verwenden weiß.«

»Was haben Sie mit ihm getan, Samuel?« erkundigte ich mich in ungezügelter Neugier.

»Ich habe ihm einen Strauß welker Veilchen, eingehüllt in gelbe Akazienblüten, geschickt.«

Als wir ihn sprachlos anstarrten, erläuterte Samuel schlicht:

»Das ist das Emblem der verratenen Freundschaft.«

Und in verändertem Tonfall setzte er hinzu:

»Deshalb, Quaderna, kann ich sagen, daß ich mit dem Leben abgeschlossen habe; die Kämpfe in unserem großen und unglückseligen Vaterland haben mich gebrandmarkt und aufgerieben. Wer weiß, ob dieser Untersuchungsrichter nicht ein Abgesandter der dunklen Kräfte ist, die unser Vaterland vergiften und ohne Zweifel mit dem Teufel im Bunde stehen? Gott bewahre, daß ich mich in die Unannehmlichkeit einlasse, in die Sie sich eingelassen haben, Quaderna! Außerdem, wozu würde meine Aufopferung Ihnen nutzen? Zu gar nichts. Sie sind ein Mann aus dem Sertão, ein gewitzter und an solche Streitigkeiten gewöhnter Mensch; seit 1912 stecken Sie in ihnen drin, derart daß Sie sich sehr gut allein aus der Schlinge ziehen können. Übrigens werden SIE auch gar nicht wagen, viel mit Ihnen anzustellen: diese Leute achten nur die Gewalt, und wenn SIE erfahren, daß Ihre Angehörigen halbe Cangaceiros sind, wird man Sie schon in Ruhe lassen. Seien Sie ganz beruhigt, Quaderna, Sie brauchen unsere Hilfe überhaupt nicht, denn es wird Ihnen nichts geschehen.«

»So ist es; seien Sie ganz beruhigt, Quaderna!« echote Professor Clemens. »Seien Sie ganz beruhigt, denn man wird Ihnen kein Haar krümmen.«

»Seien Sie ganz beruhigt, Teufel auch!« sagte ich, aufgebracht über die Gleichgültigkeit dieser beiden Hundsfotte, die mir keine Miete bezahlten und mich jetzt allein in der Höhle des Löwen ließen. »Es wird mir kein Haar gekrümmt werden, Pustekuchen! Wie könnte ich ganz beruhigt sein, wie sollte mir kein Haar gekrümmt werden, wenn ich drauf und dran bin, verhaftet zu werden?«

»Von Verhaftung kann gar keine Rede sein, Quaderna«, sagte Samuel. »Glauben Sie wirklich, Sie wären so bedeutend, daß man Sie verhaften könnte? Wenn es sich um mich oder sogar um Clemens handeln würde, dann ja, dann bestünde diese Möglichkeit. Aber Sie? In der ganzen Geschichte gibt es kein Beispiel dafür, daß man einen gesellschaftlich unbedeutenden und politisch einflußlosen Menschen verhaftet hätte. Wirklich in Gefahr sind Clemens und ich, Männer, die im Rampenlicht der Öffentlichkeit stehen und Führer wichtiger politischer Parteien sind.«

»Also, ihr beiden seid hier die Schrittmacher! Aber wichtig oder unwichtig, vorgeladen worden bin ich. Und wenn man mich noch heute dort verhaftet?«

»So hat das nicht die allergeringste Bedeutung«, sagte Samuel, dieses egoistische Ungeheuer. »Gefängnis oder Kerkerhaft können Sie höchstens interessanter erscheinen lassen und Ihnen eine geheimnisvolle, romantische Aura, ein Prestige und einen gesellschaftlichen Glanz verleihen, die Sie nie zuvor besessen haben.«

»So ist es, Quaderna, die Tatsache Ihrer Verhaftung ist völlig nebensächlich«, fügte Clemens unterstützend hinzu. »In Wahrheit wichtig ist unsere Lage, die meinige und die Samuels, angesichts Ihres im Jahre 1930 enthaupteten Onkels und Paten, seiner Söhne und vor allem angesichts der gefährlichen politischen Situation, in die unser Städtchen seit 1935 hineingeraten ist. Wenn Sie wirklich unser Freund wären, wie Sie sagen, wenn Sie für alle Belehrungen eine Spur von Dankbarkeit aufbrächten, die wir Ihnen seit Ihrer Jugend zugute kommen ließen, so würden Sie an uns und unsere Sicherheit denken und nicht an Ihre törichte Vorladung oder Nicht-Vorladung, an Ihr Gefängnis oder Nicht-Gefängnis.«

»Aber wer hier bedroht ist, bin ich. Vorgeladen wurde ich. Wer verhaftet werden wird, bin ich. Wie sollte ich da an Sie denken und nicht an mich?« rief ich aus und wollte sehen, ob ich nicht doch diese beiden Blinden, gegen mein Schicksal Gefühllosen beeindrucken könnte.

»Vorgeladen worden sind Sie, Quaderna, aber im Ernst gemeint sind wir beide, das werden Sie noch erleben«, sagte Clemens. »Im Grunde will man uns auf dem Umweg über Sie einen Schlag versetzen.«

»Meinen Sie wirklich?« fragte Samuel erbleichend.

Clemens rollte, angesteckt von dieser Angst, mit den Augen und versetzte mit unerschütterlicher Überzeugungskraft:

»Aber gewiß meine ich das, Samuel! Können Sie daran den geringsten Zweifel hegen? Diese Leute wissen ja längst, daß wir in Quadernas Häusern wohnen, und nehmen uns auf dem Umweg über ihn aufs Korn. Sehen Sie denn nicht, daß niemand auf den Gedanken kommen würde, Quaderna so bedeutsam zu finden, daß man ihn verhaften würde, wenn das nicht unseretwegen geschähe? Uns, ja uns will MAN in der Person von Quaderna verhaften und töten.«

Beide schauten sich einen Augenblick lang mit verdrehten Augen an und hätten noch geraume Zeit so ausgeharrt, wäre nicht genau in diesem Augenblick heftig an die Haustür geklopft worden; gleichzeitig rief eine hohle, düster klingende Stimme:

»He, ihr da drinnen!«

Ich rief zurück:

»He, ihr da draußen! Wer ist da?«

»Der Gerichtsdiener!« ließ sich die gleiche düstere Stimme vernehmen.

Die beiden großen Männer stürzten sich, ohne »Kopf weg! Hier kommt Schmutzwasser!« zu sagen, auf den einzigen im

Augenblick möglichen Ausgang, das heißt: auf die Tür, welche die Bibliothek mit meiner Wohnung verbindet. Diese Tür war jedoch schmal, und beide langten gleichzeitig bei ihr an, verhedderten sich einer am anderen und stießen in ihrem Drang, als erster hinauszukommen, heftig gegeneinander. Clemens, der Stärkere, stieß Samuel mit dem Ellenbogen ins Gesicht, schüttelte ihn ab und verschwand im Inneren meines Hauses, dicht gefolgt von seinem Rivalen, der, sobald er wieder zu sich kam und den Fluchtweg offen sah, hinter dem anderen herdrängte.

━━━━

Ich ging auf die Haustür zu und öffnete sie vorsichtig.

Es war Severino Brejeiro mit seinen geschwollenen Augen und seinem üblichen schläfrigen Gesichtsausdruck:

»Guten Tag, Herr Quaderna!« sagte er. »Der Herr Doktor läßt Ihnen ausrichten, Sie möchten um drei Uhr erscheinen, nicht um zwei, wie es ausgemacht war. Er hat gestern nicht gut geschlafen und möchte nach dem Essen noch ein kleines Nikkerchen halten.«

»Es ist gut, Severino, um drei Uhr werde ich dort sein.«

Der Gerichtsdiener ging davon, ich schloß die Tür und kehrte ins Haus zurück. Als ich sah, daß die beiden noch nicht zurückgekommen waren, ging ich aus der Bibliothek in den Salon meines Hauses hinüber. Nichts zu sehen! Ich rief:

»Clemens! Samuel!«

Da hörte ich Clemens mit erstickter Stimme, so als spräche er aus der Tiefe der Katakomben, sagen:

»Quaderna? Sind Sie es?«

»Ich bin's. Wo steckt ihr? Ihr könnt herauskommen, es war nichts. Es war Severino Brejeiro mit einer Botschaft des Untersuchungsrichters.«

»Einer Botschaft für wen?«, erkundigte sich Samuel vorsichtig, und noch immer ließen sich die beiden nicht blicken.

»Einer Botschaft für mich. Ihr könnt herauskommen. Wo steckt ihr denn? Es ist keine Gefahr in Sicht.«

Ich folgte der Richtung, aus der ihre Stimmen kamen, und ging sachte auf mein Schlafzimmer zu: dort kamen die beiden endlich zum Vorschein. Sie hatten sich unter meinem Bett versteckt und krochen ganz eingestaubt und voller Spinnweben hervor. Sie erhoben sich, klopften sich mit den Händen ab, waren noch immer recht mißtrauisch und warfen mir schiefe Blicke zu.

»Na gut, es war nichts. Aber es hätte ja etwas gewesen sein können«, sagte Clemens. »Man kann gar nicht vorsichtig genug sein. Die Atmosphäre ist gefährlich und explosiv, und ich habe nicht das Recht, mein Leben wegen einer Nichtigkeit aufs Spiel zu setzen und das brasilianische Volk eines Führers von meinem Kaliber zu berauben, eines Mannes, der es in einem Augenblick akuter Gefahr verteidigen kann und dessen Leben daher unschätzbar ist.«

»Sie, Clemens?« meinte Samuel spöttisch. »Sie, der noch eben davongelaufen ist und sich schmählich unter Quadernas Bett verkrochen hat?«

»Sie etwa nicht, Samuel?« unterbrach ich ihn.

»Ich, Quaderna? Ich soll davongelaufen sein? Keineswegs. Ich bin nur hinter Clemens hergegangen, um ihn im Falle eines Falles zu beschützen. Und dann bin ich bis zu dem Bett gegangen, um nachzuschauen, wie weit die Angst der Linken gehen kann. Aber diese Feigheit ist ein allgemeiner Wesenszug der Kommunisten, sie gehört zu den Eigenschaften, die ich an ihnen am meisten verachte. Die zweite ist das Unverständnis, das sie den großen Individuen, den charismatischen Persönlichkeiten entgegenbringen. Ich will es nicht leugnen, Quaderna: vor drei Jahren, 1935, als der Jüngling auf dem Schimmel hier auftrat, hoffte ich, er möge ein ›Erleuchteter‹ sein, ein Ritter, wie ihn sich das Volk erträumt und wie ihn die Kommunisten nicht bieten können, weil sie dazu zu plebejisch sind und alles gleichmachen wollen. Diese roten Läuse von Clemens' Art, Quaderna, haben nur den Aufbau von Industrien und ähnliche Bourgeois- und Ingenieursideen im Kopf. Statt das Volk in den

Adel zu erheben, wollen sie es in ein neues Bürgertum verwandeln, das noch schlimmer ist als das alte. Und sie sind imstande, das zu erreichen, merken Sie wohl, was ich Ihnen sage. Sie werden so viel anstellen, daß sie dieses wunderbare Volk, das einst, als es von wahren Herren, von rassigen Adligen geführt wurde, das Epos von Guararape schrieb, am Ende bastardisieren und verbürgerlichen werden. Es ist ein großer Traum, dieser Traum der roten Läuse! Doch wenn sie siegen sollten, gleicht unser Vaterland am Ende den nordischen Republiken der diabolischen Käsehändler und kommerzialisierten Puritaner. Haben Sie darüber schon nachgedacht, Quaderna? Brasilien verwandelt sich dann in eine Art Holland in Großformat, in andere Vereinigte Staaten und hört auf, etwas Besonderes, ritterlich, lateinisch und katholisch zu sein, der glorreiche Sproß aus dem Stamme Iberiens! Und all das nur, weil die Kommunisten gegen die charismatischen, adligen Rittergestalten sind.«

»Schon wieder kommt uns Samuel da mit seinem aristokratischen Kuhmist!« schnaubte Clemens empört. »Wenn Brasilien dem von Ihnen gepredigten Weg folgen würde, wäre es schließlich ein Land von lauter Reitern ohne Pferd, von hungrigen und kranken Reitern. Schlimmer noch: die nordischen Käsehändler-Republiken, wie Sie sagen, würden immer noch reicher, und wir Brasilianer müßten für fremde Herren schuften. Doch lassen wir das im Augenblick beiseite! Sie reden, als ob es in meinem brasilianischen Kommunismus, im Neger-Tapuia-Kommunismus der ›Penetral-Philosophie‹, keinen Platz für Ausnahmemenschen gäbe. Eines will ich Ihnen sagen: als 1935 der Jüngling auf dem Schimmel auftauchte, war der Hauptgrund dafür, daß ich ihm auf seiner Fahrt folgte, die Überzeugung, er werde die Taten der ›Expedition Prestes‹ aus dem Jahre 1926 im Hinterland von Paraíba wiederholen. Jawohl, denn wenn wir auch keine Adligen sind, so hat doch in Wahrheit die einzige Rittergestalt, die Brasilien bis heute hervorgebracht hat, der Linken gehört: es war unser großer, unser heldenhafter Luís Carlos Prestes, der Ritter der Hoffnung des brasilianischen Volkes.«

»Ihr ›Ritter der Hoffnung‹ ist ein Ritter Nichtsnutz«, versetzte Samuel mit spöttischer Miene. »Er kam unter dem Namen Antônio Villar nach Brasilien, verkleidet als Pater, woran er ganz recht tat, denn ein Rock war wirklich das passendste Kleidungsstück für ihn. Und weil sich dieser Narr gegen den brasilianischen Adel wandte, wurde er besiegt und sitzt jetzt im Gefängnis und weint in seinem Bett, das bekanntlich ein warmes Plätzchen ist.«

»Was soll das heißen, Sie Elender!« schrie Clemens aufgebracht. »Sind Sie boshaft genug, Ihren Spott an dem großen Märtyrer des brasilianischen Volkes auszulassen? An diesem Mann, der um des Volkes willen die Verbannung erduldet hat und Gefängnis und Folterungen erleiden muß? Das geht zu weit, Samuel! Reden Sie von mir, reden Sie, was Sie wollen, spotten Sie nach Belieben, aber verspritzen Sie Ihr Gift, Ihren integralistischen Geifer nicht gegen den geheiligten Namen von Prestes! Mit mir können Sie sich alles erlauben, mit ihm nicht! Ich betrachte Ihre Worte als eine persönliche Beleidigung und verlange Satisfaktion. Nehmen Sie zurück, was Sie soeben gesagt haben!«

»Ein Edelmann wie ich, der von den Zuckermühlen abstammt, gibt einem schwarzen Eselstreiber, einem Tapuia-Viehtreiber von Ihrem Kaliber keine Satisfaktion. Wenn ich etwas gesagt habe, dann bleibt es gesagt, es bleibt mit feurigen Lettern in den Stein gemeißelt. Was ich gesagt habe, habe ich gesagt, und damit basta! Und wenn Sie Satisfaktion haben wollen, dann nur in einem Duell auf dem Felde der Ehre!«

»Topp, es gilt!« sagte Clemens. »Falls klar ist, daß ich niemals an einem ›Duell‹ teilnehme, an einer Einrichtung, die mittelalterlich, obskurantistisch und ausländisch ist. Jetzt, Quaderna, läßt dieser falsche Patriot endlich seine Maske fallen. Sie, Samuel, nennen sich einen ›Patrioten und Nationalisten‹ und entblöden sich nicht, diese ausländischen Mätzchen zu

305

übernehmen. Ich will nichts davon wissen! Den Kampf nehme ich an: aber ich nehme ihn nur an, weil die Neger und Tapuias auch ihre Spielregeln hatten, um Ehrenkonflikte auszutragen. Auf in den Kampf denn! Aber ich nehme Sie zum Zeugen, Quaderna: was wir austragen werden, ist ein Neger-Tapuia-Wettkampf, ein brasilianischer Wettkampf, nicht ein mittelalterliches ausländisches Duell!«

»Das kommt überhaupt nicht in Frage«, konterte Samuel. »Ich bin ein Edelmann, ein Nachkomme von Kreuzrittern, ein Junker, ein Morganatsherr aus gotisch-flämischem und lateinisch-iberischem Blute! Ich beteilige mich nicht an irgendwelchen Tapuia-Wettkämpfen, das ist Sache von Krausköpfen und Kaffern, von Hinterwäldlern wie euch beiden, aber nicht Sache eines Edelmannes, wie ich es bin. Entweder sind Sie damit einverstanden, daß unser Kampf ein Duell ist, oder ich mache nicht mit.«

»Entweder Neger-Tapuia-Wettkampf oder überhaupt nichts«, beharrte Clemens.

Ich war darauf versessen, einem Duell beizuwohnen, das mich meine Angst bis zu der Stunde vergessen lassen würde, wo ich mich im Gefängnis einzufinden hatte, und so sagte ich vermittelnd:

»Samuel! Clemens! Wir könnten doch zu einem Kompromiß kommen. Wir wählen den Namen, der in Oliveira Limas ›Geschichte der Zivilisation‹ verwendet wird: ›Gottesgericht‹.«

»Das Gottesgericht war ebenfalls eine mittelalterliche Einrichtung«, entgegnete Clemens.

»Aber wir könnten ja den Ausdruck ›Neger-Tapuia‹ hinzufügen, indem wir das mittelalterliche Gottesgericht, Samuels adligen Teil, mit dem ›Neger-Tapuia-Wettkampf‹, Clemens' volkstümlichem Sertão-Teil, verbinden. Dann würde der Kampf unter dem Namen ›Neger-Tapuia-Gottesgericht‹ ausgetragen. Was meinen Sie dazu?«

»Die Linke ist einverstanden«, sagte Clemens.

»Die Rechte ist einverstanden, falls das Wort ›Neger-Tapuia‹ durch das Wort brasilianisch ersetzt wird: also ein brasilianisches Gottesgericht«, schlug Samuel vor.

»Topp!« sagte Clemens.

Ich stieß einen Seufzer der Erleichterung aus, und Samuel sagte: »Dann wollen wir die Kampfbedingungen festlegen. Quaderna, seien Sie mein Sekundant beim Gottesgericht!«

»Einverstanden!« sagte ich.

»Wieso einverstanden?« protestierte Professor Clemens. »Warum Samuels Sekundant und nicht meiner?«

»Samuel hat mich zuerst darum gebeten, Clemens! Außerdem war ich das letzte Mal Ihr Sekundant; diesmal ist Samuel an der Reihe.«

»Ha, Sie Verräter am brasilianischen Volke, zuweilen zeigen Sie doch Ihr wahres Gesicht«, bemerkte Clemens verbittert. »Ganz allmählich stellt sich heraus, wie reaktionär Ihre Positionen im Grunde sind. Also gut, verraten Sie das Volk, da Sie schon mit dem Junker eine Vereinbarung getroffen haben. Aber tun Sie mir zumindest einen Gefallen: suchen Sie Ihren Bruder Malaquias auf, damit er mir als Sekundant zur Seite steht. Sagen Sie ihm, er soll kommen, weil ich gleich einen übermütigen Edelmann herausfordern und mein Leben zur Verteidigung des Volkes und der brasilianischen Revolution in die Schanze schlagen werde.«

Sich an Samuel wendend, fragte er:

»Soll das brasilianische Gottesgericht zu Fuß oder zu Pferd ausgetragen werden, Samuel?«

»Zu Pferd! Ich bin kein Bauer und kein Plebejer, daß ich zu Fuß kämpfen würde.«

»Dann, Quaderna, sagen Sie gleich Malaquias Bescheid, daß er zu Pferd herkommt.«

»Sehen Sie, Quaderna!« wandte sich Samuel an mich. »Diese rote Laus will unsere Kampfmoral schwächen. Läßt seinem Sekundanten ausrichten, er solle zu Pferde herkommen, damit er meinem Sekundanten überlegen ist, der beim Gottesgericht zu Fuß erscheint. Lassen Sie sich darauf auf keinen Fall ein, Quaderna! Besteigen Sie auch sogleich Ihr Roß, damit dieser Plebejer, dieser Bastard Malaquías gleich erfährt, mit wem er es zu tun bekommt: mit dem Sekundanten eines Edelmannes, der jetzt gleich sein Leben für das Vaterland aufs Spiel setzen wird, indem er das iberische, katholische, imperiale und ritterliche Schicksal Brasiliens verteidigt.«

VIERZIGSTE FLUGSCHRIFT
GESANG VON UNSEREN PFERDEN

Ich überließ es den beiden Kontrahenten, die übrigen Bedingungen des Gottesgerichtes auszuhandeln, und ging in den Pferdestall, der im Hinterhof meines Hauses lag. Ich wollte unsere Reittiere satteln. Tatsächlich besaß jeder von uns, weil er den beiden anderen an Ehre und Ritterlichkeit nicht nachstehen wollte, sein berühmtes, legendäres und für seinen Herrn sehr bezeichnendes Pferd – wie alle berühmten Ritter und Buschräuber.

In den Stall gekommen, zäumte und sattelte ich zuerst Clemens' Stute. Es war ein Fuchs mit schwarzer Mähne. Auf dieser Farbe hatte der Philosoph bestanden, der sogar in einer solchen Detailfrage der Linken und der Revolution treu bleiben wollte. Ebenfalls aus Treue zur Linken hatte er der Stute den Namen »Expedition« beigelegt, zu Ehren der »Expedition Prestes«, welche 1926 den Sertão von Paraíba durchquert, einen »berühmten Rückzug« durchgeführt und dabei versucht hatte, die Masse der brasilianischen Bauern zur Revolution aufzustacheln.

Nachdem ich »Expedition« gesattelt hatte, zäumte ich Samuels Pferd auf. Es war ein »schwarzes Streitroß«. Samuel war ein begeisterter Bewunderer eines Sonetts des hochadligen portugiesischen Dichters Antero de Quental, worin es heißt: »Dies schwarze Streitroß, dessen Hufschlag ich im Traum vernehme, wenn der Schatten niedersinkt« usw. Wegen dieses Sonetts

hatte er sich in den Kopf gesetzt, nur ein schwarzes Streitroß
könne einem Aristokraten seiner Abkunft als Reittier dienen.
Wahr ist freilich, daß sein schwarzes Streitroß ganz besonders
alt, mager und klapprig war. Auch war es auf einem Auge blind,
eine Tatsache, die wir erst später entdeckten, weil sie uns der
Zigeuner, bei dem Samuel es kaufte, vorenthalten hatte. Samuel zeigte sich entrüstet über die betrügerischen Machenschaften des Pferdehändlers. Aber zu seiner Rache und seinem
Trost merkte er sogleich an, etwas anderes könne man ja von
den Zigeunern nicht erwarten, »einem maurischen, plebejischen, karthagischen und kafferischen Volksstamm«, der nicht
»weiß und katholisch ist und nicht von Kreuzfahrern abstammt«. Er hatte es, wohl zum Ausgleich für seine Schwäche
und Blindheit, auf den Namen »Der Kühne« getauft, zu Ehren,
erläuterte er uns, von Karl dem Kühnen, dem Fürsten von Burgund, dem letzten Feudalherrn, der in Europa dieses Namens
würdig war, einem Manne überdies, der, weil sich portugiesi-
sches und burgundisches Blut in seinen Adern verband, »von
fast ebenso edler Abkunft war wie die Sippe der Wan d'Ernes«.

Als »Der Kühne« gesattelt war, machte ich mich daran,
mein eigenes Pferd aufzuzäumen, das nach Sertão-Brauch ganz
einfach »Pedra-Lispe« hieß. Ich hatte dem Zigeuner gesagt, ich
wolle ein Pferd mit rötlichem Fell (um die clementinische Linke
zufriedenzustellen) und goldfarbener Mähne (um die samueli-
sche Rechte zu erheitern). Drei Tage später erschien der Unglücksmensch mit einem Pferd, das genau die von mir gewünschten Farben hatte. Ich kaufte es also, ohne um den Preis
zu feilschen; ich taufte es »Pedra-Lispe«, sattelte es mit einem
schmucken, königlichen Sattel, der aus dem Hinterland von
Pernambuco stammte, und ritt voller Stolz mitten durch die
Straße, um mich in meiner Ritterpracht vor den Augen meiner
beiden Meister, Rivalen und Freunde zur Schau zu stellen. Ein
berühmtes Reitpferd zu besitzen, war für mich eine Ehrensache
geworden: einmal, weil Samuel und Clemens schon die ihrigen
besaßen, und dann, weil alle Helden von José de Alencar, mei-

nem Lehrmeister und Vorläufer, hoch zu Roß einhersprengten, vor allem jene, die wie Arnaldo Louredo – der kriegerische Fürst aus dem Epos »Der Sertão-Bewohner« – gleichzeitig Edelleute, Kuhhirten und Sertão-Ritter waren.

Die Hauptverantwortung an meinem Kauf trugen jedoch Clemens und Samuel. Eines Tages hatte uns Samuel bei einer unserer üblichen Diskussionen erklärt, im Mittelalter hätten nur die Adligen das Privileg besessen, mit Schwertern umgürtet einherzugehen und zu Pferde sitzend zu kämpfen. Clemens tat so, als verachtete er als wahrer Linker diese Belehrung. Aber sobald Samuel den Rücken gewandt hatte, sagte er zu mir, diese Leute von der Rechten müsse man am besten auf ihrem eigenen Feld und mit ihren eigenen Waffen schlagen. Er werde nicht zulassen, daß der »adlige Fatzke aus den Zuckermühlen« den Kampfgeist des Hinterlandes schwäche, auch nicht mit solchem Bockmist wie Pferden, Lanzen, Schwertern und ähnlichem Unsinn. Er bat mich insgeheim, ich solle ihn zu den Zigeunern führen, meinen alten Freunden seit jener Zeit, in der ich als Steuereinnehmer tätig gewesen war. Am ersten Kirmessamstag nach dieser Unterredung führte ich ihn zu dem Zigeuner Praxedes; und so geschah es, daß unsere Sertão-Linke zu einem Pferd kam und adliges Wesen annahm: Clemens wurde samt Sporen und dem übrigen rituellen Zubehör in den Ritterstand erhoben.

Am gleichen Tage ritt er mitten durch die Straße; er war schrecklich stolz und sah sehr elegant aus in seiner weißen Kleidung, über die er, damit es noch hübscher aussehe, seine Anwaltstoga gezogen hatte. Samuel, der sich gerade im Notariat von Belarmino Gusmão aufhielt und zu verschiedenen laufenden Prozessen seine Meinung abgab, erbleichte vor Zorn und Verachtung, als er seiner ansichtig wurde. Er suchte mich gleich danach auf, schüttete sein Herz aus – seine Börse auszuschütten war eben nicht seine starke Seite – und bat mich, ich möge ihn auch zu den Zigeunern führen, denen er dann den »Kühnen« abkaufte.

Um nicht hintanzustehen, kaufte auch ich nun meinen »Pedra-Lispe« und führte vor der Haustür der beiden eine Levade vor, um meine Geschicklichkeit als Reiter zu demonstrieren. Beide spürten sogleich die Mängel an meinem Pferd auf und fragten mich schließlich, ob es mit dem Namen »Pedra-Lispe«, mit dem ich das edle Tier herabgewürdigt hätte, eine besondere Bewandtnis habe.

»O ja, damit hat es eine besondere Bewandtnis«, belehrte ich sie. »Ihr wißt ja, wie sehr ich Jesuíno Brilhante bewundere, den Cangaceiro und Sertão-Helden. Sein Pferd hieß ›Schnuppe‹. Wissen Sie, was ›Schnuppe‹ heißen soll, Samuel?«

»Nein.«

»›Schnuppe‹ hieß es nach den Sternschnuppen, die nachts über den Himmel ziehen. Deshalb sollte mein Pferd ebenfalls den Namen eines feurigen, blitzhaften, himmeldurchquerenden Objektes bekommen.«

»Und ›Pedra-Lispe‹ wäre demnach ein himmeldurchquerendes Objekt?« fragte Samuel erschrocken.

»Jawohl. ›Pedra-Lispe‹ heißt Blitzstein oder Funkenstein.«

»Was ist das für ein Unsinn, Quaderna? Pedra-Lispe heißt einfach Silbernitrat.«

»Vielleicht im Busch bei Ihren Negerinnen! Hier im Hinterland wissen alle Leute: Wenn ein Blitz einschlägt, saust an seiner Spitze ein Stein herab, ein Stein, der eben ›Pedra-Lispe‹ oder Funkenstein heißt und sieben Klafter tief in den Boden eindringt. Ob an diesem Stein auch Silbernitrat sitzt oder nicht, ist Sache des Steins und geht mich nichts an. Im übrigen ist es sogar gut möglich, daß am Blitzstein auch Silber sitzt, denn man weiß ja aus der ›Romanze von der Gräfin‹, daß Mond, aragonesisches Ritterblut und Silber hochpoetische Dinge sind. Wenn ich also meinem Pferd den Namen ›Pedra-Lispe‹ gebe, so ehre ich damit zum einen mein Pferd, das den Namen eines Blitzes, eines Funken führt, eines jener Silberstrahlen, die zuckend mit roten und blauen Feuerstreifen vom Himmel fallen; ich huldige ferner Jesuíno Brilhante, der gleichfalls ein Pferd mit dem Namen eines himmeldurchquerenden Objektes besaß, und ich ehre schließlich den Cangaceiro und Sertão-Ritter Corisco, den Leibwächter von Dom Virgolino Ferreira, genannt Lampião.«

»Gerechter Gott!« rief Samuel tief verstimmt. »Wie konnte sich ein Edelmann und Dichter des Traums wie ich in ein so barbarisches Land wie dieses verirren? Himmlischer Vater, da ist die Rede von Blitzsteinen, von Cangaceiros, von Schnuppen und von Funken. Ave Maria! Läßt sich die Linke diese maurischen Einfälle Quadernas gefallen?«

»Nein!« versetzte Clemens aufgebracht. »Nicht weil es maurische Einfälle wären, wie Sie so reaktionär andeuten. Sondern weil sie keinen überzeugenden ideologischen und politischen Inhalt haben. Ungezählte Male schon habe ich Ihnen bewiesen, Quaderna, daß die Cangaceiros die sozialen Forderungen unseres Volkes unzureichend unterstützt haben. Ich ergreife ungern die Partei unserer Feinde und spreche nicht gern schlecht von unserem Vaterland, aber da wir hier unter uns sind, muß ich bekennen, daß Brasilien in manchen Dingen kein Glück hat. Dazu gehört auch die Sache mit den Cangaceiros und den Volkssängern. Nehmen Sie zum Beispiel Mexiko: dort besaßen wir Lateinamerikaner einen Emiliano Zapata, der bei all seinen Fehlern ein politischer, bewußter und fordernder Cangaceiro war. Hier haben wir nur diese Coriscos, diese Lampiões, diese Jesuíno Brilhantes. Falls sie nicht sogar aus der herrschenden Klasse hervorgehen, wie das bei Sinhô Pereira der Fall war, der aus der Familie Pereira stammte, aus der Familie des Barons von Pajeú. Lampião selber, der als Mestize ärmlicher Herkunft ein Mann des Volkes hätte sein können, war Leibwächter und Sambatänzer bei Sinhô Pereira. Haben Sie darüber schon einmal nachgedacht? Ein Baron als Buschräuber! Wie können ein Baron und seine Tänzer Revolutionäre sein und auf der Seite des Volkes stehen? Deshalb wundert es mich überhaupt nicht, daß Lampião 1926 gegen die ›Expedition Prestes‹ Stellung bezogen hat. Was nun die übrigen angeht, die Quaderna so glühend bewundert, so stammt Jesuíno Brilhante aus der Familie

Alencar, einer der mächtigsten Feudalfamilien des Hinterlandes, und Antônio Silvino gehört zu den Moraes, einer einflußreichen Familie aus Pernambuco.«

»Und das finden Sie anstößig, Clemens?« fragte ich, ohne noch länger an mich halten zu können. »Soweit ich verstanden habe, ist dies für Samuel der Beweis, daß der Sertão-Adel, die ›barbarische Leder-Aristokratie‹, bastardisiert und verkommen ist. Sie dagegen nehmen es als Beweis dafür, daß das Volk im Hinterland der Revolution nicht treu zugetan ist. Ich jedoch finde das alles großartig. Ich finde es großartig, daß Sinhô Pereira ein Sertão-Baron war. Sie müssen doch zugeben, daß er ein viel echterer Baron und Edelmann ist als sein Verwandter, Dom Adrelino Pereira, der Baron von Pajeú, der wahrscheinlich nie im Leben ein Pferd bestiegen, nie einen Schuß abgefeuert hat und ein friedliebender Mann gewesen ist, durchaus nicht so kriegerisch, tapfer und ruhmreich wie Sinhô Pereira. Wissen Sie, wie Sinhô Pereira mit richtigem Namen heißt, Samuel?«

»Ich weiß es nicht, und ich will es auch gar nicht wissen.«

»Dann sage ich es Ihnen trotzdem. Sinhô Pereira heißt eigentlich Sebastião Pereira, er führt also den Namen König Sebastians und den Familiennamen von Nuno Alvares Pereira, dem Konnetabel. Deshalb nenne ich ihn nur Dom Sebastião Pereira den Cangaceiro.«

»Das hätte gerade noch gefehlt«, belustigte sich Samuel.

»Das hätte gefehlt, wieso? Wenn es sich um Portugal, um Spanien, um Flandern oder Burgund handelt, dann finden Sie das alles schön! Sie finden es beispielsweise schön, daß man König Sebastian ›Sebastian den Ersehnten‹ nennt. Wenn ich hier jedoch Sinhô Pereira Dom Sebastian den Cangaceiro nenne, machen Sie sich gleich über das Hinterland lustig. Aber ich stehe weder zu Ihnen noch zu Clemens, Samuel. Für mich ist es, wie ich schon sagte, schön und ruhmreich, daß Sinhô Pereira ein Sertão-Edelmann aus der Familie des Barons von Pajeú ist und Lampião ein Feitosa aus Ceará ist.«

»Sicherlich, aber ein Bastard, ein Mestizen-Feitosa«, beharrte Samuel.

»Was macht das schon aus?« gab ich zur Antwort. »Was die uneheliche Geburt angeht, so haben Sie selber mir einmal gesagt, daß Nuno Alvares Pereira, der Konnetabel, ein uneheliches Kind und Enkel eines Bischofs war. Und wenn Lampião tiefbraune Hautfarbe hat, so macht ihn das erst recht geeignet für den Sertão-Adel. Sie haben ganz recht, Samuel, wenn Sie sagen, Clemens' Manie, Brasilien nur in den Neger- und Indio-Mythen finden zu wollen, sei erkünstelt. Aber Sie wollen nur die iberischen Edelleute als echte Brasilianer gelten lassen, und außerdem wollen Sie noch, daß sie das Volk unter den Stiefel treten. Clemens will seinerseits nur die Nachkommen von Negern und Tapuias als Brasilianer betrachten und die übrigen vom Tisch wischen. Mein Traum wäre es, adlige Krieger und Buschbanditen wie Sinhô Pereira und Jorge de Albuquerque Coelho mit den schwarzen und roten Edelleuten des Volkes zu vermischen, eine Nation von braunen Kriegern und Rittern zu schaffen und diesem Volk des braunen Jaguars an die Macht zu verhelfen. Deshalb bewundere ich so sehr den Sertão-Ritter Dom Jesuíno den Glänzenden: er war nicht nur mutig und tapfer, sondern darüber hinaus ein Vetter von José de Alencar, ein dunkelhäutiger, kastanienbrauner Alencar, also ein typischer Edelmann, Krieger und Ritter des Hinterlandes von Brasilien.«

»Es ist gut, Quaderna«, sagte Clemens kühl. »Wir kennen bereits Ihre naive Bewunderung für José de Alencar, für die Volkssänger, die unsere Märkte verunzieren, und für diese Sertão-Familien, die sich gegenseitig umbringen, das Volk in ihre Blutrache hineinziehen und damit die Revolution in Gefahr bringen. Die Linke läßt nichts von alledem gelten. Sie will nichts wissen von den Cangaceiros, weil deren Kampf keinen ideologischen Inhalt hat und weil sie sich in den Dienst der Mächtigen gestellt haben, wie es bei Lampião der Fall war, der Sinhô Pereira den Hintern abgeleckt hat. Sie läßt auch die Volkssänger nicht gelten; denn sie müßten ihre Kunst in den

Dienst des Volkes stellen, die Feudalgesellschaft des Sertão entmystifizieren und das Elend anprangern, unter dem das Volk schmachtet. Statt dessen ergreifen die Volksbarden Partei für die Feudalherren des Hinterlandes, sie poetisieren das Leben im Sertão und bevölkern unsere Straßen und Buschsteppen mit Königen, Grafen und Prinzessinnen, mit Wundererscheinungen, Gespenstern, magischen, religiösen und obskurantistischen Begebenheiten der verschiedensten Art. Sehen Sie, Quaderna, ich will hier nur ein Beispiel anführen. Vor kurzem las ich eine dieser entsetzlichen Flugschriften, die Sie und Ihre Brüder in der Druckerei der ›Gazette‹ herstellen und auf den Märkten verkaufen. Um freimütig zu sein, das gehört zum Widersinnigsten, was ich je gelesen habe. Der Sänger beginnt mit der Feststellung, ›im Königreich von Pajeú‹, in Pernambuco, wohne ›ein ehrenwerter Plantagenbesitzer‹. Einen Plantagenbesitzer als ehrenwert zu bezeichnen, ist allein schon mißlich. Aber darüber hinaus war der ›ehrenwerte Plantagenbesitzer‹ auch noch ›Vater einer Prinzessin, so weiß wie die Lilien und so ehrbar wie die Reinheit‹. ›Weiß‹ wird hier als Lob verstanden. Und als ob es damit nicht genug wäre, übernimmt der unselige Volksbarde auch noch die moralischen Wertmaßstäbe der herrschenden Klasse und lobt die Tochter des Unterdrückers! Doch es kommt noch schöner! Während der besagte ›ehrenwerte Plantagenbesitzer‹ der ›König seines Ortes‹ war (man stelle sich das vor!), wohnte dort in der Nachbarschaft ›ein Neger-Cangaceiro‹, zu dessen Bräuchen es gehörte, ›junge Damen zu entjungfern‹. Eines Tages erblickte der Neger die besagte Prinzessin, die Tochter des ›Plantagen-Königs‹, und beschloß, ›ihr Laub zu entblättern‹. Nun gut: nachdem er diese Intrige aufgebaut hat, ergreift der schuftige Sänger die Partei des Plantagenbesitzers und des jungen Mädchens und kehrt all seine Antipathie gegen den schwarzen Cangaceiro, an dessen Seite er eigentlich aus Rassensolidarität und nach der Logik des Klassenkampfes stehen müßte. Nun frage ich Sie: was kann die Linke mit einem Volksbarden wie diesem anfangen und mit

Cangaceiros, die mit den Mächtigen im Bunde stehen, Quaderna?«

»Ich weiß es nicht, Professor Clemens«, erwiderte ich unerschüttert. »Was die Linke mit ihnen anfangen kann, weiß ich nicht, aber für mich sind·sie ungeheuer wichtig. In meinen Augen ist der Volksbarde Dom Leandro Gomes de Barros ebenso wichtig für das Königreich des Sertão wie, laut Samuel, der königliche Troubadour Dom Dinis für das Königreich Portugal wichtig gewesen ist – beide Reiche gehören ja zum Kaiserreich Brasilien. Was die Cangaceiros angeht, so weiß ich, daß sie oft zu Pferde gekämpft haben, wie an jenem Tage, als sie Mossoró angriffen: also sind sie Ritter und Sertão-Junker! Sie können das gar nicht bestreiten, Samuel, denn Gustavo Barroso ist Adliger und steht der Rechten nahe, und in seinem Buch, das Sie mir geliehen haben, habe ich das gelesen. Und auch Sie, Clemens, können hier nichts einwenden: in den Manifesten von Dom Luís Carlos Prestes, dem Führer der brasilianischen Kommunisten, ist von den Grundbesitzern des Sertão als von ›Feudalherren‹ die Rede. Das heißt also, daß der Führer der brasilianischen Linken anerkennt, daß Pajeú, Seridó und Cariri Königreiche sind, und die Existenz des Sertão-Adels zugibt: er ist dagegen, aber er erkennt sie an. Nun wissen Sie ja, daß ich, auch wenn ich gegen seine Ideen bin, große Bewunderung für Dom Luís Carlos Prestes, den Meister des Rückzugs, hege . . .«

»Rückzugs? Weshalb Meister des Rückzugs?«

»Weil er der Chef und Anführer des wichtigsten ›berühmten Rückzugs‹ der Geschichte gewesen ist, der ›Expedition Prestes‹, einer militärischen Leistung, die ich den Leistungen Alexanders aus Mazedonien, Hannibals aus Karthago und des Mongolen Dschingis-Khan als gleichwertig, wenn nicht überlegen betrachte.«

»Gut, darin bin ich mit Ihnen einer Meinung«, sagte der Philosoph ganz stolzgeschwellt. »Aber deshalb kann ich noch lange nicht anerkennen, daß Jesuíno Brilhante ein Ritter des Sertão-Volkes ist.«

»Clemens, Rodolfo Teophilo war Mitglied der Bewegung ›Geistliche Bäckerei‹. Er war also ein Schriftsteller des Hinterlandes, er war anerkannt, stammte aus Ceará und gehörte der Linken an. Nun, und er hat Jesuíno eine ganze ›Romanze‹ gewidmet. In dieser ›Romanze‹ findet sich eine Anspielung auf das Haus aus Stein, auf die Burg von Jesuíno Brilhante. Er druckte den Brief nach, den Jesuíno Brilhante am 5. Dezember 1879 an die Behörden des Kaiserreiches Brasilien gerichtet hat. In diesem Brief heißt es wörtlich: ›Ich will nicht Ihre Milde in Anspruch nehmen, denn ich bin König dieser Wüstenei und absoluter Gebieter dieser Gegend.‹ Jesuíno Brilhante nennt seine Steinburg ›meine Festung‹, und in diesem Stil geht es weiter. Aus alledem folgere ich, daß die brasilianische Linke die Bedeutung von Jesuíno als brasilianischem Helden anerkannt hat; in seiner Lederkleidung, mit seinem silberbeschlagenen Feuerrohr, mit goldenen Sporen und hoch zu Roß wie Dom Luís Carlos Prestes zog er an der Seite des Volkes über die Felder des Sertão. Und deshalb könnt ihr beide euch den Mund fusselig reden: mein Pferd habe ich ›Pedra-Lispe‹ genannt, und ›Pedra-Lispe‹ soll es auch fernerhin heißen.«

———

So verteidigte ich heldenhaft meine politische, literarische und ritterliche Position gegen die beiden großen Männer. Was ich jedoch nicht verteidigen konnte, edle Herren und schöne Damen mit den weichen Brüsten, war die Farbe meines Pferdes; der unselige Zigeuner hatte kein Tier gefunden, das dem von mir gewünschten Farbmuster entsprochen hätte; also nahm er das erste beste gescheckte Pferd, das er fand, oxydierte seine Mähne mit Wasserstoffsuperoxyd und strich ihm eine rote Tinktur aufs Fell; dazu benutzte er unbekannte Farben, deren Rezept verschiedene Generationen von Zigeunern vom Vater auf den Sohn vererbt hatten. Das Schlimmste war, daß diese Farbe weder endgültig verschwand noch für immer haftete. Da demütigte ich mich und bat den Zigeuner, mir alle 14 Tage auf dem Markt ein Fläschchen mit roter Tinktur und ein weiteres mit gelber zu verkaufen, damit ich mein Pferd bei Farbe halten könne. Und auch diese Schwäche beutete er noch aus, indem er den Preis der Fläschchen in die Höhe schraubte. Derart daß mein »Pedra-Lispe« noch heute so weiterleben muß: bald Fuchs, bald Scheck, aber immer angeschmutzt und eingedunkelt wegen der verteufelten Tinkturen des Zigeuners.

Clemens und Samuel nahmen diesen Vorfall mehr als eine Woche lang zur Zielscheibe ihres Spottes. Dann allerdings mußten sie wegen weiterer Scherereien mit ihren Reittieren klein beigeben. Von nun an beschränkten sie sich darauf, Fell und Mähne von »Pedra-Lispe« madig zu machen, indem sie sagten, der Farbschwund auf dem Pferdefell entspreche haargenau der politischen Farblosigkeit seines eselhaften Herrn.

———

An jenem Karmittwochmorgen also ließ ich »Expedition« und den »Kühnen« fertig gesattelt im Stall stehen, bestieg »Pedra-Lispe« und wandte mich, aus dem Hintertor ausreitend, der St.-Josephs-Straße zu, in der mein Bruder Malaquias wohnte.

Als ich vor seinem Hause anlangte, zügelte ich mein Pferd, riß es zur Levade hoch und rief ins Hausinnere:

»Malaquias! Malaquias Pavão Quaderna! Komm heraus! Zeig dich, wenn du ein Mann bist!«

Es gehörte zu unseren gewohnten Scherzen, daß wir dabei die Manieren und die Stimme unseres Freundes Dom Eusébio Monturo nachäfften.

Deshalb antwortete Malaquias von drinnen im gleichen Tonfall und beendete seine Worte mit dem gleichen Satz, mit dem Eusébio seine Ausbrüche zu krönen pflegte:

»Was ist los? Wer erfrecht sich hier zu stören? An der Pforte meines Hauses läßt ein Mann sein Pferd scharren. Das ist wirklich die Höhe. Das kann ich nicht ungerochen hinnehmen. Onélía, reich mir meinen Schießprügel!«

Ich hörte, wie jemand drinnen eine Kugel in den Gewehrlauf schob, und alsobald steckte Malaquias, die Flinte in der Faust, sein Gesicht durch die Tür:

»Ach, du bist es, Dinis?« sagte er, noch immer Dom Eusébios Tonfall nachahmend, indem er die Flinte senkte. »Mann, ist das etwa eine Art und Weise, vor dem Hause eines Paladins des Volkes aufzutreten? Du bist nur mit Mühe dem Tod entronnen. Stell dir vor, ich hätte gar nicht erst nachgeschaut, sondern gleich von drinnen geschossen.«

Und Malaquias ließ einen Hagel von Fragen auf mich niederprasseln, der mir trotz seinem scherzhaften Tonfall zeigte, wie erhitzt die Gemüter in unserer Stadt nach der Ankunft des Untersuchungsrichters waren:

»Was ist denn los, Dom Pedro Dinis Quaderna? Hat dich unser Chef geschickt, der junge Mann auf dem Schimmel? Geht es um den Krieg des Reiches? Um die Revolution? Ist das Volk schon auf die Straße gegangen? Werden schon die Barrikaden gebaut? Beginnt der Guerillakrieg?«

»Nein! Beruhigen Sie sich, Dom Eusébio Monturo!« fuhr ich im gleichen Scherzton fort.

»Bist du vom Richter zu der Untersuchung vorgeladen worden?«

»Ja.«

»Willst du, daß ich diesen Mistkerl sofort umbringe? Wenn du das willst, brauchst du es bloß zu sagen. Der Paladin des Volkes ist stets bereit, bei großen Anlässen seiner Pflicht nachzukommen. Ich schnappe mir diesen Unflat und verpasse ihm einen Schuß in den Rachen und einen Messerstich in den Hintern.«

»Aber nicht doch, nur Ruhe, Dom Eusébio. Bringen Sie diesen Mann nicht um, das kann meine Lage nur verschlimmern. Deshalb bin ich auch nicht hergekommen.«

»Und weshalb bist du gekommen?«

»Samuel und Clemens sind sich wieder einmal in die Haare geraten und wollen ein brasilianisches Gottesgericht austragen.

Ich bin zu Samuels Sekundanten gewählt worden und du zum Sekundanten von Clemens.«

»Wo soll der Kampf vonstatten gehen?«

»Das ist noch nicht ausgemacht worden, aber ich werde die Straße nach Teixeira vorschlagen, das Ödland, das in der Nähe des neuen Friedhofs liegt.«

»Ein guter Platz, sehr gut gewählt, denn wenn einer von beiden im Kampfe stirbt, kann er gleich auf dem Friedhof bleiben, und die Beerdigung macht weniger Arbeit. Findet das Duell jetzt gleich statt? Jetzt sofort?«

»Jetzt sofort.«

»Na, dann gehen wir!« sagte Malaquias und schickte sich an, mich, so wie er war, zu Fuß, zu begleiten.

»Nein, sattle ›Gold-As‹, denn das Duell wird zu Pferde ausgetragen, es wird ein ritterlicher Kampf.«

Malaquias ging wieder ins Haus zurück, ohne besonderes Erstaunen zu zeigen, denn er wie ich waren es schon gewohnt, als Sekundanten bei den Kämpfen der beiden kriegerischen und angriffslustigen Männer zu dienen. Kurz darauf kam mein Bruder aus einer Hintertür des Hauses auf dem berühmten »Gold-As« angeritten; dieses Pferd hatte den legendären und beinahe gleichnamigen »Goldkönig« ersetzt, den Malaquias bei dem berühmten kriegerischen Ritter-Abenteuer des »Grünen Krieges« im Jahre 1932 eingebüßt hatte.

EINUNDVIERZIGSTE FLUGSCHRIFT
»DIE WAFFEN SING' ICH
UND DIE WACKEREN BARONE«

Als wir wieder vor meinem Hause anlangten, saß Dr. Samuel schon auf dem »Kühnen« unter dem riesigen Eisenholzbaum, der unsere Gasse beschattet. Seine ruhmreiche »Hellebardenlanze« hatte er mit einem Lederriemen an den Sattelknauf gebunden, und in der Faust hielt er sein altes Schwert mit dem kreuzförmigen Griff. Beide Gegenstände waren Familienerbstücke und stammten von dem siebten Großvater des Dichters, »dem flämischen Edelmann Sigmundt Wan d'Ernes, dem Gefährten und Vertrauten von Kaspar Wan der Ley, Karl von Tourlon, und dem Grafen Johann Mauritius, Fürsten von Nassau-Siegen selbst«, sie alle bedeutende Figuren aus unserem »holländischen Krieg«, der aristokratischen brasilianischen Ilias des 17. Jahrhunderts, wie Dr. Samuel zu sagen pflegte.

Malaquias und ich wunderten uns bereits, weshalb Professor Clemens noch nicht kampfbereit aufgetaucht war, als er auf »Expedition« von der Rückseite unserer Häuser her heranritt, deren Mauern und Hinterhöfe miteinander verbunden sind.

Bei den Duellen benutzte Clemens immer einen Ochsentreiberstachel als Lanzenersatz. Es war ein plebejischer Ochsenstachel, er war volkhaft und stark und viel wirkungsvoller als die Lanze des Edelmanns. An Stelle eines Schwertes trug unser Philosoph ein ländliches krummes Messer, das eigens für ihn in Pajeú angefertigt worden war.

Ich besaß übrigens zwei ähnliche Waffen, die ich dazu benutzte, das Vieh anzutreiben und Kakteen abzuschneiden. Nie war mir jedoch der wundervolle Gedanke gekommen, sie als »Lanzen- und Schwert-Ersatz« zu verwenden, was ihnen doch einen Hauch von Adel verlieh. Doch als Clemens diese neue geniale Eingebung hatte, tat ich es ihm augenblicklich nach, und so groß ist die Macht der königlichen, poetischen und jaguarhaften Ideen, daß der einfache Viehtreiberstachel und das schwere prosaische Buschmesser zu »Lanze und Schwert von König Pedro Dinis Quaderna, dem Volkssänger« wurden, dem direkten Nachkommen von Dom Johann I., dem Vorläufer, und Dom Johann II., dem Abscheulichen, Königen am Schönen Stein des Sertão von Pajeú im 19. Jahrhundert. Ja, ich ging noch über meinen Lehrmeister hinaus: denn weil ich in der »Geschichte von Karl dem Großen und den zwölf Paladinen von Frankreich« gelesen hatte, daß es Sitte war, daß die großen alten Ritter ihren Waffen Namen gaben, so taufte ich mein Buschmesser auf den Namen »legendäres Schwert Pajeú«

und meinen Ochsenstachel »die berühmte Lanze Cariri«, was beide der »Durindana« des Grafen Roland weit überlegen machte.

Nun bemerkten wir an jenem Tage sogleich, daß Clemens weder den Ochsenstachel noch das krumme Buschmesser mit sich führte. Ich entsinne mich auch, daß wir uns alsbald wunderten, weshalb der eintönige Hufschlag von »Expedition« von einem Klingklang, Klingdieklang untermalt wurde, was mir und Malaquias absonderlich und Samuel höchst verdächtig vorkam.

»Was ist das für ein schepperndes Geräusch, Baccalaureus Clemens?«, fragte der Dichter. »Wo haben Sie Ihr Schwert und Ihre plebejische Lanze für das Duell?«

»Nicht für das Duell, für das brasilianische Gottesgericht«, antwortete Clemens, der auf der Hut war. »Wer hat Ihnen denn gesagt, daß ich mit dem Schwert kämpfen werde?«

»Ich trage Lanze und Schwert bei mir«, sagte Samuel.

»Da haben Sie sich übereilt. Der Herausgeforderte war ich; und deshalb steht mir auch die Wahl der Waffen zu.«

»Ist das wahr, Samuel?« erkundigte ich mich.

»Das stimmt«, bekräftigte mein Schützling. »Als Herausgeforderter hat Clemens das Recht der Waffenwahl, aber ich dachte, es sei ganz selbstverständlich, welche Waffen verwendet werden. Ich bin ein Edelmann, also muß der Kampf mit Lanze und Schwert ausgetragen werden. Deshalb habe ich gleich die Waffen mitgebracht, die ich von dem Ahnherrn der brasilianischen Wan d'Ernes geerbt habe. Ich, der letzte Vertreter dieses hochedlen fürstlichen Geschlechts, der letzte männliche Nachkomme meines Hauses, werde ihm keine Unehre machen, selbst wenn ich beim heutigen Kampf das Blut eines Ungläubigen vergießen müßte.«

»Das könnte Ihnen so passen«, sagte Clemens. »Nicht mit Lanze und Schwert werden Sie den berühmten Namen der Wan d'Ernes verherrlichen, o nein! Ich war der Herausgeforderte, ich habe das Recht der Wahl, und die Waffen, die ich gewählt habe, sind diese hier.«

Clemens drehte sich auf »Expedition« herum und gab unseren Blicken zwei mit den Henkeln an den Sattelknauf gebundene Objekte preis, die wir nicht sogleich erkannten, weil wir sie zum ersten Mal losgetrennt von ihrem normalen Bestimmungsort und ihrer gewöhnlichen Funktion erblickten. Aber unsere Ratlosigkeit hielt nicht lange an, dann brachen Malaquias und ich gleichzeitig in Gelächter aus.

»Das sind ja wohl zwei Nachttöpfe«, versetzte Malaquias mit einem Stimmausdruck, der den Edelmann sogleich aus dem Häuschen geraten ließ. »Hat *das* so gescheppert, Professor Clemens?«

»Das hat so gescheppert«, bekräftigte der Philosoph.

Samuel erbleichte und stammelte außer sich:

»Was ist das für ein schlechter Scherz, Clemens? Wollen Sie sich über eine ernste Sache wie unseren Kampf lustig machen?«

»Weshalb sollte ich mich darüber wohl lustig machen? Sollte ich es vor einem Ereignis an Respekt fehlen lassen, bei dem ich mein Leben aufs Spiel setze? Für mich, Samuel, ist die Revolution etwas Heiliges.«

»Wie konnten Sie nur auf einen Clownseinfall wie diesen kommen? Wie konnten Sie zwei so lächerliche Gegenstände als Waffe für unseren Streit auswählen?«

»Ich habe sie in erster Linie ausgewählt, weil die Linke, seriös und wissenschaftlich wie sie ist, in nützlichen Gegenständen nichts Lächerliches erblicken kann. An zweiter Stelle, um den Hochmut des Adels zu dämpfen. Drittens, um zu zeigen, daß mein Kampf auch wirklich ein Kampf des Volkes, ein volkstümlicher Kampf ist. Und schließlich, um ein für allemal aus einem aufgeblasenen falschen Edelmann aus den Zuckermühlen von Pernambuco die Luft abzulassen. Sie werden heute von meiner Hand den Tod finden, Samuel! Und was noch schlimmer ist: Sie werden durch Nachttopfhiebe sterben. Zwei Tragödien auf einmal: erstens, weil Sie sterben und der Tod immer eine unangenehme Sache ist; dann aber, weil Sie auf eine spaßhafte Art und Weise sterben, so daß man nie mehr aufhören wird, auf Ihre Kosten zu lachen. ›Wie ist Dr. Samuel Wan d'Ernes, der Nachkomme des Vertrauten von Fürst Johann Mauritius von Nassau, gestorben?‹ werden einige fragen. Und die anderen werden antworten: ›Er starb an einem Nachttopfhieb, der ihn am Kopf erwischte – von der Hand eines kommunistischen Neger-Tapuia-Philosophen.‹«

Samuel war tödlich beleidigt:

»Um keinen Preis lasse ich mich auf solche Narrenpossen ein«, sagte er. »Ich reite jetzt sofort heim, haben Sie mich verstanden? Ich will sie nicht sehen, diese beiden ordinären Gegenstände, die Sie meiner alten Hellebarde und dem edlen Schwert gleichsetzen wollen, das ich von meinen Ahnen ererbt habe.«

Und wirklich kehrte Samuel dem Philosophen den Rücken zu. Doch dieser war wie alle Revolutionäre in der Verteidigung eines von ihm für gerecht gehaltenen Gedankens unerbittlich, weshalb ihn kein Mitgefühl anwandeln konnte.

»Gut denn«, sagte er fest. »Wenn Sie sich den Kampfbedingungen nicht unterwerfen wollen, so bitten Sie Ihren Sekundanten, Pedro Dinis Ferreira-Quaderna, in seiner Eigenschaft als Vizepräsident ehrenhalber in der Ausübung der Präsidentschaft der Geisteswissenschaftlichen Akademie der Eingemauerten des Sertão von Paraíba, er möge es aktenkundig machen, daß Sie, nachdem Sie den geheiligten Namen von Luís Carlos Prestes beschimpft hatten, sich weigerten, diesen Schimpf zurückzunehmen, mich zu einem brasilianischen Gottesgericht herausforderten und dann das Feld der Ehre fluchtartig verließen, weshalb nun Prestes, der ›Ritter der Hoffnung‹, als der große Märtyrer und Führer des brasilianischen Volkes geheiligt und geweiht bleibt.«

»Das nicht. Das kommt überhaupt nicht in Frage« brüllte Samuel und kehrte ihm noch immer den Rücken zu. »Ein Edelmann wie ich weicht nicht vom Felde der Ehre. Nur angesichts der lächerlichen Waffen, Quaderna, die dieser Plebejer, dieser Kaffer ausgesucht hat, weil er die Aristokratie entwürdigen möchte und die edle Einrichtung des Gottesgerichtes dazu, nur deshalb verweigere ich den Kampf.«

»Wenn Sie ihn verweigern, flüchten Sie, und wer flüchtet, verliert«, wiederholte Clemens. »Das Recht zur Auswahl der Waffen gebührt mir, und ich habe bereits gewählt. Wenn Sie nicht darauf eingehen, flüchten Sie. Und das sei ganz klargestellt: Ihre Flucht hat nichts Ehrenvolles an sich. Im Grunde nämlich fliehen Sie vor lauter Angst, weil unser Kampf wirklich lebensgefährlich ist. Ein Nachttopf ist, wenn er von dem starken Arm eines Mannes aus dem Volke wie dem meinen gehandhabt wird, eine äußerst gefährliche Waffe. Vor allem ein Nachttopf wie dieser hier, ein schwerer großer Nachtstuhl aus starkem Metall. Deshalb haben Sie Angst, Samuel! Deshalb kommen Sie uns mit dieser Geschichte von den ›plebejischen‹ und den ›aristokratischen Waffen‹. Was Ihnen fehlt, ist eine Entschuldigung, um davonlaufen zu können.«

»Ich habe höchstens Angst vor der Lächerlichkeit«, stöhnte der Junker verzweifelt.

»Oho, haben Sie nicht andauernd davon geredet, daß die ›großen Herren‹ wie Sie über die Lächerlichkeit erhaben seien? Hören Sie das, Malaquias? Hören Sie das, Quaderna? Samuel hat soeben, ohne es zu wollen, zugegeben, daß das Neger-Tapuia-Volk adliger ist als die beschissene Aristokratie der Weißen. Was für eine Unsicherheit! Das Risiko, das wir eingehen, ist für beide gleich; wenn ich sterben sollte, könnten alle Leute auch mich auslachen. Aber ich habe keine Angst, und das aus zwei Gründen: erstens, weil ich töten und nicht sterben werde; und sodann, weil mir die Art und Weise, wie ich für das Volk sterbe, einerlei ist und mich gar nicht anficht. Der Größe und Schönheit meiner gerechten Sache gewiß, stehe ich über der Lächerlichkeit und biete jedem Einsatz Paroli.«

Samuel drehte sich um, schaute dem Philosophen ins Auge und sagte dann mit der Miene eines Menschen, der sich in einen Abgrund stürzen will:

»Nun gut, es sei! Wenn Sie diese Waffen auswählen, so soll

der Kampf mit ihnen vonstatten gehen. Niemals soll jemand sagen können, ein Plebejer, ein Krauskopf, ein hergelaufener Anvérsio habe sich nobler gezeigt als ein Wan d'Ernes! Und jetzt sage ich Ihnen nur noch eines, Clemens: Seien Sie auf der Hut! Hüten Sie sich, denn jetzt werde ich unerbittlich sein. Die übrigen Bedingungen bleiben doch genau so, wie wir sie vereinbart hatten?«

»Sie bleiben dieselben«, bestätigte Clemens. »Falls Sie sterben sollten: adlige Beerdigung auf meine Kosten mit Vorbeimarsch der reaktionären Organisationen: des ›Ordens der Ritter von der Weltkugel‹ und der ›Tugendhaften Damen vom geheiligten Kelch von Taperoá‹, dazu Salutschüsse aus Feuerwaffen, während der Sarg, eingehüllt in die Farben Gold und Schwarz, auf einer mit grünem Samt bespannten Karosse transportiert wird. Sollte der Tote ich sein: schmuckloses Armenbegräbnis, wie es sich für einen Linken, einen Revolutionär und brasilianischen Kommunisten meiner Güte gehört. Keine Priester an meiner Leiche! Von den Priestern und der ›Seelen-Bruderschaft‹ will ich nur den sogenanten ›Karitas-Sarg‹, den Durchschnittssarg, in welchem die armseligsten Bauern des Hinterlandes zur letzten Ruhe gebettet werden. Wenn ihr auf den Friedhof kommt, werft mich ins Grabloch hinein, wie ihr es mit ihnen tut: direkt auf den Boden, damit ich die ausgebeutete Neger-Tapuia-Erde Brasiliens berühre!« So schloß er mit unheilvoller Miene und gerührter Stimme.

Mir fiel auf, daß er sowohl wie Samuel bewegt und beeindruckt waren und jeder von ihnen schon in wenigen Stunden seine eigene Beerdigung vor sich gehen sah. Ich brauchte jedoch noch gewisse Details über das Duell, und so fragte ich:

»Und wenn keiner von beiden stirbt? Wie soll man dann wissen, wer gewonnen hat?«

»Als Sieger gilt, wer den anderen mit den Nachttopfhieben vom Pferd wirft«, erläuterte Clemens. »In diesem Fall soll der Sieger das Recht haben, zu einer von ihm festzulegenden Stunde im Triumph durch die Straßen zu ziehen, und der Besiegte gezwungen sein, an dem Triumph des anderen zu den Bedingungen teilzunehmen, die der Sieger bestimmt. Ist es nicht so vereinbart worden?«

»So ist es«, stimmte Samuel zu.

»Und wo soll das Gottesgericht stattfinden? Ich habe an die Straße neben dem Friedhof gedacht«, regte ich an.

»Einverstanden, das ist ein guter Platz«, sagte Samuel.

»Dann ist ja alles abgesprochen«, sagte ich glückselig und hatte die Untersuchung gänzlich vergessen. »Aber wenn es euch nichts ausmacht, würde ich darum bitten, daß ihr hier zwei Minuten auf mich wartet. Auch ich muß mich vorbereiten, damit unser brasilianisches Gottesgericht allen Erfordernissen eines echten mittelalterlichen Sertão-Duells entspricht.«

Es war schon gegen zehn Uhr morgens. Ich hatte bereits einen Schluck von dem »geheiligten Wein vom Stein des Reiches« zu mir genommen, so daß ich besser sehen konnte als normalerweise. Angesichts der bevorstehenden Aussage und der am Nachmittag drohenden Verhaftung ahnte mein Sertão-Bewohner-Blut: unsere königlichen katholischen Hinterland-Rituale waren unerläßlich, um mir bei dem schrecklichen Kampf gegen den Untersuchungsrichter und die finsteren Mächte, die das Abenteuer des Jünglings auf dem Schimmel entfesselt hatte, Mut und Selbstvertrauen zu schenken.

Als ich also ins Hausinnere trat, öffnete ich eine meiner Truhen aus tauschiertem Leder, zog meine graubraune Hose an, dazu mein khakifarbenes Überwurfhemd, in dessen Ärmel das Zeichen der Quaderna eingestickt ist, dann meine Riemenhandschuhe, setzte meinen sternbestückten und sternzeichenträchtigen Lederhut auf den Kopf, und in meiner Eigenschaft als Chef und Kaiser aller Kavalkaden von Taperoá griff ich mir noch vier Mäntel, vier Brustschützer für Pferde und vier Kruppendecken, zwei von der blauen und zwei von der roten Partei. Ich wickelte diese Dinge in ein großes Laken ein, denn ich wollte die beiden wilden Bestien, Clemens und Samuel, nicht schon gleich beim Ausritt irritieren. Und so trat ich mit dem Bündel im einen Arm und meiner Flinte in der anderen Hand erneut auf die Straße und wandte mich in den Schattenbereich des Trommelbaums.

Als ich erschien, kommentierte Samuel sogleich verächtlich: »Unsere ›unschlüssige Diana‹ hat sich als Sertão-Mensch verkleidet. Fast hätte ich Lust, Sie von der Ehre auszuschließen, Sekundant bei einem Edelmann aus den Zuckermühlen von Pernambuco sein zu dürfen.«

»Sehen Sie, Quaderna!« sagte Clemens. »Sie geben Samuel schon wieder Anlaß, sich über den Sertão herzumachen. Wegen solcher Verhaltensweisen wird das Hinterland überall eine Zielscheibe des Spottes. Zum Glück sind Sie heute *sein* Sekundant und nicht meiner. Meiner ist ungemein nüchtern und diskret gekleidet. Auf geht es, Malaquias!«

Und in der Absicht, die Unterschiede zwischen seinem linksstehenden strengen und ernsten Sertão-Patriotismus und dem meinigen hervorzuheben, gab Clemens ›Expedition‹ die Sporen und trabte, von Malachias gefolgt, in der vereinbarten Richtung davon.

Ich ließ mich nicht einschüchtern oder aus der Ruhe bringen. Ich nahm meinen Schießprügel und band ihn am Sattelknauf fest. Nach dem Beispiel des Ochsenstachels und des krummen Buschmessers hat auch meine Flinte ihren legendären Namen: sie heißt »Seridó«. Ich band also »Seridó« an die rechte Sattelseite, »Cariri« an die linke und hängte mein legendäres Buschmesser »Pajeú« in seiner weit und breit bekannten, mit Eisen und Feuer verfertigten und von mir in Espinhara gekauften Scheide an den Gürtel. Auf die Kruppe band ich ferner das Kleiderbündel, und erst dann stieg ich auf.

Samuel gab dem »Kühnen« die Sporen, ich spornte »Pedra-Lispe«, und so erreichten wir die anderen, die ihren Weg durch den Vorort »Rói-Couro« nahmen, und ritten zu viert auf die Straße von Teixeira zu.

ZWEIUNDVIERZIGSTE FLUGSCHRIFT
DAS DUELL

Nach Verlassen des Abkürzungsweges ritten wir den abschüssigen, steinigen, sandigen Hang empor, der zur Königsstraße führt, und gelangten auf das flache und weite Gelände, das unserem stillen »Friedhof des Trostes« als Vorhof dient. Das ist der Ort, wo alle Pferderennen von Taperoá ausgetragen werden. Wir verhielten unsere Pferde und legten eine Pause ein, die ich dazu benutze, etwas zu erklären, das ich bisher vergessen habe und das von Beginn an hätte klargestellt werden müssen.

Es handelt sich um die Texte genialer brasilianischer Schriftsteller, die ich in meinem Buch zitiere. Ohne diese Erläuterung könnte es so aussehen, als ob ich nur Samuels Tapirismus gelten ließe, da ich ja den wilden Realismus ständig verrate, den Clemens' Jaguarismus fordert. Außerdem müßten Samuel, Clemens und ich ein ganz ausgepichtes Gedächtnis besitzen, um so viel zitieren zu können. Es ist klar, daß die Texte, auf die sich Samuel und Clemens beziehen, nicht so sauber und richtig verkettet zitiert werden, wie sie hier aufscheinen – gewisse Versehen und Irrtümer ausgenommen, die ich wie alle Leute begehen kann. Ich selber machte mir nach jeder Diskussion die Mühe, die darin genannten Texte herauszusuchen, schrieb sorgfältig die wichtigsten ab und bewahrte das Material in einer Aktentasche auf, die ich immer bei mir trug. Damit verfolgte ich zwei Ziele: zunächst wollte ich das aufpolieren, was meine beiden Lehrmeister »Quadernas unordentliche Bildung« nennen. Das andere war noch wichtiger. Wie schon gesagt, hatte ich im »Scharadenalmanach« gelesen, ein Werk müsse, wenn es klassisch sein wolle, vollständig sein. Ich dachte lange über die Sache nach und kam zu dem Schluß, daß das einzige wahrhaft vollständige Werk, das ich kannte, die »Nationale Anthologie« von Fausto Barreto und Carlos de Laet war: sie enthielt Texte aus aller Welt, sie enthielt alle Stile; also mußte ich aus meinem

Buch unter anderem eine neue »Nationale Anthologie« machen. Andererseits würde ein von Clemens verfaßtes Werk, selbst wenn es darin Zitate gegeben hätte, nur solche der Linken aufgenommen haben und ein Werk Samuels nur solche der Rechten. Meines würde als einziges vollständig sein, denn in ihm würden Texte erscheinen, die von der brasilianischen Linken wie von der Rechten stammen.

Nach dieser Erläuterung kehre ich zur Straße zurück. Wir brachten unsere Tiere zum Stehen, und ich hielt im Tonfall einer Proklamation, den ich mir unter Samuels und Clemens' Einfluß für solche Augenblicke angewöhnt hatte, an beide gewandt, folgende Rede:

»Professor Clemens! Dr. Samuel! Mir ist bekannt, daß Sie beide zwei große Männer mit abgeschlossener Ausbildung und akademischen Titeln sind und mich und alle anderen Hiesigen an literarischer Kultur, politischem Einfluß und gesellschaftlicher Stellung weit überragen. Aber da ich etwas jünger und Ihrer beider Schüler bin, habe ich trotz diesem Unterschied gewisse Freundschaftsprivilegien bei Ihnen erworben, vor allem weil ich Ihnen meine Häuser abgetreten habe, die Sie ohne einen Pfennig Miete bewohnen können. Sehen Sie, bis heute habe ich mich dazu bereit gefunden, manchmal gegen meine Überzeugung zu handeln, nur auf Grund unserer persönlichen Freundschaft und der Bewunderung, die ich für Sie empfinde, die ich als meine Lehrmeister in Politik und Literatur betrachte. Nur ein Beispiel: heute stehe ich hier und diene Samuel als Sekundant, obwohl ich seine Auffassungen nicht teile. Ebenso würde ich Clemens zu Diensten stehen, was ich im übrigen schon mehr als einmal getan habe. Nun wohl: der Augenblick ist gekommen, wo Sie es mir mit gleicher Münze entgelten können, indem Sie auf meine Bitte eingehen. Sie sehen, ich stehe hier und nehme an einer subversiven Tätigkeit teil, denn es geht ja doch um Ehre oder Unehre des brasilianischen Kommunistenchefs. Gleichwohl, und obwohl mir heute nachmittag Verhaftung droht, bin ich aus Treue zu Ihnen beiden hier. Ihr wißt, wie sehr mich alles fasziniert, was mit Pferden, Bannern, Schwertern, Schlachten, Paraden, Kavalkaden, Ritterwesen und anderen heroischen Dingen zu tun hat. Die Bitte, die ich euch im Namen unserer Freundschaft vortragen möchte, hängt damit zusammen.«

»Und das wäre?« fragte Clemens ziemlich entsetzt über meine lange Tirade und schaute halb überlegen, halb feierlich drein, was ihm Samuel sogleich nachtat.

Ich fuhr fort:

»Ich habe diese Kavalkade-Mäntel, diesen Pferde-Brustschutz und diese Kruppen-Decken mitgebracht, Ausrüstungsgegenstände der blauen und der roten Partei. Ich wollte unsere Pferde aufputzen und uns vier als Ritter verkleiden. So wird unser brasilianisches Gottesgericht viel schöner und viel heroischer.«

Ich gestehe, daß ich eine abschlägige, ja eine schroff ablehnende Antwort erwartete. Doch nein, es kam anders. Ich weiß nicht, ob es geschah, weil sie mich im Grunde seit langem um meine Kavalkaden beneideten und nur aus Schüchternheit noch nicht meinem Beispiel gefolgt waren – Tatsache ist, daß sie sofort zustimmten. Samuel tat noch so, als ob er Bedingungen stellte:

»Quaderna«, sagte er, »wie alles, was mit dem Hinterland zusammenhängt, haben Ihre Kavalkaden viel Maurisches und Barbarisches an sich. Aber um Ihnen einen Gefallen zu tun, bin ich einverstanden; allerdings verlange ich die blaue Fahne, die mit dem goldenen Kreuz.«

»Eben diese hatte ich für Sie ausgesucht«, sagte ich höchst erfreut. »Sie werden als adliger Kreuzritter der blauen Partei kämpfen und Clemens als Maurenritter der roten kommunistischen Partei.«

Ich sprang nun vom Pferd und legte hochzufrieden die blauen Decken und den blauen Brustschutz über den »Kühnen« und »Pedra-Lispe« und die roten über »Expedition« und »Gold-As«. Dann befestigte ich die blauen Mäntel an Samuels und an meinem Halse und die roten am Halse von Clemens und Malaquias. An einer nahen Hecke brach ich zwei Quittenbaumäste von passender Größe ab, befestigte die Fahnen der beiden Parteien an ihnen und behielt die blaue Fahne in meiner Hand, während ich die rote Malaquias übergab.

Nun steckten Malaquias und ich auf der Straße die Startmarken ab, von wo aus die beiden Ritter aufeinander losreiten und in der Mitte, vor der für die beiden Sekundanten, Malaquias und mich, improvisierten Tribüne, ihre Hiebe austeilen sollten. Wir vereinigten auf diese Weise die Funktion von Festreitern, Schildknappen und Richtern in einer Person. Wir schnitten zwei weitere Äste ab, steckten den einen auf die eine Straßenseite und den anderen auf die gegenüberliegende, etwa hundert Meter vom ersten entfernt. Danach wandten wir uns zu dem Platz, auf dem uns unsere beiden Rivalen erwarteten:

»Fertig, Dr. Samuel, fertig, Professor Clemens!« sagte Malaquias. »Die Startplätze sind markiert.«

Samuel fragte:

»Ist alles bereit? Dann soll der Kampf beginnen. Hier an dieser Stelle wird ein Edelmann aus den Zuckermühlen von Pernambuco in Verteidigung des imperialen, kreuzritterlichen, katholischen und iberisch-adligen Brasiliens der Rechten entweder sein eigenes Blut oder das seines Feindes vergießen. Sind Sie fertig, Clemens? Halten Sie Ihre Worte aufrecht?«

»Ich bin fertig und halte meine Worte aufrecht. Niemals sollen Sie behaupten können, Sie hätten Brasiliens Linke in einem Augenblick wie diesem schwankend gefunden. Kommen Sie nur! Kommen Sie, und Sie werden im Schützengraben des Kampfes einen Mann bereit zum Sterben für seine Ideale finden, der stolz ist auf das rotsozialistische Neger-Tapuia-Schicksal Brasiliens.«

Bevor sie noch ihren ersten Durchritt beginnen konnten, fiel ich ein:

»Einen Augenblick noch! Jeder der Sekundanten reitet jetzt mit seinem Schutzbefohlenen zum Startplatz. Dann kehren

Malaquias und ich hierher in die Mitte zurück. Wenn wir die Fahnen senken, reiten Sie los, und wenn Sie aneinander vorbeikommen, was etwa hier in der Mitte der Fall sein dürfte, versetzen Sie sich einen Hieb. Wenn niemand stürzt, wird der Ritt wiederholt und weitergeschlagen, bis die Sache entschieden ist. Einverstanden?«

»Einverstanden«, sagte Malaquias. »Dr. Samuel, hier ist Ihr Nachttopf! Professor Clemens, hier nehmen Sie den Ihrigen! Meister Dinis und ich haben die Waffen bereits überprüft.«

»Sie haben dieselbe Größe und dasselbe Gewicht«, versicherte Clemens mit all seiner gradlinigen jakobinischen Fairneß.

Hier muß ich nun, damit die edlen Herren und schönen Damen, die mir zuhören, nicht meinen, das Gottesgericht sei ein Spaß gewesen, erklärend einschalten, daß die von Clemens gewählten Waffen wirklich gefährlich waren. Es waren nämlich keine gewöhnlichen Nachttöpfe, sondern solche von ganz besonderer Art, die das Volk im Hinterland »Nachtthron« nennt. Sie waren riesig, wogen schwer und waren zirka siebzig Zentimeter hoch.

Die beiden Kämpfer packten sie bei den Henkeln, und ich nutzte den ersten Moment des Zauderns, bei dem niemand wußte, auf welche Seite er sich wenden sollte, und führte Samuel auf den Platz, den ich zuvor mit einem ganz bestimmten Hintergedanken für ihn ausgesucht hatte.

Schon bei unserer Ankunft hatte ich mir ein unfaires Manöver ausgetüftelt, das Clemens benachteiligen und meinen Schutzbefohlenen Samuel begünstigen sollte. Ich wußte wohl, daß ich es mit ein wenig Schläue und Verstellung ins Werk setzen könnte: die beiden Widersacher gingen so in ihren großen Ideen und Träumen auf, daß sie kaum auf die Tücken des praktischen Lebens achtgaben.

Zudem schmeichelte mir nach guter Sertão-Sitte die Ehre, zum Sekundanten gewählt worden zu sein. Wer mich wählt,

333

kann mit einem treuen Beschützer und bedingungslosen Gönner rechnen. Mein Schutzbefohlener ist in meinen Augen immer makellos.

Nun hatte mich an diesem Tage Samuel zum Sekundanten gewählt. Und mir war, als ich über eine List nachsann, mit der ich ihm helfen könnte, eingefallen, daß Professor Clemens Linkshänder war, was ja zu einem so überzeugten Linken vortrefflich paßte. Als ich mit Malaquias die Startplätze bestimmte, überlegte ich mir gleichzeitig, wohin ich Samuel stellen mußte, so daß die beiden Kämpfer im Augenblick des Schlages auf der rechten Seite aneinander vorbeireiten mußten. Dann mußte Samuel, der Rechtshänder, zu seinem Vorteil die Hand verwenden können, die seine stärkere war, während Clemens nur zwei Möglichkeiten hatte: entweder er benutzte seine rechte Hand, mit der er wenig Kraft und keinerlei Geschicklichkeit hatte, oder er nahm den Nachttopf in seine starke Linke, in welchem Falle er, um seinen Widersacher überhaupt zu treffen, sich dank meiner verräterischen List ganz im Sattel verkrümmen mußte. Es war beinahe sicher, daß er dabei das Gleichgewicht verlieren, vom Pferd stürzen und den Kampf verlieren würde.

Wie man sieht, edle Herren und schöne Damen, war mein Plan wahrhaft diabolisch, und alles ließ vermuten, daß mein Schützling Samuel als Sieger aus dem Gottesgericht hervorgehen würde. Am Startplatz drehte er den »Kühnen« mit einer eleganten Wendung um, bot Clemens, der auf der Gegenseite das gleiche getan hatte, die Stirn und stellte sich in Angriffsposition auf. Ich gab ihm die letzten Instruktionen:

»Sehr gut, Samuel, mein Schützling! Ich reite jetzt zu meinem Richterplatz. Wenn Malaquias und ich die Fahnen senken, denken Sie an die kriegerische Überlieferung der Wan d'Ernes, stürmen Sie blindlings los und knallen Sie ihm den Nachttopf mit der größtmöglichen Kraft auf die Birne!« So riet ich ihm, ohne ein Wort von meiner Hinterlist zu erwähnen, denn dieser Mann mit seinem empfindlichen Ehrgefühl und anderen adligen Ticks hätte sich unter Umständen moralisch verpflichtet gefühlt, seinen Gegner zu warnen und auf diese Weise eine Strategie zunichte gemacht, die mich viel Gehirnphosphor gekostet hatte.

Ich gab also »Pedra-Lispe« die Sporen und traf in der Mitte der Kampfbahn auf Malaquias, der ebenfalls zurückgekehrt war. Am vorher ausgemachten Platz hielten wir beide an, und ich warf einen stolzen Blick auf meine Umgebung und vibrierte vor kriegerisch-ritterlicher Begeisterung. Dank meiner Initiative, dank dem königlichen, Flugschriften und Romanzen entlehnten Gedanken, den ich all die Jahre hindurch gehegt hatte, sah alles schön, heroisch und bannergeschmückt aus; Rosse und Reiter erstrahlten blau und rot in der Elf-Uhr-Sonne, und die beiden Banner flatterten ruhmreich an den Lanzenspitzen, die Malaquias und ich in die Höhe hielten. Nur etwas beeinträchtigte den martialischen Glanz dieses brasilianischen Gottesgerichtes: es waren die beiden Nachttöpfe, die der unerbittliche linke Philosoph meinem adligen Schützling aufgezwungen hatte. Wirklich desillusionierend: ein Duell mit Nachttöpfen! Doch wenn ich mir alles übrige anschaute, war mein Enthusiasmus so groß, daß die Nachttöpfe kaum ins Gewicht fielen und den Gesamteindruck kaum trüben konnten.

So standen Malaquias und ich einen Augenblick da und hielten die Fahnen in die Höhe, und Professor Clemens benutzte das, um ein Kriegsgeschrei anzustimmen, das meine Begeisterung und den kriegerischen Charakter des Kampfes ins Uferlose steigerte:

»Für das sozialistische Neger-Tapuia-Brasilien, für die Sertão-Revolution des brasilianischen Volkes!« rief er mit seiner starken und tiefen Baritonstimme.

»Für das katholische, adlige Kreuzfahrer-Brasilien und für Unsere liebe Frau von der unbefleckten Empfängnis.«

In diesem Augenblick fiel mir auf, daß Clemens den Nachteil entdeckt hatte, in den er durch meine List geraten war. Instinktiv hatte er beim Losreiten den Nachttopf mit der Linken

erfaßt. Als er jetzt auf dem Startplatz stand, merkte er, daß sein
Widersacher an seiner rechten Seite vorüberreiten würde. Er
nahm den Nachttopf in die Rechte und schwenkte ihn in unsere
Richtung, als wollte er uns etwas mitteilen oder etwas reklamie-
ren. Ich tat so, als dächte ich, er wollte den Kampfrichter begrüßen; ich winkte ihm zurück und rief, um ihm keine Zeit zu
lassen:

»Los!«

Gleichzeitig senkte ich die Fahne, und Malaquias folgte
meinem Beispiel.

Die beiden Reiter gaben den Tieren die Sporen; »Expedition« und »Der Kühne« trabten mit den Kräften los, die Gott
ihnen gegeben und Zeit, Stürme und Wechselfälle des Lebens
übriggelassen hatten. Was mich betrifft, so begann ich sogleich
für den Sieg meines Schützlings zu beten.

Wieder einmal jedoch sollte es sich zeigen, daß Gott die
Boshaften züchtigt. Als nämlich die beiden Kontrahenten bei
uns anlangten, schlug jeder auf den Kopf des anderen ein. Ich
hatte gehofft, Samuel würde mit seiner Rechten treffen, was
Clemens nur mit der Linken schaffen konnte. Oder, falls beide
trafen, würde Samuels Schlag kräftiger ausfallen und den Philosophen gleich beim ersten Zusammenprall vom Pferd reißen.
Doch es geschah weder das eine noch das andere. Vielmehr
stießen die beiden Nachttöpfe statt an den Köpfen der Rivalen
in der Luft zusammen, was ein kriegerisches Gerassel von Eisen
oder sonstigem Metall zur Folge hatte. Das erinnerte mich sofort an »das metallische Klirren zusammenprallender Harni-
sche«, die laut Carlos Dias Fernandes das »symbolische Bild«
des Heldenkönigs Sebastian in der Schlacht von Alcácer-Quibir in »feuriges Relief« erhoben.

Selbst so dachte ich noch, mein Schützling hätte gewonnen,
weil Professor Clemens als Linkshänder bei dem Schlag im
Nachteil gewesen war, im Sattel schwankte und drauf und dran
war zu fallen. Er ritt jedoch weniger schlecht als Samuel; und so
gelang es ihm, »Expedition« mit der einen Hand allmählich zu

zügeln, während er sich mit der Nachttopfhand, niemand weiß
wie, am Sattelbogen festkrallte. Der »Nachtthron« fiel ihm fast
aus der Hand, aber der vermaledeite Philosoph brachte sich
doch am Ende wieder ins Gleichgewicht, ohne aus dem Sattel
zu fallen oder seine Waffe aus der Hand zu verlieren.

Als ich sah, daß auf seiten der roten Partei kein weiteres Unglück zu erwarten stand, hielt ich nach seinem blauen Widerpart Ausschau. Samuel hielt sich noch im Sattel, aber er hatte
das Startzeichen auf der anderen Seite schon hinter sich gelassen: obwohl »Der Kühne« blind, alt und schwach war, vermochte der Edelmann seinen Galopp doch nicht zu zügeln und
schwankte bald nach der einen, bald nach der anderen Seite,
gefährliches und entmutigendes Anzeichen für einen unmittelbar bevorstehenden Sturz.

Ich sah, daß die Lage kritisch war. Entweder kam ich ihm zu
Hilfe, oder die blaue Partei – an diesem Tage auch die meinige
– würde das Gottesgericht verlieren. Ich gab »Pedra-Lispe« die
Sporen und vermochte den »Kühnen« ohne große Mühe einzuholen. Ich betrachtete meinen Schützling, um die Lage abzu-
schätzen: Samuel klammerte sich verzweifelt mit der ganzen
linken und Daumen und Zeigefinger der rechten Hand an den
Sattel, während die drei restlichen Finger Gott sei Dank den
Nachttopf festhielten.

Zum Glück war der Galopp des »Kühnen« weniger ge-
schwinde als der Trab eines Durchschnittspferdes. Auch so jedoch traten Samuel die Augen fast aus den Höhlen, und er
blickte so starr vor sich hin, daß er, hätte er sich zu mir umgedreht, unfehlbar das Gleichgewicht verloren hätte. Er starrte
über den Pferderücken hinweg wie hypnotisiert auf die Straße.
Er muß wohl meinen Umriß geahnt haben, denn aus dieser Position heraus rief er:

»Haben wir gewonnen, Quaderna? Ist der Kaffer gestürzt?
Ist der Ungläubige zerschmettert?«

»Nein, Samuel«, sagte ich bedrückt. »Sehen Sie zu, daß Sie
den ›Kühnen‹ zum Stehen bringen, sonst ermüdet er ganz und

gar und hält nicht einmal den zweiten Ritt aus. Halten Sie an, Samuel!«

»Wie kann ich das?« schnaufte er. »Helfen Sie mir, ihn zum Stehen zu bringen, greifen Sie in die Zügel!«

»Nein, sonst könnte man sagen, das sei unerlaubt und darum hätten wir verloren. Aber Sie können sich beruhigen, ›Der Kühne‹ bleibt schon vor Erschöpfung stehen.«

Und wirklich wurde das schwarze Streitroß von selber langsamer und hielt schließlich ganz und gar an. Samuel und ich machten kehrt und ritten ganz langsam, damit »Der Kühne« wieder Atem schöpfen konnte, zum Startplatz zurück. Während wir uns ihm näherten, bemerkte Samuel enttäuscht:

»Also hat der Kaffer den ersten Schlag ausgehalten?«

»Er hat, dieser Schuft, wie, weiß ich nicht. Fast wäre er gestürzt. Aber es macht nichts, Doktor, auf zum nächsten Schlag! Mut, denn der Sieg ist nahe! Clemens hat bei der ersten Ohrfeige geschwankt, bei der zweiten wird er in den Lehm fallen, mit der Visage voran, und den Boden des Vaterlandes küssen.«

Ermutigt von diesen Worten, meinte Samuel stolz:

»Mein Schlag war doch gut, was, Quaderna? Meine Kraft hat zwar etwas gelitten, weil ich so viel Unglück und Leiden durchmachen mußte, aber es ist doch noch immer die alte Adelskraft, die ich von Sigmundt Wan d'Ernes geerbt habe. Aber haben Sie gesehen, wie sehr er mich gedemütigt hat?«

»Von Demütigung kann doch wohl keine Rede sein, Samuel! Beim ersten Zusammenprall haben Sie sich hervorragend gehalten.«

»Ich spreche nicht von dem Zusammenprall, Quaderna, ich meine das Feldgeschrei. Haben Sie das gehört? Der elende Kaffer, fintenreich wie alle Advokaten, hatte sich ein Feldgeschrei ausgedacht, um mich damit zu überraschen und zu demoralisieren. Und fast hätte er es erreicht. Aber mein adliger Instinkt kam mir zu Hilfe, und so konnte ich ein eigenes Feldgeschrei improvisieren. Leider Gottes mußte ich dabei die militärische Schutzpatronin Brasiliens anrufen. Wie kann man in einem Lande wie dem unsrigen Edelmann und Kreuzritter sein? Wir haben nicht einmal einen kriegerischen Schutzpatron, den wir anrufen könnten. Die englischen Kreuzritter können St. Georg anrufen, die Spanier St. Jakob, die Franzosen den hl. Dionys oder den hl. Ludwig. Wir müssen Unsere Liebe Frau von der unbefleckten Empfängnis anrufen!«

»Aber Unsere Liebe Frau von der unbefleckten Empfängnis ist im Kriegsfall sehr nützlich, Samuel! In der Schlacht von Guararape, so heißt es, stand die Lage für die Brasilianer sehr schlecht: da erschien die Madonna, und von da an haben wir den fremden Schuften eins aufgegeigt, daß sie ausgesehen haben wie eine Henne, die ihre Eier im Stich lassen muß.«

»Nun gut, damals hat uns Maria einen Dienst erwiesen, dafür sind wir ihr Dank schuldig. Doch daß der heilige militärische Schutzpatron Brasiliens eigentlich ein Mann und ein Krieger sein müßte, scheint mir sonnenklar zu sein. Was ist das für ein Name: Unsere Liebe Frau von der unbefleckten Empfängnis! Ist das vielleicht ein Name, den man bei einer Schlacht anrufen kann? Man könnte ja meinen, wir seien schwanger.«

»Dann rufen Sie doch bei Ihrem zweiten Ritt den heiligen Antonius von Lissabon an, der Unteroffizier im brasilianischen Heere war.«

»Ach, mein Gott, Brasilien ist wirklich ein schwieriges und undankbares Land für Ehrenkonflikte! Der heilige Antonius von Padua, der in allen Ländern der Welt ein Predigermönch ist, ist in Brasilien Unteroffizier des Heeres. Nein, der nützt mir auch nichts. Den können Sie sich an den Hut stecken.«

»Dann wählen Sie doch irgendeinen anderen Heiligen, der Ihnen sympathisch ist, zu Ihrem privaten militärischen Schutzpatron! Ich kenne hier in der Nähe einen Einheimischen, der jedesmal, wenn er in Streit gerät, seinen Gegner anbrüllt: ›Was denken Sie sich eigentlich, Sie Scheißkerl? Bei mir kommen Sie an die falsche Adresse. Ich bin ein Mann, und mein Heiliger ist es auch, er pinkelt im Stehen, nicht im Sitzen.‹ Machen Sie es wie dieser Mann aus dem Sertão, Samuel: wenn Clemens seinen Schlachtruf wiederholt, schaffen Sie sich einen männlichen Schutzpatron an und rufen Sie seinen Namen!«

»Sie haben recht, Quaderna. Ich werde meinen individuellen Schutzpatron anrufen.«

»Und wer wäre das? Der Prophet Samuel?«

»Nein, der auch nicht. Er war Jude und deshalb ein halber Sertão-Mensch, ein Halbmaure, Halbkommunist und Halb-Freimaurer. Ich werde Sankt Sebastian anrufen. Erstens, weil er ein schöner Krieger ist, jung, seltsam und keusch, was mich aus vielen privaten Gründen, die Sie nichts angehen, sehr fasziniert. Dann aber war er der Schutzpatron von König Sebastian dem Ersehnten, dem ›Verhüllten‹, dem letzten iberischen Adligen, der diesen Namen verdiente, dem letzten Kreuzfahrer, der sich in der Epoche vertat und in die afrikanische Wüste, in die Länder des Maurentums verirrte.«

In diesem Augenblick rief Clemens, der schon seit geraumer Zeit seinen Posten bezogen hatte, ungeduldig:

»Na, wie steht es, Scheißjunker? Geflüchtet, wie? Sie wollen wohl überhaupt nicht mehr auf das Feld der Ehre zurückkommen?«

»Nichts dergleichen, plebejischer Kaffer! Gleich geht es wieder los. Vorwärts, ›Kühner‹!«

Samuel nötigte das schwarze Streitroß zum Trab und legte den bis zum Startplatz fehlenden Rest der Wegstrecke zurück.

Ich galoppierte zu Malaquias. Als ich an meinen Platz kam, hielt Malaquias den Schaft seiner Fahne, um sich über Samuels Trab lustig zu machen, bis auf die Brust gesenkt. Er hielt ihn, wie man eine Gitarre hält, tat, als spielte er auf einem Griffbrett, und sang die Melodie einer leichtfüßigen Sextine:

> Ai, da, da!
> Gevatter, sporn dein Füllen an,
> Sonst hältst du nicht mit mir Schritt!
> Ai, da, da!
> Schau dir nur mein altes Pferd an:

Immer älter, immer schneller!
Ai! Da! Da!
Gevatter, halt' den Nachttopf aus,
Jetzt mach ich dir den Garaus!

Erst jetzt fiel mir angesichts der infernalischen Freude, die Malaquias erfaßt hatte, auf, daß sich diesmal die Lage verkehrt hatte, da die Kämpfer die Startplätze gewechselt hatten und Samuel seine schwache Linke gebrauchen mußte, der Philosoph hingegen seine mächtige Linke.

Im ersten Augenblick der Panik dachte ich noch daran, dazwischenzutreten und einen Seitenwechsel vorzuschlagen. Aber ich mußte davon Abstand nehmen, denn hätte ich das getan, so wäre meine List an den Tag gekommen und die rote Partei hätte den Sieg für sich beansprucht – wegen betrügerischer Machenschaften. So bezwang ich mich und hielt den Mund.

Das Ärgste jedoch ist, daß sich noch eine Veränderung ergab, deren verheerende Folgen für Samuel wir erst später ermessen konnten. Ganz spontan hatte Clemens in dem Augenblick, in dem er sah, daß er nunmehr seine linke Hand benutzen mußte, den Nachttopf in diese genommen. Dabei hielt er, ohne sich über die Tragweite seiner Handlung im klaren zu sein, den Nachtthron mit der Öffnung nach unten und nicht nach oben, wie es beide beim ersten Ritt getan hatten.

Aus der Ferne bemerkten wir nichts davon, so daß wir von neuem die beiden Fahnen senkten.

»Brasilien und die Revolution!« schrie der Philosoph.

»Vaterland und Sankt Sebastian!« echote der Dichter.

Und dann galoppierten sie wie zwei Furien aufeinander los. Diesmal jedoch hatte mein Schützling das Pech, daß ausgerechnet in dem Augenblick, in dem sie die Arme senken und den entscheidenden Nachttopfhieb austeilen wollten, »Der Kühne« stolperte, was Samuels Hand ausgleiten ließ und bewirkte, daß er Clemens' Kopf verfehlte. Das Schlimmste jedoch war, daß der Edelmann bei diesem Stolpern seinen Kopf senkte, und zwar genau in dem Augenblick, in welchem der Philosoph seinen Schlag führte. Der mit der Öffnung nach unten gehaltene Nachttopf preßte sich bis über die Augenbrauen auf Samuels Kopf, auf den er wunderbarerweise wie angegossen paßte. Und da Clemens eine Sekunde lang den Nachttopfhenkel in seiner Hand hielt, wurde Dr. Samuel Dasantas Paes Barretto Wan d'Ernes heftig aus dem Sattel geschleudert und rollte samt seinem Junkertum und allem übrigen Drum und Dran durch den Sertão-Staub der Straße.

Clemens ließ, als er so heftig mit seinem Rivalen zusammenprallte, instinktiv den Nachttopfhenkel los, sonst wäre er um ein Haar ebenfalls gestürzt. Gott war jedoch an diesem Tage sichtlich auf seiner Seite, was ich meiner schwarzen Sünde der Gemeinheit, Treulosigkeit und Verräterei zuschreibe. Tatsache ist, daß er sich, nachdem er über zehn Meter hin und her schwankend geritten war, von neuem im Sattel aufzurichten vermochte.

»Viktoria! Viktoria!« rief Malaquias jubelnd und schwenkte die rote Fahne. »Es lebe die rote Partei! Es lebe das brasilianische Volk!«

Professor Clemens trabte wieder zu uns zurück; er war stolzgeschwellt und prunkte mit seinem roten, mit goldenen Halbmonden übersäten Mantel. Ich ritt betrübt zu Samuel, der noch immer gänzlich besinnungslos auf dem Boden lag.

Als ich an seinen Platz kam, sprang ich vom Pferd, nahm meinen wassergefüllten Lederbeutel und meinen ledernen Weinschlauch aus der Satteltasche, sprengte ihm etwas Wasser ins Gesicht und begann mit Wiederbelebungsversuchen. Ich hielt ihm meinen Weinschlauch an den Mund und gab ihm einige Schlucke von meinem Sertão-Wein vom Gefleckten Jaguar zu trinken, was ihn fast augenblicklich das Bewußtsein wiedererlangen ließ. Erleichtert sah ich, daß er nicht sterben würde. Doch zeigten die flackernden Blicke, die er um sich warf, daß er noch nicht vollständig zu sich gekommen war. In diesem Zustand wollte er aufstehen:

»Was war los, Quaderna? Was ist das?« fragte er, leckte sich die Lippen und fing an, an dem Wein, seiner großen Versuchung, Geschmack zu finden. »Was ist denn das? Das ist doch Wein, nicht wahr? Geben Sie mir noch ein paar Schlucke!«

Der Ärmste! Halb benommen von dem Hieb, war ihm die schwere Niederlage, die er in seinem Adelsstolz hinnehmen mußte, noch gar nicht zu Bewußtsein gekommen. Aber das sollte nur kurz dauern, denn bald, nachdem Samuel die ersten Schritte versucht hatte, hörten wir Malaquias ganz in unserer Nähe kichern und mit der Zunge schnalzen. Wir drehten uns um und sahen Malaquias und seinen Schützling zu Fuß herankommen; jeder von ihnen führte sein Reittier am Zügel. Malaquias war mitten auf der Straße stehengeblieben und wollte sich ausschütten vor Gelächter:

»Sie sehen vielleicht lieblich aus, Dr. Samuel«, sagte er und deutete auf den Junker. »Der Nachttopf auf Ihrem Kopf sieht aus wie der große Hut, den der Bischof bei den Prozessionen trägt.«

Samuel griff mit der Hand an seinen Kopf, und nun erst wurde er sich der ganzen Schwere seines Unglücks bewußt. Gedemütigt und ganz geknickt kehrte er in die Wirklichkeit zurück, erinnerte sich wieder an alles und griff wütend mit beiden Händen nach dem Nachttopf, bemüht, ihn von seinem Kopf herunterzureißen. Ich versuchte es gleichfalls und half ihm mit beiden Händen – umsonst.

Die beiden Sieger standen nun bereits neben uns.

»Der Nachttopf geht nicht herunter!« sagte ich besorgt zu Clemens.

»Ausgezeichnet!« gab mir der unerbittliche Mann zur Antwort. »So wird Samuel mit dem Nachttopf auf dem Kopf an meinem Triumphzug durch die Straßen teilnehmen.«

»Nichts da, der Schlosser schweißt mir den Nachttopf in zwei Minuten oben auf, und dann geht der Pißpott herunter«, sagte Samuel wütend.

»Um Verzeihung, aber so können Sie nicht Ihr Wort brechen«, sagte Malaquias. »Sie haben vereinbart, daß der Verlierer an dem Triumphzug zu den Bedingungen teilnehmen soll, welche der Sieger festlegen wird.«

»Aber niemand hat erlaubt, daß der Nachttopf mit der Öffnung nach unten benutzt werden darf«, mischte ich mich ein und versuchte, etwas für meinen Schützling herauszuholen.

»Wenn es niemand erlaubt hat, so hat es auch niemand verboten. Warum hat Ihr Schützling Samuel nicht gleichfalls den Nachttopf mit der Öffnung nach unten benutzt? Eines von beiden: entweder er hat daran gedacht und wollte ihn nicht benutzen, dann war er ein Narr; oder er hat nicht daran gedacht, dann war er ein Esel. Auf alle Fälle habe ich gewonnen, so daß es hier keine Ausflüchte mehr geben kann, Samuel. Gehen wir, ich will gleich alles für meinen Triumphzug vorbereiten. Oder wollen Sie Ihr einmal gegebenes Wort brechen?«

»Ein Edelmann bricht nie sein Wort; lieber sterben oder Unglück erdulden. Ich bitte Sie nur, Clemens, in Anbetracht meiner Loyalität und meiner ritterlichen Kampfführung, großmütig zu sein und meiner Ehre größere Schmach zu ersparen.«

»Ich? Nichts da. Warum sollte ich großmütig sein gegen eine Klasse, die das Volk ausbeutet und aussaugt? Behaupten Sie nicht selber ständig, die wahren Edelleute und Feudalherren seien gewalttätig und grausam? Eine Liebe ist der anderen wert. Keine Nachgiebigkeit, wenn es um die revolutionäre Prinzipientreue geht. Auf zum Triumph der Linken!«

»Wann denn? Etwa jetzt, Clemens?« fragte ich, betrübt bei der Aussicht, das Fest könnte mir entgehen.

»Natürlich, jetzt sofort.«

»Nein, tun Sie das bitte nicht! Verschieben Sie den Triumphzug!«

»Und warum?«

»Ich wollte so gern daran teilnehmen.«

»Nur wenn Sie an Samuels Seite in der Gruppe der Besiegten reiten. Waren Sie heute nicht der Schutzpatron der besiegten Rechten? Wenn Sie also an dem Triumphzug teilnehmen wollen, müssen Sie das als Lakai der Rechten tun.«

»Topp, Clemens! Bei einem Triumphzug will ich auf alle. Fälle dabeisein, selbst wenn es im Gefolge der Verlierer geschehen muß. Aber es ist schon Mittag, wir müssen zum Essen gehen.«

»Nun, der Triumphzug soll gleich nach dem Essen stattfinden.«

»Zu dieser Stunde muß ich vor dem Untersuchungsrichter aussagen. Verschieben Sie Ihren Triumph auf morgen!«

»Nein, morgen ist wieder ein neuer Tag. Bis morgen kann Samuel sterben und ich diese großartige Gelegenheit zum Ruhm verlieren.«

»Aber ich möchte dieses heroische Schauspiel um keinen Preis verpassen, Clemens«, beharrte ich. Und fragte neugierig: »Wie soll es denn vor sich gehen? Auf römische Art, so wie es in der ›Geschichte der Zivilisation‹ von Oliveira Lima beschrieben wird?«

»Niemals auf römische Art, Quaderna! Ich will keine reaktionären Altertümeleien, um keinen Preis! Und selbst wenn es ein Triumphzug wie im Altertum wäre, müßte es ein ›karthagischer Triumphzug‹ sein, kein römischer, denn Rom stand offenkundig rechts, das asiatische oppositionelle Karthago dagegen links. Aber mein Triumphzug soll nach brasilianischer Neger-Tapuia-Art vonstatten gehen, wie es zu meinem Charakter paßt und zu den besten nationalen und volkstümlichen Überlieferungen gehört.«

»Also, Mann, lassen Sie mich daran teilnehmen! Sie müssen doch einsehen, daß, wenn ich dabei bin, das Gefolge der Verlierer größer wird und also die Linke mehr Ruhm davonträgt.«

»Gut denn. Ich will Ihrer Bitte entsprechen, obwohl Sie es beim ersten Ritt gegen mich an Loyalität fehlen ließen.« Das letztere sagte Clemens mit gerunzelter Stirn, indem er mich schief anschaute, was mir zeigte, daß er meine List durchschaut hatte. »Es sei gewährt: Wenn Sie heute nicht verhaftet werden sollten, sind Sie eingeladen, morgen früh als Besiegter an meinem Triumphzug teilzunehmen. Und da ich großmütig bin, verspreche ich Ihnen noch eines: selbst wenn der Untersuchungsrichter Sie heute nachmittag verhaften sollte, werde ich den Triumphzug morgen am Gefängnis vorbeiziehen lassen: dann können Sie, auch wenn Sie nicht selber teilnehmen sollten, zumindest alles mit eigenen Augen verfolgen.«

Da lief es mir erneut kalt über den Rücken, und die Leere in meinem Magen kehrte zurück. Mich entsetzte die Fühllosigkeit, mit welcher Clemens von der Möglichkeit sprach, daß ich am Nachmittag des gleichen Tages verhaftet werden könnte. Er sagte jedoch kein weiteres Wort.

Clemens und Samuel bestiegen ihre Pferde und setzten sich auf dem Heimritt an die Spitze unseres Zuges. Malaquias und ich beobachteten, in einigem Abstand hinter ihnen herreitend, daß die beiden großen Männer trotz ihrer stets bekundeten Verachtung für unsere Sertão-Gesänge und Kavalkaden nicht daran gedacht hatten, ihre Mäntel abzulegen. Im Gegenteil: sie ritten beide hochelegant einher, tiefbefriedigt darüber, daß sie als Sertão-Fürsten eingekleidet waren – wie die Reiter der Kavalkaden und die Ritter der Flugschrift über die zwölf Paladine Frankreichs.

Der Eleganteste war jedoch ohne Zweifel Samuel. Professor Clemens ritt zwar im Mantel, aber barhäuptig. Sein Widerpart dagegen zeigte mit dem Nachttopf, der wie ein Helm, eine Mitra oder eine Kaiserkrone auf seinem Kopfe saß, und dem über seine Schultern herabwallenden blauen Mantel mit dem goldenen Kreuz ein königliches Heldenprofil, das von dem blendenden Licht der glühenden Sonne des Hinterlandes in strahlenden Glanz getaucht wurde.

DREIUNDVIERZIGSTE FLUGSCHRIFT
DIE HENKERSMAHLZEIT

Maria Safira, die dämonische, unergründliche Frau, die Bett und Tisch mit mir teilte, hatte mein Mittagessen von unserer Hausangestellten, ihrer Gesellschaftsdame Dina-tut-mir-weh, zubereiten lassen. Malaquias war zu seiner Frau Silviana zum Essen nach Hause gegangen. Doch meine beiden Lehrmeister hatten die Angewohnheit, an den Mahlzeiten zu schmarotzen, die in meinem Bordell, der berühmten »Herberge zur Tafelrunde«, zubereitet wurden. Zwar wünschte an jenem Tag keiner der beiden nähere Beziehungen mit mir zu unterhalten, um nicht in der Gesellschaft eines Verdächtigen und in ein Verfahren Verstrickten erblickt zu werden. Ich bemerkte sogar, daß sie im ersten Augenblick zwischen Geldausgeben und politischem Risiko schwankten. Dann siegte jedoch die Macht der Gewohnheit, und beide beschlossen zu bleiben.

Ich brachte kaum einen Bissen herunter, so große Sorgen bereitete mir die Untersuchung. In meiner Kehle und meinem Magen spürte ich einen Knoten. Samuel und Clemens, die mich jetzt ein bißchen umschmeichelten, um auf diese Weise ihr Mittagessen zu bezahlen, behaupteten, aus lauter Sorge über meine Vorladung hätten sie die ganze Nacht über nicht geschlafen und auch nicht mit Appetit essen können. Ich weiß es nicht: ich war nicht dabei, deshalb ist es denkbar, daß sie wirklich nicht geschlafen hatten. Was aber das Essen betrifft, so fraßen sie wie die Scheunendrescher. Und während des Essens redeten sie, der eine mit dem Nachttopf auf dem Kopfe, beide meinem »Sertão-Wein vom Gefleckten Jaguar« zusprechend, von dem Untersuchungsrichter, den sie übereinstimmend als »einen der zupackendsten, gefährlichsten und grausamsten Adler im Gerichtswesen von Paraíba« betrachteten.

Je länger sie von den gefährlichen Raubvogel-Eigenschaften des Untersuchungsrichters sprachen, desto mehr kam mir der Ernst meiner Lage zu Bewußtsein. Clemens behauptete, diese

Untersuchung sei nur die aktuelle Sertão-Phase des langen Prozesses, den die iberischen Junker dem Neger-Tapuia-Volk Brasiliens vom 16. Jahrhundert an bis in die Gegenwart gemacht hätten; die Untersuchung sei bereits 1591 mit der Ankunft des Inquisitors Hector Furtado de Mendonça eröffnet worden und gehe jetzt mit der Unterdrückung und Verfolgung der Revolutionäre von 1935 noch immer weiter.

Samuel konterte, jetzt, nach dem Versuch eines Integralistenputsches, den der Konteradmiral Frederico Villar unternommen hatte, hätten SIE es auf die brasilianischen Adligen abgesehen. Er sagte, Clemens solle nicht unehrlicherweise »die nationalistischen, ritterlichen und imperialen Adligen des Integralismus mit dem antinationalen, kosmopolitischen Bürgertum der Städte verwechseln, das geizig und niederträchtig ist und in IHREM Solde steht, mit einem Bürgertum, dessen Interessen der Untersuchungsrichter im Grunde vertritt«.

Ich war jedoch im Augenblick nicht an den grandiosen Ideen interessiert, welche die beiden in aller Ruhe während des Mittagessens entwickelten, während sie meinen Mandiokbrei verschlangen. Mir ging unter die Haut, daß die Untersuchung, ob sie nun im 16. Jahrhundert begonnen hatte oder nicht, jetzt in Gang kam und SIE, wer immer sie sein mochten, hinter *mir* und nicht hinter dem Admiral her waren.

Tatsächlich war, wie ich schon beiläufig bemerkt hatte, drei Tage vorher, am Montag, dem 11. April, der Richter Joaquim Navarro Bandeira, bekannter unter dem Spitznamen Joachim Schweinekopf, in unser Städtchen gekommen. Eigentlich hatte ihn nur eine Routine-Visitation in die Gemarkung geführt. Da er aber die Stadt von dem Ausgang der schrecklichen Geschichte des Jünglings auf dem Schimmel aufgewühlt fand – was mit dem Klima der Rebellion eng zusammenhing, das im ganzen Land herrschte –, hatte er beschlossen, nachdem er sich bei Gericht die nötige Vollmacht beschafft hatte, diskret die Leitung der Untersuchung zu übernehmen, und das eröffnet, was seine Speichellecker eine »offizielle« Untersuchung nannten.

Daher sah ich mit einem immer größeren Druck auf der Seele an jenem Karmittwoch den Augenblick herannahen, zu dem ich mich im Gefängnis einfinden mußte. Natürlich war dieser Ort absichtsvoll ausgewählt worden, um die Vorgeladenen einzuschüchtern. Ich sollte mich vor diesem schlimmen Menschen präsentieren, »um ihm ein paar Erläuterungen zu geben, die Dona Margarida Tôrres Martins mitschreiben wird«. So hatte es in der am Vorabend von Severino Brejeiro überbrachten Vorladung geheißen.

Diese Margarida war ein Mädchen, das unserer ländlichen Sertão-Aristokratie angehörte; ich betrachtete ihre Wahl sogleich als ein für mich gefährliches, unheilverkündendes Detail: Margarida hatte mit ihrer Mutter und ihrem Vater an dem geheiligten und verhängnisvollen Abenteuer meines Zirkus teilgenommen: mit ihm war ich Pedro Cego, dem Propheten Nazário und dem Jüngling mit dem Schimmel über die steinigen und staubigen Felder des Hinterlandes gefolgt; dabei war es mein Hauptziel gewesen, den sagenhaften Schatz wiederaufzufinden, den Dom Pedro Sebastião Garcia-Barretto in einer weltverlorenen Grotte hinterlassen hatte. Nun war aber, glaubte ich zu wissen, meine Teilnahme an der »Neuen Suchfahrt nach dem Krieg des Reiches« der Hauptgrund für meine Vorladung gewesen. Und Margarida, die fast allen jenen Ereignissen beigewohnt hatte, war ausgewählt worden, bei besagter »offizieller Untersuchung« als Ad-hoc-Sekretärin zugegen zu sein. Sie war dem Richter von einer rechtsstehenden, feministischen, patriotischen und religiösen Frauenorganisation empfohlen worden, die, von Samuel in den Tagen der kommunistischen Revolution von 1935 gegründet, im Leben unserer Stadt noch immer eine beträchtliche Rolle spielte. Es war die weibliche Abteilung des »Ordens der Ritter von der Weltkugel«, und sie hieß »Die tugendhaften Damen vom Geheiligten Kelch von Taperoá«. Bekannter ist sie jedoch unter ihrer Telegrammanschrift, unter der Abkürzung »Keuschleben«, einem Namen, »der leichter zu behalten ist und überdies ein moralisches und

religiöses Programm enthält«, eben das »keusche Leben«, wie
es Dona Carmen Gutierrez Tôrres Martins, Margaridas Mutter, die geistige Mutter und lebenslängliche Präsidentin dieser
Organisation, gern erläuterte.

▌ VIERUNDVIERZIGSTE FLUGSCHRIFT ▌ DAS ANTLITZ DES CAETANER-MÄDCHENS

Als das Mittagessen beendet war, verzogen sich die beiden großen Männer diskret durch die Hintertür meines Hauses, und ich
blieb mit der Gefahr allein. Wie in einem Alptraum beschloß
ich, wieder in die Bibliothek zu gehen, um die Stunde abzuwarten, zu der ich ins Gefängnis gehen mußte.

Dort angelangt, setzte ich mich abermals in den Liegestuhl.
Ich wußte, die beiden Stunden, die noch bis drei Uhr, der vom
Richter festgesetzten Frist, fehlten, würden die schlimmste Zeit
des Nachmittags sein.

Da bin ich nun, vielleicht weil das Gewicht des Mittagessens
auf meinem Magen lastete, wie es mir in Stunden der Angst
immer ergeht, eingeschlafen. So scheint es mir, denn fast unmittelbar danach betrat ein sonderbares, rot gekleidetes Mädchen den Bibliothekssaal. Ihr Kleid war auf dem Rücken offen:
ein weites Dekolleté zeigte den Wildkatzenrücken eines Jaguars und legte unterhalb der Arme die Hügel der Brüste bloß.
Der Flaum ihrer wundervollen Achseln blieb nicht auf sie allein
begrenzt: in einem engen, geraden Büschel zogen sie sich an
dem sanften weißen Hang der Brüste hinauf und verliehen ihnen ein seltsam fremdartiges, wildes Aussehen. Auf jeder ihrer
Schultern saß ein Sperber, der eine schwarz, der andere rot, und
eine Korallenschlange diente ihr als Halskette. Sie blickte mich
mit einem faszinierenden, grausamen Gesichtsausdruck an,
sagte aber nichts. Sie schritt auf eine weiße Wand zu, hob, ohne
mich aus den Augen zu lassen, die Hand und malte mit dem
Zeigefinger Linien, horizontale Linien. Und wie ihr Finger an
den Linien entlangfuhr, bedeckte sich die Wand mit feurigen

Lettern. Ich fragte mich selbst entsetzt, wer sie wohl sein mochte. Doch im Grunde wußte ich es schon: es war das schreckliche Caetaner-Mädchen, die grausame Todesgöttin des Sertão, die ihre Auserwählten mit ihren langen, an der Spitze zu Krallen gebogenen Nägeln zur Ader läßt.

Die Worte, die sie mit Feuer in die Wand eingravierte, erschienen mir mit übernatürlicher Klarheit. Ich wollte schreien, flüchten und sie gleichzeitig tief ins Blut des Gedächtnisses aufnehmen. Denn ich wußte, daß sie mir etwas Grundlegendes, Gefährliches, Sonderbares und Unenträtselbares, aber entscheidend Wichtiges mitteilten. Ich muß einen Moment lang in dem halb schlafenden, halb wachenden Dämmerzustand verblieben sein, in den man in solcher Lage zuweilen gerät. Ich sage das, weil Papier und Bleistift auf dem niedrigen Tischchen lagen und ich im Traum begann, fieberhaft aufzuzeichnen, was das Feuer an der Wand sichtbar werden ließ. In dem Maße, in dem ich die Worte nachschrieb, fühlte ich mich immer stärker bedroht. Plötzlich stieß ich einen Schrei aus und erwachte. Das Mädchen war verschwunden, und ich schrieb unzusammenhängendes Zeug auf das Papier. Was ich schrieb, entsprach dem, was sie geschrieben hatte, und entsprach ihm auch wieder nicht. Ich versuchte nun, in wachem Zustand das, was ich geschrieben fand, in größere Übereinstimmung mit dem zu bringen, was mir von den Worten an der Wand in Erinnerung geblieben war. Das Ergebnis deckte sich nicht. Ein gewisser drohender Inhalt kam nicht heraus, und die Umgebung, in der das alles wirklich seine Bedeutung besessen hatte, war mit dem Traum verschwunden. Das, was ich wiederzugeben vermochte, lasse ich hier folgen, weil es ebenfalls ein wichtiges Dokument für den Prozeß darstellt:

»Das Urteil ist schon gesprochen. Verlassen Sie Ihr Haus und überqueren Sie die felsige Hochebene. Ihnen gehört nur das, was Sie zu entziffern vermögen. Trinken Sie das Feuer in der Steintasse des Felsplateaus. Untersuchen Sie das scheckige, goldblonde Fell des Jaguars, das rote Fell des Pumas, den Kaktus mit den bestirnten Früchten. Verzeichnen Sie den Vogel mit seinem goldschwarzen Pfeil und die brennende Fackel der blutfarbenen Bromelien. Retten Sie, was zugrunde geht: das geheiligte Ephemere – die vergeudeten Energien, den Kampf ohne Größe, das insgeheim ermordete Heldenhafte, das von den Gestirnen Bezeichnete – alles, was, wenn es einmal in Sicherheit gebracht und bezeichnet worden ist, für immer Ihr ausschließliches Eigentum sein wird. Verherrlichen Sie die Rasse der verborgenen Könige mit der bluttropfenden Krone; den Ritter auf seiner Irrfahrt; die Dame mit den verborgenen Händen, die Engel mit ihrem Schwert und die gefleckte Sonne des Göttlichen mit ihrem goldenen Sperber. Zwischen der Sonne und den Disteln, zwischen Steinen und Gestirnen wandern Sie im Unbegreiflichen. Deshalb müssen Sie, auch wenn Sie es nicht entziffern, das Rätsel der Grenze besingen, die sonderbare Region, wo das Blut in den Feueraugen des Gefleckten Jaguars des Göttlichen verbrennt. Tun Sie das, sonst droht Ihnen die Todesstrafe! Aber seien Sie sich schon jetzt bewußt, daß es umsonst ist. Zerreißen Sie die Silbersaiten der Gitarre: das Gefängnis ist schon beschlossene Sache. Feste Riegel und rostige Schlösser sind dort befestigt. Der Galgen ist aus frischem Holz errichtet, die Klinge der Axt ist geschliffen worden. Das Rätsel bleibt bestehen. Das Schweigen verbrennt das Gift der Schlangen, und auf dem Gefilde des bluttriefenden Traumes brennt glühend der verlorene Traum und versucht vergeblich, seine für immer zerstörten Tage wiederherzustellen.«

▌ FÜNFUNDVIERZIGSTE FLUGSCHRIFT ▌
DAS MISSGESCHICK
EINES ANSPRUCHSLOSEN HAHNREIS

Ich sah auf die Uhr: es war noch immer zu früh. Und genau in diesem Moment bemerkte ich etwas, das mir beim Eintreten nicht aufgefallen war: Pedro Mucker, Maria Safiras früherer Mann, saß auf dem Fußboden und lehnte an der Wand zwischen einem Bücherregal und der Tür, welche die Bibliothek mit meinem Hause verband. Dort saß er niedergeschlagen und in tiefe Betrachtungen versunken; mit beiden Händen hielt er seinen Hirtenstab fest und stützte sein Kinn darauf. Neben ihm lag der alte schmutzige Lumpensack, den alle Sertão-Bettler bei sich tragen. Seine Wäsche war geflickt, aber sauber, und auf dem Kopf trug er einen alten, aber unversehrten Strohhut. Hände und Füße waren stark, die Finger dick und knochig, Bart und Prophetenhaar fast ganz schlohweiß.

Wie immer, wenn ich ihm begegnete, überkam mich ein Anflug von Gewissensbissen und Unschlüssigkeit. Er wußte, daß Maria Safira mit mir zusammenlebte; er sprach ruhig über diese Tatsache und ließ sich höchst selten in meinem Hause blicken. Wenn er jedoch erschien, rührte er keine Nahrung an und bat mich auch nicht um die Almosen, die er gewöhnlich in anderen Häusern für die Kirche sammelte. Er entschuldigte sich vielmals dafür und erklärte, er verzichte auf das Betteln nicht aus Stolz, sondern um Maria Safira den Schmerz zu ersparen, von boshaften Menschen zu hören zu bekommen, ihr Mann werde von ihrem Geliebten ausgehalten.

Wegen all dieser Dinge überkam mich in seiner Gegenwart ein peinliches Gefühl von Schuld und Verlegenheit. Ich machte mir nichts aus der Meinung anderer Leute und ging mit allen Menschen sehr ungezwungen um. Vielleicht war Pedro Mucker der einzige Mensch, vor dem ich im Städtchen Achtung empfand. Doch nein, der einzige war er nicht: ich achtete auch Pater Marcelo, wenngleich ein bißchen weniger, weil ich ihn nicht gekränkt hatte und er kein »Armer« war wie Pedro Mucker. Was meine übrigen Mitmenschen betraf, so ahnte ich, daß sie mit ihrem Ehrgeiz und ihren kleinen Gemeinheiten aus dem gleichen Holz geschnitzt waren wie ich; wir steckten alle im gleichen Sack, und eben deshalb behandelte ich sie nicht von gleich zu gleich, sondern eher von oben herab.

In dem Augenblick, in dem ich auf ihn zuging, hob Pedro Mucker den Kopf, sah mich voller Sanftmut an und sagte:

»Dinis, auf der Straße erzählt man sich, der neue Richter, der eben angekommen ist, werde Ihnen den Prozeß machen. Stimmt das?«

»Es stimmt, Pedro«, antwortete ich ihm mit einem Gefühl von Verlegenheit, das von dem bereits Gesagten oder aber von dem Prozeß herrührte.

»Was hat es denn gegeben? Was soll dieser Prozeß?« bohrte er weiter.

»Ich weiß es nicht, Pedro. Ich kann das alles nur einer Intrige zuschreiben. Sie haben doch gehört, daß ich mit einem Kerl auf der Straße Streit hatte?«

»Das hörte ich.«

»Nun, es sieht so aus, als ob mein Prozeß wegen dieses Streits in Gang gekommen wäre. Als ich mich mit diesem Subjekt anlegte, verschworen sich alle Skorpione, alle Kellerasseln dieses unglücklichen Landes gegen mich und fingen an, auf mich einzustechen. Seit nun dieser Prozeß zustande gekommen ist, diese komplizierte und gefährliche Angelegenheit, haben sie beschlossen, sich das zunutze zu machen, und mich bei dem Untersuchungsrichter denunziert, um mich auszuschalten.«

»Es ist wahr, so ist die Welt«, versetzte Pedro und stieß dabei jenen Seufzer aus, mit dem Leute wie er immer ihre Lebensweisheiten einleiten. »So ist die Welt, beklagen Sie sich nicht, und ärgern Sie sich nicht darüber!«

»Ich soll mich nicht ärgern, Pedro? Und wie soll ich das anstellen? Natürlich bin ich wütend, und ich habe meine Gründe dafür, weil ich bei dem Streit im Recht war und bin.«

Bei diesen Worten schaute ich den Mucker an, der mir gutartig, demütig und sanft gegenübersaß, und es erfaßte mich ein gewaltiges Verlangen, von ihm in allen Dingen bestätigt und bekräftigt zu werden. Ich fragte ihn also etwas, das ich sonst niemanden gefragt haben würde:

»Glauben Sie, daß ich im Unrecht bin, Pedro? Glauben Sie, daß meine Feinde recht haben? Bin ich wirklich ein Mensch mit einem schlechten Charakter und einem bösen Herzen, wie sie zu meinen scheinen?«

Pedro Mucker strich sich mit der Hand langsam durch den Bart und antwortete, seine Worte sorgfältig abwägend, ebenso langsam:

»Es ist schwierig, Dinis, darauf mit einem Wort zu antworten, ohne alles sorgfältig zu durchdenken und alles richtig zu erklären. Nach meiner Meinung kommt alles, was Ihnen zugestoßen ist, von viel früher her. Nicht die Denunziation hat Sie in den Prozeß verwickelt, und nicht deshalb stecken Sie in der Klemme. Die verwünschte Ehrliebe ist an allem schuld, Dinis!«

Das hatte ich nicht zu hören erwartet, und deshalb fühlte ich mich tief angerührt. Sein Satz traf mich mit der Kraft einer Offenbarung und erhellte geheime, unterirdische Zonen meines Blutes, verborgene Schattenbereiche, die bis dahin mir selber verborgen geblieben waren. Erschrocken blickte ich Pedro Mucker ins Gesicht und sah, daß er ganz heiter war und die Bedeutung seiner eigenen Worte gar nicht erfaßt hatte. Sollte das ein Zufall gewesen sein? Ich beschloß, der Sache auf den Grund zu gehen:

»Glauben Sie, daß es mit der Ehrliebe zu tun hat, Pedro? Was wollen Sie damit sagen?«

»Das wissen Sie besser als ich, Dinis. Ärgern Sie sich um Gottes willen nicht über mich, aber ich *weiß*, daß ich das Richtige treffe, wenn ich Ihnen das sage, mein Sohn! Sagen Sie mir zum Beispiel eines: Warum erfinden Sie ständig solche Dinge, den Kaiser des Heiligen Geistes, den Karnevalszug ›Bumba-meu-boi‹, das Spiel von den Kriegern, kleiden sich als König und reiten vor den Augen Ihrer Gefährten mit einem Mantel auf der Schulter und einer Krone auf dem Kopf mitten über die Straße?«

Wieder fiel mir die Kinnlade herunter, denn das war, wie ich schon sagte, zu meiner Überraschung der wunde Punkt gewesen, über den sich mein Rivale und Gegner am heftigsten hergemacht hatte; in der Zeitung von Campina hatte er mein »an-

gemäßtes Clowns-Königstum«, meine »Cangaceiro-Prahlerei«
und mein »Angebertum bei den Dreikönigsfesten« angeprangert. Ich versuchte also, mich vor Pedro Mucker zu rechtfertigen:

»Aber, Pedro, wieso füge ich anderen Menschen Schaden
zu, wenn ich mich als König verkleide, wenn das niemandem
seinen Platz wegnimmt und alle wissen, daß ich am Hungertuch
nage? Was ich tue, ist doch derart harmlos.«

»Dinis, mein Sohn, verzeihen Sie, aber etwas Harmloses gibt
es nicht auf der Welt. Sie hängen in Ihrem Leben einem versteckten Gedanken nach, und er ist die Ursache für die meisten
Ihrer Leiden. Und dieser verborgene Gedanke bewirkt auch,
daß Ihre Mitmenschen in Ihnen einen gefährlichen Menschen
wittern, einen Menschen, dessen Gegenwart die anderen schädigt, beleidigt und demütigt.«

»Glauben Sie wirklich, Pedro?« fragte ich wiederum erschreckt, als der unwissende Alte, der da unten saß, eine alte,
scharfblickende Seele enthüllte, die so verwickelt war wie irgendeine andere.

Vielleicht weil auch er in jenem Augenblick davon ermattet
war, diese alte Seele mit sich herumzutragen, dieses alte blinde
Tier, das ihm ein Leben lang das Blut ausgesogen hatte, wirkte
Pedro Mucker mit einem Male älter, noch mehr erschöpft.
Schwerfällig sagte er:

»Ja, das glaube ich, Dinis, mein Sohn. Vielleicht wissen Sie
selber es nicht einmal, welches dieser verborgene Gedanke ist.
Dann sollen Sie wissen, es ist das Feuer, das der Teufel den
Menschen bei ihrer Geburt ins Blut bläst, Dinis. Vielleicht
könnten wir dieses Feuer löschen, wenn man uns allein ließe,
allein mit unseren Kräften und unserem Schicksal. Aber dann
kommt die Taufe, und Gott, dieses andere Raubtier, zwingt
uns, ein neues Feuer, sein Feuer mit uns herumzutragen, das in
der Hand des Paten angezündet ist. Wasser und Öl der Taufe
salben und gehen vorüber. Aber Salz und Feuer bleiben und
verbrennen uns ein ganzes Leben hindurch. Dieses Feuer frißt

356

unser Fleisch und trinkt unser Blut und verwandelt den Menschen in ein Skelett. Doch das Feuer Gottes verbrennt sogar unsere Knochen, die der Sonne ausgesetzt sind, und sogar das Skelett zerbröckelt und wird zu Asche. So ist, was Sie von innen her verzehrt, das Feuer Gottes und des Teufels. Ich weiß freilich nicht, wie dieses Feuer in Ihrem Inneren erscheint, denn es tritt bei jedem Menschen anders in Erscheinung. Aber hier draußen sehe ich vieles sichtbar werden, den Widerschein Ihres Feuers, Dinis. Sagen Sie mir beispielsweise eines: haben Sie den Mördern Ihres Vaters schon verziehen? Haben Sie den Mördern Ihres Paten verziehen?«

»Ich weiß es nicht, Pedro«, antwortete ich und senkte den Kopf, weil ich mir selber diese Frage nie direkt vorgelegt hatte. »Verzeihen ist schwierig, hart und kompliziert. Mein Freund Eusébio Monturo hat einmal einen Satz gesagt, der mich in dieser Hinsicht stark beeindruckt hat. Er schlug einem Gegner ins Gesicht und sagte dann, das habe er getan, um ihm verzeihen zu können. Zuerst aber wollte er sich selbst beweisen, daß er nicht aus Schwäche und Feigheit verzieh.«

»Sehen Sie wohl, da ist sie wieder, die verwünschte Ehre, der verfluchte Stolz«, sagte Pedro voll unendlichen Mitgefühls. »Nun, und ich sage Ihnen, Sie haben nicht verziehen, weder denjenigen, die Ihren Vater töteten, noch denjenigen, die Ihren Paten umbrachten. Und wissen Sie, weshalb Sie nicht verziehen haben, Dinis? Wegen Ihres Blutes!«

»Wegen meines Blutes?« fragte ich erstaunt. »Welchen Blutes? Wegen des Blutes der Quadernas?«

»Nein, wegen des Blutes, das Sie von Ihrer Mutter ererbt haben, wegen des Blutes der Garcia-Barrettos. Die Quadernas gehören zur Rasse des Jaguars: ein Quaderna kann in einem Anfall von Wut oder Wahnsinn töten, in Stücke reißen oder enthaupten. Aber die Garcia-Barrettos gehören der Rasse der Kobra an; sie hassen zwanzig, dreißig, fünfzig, hundert Jahre, ein ganzes Leben lang. Deshalb seien Sie auf der Hut, Dinis, sonst sterben Sie noch mit dieser Sünde im Blut. Daraus nämlich erwachsen Ihnen alle diese Konflikte. Warum verkaufen Sie ständig Ihr Blut und Ihre Seele, eröffnen ein Freudenhaus, erfinden alle möglichen Geschichten, kaufen und verkaufen, was nichts wert ist, und tun alles mögliche, um Geld zusammenzuscharren? Meinen Sie, das spräche sich nicht herum? Sie wollen den Gutshof ›Wunder‹ wieder in Ihren Besitz bringen, das Land, das einmal Ihrem Vater gehört hat. Nun frage ich Sie: Warum diese Gier, zu Landbesitz zu kommen? Dieses Land wird Ihnen nur Scherereien, Leiden und Gelegenheiten zum Übeltun bringen, Ihnen selber und anderen Menschen gegenüber. Sie werden die Armen mißhandeln, peinigen, bedrücken und demütigen müssen. Fragen Sie sich selbst, ob nicht die bloße Tatsache, daß Sie sich als König verkleiden, Ihre Mitbürger am Ort demütigen und beleidigen muß, und stellen Sie sich vor, was alles Sie erst tun würden, wenn Sie wirklich König und Baron Ihres Landes werden würden!«

Wieder war ich sehr betroffen:

»Aber ist es denn überhaupt möglich, daß mir das Land irgend etwas Böses bringen kann, Pedro? Das glaube ich nicht, das kann ich um keinen Preis glauben. Dort hat mein Leben angefangen, Pedro, und es war eine Zeit der Reinheit, vielleicht die einzige Zeit der Unschuld und des Glücks, die ich genossen habe, jene Zeit, zu der mein Vater, meine Mutter und mein Pate noch am Leben waren und mir wie drei Gemälde vorkamen, wie die Bilder von Sankt Joseph, der Madonna und dem heiligen Joachim, die in der Kapelle des ›Gefleckten Jaguars‹ hängen. Und ihre Namen, die Namen meines Vaters, meiner Mutter und meines Paten, umschlossen für mich das Königreich, in dem ich lebte und wie alle Kinder Weltherrscher war; es gab für mich nur eine einzige Welt, und ihren Anfang und ihr Ende bezeichneten unsere beiden Häuser. Auf dem ›Gefleckten Jaguar‹ habe ich den größten Teil meiner Kindheit und Jugend verbracht. Sie wissen, es war ein massiv gebautes, großes Herrenhaus, gewichtig und gedrungen, mit dicken Wänden, ärmlich und streng wie ein Kloster. Wenigstens meinte das Samuel, als er dort wohnte, und ich fand es bestätigt, als ich das Priesterseminar von Paraíba bezog. Das Gutshaus ›Wunder‹ war ganz ähnlich und doch ganz andersartig. Das Haus war kleiner, anheimelnder, nicht streng, sondern still und behaglich. Auf dem Gut ›Wunder‹, Pedro, erwachte der Tag duftig und frisch, denn das Haus lag auf jener Seite des ausgedehnten Landbesitzes, der früher den Garcia-Barrettos gehört hatte und teilweise in das Teixeira-Gebirge hineinreichte, während der ›Gefleckte Jaguar‹ wie ein Sperbernest zwischen hohen Felsen lag. Deshalb folgten im Hause meines Paten auf heiße Tage, die von den sonnendurchglühten Steinen zurückstrahlten, frische Nächte. Auf dem Gut ›Wunder‹ dagegen konnte man die Hitzetage an den Fingern abzählen. Und selbst an solchen Tagen brauchten wir uns nur in den Schatten der Terrasse oder des Vorderzimmers zurückzuziehen, damit die Brise vom Teixeira-Gebirge uns Körper und Gesicht wie ein mütterlicher Segen umschmeichelte. Wie sollte mir daraus etwas Böses erwachsen? So ist unser Cariri, Pedro: trocken, felsig, unerbittlich, mit glutvollen Sonnenuntergängen, die wie Feuerbrände aussehen, und mit der Peitsche eines alles verdorrenden Windes. Doch die Nächte sind lieblich und werden immer einladender, je näher man dem Teixeira-Gebirge kommt. Und deshalb ist für mich der ›Gefleckte Jaguar‹ ein geheiligter, durch Feuer und Blut geheiligter Ort. Und das Gut ›Wunder‹, Pedro, erscheint mir als ein gesegneter Platz.«

Pedro Mucker wiegte seinen Kopf hin und her und meinte dann:

»Es gibt keine gesegneten Plätze, Dinis, alle Orte sind heilig. Ich kann nur wiederholen: davon stammt all Ihr Unglück her. Von Ihrem Wunsch, die Vergangenheit noch einmal erstehen zu lassen. Dieser Wunsch macht Sie zum Verbündeten des Teufels.«

Wieder erbebte ich, weil Pedros Worte sich wie ein Echo auf die letzten Worte ausnahmen, die das Caetaner-Mädchen an die Wand geschrieben hatte: daß ich versuche, »meine für immer zerstörten Tage wiederherzustellen«. Ohne auf meine Verstörung zu achten, fuhr er fort:

»Hören Sie auf das, was ich Ihnen sage, Dinis: Eine Zeit neuer Heiligkeit kommt auf uns zu. Wie jede Heilszeit, wie jede heilige Zeit ist auch die unsrige gefährlich. Es wundert mich nicht, daß man Sie angezeigt hat, denn es steht geschrieben: ›Es wird aber ein Bruder den andern zum Tod überantworten, und der Vater den Sohn, und die Kinder werden sich empören wider ihre Eltern und ihnen zum Tode verhelfen.‹ Das eben geschieht jetzt. Wer Mut hat, der stelle sich in die Sonne, in das Feuer Gottes, und wer Furcht hat, möge sich in acht nehmen!«

»Das eben ist mein Fall, Pedro. Ich habe Furcht und nehme mich in acht, weil mir klar ist, daß ich, wenn ich mich in das hineinbegebe, was Sie das Feuer Gottes nennen, nicht nur an einigen Stellen versengt, an einigen Stellen verwundet herauskomme, sondern wie mein Pate mit einem glühenden Eisen gebrandmarkt und enthauptet.«

»Das habe ich nicht gemeint, Dinis. Augenblicke der Angst kennen alle Leute. Jetzt eben leben Sie in einem solchen Augenblick: Sie sind bedroht und verschreckt. Und dazu haben Sie allen Grund, denn Sie sind gebrandmarkt, Sie mögen tun, was Sie wollen, und fliehen, wohin Sie nur wollen. Ein Augenblick wie dieser ist dazu angetan, zu Gott zu rufen und zu schreien: Sorge du für mich! Sorge für mich, denn ich bin so vernichtet, daß ich nichts weiter tun kann. Und selbst wenn ich noch für irgend etwas Vorsorge treffen könnte, so wäre es eine Vorsorge der Schwäche, der Bosheit, des Unvermögens und des Irrtums. Wenn man jedoch zuvor sein Leben hingegeben, seine Sicherheit auf Gott und sein Wirken gestellt hat – nicht auf irdische Güter, auf Vieh oder gehortete Schätze –, dann wird man ein ›Starker‹ des Evangeliums, selbst wenn man Augenblicke der Panik kennt. ›Denn wo euer Schatz ist, da ist auch euer Herz.‹ Deshalb habe ich Ihnen eben geraten: gehen Sie mit Leib und Seele mitten in das Feuer hinein, das unter der Sonne Gottes liegt, denn wir erleben eben den letzten Augenblick, zu welchem eine Wahl noch möglich ist. Unsere Zeit ist gefährlich und glorreich. Herodes läuft frei herum, bereit, die Unschuldigen aufzuhängen, zu schächten und zu enthaupten. Aber eben darum ist schon Johannes der Täufer auf den Plan getreten, um mit Wasser und Feuer zu taufen. Und wissen Sie, warum, Dinis? Immer wenn die Zeit der Herodesse kommt, bricht auch die Zeit der Propheten an. Drei Blutströme fließen im Inneren des Menschen: das Blut des schmutzigen Feuers und des Tieres, das Blut des Denkens und das Blut des Geistes der Heiligkeit. Diese drei vermischen sich in unserem Blut, und das ist ein allzu hartes Feuerkreuz für unsere Schultern. Zuweilen läßt sich der Mensch vom Tier nach unten ziehen, ins schmutzige Feuer, in das Kehricht-Feuer, das da unten das faulige, dunkle Fleisch der toten, verwesenden Tiere verzehrt. Aber das Herz, diese brennende Goldmünze, glüht weiter, und so wird der Mensch nach oben gestoßen, zu dem Engel des Feuers der Heiligkeit, der in der Sonne fliegt. Deshalb darf es uns nicht wundern, Dinis, daß der Mensch fliehen, sich verstecken will vor diesem Jaguar, vor diesem Feuer, das Gott ist. Unser Kampf ist erbittert, aber wenn der Krieg des Menschen gegen das schmutzige Feuer das Merkmal unserer Niedrigkeit ist, so ist er auch das Zeichen, daß wir zur Sonne des Göttlichen gelangen können. Sagen Sie sich vom Teufel los, Dinis, mein Sohn! Sagen Sie sich los, denn dann werden Unsicherheit und Furcht von Ihnen abfallen. Selbst wenn man Sie töten sollte, wie man Ihren Vater und Ihren Paten getötet hat. Sie reden mir von der Verfolgungsjagd, als deren Opfer Sie sich fühlen, von der Anzeige, die man beim Richter gegen Sie erstattet hat, weil Sie mit Ihrem Kollegen Streit bekommen haben. Ich will gern glauben, daß er übel gehandelt und sich vieler Verfehlungen schuldig gemacht hat, daß er boshaft und ungerecht gegen Sie war. Aber auch er hat recht: Sie haben ebenfalls schlecht gehandelt, auch Sie haben sich bei dieser Sache viele Verfehlungen zuschulden kommen lassen. Und warum? Weil Ihnen ständig die verwünschte Ehre am Herzen liegt und Sie immerzu herausbringen wollen, wer recht

hat. Als ob die Tatsache, im Recht zu sein, zu irgend etwas dienen könnte. Was kümmert es ihn, ob Sie recht haben? Was
schert es Sie, ob Sie recht haben oder nicht? Sie haben unver-
zeihlicherweise im Streit gewonnen, und obendrein wollen Sie
auch noch recht haben? Was kann es Ihnen bedeuten, daß Ihre
Gegner ›nicht im Recht‹ sind? Was bedeutet es, ob sie ›Skorpione und Kellerasseln‹ sind, wie Sie sagen? Zum einen, Dinis,
lassen Sie es sich gesagt sein: vollständig recht hat nur Gott.
Zum anderen sind wir alle Skorpione, und selbst die Kellerasseln werden schon für ihr Kellerasseltum gute Gründe haben.
Wenn Sie weniger Schuld haben als Ihre Gegner, so heißt das
noch nicht, daß Sie, Dinis, von aller Schuld rein wären, denn wir
alle (auch Ihre Gegner) sind gleichzeitig auf schlimme Weise
schuldverstrickt und gänzlich unschuldig.«

Pedro Mucker stand mühsam auf. Ich beeilte mich, ihm, ungeschickt wie immer bei solchen Gelegenheiten, zu helfen. Und
vielleicht weil ich so dicht neben ihm stand, hatte ich mit einem
Male Mut, in einer jähen Aufwallung das Thema anzuschnei-
den, das mir seit geraumer Zeit auf der Seele brannte. Ich sagte:

»Vielen Dank, Pedro, für alle Ihre guten Worte. Ich habe
nicht den Mut, Ihren Ratschlägen zu folgen, weil ich weder Ihre
Güte noch Ihre Kraft, noch Ihren Mut oder gar Ihre Demut
mein eigen nenne. Ich lebe bedroht und in der Verbannung. Ich
bin schuldlos von dem mir zustehenden Platz vertrieben worden, und da sind viele, die mich noch tiefer ins Unglück stürzen
und zerquetschen möchten, als ob ich eine Wanze wäre. Ich
muß unter Beweis stellen, zumindest mir selbst gegenüber, daß
mein Wesen niederträchtig sein mag, ich aber von Jaguar und
Kobra abstamme, wie Sie sagen, und nicht von Wanzen. Gott
belohne Sie für Ihre Güte mir gegenüber! Ich bin gemein gewesen und lebe in Sünde, in ungezügelter Sünde, Pedro: ebendes-
halb möchte ich, daß Sie mir hier und jetzt ein für allemal verzeihen.«

»Was denn verzeihen, Dinis? Weshalb?« forschte er und
blickte mir gerade in die Augen.

»Sie wissen, daß ich mit Maria Safira zusammenlebe, und ich möchte, daß Sie mir und ihr das verzeihen.«

»Verzeihung ist euch schon lange zuteil geworden, Dinis. Nur etwas an Ihren Worten gibt mir Grund zur Sorge: das Wort von Ihrer ungezügelten Sünde. Das stürzt Sie ins Unglück: ich weiß nicht, was mit der Welt los ist, daß auf einmal alle Leute so leben, als ob alles gestattet wäre. Daher alle Beleidigungen, daher aller Aufruhr. Was aber euer Leben angeht, so ist das nicht so wichtig. Was konnte Maria Safira anderes tun? Ich konnte ihr nie ein wirklicher Mann sein, ich war schon zu alt dafür, als ich heiratete, und sie war jung und hübsch, wie sie es noch heute ist. Ich habe Maria Safiras Leib nie berührt, Dinis, und sie braucht das«, sagte er und blickte zur Seite.

»Das ist wahr«, bestätigte ich und wandte ebenfalls die Augen ab. »Safira ist eine unheimliche Frau, eine Frau voller Abgründe, Pedro. Die Leute auf der Straße sagen sogar, ihre Augen seien grün, weil sie vom Teufel besessen sei.«

»Das kann ich nicht glauben«, sagte Pedro Mucker. »Und selbst wenn es wahr wäre, brauchte sie um so mehr meine und Ihre Hilfe. Es wäre für sie sehr schwer, Widerstand zu leisten, wo doch alle Leute im Ort ihren Körper begehren. Wo gäbe es hier im Städtchen einen Menschen, der die ›Besessene‹ nicht wenigstens einmal in Gedanken besessen hätte? Auch das steht schon im Evangelium: ›Wer ein Weib ansieht, ihrer zu begehren, der hat schon mit ihr die Ehe gebrochen in seinem Herzen.‹ So sind Sie für sie nach meiner Heirat eine große Hilfe gewesen. Ich habe Maria Safira nichts zu verzeihen: sie muß *mir* verzeihen, weil ich sie geheiratet habe, obwohl ich ein Gelübde der Keuschheit und Armut abgelegt hatte, und das vor so langer Zeit, daß ich es unmöglich brechen konnte.«

»Gewiß«, erwiderte ich. »Doch das rechtfertigt nur Maria Safira. Was mich betrifft, so spüre ich schon seit langem den Drang, mich zu rechtfertigen und Ihnen den wahren Grund mitzuteilen, weshalb ich Safiras Liebhaber geworden bin. Was Sie gesagt haben, rechtfertigt Maria Safira; was ich Ihnen zu sagen habe, rechtfertigt *mein* Verhalten. Sie werden sich entsinnen, daß mich mein Vater ins Priesterseminar geschickt hat . . .«

»Gewiß, daran erinnere ich mich.«

»Sehen Sie, Pedro, manchmal möchte ich dem Schicksal grollen, weil es mich so und nicht anders auf die Welt kommen ließ. Wenn ich mir meine älteren Brüder, diese Festungen, ansah, wäre ich fast gestorben vor Neid – wenn ich sah, wie verschieden sie von mir waren, Menschen aus einem Guß, heiter und stark, als ob sie aus einem Braúna-Baum oder aus einem Pfefferbaum, aus den Steinen und aus den Feldern des Sertão hervorgewachsen wären. Es schien mir so, als könnten ihnen weder Bosheit noch Sünde, weder Schwäche noch Gemeinheit jemals etwas anhaben, selbst wenn sie mitten im schlimmsten Streit um Grund und Boden begriffen waren. Alles, was mich brandmarkte und korrumpierte, ging an ihnen vorüber, ohne sie zu erschüttern. Vor allem Manuel, der Älteste, blieb von alledem ganz unberührt, vielleicht weil er inmitten seiner Kinderschar den Boden bearbeitete und Vieh züchtete. Aber selbst die beiden anderen, Francisco und Antônio, die in die Kämpfe und Gefechte des Hinterlandes verwickelt waren, der eine als Polizeioffizier, der andere als Leibwächter eines Grundherrn, töteten und setzten ihr Leben aufs Spiel; sie verübten Untaten und erhielten sich dennoch einen Kern von Reinheit und Kraft, der es verhinderte, daß sie ganz ins Niederträchtige absinken konnten. Warum hatte nur ich das Pech, Pedro, mit solch verdorbenen Anlagen auf die Welt zu kommen? Warum war ich für die Hurerei, die Possenreißerei, die Akademie und das Priesterseminar wie geschaffen? Ich weiß es nicht, aber ich weiß wohl, daß ich schuldhafter und verdorbener bin als meine Brüder. Allerdings hatte dabei auch der Zufall seine Hand im Spiel. So war ich der letzte der ehelichen Söhne; und da mein Vater seine Nachkommenschaft durch meine vier älteren Brüder als gesichert betrachtete, sollte ich der Priester der Familie werden. Ganz besonders aber mußte ich über mein verderbtes Blut

nachdenken, als alle Leute, sobald mein Vater meinen bevorstehenden Umzug ins Priesterseminar erwähnte, behaupteten,
von all seinen Söhnen sei ich der einzige, der, nach dem Gesicht
zu schließen, die Veranlagung dazu hätte, Priester zu werden.
Die Leute ahnten also, daß ich jene Mischung aus Sünde, Blut
und Gewissensbissen in mir trug, die einen Priester möglich
macht. Die Priester tun mir unendlich leid, Pedro . . .«

»Mir auch«, fiel Pedro ein.

»Von unseren hiesigen Priestern flößen mir Pater Renato
und Pater Marcelo weniger Mitleid ein.«

»Und warum?«

»Pater Renato ist ein Mann, der wenig fragt und äußerst
wortkarg ist. Er ist ein Soldat wie mein Bruder. Sie brauchen
sich nur seinen Hals und seinen Nacken anzusehen, wenn er die
Messe zelebriert; unter der Soutane kommen seine Stiefel zum
Vorschein. Er ist ein Mann, der uns alle, wenn er die Macht
dazu hätte, zum Tode verurteilen würde, weil wir Unordnung,
Verderbnis und Sünde in die Kirche gebracht haben. Sein
Amtsbruder, Pater Marcelo, hat eine kindliche Seele.«

»Woher wollen Sie wissen, was in anderen Menschen vor
sich geht?«

»Nun ja, ich kann mich irren. Aber jedenfalls empfinde ich
es so.«

»Gewiß, Pater Marcelo ist ein Heiliger, ein Kind Gottes.«

»Nun, und deshalb flößt mir von unseren drei Priestern Pater Daniel das größte Mitleid ein. Er ist eine glühende Flamme.
Ich glaube, die Mischung aus Sünde, Blut und Gewissensbissen
ist bei allen Priestern vorhanden: aber bei Priestern wie Pater
Daniel *weiß* ich genau, was vor sich geht, denn mir geht es ebenso. Sie suchen Gott, wie jemand eine Feuerkur sucht, weil sie
die Wunde der Verderbtheit, die Neigung zum Bösen ahnen,
die in ihnen angelegt ist. Das meinten wohl auch die Leute, als
sie behaupteten, ich sei der einzige von den Söhnen meines
Vaters, der das Zeug zu einem Pater habe. Und so bezog ich
denn das Priesterseminar. Ich war jedoch offenbar noch ver-

365

derbter, als ich dachte, und als meine Oberen das entdeckten, schlossen sie mich wieder aus.

Vorher jedoch, als ich noch im Seminar studierte, kam ich in den Juniferien und zu Jahresende nach Taperoá zurück. Dabei lernte ich Maria Safira zum ersten Mal kennen. Ich befand mich in der alten Kirche: sie sah durch die Tür, daß ich allein war, und trat ebenfalls ein. Sie kam auf mich zu und sprach mit mir. Sie habe von meiner Ankunft erfahren, sagte sie, und sei mir gefolgt. Sie erzählte mir ihr ganzes Vorleben, daß sie verführt und verlassen worden sei und daß Sie mit ihr Mitleid empfunden und sie geheiratet hätten. Plötzlich sagte sie mir dann ganz merkwürdige Dinge, Dinge, die ich nie zuvor gehört hatte und mir aus dem Munde einer Frau gar nicht vorstellen konnte . . .«

Pedro Mucker senkte verlegen den Kopf. Ich fuhr fort.

»Zum ersten Mal erwähnte sie den Eselshauttee, den mir mein Vater ohne mein Wissen zu trinken gegeben hatte. War Ihnen das bekannt, Pedro?«

»Ich habe davon reden hören«, erwiderte er ausweichend, als ob er lieber das Thema gewechselt hätte.

»Mein Vater war, wie Sie wissen, wurzelkundig und ein halber Prophet und Astrologe. Als er erfuhr, daß ich beim Studium Schwierigkeiten hatte, gab er mir einen selbstgebrauten Tee zu trinken, ein Gebräu, das intelligenzfördernd wirken sollte. Er erläuterte mir nicht, was es war, er sagte mir nur, es handle sich um ein Stärkungsmittel. So konnte ich anfangs nicht feststellen, ob es eine Veränderung bewirkte, weil ich, uneingeweiht, wie ich war, nicht darauf achtete, ob sich mit mir etwas veränderte oder nicht. An jenem Tage jedoch enthüllte mir Maria Safira, das mir eingeflößte Getränk sei der Eselshauttee gewesen und ein Mann, der den Eselshauttee zu sich nehme, werde zwar intelligent, verliere aber seine Manneskraft. Das war für mich, Pedro, als ob ein Blitz neben mir eingeschlagen hätte. Und ich war vor allem deshalb in Sorge, weil ich mit der Zeit durch das Zusammenleben mit Samuel und Clemens einerseits und mit

meinem Paten João Melquíades und Lino Pedra-Verde andererseits zum Dichter und Akademiker geworden war, der am
›Lusobrasilianischen Scharadenalmanach‹ mitarbeiten konnte.
Das schien mir zu bedeuten, daß der ›Eselshauttee‹ bei der Intelligenz seine Wirkung getan hatte – und in allem übrigen vermutlich auch.«

»Und stimmt es denn? Haben Sie es ausprobiert?« fragte
Pedro.

Ich blickte ihn an, um festzustellen, ob Bosheit in seiner
Frage lag, aber ich bemerkte, daß der Mucker seine Frage so
gütig wie gewöhnlich gestellt hatte, nur weil er sich sorgte und
an meinem Leiden Anteil nahm. Da antwortete ich ihm:

»Um die Wahrheit zu sagen, ich weiß es nicht, Pedro. Ich
weiß es nicht, weil mich Maria Safira gleich am nächsten Tag
wieder aufsuchte und sagte, sie wisse, wie man den negativen
Effekt des Eselshauttees bekämpfen und rückgängig machen
könne, ohne daß der positive Teil, die Anspornung des Kopfes
und der Intelligenz, Schaden nähme. Sie meinte sogar, wenn
mir die Fähigkeit zum Reiten und Beherrschen zurückgegeben
würde, so könnte sich die dichterische Inspiration feuriger denn
je in mir ausbreiten. Ach, Pedro, wie angenehm ist doch der
Umgang mit Frauen! Es ist so gut, daß man bestimmte Dinge
sagen und auch anhören kann und auf einmal alles als möglich
erscheint. Wie ganz anders ist das bei unseren rauhen männlichen Diskussionen, in denen man uns mit feindseliger Unpar-
teilichkeit anschaut und jeden Moment beurteilt. Bei den
Frauen ist es umgekehrt: wenn sie uns gern haben, beurteilen
sie uns nicht und zeigen sich noch zärtlicher, wenn wir schwach
und fehlbar sind. Nicht mit dem Kopf, mit dem Instinkt spürt
man dann und wann, daß man seinen Kopf in einen Schoß betten kann, an Brüsten weinen darf, ohne verachtet zu werden,
küssen kann, ohne abgewiesen zu werden, den Duft einatmen,
der von ihrer Haut und ihrem Haar aufsteigt, die uns den größten Frieden und das heißeste Verlangen vermitteln. So empfand ich es an dem Tag, als ich mit Maria Safira redete. Ich

schämte mich nicht, ihr zu gestehen, daß ich mich seit dem Vortag wie der letzte aller Männer fühlte. Nie wieder würde ich einer Frau gefallen können. Und selbst wenn es doch der Fall sein sollte, so würde ich nie wieder Mut haben, sie zu begehren, weil ich nun selber davon überzeugt war, daß ich nie wieder ein Mann sein könnte. Da lud mich Safira ein, es bei ihr zu versuchen. Auch sie fühle sich, sagte sie, rätselhaft von mir angezogen. Zwei Dinge finde sie an mir aufreizend: einmal die Tatsache, daß ich zum Priester bestimmt sei und mir jetzt Impotenz drohe; dann aber auch meine Abstammung ›von den sonderbaren Leuten am Stein des Reiches‹. Safira hatte gehört, daß mein Urgroßvater sexuell mächtig in Erregung geriet, als er die Frau besaß, die gleich darauf enthauptet werden sollte. Sie sagte, seither begehre sie mich, denn sie wisse genau, es werde ihren Genuß ins Uferlose steigern, wenn sie besessen werde und sich jeden Augenblick in Gefahr glaube, die Kehle durchgeschnitten zu bekommen. Deshalb solle ich mich nicht gedemütigt fühlen, wenn nicht gleich alles klappe; sie werde dann wieder von vorn anfangen und so sanft vorgehen, daß alles zum guten Ende kommen müsse, wenn nicht beim ersten, dann eben beim nächsten Mal. Sie setzte hinzu, ich solle ihr durch meine Zustimmung helfen: denn seit sich dies Begehren in ihr Blut eingeschlichen habe, gebiete es ihr weiblicher Stolz, daß sie bei mir zum Erfolg komme. Da stimmte ich zu und sah in Maria Safira meine letzte Hoffnung, wieder zum Mann werden zu können. Ich fragte sie aus, wie sie denn den Schaden in meinem Blut beseitigen wolle, den der Eselshauttee hineingetragen hatte. Ich weiß nicht, Pedro, ob ich den Mut aufbringe, das wiederzugeben, was sich nun zutrug.«

»Erzählen Sie nur weiter, nur zu! Ich glaube, es ist das beste für Sie und für mich«, sagte Pedro.

»Sie fragte mich, ob mir Pater Renato wirklich den Schlüssel zur St.-Sebastians-Kirche übergeben habe. Das bejahte ich. Da sagte sie zu mir: ›Nun, wenn das so ist, geh dort hinüber, achte darauf, daß niemand zusieht, wenn du hineingehst, und laß die

Seitentür angelehnt. Ich komme gleich nach.‹ Ich tat alles so, wie sie es geraten hatte, und sie traf sich mit mir in der Kirche. So ist das alles zugegangen, Pedro.«

»Wie denn das, Dinis, mein Sohn? In der Kirche? Ein Sakrileg?«

»Jawohl, Pedro, ein Sakrileg. Ich fühlte bei alledem einen dämonischen Kitzel. Es war, als ob Maria Safira selber besessen wäre, ich mein Blut dem Teufel verkaufte und so die verlorene Manneskraft wiederfände. Und seither haben wir so weitergelebt. Das schlimmste ist, daß ich mir allmählich einbildete, nur bei Maria Safira und ihren diabolischen Künsten Mann sein zu können; wenn sie sich dem Teufel ergeben hat, so habe ich mich gänzlich ihr ergeben und mithin auch ihm. Das mußte ich Ihnen sagen, Pedro, denn wenn das alles meine Lage gegenüber Gott verschlechtert, so verbessert es sie doch Ihnen gegenüber. Die Ihnen zugefügte Kränkung ist nicht mehr so groß, weil Sie jetzt verstehen, daß ich nicht ohne Maria Safira auskommen kann und Maria Safira nicht ohne mich. Das ist der wahre Grund, weshalb wir beide uns nicht trennen und fortfahren, Sie durch unser anstößiges Leben zu mißhandeln.«

»Schon gut, ich habe alles verstanden, Dinis, mein Sohn. Aber macht euch um mich keine Sorgen, ich habe euch, wie schon gesagt, verziehen. Aber was bedeute ich schon? Nicht eure Sünde mir gegenüber zählt, sondern eure Sünde gegen Gott. Doch Gott wird Mitleid haben und euch beiden helfen. Bis später, und viel Glück für Ihren Prozeß!«

»Danke, Pedro. Beten Sie für mich!«

SECHSUNDVIERZIGSTE FLUGSCHRIFT
DAS REICH DES FEINEN STEINES

Pedro Mucker trat aus dem Hause, und ich ließ einen letzten Blick über meine gewohnte Umgebung schweifen, die Bibliothek und mein Haus, mit ihr durch eine breite Tür verbunden, die aus beiden Häusern ein einziges machte. Ich warf diesen letzten Blick auf mein unordentliches, staubbedecktes, aber anheimelndes Haus, das so ganz anders war als das Gefängnis, in das ich mich nun begeben mußte. Und mit dem Gedanken, ich würde es vielleicht nie wiedersehen, öffnete ich die Haustür und trat auf die Gasse, geblendet wegen meines schlechten Augenlichts und der im Zenit stehenden Sertão-Sonne, die auf den Steinen und Kristallen des Pflasters funkelte.

An jenem 13. April, dem Karmittwoch unseres Jahres 1938, war alles verhängnisvoll und unheilverkündend, von welchem Gesichtspunkt aus man die Sache auch betrachten mochte. Religiös-philosophisch betrachtet, war eben Fastenzeit, also die Zeit der schlimmen vierzig Tage, während deren Christus im felsigen, dornigen Sertão von Judäa gebüßt hatte und den Versuchungen des Teufels und dem höllischen Feuer der Wüste ausgesetzt gewesen war. Außerdem befanden wir uns in der Karwoche, die mit dem verwünschten Sertão von Golgatha verbunden war, mit Christi Blut und Dornenkrone. Und als ob das alles nicht übergenug wäre, fiel der finstere verwünschte Tag in diesem Jahr 1938 auf einen 13., eine unheilbringende, bedrohliche Zahl. Astrologisch betrachtet, erlebten wir die Einwirkung des Planeten Mars in ihrer ganzen verheerenden Stärke, und Mars ist bekanntlich dem Menschen feindselig gesinnt und zuwider.

All das – und dazu das politische Klima der Verdächtigungen und Denunziationen, außerdem die schreckliche und blutige Geschichte des Jünglings auf dem Schimmel – lastete auf meinem Blut und auf meinem Kopf, während ich mit der beschämten Miene des Verdächtigen unter den scheelen Blicken meiner Mitbürger einherwanderte. Leute, die mich bis zum Vortag mit einiger Herzlichkeit behandelt hatten, wandten nun, da sich meine Vorladung rasch herumgesprochen hatte, den Kopf ab und gingen mir aus dem Wege, um nur nicht mit mir reden zu müssen. Wie zu erwarten, behandelten mich die Frauen besonders feindselig, vor allem die Damen aus dem ländlichen Sertão-Adel, die einem Kreise angehörten, der mich schon seit geraumer Zeit als »schändlich« ausgestoßen hatte. Jetzt jubilierten sie über meinen endgültigen Untergang und spähten hinter allen Gittern und Jalousien der Straße hinter mir her.

Ich verließ den Bürgersteig und ging ganz herausfordernd mitten über die Straße; diese Angewohnheit habe ich seit langem, und sie wird in der Stadt oft als eines der schlüssigsten Argumente gegen meinen Charakter angeführt. Das Schlimmste ist, daß ich mit meinen 41 Jahren anfing, mich durch die endlosen Prozesse gealtert und erschöpft zu fühlen, die mit der Enthauptung meines Paten und der Kavalkade des Jünglings auf dem Schimmel in Zusammenhang standen. Schon 1930 hatte ich darüber vor den Revolutionstribunalen aussagen müssen. Fünf Jahre später wurde die Untersuchung wiederaufgenommen, als sich die Ereignisse von 1930 mit der »Geheimmission« verbanden, die der Jüngling auf dem Schimmel angeblich während der kommunistischen Revolution von 1935 übernommen hatte. So war es nun glücklich das dritte Mal, daß ich mich in dieses Gewebe aus Politik, Blut, Rätsel und Verbrechen verstrickt sah, das so eng mit der Familie meiner Mutter, der sanften und milden Maria Sulpícia Garcia-Barretto, verbunden war. Die drei Prozesse verknäuelten sich in meiner Furcht und bildeten einen einzigen Prozeß, einen einzigen Hinterhalt, eine Art Spinnennetz, einen Schlangenknäuel oder einen Skorpionenhaufen, in die ich unwiderruflich hineingezogen wurde, um gestochen und vergiftet zu werden – und das vielleicht auf immer.

So schritt ich schwankend und meine drei Jahre zuvor bei der Ankunft des Jünglings auf dem Schimmel schrecklich geschädigten Augen so gut wie möglich nutzend auf das Gefängnis zu und tastete mit meinem Prophetenstab auf dem Boden entlang, um mit mehr Sicherheit gehen zu können. Unter der funkelnden Sonne des frühen Nachmittags erschien mir der Sertão wie ein riesiges Gefängnis aus Felsgestein. Gleichzeitig begehrte jedoch mein stolzes Königsblut gegen diese Vision auf; und da erschien mir das Hinterland nun wieder wie ein Königreich, wie das Reich, das der geniale Sertão-Dichter Leandro Gomes de Barros in einer »Romanze« feierte, die meine Tante Filipa zu singen pflegte und die einen tiefen Einfluß auf meine politisch-literarische Bildung ausübte. In dieser Romanze nannte der große Dichter aus Pombal in Paraíba Brasilien »Das Reich des feinen Steines« und sagte:

Einstmals lebte in dem großen
Kreuzritter- und Mauren-Land,
Wo der Stein des Reiches aufragt
Über hoher Felsenwand,
Eine junge Königstochter,
Die ein starker Zauber band.

Dort hoch oben im Gebirge
Haust der Gottes-Jaguar;
Aus dem Felsen bricht die Quelle,
Wasser wie Kristall so klar.
In den Fels »Das Reich des feinen
Steines« eingemeißelt war.

Niemand stieg auf dies Gebirge,
Niemand wagte sich heran,
Denn aus einer tiefen Höhle
Rief ihn eine Stimme an:
»Halt, wer da? Halt! Stehngeblieben!
Kämpf mit mir, wenn du ein Mann!«

Weit im Land hört man die Stimme
Eines Sängers widerhallen;
Von dem legendären Fürsten singt er,
Während ringsum Schüsse knallen;
Trommel wirbelt, Hymnen klingen;
Niemals wird die Festung fallen.

Und die königliche Krone
Schmücken zwei Juwelen: eines
Ging verloren, und ihm gleich
Fand sich trotz der Suche keines;
Doch der König sucht erneut,
Und sein Volk kein Opfer scheut:
So hoch ist der Wert des Steines.

Ich glaube, edle Herren und schöne Damen, nach alledem, was
Sie bereits über mich wissen, können Sie den verschlüsselten,
astrologischen und geheiligten Sinn des Gesanges und meiner
Burg nunmehr vollauf würdigen: der »Stein des Reiches«, der
aufragt »über hoher Felsenwand«, spielt an auf den Zwillingsfelsen des Schönen Steines, von wo aus meine Ahnen vor einem
Jahrhundert unser Land beherrschten. Das Reich ist Brasilien,
dieser Sertão der Welt. Der König bin ich, und ich bin auch der
Sänger, dessen Stimme man zum Kampfe rufen hört. Das
Hochgebirge ist das Borborema-Gebirge. Die Festung, die
niemals fallen wird, ist dies mein Werk, meine Burg und meine
Festung, mein Markstein und meine verborgene Kathedrale,
die ich mit dem gleichen Recht besitze wie alle Volksbarden
und Cangaceiros die ihrigen; die verzauberte Prinzessin ist
Dona Heliana, das Mädchen mit den grünen Augen. Der legendäre Fürst, dessen Legende ich erzähle, ist mein Vetter und
Neffe Sinésio, der Strahlende, der ihr in Liebe ergeben war. Die
Suche nach dem verlorenen Stein der Königskrone (eine Suche,
für welche das Kreuzritter- und Mauren-Volk Brasiliens kein
Opfer scheut) ist die »Revolution vom Krieg des Reiches«, die,
falls Gott mich erhört, der Jüngling auf dem Schimmel, während ich hier gefangenliege, dort draußen zum guten Abschluß
bringt – zum Ruhme unseres Blutes und unseres Volkes.

SIEBENUNDVIERZIGSTE FLUGSCHRIFT
DAS ABENTEUER MIT DEN
VERFLUCHTEN HUNDEN

Damit man die Geistesverfassung, in der ich mich befand, besser begreifen kann, muß ich unbedingt erklären, daß mir einer jener törichten Irrtümer unterlaufen war, die uns häufig in peinliche und lächerliche Lagen bringen: von meiner Nervosität getrieben, war ich allzu früh aus dem Hause gegangen und schämte mich jetzt umzukehren. Ich spürte, die Leute auf der Straße würden sofort den Zustand der Angst bemerken, in dem ich mich befand, und am nächsten Tage würde mein Hin- und Herrennen allen Spöttern am Ort Gesprächsstoff liefern. Gleichzeitig fürchtete ich, allzu früh vor dem Richter im Gefängnis anzukommen: dann mußte ich wartend herumsitzen, auf einer harten Bank in vier Wände eingeschlossen. Das würde meinen Schrecken noch vergrößern und mich in einen noch schlimmeren Geisteszustand versetzen; dann war ich »Schweinekopfs« Tücken wehrlos ausgeliefert.

Vielleicht war dies der Grund, weshalb ich, als ich wieder zur Besinnung kam, nicht auf das Gefängnis, sondern auf die hinter dem Brunnen gelegene Brücke zuschritt. Gedanken- und willenlos ging ich vor mich hin, als ob mich irgend etwas an den Taperoá-Fluß zöge, dessen trockener Sand in der Sonne glitzerte.

Das Seltsamste ist, daß ich nicht etwa auf die Brücke zuging, auf der man noch am ehesten die Zeit hätte totschlagen können; denn dort hätte ich mich in den Schatten der Pfeiler flüchten und etwas ausruhen können. Vielmehr trat ich in die Gasse ein, die neben dem Brunnen beginnt, und schritt auf das hinter ihm liegende Flußufer zu. Zu normalen Zeiten wäre das völlig unerklärlich gewesen; denn es ist ein schmutziger Platz, der seit langem als Müll- und Schutthalde dient.

Wie jedermann weiß, der das »Geographische Wörterbuch von Paraíba« des genialen Coriolano de Medeiros gelesen hat, ist der Taperoá-Fluß den größten Teil des Jahres über ausgetrocknet. Unser Präfekt hatte 1933 oder 1934 einen steinernen Uferdamm aufführen lassen, der den Fluß vom Brunnen bis zum E-Werk begleitete. Von diesem Damm führt eine Rampe zum weiter unten liegenden Flußbett; der Boden der Rampe ist mit Abfall bedeckt, alten Ochsenhörnern, verfaulten Lederstücken, Klauen, Rippen und Schädeln; denn das Schlachthaus befindet sich ganz in der Nähe, es liegt gleichfalls am Flußufer.

So erklärte es sich nur aus der Verwirrung, in der ich mich befand, daß ich ausgerechnet diesen abstoßenden Ort aufsuchte. Gleich darauf sollte ich dort Zeuge einer Szene werden, die vortrefflich zu dem Ort, zu der Stunde und zu meiner Geistesverfassung paßte.

Kaum hatte ich nämlich die Gasse neben dem Brunnen betreten, da bemerkte ich einen Mann, der auf der Ufermauer saß, mir den Rücken zukehrte und die Füße in Richtung Fluß baumeln ließ, so daß ich nur seinen Rücken sah – den stämmigen Rumpf und den fetten Nacken. An Kleidung und Wuchs sah ich jedoch gleich, daß ich Eugenio Monturo vor mir hatte, den Bruder des Komturs Basílio Monteiro und meines Freundes Eusébio (letzterer im Ort bekannter unter dem Namen Eusébio »Dreckschleuder«).

Eugenio war ein untersetzter, dunkelhäutiger, kahlköpfiger Mann mit einem starken, aber glatt rasierten Bart. Er mochte gegen fünfzig Jahre alt sein und war der jüngste der Brüder. Er ging immer schwarz gekleidet und trug einen der harten, schwarzen, gebogenen Hüte mit eingedrückter Krempe, die das Volk als »Wolkenschieber« bezeichnet. Jetzt saß er dort in dieser Aufmachung, wandte mir den Rücken zu und blickte wie gedankenverloren auf das trockene, schmutzige Flußbett des Taperoá.

Damit man begreifen kann, weshalb mich die Unterhaltung mit diesem Menschen und die anschließende Szene so stark beeindruckten, muß ich hier einschieben, daß in den Jahren 1935 bis 1938 rätselhafte Verbrechen unter uns vorgefallen waren.

Vor allem drei hatten von sich reden gemacht, weil man hinter ihnen politische Motive vermutete.

Das erste Verbrechen sah zunächst völlig unpolitisch aus. Der Sakristan unserer Pfarrkirche war eines Tages erschossen an seiner Haustür aufgefunden worden. Er ging jeden Morgen aus dem Hause, um die Frühglocke zu läuten, und an jenem Tage hatte ihn ein Unbekannter getötet, der anschließend die Flucht ergriff. Zunächst machte man häusliche Probleme für das Verbrechen verantwortlich: es hieß, seine Frau habe ihn betrogen; sie und ihr Geliebter seien die Auftraggeber des Mordes. Später wollten dann böse Zungen Pater Renato in die Sache hineinverwickeln. Nur war Pater Renato in puncto priesterliche Keuschheit unangreifbar. Im Umgang mit Frauen hatte er sich nichts zuschulden kommen lassen – im Gegensatz zur Mehrheit seiner Amtsvorgänger. Aber es haßten ihn die Leute im Ort, die ähnliche Ideen wie Clemens vertraten. Und das, weil er ein unbeugsamer »Konservativer und Obskurantist« war. Seine persönliche Ehrenhaftigkeit steigerte in diesem Fall noch den Groll seiner Widersacher; sie hätten gern einen Grund gehabt, schlecht von ihm zu reden, und da sie keinen fanden, verkehrte sich ihre anfängliche Abneigung in offenen Haß. Auf der anderen Seite genügte die Feindseligkeit von Clemens' Gesinnungsfreunden, um Pater Renato Samuels Partei sympathisch erscheinen zu lassen: bei ihr galt Pater Renato zwar nicht als Heiliger, aber doch als ein Starker, als Bastion und Festung der Kirche in unseren Sertão-Gegenden.

Vielleicht waren es wirklich Clemens' Leute gewesen, die Pater Renato mit dem Verbrechen in Zusammenhang bringen wollten. Schon begann der Kreis um Samuel die Version zu verbreiten, die Kommunisten hätten den Tod des Sakristans auf dem Gewissen, weil sie Pater Renato auf dem Umweg über seinen Vertrauensmann eins auswischen wollten.

Das allgemeine Klima in Brasilien begünstigte solche Vorkommnisse. Der Tod von Elsa Fernandes, einem Mädchen, das angeblich auf ausdrücklichen persönlichen Befehl von Luís

Carlos Prestes, dem Führer der brasilianischen Kommunisten, verurteilt und hingerichtet worden war, ließ im ganzen Land alles als möglich erscheinen. Und dieses sonderbare Klima griff sogar auf unsere friedliche Kleinstadt über.

Kurz nach dem Tode des Sakristans wurde eines Tages ein junger Mann aus dem städtischen Bürgertum von Taperoá, Samuel Coura, hinterhältig durch einen Messerstich ermordet. Auch dieses Verbrechen blieb unaufgeklärt und verursachte einen noch zehnmal größeren Wirbel als der Tod des Sakristans. Nicht so sehr deshalb, weil Samuel Coura mit einem der angesehensten politischen Führer von Cariri, dem Obersten ·Joaquim Coura, verwandt war, sondern weil sein Bruder der geheimnisvolle Adalberto Coura war, der als halbes Kind die Heimat verlassen hatte, um in Campina, Paraíba und Recife zu studieren, und der vor kurzem ins Städtchen zurückgekehrt war, ohne daß jemand wußte, was er nun eigentlich vorhatte. Man munkelte, Adalberto Coura sei Kommunist geworden; in Rio habe er eine geheime Unterredung mit Luís Carlos Prestes geführt, in Recife sei er mit Silo Meireles und anderen revolutionären Führern in Berührung gekommen, sein unerwartetes Wiederauftauchen unter uns hänge also mit einer »Geheimmission« zusammen, die er im Sertão übernommen habe.

Nun führten Clemens' Anhänger das große Wort: es kamen Gerüchte auf, wonach der Hinterhalt, dem Samuel Coura zum Opfer gefallen war, eigentlich seinem Bruder Adalberto gegolten habe, und zwar auf Veranlassung der besitzenden Kreise und der Integralisten – als Repressalie für den Tod des Sakristans.

Adalberto Couras Vater war entsetzt über die »gewagten Ideen« seines Sohnes. Er hatte sich mit dem jungen Mann so häufig herumgestritten, daß das häusliche Klima für Adalberto unerträglich geworden war. Durch Samuels Tod gelangte der Sturm auf seinen Höhepunkt; der alte Feliciano Coura schimpfte seinen Sohn einen Kain und verstieß ihn aus seinem Hause.

Da ereignete sich das dritte Verbrechen: ein junger, erst kürzlich geweihter Priester, den der Bischof als Helfer zu Pater Renato geschickt hatte, wurde tot aufgefunden: man hatte ihn aufgehängt, verstümmelt und ihm mit einem spitzen Messer die Augen ausgestochen.

Die von beiden Parteien ausgestreuten Gerüchte häuften sich. Einige sagten, die Kommunisten hätten den Tod des Priesters verschuldet durch ihre Haßkampagne gegen die Religion, die sie als »Opium für das Volk« bezeichneten; andere meinten, der Mord sei den Integralisten anzulasten, weil sie die jungen Priester haßten, die Pater Renato zur Seite standen und ihrer Ansicht nach »das Spiel der Kommunisten mitspielten«.

Als ich nun auf Eugenio Monteiro zuging, fühlte ich, wie sich das schlimme Gefühl des Unbehagens, in dem ich lebte, noch verstärkte. Nicht nur der Prozeß und meine Aussage lasteten auf mir: etwas Unbekanntes, Dunkles und Bedrohliches schien dort auf mich zu warten und mich zu belauern, ohne daß ich klar gewußt hätte, worum es ging.

Eugenio zeigte sich von meinem Kommen nicht im mindesten überrascht. Er sah eher aus, als hätte er mich erwartet, als ob zwischen uns beiden ein Treffen vereinbart gewesen wäre. Kaum merklich hob er das Kinn, deutete auf die am Flußufer aufgeschüttete Müllhalde und sagte, als ob er mich auf jemandes Gegenwart aufmerksam machen wollte:

»Der Teufel, Quaderna!«

Ich schaute in die angegebene Richtung. Unten auf der Schutthalde beschnupperten etliche Hunde den Boden und liefen hin und her, während sich andere in einem dichteren Knäuel um eine eben gemachte Beute zu balgen schienen.

Ziemlich entgeistert über Eugenio Monteiros Äußerung, blickte ich ihm ins Gesicht und wiederholte fragend:

»Der Teufel?«

»Jawohl, der Teufel, der alte Teufel, Quaderna! Sie glauben wohl nicht an ihn. Ich glaube daran. Wie könnte ich nicht an etwas glauben, das ich eben mit eigenen Augen gesehen habe?«

»Sie haben eben den Teufel gesehen, Eugenio?« fragte ich beunruhigt.

»Gewiß, und ich sehe ihn immer noch, Quaderna! Der Teufel ist dort unten auf der Schutthalde.«

Ich blickte erneut hin und konnte nur die Hunde entdecken, deren Balgerei immer wilder wurde.

»Ich kann dort nur Hunde erkennen, Eugenio.«

»Quaderna«, sagte er bedächtig, »Sie wissen doch besser als ich, daß der Teufel auch die Gestalt eines Hundes annehmen kann. Haben Sie schon einmal zugesehen, wenn ein Schwarm von Geieradlern ein totes Lamm auffraß? Wer ist in solchen Fällen der Teufel? Das Lamm? Sein Vater, der schwarze Widder? Die Geieradler? Ich weiß es nicht, aber einer von ihnen muß es sein. Jetzt ist der Teufel vielleicht einer von diesen Hunden und treibt sich dort herum. Erinnern Sie sich an einen gewissen Gabriel, der hier Kaufmann war und dann nach São José in Pajeú verzogen ist?«

»O ja, durchaus.«

»Erinnern Sie sich auch an seine Kusine Luciana?«

»Ja, auch an sie.«

»Eines Tages besuchte Gabriel sie in ihrem Hause. Onkel und Tante, Lucianas Eltern, waren ausgegangen. Gabriel trat ein und fand das Mädchen allein, auf einem Sofa liegend. Er setzte sich neben sie, ein Gespräch spann sich an, und mit dem Vorwand, sich den Abdruck eines Armbands auf ihrem Arm näher ansehen zu wollen, begann er sie zu streicheln. Wenige Augenblicke später war Luciana entjungfert. Zu ihrer beider Unglück wurde das Mädchen schwanger. Die Mutter, die alte Julieta, mißtraute der Sache, nahm ihre Tochter ins Gebet und entdeckte alles. Man brachte Luciana nach Campina; dort gebar sie ein Mädchen, das einer alten Verwandten von Gabriel übergeben wurde, die dort ansässig war. Ein oder zwei Jahre später fuhr die alte Julieta dorthin, holte die Enkelin in ihr Haus und zog sie auf, als ob es ihre Adoptivtochter wäre. Hier im Ort wußten aber alle, daß es Gabriels und Lucianas Tochter war. Und wissen Sie, was dann geschah? Wissen Sie es?«

»Ich weiß wohl. Das Mädchen hieß Leonore, wuchs heran und wurde 15 Jahre alt. Da entbrannte ihr Vater Gabriel in sexueller Leidenschaft für sie; er entjungferte und heiratete sie. Bei dieser Heirat wollte er drei Fliegen mit einer Klappe schlagen: er wollte die Gerüchte, Leonore sei seine Tochter, öffentlich Lügen strafen, den Skandal einer neuen unehelichen Schwangerschaft umgehen und seiner geschlechtlichen Leidenschaft frönen.«

»Ganz so war es, Quaderna, und ich war Trauzeuge. Ich gehöre nicht zu den Leuten, die der Ansicht sind, so etwas könne ›bei den einfachen unschuldigen Leuten aus dem Volk‹ nicht vorkommen, o nein. Auf dieser Welt ist niemand einfach und unschuldig, Quaderna!« sagte Eugenio, und sein veränderter Tonfall erinnerte mich an Pedro Muckers Worte. Er fügte hinzu: »Hätte sich diese ganze Geschichte bei Leuten aus dem Volk abgespielt, so wäre entweder gar nichts passiert oder eine Tragödie daraus geworden. Entweder hätten Vater und Tochter im Einverständnis mit der Mutter des Mädchens als Ehepaar weiterhin zusammengelebt und miteinander verkehrt, oder es wäre zu einem Mord gekommen, wie dies auf dem Gut ›Pfefferbaum‹ der Fall gewesen ist; dort hat ein Mann seine Tochter vergewaltigt und dann getötet; es heißt, sie vollbringt jetzt Wunder. Aber da es sich in unserem Fall um Gabriel handelte, um Menschen wie Sie und mich, mußte die Geschichte so ausgehen, wie sie in der Tat ausgegangen ist: als Posse, als obszöne, groteske Posse! Verheiratet mit einem Vater, der zwanzig Jahre älter war als sie, wünschte sich Leonore mit der Zeit kräftigere Männer und begann, Gabriel zu betrügen. Nach alledem, was er mit Kusine und Tochter angestellt hatte, waren ihm schon Bockshufe und -schwanz gewachsen, die ihn als rechten Teufel erscheinen ließen: nun wuchsen ihm zum Ausgleich auch noch ein paar Hörner, und so wurde er zum vollständigen Teufel, auf den der ganze Ort mit Fingern zeigte: das

Gelächter der Sündenschnüffler, der Intriganten, der Gevatterinnen und der heuchlerischen und aufdringlichen Tugendbolde folgte ihm auf den Fersen.«

»Das stimmt«, sagte ich. »Aber ist Gabriel dort auf der Schutthalde unter den Hunden aufgetaucht?«

»Nein«, erwiderte Eugenio gleichbleibend ernst und gemessen. »Aber Sie sehen doch dort die Hunde, nicht wahr?«

»Gewiß.«

»Wissen Sie, um was sie sich balgen?«

»Nein. Sicherlich um ein Stück Fleisch, das sie aus dem Schlachthof mitgebracht und dort fallen gelassen haben.«

»In gewisser Hinsicht haben Sie recht. Daß es ein Stück Fleisch ist, das stimmt, und daß es von einem Schlachthof stammt, stimmt auch, wenn auch nicht von dem Schlachthof, an den Sie gerade denken. Was dort liegt, Quaderna, ist ein neugeborenes Kind, das man heute früh dort hingeworfen hat.«

Entgeistert schaute ich wieder hinüber und erblickte wirklich etwas, das einer schlaffen, weißlichen Puppe ähnlich sah und von den Zähnen und Pfoten der Hunde hin und her gerissen wurde. Eugenio lachte hämisch auf; er war sichtlich zufrieden, daß er mich am Ende doch beeindruckt hatte. Und er fuhr fort:

»Das Baby ist vor wenigen Stunden auf die Welt gekommen. Es war ein Kind des jungen Mädchens, das angeblich Gustavo Moraes, den Sohn des schwerreichen Fabrikbesitzers aus Recife, heiraten wollte. Dieser Moraes hat ja hier, man weiß nicht recht aus welchem Grunde, Ländereien und Bergwerke aufgekauft, und er muß das Mädchen geschwängert haben; heute nacht kam sie nieder. Ihre Mutter erwies sich als tatkräftiger als die Mutter von Leonore: sie hat das Kind getötet.«

»Getötet?« fragte ich und wich erschrocken zurück.

»Jawohl, getötet! Gehen Sie hin und schauen Sie nach, Quaderna, die Schädeldecke des Kindes ist eingedrückt, als ob jemand so lange den Finger hineingebohrt hätte, bis er das arme Wesen getötet hatte. Nun frage ich Sie: was wollen Sie tun?«

»Ich? Nichts. Ich habe weder das Mädchen geschwängert noch das Baby umgebracht, und ich habe auch nicht seine Leiche gefunden.«

»Meinen Sie nicht, daß Ihnen der Vorgang gewisse Verpflichtungen auferlegt?«

»Nein, wer diese Verpflichtungen hat, sind Sie, Eugenio! Unter normalen Umständen würde ich die Polizei rufen. Aber ich bin in eine Untersuchung verwickelt, ich muß im Gefängnis aussagen und möchte nicht mit solchen Problemen belastet dort auftreten, um keinen Preis. Sie haben ja die Kindesleiche gefunden, also liegt die Verpflichtung bei Ihnen.«

»Dann nur zu, Quaderna! Unternehmen Sie gar nichts!« sagte Eugenio mit wehklagender Stimme. »Was hat es auch für eine Bedeutung, ob das Baby von den Hunden verschlungen wird oder nicht? Sein Seelchen ist ja doch schon im Himmel und wird dort für Sie zu Gott beten, daß Sie ungeschoren aus Ihrem Prozeß herauskommen mögen. Gehen Sie nur!«

In diesem Moment fiel mir ein, daß Maria Safira von mir geträumt hatte, ich wäre ein lächerlicher Clowns-Teufel, und ich konnte mich des Gedankens nicht erwehren, daß auch Eugenio selber ein Teufel sei, ein schwarzgekleideter, fetter, stämmiger Teufel mit einem Wolkenschieber auf dem Kopf. Ich war ganz sicher, daß sich unter seinen Stiefeln ein Bocksfuß verbarg und, wenn er den Hut abgenommen hätte, zwei gewundene groteske Hörner auf seiner Stirn zum Vorschein gekommen wären. Ich spürte einen tiefen Ekel davor, der Mensch zu sein, der ich war, mit den Menschen umzugehen, mit denen ich umgehen mußte. Aber ich sagte kein Wort. Ich drehte mich auf den Hacken um, kehrte ihm den Rücken zu und schritt davon.

ACHTUNDVIERZIGSTE FLUGSCHRIFT
DIE BEICHTE DER BESESSENEN

Wie ein Schlafwandler kehrte ich durch dieselbe Seitengasse zum Brunnen zurück. Ich hatte nicht einmal den Mut gefunden, hinzugehen und mir das tote Kindchen anzusehen. Ich bog in die Gasse der Präfektur ein und kam am Neukirch-Platz zur Großen Straße.

Dort sollte sich, bevor ich mich endlich ins Gefängnis begeben konnte, noch eine weitere sonderbare Szene abspielen, bei der ich diesmal selber als Hauptheld mitwirkte. An der Ecke der Großen Straße und der Präfektur-Gasse stand nämlich Maria Safira und hielt nach mir Ausschau. Sie sprach mich nicht an und wartete auch nicht ab, bis ich näher gekommen war. Sobald sie bemerkte, daß ich sie erblickt hatte, deutete sie mit dem Kopf auf die Hauptkirche, drehte mir den Rücken zu, überquerte den verlassenen Platz und stieg die Anhöhe zur Kirche empor. An ihrem Portal angelangt, trat sie ein und verschwand im Kircheninneren.

Mein Herz tat einen Satz in der Brust, denn ich wußte schon, was das zu bedeuten hatte. Ich wußte, daß ich mich immer weiter von der Welt Pedro Muckers und Pater Marcelos entfernte und dafür in Gabriels und Eugenio Monteiros Welt eindrang. Doch es fehlten mir Wille und Kraft zum Widerstand. Ich war erschrocken und wußte wohl, welcher Gefahr ich mich vor allem in diesem Moment aussetzte, und schaute mich nach den Häusern um. Auf der Straße war keine lebende Seele zu sehen; Türen und Fenster waren wegen der Sonnenglut in der Siesta-Stunde des Nachmittags verrammelt. Doch wer konnte sich dafür verbürgen? Gewiß spionierte man mir hinter allen Gittern nach. Bisher waren meine sakrilegischen Taten mit Maria Safira nicht ins Gerede gekommen. Aber wer weiß, ob sie nicht doch entdeckt werden konnten?

Ich senkte den Kopf, überquerte den Kirchplatz, stieg die Anhöhe empor und trat auf den Spuren der besessenen Frau mit den grünen Augen in die Kirche ein. Geblendet, weil ich aus der gleißenden Sonne in den Schatten kam, bemerkte ich anfangs niemanden. Dann sah ich, daß Pater Renato schläfrig im Beichtstuhl saß und Maria Safira vor ihm kniete und ihm ihre sonderbaren Sünden ins Ohr murmelte. Sie hatte mir schon erklärt, sie beichte absichtsvoll unvollständig, lasse aber ab und zu ganz unaussprechliche Dinge mit einfließen, die nur dazu bestimmt waren, den alten ehrbaren Pater in Verlegenheit zu bringen.

Ich entzog mich Pater Renatos Blickfeld und setzte mich auf eine Bank im dunkelsten Winkel der Kirche, an einen Platz, auf dem mich der Pater nicht wahrnehmen konnte. Er hatte mein Eintreten nicht bemerkt, und das gab mir Muße, Maria Safira nach Belieben zu betrachten. Sie wirkte ganz wie eine fromme Frau, die einem tugendhaften Pater ruhig ihre kleinen Sorgen und unschuldigen Übertretungen anvertraut.

Auf einmal aber, als sie merkte, daß ich sie anschaute, stützte sie sich nur mit dem linken Arm auf die Holzleiste des Beichtstuhls, knöpfte sich mit der rechten Hand die Bluse auf und holte ihre schönen weißen Brüste heraus, die sie mir aggressiv entgegenstreckte. Dann ließ sie die Hand sinken, ergriff ihr Kleid am unteren Saum und hob ihn hoch. Hingerissen entdeckte ich, daß sie unter dem Kleid splitternackt war. Deshalb sah ich auch deutlich ihre Schenkel und ihren schönen Bauch mit seinem wilden Haarflaum, der unten überstand. Während der Pater noch immer seine Ratschläge murmelte und völlig arglos war, drehte Maria Safira ihr Gesicht ab und schaute mich, aus ihren schrägstehenden, grün leuchtenden Katzenaugen rätselhaft lächelnd, mit schauspielerhafter Miene an.

Die Beichte ging zu Ende. Sie gab mir einen Wink und deutete auf den Hochaltar. Zwischen ihm und der Rückwand der Kirche war ein freier Raum: ich stand vorsichtig auf, gab acht, daß mich der alte Pater nicht sehen konnte, und versteckte mich an dem Platz, den sie mir gezeigt hatte. Ich hörte Pater Renato die Kirche verlassen und Maria Safiras Schritte näher kommen.

Sie trat auf mich zu und umarmte mich wortlos. Ihr ganzer Leib schmiegte sich an mich, und sie lächelte, als sie bemerkte, daß ihr sakrilegisches Tun bei mir bereits die übliche Wirkung getan und alle etwaigen Nachwirkungen des Eselshauttees beseitigt hatte. Dann streckte sie sich sacht wie ein brünstiges Jaguarweibchen auf dem Ziegelboden der Kirche aus und hob ihr Kleid.

Ich will nicht noch weitere Gebote Gottes übertreten, indem ich erzähle, was sich nun ereignete. Dies hieße, gegenüber dem Richter, dem Staatsanwalt und den edlen Herren und schönen Damen, die mir zuhören, ein allzu großes Risiko eingehen. Außerdem würde ich mir als katholischer Sertão-Prophet, der ich bin, nicht zutrauen, solche Szenen auf eigene Rechnung zu erzählen. Das ist auch der Grund dafür, weshalb ich früher drei unmoralische Abenteuer wiedergegeben habe, die der Vicomte de Montalvão und Carlos Dias Fernandes verfaßt haben, eines von der naturgewollten und zwei von perverser Liebe: sie haben das geschrieben und sollen auch die Verantwortung dafür übernehmen. Wenn mich meine Geschichte zwingt, künftig solche Dinge zu erzählen, genügt es wohl, wenn ich auf eine von ihnen verweise. Das tue ich auch jetzt; wer wissen möchte, was sich dort in dem Dunkelraum zwischen Altar und Kirchenwand ereignet hat, lese die entsprechende Szene in dem Buch »Das Patenkind von Monsignore Angelo oder Die Liebesburg« nach:

»Der Pfeil wurde im rechten Augenblick vorgeführt und wanderte auf die ersehnte Quelle zu, die bei seinem Andrang erbebte. Der kühne Soldat mit dem roten Helm fand die Wiese befeuchtet, zerteilte sacht die Barrieren und drang gänzlich in die schwarze und rote Grotte der Liebesburg ein.«

NEUNUNDVIERZIGSTE FLUGSCHRIFT
DAS GEFÄNGNIS

Während dieser ganzen Zeit war zwischen uns kein Wort gefallen. Und nunmehr hatte ich keine Zeit mehr zu verlieren; im Gegenteil, ich war bereits in Verzug geraten.

Deshalb ließ ich Maria Safira in der Kirche allein, verließ das Gotteshaus durch eine Seitentür, überquerte den Präsident-João-Pessoa-Platz, schritt die Gasse hinab, in der das Haus von Hauptmann Clodoveu Tórres Villar lag, und stand alsbald dem alten Gefängnisgebäude von Angesicht zu Angesicht gegenüber.

Unser Gefängnis ist ein alter zweistöckiger Bau mit breiten Wänden und, wie dies unsere alten Dokumente ausdrücken, »mit Ziegeldach, Stützmauern und Dachrinne«. Das Erdgeschoß, worin das eigentliche Gefängnis liegt, ist ein mit Ziegeln ausgelegter, übelriechender Ort. Der Untersuchungsrichter hatte sich im oberen Stockwerk niedergelassen, wo in früheren Zeiten die Sitzungen des Stadtrats stattfanden. Um hinaufzugelangen, mußte man das Vestibül durchqueren und an der Gemeinschaftszelle im Erdgeschoß vorbeigehen, hinter deren schmutzigen, verrosteten Gittern die Mörder, die Pferde- und die Bocksdiebe eingesperrt waren. Gleich beim Eintreten roch ich den unerträglichen Gestank nach Urin, Exkrementen und Schweiß, den das in der Zelle versammelte und verrammelte Gesindel absonderte. Das Schwindelgefühl, das mich überkam, nahm derart zu, daß ich schon glaubte, ich müßte eine Ohnmacht, eine Übelkeit, Clemens' »festliches Unwohlsein« oder etwas Ähnliches erleiden. Mir wurde schwarz vor Augen; ich stieg schwankend die Holztreppe empor und stützte mich dabei auf das feste, aber verschmutzte Geländer, das ganz abgeschabt war von Messerspitzen, Säbeln und Klappmessern – ein Werk der zahllosen Polizisten und Verbrecher, die seit mehr als einem Jahrhundert diese Treppe begangen hatten. So gelangte ich in den geräumigen Saal im ersten Stockwerk, in einen Raum mit weißen Wänden, dessen Holzdecke und -fußboden stark nachgedunkelt waren. Ich gewahrte sogleich die in eine schwarze Toga gehüllte, rotumsäumte, schreckeneinflößende Persönlichkeit des Untersuchungsrichters – er wirkte gleichzeitig imponierend und giftig wie ein König und eine Korallenschlange. Er saß hinter einem großen, schweren und alten Tisch aus Braúna-Holz in einem thronartigen Stuhl mit hoher lederner Rückenlehne. Neben ihm saß blond, hoheitsvoll und unnahbar meine Widersacherin und ehemalige Reisegefährtin Margarida Tôrres Martins mit jungfräulicher, diensteifriger Miene vor einem niedrigen Tischchen, auf das man eine alte rostige Schreibmaschine gestellt hatte.

——

Der Untersuchungsrichter war ein dicker, dunkelhäutiger Mann mit glattem schwarzem Haar und schlauen Schweinsäuglein unter der niedrigen Stirn; kaum verhüllte Grausamkeit stand ihm ins Gesicht geschrieben. Er versuchte, umgänglich dreinzuschauen, gleichwohl aber erinnerte sein Kopf, als ob er seinem Spitznamen Ehre machen wollte, an eine Mischung aus Wildschwein und Klapperschlange. Nicht die gewöhnliche Klapperschlange, sondern die sogenannte Sieben-Löcher-Klapperschlange, die auf den Wegen der Buschsteppe alt und gewitzigt, fett und todbringend, fast schon zur Altmutterklapperschlange geworden ist, die so tut, als schliefe sie friedlich, während sie nur auf den Angriff lauert, der uns den Tod bringen soll.

Ich weiß nicht, ob Ew. Hochwohlgeboren schon bekannt ist, daß es im Sertão drei hochgradig giftige Tiere gibt: die Klapperschlange, die Sieben-Löcher-Klapperschlange und die Altmutterklapperschlange. Die Altmutterklapperschlange ist eine alt gewordene Sieben-Löcher-Klapperschlange, und sie wird in dem Maße, wie sie altert, aus lauter Niedertracht immer kürzer und dicker; zur Altmutterklapperschlange geworden, ist sie bereits so kurz und dick, daß sie fast nur noch aus Kopf und Klapper besteht. Wenn jemand von einer Klapperschlange gebissen wird, mag er noch mit dem Leben davonkommen; wird aber jemand von einer Altmutterklapperschlange gebissen, so kann er der heilige Benedikt in eigener Person sein: der Kerl fällt um und geht ein.

Nun, und eben darum sagte ich, Dr. Joachim Schweinekopf sei eine Mischung aus Wildschwein und Klapperschlange gewesen. Unter uns kursierte die von Professor Clemens in Umlauf gebrachte Behauptung, er habe sich bei den Prozessen hervorgetan, die im Jahre 1930 von den berüchtigten »Revolutionstribunalen« und »Untersuchungskommissionen« angestrengt worden waren. Dabei war er in seiner Eigenschaft als Ankläger so grausam durchgreifend verfahren, daß es auf die revolutionäre und radikale Regierung von Antenor Navarro Eindruck gemacht hatte. Antenor Navarro hatte ihm deshalb – und weil er außerdem weitläufig mit Schweinekopf verwandt war – den wichtigen und hochbegehrten Posten des Untersuchungsrichters zugeschanzt, eine Stufe, die unfehlbar als Sprungbrett zum Landgericht von Paraíba dienen konnte.

Als nun der Untersuchungsrichter zur Visitation in unseren Bezirk gekommen war, hatte er zu seinem Glück den sonderbaren Mordfall meines Paten wegen der Begebenheiten mit dem Jüngling auf dem Schimmel wieder aktuell gefunden, samt allen sich daraus ergebenden Folgen und politischen Verwicklungen. Wenn man dem Gerede der Leute Glauben schenkte, standen zudem dieser Todesfall, die Erbschaft und die unter den drei Söhnen meines Paten aufgekommenen Streitigkeiten in engem Zusammenhang mit dem in Brasilien herrschenden Revolutionsklima, vor allem mit einer Sertão-Expedition, die das Hinterland von Paraíba, Pernambuco und Rio Grande do Norte aufwiegeln und die im Jahre 1926 von der »Expedition Prestes« vollbrachten Taten mit neuem Leben erfüllen wollte.

Der Richter ahnte sogleich, daß sich ihm damit die große Gelegenheit bot, in einem Sensationsprozeß zu glänzen und mit seiner Hilfe den Sprung ins Landgericht von Paraíba zu schaffen. Und dies um so eher, als sich die Umstände gewandelt hatten: die Revolutionsregierung von 1930 hatte sich unterdessen an die Macht gewöhnt und wollte sie um jeden Preis festhalten; er, der Richter, war vom Ankläger der »Revolutionstribunale« zum Hüter und Wächter der öffentlichen Ordnung aufgestiegen. Sein Gönner Antenor Navarro war 1932 auf tragische Weise ums Leben gekommen; so hing seine Karriere nunmehr von dem Scharfsinn und der Unerbittlichkeit ab, mit denen er den Fall des Jünglings auf dem Schimmel aufzuklären und seine Querverbindungen zu den Leuten nachzuweisen vermochte, die das Land aufwiegelten und nach der Macht zu greifen versuchten, in der er, der Richter, sich mit seinen Gesinnungsfreunden häuslich niedergelassen hatte.

Im übrigen bemerkte ich auch gleich, mit welcher Gattung Raubtier ich es zu tun hatte; denn kaum hatte ich den Raum betreten, nahm er mich aufs Korn und ließ mir nicht einmal die Zeit, mich vom Treppensteigen und von der Übelkeit zu erholen. Höflich, aber streng fragte er mich:

»Sind Sie Pedro Dinis Quaderna, der Direktor der Stadtbücherei Raúl Machado?«

»Der bin ich«, stammelte ich nach besten Kräften.

Und ich fügte alsbald hinzu, um als einflußreiche Persönlichkeit und Ehrenmann Eindruck zu schinden:

»Außerdem bin ich Redakteur der ›Gazette von Taperoá‹, eines konservativen Nachrichtenblattes, dessen Literatur-, Rätsel-, Scharaden- und Astrologie-Seite ich redigiere. Ich kann also sagen, daß ich neben meiner Tätigkeit als Dichter-Schreiber und Bibliothekar Journalist, Astrologe, offizieller Literat mit eigenem Büro, Berater in Liebesangelegenheiten, Rhapsode und Diascevast Brasiliens bin.«

»Rhapsode?« verwunderte sich der Richter und setzte eine halb verärgerte, halb erstaunte Miene auf. »Diascevast? Was soll das heißen? Was ist ein Diascevast?«

FÜNFZIGSTE FLUGSCHRIFT
DIE UNTERSUCHUNG

Ich sah, daß ich meinen ersten Sieg über den Richter errungen hatte; denn ein Ankläger, der seine Unwissenheit in einer Materie eingestehen muß, in der sich der Angeklagte auskennt, verliert immer ein wenig von seiner Überlegenheit. Samuel und Clemens von Herzen dankbar, die mir, ohne es zu wollen, diesen hochbedeutsamen Begriff meiner politisch-literarischen Bildung geliefert hatten, erläuterte ich:

»Die Diascevasten, Herr Richter, waren die Gelehrten, welche laut Professor Clemens, einem meiner literarischen Lehrmeister, die Gesänge der griechischen Rhapsoden sammelten und durch ihre Zusammenstellung die ›Ilias‹ und die ›Odyssee‹ schufen, die Nationalwerke, Sertão-Burgen und Paraíba-Marksteine eines Volkes von Pferde- und Bocksdieben und Kuhhirten, nämlich der Griechen. Ich, ein Dichter, Romanzenautor und Romanromanzenschreiber, darf mich als Rhapsoden und Sänger betrachten, als ›Barden mit dem Lederhut‹, wie der geniale Carlos Dias Fernandes zu sagen pflegte. Das sichert mir den – von mir im übrigen schon ganz offiziell getragenen – Titel eines ›Sertão-Rhapsoden‹. Aber da ich in meinem Werk gleichzeitig auch die Gesänge aller Dichter und Romanzenmacher der brasilianischen Literatur sammle, gehörig in Wahnsinn getaucht durch Feuer und Blut der Sertão-Felsen, kann ich mich auch den ›Diascevasten Brasiliens‹ nennen. Ich bin also nicht nur der einzige Schriftsteller der Welt, der gleichzeitig Rhapsode und Diascevast ist, sondern auch der einzige Mensch, der ganz allein ›in seinem Werk eine ganze Literatur vereint‹; so formuliert das eines meiner Lieblingsbücher, der ›Lusobrasilianische Literatur- und Scharaden-Almanach‹, im Blick auf die Genien der fremden Völker.«

Der Richter war immer noch sichtlich erschrocken. Doch er war wirklich ein überlegener Kopf. Er faßte sich nach und nach, sah mich mit einem Ausdruck an, der schrittweise wieder so ungerührt wurde wie zuvor, und meinte etwas ironisch:

»Na schön, ich will Ihnen das abnehmen. Aber mir ist zu Ohren gekommen, Sie seien im Besitz wertvoller Informationen über den Mordfall des Gutsbesitzers Pedro Sebastião Garcia-Barretto, der im Jahre 1930 ums Leben kam, und über die Taten seiner drei Söhne Arésio, Silvestre und Sinésio. Trifft das zu?«

»Das trifft zu, Herr Richter. Wie man Ihnen gewiß ebenfalls erzählt hat, war dieser Gutsbesitzer der verwandteste meiner Verwandten. Dom Pedro Sebastião war nämlich gleichzeitig mein Onkel, mein Pate und mein Schwager. Und das ist gar nicht weiter verwunderlich, denn dieser Mann war ja sein eigener Onkel.«

»Wie das?« fragte der Richter abermals verblüfft und zeigte mir damit, daß ich an jenem Nachmittag meinen zweiten Sieg gegen ihn errungen hatte.

»Es ist ganz einfach, und ich will es Ew. Hochwohlgeboren sogleich erklären. Meine Mutter Maria Sulpícia war die Schwester meines Paten Dom Pedro Sebastião. Mein Pate heiratete in erster Ehe Dona Maria da Purificação Pereira Monteiro, die Mutter von Arésio. Seine zweite Ehe aber ging er mit meiner Schwester, Joana Quaderna, ein, seiner Nichte und der Mutter von Sinésio. So wurde er mein Schwager; mein Onkel war er schon vorher gewesen. Und da er seine Nichte geheiratet hatte, wurde er zu seinem eigenen Onkel.«

Der Untersuchungsrichter setzte die Miene eines Menschen auf, »der eine Kostprobe genommen hat, die ihm nicht geschmeckt hat«, wie meine Tante Filipa zu sagen pflegte. Doch beschloß er, darüber hinwegzugehen. Er tauschte einen Blick mit Margarida und fuhr fort:

»Kennen Sie alle in diesen Fall verwickelten Personen? Stimmt es, daß Sie praktisch allen Ereignissen beigewohnt haben, ja, in die meisten von ihnen mitverwickelt waren?«

»Das stimmt, Herr Untersuchungsrichter. Um die reine

Wahrheit zu sagen, es ist fast ein Ding der Unmöglichkeit, alles zu wissen und alles gesehen zu haben, denn der Fall meines Paten und seines Sohnes Sinésio beginnt im Grunde mit der Ankunft des ersten Barretto in Brasilien – im sechzehnten Jahrhundert. Von einem weniger radikalen Gesichtspunkt aus kann man jedoch sagen, die Geschichte nimmt ihren Anfang im Jahre 1912 mit dem sogenannten ›Zwölfer-Krieg‹, als die Garcia-Barrettos und andere wichtige Führer des Hinterlandes aus der alten liberalen Partei des Kaiserreichs eine Truppe von 1200 bewaffneten Männern auf die Beine stellten und hier im Sertão von Paraíba sechs Städte eroberten. Ich bin am 16. Juni 1897 auf die Welt gekommen, auf dem Höhepunkt der ›Belagerung von Canudos‹, unserem Gegenstück zum Trojanischen Krieg. Ich war also 15 Jahre alt, als der ›Zwölfer-Krieg‹ ausbrach. Als meine Mutter Maria Sulpícia meinen Vater heiratete, brachte sie als eine von meinem Paten geschenkte Mitgift das Gut ›Wunder‹ (oder ›Die Wunder‹, wie man noch häufiger sagte) mit in die Ehe. Unglücklicherweise verlor mein Vater in den ›Wechselfällen seiner gepeinigten Existenz‹ alles, was er einmal besessen hatte. Da wurde er eine Art Hausmann auf dem ›Gefleckten Jaguar‹, dem Gut meines Paten, wo er, ebenfalls in der Eigenschaft von Hausleuten, meine künftigen literarischen Lehrmeister vorfand, Dr. Samuel Wandernes und Professor Clemens Hará de Ravasco Anvérsio. Meine tugendhafte Tante Dona Filipa begleitete uns, denn mein Pate hatte beschlossen, sie als Verwalterin des ›Gefleckten Jaguars‹ einzusetzen.«

Margarida flüsterte dem Untersuchungsrichter etwas zu, woraufhin er sich gleich zu mir umwandte. Bevor er jedoch noch etwas sagen konnte, kam ich ihm mit den Worten zuvor:

»Ich weiß, es gibt Leute, die behaupten, wir Quadernas seien allesamt Parasiten und hätten auf Kosten meines Paten gelebt. Manche Leute sagen sogar, mein Vater habe seine Schwester dazu gedrängt, meinen Onkel zu heiraten, weil er auf die Ländereien und Gelder der Garcia-Barrettos ein begehrliches

Auge geworfen hatte. Aber das läßt mich ganz kalt, Herr Richter. In Wirklichkeit war nämlich mein Vater bei meinem Paten eine Art Ratgeber und Privatastrologe, ein Amt, das ich nach seinem Tode übernahm und mit den Ämtern eines Dichters und Schatzsiegelbewahrers verband.«

»Schon gut, daran zweifle ich gar nicht. Was den ›Schatzsiegelbewahrer‹ angeht, so komme ich noch darauf zurück. Einstweilen möchte ich Ihnen ein paar Fragen stellen; sehen Sie zu, wie Sie mir antworten, denn das eine will ich Ihnen gleich sagen, ich möchte diese Geschichte *um jeden Preis* entziffern.«

»Und ich werde Ihnen *um jeden Preis* helfen, weil das Entziffern, Herr Richter, zu meinem Beruf als Scharadenmacher und Astrologe gehört.«

Wieder warf mir der Richter einen bösen Seitenblick zu, enthielt sich aber eines Kommentars und fuhr fort:

»Sagen Sie mir eins: Ist es wahr, daß sich zwei gefährliche Extremistenführer dieses Städtchens seit der Errichtung des Neuen Staates im November vergangenen Jahres in Häusern versteckt halten, die Ihr Eigentum sind?«

»Sie halten sich keinesfalls versteckt, Ew. Ehren. Sie wohnen dort seit langem, und alle Leute im Ort wissen davon, weil ich es nie vor jemandem verborgen gehalten habe.«

»Und die beiden Häuser liegen genau neben dem großen Haus, in dem Sie selber wohnen?«

»So ist es.«

»Stimmt es, daß sie durch Innentüren miteinander verbunden sind?«

»Das stimmt.«

»Und Ihr Haus grenzt auf der anderen Seite an die von Ihnen geleitete Bücherei?«

»Gewiß. Die Bücherei liegt an der Straßenecke. Dann schließt sich rechter Hand an die Bücherei mein Haus an. Linker Hand stößt das Haus von Professor Clemens an mein Haus. Und dann folgt endlich, an Clemens' Haus angrenzend, das Haus von Dr. Samuel.«

»Aha!« sagte der Richter boshaft. »Das heißt also, Ihren eigenen Angaben zufolge sind diese beiden Männer die Extremistenführer des Städtchens. Ich möchte feststellen, daß ich ihre Namen mit keiner Silbe erwähnt habe. Sie selber haben ausgesagt, die beiden Extremistenführer des Städtchens seien der Anklagevertreter des Bezirks, Dr. Samuel Wan d'Ernes, und der Rechtsanwalt und Professor, der Lizentiat Clemens Hará de Ravasco Anvérsio.«

»Ganz recht, Herr Doktor, das sind sie«, sagte ich. »Ich mache mir keine Gewissensbisse daraus, sie hier zu denunzieren: nur so habe ich die Gelegenheit, mich für alle ironischen Bemerkungen und alle Spötteleien zu revanchieren, mit denen mich beide während meines ganzen Lebens überschüttet haben, und die ich immer einstecken mußte, weil das Zusammenleben mit beiden für meine politische und literarische Bildung unentbehrlich war.«

»Nehmen Sie also zu Protokoll, Dona Margarida, daß der Angeklagte oder, besser, der Zeuge zugibt, daß Dr. Samuel und Professor Clemens die Extremistenführer des Städtchens sind. Ist das richtig?« fragte er und wandte sich an mich.

»Ganz richtig, Ew. Ehren. Aber es gibt hier am Ort noch einen dritten Extremistenführer.«

»Und das wäre?«

»Der Komtur Basílio Monteiro.«

»Unmöglich. Der Komtur ein Extremist? Ein Mann, der den öffentlichen Schlachthof gepachtet hat, dem die Mühle, die Rösterei, die Bäckerei und fast alle Tavernen des Städtchens gehören?«

»Eben der, Herr Richter.«

»Das grenzt ja an Weltuntergang. Immerhin, alles ist denkbar in diesem irdischen Jammertal. Und wie arbeiten die drei Extremistenführer? Rivalisieren sie miteinander? Oder arbeiten sie sich gegenseitig in die Hände und schüren die Agitation?«

»Ihre Herrschafts- und Einflußbereiche sind getrennt, Ew. Ehren.«

»Getrennt? Wie getrennt? Welche Rolle spielt der Anklagevertreter Wan d'Ernes bei alledem?«

»Dr. Samuel führt die Rechtsextremisten.«

»Und Professor Clemens?«

»Professor Clemens führt die Linksextremisten.«

»Und der Komtur Basílio Monteiro?«

»Der Komtur führt die Extremisten des Zentrums.«

»Wie denn das? Extremisten des Zentrums?« fragte der Richter und konnte wiederum sein Erstaunen nicht verbergen.

Ich übte Geduld mit seiner Unwissenheit und erläuterte:

»Der Komtur Basílio Monteiro, Ew. Ehren, ist ein wütender Gegner der Rechten wie der Linken, und so arbeitet er als Extremist des Zentrums. Deshalb widersetzt er sich trotz seiner Regierungstreue entrüstet jeder Maßnahme, die die Regierung von Präsident Getúlio Vargas zugunsten der Linken und des Volkes ergreift. Also ist er ein Extremist des Zentrums.«

»Herr Pedro Dinis Quaderna, ich beglückwünsche Sie zu Ihrem bemerkenswerten politischen Scharfsinn und zu dem – wie soll ich das nennen, Dona Margarida? – *Freimut*, mit dem Sie über Ihre Freunde aussagen. Ich hoffe nun, daß Sie in bezug auf sich selbst den gleichen Freimut an den Tag legen, den Sie gegenüber den anderen gezeigt haben. Jetzt sind Sie an der Reihe, Herr Quaderna! Sind Sie ein Extremist der Linken, der Rechten oder des Zentrums?«

»Keines von diesen dreien, Ew. Ehren. Ich bin ein linker Monarchist.«

»Wie bitte?«

»Ein linker Monarchist«, wiederholte ich lauter, damit er sehen sollte, daß ›genau das der springende Punkt war und man nicht daran herumdeuteln konnte‹, wie meine Tante Filipa zu sagen pflegte.

»Können Sie mir diese Einstellung erklären? Was hat Sie dazu gebracht?«

»Dafür gab es verschiedene Gründe, Ew. Ehren, und Sie werden das alles in dem Maße besser verstehen, wie Sie mich besser kennenlernen. Einer der wichtigsten Gründe jedoch ist, daß ich ein Epopöet bin.«

»Was bitte, Herr Bibliothekar Quaderna?«

»Ein Epopöet, ein epischer Dichter, ein Autor von Epen.«

»Wie viele Epen haben Sie denn schon geschrieben?«

»Einstweilen noch keines, Ew. Ehren, aber eines schönen Tages werde ich eines schreiben, bei dem Ihnen der Hut hochgeht. Dr. Samuel sagt, er und ich und Professor Clemens, wir seien ›drei Literaturbesessene‹. Insgeheim plant jeder von uns seit Jahren ein geniales Werk, das für Brasiliens Schicksal entscheidend sein soll. Samuels Werk ist eine Sammlung verschlüsselter Gedichte in hermetisch-politisch-literarischem Stil, ein Buch mit dem Titel ›Der König und die Smaragdkrone‹. Clemens' Werk ist ein ›kommunistischer Negertraktat von der roten Philosophie des Penetral‹. Mein Werk ist ein Epos, ein königlicher Roman, ›vollständig, musterhaft und erstklassig‹.«

»Wie bitte? Ein Roman? Was wollen Sie denn nun eigentlich schreiben, einen Roman oder ein Epos?«

»Das war ja eben das große Problem meiner Anfänge, eines der großen Hindernisse auf meinem Wege zu Macht und Ruhm. Der geniale Schriftsteller von Paraíba, Carlos Dias Fernandes, hatte wörtlich in seinem Buch ›Die Renegatin‹ geschrieben: ›Die Literatur eines Landes ist der beredteste Ausdruck seiner Kultur, und aus einem Kunstwerk kann man die Summe des Volkscharakters erschließen. Das Epos ist die Kristallisation einer Nation‹.«

»Ich verstehe. Und nachdem Sie das gelesen hatten, beschlossen Sie, ein Kunstwerk zu schreiben, worin sich die brasilianische Nation kristallisieren sollte, nicht wahr?«

»So ist es.«

»Aber warum sind Sie dann später vom Epos abgekommen?«

»Weil der gleiche Carlos Dias Fernandes in seinem Buch ›Talg und Glasperlen‹ den Beweis führt, daß in der heutigen Welt der Roman das wahre Epos ist. Deshalb bin ich heute völlig davon überzeugt, daß ich und nicht Samuel oder Clemens der Verfasser des epischen Werkes sein werde, worin sich unser Volksgeist niederschlagen wird. Unseligerweise leiden wir alle drei, Herr Richter, trotz unserer Literaturbesessenheit unter einer schlimmen Schreibunfähigkeit. In unseren Ideen und Gesprächen sind wir genial, aber wenn dann die Stunde heranrückt, wo das alles zu Papier gebracht werden soll, dann hebt das Unglück an, und anstelle eines Heiligen senkt sich die Fatalität auf uns herab, also daß nichts dabei herausspringt, so sehr wir uns auch unser Gehirn zermartern. Der Grund für Samuels Impotenz ist seine Trunksucht, sind die Zechpartien und Besäufnisse, die er sich zuweilen gestattet; sie strecken ihn völlig zu Boden. Clemens leidet an einer epileptisch-philosophischen Migräne; wenn sie ihn befällt, wälzt er sich in seinem Bette, läuft grün oder besser grau an, erblindet, sabbert und erbricht sich vor philosophischen Magenbeschwerden. Mein eigenes Handikap ist der Schwanzstummel.«

»Was sagen Sie da?«

»Der Schwanzstummel, Ew. Ehren. Haben Sie nie die unverschämten Pernambucaner sagen hören, wir Paraíbaner hätten einen Stummelschwanz?«

»Das schon. Aber wie kann ein Bibliothekar und gebildeter Mann wie Sie auf solche Behauptungen hereinfallen?«

»Ew. Ehren, wie könnte ich *nicht* darauf hereinfallen, wo ich doch selber einen Stummelschwanz habe?«

»Was für eine Narrheit!« eiferte sich der Richter ungeduldig. »Diese Geschichte stammt aus längst vergangenen Zeiten, Herr Quaderna! Hier in Paraíba, das wissen Sie vielleicht nicht, heirateten manche Einheimische Ehepartner jüdischen Blutes, die sogenannten ›Neuchristen‹. Die berühmte Branca Dias gehörte dazu. Deshalb mußte die Inquisition hier in Paraíba mit größerer Energie vorgehen als in Pernambuco.« Als er das sagte, fiel mir sogleich Professor Clemens ein, der ständig den Inquisitor Furtado de Mendonça im Munde führte. »Deshalb haben die Pernambucaner diese Geschichte ausgeheckt. Sie behaupten, alle Paraíbaner hätten jüdisches Blut in den Adern und also einen Pakt mit dem Teufel geschlossen, und das sei der Grund dafür, daß sie alle einen kleinen Stummelschwanz geerbt hätten, den Stummelschwanz, den ihnen ihre jüdischen Ahnen vermachten. Die Pernambucaner sagen das in abschätzigem Ton, das stimmt. Aber andererseits ist es auch ein Lob, weil dieses Teufelsschwänzchen uns unruhig, unternehmungslustig und listig macht. Es ist ein Lob für den unermüdlichen Unternehmungsgeist der Paraíbaner«, schloß er mit patriotischem Stolz.

»Ich will gern glauben, Ew. Ehren, daß es ein Vorteil für uns Paraíbaner und ein Lob von seiten der Pernambucaner ist. Vor allem weil die Abstammung vom Teufel etwas sehr Ehrenvolles sein kann, je nach dem Typus Teufel, von dem man abstammt. Mein Bruder, der Holzschnitte anfertigt und Flugschriften damit bebildert, zeichnet seine Teufel in Gestalt von Jaguaren, Schweinen und Böcken. Einmal hat er sogar nach einer Illustration in der ›Geschichte Brasiliens‹ von Bruder Vicente do Salvador eine Zeichnung von Ipupriapa, einer Teufelsfrau vom Meer und von der Küste, angefertigt, ein abscheuliches Untier, das übrigens eine bedeutende Rolle bei der von mir unternommenen Meeresodyssee gespielt hat und in mein Epos übernommen worden ist. Schauen Sie her, Herr Richter: hier sind einige dieser Holzschnitte. Ich darf Ew. Ehren bitten, sie den Prozeßakten beizufügen.«

Der Richter besah sich die Holzschnitte teilnahmslos und reichte sie Margarida weiter, die sie neben ihre Schreibmaschine legte, ohne sie näher in Augenschein zu nehmen. Dann fuhr ich fort:

»Trotz alledem und auch wenn ich jüdisch-sertãohaft, maurisch-rot und neger-iberisch auf ihn stolz bin, schädigt mich der Stummelschwanz ganz gewaltig. Zunächst einmal: ich habe ihn wirklich, Herr Richter: der Knochen an meinem Rückenende zwischen den beiden Hinterbacken zeigt einen kleinen Auswuchs, einen kleinen jüdischen Sertão-Schwanz, mit einem

Wort, eben den Stummelschwanz. Und außerdem: ob nun der Schwanz daran schuld ist oder ob ich mehr jüdisches Blut in mir habe als die gewöhnlichen Paraíbaner, Tatsache ist, daß es mir die größten Schwierigkeiten macht, länger als fünf Minuten auf der gleichen Stelle sitzen zu bleiben: der Stummelschwanz beginnt dann, sich unwohl zu fühlen, der Hintern schmerzt mich, und ich beginne, an einer Umnebelung meiner Sinne, an einer Gereiztheit meines ganzen Wesens zu leiden, die nur vorbeigeht, wenn ich aufstehe und etwas unternehme. Nun ist es aber eine conditio sine qua non für jemanden, der Schriftsteller sein will, daß er imstande ist, an einem Ort sitzen zu bleiben, und sich zum Denken und Schreiben einen Hintern aus Eisen anschafft. Deshalb werde ich erst jetzt mit Ihrer und Margaridas Hilfe meinen epischen Roman schreiben können, ein Werk aus Feuer und Blut, ›entflammt von epischem, glutrotem Furor, gekrönt von Hoheit und Siegen, schmerzdurchtränkt, voll ernster Verzichtstimmung und singendem Leben, aus übergroßer Liebe zu einem Symbol, einem Ideal, einem Vaterland‹, um es mit den Worten der genialen Albertina Bertha auszudrücken.«

»Schon gut, das bezweifle ich gar nicht. Aber warum sagen Sie, daß Sie Ihr Werk mit meiner Hilfe schreiben werden?«

»Weil mir diese Untersuchung die große Gelegenheit zur Niederschrift bietet. Das fängt damit an, daß das Epos, von dem ich seit Jahren träume, genau mit dem Gegenstand der Untersuchung zusammenfällt, nämlich mit meinem Paten Dom Pedro Sebastião und seinen drei Söhnen Arésio, Silvestre und Sinésio oder, besser gesagt, mit dem enthaupteten König, dem verbannten Fürsten, dem fürstlichen Bastard und dem strahlenden Prinzen der blutgetränkten Legende des Hinterlandes.«

»König? Blutgetränkte Legende? Strahlender Prinz? Was ist das für ein heilloses Durcheinander, Herr Quaderna?« sagte der Richter und verlor zum ersten Mal die Linie, die er bis dahin trotz allem gewahrt hatte.

Ich erwiderte unbeirrt:

»Als ich die Vorladung von Ew. Ehren erhielt und erfuhr,

daß Margarida als Sekretärin amtieren würde, erkannte ich, daß meine große Gelegenheit gekommen war. Da sich die Untersuchung mit der Geschichte von Dom Pedro Sebastião, unserem enthaupteten König von Cariri, befaßt, werde ich stehenden Fußes aussagen und im Saal auf und ab gehen wie eben jetzt, ohne mir den Stummelschwanz einzuklemmen. Wenn ich dann von allen Aussagen Abschriften nehme, erhalte ich, von Margarida geschrieben, das Rohmaterial für mein Epos. Alles weitere ist dann ganz einfach, und so kann ich meinen beiden Lehrmeistern und Rivalen ein Bein stellen und das geniale, für Brasilien entscheidende Werk schreiben, das sie nicht schaffen konnten und niemals schaffen können werden.«

»Na schön, aber warum nennen Sie den ermordeten Gutsbesitzer ›Dom‹ und ›enthaupteten König‹? Und was hat es mit der ›blutbefleckten Legende‹ auf sich, die Sie für den Sertão erfunden haben?«

»Herr Richter, das alles sind ›verschlüsselte epische Dinge‹, die Sie besser begreifen werden, wenn Sie mich erst besser kennengelernt haben. Aber die blutbefleckte Legende des Sertão ist über jeden Zweifel erhaben, auch für eine gebildete und bekannte Persönlichkeit wie Sie.«

»Und inwiefern?«

»Wenn es sich nur um meine persönliche Ansicht handeln würde, könnte ich es hinnehmen, daß Ew. Ehren nicht mit mir einer Meinung sind. Aber der Ausdruck stammt von Dr. Gustavo Barroso, einem Akademiemitglied, einer offiziellen Persönlichkeit, die allgemein anerkannt ist und außerhalb jeder Debatte steht. Er sagt nämlich, so wie es dort draußen in der großen weiten Welt die ›goldene Legende‹ der Heiligenleben und ihrer Mirakel gebe, hätten wir hier im Hinterland die Chronik der Aufstände, der Hinterhalte, der Kämpfe und Familienvendetten und damit eine Art von ›blutbefleckter Legende‹. Gustavo Barroso ist als Integralist einer der Lieblingsautoren von Dr. Samuel. An dem Tage nun, als mir Samuel diesen Abschnitt hoher akademischer Literatur vorlas, erkannte

400

ich, daß diese Bezeichnung für mich unentbehrlich war, und übernahm sie als eine Leitidee in mein literarisches Gepäck als Epopöet. Außerdem habe ich in einem Artikel des ›Scharaden-Almanachs‹ gelesen, daß nicht jede beliebige Handlung Thema für ein Epos werden kann, sondern nur ›Heldentaten von Kriegern und berühmten Hauptleuten, dekadente Könige, ermordete Tyrannen, glänzende Niederlagen, Sturz von Thronen, Kronen und Monarchien, schreckliche Verrätereien und blutige Kämpfe‹. Außerdem hieß es in dem Artikel des ›Almanachs‹, daß ›in den Epen als handelnde Personen immer Könige, Krieger, Prinzessinnen und Edelleute auftreten, die bei einer Belagerung oder einem berühmten Rückzug große Schicksalsschläge ertragen‹. In der Geschichte meines Paten und in der Sinésios, Herr Richter, sind aber alle diese Zutaten gegeben: Heldentaten, Morde, glänzende Niederlagen, schreckliche Verrätereien, blutige Kämpfe usw. Wenn ich aber in diesem republikanischen Lande und in diesem wilden Sertão zwei oder drei gestürzte Edelleute und ermordete Könige auftreiben wollte, so konnte ich es nur, indem ich selber Monarchist wurde, von der Ausrufung der Republik keine Kenntnis nahm und ein paar Gemeinplätze aus dem Gedankengut von Joaquim Nabuco, Oliveira Lima, Dr. Samuel Wan d'Ernes, Gustavo Barroso und anderen adligen Extremisten der brasilianischen Rechten übernahm.«

»Ist denn Dr. Samuel ebenfalls Monarchist?«

»Samuel denkt mehr oder minder wie Frederico Feital, die Hauptfigur aus ›Die Renegatin‹ von Carlos Dias Fernandes. Dem genialen Romancier aus Paraíba zufolge war Frederico Feital ›kein überzeugter Monarchist. Im Grunde bedeuteten die politischen Regierungsformen seinem Künstlertemperament nur wenig. Da die monarchistische Partei Brasiliens das feudale Bollwerk der Adligen war, die sich durch angestammte Tugenden auszeichneten, machte sich Feital, der die Vulgarität verabscheute und nicht an die Entwicklung der plebejischen Volksmassen glaubte, die den gesunden Menschenverstand und den guten Geschmack korrumpieren, die monarchistischen Ideen zu eigen, um sich der Schar der berühmten Ausnahmewesen ehrenhalber zugehörig zu fühlen‹.«

»Na gut, ist er nun also Monarchist oder nicht?«

»Er ist einer, wenn auch auf andere Weise als ich. So hält Samuel beispielsweise dem Hause Braganza die Treue . . .«

»Und Sie?«

Das war eine direkte, gefährliche Frage, auf die ich nicht geradeheraus antworten durfte, weshalb ich mich umschweifig auszudrücken versuchte:

»Ich kann gewissermaßen sagen, daß ich meinem eigenen Hause die Treue halte.«

»Ihrem ›Hause‹? Stammen Sie auch aus königlicher Familie? Ist Ihr ›Haus‹ das des besagten ›enthaupteten Königs‹, Ihres Paten?«

»In gewisser Hinsicht ja, Doktor, da er ja mein Onkel ist«, versetzte ich, eilig über die Worte hingleitend, und fügte hinzu, um vom Thema abzukommen: »Samuel jedoch meint, aus dem Hause Braganza sei nur Dom Pedro I. ein wahrer, seiner Treue würdiger König gewesen, ein autoritätsbewußter, mutiger und ritterlicher König wie Dom Sebastian. Im Gegensatz dazu haßt er Dom Pedro II., der nach seinen Worten ›ein subversiver Liberaler war, das Morganatsrecht aufhob und auf diese Weise zugunsten des Pöbels dem Feudalbesitz des brasilianischen Adels den Todesstoß versetzte‹. Das monarchische Denken Samuels fesselte mich sehr, weil es die Existenz und Legitimität des brasilianischen Adels beweist und damit auch die der Edelleute und Könige, die in meinem Epos auftreten. Freilich sind meine Edelleute und Krieger Sertão-Bewohner, und Samuel macht gegenüber den Feudalherren des Sertão große Einschränkungen und läßt als erstklassig nur die Aristokratie der Zuckermühlen von Pernambuco gelten, zu der er selber gehört. Aber auch wenn er sagt, der Sertão-Adel sei ›barbarisch, gewalttätig, unmanierlich, verdorben und bastardisiert‹, so ist es doch eine Tatsache, daß er seine Existenz anerkennt. Und auch wenn er sie nicht anerkennen würde, so habe ich zwei andere Meister, die ebenso adlig sind wie er und weitaus bekannter, weil beide Akademiemitglieder sind; der eine gehört dem Historischen und Geographischen Institut von Paraíba an, der andere der brasilianischen Akademie der Geisteswissenschaften. Diese beiden reichen mir völlig aus, um die Existenz von Sertão-Edelleuten in jedem Augenblick zu beweisen, wo mir dies als epische Notwendigkeit erscheint.«

»Und wer sind diese beiden?«

»Der eine ist der geniale paraíbanische Schriftsteller Epaminondas Câmara, der in seinen berühmten ›Beiträgen zur Geschichte der Stadtgemeinde Taperoá‹ versichert, daß die beiden tragenden Kräfte bei der Besiedlung unserer Stadt ›die ländliche Aristokratie und das städtische Bürgertum waren, das von einigen reich gewordenen Kaufleuten gebildet wurde‹. Der andere ist der bereits erwähnte Gustavo Barroso, der Mann der ›blutbefleckten Legende‹: er versichert, die Sertão-Gutsbesitzer seien Fürsten und Könige und die Volksbarden adlige Minnesänger, Troubadoure und Aöden, ähnlich den griechischen, und die Cangaceiros seien mittelalterliche Ritter.«

»Was reden Sie da, Mann?«

»Eben dies, erschrecken Sie nur nicht, Ew. Ehren! Die Sertão-Cangaceiros sind mittelalterliche Ritter, wie die zwölf Paladine Frankreichs. Das ist so wahr wie die Tatsache, daß es im Frankreich des Mittelalters ebenfalls Cangaceiros gab.«

»Potztausend! Cangaceiros in Frankreich? Was ist das für ein Geschwafel, Pedro Dinis Quaderna?«

Da es mir mißfiel, daß er mich mit dem bloßen Namen anredete, gab ich im gleichen Tonfall zurück:

»Ich beweise Ihnen das sofort, Richter! Kennen Sie die Romanze mit dem Titel ›Geschichte von Robert dem Teufel‹?«

»Eine Romanze?«

»Jawohl, nämlich die Flugschrift des genialen Dichters und paraíbanischen Volksbarden João Martins de Athaide.«

»Nein, ich habe nicht die Ehre.«

»Nun, bei allem Respekt, das ist eine unverzeihliche Lücke in Ihrer politisch-literarischen Bildung. Die Romanze von Robert dem Teufel beginnt folgendermaßen:

> In der Normandie, zu Zeiten,
> Die man längst vergessen hat,
> Lebte einst der Fürst Auberto;
> Reich an Rat und reich an Tat,
> Herrschte er als Souverän
> Über jene ganze Stadt.

Ich hielt inne und schaute den Richter mit Siegermiene an, aber der fragte ungerührt:

»Na und?«

»Na und?! Das können Sie noch fragen! Sagen Sie mir eines: liegt die Normandie nicht in Frankreich?«

»Doch.«

»Nun also! Fürst Auberto, der Vater von Robert dem Teufel, versucht seinen Sohn von seinem üblen Lebenswandel abzubringen und beschließt daher, Reiterspiele zu veranstalten – oder ›Turniere‹, wie Dr. Samuel und João Martins de Athaide sagen, die sich beide auf adlige Lebensart verstehen. Und nun fährt die Romanze fort:

> Fürsten aus dem In- und Ausland
> Kamen, brachten Freunde mit,
> Und Roberto ließ man holen,
> Cangaceiro und Bandit,
> Und man gab ein starkes Pferd ihm,
> Mächtig und doch leicht im Tritt.

> Das Turnier nahm seinen Anfang:
> Robert wie ein Ungewitter
> Brach an einem fremden Fürsten
> Seinen Lanzenschaft in Splitter:

Dieser starb dabei urplötzlich,
Und war doch der beste Ritter!

Eines guten Tages kamen
Ihm auf seinem Reisewege,
Angeführt vom Cangaceiro
(Schwerbewaffnet wie ihr Hauptmann),
Dreißig Männer ins Gehege.
Aber er bot ihnen allen
Drohend Prügel an und Schläge.

Diese Verse sagte ich her und bemerkte dazu siegesgewiß:
»Sehen Sie wohl, Herr Richter? Deshalb behaupte ich, daß die
normannischen Adligen Cangaceiros waren und daß ein Cangaceiro ebensoviel wert ist wie ein mittelalterlicher Ritter. Im
übrigen wissen die Volksbarden und Romanzenmacher aus
dem Hinterland das sehr gut, denn, wie mich Professor Clemens belehrt hat, in den Flugschriften, die mir Lino Pedra-
Verde bringt, damit ich sie verbessere und in der Druckerei der
›Gazette von Taperoá‹ in Satz gebe, sind die Sertão-Gutshöfe
Königreiche, die Gutsbesitzer Könige, Grafen oder Barone,
und die Geschichten selber wimmeln von Prinzessinnen, Rittern, Töchtern von Gutsbesitzern und Cangaceiros, all das kun-
terbunt durcheinander.«
    »Ich begreife«, sagte der Richter mit einem leichten Lä-
cheln. »Wenn Sie nicht Monarchist wären, könnte der Gutsbesitzer Pedro Sebastião Garcia-Barretto in Ihrem Epos nicht als
›König Dom Pedro Sebastião der Enthauptete‹ auftreten: es
gäbe dann keinen Sturz von Thronen, Kronen und Monarchien,
keine adligen Kriege, keine schrecklichen Verrätereien, keine
blutigen Kämpfe, keine Heldentaten von Kriegern und Hauptleuten bei irgendeiner Belagerung oder auf einem berühmten
Rückzug. Gut denn, den ersten Teil verstehe ich, soweit er die
Monarchie angeht. Aber es fehlt noch die Erklärung des zweiten Teils, der die Linke betrifft. Warum Monarchie der Linken?«

»Nun, das ist der Einfluß meines zweiten Lehrers, Professor Clemens. Sie müssen wissen, daß dem ›Almanach‹ zufolge ein Epos außer Königen und edel ins Unglück geratenen Adligen kriegerische Taten erfordert, also zum Beispiel Belagerungen, epische Rückzüge und blutige Kämpfe. Nun sind aber die Persönlichkeiten der Geschichte Brasiliens und des Sertão, die derartige Dinge ausführen, laut Clemens stets linksgerichtet und Männer aus dem Volke. Die Rechte in den Städten, das ›städtische Bürgertum‹ (um einen Ausdruck des genialen Epaminondas Câmara aufzugreifen), hat nur den einen Wunsch, ein bequemes Leben zu führen und auf Räuberei auszugehen in dem friedsamen, ordentlichen Leben desjenigen, der behaglich eingerichtet ist und sich Ordnung wünscht, um nach Herzenslust stehlen zu können. Die Linke hingegen, das Volk, ist, vor allem im Sertão, aufrührerisch wie der Teufel. Es stimmt zwar, daß Clemens das, was ich jetzt sage, nicht wahrhaben will: aber was mich als Epopöeten am meisten begeistert, ist die Tatsache, daß sich das Volk im Sertão bei seinen Revolten immer mit den adligen Grundbesitzern gegen das Bürgertum verbündet hat. Das stimmt genau zu dem Rezept meines Epos. Wie mir Professor Clemens erklärt hat, sind alle Revolutionen, die das brasilianische Volk seit vier Jahrhunderten unternommen hat, eine einzige, in verschiedene Phasen unterteilte Revolution, die ›Sertão-Revolution der maurischen Völker Brasiliens‹, gerichtet gegen die iberischen Adligen, die hier im sechzehnten Jahrhundert ankamen und sich bis heute an der Macht halten konnten. Die Revolte begann bereits im sechzehnten Jahrhundert, angeführt von den Tapuia-Indios im ›Krieg der Vergötterung der Heiligkeit‹. Im siebzehnten Jahrhundert gab es eine neue, diesmal von den Negern angeführte Phase, den ›Krieg von Palmares‹. Im achtzehnten Jahrhundert eine weitere, den ›Tapuia-Krieg‹, der sich hauptsächlich hier, im Hinterland von Paraíba und Rio Grande do Norte, abspielte.«

»Und vom neunzehnten Jahrhundert an bis zur Gegenwart?« fragte der Richter, wider Willen neugierig.

Das Thema wurde mir jedoch gefährlich wegen der königlichen Sertão-Familie, der ich angehöre, und wegen der Krone vom Stein des Reiches, weshalb ich mit größerer Vorsicht antwortete:

»Nun wohl, Herr Richter, vom neunzehnten Jahrhundert an entfernt sich Clemens' Denken von meinem eigenen, so daß ich nicht recht weiß, wie ich mich ausdrücken soll.«

»Sprechen Sie klar und deutlich von Ihren eigenen Ideen und überlassen Sie den Rest mir! Worin unterscheidet sich Ihr Denken von Professor Clemens' Überlegungen?«

»Zunächst läßt er nur die Tapuia-Völker, die Neger und die Nachkommen dieser beiden Rassen als Brasilianer gelten. Alsdann ist er gegen das Sertão-Bündnis der Adligen mit dem Volke, und das kann ich nicht einfach vom Tisch wischen wie er, sonst würde ich niemals mein Epos zustande bringen. Samuel seinerseits will als die einzigen reinen Brasilianer eine Kaste von weißen Adligen herausheben, ›die Nachkommen der iberischen Kreuzritter, die auf den Karavellen anlangten‹; indem sie das Volk herrisch zureiten, sagt er, werden sie ›die Größe Brasiliens heraufführen, des glorreichen Sprosses am Stamme Iberiens‹. Clemens will das Volk spalten und ›die Kreuzfahrer und die weißen Bürger‹, wie er sie nennt, auslöschen oder verbannen. Mein eigenes Denken übernimmt von jedem von beiden einen gewissen Teil und lehnt den anderen ab. Aber in einem sind wir einer Meinung: wir sind gegen die Bürger.«

»Warum?«

»Clemens ist gegen sie, weil sie weiß und reich sind. Samuel ist gegen sie, weil sie keine Adligen sind. Und ich, weil sie nie ein Pferd besteigen, keine Banner tragen und sich nicht mit Reiterspielen, mit Viehtreiben und anderen Reiterstückchen befassen: deshalb sind sie als Darsteller für ein Epos gänzlich unbrauchbar. Mein Traum wäre es, die iberisch-brasilianischen Adligen mit den neger-roten Adligen Brasiliens zu vermischen, denn dadurch könnte ich zeigen, daß alle Brasilianer Adlige sind und unsere ruhmreiche Geschichte ein grandioses Epos ist.«

»Stimmt es denn, daß alle Brasilianer Adlige sind? Ich auch?« erkundigte sich der Richter.

Ich war nicht so dumm, ihn als Bürger einzustufen, nachdem ich von dieser Klasse so schlecht gesprochen hatte, und gab daher mit Blitzesschnelle zur Antwort:

»Sie auch, das ist ganz klar. Um ein vollständiger Adliger zu sein, fehlen Ihnen nur zwei Dinge, Herr Richter: ein Pferd und ein Banner! Wenn man dem ›Almanach‹ Glauben schenkt, gibt es drei Grade des Adels: den Gerichtsadel, den Schwertadel und den Landadel. Sie gehören zum Gerichtsadel, und deshalb haben Sie das Recht, im Unterschied zu der eklen Kleidung der gemeinen Bürger, diesen bildschönen schwarzen Talar zu tragen, der ganz mit Rot eingesäumt ist, diese wundervolle negerrote Toga, die Sie so elegant, so edel und so eindrucksvoll edelmannshaft erscheinen läßt.« So sprach ich und schmierte dem Richter Honig um den Bart. »Dom Luís Carlos Prestes wiederum, der Führer der brasilianischen Kommunisten, ist ein Krieger, ein Schwertadliger, und das ist der Grund, weshalb er, der bei der ›Expedition Prestes‹ zu Roß einhersprengt, Anrecht auf den edlen Titel ›Ritter der Hoffnung‹ hatte. Andererseits ist Prestes der Typus des ›berühmten Hauptmanns‹, von der Art derjenigen, die dem Almanach zufolge zu epischen Gestalten aufsteigen können. Soll ich Ihnen noch einen weiteren brasilianischen Schwertadligen aus dem Sertão nennen, Herr Richter? Es ist Dom Jesuíno Brilhante, der Cangaceiro und berühmte Hauptmann, eine Gestalt aus dem kleinen, aber genialen Epos von Rodolpho Theophilo, dem Sertão-Dichter aus Ceará.«

»Und der Cangaceiro Jesuíno Brilhante trug auch einen Talar?«

»Verzeihen Sie mir meinen Freimut, Ew. Ehren, aber als Angehöriger des Schwertadels trug Jesuíno Brilhante etwas weitaus Schöneres, nämlich ein edles, ganz mit Medaillen behängtes Wams, auf dem Kopf einen mit Sternen besetzten Lederhut, dazu Silbersporen und einen riesigen, aus einer Schwertspitze angefertigten Dolch mit einem goldenen Griff.«

»Wie dem auch sei, ich danke Ihnen für den Adelstitel, mit dem Sie mich soeben beschenkt haben. Und Dona Margarida? Gehört sie auch zum brasilianischen Adel?«

»Selbstverständlich, und zwar zum besten Landadel des Sertão. Margarida ist als eine Tôrres Martins und Tochter eines Gutsbesitzers eine typische Sertão-Prinzessin, die Tochter eines Barons! Sie stammt in direkter Linie von Dom João Martins Tôrres ab, einem der ersten portugiesischen Adligen, welcher durch die Gnade Ihrer Getreuesten Majestät Dona Maria I., der Wahnsinnigen, zum Feudalherrn und Besitzer von Rodeland im Sertão von Cariri wurde.«

Zum ersten Mal an jenem Nachmittag schaute mich Margarida mit etwas gemindertem Widerwillen an. Doch der Richter war ein harter Bursche und fuhr unbeeindruckt fort:

»Nun gut, kommen wir wieder zur Sache! Welche Sertão-Revolutionen gab es im Brasilien des neunzehnten Jahrhunderts?«

»Nun, da beginnen, nach den ausschließlichen Neger- und Tapuia-Revolten (wie sie Professor Clemens nennt), die wahren Aufstände des braunhäutigen brasilianischen Volkes. Und zwar die ›Erhebung im Rodeador-Gebirge‹ im Jahre 1819; der ›Krieg am Stein des Reiches‹ von 1835 bis 1838; und die berühmte, mit blutigen Kämpfen und heldenhaften Rückzügen verbundene Belagerung, der ›Krieg vom Reich des Schönen Bergs von Canudos‹ im Jahre 1897, dem Jahre meiner Geburt. Im 20. Jahrhundert erlebten wir hier im Hinterland von Paraíba schon vier neue Episoden der ›Großen Sertão-Revolution des braunen Adelsvolkes von Brasilien‹. Dies waren: der ›Zwölfer-Krieg‹, der, wie der Name besagt, im Jahre 1912 vorfiel; der ›Krieg des heiligen Paters von Juàzeiro‹, der in Ceará begann und hier im Jahre 1913 weiterging; der ›Krieg der Expedition Prestes‹, der berühmte Rückzug, der hier im Jahre 1926 bewerkstelligt wurde, und der ›Krieg von Princesa‹ im Jahre 1930, bei dem Dom Pedro Sebastião, der Vater von Sinésio und der enthauptete König des Sertão von Cariri, sein Leben einbüßte. Im Grunde kommen noch zwei weitere Episoden hinzu, die eher privaten Charakter trugen, aber ebenfalls bedeutsam waren: der ›Krieg des Grünen‹ von 1932 und der ›Krieg des Reiches‹ von 1935.«

»Nun gut, jetzt kommen wir dahin, wo ich hinkommen wollte. Und ich frage Sie: Hatte Ihr Vetter und Neffe Sinésio Garcia-Barreto (Dom Sinésio der Strahlende, wie Sie ihn zu nennen belieben) mit alledem etwas zu tun?«

»O ja, Herr Richter. Ebenso wie sein Vater und seine beiden Brüder, Silvestre der Bastard, sein Verbündeter, und der andere, sein unversöhnlicher Feind, Arésio der Rammbock.«

»Rammbock?«

»Ew. Ehren, Rammbock bedeutet Ziegenbock. Das habe ich bei Carlos Dias Fernandes gelernt, dem genialen Schriftsteller und paraíbanischen Edelmann, der, weil er zur Rechten zählt, die Angewohnheit hat, sich umständlich auszudrücken. Carlos Dias Fernandes, einer der Lieblingsautoren von Samuel, schrieb immer ›Rammbock‹ statt ›Ziegenbock‹, und daraus habe ich entnommen, daß ein Rammbock ein adliger Bock ist, ein rechtsstehender Bock, und ein Ziegenbock ein volkstümlicher Bock, ein Bock der Linken. In Wahrheit jedoch ist für mich das eine so gut wie das andere: denn weil ich Monarchist bin, bin ich für die adligen iberischen Böcke, die auf den Karavellen zu uns kamen, aber da ich auch der Linken nahestehe, bin ich auch für die roten Negerböcke der maurischen Völker Brasiliens, die ebenso adlig sind wie die reinblütigsten Edelleute.«

»Nehmen Sie zu Protokoll, Dona Margarida, daß der Zeuge eingesteht, Kommunist zu sein, wenn auch ein Kommunist besonderer Art, weil er gleichzeitig Monarchist ist. Trifft das zu?«

»Mehr oder minder, Ew. Ehren. Mir wäre lieber, wenn Sie genau das aufschreiben ließen, was ich gesagt habe, ein Monarchist der Linken. Mein Traum wäre es, aus Brasilien ein Imperium vom Schönen Berg von Canudos zu machen, ein Königreich als Volksrepublik, mit der Gerechtigkeit und Wahrheit der Linken und der adligen Schönheit, den Paraden, der Größe, dem Traum und den Bannern der Sertão-Monarchie.«

»Grandios!« sagte der Richter. »Es gibt jedoch hier im Ort Leute, die mir versichert haben, daß Sie außer Ihren hochfliegenden Träumen noch anderen Tätigkeiten nachgehen, die Sie jetzt aus Bescheidenheit vor mir verborgen halten.«

»Andere Tätigkeiten? Welche sollten das sein?« erkundigte ich mich besorgt und glaubte, er hätte schon alles entdeckt, was mit meiner königlichen Abstammung und mit dem Geheimbund vom Stein des Reiches zu tun hatte, den ich unter dem Namen ›Orden der Ritter vom Stein des Reiches‹ neu ins Leben gerufen hatte.

Zum Glück schlug jedoch der Richter einen weit weniger gefährlichen Weg ein:

»Zunächst einmal hat man mir gesagt, Sie seien hier im Ort zwischen Weihnachten und Dreikönigstag eine unentbehrliche Figur in Ihrer Eigenschaft als Harlekin oder König des Festzugs ›Bumba-meu-boi‹, als Anführer von Kavalkaden, als Kaiser des göttlichen Heiligen Geistes, als König Dom Pedro von der Galione ›Catrineta‹ und als ›alter Mann‹ im Hirtenspiel. Es ist stadtbekannt, daß Sie, ein Beamter, ein Mann mit einer gewissen Position in der Gesellschaft, in der beschämendsten Promiskuität mit den Straßenmädchen und mit dem Abschaum des hiesigen Pöbels leben: mit Trunkenbolden, mit Narren, mit Pferdedieben, mit Zuckerschnapsschmugglern, mit Volkssängern, mit Strolchen und Vagabunden jeglicher Art.«

»Jeglicher Art nicht, Ew. Ehren. Nur mit denjenigen, die zumindest einmal im Leben ein Pferd bestiegen haben und derart zu Rittern und Granden des Imperiums geworden sind.«

Ohne einer so wichtigen Unterscheidung die geringste Aufmerksamkeit zu schenken, fuhr der Richter fort:

»Außerdem ist mir gesagt worden, Sie seien der Besitzer eines Hurenhauses und einer Spielhölle, die den Namen ›Herberge zur Tafelrunde‹ führt, eines Ortes, wo die reichen jungen Müßiggänger des Städtchens vermittels einer an Sie bezahlten Abgabe verdächtige Begegnungen mit Frauen von üblem Leumund haben.«

Ich warf einen Seitenblick auf Margarida, die, wie mir ganz klar war, den Richter in diesem Punkt informiert haben mußte, und beschloß, mich an ihr zu rächen. Der Richter fragte weiter:

»Ist es richtig, daß Sie ein intimer Freund der Volkssänger, Trunkenbolde und Vagabunden sind, die Lino Pedra-Verde, Severino Putrião, ›Siebenkugel‹, ›Schwatzbacke‹ und Marcolino Arapuá heißen?«

Ich beschloß, ihn geschickt herauszufordern:

»Ich bin mit ihnen allen befreundet, aber nicht mit Marcolino Arapuá.«

Margarida zischelte mit dem Richter; dieser wandte sich streng an mich:

»Dona Margarida sagt mir soeben, daß von ihnen allen besagter Arapuá Ihr bester Freund ist.«

Das bestätigte meinen Verdacht hinsichtlich Margaridas Zuträgereien. Da ich nun aber von unserer großen Reise her ihre wilde Schamhaftigkeit als ›tugendhafte Jungfrau vom geheiligten Kelch‹ kannte, entschloß ich mich, auf diesem Wege meine Rache zu suchen. Ich stellte mich also dumm, um die Neugier des Richters anzustacheln:

»Ew. Ehren«, sagte ich zu ihm, »ich war wirklich einmal sehr befreundet mit Marcolino Arapuá, aber jetzt haben wir uns ziemlich entzweit, und zwar aus einem Grunde, von dem ich nicht recht weiß, ob ich ihn Ihnen enthüllen kann . . .«

»Sie können ihn nicht enthüllen? Und ob Sie das können! Sie können es, und Sie müssen es sogar. Dies hier ist eine Untersuchung, und Sie dürfen mir nichts verheimlichen.«

»Die Sache ist so: obwohl er heute beinahe mein Feind ist, habe ich die größten Skrupel, Marcolino ernsthafte Scherereien mit der Polizei zu verschaffen.«

»Reden Sie auf der Stelle, sonst machen Sie sich selber schuldig!«

»Nun wohl, wie Sie befehlen. Fragen Sie mich, und ich werde antworten!«

»Warum haben Sie mit Marcolino Arapuá gebrochen?«

»Weil im Hinterhof meines Hauses Bananenstauden stehen, Ew. Ehren. Eines Abends kam ich dort vorbei und hörte eine Stimme zwischen den Bananenstauden und der Mauer sagen: ›Ach, meine Liebe, wenn du nicht so einen runden Fuß hättest, würde ich dir jetzt ein Paar Schuhe schenken.‹ Ich trat näher, und als ich genauer hinsah, war es Marcolino Arapuá, der eine von meinen Eselinnen fickte.«

───

Bei diesen Worten schaute ich Margarida an: sie war rot angelaufen wie eine Tomate und schielte vor Erregung; ihre Hände lagen wie gelähmt und eingeschrumpft auf der Tastatur der Schreibmaschine. Da ich mich gerächt fühlte, fuhr ich, zum Richter gewandt, fort, als ob es die natürlichste Sache von der Welt wäre:

»Und ich, dem solche Bübereien mit Eselinnen, die meinen Sattel tragen, nicht behagen, ging hin und brach mit Marcolino.«

»Herr Quaderna«, sagte der Richter und hüstelte diskret, »das gehört nicht zur Sache, und ich hatte auch gar nicht danach gefragt.«

»Konnte ich das wissen, Doktor? Sie haben befohlen, und ich habe losgelegt, obwohl ich eigentlich nicht reden wollte.«

»Es ist gut. Genug damit. Kommen wir zu der Geschichte mit dem jungen Mann auf dem Schimmel: da habe ich verschiedene Dinge aufzuklären. Haben Sie etwas dagegen?«

»Keineswegs, nicht im geringsten. Für mich ist es sogar gut, denn so werden meine Aussagen, durch ein offizielles Dokument beglaubigt, wie die ganze Untersuchung mit dieser Geschichte eröffnet. Denn eben mit dieser Geschichte möchte ich mein Epos eröffnen. Und wissen Sie weshalb, Herr Richter? Zum einen, weil dieser Samstag, der 1. Juni 1935, vielleicht das Ereignis war, das das ganze Unheil entfesselt hat. Alsdann, weil es ein bannergeschmücktes, ritterliches Ereignis ist und deshalb meinem Werk einen königlichen Tonfall verleiht. Und endlich, weil die beiden besten ›Romane‹ meines Vorläufers und Meisters, des Sertão-Edelmanns Dom José de Alencar, mit Reiterzügen beginnen und ich nicht zugeben kann, daß er mir irgend etwas voraushat. Haben Sie schon seine Romane ›Der Guarani‹ und ›Der Sertão-Mensch‹ gelesen?«

»Natürlich, als ich ein kleiner Junge war. Als Erwachsener nicht mehr.«

»Sie sollten sie wieder lesen, Herr Richter, Sie sollten sie wirklich wieder lesen. José de Alencar ist bis heute der größte Romanschreiber, der größte Romanmacher, der größte Ritterromanschreiber der Welt, ein Ruhmestitel, den er selbstverständlich nur innehaben wird, bis meine epische Sertão-Burg erscheint; in diesem Augenblick verweise ich ihn auf den zweiten Platz. Wenn ich nun meine Festung und mein Werk mit den Ereignissen jenes Tages aus dem Jahre 1935 beginne, so habe ich ihm gleich eingangs einen unschätzbaren Vorteil voraus. Sie erinnern sich vielleicht, daß ›Der Guarani‹ mit einem schäbigen kleinen Reiterzug beginnt, mit den zehn oder zwölf Reitern, die Álvaro de Sá auf der Suche nach dem Herrenhaus von Paquequer begleiten, Sitz des Edelmanns Dom Antônio de Mariz. Auch ›Der Sertão-Mensch‹ beginnt mit nur einem einzigen Reiterzug; ihn begleiten Oberhauptmann Gonzalo Pires Campelo und seine Tochter, die Prinzessin Dona Flor, auf ihrer Rückreise zum Gutshof ›Oiticica‹, dem Herrensitz und Wehrturm dieses mächtigen Sertão-Edelmanns aus dem achtzehnten Jahrhundert. Nun, da dies die beiden epengerechtesten Sertão-Ritterromane meines Vorläufers sind, werde ich ihm gleich zu Beginn den Rang ablaufen, weil ich meinen Roman mit einem Reiterzug auf der Landstraße und einer Kavalkade im Ort beginne, bei denen nicht weniger als 84 Reiter mitwirken, mithin siebenmal die zwölf Paladine von Frankreich nur für den epischen Anfang.«

»Ausgezeichnet!« sagte der Richter ungerührt. »Und da wir nun bei diesem Punkt angelangt sind, können Sie gleich beginnen. Ich bin begierig, Näheres zu erfahren.«

So begann ich nun, auf und ab gehend, um meinen ehrenwerten königlichen, teuflischen, jüdischen und maurischen Sertão-Stummelschwanz nicht zu ärgern, die Geschichte jenes denkwürdigen Tages aufzufädeln:

▌ EINUNDFÜNFZIGSTE FLUGSCHRIFT ▌
▌ DAS UNERKLÄRLICHE VERBRECHEN ▌

»Am Vorabend des Pfingstfestes, am 1. Juni im Jahre des Heils 1935, waren große Menschenscharen in unserer königlichen Stadt Ribeira do Taperoá im Hinterland von Cariris Velhos, der Statthalterschaft und Provinz Nord-Paraíba, zusammengeströmt. Unser Städtchen wurde in jenem Jahr von zwei berühmten Herren edler Abkunft regiert. Ihre Herrlichkeiten, Präfekt Abdias da Silva Campos und der Bürgermeister, Alípio da Costa Villar, hatten beschlossen, die Stadt Taperoá solle sich an jenem Samstag ›im Galaschmuck‹ präsentieren und mit zwei Kavalkaden zwei für uns hochbedeutsame Ereignisse begehen: nämlich zum einen die Messe, die der Bischof von Cajàzeiras andern Tages zur Erinnerung an das Feuer des Heiligen Geistes zu feiern gedachte, und zum andern den Beschluß des Stadtrats, welcher, allen Feinden des Sertão zum Trotz, die Markttage unserer Stadt auf die Samstage zurückverlegt hatte.

Indem die edlen Herren die Kavalkade auf dieses Datum festsetzten, schienen sie beide schon die außerordentlichen Ereignisse vorauszuahnen, die sich gegen vier Uhr nachmittags bei der Ankunft des jungen Mannes auf dem Schimmel abspielten und unserem Städtchen blutige Verheerungen und den Zündfunken einer ›alten gefährlichen Geschichte‹ bringen sollten, einer Geschichte, die alle bereits für ›tot und begraben‹ ge-

halten hatten, die aber an jenem Tage, zum Unheil für die einflußreichsten und mächtigsten Persönlichkeiten des Ortes,
fröhliche Urständ feiern sollte. Es ist das eben die Geschichte,
die eines Tages ›den tragischen Mittelpunkt und heroischen
Knoten‹ meines Epos bilden soll, das Fundament aus Stein und
Kalk für meine königliche Sertão-Burg. Ich will sie deshalb erzählen, zumindest in ihren wichtigsten Episoden.«

———

»Sinésio, der strahlende Schildknappe, der Held meines Gesanges, war der dritte und letzte Sohn von Dom Pedro Sebastião Garcia-Barretto, dem reichen und mächtigen Sertão-Edelmann, der mit dem ehrenvollen Namen ›der wahnsin-
nige Prophetenkönig der blutbefleckten Legende des Sertão‹ in
die Chronik von Paraíba eingegangen ist. Dieser reiche Grund-
herr wurde an dem unheilvollen 24. August des Jahres 1930 auf
seinem Gut vom ›Gefleckten Jaguar‹ ermordet, als unser Ser-
tão-Königreich von Cariris Velhos ganz und gar in Aufruhr
stand, in Brand gesetzt und verwüstet durch den ›Krieg um
Princesa‹, der 1930 zwischen den Sertão-Bewohnern und der
Regierung des Präsidenten João Pessoa ausgetragen wurde. Ich
muß noch auf diese Ereignisse zurückkommen, weil sie, der
Formulierung des ›Almanachs‹ zufolge, den ›Mittelpunkt und
Knoten meines Rätsels‹ bilden. Einstweilen möchte ich jedoch
sagen, daß der Tod des alten bärtigen Prophetenkönigs unter
grausamen und *völlig rätselhaften*, nicht aufzuklärenden Be-
gleitumständen erfolgte. Man fand ihn tot auf. Er war durch
Messerstiche ermordet worden und lag allein in dem einzigen,
hochgelegenenen Zimmer eines quadratischen Turms, der
gleichzeitig als Kirchturm und als Warte für das Herrenhaus des
Gutshofs diente.«

»Einen Augenblick, Herr Pedro Dinis Quaderna!« unterbrach der Richter. »Ich stelle fest, daß Sie dann und wann ein
Schriftstück aus Ihrer Aktentasche ziehen und etwas Schriftli-
ches vorlesen. Was hat das zu bedeuten?«

»Es sind wichtige Zitate oder bereits niedergeschriebene Bruchstücke, die ich während der letzten Jahre ordnen konnte, obwohl mir der Stummelschwanz dabei weh tat. Wenn Sie nichts dagegen haben, möchte ich diese Teile so, wie sie sind, vorlesen. So wird alles klarer und viel schöner.«

»Einverstanden. Falls darunter nicht die Klarheit der Aussage leidet, habe ich nichts dagegen einzuwenden. Und noch etwas: ich habe den Schreiber Belarmino Gusmão die alten Prozeßakten von 1930 heraussuchen lassen und aus ihrer Lektüre ersehen, daß Sie unter den Personen gewesen sind, die den Leichnam des Gutsbesitzers aufgefunden haben. Sie werden mir das alles erzählen, aber zuvor brauche ich noch einige Angaben über das Haus und den Ort, an dem alles vorgefallen ist.«

»Herr Richter, das alte ›Herrenhaus vom Turm zum Gefleckten Jaguar‹ ist, wie Samuel sagt, ›ein typisches Herrenhaus aus dem rauhen achtzehnten Sertão-Jahrhundert, eine wuchtige, barbarische und schmucklose Mischung aus jesuitischer Missionsstation und Festung‹. Wenn Sie sich an Ort und Stelle befänden und genau davorstünden, würden Sie linker Hand das niedrige, gedrungene, solide gebaute Haus erblicken, das mit seinem viereckigen Turm an die Kirche stößt. Rechter Hand davon liegt das zweigeschossige Wohngebäude. So liegt die Kapelle in der Mitte und verbindet die beiden Gebäude, das niedrige und den Wohntrakt, mit dem quadratischen Turm, der an den niedrigen, festungsartigen Bau des ›Gefleckten Jaguars‹ angrenzt. Dieser Turm diente, wie schon gesagt, den Garcia-Barrettos als Wachtturm in dem ›Tapuia-Krieg‹, den sie im achtzehnten Jahrhundert gegen die schmutzigen, bronzefarbenen Bogenschützen der Panatis führten, ein maurisch-rotes Volk, das sich seit dem vorangegangenen Jahrhundert dem Eindringen der Sertão-Edelleute aus Paraíba und Pernambuco widersetzt hatte. Später vermischten sich die Eindringlinge mit den Indios und gelangten von der Küste aus über das trockene, breite Flußbett der Flüsse Paraíba und Taperoá bis in den Sertão.«

»Sagen Sie mir eines: Ist es richtig, daß innerhalb des niedrigen Gebäudes eine Tür auf die Treppe zum Kapellenturm führt?«

»Das ist richtig. Die Treppe selbst besteht aus Ziegelsteinen, und den Durchgang vom Hause zu ihr, den einzigen Zugangsweg zum Turm, versperrt eine Tür aus massivem Braúna-Holz. Übrigens sind es zwei Türen, eine unten und die andere oben am Treppenende.«

»Besteht die Treppe selbst aus festen Ziegelsteinen, oder sollte sie nur dazu dienen, das Vorhandensein eines Geheimgangs zu verschleiern?«

»O nein, die Treppe war und ist massiv gebaut, Herr Richter. Ich weiß wohl, in den ausländischen Romanen, die von Blut und Verbrechen handeln, greift man immer zu solchen faulen Tricks, um die Rätsel aufzulösen, aber in meinem Fall gibt es so etwas nicht. Der Fußboden und die gewölbte Decke bestehen ebenso wie die dicken Wände des wuchtigen Turms aus Stein, Ziegeln und Kalk, so daß da für einen Geheimgang irgendwelcher Art kein Platz war noch ist.«

»Wie also sind die Mörder dort eingedrungen?«

»Darin besteht ja eben die Schwierigkeit, Ew. Ehren: niemand weiß, wie das geschehen ist.«

»Ist das Turmzimmer, der sogenannte Wachtturm, für irgendwelche Zwecke benutzt worden?«

»Keineswegs. Vor fünf oder sechs Jahren war jemand dort zum letzten Mal hinaufgestiegen.«

»Gab es dort gar kein Möbelstück? Beispielsweise einen Tisch oder einen Schreibtisch, der den Turm zu einer Art Arbeitszimmer für den Herrn des ›Gefleckten Jaguars‹ gemacht hätte?«

»Nein.«

»Was hat er denn dort eigentlich an seinem Todestage gesucht?«

»Wie soll ich das wissen, Ew. Ehren? Was ich weiß, weil ich es mit eigenen Augen gesehen habe, ist, daß er dort hinaufstieg, sich einschloß und dort gestorben ist. Es gab im Inneren des Zimmers weder Möbel noch Fenster. Es gab nur, als bleibende Erinnerung an den ›Tapuia-Krieg‹, in jeder der vier Wände eine lange, enge Schießscharte, also insgesamt vier. Die Schießscharten öffneten sich nach außen hin in Bogenform, weil im Turmzimmer als einziger Gegenstand die Glocke hing und die Schießscharten als Öffnung für die Glockenschläge dienten, so wie das auch bei den bogenförmigen Fenstern der üblichen Kapellen der Fall ist.«

»Konnte der Mörder durch diese Schießscharten eingedrungen sein?«

»Das ist ganz unmöglich, Ew. Ehren, weil die Schießscharten an ihrer Innenseite nur eine Öffnung von fünfzehn Zentimetern aufweisen, so daß ein Mensch unter keinen Umständen hier eingedrungen sein kann. Auch über die Treppe konnten die Mörder nicht kommen, und zwar wegen der schweren Türen aus Braúna-Holz.«

»Und als man den Leichnam fand, waren die Türen verrammelt?«

»Gewiß doch, Herr Richter. Entschuldigen Sie gütigst, aber Sie scheinen zu meinen, mein Rätsel aus Blut und Verbrechen sei eines von den kleinen ausländischen Rätselchen, die jedermann lösen kann? Da täuschen Sie sich gewaltig. Mein Rätsel ist Feuer, Ew. Ehren, es ist ein brasilianisches Rätsel, das feinstgesponnene, das die Welt je gesehen hat. Die beiden Türen waren massiv, und sie waren verschlossen, und die Treppe war der einzige Zugang zum Turm. Außerdem hatte meine Tante, Dona Filipa Quaderna, die Hausverwalterin des ›Gefleckten Jaguars‹, wie Sie aus den Akten entnommen haben dürften, mit eigenen Augen gesehen, wie Dom Pedro Sebastião eine halbe Stunde vor seiner Ermordung den Turm betrat und beide Türen von innen verschloß: und das nicht nur mit dem großen alten Schlüssel, sondern auch mit den wuchtigen Eisenstangen, die von innen vorgeschoben wurden und ein Aufbrechen der Türen unmöglich machten.«

Der Richter setzte eine verschmitzte, listige Miene auf und sagte:

»Sie kann doch nicht gesehen haben, wie der Gutsbesitzer beide Türen verschloß, denn nachdem er die untere Tür verschlossen hatte, konnte man ja wohl die obere nicht mehr sehen.«

»Sie haben recht, Herr Richter, und diese Tatsache wollte ich eben aufklären. Als wir nämlich an jenem Tage das Fehlen meines Paten bemerkten und ihn zu suchen begannen, fanden wir die untere Tür von innen verrammelt. Wir ließen einen Holzhacker holen, der die Tür aufbrach, und als wir dann die Treppe emporstiegen, stießen wir auf die zweite Tür, die ebenfalls von innen versperrt war. Und erst nachdem wir auch diese zweite Tür aufgebrochen hatten, fanden wir den Leichnam.«

»Und wer hat als erster Dom Pedro Sebastiãos Abwesenheit bemerkt?« fragte der Richter und gab durch die Anrede »Dom«, die er, ohne es zu bemerken, verwendet hatte, zu verstehen, wie ansteckend diese linksmonarchistischen Adelsgeschichten sind. Ich tat jedoch so, als wäre mir nichts aufgefallen, und antwortete:

»Dom Pedro Sebastiãos Verschwinden hat als erster Arésio bemerkt. Aber noch bevor er Alarm schlagen konnte, wurde auch meine Tante, Dona Filipa Quaderna, auf sein Fehlen aufmerksam und verständigte uns davon.«

»Wer außer Ihnen und Arésio ist sonst noch in das Turmzimmer hineingekommen?«

»Das steht auch in den Prozeßakten, Doktor: Die Leiche gefunden haben ich, Arésio, Tante Filipa, Dr. Samuel und Professor Clemens.«

»Schreiben Sie mit, Dona Margarida, das alles ist sehr wichtig! Sie sagen, der Wachtturm war bei versperrten Türen praktisch unzugänglich. Aber die Mörder könnten ihr Opfer doch durch die Schießscharten hindurch ermordet haben, indem sie aus der Ferne hindurchschossen.«

»Mein Pate wurde durch Messerstiche ermordet, Herr Richter!«

»Stellen wir uns vor, draußen hätte man Leitern an die Wände des Kapellenturms gelegt und auf ihnen wären zwei, drei oder vier Mörder emporgestiegen. In diesem Fall hätten sie den alten Gutsherrn durch die Schießscharten hindurch überrascht und könnten ihn von allen Seiten des Turms her auf einmal mit messerbesetzten Stöcken oder spitzen, an lange Stöcke gebundenen Messern getötet haben.«

»Das kann nicht sein, Herr Richter. Draußen war keine Leiter zu sehen.«

»Es kann jemand am Glockenseil hochgestiegen sein.«

»Auf dem ›Gefleckten Jaguar‹ wurde schon seit Jahren keine Messe mehr gelesen. Das Glockenseil war aus Altersschwäche abgefallen und nie wieder ersetzt worden.«

»Nun gut, dann hat man eben die Leitern herangeschafft und später wieder weggenommen.«

»So kann es auch nicht gewesen sein, Ew. Ehren. Verschiedene Männer arbeiteten gerade in der Nähe des Hauses, sie hätten gesehen, wenn da jemand Leitern aufstellte. Außerdem besteht das Haus des ›Gefleckten Jaguars‹ auf der Hinterseite nur aus Mauern, weil es fast senkrecht auf einem Felsen ruht, der dort ein ausgedehntes Plateau bildet, auf dem das Haus erbaut werden konnte. So blieb als einzige Wand, an die die Mörder eine Leiter hätten anlegen können, die Wand an der Vorderseite zum stein- und fliesenbelegten Innenhof des Gutes, so daß es unmöglich gewesen wäre, die Leitern heranzutragen und anzulegen, ohne daß es die Männer gesehen hätten. Vergessen Sie nicht, daß auch dieser Hof von Mauern umgeben ist, denn Turm, Kapelle und beide Wohngebäude des Herrenhauses sind festungsartig angelegt, und der Turm wurde eben zu dem Zweck erbaut, daß die Garcia-Barrettos auf die Tapuia-Bogenschützen so sicher wie möglich schießen konnten. Denken Sie schließlich daran, daß der ›Gefleckte Jaguar‹ 1930 mitten im ›Krieg um Princesa‹ nur so wimmelte von Bewaffneten,

von Hunderten und Aberhunderten flinten- und hacken-
schwingender Leibwächter, die für jeden Notfall gerüstet waren.«

»Dann war es Selbstmord.«

»Die Art der Verletzungen schloß diese Möglichkeit aus,
Herr Richter: mein Onkel, Schwager und Pate, Dom Pedro Sebastião, wurde warm und blutend aufgefunden, kurz nachdem
er ermordet worden war. Man hatte ihm mehrere Hiebe mit
dem Buschmesser am Kopf beigebracht, er war enthauptet,
seine Kehle durchschnitten, und am ganzen Leib trug er die
Spuren schrecklicher Messerstiche; das meiste Blut sprudelte
aus der Kehlwunde. Gleichwohl war er allein, und es gab im
Turm keine Spur, kein Zeichen der Mörder.«

»Kein Zeichen? Nicht einmal einen Hemdknopf? Kein
Haar? Ist das überprüft worden? Gab es keine Indizien?«

»Während des Prozesses ist alles überprüft worden, Ew. Ehren: es gab kein Indiz. Habe ich Ihnen nicht schon erklärt, daß
dies ein ernsthaftes Rätsel ist, ein geniales, ein brasilianisches
Rätsel? Indiz! Mit einem Indiz wird alles zum Kinderspiel, jeder ausländische Entzifferer kann es entziffern. In unserem Fall
gab es einfach nichts: weder ein gefaltetes Tuch noch ein tod-
bringendes Geschoß, noch Hemdknöpfe, noch goldene Man-
schettenknöpfe, noch Haarsträhnen, noch eine Stecknadel,
nichts von alledem, was die Entzifferer der lachhaften ausländischen Rätsel auf die Spur zu bringen pflegt. Für mein Rätsel
kommt mithin nur ein brasilianischer Entzifferer von Genie in
Betracht. Nun ist da eine sonderbare Einzelheit, die uns in der
Überzeugung bestärkt, daß der Tod meines Paten nur innerhalb des Turms selbst herbeigeführt worden sein kann, weil bei
dem Verbrechen so viel Zeit aufgewendet wurde, daß es Leute,
die erst auf Leitern hochklettern und mit Stangenmessern
durch die Schießscharten hindurch vorgehen mußten, niemals
hätten ausführen können: auf Dom Pedro Sebastiãos linke
Schulter hatte man nämlich ein Brandmal eingedrückt, das mit
keinem der im Hinterland von Paraíba bekannten Brandmale,

mit denen man Ochsen zeichnet, Ähnlichkeit aufwies. Ich weiß das, weil wir in unserem ›Genealogischen und Historischen Institut im Sertão von Cariri‹ ein Archiv und Register dieser Brandmale besitzen und ich dieses Archiv selber auf Anregung von Dr. Pedro Gouveia angelegt habe.«

»Können Sie sich noch erinnern, wie dieses Brandmal aussah?«

»Daran erinnere ich mich, als ob es heute wäre, Ew. Ehren. Es war eine Art Mond oder, besser gesagt, um im Sprachgebrauch der edlen Kunst der Heraldik zu bleiben, ein Halbmond, dessen Spitzen nach oben gekehrt waren; darüber schwebte ein Kreuz.«

»Und war das Brandmal auf der Schulter Ihres Paten frisch?«

»Das Brandzeichen war nagelneu. Als wir in den Turm eindrangen, roch man noch den verräucherten, pulvrigen Gestank nach dem Fleisch eines gebrandmarkten Tieres.«

»Gab es kein Anzeichen für das Feuer, an dem man das Brandeisen erhitzt hatte?«

»Keines, Ew. Ehren. Ich habe Ihnen doch schon erklärt, daß es im hohen Zimmer des Kapellenturms außer der Glocke überhaupt nichts gab.«

»Ich meine im nahen Wald, in der Umgebung des Hauses. Haben Sie danach gesucht?«

»Jawohl, wir haben danach gesucht. Da war keine Spur von einem Feuer in der Nähe des Herrenhauses zum ›Gefleckten Jaguar‹.«

»Dann hat man also das glühende Eisen aus der Ferne herangebracht. Wie konnte man es so lange auf dem Wege glühend halten?«

»Wer kann das wissen, Ew. Ehren?«

Der Richter schaute mich einige Augenblicke lang scharf und unzufrieden an. Dann sagte er herausfordernd:

»Welchem Motiv schreiben Sie den Tod Ihres Onkels und Paten zu?«

423

»Ich kann kein Motiv dafür finden, Herr Richter, weil ich nicht die mindeste Ahnung habe.«

»Er war doch schwerreich, nicht wahr?«

»Allzu reich! Er war der reichste, vornehmste und mächtigste Mann im Hinterland. In seinem Fall ist das im übrigen auch notwendig: sonst könnte ich ihn nicht als Hauptperson und entthronten König für mein Epos gebrauchen. Denn die ›schreckliche Verräterei‹, mit der er verstümmelt wurde, könnte man dann nicht als ›Sturz vom Thron, Verlust der Krone und der Monarchie über das Hinterland von Cariri‹ bezeichnen.«

»Nun, wenn er derartig reich war, so kann das Motiv für das Verbrechen Raub gewesen sein.«

»Das war es aber nicht, das ist es ja eben. Wie wir später feststellten, war nichts geraubt worden. Nur etwas fehlte im Haus zum ›Gefleckten Jaguar‹, nämlich drei Gegenstände, die bedeutungslos waren und vor dem Mordtag verschwunden sein konnten, ohne daß jemandem ihr Verschwinden auffiel. Es waren der Ring, den mein Pate bisweilen trug, ein Spazierstock mit goldenem Knauf und ein bronzenes Tintenfaß.«

»Trifft es zu, daß Arésio, der älteste Sohn, plötzlich auf Reisen ging und das Haus gleich am Tage nach der Beerdigung von Dom Pedro Sebastião verließ?«

»Das stimmt, und im übrigen war das ein Glück für ihn, denn andernfalls wäre er bei dem Brand ums Leben gekommen, den Unbekannte in der Nacht des gleichen 24. August 1930 im Herrenhaus legten.«

»Und Sinésio, der jüngste Sohn?«

»Da liegt der Hase im Pfeffer, Ew. Ehren, oder besser gesagt, da liegt der astrologische Teil des Rätsels. Als wir an jenem Tage von dem unheilvollen Turm herabstiegen, wartete unten eine neue schlimme Überraschung auf uns: Sinésio, der jüngste Sohn, damals ein junger Mann von etwa zwanzig Jahren, war verschwunden. Es sah so aus, als ›hätte sich die Erde aufgetan und ihn in ihren Eingeweiden verschlungen‹.«

»Herr Quaderna, ich habe festgestellt, daß Sie zuweilen in

eine schwierige Sprache verfallen, was die Klarheit der Aussage mindert.«

»Das ist eine Stilfrage, Herr Richter, ein episches Problem. Wenn ich mir die Abschriften anfertigen lasse, möchte ich den Stil meines Werkes wenigstens in Andeutungen vorfinden. Außerdem hat Samuel – nach der Meinung von Clemens – ›den verrotteten Misthaufenstil der hermetisch-smaragdenen Kristalle und Juwelen der Rechten‹ am Leibe, Clemens dagegen – laut Samuel – ›den flach-um-die-Dinge-herumredenden, fuchsschlauen, glanzlosen Stil der Linken‹. Ich habe beide Stile miteinander verschmolzen und so den ›genialen, königlichen Stil, den fuchsschlau-smaragdenen und königlich-hermetischen Stil der linken Monarchisten‹ geschaffen. Wenn ich jedoch eben behauptete, daß sich die Erde auftat und meinen Vetter und Neffen Sinésio in ihren Eingeweiden verschlang, so habe ich mich nicht allein aus Stilgründen so ausgedrückt. Ich habe den Ausdruck verwendet, weil er in allen Erzählungen des ›Scharadenalmanachs‹ vorkommt, und dort habe ich ihn aufgeschnappt. Außerdem läßt er sich in diesem Falle vortrefflich auf das sonderbare Abenteuer von Sinésio dem Strahlenden anwenden und auf die neue Suche nach dem Königreich des Sertão.«

»Erklären Sie sich genauer, denn hier handelt es sich nicht um Stilfragen, sondern um eine Untersuchung. Wie ist der junge Mann verschwunden?«

»Nun wohl, Herr Richter, wie zu erwarten, gingen die Auffassungen darüber sehr auseinander. Die rätselhaften Begleitumstände des Todes von Dom Pedro Sebastião und Sinésios geheimnisvolles Verschwinden beeindruckten ›die Phantasie der barbarischen und fanatischen Hinterländler von Cariri‹, wie Samuel zu sagen pflegt. Dom Pedro Sebastião war im Bündnis mit den Dantas aus dem Teixeira-Gebirge, mit dem Obristen José Pereira Lima, dem Herrn über die Stadt Princesa – Mittelpunkt des ›Krieges von Princesa‹ –, eine der Hauptsäulen der Sertão-Revolte gegen den Präsidenten João Pessoa gewesen.

425

Also begannen Gerüchte umzulaufen, welche hinter dem Tod des alten Königs und dem Verschwinden seines Sohnes Dom Sinésio des Strahlenden politische Motive suchten.«

»Das ist mir bekannt und einer der Gründe dafür, daß ich beschlossen habe, diesen Fall persönlich in die Hand zu nehmen. Ich hatte die Ehre, ein Gesinnungsgenosse und Gefolgsmann des unvergeßlichen Präsidenten João Pessoa zu sein, und so können Sie und Ihre Genossen völlig davon überzeugt sein, daß ich die ganze Geschichte gründlich unter die Lupe nehmen werde.«

Bei diesen Worten preßte der Richter seine Kinnbacken zusammen wie ein Wildschwein und nahm, ohne es zu wollen, einen Ausdruck von Wildheit an, der mir sogleich zeigte, daß ich mich, wenn ich nicht sehr behutsam vorginge, für den Rest meines Lebens ins Unglück stürzen würde. So sagte ich denn furchtsam und beflissen:

»Ich bin bereit, Ihnen nach bestem Vermögen zu helfen. Aber wie schon gesagt: die Gerüchte über Sinésio waren völlig phantastisch und widersprüchlich. Der verbreitetsten Version zufolge war Sinésio, während die Mörder im Turm den alten König von Cariri enthaupteten, im Schlaf aus seinem Bett von Sertão-Zigeunern entführt worden. Die Gerüchte wollen wissen, die Zigeuner hätten im Dienst der fanatischen Anhänger des Präsidenten João Pessoa gestanden und dem schlafenden Fürsten schwarzen Nachtschattentee eingeflößt, der den Betroffenen gleichsam wachend träumen läßt.«

»Herr Quaderna, ich weiß, daß Sie neben Ihren anderen Kenntnissen auch die Sertão-Kräuter genau kennen. Stimmt das?« So fragte der Richter langsam, und sein Stimmausdruck jagte mir einen Kälteschauer über den Rücken.

»Das ist richtig. Aber bis heute habe ich diese meine Kenntnisse nur zum Guten angewandt, das schwöre ich bei allem, was mir heilig ist. Was ich von Kräutern weiß, habe ich aus dem ›Ewigen Mondkalender‹ und den Sammlungen des ›Almanachs von Cariri‹ gelernt, die mein Vater herausgab.«

»Das heißt also, daß Ihre Fähigkeiten als Scharadenmacher, Astrologe und Wurzelsepp Familienerbteil sind?«

»Das sind sie, ich schlage darin nach meinem Vater. Von ihm habe ich im übrigen auch meine dichterischen Fähigkeiten, wenn ich auch, Bescheidenheit beiseite und bei allem kindlichen Respekt, als Dichter vollständiger bin als er. Wie Sie wissen, gibt es sechs Arten von Dichtern, und die meisten von ihnen gehören einer dieser Arten an. Die besten gehören zwei Arten gleichzeitig an. Aber nur die wahrhaft Großen, die ›Auserwählten des Volkes‹, gehören gleichzeitig allen sechs Arten an. Mein Vater, Gott habe ihn selig, war ein Dichter von Geblüt und Wissenschaft. Ich aber gehöre, auch wenn es unbescheiden klingen sollte, zu den Auserwählten, zu den Großen, denn ich bin gleichzeitig ein Dichter von Rittertum und Königsmacht, ein Dichter von Geblüt, ein Dichter der Wissenschaft, ein Dichter des Paktes, der Landstraßen und der Kreuzwege, ein Dichter der Erinnerung und ein planetarischer Dichter. Aber obwohl ich vollständiger bin als mein Vater, war doch der Einfluß groß, den er in seiner Eigenschaft als Dichter, Historiker, Astrologe und Sertão-Familienforscher auf mich ausgeübt hat.«

»Das heißt aber doch, daß Sie als Leser des ›Mondkalenders‹ und des ›Almanachs‹ den besagten schwarzen Nachtschattentee kannten, den man Sinésio eingeflößt hat.«

»Ew. Ehren, ich weiß nicht genau, ob man ihm schwarzen Nachtschattentee eingeflößt hat oder nicht. Die Meinungen über Sinésios Verschwinden waren, wie ich schon sagte, so widersprüchlich wie nur möglich. In einem Punkt jedoch waren sich alle seine Parteigänger einig: sie behaupteten, nach der Entführung sei Sinésio in die Stadt Paraíba, die Hauptstadt unseres Staates, gebracht und unter der Erde eingekerkert worden, in einem unterirdischen Gang, der während des Krieges gegen die Holländer angelegt wurde und die St.-Franziskus-Kirche mit der St.-Katharinen-Festung in Cabedelo verbindet, die etwa drei oder vier Meilen von der Kirche entfernt ist.«

»Dieser unterirdische Gang existiert nicht, Herr Quaderna. Das ist alles Unfug. Hier im Nordosten erfindet das Volk in allen Gegenden, durch die die Holländer im siebzehnten Jahrhundert hindurchgekommen sind, von ihnen angelegte unterirdische Gänge. Das sind haltlose Wahnideen des unwissenden Pöbels von Paraíba.«

»Das mag sein, Ew. Ehren, ich verbürge mich nicht für diese Geschichte: ich gebe nur wieder, was man mir erzählt hat, und verkaufe Ihnen die Geschichte um den Preis, zu dem man sie mir verkauft hat. Im übrigen deckt sich Ihre Meinung mit der von Sinésios Gegnern. Wenn man aber den Anhängern Dom Pedro Sebastiãos und Sinésios glaubt, wußten Präsident João Pessoa und nach dessen Ermordung seine fanatischen Anhänger – beispielsweise der interimistische Regierungspräsident Antenor Navarro –, daß der strahlende Fürst eine wertvolle Geisel bei der Auseinandersetzung mit den aufständischen Sertão-Bewohnern des berühmten ›Krieges um Princesa‹ darstellte. Deshalb wollte man ihn gefangenhalten, um seine Parteigänger einzuschüchtern und ihre Niederlage zu besiegeln. Wer aber hier in der Stadt und im ganzen übrigen Sertão Sinésio feindlich gesonnen war, also die Anhänger des Zuckermühlen- und Bergwerkbesitzers Antônio Noronha de Britto Moraes, behauptete, Sinésio sei tot und verschollen und liege nicht im unterirdischen Gang begraben, sondern tief unter den üblichen sieben Handbreit Erde, die uns alle bedecken. Wie Ew. Ehren sehen, paßt der Ausdruck des ›Scharaden-Almanachs‹ durchaus auf den Fall, denn, ob nun in der Erde oder unter der Erde, Tatsache bleibt, daß sich die Erde auftat und Sinésio verschlang.«

»Gut denn, aber nun weiter im Text!« sagte Dr. Joaquim Schweinekopf mit ärgerlicher Miene, während Margarida, ganz nach seinen Anweisungen, bald wartete, bald im Taktak der alten Schreibmaschine alles mitschrieb.

Ich sprach weiter:

»Die Zweifel hinsichtlich Leben, Leiden und Sterben des

Strahlenden hatten ernstliche Probleme bezüglich Erbschaft und Testament seines Vaters zur Folge. Natürlich war sein Bruder Arésio davon am meisten betroffen, weil er deshalb nicht in den ungeschmälerten Besitz des Herrenhauses vom Turm des ›Gefleckten Jaguars‹ eintreten konnte. Und das konnte er nicht, solange Sinésio nicht für tot oder ›abwesend‹ erklärt worden war – ein für Laien merkwürdiger Ausdruck, der aber in der Justiz gang und gäbe ist. Als Untersuchungsrichter kennen Ew. Ehren ihn besser als ich, ein einfacher Dichter-Schreiber wie Pero Vaz de Caminha. In den Jahren 1930 bis 1935 wechselten die Nachrichten über Sinésio den Abwesenden und wurden immer phantastischer und rätselhafter; immer standen sie in engem Zusammenhang mit den Revolutionen oder Aufstandsversuchen, die während dieses Zeitraums in Brasilien unternommen wurden. Sie kamen und gingen vor allem mit den Sertão-Revolten und -Vendetten. Wie Ew. Ehren sich erinnern werden, handelt es sich um folgende revolutionäre Daten: um die ›liberale Revolution‹ des Jahres 1930; um die ersten Schießereien und kommunistischen Streiks im Jahre 1931, deren Mittelpunkt Recife war; um die ›Verfassungs-Revolution‹ von São Paulo im Jahre 1932 und hier im Sertão um den schlecht erforschten, aber gleichwohl bedeutsamen ›Krieg von Grün und Rot‹; schließlich um die kommunistische Revolution des Jahres 1935, deren Hauptzentren Rio, Recife und Rio Grande do Norte waren. Ihre für meine Geschichte bedeutsamste Episode war die ›Sertão-Expedition‹, die von Natal ausging und von den Sertãobewohnern im Doktor-Gebirge und außerdem im Sertão von Seridó niedergeschlagen wurde. Sie beeinflußte den Ausgang der Geschichte von Arésio und Sinésio Garcia-Barretto in entscheidender Weise.«

ZWEIUNDFÜNFZIGSTE FLUGSCHRIFT
DIE DREI SERTÃO-BRÜDER

»Nun gut, Herr Richter, schon zu Lebzeiten des alten Königs Dom Pedro Sebastião – und erst recht nach seinem Tode – bildeten sich unter den Bewohnern unseres Städtchens zwei Parteien. Einige Leute traten für Arésio ein, den Sohn aus meines Paten erster Ehe mit Dona Maria da Purificação Pereira Monteiro. Die übrigen ergriffen Partei für Sinésio, den Sohn meiner Schwester Joana Garcia-Barretto Ferreira Quaderna. In Wahrheit war da noch ein weiterer Sohn, Silvestre, der zwischen Arésio und Sinésio auf die Welt gekommen war, zwischen den beiden Ehen meines Onkels und Paten. Aber niemand kam auf den Gedanken, für diesen zweiten Sohn Partei zu ergreifen. Einmal, weil er selber ein Anhänger Sinésios war. Zum anderen, weil er unehelich und arm war. Außerdem betrachteten ihn alle Leute nach dem Tode von Dom Pedro Sebastião plötzlich als halbverrückt.«

»Stimmt es, daß Dom Pedro Sebastião eine besondere Vorliebe für Sinésio hatte?«

»Das stimmt. Arésio war nie besonders gut mit seinem Vater gestanden, weil beide das gleiche gewalttätige und absonderliche Temperament besaßen und gleichzeitig ganz verschieden waren in der Art, wie sie ihre Gewalttätigkeit ausübten. Ich glaube im übrigen, daß diese Feindseligkeit zwischen Dom Pedro Sebastião und seinem ältesten Sohn Arésio auch der Grund dafür war, daß der Bezirksrichter nach dem Tode des alten Königs und Generalkapitäns des Sertão von Cariri eine Entscheidung traf, die manchen sonderbar erschien: zum Verwalter der Besitztümer des enthaupteten Königs setzte er nicht dessen ältesten Sohn ein, wie es doch natürlich gewesen wäre, sondern den größten Feind und politischen Gegner meines Paten, Antônio Noronha de Britto Moraes. Hinzu kommt, daß die Erbfolge unseres Königs von Cariri durch Sinésios Verschwinden problematisch geworden war. Es hieß, den Bestimmungen des brasilianischen Gesetzes zufolge müsse ein Zeitraum von zwei Jahren verstreichen, bis der verschwundene junge Mann legal als ›abwesend‹ erklärt werden konnte. Stimmt das, Doktor?«

»Es stimmt, zumal da er in der Stadt keinen gesetzlich bevollmächtigten Erbverwalter zurückließ.«

»Eben dies sagten auch Arésios Anhänger, unter denen sich damals an erster Stelle und beruflich damit befaßt der Rechtsanwalt befand, den Ew. Ehren bereits kennen, der Lizentiat Clemens Hará de Ravasco Anvérsio, Kriminologe, Schulmeister und Philosoph von hohen Verdiensten. Sinésios Anhänger dagegen verwiesen unter dem Einfluß des Anklagevertreters und Sachverwalters von Abwesenden, des Dichters Samuel Wan d'Ernes, darauf, daß das Gesetz noch ein Weiteres vorschreibe, wenn der Abwesende nach zwei Jahren für legal verschwunden erklärt werden solle: daß es nämlich während dieses Zeitraums keine Nachrichten von ihm gegeben habe. Stimmt das auch, Herr Richter?«

»Es stimmt, so ist es.«

»Nun, ›an Nachrichten über ihn herrscht kein Mangel‹, sagten die aufgebrachten Sertão-Einwohner, die zur Partei des jüngsten Sohnes gehörten. ›Sinésio wird gefangengehalten und von der Regierung und ihrer Geheimpolizei in dem unterirdischen Gang versteckt, den die Holländer von der St.-Franziskus-Kirche zum Fort von Cabedelo gegraben haben‹. – ›Kann man ein so lächerliches Gerücht als ‚Nachricht' bezeichnen?‹ erwiderten Arésios Anhänger entrüstet. ›Wer verbürgt sich für das Vorhandensein dieses unterirdischen Ganges? Hat ihn irgend jemand betreten? Niemand! Dieser unterirdische Gang ist nur eine Erfindung des unwissenden Volkes in unserem unglücklichen Land Paraíba.‹«

»In diesem Punkt hatten Arésios Anhänger recht, wie ich schon erklärt habe«, fiel der Richter ein.

»Gewiß, Ew. Ehren, aber der Logik dieses Einwandes zum Trotze glaubten Sinésios Anhänger nach wie vor an die Existenz des unterirdischen Ganges und träumten von dem Tag, an dem der junge strahlende Fürst seine grausamen unbekannten Feinde besiegen und in seine Heimat zurückkehren würde, um – wie man es seit seiner Kindheit von ihm erwartete – den Sturz der Mächtigen herbeizuführen und das Glück aller Armen und Enterbten im Sertão von Cariri zu machen.«

—————

»Wie Ew. Ehren daraus ersehen können, waren Arésios Parteigänger vernünftiger und aufgeklärter«, setzte ich hinzu, um dem Richter zu schmeicheln, der seine Zustimmung zu ihrem Standpunkt bekundet hatte. »Das ist auch nicht weiter erstaunlich, weil es die reichsten und bestsituierten Leute im Städtchen waren. Zwar gab es zu Anfang eine Spaltung in ihrem Lager, bei der sich die Mitglieder des Landadels auf Arésios Seite schlugen und sich das städtische Bürgertum um Antônio Moraes und den Komtur Basílio Monteiro scharte, der in politischen Dingen dem Zuckermühlenbesitzer aus Pernambuco folgte. Später aber schlossen sich die beiden Flügel aus Gründen, die ich noch erklären werde, wieder zusammen, so daß die mächtigste Partei im Sertão voll und ganz hinter Arésios Sache stand. Sinésios Anhänger dagegen waren die Viehtreiber, die Transportarbeiter, die Zigeuner, die Waschfrauen, die Viehhirten, die Landarbeiter, die Damen vom Gunstgewerbe, die Strohhutflechter, die flintenbewehrten Leibwächter, die Trödlerinnen, die Volksbarden und die Cangaceiros . . .«

»Sie rekrutierten sich also aus dem Volk, aus dem Pöbel des Sertão, nicht wahr?« unterbrach der Richter einigermaßen ungeduldig.

»Ew. Ehren können das nennen, wie Sie wollen. Getreu den Lehren von Samuel, Clemens, Carlos Dias Fernandes, João Martins de Athaide, Gustavo Barroso und anderen Meistern betrachte ich alle diese Leute, vor allem die Männer, die ein Pferd besteigen, und die Mädchen, die schön zu bleiben verstehen, obwohl sie Unglück und Hunger besiegen mußten, als

Edelleute und Prinzessinnen des brasilianischen Volkes. Denken Sie nur daran, daß man im ganzen übrigen Brasilien die Prostituierten ›rapariga‹ nennt, hier im Sertão dagegen ›mulherdama‹, ›Frauendame‹, was sie wie adlige Pikdamen, Herzdamen, Kreuzdamen und Karodamen erscheinen läßt. Noch etwas, Ew. Ehren: man meinte hier in der Stadt, in der Erbschaftssache des alten Königs, meines Paten, müsse man unbedingt die längste mögliche Frist, nämlich vier Jahre abwarten, ehe Arésio berechtigt sein könnte, bei Gericht den Antritt der ›provisorischen Erbfolge‹ zu beantragen. Stimmt das?«

»Ganz gewiß.«

»Dann waren es sicherlich diese Erwägungen und der zweifelhafte Charakter der ganzen Angelegenheit, die den Bezirksrichter, Dr. Manuel Viana Paes, dazu veranlaßten, einen Verwalter für die von Dom Pedro Sebastião hinterlassenen Reichtümer zu ernennen.«

»Keineswegs, es war ein Akt der Prozeßroutine. Der Richter *mußte* diese Ernennung aussprechen.«

»Ich verstehe, Ew. Ehren. Und das wäre vielleicht auch niemandem befremdlich erschienen, wenn seine Wahl nicht auf den düsteren, dunkelhäutigen Antônio Moraes gefallen wäre, den reichen Zuckermühlenbesitzer aus Pernambuco, der mit Hilfe der Bergwerke von Cariri eine Industrie in Paraíba aufbauen wollte und deshalb eines Tages hier Grundstücke angekauft hatte. Allmählich fand er dann an unserer Stadt Gefallen, ›wo sich Lebensstil und Umgangsformen der patriarchalischen Gesellschaft noch gut erhalten hatten‹. Und so streckte er allmählich seine Sperberkrallen nach allem aus; als er Baumwolle, Vieh und Bergwerke der ganzen Gegend an sich zog, verbreitete sich unter uns ein fast abergläubisches Entsetzen vor seiner Macht, seinem Reichtum und seiner Fähigkeit, die Nebenbuhler zu vernichten, Unglück auszubreiten und alle diejenigen zu zerschmettern, die sich zwischen ihn und die vollständige Herrschaft über Cariri stellten – über unseren Sertão, in welchem bis

1930 unser alter König Dom Pedro Sebastião Garcia-Barretto seine ebenfalls große Macht ausgeübt hatte, freilich auf denkbar verschiedene Weise.«

———

Von meinem Epopöetentum eingelullt, hatte ich bei meinen Aussagen einen »homerischen Schlummer« gehalten und war weiter gegangen, als ich vorhatte, indem ich dem Richter Dinge enthüllte, die ich besser für mich behalten hätte. Um meinen schweren Irrtum zu berichtigen und zu vermeiden, daß er Margarida diese Dinge mitschreiben ließ, fügte ich sogleich hinzu:
»Dann plötzlich im Jahre 1932 setzte eine Nachricht den Sertão in Flammen, wie ein Blitz- oder Feuerstein, der über das staubige felsige Ödland hinwegfegt und die Sertão-Erde von Cariri bis Espinhara verbrennt: Sinésio war tot in Paraíba aufgefunden worden.«
»Und wo? In dem unterirdischen Gang?«
»Nein, aber dort in der Nähe, etwa zweihundert Meter von dem steinernen Kreuz der St.-Franziskus-Kirche entfernt, dem gleichen Steinkreuz, das Carlos Dias Fernandes ›mitten auf dem Vorplatz aufgerichtet und von einem breiten Fries mit in Stein gemeißelten Pelikanen umgeben‹ erblickt hatte. Ew. Ehren kennen vielleicht das ›Pulverhaus‹, das an der abschüssigen Rampe von St. Franziskus in Paraíba liegt, linker Hand, wenn man genau vor der Kirche steht?«
»Ich habe davon gehört, aber ich kenne es nicht. Altertümer interessieren mich nicht im geringsten, deshalb ist mir auch nie eingefallen, die besagte Rampe hinunterzugehen.«
»Nun, wenn Sie wieder einmal in die Hauptstadt kommen, Doktor, holen Sie das nach! Ich bin oft dort gewesen, als ich im Priesterseminar studierte, das in dem alten Franziskanerkloster unmittelbar neben der Kirche untergebracht ist. Das ›Pulverhaus‹ ist ein altes Bauwerk aus dem achtzehnten Jahrhundert und wurde errichtet, als das Königreich Portugal noch zum Kaiserreich Brasilien gehörte. Es ist auf Anordnung von König Jo-

hann V. von dem Gouverneur und Generalkapitän von Paraíba, João da Maya da Gama, erbaut und 1720 fertiggestellt worden; so steht es in der epischen Chronik des genialen Schriftstellers Irineu Pinto von Pernambuco, ›Daten und Bemerkungen zu einer Geschichte Paraíbas‹, zu lesen. Nun will es eine
merkwürdige Fügung, Herr Richter, die nicht ohne Eindruck
auf die leicht entflammbare Phantasie der Sertão-Einwohner
geblieben ist, daß dieses ›Pulverhaus‹ ebenso wie der Turm des
›Gefleckten Jaguars‹, worin Sinésios Vater umgekommen war,
ein wuchtiges Gebäude mit einem einzigen Zimmer, mit gewölbter Decke und einem einzigen Zugang ist, das sein Licht
nur durch Schießscharten empfängt. Es ist ›im wuchtigen,
strengen Militärstil des brasilianischen achtzehnten Jahrhunderts erbaut‹, wie uns Samuel sogleich erklärte, der in Ge-
schmacks- und Kunstfragen ein Vorzugsschüler des genialen
Carlos Dias Fernandes ist. In diesem ›Pulverhaus‹ also fanden
Kinder den bereits entstellten und verwesten Leichnam des
wahren Sertão-Infanten, unseres Dom Sinésio Garcia-Barretto
des Strahlenden. Die Begleitumstände erinnerten an den Tod
seines Vaters; eine dicke rostige Kette fesselte seinen Fuß an
die Wand, als wäre er eine Gefahr für die Welt oder ein ›Sträf-
ling der Existenz‹, um diesen Ausdruck eines genialen brasilianischen Schriftstellers von 1917, Henrique Stepple, zu verwenden. Wie es schien, war er an Hunger, Mißhandlungen, Einsamkeit und Verzweiflung gestorben. Nachdem ihn Arésio
identifiziert hatte, der sich damals in der Hauptstadt aufhielt,
wurde die Leiche geziemend beigesetzt, ›mit allen Ehren, welche die Leichname der Adligen, sogar der Sertão-Adligen, der
zweitgeborenen Söhne, der Jünglinge und der Infanten, unter
die Erde begleiteten‹!«

——

»Alle Leute erwarteten nun, Herr Richter, mit der Nachricht
von Sinésios Tod würden die Streitereien und Diskussionen
aufhören und Arésio noch im Jahre 1932 vor Gericht gehen,

um seine Erbschaft zu beanspruchen. Das geschah aber nicht. Es schien sogar so, als hätte sich Arésio ganz im Gegensatz zu seinem gewalttätigen Temperament mit dem Unheil abgefunden, das so plötzlich über das königliche Haus des ›Gefleckten Jaguars‹ hereingebrochen war. Einige waren der Ansicht, Arésio wolle einen Zweifrontenkrieg vermeiden – auf der einen Seite gegen den schwerreichen Verwalter seiner Besitztümer, Antônio Moraes, auf der anderen Seite gegen den abwesenden, aber noch immer mächtigen Schatten seines Bruders – und abwarten, bis das Jahr 1934 herankäme, in welchem die Vier-Jahres-Frist nach dem Tode seines Vaters und dem Verschwinden Sinésios verstrichen sein würde. Dann konnte er unter dem Schutz des Gesetzes seine Ansprüche geltend machen, ohne mit Dom Antônio Moraes frontal zusammenzustoßen. Wie immer beim Sturz der großen Sertão-Monarchien, war das Unglück mit einem Schlag über das Haus des ›Gefleckten Jaguars‹ hereingebrochen. Dom Pedro Sebastião war auf tragische Weise zum zweiten Mal verwitwet und später enthauptet worden. Sinésio hatte man entführt, gefangengehalten und unter der Erde versteckt, wo er endlich auf schreckliche Weise gestorben war. Silvestre, der zweite Sohn, der Bastard, war, verglichen mit dem Leben, das er bei Lebzeiten seines Vaters mit uns auf dem ›Gefleckten Jaguar‹ geführt hatte, furchtbar heruntergekommen. Er strolchte vernachlässigt durch die Städtchen, Flußufer, Landstraßen und Ortschaften des Hinterlandes von Cariri. Es hieß, er sei verrückt geworden und verblödet, weil seinen Vater und seinen jüngeren Bruder, mit dem er stets eng verbunden gewesen war, ein so trauriges Schicksal ereilt hatte. Man erzählte sogar, Silvestre sei zum Blindenführer abgesunken. Der Blinde, bei dem er als Diener Zuflucht gesucht hatte, – Pedro ›Gottergeben‹, mit dem Spitznamen Pedro der Blinde –, stammte hier aus dem Ort. Er war eine Mischung aus Volkssänger, Frömmler und abgedanktem Cangaceiro. Er vagabundierte herum und bettelte von Ort zu Ort, angetan mit einem alten, grauen, geflickten Militärmantel, von dem niemand wußte, wann und wo er ihn bekommen hatte, wenngleich einige von uns den Verdacht hegten, daß er ein Geschenk meines Firmpaten João Melquíades Ferreira, des Sängers von Borborema, war. Überall wo es im Sertão Kirmessen gab, sang er, bettelte um Almosen, betete mit lautem Geschrei und sagte Gott und allen Leuten Unverschämtheiten. Es liefen allerlei Geschichten um über die schlechte Behandlung, die er Silvestre angedeihen ließ; dennoch blieb ihm dieser treu und ergeben, eine Narretei, die ihn um den letzten Rest an Würde brachte.«

»Und Arésio?«

»Zwischen 1930 und 1935, Herr Richter, überließ sich Arésio einem zügellosen Leben. Er tauchte hier und da auf und verschwand wieder, ohne jemandem die Gründe für sein Kommen und Gehen zu nennen. Man sah ihn in Patos, Campina Grande, in der Stadt Paraíba, in Vila do Martins, in Pajeú, Seridó, Natal und Recife. Dom Antônio Moraes schickte ihm auf seine Telegramme oder Botschaften hin diskussionslos, wohin er es wünschte, die Monatswechsel, die der Richter festgesetzt hatte. So konnte Arésio, der überdies Junggeselle war, mühelos das ausschweifende Leben führen, mit dem er die gute Gesellschaft unseres Städtchens schockierte. Dann und wann erreichte uns das Echo seiner Orgien, seiner dreisten und halb wahnwitzigen Gewalttaten. Doch da er in der Ferne blieb und nur der Widerhall seines Treibens zu uns drang, blieb vieles von seinem Leben während jener Zeit dunkel, selbst für Clemens, Samuel und mich, die von seiner Kindheit an in enger Verbindung mit seinem Hause gestanden hatten. Arésio wäre vielleicht sogar in Vergessenheit geraten, wenn er nicht 1932 am ›Krieg von Grün und Rot‹ teilgenommen hätte und Ende 1934 auf seltsame Weise wieder unter uns aufgetaucht wäre.«

»Seltsame Weise? Weshalb seltsam?«

»Seltsam, weil Arésio zu Jahresende zurückkehrte und sich zur Überraschung und Empörung des Volkes im Hause des Erzfeindes seines Vaters, Antônio Moraes, einquartierte. Er verschmähte das alte Haus, das die Garcia-Barrettos im Städtchen besaßen, und wohnte bei den Moraes. Vielleicht wartete er auf die Erbschaftsregelung. Die ärmeren Leute, die ihn nicht mochten und Sinésios Anhänger waren, wurden nicht müde, heftig über das ›Verhalten dieses entmenschten Sohnes‹ zu schimpfen, über diesen ›Schubiak, der das Blut seines Vaters verriet‹. In den bürgerlichen Kreisen der Stadt lobte man dagegen Arésios Klugheit und Verständigkeit, weil er durch diese Geste die unglückselige Feindschaft zwischen den Garcia-Barrettos und den Moraes aus der Welt schaffte. Man sprach sogar im Ort davon, das ›ernste Problem‹, das Problem der Erbfolge im ›Gefleckten Jaguar‹, würde nun von den Garcia-Barrettos und den Moraes gelöst werden können. Denn alle Zeichen deuteten darauf, daß Arésio Genoveva Moraes, die einzige Tochter des alten Feindes von Dom Pedro Sebastião Garcia-Barretto, heiraten würde. Bei dieser Lage der Dinge traten wir in das Jahr 1935 ein. Es näherte sich der Augenblick, in welchem Arésio in den Vollbesitz seines riesigen Vermögens gelangen sollte: Baumwolle, große Mengen an Vieh, Pferde, Rinder, Schafe und Ziegen, während all der Jahre durch den Export von Leder und Edelsteinen angehäuftes Geld, dazu die Ländereien und unermeßlichen Weideflächen des ›Gefleckten Jaguars‹ und vor allem ein großes Vermögen an Gold, Silber und Juwelen, das Dom Pedro Sebastião hinterlassen hatte.«

»Stimmt es, daß Sie das gesamte von Ihrem Paten hinterlassene Silbergeld in Ihrer Verwahrung hatten?«

»Das stimmt. Auch als mein Pate noch lebte, war ich eine Art Siegelbewahrer und Schatzmeister des ›Gefleckten Jaguars‹; so befanden sich, als er starb, alle mit Silber gefüllten Truhen in meiner Verwaltung.«

»Und was haben Sie mit diesem Geld gemacht?«

»Ich habe es dem hiesigen Richter übergeben, der es von Dom Antônio Moraes verwalten ließ.«

»Und trifft es zu, daß Dom Pedro Sebastião noch ein großes Vermögen an Gold, Silber und Edelsteinen in einer Grotte des Sertão versteckt hatte?«

»Das trifft zu.«

»Ist es richtig, daß er Ihnen einen Lageplan dieses Schatzes hinterlassen hat?«

»Herr Richter, ich weiß nicht, ob man das einen Lageplan nennen kann. Er hinterließ mir in der Tat ein Schriftstück, das niemand entziffern konnte, und von ihm hieß es, es sei der Lageplan des Schatzes.«

»Hieß es nur so? Was halten Sie davon? Glauben Sie, daß es wirklich der Lageplan war?«

»Ich glaube nicht, Ew. Ehren.«

»Warum haben Sie sich dann geweigert, diesen Plan irgendeiner Menschenseele zu zeigen? Warum haben Sie das Schriftstück nicht dem Richter übergeben?«

»Zunächst einmal, weil ich nie geglaubt habe, das sei der Lageplan. Dann aber auch aus Achtung vor dem Vermächtnis meines Paten. Eines Tages suchte mich nämlich mein Pate auf, übergab mir das Schriftstück und sagte, wenn er seinen Tod näherkommen fühle, werde er mir den Schlüssel an die Hand geben, der für Sinésio und mich äußerst wichtig sei. Aber nach 1926 litt mein Pate, ich weiß nicht, ob Ihnen das bekannt ist, an zunehmender Gehirnerweichung . . .«

»Davon habe ich gehört, und ich habe ebenfalls gehört, daß Sie am meisten dazu beigetragen haben, indem Sie Ihren Paten zum Kaiser des Heiligen Geistes krönen ließen und ähnliche Dinge ausheckten.«

»Das ist eine Ungerechtigkeit, Herr Richter, es ist eine Verleumdung der Leute. Ich habe meinen Paten auf seine eigene Bitte hin gekrönt, denn schon seit dem Jahre 1926 und seit dem Marsch der ›Expedition Prestes‹ befand sich mein Pate in diesem Zustand der Geistesverwirrung. Nun wohl: eines Tages, als ich sah, daß es an der Zeit war, suchte ich meinen Paten auf, um mit ihm über das Schriftstück zu reden. Schon damals begannen Gerüchte über den Schatz umzulaufen, und eines von ihnen besagte, das Schriftstück sei der Wegweiser zum Schatz. Ich suchte also meinen Paten auf und fragte ihn direkt danach. Er bekräftigte mit recht sonderbaren Worten die Existenz des Schatzes, erklärte mir aber, er habe alles so gut versteckt, daß er nunmehr außerstande sei, das märchenhafte Vermögen wiederzufinden. Da erinnerte ich ihn an das Schriftstück, das er mir anvertraut hatte. Da wurde er sehr froh und aufgeregt, und seine Augen funkelten. Aber als er dann den Plan an sich nahm, bemerkte ich, daß er entweder bedeutungslos war oder mein Pate seine Entzifferung vergessen hatte, denn er war gänzlich unfähig, den Sinn der rätselhaften Wörter zu entschlüsseln, die er selber aufgeschrieben hatte.«

»Und deshalb haben Sie sich nicht verpflichtet gefühlt, den Plan dem Richter auszuhändigen?«

»Eben deshalb.«

»Und wo ist der Plan jetzt?«

»Das erzähle ich Ihnen gleich. Einstweilen mag Margarida zu Protokoll nehmen, daß Gerüchte umliefen, wonach mein Pate einen Schatz von Gold, Silber und Edelsteinen hinterlassen hatte, ein Vermögen von unschätzbarem Wert, das in einer Grotte unseres alten felsigen Hinterlandes vergraben und verlorengegangen war. Um seinetwillen ist im Hause des ›Gefleckten Jaguars‹ viel Blut vergossen worden. An jenem denkwürdigen Samstag, dem Vorabend des Pfingstfestes des Jahres 1935, trat dann das große, sensationelle Ereignis ein, das die ›blutiggoldene‹ Erbschaftsgeschichte der Garcia-Barrettos abermals dunkel und undurchsichtig erscheinen ließ.«

DREIUNDFÜNFZIGSTE FLUGSCHRIFT
MEINE ZWÖLF PALADINE VON FRANKREICH

»An jenem Tage, Herr Richter, war unser Städtchen so voller Leute, daß es an Wahnsinn grenzte. Schon an gewöhnlichen Kirmestagen drängt sich hier im Ort eine große Menge Leute aus der Umgebung; Gott weiß, woher sie alle kommen. Dies aber war ein besonderer Samstag, und so glich die Stadt einem aufgeregten Ameisenhaufen. Hinzu kam, daß die Sertão-Bewohner kurz zuvor einen Streit mit dem Präfekten gewonnen hatten, der die Markttage von Taperoá, die seit der Zeit des Kaiserreichs samstags abgehalten wurden, auf die Donnerstage verlegt hatte. Das hatte viel Staub aufgewirbelt und mit der Abberufung des Präfekten geendet und mit der Ernennung der beiden erwähnten hochansehnlichen Herren, des Präfekten Abdias Campos und des Bürgermeisters Alípio da Costa Villar. Kaum sahen sich diese beiden an der Macht, da verlegten sie unsere Markttage auf den Samstag zurück, und das war der Hauptgrund für die Festlichkeiten jenes Tages. Man hatte den Bischof von Cajàzeiras eingeladen, weil die neue Obrigkeit das Volk mit einem ›liturgischen‹ und mit einem ›kriegerischen‹ Fest beschenken wollte, das heißt: mit der Pfingstsonntagsmesse, die der Bischof in prunkvollem Ornat feiern sollte, und den Kavalkaden, die auf den Samstagnachmittag angesetzt waren, wenn der Markttrubel abgeklungen sein würde. Der Bischof hatte telegrafiert, er komme erst am Samstagabend an, so daß wir nicht mit seiner Gegenwart bei der Kavalkade rechnen konnten, an der die besten Reiter unseres Cariri teilnehmen sollten. Jedenfalls hatte sich an jenem Samstag zu den üblichen Marktbesuchern ein wimmelndes Ameisenvolk von Sertão-Bewohnern gesellt, das aus allen Höhlen und Felslöchern herbeigeströmt war. Sie alle waren angelockt worden von den Kavalkaden und wollten im Städtchen übernachten, um an der Frühmesse des Pfingstsonntags teilzunehmen.«

»Waren Ihrer Ansicht nach der Präfekt und der Bürgermeister in irgendeiner Weise von dem Ereignis unterrichtet, das sich etwas später an jenem Nachmittag zutragen sollte?«

»Nicht im mindesten, und sie waren völlig überrascht, als sie sich plötzlich wieder mit der fast vergessenen Geschichte von strahlender Liebe und unsühnbaren Verbrechen aus Traum und Blut konfrontiert sahen, mit dieser Geschichte, die den rätselhaften Mittelpunkt meines Romans und meiner Burg bilden wird.«

»Um wieviel Uhr sollten die Kavalkaden stattfinden?«

»Zwischen zwei und halb drei Uhr nachmittags, Ew. Ehren.«

»Und waren Sie dabei anwesend?«

»Nein.«

»Sie sind doch aber der Chef und Organisator aller derartigen Feste hier am Ort?«

»Das bin ich, Ew. Ehren, aber an jenem Tage hatte ich, nachdem alles fix und fertig vorbereitet war, zufällig die Stadt verlassen.«

»Zufällig? Meine Informationen lauten ganz anders. Wo sind Sie denn hingegangen?«

»Am Morgen unternahm ich mit Clemens und Samuel einen Spazierritt, auf dem wir uns die iberischen Gemälde einer im Buschwald entdeckten Kapelle und die Tapuia-Zeichnungen anschauten, die auf den Steinen der Petersgrotte eingeritzt sind.«

»Haben Ihre beiden Freunde und Lehrmeister Samuel und Clemens unterwegs zu Mittag gegessen?«

»Ja, das haben sie.«

»Und Sie selbst?«

»Ich nicht. Samuel und Clemens wohnten den Kavalkaden bei, der hier vor Ihnen sitzende Quaderna hingegen war abwesend und vom Schauplatz der Ereignisse entfernt.«

»Und gab es keinen Quaderna, der den Chef beim Aufzug der Reiter vertreten hätte?«

Aus der giftigen Miene seines Kobragesichts ersah ich sogleich, daß Seine Ehren besser informiert waren, als ich anfangs geglaubt hatte, so daß ich es für klug hielt, die Wahrheit zu sagen, um die »Ruhe der Schuldlosen« vorzutäuschen. Ich erklärte also:

»O doch, meine zwölf Stiefbrüder waren auf dem Marktplatz und vertraten die Familie und den Chef. Aber das mußte so sein und war ganz unvermeidlich, weil sie, mit aller Bescheidenheit sei es gesagt, als die besten Reiter im Sertão von Cariri gelten.«

Margarida zischelte erneut mit dem Richter; dieser blinzelte mich mit seinen giftigen Klapperschlangenäuglein an:

»Dona Margarida versichert mir soeben, Sie hätten vier eheliche Brüder. Sie sagt aber, Stiefbrüder hätten Sie mehr als zwanzig, und nicht zwölf, wie Sie gerade behaupten.«

»Nun, Herr Richter, wenn die Sache so steht, brauche ich ja gar nicht erst weiterzuerzählen. Wenn ich Ihnen die Geschichte nur mit den Fabeleien des verrotteten Misthaufenstils der Rechten oder mit der platten Genauigkeit des kleinlichen Stils der Linken erzählen darf, dann geht es überhaupt nicht. Ich kann die Dinge nur in meinem eigenen Stil erzählen, im genialen königlichen Stil der Monarchisten der Linken. Aber da Sie mich schon unterbrochen und mir den Faden abgeschnitten haben, so will ich hier noch eine letzte Erläuterung anfügen. Es ist wahr: mein Vater umarmte jede kleine Jungfrau, die ihm die Sache leichtmachte, und deshalb erschien er auch als erstes Mitglied der Familie in diesem Jahrhundert in der Zeitung. Der ›Kurier von Campina‹ brachte ein Bild von ihm und dazu eine kurzgefaßte Aufzählung seiner Liebschaften und dokumentierte auf diese Weise für die Nachwelt, er sei bekannt als ›der Hurenbock von Cariri‹. Das war auch der Grund, der zu unserem wirtschaftlichen Ruin führte, zu der Aufteilung unseres Gutes ›Die Wunder‹ unter die unehelichen Kinder. Es stimmt, daß ich mehr als zwanzig uneheliche Brüder habe, und wenn ich davon nicht gesprochen habe, so deshalb, weil für das Epos nur die zwölf interessieren, meine zwölf Paladine von Frankreich.«

»Was ist das?« fragte der Richter, wiederum baß erstaunt.

»Eben dies, Ew. Ehren. Da mein Vater uns ruiniert hatte, erkannte ich, daß ich Maßnahmen ergreifen mußte, um den adligen Charakter der Familie Quaderna zu wahren. Da ich nicht begütert war, kam ich darauf, daß meine jüngeren Brüder, die Bastarde, das einzige Mittel waren, mit dessen Hilfe ich gratis und sogar gewinnbringend eine Reitergarde unterhalten konnte, ähnlich derjenigen, in deren Mitte Kaiser Pedro I. auf dem ›Schrei von Ipiranga‹ dargestellt wird, einem Gemälde des genialen paraíbanischen Malers Pedro Américo de Figueiredo e Mello, eines Granden des brasilianischen Kaiserreiches. Wir, die Quadernas, sind ja ebenfalls Garcia-Barrettos, dergestalt daß . . .«

Margarida flüsterte etwas, und der Richter wandte sich halb verlegen an mich:

»Verzeihen Sie, Herr Quaderna, daß ich Einzelheiten aus Ihrem Privatleben aufgreife, aber ich muß alles aufklären, und Dona Margarida informiert mich soeben, daß Sie wirklich ein Verwandter der Garcia-Barrettos sind, aber – wie soll ich es ausdrücken? – ein Garcia-Barretto . . .«

»Sprechen Sie es ruhig aus, Ew. Ehren. Es macht mir absolut nichts aus, ein Hurenkind zu sein. Oder, besser gesagt, ein Hurenenkel, weil meine arme Mutter ein Hurenkind war, nämlich die uneheliche Tochter des Barons von Cariri und deshalb eine Stiefschwester von Dom Pedro Sebastião Garcia-Barretto. Früher ärgerte ich mich grün und blau, wenn jemand unsere Hurenkinderabkunft erwähnte. Aber eines Tages erklärte Samuel bei einer Diskussion, in Fragen des Adels und der königlichen Abstammung habe uneheliche Abkunft nicht das mindeste zu besagen, denn sogar die Braganzas, die Nachkommen von König Johann I. und Nun'Alvares Pereira, seien mehrfache Bastarde und Kinder von Priestern gewesen. Daraufhin beruhigte ich mich und schämte mich nicht mehr.«

»Das heißt also, daß Sie ebenfalls aus königlichem Sertão-Geschlecht stammen?«

———

Ich erschrak vor Angst, er hätte womöglich schon von meiner königlichen Abstammung väterlicherseits reden hören, die direkt auf die Könige vom Haus des Schönen Steins zurückging. Jawohl, denn ich gehöre ja in Wahrheit, wie Sie wissen, zwei königlichen Geschlechtern auf einmal an. Aber das Geschlecht der Garcia-Barrettos, von dem meine Mutter, wenn auch unehelich, abstammt, ist golden und blau und jederzeit vorzeigbar, während das Geschlecht meines Vaters, das der Quadernas, schwarz und rot ist und meinem Leben ein Stigma von Verbrechen und Schuld aufbrennt, andererseits freilich auch das Fundament für Ruhm und Stolz meines Blutes bildet. Sollte der Richter mir schon auf die Sprünge gekommen sein? Wenn das der Fall war, so war ich verloren. Deshalb versuchte ich mein Glück mit der ersten Hypothese:

»Das ist wahr, Herr Richter. Wenn ich auch ein Bastardnachkomme bin, so bin ich doch mütterlicherseits ein Garcia-Barretto, und deshalb kann ich ohne Ruhmredigkeit sagen, daß ich zum Königshause des Hinterlandes von Cariri gehöre. In dieser Eigenschaft dienen mir meine zwölf unehelichen Brüder als Ehrengarde, wenn ich zufällig einmal eine heroische Kavalkade organisieren muß, wie sie Dom Antônio de Mariz oder Generalkapitän Gonçalo Pires Campelo veranstaltet haben, diese beiden Karls die Großen von Dom José de Alencar. Und wenn Sie daran zweifeln sollten, so bitten Sie Margarida um ihr Zeugnis, das in diesem Fall unverdächtig ist, weil sie mir feindlich gesonnen und eine ›tugendhafte Dame vom geheiligten Kelch von Taperoá‹ ist. Margarida, sagen Sie doch dem Herrn Doktor: stimmt es, daß meine Brüder bei den Kavalkaden die Paladine von Frankreich spielen?«

Als Margarida sah, daß der Richter, vielleicht gegen seinen Willen, eine Antwort erwartete, konnte sie nicht umhin zu bestätigen:

»Es stimmt, Herr Richter.«

»Was ist das denn für eine seltsame Angelegenheit?« verwunderte sich der Richter.

»Es handelt sich um etwas ganz Bekanntes, Ew. Ehren. Die Mitwirkenden bei den Sertão-Kavalkaden sind vierundzwanzig lanzenbewehrte Ritter, welche die zwölf Paladine von Frankreich von der blauen Partei und die zwölf von der roten Partei darstellen. Die Blauen sind die christlichen Kreuzritter und die Roten die maurisch-muselmanischen Ritter. Für mich ist das Schönste, daß die Roten, obwohl sie die Partei der Mauren vertreten, gleichwohl dieselben Namen führen wie die Blauen; so gibt es beispielsweise einen blauen und christlichen Roland und Olivier und ebensolche roten Rolande und Oliviers und so weiter. Bis die vierundzwanzig Ritter voll sind, dient der Name eines Paladins von Frankreich jeweils für zwei. Deshalb habe ich mir aus meinen unehelichen Brüdern zwölf Lieblinge ausgesucht, damit sie bei den Kavalkaden die Rolle meiner Ehrengarde übernehmen.«

»Gestatten Sie mir eine neugierige Frage, Herr Bibliothekar Quaderna: Haben Sie Ihre Brüder der blauen oder der roten Partei zugeteilt?«

»Herr Richter, nach alledem, was ich Ihnen bereits über meine politische Einstellung mitgeteilt habe, ist die Antwort doch wohl klar. Wenn ich Samuel wäre, so hätte ich alle zwölf in die blaue Partei eingereiht, und wenn ich Clemens wäre, in die rote. Aber getreu meiner Einstellung als Monarchist der Linken habe ich sechs in die blaue und sechs in die rote Partei eingereiht. Dabei habe ich allerdings darauf geachtet, daß es in der Familie Quaderna keine Doppelrollen gibt: dadurch habe ich jedem einzelnen seinen Titel als Paladin von Frankreich gesichert und gleichzeitig mit allen zwölf zusammen die blau-rote Abteilung meiner Königsgarde zusammengestellt.«

———

Wieder redete ich zu viel, verblendet von dem Stolz, der mich zugrunde richten sollte. Aber im damaligen Augenblick merkte ich das nicht und fuhr, eingewiegt von meiner Ehrliebe, fort:

»Meine zwölf Brüder bilden im übrigen, Herr Richter, eine Kriegerschar, auf die jeder König stolz sein würde. An einem bestimmten, für mich äußerst bedeutsamen Tag war ich zu der Überzeugung gelangt, alle Quadernas, die legitimen wie die illegitimen, seien Edelleute, und beschloß, niemals zuzulassen, daß jemand von uns ›einen gemeinen bürgerlichen Beruf‹ ausübe, wie Samuel das ausdrückt. Ich erinnerte mich daran, daß wir, die Söhne meines Vaters, alle halbe Viehhirten, Jäger, Volkssänger und so weiter waren. Wir konnten also alle als halbe Müßiggänger, halbe Kriminelle, halbe Vagabunden und Herren unserer Nasenspitzen unseren Unterhalt verdienen, wie alle Edelleute und Ritter, die etwas auf sich halten. Das war die einzige Möglichkeit für uns, die Ehre unseres Geschlechtes in einer Gesellschaft hochzuhalten, in der auf dem engen Tätigkeitsfeld, das der Landbesitz zuläßt, einige wenige Nobelberufe im Übermaß ausgeübt werden. Auf Grund dieser meiner Entscheidung, Ew. Ehren, arbeitet kein Quaderna für irgendeinen fremden Hurensohn. Weil ich, der Daueredelmann der Familie, es so will, hat kein Quaderna einen Arbeitgeber, der von ihm die Pflichten und Mühen verlangen könnte, die auf den Industriellen, den Kaufleuten und den übrigen unglücklichen Bürgern lasten. Sie fühlen sich zu Lasteseln berufen, wir hingegen üben nur den freien, müßigen und außenseiterischen Beruf von Edelleuten aus.«

»Wie das?«, entgegnete der Richter. »Arbeiten Sie und einige Ihrer Brüder nicht für die ›Gazette von Taperoá‹, die Zeitung des Komturs Basílio Monteiro?«

»Jawohl, aber zu Sonderbedingungen. Eines Tages suchte ich den Komtur auf und schlug ihm vor, eine Literatur-, Rätsel- und Horoskopseite in die Zeitung aufzunehmen. Ich wollte sie übernehmen, um mein Ansehen und meine Macht gegenüber den Intellektuellen des Städtchens zu verstärken. Der Komtur wollte schon darauf eingehen, als ich sagte, ich stellte eine Bedingung: er dürfe weder mir noch meinen Brüdern einen Pfennig Honorar bezahlen. Ich wolle für die Seite verantwortlich sein, als ob es sich um eine eigene Zeitung handelte. Die zusätzliche Arbeit – in der Druckerei und bei der Anfertigung der Holzschnitte – solle ganz und gar von meinen Brüdern geleistet werden. So werde seine Zeitung ihre Leserzahl vergrößern und mehr Geld hereinbringen, weil wir auf unserer Seite Horoskope stellen und einen Liebesberatungsdienst einrichten würden. Das einzige, was ich als Gegenleistung verlange, sei die Erlaubnis, daß meine Brüder und ich in Nachtarbeit außerhalb der normalen Arbeitszeit ›Flugschriften und Romanzen‹ drukken könnten. Lino Pedra-Verde werde diese dann auf dem Markt verkaufen und wir alle uns in den Gewinn teilen. Als der Komtur diese Möglichkeit sah, seine Zeitung zu verbessern, ohne etwas dafür ausgeben zu müssen, war er sogleich einverstanden. Und so begannen wir in der ›Gazette‹ zu arbeiten. Tatsächlich arbeite ich also nicht für den Komtur, sondern für mich selbst, weil die Seite eine unabhängige Beilage der Zeitung ist und ich ihr souveräner Direktor. Meine Brüder ihrerseits arbeiten für mich und nicht für den Komtur. So habe ich mein Ansehen als Intellektueller und Akademiemitglied vermehrt, ohne meine Adelsprivilegien aufzugeben.«

»Na gut, aber man hat mir gesagt, die Präfektur bezahle Ihnen Geld für die Kavalkaden, die von den Quadernas veranstaltet werden.«

»Können sich Ew. Ehren eine vornehmere Tätigkeit als diese vorstellen? Selbst wenn wir für den Staat arbeiten würden, wäre das mit dem Gerichtsadel durchaus zu vereinbaren. Aber die Arbeit, die wir leisten, leisten wir ja nicht für die Präfektur. Wir sind keine Funktionäre, wir erhalten nur Gelegenheitsaufträge. Im Grunde veranstalten wir die Kavalkaden nur, um uns müßiggängerisch und vornehm zu vergnügen und der Phantasie des Volkes von Taperoá unsere glorreichen Bilder als Sertão-Ritter einzuprägen. Wenn nun die Präfektur auf eigene Rechnung beschließt, uns für unsere adlige Lustbarkeit obendrein noch Geld zu bezahlen, dann um so besser. Jeder Edelmann lebt von Stipendien. Adel ohne Ehrensold, Stipendien, Pfründen und Gratifikationen ist völlig reizlos. Deshalb waren an jenem Samstag, dem 1. Juni 1935, meine zwölf Lieblingsbrüder damit beschäftigt, sich das Geld der Präfektur zu verdienen. Das war keine Arbeit, das waren keine plebejischen bürgerlichen Verpflichtungen, sondern sie vergnügten sich mit einer müßiggängerischen kriegerischen Kavalkade als Sertão-Edelleute mit Bannern und sonstigem Zubehör.«

Damit nun der Richter mit meinen ruhmreichen zwölf Paladinen von Frankreich Bekanntschaft schließe, zählte ich ihm folgende Liste auf:

———

»In der roten Partei spielte mein Bruder Virgolino Pinagé Quaderna, der im bürgerlichen Leben Volkssänger ist, die Rolle des Roland. Sílvio Junco-Brabo Quaderna, der Viehhirt und Fiedelspieler, übernahm die Rolle des Olivier. Bento Guará-Vieira Quaderna, Viehtreiber und Viehhändler, war Gui von Burgund. Euclides Seriema Quaderna, der Eselstreiber, stellte Richard von der Normandie dar. Matias Maciel Carnaúba Quaderna, der Heiligenschnitzer und Bildermacher, verkörperte Urgel von Dänemark. Und Gregório Camaçari Quaderna, der Fotograf und Dichter, war Guarin aus Lothringen. In der blauen Partei spielte Joaquim Braz Quaderna, Drucker meiner Zeitungsbeilage, den Bosim von Genua. Augusto Maracajá Quaderna, der Pferdehändler, verkörperte den Tietri von Dardanien. António Papacunha Quaderna, der Pikkoloflötist und Maler der Banner und der Heiligen bei den Prozessionen, machte den Fürsten von Nemé. Rubião Timbira-Tejo Quaderna, Feuerwerker und Raketenfabrikant, spielte den Hoel von Nantes. Taparica Pajeú-Quaderna, Holzschneider, Zeichner und Hilfsdrucker, stellte Gerhard von Mondifer vor. Und zu guter Letzt kam – nicht der letzte in meiner Wertschätzung – der Liebling unter meinen Lieblingen, Malaquias Nicolau Pavão-Quaderna, Schnapsbrenner, Weiberheld, Flugschriftenverkäufer und Lasttier-Transportbegleiter, in der Heldenrolle des Lambert von Brüssel. Vergessen Sie nicht, Herr Richter, daß wir alle Schützen, Jäger, Zureiter und Roßtäuscher waren, so daß selbst die seßhaftesten von uns, meine Drucker zum Beispiel, mit den übrigen an den Jagden, Reiterzügen und müßigen vornehmen ›Einzügen‹ teilnahmen, die ich auf die Beine stellte; das waren kriegerische Expeditionen, die unserem Blut und unserer Rasse angemessen waren. Wenn Sie an jenem Samstag meine ganze Truppe auf die Kavalkade vorbereitet gesehen hätten, so wären Sie begeistert gewesen, auch wenn Sie kein Sertão-Bewohner sind. Die zwölf Paladine von Frankreich trugen blaue Wämser und einen gelben samtartigen Wollrock, der ihnen über die bis zum Knie reichenden Lederstiefel fiel. Sie trugen lange Sporen und lange Dolche mit Silbergriffen, einen Blechhelm und, am Hals befestigt und nach hinten fallend, einen blauen Mantel mit einem goldenen Kreuz. Die Wimpel, die ihre Lanzen verzierten, waren blau, und blau waren auch Kruppendecke, Woilach und Brustschild, die Sattel und Pferde schmückten. Die zwölf Paladine der roten Partei trugen rote Wämser, und rot waren die Sterne, die ihre grünen Röcke sprenkelten. Die roten Umhänge zeigten an Stelle des Kreuzes zwei senkrechte Reihen von je drei goldfarbenen Halbmonden, und rot waren auch die Wimpel an den Lanzen, Brustschild, Woilach und Satteldecke der Pferde. Der blaue Vorreiter führte, an den Schaft einer langen Lanze gebunden, ein blaues Banner mit einer goldenen Weltkugel im Zentrum. Der rote Vorreiter ein rotes Banner mit einem weißen Halbmond im Zentrum.«

»Mit was?« rief der Richter und sprang beinahe auf mich zu. Ganz überrascht und ohne den Grund für dieses Aufspringen zu ahnen, wiederholte ich lauter:

»Mit einem weißen Halbmond.«

»Haben Sie nicht gesagt, auf dem Umhang der Reiter habe sich ein Kreuz befunden?«

»Das habe ich gesagt.«

»Und wie, sagten Sie doch gleich, sah das Brandmal aus, das man mit glühendem Eisen auf Dom Pedro Sebastiãos Schulter eingebrannt hatte?«

»Es sah wie ein Halbmond aus, über dem ein Kreuz schwebt«, erwiderte ich zerschmettert.

»Nun frage ich Sie, Herr Quaderna: Wenn Sie an meiner Statt das Verbrechen zu untersuchen hätten, würden Sie diese Koinzidenz nicht seltsam finden?«

»Herr Richter, jede Sertão-Kavalkade verwendet diese Embleme.«

»Das glaube ich gern. Aber aus Gründen der reinen Prozeßroutine wollen wir dieses Faktum, das der Zeuge zugegeben hat, zu Protokoll nehmen. Haben Sie es notiert, Dona Margarida?«

»Das habe ich, Herr Doktor.«

»Gut so. Nun können Sie fortfahren, Herr Pedro Dinis Quaderna.«

▌ VIERUNDFÜNFZIGSTE FLUGSCHRIFT ▌ DER AUFZUG DER SERTÃO-EDELLEUTE

Das Giftspinnennetz begann mich immer mehr zu umstricken, edle Herren und schöne Damen mit den weichen Brüsten. Ich spürte, wie der Druck in meiner Magengegend zunahm, und unter Aufbietung aller Kräfte, damit der Richter meine Verwirrung nicht bemerke, setzte ich die Erzählung der Ereignisse jenes schrecklichen Tages fort:

»Um dem Einzug der Reiter beizuwohnen, Herr Richter, waren fast alle Einwohner unserer Stadt auf dem Marktplatz zusammengeströmt. Der Landadel und der Gerichtsadel hatten sich auf einer Tribüne verteilt, die zu diesem Zweck vorher errichtet worden war. Das städtische Bürgertum nahm auf den Armstühlen und Schaukelstühlen Platz, die man auf den Gehsteigen des Marktplatzes aufgestellt hatte. Das Volk stand, wie Clemens und Dom Eusébio Monturo sich ausdrückten, ›wie immer im Straßenstaube‹. Auf der Tribüne saß also die Creme unserer Gesellschaft, die Damen und Herren hoher Abstammung: gleich neben dem Präfekten und dem Bürgermeister ragten glanzvoll die Gestalten meiner beiden Lehrmeister Clemens und Samuel hervor, dieser beiden subversiven und gefährlichen, aber ohne Zweifel genialen Männer, denen ich den größten Teil meiner Bildung verdanke. Clemens trug einen makellos weißen Leinenanzug, den seine Frau, Dona Iolanda

Gázia, sorgfältig gebügelt hatte. Dazu eine Weste aus dem gleichen Stoff und eine perlgraue Krawatte mit einem riesigen Rubin, der wie eine Brosche auf ihr prangte. Darüber hatte er den schwarzroten Talar gezogen, den er an den großen Tagen der Geschworenensitzungen anlegt, wenn er seine Vorzüge als Jurist und Philosoph vor den Mund und Nase aufsperrenden Sertão-Bewohnern leuchten läßt. Samuel trug seinen unvermeidlichen Anzug aus schwarzem Kaschmir, eine braune Weste, eine grüne smaragdbesetzte Krawatte und einen Talar, den mein Bruder Antônio Papacunha Quaderna, der Bannermaler, unter seiner Anleitung und Überwachung entworfen hatte. Dieser Talar zog unserem Anklagevertreter ständige Auseinandersetzungen mit den neuen Richtern unseres Bezirks zu.«

»Auseinandersetzungen? Warum das?«

»Weil er sich von den üblichen Talaren stark unterschied. Er war gelb, grüne Borten und Embleme umsäumten ihn ganz und gar, und so hatte es Samuel meinem Bruder aufgetragen – aus integralistischer Treue zur Farbe Grün.«

»Sehen Sie nur, Dona Margarida, was das für Leute sind«, versetzte der Richter bestürzt. »Sogar an ihren Talaren bekunden diese Herrschaften ihren politischen Radikalismus. Alles ist hier von Agitatoren unterminiert.«

Um die Sache abzuschwächen, merkte ich an:

»Eben das, Herr Richter, war wohl auch der Grund, weshalb sich die anderen Richter verwunderten. Aber Samuel erklärte ihnen sodann, es sei doch wohl nicht weiter sonderbar, daß sein Talar die ›Nationalfarben‹ zeige. Vor diesem Argument wichen die Amtsträger zurück, weil sie es gegenüber der Nation nicht an Respekt fehlen lassen wollten. Schließlich gewöhnten sie sich an den Talar und spendeten unserem Anklagevertreter sogar Beifall, wenn sie ihn besser kennengelernt hatten. Und bezüglich der politisch radikalen Uniformen ist, glaube ich, Margarida dem Herrn Richter eine Aufklärung schuldig. Denn an jenem Tage saß auch ihre Mutter auf der Tribüne, Dona Carmen Gutierrez Tôrres Martins. Das ist eine Persönlichkeit,

Herr Richter, mit der Sie nähere Bekanntschaft schließen sollten«, sagte ich und blinzelte zu Margarida hinüber, die mich mit
funkelnden Blicken durchbohrte. »Dona Carmen ist nämlich
eine intellektuelle Frau, die Witwe eines kleinen Alten, der viel
älter war als sie und damals noch lebte. Es ist eine magere, di-
stinguierte, äußerst sympathische Dame; aus irgendwelchen
Gründen kann ihre Tochter sie nicht ausstehen. Damals
mochte es vielleicht noch einen Grund für diese Abneigung geben, denn wenn man den Lästerzungen unserer Stadt Glauben
schenken darf, unterhielt Dona Carmen seit mehreren Jahren
eine geistige Freundschaft mit unserem gefallenen Engel, dem
Anklagevertreter Dr. Samuel Wan d'Ernes, ihrem Sangesbru-
der im Kirchenchor. Aber heute gibt es dafür keine Erklärung
mehr, denn wie sich später herausstellte, war diese geistige
Freundschaft, falls sie existierte, nur eine ›platonische Romanze‹, die im Städtchen von boshaften Menschen falsch ausgelegt
wurde. Dona Carmen ist Präsidentin auf Lebenszeit der ›Tugendhaften Damen vom Geheiligten Kelch‹, einer radikalen
Organisation, von der Sie Kenntnis nehmen sollten, weil sie mit
dem ›Orden der Ritter von der Weltkugel‹ verbunden ist, einer
rechtsextremistischen Gruppe, die von Dr. Samuel Wan d'Ernes und Gustavo Moraes, dem Sohn des Zuckermühlenbesitzers Antônio Moraes, ins Leben gerufen wurde. Wie Ew. Ehren
sicherlich wissen, haben die Integralisten in der Nacht des vergangenen 10. März einen bewaffneten Handstreich gegen die
Regierung versucht. Der Hauptträdelsführer dieses Hand-
streichs war der Konteradmiral Frederico Villar, dessen Familie hier in Taperoá zu den mächtigsten gehört.«
    Der Richter unterbrach mich:
    »Lassen Sie die ›Tugendhaften Damen vom Geheiligten
Kelch‹ aus dem Spiel! Und sparen Sie sich auch Ihre Privatana-
lysen der brasilianischen Politik, denn die Auslegung dieser
Vorgänge behalte ich mir selber vor! Ich brauche keine Aufklärung in allgemeinen Fragen; ich möchte etwas über die Vorkommnisse erfahren, die mit Ihrem Paten und dem jungen

Mann auf dem Schimmel zusammenhängen. Fahren Sie also mit der Schilderung jenes Tages fort!«

»Gewiß doch. Wie schon gesagt, trug Dona Carmen an jenem Tage in ihrer Eigenschaft als Präsidentin des ›Keuschen Lebens‹ über ihrem grünen langärmeligen Kleid eine Art von Tunika oder weißer Stola mit einem blauen Kreuz auf dem Rücken, und auf ihrem Kopf prangte ein Hut, der genauso aussah wie derjenige, mit dem Joaquim Nabuco in der ›Chrestomathie‹ abgebildet ist: ein Hut mit überhängender Krempe, auf dem obendrauf ein quadratischer Pappdeckel sitzt. Ihr Hut war außen blau gefüttert und mit zwei breiten Bändern aus goldfarbener Seide geschmückt, die über dem Deckel kreuzförmig zusammenliefen. Neben Dona Carmen saß der Komtur Basílio Monteiro, der nicht zum Landadel gehörte, aber dennoch einen Platz auf der Tribüne in Anspruch nahm; in seiner Eigenschaft als Präsident der Bruderschaft der Seelen trug er einen ärmellosen violetten Umhang. Dort saß auch Oberst Severo Martins Tôrres, der ältliche Gatte Dona Carmens und Vater unserer Margarida: er saß da in der gelbgrünen Uniform eines Kommandanten der Nationalgarde mit goldenen Schulterstücken, Säbel und sonstigem Zubehör. Er sah sich alles gelangweilt und ungeduldig mit an und wartete sehnsüchtig auf den Augenblick, wo alle diese Kinkerlitzchen mit den Pferden, Lanzen und Ringen vorbei wären und der eigentlich interessante Teil des Festes beginnen würde, bei dem ihm Dona Carmen wegen seines guten Betragens auf der Tribüne Erlaubnis geben sollte, sich auf dem Fest nach Herzenslust Kuchen zu kaufen.«

»Ich habe Ihnen schon einmal gesagt, Sie sollen diese Dinge aus dem Spiel lassen«, sagte der Richter, der Margaridas Verlegenheit bemerkt hatte, mit harter Miene.

Ich wechselte das Thema:

»Der Bruder des Komturs Basílio Monteiro, Eusébio, ortsbekannt unter dem Spitznamen Dom Eusébio ›Dreckschleuder‹, den er seiner Wortgewandtheit und seinem frechen Mundwerk zu verdanken hatte, saß nicht auf der Tribüne, weil er nicht nur mit seinem Bruder verfeindet, sondern überhaupt politisch radikal eingestellt war und ›sich nie und nimmer die Blöße geben wollte, in der Öffentlichkeit gemeinsam mit der Sertão-Plutokratie aufzutreten‹. Er war antiklerikal und atheistisch, betrachtete sich als ›Paladin des Volkes‹ und hätte es für Verrat gehalten, auf der Tribüne neben der Aristokratie zu sitzen statt auf dem Erdboden ›neben unseren leidenden Brüdern, den staubverkrusteten Barfüßern‹. Er saß also auf dem Boden neben der Tribüne: hochgewachsen, mit gekrümmten Schultern, leicht schielend, mit langer Mähne und herabhängendem Schnurrbart, der ›bei den Revolutionen zur Befreiung des Volkes weiß geworden‹ war, wie er selber erklärte. Er hielt die Arme über der Brust verschränkt und setzte eine hochmütige, verächtliche Miene auf, mit der er der Aristokratie von Taperoá zeigen wollte, er, der Paladin des Volkes, stehe über diesem Jahrmarkt der Eitelkeiten; er habe auch auf der Tribüne sitzen können, das aber nicht gewollt; er habe sich aus purer Herablassung auf dem Markt eingefunden usw. Dann und wann warf Dom Eusébio ›Dreckschleuder‹ einen stechenden Blick auf die Tribüne und verharrte besonders lange bei Professor Clemens, der, obwohl er doch ganz ähnliche Ideen vertrat, ›das Volk und die Revolution verriet, um sich wie ein Lakai neben den Feudalherren des Sertão zur Schau zu stellen‹. Tatsache ist freilich, daß die Tribünengäste Dom Eusébio ›Dreckschleuders‹ Wut und Verachtung mit Nichtachtung straften. Es saßen dort ›alle Leute von Einfluß, alles, was im Städtchen Rang und Namen hatte‹. Natürlich mit Ausnahme der Familie des steinreichen, mächtigen Dom Antônio Moraes: in ihrem übertriebenen Stolz ließ sie niemanden aus dem Ort in ihr Haus hinein und erschien auch nicht auf unseren Festlichkeiten. Das zeigte schon hinreichend, wie sehr sich Herr Antônio Moraes von unserem alten enthaupteten König, meinem Paten Dom Pedro Sebastião Garcia-Barretto, unterschied, der sich auf allen Festen blicken ließ und einigen von ihnen sogar liturgischen Charakter gab, was mir bei Ihnen die Verleumdung eingebracht hat, ich hätte zu seiner schließlich erfolgten Geistesverwirrung beigetragen. Der selbstzufriedene Arésio seinerseits war auch nicht auf dem Fest erschienen. Im übrigen verabscheute Arésio schon zu Lebzeiten seines Vaters ›die Narrenpossen, zu denen er sich hergab‹, so daß stets Sinésio neben unserem König von Cariri und Kaiser des Heiligen Geistes auftrat, einer der Gründe für die Popularität des jüngsten Sohnes und Arésios Unbeliebtheit bei den Einwohnern unseres Städtchens. Dom Eusébio ›Dreckschleuder‹ fiel nicht sonderlich auf, aber die Abwesenheit und Mißachtung der Moraes und Arésios wurden von allen Einwohnern verbucht. Wir spürten, daß sie sich einer höheren Sphäre zugehörig dünkten und deshalb einsam auf ihrem Herrensitz auf der stadtbeherrschenden Borrotes-Höhe wohnten; sie waren sehr von sich überzogen und genossen isoliert und hoheitsvoll die eigene Größe, ihren guten Geschmack und ihr rätselhaftes, nicht vollauf mitteilbares Familienleben. Sie fühlten sich ihrer neuen Umwelt turmhoch überlegen, diese aus den Zuckermühlen von Pernambuco zu den Bergwerken, der Baumwolle und dem Leder des Sertão von Paraíba emigrierten Aristokraten. ▬▬▬

Rechts von der Tribüne sollten sich nach meinen Anweisungen die ›lanzenbewaffneten Indio-Tupis‹ vom ›gekrönten Stamme der Panatis‹ aufstellen, linker Hand meine ›Cabinda-Nation vom sudanesischen Kriegstanz‹. Da ich aus Erfahrung wußte, wie notwendig Vorsichtsmaßnahmen sind bei allen monarchischen Angelegenheiten – denn immer liegt ein Thronprätendent auf der Lauer, der machtdurstig ist und darauf brennt, uns unseren Thron wegzunehmen –, hatte ich unter die Mitglieder der beiden ›Nationen‹ meine Stiefbrüder verteilt, die nicht bei der Kavalkade mitwirkten. Die indiofarbigen hatte ich in den ›Panati-Stamm‹ eingereiht, die dunkelhäutigen in den ›Sudanesischen Kriegstanz‹. Außerdem hatte ich zwei der stattlichsten ausgewählt und den einen zum ›Indio-König und Kaziken‹ und den anderen zum ›Negerkönig‹ gemacht. Damit stand meine

Familie um meinen Thron herum auf Posten, und alle Quadernas hatten die ihren Fähigkeiten und ihrer hierarchischen Stellung gebührenden Plätze inne: als Prinzen von Geblüt im Reich des Sertão und im Kaiserreich Brasilien.«

»Sie haben doch eben von Ihrem Thron gesprochen, nicht wahr?« fragte der Richter absichtsvoll obenhin. »Soll das heißen, daß Sie auch ein König sind, wie Dom Pedro Sebastião einer gewesen ist?«

Ave Maria! Abermals war ich in meinem Stolz wieder viel zu weit gegangen. Ich riskierte Kopf und Kragen, denn wenn der unerbittliche Untersuchungsrichter mein Königsblut väterlicherseits entdeckte, war ich verloren. So machte ich Ausflüchte:

»Herr Richter, diese monarchischen Angelegenheiten sind sehr verwickelt, und es braucht etwas Zeit, bis man sie versteht. Politisch und militärisch betrachtet, bilden Dom Pedro Sebastião und seine drei Söhne das ›Königshaus von Cariri‹. Meine Brüder und ich sind nur Fürsten und Krieger dieser literarischen Adelsschauspiele: der Reiterfeste, der Stammestänze, der ›Galione Catrineta‹ usw.«

»Aber da Sie mütterlicherseits ein Garcia-Barretto sind, wenn auch ein unehelicher, sind Sie immerhin ein Fürst, und ich glaube, auch Sie haben ein Anrecht auf die Anrede ›Dom‹.«

»Nun, das stimmt in gewisser Hinsicht«, räumte ich geschmeichelt ein. »Nur die Bescheidenheit hat mich bisher gehindert, Ihnen das zu sagen.«

»Dann entschuldigen Sie unser bisheriges Versäumnis und geruhen Sie fortzufahren, *Dom* Pedro Dinis Quaderna!«

»Danke!« versetzte ich und tat so, als hätte ich den besonderen Tonfall in seinen Worten nicht bemerkt.

Und ich fuhr fort:

»Die Panatis, die Bogenschützentruppe meines fürstlichen Privatheers, trugen mit Glasperlen verzierte Umhänge und lange Federkronen, die ihnen, an einem gelben und grünen Kopftuch befestigt, bis auf die Schultern herabhingen. Ihre Leiber waren mit breiten schwarzen und roten Querstreifen angemalt. Sie trugen nur den rituellen Lendenschurz: Gürtel und Knöchel waren mit Sperberfedern verziert. Mit ihren Gefährten, den linken Negern, standen sie bereit, um die Pausen der Kavalkaden mit Tänzen aus dem ›Kriegerspiel‹ zu füllen. Einige trugen aus Kürbissen geschnitzte Rasseln, andere schwangen Keulen, wieder andere lange Lanzen. Die meisten jedoch waren mit großen hölzernen Bogen bewehrt, deren Pfeile ebenfalls mit Federn geschmückt waren und von ihnen mit der raubtierhaften Geschmeidigkeit von Jaguaren gehandhabt wurden, was mich an die mythologische Neger-Tapuia-Einleitung von Clemens' berühmter ›Penetral-Philosophie‹ erinnerte. Ihr zufolge stammten die Frühmenschen, da die Sonne für sie ein göttliches Mannweib und die Allerzeugerin war, von der Kreuzung eines Gottes mit einem Tier oder Vogel ab. Clemens behauptete, ›das mythische Zeugungstier par excellence der Menschenrasse‹ sei der Jaguar. An jenem Tage stand mein Bruder Tabajara Peba Quaderna, umgeben von zwei rothäutigen Fürsten, als Indio-König an der Spitze des Stammes. Seine Kleidung war derjenigen der Bogenschützen seiner Schar ähnlich, unterschied sich jedoch in Einzelheiten von ihr; als Königszeichen trug er einen Blechhelm auf dem Kopf, der mit Federn verziert war und wie der Helm einer Ritterrüstung aussah, was ihm, auch wenn sich Samuel darüber entrüstet zeigte, eine ganz besondere Würde verlieh. Die Negerschar ihrerseits führte Feliciano Nonato, der dunkelhäutigste aller Quadernas. Ebenfalls von zwei Fürsten umgeben, trug er einen federgeschmückten Helm, einen blauen Rock und ein rotes Wams. Auf der Brust stellte er silberne Halbmonde und andere Einlegearbeiten aus goldfarbenen Glasperlen zur Schau, was Ew. Ehren hoffentlich nicht übelnehmen werden, denn so ist es der Brauch bei allen Maurenscharen des Pfingstfestes. Maurische Weste, Halsketten aus Muschelhörnern, samtbesetztes Wams und dazu passende kremfarbige Strümpfe vervollständigten seinen königlichen Aufzug. An den Füßen trug er Schuhe aus Wildkatzenleder.

Seine Krieger waren ähnlich gekleidet, wenngleich bescheidener, damit der Rangunterschied erkennbar würde. So war denn, Herr Richter, alles aufs beste vorbereitet. Die blauen und die roten Ritter ritten in Zweier-Reihen auf dem Marktplatz ein und wandten sich der Tribüne zu. Ich hatte ausdrücklich untersagt, daß meine Brüder dem Präfekten ein Salemaleikum entböten, denn er war Republikaner und überdies ein einfaches Mitglied des städtischen Bürgertums, wenn auch mit einer illustren Dame aus dem Landadel verheiratet. Und selbst wenn er ein Adliger gewesen wäre, so hat man es doch noch nie erlebt, daß Fürsten von Geblüt einfachen Edelleuten aus ihren Vorzimmern ihren Gruß entboten hätten. Deshalb tauschten der rote Maurenkönig und der blaue Kreuzritterkönig, als sie vor die Tribüne gelangten, statt den Präfekten und den Bürgermeister zu grüßen, lediglich untereinander einen Gruß, und dann riefen sie sich die rituellen Drohworte zu. Der Maurenkönig grollte machtvoll:

> Komm, du Stärkster deiner Schar,
> Laß uns kämpfen Brust an Brust,
> Denn zu kämpfen spür ich Lust
> Wie ein wilder Jaguar.
> Uns allein gehört das Feld.
> Niemand anders dräng' sich ein:
> Worte laß ich Worte sein.
> Feuer aus der Waffe schnellt –
> Laß uns sehen, wer hier fällt
> Und als Sieger bleibt allein.

Der Christenkönig erwiderte:

> Dieses hier ist unsere Schlacht,
> Blutig wie Tyrannenmacht.
> Durindana, dies mein Schwert,
> Ist wohl seines Meisters wert.
> Hier an diesem Schmiedeherd

Werde ich den Sieg erringen,
Und in die Erinnerung dringen
Meine Taten und Gefahren,
Wenn auch noch in spätern Jahren
Sänger meinen Ruhm besingen.

Nach diesen rituellen Grußworten und Drohungen, Herr Richter, gaben die beiden Könige ihren Pferden die Sporen und setzten sich erneut an die Spitze der beiden Ritterscharen, die sich nun den zuvor bestimmten Plätzen zuwandten. Ein Strahlenkranz von Raketen zerplatzte in der Luft, und die Musikkapelle intonierte einen Marsch, den ›Euclydes-da-Cunha-Marsch‹, den unser genialer Musikmeister und Dirigent Jovelino Maciel eigens für das Fest komponiert hatte, derselbe, der auch die Proben des Kirchenchors leitete, bei denen Dr. Samuel und Dona Carmen Gutierrez Tórres mitwirkten. Erregt von den Schreien und Pfiffen der Volksmenge, von der Musik und den zerplatzenden Raketen, stampften die Pferde nervös den Boden und wollten losgaloppieren. Der Kampfrichter und Zeremonienmeister, ebenfalls einer meiner Brüder, wollte gerade die blaurote Fahne senken und den Beginn des ersten Durchritts anzeigen. Alles ließ eine glänzende, heitere und ordnungsgemäße Kavalkade erwarten, derjenigen weitaus überlegen, welche die ›Silberminen‹ eröffnet, das geniale Werk meines Vorläufers Dom José de Alencar. Leider Gottes jedoch muß ich nunmehr, Herr Richter, alle Darsteller bitten, in Reglosigkeit zu erstarren – mein Bruder mit in die Luft erhobenem Arm, alle Teilnehmer mit verdrehten Augen und aufgesperrten Mündern, das Banner gen Himmel flatternd, und so weiter. Denn jetzt muß ich mich auf die Straße begeben, die unser Städtchen mit Vila da Estaca Zero verbindet, und etwas außerordentlich Wichtiges erzählen, das sich dort abspielte.«

FÜNFUNDFÜNFZIGSTE FLUGSCHRIFT
ABERMALS DER REITERZUG

»Ohne daß es die Zuschauer auf dem Marktplatz ahnen konnten, näherte sich uns nämlich auf der Straße von Estaca Zero in jenem Augenblick ein anderer Reiterzug, der den Gang der Ereignisse und das Schicksal der wichtigsten Persönlichkeiten des Ortes einschneidend verändern sollte, den bescheidenen Chronisten-Edelmann, Dichter-Schreiber und Wappenkönig aus dem Königshaus des Sertão von Cariri, der augenblicklich zu Ihnen spricht, eingeschlossen. Ich will diesen Reiterzug nicht mit allen Einzelheiten beschreiben, weil Ihnen ja mein königlicher Stil schon mehr oder minder vertraut ist. Es genügt, wenn ich Ihnen sage, daß er fast zur Gänze aus Zigeunern bestand, die medaillenbesetzte funkelnde Wämser trugen. Auf Wagen oder in Käfigen wurden Jaguare, Rotwild, Sperber und Kobras herangefahren. Vor dem Zuge flatterten zwei Banner: das eine zeigte Jaguare und Gegenhermeline, das andere Kronen und goldene Flammen auf rotem Grunde. Vier Männer waren die Anführer und Notabeln des Zuges: ein Mönchs-Cangaceiro namens Bruder Simão, Dr. Pedro Gouveia da Câmara Pereira Monteiro, Luís Pereira de Souza (bekannter als ›Dreiecks-Luís‹) und der Jüngling auf dem Schimmel. Dieser Reiterzug war kurz zuvor in einen von der Truppe des Hauptmanns Ludugero ›Schwarze-Kobra‹ gelegten Hinterhalt geraten und hatte im Kampf einen seiner Bannerträger eingebüßt, den Leutnant José Colatino Leite. Jetzt näherte er sich Taperoá. Zu den erwähnten Bannern kamen noch vier weitere; auf einem von ihnen sah man einen geflügelten Stier, auf den übrigen einen Jaguar, einen Engel mit vier Köpfen und einen Sperber.«

»Stimmt denn das alles? Diese adlige Kleidung, diese Banner, diese Jaguare, diese sonderbaren Ereignisse, entsprach das alles der Wirklichkeit oder ist es ›königlicher Stil‹?«

»Nun, wenn Sie wollen, so stellen Sie sich von mir aus einige magere, häßliche Pferdchen vor, dazu eine Anzahl schmutziger, verhungerter und staubverkrusteter Leute, die bunt zusammengewürfelt ein paar alte ausgehungerte und zahnlose Zirkustiere hinter sich herzogen. Für mich jedoch ist nur die geheiligte Fackel der königlichen Poesie imstande, eine Vorstellung von diesem außergewöhnlichen epischen Ereignis zu vermitteln. Nur wenn man sich das Stück Straße vor Augen hält, Herr Richter, auf dem sie jetzt einherzogen, kann man sich die ganze Szene gut vorstellen. Rechter Hand von den Zigeunerreitern führte die Straße an einer Klamm vorüber, an der sie nun schon seit fünf Minuten auf ihrem Zug entlangzogen. Vor dem Abgrund schützte sie eine Steinmauer, die, wie ich aus dem ›Illustrierten praktischen Wörterbuch‹, meinem Vademekum, entnehme, bei den Portugiesen ›castro‹ hieß, Einfriedigungen aus Feldsteinen, die sie von den Römern erbten und die wir Sertão-Bewohner von den Portugiesen und Spaniern übernommen haben. Blendende Sonne funkelte auf den Steinen der Einfassung, funkelte auf ihrem Granit, der Quarz- und Malachit-Einsprengsel aufwies. Links von den Zigeunern stieg der Felsenhügel, den man 1924 mit Dynamit gesprengt hatte, um Raum für die Straße zu schaffen, fast senkrecht an und ließ in harte und trockene Erdschichten eingelagerte violette Felsbrocken erkennen. Der untere Teil des Hügels bestand überwiegend aus solchen Felsen. Die abgeplatteten Felsen bedeckten Mönchskronen und dunkelrote, gelbe oder violette Bromelien, bisweilen auch wundervolle scharlachrote Blüten, die zwischen dornigen Blättern leuchteten. Sie glühten in der Sonne wie gewaltige Fackeln oder Kandelaber, zwischen denen einsam und wild Pumas oder graubraune Jaguare umherirrten – die Leoparden des Sertão. All dies bewahrheitete, was ein erlauchter brasilianischer Poet prophetisch von meinem Epos vorausahnte, als er dichtete:

Einsame Felsen ragen himmelan,
Phantastisch ist ihr Bau und wird erhellt

Von der Bromelien roten Kandelabern.
Um euch, ihr scharlachroten Leoparden,
Euch Trägen stärkres Leben einzuhauchen,
Zeichnen hochschwebend die Guarás ins Licht
Die Krone ihres dunklen Blutstroms ein.

Die Buschsteppe und der wilde sonnenverbrannte graubraune
Zwergwald verbanden dies alles zur Einheit, Herr Richter. Die
Sonne schien kurz nach zwei Uhr nachmittags so heftig, daß der
Blick von ihrem Glanz irritiert wurde. Von der Sonne geblendet und an der Sicht auf die Buschsteppe und die Hochebene gehindert, hatten die Reiter den Eindruck, über eine
Straße zu ziehen, die sich in der glühenden, leuchtenden Luft
verlor, eine Straße, die nicht mehr den Boden berührte wie andere Straßen, sondern statt dessen schwebte, aufgehängt an der
umgestülpten glutblauen Himmelsschüssel, an den Kupfer-
strahlen der Sonne. Der Feuerwind des Buschwalds, der versengende ›Sertão-Wind‹ fegte stoßweise über die Hochebene
und wirbelte dabei Säulen trockener Blätter und Holzstückchen in eine Höhe von über dreißig Metern empor. Das verstärkte nur noch den Eindruck, sie befänden sich auf einer
Reise zur Erleuchtung oder auf einer Neuen Suchfahrt, auf einer Straße, die ins ›fremde Land des Todes‹ führte. Haben Sie
vielleicht schon von dem Volkssänger Pedro Ventania reden
hören?«

»Nein, diese Ehre ist mir nicht zuteil geworden.«

»Nun, er ist von einer Schlange verschlungen worden, Herr
Richter, und im Gedanken an ihn habe ich eben von dem
›fremden Land des Todes‹ gesprochen. Ventania befand sich in
der Buschsteppe auf der Fuchsjagd, als ihn hinter einem Felsen
eine riesige Boa angriff und zu verschlingen begann, zuerst die
Füße, dann die Beine, dann den Bauch, später den Hals und
den Kopf mit den verdrehten Augen! Später haben mir seine
Jagdgefährten, schreckensstarr und vom Gifthauch der
Schlange halb benommen, erzählt, daß Ventania schon erho-

benen Hauptes im Inneren der Boa verschwunden war und sozusagen die Fahne eingeholt hatte (oder besser gesagt: schlund- und magenabwärts wanderte), als er mit gedämpfter Stimme, die aus den Eingeweiden des Schlangenuntiers widerhallte, seinen letzten Satz auf dieser Welt rief, nämlich: ›Lebt wohl, liebe Leute, ich wandre durch ein fremdes Land.‹ Vielleicht ist unser alter Sertão, Herr Richter, selber das fremde Land des Todes, beherrscht von den Zähnen des Jaguars, vom Gift der Schlangen, der Spinnen und anderer Tiere. In dieses Land drang in jenem Augenblick der irrende Knappe, der Jüngling auf dem Schimmel ein, träumerisch auf der Suchfahrt nach seinem zerstückelten und grundlos verlorenen Leben. Jetzt ritt er dort heran. Vielleicht ahnte der geniale brasilianische Barde Álvares de Azevedo das Auftreten dieses versonnenen engelhaften Knappen in meinem Epos, als er die prophetischen Verse schrieb, in denen es heißt:

> Wenn ein Gotteskind die Erde
> Unsichtbar durchstreift und allen
> Leidenden ihr Recht verschafft,
> Ist's in Wahrheit Gottes Engel.

Der Richter unterbrach mich ungläubig und ironisch:

»Das heißt also, Ihrer Ansicht nach war der junge Mann auf dem Schimmel ein Engel an Reinheit, Unschuld und Harmlosigkeit?«

»Nein, Herr Richter. Engel sind ganz anders, als die Leute meinen. Da Sie kein Schüler von Samuel und Clemens gewesen sind, können Sie auch die Vierfaltigkeit des göttlichen Jaguars nicht kennen: den Jaguar, den schwarzen Jaguar, den braunen Jaguar und den Gold-Sperber. Oder, mit anderen Worten, Smaragd, schwarzen Granatapfel, Rubin und Topas. Die Engel sind an den Vater, den gefleckten Jaguar, an den Hauch des Sertão – den Glutwind der Wüste – und an den brennenden Dornbusch des Blitzsteins gebunden und daher Feuerwesen, mit Schwertern bewaffnet und schrecklich gefährlich.«

»Dann meinen Sie also, daß der junge Mann auf dem Schimmel gefährlich war?«

»Darin, Herr Richter, sind wir uns völlig einig. Ich zweifle nicht im geringsten daran, daß der junge Mann auf dem Schimmel gefährlich war; es genügt schon ein Blick auf die Ereignisse nach seiner Ankunft, um das zu begreifen.«

»Nehmen Sie diese Erklärung zu Protokoll, Dona Margarida, sie ist von grundlegender Bedeutung für die Untersuchung.«

»Ich glaube im übrigen, daß der große erleuchtete Barde aus Paraíba, Augusto dos Anjos, aus diesem Grund die verhängnisvolle Straße, auf welcher der Jüngling auf dem Schimmel einherritt, als ›unermeßliche schimmernde Kobra‹ beschrieben und dem Jüngling die folgende rätselhafte Klage in den Mund gelegt hat:

> Wer hat die Tränen meines Leids gesehen?
> Ich kann die wunde Seele nicht mehr halten.
> Über die Straße wandern Mißgestalten,
> Und unter ihnen muß ich selber gehen . . .

SECHSUNDFÜNFZIGSTE FLUGSCHRIFT
DIE ERSCHEINUNG DES UNTIERS BRUSAKAN

»Eine Frage, Herr Pedro Dinis Quaderna: Glauben Sie an den Teufel?«

»Wie sollte ich nicht an ihn glauben, Herr Richter? Eben noch, als ich mich auf dem Weg hierher befand, ist er dem Bruder des Komturs Basílio Monteiro auf der Schutthalde im Flußbett, unterhalb des Brunnens, erschienen! Eugénio Monteiro erinnerte mich daran, wie häufig man hier im Sertão geflügelten, hochgefährlichen Wesen begegnet, die den Lämmern und Zicklein die Augen auspicken. Wer sind sie? Sind es Sperber? Aasgeier? Drachen? Alles zugleich, glaube ich, weil sie allesamt Verkörperungen des Untiers Brusakan sind, der zwitterhaften Ipupriapa, des Monstrums, das alles Gefährliche und Dämonische im Sertão in sich vereint. Haben Sie schon einmal das Untier Brusakan gesehen?«

»Nein.«

»Auch nicht von ihm reden hören?«

»Auch das nicht.«

»Nun, das wundert mich sehr, weil es das schrecklichste Ungeheuer ist, das in unserer ganzen alten Welt bekannt ist. Jedermann weiß, Herr Richter: es ist das Böse, das Rätselhafte, das Chaotische in Person! Die sechs Monate der Regenzeit verbringt es im Meer. Während dieser Zeit befaßt es sich mit zweierlei: es verursacht die Stürme und wartet hier in Küstennähe von Paraíba auf die Ankunft der Walfische, denen es das Blut aussaugt, um sie dann zu verschlingen, als wären es Stichlinge. Wenn dann der September herankommt, steigt es aus dem Meer, schnaubt Feuer aus den Nüstern und begibt sich in eine weltverlorene Grotte im Sertão. Das von seinem Atemstrom ausgehende Feuer bewirkt die Dürre. Und es erscheint in vielerlei Formen. Im übrigen, wenn Sie mir nicht glauben, so schlagen Sie doch in der ›Geschichte Brasiliens‹ von Bruder Vicente von Salvador nach, der ein Edelmann und ein Mönch war, so daß sein Wort Achtung verdient. Damals war das Untier Brusakan bei den Indianern als Ipupriapa oder Hipupriara bekannt. Es ist am Strand einem gewissen Baltazar Ferreira erschienen, einem Edelknappen, der Sohn eines Generalkapitäns war. An jenem Tage erschien es mit einem Hundsgesicht, Weibsbrüsten und Leib und Klauen eines gefleckten Jaguars, und daher glaube ich, es muß ein Tag gewesen sein, an dem es schon auf den Sertão zuflog: es heißt nämlich, daß es auf diesem Flug immer etwas Jaguarhaftes an sich hat. Baltazar Ferreira konnte das Untier mit dem Messer verwunden. Wenn er sich außerdem mit seinem Blut den Mund befeuchtet hätte, wäre er unsterblich geworden. Jedenfalls habe ich einen seiner Nachkommen gekannt, einen Notar einer kleinen Ortschaft der Küstengegend in Richtung Rio Grande do Norte. Es ist ein alter, halb närrischer Mann; da er den gleichen Namen führt wie sein Vorfahr, gibt es Leute, die darauf schwören, es sei noch immer derselbe Mensch. Er stand noch ganz unter dem Eindruck der Geschichte von der Ipupriapa Brusakan, und deshalb begab er sich auch mit mir und dem Jüngling auf dem Schimmel auf die ›Meeres-Odyssee‹, die wir mit Meister Romão auf der großen Barkasse ›Morgenstern‹ unternommen haben, auf der wir von Rio Grande do Norte bis zum São-Francisco-Strom zwischen Alagoas und Sergipe gereist sind.«

»Das Abenteuer des jungen Mannes auf dem Schimmel hatte also auch noch einen maritimen Teil?«

»Den hatte es, gewiß. Es bestand zunächst aus einer ›Sertão-Ilias‹ und dann aus einer ›Meeres- und Küsten-Odyssee‹, und deshalb wird meine Sertão-Burg aus mir einen Epiker machen, der in *einem* Werk vollständiger ist, als es Homer gewesen wäre, wenn er existiert hätte.«

»Großartig! Aber führen Sie nur aus, was Sie über das Teufelstier sagten, das interessiert mich sehr. Entschuldigen Sie, Dona Margarida, aber es ist für das Verständnis der Psychologie dieser Leute so aufschlußreich, daß ich dieser Geschichte unbedingt nachgehen muß.«

»Und damit haben Sie recht, Ew. Ehren«, sagte ich. »Vielleicht überzeugt es Sie nicht auf den ersten Blick, aber es bleibt doch eine Tatsache, daß alles das hochwichtig war für unser ganzes Abenteuer. Schauen Sie her: ich habe meinen Bruder Taparica, der Zeichner und Holzschneider ist, gebeten, die Figur abzukopieren, die mir Samuel im Buch des Bruders Vicente von Salvador gezeigt hatte. Ich darf Sie bitten, die Gestalt der Hipupriara meiner Aussage beizufügen. Wußten Sie schon, daß es mein geheimes Ziel war, als ich den jungen Mann auf dem Schimmel begleitete, dem Untier Brusakan zu begegnen, es zu verwunden, sein Blut zu schlürfen und so astrologisch unsterblich zu werden?«

»Die Informationen, über die ich verfüge, lauten ganz anders, sowohl in bezug auf Ihre Person wie in bezug auf den jun-

gen Herrn auf dem Schimmel!« versetzte der Richter mit einem
Ausdruck, der mich erbeben machte.

Um ihn gänzlich von der »philosophischen und prophetischen Natur« der Neuen Suchfahrt zu überzeugen, die wir 1935
unternommen und vor wenigen Tagen so schrecklich beendet
hatten, kam ich noch einmal auf die Angelegenheit zurück:

»Ew. Ehren haben ein Recht, so zu denken, aber Sie haben
eben nie von den Erscheinungen dieses Meeres- und Sertão-
Dämons reden hören. Mich selber nicht eingerechnet, habe ich
drei Leute gekannt, die Brusakan gesehen haben. Nie wieder
konnten sie ihr Blut von ihrem Giftbiß reinigen.«

»Und Sie selbst haben den Dämon gesehen?«

»Das habe ich, aber meine Vision erzähle ich Ihnen aus
Gründen der epischen Ordnung später. Die drei anderen waren
der alte Baltazar Ferreira, der Notar, von dem ich Ihnen schon
gesprochen habe, Meister Romão, der alte Kapitän der Barkasse ›Morgenstern‹, und der Viehhirt Manuel Inácio, ein
Leibwächter aus Seridó, der das Untier auf dem Meere nahe
dem Stier-Strand in Rio Grande do Norte beobachtet hat.
Kennen Sie den Stier-Strand?«

»Nein«, sagte der Richter verstimmt.

In gewisser Weise wollte ich ihn auch verstimmen, um so das
Gefährliche der Angelegenheit zu mildern, und so fügte ich
hinzu:

»Es ist ein historischer Strand: auf ihm ließ, wie mir Samuel
erzählt hat, das brasilianische Geschwader, das Admiral Graf
Torre befehligte, im siebzehnten Jahrhundert nach einer mehr-
tägigen Seeschlacht das kleine Heer zurück, das von André Vidal de Negreiros, Luís Barbalho Felpa de Barbuda, Antônio Fi-
lipe Camarão, Henrique Dias und anderen kommandiert
wurde – ein Heer, das einen der schönsten ›berühmten Rückzüge‹ unserer Geschichte bewerkstelligte. Deshalb erzählt man
dort an der Küste von Rio Grande do Norte, zuweilen gingen in
der Nacht oberhalb der Riffe die Seelen der zur Hölle gefahre-
nen Holländer spazieren, und Graf Torre, ein mit Topasen be-

hängtes Gespenst, versuche die zerschlagenen, zerfetzten Segel hochzuheben und gekenterte Karavellen zusammenzuführen. Ich weiß nicht, ob Sie schon darauf geachtet haben; die Küste des Nordostens hat flache weiße Strände mit feinem schimmerndem Sand, der unter unseren nackten Füßen knirscht, aber auch solche, die steinig sind und steil ansteigen und aus rostbraunen Felsen bestehen. Das Kap von Santo Agostinho und die Festung St. Joachim, Strände, an denen der Gringo Edmund Swendson Ländereien besaß, gehörten beide zum letzteren Typus: ein felsiger Berg ragte senkrecht über dem Meer auf, und unten lag eine kleine Bucht mit einem flachen, stillen Strand neben der Mündungsrinne eines Flusses. Nun ist aber, Herr Richter, wie der geniale brasilianische Dichter Vicente de Carvalho versichert, das Meer, das ›schöne wilde Meer‹, ein ›Tiger, dem der Wind von ferne das Fell sträubt‹ und ein seltsames Raubtier. Es ist auch ›ein Greis mit blauem Barte, in den Kerker der umringenden Felsen verbannt‹. Andererseits muß das Meer tief mit dem verbunden sein, was Clemens ›das Schicksal der Menschenherde‹ nennt, denn Vicente de Carvalho behauptet außerdem, wenn er sich vor das Meer hinstelle, erhebe er ein Wehklagen und verwünsche die unbekannte Hand, die unser Schicksal vorgezeichnet hat: ›Ein sinnloses Verbrechen ist das Verbrechen der Geburt‹, sagt er. ›Es war mein Verbrechen, und ich sühne es mit meinem Leben.‹ Nun, wie gesagt, der Viehtreiber Manuel Inácio befand sich mit einem Rind auf Reisen, das er in Macau verkaufen wollte. Außer dem Rind hatte er auch ein paar mit Lederhäuten beladene Esel bei sich; das Leder wollte er gegen Salz für das Hinterland eintauschen. Zufällig schlug er den Weg zur Festung St. Joachim ein und folgte einer alten Straße, die am Meer entlangführte. Das geschah am 24. August 1919. An jenem Tage gelangte Manuel, halb erstickt von Sonne und Hitze, in ein Wäldchen von Kaschu-Bäumen, schickte die Tiere zum Trinken an den Flußlauf, aß zu Mittag und nutzte die Augenblicke, in denen das Vieh weidete, um sich ein wenig auszuruhen. Unter einem Kaschu-Baum liegend, bemerkte er zur Strafe seiner Sünden, wie sich vor ihm die Erde sanft aufhob und einen felsigen Hügel bildete, der aus großer Höhe steil ins Meer abfiel. Wie alle Bewohner des Sertão vom Anblick des Meeres geblendet, beschloß er, den Berg zu besteigen, um einen weiteren Ausblick zu haben. Als er oben anlangte, blieb er einen Augenblick stehen und sann ohne Zweifel wie Vicente de Carvalho über das Schicksal der Menschenherde, über die unübersehbare Heerschar der Sterblichen nach, die auf die Welt gekommen, gealtert und gestorben waren – immer im Angesicht des gleichen blaubärtigen Tigers. Auf einmal hörte der Viehtreiber (wie mir später der Notar Baltazar Ferreira erzählte, dem ich diese Geschichte verdanke) ein sonderbares mächtiges Brüllen. Anfangs dachte er, es sei sein Rind, das sich in der Ferne über irgendein ungewöhnliches Vorkommnis aufgeregt hätte, aber dann änderte er seine Meinung, denn, so erzählte er, ›kein Vieh auf der Welt konnte ein Gebrüll wie dieses von sich geben‹. Als er nun zum Meer hinüberschaute, bemerkte er über seiner gleißenden grünblauen Oberfläche, die vom heftigen Mittagslicht bestrahlt wurde, eine schwarze Wolke, umgeben vom glänzenden Saum der Sonnenkrone. Wie der Viehtreiber dem Baltazar Ferreira erzählte, merkte er nun erst, daß es die Erde war, die sich kurz zuvor zusammengezogen und das Brüllen ausgestoßen hatte, das ihm so in die Glieder gefahren war. Ich weiß nicht, ob Sie das wissen; die Viehhirten des Sertão haben schon vor langer Zeit entdeckt, daß die Erde eine Kuh ist, ›eine riesige, erzengelhafte Kuh, die Flüsse ins Meer pißt‹, wie unser Prophet Nazário sehr zutreffend gesagt hat. Sie behaupten, an einem bestimmten Ort der Erde gebe es eine riesengroße Grotte, deren Eingang, verglichen mit ihrer Breite, lang und eng sei, eine Spalte, die aus grünen, mit samtigem Moos bedeckten Steinen besteht. Die erzengelhafte Erdkuh gebar durch diese grüne Grotte hindurch den grünblauen Tiger, und deshalb stößt die Erde zuweilen dies mächtige Brüllen aus und ruft in Augenblicken der Gefahr nach ihrem raubtierhaften Sohn mit dem grünen Haar. In dem Maße, in welchem sich die sonderbare Wolke an jenem Tage senkte und auf die Küste zukam, schwollen die Wasser unter ihr an und wuchsen immer höher. Sie begannen zu sieden und prallten mit immer heftigerer Wut gegen die braunen Felsen des Hügels. Plötzlich spaltete sich der riesenhafte Wasserschwall, und Brusakan ließ, aus den aufgewühlten siedenden Gewässern auftauchend, ihr verwünschtes gekröntes Haupt in der Luft sehen. Oh, nur wer Brusakan schon einmal erblickt hat, kann sich von ihrer machtvollen, schaudererregenden Gestalt eine Vorstellung machen! Sieben dunkle, spitz zulaufende Hörner, ein haariger Rachen, ein himmelblauer Buckel! Auf dem zottigen Fell eine Mähne aus Schlangen und verknäuelten Muscheln! Ihr Blick kobrahaft, und der Leib ähnlich dem riesigen Leib eines weißen Stiers. Es war das Meeresungeheuer, die Ausgeburt der teuflischen, geheiligten Lenden des Meeres. Sein Blick funkelte bald gelb, bald blau wie gehämmerter Stahl. Im feurigen Hauch seiner Nüstern siedeten die Wasser auf in Blasen giftigen Schwefels. Die Brust war von ekligem Moos überwachsen, wie es die Wände der erleuchteten Hölle beschmutzt und befleckt. Die Schultern waren von rostfarbenen schwärenden Schuppen bedeckt, und auf jeder seiner grünen Weichen glänzte ein gelber Stern: er schimmerte zwischen Tang und Schlick, zwischen den Austern, die an seinem Rumpf klebten, der so uralt war wie ein geborstener Felsen. Der Viehtreiber spürte sein Blut pochen und bitten und flehen, er möge davonlaufen und sich von dem verfluchten Untier entfernen. Gleichzeitig mit dem Entsetzen spürte er jedoch auch die Faszination des Monstrums und seiner maßlosen Chaotik, und sie zwang ihn, hinzustarren und immer wieder hinzustarren, denn es ist unser Schicksal, sagt Clemens, ›jedes Untier dieser Welt entschlüsseln zu wollen‹. Da schien sich nun, Herr Richter, die schwarze oder blutfarbene Wolke, die von dem funkelnden sonnenhaften Saum gekrönt wurde, zu den Ohren und dem blauen Bart des Meeres herabzubeugen. Wie zwei unbesiegbare Teufel tauschten

Wolke und Meer ihre unsäglichen Geheimnisse aus. Die Flügel
des Untiers Brusakan schwangen auf und ab und verursachten
einen Aufschlag auf dem Wasser und eine Erschütterung auf
der Erde. Feuerzungen und prasselnde Funken irrten überall
hin und her. Die dem Strand benachbarten Bäume wurden sogleich angesengt und von dem Glutwind verbrannt, der aus den
Flügeln des Untiers und aus seinen Nüstern hervorströmte wie
aus einem hundertfach glühenden Blasebalg. Die Steine
schmolzen. Und es heißt sogar, daß die Kinder, die das Unglück
hatten, in jenem Augenblick auf die Welt zu kommen, blind
geboren wurden, weil ihre Augen von dem Sturm des dämonischen Feuers verbrannt wurden. So schwamm Brusakan, die
Hintertatzen als Ruder und ihre juwelenbesetzten Fledermaus-
flügel als Segel benutzend, an den Strand, und dort tauchte ihre
riesige Gestalt ganz und gar auf. Das Untier setzte die Hufe auf
den Sand, brach durch den Kaschu-Wald, lief im prasselnden
Galopp eines Raubtiers auf den Sertão zu und verschwand am
rauchenden Horizont. Der Viehtreiber sagte, in dem Maße, in
welchem das Untier an Land verschwand, habe es eine Veränderung durchgemacht: seine dämonische Doppelnatur verlor
die Gestalt des Meeresungeheuers und nahm dafür die Kennzeichen eines Sertão-Raubtiers an: Krallen und Leib eines Jaguars oder einer singenden Hündin. Der Viehtreiber, dessen
Augen wunderbarerweise verschont geblieben waren, stieg nun
den Berg hinab und betrachtete den Ort, wo Brusakan verschwunden war. Der Durchzug des Ungeheuers hatte im
Buschwald eine riesige feurige Schneise hinterlassen, einen
rauchenden Tunnel, groß genug, um zwei Eisenbahnzüge hin-
durchzulassen. Es war, als ob ein Komet vorübergezogen wäre:
der Boden war glatt und mit Asche bedeckt. Noch in gewaltiger
Entfernung waren die Blätter der Bäume versengt und trocken,
als ob sie zwei Jahre Dürre hinter sich hätten. Ochs und Esel
seiner Truppe lagen tot am Boden; sie waren verbrannt und
streckten ihre Läufe gen Himmel. Niedergeschmettert von dem
Erlebten und bedrückt wegen des Verlustes seiner Herde,

dankte Manuel Inácio gleichwohl Gott, daß er mit dem Leben davongekommen war, und trat die Heimreise an. Mittlerweile war das Meer wieder zur Ruhe gekommen. Die Wassermassen glänzten von neuem, bald blau, bald grün, bald violett, heiter, durchsichtig und vertrauenerweckend. Unter der goldenen und kupferfarbigen Sonne sahen sie wie ein blauer Silberspiegel aus, wie ein Spiegel, der seine Tigernatur nur in der Nähe der braunen Felsen zeigte, die er zerbiß und mit seinen Krallen zu zerstückeln versuchte. Auf der Erde hatte das Brüllen aufgehört: jetzt vernahm man nur noch ein nimmermüdes Schnaufen; vielleicht war es das hoheitsvolle, traurige und zugleich mutige Atemschöpfen der Menschenwesen, die sich auf der Welt, wie Vicente de Carvalho meinte, mit unserem blinden und unentwirrbaren Schicksal herumschlugen. Sie, Herr Richter, fragen mich, wie der Teufel ist, ob ich an ihn glaube, und in welcher Erscheinung er auftritt. Das kann ich nicht genau sagen. In den Stunden der Gesichte blendet und blitzt die Sonne und läßt die Welt in unserem Auge erzittern. Man hört den glühenden Windsturm der Welt sausen, und man weiß nicht mehr: ist es der Wind, der in glühenden Stößen bläst und uns die Haut versengt und unsere Lippen aufspringen läßt, oder ist es der Glutofen der Hölle, der den Boden spaltet und hier in der Nähe aufklafft, um die Dürre und die Gewalt des Feuers freizugeben und dazu die Schar der teuflischen Übeltäter, welche die Welt überziehen und mit ihrem Gebrüll, ihrem Pfeifen und Zischen zu ihrem Tohuwabohu beitragen?«

»Das bedeutet also, Meer und Sertão sind für Sie Bereiche des Teufels?«

»Das ist wahr, Herr Richter, aber nicht nur sie, sondern die ganze Welt. Und ich sage Ihnen noch etwas: so furchterregend das Untier Brusakan sein mag, wenn es die Gestalt eines Meeresungeheuers oder eines beflügelten und singenden Jaguars aus den Grotten des Sertão annimmt, es ist zumindest noch eine epische Gestalt. Ich garantiere Ihnen: weitaus mehr graust mir vor dem Teufel der Städte, der wie ein pensionierter Beamter aussieht und bisweilen mit dem Rad spazierenfährt: schwarz gekleidet, einen steifen Filzhut auf dem Kopf, linkisch und boshaft dreinblickend mitten in der Sonnenglut, ohne auch nur im mindesten zu schwitzen, was doch wahrhaftig satanisch ist! Aber wenn die Welt eine teuflische Fratze besitzt, so besitzt sie zum Glück auch ein göttliches Antlitz. Ich habe Ihnen, nach Clemens' Worten, ›das zerlöcherte und dämonische Gesicht des Chaos in seiner Meeres- und seiner Sertão-Gestalt gezeigt‹. Aber daneben gibt es noch ein anderes, ein engelhaftes und paradiesisches. Und das sage nicht ich, ein einfacher Scharadenmacher und Sertão-Akademiker, sondern das sagen anerkannte und bedeutende Leute wie der Volkssänger und Dichter Euclydes da Cunha. Er ist ebenfalls mein Vorläufer wie José de Alencar: er wird gleichzeitig von der Rechten und von der Linken verschmäht, und außerdem war er Mitglied der Brasilianischen Akademie der Geisteswissenschaften. Mit seiner unbestreitbaren Autorität beweist er uns in seiner Abhandlung ›Der Sertão‹, daß unser Hinterland ein teuflisches und ein paradiesisches Antlitz trägt. Dabei ist allerdings zu bedenken, daß Euclydes da Cunha, auch wenn er noch so genial war, nur als ein Vorläufer von mir angesehen werden kann: er war nämlich kein Astrologe und Entzifferer, und er war auch nicht der Genius des brasilianischen Volkes: deshalb konnte er auch nicht wissen, daß der Sertão in Wahrheit ein dreifaches, nicht ein Doppelantlitz trägt. Er ist Hölle, Fegefeuer und Paradies; er hat einen männlichen, einen zwitterhaften und einen weiblichen Teil – er ist bestimmt von Saturn, von Sonne und Mond. Ew. Ehren haben bisher die höllische öde Hochebene mit der Grotte der Brusakan, dem Windsturm der Hölle und den Sperbern, die den Lämmlein und Zicklein die Augen auspicken, betrachtet. Wenn Sie das richtig verstehen wollen, müssen Sie nun diese Bilder vergessen und sich in den Juni versetzen, in ein Jahr mit starken Regenfällen, wenn die Gewitter vorüber sind und die Flüsse gereinigt von den trüben Wassermassen. Dann sehen Sie, wie das Wasser hell wie Silber über den kristallisch blinkenden Sand sprudelt. Und dann sehen Sie noch mehr: die glitzernden Malachite, die gelben, weißen und rötlichen Gesteine der Hänge und Böschungen, die halb ausgetrockneten Rinnsale der Flüsse, deren Wasser sich an den großen Steinen sammelt. Wenn wir auf die Jagd gehen und Durst verspüren, schenken sie uns Erholung, Schatten und das Streicheln des Windes, der in Wassernähe sanft geworden ist; dazu die Blütenpracht der Ipomea-Kletterpflanzen mit ihren violetten oder blauen Glöckchen, der reinen und makellosen Marien-Glockenblumen, der Taubenbohnen, die gemeinhin auf der Einöde wachsen, die ich mir aber unter dem schattigen Laub der Angico- und Braúna-Bäume oder unter den Ipé-Stämmen vorstelle, wo sie heraldisch ihr Wappenrot mit dem Goldgelb vermischen, das aus der Höhe auf uns herabregnet und unser Gesicht und unser Haar bedeckt. Haben Sie nun begriffen, Ew. Ehren? In einem Artikel des ›Scharaden-Almanachs‹ habe ich gelesen, daß die Alten eine ›Kastalische Quelle‹ kannten, an der die Dichter mit dem Wasser die Inspiration eintranken. Homer hätte, wenn er gelebt hätte, aus ihr getrunken. Für mich ist der dreigesichtige Sertão, den ich Ihnen beschrieben habe, mit seiner teuflischen Hochebene, seinem flammenden Fegefeuer und seinem paradiesischen Laubwerk aus Flüssen, Rodeland, Bewässerungsgebieten und Obsthainen meine private, einzigartige ›Kastalische Quelle‹: in dieser Sonne verbrenne ich mein Blut, in diesem Wasser trinke ich meine Sonne, es ist die Quelle des Sertão-Pferdes, das in meinem Lachen und in meinem Blut galoppiert. Aus dem Blut der Erde geht alles hervor, was ich als Visionär, Astrologe und Sertão-Prophet ersinne.«

»Mein lieber Dom Pedro Dinis Quaderna, mir fällt auf, daß Sie manches so am Schnürchen hersagen, als ob Sie es vorher auswendig gelernt hätten.«

»Das stimmt, Ew. Ehren. Trotz meinem Stummelschwanz habe ich ein paar Entwürfe für mein Epos anfertigen können, und was ich Ihnen rezitiert habe, stammte daraus.«

»Aber Sie haben doch in Prosa geredet?«

»Eines Tages will ich alles in Verse bringen und dabei dem Vorbild der besten brasilianischen Autoritäten folgen.«

»Na schön, aber ich habe Ihnen schon erklärt, daß mich die Ereignisse, die mit dem jungen Mann auf dem Schimmel zusammenhängen, bedeutend mehr interessieren. War das, was ihm am 1. Juni 1935 zugestoßen ist, Ihrer Meinung nach ein Saturn-, ein Sonnen- oder ein Mondereignis? War es Hölle, Fegefeuer oder Paradies?«

»Alles zusammen, Herr Richter! Deshalb werden Sie auch in meinem Epos, falls Sie es eines Tages lesen sollten, wenn Sie genauer zuschauen, eine Hölle, ein Fegefeuer und ein Paradies finden – den Vater, den Teufel, den Sohn, die Madonna und den Heiligen Geist – Saturn, Sonne und Mond. Deshalb sage ich Ihnen auch, daß die Landstraße an jenem Tage nicht nur von den sichtbaren Tieren, die auf den Fuhrwagen einherzogen, bevölkert wurde, sondern auch von unsichtbaren Wesen: weißen Erzengeln, schimmernd wie Reiher oder Feuerschwäne, und dunklen, zottigen Dämonen, riesenhaften Fledermäusen mit dem Leib eines Jaguars, unsichtbaren Verkörperungen von Brusakan. Sie erfüllten die trockene steinige Hochebene mit diabolischem Gebelfer und dem Gewirbel ihrer blutigen Flügel. Vielleicht waren es die Feuerschwerter der Engel und das Gebelfer der Dämonen – nicht die Sonne –, welche auf den Steinen wie Hammerschläge widerhallten und die Feuerstreifen ablösten, von denen der Blick geblendet wurde. Es ist auch möglich, daß die Welt selbst, der sich der Jüngling in jenem Augenblick gegenübersah, wie der Sertão-Philosoph Clemens in seinen Verzückungen sagt, ›ein ungeheuerliches Wesen, ein rätselhafter Puma‹ war, den wir ›bei Todesstrafe einfangen und zähmen müssen‹. Ich weiß es nicht, Herr Richter. Ich weiß nur, daß, wie es im Sprichwort heißt, ›wer Angst vor dem Jaguar hat, nicht im Wald spazierengeht‹. In meiner Rolle als Angeklagter beschwöre ich hier den Knappen aus dem Sertão herauf, dessen Auftritt die ganze Geschichte entfesselt hat. Und ohne mein Zutun wiederholt mein Blut die Verse des genialen Dichters

Antônio de Castro Alves, der auf seiner silbernen, schwarz eingelegten Baßgitarre einen brasilianischen Sertão-Ahasver und irrenden Juden besang, den ich mit meinem Jüngling auf dem Schimmel gleichsetze:

> Ich weiß nicht, wer ich bin. Die Schreckenssonne
> Trinkt tief in meiner Brust mein Blut und Leben.
> Ein Fürst auf Irrfahrt sieht am Ziel der Straße
> Sich eine Sphinx, ein hohes Kreuz erheben!
> Ich bin der Ipé-Baum mit goldenen Blüten,
> Der Tod und Zepter in sich schließt, verwirrt:
> Ein Lebender, der Todesland durchstreift,
> Ein Toter, unter Lebende verirrt.

▌ SIEBENUNDFÜNFZIGSTE FLUGSCHRIFT ▌ INVASION UND EROBERUNG DER STADT

»In diesem Augenblick, Herr Richter, gelangten die Reiter auf eine Anhöhe, an einen Platz, von wo aus man die ersten Dächer und den Turm der neuen Kirche unseres Städtchens erblicken kann.«

»Einen Augenblick, Dom Pedro Dinis Quaderna«, unterbrach der Richter. »Liegt nicht in der Nähe dieser Anhöhe ein Felsplateau, das Sie zu besteigen pflegen, ohne daß man genau wüßte zu welchem Zweck?«

Ach, edle Herren und schöne Damen mit den weichen Brüsten! Ich erbebte, erschreckt von dieser Frage und dem Tonfall, in dem sie gestellt worden war. Aber da ich sah, daß er zumindest teilweise in dieser Sache informiert war, befleißigte ich mich abermals der Aufrichtigkeit, um vertrauenswürdig zu' wirken. Ich sagte:

»Es liegt dort, Herr Richter.«

Und da ich mich nicht bei diesem Thema aufhalten wollte, erzählte ich sogleich weiter:

»Dort angelangt, gab der Reiter auf dem Rappen, Dr. Pedro

Gouveia da Câmara Pereira Monteiro, einen raschen Befehl, und die Schar verschärfte ihre Gangart. Zwar verfielen die Pferde, streng abgerichtete Zigeunerpferde, nicht gerade in raschen Trab; sie wollten wohl nicht die Würde des Festzugs stören. Doch beschleunigten sie ihren Schritt, und in diesem Königstempo zogen sie in die Stadt ein. Da nun alle Einwohner auf dem Markt bei den Kavalkaden versammelt waren, bemerkten anfänglich nur die schlimmsten Faulpelze und elendesten Strolche die ›Mauren-Parade‹, wie Samuel sie später taufte. Sie hielt genau auf den Marktplatz zu, gefolgt von allen Trunkenbolden, Narren, Bettlern und Negerlausbuben, die in den Außenbezirken am Straßenrand herumlungerten. Als die Zigeunerkavalkade ins Gesichtsfeld der Leute von Rang und Namen rückte, wurde sie bereits von der ›Republik aller Strolche der Stadt‹ begleitet, um einen Ausdruck meines Meisters und Vorläufers Dom José de Alencar aufzugreifen. Ich kann nun sämtliche Mitwirkenden auf dem Marktplatz aus der ungemütlichen, angespannten Lage befreien, in der ich sie zurückgelassen habe. Ich glaube, nicht einmal José de Alencar wäre imstande, den tiefen Eindruck zu beschreiben, den der ›Gespensterzug‹ hervorrief: vor den Behördenvertretern, den Edelleuten, den Bürgern und dem Volk tauchten die Reiter und Wagen mit den in die Käfige eingesperrten Tieren auf, an der Spitze die entfalteten Banner und der Mönchs-Cangaceiro. Als alle mitten auf dem Marktplatz anhielten, zog der Knappe auf dem Schimmel mit halb träumerischem und geistesabwesendem Gesichtsausdruck ein Jagdhorn aus dem Gürtel, das aus einem Rinderhorn verfertigt und mit Silber beschlagen war, und blies auf ihm ein dumpfes, klagendes Signal. Auf dieses Zeichen hin nahmen die Männer den Sperbern die Lederhauben und die Krallenschützer ab, lösten die Kettchen, an denen sie befestigt waren, und ließen sie frei. Die Sperber stiegen pfeilgerade in die Höhe, stießen dabei wilde schrille Pfiffe aus, die sich wie ein metallisches Klingen anhörten, und entfernten sich in immer höheren Kreisen, bis sie schließlich in den Lüften verschwanden.

Gleichzeitig nahmen einige Zigeuner mit großer Behendigkeit die Käfige vom Wagen, öffneten sie und befreiten mitten auf dem Marktplatz die Hirsche, die Pfauen, die Reiher, die Schlangen und vor allem die Jaguare – die ganze wilde Fauna, die auf den Wagen einherzog. Es war ein wahrer Höllenspuk, Herr Richter! Der Komtur Basílio Monteiro erzählte mir später in der Redaktion der ›Gazette von Taperoá‹, er habe ›fast einen Kollaps erlitten‹, und bemerkte dazu, wie er das gerne tat, ›eine solche Szene konnte nur in einem unglücklichen Land wie Brasilien vorfallen, denn in gut organisierten Ländern wie Deutschland oder den USA wäre so etwas von der Regierung streng verboten worden‹. Die intellektuelle Dona Carmen Gutierrez Tôrres Martins, die Mutter unserer Margarida, berichtete ihrerseits, sie sei von der Tribüne herabgelaufen, ohne genau zu wissen, wie, und habe sich, als sie wieder zu sich kam, in der Gasse zur Neuen Kirche befunden, wo ihr ein sonderbares Erlebnis mit einem Hund zustieß, von dem man bis heute nicht weiß, ob er auf den Fuhrwerken mitgekommen war oder nicht. Der befehlshabende Sergeant und andere Soldaten unseres unbesiegten und unerschrockenen Staatssicherheitsbataillons von Paraíba setzten sich eilig nach São João do Cariri ab und ließen die Stadt ›in den Händen dieser Wegelagerer, welche mit unbekannten finsteren Absichten von der Stadt Besitz ergriffen‹. So stand es in dem Telegramm zu lesen, das der Präfekt gleich am Abend an den Gouverneur absandte. Dr. Samuel und Professor Clemens hielten sich nicht lange mit der Überprüfung der poetisch-monarchischen oder kommuno-philosophischen Implikationen des Ereignisses auf, sondern waren im Handumdrehen spurlos verschwunden. Nicht aus Feigheit, das muß ich aufklärend hinzufügen, denn nur die Mutigsten liefen sofort weg: die Schwächeren blieben wie festgenagelt auf dem Boden sitzen, reglos vor Entsetzen, und fanden erst viel später die Kraft zum Weglaufen, als ihr Schrecken so zugenommen hatte, daß er ihre vorherige Erstarrung wieder aufhob. Am merkwürdigsten jedoch fand ich, Herr Richter, daß die Zigeuner ebenfalls davonliefen. Sie gaben ihren Pferden die Sporen und brachten sich in Sicherheit; später, als die Verwirrung schon vorüber war und alle Tiere in die Buschsteppe geflüchtet waren, schlugen sie auf dem Hochplateau außerhalb der Stadt, nahe unserem ›Friedhof des Trostes‹, ihr Lager auf. Was nun die einfachen Schaulustigen und die Mitwirkenden an der Kavalkade, meine Brüder eingeschlossen, anlangt, so machten sich alle aus dem Staube; auch die beiden illustren Herren, die uns regierten, gaben Fersengeld. Als der Höllenspuk aufhörte, ohne daß es zu einem ernsthaften Unfall gekommen wäre, befanden sich nur noch der Doktor, der Mönch, der Jüngling auf dem Schimmel und Dom Eusébio ›Dreckschleuder‹ auf dem Marktplatz.«

ACHTUNDFÜNFZIGSTE FLUGSCHRIFT
DAS ABENTEUER MIT DEM PISSENDEN JAGUAR

»Wieder einmal, Herr Richter, mußte ich den unentwegten Mut meines großen Freundes, des ›Paladins des Volkes‹, bewundern; er ist der einzige wahre Paladin, den ich kenne, der immer bereit ist, sein kostbares Leben für seine Ideale und für die Gerechtigkeit in die Schanze zu schlagen. Die Leute, die mit den Dingen nicht völlig vertraut waren, ergingen sich in Redereien über ihn und behaupteten, Eusébio sei wegen einer Unterschlagungsaffäre von seinem Posten als Staatsbeamter abgesetzt und nur aus Rücksicht auf seinen ehrenwerten und berühmten Bruder, den Komtur Basílio Monteiro, nicht verhaftet worden – und natürlich, weil unser Brasilien ein hoffnungsloses Land ist. Sie sagten, Dom Eusébio sei ein übler Lügner, ›ein infamer Verleumder, ein skrupelloser Betrüger, imstande, die makellosesten Honoratioren der Stadt mit Schmutz zu bewerfen‹. Doch ich, der sich seine eigenen Ansichten bildet, gebe immer zur Antwort, Dom Eusébio habe zwar wie wir alle seine Fehler, aber keiner seiner Fehler sei klein, gemein oder ordinär: sie seien alle groß, edelmütig und umfangreich. Seine Lügen waren riesenhaft und heroisch; sie auszuhecken, erforderte Mut. Auch die Unterschlagung, die er sich zuschulden kommen ließ, war nicht die schmierige, kleinliche Unterschlagung eines Staatsbeamten gewesen, o nein: es war eine ordentliche Unterschlagung, eine Schiebung, die sich sehen lassen konnte, eine Schiebung vom Format der großen Seele unseres Paladins des Volkes. In Anlehnung an Samuel behaupte ich immer: ›Eine reine Seele ist eine Sache, und eine große Seele ist wieder etwas anderes.‹ Eusébio war vielleicht keine reine Seele, aber eine große Seele war er ohne Zweifel. Und daß er ein mutiger Mann ist, wird von niemandem bestritten, selbst nicht von den Leuten in unserem Ort, die ihn nicht ausstehen können. Allerdings muß man sagen, daß er bei seinen Mutausbrüchen ein wenig vom Pech verfolgt wurde. In Anwandlungen schlechter Laune machte sich Eusébio wegen dieses seines Mißgeschicks über mich her. Er nannte mich dann den ›glücklichen Feigling‹, und sich selbst bezeichnete er als einen ›vom Pech verfolgten Draufgänger‹, und er fügte hinzu, daß, während ich ›Glück in der Feigheit‹ hätte, er vom ›Pech im Mut‹ verfolgt sei. Ob er in bezug auf mich recht hatte, weiß ich nicht, aber in bezug auf ihn selber traf es zu. An jenem Tage zum Beispiel war Dom Eusébio ›Dreckschleuder‹, wie schon gesagt, der einzige Mensch, der den Mut gehabt hatte, auf dem Marktplatz zu bleiben. Als er sich allein auf weiter Flur sah, ›nur umringt von wilden Bestien und flüchtenden Waschlappen‹, schrie er mit herausfordernder Stimme, wie es in Augenblicken der Gefahr seine Gewohnheit war: ›Ihr Feiglinge! Ihr lauft davon und entwürdigt das Sertão-Volk! Aber der Paladin des Volkes weicht nicht von der Stelle. Onélia, bring mir meine Flinte!‹«

»Notieren Sie, Dona Margarida, daß Dom Eusébio und alle seine Freunde, wie man aus diesen Worten ersehen kann, zu Hause Waffen hatten, und das trotz aller Razzien, die der unvergeßliche Präsident João Pessoa im Jahre 1930 durchführen ließ, um den Einwohnern des Sertão die Waffen abzunehmen.«

Um den Tatbestand abzuschwächen, gab ich zu bedenken:

»Herr Richter, es ist freilich wahr, daß Dom Eusébio ›Dreckschleuder‹ eine Flinte besaß, aber das bedrohte die Sicherheit der Regierung von Paraíba nicht im geringsten, denn es kam nie vor, daß er die Waffe wirklich bei sich hatte, wenn er sie einmal brauchte. Er schrie also nach seiner Frau, sie solle ihm die Flinte bringen. Aber das führte zu nichts, denn Dona Onélia war taub wie eine Ofentür und kam solchen Befehlen niemals nach. Der Satz: ›Onélia, bring mir meine Flinte!‹ wurde sogar im Städtchen sprichwörtlich als Ausdruck einer folgenlosen Angeberei. Nun also: an jenem Tage blieb Dom Eusébio ›Dreckschleuder‹ furchtlos wie eine wütende Wildente mitten auf dem Marktplatz stehen. Wie ein irrer Kreisel oder eine wütende Schlange drehte er sich nach allen Seiten um und rief: ›Na, wie steht es? Alle machen sich aus dem Staube, wie? Wo ist hier ein mutiger Jaguar, damit ich es mit ihm aufnehme?‹ Leider versuchten die von dem Lärm gestörten Jaguare in die Hochebene und Buschsteppe zu entkommen und Orte aufzusuchen, an denen es Grotten, Felsen und Buschwald gab, wo sie sich verstecken konnten, dergestalt daß sich keiner blicken ließ, um es mit Eusébio aufzunehmen. Da schrie er lauter: ›Ist denn das die Möglichkeit, daß hier kein Jaguar auftaucht, damit ich mich für diesen Versuch, mir meinen Mut zu rauben, rächen kann? Ich lasse mir von niemandem meinen Mut rauben. Das ist ja wohl die Höhe, daß hier am hellichten Tage ohne Erlaubnis von der Präfektur die Jaguare durch die Straßen spazieren! Her mit einem Jaguar, damit ich ihn von der Schnauze bis zum Hintern in Knoten zusammenziehe!‹ Genau in diesem Augenblick, Herr Richter, rief Dona Nanu, ein altes Frauchen, das am Marktplatz wohnte, Eusébio aus dem Inneren ihres Hauses zu: ›Hilfe, Gevatter Eusébio, hier ist ein Jaguar! Wenn Sie unbedingt einen Jaguar treffen wollen, kommen Sie her, hier gibt es einen, hier unter meinem Bett!‹ Wie eine Furie stürzte sich der Paladin des Volkes in ihr Haus. Ohne auf die Bitten der Leute zu achten, die sich in Dona Nanus Haus geflüchtet hatten, doch ja nicht sein Leben aufs Spiel zu setzen, drang Dom Eusébio

›Dreckschleuder‹ in das Haus der Gevatterin ein, verhielt auf der Schwelle ihres Schlafzimmers und fragte majestätisch: ›Wo steckt das wilde, grausame Raubtier?‹ Dona Nanu erklärte aus gebührender Entfernung: ›Es liegt dort unter meinem Bett hinter dem Nachttopf. Aber Sie sind ja unbewaffnet, Gevatter Eusébio? So dürfen Sie nicht zu ihm hingehen. Tun Sie es nicht, sonst ist es Ihr sicherer Tod!‹ Da aber wurde Eusébio fuchsteufelswild. Er schrie: ›Ich und nicht gehen, Gevatterin? Was heißt hier ‚nicht gehen‘? Wer wird hier nicht gehen? Entschuldigen Sie gütigst, aber ich gehe, ich gehe so schnell mich meine Beine tragen. Ich lasse mir von niemandem meinen Mut rauben. Ist Ihnen denn nicht klar: wenn ich nicht wäre, würden diese Jaguare von nun an mit der größten Frechheit ihr Unwesen treiben. Was bilden sich diese Hundsfötter eigentlich ein? Sie meinen wohl, sie könnten nach Belieben in meine Stadt einfallen, in die Stadt des Paladins des Volkes, ein und aus gehen, wann sie wollen, und sich sogar unverschämterweise unter die Betten meiner Gevatterinnen legen? Doch nein, da irren sie sich gewaltig! Taperoá ist schließlich kein Taubenschlag!‹ Und dann, Herr Richter, schritt Dom Eusébio ›Dreckschleuder‹, durchdrungen von seinem Mut und seinem Paladinenstolz, in das Schlafzimmer, bückte sich unter das Bett, packte den Jaguar beim Schwanz und begann ihn nach draußen zu zerren. Als die Leute, die sich in Dona Nanus Haus befanden, merkten, daß der heroische Abschluß dieses außerordentlichen Abenteuers näherrückte, und feststellten, daß die übrigen Tiere schon den Marktplatz verlassen hatten, gaben sie Dom Eusébio das Geleit. Als er aus der Haustür trat, füllte sich auch der Marktplatz allmählich mit den ersten zurückkehrenden Neugierigen. So trat Dom Eusébio ›Dreckschleuder‹ vor diesen erschrockenen Zuschauern triumphal in Erscheinung, indem er den Jaguar als eine weitere Trophäe seines nie verleugneten Mutes am Schwanz hinter sich herzog. Leider jedoch, Herr Richter, hatte unser Freund wieder einmal Pech. Wie sich später herausstellte, waren alle Jaguare, die mit den Zigeunern mitgekommen waren, wild. Alle, nur nicht dieser eine: das war ein alter Zirkusjaguar, ein abgelebtes zahnloses Weibchen, das sich die Zigeuner als Attraktion für die Kirmessen hielten. Und eben das hatte Dr. Pedro Gouveia seine geniale Idee für den Einzug in die Stadt eingegeben. In der Stunde des Getümmels war das Jaguarweibchen irrtümlich zusammen mit den wilden Tieren freigelassen worden. Als Dom Eusébio ›Dreckschleuder‹ das Tier auf den Marktplatz zerrte, im Angesicht des Mund und Nasen aufsperrenden Volkes, begann es vor Entsetzen zu winseln und stieß ein klägliches Gewimmer aus, das wie das Greinen eines Neugeborenen klang. Außerdem – und das war das Allerschlimmste! – bepißte und bekackte es sich von oben bis unten. Nun ist aber, Herr Richter, die Menschheit so gemein, daß die gleichen Leute, die eben noch die allerängstlichsten gewesen waren und, falls der Jaguar so wild war, wie sie das vermuteten, durch die heroische Tat von Dom Eusébio gerettet worden wären, die ersten waren, die in Gelächter ausbrachen. Kaum hatte nämlich mein Freund mit hoheitsvoll-verächtlicher Gebärde den Schwanz des Jaguars losgelassen und einen Sprung auf die Seite getan, um nicht von Pißspritzern und versprengten Kotkügelchen erreicht zu werden, da rief schon ein Spaßvogel: ›Der Jaguar hat sich bepißt und bekackt. Dom Eusébio ‚Dreckschleuder‘ ist so mutig, daß sich die Jaguare vor ihm bepinkeln.‹ Ein anderer nahm diesen Gedanken auf und rief, während ihm der Paladin den Rücken zukehrte: ›Eusébio Pißmops!‹ Wütend kehrte sich Dom Eusébio um und rief: ›Her mit dem Sackaffen! Wenn er ein Mann ist, soll er mir noch einmal ins Gesicht sagen, was er hinter meinem Rücken gesagt hat!‹ Daraufhin, Herr Richter, verkrochen sich alle. Stumm und eingeschüchtert hielten sie den Schnabel. Dom Eusébio forderte sie noch einmal heraus: ›Seht ihr wohl? Seht ihr, was ihr für große Feiglinge seid? Feiglinge verachte ich.‹ Mit diesen Worten schritt er davon. Sogleich verfolgte ihn der Chor der Tagediebe mit einer Spottsalve: ›Eusébio Pißmops! Jaguar-Melker! Panther-Schieter!‹ Sie begleiteten ihn noch einige Augenblicke. Dann aber,

als sie sahen, daß er sie nicht länger beachtete, ließen selbst die
Hartnäckigsten Dom Eusébio ›Dreckschleuder‹ in Frieden und
kehrten auf den Marktplatz zurück, neugierig zu erfahren, wer
die drei sonderbaren Reiter waren und was sie in unserem
Städtchen vorhatten.«

NEUNUNDFÜNFZIGSTE FLUGSCHRIFT
DER GROSSE ANWÄRTER

»Als sie jedoch auf den Markt zurückkamen, mußten sie feststellen, daß die drei bereits verschwunden waren. Denn, Herr
Richter, die größte Sensation dieses denkwürdigen Nachmittags stand noch aus. Es war weder der sensationelle Einzug der
Reiter noch die Freilassung der Tiere oder auch das unglückliche, wenngleich ritterliche Abenteuer von Dom Eusébio
›Dreckschleuder‹. Sensationell war vielmehr, daß der Mönch,
der junge Mann auf dem Schimmel und der Doktor, kaum daß
der Marktplatz leer war, sich zum Notariat von Herrn Belo
Gusmão begaben und dort feststellen mußten, daß diese mu-
sterhafte Amtsstube schon seit Mittag geschlossen war. Sie pil-
gerten nun zum Hause des Bezirksrichters, des Lizentiaten Dr.
Manuel Viana Paes. An seiner Tür zügelte der Doktor sein
Pferd und rief zu dem Beamten hinauf: ›Haben wir die Ehre,
mit Dr. Manuel Viana Paes zu sprechen, dem ehrenwerten
Richter des Bezirks Taperoá?‹ Von einem Schrank herab, auf
dem er sich angstvoll in Sicherheit gebracht hatte, antwortete
der Richter mit brüchiger Stimme: ›Ich bin Dr. Manuel Viana,
aber sollten Eure Herrlichkeit noch einen weiteren Jaguar bei
sich haben, so möchte ich darum gebeten haben, mir seine Gesellschaft zu ersparen. Es ist ganz gegen meine Prinzipien, von
Raubtieren gefressen zu werden.‹ Dazu muß ich aufklärend
anmerken, Herr Richter, daß Dr. Manuel Viana Paes trotz seiner akademischen Bildung ein Mann aus dem Sertão ist; er
stammt aus Ribeira do Sertão am Fisch-Fluß, und deshalb
glaubt er auch an die Gerüchte, die hier über diejenigen umlau-

fen, die von einem Jaguar gefressen oder von einem Panther verschlungen werden, um mich epischer und tapiristischer auszudrücken. Manche Anhänger des Sertão-Katholizismus glauben nämlich, Leute, die zu ihrem Unglück von einem Jaguar aufgefressen werden, könnten am Jüngsten Tage nicht wiederauferstehen: Wer dann aufersteht, ist der Jaguar. Deshalb fragte Dr. Viana einigermaßen besorgt von seinem Schrank herunter: ›Wer sind Sie denn überhaupt? Etwa ein Zigeuner? Oder der Zigeunerkönig?‹ Der Doktor erwiderte: ›Kein Zigeuner und kein König, Herr Richter. Ich bin der Dr. Pedro Gouveia da Câmara Pereira Monteiro, Magister der Rechte und Rechtsanwalt. Ich bin hergekommen, um die Rechte meines hier anwesenden Mandanten zu verteidigen, denn dieser junge Mann ist niemand anders als Sinésio Garcia-Barretto, der Sohn des Gutsbesitzers Pedro Sebastião-Barretto, der 1930 in diesem Bezirk ermordet worden ist. Er ist der junge Mann, der am Todestag seines Vaters entführt wurde und bis zum heutigen Tage verschwunden war. Jetzt tritt er wieder auf, um sein Anrecht auf seinen Namen und auf seine Erbschaft geltend zu machen.‹«

»Als Dr. Pedro Gouveia diesen umstürzenden Satz aussprach, Herr Richter, war es, als ob ein Blitzstein-Funke zu den Füßen des Richters niedergegangen wäre; im Städtchen breitete sich die Nachricht sogleich wie ein Lauffeuer aus und rief eine noch größere Sensation hervor als die Befreiung der Jaguare. ›So ist also der junge Mann auf dem Schimmel‹, sagte das erregte Volk, ›derselbe Sinésio Garcia-Barretto, der 1930 entführt, 1932 getötet und jetzt wunderbarerweise am Vorabend des Pfingstfestes 1935 wieder dem Dasein zurückgegeben worden ist.‹ Ich darf Ew. Ehren daran erinnern, daß wir uns damals in den Tagen der großen politischen Agitation befanden, die der kommunistischen Revolution von 1935 vorausgingen. Das Volk hatte immer geglaubt, Sinésio würde an der Spitze einer Bewegung heimkehren, um eine Sertão-Revolution in die

Wege zu leiten, von der niemand recht wußte, wie sie aussehen sollte. So ist es nicht weiter verwunderlich, daß diese Ereignisse mich zu guter Letzt gezwungen haben, als Angeklagter zu der Untersuchung zu erscheinen, die Ew. Ehren jetzt eröffnet haben. Ich habe jedenfalls ein ruhiges Gewissen und kann mich in gewisser Hinsicht nicht beklagen; denn eines Tages werden die Ereignisse jenes denkwürdigen Tages meiner bescheidenen Person den Weg zum Genius des brasilianischen Volkes ebnen.«

»Sie möchten also gern der Genius des brasilianischen Volkes werden?« erkundigte sich der Richter ironisch.

»De facto bin ich es schon, aber ich möchte es auch de jure werden und offiziell von der Brasilianischen Akademie der Geisteswissenschaften dazu erklärt werden. Wenn ich in diesem Prozeß verurteilt werden sollte, werde ich zwei Kopien von meinen Aussagen anfertigen lassen und die eine an das Bundesverfassungsgericht schicken und die andere an die Akademie, damit die Unsterblichen mir offiziell den Titel verleihen, und wenn sie es auch nur deshalb tun, weil ich eine neue literarische Gattung geschaffen habe, den ›heroisch-brasilianischen, iberisch-abenteuerlichen, kriminologisch-dialektischen und tapuia-rätselhaften Roman aus Scherz und Lotterleben, legendärer Liebschaft und epischem Sertão-Rittertum‹.«

»Dom Pedro Dinis Quaderna, weder ich noch Dona Margarida wollen Sie entmutigen, nicht wahr, Dona Margarida? Aber glauben Sie wirklich, Sie hätten die Voraussetzungen dazu, daß Ihnen die Brasilianische Akademie offiziell diesen Titel zuspricht?«

»O doch, Herr Richter. Zunächst einmal deshalb, weil ich der echteste Repräsentant unseres Volkes bin. Samuel ist nur ein gotischer Iberer, wie er sich selber ausdrückt. Clemens ist nur ein Tapuia-Neger. Beide sind sie aber an dem Tage, an dem sie meine Ahnentafel überprüften, zu dem Schluß gelangt, daß ich alle erdenklichen Blutmischungen in mir hätte, darunter sogar ein paar Tropfen Neger- und Zigeunerblut. Ew. Ehren haben mir vorhin bewiesen, daß ich als Paraíbaner mit einem Stummelschwanz jüdisches Blut in mir habe. So bin ich der einzige Schriftsteller und Schreiber Brasiliens, in dessen Adern unverfälschtes arabisches, gotisches, jüdisches, suebisches, berberisches, phönizisches, lateinisches, iberisches, karthagisches, trojanisches und außerdem Tapuia-Neger- und Madegassenblut der brasilianischen Rasse fließt. Da ich überdies mit Hilfe des ›Scharaden-Almanachs‹ und der ›Rhetorik-Postillen‹ sorgfältig das Rezept studiert habe, wie man geniale Werke verfaßt, bin ich zu dem Schluß gekommen, daß die einzige wirklich unaufklärbare und vollständige Geschichte, die alle Bestandteile eines Volksmeisterwerks besitzt, das schreckliche Abenteuer Sinésios des Strahlenden ist. Wenn mein Werk beendet und gebührend in Verse umgegossen worden ist, wird es in der Welt der einzige Cangaceiro-, Wegelagerer- und Ritterroman sein, den ein Dichter des Paktes, der Erinnerung, der Inspiration, des Blutes, der Wissenschaft und des Planeten verfaßt hat. Nun war aber Sinésio eine Art von ›João Richtungslos‹, einer kriegerischen Fürstengestalt des Volkssängers Natanael de Lima aus unserem Nordosten. Deshalb kann niemand die Geschichte von Sinésio richtig erzählen, niemand weiß, welches denn eigentlich seine wahre Richtung und sein wahres Schicksal war, derart daß niemand *außer mir* sie erzählen und also auch niemand *außer mir* der wahre Genius des brasilianischen Volkes werden kann.«

»Ausgezeichnet, ich glaube es Ihnen gern. Sie sagten soeben, nur Sie könnten die Geschichte erzählen: ich nehme diese Erklärung zur Kenntnis und halte sie im Protokoll fest. Übrigens war das auch der Grund, weshalb ich Sie vorgeladen habe. Sie, Herr Pedro Dinis Quaderna, werden mir also diese Geschichte haarklein erzählen. Zurück denn also zur Untersuchung und zu den Ereignissen jenes 1. Juni 1935!«

»Wie Ew. Ehren befehlen. Wir brauchen uns ja nicht zu beeilen«, sagte ich, um meinen Schrecken zu verhehlen, der immer größer wurde. Und ich fuhr fort:

SECHZIGSTE FLUGSCHRIFT
DIE GEHEIMNISVOLLE GROTTE

»Wie ich schon sagte, standen wir am Vorabend der kommunistischen Revolution von 1935. Während all jener Jahre verkörperte Sinésio die Hoffnungen des Sertão-Pöbels – um Ihren Ausdruck aufzugreifen – auf Gerechtigkeit. Das Volk hatte nie den Glauben an seine Wiederkehr aufgegeben; nach seiner Wiederauferstehung sollte er das Sertão-Reich errichten, in welchem die Besitzenden von Drachen verschlungen und die Krüppel, Blinden, Unglücklichen und Kranken mit einem Mal mächtig, glücklich, schön und unsterblich sein würden. Diese beiden Hoffnungen vereinten sich daher bei der epischen Ankunft des Jünglings auf dem Schimmel zu einem einzigen Gerücht: Sinésio sei wiedergekommen, um das Reich zu begründen, und die Zigeunergarde, die ihn begleitete, sei nur die Vorhut einer neuen Expedition, die der Edelmann und brasilianische Krieger Hauptmann Prestes in den Sertão entsandt habe, um ihn aufzuwiegeln und die Revolte zu schüren, so wie er es schon 1926 bei der berühmten ›Expedition Prestes‹ getan hatte.«

»Notieren Sie das, Dona Margarida, diese Einzelheit ist von höchster Wichtigkeit«, sagte der Richter.

Margarida gehorchte, und er erkundigte sich:

»Stimmt es, daß der Befehlshaber der aufständischen Truppen von Princesa im Jahre 1930, Luís vom Dreieck, den jungen Mann auf dem Schimmel begleitete?«

»Das stimmt.«

»Das heißt also, daß die Expedition des jungen Mannes auf dem Schimmel im Grunde aus übriggebliebenen Rebellen der ›Expedition Prestes‹ und dem Restheer des karikaten ›Freistaats von Princesa‹ bestand, der sich 1930 gegen die Regierung von Präsident João Pessoa aufzulehnen wagte und dabei als Gipfel der Lächerlichkeit seine Unabhängigkeit proklamierte und sich eine Nationalhymne, eine eigene Landesfahne, eine Verfassung und so weiter zulegte?«

»Das läßt sich nicht mit Sicherheit sagen, Herr Richter, weil hier im Hinterland jemand, der sich mit einer derartigen Bewegung einläßt, den Namen wechselt, um anschließenden Nachforschungen und Denunziationen zu entgehen. Ob an der Truppe des Jünglings auf dem Schimmel Leute von der ›Expedition Prestes‹ oder solche, die gegen sie gekämpft haben, beteiligt waren, weiß ich nicht. Luís vom Dreieck allerdings hatte im Reich von Princesa gekämpft und tauchte nun ebenfalls in der Heerschar des Jünglings auf dem Schimmel auf: das weiß ich genau, denn Luís vom Dreieck war mein Freund, und ich war an jenem Tage mit ihm zusammen. Wie dem auch sei, aus den genannten Gründen verbarrikadierten sich die wohlhabenderen Leute von Taperoá alsbald angstvoll in ihren Häusern, während die Straßen aufs neue von den zahlreichen Armen und Bettlern überzuquellen begannen, die kurz zuvor noch ruhig auf die Kavalkade gewartet hatten. Da trat ein unerwartetes und zugleich äußerst wichtiges Ereignis ein, ein Ereignis, das Sie nur richtig begreifen können, wenn ich Ihnen dazu einige Erläuterungen gegeben habe. Ich sagte Ihnen schon, daß Dom Pedro Sebastião, der König von Cariri, der mir am meisten verwandte Verwandte war, den ich hatte, weil er mein Onkel, mein Schwager und mein Pate war. Mein Vater, der bei ihm als eine Art Adjudant, Ratgeber und Hausastrologe fungierte, wählte ihn als meinen Taufpaten aus und gab mir deshalb den Namen Pedro – mein zweiter Name Dinis stammt von Dom Dinis dem Landmann, dem König von Portugal, von dem wir, mit aller Bescheidenheit sei es gesagt, wie alle Leute aus dem Nordosten, die etwas auf sich halten, abstammen. Angesichts dieser starken verwandtschaftlichen Bindung und da Dom Pedro Sebastião obendrein noch mein Gönner und Ziehvater gewesen war, ist es nicht weiter verwunderlich, daß ich zu seinen Lebzeiten alle Anstrengungen machte, um sein Ansehen und seine Macht in Cariri zu vermehren. Man hat Ihnen einreden wollen, ich hätte das in böser Absicht getan, das aber ist eine Lüge. Ich will mich nicht rühmen, aber meine fast kindliche Verehrung für meinen Paten brachte mich auf den Gedanken, seine fanatische Sertão-Religiosität auszunutzen und ihn bei den Prozessionen mitziehen zu lassen: barfuß, in Säcken aus Werg, Asche auf sein Haupt gestreut, in einem violetten ärmellosen Umhang und einen Pilgerstab in der Hand. Ich wollte das Volk mit dem Schauspiel dieses mächtigen Mannes beeindrukken, der sich auf diese Weise freiwillig vor allen demütigte. Ich war es auch, der meinen Paten überredete, den Kaiser des hl. Geistes zwischen Weihnachten und Dreikönigstag darzustellen, wenn wir mit unserem ›Kriegerspiel‹ vor ihm unsere Tänze aufführten. Durch alle diese Dinge gelangte das Sertão-Volk, das meinen Paten schon als seinen geistigen Führer ansah, dazu, ihn für einen König zu halten: er machte tiefen Eindruck auf die Armen mit den Gewändern, Umhängen und Kronen, die ich für ihn bei diesen Krönungen und Zeremonien der Freudenfeste des hl. Geistes erfand. Eines Tages jedoch, Herr Richter, mußte ich feststellen, daß das Bild eines Propheten und Königs, das ich für meinen Paten schmiedete – zum großen Mißvergnügen der Aristokratie, der Bürger und der Intellektuellen unseres Städtchens –, in einem wichtigen Punkt stark zu wünschen übrigließ. Zum König eignete sich Dom Pedro Sebastião nur allzu gut, aber es haperte mit seinem Prophetentum. Mein Pate besaß alle herrscherlichen Eigenschaften für einen Sertão-König, denn er war reich, mächtig, bärtig und rätselhaft, ein echter Ritter und unberechenbar dazu. Zum Propheten taugte er, weil er halb närrisch und recht fanatisch fromm war; eine Voraussetzung jedoch fehlte ihm zum vollkommenen Sertão-Propheten: ›arm zu sein und von Justiz, Regierung und Polizei verfolgt zu werden‹. Letzteres änderte sich dann, freilich ein wenig spät, als ihn die Regierung des Präsidenten João Pessoa anzufeinden begann. Arm war er freilich niemals. Ich bemerkte sogleich, daß der erstbeste Prophet, der halb verrückt und bärtig wäre wie er, außerdem aber noch arm und von den Mächtigen verfolgt, meinem Paten die Stellung eines geistlichen Führers, die ich ihm mit solcher Mühe verschafft hatte, entreißen könnte; das war nicht in meinem Sinne, denn da ich sein Neffe war, gingen mein Schicksal und meine monarchische Abkunft in mancher Hinsicht mit seiner Herrschaft und seinem Schicksal Hand in Hand.«

Abermals war ich, vom Stolz verblendet, zu weit gegangen. Geblendet von den Sperbergottheiten des Sertão, fiel mir das jedoch nicht sogleich auf, und so verstrickte ich mich immer tiefer in die Netze der Verblendung, des Stolzes und des Prozesses:

»Da fiel mir ein, Herr Richter, daß an einem Gebirgshang auf dem Gebiet des ›Gefleckten Jaguars‹ seit einer Anzahl von Jahren der alte Nazário Moura wohnte; er war Witwer und lebte in Gesellschaft seiner einzigen Tochter, eines Mädchens namens Esmeralda Moura, die unter ihrem Spitznamen Dina-tut-mir-weh bekannter ist. Seit dem Tode seiner Frau war der alte Nazário gelähmt und hatte sich einen Ruf als Kurpfuscher erworben; vor allem in den Mondnächten faselte er, hatte Gesichte und gab Unsinn zum besten. Der alte Nazário erschien mir nun als Möglichkeit, den Prophetengaben meines Onkels Dom Pedro Sebastião nachzuhelfen. Nazário war arm, heilkundig und halb verrückt. Andererseits konnte er, da er weder listig noch ehrgeizig oder ruhmsüchtig war, niemals die Stellung meines Paten bedrohen. So überredete ich Dom Pedro Sebastião Garcia-Barretto, den alten Nazário ins Herrenhaus zum ›Gefleckten Jaguar‹ holen zu lassen. Wenn ich von nun an alljährlich unseren geschätzten und berühmten ›Almanach von Cariri‹ herausgab – eine Tradition, die ich von meinem Vater übernommen hatte –, veröffentlichte ich die ›Prophezeiungen und wirkungsvollen Gebete des Propheten Nazário‹. Wir erbauten sogar ein Häuschen für ihn; es lag dicht neben einer Kapelle, die alsbald Schauplatz von Pilgerfahrten und Beratungsstunden für die Sertão-Bewohner zu werden begann. Bei den wichtigsten Festen überredete ich meinen Paten, sich in dieser Kapelle sehen zu lassen. Und da der Prophet Nazário als dankbarer Untermieter Dom Pedro Sebastião eine fast religiöse

Verehrung erwies, so befestigte sich das Ansehen meines Paten endgültig unter dem Volk. Das ging so weit, daß aus dem ursprünglichen Mangel an Prophetentum nun ein Überschuß wurde: das Volk betrachtete Dom Pedro Sebastião als eine Art Gottheit, schreckenerregend und fern, der alle Propheten ihren vasallenhaften Tribut entrichteten. Nun denn, Herr Richter: genau in dem Augenblick, in welchem Dr. Pedro Gouveia dem Richter mitteilte, daß der Jüngling auf dem Schimmel kein anderer als Sinésio Garcia-Barretto sei, 1932 verstorben und nun auf ritterliche Weise wiederauferstanden – genau in diesem Augenblick tauchte der Prophet Nazário aus einer Gasse auf. Auf seinem Holzwägelchen halb liegend und halb sitzend, bärtig, gelähmt, schmutzig, in abgerissener Kleidung, stinkend, grau und die Augen verdrehend – mit allen Attributen eines echten Sertão-Propheten. Seine Tochter Dina schob sein Wägelchen, und er schrie auf das Volk ein. Dr. Pedro Gouveia war vom Pferd gestiegen und übergab dem Richter Manuel Viana eine Vollmacht, in welcher Sinésio ihn zum Rechtsanwalt bestimmte, und eine Eingabe, welche den Akten des von Dom Pedro Sebastião hinterlassenen Erbschaftsinventars beigegeben werden sollte. Sinésio und der Mönch waren auf ihren Pferden sitzen geblieben; als nun Dr. Pedro Gouveia zu ihnen zurückkehrte, tauchte der Prophet Nazário, auf seinem Krankenwagen geschoben, in der Gasse vor dem Hause des Richters auf und rief:

›Hör mit an, mein Volk, was ich gesehen habe! Ich sah die Grotte des Jaguars, ich sah den Jaguar-Stein am Eingang und den lebendigen Jaguar in der Grotte! Ich habe es gesehen, ich leiste einen heiligen Schwur, daß ich es gesehen habe! Am Eingang der Grotte waren alle Tiere auf Stein gemalt: auf der einen Seite Jaguar, Hirsch und Sperber und auf der anderen Seite der Jagdsalmler, der Bock, der Widder und die tönernen Öllämpchen, alles in schwarzer und roter Farbe. Und der Jaguar lag da in der Grotte mit seinen Glutaugen, umgeben von gelben Funken und blauen Meteoren und roten Blitzsteinen, die vom

Himmel gefallen waren. Es war ein singender gefleckter Jaguar! Er hatte ein Auge aus Grünstein und ein zweites aus Rotstein; er hatte den Kopf eines Jaguars und die Flügel und zwei Köpfe eines Sperbers! Er hatte den Penis-Stachel eines männlichen Jaguars und die Brüste eines Weibtiers, denn es war der heilige Mannweib-Jaguar. Ich habe die Spitzen seiner Brüste aus der Nähe gesehen, es waren keilförmige Brüste, und auf jeder saß ein gelber Edelstein. Ich habe das Tier gesehen, das Gesicht ward mir geschenkt! Auf der Stirn trug es eine Krone, einen riesigen Diamanten, umgeben von einem Stirnreif aus grünen Steinen und einem zweiten Reif aus roten Steinen! Seine Flügel waren rostige Messer, und auf ihnen schimmerte die Sonne! Sein Schwanz war eine Korallenschlange, und die Steine seiner Augen und die Steine seiner Brüste besaßen die Macht des Quecksilbers. Wenn wir diesen Jaguar einfangen, werden wir alle glücklich, reich und schön, mächtig und unsterblich und trinken das Blut des Geheiligten und die stählerne Sonne seiner Messerschwingen. Er sprach zu mir: ›Komm her zu mir, Nazário! Ruf das Volk auf und macht euch auf den Weg zu mir, denn wenn ihr meine Grotte findet, so findet ihr Gold, Silber und Diamanten. Die Krone aus Kristallstein wird euer sein, und ich werde euer aller Glück machen.‹«

▌ EINUNDSECHZIGSTE FLUGSCHRIFT ▌ DER FALL DES BLINDEN THEOLOGEN

Als ich die Worte des Propheten Nazário wiederholt hatte, sagte der Richter mit offenkundiger Feindseligkeit:

»Aus alledem, was Sie mir von der Erscheinung des dämonischen Untiers am Strand von Rio Grande do Norte erzählt haben, ersieht man zur Genüge, wer dem wahnwitzigen Volk diese Ideen und Worte in den Kopf gesetzt hat, und Sie entblöden sich nicht einmal, hier zuzugeben, daß Sie seine Einfalt und Narrheit ausgebeutet haben, indem Sie sich seine Abhängigkeit von Ihrem Paten zunutze machten. Man sieht auch, wer dem Volk die Befreiung der Jaguare eingeredet hat, als der junge Mann auf dem Schimmel in sein Horn stieß.«

»Nun, wenn Sie an mir zweifeln sollten, so fragen Sie doch Margarida! Margarida, ist es etwa nicht richtig, daß man damals mitten unter der Volksmenge die Jaguare losgelassen hat? Und ist es vielleicht nicht richtig, daß Nazário allem Volk zurief, er habe eine Jaguar-Vision gehabt?«

»Es stimmt schon, Herr Richter«, sagte Margarida ganz gegen ihre Neigung. »Ob er allerdings so geredet hat, wie es hier behauptet worden ist, weiß ich nicht. Ich habe schon öfters sagen hören, dieser Mann hier habe Nazário seine Worte eingeflüstert.«

»Sehen Sie?« versetzte der Richter mit Siegermiene. »Nazário stand allenfalls unter dem Eindruck der Jaguar-Befreiung, der er gerade beigewohnt hatte, und deshalb redete er den ganzen Unsinn. Und Sie haben dann in Ihrem königlichen Stil das alles auf Ihre Weise umgeformt.«

»Das glaubte auch Clemens, Herr Richter, obgleich er für Nazários Vision sofort eine philosophische, ethnologische und subversive Auslegung fand. Doch das Sertão-Volk, das zu solchen Feinheiten außerstande ist, verband sogleich die Vision vom Singenden Jaguar mit der Mission, die Sinésio im ›Krieg um das Sertão-Reich‹ zukommen sollte. Diese Mission stand nach Meinung des Volkes in verborgener Beziehung zu den Jaguaren, die er auf den Wagen herangeschafft und dann losgelassen hatte. Deshalb nahm die ohnehin große Aufregung immer noch zu. Und sie steigerte sich noch bei einem weiteren Zwischenfall, den gleich nach der Rede des Propheten Nazário der blinde Pedro Gottergeben hervorrief, derselbe Pedro, dem Silvestre in den Jahren nach Sinésios Verschwinden als Blindenführer gedient hatte. Pedro der Blinde hatte sich unbemerkt in die Menge eingedrängt, die Gitarre umgehängt und von einem zerlumpten Burschen geleitet, der ebenso wie sein Herr eine Fiedel mit sich führte. Beiden folgte ein magerer, fuchsähnlicher, gelber Sertão-Hund mit großen schwärzlichen Ohren, ein Hund, der, wie wir später erfuhren, auf den Namen ›Cangati‹ hörte. Ew. Ehren wissen sicherlich, daß die Sertão-Blinden in zwei große Gruppen zerfallen, in die Unverschämten und in die Theologen. Die Theologen sind demütig, unterwürfig, ergeben in ihr Schicksal und fromm. Sie erbitten kniend Almosen auf den Gassen und an den Kirchenportalen; sie verharren stundenlang in dieser märtyrerhaften Stellung in der Sonne und rühren mit einem Gesicht, auf dem tausendjähriges Leid geschrieben steht, selbst das Herz der Geschäftsleute. Sie singen Sextinen wir diese:

> Menschen, die, von edler Denkart,
> Richtig und verständig leben,
> Tauschen sich den Himmel ein
> Für die Erde und erheben
> Sich zu ihm, wenn sie Almosen
> Allen Bettelleuten geben.

Die Unverschämten dagegen gehen auf uns los, versetzen uns mit der ausgestreckten Hand eine Art Messerstich in die Leber und rufen mit rauher Stimme: ›Geben Sie mir ein Almosen!‹ Wenn man ihnen nichts gibt, sagen sie einem die größten Frechheiten, verdrehen ihre Augen mit Daumen und Zeigefinger, stellen die roten Eiterwunden zur Schau, zu denen ihre Augen verkommen sind, rufen uns einen schlimmen Fluch nach und wünschen uns, daß wir so blind werden sollen wie sie selber. Sie singen so:

> Satanas, der Höllenfürst,
> Sei dein Abgott streng und barsch.
> Geier mögen dich verfolgen
> Und dein Aas in Stücke reißen!
> Blase dir der Tod den Marsch!
> Auf dein Schicksal soll er scheißen,
> Du verfluchter Maultier-Arsch!

Nun gut, Herr Richter, von Pedro Gottergeben kann man sagen, daß er gleichzeitig beiden Gattungen angehörte, denn er war ein unverschämter Blinder mit theologischen Anwandlungen. Er war als Erwachsener erblindet, im Alter von fünfundzwanzig Jahren; vorher war er Jäger, Cangaceiro, Volkssänger, Trunkenbold und Unruhestifter gewesen, von allem ein bißchen. An jenem Samstag war er ebenfalls nach Taperoá gekommen, wo er sich seit langem nicht mehr hatte blicken lassen. Bis zu jenem Augenblick hatte man ihn nicht bemerkt, weil er aus Vila do Destêrro auf der Straße von Vila do Teixeira in die Stadt gekommen war, das heißt aus der entgegengesetzten Richtung der Straße von Campina und Estaca Zero. Da er gerade ankam, als die Kavalkaden beginnen sollten, war die Aufmerksamkeit des Volkes durch die Ankunft Sinésios und der Jaguare abgelenkt gewesen. Als Pedro der Blinde jetzt jedoch die Worte des Propheten Nazário vernahm, war er der erste, der das Wort ergriff und die allgemeine Bestürzung nach der Vision vom Singenden Jaguar ausnützte:

›Ich weiß, Nazário‹, rief er, indem er den Propheten an seiner Stimme wiedererkannte, ›ich weiß, wo die Grotte des Singenden Jaguars liegt. Als ich noch sehen konnte und Jäger war, ging ich häufig auf Jaguarjagd. Wißt ihr, daß ein Messer, wenn es ins Fleisch des Jaguars einschneidet, in Blut und Fleischfasern des Raubtiers steckenbleibt? Deshalb kann man einem Jaguar nur *einen* Messerstich versetzen, denn das Fleisch des Raubtiers hat so viel Quecksilber in sich und haftet derart am Messer, daß keine Menschenkraft es wieder herauszuziehen vermag. Nun denn! Ich erinnere mich, daß ich mich eines Tages auf der Jaguarjagd in einem Felsengebirge dort drüben in Richtung Espinhara verirrte. Dort ließ ich mich um die Mittagszeit in einen Kampf mit einem Jaguar ein, und das war einer der schwersten Kämpfe, in die ich je geraten bin. Ich erinnere mich, daß ich siebzehn Messerstiche im Bauch des Raubtiers gelandet habe.‹«

»Alle Achtung!« unterbrach mich der Richter. »Hatte er nicht gerade eben gesagt, daß man einem Jaguar nur *einen* Messerstich versetzen kann, weil das Messer im Fleisch steckenbleibt?«

»Das ist wahr, Herr Richter, aber hier im Hinterland weiß man auch, daß alle Jaguargeschichten irgendwo in der Mitte einen schwachen Punkt haben. Deshalb wunderte sich auch niemand darüber, und Pedro der Blinde konnte fortfahren:

›Nach den siebzehn Messerstichen und zweistündigem Kampf wurde der Jaguar schwächer und verlor Blut, und ich war völlig fertig und wußte überhaupt nicht mehr, wo ich mich befand. Ich lief ganz wirr umher und strolchte drei Tage lang durch den alten Sertão. Wohin lief ich wohl? In Richtung Meer? In Richtung Piancó? In Richtung Pajeú? In Richtung Seridó? Ich weiß es nicht. Ich weiß nur, daß ich mich nach Ablauf der drei Tage, Gevatter Nazário, in einem Gebirge mit vielen Grotten und Felsen befand. Nach meiner Beschreibung meinten alle Leute, es sei die sogenannte Serra da Pintada gewesen. Verirrt und durstig, sah ich schon mein Sterbestündchen vor Augen und gelangte endlich, als die Sonne im Zenit stand, an eine merkwürdige Grotte, vor der eine Art Vorhof lag; ihr Boden war aus Stein, und sie war ganz von Felsen umgeben. Diese Steine rings um die Grotte waren alle mit Menschen- und Tiergestalten bemalt. Später hat man mir gesagt, die Indios hätten diese Tiere gemalt, aber ich weiß nicht, ob das stimmt oder nicht. Tiermalereien gab es dort allerdings, das habe ich mit diesen meinen Augen gesehen, die jetzt blind sind und eines Tages von den Würmern gefressen werden. Es gab dort alle möglichen Tiere, und alle in lüsternen Stellungen. Da besprang ein Jaguar eine Hirschkuh, ein Jaguar vögelte einen anderen, ein Jaguarweibchen wurde von einem Sperbermännchen gefickt, ein Jaguarmännchen machte eine Indianerfrau fertig, ein Jaguarweibchen wurde von einem Hirsch bestiegen, kurzum, es war die Hölle los!‹

›Stand denn nicht ein steinerner Jaguar am Grotteneingang, Gevatter Pedro?‹ erkundigte sich der Prophet Nazário.

›Daran kann ich mich nicht mehr genau entsinnen, Gevatter Nazário, aber möglicherweise war es so. Ich war so verwirrt, daß es durchaus möglich ist, daß ich das gesehen habe und mich nicht mehr genau erinnern kann. Aber jetzt, wo du mich daran erinnerst, ist mir so, als ob ich etwas Ähnliches gesehen hätte. Ich glaube, er war da wirklich, Gevatter Nazário. Ja doch, genauso war es. Da lag ein steinerner Jaguar mit einem spitzen Gifthorn auf dem Kopf und einem Flügelpaar auf den Schultern. O ja, das gab es da, das gab es wirklich. Als ich nun in die Nähe des Grotteneingangs kam, roch ich auch den Jaguargestank, den jeder Jäger kennt und bei dem sich niemand vertun kann. Was war das für ein verdammter Gestank, den ich roch, immer stärker roch! Ich wurde davon halb benommen und erhitzt, und es schwamm mir vor den Augen, und dann sah ich Feuerfunken in alle Richtungen stieben und hörte gleichzeitig das Brausen des Meeres und ein altes Blindenlied, von Gitarre, Pikkoloflöte und Fiedel gespielt und von einer Frau mit geschlossenem Munde gesungen. Da schaute ich in das Dunkel der Grotte hinein und erblickte zwei feurige Augen, die mich anstarrten, und die Musik klang immer weiter fort und lockte mich an, und ich wußte: wenn ich dort hineinginge, würde ich das Jaguar-Mannweib vögeln können, und wenn ich es bestiege, wäre ich verdammt wie ein Höllenhund und würde dreimal sterben und wiederauferstehen müssen, und das nicht in meiner eigenen Gestalt, sondern jaguargleich, mit dem Jaguarweibchen für den Rest meines Lebens im längsten und genußvollsten Koitus von der Welt vereinigt, in einem Koitus, der nie aufhören und so lange dauern würde, wie die Sonne, die Jaguarsonne dauerte! Und was war das auf einmal für ein Teufelsblendwerk! Die Flügel knackten, und die Feuerfunken stoben, und plötzlich begann ich es mitten in meiner Verzauberung mit der Angst zu bekommen, und es kam mir der Gedanke, das Jaguarweibchen würde mein Blut trinken und mein

Fleisch fressen und nur die gebleichten Knochen unter der Sonne übriglassen. Ich wollte Reißaus nehmen und mich aus dem Staube machen, aber die Musik machte mich ganz schwindlig und rief mich nach drinnen, und ich spürte, ich müßte sterben. Da fiel mir zum Glück mein Pate, Pater Cícero, ein und das Gebet des Kristalls von Jerusalem. Ich hatte es aus Juàzeiro mitgebracht und trug es immer um den Hals, auf ein Papier geschrieben und um einen Stein gewickelt, den ich vom geheiligten Boden der Heimat unseres heiligen Paters mitgebracht hatte. Ich nahm den Stein fest in die rechte Hand und das Papier in die linke und sagte das Gebet her, das ich auswendig konnte. Da wurde die Musik leiser, und meine Füße verloren an Schwere, bis sie schließlich leicht wurden, federleicht. Und ich entfernte mich ein paar Schritte vom Grotteneingang, und es ging mir besser, bis ich endlich dem Jaguar den Rücken zukehren und das Gebirge hinablaufen konnte. Ich lief wie der Wirbelwind, als ob mir vierundzwanzig Höllenhunde auf den Fersen wären. Von da an weiß ich nicht mehr, was geschehen ist. Ich erinnere mich nur noch, daß ich gegen einen Stein gestoßen und zu Boden gefallen bin. Ich dachte, mein letztes Stündlein sei gekommen; Todesstarre überkam mich, ich fiel in Ohnmacht und blieb dort ich weiß nicht wie lange liegen, und als ich endlich wieder zu mir kam, standen ein paar Viehtreiber neben mir und flößten mir Wasser ein, vermischt mit einem Sud aus geronnener Milch und Honigwasser. Sie hatten mich einige Tage später neben einer Straßenböschung gefunden, zwanzig Meilen von dem Ort entfernt, an dem ich mich verirrt hatte. Nachdem ich wieder zu mir gekommen war, war ich außerstande, den Weg wiederzufinden, den ich von der Grotte bis dorthin zurückgelegt hatte. Seit damals bin ich blind und mußte fortan auf alles, was mit Jaguaren, Jagden und ähnlichem zu tun hat, verzichten. Aber wenn diese Grotte und dieser Jaguar wirklich so wichtig und geheiligt sind wie du, Gevatter Nazário, eben gesagt hast, nachdem du sie in deiner Vision gesehen hast, mag es wohl sein, daß ich abermals ausziehe in das wilde Gebirge von

Espinhara und mich noch einmal auf dem gleichen Wege verir-
re: und wenn du mir mit deiner Vision bei der Suche hilfst, wer
weiß, ob wir dann nicht von neuem in die Grotte des Singenden
Jaguars eindringen!‹«

▌ ZWEIUNDSECHZIGSTE FLUGSCHRIFT ▌
DAS MYSTERIÖSE ATTENTAT

»Diese beiden Reden, Herr Richter, verstärkten beim Volk
noch den tiefen Eindruck, den diese Abfolge ungewöhnlicher
Ereignisse hervorgerufen hatte. Und deshalb erkannten die
Sertão-Bewohner wohl auch nicht gleich im ersten Augenblick
in dem Blindenführer, dem zerlumpten Burschen mit der Fiedel, in dem Gefährten und Herrn des Hundes Cangati, Sinésios
Halbbruder Silvestre. Da er erst später zum Haus des Richters
gekommen war, hatte er Dr. Pedro Gouveias Erklärung über
die Identität des jungen Mannes auf dem Schimmel nicht gehört. Als der Mönch jedoch all das hörte, was Nazário und Pedro der Blinde geredet hatten, setzte er plötzlich eine ernste, inspirierte Miene auf. Und von seinem Roß herab wandte er sich
halb an Nazário, halb an Pedro den Blinden und ein wenig auch
an alle Umstehenden und sprach:

›Meine Kinder, heilige und bedeutsame Dinge sind hier
eben zur Sprache gekommen! All das ist göttlich und geheimnisvoll, und deshalb müßt ihr vor allem auf das Wort der Kirche
hören, das ich hier vertrete. Unser Fürst auf dem Schimmel
wird sich jetzt in dem Hause ausruhen, das einst seinem Vater
gehört hat. Und ich, ein Mann Gottes, werde in die Kirche gehen, um mich bei einer Vigilie auf das heilige Pfingstfest vorzubereiten, das morgen gefeiert wird. Wenn ich mich dann im
Gebet vorbereitet habe, komme ich in Kürze hierher zurück,
weil ich unserem guten Volk Dinge von allerhöchster Wichtigkeit über unser Schicksal und das Schicksal von Himmel und
Erde enthüllen muß.‹

Während der Mönch diese Worte sprach, war Dr. Pedro Gouveia wieder aufs Pferd gestiegen und hatte sich ihm und Sinésio genähert; alle drei gaben nun ihren Pferden die Sporen und ritten auf das alte Haus zu, das den Garcia-Barrettos gehörte, von Arésio bei seiner Rückkehr verschmäht worden und seit 1930, seit dem Tode von König Dom Pedro Sebastião, verschlossen geblieben war. Wie man alsbald von Dr. Pedro erfuhr, legte Sinésio, ›im Unterschied zu seinem schuftigen Bruder dem Blut seines Vaters treu‹, den größten Wert darauf, in dem alten Hause zu wohnen, eine Einstellung, die das Volk noch mehr zu seinen Gunsten einnahm. Außer dem alten Guts-Herrenhaus – der ältesten Wohnung der ersten Garcia-Barrettos im Hinterland – besaß die Familie nämlich noch jenes Stadthaus. Die Garcia-Barrettos hatten der ersten Pfarrkirche von Taperoá einen Teil ihrer unermeßlichen Ländereien gestiftet. Vorher hatten sie noch ein weiteres Stück Land abgetrennt und darauf sogleich eine dem hl. Sebastian geweihte Kapelle erbaut, weil die Familie diesem Heiligen besondere Verehrung entgegenbrachte, und an die Kapelle angrenzend ein Haus. In diesem Hause sollte der heilige Pater Ibiapina Quartier beziehen, wenn er seine Missionsreisen in die Gegend von Cariri unternahm. All dies hatte sich während der Herrschaft von Königin Maria I., der Wahnsinnigen, zugetragen, der Großmutter des Betrügers Kaiser Pedro I., als Dom Fernando Delgado Freire de Castilho Gouverneur und Generalkapitän von Paraíba war. Um dieses Haus und um die Sebastians-Kapelle herum war unser Städtchen erbaut worden. Die Garcia-Barrettos bewohnten auch weiterhin das alte Haus von Dom José Sebastião, das Herrenhaus vom Turm des ›Gefleckten Jaguars‹. Das große Stadthaus diente nur als Zweitwohnung der Familie, wenn ihre Vertreter in den Ort kamen, um sich auf den Märkten oder bei den Messen sehen zu lassen oder ihren monarchischen Verpflichtungen nachzukommen, also bei den Prozessionen unter dem Baldachin mitzugehen, auf die Tribüne zu steigen, wenn unsere Präfekten, ihre Vertreter, ihr Amt übernahmen, zum Nationalfeiertag am 7. September, zu den Kavalkaden, zu den Krönungen der Kaiser des Heiligen Geistes und anderen grandiosen Herrlichkeiten gleicher Art. Nun, auf dieses große Stadthaus ritten Sinésio, der Mönch und der Doktor eben zu, als sie in der Großen Straße unter dem Portal des sogenannten ›Pinienzapfen‹-Hauses einen Bettler gewahrten. Er saß dort auf dem Bürgersteig, unberührt von allen Ereignissen, über das Gesicht einen großen Strohhut mit breiter, heruntergebogener Krempe gezogen und den Körper bis zu den Füßen eingehüllt in eine Art bunten Umhang oder Decke, als ob er fröre oder krank wäre. Sinésio, der einzige von den dreien, der dem Bettler Beachtung schenkte, zügelte seinen schönen Schimmel – der, wie wir später erfuhren, den schrecklichen Namen ›Tremedal‹ führte – und sprach mit ihm.«

»Seien Sie jetzt so genau, wie Sie können, Dom Pedro Dinis Quaderna!« sagte der Richter. »Lassen Sie Ihren königlichen Stil ein bißchen beiseite, denn diese Einzelheit ist äußerst wichtig, wenn Dom Pedro Sebastiãos Ermordung, Sinésios Auferstehung und diese ganze Geschichte von dem – wie sagten Sie doch? – ›abenteuerlichen Krieg um das Königreich‹ aufgeklärt werden soll. Was sagte der junge Mann auf dem Schimmel zu dem Bettler?«

Das Thema war gefährlich, so daß ich Ausflüchte zu machen versuchte und etwas undeutlich sagte:

»Ew. Ehren, all das hat sich vor drei Jahren zugetragen, und bis heute hat man sich noch nicht darüber einigen können, welchen Inhalt dieses Gespräch gehabt hat. Manche sagen, Sinésio habe nur ein Almosen geben wollen, und der Bettler habe es zurückgewiesen. Andere behaupten, er habe von dem Testament und dem von Dom Pedro Sebastião hinterlassenen Schatz geredet und etwas über den verlorenen Weg zum Schatz erfahren wollen. Die meisten schließlich versichern, Sinésio habe geheimnisvolle Anspielungen auf das Reich und seinen Auftrag fallenlassen, immerhin ein sonderbares Faktum angesichts der scheinbaren Bedeutungslosigkeit des Bettlers.«

»Und was meinen Sie persönlich zu diesen drei Behauptungen?«

»Ew. Ehren, ich habe gar keine Meinung dazu; im Zweifelsfalle verkaufe ich die Geschichte um den Preis weiter, zu dem sie mir verkauft worden ist. Wie es heißt, soll Sinésio die folgenden Worte gesprochen haben: ›Mein Alter, kann ich etwas tun, um dir zu helfen? Ich bin hier wegen des Verbrechens, wegen der Erbschaft und wegen des Reiches. Weißt du etwas über den Weg und die Reiseroute? Wo kann ich Antônio Villar finden?‹«

»Was ist das?« rief der Richter und sprang fast vom Sitz auf. »Antônio Villar? Er hat nach Antônio Villar gefragt? Schreiben Sie das auf, Dona Margarida, diese Einzelheit ist von höchster Bedeutung! Wußten Sie schon, Dom Pedro Dinis Quaderna, daß Luís Carlos Prestes, der Anführer der brasilianischen Kommunisten, ungefähr zu dieser Zeit als Pater verkleidet insgeheim in Brasilien eingereist ist und eben diesen falschen Namen Antônio Villar angenommen hat?«

»Damals wußte ich davon noch nichts, Herr Richter, aber später am Abend hörte ich davon, und zwar durch den Komtur Basílio Monteiro. Aber in Sinésios Fall bleibt doch ein Zweifel übrig. Der größte Teil unserer Leute meint, er habe überhaupt nicht Luís Carlos Prestes gemeint, denn es gibt hier am Ort auch einen Gutsbesitzer dieses Namens, der zur gleichen Familie wie der Konteradmiral Frederico Villar gehört.«

»Schon gut, das werden wir alles noch ans Licht bringen. Und was hat der Bettler Sinésio geantwortet?«

»Er soll folgendes geantwortet haben: ›Nein, Herr, ich weiß nicht, wo Sie diesen Mann finden können, ich habe auch weder Geld noch sonst etwas. Verzeihen Sie!‹«

»Das ist merkwürdig, nicht wahr?« meinte der Richter. »Wenn Sinésio wirklich den Gutsbesitzer gemeint hätte, konnte ihm der Bettler diese Auskunft ja geben, denn der hiesige Antônio Villar ist jedermann bestens bekannt. Außerdem aber sind es im allgemeinen die Bettler, die uns um Geld angehen, und wir sind es, die antworten: ›Im Augenblick habe ich keines, verzeihen Sie!‹«

»Nun, wenn es sich nicht so abgespielt hat, so hat man es mir zumindest so erzählt, Herr Richter. Es heißt auch, Sinésio habe den Bettler lange stumm angeschaut. Einen Moment später gab er ›Tremedal‹ die Sporen, ganz leicht und vorsichtig, wie er es immer tat, um ihn nicht zu verletzen. Er, der Mönch und der Doktor setzten ihren Weg zum Stadthaus der Garcia-Barrettos fort, das dort in der Nähe lag, neben der Kapelle, der heutigen Sebastians-Kirche. Genau in dem Augenblick aber, in welchem die drei Reiter aus der Großen Straße auf den Marktplatz gelangten, wo die Kavalkade stattfinden sollte, erhob sich der Bettler auf ein Knie, zog aus seiner Decke eine Flinte heraus, deren Hahn schon gespannt war, und schoß auf den jungen Mann auf dem Schimmel. Sekunden zuvor jedoch war ›Tremedal‹ leicht über einen Stein gestolpert und hatte dabei den Kopf gesenkt und gleich wieder erhoben. Sinésio bückte sich, um den Hals des Tieres zu streicheln und ihm so zu verstehen zu geben, daß sein unfreiwilliges Stolpern dem Reiter keinen Schaden zugefügt hatte: diese Geste der Zuneigung zu dem schönen Tier rettete ihm das Leben. Die Kugel pfiff über seinen Kopf hinweg und schlug in die Fassade der Kapelle ein.«

»Sagen Sie mir eines, Dom Pedro Dinis Quaderna: waren es Ihrer Meinung nach die gleichen Leute, die dem jungen Mann auf der Landstraße einen Hinterhalt legten und im Ort den Bettler auf ihn schießen ließen?«

»Das Volk hier behauptet, es seien die gleichen Leute gewesen, Herr Richter.«

»Und wer waren die Auftraggeber?«

»Man sagt, es war der reiche und mächtige Dom Antônio Moraes, und manche fügen hinzu, er habe alles auf Anraten seines Sohnes Gustavo Moraes und mit Zustimmung von Arésio Garcia-Barretto, Sinésios Bruder, in die Wege geleitet. Nichts von alledem konnte vollkommen aufgeklärt werden,

Herr Richter, und deshalb kehre ich zu den beweisbaren und vor aller Augen liegenden Ereignissen zurück. Als der falsche Bettler sah, daß sein erster Schuß fehlgegangen war, stand er rasch auf. Da sah man, daß er keineswegs alt war: es war ein starker junger Mann, dessen Gesicht nichts Gutes verhieß. Er schwang seine Flinte, riß sie von neuem ans Gesicht und lief in Sinésios Richtung; dieser hatte sein Pferd gezügelt und sich zu der Stelle umgedreht, aus welcher der Schuß gefallen war. Während der Angreifer seine Flinte lud, schickten sich Dr. Pedro Gouveia und der Mönch zur Verteidigung ihres Schützlings an. Dr. Pedro zückte seine Pistole, gab seinem Pferd die Sporen und ritt auf den Cangaceiro los. Der Mönch konnte seine Muskete nicht schnell genug vom Rücken herunterbekommen, erriet aber die Absicht seines Gefährten und trieb ebenfalls sein Pferd an, um den Mann mit der Flinte über den Haufen zu reiten und so den zweiten Schuß zu verhindern. Und so geschah es auch. Verwirrt wegen der Pferde, die auf ihn zu galoppierten und ihn niederzureiten drohten, vertat der Mann, der es nur auf Sinésio abgesehen hatte, auch den zweiten Schuß. Da lief der Cangaceiro los, umging behende die Pferde, kreuzte den Weg des Doktors und des Mönches und rannte auf Sinésio zu. In seiner Bedrängnis konnte er keine dritte Kugel in den Lauf schieben; alles deutete darauf hin, daß er sich auf Sinésio stürzen wollte, um ihn mit dem Messer anzufallen. Dr. Pedro jedoch brachte sein Pferd zum Stehen, drehte sich um und drückte seine Pistole auf den Cangaceiro ab. Da sah dieser, daß nichts mehr zu machen war: sein Versuch war fehlgeschlagen; er war leicht verletzt, und die beiden ritten abermals auf ihn zu. Er warf seine Flinte weg, um rascher flüchten zu können, und lief über die Kirchgasse auf die Straße der Zuckermühle zu. Unterdessen hatte der Mönch endlich seine Muskete abschnallen können. Er zielte schon auf den flüchtenden Cangaceiro, als Dr. Pedro rief: ›Nicht schießen, Bruder Simão! Wir wollen den Cangaceiro lebendig fangen, damit er uns verrät, wer ihm seinen Auftrag gegeben hat.‹«

Abermals fiel mir der Richter scharf und schneidend ins Wort:

»Einen Augenblick, Herr Dom Pedro Dinis Quaderna! Sind Sie ganz sicher, daß Dr. Pedro Gouveia besagten Mönch mit dem Namen Bruder Simão angeredet hat?«

Ach, edle Herren und schöne Damen! Ew. Hochwohlgeboren kennen ja die Geschichte vom Stein des Reiches und wissen, was der Name Bruder Simão für uns alle bedeutet hat, denn Bruder Simão war der geheiligte Prophetenname unseres Verwandten Manuel Vieira des Jüngeren, des nämlichen, der im Jahre 1838 als Priester den von meinem Urgroßvater Dom Johann II., dem Abscheulichen, befohlenen Enthauptungen präsidiert hatte. Abermals erschauderte ich, weil ich nicht wußte, wieweit dem Richter bekannt war, was der Name Bruder Simão für uns bedeutete. Nach seiner Redeweise zu schließen, wollte er wohl nur das Faktum festhalten, damit Margarida es zu Protokoll nehmen konnte. Deshalb beschloß ich, mich nicht auf nähere Erörterungen einzulassen; ich beschränkte mich auf die Antwort:

»Es ist wahr, Herr Richter: Dr. Pedro nannte den Mönch Bruder Simão. Die Berichte über die folgenden Ereignisse sind ziemlich widersprüchlich. In einem Punkt jedoch stimmen sie alle überein: genau in diesem Augenblick gab man in der Ferne, auf der Hochebene zwischen dem trockenen Flußbett des Taperoá und der Straße von Estaca Zero, Lichtzeichen in Richtung Zuckermühlen-Straße. Sie flackerten auf und erloschen wieder. Es sah so aus, als würden sie von jemandem aus einem Versteck zwischen den Steinen und Melonenkakteen mitten auf der Hochebene mit einem kleinen Spiegel gegeben. Das Spiegellicht wurde offenbar mit der Hand reguliert.«

»Ausgezeichnet, Dom Pedro Dinis, geben Sie acht auf Ihre Aussagen, denn dieser Punkt ist sehr wichtig. Wenn man von der Straße der Zuckermühle her die Hochebene erkennen kann, so ist es nur logisch, daß man von dort aus die Straße der Zuckermühle einsehen kann, nicht wahr?«

»Ganz sicherlich.«

»Nun sagen Sie mir noch etwas: liegt nicht das Felsplateau, auf dem Sie sich zuweilen aufhalten, zwischen der Hochebene und der Straße und beherrscht die ganze Stadt?«

»Gewiß doch.«

»Sehr gut. Dona Margarida, nehmen Sie dieses Geständnis des Zeugen zu Protokoll, es ist sehr wichtig für die Aufklärung des ganzen Falls!«

Wieder zog sich mein Magen krampfartig zusammen, und meine Bedrängnis wuchs. Nur mit Mühe konnte ich fortfahren:

»Als die Lichtzeichen auf der Hochebene aufleuchteten und wieder verloschen, änderte der Cangaceiro, der die Straße der Zuckermühle erreicht hatte und offensichtlich auf den Brunnen am Rande des Flußbetts zulaufen wollte, plötzlich die Richtung, kletterte die Kaimauer hinab und lief auf das Flußbett des Taperoá zu, als wollte er auf die Hochebene zu demjenigen gelangen, der den Spiegel handhabe. Dr. Pedro und Bruder Simão waren schon in der Straße der Zuckermühle, als der Cangaceiro plötzlich stolperte und vornüber in den Flußsand fiel. Bruder Simão und Dr. Pedro stiegen neben der Kaimauer vom Pferd und kletterten vorsichtig, die Waffen auf den Cangaceiro gerichtet, hinunter, als fürchteten sie noch immer einen Hinterhalt. Als sie aber in die Nähe des Mannes kamen, sahen sie, daß er in Todeszuckungen lag; sein eines Bein streckte sich und zog sich wieder zusammen, während das Blut stoßweise aus der Wunde rann, die ihm die Kugel oberhalb der Lebergegend geschlagen hatte. Und es zeigte sich, daß Dr. Pedros Kugel nur seine Schultern von hinten gestreift hatte.«

»Kam der Schuß, der den Banditen tötete, von weither?«

»Alles deutet darauf hin, Herr Richter, denn niemand im Ort hat einen Schuß gehört. Man scheint mit einem Zielfernrohr auf ihn geschossen zu haben, denn der Schuß traf ihn mit großer Genauigkeit. Die Person, die den Schuß abgegeben hat, muß gleich darauf geflüchtet sein, denn die Leute, die zu dem

508

Ort liefen, von dem die Lichtzeichen gekommen waren, haben niemanden gefunden.«

»Und von woher, glauben Sie, kam der Schuß?«

»Hier im Ort sagt man, mitten von der Hochebene, von der gleichen Stelle, von der auch die Spiegelzeichen kamen. Und was meinen Sie?«

»Ich meine gar nichts. Ich untersuche nur den Fall. Fahren Sie fort!«

»Was ich nun noch erzählen kann, ist wenig genug, Herr Richter. Ich habe bereits die Hauptereignisse geschildert, die das Wiedererscheinen Dom Sinésios des Strahlenden begleiteten. Das Volk war in die Straße der Zuckermühle gelaufen und wartete schweigend auf Dr. Pedros und Bruder Simãos Rückkehr, als wollte es eine Erklärung oder ein aufklärendes Wort hören, das all diesen Ereignissen ihren Sinn gäbe. Dr. Pedro Gouveia, ein Mann, der für derartige Situationen wie geschaffen war, entzog sich dem nicht. Von seinem Pferd herab hielt er mit einer gewissen Eindringlichkeit folgende Rede:

›Volk von Taperoá! Der junge Mann, der im Jahre 1930 von hier entführt und von seinen grausamen Feinden mißhandelt wurde, die auch seinen Vater getötet haben, der von allen Armen des Sertão geliebte junge Mann ist heute wiedergekommen, um seine geheiligten Rechte einzufordern. Mächtige Interessen haben sich gegen ihn und seine Rechte verbündet. Ihr habt es gesehen: kaum ist er wieder in seiner Heimat, so versucht man schon, ihn zu ermorden, um ihn daran zu hindern, das Glück der armen Leute zu machen. Ganz allein auf sich gestellt, entführt, verfolgt, eingekerkert, mißhandelt, ein Waisenkind, das der Tod bedroht, auf wen könnte er zählen wenn nicht auf das gute leidende Volk des Sertão? Immer stand er an der Seite dieses Volkes, und das ist es, was ihm seine Feinde nicht verzeihen können. Deshalb bitten Bruder Simão und ich, die Beschützer und Freunde des Jünglings auf dem Schimmel, das Sertão-Volk um Hilfe für Sinésio Garcia-Barretto.‹«

DREIUNDSECHZIGSTE FLUGSCHRIFT
DIE BEGEGNUNG DER BEIDEN BRÜDER

»Von niemandem bemerkt, Herr Richter, war Sinésio neben der Kirche vom Pferd gestiegen, näher gekommen und hinter dem Volk stehengeblieben, ›Tremedal‹ am Zügel haltend, während er seinen Hals umarmte. Dr. Pedro, der ihn bei seiner Ansprache hatte kommen sehen, beschloß nun, das Volk zu beeindrucken: bei seinen letzten Worten deutete er mit großartiger Gebärde auf seinen Schützling und Schüler. Alle drehten sich zu dem jungen Mann um, und die Rede des Doktors verursachte eine gewaltige Sensation. In diesem Augenblick tauchte Silvestre aus der Mitte des Volkes auf, Sinésios Halbbruder, begleitet von Pedro dem Blinden und ›Cangati‹. Er hatte soeben die Enthüllung der ›unglaublichen Tatsache‹ vernommen, und als er nun den Doktor auf seinen jüngeren Bruder deuten sah, stürzte er auf ihn los und stieß dabei den Blinden zur Seite; dieser folgte ihm, so gut er konnte, und so stolperten und strauchelten beide vorwärts.

›Sinésio?‹ rief er ganz außer sich. ›Sagten Sie Sinésio? Bei Christus und der heiligen Jungfrau! Bist du Sinésio? Sinésio in Person? Ich bin Silvestre! Ich bin Silvestre, dein Bruder!‹

Als Sinésio diese Worte hörte, Herr Richter, soll er tief bewegt gewesen und einen Schritt auf den Bruder zugetreten sein, so daß sich beide nun von Angesicht zu Angesicht gegenüberstanden. Silvestre blieb stehen, und nach dem voraufgegangenen Stolpern und Laufen war seine Reglosigkeit um so auffälliger. Es heißt, Sinésio habe beide Hände auf Silvestres Schultern gelegt und mit leiser Stimme und zitternden Lippen einige Worte zu ihm gesprochen.«

Der Richter unterbrach mich:

»Ich habe eine andere Version gehört, derzufolge der junge Mann auf dem Schimmel in diesem Augenblick gar nichts gesagt hat. Er soll regungslos und bewegt dagestanden, die Hände auf die Schultern seines Bruders gelegt und ihm in die Augen geschaut haben, eine ganze Weile lang, bis Bruder Simão die Szene beendete.«

»So ist es, manche Leute hier erzählen die Begegnung auch so«, erläuterte ich. »Aber wieder andere, ebenfalls glaubwürdige Leute haben mir berichtet, Sinésio habe doch geredet und folgendes gesagt: ›Erkennst du mich noch, Silvestre? Ich bin Sinésio! Ich bin es, mein Bruder.‹ Beide hätten sich unter Tränen umarmt. Tatsache ist, daß gleich am nächsten Tag verschiedene Versionen über den Hergang umliefen, und Arésios Anhänger behaupteten sofort, seine Worte seien nicht genau diese gewesen.«

»Einige Leute behaupten sogar, der junge Mann auf dem Schimmel habe seinen angeblichen Bruder Silvério statt Silvestre genannt.«

»Richtig, aber viele versichern auch, daß er den Bruder bei seinem richtigen Namen Silvestre nannte. Und selbst wenn er sich geirrt hätte, Herr Richter, so können ihn die überstandenen Leiden wohl ein wenig verwirrt und so den Irrtum verursacht haben. Glauben Sie denn, es sei ein Scherz, wenn man seinen Vater ermordet sieht, am gleichen Tage entführt, schuldlos gefangengesetzt und unter der Erde versteckt gehalten wird, an Hunger fast eingeht, an Einsamkeit und Verzweiflung fast stirbt und obendrein noch auf einer Sertão-Straße wiederaufersteht? Jedenfalls weiß ich, daß Silvestre seinem Bruder um den Hals fiel und sagte: ›Mein Gott, so ist es denn wirklich wahr? Ist Sinésio wirklich am Leben? Gewiß, er ist es, mein Herz ruft mir zu, er ist es.‹ Erst am nächsten Tag bildeten sich andere Versionen. In jenem anfänglichen Augenblick kümmerte sich niemand darum, genau zu erfahren, was er gesagt hatte oder nicht: angefangen bei Bruder Simão und Dr. Pedro, war das ganze Volk in Tränen aufgelöst; als die beiden die Umarmung der Brüder mitansahen, zückten sie ihre Taschentücher, bedeckten ihr Gesicht damit und weinten konvulsivisch mit einer solchen Gefühlsaufwallung, daß es alsbald auf die Umstehenden übergriff.«

»Stimmt es, daß Bruder Simão, als er Silvestres Namen hörte, merkwürdige, unverständliche Dinge gesagt hat, die beim Volk ungeheuren Widerhall fanden?«

Von neuem erschauderte ich, denn das hing wieder mit dem großen Verbrechen, dem großen Geheimnis meines Lebens zusammen – mit meiner königlichen Abstammung väterlicherseits. Vor Überraschung verstummte ich einen Augenblick und schaute den Richter sprachlos an. Er wiederholte seine Frage:

»Was hat denn Bruder Simão gesagt?«

»Ich weiß es nicht, Ew. Ehren«, erwiderte ich und versuchte mich aus der Schlinge zu ziehen. »Ich habe diesen Unsinn auch nicht genau verstanden. Ich kann Ihnen alles nur für den Preis verkaufen, zu dem ich es selber gekauft habe. Es heißt, Bruder Simão habe sich, nachdem er hinreichend lange geweint hatte, um das Volk zu rühren und mitzureißen, wieder gefaßt. Er ritt in die Nähe der beiden Brüder, stieg ab und ging auf sie zu. Da soll Sinésio seinen Bruder am Arm genommen und dem Mönch mit den Worten vorgestellt haben: ›Bruder Simão, dies hier ist mein Bruder, der zweite, der mir am nächsten stand und von dem ich Ihnen erzählte, er würde auf jeden Fall auf unserer Seite stehen. Es ist Silvestre.‹ Bruder Simão schrak vor aller Augen sichtlich zusammen, rollte mit den Augen und rief: ›Was? Was haben Sie da gesagt? Sagten Sie Silvestre, Sinésio? Junger Mann, heißen Sie Silvestre? Ich frage das, weil, wenn Sie wirklich Silvestre heißen, Dr. Pedro dies sofort erfahren muß.‹ Tieferregt und mit lauter Stimme, damit alles Volk ihn hören konnte, rief der riesenhafte Bruder Simão seinem näher kommenden Gefährten zu: ›Dr. Pedro, kommen Sie her, um Gottes willen! Sagen Sie selbst, ob unser Sinésio nicht wirklich ein Gotteskind ist! Sagen Sie selbst, ob all dies nicht eine Fügung Gottes, ein Geschenk des heiligen Geistes ist! Schauen Sie nur, wer hier auferstanden ist: es ist Silvestre, der Blindenführer, der König und Prophet des Rodeador-Gebirges! Es ist unser Silvestre Quiou, der Entsandte!‹ Als Dr. Pedro Gouveia vernahm, daß dieser junge Mann, dieser heruntergekommene Bursche der Prophet sei, der im ›Krieg im Rodeador-Gebirge‹ aufgetreten war, riß er den Mund auf, verdrehte seine Augen und bekreuzigte sich mit den Worten: ›Ave Maria! Heilige Madonna! Das ist ein Werk des heiligen Geistes, es ist überhaupt nicht zu fassen!‹ Hierauf schaute er sprachlos das verblüffte Volk an, während er scheinbar achtlos und zufällig mit dem Bischofskreuz spielte, das an einem breiten gelben und weißen Bande um seinen Hals hing. Silvestre wiederholte nur immerfort, ohne den Worten des Mönches und des Doktors Beachtung zu schenken: ›Mein Gott, sollte es wirklich wahr sein? Jawohl, es ist wahr, alles überzeugt mich davon, daß es wahr ist. Sinésio ist wiederauferstanden, und mit ihm das Blut meines Vaters. Gelobt sei unser Herr Jesus Christus! Sinésio ist auferstanden, auferstanden ist der Träger des göttlichen Banners im Sertão! Gelobt sei unser Herr Jesus Christus!‹ ›In Ewigkeit! Amen!‹ begannen die Sertão-Bewohner, die immer zu einer schönen Litanei aufgelegt sind, im Chor zu wiederholen. Da aber, Herr Richter, trat ein anderes unerwartetes Ereignis ein. Plötzlich kniete Silvestre unter dem Eindruck der Geschehnisse im Staube nieder, küßte dem Auferstandenen die Hand und entfesselte so mit einem Mal den aufgestauten Sertão-Fanatismus. In diesem ›königlichen Tonfall‹ hätte auch das Folgende sich abspielen können, und das würde mir erlaubt haben, den heroischen, tragischen und epischen Charakter meiner Geschichte beizubehalten. Leider aber muß ich der Wahrheit die Ehre geben; denn in diesem Augenblick trat Pedro der Blinde dazwischen und störte die Szene mit einem seiner ›Anfälle von Unverschämtheit‹, die bei ihm mit den theologischen Anwandlungen abzuwechseln pflegten. Kaum stand nämlich Silvestre auf, da fiel der böse Blinde über ihn her und versetzte ihm mit der Spitze seines Blindenstocks einen Stoß in die Rippen: ›Was tust du da, du Schuft! Du wälzt dich wie ein Esel im Staub herum und stiehlst diesen hochgestellten Persönlichkeiten die Zeit. Komm sofort her, du Nichtsnutz, und sing mit mir, damit wir ein Geschäft machen! Du willst wohl deinen Unterhalt ohne Arbeit verdienen, was? Wozu bezahle ich dich dann, du Strolch? Komm, wir wollen ein Liedchen singen, damit mir der Herr Doktor hier ein Almosen gibt!‹ Da griff er nun zur Gitarre, Herr Richter, und zupfte kräftig auf ihren Saiten und ließ ein starkes Pizzikato folgen. Als Silvestre das hörte, nahm er, als ob nichts geschehen wäre, seine Fiedel vom Rücken. Auf seinem Gesicht waren alle Zeichen der epischen Begeisterung ausgelöscht, weshalb ich diesen Szenenabschluß vielleicht doch aus meinem Werk streichen werde. Er lachte bereits wieder, als er den Katzendärmen seiner Sertão-Fiedel heftige, rauhe und näselnde Töne entlockte. Und dann begannen beide, ohne daß es jemand ahnen konnte – aber auch, ohne daß sich jemand darüber verwundert hätte –, nach kurzer Einstimmung eine improvisierte Lobesromanze im Erzählton zu Ehren Sinésios zu singen:

> Wenn euch eure Ruhe lieb ist,
> Meidet meine Gegenwart!
> Mich gebar die eigne Mutter
> In der Wildnis öd und hart.
> Um mich Pferde und Gewehre,
> Fels, so weit das Auge reicht;
> Es entführten mich Zigeuner
> Aus dem wilden Maurenreich.
> Es erschlugen mich vierhundert,
> Und mir standen hundert bei,
> Bis sie endlich mich begruben
> In des Kerkers Einerlei.
> Und es zog mich auf ein Sperber.
> Und ein Hirsch hat mich gerettet.
> Sieben Jahre lag ich an die
> Brust des Jaguars gebettet;
> Sieben weitere aß ich Brot
> Und trank dazu Gänsewein.
> Dreimal sieben, einundzwanzig,
> Kehrt' ich Toter lebend heim.

Sieben Jahr lag ich im Kerker,
Heut noch hätt' ich dort gesteckt,
Hätt' mich nicht das Blut des Königs
Endlich wiederauferweckt.

CIP-Kurztitelaufnahme der Deutschen Bibliothek

Suassuna, Ariano:
Der Stein des Reiches oder die Geschichte des Fürsten vom Blut
des Geh-und-kehr-zurück: herald. Volksroman aus Brasilien /
Ariano Suassuna. Aus d. Brasilian. übers. u. mit e. Nachw. vers.
von Georg Rudolf Lind. Holzschnitte von Zélia Suassuna. –
Stuttgart: Klett-Cotta.
(Hobbit Presse)
Einheitssacht.: A pedra do reino ⟨dt.⟩
ISBN 3-12-907520-8
Bd. 1. – 1979.

DAS DUELL

TAPARICAS ZWEITER HOLZSCHNITT, DIE STEINE DES REICHES DARSTELLEND, MIT DEM ANGENÄHERTEN BILDNIS MEINES URGROSSVATERS, ALLES NACH DER ZEICHNUNG DES PATERS. MAN ERKENNT DEUTLICH, MIT UNFEHLBARER HISTORISCHER TREUE, DIE AUF EINEM LEDERHUT BEFESTIGTE SILBERKRONE DER QUADERNAS

ARIANO SUASSUNA
DER STEIN DES REICHES

ODER
DIE GESCHICHTE DES FÜRSTEN
VOM BLUT DES GEH-UND-KEHR-ZURÜCK

HERALDISCHER VOLKSROMAN AUS BRASILIEN

AUS DEM BRASILIANISCHEN ÜBERSETZT
UND MIT EINEM NACHWORT VERSEHEN
VON GEORG RUDOLF LIND
HOLZSCHNITTE VON ZELIA SUASSUNA

HOBBIT PRESSE / KLETT-COTTA

WAPPENSCHILD
AUF DEM UMHANG DES JÜNGLINGS AUF DEM SCHIMMEL

DAS BANNER DES JAGUARS

DAS UNTIER BRUZAKAN, ALS ES UNTER DEM NAMEN HIPUPRIAPA ODER IPUPRIARA DEM BALTAZAR FERREIRA ERSCHIEN. UM DIESEN HOLZSCHNITT ANFERTIGEN ZU KÖNNEN, STÜTZTE SICH TAPARICA AUF DIE VON BRUDER VICENTE VON SALVADOR IN SEINER „GESCHICHTE BRASILIENS" VERÖFFENTLICHTE ZEICHNUNG, WAS IHRE ABSOLUTE HISTORISCHE TREUE GARANTIERT.

ZWEITER BAND

DIE ORIGINALAUSGABE ERSCHIEN UNTER
DEM TITEL „A PEDRA DO REINO"
IN DER LIVRARIA JOSÉ OLYMPIO EDITORA S.A.,
RIO DE JANEIRO
© 1971 ARIANO SUASSUNA

ÜBER ALLE RECHTE DER DEUTSCHEN AUSGABE
VERFÜGT DIE VERLAGSGEMEINSCHAFT
ERNST KLETT – J.G. COTTA'SCHE BUCHHANDLUNG
NACHFOLGER GMBH, STUTTGART

FOTOMECHANISCHE WIEDERGABE NUR MIT
GENEHMIGUNG DES VERLAGES
PRINTED IN GERMANY 1979
GESAMTHERSTELLUNG: WILHELM RÖCK, WEINSBERG

ISBN 3-12-907520-8

DER WAPPENSCHILD VON DR. SAMUEL WAN D'ERNES

ERSCHEINUNG DES UNTIERS BRUZAKAN.
AN DEM WAL, DEN TAPARICA DARUNTERSETZTE, KANN
MAN DIE GEWALTIGE ÜBERLEGENHEIT SOGAR
DER LATEINAMERIKANISCHEN UNGEHEUER ÜBER DIE
ERZDUMMEN AUSLÄNDISCHEN MONSTERCHEN ERKENNEN
DIE IN ANDEREN EPEN AUFTRETEN – OBWOHL DER HIER
ABGEBILDETE POTTWAL BRASILIANER IST, DENN
TAPARICA KOPIERTE IHN NACH DER ABBILDUNG EINES
DIESER TIERE, DIE HIER IN PARAIBA, AM STRAND VON
COSTINHA, UNGEMEIN HÄUFIG SIND.

DAS ENGEL-BANNER, DAS BEI DER KAVALKADE DES
JÜNGLINGS AUF DEM SCHIMMEL MITGEFÜHRT WURDE

DAS BANNER DES GEFLÜGELTEN STIERS

DER WAPPENSCHILD
DES LIZENTIATEN CLEMENS HARÁ DE RAVASCO ANVERSIO

DER WAPPENSCHILD
VON DOM PEDRO DINIS QUADERNA, DEM 12. GRAFEN VOM
STEIN DES REICHES UND 7. KÖNIG DES FÜNFTEN REICHES
UND DER FÜNFTEN SPIELKARTE DES SIEBENGESTIRNS
DES SKORPIONS

DIE VISION VOM JAGUAR DES HEILIGEN GEISTES

DER LAGEPLAN DES SCHATZES

VIERTES BUCH
DIE NARREN

VIERUNDSECHZIGSTE FLUGSCHRIFT
DIE SINGENDE HÜNDIN
UND DER GEHEIMNISVOLLE RING

Als ich die rätselhafte Romanze hergesagt hatte, meinte der Richter:

»Dom Pedro Dinis Quaderna, ich an Ihrer Stelle würde diese Reimerei aus Ihrem künftigen Epos herausstreichen, denn sie hört sich an wie eine Scharade, wie ein gereimter Logogriph.«

»Eben deshalb muß sie mit hinein, Herr Richter! Wenn Sie statt Logogriph Greif gesagt hätten, wäre dies der Beweis dafür, daß diese Verse für mein Epos unentbehrlich sind.«

»Und weshalb?« fragte er erstaunt.

»Wegen Homer, Ew. Ehren. Ich will und darf Ew. Ehren nicht verhehlen, daß ich mich, wenn ich von der Brasilianischen Akademie der Geisteswissenschaften den Titel eines ›Genius des brasilianischen Volkes‹ erhalten habe, im weiten Reich der Weltliteratur um den ebenfalls noch freien Platz eines ›höchsten Genius der Menschheit‹ bewerben möchte. Und so wie ich bezüglich des ersten Titels dem Staatsrat Ruy Barbosa ins Gehege gekommen bin, flößt mir Homer wegen des zweiten Titels eine gewisse Sorge ein. Ich habe nämlich in den ›Rhetorik- und Grammatik-Postillen‹, die Dr. Amorim de Carvalho 1879 veröffentlicht hat, gelesen, daß Homer unter allen Dichtern ›der Erste in der Zeit und an Ruhm‹ ist. Dr. Amorim war der Hofredner Kaiser Pedros II. Und wenn auch Pedro II. ein Betrüger und ein Usurpator war, so verdienen diese monarchischen Dinge doch, ernst genommen zu werden, und deshalb ist das Amt eines ›kaiserlichen Redners‹ ehrwürdig und der Ausspruch des Dr. Amorim de Carvalho kein Scherz. Als ich den nun las, wurde ich ganz krank vor Schrecken, weil ich fürchtete, der verdammte Grieche sei mir zuvorgekommen und habe mir den Platz weggeschnappt. Clemens und Samuel beruhigten mich aber und bewiesen mir, daß Homer erstens gar nicht existiert hat – das war Clemens' Meinung – und daß er außerdem einen schlechten Geschmack hatte und unvollständig war – das war Samuels Ansicht. Es ist ja wohl sonnenklar, daß jemand, der zum ›höchsten Genius der Menschheit‹ ernannt werden möchte, zunächst einmal existieren muß. Ferner muß ein Werk laut Dr. Amorim de Carvalho, wenn es klassisch sein will, *vollständig* sein, sonst wäre es weder ›beispielhaft‹ noch ›erstklassig‹. Homer war aber, ganz abgesehen davon, daß er nicht existiert hat, unvollständig: wie kann er also der ›höchste Genius der Menschheit‹ sein? Gleichwohl beschloß ich, Herr Richter, gewisse Vorbeugungsmaßnahmen gegen ihn zu ergreifen, und dazu gehört die Aufnahme von ›Sphinx-Greifen-Versrätseln‹ in mein Epos, wovon ich Ihnen eines vorgetragen habe.«

»Verstehen Sie das, Dona Margarida? Mich kostet es Mühe«, versetzte der Richter.

»Nun, ich erkläre Ihnen das in zwei Minuten«, sagte ich wohlmeinend. »Die Jahresbeilage des ›Almanachs‹ trägt den Titel ›Ödipus‹. In der ersten Nummer wurde zur Erklärung dieses Titels das berühmteste Rätsel des griechischen Volkes, des Volkes Homers, erläutert: die Scharade, welche die Sphinx Ödipus, dem König von Theben, vorlegte. Besagte Sphinx war eine Kreuzung aus Greif und Löwin. Oder besser ausgedrückt, in der Sprache des Sertão, eine Kreuzung aus Jaguar, Pferd und Sperber. Sie war gewiß vom wilden Affen gebissen worden, denn nur ein solcher Biß kann erklären, daß das Untier so gefräßig sein konnte. Bestimmt hatte sie eine ausgehungerte Kobra in ihrem Blut, oder sie hatte als Baby einen verrückt gewordenen Kanarienvogel gefressen, einen Happen, der, wie Sie sicher wissen, einen wölfischen Heißhunger hervorruft. Die Sphinx fragte alle Vorüberkommenden: ›Welches Tier hat, wenn es klein ist, vier Füße, später zwei und stirbt mit dreien?‹ Wer nicht antworten konnte, den fraß sie auf, mit Haut und Haar. Als nun die Reihe an Ödipus kam, da antwortete er – und wurde damit zum Schutzpatron aller Scharadenmacher und Entzifferer –: ›Dieses Wesen ist der Mensch, der, solange er klein ist, auf allen Vieren krabbelt, später auf zwei Füßen geht und sich endlich, wenn er alt geworden ist, auf einen Stock stützt, der zu seinem dritten Fuß wird.‹ Als die Sphinx ihren Logogriph enträtselt sah, geriet sie in eine so blinde Wut, daß ihr die Birne platzte; sie bekam einen Herzinfarkt und starb. Nun, Herr Richter, meiner Ansicht nach ist dieses große Rätsel der Griechen ein vollendeter Bockmist. Zunächst einmal gehen nicht alle alten Leute am Stock. Hier in Taperoá kenne ich Oberst Chico Bezerra; er benutzt nie einen Stock und geht so straff und stramm und kerzengerade, als ob er einen verschluckt hätte. Es gehen auch nicht alle erwachsenen Menschen auf zwei Beinen: es gibt das ›Einbein‹, den Menschen, der auf einem Bein herumläuft, und dann gibt es die Krüppel, die auf gar keinem Bein gehen. Und schließlich krabbeln auch nicht alle Kinder auf allen vieren: ich habe schon viele Kinder gesehen, die zu Anfang auf dem Hintern herumrutschen und ihren Podex durch den Dreck schleifen. Deshalb ist, Bescheidenheit beiseite, meine epische Scharade, der gereimte Logogriph, mit dem mein Epos beginnt, dem größten Rätsel der Griechen, des Volks von Homer, weit überlegen.«

»Und wie lautet die Auflösung Ihres Rätsels?« fragte der Richter.

»Ew. Ehren, meiner Ansicht nach enthält der Logogriph, den Pedro der Blinde und Silvestre gesungen haben, die gesamte Geschichte von Sinésio dem Strahlenden. Ich glaube, das ist für jeden Entzifferer eindeutig.«

»Eindeutig?« protestierte der Richter. »Ihre Scharade steht auf noch wackligeren Füßen als die der Sphinx. Soll ich Ihnen das nachweisen? In den Versen ist von vierhundert Zigeunern die Rede, und in Wahrheit haben nur vierzig den jungen Mann auf dem Schimmel begleitet.«

»Das gilt nicht, Ew. Ehren. Solche Übertreibungen gehören zum epischen Stil. Selbst Homer übertreibt außerordentlich die Anzahl der griechischen Cangaceiros, die von ihren Königen befehligt wurden, und in Canudos tut Euclydes da Cunha das gleiche, sowohl in bezug auf die Stärke des Heeres wie in bezug auf die Stärke der Sertão-Verteidiger.«

»Na schön, das mag sein. Aber in Ihrem Rätsel gibt es noch etwas Schlimmeres. Sagen Sie doch: wie lautete der Abschnitt, der von den Jahren spricht, in denen Sinésio verschwunden war?«

»Dreimal sieben, einundzwanzig, kehrt' ich Toter lebend heim.«

»Und in welchem Jahr ist Sinésio auf die Welt gekommen?«

»Im Jahre 1910, im Jahre des Kometen.«

»Dann war er also 1935 fünfundzwanzig Jahre alt und nicht einundzwanzig.«

Ich fühlte, wie meine Angst zunahm, und brannte darauf, wieder nach Hause gehen zu können; deshalb wollte ich sehen, ob ich meine Aussagen abschließen könnte, und sagte:

»Herr Richter, Sie haben wirklich eine ganz außerordentliche Begabung zum Entzifferer. Sie haben ganz recht; ich werde von diesem törichten Rätsel in meinem Epos Abstand nehmen. Jedenfalls danke ich Ihnen für Ihre Mitarbeit und möchte mich nunmehr verabschieden, denn ich habe Ihnen alles erzählt, was bei Sinésios Ankunft in Taperoá an Wichtigem vorgefallen ist.«

»Jetzt schon, Dom Pedro Dinis Quaderna?« fragte der Richter mit giftiger Miene. »Sind Sie ganz sicher? Haben Sie wirklich schon alles erzählt? Haben Sie mit keinem wichtigen Tatbestand hinter dem Berge gehalten?«

»Nein. Alles, woran ich mich erinnern kann, habe ich bereits berichtet.«

Der Richter holte tief Luft und schoß eine Salve auf mich ab:

»Nun, hier in der Stadt hat es Leute gegeben, die offenherziger waren als Sie. Sie haben mir unter anderem mitgeteilt, daß Sie sich in der Stunde der Ereignisse auf dem Felsplateau befanden, von wo aus man die Straße der Zuckermühle und den Fluß sehen kann und von wo der Schuß kam, der den Cangaceiro getötet hat.«

Entsetzt und sprachlos blickte ich den Untersuchungsrichter

an. Sein einfacher Satz zeigte mir, daß mich das verwünschte Gewebe, aus dem ich mich zu befreien gedachte, eben erst zu umstricken begann. Ich war wie betäubt. Als ich endlich zu sprechen vermochte, erkundigte ich mich mit unsicherer Stimme:

»Hat mich jemand bei Ihnen denunziert?«

»Wer hier das Recht hat, Fragen zu stellen, bin ich und nicht Sie. Ich will aber eine Ausnahme machen und Ihre Frage beantworten. Ich habe in der Tat einen anonymen Brief bekommen, worin behauptet wird, Sie seien in den ganzen Fall mitverwickelt. Der Brief wirft eine sehr schwerwiegende Frage auf, denn es heißt darin, der Fall des Gutsbesitzers Pedro Sebastião und seines Sohnes Sinésio stehe in enger Verbindung mit der Revolution, welche die Kommunisten im Jahre 1935 versucht und bis heute nicht aufgegeben haben. Hier ist der Brief!« fügte er hinzu, wühlte in seinen Papieren und wies mir das Dokument vor, dachte jedoch nicht daran, es mir zu überlassen.

Ich fragte:

»Herr Richter, stammt die Handschrift des Briefes von einem Mann oder von einer Frau?«

»Das läßt sich nicht feststellen.«

»Weshalb? Ist es Maschinenschrift?« fragte ich und schielte zu Margarida hinüber.

»Nein, aber die Person, die den Brief geschrieben hat, ahmt darin große Druckbuchstaben nach.«

»Und wie lautet der Brief, Ew. Ehren?«

»Darin verlautet recht viel, Dom Pedro Dinis Quaderna. Es verlauten darin verschiedene Dinge, nach denen ich Sie fragen muß und die Sie mir mit fortschreitender Untersuchung erklären werden. Einstweilen jedoch mögen Sie wissen, daß darin vier schwere Anklagen gegen Sie erhoben werden. Zunächst wird behauptet, daß die Zirkus-Tournee, die Sie 1935 nach Sinésios Ankunft in der Stadt organisiert haben, das verborgene Ziel hatte, den von Dom Pedro Sebastião hinterlassenen Schatz aufzufinden. Die Anzeige versichert, Ihr Pate habe den Schatz durch seine Juwelengeschäfte mit dem Gringo Edmund Swendson aufhäufen können, und es handle sich um ein unschätzbares Vermögen an Diamanten, Topasen und Beryllen. In dem Brief heißt es weiter, Ihr Pate habe außerdem dank Ihren Künsten als Astrologe und Chiromant zwei riesige Truhen aufgefunden, vollgestopft mit Gold- und Silbermünzen portugiesischer und spanischer Herkunft, die zur Zeit der Holländer vergraben wurden. Es heißt, daß Dom Pedro Sebastião dieses Vermögen seinerseits in einer Sertão-Grotte vergraben hat, von der niemand weiß, wo sie sich befindet, nur Sie, denn in dem Brief steht wörtlich: ›Nur besagter Pedro Dinis Quaderna ist imstande, etwas über den Weg zum Schatz mitzuteilen.‹ Dieser Schatz ist aber für die Aufklärung des ganzen Falles wichtig, denn in dem Brief heißt es, als Sie sich mit Sinésio auf jene Reise begaben, sei es Ihrer beider Hauptziel gewesen, ihn aufzufinden, weil er die Revolution im Sertão finanzieren sollte. Die zweite schwere Anklage, die hier erhoben wird, lautet, daß Sie in derselben Nacht, in der Sinésio in der Stadt ankam, in Ihrer Herberge, sprich Ihrem Freudenhaus, eine Begegnung zwischen Ihrem Vetter Arésio Garcia-Barretto und einem gewissen Adalberto Coura vermittelt haben. Dieses Individuum wohnte im Dachgeschoß Ihrer Herberge und verließ es nie, weil es sich vor der Polizei versteckt hielt. Es heißt ferner, Sie hätten Sinésio gleichzeitig ein Bündel mit Papieren geschickt, das, wie manche meinen, den Weg zum Schatz enthielt und, wie andere sagen, eine Anzahl subversiver Dokumente, die Ihnen Adalberto Coura übergeben hatte: ›im Auftrag von Antônio Villar, dem Pseudonym von Luís Carlos Prestes, dem Anführer der brasilianischen Kommunisten‹. Eine weitere Anklage schließlich, die schlimmste von allen, besagt, Sie seien der Hauptschuldige an der Ermordung Ihres Paten, des Gutsbesitzers Dom Pedro Sebastião. Sagen Sie mir also: trifft die Sache mit dem Schatz und mit dem Zirkus zu?«

»Gewiß. Den Schatz gab es, und ich habe einen Zirkus organisiert, damit wir alle mit Sinésio dem Strahlenden, meinem

Neffen, dem Jüngling auf dem Schimmel, durch den Sertão reisen könnten. Von klein auf habe ich mich für den Zirkus begeistert, weil hier einmal der Zirkus ›Arabela‹ und der Zirkus ›Stringin‹ durchgekommen sind: da gab es Jongleusen mit herrlichen Schenkeln, Jaguare und Filme und Theaterstücke. Im Zirkus habe ich den Film ›Das Fleisch‹ gesehen, mit der außerordentlichen Schauspielerin Isa Lins. Dort habe ich auch Grácia Morena kennengelernt, die Frau mit dem aufreizenden Sex-Gesicht, die mit einem gewaltigen Dekolleté auftrat. Ich habe auch den Film ›Der Guarani‹ gesehen, den ich später wie ›Das Fleisch‹ in Romanform lesen sollte. Ich sah auch ›Bruderblut‹ von Jota Soares, einen Abenteuerfilm über Sertão-Bräuche. Ich sah ›Rückschläge‹ von Chagas Ribeiro, und der Film begeisterte mich, weil es darin Pferde und Viehtreiber zu sehen gab wie in den Ritter- und Banner-Romanen aus dem Sertão. Am Zirkus ›Arabela‹ begeisterte mich noch mehr als die Reiter, die auf ihren Pferden Kapriolen schlugen, Arabela selbst, eine wunderschöne Frau mit nackten Schenkeln; sie tanzte in ihren kurzen Höschen auf dem Seil oder führte Balance-Kunststücke auf einem Pferd vor. In einer Nummer streckte sie sich auf einem Jaguar aus, und später legte sich dann der Jaguar auf sie. Im Zirkus habe ich auch ein wunderbares Theaterstück miterlebt, ein Stück mit dem Titel ›Der Schrecken der Sierra Morena‹, dessen Thema aus einem Flugblatt stammte. Und ich habe die Clowns gesehen, Klug und Dumm, mit bauschigen Gewändern und weißer Halskrause. Vor allem aber haben Arésio und ich im Zirkus zum ersten Mal eine Frau besessen – eines Abends nach der Vorstellung. Arésio überredete mit seinem Prestige als reicher starker Bursche zwei Seiltänzerinnen – die schönere nahm er für sich, die weniger schöne überließ er mir –, derart, daß wir in Umkleideräumen, die nur durch Vorhänge voneinander abgetrennt waren, bei gedämpftem Licht in die Liebe eingeweiht wurden. Als Erwachsener wurde ich dann der Anführer von Kavalkaden, von Kriegerspielen, vom Karnevalszug ›Bumba-meu-boi‹, von der ›Galione Catrineta‹ usw. Das

541

alles gibt es nur in unserem Städtchen. Deshalb träumte ich davon, Zirkusbesitzer zu werden. Der Zirkus bot mir die Chance, diese ganze Literatur, dieses Stadt-Theater in Landstraßen-Literatur umzuwandeln, also in eine ritterliche und epische Literatur. Sie sollte uns alle in Helden verwandeln, die über die Straßen und Buschsteppen des Hinderlandes irrten, wie der Raufbold Vilela. Deshalb erkannte ich bei der Ankunft von Sinésios Zigeunern, die alle auf ihren Pferden Pirouetten schlagen konnten, daß dies eine einzigartige Gelegenheit war, und so habe ich meinen Zirkus ins Leben gerufen und das Ganze mit Dr. Pedro Gouveia abgesprochen.«

»Heißt das, daß Dr. Pedro sich ebenfalls auf dieses Zirkus-Unternehmen eingelassen hat?«

»Gewiß doch. Sein Interesse galt dem von meinem Paten hinterlassenen Testament und dem Schatz. Nun wissen Sie ja, daß solche Dinge Geld kosten, und Sinésio hatte kein Geld. Der Zirkus löste also auch sein Problem: wir konnten die Reisen unternehmen, die für die Schatzsuche notwendig waren, und die Einnahmen aus den Vorstellungen deckten nicht nur die Spesen, sondern warfen sogar noch einen Reingewinn ab, weil ich zwölf Frauen aus meinem Freudenhaus mit auf die Tournee nahm und mit ihnen ein Hirtenspiel einstudierte, bei dem ich den ›Alten‹ spielte; das wurde dann unsere Haupteinnahmequelle.«

»Ausgezeichnet. Da sieht man doch deutlich, daß ebenso, wie Ihre Herberge ein Freudenhaus ist, auch der Besitzer diesem Namen Ehre macht und seinerseits ein Mann der Freuden und der vielseitigen Mittel ist. Und Arésios Begegnung mit Adalberto Coura? Entspricht auch sie der Wahrheit?«

»Ja, gewiß.«

»Und das Dokumentenbündel? Stimmt es, daß Sie Sinésio in der Nacht des 1. Juni 1935 ein Paket mit subversiven Dokumenten zugeschickt haben?«

»Nein. Ich habe wohl ein Paket geschickt, aber es waren keine subversiven Dokumente darin, sondern eine handschriftliche Kopie des ›Mystischen Weges‹ des heiligen Antonius.«

· »Des heiligen Antonius von Padua, des Portugiesen?«

»O nein, des heiligen Antonius Conselheiro von Canudos, des Sertão-Einwohners. In meiner Eigenschaft als Prophet des Sertão-Katholizismus bin ich ihm und Pater Cícero sehr ergeben.«

»Sertão-Katholizismus?«

»Das ist meine Religion, Ew. Ehren. Da ich mit dem römischen Katholizismus nicht besonders zufrieden bin, habe ich für mich und meine Freunde diese neue Religion gegründet. Die Leute hier am Ort hören es immer läuten, wissen aber nicht, wo die Glocken hängen; sie haben von Antônio Conselheiro reden hören und gedacht, ich meinte den anderen Antônio, den Villar, das Pseudonym von Luís Carlos Prestes, und so erklärt sich die Geschichte mit den subversiven Dokumenten.«

»Nun gut, ich werde das alles klären. Und die andere Anklage? Demnach wären Sie einer der Mörder Ihres Paten und Ziehvaters, Ihres Wohltäters Pedro Sebastião Garcia-Barretto.«

»Ich? Nein! Bei Gott nicht!«

»Sie leugnen also jede Beteiligung an seinem Tode?«

»Jawohl, die streite ich ab. Ich meinen Paten umbringen, Herr Doktor? Mein Pate war zu mir wie ein zweiter Vater.«

»Geben Sie acht auf Ihre Worte, Sie können sich sonst in eine schwierige Lage bringen. Sie haben mir also kein wichtiges Indiz bei jenem Verbrechen aus dem Jahre 1930 vorenthalten?«

»Nein.«

»Dann heben Sie bitte die linke Hand!«

Etwas erschrocken über den schneidend-heftigen Ton, den der Richter plötzlich angeschlagen hatte, hob ich die Hand in die Höhe seines Gesichts und drehte ihm die Handfläche zu, als ob ich die Brutalität seines Angriffs abwehren wollte.

»Drehen Sie Ihre Hand um!« sagte er grob und brüsk. »So ist es recht. Und nun sagen Sie mir: was ist das für ein Ring, den Sie am Ringfinger tragen? Wo haben Sie ihn her?«

Ich spürte, daß mein Blut wegen der langen Dauer und der Härte des Verhörs »ganz in mein Herz zurückströmte«, wie es in den Erzählungen des »Scharaden-Almanachs« heißt. Ich bedeckte mein Gesicht mit den Händen, um meine Fassung zurückzugewinnen. Aber als ich in diesem Augenblick zufällig aus dem Fenster schaute, war mir so, als ob auf der anderen Straßenseite gegenüber der Kapelle ein paar verwünschte Augen lauerten, die seit einiger Zeit nach mir ausspähten und immer wieder verschwanden. Boshafte, spöttische Augen. Im Nu füllte sich die Luft mit giftigen Drachen und Fledermausflügeln, die, mich umflatternd, durch meine Ohren in mein Blut einzudringen begannen, und auch meine Ohren wurden durch Hammerschläge auf der Esse des Göttlichen zerstückelt. Ich fühlte, daß »die geheiligte Krankheit« mich überkommen wollte und ich binnen kurzem mit dem Kopf auf den Boden aufschlagen, in verzweifelte Zuckungen verfallen und wie eine verdammte Seele Schaumblasen vor dem Mund bekommen würde. Wieder erschienen die höllischen Augen; herrenlos blitzten sie und schossen Pfeile ab, welche die Luft mit Sperbern anfüllten, ähnlich denjenigen, die mich an dem Tage, als ich mein Augenlicht verlor, angefallen hatten. Ich fühlte mich ersticken, glaubte, sterben zu müssen, riß den Mund auf, wollte sprechen, aber da blendete mich die Sonne, ich verlor das Bewußtsein und fiel wie vom Blitz getroffen zu Boden, Sonne im Kopf und Sturm im Herzen.

———

Als ich von dem Anfall, von der großen »Aura«, die nur die Genies überkommt, wieder zu mir kam, hielt Margarida meinen Kopf an ihrem weißen aristokratischen Busen, und ein Polizist wartete ungerührt auf mein Erwachen, um mir ein Glas Wasser zu geben, das er in der Hand hielt, während der Rest seines Körpers strammstand. Nur der Richter behielt unerbittlich seine Inquisitoren-Miene bei. »Es war weiter nichts, ich fühle mich schon besser«, sagte ich schwach, spürte aber ein unbeschreibliches Gefühl von Wohlbehagen, wie immer nach meinen Anfällen, vor allem aber, weil ich mich an Margaridas warmem, weichem Busen gut aufgehoben fühlte.

Sie merkte wohl, daß ich die Gelegenheit ausnutzte, hob meinen Kopf ein wenig empor und machte Miene, sich zu erheben. Um das zu vermeiden, sagte ich rasch:

»Die Wärme hier im Saal hat mich umgeworfen. Mir war schon vorhin schlecht, als ich da unten an der Gefangenenzelle vorbeigehen mußte. Vielen Dank, Margarida, Gott lohne Ihnen Ihre Güte und Freundlichkeit!«

Margarida setzte gleich wieder ein abweisendes Gesicht auf, und der Richter bemerkte:

»Wenn Sie wollen, können Sie sich auf diesen Stuhl setzen.«

»Nein, danke«, erwiderte ich und blieb stehen. »Wenn ich mich setze, kann das meinen Stummelschwanz ärgern und das Epos schädigen. Im übrigen – entschuldigen Sie bitte das beklemmende Schauspiel, das ich Ihnen mit diesem seltsamen Anfall geboten haben muß.«

»Sie hatten keinen seltsamen Anfall. Sie haben sich schlecht gefühlt und eine leichte Ohnmacht erlitten, das war mehr oder minder zu erwarten«, meinte der Richter.

»Nein, Herr Richter«, beharrte ich. »Fürchten Sie nicht, mich zu beschämen! Ich weiß sehr wohl, daß es keine einfache Ohnmacht war. Seien Sie nicht verlegen, weil Sie das mitangesehen haben; es muß schrecklich gewesen sein, dem beizuwohnen, aber Sie dürfen mir glauben, es ist schlimmer für den Zuschauer als für denjenigen, der den Anfall erlebt. Ich sollte mich wegen dieser Anfälle schämen, aber ich habe darüber Worte von Baptista Pereira gelesen – dem erlauchten brasilianischen Schriftsteller, der, weil er der Schwiegersohn des Staatsrats Ruy Barbosa war, die Genialität seines Schwiegervaters erbte. Nach seinen Worten ist die Epilepsie die ›große Aura‹, die ›geheiligte Krankheit‹, welche nur die wahren Genies überkommt. Verlieren Sie also keine Zeit damit, vor mir zu vertuschen, was Sie mitangesehen haben, denn, um aufrichtig

zu sein, ich bin sogar stolz darauf, daß ich Epileptiker bin. Es ist
ein weiterer Beweis dafür, daß mich die göttliche Vorsehung
und die Gestirne dazu ausersehen haben, der ›Genius des brasilianischen Volkes‹ zu werden.«

»Sie sind also Epileptiker?« fragte der Richter kühl.

»Ich kann nicht genau dafür garantieren, daß ich es bin, Herr
Richter, denn ich bin nie zum Arzt gegangen, um das feststellen
zu lassen, aus Angst davor, daß er mich vielleicht heilen und das
Merkmal der Genialität wegkurieren könnte. Aber ich bin fast
sicher, daß ich es bin, und das aus folgendem Grunde. Seit ich
diese Worte des genialen Schwiegersohnes von Ruy Barbosa
las, habe ich beim hl. Antonius Conselheiro ein Gelübde abgelegt, epileptisch und dadurch ein Genie zu werden. Nun denn:
drei Tage später – das war die Frist, die ich dem Sertão-Heili-
gen gesetzt hatte – ging ich zu meinem Felsplateau hinauf,
drehte mich auf die Seite von Pajeú und Canudos, kniete nieder
und blieb so eine gute Weile hocken. Plötzlich spürte ich in
meinem Kopf ein ›Pater-Vieira-Knacken‹, und dann hatte ich
meinen ersten Anfall. Von da an blieb es so. Ab und zu falle ich
wie vom wilden Affen gebissen zu Boden, und Schaum tritt mir
vor den Mund. Aber wie schon gesagt, schämen Sie sich nicht
für mich, denn es ist für mich sogar ein Grund zum Stolz: die
Epilepsie war ja die ›geheiligte Krankheit‹ eines brasilianischen
Fürsten von Geblüt, des Betrügers Pedro II., und des genialen
Dichters Dom Joaquim Maria Machado de Assis.«

»Nun, Dom Pedro Dinis Quaderna, Ihrem Genius und Ihrer
Adelsmanie zum Trotz bedaure ich, Ihnen mitteilen zu müssen,
daß es schlecht um Sie steht«, sagte der Richter, holte tief Luft
und schoß den vergifteten Pfeil ab, den er sich bis zum Schluß
aufgespart hatte. »Der Brief, den ich erhalten habe, ist sehr
lang und enthält ungefähr sechzig Anklagen gegen Sie. Darunter zwei sehr wichtige. Die erste besagt, daß Sie von den abscheulichen Fanatikern abstammen, die 1835 bis 1838 am Stein
des Reiches mit einer blutrünstigen ›Sekte‹ den Sertão aufge-
wiegelt haben, indem sie Weiber, Kinder und Hunde enthaup-

teten. Der Brief versichert, Sie hätten dies dem Sertão-Pöbel absichtsvoll in Erinnerung gerufen und dadurch, so merkwürdig es scheinen mag, einen gewissen Einfluß auf das Volk errungen. Man behauptet, Sie hätten das anfangs nur getan, um das Volk auszubeuten und um sein Geld zu schröpfen; dann aber, bei Sinésios Ankunft, konnten Sie aus diesem Grund so viele Leute für die Expedition des ›Jünglings auf dem Schimmel‹ anwerben. Dem Brief zufolge verleiht Ihnen die Tatsache, daß Sie zu dieser blutdürstigen, aufrührerischen Familie gehören, Ihr Ansehen bei Cangaceiros, Volkssängern, Viehtreibern und sonstigem Sertão-Pöbel: bei Trödlerinnen, Dirnen, Viehhändlern und Zuckerschnapsschmugglern. Schließlich enthüllt der Brief noch eine andere schwerwiegende Tatsache: der Ring, den Sie da tragen, sei eben jener Ring, der dem Gutsbesitzer Pedro Sebastião Garcia-Barretto kurz nach seiner Enthauptung vom Finger gezogen wurde.«

———

Aus der Traum, edle Herren und schöne Damen mit den weichen Brüsten! Mein großes Verbrechen war entdeckt, die Schuld, die ich seit Beginn meiner Aussagen so sorgsam zu verbergen gesucht hatte. Ich hatte das Gefühl, daß eine solche Anklage schon seit langem auf mich zukam. Das war der wahre Grund für meine Befürchtungen. Und das nicht erst, seit ich das Gefängnis betreten hatte. Ich fühlte mich ohne greifbaren Grund schuldig, ohne daß mich jemand direkt angegriffen hätte, ohne daß ein richterlicher Verdacht auf mich gefallen wäre; mein Blut fühlte sich krank und infiziert von einer Schuld, die mich peinigte und vergiftete.

Als der Richter sah, daß ich kein Wort erwiderte, insistierte er:

»Na, was sagen Sie jetzt? Sind die beiden Behauptungen richtig?«

»Das sind sie. Mit meiner Abstammung vom Königshaus am Stein des Reiches hat es seine Richtigkeit, und es ist auch wahr, daß ich am 24. August 1930 den Ring vom Finger meines Paten gezogen und behalten habe.«

»Hat jemand mitangesehen, wie Sie den Ring abzogen?«

»Nein.«

»Sagten Sie nicht aber, es seien noch andere Leute bei Ihnen gewesen, als man die Leiche fand?«

»Das sagte ich.«

»Sie haben also den Ring heimlich abgezogen?«

»In gewisser Weise ja.«

»Und warum haben Sie das getan?«

»Herr Richter, so etwas tut man, ohne genau zu wissen warum. Ich wollte noch Arésio, den Sohn meines Paten, um Erlaubnis bitten, das Erinnerungsstück behalten zu können. Aber es herrschte große Verwirrung. Ich zog den Ring ab, steckte ihn in die Tasche und dachte daran, das Faktum später mitzuteilen. Dann begann ich mich zu schämen, denn es konnte ja so aussehen, als ob ich ihn in übler Absicht weggenommen hätte, es konnte wie Diebstahl aussehen. Und so ließ ich denn den Dingen ihren Lauf.«

»Sie sehen, Sie haben mir für die Aufklärung des ganzen Falls hochwichtige Tatsachen vorenthalten. Warum sagten Sie mir nicht, daß Sie sich auf dem Felsplateau befanden, in dessen Nähe der Schuß abgegeben wurde? Warum erzählten Sie mir nichts davon, daß Sie in den Köpfen der unwissenden Sertão-Bewohner Verbindungen zwischen der Sekte vom Stein des Reiches und der aufrührerischen Expedition Ihres Vetters und Neffen Sinésio des Strahlenden herstellen wollten? Und vor allem: warum haben Sie die Geschichte von dem Ring Ihres Paten vor mir verborgen gehalten?«

»Ich bekenne meinen Irrtum, Herr Richter. Bei alledem hatte ich Angst, mich in die Maschen der Justiz zu verstricken, und daher habe ich den Mund gehalten.«

»Verstrickt haben Sie sich erst dadurch; offen gesagt, Ihre Lage ist ernst. Wie soll ich Ihnen künftig vertrauen können?«

»Ich will sehen, daß ich es wiedergutmache, und alles, was

ich weiß, von Anfang an und haarklein erzählen. Wo soll ich die Geschichte beginnen lassen?«

»Beginnen Sie mit dem Stein des Reiches; denn dadurch sind ja, wenn man der Anzeige glaubt, die unwissenden Sertão-Bewohner dazu bewogen worden, sich Sinésios Expedition anzuschließen.«

»Gewiß, Ew. Ehren. Ich werde reden. Hören Sie zu!«

FÜNFUNDSECHZIGSTE FLUGSCHRIFT ABERMALS DER STEIN DES REICHES

So begann ich denn, edle Herren und schöne Damen, die epische Chronik der Könige vom Schönen Stein folgendermaßen vorzutragen:

»Es ist für mich nicht weiter schwierig, Ew. Ehren diese Geschichte zu erzählen, denn ich habe sorgfältig eine Anzahl von Texten genialer Schriftsteller aus Paraíba und Pernambuco über sie gesammelt. Einige dieser Texte werde ich, gebührend versifiziert, in mein Epos aufnehmen. Deshalb trage ich stets die handschriftliche Kopie bei mir, die ich davon anfertigen konnte, seit Gustavo Moraes unserer Bücherei eine Sammlung der ›Zeitschrift des archäologischen Instituts von Pernambuco‹ und der ›Zeitschrift des historischen und geographischen Instituts von Paraíba‹ gestiftet hat. Ich weiß nicht, ob es Ihnen schon bekannt ist, daß Samuel und Clemens bewiesen haben: die Geschichte gehört der Rechten und die Soziologie der Linken. Das läßt sich beweisen, denn der Schutzpatron der brasilianischen Geschichtsschreibung, Varnhagen, stammte von Gotenblut ab und war ›ein Speichellecker des Betrügers Kaiser Pedros II., dazu katholisch und ein Vicomte‹, während Sylvio Romero, der Schutzpatron der Soziologie, ›ein Sertão-Katholik, Rebell und Sozialist‹ war. Gustavo Moraes seinerseits war Integralist und in Recife an der Bewegung der Zeitschrift ›Grenze‹ beteiligt, die von Manuel Lumambo und Pater Antônio Fernandes geleitet wurde. Deshalb verstärkte er unter uns das Interesse an Geschichte und Ahnenforschung mit Gedanken, die er in Recife eingesogen hatte und bei den denkwürdigen Sitzungen unseres ›Genealogischen und Historischen Instituts im Sertão von Cariri‹ an uns weitergab. Ich bekenne, daß ich bis zu dem Tag, als ich diese Zeitschriften las, meine königliche Abstammung geheimhielt, als ob sie ein Verbrechen und einen Makel darstellte: Dann aber fiel mir eines Tages ein Buch des genialen Schriftstellers aus Pernambuco, Dr. Francisco Augusto Pereira da Costa, in die Hand. Das war ein umwerfendes Erlebnis für mich, Ew. Ehren. Wie man Ihnen gewiß schon in dem niederträchtigen anonymen Brief erklärt hat, gab es in der Königsfamilie der Quadernas zwei Hauptlinien, die Vieira-dos-Santos und die Ferreira-Quadernas. Aber der Hauptkönig war mein Urgroßvater, König Dom Johann II., der Abscheuliche.«

»König Dom Johann II., der Abscheuliche? Was ist das für ein verworrenes Zeug?«

»Erschrecken Sie nicht, Ew. Ehren. Sein eigentlicher Name lautete João Ferreira-Quaderna, ebenso wie Kaiser Pedro I., der Ritterliche, eigentlich Pedro de Alcântara de Braganza hieß. Aber alle Autoren, die über den Stein des Reiches schreiben, nennen meinen Urgroßvater nur den ›abscheulichen Johann Ferreira‹. Nun habe ich aber aus der Lektüre der ›Geschichte der Zivilisation‹ von Oliveira Lima und aus der ›Allgemeinen Geschichte Brasiliens‹ von Varnhagen erfahren, daß unsere Könige und Kaiser immer ein ›Dom‹ vor dem Namen führen und dahinter einen Beinamen. Könige von Brasilien und Portugal beispielsweise waren Dom Emmanuel I., der Glückliche, und Dom Sebastian, der Ersehnte. Im Ausland ist es genauso, abgesehen vom Dom. In Frankreich gab es einen, der war, nach dem Namen zu urteilen, ganz verrückt auf die Vogeljagd: er hieß Heinrich der Vogler. Es heißt, daß er keinen Vogel ruhig mitansehen konnte: jedes zierliche Cagasebito-Vögelchen, das ihm vor die Nase kam, war verloren, gleich brachte er es um. In Deutschland hat es noch einen anderen König gegeben, der mir einmal eine schreckliche Rüge von Clemens und Samuel zuzog.«

»Wer war das?«

»Frederico o Grande – Friedrich der Große. Als ich einem Streitgespräch der beiden zuhörte, fand ich seinen Namen schrecklich unflätig.«

»Das verstehe ich nicht. Warum?«

»Ich sah den Namen nicht schriftlich vor mir, ich hörte ihn nur, und da dachte ich, er heiße ›Frederico Cu-Grande‹, Friedrich mit dem großen Hintern. Als ich nun sah, daß berühmte Schriftsteller aus Pernambuco meinen Urgroßvater den ›abscheulichen João Ferreira-Quaderna‹ nannten, erkannte ich sofort, daß es sich um etwas Königliches und Grandioses handeln müsse und sein Herrschername Dom Johann II., der Abscheuliche, zu lauten habe.«

»Aber das ist doch ein abschätziger Name«, warf der Richter ein, der an jenem Tage trotz meinem Nachhilfeunterricht noch ziemlich unausgekocht in monarchischen Fragen war.

Er tat mir leid, und deshalb erläuterte ich ihm geduldig:

»Wenn es sich um königliche Abstammung handelt, Herr Richter, haben abschätzige Beinamen nicht die geringste Bedeutung. Philipp der Schöne von Frankreich hat Geld gefälscht, weshalb er in die Geschichte mit dem langen, aber wohlklingenden Namen ›Philipp der Schöne, der Falschmünzer‹ eingegangen ist. Nun dachte ich folgendes: wenn dieser König von Frankreich Geld gefälscht hat, was ist dann dabei, wenn meine Vorfahren, die Könige des brasilianischen Volkes, Frauen, Kinder und Hunde enthauptet haben? Verbrechen bleibt Verbrechen, und die meiner Familie sind weit weniger vulgär gewesen, denn Leute enthaupten ist viel monarchischer als Falschgeld ausgeben. Sie sehen, Ew. Ehren, so geht es eben mit den Königen. Auch Dom Johann II., der vollkommene Fürst, der König von Portugal war, beging eines dieser königlichen Verbrechen, die denen meines Urgroßvaters ähneln: er versetzte seinem Schwager, dem Fürsten von Viseu, einen Messerstich,

551

so daß dieser im gleichen Augenblick alle viere von sich streckte.«

»Soll das heißen, daß Sie nicht nur mütterlicherseits ›zum königlichen Sertão-Geschlecht der Garcia-Barrettos‹ gehören, sondern außerdem noch väterlicherseits zum ›königlichen Geschlecht vom Stein des Reiches‹? Sind die Quadernas wirklich, wie der Brief behauptet, königlicher Abstammung?«

»Ganz gewiß. Und das sage nicht ich, ein Quaderna, sondern ein wahrer ›Fürst der brasilianischen Literatur‹, der geniale Pereira da Costa. Auf Grund seiner Ausführungen überzeugte ich mich ein für allemal davon, daß ich ein König bin und ein linker Monarchist sein muß. Hier ist sein Text. Das Manuskript befindet sich immer in meiner Aktentasche. Hören Sie!«

Ich las nun dem Richter und Margarida die sakramentalen Worte der Salbung und Weihe vor, die in meinem Leben eine so wichtige Rolle gespielt hatten, die Worte Pereira da Costas, die wie folgt beginnen: »Am Schönen Stein also hielten diese neuen Sebastianisten ihre Versammlungen ab, und in den unterirdischen Höhlen seiner Felsen lag der Tempel dieser falschen Priester und der Thronsitz dieser karikaten Phantasie-Monarchie.«

Als ich meine Lesung abschloß, lächelte der Richter:

»Falsche Priester! Karikate Phantasie-Monarchie! Und Sie lesen das, wie es scheint, gar nicht bekümmert, sondern sogar noch stolzgeschwellt vor!«

»Eben das, Ew. Ehren. Pereira da Costa war ein offizieller und anerkannter Schriftsteller, Mitglied des ›Archäologischen Instituts von Pernambuco‹, so daß sein Wort einem Fürstenwort gleichkommt; er würde es niemals zurücknehmen, selbst wenn er es später bereut hätte. Wenn er meine Vorfahren zu Königen von Brasilien geweiht hat, so sind wir, auch wenn er unsere Monarchie als karikat betrachtet, damit anerkannt, und das genügt uns; selbst Gott kann nichts mehr daran ändern. Wenn er eine so ruhmreiche und ritterliche Monarchie wie die vom Stein des Reiches als Karikatur und Phantasiegebilde ansieht, so ist das seine Sache. Ich kann nichts dafür, daß Pereira da Costa, obwohl er ein Genie ist, solche Eseleien von sich gegeben hat. Außerdem sind schließlich alle Monarchien Karikaturen und Phantasiegebilde!«

»Und Sie sind Monarchist, obwohl Sie so eingestellt sind?«

»Das bin ich. Ich gehöre zur königlichen Linken, oder wenn Ihnen das lieber ist, ich bin ein linker Monarchist.«

»Warum dieser Widerspruch?«

»Weil ich die Monarchie hübsch finde mit ihren Kronen, Thronen, Zeptern, Wappen, Paraden zu Pferde, Bannern, Dolchen, Rittern und Prinzessinnen, genau wie in der Flugschrift von ›Karl dem Großen und den zwölf Paladinen von Frankreich‹. Deshalb war mein Vorfahr Dom Silvestre José dos Santos im Rodeador-Gebirge in Pernambuco unter dem Namen Dom Silvester I., der Entsandte, König von Brasilien. Am Stein des Reiches herrschten beide Linien der Familie gemeinsam, die Vieira-dos-Santos und die Ferreira-Quadernas. Die Vieira-dos-Santos waren die vier Kinder des alten Fürsten Dom Gonçalo José dos Santos: João Antônio, Pedro Antônio, Isabela und Josefa, oder besser: Dom Johann I., der Vorläufer, Dom Peter I., der Verschmitzte, die Prinzessin Isabela und die Königin Josefa. Vom Zweig der Quadernas waren dort der alte Fürst Dom José Maria Ferreira-Quaderna, mein Ururgroßvater und Vater meines Urgroßvaters, Dom João Ferreira-Quaderna, der unter dem Namen Dom Johann II., der Abscheuliche, den Sertão-Thron von Brasilien bestieg. Doch beide Linien kamen schließlich wieder zusammen, weil mein Urgroßvater die beiden Schwestern, seine Basen, die Königin Josefa und die Prinzessin Isabela, heiratete.«

»Hat er beide Schwestern auf einmal geheiratet?«

»Herr Richter, Sie werden schon bemerkt haben, daß der Sertão-Katholizismus seine eigenen Gesetze und Gebote besitzt. Zu den festen Bestandteilen unseres Kredos am Stein des Reiches gehörten: Vielweiberei, monarchistisch-sozialistisches Sertão-Denken, und daß die Besitzenden von enthaupteten

Hunden, die als Drachen wiederauferstehen, aufgefressen werden.«

»Da sehen Sie es, Margarida, da hört sich doch wirklich alles auf«, sagte der Richter. »Ich wußte schon, daß diese Leute grausam und fanatisch waren, aber ich hätte nicht gedacht, daß sie auch so gefährlich und subversiv gewesen sind. Sehen Sie nur, wie sich alles zur Aufklärung der hiesigen Vorgänge allmählich zusammenfügt! Sinésio, ein Sohn Ihrer Schwester, Herr Pedro Dinis Quaderna, war doch wohl auch ein Nachkomme jener Gesellen, nicht wahr?«

»Das war er. Sinésio und ich sind die Nachkommen von Dom Johann II., dem Abscheulichen, und seiner Base und zweiten Frau, der Prinzessin Isabela, die auf Befehl ihres Mannes am 16. Mai 1838 zusammen mit der anderen Königin, meiner Urgroßtante Dona Josefa, enthauptet wurde.«

»Entsetzlich! Was für eine Ungeheuerlichkeit von Ihrem Urgroßvater!« entrüstete sich der Richter.

»Ew. Ehren, in der Kunst, seine Frauen zu enthaupten, war mein Urgroßvater ein blutiger Anfänger, verglichen mit Heinrich VIII. Außerdem habe ich später entdeckt, daß alle Könige, deren Lebensläufe in der ›Geschichte der Zivilisation‹ erzählt werden, Historiker zu ihrer Verfügung hatten, die über sie Epen schrieben, die sie ›Chroniken‹ nannten und in denen alles geschildert wurde, was sie an Verbrechen und Schlafzimmergeschichten aufzuweisen hatten. Und da war ich abermals ganz stolz, als ich feststellte, daß die Sertão-Könige, Sinésios und meine Vorfahren, in der Person von sechs genialen brasilianischen Schriftstellern ihre Chronisten gefunden hatten: Varnhagen, Pereira da Costa, Sebastião de Vasconcelos Galvão, Antônio Áttico de Souza Leite, Euclydes da Cunha und Komtur Francisco Benício das Chagas.«

»Sie alle haben sich mit der Sertão-Monarchie am Stein des Reiches befaßt?«

»Und wie befaßt! Der Beste war für mich jedoch der geniale Áttico de Souza Leite, denn er hat ein richtiges Epos geschrieben: mit Pferden und Rittern, mit blutigen Kämpfen, ermordeten Königen, enthaupteten Königinnen und Prinzessinnen und allem sonstigen Zubehör. Ich hoffe, eines Tages alles in Verse bringen zu können, was er geschrieben hat, und will das Ergebnis in meine Sertão-Burg aufnehmen. Weil ich aber schon vorher unter den Sertão-Bewohnern Proselyten machen wollte, ließ ich in der Druckerei der ›Gazette‹ eine durchgesehene und verbesserte Neuauflage vom Prosaepos des genialen Souza Leite drucken. Auf dem Umschlag stand der Titel: ›Memorandum über den Stein des Reiches oder das Verzauberte Reich im Bezirk Vila Bela im Zerschnittenen Gebirge, Provinz Pernambuco‹. Unter den Titel setzte ich den Stich, den mein Bruder Taparica Pajeú in Holz geschnitzt hatte. Ich veröffentlichte auch eine Flugschrift in Versen über das gleiche Thema, verfaßt von meinem alten Vetter João Melquíades, und illustrierte den Umschlag ebenfalls mit dem Stich von Taparica. Der Stich wurde nach der Zeichnung angefertigt, die Pater Francisco José Corrêa de Albuquerque von dem geheiligten Standort des Steins des Reiches ausgearbeitet hatte. Kennen Ew. Ehren diese Zeichnung?«

»Nein.«

»Na, dann verschaffen Sie sich die Zeitschrift des ›Archäologischen Instituts‹ und schlagen Sie sie auf: sie ist einfach überwältigend. Man sieht darauf ein großes Amphitheater, das Skelett meines Urgroßvaters, an zwei Bäumen hängend, davor ein paar Menschen- und Hundeschädel, Steine, Bäume, verzauberte unterirdische Höhlen, einfach toll! Da aber in der Flugschrift nicht alles Platz fand, was auf der Zeichnung zu sehen war, ließ ich Taparica alle unehrenhaften Objekte des ersten Abzugs entfernen: dazu gehörte auch das Skelett meines Urgroßvaters. Auf dem zweiten Abzug kopierte er nur noch die beiden großen zylinderförmigen parallelen Steine, die meine königlichen Vorfahren für die beiden Türme der verschütteten verzauberten Kathedrale der Sertão-Bewohner hielten. In die Mitte setzte Taparica ein Porträt unseres Urgroßvaters mit der

Krone auf dem Kopf, um Eindruck zu schinden. Schauen Sie her, Herr Richter: hier in meiner Aktentasche habe ich noch Exemplare der beiden Flugschriften; ich kann Ihnen zwei Exemplare geben, damit sie den Prozeßakten beigefügt werden.«

——

So las ich nun dem Richter die ganze Geschichte vor, die Ew. Hochwohlgeboren schon bekannt ist. Als ich geendet hatte, übergab ich ihm zwei Exemplare der Flugschriften, die er an Margarida weiterreichte und zu den Akten nehmen ließ. Da sagte der Richter:

»Dom Pedro Dinis Quaderna, allmählich wird mir alles klar. Nur begreife ich noch nicht, wie Sie beweisen wollen, daß Sie in männlicher direkter Linie von diesen Gesellen am Stein des Reiches abstammen.«

»Das ist ganz leicht, Herr Richter. Antônio Áttico de Souza Leite hat sich etwas unklar ausgedrückt, denn er schrieb nur über den Stein des Reiches selber und ließ die späteren Vorkommnisse beiseite. Tatsächlich kam jedoch meine Urgroßmutter Prinzessin Isabela in dem Augenblick ihrer Enthauptung nieder und gebar, wie Sie sich erinnern werden, ein Kind, das die Steine hinunterrollte. Dieser Knabe war mein Großvater, Dom Pedro Alexandre, und er wurde von Pater Manuel José do Nascimento Bruno Wanderley großgezogen. Als er heranwuchs, verheiratete ihn Pater Wanderley mit seiner natürlichen Tochter Bruna Wanderley, meiner Großmutter. Deshalb kommen die Quadernas bald braunhäutig auf die Welt wie ich, wenn sie nach der maurischen Indianer-Weißen-Mischung der Vieira-dos-Santos und der Quadernas geraten, bald hellhäutig, wie es bei meiner Schwester Joana der Fall war, die nach dem gotisch-flämischen Blut meiner Großmutter Bruna, Pater Wanderleys Tochter, geriet.«

»Das heißt also, daß die Königsfamilie vom Stein des Reiches durch die Tochter eines Geistlichen fortgesetzt wurde . . .«

»Jawohl, und das will gar nichts heißen, denn das Geschlecht der Braganzas stammt ebenfalls von einem Bischofssohn ab. Dom Pedro Alexandre, mein Großvater, heiratete die Tochter von Pater Wanderley; sie wurde schwanger und gebar meinen Vater, Dom Pedro Justino, dessen Nachfolge ich, Dom Pedro Dinis, unter dem Namen Dom Pedro IV. angetreten habe.«

Ave Maria, edle Herren und schöne Damen! Ehe ich mich versah, hatte ich schon die unheilvollen Worte ausgesprochen und konnte sie nicht mehr zurücknehmen. Der Richter fiel wie ein wildes Tier über mich her:

»Soll das etwa heißen, daß Sie der wahre König von Brasilien sind? Wer war denn nun letzten Endes der König? Sie oder Ihr Pate Dom Pedro Sebastião?«

Ich sah, daß meine Lage immer gefährlicher wurde, aber da ich nicht anders konnte, setzte ich mein Bekenntnis fort:

»De facto, Herr Richter, bin ich der rechtmäßige König. Oder besser gesagt, ich bin der Kaiser, der über das ganze weite Fünfte Reich des Skorpions herrscht. Mein Pate war nur König von Cariri, einem der sieben Königreiche, aus denen das Imperium besteht. Ein anderer meiner tributpflichtigen Vasallenkönige war Dom José Pereira Lima, der unbezwingliche Guerillero von Princesa.«

»Ach so, das bedeutet also, daß Sie in aller Form zugeben, daß der Aufstand von Princesa nichts anderes als eine neue Episode in der Geschichte des Reichssteins war. Wahrscheinlich hatten Sie all das vor Augen, als Sinésio hier auf seinem Schimmel einritt, und Sie wollten die Sertão-Bewohner zu einem neuen Aufstand gegen die Obrigkeit vereinen . . .«

»Herr Richter, ich gebe zu, daß ich Kaiser des Sertão und Brasiliens werden wollte, um dann später der Genius des brasilianischen Volkes werden zu können. Zu diesem Zweck wollte ich die Bewegung vom Stein des Reiches mit der Revolution von Princesa und der Neuen Suchfahrt, die wir mit Sinésio unternahmen, in Verbindung bringen.«

»Vorzüglich! Nehmen Sie dieses Geständnis des Angeklagten zu Protokoll, Dona Margarida! Nun eine Frage, die ich aus reiner Neugierde stelle, Dom Pedro Dinis Quaderna! Sagen Sie mir eines: waren Ihre ehelichen Brüder nicht alle älter als Sie?«

»Das waren sie allerdings.«

»Wie erklärt es sich dann, daß Sie der Thronerbe sein konnten?«

»Ich habe ein Dokument aufgesetzt, mit dem sie auf ihr Erbrecht Verzicht leisteten, und alle vier haben es unterzeichnet.«

»Ohne Widerstand?«

»Ohne Widerstand. Anfänglich zögerten sie noch, weil sie dachten, sie sollten auf irgendeine Erbschaft in Form von Grundbesitz verzichten. Aber als sie dann sahen, worum es ging, haben sie alle unterzeichnet, ja, sie haben es sogar mit Vergnügen getan. Manuel, der Älteste, sagte zu den anderen: ›Dieser Dinis hat sonderbare Einfälle. Als ob ich etwas gäbe auf diese Geschichten aus Olims Zeiten, aus der Zeit von Methusalem und Don Knickstiefel!‹ Allerdings habe ich nie gewagt, den Thron de facto zu besteigen«, log ich. »Ich hatte nämlich entdeckt, daß die wirklichen Repräsentanten ihrer Länder, die sogenannten ›Genien der Völker‹, immer Dichter und nicht Könige sind. Weshalb zum Teufel sollte ich mich also auf solche Unternehmungen einlassen und dem Risiko aussetzen, enthauptet zu sterben wie mein Pate? Deshalb beschränkte ich mich darauf, bei Dom Pedro Sebastião die Ämter eines Astrologen, Ratgebers, Waffenmeisters, Schatz- und Siegelbewahrers auszuüben. Als Sinésio dann 1935 auftauchte, war es ebenso: er war der Fürst auf dem Schimmel, und ich übte neben ihm die gleichen Funktionen aus, die ich schon bei seinem Vater ausgeübt hatte.«

»Sie gestehen also, daß Sie Sinésios Partei gegen Arésio ergriffen haben?«

»Das gestehe ich. Im übrigen war das eine Sache des Blutes und der Verwandtschaft. Sinésio war nicht nur mein Vetter von seiten der Garcia-Barrettos, er war auch mein Neffe von seiten meiner Schwester Joana. Arésio war nur mein Vetter; denn er war ein Garcia-Barretto, aber kein Quaderna. Doch obwohl ich Sinésios Partei nahm, sah ich wohl ein, daß mich das meine Kehle kosten konnte und es mein voraussehbares Schicksal war, wie sein Vater enthauptet zu werden. Da beschloß ich dann, zuzusehen, welchen Verlauf die Dinge nehmen würden: ich wollte als Astrologe und Waffenmeister an Sinésios Seite bleiben. Ging die Sache gut aus, dann war meine Lage ausgezeichnet. Ging sie schlecht aus, so hatte ich mich nicht direkt bei der Revolution vom Krieg des Reiches kompromittiert. Dann konnte ich, da ich alles miterlebt hatte, meine epische Chronik ›Das abenteuerliche Unglück Sinésios des Strahlenden‹ schreiben, sie mit der Geschichte meines Paten beginnen, mit Sinésios Abenteuer fortfahren und so zum Genius des brasilianischen Volkes werden, offiziell anerkannt als solcher von der Brasilianischen Akademie der Geisteswissenschaften.«

»Das heißt demnach, der kriegerische Anführer der von Ihnen unternommenen revolutionären und aufrührerischen Reise war der junge Mann auf dem Schimmel?«

»So war es.«

»Schreiben Sie das auf, Dona Margarida! Nun wollen wir noch einmal auf Sinésios Ankunftstag zurückkommen, Dom Pedro Dinis Quaderna! Ich brauche genaue Informationen über alle Personen, die an Leben oder Tod des jungen Mannes auf dem Schimmel ein besonderes Interesse haben konnten. Sie werden nun also Ihr Gedächtnis anstrengen, um sich zu erinnern, wo sich diese Leute befanden und was sie in dem Augenblick taten, in welchem Dr. Pedro Gouveia dem Bezirksrichter erklärte, der junge Mann auf dem Schimmel sei Sinésio. Wer waren Ihrer Meinung nach die Leute, die von dem Wiederauftauchen des jungen Mannes am meisten betroffen wurden?«

»Ich glaube, das waren an erster Stelle sein Bruder Arésio – wegen der Erbschaft –, dann der Zuckermühlenbesitzer Antônio Moraes, sein Sohn Gustavo und seine Tochter Genoveva und schließlich die beiden Töchter des alten Teilhabers meines Paten, des Gringos Edmund Swendson, also das Mädchen Clara, die ältere, und Dona Heliana, die jüngere, das Mädchen mit den grünen Augen. Ich will nun Ihrer Bitte nachkommen und zusehen, ob ich mich erinnern und berichten kann, wo sie alle sich befanden und was sie in dem Augenblick taten, als der wiedererstandene Sinésio hier auftrat.«

SECHSUNDSECHZIGSTE FLUGSCHRIFT
DIE TOCHTER ALS BRAUT DES VATERS
ODER LIEBE, SCHULD UND VERZEIHUNG

»Während im Ort die Kavalkaden vorbereitet wurden, spielte sich im Hause von Dom Antônio Moraes eine für unsere Geschichte hochwichtige Begebenhe t ab. Ich muß dazu bemerken, daß Dom Antônio Moraes außer seinem Haus auf dem Gutshof ›Angicos‹ noch das Haus auf jenem Hügel besaß, das Ew. Ehren von diesem Fenster aus wahrnehmen können. Es ist ein altes Herrenhaus, das dem Obersten Deusdedit Villar gehört hat, einem Mann aus der Familie des Konteradmirals, Herr Richter. Wie Sie sehen können, wenn Sie sich hierherbemühen, liegt es heute verlassen und halb verfallen da. Das Dach über der das Haus umgebenden Veranda ist eingestürzt. Auch das alte Holzkreuz ist zusammengebrochen, das sich auf einem Sockel aus Stein und Kalk erhob und dem ›Ästheten Gustavo‹ – Samuels Ausdruck! – so teuer war. Die Steinmauer, welche die Moraes aufführen ließen, um den Hof ihres Hauses von den Quittenbäumen auf der Höhe des Felsplateaus abzutrennen, ist zerbröckelt. Der Turm, den Gustavo Moraes errichten ließ, um das alte Herrenhaus vom ›Gefleckten Jaguar‹ nachzuahmen, ist abgerissen worden; der Turm des ›Gefleckten Jaguars‹ war freilich erheblich älter, strenger und mächtiger, und Gustavo Moraes konnte das der Familie Garcia-Barretto, der Feindin und Rivalin seiner eigenen Familie, nicht verzeihen; deshalb hatte er die Unterschiede in Auflehnung gegen die inzwischen verstrichenen Jahrhunderte künstlich verwischen und mit der Familie meines Paten gleichziehen wollen. Jedenfalls steht das

Haus verlassen, zerfallen und vereinsamt noch immer dort, und wenn Sie wollen, Herr Richter, können Sie einmal dort hingehen und für unsere Untersuchung Nachforschungen anstellen. In jenem Jahr war es frisch restauriert und tadellos; es beherbergte das glanzvolle Vermögen, mit dem die Moraes uns blendeten, und die neuen Ideen, den Luxus und die Neuheiten, die sie aus Recife mitgebracht hatten. Am Tag von Sinésios Ankunft befanden sich dort Antônio, sein jüngerer Sohn Miguel und seine Tochter Genoveva, die eine so üble Rolle im Leben von Arésio Garcia-Barretto gespielt hat. Im Augenblick waren weder der älteste Sohn Gustavo noch Arésio anwesend, der dort als Hausgast Wohnung genommen hatte. Arésio verschwand manchmal zwei oder drei Tage lang, ohne dazu Erklärungen abzugeben. So war es auch diesmal geschehen. Am Vorabend, am Freitagabend, hatte er das Haus der Moraes verlassen, so daß in dem Augenblick, als Sinésios Identität bekannt wurde, niemand wußte, wo sich sein älterer Bruder aufhielt. Außerdem glaube ich, Herr Richter, meine Geschichte wird weitaus verständlicher, wenn ich Ew. Ehren sage, daß es sich um eine Geschichte verfallender Häuser handelt. In Ruinen liegt, wie ich sagte, das alte große Haus auf der ›Borrotes-Höhe‹, das Dom Antônio Moraes den Erben des Edelmanns Dom Deusdedit Villar, Oberst der Miliz und Generalkapitän des Sertão von Taperoá, abgekauft hatte. In Ruinen liegt das alte Haus, das Dom Edmund Swendson, Claras und Helianas Vater, neben der Festung Nazaré do Cabo steil über der Mündung des Suape-Flusses an der Küste von Pernambuco erbaute. In Ruinen liegt auch das Herrenhaus des ›Gefleckten Jaguars‹, das in der Nacht des 24. August 1930 in Brand gesteckt wurde. Und in Ruinen liegt schließlich auch die alte Festung St. Joachim zum Stein an der Küste von Rio Grande do Norte, die ebenfalls dem Vater von Clara und Heliana gehört hat. Diese beiden Mädchen bewirkten durch einen ebenso verheerenden wie strahlenden Irrtum die ›Überkreuzung von Liebe und Blut‹, welche Sinésios Schicksal zum Kreuzweg und zur Kreuzigung werden ließ. Aber wie schon gesagt: das erste wichtige Ereignis jenes Nachmittags spielte sich im Hause des Zuckermühlen- und Bergwerkbesitzers Antônio Moraes ab. Es wurde mir gleich am Abend jenes denkwürdigen Samstags von dem Maurer Teodoro ›Bocksbart‹ mitgeteilt, der mein Schüler und ein mehr oder minder einflußreiches Mitglied des ›Ordens der Ritter vom Stein des Reiches‹ war.«

»Ach, das heißt also, Sie gestehen, daß Sie diesen Orden gegründet haben?«

»Gewiß, das gestehe ich. Wie Sie sich aus der Erzählung von Antônio Áttico de Souza Leite erinnern, gehört die Gründung einer Bewegung, die Juwelen in Geld eintauscht, zur Tradition meiner Familie – übrigens jeder Monarchie, die etwas auf sich hält. Nun gut: Teodoro ›Bocksbart‹ war etwa zwanzig Tage zuvor angestellt worden, um Maurerarbeiten im alten Haus der Moraes auszuführen. Gustavo, der älteste Sohn, beaufsichtigte den Umbau des alten Hauses und nahm unter dem Einfluß der Anregungen aus Recife bauliche Veränderungen vor. Wie uns Dr. Samuel erklärte, verdankte Gustavo diese Anregungen einer sonderbaren rechtsstehenden Gruppe von Intellektuellen, die sich um einen noch sonderbareren Jesuitenpater, den Pater Antônio Fernandes, gebildet hatte. Dieser Pater war ein Indo-Portugiese aus Goa, ein seltsamer Mensch, der als Politiker in Recife zu Ansehen gelangt war, vor allem nach der erbitterten Polemik, die er mit einem französischen Philosophen ausgetragen hatte. Er hatte junge, temperamentvolle Dichter, Journalisten und Politiker um sich zu sammeln vermocht. Einige von ihnen waren als graue Eminenzen in den Staatsapparat von Pernambuco eingedrungen. Andere hatten eine Zeitschrift für Kunst und Literatur gegründet, die ›Grenze‹; im Umgang mit dieser ästhetisierenden, schöngeistig-reaktionären Gruppe der ›Grenze‹ hatte sich Gustavo Moraes, wie Samuel meinte, die Gedanken angeeignet, mit denen er uns, die Hinterland-Intellektuellen von Taperoá, zunächst schockierte und dann in Bann schlug. Diese Gruppe rechtsstehender Intellektueller aus

Recife hatte ›das brasilianische Barock‹ in Mode gebracht: die mönchische Schlichtheit der Jesuitenklöster und Missionsstationen; Spiegel, Kristalle und Silberarbeiten; die Aristokratie der Zuckermühlen; den halb inquisitorischen Katholizismus der Iberer; den Geschmack an der Architektur der alten kachelverkleideten Herrensitze; die alten Kirchen mit ihren Holzskulpturen, ihren Hochaltären und den auf Zedernholz gemalten Altar-Ölgemälden, dazu die Architektur der alten brasilianischen Festungen aus dem sechzehnten, siebzehnten und achtzehnten Jahrhundert – das alles erfuhren wir durch Dr. Samuel. In Übereinstimmung mit diesen ›guten alten Überlieferungen‹ hatte Gustavo Moraes die Wände des Familienhauses der Villar aufreißen und mit Nischen und Sockeln versehen lassen, auf die er Heiligenfiguren aus Ton oder Holz stellte, die er in allen möglichen Sakristeien und alten Kirchen von Paraíba aufgekauft hatte. Als er aus Recife nach Taperoá kam, hatte er die Gutshäuser unserer Stadt auf alte Tische, Stühle, Konsolen und sonstige Altertümer absuchen lassen. All diese Dinge hatte er im Hause verteilt und Rundtische und Hauskapellen mit den ausgefallensten Dingen geschmückt: goldgefaßten Paramenten aus São João do Cariri, Spitzendecken, Steigbügeln von alten Sätteln, Waschbecken aus blauer und weißer Fayence und Möbeln, die niemand mehr verwendete, weil sie unmodern geworden waren. Das Haus bot einen so seltsamen Anblick, daß die Alte von Badalo, die alte Närrin, die hier an den Haustüren Koriander verkauft, als sie in den Salon der Moraes hineinkam, glaubte, sie befände sich in einer Kapelle. Sie kniete vor einem Rundtisch, der mit violetten Paramenten geschmückt war, nieder, bekreuzigte sich und betete ein gutes Stück von einem Rosenkranz, bis die Hausangestellten sie unterbrachen. Der Arbeitsvertrag der Moraes mit dem Maurer Teodoro ›Bocksbart‹ hatte mit diesen Umbauten zu tun. An jenem 1. Juni 1935 hatte man ihn kommen lassen, damit er an den beiden Seitenwänden des Hauses Schießscharten anbringe; nach den ersten baulichen Umgestaltungen hatte Gustavo Moraes nämlich entdeckt, daß das Haus der Garcia-Barrettos dieses ›archaisch-rustikale Schönheitsmerkmal‹ aufwies, und verfügt, daß auch am Hause der Moraes Schießscharten angebracht werden sollten. Als nun Teodoro ›Bocksbart‹ auf den ›Borrote-Hügel‹ gerufen wurde, um diese Steinmetz- und Maurerarbeiten auszuführen, zog er mich zu Rate, da er von der Feindschaft wußte, die früher zwischen Antônio Moraes und meinem Paten Dom Pedro Sebastião geherrscht hatte. Er erkundigte sich, ob er den Auftrag annehmen solle oder nicht, da er befürchtete, es könne ihm ein Unglück zustoßen, wenn er in einem Hause arbeitete, › das von Leuten von der Partei des Teufels bewohnt‹ wurde.«

»Da sieht man, daß Sie die Mitglieder Ihrer subversiven Partei gut instruiert hatten«, sagte der Richter mit Heftigkeit.

Ich stieß einen Seufzer aus:

»Da Sie ohnehin schon alles wissen, ist es besser, ich gestehe Ihnen alles auf einmal. Ich habe immer gefunden, Ew. Ehren, daß Krieg Krieg ist, und bei dem Kampf zwischen den Moraes und den Garcia-Barrettos ging es um das Überleben meines Blutes und meiner Krone. Das war auch der Grund, weshalb ich allen meinen Freunden erklärt hatte, wir müßten die Reihen um Dom Pedro Sebastião fester schließen, da Dom Antônio Moraes auf der Seite des Teufels stehe. Gleichwohl beruhigte ich Teodoro an jenem Tage. Ich sagte ihm, den Auftrag von Gustavo Moraes könne er ohne Gewissensbisse annehmen, ja es wäre sogar gut für uns, wenn etwas von dem Geld, das sich auf der Seite des Bösen und des Teufels befand, auf eine Person überginge, die wie er auf der Seite Gottes und des Guten stand. Ich erklärte ihm auch, daß der Kampf mit dem Tode unseres alten Königs Dom Pedro Sebastião nicht zu Ende, sondern nunmehr eine neue Taktik erforderlich sei; zu dieser Taktik gehöre es, daß er die seltene Gelegenheit wahrnehmen müsse: niemand von uns hatte nämlich Zutritt zum Hause Moraes. So solle er die Gelegenheit nutzen, dort ein und aus gehen, und seine Arbeit gut ausführen, aber Augen und Ohren offenhalten; denn niemand beachtet einen Maurer. Vielleicht habe er das Glück, eine für unsere Partei wertvolle Information in Erfahrung zu bringen.«

»Hören Sie das, Dona Margarida?« rief der Richter schokkiert. »Sehen Sie, wie gefährlich und skrupellos diese Leute sind? Schreiben Sie das auf, das ist alles sehr wichtig!«

Margarida schrieb, und ich fuhr fort:

»An jenem Samstag arbeitete Teodoro den ganzen Morgen hindurch auf einem schwindelhohen Baugerüst in einem Zimmer auf der linken Seite des Korridors, der den Salon mit dem Eßzimmer des Herrschaftshauses verband. Er war schon dabei, auf dieser Seite die Wände zu kalken, da er die von Gustavo Moraes in Auftrag gegebenen Schießscharten bereits angebracht hatte. Teodoro hatte wie fast alle Einwohner des Städtchens vor, am Nachmittag in den Ort zu gehen, um den Kavalkaden beizuwohnen. Zudem war er vorsichtig genug gewesen, am Vorabend mitzuteilen, daß er am Samstag gegen Mittag die Arbeit unterbrechen und erst am nächsten Montagmorgen auf die ›Borrotes-Höhe‹ zurückkehren werde. Am Tage von Sinésios Ankunft gegen elf Uhr morgens legte Teodoro auf seinem Gerüst eine Pause ein, um sich auszuruhen, streckte sich aus und schlief dabei ein. Sein Kopf ruhte auf einem Bündel Werg. Erschlafft von der Müdigkeit und dem Hunger, der dem Mittagessen vorausgeht, schlief er ein wenig und blieb oben auf dem Gerüst liegen, während die Hausbewohner dachten, er habe die Arbeit schon verlassen und sei in die Stadt davongegangen. Das Dienstpersonal des Herrenhauses war, nachdem der Mittagstisch abgetragen war, angezogen von den Kavalkaden in die Stadt gegangen. Antônio Moraes' Frau, Dona Eulália, stand sich nicht gut mit ihrem Mann und hielt sich nie dort auf, wo er sich gerade befand; sie war in dem Hause geblieben, das die Familie im Stadtviertel Benfica in Recife besaß. Gustavo hatte sich gegen zwei Uhr nachmittags von seinem Chauffeur den Wagen vorfahren lassen, mit dem er uns in jenem Jahr stark beeindruckt hatte; er hatte ihn in Recife nach einer Abbildung in der ›Zeitung von Pernambuco‹ gekauft – Samuel würdigte ihn als ›Präsidenten- oder Königs-Limousine‹. Gustavo war mit seinem Wagen ebenfalls in die Stadt gefahren, aber nicht, um sich die Kavalkade anzuschauen, sondern um mit Clara Swendson Cavalcanti zur Festung St. Joachim zum Stein zu fahren, zu ihrem Haus, das auf einem Steilhang an der Küste von Rio Grande do Norte liegt. Arésio war, wie ich schon erklärt habe, seit dem Vorabend verschwunden. So waren in dem weiten stillen Herrenhaus nur der düstere Antônio Moraes, seine Tochter Genoveva und sein jüngerer Sohn Miguel zurückgeblieben – er galt als Halbidiot und wurde von niemandem beachtet – und natürlich Teodoro ›Bocksbart‹, der auf den Brettern seines hohen Gerüsts eingeschlafen war. Da er schlief, konnte er nicht das schöne Mittagessen der Familie Moraes sehen, das laut Samuel ›schon an und für sich ein Kunstwerk darstellte: ein Tischtuch aus spitzenbesetztem weißen Leinen auf dem ausladenden Tisch, Silberkaraffen voller Wein und Eiswasser und altes weißblaues Macau-Porzellan‹. Er sah auch nicht, wie das Dienstpersonal zu den Kavalkaden fortging, und hörte Gustavos ›königliche Limousine‹ nicht in den Ort abfahren, gesteuert von einem Chauffeur in khakibrauner Uniform mit Militärmütze und braunen Lederhandschuhen. Und – was noch schlimmer ist – er sah nicht, daß Genoveva nach dem Mittagessen ihr Zimmer betrat und sich auf das alte Bett legte. Genoveva trug in diesem Augenblick ein perlfarbenes Leinenkleid, das auf uns alle befremdlich und schockierend wirkte, wie alles, was die Familie Moraes trug oder anstellte. Sie und ihr Bruder Gustavo, der ihr sehr zugetan war, hatten als erste in unserer Stadt den Geschmack am Mönchisch-Einfachen, gleichzeitig aber Raffinierten verbreitet. Unsere Kleinstädter erlebten jedoch eine Überraschung, wenn sie den Versuch einer Nachahmung unternahmen; sie entdeckten dann, daß diese ärmlich und schmucklos wirkenden Kleider teurer kamen als ihre üblichen aufwendig-reichen. Eine weitere Überraschung erbrachte die Beobachtung, daß es für die Leute aus dem Kreis um Gustavo Moraes zwei ganz verschiedene Dinge waren, ob man Ledersandalen aus Geschmack am Mönchisch-Raffinierten oder die gleichen Schuhe erzwungenermaßen aus Armut trug. Jedenfalls beeinflußten die Moraes durch ihre bloße Anwesenheit die reichsten Leute der Stadt; unter ihnen tat sich alsbald die Mutter unserer Margarida hervor, die Dichterin und Journalistin Dona Carmen Gutierrez Tôrres Martins; als sie über Samuel von den exzentrischen Geschmacksverfeinerungen im Hause Moraes erfuhr, tat sie alles, um sie bis aufs Tüpfelchen nachzuahmen, und brannte vor Begierde, wenigstens ein einziges Mal zu den Empfängen im Herrenhaus eingeladen zu werden.«

Wieder warf mir Margarida einen wütenden Blick zu, aber sie gab keinen Mucks von sich — oder, besser gesagt, sie blökte und wieherte nicht, um mich sertão-gerechter auszudrücken. Im übrigen wußte ich schon, daß ich auf diesem Thema nach Herzenslust herumreiten konnte. Nichts auf der Welt beschämte sie mehr als die intellektuelle Lächerlichkeit ihrer Mutter und die Abgelebtheit ihres Vaters; deshalb ließ sie alles, was ich sagen mochte, durchgehen, damit ich nur nicht länger bei der Geschichte verweilte. Deshalb führte ich das nicht weiter aus und sprach weiter:

»Das Kleid, das Genoveva Moraes an jenem Nachmittag trug, war so ›mönchisch und schlicht‹, daß es, wie ich schon sagte, nur die Reichen tragen konnten. Es war aus sündhaft teurem Stoff und bestand nur aus einer breiten Tunika, die an den Schenkeln von einer Art ›St.-Franziskus-Strick‹ zusammengehalten wurde. Sie war groß und dunkelhäutig, hatte schwarzes Haar und schwarze Augen, außerdem großartige Schenkel und Brüste. Mich ziehen dunkelhäutige Frauen nicht sonderlich an, Doktor! Samuel verweist immer, wenn er sich für Adelswesen und weiße Rasse begeistert, auf meine dunkelbraune Hautfarbe und meint, ich hätte das ›Zeugungsblut eines braunen Pferdes‹ in mir, womit er auf die Beimischung von schwarzem, rotem, zigeunerischem, jüdischem und maurischem Blut anspielt, die ich in mir trage. Deshalb ist es nicht verwunderlich, daß mein braunes Blut ganz wild ist auf blonde weiße Frauen, vor allem aus Adelskreisen. Diese ›Geheimnisse des Blutes‹, wie Samuel das nennt, lassen mich auch ahnen, daß sich die blonden Mädchen von meinem wie mit der Axt gehauenen Gesicht und auch von meinem Pferdeblut angezogen fühlen«, sagte ich und blickte Margarida so ausdrucksvoll wie möglich an; sie machte ein abweisendes Gesicht und schaute auf die andere Seite.

Ich seufzte auf und fuhr dann fort:

»Nun gut, obwohl mein braunes Blut eine Schwäche für Blondinen hat, bekenne ich Ew. Ehren mit allem Freimut, daß ich Genoveva Moraes aufregend fand. Sie gehörte zu den Frauen, die, wenn sie ein Zimmer betreten, die Männer verwirren und die anderen Frauen in schlechte Laune versetzen. Vor allem weil sie die großartigen Brüste, von denen ich eben sprach, frei unter dem besagten mönchischen Leinenkleid trug. Die bösen Zungen am Ort behaupteten sogar, an Tagen, an denen sie gereizt sei, trage sie nur das Kleid über ihrem Evakostüm. Das hat aber noch nie jemand beweisen können. Es genügte jedoch, daß die erste Tatsache stimmte und die zweite als möglich erschien, damit sich die halbe Stadt entrüstete und die Phantasie der anderen Hälfte in Brand geriet. An den Füßen trug Genoveva nur Sandalen, die mit einem Lederriemen am Knöchel befestigt wurden. Als nun Teodoro an jenem Samstag aufwachte – gegen halb drei Uhr nachmittags –, lag Genoveva schlafend auf ihrem Bett und hielt Siesta. Das Haus der Familie Villar war ein typisches Sertão-Haus. Als Gustavo Moraes die Umbauten vornahm, hatte er entgegen dem, was man in der Stadt erwartete, aber ganz im Sinne der Leute von der Zeitschrift ›Grenze‹, darauf verzichtet, Stuckarbeiten in Auftrag zu geben. ›Die wuchtigen Braúna-Balken‹ sollten gut sichtbar bleiben, wie es dem klösterlich-festungsartigen Barockstil im rauhen achtzehnten Jahrhundert Brasiliens entsprach. So ruhten die dicken Querbalken, die weitgespannten, wuchtigen Strebe- und Stützbalken direkt auf den dicken Wänden und ließen das mächtige Dachgebälk für alle Augen sichtbar hervortreten. Schlafzimmer und Wohnräume waren nur durch Halbwände getrennt, derart, daß unser Teodoro, sobald er aufwachte, von der Höhe seines Gerüstes sogleich Genoveva hingegossen und aufgelöst in ihrer bezaubernden Intimität erblickte. Freilich herrschte im Hause jenes Halbdunkel, das im Inneren der Sertão-Herrenhäuser üblicherweise herrscht, wenn die Fenster geschlossen sind. Aber das Licht aus den kürzlich eingebauten Schießscharten reichte schon, um alle Dinge erkennbar zu machen. Überdies hatte Gustavo Samuel erklärt, mit den Schießscharten verfolge er zwei Ziele: sie sollten, wie es dem Geschmack seiner Gruppe entsprach, dem alten Hause ›ein halb kirchliches, halb festungsartiges Aussehen verleihen, wie es für die brasilianische Kolonialarchitektur typisch war‹; außerdem sollten sie ›die Dunkelheit vermindern, die zu bestimmten Tagesstunden im Hause herrschte‹, wenn der glühende Windsturm aus dem Hinterland die zartbesaiteten Wesen aus der Küstengegend dazu nötigte, die Fenster zu schließen, ›damit sie in dem von seinen dicken Mauern geschützten Haus eine möglichst frische und angenehme Temperatur behielten‹. Von dem dritten Grund hatte Gustavo nicht gesprochen. Es war der schon von mir erwähnte Wunsch, hinter dem Haus vom ›Gefleckten Jaguar‹ in nichts zurückzustehen. Als nun Teodoro an jenem Nachmittag das Mädchen so intim und lässig hingekuschelt schlafen sah, bekam er es mit der Angst zu tun; er fürchtete, die Moraes könnten, falls sie ihn entdeckten, denken, er wäre mit der Absicht dageblieben, um ihr nachzuspionieren. Teodoro kannte das heftige, stolze und bösartige Temperament des rätselhaften Antônio Moraes und wußte, wenn man ihn hier fände, kam er nicht mit heiler Haut davon. Es schossen ihm die Geschichten in den Sinn, die im Ort umliefen: da war ein Mann eines Tages tot neben einem alten, in Trümmer gesunkenen Hause aufgefunden worden, das in der Nähe der Salzlagune auf den Ländereien der Moraes lag. Der Mann war mit einem Gewehr erschossen worden. Man hatte ihm die Haut von den Fußsohlen gezogen, ihn kastriert und mit dem Messer verstümmelt, was darauf schließen ließ, daß er vor seinem Tode schrecklich gefoltert worden war. Der Fall war nicht aufgeklärt worden, aber in der Stadt hieß es, Gustavo Moraes habe den Tod des Mannes veranlaßt und seine Begleitumstände sollten absichtlich unaufgeklärt bleiben, weil sie mit Dingen zusammenhingen, die keine Menschenseele erfahren durfte. Weil ihm diese Geschichte durch den Kopf ging, fand es Teodoro besser, sich für den Augenblick mucksmäuschenstill zu verhalten: sobald Genoveva aufgewacht und aus dem Zimmer gegangen wäre, wollte er seine weiteren Schritte dem Verlauf der Ereignisse anpassen, also entweder seine Arbeit wiederaufnehmen und so tun, als wäre er zum Mittagessen fortgegangen und dann zurückgekommen, oder versuchen, unbemerkt vom Gerüst hinabzusteigen und den Weg zur Stadt einzuschlagen. Er blieb also still und ruhig auf dem Gerüst liegen und konnte nicht ahnen, daß er von dort oben binnen kurzem einer Szene beiwohnen sollte, welche die Gefahr, in der sein Leben schwebte, ins Tausendfache vergrößerte.«

———

Ich bemerkte, daß Margarida und der Richter gegen ihren Willen geblähte Nüstern und glitzernde Augen bekamen; deshalb faßte ich mir ein Herz und fuhr fort:

»Seit Teodoros Erwachen war eine halbe Stunde vergangen. Am Abend des gleichen Tages erzählte er mir, seine Angst sei sehr groß und er tugendhaft entschlossen gewesen, ›nicht hinzuschauen‹, aber Genoveva habe im Schlaf zuweilen ihre Stellung gewechselt und solche Reize entblößt, daß alle seine klugen Vorsätze zerbrachen und er doch ›hinschaute‹. Er blickte gierig hin, weil er wußte, daß solche Gelegenheiten für einen Maurer selten sind und man sie wahrnehmen muß, wenn man nicht für den Rest des Lebens Reue und Gewissensbisse empfinden soll. Da hörte Teodoro, Herr Richter, nachdem ein gutes Weilchen vergangen war, den Klang von Schritten, die über den

Korridor herankamen. Mit höchster Vorsicht wandte er den Kopf, er fürchtete, das Gerüst könne knacken und seine Gegenwart verraten. Da sah er Antônio Moraes näherkommen und vor dem Schlafzimmer seiner Tochter stehenbleiben. Er schien zu zögern, dann aber hob er die Hand und stieß die kaum angelehnte Tür auf. Er trat ein und legte in einer Ecke auf einer Truhe seinen Panamahut und seinen Spazierstock ab. Dann trat er an das Bett heran und schaute seine Tochter eine ganze Weile an. Schließlich setzte er sich auf den Bettrand und streichelte sie, was Teodoro anfangs nur für väterliche Zärtlichkeit hielt. Kennen Sie die ›Romanze von Dona Silvana‹?«

»Nein.«

»Meine Tante Filipa pflegte sie zu singen, als ich Kind war. Ich weiß sie noch ungefähr auswendig; sie begann folgendermaßen:

> Einstmals ging Dona Silvana
> Einen Korridor entlang,
> Wo zu goldener Gitarre
> Sie ein kleines Tanzlied sang.
> Da, vom Teufel angetrieben,
> Trat zu ihr der eigne Vater,
> Und bei jedem ihrer Schritte
> Frech um ihre Liebe bat er:
> »Wagst du, wagst du es, Silvana,
> Eine Nacht lang mein zu sein?«
> »Eine Nacht lang oder zweie,
> Viele Nächte, Vater mein,
> Aber wer wird für mich leiden
> Höllenstrafen, Höllenpein?«
> »Ich erleide sie, Silvana,
> Tag um Tag und ganz allein.«
> Um die mitternächt'ge Stunde
> Sprach der Vater auf sie ein:
> »Hätte ich geahnt, Silvana,
> Daß du Hure schon verdorben,

Dann, weiß Gott!, hätt' ich der Hölle
Ew'ge Pein mir nicht erworben.«
»Sieh, ich bin nicht die Silvana,
Bin die Frau, die sie gebar.
Sie gebar auch Dom Alardos,
Führer einer Reiterschar.
Sie gebar dazu Dom Pedro,
Der des Fußvolks Hauptmann war.

Als ich hier stockte, fragte der Richter mit einer Mischung aus
Neugier und Strenge:
»Sie wollen also andeuten, daß der Maurer an jenem Tage
einer ähnlichen Szene zwischen Antônio Moraes und seiner
Tochter beigewohnt hat?«
»Herr Richter, so hat er es mir erzählt. Teodoro glaubte zunächst, Antônio Moraes wolle seine Tochter nur einfach auf-
wecken. Er war schrecklich überrascht und geriet in Angst, als
er sah, daß Moraes über dem Kleid Genovevas Brüste betastete
und streichelte, Brüste, die, wie er von den Gerüchten her wußte, unter dem Kleid nackt sein sollten. Aber auch diese Liebko-
sung über dem Kleid genügte dem Vater offenbar noch nicht.
Er streichelte durch den breiten schiffsförmigen Ausschnitt
hindurch die bloßen Schultern, und dann fuhr er mit der Hand
nach innen und streichelte die weiße Haut und die Brustspitzen.
Da Genoveva nicht aufwachte, erzählte mir Teodoro, ›wuchsen
Sünde und Wahnwitz dieses verteufelten Mannes immer noch
mehr‹: er legte sich neben das Mädchen, und während er ihren
Busen immerfort mit der linken Hand streichelte, glitt er mit
der rechten unter ihr Kleid, das dadurch verschoben wurde.
Dann stieg der Mann über sie und warf sich auf Genoveva . . .«
»Was ist denn das für eine Geschichte, Herr Quaderna!« un-
terbrach mich der Richter barsch, aber doch schon etwas aufge-
geilt.
»So hat man es mir erzählt«, verteidigte ich mich.
»Und das Mädchen ist nicht aufgewacht?«

»Das wollte ich gerade sagen, als Sie mich unterbrochen haben. Teodoro sagte, er habe, als Antônio Moraes sie bestieg wie ein Deckhengst, der seine Tochter nicht von den anderen Stuten seines Rudels unterscheiden kann, den Eindruck gehabt, daß Genoveva schon erwacht war, weil er in ihrem Gesicht einen seltsamen Ausdruck bemerkte, so als lächelte sie wider Willen. Doch gleichzeitig hielt sie die Augen halb geschlossen und den Kopf nach hinten gelehnt, so daß er mir nicht auf Ehre und Gewissen sagen konnte, ob sie nun schlief oder nicht, ob sie mit dem Vorgang einverstanden war oder nicht. Teodoros Zweifel sind nur allzu verständlich; erschrocken über das Gesehene, rollte er sich auf dem Baugerüst ein und blieb so mit geschlossenen Augen, zusammengebissenen Zähnen und pochendem Herzen für den Rest der Szene liegen, ohne weiter hinzuschauen. Doch der Rest der Szene dauerte nicht lange, und wenn er auch nichts sehen konnte, so hatte er doch nicht Wachs in den Ohren, und so hörte er Genovevas ersticktes Stöhnen.«

Der Richter wandte sich mit einer gespielt väterlichen Miene an Margarida:

»Verzeihen Sie, Dona Margarida!« sagte er. »Ich konnte nicht ahnen, daß die Untersuchung diesen Verlauf nehmen würde. Aus diesem Grunde habe ich Ihr freundliches Angebot angenommen. Wenn Sie es für besser halten, werde ich die Untersuchung unterbrechen und das Notariat bitten, mir einen Schreiber zur Verfügung zu stellen.«

»Nein, das macht mir nichts aus«, erwiderte Margarida mit der engelhaften Märtyrermiene einer Frau, die für die »Tugendhaften Damen vom geheiligten Kelch« zu jedem Opfer bereit ist.

Ich hatte jedoch den Verdacht, daß ihre Nasenflügel nicht eben vor Entrüstung bebten und es nicht gerade das Verlangen nach märtyrerhafter Aufopferung war, was sie ihren Platz als Sekretärin beibehalten ließ. Doch der Richter zögerte noch immer und gab zu bedenken:

»Wie ich sehe, muß ich gewisse Einzelheiten des Falles untersuchen und weiß nicht, wie ich das tun soll, wenn Sie als Dame hier dabei sind.«

»Sie können ruhig fortfahren, diese Dinge berühren mich nicht«, versetzte Margarida und wurde noch röter und aufgeregter, als sie schon vorher gewesen war.

»Nun, dann nehme ich Ihr Angebot an und danke Ihnen, denn der Fall verlangt absolute Geheimhaltung, und ein Schreiber wäre nicht so vertrauenswürdig wie Sie. Sehr schön, Herr Quaderna, dann können wir fortfahren. Geben Sie acht auf Ihre Darstellung!«

»Herr Doktor, ich erzähle die Vorgänge so diskret wie nur möglich. Seit Sie mich wegen des Betragens von Marcolino mit meiner Eselin gerügt haben, habe ich versucht, so zartfühlend wie nur möglich zu sein: ich habe sogar versucht, schwierig zu reden. Nun weiß ich aber nicht, wie ich eine so verteufelte Geschichte wie diese zartfühlend und diskret erzählen könnte. Machen Sie doch folgendes: fragen Sie mich auf Ihre Art nach den Dingen, dann ist das Antworten weniger schwierig!«

»Na schön. Sie haben gesagt, das Mädchen habe erstickt gestöhnt: was war Ihrer Meinung nach der Anlaß dazu? Hat der Vater, der Herr Zuckermühlenbesitzer – wie soll ich mich ausdrücken? – wirklich das Delikt begangen?«

»Teodoro sagte, das könne er mir nicht mit Ja oder Nein garantieren.«

»Dann könnte es also sein, daß das Mädchen erst zu diesem Zeitpunkt aufgewacht wäre: sie schrie überrascht auf, und der Vater erstickte dann diesen Schrei, indem er ihr die Hand auf den Mund legte.«

»Das hält auch Teodoro für das Wahrscheinlichste, vor allem weil Antônio Moraes, dafür verbürgt er sich, die ganze Zeit über angezogen blieb.«

»Angezogen?«

»Ja, Ew. Ehren, Teodoro hat immer versichert, Antônio Moraes habe sich weder beim Eintreten noch später ausgezogen. Es ist wahr, daß das noch nicht viel heißen will, und Teodoro sagte, er könne keine sicheren Hypothesen aufstellen; denn erst als unten die erstickten Geräusche und das Gemurmel aufhörten, das auf Genovevas Stöhnen folgte, hatte er den Mut, von neuem hinzuschauen. Da schritt bereits Antônio Moraes über den Korridor, und Genoveva stand mitten im Zimmer und sah recht unschlüssig aus. Antônio Moraes verließ das Haus durch die Vordertür, und Teodoro sah Miguel, den jüngeren Sohn, in der Tür seines Zimmers stehen; das lag auf der anderen Seite des Korridors gegenüber von Genovevas Schlafzimmer. Aus Miguels Haltung konnte man nicht entnehmen, ob er etwas von dem, was sich abgespielt hatte, mitangesehen hatte oder nicht. Genoveva trat aus ihrem Zimmer auf den Korridor. Als sie ihrem Bruder begegnete, schauten sich beide ein Weilchen schweigend an. Dann kehrte Miguel wieder in sein Zimmer zurück, schloß die Tür hinter sich, und Genoveva ging niedergeschlagen auf den Salon im vorderen Teil des Hauses zu. Teodoro benutzte die Gelegenheit, kletterte katzenhaft von der Leiter des Baugerüsts herunter, überquerte den Korridor auf den Zehenspitzen in Richtung Küche und begab sich durch die Hintertür des Hauses in den Buschwald der Einfriedigung, schlug einen großen Bogen über den staatlichen Staudamm – so brauchte er nicht über den Vorderhof zu gehen – und konnte ungesehen in die Stadt gelangen. In der Nacht suchte er mich in der ›Tafelrunde‹ auf, um mir die Geschichte zu erzählen und sich Instruktionen zu holen. Ich riet ihm, den Mund zu halten, weil die Moraes, wenn die Geschichte ruchbar würde, sehr wohl imstande wären, ihm binnen weniger Stunden das Lebenslicht auszublasen. Ich sicherte ihm meinerseits Stillschweigen zu und schickte ihn fort, weil ich in dieser für uns alle schlimmen und entscheidenden Nacht noch vielerlei zu bedenken und zu entscheiden hatte. So ist es das erste Mal, Herr Richter, daß ich diese Szene vor Dritten wiedergebe. Ich habe es aus Achtung vor Ihnen getan und im Hinblick auf Ihre Aufforderung, alles haarklein zu berichten.«

»Ausgezeichnet!« sagte der Richter undurchdringlich. »Und die übrigen Leute, die von der Ankunft des jungen Mannes betroffen waren?«

SIEBENUNDSECHZIGSTE FLUGSCHRIFT
DER BLAUE EMISSÄR
UND DIE KEUSCHHEITSSCHWÜRE

»Das will ich Ihnen sogleich erzählen«, fuhr ich fort. »Im übrigen bitte ich um Ihre ungeteilte Aufmerksamkeit, denn was ich jetzt erzähle, betrifft gleichzeitig drei Personen, die für Sinésios Schicksal von entscheidender Bedeutung waren, nämlich Gustavo, Clara und Heliana. Während sich in seinem Elternhaus diese merkwürdigen Ereignisse abspielten, führte Gustavo Moraes auf der Fahrt nach Rio Grande do Norte mit Clara, Helianas älterer Schwester, in seinem Auto ein äußerst wichtiges Gespräch. Zwei Tage zuvor hatte er eine geheime Reise zur Festung St. Joachim zum Stein unternommen, dort mit Claras Vater gesprochen und diese Rückreise des Mädchens mit ihm vereinbart. Jetzt eben hatte er sie im ›Herrenhaus zu den Pinienzapfen‹ abgeholt, wo sie während ihres Besuchs in unserer Stadt untergebracht war; es gehörte ihren Verwandten, Leuten aus der Familie von Major Liberalino Cavalcanti de Albuquerque. Als Claras Reisebegleiterin fungierte eine alte Verwandte, die zwei Tage später mit Gustavo im Auto zurückfahren sollte, während Clara bei ihrem Vater zu Hause blieb. So saßen denn also in Gustavos ›Präsidentenkutsche‹ auf der Straße nach Rio Grande do Norte vorn der Chauffeur und die alte Verwandte, hinten er und Clara. Gustavo, Herr Richter, war ein schlanker, kaum mehr als mittelgroßer junger Mann. Im Unterschied zu den übrigen Moraes, die alle dunkelhäutig waren, Antônio Moraes tiefbraun und düster, Genoveva etwas lichter und zarter, war Gustavo Moraes hellbraun und blaß, und seine Lippen waren unangenehm dunkelrot. Sein Gesicht war feingeschnitten und sein schwarzes Haar dicht und glatt. Sein Bart war so dicht und dunkel, daß er ihn zweimal am Tage rasieren mußte. Deshalb sah sein feines, blaßwangiges Gesicht über den Backenknochen, am Kinn und am Hals grünlichblau aus und wurde von dem schwarzen, sorgfältig rasierten Bart verdunkelt. Wenn man ihn betrachtete, bedurfte es keines Meisters meiner Art in den beiden Astrologien, der onomantischen und der transzendentalen, um ihm seine ›Gestirnsdiagnose‹ zu stellen: jeder astrologische Laie erkannte sogleich, daß er einen Saturn-Steinbock vor sich hatte. Wie Ew. Ehren wissen werden, ist der Steinbock – oder in seiner weiblichen Gestalt die Ziege – ein Zeichen, das im nächtlichen Thron von dem grünlich-unheilbringenden Saturn beherrscht wird, und dies bei Einwirkung von Schmutzgrün, Saphirblau, Bleifarbe und Schwefeloxyd. Ich glaube, von allen Personen, die in dieser Geschichte auftreten, kannte ich Gustavo Moraes am schlechtesten. Der Grund dafür lag zunächst in dem Stolz der Moraes, die aus unserer Stadt praktisch nur Dr. Samuel Wan d'Ernes einluden, weil er wie sie ›ein Edelmann von den Zuckermühlen in Pernambuco war, der sich als Verbannter in das barbarische Bastardland des Sertão verirrt hatte‹. Ein zweiter Grund war der tödliche Haß, der zwischen den Moraes und der Familie meines Paten Dom Pedro Sebastião herrschte. Die Moraes waren eine schwerreiche Familie von Zuckermühlenbesitzern aus Pernambuco. Sie hatten sich in Taperoá auf der Suche nach Baumwolle und Mineralien niedergelassen, die man zu jener Zeit auszubeuten begann. Die Anwesenheit des düsteren, stolzen Antônio Moraes in unserem hinterwäldlerischen Nest erklärte sich nur aus der Tatsache, daß er Gesellschafter und Strohmann eines ausländischen Unternehmens geworden war. In jenem Jahr begannen, wie Clemens und Samuel uns erklärten, die ›Sanbra‹ und die ›Anderson Clayton‹, angloamerikanische und jüdische Firmen, sich um unseren Baumwollmarkt zu streiten, und andere rätselhafte Gruppen, die in ›ihrem‹ Dienste standen, versuchten die Kupfer- und Tungstenit-Vorkommen von Paraíba in ihren Besitz zu bringen. Clemens zufolge war dies der verdächtige Ursprung des ganzen verdächtigen Vermögens von Antônio Moraes, dem ich wegen dieser Kommentare die Anrede ›Dom‹ nur ungern zugestehe. Sobald er unter uns häuslich eingerichtet war, hatte Antônio Moraes ein großes Besitztum, ›Angicos‹, angekauft. Samuel gegenüber sagte er, er sei zu dem Schluß gekommen, die Zuckerindustrie von Pernambuco sei überholt und gehe dem Bankrott entgegen. Deshalb hatte er beschlossen, sich nach einem anderen Tätigkeitsfeld umzusehen; dessen Grundlage sollten die Bodenschätze von Cariri bilden. Clemens meinte jedoch, die Halden von Gesteinsproben, die an den Wegrändern von ›Angicos‹ glitzerten, enthielten rätselhafte, höchst gefährliche Dinge. Es handle sich da um ›seltene Mineralien, unentbehrlich für *ihre* Kriegsindustrien‹. Tatsächlich begann Antônio Moraes kurz darauf schwarze Steinchen zu fördern und billig aufzukaufen, die er nach Recife schickte, wo sie in große Holzkisten verpackt und auf Schiffe verladen wurden, die für ›sie‹ bestimmt waren. Als Antônio Moraes auf ›Angicos‹ eingerichtet und durch Baumwolle und Mineralien mit den ausländischen Gesellschaften verbunden war, begann er, Dom Pedro Sebastião die Herrschaft über unser Königreich Cariri streitig zu machen. Da es außerdem zwischen den beiden Reibereien gegeben hatte wegen eines unfruchtbaren Geländestücks auf dem Felsplateau, das die beiden Besitztümer voneinander abtrennte — niemand konnte begreifen, weshalb sich zwei so reiche und mächtige Männer deshalb so heftig streiten konnten —, war ein tödlicher Haß zwischen den beiden Edelleuten aufgeflammt, der bis zum Tode des alten Königs im Jahre 1930 fortdauerte. Das Hauptgeschäft des ›Gefleckten Jaguars‹ bildeten Leder, Baumwolle und Edelsteine. Antônio Moraes' Hauptstärke waren die Mineralien, und so hätten sie eigentlich ohne Streitigkeiten auskommen können. Da sich aber Antônio Moraes außerdem mit der ›Sanbra‹ verbündet und unter dem Einfluß des Gringos Christian Lauritzen aus Campina neue industrielle Methoden für den Baumwollanbau in Taperoá eingeführt hatte, so wuchsen sich Kampf und Haß zwischen den beiden derart aus, daß die Lage unerträglich wurde. Man braucht kaum zu erwähnen, daß dieser Haß alsbald den Charakter einer politischen Auseinandersetzung annahm. So ergriff im ›Zwölfer-Krieg‹, der das Hinterland von Paraíba im Jahre 1912 in Blut ertränkte, unser alter König von Cariri die Partei des Obersten Rêgo Barros, der Familie Dantas und des Lizentiaten Santa Cruz, der Vertreter der alten liberalen Partei aus der Zeit des Kaiserreichs; Antônio Moraes dagegen optierte sogleich für die Gegenseite, die des Senators Epitácio Lindolpho da Silva Pessoa, des Erben der konservativen Partei und der ersten republikanischen Partei des Senators Venâncio Neiva. Aus dem gleichen Grunde ergriff Dom Pedro Sebastião im Jahre 1930 bei dem ›Krieg um Princesa‹ die Partei der Hinterländler, die von Oberst José Pereira befehligt wurde, und Antônio Moraes stellte sich auf die Seite der Polizei und der Regierung des Präsidenten João Pessoa. Wegen dieses Familienzwists kannte ich Gustavo nicht so gut, wie ich Arésio, Silvestre und Sinésio kannte. Das Mädchen Clara kannte ich immerhin etwas besser, seit der Zeit, in der ich als Abgesandter meines Paten Dom Pedro Sebastião bei ihrem Vater, dem Gringo Dom Edmund Swendson, dem Teilhaber des alten enthaupteten Königs im Leder- und Juwelengeschäft, tätig gewesen war. Damit Sie sich nun nicht über den Namen der beiden jungen Blondinen wundern, die in Sinésios Schicksal eine so verhängnisvolle Rolle spielen sollten, muß ich Sie daran erinnern, daß unter uns vier oder fünf nordische Sertão- und flämisch-nordöstliche Familien leben: die Wan der Leys, die Wan d'Ernes, die von Sohstens, die Lauritzens und andere. Einige von ihnen sind im siebzehnten Jahrhundert eingewandert, andere später, aber alle sind sie bedeutend. Die Swendsons und die Lauritzens sind die zuletzt Gekommenen. Der erste Swendson kam hierher in Gesellschaft des Sertão-Dänen-Edelmanns Dom Christian Lauritzen, des Herrn von Vila Nova da Rainha de Campina Grande. Wie alle guten Historiker und Familienforscher des Nordostens wissen, kam Dom Christian Lauritzen im neunzehnten

Jahrhundert nach Brasilien. Er verließ Recife und das Küstengebiet und ließ sich in Campina Grande nieder, wo er die Tochter eines Sertão-Edelmanns, Dom Alexandrino Cavalcanti de Albuquerque, heiratete, dem das Gut ›Ochsenkopf‹ gehörte. Dom Alexandrino zählte, wie man aus seinem Namen ersieht, zu dem paraíbanischen Sertão-Zweig der berühmten Adelssippe der Cavalcantis de Albuquerque, von der jeder Nordostler abstammt, der etwas auf sich hält, weshalb wir uns alle als Nachkommen von König Dinis dem Landmann ansehen, dem erlauchten Souverän und portugiesischen Troubadour, der zu seiner Zeit fast ebenso gut war wie Francisco Romano und Ignácio da Catingueira in der unsrigen. Durch seine Heirat mit Dona Elvira Cavalcanti de Albuquerque wurde der dänische Gringo endgültig Mitglied des brasilianischen Adels und Ahnherr einer hochedlen Nachkommenschaft, die noch heute dem Hinterland von Paraíba Glanz verleiht. Dom Edmund Swendson seinerseits kam mit Christian Lauritzen aus Dänemark und heiratete eine andere Cavalcanti, eine Verwandte von Dona Elvira, aber aus der Linie der Cavalcantis vom Sertão des Schwarzen Gebirges, das sich von Paraíba bis Rio Grande do Norte hinzieht. Die Cavalcantis de Albuquerque setzten sich auf dem alten Rodeland von ›Ochsenkopf‹ fest, das etwa fünf oder sechs Meilen von Campina Grande entfernt mitten im Sertão von Cariri liegt, in einer der rauhesten und felsigsten Gegenden unserer Provinz. Die Cavalcanti-Swendsons und Dom Edmund an ihrer Spitze widmeten sich dem Handel mit Edelsteinen, und deshalb beschlossen sie, sich auch an der Küste von Rio Grande do Norte niederzulassen. Auf einem hohen Bergfelsen, der steil über dem Meer aufragt, ganz in der Nähe der Stelle, an der der Viehtreiber das Untier Brusakan aus den Lenden des grünen Tigers in die feurigen Ländereien des Sertão entweichen sah, fand Edmund Swendson eine große alte viereckige Festung aus dem siebzehnten Jahrhundert, mit schießschartenbestückten Wehrtürmen an allen vier Ecken und hochaufragenden Steinmauern: diese stiegen in geneigter Linie von den meerumbrausten Felsen auf und verliehen der Festung das Aussehen eines Gefängnisses, einer Kaserne und einer Burg am Meer. Dom Edmund kaufte das gesamte Grundstück für ein Spottgeld. Die Leute, die in der Umgegend wohnten, fanden es höchst sonderbar, ›daß der Gringo ausgerechnet das höchste und felsigste Stück Strand kaufte, ohne Kokospalmen und Kaschubäume, die etwas einbringen‹. Noch mehr staunten sie, als der Gringo die Festung von dem sie bedeckenden Schutt säuberte, sie in ihren ursprünglichen Linien wiederherstellte und seine Frau mitbrachte, damit sie dort mit ihm wohnen sollte, ›dort am Ende der Welt, an jenem düsteren Ort‹. Tatsächlich jedoch brauchte Dom Edmund Swendson einen Platz, an dem er wohnen konnte, der zugleich aber auch als Ankerplatz für die Barkassenflotte diente, die er sich anschaffte und nach den Erfordernissen seines Leder- und Juwelen-Handels ständig vergrößerte. Diese Einzelheiten erfuhren wir erst später und ganz allmählich durch meinen Paten, der als Teilhaber Dom Edmundos erste Geschäfte finanzierte. Als ich seine Bekanntschaft machte, erstreckten sich seine Geschäfte bereits über den gesamten Nordosten und umfaßten das Gold von Piancó ebenso wie die Berylle und Aquamarine aus dem Sertão von Picuí. Zu schweigen von anderen Geschäften, die er im Hinterland des São-Francisco-Stroms mit Marmorblöcken, Ochsenhäuten, Bocks- und Schafsfellen tätigte. Die Barkassen der Flotte des Gringos wurden übrigens in diesem Hinterland des São Francisco gebaut. Sie waren größer als die üblichen Barkassen, es waren Segelschiffe, deren Bug die Galionsfiguren schmückten, die für die Schiffe auf dem São Francisco typisch sind. In unserer Küstengegend sind die Barkassen kleiner und kennen keine Galionsfiguren; deshalb setzten die Schiffe des Gringos die Leute vom Strandgebiet in um so größeres Erstaunen. Wie Samuel sagte, sahen diese ›Schiffe mit ihren Galionsfiguren wie wahre alte Holzschiffe aus‹, wovon wir uns übrigens anläßlich einer Reise, einem der Höhepunkte von Sinésios Meeres-Odyssee, mit eigenen Augen überzeugen konnten.

Dom Edmunds Barkassen fuhren den São Francisco hinauf und hinunter. Die größeren Schiffe fuhren nur bis Penedo, wo sie die von den kleineren zurückgelassenen Ladungen übernahmen. Von Penedo fuhren dann die größeren Schiffe über das Meer nach Norden und machten Zwischenstation in Maceió, in Barra do Camaragibe, in Tamandaré und São José da Coroa Grande, bis sie zur Einfahrt des Rio-Suape-Flusses in Pernambuco gelangten. Dort besaß Dom Edmund Swendson noch ein weiteres Haus in der Nähe der Festung Nazaré do Cabo. Von dort aus segelten sie mit weiteren Aufenthalten in Itamaracá und in der Bucht des Verrats in Paraíba bis zur alten Festung von St. Joachim zum Stein, der Felsenburg am Meeresufer an der Küste von Rio Grande do Norte. Der nordische Sertão-Edelmann Dom Christian Lauritzen, Herr Richter, hatte seinen Landsmann Edmund mit Dom Pedro Sebastião, dem König von Cariri, in Verbindung gebracht; ich glaube, wenn Dom Christian Lauritzen nicht zu einem unglücklichen Zeitpunkt gestorben wäre, so wären die zwischen den Garcia-Barrettos und den Cavalcanti-Swendsons bestehenden Beziehungen nach dem Tode meines Paten nicht abgerissen, was so schlimme Folgen für das Schicksal von Dom Edmunds Töchtern Clara und Heliana und die beiden ehelichen Söhne meines Paten, Arésio und Sinésio, haben sollte. Doch wenn es um Schicksal und Schicksalsbestimmung geht, scheinen alle Beteiligten mit Blindheit geschlagen zu sein, Herr Richter. Ic selber hätte von Anfang an voraussehen müssen, wie es kommen würde. Ich wußte, daß Dom Pedro Sebastião Freund und Teilhaber des dänischen Sertão-Edelmanns war. Aber in meiner Verblendung kam mir nie in den Sinn, daß die ›Überkreuzung von Blut und Schicksal‹ zwischen Sinésio, unserem Fürsten von der blutbefleckten Sertão-Legende, und den beiden Töchtern Dom Edmund Swendsons, Dona Clara, der Blondine, und Dona Heliana, dem Mädchen mit den grünen Augen, so verheerende Ergebnisse zeitigen könnte. Clara war die älteste Tochter von Dom Edmund und Dona Catarina Cavalcanti de Albuquerque, die zu jener Zeit schon verstorben war. Sie war eher nach der Rasse des Vaters geraten. Sie war eher groß als klein, hatte große runde blaue Augen, ihr Haar war dunkelblond, die Nase gerade, Kinn und Schenkel stramm und fest. Wer wie ich die Flugschrift mit der ›Beschreibung der Frauen nach ihren Merkmalen‹ kennt, konnte feststellen, daß sie vier körperliche Fehler hatte, die bei ihr, wie es bei hübschen Mädchen immer der Fall ist, zu vier zusätzlichen Reizen wurden: ihre Waden waren etwas zu stramm und muskulös und bildeten einen zu starken Gegensatz zu den Knöcheln und den feinen Knien; sie hatte leichte O-Beine und am rechten Schienbein ein helles rundliches Muttermal; die gewölbte Stirn stand in einem zu ausgeprägten Gegensatz zur Kinnpartie, die an den Backenknochen kräftig, an der Kinnspitze aber fein war; wer sich schließlich lange genug ihren Rücken anschaute, mußte feststellen, daß ihre rechte Schulter etwas höher als die linke war. Diesen letzten Fehler hatte Clara von ihrer Mutter geerbt. Doch bei Dona Catarina war der Unterschied zwischen beiden Schultern noch ausgeprägter gewesen, weil sie die mageren, etwas hochgezogenen Schultern einer Asthmakranken hatte. Claras Schultern hingegen waren füllig und ließen ihre prächtigen Arme noch deutlicher hervortreten. Das verwandelte ihre etwas gekrümmte Schulter – bei ihrer Mutter ein echter körperlicher Fehler – in einen zusätzlichen Reiz. Clara war sich jedoch dieses Unterschiedes nicht bewußt; von Kind an fühlte sie sich dadurch gedemütigt und hielt es für eine Art Makel oder ererbter Familienschmach, und das gab ihren blauen Augen Traurigkeit und eine gewisse melancholische Hoheit, die sie vor der kühlen Ausdruckslosigkeit bewahrten, die sonst mit dieser Augenfarbe verbunden ist. Andererseits glaube ich heute, Herr Richter, die zu hohe Schulter und das Muttermal am Schienbein waren die Signale, welche die Gottheit bei ihr angebracht hatte, um ihre Mitmenschen zu warnen: es waren die Merkmale des Schrecklichen, die aus Clara eine ›Gezeichnete‹ machten. Wie die späteren Ereignisse zeigen sollten, war freilich ihre

Schwester, die sanfte, schöne und verträumte Heliana, das Mädchen mit den grünen Augen und den bedeckten Händen, die Sinésios Schicksal wie ein Blitzstrahl treffen sollte, weitaus schrecklicher gezeichnet als sie.«

———

»Es war also an jenem Samstagnachmittag ungefähr um halb drei, Herr Richter«, sprach ich weiter. »Gustavo Moraes hatte Clara im ›Herrenhaus zu den Pinienzapfen‹ abgeholt, und nun fuhren sie auf der Straße dahin, die Cariri durchschneidet und in der Nähe des Städtchens Junco in die Straße von Seridó in Rio Grande do Norte einmündet. Sie fuhren durch eine rauhe Landschaft, die in jenem Juni 1935 schon von der Sonne versengt war, denn der Sommer hatte vorzeitig begonnen. Das Gespräch zwischen den beiden entwickelte sich einigermaßen langsam, fast mühselig und wurde, wie man mir später erzählt hat, von Pausen und unterschwelligen Gedanken unterbrochen.«

»Wie haben Sie davon Kenntnis bekommen?«

»Herr Richter, ich darf Sie nochmals daran erinnern, daß ich ein Epiker bin und daher gewisse Freiheiten genieße, die mir der mannweibliche Sperber gewährt – meine Muse. Unter diesen Freiheiten befindet sich auch die, Gespräche, die ich nicht mitangehört habe, zu ahnen und vorauszusagen.«

»Ganz recht, aber dies hier ist kein Epos: es ist eine Aussage, die Ihnen später als Rohmaterial für Ihr Epos und mir für den Prozeß dienen soll. Lassen Sie also Ihre epischen Freiheiten beiseite und drücken Sie sich deutlich aus! Wie haben Sie von diesem Gespräch erfahren?«

»Na schön, ich will es Ew. Ehren verraten. Ich will Ihnen nicht verhehlen, daß ich als Astrologe und Wahrsager in der ›Tafelrunde‹ ein astrologisches Auskunftsbüro unterhalte, in dem junge Mädchen, Burschen und Herren und Damen aus den einflußreichsten Kreisen unseres Städtchens vorsprechen. So höre ich dort tagaus, tagein die unglaublichsten Geschichten. Es gibt nur wenige Leute hier am Ort, deren Privatleben ich nicht kenne, zuweilen mit den kompromittierendsten Einzelheiten. Sehen Sie, Herr Richter: ich bin 41 Jahre alt, und noch heute erstaunt mich die Leichtigkeit, mit der die Leute manche Dinge mitteilen und in Gegenwart anderer über ihre intimsten Angelegenheiten plaudern. Das geschieht oft, wenn der Dritte am Ort jemand ist, der sozial unter den Gesprächsführenden steht: es scheint, daß sie diese Zuhörer für blind oder taub halten, außerstande, etwas von der Unterhaltung mitzubekommen. Sie unterhielten sich im Auto in Gegenwart des Chauffeurs und der alten Verwandten, die, wie es im Sertão Brauch ist, dem jungen Mädchen auf der Fahrt als Anstandswauwau diente. Deshalb die stillschweigenden Voraussetzungen und Anspielungen des Gesprächs. Sie konnten jedoch nicht ahnen, daß mich jene bejahrte Dame, die sie für blind, taub, stumm und dumm wie eine Ofentür hielten, seit langem zum vertrauten astrologischen Berater gewählt hatte. Sie betrachtete die Menschen ihrer Umwelt mit schneidender Bosheit und systematischer Abschätzigkeit, und das gab ihr die Witterung eines Hundes, um die Geheimnisse und Bosheiten anderer aufzudecken. Sie hat mir das alles erzählt, mit einem so durchdringenden Scharfsinn, daß Gustavo entsetzt gewesen wäre, wenn er von unserem Gespräch Kenntnis gehabt hätte. Bedenkt man außerdem, Herr Richter, daß eine Stunde später Sinésios Ankunft erfolgte, so hatte das Gespräch von Clara und Gustavo etwas Prophetisches oder Ahnungsvolles. Gustavo trug weinbraune Hosen aus einem samtähnlichen Stoff. Sein Jackett war aus weißem Leinen, das Hemd blau, die Schuhe graubraun, die Strümpfe blau wie sein Hemd. Er trug eine hellgrüne Krawatte und einen Spazierstock mit silbernem Knauf, den er mit beiden Händen festhielt und senkrecht auf den Wagenboden stützte. Von Zeit zu Zeit, in den Augenblicken starken Nachdenkens, legte er sein Kinn auf den Knauf des Spazierstocks, senkte den Kopf und schloß die Augen halb, eine Geste, die ihm zur Gewohnheit geworden war und von allen Intellektuellen des

Städtchens nachgeahmt wurde. Ich berichte Ihnen diese Einzelheiten, damit Sie sich den starken Eindruck, das Staunen vorstellen können, die er mit seinen eleganten Manieren in unserem Ort auslöste, weil sie von den unsrigen so stark abstachen. Bis zu seiner kürzlichen Ankunft aus Recife war der Modelöwe, der uns ständig mit seiner Überlegenheit und Originalität auf diesem Gebiet überraschte, Dr. Samuel Wan d'Ernes gewesen. Als jedoch Gustavo Moraes nach Jahren der Abwesenheit unter uns auftauchte, warf er unseren Anklagevertreter im Nu aus dem Sattel. Weil Samuel nicht länger mithalten konnte, verbarg er seine Demütigung und Verachtung hinter wütenden Anspielungen auf die eigene ›Schlichtheit‹ und die ›Angeberei‹ und ›geschmacklose Aufdringlichkeit‹ von Gustavo Moraes' Kleidung. Aber wenn er auch den Rivalen mit spöttischen Bemerkungen bedachte, so hinderte ihn das nicht, ihn zuerst zu beneiden und dann wütend nachzuahmen; er verging fast vor Freude und Stolz, als er ins Haus der Moraes eingeladen worden war. Clara trug in jenem Augenblick ein schwarzes, halb durchsichtiges Kleid mit fliederfarbenem Muster, das wunderbar zu ihrem Blondhaar paßte. Die feinen kremfarbigen Strümpfe stimmten vortrefflich zu ihren Beinen, die bis unterhalb des Knies vom Kleid bedeckt waren. Sie saß korrekt auf der hinteren Sitzbank des Autos, einfache schwarze Schuhe an den Füßen, und stützte beide Hände auf die eng nebeneinanderstehenden Knie. Sie hörte Gustavo halb aufmerksam und halb versonnen zu. Gustavo redete wie ein Wasserfall, gemäß seiner Gewohnheit. Was er sagte, zeugte stets von gutem Geschmack, Eleganz und Originalität – wie Samuel anfänglich meinte, übertrieben gutem Geschmack und ›erkünstelter Originalität, die ein Gefühl des Unbehagens hervorruft, weil dieser fast erschreckend kühle Scharfsinn einen zweifeln läßt, ob in dieser Seele ein Funken Natürlichkeit und Güte vorhanden sei‹. Doch das waren Samuels Einwände zu einer Zeit, als er noch nicht bei den Moraes ein und aus ging. Wir alle waren bei den seltenen Gelegenheiten, wo wir

Gustavo sehen und hören konnten, von der Intelligenz und Neuartigkeit seiner Worte fasziniert und hingerissen. An jenem Nachmittag nun berichtete Gustavo Clara von der Reise, die er zwei oder drei Tage zuvor zur Festung St. Joachim zum Stein unternommen hatte, wo er sich mit ihrem Vater über verschiedene Angelegenheiten verständigte, darunter über Claras Heimreise. Gustavo sagte zu Clara:

›Ich kam am Dienstagnachmittag gegen fünf Uhr in der Festung an. Ich bekenne Ihnen, daß ich nicht geglaubt hatte, ein so wundervolles Haus vorzufinden. Sie hatten mir zwar schon davon erzählt. Ich wußte auch bereits, daß Ihr Vater den guten Geschmack gehabt hatte, eine alte Festung am Meeresufer zu restaurieren und sich in ihr einzurichten. Aber aus ich weiß nicht welchen Gründen – vielleicht weil ich die Festung der hl. Katharina kenne, die hier in Paraíba an einem flachen Strand in Cabedelo liegt – hatte ich nicht die riesige Festung erwartet, die auf dem hohen, meerumpeitschten Felsen liegt. Sehen Sie, Clara, aus dem sechzehnten, siebzehnten und achtzehnten Jahrhundert ist uns in der Baukunst nichts Schöneres überliefert worden. Selbst die Architektur der Herrensitze und Gutshäuser ist weniger schön als die schmucklose mönchische Architektur der Kirchen, Klöster und Missionshäuser und die edle, burgähnliche Bauart der Festungen vom Typ St. Joachim zum Stein. Als ich dort ankam, war der Nachmittag frisch und sanft, und die untergehende Sonne erhellte mit goldenem Licht die gewaltigen rostfarbigen Steine, gegen die die Wellen anstürmten; sie erhellte auch die hohen meterdicken Mauern, welche die Festung umgeben, Mauern aus Stein und Kalk. Die Zeit hat sie geschwärzt, und Wind, Wasser und Meeressalz haben den Verputz zerfressen, so daß die riesigen Blöcke mit einem Adel hervortreten, der uns rührt und ein feierliches Gefühl der Ehrerbietung einflößt. Ihr Vater, Dona Clara, war geschmackvoll genug, nur das Allerwesentlichste an dem alten Fort zu restaurieren und den Charakter des alten burgähnlichen Festungsbaus nicht anzutasten.‹

Der Ausdruck ›Charakter‹, Herr Richter, war, ebenso wie andere sprachliche Eigenheiten Gustavos, in den katholisch-reaktionären Kreisen der Zeitschrift ›Grenze‹ Usus«, erläuterte ich. »Wenn er sie aussprach, unterstrich er seine Worte mit allen Fingern der rechten Hand und rieb dann die Fingerkuppen gegeneinander – auch diese Geste hatte er aus Recife mitgebracht, und sie kam alsbald unter allen Intellektuellen, die sich in unserer Stadtbücherei Raul Machado trafen, in Mode. Gustavo sprach weiter:

›Ich stellte mein Auto in der neuen Garage ab, die Ihr Vater weit entfernt von der Festung am Fuß des Vorgebirges errichten ließ. Ich stieg zu Fuß hinauf und kam durch das Tor, das im Erdgeschoß des Gebäudes liegt und von einem portugiesischen Wappenschild bekrönt wird. Ich stieg dann ins Innere des Forts durch eine Art Galerie oder Tunnel mit gewölbter Decke . . .‹

›Ja, das ist der Korridor, wie Heliana und ich ihn nannten, als wir kleine Mädchen waren‹, ergänzte Clara.

›Nun, dieser Korridor ist frisch gekalkt worden. Jedoch kann man unter dem Kalkbewurf noch die unregelmäßigen gewaltigen Steinblöcke erkennen, die der Mauer einen Rhythmus, eine Kraft und einen klösterlichen Adel mitteilen, die wirklich bewundernswert sind‹, sagte Gustavo und rieb abermals seine Fingerkuppen gegeneinander, die er wie eine Blüte mit geschlossenen Kronenblättern erhoben hatte.

›Das übrige kann ich mir schon denken‹, sagte Clara versonnen mit einem leisen Lächeln. ›Sie sind die Steintreppe emporgestiegen, die am Ende des Korridors liegt und in einer Biegung rechterhand nach oben führt. Von dort sind Sie auf den oberen Innenhof der Festung gelangt. Mein Vater hat dort gewiß schon an der Eingangstür des Hauses auf Sie gewartet . . .‹

›. . . dessen Außenfront auf den Innenhof und die Festungswälle geht – das ehemalige Kastell des Festungskommandanten. Ihr Haus ist wirklich ein Wunder, Clara! Ich schäme mich, daß unsere besten brasilianischen Familien noch nicht bemerkt haben, daß diese Festungen die wahren Burgen des Adels im Nordosten sein müßten, weil es besonders edle Bauten sind wie die Burg oder der Duarte-Coelho-Turm in Olinda oder das Haus mit dem Tatuapara-Turm in Bahia. Während wir alle diese edlen Bauten der Verachtung anheimgeben und dem Verfall aussetzen, war Ihr Vater, ein Däne, sensibler als unser Adel und aufmerksamer für die Stärke und Größe, für den epischen Grundzug unseres Volkes. Ich habe lange mit ihm gesprochen, Clara! Das ist ein echter Mann, ein Mann nach meinem Herzen, ein Starker, einer von denjenigen, die wir in Schiffsladungen aus Europa heranschaffen müßten, um mit einem guten gotisch-nordischen Kontingent unseren iberisch-brasilianischen Rassenmischkessel ins Gleichgewicht zu bringen. Die portugiesischen und spanischen Adligen als Anfangskontingent unserer Besten und Größten, das war schon sehr gut. Ich strebe danach, in unserem Blut das ritterlich-katholische Blut der iberischen Konquistadoren hochzuhalten. Leider brauchen wir wegen der später erfolgten Beimischung von Negern und Indianern in der rassischen Substanz des brasilianischen Volkes eine nordische, unternehmungslustige Seemannsrasse für das brasilianische Blut, das wir uns erträumen‹, sagte er mit einer seltsamen Formulierung in fast krankhafter Begeisterung. ›Unser eigener Adel könnte nur davon profitieren, wenn sich das alte iberische Blut mit dem nordischen vermischen und die Herreneigenschaften beider Rassen zu einem einzigen Typus verschmelzen würden, wie dies bei Ihrer Familie der Fall ist. Hier in Paraíba gibt es nur drei Familien, bei denen diese glückliche Rassenverschmelzung eingetreten ist: die Lauritzens, die von Sohstens und Sie, die Swendsons. Die von Sohstens widmen sich als gute Wikinger, die sie sind, getreu dem Meeresdrang ihrer Rasse dem Walfischfang bei Cabedelo in Costinha, an der Küste von Paraíba. Der alte Christian Lauritzen hat Campina Grande groß gemacht. Jetzt ist es Ihr Vater mit seinem schönen Juwelengeschäft und seiner Barkassenflotte. Leider sind drei solche Familien noch zu wenig. Brasilien muß *nach unserem Siege* jedes Opfer bringen und tausend, zweitausend, fünftausend Männer wie Ihren Vater ins Land holen und sie in Goldgewicht für einen einzigen Dienst bezahlen: unsere Männer und unsere Frauen aufzunorden, unsere Rasse blond und hell zu machen, ihr Blut zu verfeinern und so in unserer Heimat ein experimentelles Rassenlaboratorium einzurichten, das nach vorbedachtem Plan arbeitet. Die daraus entstehende Rasse würde dann alle Vorzüge der nordischen wie der lateinischen Rasse besitzen.‹

›Und was haben Sie mit meinem Vater besprochen?‹ fragte Clara, indem sie das Thema wechselte und ein wenig über Gustavos Begeisterung lächelte.

›Wir sprachen von Ihnen, von der Lage unseres Landes, von unserer eigenen Lage, von mir und von Geschäften . . .‹

›Auch über Arésio Garcia-Barretto? Haben Sie von seiner möglichen Heirat mit Ihrer Schwester Genoveva gesprochen?‹

›Gewiß, auch davon haben wir gesprochen, da ja Ihr Vater und Arésio befreundet sind. Ihr Vater meint, daß, wenn Arésio einverstanden ist und Genoveva auch, dies in der augenblicklichen Lage die ideale Lösung ist. Als wir darüber sprachen, sagte er, er rede als Freund des alten verstorbenen Gutsbesitzers und gegenwärtiger Freund und Geschäftspartner meines Vaters.‹

›Da wir gerade von Arésio und Genoveva reden: Steht zwischen beiden alles wie bisher?‹ fragte Clara neugierig.

›So sieht es aus‹, sagte Gustavo. ›Zumindest ist das meine Ansicht; von ihnen selber weiß ich darüber nichts. Sie wissen ja, wie Genoveva ist: reserviert und stolz, wie sie ist, spricht sie kein Wort über diese Dinge. Arésio spielt den wilden Mann, das werden Sie gewiß schon gehört haben, auch wenn Sie ihn noch nicht zu Gesicht bekommen haben. Ich sage das nicht aus Antipathie gegen ihn. Im Gegenteil! Ich bewundere es, daß er kraftvoll und gewalttätig ist wie die Herren und Ritter, welche den Grundstamm unseres Adels bilden. Von mir aus kann er meine Schwester heiraten‹, schloß er, und seine Ausdrucksweise bewirkte, daß Clara ihre blauen Augen zu ihm aufhob und gleich wieder niederschlug.

›Und das Testament von Arésios Vater?‹ erkundigte sie sich nach einer Pause. ›Hat mein Vater darüber etwas gesagt?‹

›Wie ich erwartet hatte, weiß Ihr Vater gar nichts von diesem angeblichen geheimnisvollen Testament. Er meint, falls es überhaupt vorhanden ist, hat jedenfalls niemand davon die geringste Ahnung. Das Ganze wäre auch kein Problem, wenn der alte enthauptete Gutsbesitzer nicht seine erste Frau, Dona Maria da Purificação, mit Gütertrennung geheiratet hätte und die Mutter des *anderen* mit Gütergemeinschaft. Außerdem gab es da noch einige Schenkungen, mit denen der Alte den verschwundenen jungen Mann bei Lebzeiten bedachte. Jetzt wird jedoch im gegenwärtigen Zustand der Dinge, wenn der Richter so urteilt, wie wir es erhoffen, der junge Mann für ‚abwesend‘ erklärt und alles auf die bestmögliche Art und Weise geregelt.‹

›Bedeutet abwesend dasselbe wie tot?‹ fragte Clara, ohne die Augen zu heben.

›In Erbschaftsangelegenheiten, glaube ich, ja‹, antwortete Gustavo und schaute sie forschend an.

›Das heißt also: *in allem übrigen* nicht?‹ fragte Clara mit dem gleichen halb verlegenen Ausdruck und niedergeschlagenen Augen.

›Was wollen Sie damit sagen?‹ erkundigte sich Gustavo mit kaum vernehmlicher Stimme.

›Ich will gar nichts sagen. Sie selbst haben eben, als Sie von ihm sprachen, nicht der *verstorbene,* sondern der *verschwundene* junge Mann gesagt.‹

›Das kommt auf dasselbe heraus. Eigentlich wollte ich *der verstorbene junge Mann* sagen, denn es kann wohl keinen Zweifel geben, daß Sinésio wirklich gestorben ist‹, sagte Gustavo, indem er den Namen des Verschwundenen mit einiger Mühe aussprach. ›Würden Sie sich immer noch als seine Braut betrachten, falls er eines Tages wieder auftauchen sollte?‹

›Ich weiß es nicht‹, erwiderte Clara, ohne die Augen zu erheben, als ob ihr die Angelegenheit gleichfalls peinlich wäre.

›Haben Sie mir nicht im übrigen gesagt‹, deutete Gustavo halb fragend an, ›es habe eigentlich keine feste Verlobung zwischen Ihnen bestanden, weil der Heiratsantrag Ihrem Vater vorgebracht worden sei, und das noch dazu gänzlich unerwartet? Ihr Vater war einverstanden, so war es doch?‹

›So war es‹, stimmte Clara zu.

›Wenn er wieder auftauchen sollte, würden Sie sich dann verpflichtet fühlen, das Wort zu halten, das Ihr Vater vor fünf Jahren für Sie gegeben hat?‹

›Ich weiß es nicht‹, wiederholte Clara. ›Was sagt denn mein Vater dazu? Haben Sie mit ihm darüber gesprochen?‹

›Nur ganz oberflächlich; *Sie waren schuld daran,* daß ich keine entschiedenere Haltung einnehmen konnte.‹ Und da sie die Worte ›Sie waren schuld daran‹ kommentarlos vorübergehen ließ, die er mit Absicht hervorgehoben hatte, sprach er weiter: ›Ich habe mit Ihrem Vater nur obenhin davon geredet. Er erzählte mir, Sie seien mit diesem Sinésio verlobt, und er habe dem seinerzeit auf eine briefliche Bitte des Vaters des jungen Mannes hin zugestimmt. Damals waren Sinésios Vater und Ihr Vater Geschäftspartner und Freunde, weshalb die Zustimmung nahezu obligatorisch war. Ihr Vater gab mir jedoch zu verstehen, daß er sich nach dem Tode des Vaters, dem Verschwinden des Sohnes und den Wandlungen in den Beziehungen zwischen den beiden Familien nicht länger an diese Verlobung gebunden fühle. Aber er sprach selbstverständlich nur für sich; er sagte, soweit es Sie anginge, könnten nur Sie selber darüber entscheiden.‹ Mit diesen Worten schloß er, und als er sah, daß Clara sich auch weiterhin in Schweigen hüllte, zuckte ein kalter Zornesblitz durch seine Augen. Aber dank seiner guten Erziehung beherrschte er sich sogleich wieder. Nach einer Pause fragte er erneut:

›Haben Sie sich schon entschieden?‹ Dabei fiel er etwas aus seiner Rolle als vollkommener Kavalier, weil er sich durch die

Formulierung einer solchen Frage unmittelbar in Claras Intimität eindrängte. Doch das Mädchen wich abermals einer direkten Antwort aus: ›Ich weiß es nicht‹, sagte sie langsam. Und ihre Worte abwägend, fügte sie hinzu: ›Einerlei, ob nun Sinésio lebendig oder tot ist, ob ich seine Braut bleibe oder nicht, ob er mich heiratet oder nicht, das hat doch alles keine Bedeutung angesichts des Schwurs, den Sie und ich abgelegt haben; ist es nicht so?‹

Es klang so, Herr Richter, als ob in Claras letzten Worten eine Spitze läge. Gustavo wurde noch blasser als gewöhnlich und setzte die Miene eines Schlafwandlers auf. Seine normalerweise unangenehm tiefroten Lippen entfärbten sich völlig, und er erwiderte:

›Unser Schwur! Würden Sie ihn auf jeden Fall halten?‹

›O doch, ich bin bereit, ihn auf jeden Fall zu halten. Und Sie?‹

›Ich auch. Ich bin fähig, jetzt hier vor Ihnen seine Worte zu wiederholen und das Gelübde derart zu erneuern. Es ist der heilige korinthische Schwur unseres ‚Ordens vom Gral-Smaragden‘, der Schwur der Edlen, der Wenigen und Erlesenen.‹

Nun ja, Herr Richter, und nach diesen seltsamen Worten zog Gustavo mit der verzückten Miene eines von der ›heiligen Krankheit‹ Befallenen ein kleines Evangelium oder Meßbuch aus der Innentasche seines Jacketts und rezitierte folgende Worte, die ich, unter Anleitung der alten Verwandten, nachgeschlagen und abgeschrieben habe:

›Der Leib aber nicht der Hurerei, sondern dem Herrn.‹«

━━━━━

»Als Gustavo diese Worte gelesen hatte, Herr Richter, schaute ihn Clara ebenfalls mit einem sonderbaren und rätselhaften Gesichtsausdruck an. Niemand konnte genau sagen, was sich hinter ihren schönen blauen Augen begab, die in diesem Augenblick kühler blickten als sonst – ob darin Spott, kalte Ablehnung oder Liebe standen. Vielleicht war es eine Mischung aus alledem. Als ob sie sich an etwas erinnerte, das zu einer anderen Gedankenfolge gehörte, fragte sie:

›Und meine Schwester Heliana?‹

›Was ist mit Ihrer Schwester Heliana?‹ fragte Gustavo, etwas überrascht über diese Wendung des Gesprächs.

›Waren Sie mit ihr zusammen?‹ erkundigte sich Clara.

›Nein, ich war eigentlich nicht mit ihr zusammen. Ich versuchte einmal, mit ihr ins Gespräch zu kommen, aber sie entzog sich mir.‹

›Wo befand sie sich, als Sie sie sahen?‹

›Im Hof des Hauses nahe der Wallmauer, die den Blick auf das unten schäumende Meer freigibt. Sie blickte zerstreut in die Ferne zu den vier oder fünf Barkassen hinüber, die mit schlaffen, aber noch nicht eingezogenen Segeln dort vor Anker lagen. Wie prächtig ist die Schiffsflotte Ihres Vaters, Clara! Die hiesigen Schiffe sind im allgemeinen kleiner, und ihre Segel bestehen aus weißer Leinwand. Seine Schiffe, die vom São Francisco herkommen, sind viel größer, haben farbige Segel und holzgeschnitzte Galionsfiguren am Bug. Es ist für mich schon ein Genuß, wenn ich überhaupt von ihnen sprechen kann. Sie versetzen mich zurück in die heldischen Zeiten unseres Landes, in die Zeit der Konquistadoren. Heliana saß auf dem Mauervorsprung, welcher als Bank dient, und sie wirkte wie zeitlos, während sie grüblerisch auf das smaragdgrüne und türkisblaue Meer dort unten starrte. Bei ihr war ihre Gesellschafterin.‹

›Sie heißt Maria Elvira‹, erläuterte Clara. ›Maria Elviras Tätigkeit besteht vor allem darin, Heliana Gesellschaft zu leisten, ihren Launen nachzugeben und gleichzeitig auf sie aufzupassen. Aber bitte erzählen Sie doch, wie sich alles zugetragen hat!‹

›Als ich sie erkannt hatte, blieb ich einen Augenblick in der Haustür stehen. Sie schien meine Gegenwart zu ahnen, denn plötzlich wandte sie halb erschrocken den Kopf, erhob sich und überquerte rasch, fast laufend, mit gesenkten Augen den Hof, tat so, als hätte sie mich nicht gesehen, ging die Treppe hinab und verließ das Fort. Entschuldigen Sie, wenn ich das sage – sie lief mit einem wilden und abweisenden Gesichtsausdruck davon. Ich weiß nicht, ob ich ihnen erzählen kann, was sich dann später begeben hat.‹

›Warum nicht?‹ äußerte Clara und runzelte die Augenbrauen; gegen ihren Willen konnte man ihrem Gesicht eine gewisse Beunruhigung ansehen.

›Sie kennen mich und wissen, daß ich aus meinem Herzen keine Mördergrube mache; Sie begreifen also gewiß, daß ich nur Ihnen gegenüber davon spreche. Sie dürfen mir glauben, Clara: ich spüre sogar ein Schuldgefühl, weil ich Ihrer Schwester gefolgt bin, wenngleich ich das fast unbewußt, in einer plötzlichen Eingebung tat. Fast instinktiv drängte es mich, jemandem nachzuspüren, der vor mir zu flüchten schien. Ich kann auch noch zu meinen Gunsten anführen, daß ich nicht im mindesten ahnte, was sich nun abspielen würde. Als ich später über mein Tun nachdachte, bekümmerte es mich, daß ich alles getan hatte, damit Heliana nicht sehen konnte, daß ich ihr gefolgt war. Warum tat ich das wohl? Das habe ich mich von Mittwoch bis heute oft gefragt. Ich habe zwei Gründe für mein Verhalten gefunden, das so gar nicht zu meinen sonstigen Gepflogenheiten paßt. Anfänglich hatte ich Angst, Heliana könne mich entdecken und wieder weglaufen, bevor ich mit ihr reden könnte, und ich wollte doch so gern wissen, was für ein Mensch Ihre einzige Schwester ist. Später war es das dunkle Bewußtsein meiner Indiskretion, das mich beunruhigte. Von da an hätte ich mich zu sehr geschämt, wenn man mich überrascht hätte, wie ich Heliana nachspionierte, die ihre Einsamkeit so deutlich und so brüsk verteidigte. Da versteckte ich mich, um, wenn sie sich weiter entfernt hätte, ungesehen von ihr in die Festung zurückkehren zu können. Leider war dies jedoch auch der Augenblick, in dem Heliana an den Ort gelangt war, den sie wohl suchte, so daß sie mit Maria Elvira stehenblieb, während ich hinter dem Gebüsch, in dem ich mich versteckt hatte, gefangen war und nun notgedrungen die Indiskretion, die ich vermeiden wollte, zu Ende führen mußte. Beide blieben an einem Stein-haufen stehen, der nicht weit vom Meer entfernt lag.‹

›Hielt Heliana etwas in der Hand?‹ unterbrach ihn Clara und schlug ihre Augen beinahe angstvoll auf, als sie Gustavo den Steinhügel erwähnen hörte.

›Nein‹, antwortete Gustavo. ›Aber Maria Elvira, die Gesell-schafterin, hatte auf dem Weg von der Festung dorthin einen kleinen Zweig abgebrochen, entfernte seine Blätter mit einem Messer und schnitt die Rinde mit der Klinge in Streifen.‹

›Dann weiß ich schon, was nun geschah‹, sagte Clara und wirkte erleichtert. ›Was Maria Elvira da anfertigte, war ein ‚Weihwedel‘, wie wir das nannten, als wir kleine Mädchen wa-ren. Wenn Sie einverstanden sind, will ich Ihnen sagen, wie es nun weiterging. Als sie an die Steine kamen, suchten sie die Ne-ster wilder Bienen; man findet sie dort in den Höhlungen grö-ßerer Steine oder in den Löchern von zwei oder drei kleineren Steinen, die auf einem Haufen liegen.‹

›Genauso war es‹, stimmte Gustavo überrascht zu.

›Haben sie Bienen gefunden?‹ fragte Clara.

›Das haben sie allerdings.‹

›Dann will ich Ihnen sagen, was nun geschah. Maria Elvira hat ein Feuer angemacht, um die Bienen mit dem Rauch zu ver-jagen.‹

›Das ist wahr‹, bestätigte Gustavo. ›Der angenehme Duft der Blätter und des brennenden Holzes drang sogar bis zu meinem Versteck. Aber wissen Sie auch, was nun kam?‹

›Von jetzt an ist es einfach‹, sagte Clara überzeugt. ›Nach-dem sie den Bienen genug Zeit gelassen hatten, um vom Rauch betäubt davonzufliegen, steckte Heliana den Zweig in die Bie-nenwaben und holte die Honigwaben heraus. Das tut sie so seit Kinderzeiten, sie ist ganz versessen auf wilden Bienenhonig und sagt, er schmecke nach einer Mischung aus Sonne und Blü-ten.‹

›Wissen Sie auch, was sie mit dem Honig tut?‹

›Was sie tut?‹ fragte Clara verblüfft.

›Nun, zumindest, was sie an jenem Tage tat. Ich weiß nicht, wie ich Ihnen das schildern soll, ich hätte besser überhaupt nicht davon gesprochen.‹

›Aber nein, reden Sie doch nur!‹ meinte Clara nun ziemlich beunruhigt und entmutigt. ›Zu Hause waren wir schon alle an Helianas Absonderlichkeiten gewöhnt. Ich schäme mich gar nicht für sie: ich finde auch dann an ihrem Tun nichts Tadelnswertes, wenn es alle anderen mehr als wunderlich finden. Reden Sie nur: was tat Heliana nun?‹

›Sie knöpfte sich das Kleid auf‹, sagte Gustavo mit einer Miene, die die von ihm behauptete Unlust, das alles zu erzählen, Lügen strafte. ›Nachdem sie es aufgeknöpft hatte, strich sie sich den Honig auf die Brüste. Genauer gesagt: auf die Brustspitzen‹, fügte er mit einem erzwungenen, unangenehmen Lächeln hinzu. ›Sie stand still, strich sich den Honig langsam, eine gute Weile lang, auf die Brust und wirkte zerstreut und versonnen. Ich weiß nicht, ob es nur eine Lichttäuschung war, aber von dem Platz aus, an dem ich stand, wirkte sie sehr blaß mit ihrem langen feinen Haar, über das die leichte Meeresbrise hinstrich. Welche Haarfarbe hat sie eigentlich, Clara?‹

›Sie hat hellbraunes Haar, und wie Sie aus der Ferne geahnt haben, ist es sehr fein und leicht. Aber eigentlich blaß ist sie nicht, sie ist hellhäutig wie ich, wenn auch nicht geradezu blond‹, erläuterte Clara, erleichtert, von diesem Thema abkommen zu können.

›Diesen Eindruck hatte ich auch, jedenfalls soweit ich sie aus der Ferne erkennen konnte‹, sagte Gustavo. ›Aber haben ihre Augen denn die gleiche Farbe wie die Ihrigen?‹

›Nein, sie sind grün. Oder besser: blaugrünlich. Nein, grünbläulich. Wie kann man das nur beschreiben?‹ fügte Clara hinzu und versuchte zu lächeln. Und dann sagte sie bekümmert: ›Ich entschuldige mich für sie bei Ihnen.‹

›Ich soll sie entschuldigen? Oh, keineswegs. *Ich* habe hier um Entschuldigung zu bitten. Ich erzähle Ihnen das alles überhaupt nur, um mich in gewisser Form vor Ihrer Familie zu rechtfertigen und zu entschuldigen. Ich konnte nicht ahnen, daß ich etwas Derartiges zu Gesicht bekommen würde.‹

›Ich weiß‹, stimmte Clara zu. ›Wir haben schon ähnliches mit ihr erlebt, recht beklemmende Situationen. Heliana war immer recht seltsam und ungebärdig, seit ihrer Kindheit. Ich habe mich daran gewöhnt und kann sagen, daß ich sie so nehme, wie sie ist. Mein armer Vater grämt sich darüber fast zu Tode. Ich glaube, daß er sich nicht, wie Sie meinen, in St. Joachim angesiedelt hat, weil er die Mentalität eines Konquistadoren hätte oder seiner Rasse besonders treu wäre. Helianas wegen lebt er isoliert auf dieser entlegenen Festung, entfernt von der übrigen Welt. Und eben wegen solcher Vorkommnisse schickt er Heliana von Zeit zu Zeit, nur begleitet von Maria Elvira, auf einer Barkasse nach Nazaré do Cabo in Pernambuco, nach Penedo in Alagoas oder gar in den Sertão das Piranhas, wo wir einen Gutshof besitzen. Am Kap in Pernambuco gibt es eine Festung, die ganz ähnlich aussieht wie St. Joachim zum Stein. Mein Vater wollte sie ebenfalls kaufen, um aus ihr einen unserer Wohnsitze zu machen. Das war sehr gut geplant, weil sie genau oberhalb der Einfahrt des Suape-Flusses liegt, wo unsere Barkassen ihren Hafen haben und Zwischenstation machen. Doch er konnte das Gelände um die Festung nicht erwerben, und so blieb sie in Ruinen liegen und wurde nicht restauriert. Dafür kaufte sich mein Vater ein hochgelegenes Landstück in der Nähe des Forts und erbaute vor der alten Festung ein mehrstöckiges Haus. Manchmal verbringen wir einige Zeit in diesem Hause, vor allem wenn mein Vater die Fahrten und die Ladungen der Barkassen besser kontrollieren muß. Ich vermeide es immer, dorthin zu fahren, mir genügt schon die Einsiedelei von St. Joachim. Doch Heliana liebt diese Reisen, und mein Vater benutzt ihre Vorliebe, um sie zu zerstreuen und gleichzeitig zu verhindern, daß sie zu lange am gleichen Ort verweilt. Denn wenn das geschieht, stellt Heliana schließlich immer etwas an, das aus dem Rahmen fällt‹, sagte Clara recht bekümmert.

›Ihr Vater hat Sie lieber als Heliana, nicht wahr?‹

›Ich weiß es nicht – vielleicht. Jedenfalls glauben das alle.‹

›Nach allem, was ich beobachten konnte, und nach einigen Worten, die er fallenließ, bin ich auch zu dieser Überzeugung gelangt.‹

›Vielleicht zieht er mich nicht geradezu vor. Ich bin nur vernünftiger und ähnele ihm mehr.‹

›Das ist mir auch aufgefallen, es ist sonderbar‹, sagte Gustavo und blickte Clara direkt in die Augen. ›Sie ähneln Ihrem Vater ganz erschreckend.‹

›Erschreckend? Warum erschreckend?‹

›Ich weiß es nicht. Ich glaube, ich meinte ‚erschreckend‘ im Sinne von ‚allzu sehr‘. Jedenfalls habe ich das lobend gemeint; wenn ich sage, daß Sie Ihrem Vater ähneln, ist das für mich ein Lob.‹

›Für mich ebenfalls. Dagegen behaupten alle, Heliana sehe eher meiner Mutter ähnlich, als sie noch jung war, wenngleich alle behaupten, daß meine Mutter weit weniger hübsch war. Meine Mutter war ganz ähnlich geartet, sie lebte isoliert mitten unter den anderen Menschen, wie Heliana, nur nicht ganz so sehr. Auf alle Fälle war es gut, daß Sie Heliana so gesehen haben, denn so können Sie sich keiner weiteren Täuschung hingeben.‹

›Täuschung? Wie soll ich das verstehen?‹ versetzte Gustavo und erblaßte abermals, wobei er seine Hände so heftig um den Spazierstock verschränkte, daß seine Finger ganz weiß wurden. ›Was wollen Sie damit sagen?‹

›So können Sie mit offenen Augen die Vor- und Nachteile einer Freundschaft mit mir abwägen.‹

›Niemand kann die Vor- und Nachteile einer Freundschaft abwägen, Clara!‹ sagte Gustavo mit halb erstickter Stimme. ›Wenn Sie freilich *Liebe* sagen würden, dann sähe die Sache schon anders aus.‹

›Liebe?‹ entgegnete Clara beinahe ironisch. ›Ich habe den Schwur der Edlen, Seltenen und Erlesenen geleistet, und deshalb ist es mir verboten, an diese Dinge zu rühren. Außerdem weiß ich nicht, ob ich nun verlobt bin oder nicht, denn viele Leute glauben, dieser Sinésio, den ich vor fünf Jahren ein einziges Mal gesehen habe, mit dem mein Vater meine Heirat verabredet hat, sei noch am Leben.‹

›Wenn Sie das wollen, Clara, dann sagen Sie die größten Grausamkeiten‹, erwiderte Gustavo und erblaßte noch mehr.

›Sie auch. Ich glaube sogar, ich habe das bei Ihnen gelernt, ebenso wie vieles andere‹, gab Clara im gleichen Tonfall zurück. ›Jedenfalls ist es für mich und für Sie und sogar für Sinésio, falls er eines Tages zurückkommt, dasselbe, ob ich nun verlobt bin oder nicht. Verheiratet oder unverheiratet, verheiratet mit Sinésio oder mit *irgend jemand anderem,* würde ich jedem nur die korinthische Liebe schenken, die rein und keusch ist und deshalb geteilt werden kann, ohne jemanden zu kränken oder zu verletzen.‹

Gustavo blickte Clara wortlos an, Herr Richter. Er war noch immer sehr blaß, und seine Hand auf dem Spazierstock umschloß den Knauf so verkrampft wie eine Raubvogelkralle. Er neigte den Kopf, so als wollte er zustimmen, aber er sagte kein Wort mehr. Er schaute aus dem Auto und betrachtete die trostlose rauhe Landschaft von Seridó, bedeckt mit Steinen, dürren Zweigen und Disteln. Schnell wie das Auto zog die Landschaft an seinen Augen vorüber. Und im gleichen Augenblick ritt Sinésio auf seinem Schimmel in die Stadt ein.«

ACHTUNDSECHZIGSTE FLUGSCHRIFT DER FALL DES UNGEZOGENEN HUNDES

Als ich zu Ende erzählt hatte, schaute mich der Richter mit verhärteter Miene an. Er fragte:

»Dom Pedro Dinis Quaderna, ist das alles, was Sie da erzählt haben, nun eigentlich wahr oder ist es ›königlicher Stil‹?«

»Nun, Herr Richter, wie schon gesagt, habe ich all diese Geschichten von Dritten erfahren, und ›wie die Kuh sagte, als sie hinter Meister Alfredo herlief: Wer erzählt, fügt immer ein bißchen hinzu‹. So wäre es auch nicht allzu sonderbar, wenn ich meinerseits ein bißchen hinzufügen würde, denn es gehört ja zu den Merkmalen der Epen, daß ihr Feuer immer von Rauch verhüllt wird. Aber da es ›keinen Rauch ohne Feuer gibt‹, haben Sie Geduld, ›kaufen Sie sich für fünf Pfennige Wartegeld‹, und am Ende werden Sie dann mit dem juristischen Sperberscharfsinn, den Ihnen alle zugestehen, und den Elementen, die ich Ihnen liefere, das seltsame unglückliche Abenteuer von Sinésio dem Strahlenden und Quaderna dem Entzifferer bei ihrer Neuen Suchfahrt nach dem Königreich des Sertão entschlüsseln können. Ich erzählte Ihnen schon, daß mir mein Vater seine tiefe Verehrung für José de Alencar vererbt hat. Das geschah genau zu der Zeit, als ich bei meinem Paten João Melquíades die Kunst der Poesie zu erlernen begann. Ich war schon völlig der Lektüre der Flugschriften verfallen, als ich ›Der Guarani‹ las. Deshalb begriff ich auch gleich, daß es in dieser Geschichte von José de Alencar einen König namens Dom Antônio de Mariz gab, der seine Burg auf seinem Herrensitz von Paquequer hatte; dazu eine blonde Prinzessin mit Namen Ceci, eine weitere, dunkelbraune namens Isabela, außerdem einen Schildknappen und die Garde der zwölf Paladine von Frankreich von der blauen Partei, die Álvaro de Sá befehligte. Es gab auch den roten Maurenfürsten Pei, und die Tapuia-Aimorés waren barfuß reitende Ritter und Bogenschützen, die zur roten Partei zählten. Dann erhielt ich, angeleitet durch Clemens und Samuel, Kenntnis von Joaquim Nabucos Schrift über José de Alencar, in der es hieß: ›Cecília ist ein kaum entfalteter Typus Frau, ein Kind, das nachts gut daran täte, sein Fenster zu schließen, um nicht mit seinem Zauber die brutale Sinnlichkeit von Peri und Loredano anzulocken. Niemand weiß, ob sie Álvaro de Sá liebte oder nicht, niemand kann sagen, warum sie gerade Peri liebte. Trotz seinen großen blauen Augen ist dieser Engel dem Ungeheuer nahe benachbart. Cecília war achtzehn Jahre alt, als sie sich entschloß, den Tapuia-Indio mit der kupferfarbenen Haut zu begleiten, um mit ihm in der Wüste zu leben. Alle möchten gern erfahren, was aus der Edelmannstochter wird, die sich auf diese Weise einem Wilden ausliefert, obwohl Schamröte die reinen Linien ihres satinfarbenen Halses überzieht. Ihre Kusine Isabela besaß vielleicht mehr Schamgefühl, dafür aber eine zügellose Sinnlichkeit. Selbst als sich auf ihrem Gesicht nur die seelische Liebe spiegelte, war sie schon so hochempfindlich, daß ihr das leise Streicheln eines Spitzenkragens auf ihrem Samthals wollüstige Gefühle verursachte.‹ Als Herr José de Alencar diese beiden Gestalten schuf, war ihm nur darum zu tun, den ewigen Gegensatz zwischen den Dunkelbraunen und den Blondinen unter seinen Heldinnen hervorzukehren. Joaquim Nabuco meint, im ganzen Werk von José de Alencar finde man nur diesen einen ermüdenden Kontrast: ›den Körper mit seinen Raubtierinstinkten und die Seele mit ihrer Keuschheit. Eselin und Engel wechseln einander ständig ab, die animalische Natur und die göttliche.‹ Nachdem ich das alles gelesen hatte, Herr Richter, kam mir eine Erleuchtung. Ich bemerkte, daß es auch in Sinésios Geschichte zwei Frauentypen gab: eine blonde Prinzessin wie Ceci, nämlich Clara, und eine dunkelbraune wie Isabela, nämlich Genoveva Moraes. Außerdem erzählt José de Alencar noch die Biographie einer weiteren Prinzessin: es ist Lúcia oder Lucíola. Der größte Reiz, das größte Rätsel dieser Frau besteht darin, daß sie zwei getrennte Naturen in sich vereinigt, die eines keuschen Engels und die einer brünstigen Eselin. Wenn ihre Engelsnatur überwog, sagt José de Alencar, war ›alles weiß und glänzend wie ihre heitere Stirn: sie trug nur feine Linnenkleider und Spitzen und als Schmuck nur Perlen; kein Band, ja nicht einmal ein Goldreif entstellte das glänzend-lichte Bild.‹ Wenn sich aber die brünstige Eselin in ihr Bahn brach, änderte sich alles. Der Erzähler seiner Geschichte, der sie einmal besitzen durfte, spricht davon in folgenden Worten: ›Das samtene Haarnetz flog durch die Luft, ihre üppigen schwarzen Haarflechten rollten über die Schultern, kräuselten sich bei der Berührung mit der samtenen

Haut, und meinen bestürzten Augen bot sich, in Lichtwellen schwimmend, im Glanz ihrer Nacktheit die schönste Bacchantin dar, die je mit lüsternem Fuß die Trauben von Korinth zerstampfte. Sie zu besitzen, war ein Delirium, ein so konvulsivischer Genuß, daß mich durch die unermeßliche Wollust hindurch eine schmerzliche Empfindung durchströmte, als ob ich mich mitten im Opiumrausch auf einem Dornenbett wälzte. Im Genuß bog sie sich in schmerzhaften Krämpfen. Wein floß ihr über die Lippen. Die langen schwarzen Flechten umwallten ihren Leib, sie wiegte ihre Hüften in sinnlicher Glut und ahmte die Mysterien von Lesbos und den aphrodisischen Ritus der Jungfrauen von Paphos nach. Ihre Liebe war wie manche fleischfressenden Pflanzen, das Heidekraut der Leidenschaften, der wilde Kaktus unserer Gefilde.‹ Sehen Sie, Herr Richter? Außerdem erklärt José de Alencar, daß Lucíola, wenn sie sich wie eine brünstige Eselin aufführte, keine weißen Leinenkleider trug. Vielmehr trug sie dann ›ein scharlachrotes Kleid mit schwarzen Spitzenrüschen und war so dekolletiert, daß man ihre schönen Schultern sehen konnte. Phantastische Varianten bei den schwarzroten Kleidern erfüllten das sonderbare Geschöpf mit satanischem Jubel.‹ Joaquim Nabuco hat aber trotz José de Alencars Genialität einen schwerwiegenden Fehler bei ihm entdeckt. Nabuco meint nämlich zu Lucíolas Widersprüchen, José de Alencar habe nicht das ›Recht gehabt, ihrem Körper unabhängiges Leben und blühende Sinnlichkeit zu verleihen und ihrer Seele jungfräuliche Reinheit‹. Und so sah ich denn, daß ich meinen Wettstreit mit José de Alencar gewinnen konnte, weil meine Sinésio-Geschichte viel vollständiger war, und zwar wegen Heliana. Clara war wie Cecília, Genoveva wie Isabela: die eine blond und engelhaft, die andere dunkelhäutig und brünstig. Doch in Heliana vereinten sich die Widersprüche zu einem Guß, Herr Richter, sie verband Eisenkraut, Erika, Distel, Wein, den Honig der wilden Bienen und die Raubtierliebe eines jungen Jaguarweibchens, also das Scharlachdunkel der Leidenschaft und das Linnenweiß der Reinheit. So war Heliana nach alledem, was ich durch Sinésio von ihrer Liebe sehen und erraten konnte. Ich habe Heliana als Mädchen und später als Frau kennengelernt und könnte von ihr eben das sagen, was José de Alencar von so vielen anderen Frauen gesagt hat. Was bei Heliana eine erstaunliche Einheit bildete, Feuer und Blutgesang, hat er auf viele Frauen verteilt. Als Sinésio und ich zum ersten Mal das Mädchen erblickten, welches die Dame und Prinzessin seines Lebens werden sollte, war sie zwölf Jahre alt, so alt wie Lucíolas Schwester. Sie war eine grüne Frucht wie die Emília aus ›Diva‹. Dann aber, ›als ihr die Pubertät Samt verlieh‹, wurde sie zu dem ›scheuen Reh‹, als das Gustavo sie an jenem Tage am Meer erblickte. Ihr Haar wirkte wie eine Verbindung aus dem Blondhaar von Ceci und Clara mit dem Dunkelbraun von Lucíola und Isabela: es war ein feines, goldbraunes Haar. Ihre Liebe war ›Wein, Früchte und in Honig getauchte Flammen‹, und weiches, spärliches Flaumhaar vergoldete ihre ›weißen, aber von der Sonne gebräunten‹ Schenkel. So ist alles, was ich Ihnen erzählte, Wahrheit und besitzt dokumentarischen Wert für Ihre Untersuchung. Gleichzeitig ist es aber auch ›königlicher Stil‹ und wird mir in meinem Epos dazu dienen, vollständiger, musterhafter und erstklassiger zu sein als José de Alencar.«

»Sehr schön! Fahren Sie nun fort mit der Schilderung der übrigen wichtigen Ereignisse jenes Tages!«

Ich sprach weiter:

»Um das erzählen zu können, was sich noch an Wichtigem an jenem Vorabend des Pfingstfestes 1935 ereignet hat, muß ich nun Arésios Schritte von dem Moment an verfolgen, als er von der Ankunft seines Bruders Sinésio im Städtchen erfuhr. Wie schon erwähnt, war Arésio seit Freitagnacht verschwunden. Niemand wußte, wo er sich aufhielt, und das war bei ihm so üblich, daß sich anfangs niemand darüber verwunderte. Arésio vergrub sich zuweilen ganze Tage im Buschwald und jagte mit erschreckender Ausdauer und Wildheit. Manchmal ritt er urplötzlich los, oder er nahm sein Auto oder den Kutschwagen, der seinem Vater gehört hatte und den er sonderbarerweise weiterbenutzte, als bereits niemand anders im Städtchen mit einem solchen Gefährt herumfuhr. Wenn er die Reise im Kutschwagen antrat, war jedoch zu erfahren, daß er zu einem alten verfallenen Haus fuhr, welches in einem einsamen, wilden Gehege auf den Ländereien der Garcia-Barretto lag. Bei anderen Ausflügen, die tagelang im Ort beredet wurden, veranstaltete Arésio große ›Saturnalien und Orgien‹ in meiner ›Herberge zur Tafelrunde‹. Die Saturnalien waren von Dr. Samuel Wan d'Ernes auf diesen Namen getauft worden; er nahm stets an ihnen teil, um auf Arésios Kosten Wein trinken zu können. Dieser kam bei solchen Anlässen auf die tollsten Einfälle, er war freigebig bis zur Extravaganz und ›warf das Geld wie ein Wahnwitziger zum Fenster hinaus‹, um Worte des genialen brasilianischen Barden Álvares de Azevedo zu verwenden. Es war gefährlich, ihn in solchen Augenblicken zu reizen. Es war nicht einmal ratsam, in seiner Nähe zu bleiben, denn Arésio ging manchmal unerwartet und grundlos auf den Erstbesten los, der sich blicken ließ, nur weil ihm ein zudringlicher Blick nicht gepaßt oder weil er die harmlose Geste eines Menschen falsch ausgelegt hatte. Mehr als einmal habe ich erleben müssen, Herr Richter, daß er das Mobiliar der ›Tafelrunde‹ zerschlug und gegen die Gäste oder gegen die Wand warf.«

»Und Sie haben nicht dagegen protestiert?«

»Keineswegs. Zunächst deshalb nicht, weil es riskant gewesen wäre. Obwohl mich Arésio auf seine Art gut leiden konnte, hätte er mich in einem solchen Augenblick verkennen und im Handumdrehen verwunden oder gar umbringen können. Außerdem zahlte er mir später jedesmal die Schäden, die er verursacht hatte, verdoppelt zurück. Und da er an normalen Saturnalientagen ohne Möbelzertrümmerung mit vollen Händen Geld springen ließ, was mir guten Gewinn einbrachte, ärgerte ich mich nicht einmal über seine Gewalttätigkeit.«

Margarida zischelte dem Richter etwas ins Ohr; dieser wandte sich mir mit den Worten zu:

»Dona Margarida sagt mir eben, Sie hätten mit Hilfe von Arésio Ihr Freudenhaus und Ihre Taverne eingerichtet. Ist das richtig?«

»Es stimmt. Arésio hat mir an jedem Tage seines Lebens unveränderliche Schätzung bezeigt, eine Schätzung, die er mir seltsamerweise selbst dann nicht entzog, als ich Handlungen beging und Positionen bezog, die er bei jedem anderen für unverzeihliche Vergehen gehalten haben würde. Er fand mich immer spaßig, weil ich sein alter Spielkamerad auf dem ›Gefleckten Jaguar‹ gewesen war.«

»Ist es richtig, daß Sie nach dem Zwist zwischen Arésio und seinem Vater Sinésios Partei gegen seinen Bruder ergriffen haben?«

»Das ist richtig, es war eine jener Handlungen, von denen ich soeben sprach. Arésio hegte eine tiefe Abneigung, einen wilden und unversöhnlichen Haß gegen seinen Vater und gegen den jüngeren Bruder. Als sich die Sonne an jenem Samstag zum Untergang anschickte und sich das Sertão-Volk, erstaunt über die Vorfälle, vor dem alten Hause der Garcia-Barrettos versammelte, in das sich Sinésio nach dem Zwischenfall mit dem Cangaceiro zurückgezogen hatte, zog der Bischof von Cajàzeiras, Dom Ezequiel Veras, in unser Städtchen ein; sein Einzug blieb jedoch wegen des allgemeinen Aufruhrs im Ort fast unbemerkt. Der Bischof begab sich sogleich in das Pfarrhaus, in die Wohnung unseres alten Vikars Pater Renato, eines weißhaarigen Mannes von altem Schrot und Korn. Der Pater hatte einen Boten ausgeschickt, um den Bischof zu informieren, damit dieser bei seinem Eintreffen im Ort schon wüßte, was sich zugetragen hatte; er besprach sich sogleich mit Dom Ezequiel hinter verschlossenen Türen, und dieser erzählte ihm mit allen Einzelheiten, was bis zu jenem Augenblick vorgefallen war. Die Aussprache des Vikars mit Dom Ezequiel blieb geheim, und es wohnte ihr keiner der Patres aus dem Gefolge des Bischofs bei, auch nicht die beiden jungen Geistlichen, die unserem tugendhaften Pfarrherrn bei seiner Tätigkeit unter uns zur Seite standen, nämlich Pater Daniel und Pater Marcelo.«

»Stimmt es, daß sich Pater Renato mit seinen beiden Helfern nicht sonderlich gut verstand?«

»Das stimmt.«

»Welchen von beiden mochte er weniger?«

»Ich glaube, den Pater Daniel, weil er so viele Einfälle hatte und so umtriebig war, wenigstens zu Anfang.«

»Schreiben Sie das auf, Dona Margarida, das ist sehr wichtig. Sie können weitersprechen, Dom Pedro!« sagte der Richter und legte dabei eine Vertraulichkeit an den Tag, die mir einerseits mißfiel, andererseits aber zeigte, daß ihm die Anrede »Dom« in Verbindung mit meinem Namen schon geläufig geworden war.

Ich fuhr fort:

»Der Bischof und Pater Renato vereinbarten nun, daß von Dom Ezequiels Ankunft nur die ›reichen, aufgeklärten und verantwortlichen Leute am Ort‹ in Kenntnis gesetzt werden sollten. Sie sollten einer nach dem anderen mit Vorsicht, damit das Volk nicht darauf aufmerksam würde, ins Pfarrhaus bestellt werden. Mit dieser delikaten Mission wurden alsbald der Küster José Deda und Frau Maria Cabocla beauftragt, eine Frau, die ständig an den Soutanezipfeln unserer Geistlichen hing und deshalb spöttisch ›die Pfarrfrau‹ oder auch ›die Küsterin‹ genannt wurde. So unauffällig wie möglich sollten der Küster und die ›Pfarrfrau‹ zu den von Pater Renato auserkorenen Häusern gehen und den Eingeladenen einschärfen, sie möchten einzeln über die St.-Josephs-Straße und den Marktplatz kommen, also die Nachbarschaft der Álvaro-Machado-Straße und des Kavalkaden-Platzes meiden, wo sich Sinésio aufhielt. Wie Sie sich denken können, nahmen Adel und Bürgertum von Taperoá Dom Ezequiels Ankunft mit Erleichterung auf. Jetzt fühlten sich alle einigermaßen beschützt, und der Komtur Basílio Monteiro faßte dieses allgemeine Aufatmen in dem Satz zusammen:

607

›Mit einem guten Steuermann am Bug hat ein Schiff schon die halbe Wegstrecke zurückgelegt; denn nun ist jemand da, der im Dunkel Wache hält und mit der alten Laterne der Autorität die sichere Einfahrt in den Hafen garantiert.‹ So versammelten sich denn, Herr Richter, unter den größten Vorsichtsmaßnahmen und verborgen vor allem Volke die mächtigsten Repräsentanten unserer Heimat im Pfarrhaus. Es erschien der Komtur Basílio Monteiro, nachdem er zuvor seine prunkvolle Gewandung als Präsident der Bruderschaft der Seelen abgelegt hatte, um weniger aufzufallen. Es erschien auch unsere liebe Dona Carmen Gutierrez Tôrres Martins in Begleitung ihres Mannes, des ältlichen Severo Tôrres Martins, und unserer lieben Sekretärin Margarida, ihrer Tochter, die diesen Teil der Zusammenkunft sehr wohl erzählen könnte.«

Der Richter wandte sich an Margarida und erkundigte sich:

»Ist das wahr? Haben auch Sie an dieser Versammlung teilgenommen?«

»Das habe ich, Herr Doktor«, sagte Margarida, senkte die Augen und wurde puterrot, weil sie schon wußte, daß ich dem Richter alles erzählen würde, was sich mit ihrem Vater und ihrer Mutter im Pfarrhaus zugetragen hatte.

Der Richter wandte sich wieder an mich:

»Gut denn. Aber auch wenn Margarida dabeigewesen ist, so erzählen Sie doch selber weiter! Ich möchte alles von Ihnen kommentiert und geschildert hören. Wenn ich es später für notwendig ansehen sollte, werde ich Ihre Aussagen mit denjenigen der übrigen Betroffenen vergleichen.«

Ich antwortete selbstgewiß:

»Wer keinen Dreck am Stecken hat, braucht nichts zu fürchten, Herr Richter. Was ich Ihnen erzähle, ist die reine Wahrheit, und diesmal kann auch Margarida mich nicht Lügen strafen oder an meinen Worten zweifeln, denn ihre eigene Mutter hat mir das alles erzählt. Wie schon gesagt: es erschien Oberst Francisco Bezerra, ein Mann, der zu einem der ältesten und adligsten Geschlechter des Hinterlandes von Seridó in Rio

Grande do Norte gehört. Es kam Oberst Francisco Fernandes Pimenta, ebenfalls Mitglied einer mächtigen großen Familie, die im Sertão von Sabugi und Cariri weit verbreitet ist. Es kam auch Oberst Júlio Motta aus dem alten Geschlecht der Mottas von Limoeiro. Es kam Oberst Pedro de Farias Castro. Es erschien Oberst Joaquim Coura, dessen Familie zu den treuen Kämpfern der alten liberalen Partei aus der Zeit der Monarchie gehört. Es kam Oberst José Carneiro de Queiroz mit seinem Bruder Manuel, beide politische Gesinnungsgefährten von Oberst Coura. Es kam Oberst Liberalino Cavalcanti de Albuquerque, ein Verwandter mütterlicherseits von Clara und Heliana. Es kam Oberst Joselino Villar de Carvalho, Chef der alten Monarchisten aus der konservativen Partei. Es kam Oberst Deusdedit Villar de Carvalho, der Vetter von Deusdedit Villar de Araújo, aber sein politischer Gegner, bei uns bekannter mit dem Namen seines Besitztums als Deusdedit von ›Siebenstern‹. Und viele andere, deren Aufzählung allzusehr ermüden würde. Wundern Sie sich nicht darüber, daß ich in meiner Liste den Präfekten Abdias Campos, den Bürgermeister Alípio da Costa Villar, Professor Clemens und Dr. Samuel unerwähnt lasse: alle vier waren zwar einflußreich, aber dem Pater Renato verdächtig, die einen wegen ihres Antiklerikalismus, andere wegen ›religiöser Gleichgültigkeit‹ und wieder andere, weil ›ihr Verhalten zu eigenartig‹ war. Pater Renato, seine Gehilfen und die Geistlichen aus dem Gefolge des Bischofs nahmen die Ankömmlinge einen nach dem anderen in Empfang, so gut dies in den mönchischen, junggesellenhaften Räumlichkeiten des Pfarrhauses möglich war. Man erwartete noch die Ankunft des letzten Gastes, der etwas auf sich warten ließ, weil er am weitesten entfernt wohnte. Während der Wartezeit war im Saal jene halb gedämpfte, aber lebhafte Unterhaltung aufgekommen, die dem wahrhaft wichtigen Augenblick der Zusammenkünfte – Heiraten, Beerdigungen usw. – vorausgeht. In einem Erker unterhielten sich Dona Carmen Gutierrez Tôrres Martins und der Komtur Basílio Monteiro.«

Margarida hob ihre Hände von der Schreibmaschine und sagte mit erstickter Stimme:

»Herr Doktor, verbieten Sie diesem Mann, weiterzureden!«
Der Richter wandte sich ihr überrascht zu:

»Verbieten? Warum?«

»Das, was er erzählen will, ist für die Untersuchung unergiebig.«

»O doch!« protestierte ich. »Es ist ergiebig, und ob! Wenn ich nicht alles erzähle, wird der Herr Doktor später sagen, ich hätte böse Absichten und hielte meine Milch zurück wie eine unverschämte Kuh. O nein, um keinen Preis! Entweder erzähle ich alles, und Sie schreiben alles mit, oder ich unterschreibe meine Aussage nicht; niemand kann mich dazu zwingen. Herr Doktor, habe ich das Recht oder nicht, alles zu erzählen, was ich für wichtig halte?«

»Das haben Sie«, versetzte der Richter. »Worum handelt es sich, Dona Margarida? Ist es etwas Unzüchtiges? Soll ich jemand anders holen lassen, damit er die Untersuchung protokolliert?«

Margarida beugte sich und gab auf:

»Nein, lassen Sie nur! Es ist sogar besser, wenn *ich* das alles mitanhöre und mitschreibe.«

»Nun, dann reden Sie weiter, Bibliothekar Quaderna! Beruhigen Sie sich nur, Dona Margarida: ich werde alles überprüfen. Alle Rechnungen dieser Leute werden beglichen werden. Bitte, reden Sie, Herr Quaderna!« sagte der Richter und kehrte zu dem schneidenden Tonfall von ehedem zurück, indem er mir den Titel »Dom« wieder entzog.

Mit einem Seufzer sagte ich:

»Dona Carmens Gatte, der Vater unserer Margarida, Severo Tôrres Martins, der kleine, gepflegte und gutaussehende alte Herr, von dem ich Ew. Ehren bereits erzählt habe, stand neben seiner Frau und dem Komtur Basílio Monteiro, aber er kümmerte sich nicht im mindesten um ihr Gespräch. Er beschränkte sich darauf, Geschmacksfäden zu ziehen und von

610

Zeit zu Zeit einen ungeduldigen Blick auf die Kuchen und Süßigkeiten im Nachbarzimmer zu werfen, welche die Betschwe-
stern der Gemeinde vom Morgen an für die Ankunft des Bischofs vorbereitet hatten. Der alte Herr hatte nur diese Lecke-
reien im Kopf. Er wartete beherrscht, aber doch einigermaßen
ungeduldig darauf, daß die langweiligen Kavalkaden, Festlichkeiten, großen Ansprachen und nutzlosen Gespräche endlich
zu Ende gingen, damit er sich auf das einzig Wichtige stürzen
könnte. Wie mir Dona Carmen später erzählt hat, wachte unsere liebe Margarida mit ängstlicher Aufmerksamkeit über ihn,
immer in Sorge, er könne vielleicht etwas tun, ›das die ganze
Familie mit Schande bedecken würde‹. Ich benutze die Gelegenheit, um Margarida zu versichern, daß es gar keinen Anlaß
für diese ihre Sorge gab, ihr Vater könne der Familie Schande
bereiten: hier am Ort hatten wir den kleinen alten Herrn Severo Tôrres Martins alle recht gern und erzählten uns seine
Streichlein, wie zärtliche Eltern oder ältere Geschwister einander die Streiche ihres Benjamins erzählen. Letzten Endes, Herr
Richter, kannten wir alle die Lage, in der seine Frau und er sich
befanden. Dona Carmen Gutierrez war die Tochter eines reichen Zwischenhändlers im Zuckergeschäft von Paraíba, eines
Mannes, mit dem es nach einer reichen und müßigen Jugend fi-
nanziell bergab gegangen war. Dona Carmens Heirat mit dem
reichen Sertão-Gutsbesitzer Severo Tôrres Martins – damals
45 Jahre alt, und 30 Jahre älter als sie – war das einzige Mittel gewesen, um den Ruin der Familie Gutierrez abzuwenden.
Jetzt, im Jahre 1935, war Dona Carmen eine Frau von vierzig
Jahren. Sie trug noch immer die Mode und den Putz aus der
Zeit, in der sie junges Mädchen gewesen war. Sie war mager
und hatte dünne krumme Beine. Das Haar trug sie in Fransen in
Augenhöhe gekämmt. Das übrige Haar war nach der Nazare-
nermode geschnitten, umsäumte ihr Gesicht und bildete zwei
schwarze Bögen, die von ihrem Kopf ausgingen, wo sie ein
Scheitel teilte, und bis auf die Mitte der Wangen reichten. Ihr
Gesicht und ihr ganzer Körper waren fein und mager, ihre Au-

gen groß, schwarz und quollen etwas vor. Und da die Arme, die ihre magere Büste umgaben, ebenfalls fein und gebogen waren, sagte Dom Eusébio ›Dreckschleuder‹, das riesige Medaillon, das Dona Carmen an einer langen Silberkette am Halse trug, sei nur dazu da, den Leuten klarzumachen, ob sie sich von vorn oder von hinten zeigte. Eusébio pflegte hinzuzufügen: ›Diese ganze Frau besteht nur aus Klammern. Ihr Gesicht steht in Klammern – wegen der Haarfrisur. Ihr Körper steht in Klammern, weil sie Arme hat wie ein rachitischer Affe. Und da ihre Beinchen fein, haarig und halb nach innen gebogen sind, steht sogar ihre ‚Heißersehnte‘ in Klammern.‹«

Der Richter sprang vom Stuhl auf und rief halb benommen, ohne genau zu wissen, was er sagte, Margarida zu:

»Ins Gefängnis mit ihm! Verhaftet! Verhaftet!«

Margarida erschrak etwas, weil sie dachte, sie sei gemeint. Sie fragte vorsichtig zurück:

»Ins Gefängnis? Verhaftet? Wer ist verhaftet?«

»Er natürlich!« schnaubte der Richter. »Er, der ›Dom‹! Er ist verhaftet. Rufen Sie die Polizisten, Dona Margarida!«

Trotz diesen Drohworten blieb ich ganz ruhig. Ich wußte, daß Margarida ihre Mutter nicht ausstehen und deshalb von meinen Worten gar nicht beleidigt werden konnte. Was ihren Vater betraf, so mußte sie einen größeren Skandal vermeiden wollen. Ich hatte mir genau überlegt, wie weit ich gehen könnte, und so irrte ich mich nicht. Ohne mir größere oder geringere Abneigung zu bekunden als sonst, warf sie ein:

»Lassen Sie das nur gut sein, Herr Doktor! Wenn dieser Mann verhaftet wird, gibt es einen Skandal, und, wie schon gesagt, diese Dinge berühren mich nicht. Ich möchte nur wissen, ob das, was er sagt, für die Untersuchung zählt oder nicht, ob ich es mitschreiben soll oder nicht.«

»Nehmen Sie es zu Protokoll! Zumindest gibt es eine Vorstellung von dem Charakter dieses Menschen.«

»Nicht von *meinem* Charakter«, protestierte ich. »Höchstens von dem von Dom Eusébio ›Dreckschleuder‹, der diesen

Unsinn aufgebracht hat. Ich meinerseits habe nie schlecht von Dona Carmen gesprochen; sie war meine Freundin und unsere Gefährtin bei den literarischen Zusammenkünften und Plaudereien in der Bibliothek, außerdem Mitarbeiterin an der literarischen Rätselseite, die ich in der ›Gazette von Taperoá‹ redigiere.«

»Trifft das zu, Dona Margarida?« fragte der Richter.

»Was, bitte?«

»Daß Ihre Mutter eine Intellektuelle und Mitarbeiterin an der Zeitung dieses Subjektes ist?«

»Das trifft zu. Meine Mutter hatte diese literarischen Neigungen aus Paraíba mitgebracht, und einige perverse Gemüter hier haben diese ihre Schwäche ausgebeutet.«

»Gehörte der Zeuge zu ihnen?«

»Er war der Anführer«, sagte Margarida aufgebracht.

»Beruhigen Sie sich, er bekommt schon noch sein Fett«, sagte der Richter mit der Miene eines Mannes, der eine heilige Verpflichtung eingeht, obwohl ihm solch eine umgangssprachliche Redensart entschlüpft war. »Sie können fortfahren, Herr Pedro Dinis Quaderna!«

»Sehr wohl, Ew. Ehren. Wie schon erwähnt: trotz diesen eben genannten körperlichen Eigenschaften trug Dona Carmen einen kurzen Rock und eine am Gürtel weite und an den Schenkeln enge Bluse, wie sie 1920 in Mode war. Sie pflegte auch ein großzügiges Dekolleté zu tragen; es gab den Ansatz und die eine Hälfte ihrer mageren Brüste frei, die stets zum Teil geschützt wurden von dem riesengroßen Medaillon, von dem Dom Eusébio ›Dreckschleuder‹ sprach. Es hing an einer Silberkette und lag genau an der Stelle, an der normalerweise die Talsenke der Brüste beginnen mußte, falls diese bei ihr etwas ausgeprägter vorhanden gewesen wären. Vielleicht wegen dieser ›gewagten‹ Aufmachung stießen ihr so viele Abenteuer zu, entkam sie immer ›um Haaresbreite‹ der Gefahr, Opfer eines Hinterhalts zu werden. Es verging kaum ein Tag, an dem Dona Carmen nicht die für alle anderen Frauen so friedliche Straße betrat und anschließend zu Hause oder in der Bücherei eine Schreckensgeschichte erzählt hätte, die ihr ›um ein Haar‹ zugestoßen war. Immer tauchte irgendein Unbekannter, ein Wurzelsepp aus dem Hinterland oder ein Sittenstrolch auf, verfolgte sie und würde einen Anschlag auf ihr Schamgefühl verübt haben, wenn sie ›nicht rechtzeitig so energische Gegenmaßnahmen getroffen hätte‹. Zu den weiteren wichtigen Merkmalen der Persönlichkeit Dona Carmens gehörte es, daß sie gegen 1919 oder 1920 mit ihrem Mann eine Europa-Reise unternommen hatte, die man laut Professor Clemens ›nicht mehr loswerden konnte‹. Alle Augenblicke zog Dona Carmen diese Europa-Reise zur Unterstützung ihrer Ansichten über Theater, Musik, Mode, Literatur und sonstige Geschmacksfragen heran. Nun gut: an jenem Abend unterhielt sie sich mit dem Komtur Basílio Monteiro. Ab und zu verbeugte sie sich tief. Diese Geste hatte sie sich angewöhnt. Sie zeigte je nach der Lage bald den tiefen Schmerz an, der sie bei einer traurigen Mitteilung durchdrang; bald ein gewaltiges Erschrecken; bald eine respektvolle Verbeugung trotz der abweichenden Meinung, die sie sich zu den Ansichten des Sprechers vorbehielt; bald ihr Gelächter über einen ›geistvollen Einfall‹, ein so starkes, konvulsivisches Gelächter, daß sie keine Kraft besaß, es in vertikaler Haltung anzustimmen. In solchen Augenblicken pflegten die Männer, die den Vorzug hatten, Dona Carmens Gesellschaft zu genießen, aus purer wissenschaftlicher Neugier Hals und Augen zu recken und den Versuch zu unternehmen, etwas von dem zu erspähen, was sich unter dem Dekolleté verbarg – oder auch nicht verbarg –, denn in solchen Momenten entfernte sich das Kleid von der Büste und gab einen Blick in die Tiefe frei. Leider jedoch pflegte Dona Carmen genau in diesem Augenblick das Medaillon mit ausgestreckter Hand gegen ihre Brust zu drücken, mit einer Gebärde, die wie das ›mea culpa‹ eines Paters während der Messe aussah, dergestalt daß sie auf diese Weise die Überraschungen versteckte, die sich unter dem Kleid befanden.«

»Lassen Sie diese Einzelheiten beiseite und kehren Sie zu der Geschichte zurück!« versetzte der Richter streng.

Ich gehorchte:

»Im Besuchssalon des Pfarrhauses sprach soeben der Komtur Basílio Monteiro, und sein Gesprächsthema war, wie nicht anders zu erwarten, des auferstandenen und auf seinem Schimmel reitenden Sinésio Ankunft in unserem Städtchen.

›Niemals hätte ich ein solches Ereignis erwartet, meine liebe Dona Carmen‹, meinte der Komtur. ›Ich bekenne Ihnen, daß ich, obwohl ich ein gesetzter Mann bin, drauf und dran war, einen Herzanfall zu bekommen. Eines will ich Ihnen sagen: solche Dinge können sich nur hier abspielen, denn unser Brasilien ist leider ein unglückseliges Land. In einem anständigen Land, in einem zivilisierten Land wie Deutschland oder den Vereinigten Staaten, könnte so etwas nicht vorkommen; dort würde die Regierung so etwas verbieten und gleich die nötigen Vorkehrungsmaßnahmen treffen.‹

›Ganz gewiß, es kam alles so *unerwartet*‹, ergänzte Dona Carmen und unterstrich den Satz mit dem intellektuellen Tonfall der Zeitschrift ›Grenze‹, neigte ihren Oberkörper und ließ diesmal fast die Erwähnten sehen.

›Was meinen denn Sie dazu?‹ fragte der Komtur und führte seine Augen genau in dem Augenblick auf die Weide, in welchem Dona Carmen das Medaillon zwischen ihre mageren Brustkerne und das Gesicht ihres Gesprächspartners schob, auf dem die Begierde frustrierter Neugier geschrieben stand.

›O Komtur, ich kann Ihnen das kaum beschreiben. Haben Sie denn noch nichts davon gehört?‹

›Nein.‹

›Ist das denn die Möglichkeit? Wie ist das nur zu erklären? Hat man Ihnen nicht das ärgerliche Abenteuer erzählt, das mir zugestoßen ist?‹

›Leider nein, Dona Carmen. Ich habe davon kein Sterbenswörtchen erfahren.‹

›Nun, dann sollen Sie es jetzt erfahren, mein lieber Komtur. Ich stand, wie Sie wissen, auf der Tribüne, als diese seltsamen Leute ihre wilden Tiere mitten auf dem Marktplatz freiließen und der Wirbel losging. Ich spürte eine Schwäche in meinen Beinen, wußte aber, wenn ich in Ohnmacht fiele, würden mich die Jaguare fressen, und daher beschloß ich, nicht in Ohnmacht zu fallen. Von nun an weiß ich nicht mehr ganz genau, wie die Dinge sich abgespielt haben: ich weiß nicht mehr, ob man mich halb bewußtlos von der Tribüne heruntergezogen hat oder ob ich allein heruntergelaufen bin, ich weiß auch nicht, ob ich gelaufen bin oder ob man mich in der allgemeinen Panik gestoßen hat. Ich weiß nur, daß ich, als ich wieder zu mir kam, in der Gasse stand, die vom Marktplatz wegführt, verwirrt und regungslos vor lauter Schrecken, wie wir es in den Alpträumen erleben, ohne zu wissen, was ich tun sollte, um der Gefahr zu entkommen. Plötzlich fühlte ich mich von hinten gepackt, in Schenkelhöhe oder, besser gesagt, am Gürtel, von Händen gepackt, von denen ich, da ich an solche Versuche gewöhnt bin, gleich merkte, daß es keine Menschenhände sein konnten. Entsetzt drehte ich mich um. Und wissen Sie, wer mich da gepackt hielt?‹

›Sicher war es ein Jaguar‹, sagte der Komtur, und seine Augen funkelten vor Erregung über die Geschichte.

›Nein, der war es nicht, Komtur, und das hat mich verwundert. Zwei Schritte von der Stelle entfernt, an der man die Tiere losgelassen hatte, wäre es ja nur logisch und natürlich gewesen, wenn es ein Jaguar gewesen wäre. Aber es war kein Jaguar, es war ein Hund. Ein großer, graubrauner, seltsamer Hund, aber jedenfalls ein Hund. Ich war sehr erschrocken und weiß nicht, ob ich Worte habe, um Ihnen das zu erzählen, was sich nun abgespielt hat.‹

›Erzählen Sie nur ruhig! Und seien Sie unbesorgt, Dona Carmen, hier sind Sie in sicherer Hut. Was ist denn vorgefallen? Hat der Hund versucht, Sie zu beißen?‹

›Nein, er hat nicht versucht, mich zu beißen. Es war eine

ganz sonderbare Angelegenheit. Als ich mich umdrehte, krallte sich der Hund mit den Vorderpfoten an meinem Gürtel fest. Seine Hinterpfoten standen auf dem Boden, und Sie können sich nicht die bedrängte Lage vorstellen, in die ich kam, als er sich plötzlich mit seinen Lenden auf meine Beine und meine Schenkel zu bewegte. Eine gute Weile bewegte er sie hin und her, ohne mich loszulassen, aber auch ohne mich zu beißen, und ich wußte nicht, was er wirklich im Schilde führte. Das schlimmste ist, daß ich vor lauter Schreck nicht zu reagieren und mich nicht von der Stelle zu rühren vermochte. Erst als er mich aus freien Stücken losließ, fand ich die Kraft wegzulaufen.‹

›Also hat Sie der Hund gar nicht gebissen, Dona Carmen?‹ fragte der Komtur neugierig.

›Nein, er hat mich nicht gebissen. Schauen Sie, Komtur, ich muß Ihnen etwas sagen: ich habe schon energische Gegenmaßnahmen gegen die verschiedensten Männertypen ergreifen müssen, weil alle diese Leute aus mir unklaren Gründen auf mich fliegen. Doch von all diesen Augenblicken war der heutige der sonderbarste und ärgerlichste. Die Sache war so ungut, daß mir als erstes, als er mich losließ, der Gedanke kam: Ein so schamloser Hund kann nicht von hier sein.‹

›Da täuschen Sie sich, Dona Carmen‹, entgegnete der Komtur. ›Sie reden so, weil Sie noch die Sertão-Hunde aus der guten alten Zeit in Erinnerung haben, die wohlgezogener und respektvoller waren als die verkommenen Hunde von heute. Die Welt ist aus den Fugen geraten, meine liebe Dona Carmen, und die Hunde von heute haben überhaupt vor niemandem mehr Achtung, sie sind alle vom Kommunismus unterwandert. Sie dürfen sich über so etwas gar nicht wundern, denn so wie die Dinge sich entwickeln, werden sich in Bälde selbst die übelsten Promenademischungen des Sertão die größten Unverfrorenheiten herausnehmen. Wenn es noch ein ordentlicher Hund wäre, ein zivilisierter Hund wie die deutschen Hunde, dann ginge es noch. Aber nein, da nimmt sich so ein schäbiger Köter, irgendeine hergelaufene Töle, irgendein Gebirgskläffer das Recht heraus, die Schenkel der Damen bespringen zu wollen; alles, was recht ist, das geht zu weit. Und Sie werden sehen, das ist erst der Anfang. Von jetzt an geht es immer weiter bergab mit uns. Mit dem gefährlichen Betrüger, der heute hier angelangt ist, mit dem Zigeunerpack, mit dem diebischen Negergesindel, das ihn begleitet, wird die Unordnung einen solchen Aufschwung nehmen und derart um sich greifen, daß sich in Kürze eine Dame, die auf sich hält, nicht mehr aus dem Hause wagen kann, ohne daß sich die zudringlichen Hunde an ihr vergreifen. Und das sind nur die Hunde, von den Menschen wollen wir gar nicht erst reden. Wissen Sie, daß das ganze Lumpenpack unserer Stadt außer Rand und Band geraten ist? Wissen Sie schon, was sich heute nachmittag bei unserem Fotografen, Herrn Siqueira, abgespielt hat, kurz nach der Ankunft dieses gefährlichen Burschen, von dem kein Mensch weiß, wer er ist, dem das zigeunerische Negergesindel folgt?‹

›Nein, ich habe von nichts gehört‹, sagte Dona Carmen und schob ihre Glotzaugen noch weiter vor, um Interesse zu bekunden.

›Nun, dann will ich es Ihnen erzählen. Ich weiß nicht, ob Sie schon gehört haben, daß gleich nach der Ankunft des Betrügers ein gewisser Nazário Moura auf seinem Krankenwagen im Ort erschienen ist, ein alter Narr, den die unwissenden Leute hier in der Stadt für einen Propheten halten. Er schrie auch gleich allerlei Unsinn, was den Aufruhr noch vermehrte. Als er seinen Unfug zum besten gegeben und den gleichwertigen Narreteien von Pedro dem Blinden zugehört hatte, schob ihn seine Tochter Dina-tut-mir-weh wieder vom Marktplatz. Als sie in die Nähe von Binos Verkaufsstand kamen, schickte der Prophet Nazário Moura seine Tochter aus, ihm eine Rolle Tabak für seine Zigaretten zu kaufen. Da stieß eine Bande von Müßiggängern, angeführt von ‚Laus‘, einem Bäckergehilfen, den Krankenwagen die abschüssige Gasse hinunter. Herr Siqueira fotografierte eben die alte Witwe Dona Francisquita Gabão; sie trug einen schwarzen Hut und einen schwarzen Schleier, hielt ihren schwarzen Sonnenschirm auf den Boden gestützt und saß ganz gespannt und wohlanständig vor dem Photokasten im Vorderzimmer von Herrn Siqueiras Haus, das ihm, wie Sie wissen, als Atelier dient. Sie wissen auch, daß die beiden ziemlich schwerhörig sind, und deshalb wird es Sie nicht erstaunen, daß sie weltenweit entfernt waren von der Verwirrung, die unser Städtchen erfaßt hatte. Herr Siqueira ist ein ernsthafter, bedächtiger Mann und wie wir alle entsetzt über eine Welt, in der sogar die Sitten der Sertão-Hunde subversiv verwildern. Nun gut: in eben diesem Augenblick hatte Herr Siqueira seinen Kopf in den schwarzen Balg des Photokastens hineingesteckt, der auf einem Dreifuß stand. Er steckte unter dem schwarzen Tuch der Photographen und wollte eben die Aufnahme machen. Genau in diesem Augenblick kam der Krankenwagen, der auf seiner Fahrt Geschwindigkeit gewonnen hatte, den Abhang herunter, und auf ihm saß der Prophet, der schrie und um Hilfe rief; der Wagen schlug auf dem Geländer der Gasse auf und katapultierte besagten Nazário Moura in Herrn Siqueiras Atelier. Der Prophet fiel mit seinem Corpus genau auf den Photoapparat und mit den Füßen ins Gesicht unseres ehrenwerten Mitbürgers, der ob der Wucht des Stoßes zu Boden stürzte. Mit den Beinen strampelnd und in höchst ärgerlicher Stellung gegenüber einer Dame aus besseren Kreisen, schrie Herr Siqueira, erstickend an seiner Entrüstung und an dem schwarzen Tuch: ,Zu Hilfe! Es regnet Krüppel! Das ist Kommunismus! Bis jetzt, Dona Francisquinha, habe ich die Kampagnen des Kommunismus gegen friedliebende Bürger immer noch ertragen, aber daß es nun auch noch Krüppel regnet, das ist zuviel! Ich wandere aus.' Und ich habe aus glaubwürdiger Quelle erfahren, daß sein Entschluß unverrückbar feststeht: er will nach Patos umziehen, wo der Kommunismus ebenfalls schon Unordnung stiftet, aber zumindest noch nicht zu dem Extrem gelangt ist, daß auf die Köpfe ordentlicher, produktiver Mitglieder der Gesellschaft Krüppel regnen. Nun sehen Sie wohl, Dona Carmen, ob ich nicht mit Recht sage, daß der Weltuntergang dicht bevorsteht, weil dieses Negergesocks und diese Betrüger in unsere Stadt eingedrungen sind.‹«

NEUNUNDSECHZIGSTE FLUGSCHRIFT
DAS SELTSAME ABENTEUER
MIT DEM OPERNPFERD

»In diesem Augenblick, Herr Richter, gelang es Dona Carmens Gatten und Vater unserer Margarida, dem alten Herrn Severo Tôrres Martins, der die Geschichte vom Photographen und das ärgerliche Abenteuer seiner Frau ungerührt überstanden hatte, die Wachsamkeit seiner Tochter zu täuschen. Er eilte im Sturmschritt zu dem Tisch mit den Süßigkeiten und bekam, noch bevor er daran gehindert werden konnte, den größten Kuchen zu packen, der in der Tischmitte stand. Er nahm sich ein faustgroßes Stück von dem Zuckerguß, der den Kuchen verzierte, stopfte sich damit den Mund voll und steckte sich gleichzeitig mit der größten Geschicklichkeit eine weitere Handvoll kleinerer Kuchenteilchen und Sahneküchlein in die Tasche. Unsere Margarida hielt es aus Angst vor einem größeren Skandal für besser, ihn gewähren zu lassen, so daß der alte Herr in der größten Glückseligkeit mit vollem Munde neben dem Tisch stehenblieb, draufloskaute und sich, das Gesicht mit Puderzucker verschmiert, die Lippen leckte. Da kam eben der Bischof in Dona Carmens Nähe, und sie machte sich diese Gelegenheit zunutze. Es gehörte zu ihren Schwächen, die ›ungebrochene Energie und völlige Geistesklarheit‹ ihres Mannes zu rühmen, die ›seinen starken und rüstigen siebzig Jahren verblieben‹ seien. So sprach sie also den Bischof an:

›Dom Ezequiel, erlauben Sie, daß ich Ihnen die Hand küsse!‹ So sprach Dona Carmen und schickte sich zum Kniefall an.

›Aber nicht doch, Sie brauchen nicht niederzuknien, meine Tochter‹, erwiderte Dom Ezequiel.

›Unbedingt. Ich knie nieder, denn ich lege großen Wert auf

die Beachtung der Hierarchie und der Kniebeugen. Ew. Exzellenz erinnern sich sicherlich nicht an mich, da Sie ein vielbeschäftigter Mann sind und ständig neue Gesichter vor sich haben. Ich bin Carmen Gutierrez Tôrres Martins, Präsidentin auf Lebenszeit der ‚Tugendhaften Damen vom Geheiligten Kelch von Taperoá‘, abgekürzt ‚Keuschleben‘, wie wir unseren Verein auch nennen. Ich war mit Ihnen zusammen, als Sie Patos einen Besuch abgestattet haben. Ich kam damals nach Patos als Vorsitzende der weiblichen Delegation von Taperoá, die Ihnen die gebührende Ehre bezeigt hat.‹

›Ach ja, ich erinnere mich genau an den Besuch in Patos‹, sagte der Bischof, ohne Dona Carmen Lügen zu strafen, aber auch ohne sich festzulegen. ›Wie geht es Ihnen?‹

›Es geht mir sehr gut, Exzellenz, und ich danke Ew. Exzellenz für Ihr Interesse und die Freundlichkeit, mit der Sie sich an die Begegnung erinnern. Haben Sie meiner in Ihren Gebeten gedacht, wie ich Sie gebeten hatte? Sie brauchen die Frage nicht zu beantworten, es ist indiskret von mir, wenn ich danach frage, ich erkenne das erst jetzt. Aber Exzellenz kennen noch nicht meinen Mann, Severo Tôrres Martins. Sehen Sie nur, hier steht er. Er ist bewunderungswürdig, Dom Ezequiel, verzeihen Sie mir diese Voreingenommenheit. Severo ist schon siebzig Jahre alt, aber er kann sich noch immer sehen lassen. Er ist so rüstig, hart und stark, daß es eine Augenweide ist. Und das Allerwichtigste ist: er befindet sich im Vollbesitz seiner geistigen Kräfte. Severinho, Liebling, sprich doch mal mit Dom Ezequiel!‹

›Ezequiel? Den kenne ich doch. War das nicht der Kuhhirt von Antônio Villar?‹ sagte der kleine Alte und trat näher, indem er sich das zuckerverklebte Kinn ableckte.

›Liebling, dies hier ist Dom Ezequiel. Dom Ezequiel, dies ist mein Mann, Severo Tôrres Martins‹, stellte Dona Carmen vor, indem sie den Irrtum ihres Gatten geflissentlich überhörte.

›Sehr angenehm. Ihr Diener!‹ sagte Severo und reichte dem Bischof wohlerzogen die Hand, wenn auch die Geste ein wenig eingetrichtert wirkte.

›Severo, küß Dom Ezequiel die Hand!‹ sagte Dona Carmen und wurde lebhafter, als sie sah, daß sich ihr Mann vorteilhaft aus der Affäre zog.

›Ich soll diesem Mannsbild die Hand küssen? Warum? Das kommt überhaupt nicht in Frage‹, sagte Severo verärgert, aber fest, wie es nach seiner anfänglichen Liebenswürdigkeit nicht zu erwarten war. Und er fügte hinzu: ›Mein Vater ist schon gestorben, warum sollte ich jetzt einem Bartträger die Hand küssen? Ich küsse sie ihm nur, wenn er mir eine Süßigkeit gibt‹, so schloß er und wollte sogleich die Gelegenheit ausschlachten, um seinen Vorrat an Gebäckteilchen und Kuchen zu vergrößern.

Der Bischof, Herr Richter, war schon drauf und dran, ärgerlich zu werden, nun aber lachte er erleichtert, weil er glaubte, Severo erlaube sich einen Scherz mit der volkstümlichen Redensart: ›Ich tue das selbst dann nicht, wenn du mir ein Zuckerl gibst.‹ Dona Carmen befand sich in dem gleichen Irrtum, oder sie wollte den Irrtum des Bischofs ausnutzen, um den Fauxpas zu vertuschen und zum Rückzug zu blasen:

›Aber Severo!‹ sagte sie. ›Immer mußt du uns mit solchen Scherzen kommen. So ist mein Severo eben, Dom Ezequiel, nehmen Sie sein Verhalten nicht tragisch! Im ersten Augenblick der Förmlichkeit schweigt er sich aus, dann aber, wenn er die Person, der er vorgestellt wird, sympathisch findet, schwatzt er drauflos wie eine Zikade.‹

Nun kam es noch schlimmer, Herr Richter. Severo war mit seinen Gedanken wieder bei den Kuchen und hatte nicht mehr auf den Sinn, sondern nur noch auf den Klang der Wörter geachtet. Das letzte Wort klang in seinen Ohren wie ›Scala‹; es rührte etwas in ihm auf und weckte kunterbunte Erinnerungen, einige bezogen sich auf den Sertão, die meisten aber auf die berühmte Europareise, die er mit Dona Carmen unternommen hatte.

›Scala?‹ fragte er und wurde wieder ganz lebendig und hellwach. ›Die habe ich doch gekannt. Das war ein Pferd. ‚Scala‘

war das Sattelpferd von Oberst Queiroga aus Pombal. Und am allermerkwürdigsten finde ich, daß es gleichzeitig ein Pferd und ein Theater war. Als wir nämlich Europa bereisten, Carminha und ich, kamen wir in eine italienische Stadt, und dort war wieder das Pferd von Oberst Queiroga und hieß ‚Scala von Mailand‘. Ich kann mich nicht mehr genau erinnern, wie das gewesen ist, weil da drüben in Europa so große Verwirrung herrscht. Aber ich kann mich noch entsinnen, daß es ungefähr so war: entweder hatte sich das Pferd in ein Theater verwandelt, oder das Theater war ein singendes Pferd. Ich weiß es nicht mehr genau, es ging dort alles so furchtbar durcheinander. Aber ich entsinne mich gut, daß es dort eine Scala gab: ich weiß nicht mehr, ob sie Kopf und Schwanz hatte, aber Stirn und Hintern hatte sie auf alle Fälle. Die Leute gingen durch die Stirn hinein und kamen aus dem Pferdehintern wieder heraus, und ich wunderte mich nur, daß ein so seriöser und besonnener Mann wie Oberst Queiroga aus Pombal erlauben konnte, daß sich das ganze Ausländervolk so große Freiheiten mit seinem Sattelpferd herausnahm. Bei mir ist das ganz anders: durch den Hintern eines meiner Pferde geht mir kein Tschusche hinein oder hinaus.‹

›Aber Schnuckelchen, was sind denn das für unsinnige Scherze!‹ rief Dona Carmen bestürzt und bereute es schon, daß sie in diesem Wespennest herumgestochert hatte. ›Mit solchen Gesprächen kommst du unserem Herrn Bischof, wo du doch sonst so respektvoll, so seriös und bei klarem Verstand bist?‹

›Biest?‹ fragte Severo gereizt. ›Ist das schwarze Mannsbild da ein Biest? Was denn für ein Biest, Carminha? Etwa eines von den Biestern, die sie heute nachmittag aus ihren Käfigen herausgelassen haben? Und wenn ja, was ist das denn für ein verteufeltes Biest, das einen schwarzen Rock trägt? Ist es eine sprechende Eselin, so ähnlich wie die singende Scala? Oder ist es einer von den stinkenden Orang-Utans, dem man einen Rock übergezogen hat?‹

›Aber um Gottes willen, Schnuckelchen!‹ sagte Dona Carmen mehr tot als lebendig.

›Aha, ich weiß schon, wer das ist‹, fuhr Severo fort, ohne sich von der Unterbrechung beeindrucken zu lassen, und bewies, daß er der Unterhaltung seiner Frau mit dem Komtur aufmerksamer gefolgt war, als man es für möglich gehalten hatte. ›Jetzt weiß ich schon, was er für ein Biest ist. Er ist ein Hund, ein Zirkushund, einer von denen, die im Zirkus im Röckchen auftreten und durchs Feuer springen. Einmal ist hier ein Zirkus durchgekommen, und da habe ich einen großen Hund mit einem Rock gesehen; der war sehr spaßig und sprang immer durch die Feuerreifen durch. Erinnerst du dich noch, Carminha? Es war ein großer Hund mit Rock, fast so groß wie dieser sogenannte Ezequiel hier. Jetzt will ich dir nur noch eins sagen, Carminha: gib gut acht auf diesen Hund im schwarzen Rock, denn diese Zirkushunde sind so behend und unverschämt wie der Teufel. Es wird doch nicht dieser Hund gewesen sein, der dich heute nachmittag auf der Gasse gevögelt hat?‹«

Ich nutzte die beiden Schrecksekunden des Richters, edle Herren und schöne Damen, die mir zuhören, und sprach wie ein Maschinengewehr weiter, um einer Rüge oder gar dem Gefängnis zu entgehen, die ich mir unvermeidlich zugezogen hätte, wenn ich die Schrecksekunden hätte enden und die Entrüstung beginnen lassen:

»Wie Ew. Ehren sehen, Herr Richter, war der Vater unserer Margarida in den unschuldigen Zustand der Kindheit zurückgekehrt, und deshalb wurde er von uns allen so sehr geschätzt, und niemand nahm ihm etwas übel oder wunderte sich über etwas, das bei anderen als ungehörig erschienen wäre. Auch Bischof Dom Ezequiel, ein grundgütiger Mensch, scheint das alles begriffen zu haben; und da er Dona Carmens ohnehin große Betrübnis nicht noch weiter vermehren wollte, benutzte er das Eintreten der beiden letzten Gäste und entfernte sich diskret. Unter den Gästen trat nun eine gespannte Stille ein. Der Bischof setzte sich ans Kopfende des großen ovalen Tisches, der für die Versammlungen der Bruderschaft diente, zu seiner Rechten Pater Renato und Pater Marcelo und zu seiner Linken Pater Daniel und Komtur Basílio Monteiro, der in seiner Eigenschaft als Präsident der Bruderschaft der Seelen das Vorrecht besaß, neben den Geistlichen die Gruppe der Laien anzuführen. Im übrigen fühlte sich der Komtur als Präsident der Bruderschaft in der Rolle eines Gastgebers; und so begann er denn seine Rede wie folgt:

›Exzellenz, hochehrwürdiger Herr Bischof, hochwürdige Patres, meine sehr verehrten Damen und Herren! In meiner Eigenschaft als Präsident der Bruderschaft der Seelen und Sohn unseres Städtchens fühle ich mich verpflichtet, die Versammlung wie ein schlichter Mann zu eröffnen, der berühmte und wichtige Gäste in seinem Hause empfängt. Ereignisse von schwerwiegender Bedeutung haben sich abgespielt und dauern immer noch an. Es scheint mir ein Wink aus den unergründlichen Tiefen der göttlichen Vorsehung zu sein, daß all dies zu unserem Glück an dem gleichen Tage geschehen ist, an dem das Musterbild eines Gottesmannes und Prälaten, Bischof Ezequiel, dieser beispielhafte Oberhirte von Paraíba, hier eintreffen mußte. Ich brauche niemandem von Ihnen zu sagen, wie blutig ernst die Lage unseres Landes ist. Der Kommunismus, dieser Wolf im Schafspelz, bereitet seinen Angriff auf die Institutionen vor, und nur die Blinden haben noch nicht die Gefahr erkannt, die uns von allen Seiten umzingelt hält und droht, Gott von den Altären zu stürzen, das Vaterland aus der Völkergemeinschaft und die Familie aus ihrer unerschütterlichen Stellung als Zentrum der Gesellschaft zu verdrängen. Der erwählte Anführer dieses Aufruhrs ist der gleiche unheilvolle Mann, den wir alle kennen, seit er 1926 durch das Hinterland unseres kleinen ruhmreichen Staates Paraíba zog und den geheiligten Boden unserer Heimat mit dem Blute der Märtyrer, der Priester, der ordnungsliebenden und friedlichen Bürger durchtränkte. Ich rufe das Blut des Paters Aristides Ferreira Leite zum Zeugen, der in Piancó von den Leuten der ‚Expedition Prestes' zusammen mit anderen heldenhaften Verteidigern der Ehre des Hinterlandes enthauptet worden ist. Damals im Jahre 1926 agitierte der unheilvolle Luís Carlos Prestes in Brasilien noch nicht im Namen des Kommunismus, sondern eines in mancher Hinsicht lobenswerten Ideals, das später in der glorreichen Revolution von 1930 Gestalt annahm.‹

Vom Klang seiner Worte hingerissen, Herr Richter, war der Komtur Basílio Monteiro weiter gegangen, als er eigentlich vorhatte, da die Mehrheit der Anwesenden der ›glorreichen Revolution von 1930‹ wenig enthusiastisch gegenüberstand. Doch das ›geheiligte Feuer des Ideals und der Beredsamkeit‹ hatte selbst den Komtur überwältigt, und so fuhr er im gleichen Tonfall fort:

›Später verließ Luís Carlos Prestes den bis dahin verfolgten Weg zugunsten des Kommunismus. Das Banner fiel ihm aus der Hand und in die Arme des großen Helden von Paraíba, den wir heute, fünf Jahre nach seinem Tode, immer noch alle beweinen, des Präsidenten João Pessoa, des größten Brasilianers, ‚des unerhörten João Pessoa‘ – um einen Ausdruck des genialen Schriftstellers Adhemar Villar zu benutzen –, des Märtyrers, der mit seinem Blute die republikanischen Freiheiten Brasiliens gesalbt hat.‹

›Bravo!‹ riefen zwei oder drei diskrete Stimmen, weit schwächer, als es der Redner erwartet hatte; er sah ein, daß er dieses umstrittene Terrain verlassen mußte, und kehrte zum Hauptthema zurück:

›Meine Damen und Herren! Jedermann weiß, daß Luís Carlos Prestes 1927 aus Brasilien verbannt und am Vorabend der Revolution von 1930 von den Aufrührern aufgesucht wurde, damit er sich noch einmal an die Spitze der Erhebung stelle. Doch er wies diese Offerte zurück, weil er sich nach seinen eigenen Worten zum roten Kredo bekehrt hatte und nur noch an eine vom atheistischen Kommunismus inspirierte Revolution glaubte, ein Regime, das er dann mit allen Kräften in unserem Vaterlande aufzurichten versuchte. Prestes hatte keine Skrupel, sich die erhebliche Geldsumme anzueignen, die ihm die Aufständischen von 1930 übergaben; und seither ist kein Tag vergangen, an dem er nicht konspiriert und den Angriff auf die Macht versucht hätte. Jedermann weiß, daß er unter dem Namen Antônio Villar als Pater verkleidet und mit einem falschen Paß erneut nach Brasilien gekommen ist. Jedermann weiß, daß er und seine Gesinnungsgenossen im Trüben fischen und einen Umsturz vorbereiten, um womöglich noch in diesem Jahr 1935 die Macht zu ergreifen und eine Sowjetrepublik in unserem Vaterland einzurichten. Das rote Gespenst des Kommunismus bedroht uns von allen Seiten. Die friedliebenden Bürger können nicht mehr arbeiten, weil Kommunisten und Unruhestifter aller Art ständig Streiks, Übergriffe und Attentate anstiften, um den Fortschritt und die produktive, geordnete Arbeit zu stören. Gerade heute war der ehrenwerte Photograph unserer Stadt, ein begüterter Mann aus guter Familie, einem dieser Anschläge ausgesetzt; ein Gleiches könnte man beinahe von einer der angesehensten Damen unserer Gesellschaft sagen. Warum können sich die Agitatoren so viel herausnehmen? frage ich. Weil wir eine Invasion erlebt haben und bedroht sind, weil unsere Felder verwüstet sind und unsere Stadt vom Aufruhr bestürmt ist. Jawohl, meine lieben Landsleute! Heute ist hier in unsere liebe Stadt Taperoá ein bewaffneter Haufen eingezogen, der in unsere Heimat Unordnung und Mord gebracht hat und das Leben der Familienväter und die Ehre ihrer Töchter und Ehefrauen bedroht. Ersten Gerüchten zufolge handelt es sich um einen Zigeunerstamm. Aber sind es wirklich Zigeuner? Wie erklärt sich dann die Frechheit, mit der sie sich vor der Obrigkeit aufgeführt haben? Die Zigeuner sind schlaue Füchse, auf die kein Verlaß ist; aber sie sind auch fügsam und suchen die Obrigkeit immer gut zu behandeln, damit man sie nicht zwingt, ihr Vagabunden- und Diebesleben aufzugeben. Falls die Nachricht zutrifft, so weiß man ja zur Genüge, daß der Zigeuner Praxedes ein gefährlicher Mann ist, der schon in mehr als einen mysteriösen Fall, in mehr als ein Verbrechen, in mehr als ein Attentat verwickelt gewesen ist. Nehmen wir an, es wären Zigeuner: wie erklärt es sich dann, daß ein Priester mit ihnen zieht, ein Mönch, ein Gottesmann, wo wir doch alle wissen, daß auf die Religiosität der Zigeuner kein Verlaß ist? Überdies sind alle diese Gesellen, die den Stamm anführen, wenn Sie den starken Ausdruck gestatten, sonderbar und verdächtig. Wer ist dieser Dr. Pedro Gouveia? Was hat es mit diesem Bruder Simão auf sich oder, besser gesagt, wer ist der Wolf im Schafspelz, der sich hinter diesem Namen verbirgt? Wissen wir doch alle, daß nicht ‚die Kutte den Mönch macht‘. Nun komme ich zu dem neuralgischen Punkt der Angelegenheit: Wer ist in Wahrheit der junge Mann, der sich hier heute für den unglücklichen Jüngling ausgibt, der vor drei Jahren, 1932, gestorben ist und mit seinem Tode die Reihe der Schicksalsschläge krönte, die über die berühmte Familie Garcia-Barretto hereingebrochen ist? Wer mag der Mann gewesen sein, der einen Schuß auf den jungen Mann abgegeben hat und gleich darauf auf geheimnisvolle Weise erschossen wurde? Meiner Meinung nach war dieses Attentat, war dieses vorgetäuschte Attentat nur eine Farce mehr, mit der die Kommunisten einen Rauchvorhang vor die Augen der achtbaren Bürger ziehen und ihnen dann Sand in die Augen streuen wollen. Die Lage ist ernst, meine Herren! Unser Land ist in zwei extreme Lager geteilt. Nach meiner Meinung ist, falls man mich nicht eines Besseren belehrt, eines der beiden Lager gefährlicher, so daß ich trotz der allgemein bekannten Ausgewogenheit meiner Ansichten fast denjenigen recht geben möchte, die zur Verteidigung von Gott, Vaterland und Familie aufgestanden sind. Tatsache bleibt jedenfalls, daß beide unversöhnlich miteinander verfeindet sind und unseren Institutionen als unversöhnliche Feinde gegenüberstehen. Was sich hier heute abgespielt hat, ist folglich ganz klar. Wer sich von den Ereignissen des heutigen Tages ein klares Bild machen will, braucht nur festzustellen, auf wessen Seite sich der Pöbel, das undisziplinierte, analphabetische Volk, dieser Schandfleck auf dem Antlitz unseres Brasilien, sogleich geschlagen hat. In England oder in den USA hätte so etwas nicht vorkommen können. Ich frage: Auf wessen Seite hat sich das unwissende, fanatische Volk gestellt? Auf die Seite derjenigen, die im Schutze der Nacht in unsere Stadt eingedrungen sind. Folglich sind sie und nicht die anderen die Revolutionäre, und ihre Gegner müssen unsere gesammelte Unterstützung erfahren. Hören Sie meinen Warnruf! Jawohl, das Schlimmste ist heute die Verblendung derjenigen, die unter uns die Säulen und Stützen der Gesellschaft sein müßten. Niemand will die Gefahr erkennen. Wenn wir so weitermachen, wird es eines Tages ein blutiges Erwachen geben, und der Feind wird in unseren Mauern stehen und die hervorragendsten Bürger des Vaterlandes füsilieren. Gewiß meinen Sie, ich übertreibe. Aber ich wiederhole meine Frage: Ist nicht Pater Aristides 1926 in Piancó von den gleichen Leuten füsiliert und blutig umgebracht worden, die heute unser Land subversiv zersetzen und aufwühlen? Also täusche sich niemand! Was hier heute geschehen ist, wiegt äußerst schwer. Die verdächtige Expedition, die in unsere Stadt eingedrungen ist, ist eine bewaffnete Kommunistentruppe, und für das Attentat gegen ihren Führer gibt es nur zwei Erklärungen: entweder ist es von gegnerischen Extremistengruppen ausgegangen oder es war, was mir wahrscheinlicher vorkommt, nur eine Farce, die ein internes Zerwürfnis verdecken sollte, das Urteil eines geheimen Revolutionstribunals über den Gestorbenen. Man muß denen, die nicht sehen wollen, die Augen öffnen und denen, die nichts hören wollen, die Ohren schärfen. Kurz vor unserer Zusammenkunft habe ich einige der besten Mitglieder unserer Gesellschaft sagen hören, das heutige Ereignis habe nichts mit den Kommunisten und der Revolution zu tun, sondern sei ein interner Familienstreit. Jedermann weiß, daß ich mein ganzes Leben lang ein Anhänger der Familie Pessoa und der Epitácio-Partei gewesen bin, die Venâncio Neiva und die alte konservative Partei der Monarchie beerbt hat. So war ich auch immer ein Gegner der edlen Familie Garcia-Barretto. Freilich ein loyaler und aufrichtiger Gegner.

Ich habe nichts zu schaffen mit den Schicksalsschlägen, die diese berühmte Familie heimgesucht haben. Was mir an den heutigen Ereignissen Sorge macht, ist das, was hinter ihnen steckt. Man sagt, die Aufrührerschar, die heute in unsere Stadt eingedrungen ist, habe nichts mit der von den Kommunisten vorbereiteten Revolution zu tun. So sagt man und verweist darauf, daß sie von einem Mönch begleitet wird. Im Gegensatz dazu antworte ich: So wie Luís Carlos Prestes als Pater verkleidet unter dem Namen Antônio Villar in Brasilien eingereist ist, kann ebensogut einer seiner Vertrauensleute verkleidet als Mönch unter dem Namen Bruder Simão vom Herzen Jesu in das Hinterland von Paraíba gekommen sein. Und selbst wenn dieser Mönch ein wirklicher Priester sein sollte, welche Garantie kann das schon bedeuten zu einer Zeit, in der selbst der Klerus, hauptsächlich die junge Geistlichkeit, von Revolutionären unterwandert ist?‹

An dieser Stelle, Herr Richter, warf der Komtur Basílio Monteiro einen vernichtenden Blick auf Pater Marcelo und Pater Daniel. Wie mir Dona Carmen später gesagt hat, bemerkte man seinen Wunsch, der Bischof möge diesen Blick auffangen und registrieren. Dom Ezequiel jedoch war ein vorsichtiger und versöhnlicher Mann: er blieb ungerührt, weil er entweder nicht recht zugehört hatte oder meinte, die Anklage sei nicht so schwerwiegend, wie es der Komtur behauptete. Dieser fuhr fort:

›Außerdem frage ich: Finden Sie es nicht merkwürdig, daß der junge Mann, der Anführer der Expedition, den Attentäter gefragt hat, wo er Antônio Villar finden könne? Sie können mir entgegenhalten, daß es hier in Taperoá auf dem friedlichen Gutshof ‚Panati‘ einen Gutsbesitzer gleichen Namens gibt, unseren ehrenwerten Antônio Dantas Villar, der wegen seiner gesellschaftlichen Stellung und seiner Familientradition über jeden Verdacht des Kommunismus erhaben ist. Aber unseren Antônio Villar, den wir alle kennen, hätte jedes Kind dem jungen Mann auf dem Schimmel zeigen können. So bleibt ganz unerklärlich, daß ihm der kurz darauf Erschossene zur Antwort gab, er wisse nicht, wo sich besagter Antônio Villar aufhalte. Die Ungläubigen können ferner fragen: Welches Interesse sollten die Kommunisten daran haben, in ein weltverlorenes Sertão-Städtchen im Hinterland von Paraíba einzudringen und es zu besetzen? Darauf möchte ich zunächst antworten, daß unsere Stadt nicht ‚weltverloren' ist und das auch in Zukunft nicht sein wird, falls die Kommunisten nicht ihren Untergang herbeiführen. Zweitens frage ich: Welches Interesse konnte Luís Carlos Prestes im Jahre 1926 daran haben, Piancó anzugreifen? Piancó ist ein Städtchen, das noch weit abgelegener und vom strategischen Standpunkt aus unwichtiger ist als unsere ruhmreiche Stadt Taperoá. Es sei nur daran erinnert, daß unser Cariri von Paraíba auf halbem Wege zwischen den beiden größten und wichtigsten kommunistischen Unruheherden Brasiliens, Natal, der Hauptstadt von Rio Grande do Norte, und Recife, der Hauptstadt des fortschrittlichen Staates von Pernambuco liegt, in zentraler und mithin strategisch bedeutsamer Lage. In Natal und Recife ist das Heer von den Revolutionären unterwandert. Dagegen wissen alle, daß die Garnison in der Hauptstadt von Paraíba, unser unbesiegtes 22. Jäger-Bataillon, verfassungstreu und den Institutionen treu ergeben ist. Dies ist der wahre Grund, weshalb die Kommunisten nicht in der Hauptstadt von Paraíba, sondern im Hinterland unseres Staates Unterstützung suchen. Man kann mir entgegenhalten, daß es in diesem Falle logischer wäre, wenn sie sich zur Invasion die Stadt Campina Grande ausgesucht hätten, die Königin des Borborema-Gebirges, die fortschrittlichste und bedeutendste des Hinterlandes. Aber ich kann auch mit Leichtigkeit den Grund erklären, weshalb sie nicht so gehandelt haben: Da es in Campina eine Kaserne und ein Polizeibataillon von Paraíba gibt, hätte die Repression nicht auf sich warten lassen. So war es viel besser, wenn sie eine kleinere Stadt angriffen und besetzten, die sich kampflos ergeben mußte, wie dies in der Tat geschehen ist, und nun als Ausgangspunkt für den Angriff auf

Campina Grande und später auf die Hauptstadt dienen kann. Hat nicht 1912 die revolutionäre Truppe der Sertão-Führer Dr. Dantas und Lizentiat Santa Cruz so gehandelt? In frischer Erinnerung sind uns noch Szenen der Plünderung, der Gewaltanwendung gegen Leben und Eigentum, der Angriffe auf Ehre und Schamgefühl, die sich in unserem Städtchen abgespielt haben. Der Neger Vicente, Senhor Hino, Germano, Severino ,Mütterchen' und andere befehligten die Aufrührer unter dem Oberbefehl zweier Sertão-Anführer, die sich nicht geschämt haben, Tradition und Bildung ihrer Familie zu besudeln, indem sie sechs Städte des Hinterlandes überfielen und eroberten. Erinnern Sie sich nur daran, daß diese beiden Führer achthundert Bewaffnete aufboten und Monteiro, São Tomé, Taperoá, Patos, Soledade und Santa Luzia do Sabugi angriffen und einnahmen. Sie überfielen auch noch eine siebente Stadt, Vila Real de São João de Cariri, und bereiteten so die Eroberung von Campina Grande vor, als das Heer eingriff und die Revolutionäre von 1912 auseinandertrieb. Entsinnen Sie sich, daß diese Vorgänge keine isolierten Episoden darstellen, denn im ,Zwölfer-Krieg' wirkte bei den Sertão-Kämpfen und -Aufständen ein Sohn von João Duarte Dantas mit, der später, im Jahre 1930, den Präsidenten João Pessoa ermorden sollte und damit den Politmord beging, der die Revolution von 1930 auslöste. Ich weiß, daß es in dieser illustren Versammlung untadelige Persönlichkeiten gibt, die Gesinnungsgefährten der beiden Rebellenführer gewesen sind. Ich meine freilich keinen der Anwesenden, die immer auf der Seite des Gesetzes gestanden und die Revolution von 1912 nicht gutgeheißen haben.‹

›Da irren Sie sich‹, versetzte Oberst Joaquim Coura sogleich. ›Sie haben davon gesprochen, daß Sie immer ein Parteigänger der Pessoas gewesen sind. Ich meinerseits war immer ihr Widersacher. Hier in der Stadt bin ich seit früher Jugend immer den Garcia-Barrettos gefolgt, seit den Zeiten des Barons von Cariri, des Vaters unseres Anführers Pedro Sebastião Garcia-Barretto, der 1930 von Agenten der Regierung von Paraíba enthauptet wurde. Was die Revolution von 1912 betrifft, so bin ich sehr stolz darauf, an ihr teilgenommen zu haben. Ebenso wie ich stolz darauf bin, am ‚Krieg um Princesa' teilgenommen zu haben und dies immer auf der Seite der Dantas, des Obersten José Pereira und der Garcia-Barrettos.‹

›Ich auch! Ich auch!‹ echoten verschiedene Stimmen in recht feindseligem Ton.

›Lassen wir das, denn jetzt bereitet uns weder der Zwölfernoch der Dreißiger-Krieg Sorgen‹, sagte der Komtur. ›Ich gehe zu einem Beispiel aus Ceará über: haben nicht die aufständischen Pilger des Paters Cícero ebenso gehandelt, als sie aus Juàzeiro auszogen, alle Sertão-Städte eroberten und bis vor die Tore von Fortaleza gelangten, der Staatshauptstadt, die sie 1913 einnahmen und plünderten? Ganz ähnlich, mit der gleichen List und Taktik verfahren die Rebellen, die heute, als Zigeunerstamm verkleidet, unsere Städte erobert haben. Bewaffnete Zigeuner? Zigeuner, die sich, wie man im Ort munkelt, mit der Waffe in der Hand gegen einen Hinterhalt auf der Landstraße zur Wehr gesetzt haben? Feststeht, daß ihr Plan geglückt ist. Unsere Polizei ist geflüchtet und hat unsere Heime und unsere Geschäftshäuser der Wut der Plünderer ausgeliefert; wir sind bereits von ihrer Gnade abhängig. Es gibt keine Obrigkeit mehr, keinen Präfekten, keinen Polizeikommissar, keine Polizei, keinen Amtsrichter, es gibt überhaupt nichts mehr. Unser Präfekt heißt jetzt Dreiecks-Luís! Polizeikommissar ist der Zigeuner Praxedes! Amtsrichter ist Dr. Pedro Gouveia! Der Schießprügel der Cangaceiros ist unser Gesetz! Eine kommunistische Republik ist in Taperoá errichtet worden. Und ich würde sogar sagen, unser Seelenhirte sei nunmehr Bruder Simão, wenn uns nicht noch die Gestalt unseres Bischofs geblieben wäre, der wie ein Blitzstrahl die Finsternisse erhellt, genau im rechten Augenblick eingetroffen ist und unserem Schifflein den Weg zum Hafen zeigen kann. Dies ist der Grund für unsere Versammlung. Wir warten nun auf das Wort unseres hochehrwürdigen Herrn Bischofs, um seiner Leitung und dem

Kurs blindlings zu folgen, dessen Linien er gewiß schon in den Schubläden seines privilegierten Geistes und im Schrein seines väterlichen Herzens entworfen hat.‹«

SIEBZIGSTE FLUGSCHRIFT
DER WOLLIGE WIDDER

»Der Komtur setzte sich, Herr Richter, und in einer Atmosphäre allgemeiner Erwartung erhob sich Dom Ezequiel, um uns ›den Weg zum Hafen zu weisen‹. Wenn er jedoch, wie der Komtur sich ausgedrückt hatte, einen sicheren Kurs in den Schubläden seines Geistes und im Schrein seines väterlichen Herzens entworfen haben sollte, so erfuhren wir leider nie, wie er aussah. Denn als er sich eben zu reden anschickte, vernahm man ein heftiges Gepolter an der Vordertür des Pfarrhauses, die bis zu diesem Augenblick verschlossen geblieben war. Bei der Heftigkeit des Schlages sprang das Schloß samt einem Stück seiner Holzverankerung ab. Da gewahrten die Herrschaften im Saal, deren Nerven ohnehin von den Vorgängen im Städtchen stark angespannt waren, Arésio Garcia-Barretto, der mit seinem Halbstiefel die hölzerne Türeinfassung eingetreten hatte und dabei aus dem Gleichgewicht geraten war. Der Tritt war so heftig gewesen, daß sein Fuß schon im Saal stand. Die schwere Holztür krachte gegen die Wand und kehrte mit Heftigkeit zurück. Er hielt sie mit der Hand fest, brachte sich wieder ins Gleichgewicht und trat nun ganz in den Saal; sein Gesichtsausdruck erschreckte alle, die ihn kannten. ›Er hatte völlig den Verstand verloren‹, erklärte später der Komtur unter dem Eindruck von Arésios Gewalttätigkeit. Ich bin Ihnen jedoch Worte der Aufklärung schuldig, die sein Verhalten verständlich machen oder gar rechtfertigen können. Der älteste Sohn meines Paten war damals fünfunddreißig Jahre alt und eher groß als klein. Aber er war so ›knochig, untersetzt und stämmig‹, daß der Eindruck aufkam, er sei kaum überdurchschnittlich groß. Jedermann, der ihn ansah, bemerkte sogleich, daß er mit außerordentlicher Körperkraft ausgestattet war; diese Kraft wurde gefährlich gesteigert durch die Wildheit seines unbeherrschten Temperaments. Er war dunkelhäutig, blickte düster drein und hatte reiches schwarzes Lockenhaar. Er trug einen dichten schwarzen Bart. Dieser war nicht fein wie der Gustavos, sondern hart und kraus und sorgfältig rasiert, mit Ausnahme des schwarzen, fast rechteckigen Schnauzbarts, der in Mundgröße geschnitten war und fast die ganze Oberlippe bedeckte. Auch seine Augenbrauen waren dicht und wuchsen tiefschwarz zusammen, und der verkniffene und verschlossene Ausdruck seines Gesichts verstärkte noch den Eindruck der Wildheit. Er trug Wäsche aus grauem Kaschmir, und unter den schneeweißen Ärmeln seines Hemdes gewahrte man seine dikken, haarigen und knotigen Handgelenke, die in eine vierschrötige Hand ausliefen, deren Rücken ebenfalls stark behaart war. Dom Eusébio ›Dreckschleuder‹, der die Angewohnheit besaß, unpassende Vergleiche anzustellen, und Arésio nicht ausstehen konnte, pflegte zu sagen, er sehe aus wie ›das Kreuzungsprodukt einer Eselin und eines schwarzen Wagens‹ oder eines ›wolligen schwarzen Widders, der sich mit einem Weibsteufel in Ziegengestalt gepaart hat‹. Trotz Dom Eusébios Übertreibungen und loser Zunge wußte ein Meister der Astrologie wie ich sogleich, daß er mit diesen Worten der Wahrheit näher kam, als man dachte. Arésio, der am 22. März 1900 geboren wurde, hatte bei seiner Geburt die unheilvolle Einwirkung des Planeten Mars erfahren und stand unter dem Tierzeichen des Widders, was Dom Eusébios Ausdruck ›Kreuzungsprodukt von Widder und Weibsteufel‹ verständlich macht. Wie Ew. Ehren sicherlich wissen, ist Mars, ein am fünften Himmel beheimatetes Gestirn, ein glühender, trockener Feuerstern, nächtlichen und männlichen Charakters. Die unter seinem Einfluß Geborenen sind von mittelgroßer bis großer Statur, haben schwarzes oder rotes Haar, das zuweilen glatt, zuweilen lockig ist, ›immer aber kurz, hart und bürstenähnlich‹, wie man aus dem ›Ewigen Mondkalender‹ ersehen kann. Der Körper der ›Marsmenschen‹

verrät Brutalität: der Kopf ist stark, der Rumpf vierschrötig und behaart, die Augen sind durchdringend und blicken starr, die Stimme ist stark und metallisch. Sie sind immer mutig, aber roh und aggressiv und neigen zu Reizbarkeit, zu Haß und Grausamkeit. Sie setzen ihre Herrschlust durch und werden vom Blute ihres Planeten getrieben, die Forderungen ihrer heftigen Sinne zu befriedigen – und dies in allem auf brutale Weise – im Spiel, in den Genüssen der Liebe, im Trunk und in den Orgien, denen sie sich hingeben. Ihre Lieblingsspeise ist blutiges, halb rohes Fleisch, vor allem Wildfleisch, sowie alle übrigen stark gewürzten Gerichte. In guten Fällen gehen aus dem ›Mars-Kontingent‹ der Menschheit die großen Krieger, die Soldaten und – hier im Hinterland – die großen Cangaceiros hervor. In jenen Fällen, wo der Marseinfluß eine kleine Seele und eine kleinliche Veranlagung erfaßt, kommen Schmiede und Schlächter auf die Welt, die in Ausübung ihres Berufes das Marsgelüst nach Blut, Metall und schneidenden Instrumenten stillen. Andererseits, Herr Richter, war im Falle Arésios der Marseinfluß besonders heftig, denn das Tierkreiszeichen, in welchem er am mächtigsten wirkt, ist eben der Widder, dessen Element das Feuer, dessen Stein der Rubin ist – ein roter, heißer Stein –, dessen Metalle Eisen, Magnetstein, Quecksilber und Stahl sind, dessen Farbe Blutrot ist. Bei wem sich so das Tierzeichen des Widders mit einer schlimmen Konjunktion feindlicher Planeten verbindet, der neigt zu unkontrollierter Gewalttätigkeit, zu Egoismus, zu Gefahr, zu Sinnlichkeit und Wollust, zu heftigen Raufereien und zu Orgien, er kann sich den größten Ausschweifungen hingeben und bis zu blutigen Verbrechen gelangen. Das Tierzeichen des Widders wirkt nämlich auf Galle, Blut, Nieren und Geschlechtsteile, und sein Einfluß ist vor allem in der ersten Dekade heftig und ›kritisch‹, wenn ›Mars im Zenit steht‹, was genau am 22. März der Fall ist, dem Geburtstag meines Vetters Dom Arésio Garcia-Barretto, des Widderfürsten aus meinem unheilvollen Epos. Nur weil sie keine Sachverständigen in Astrologie waren, konnten also die

Menschen im Saal über Arésios unerwartet brutale Geste erstaunt und entsetzt sein. Die Versammelten waren ihm samt und sonders günstig gesonnen bei seinem Konflikt mit dem Vater und dem jüngeren Bruder wegen der Erbschaft des ›Gefleckten Jaguars‹ – zumindest brachten sie ihm wohlwollende Gleichgültigkeit entgegen. Bischof Dom Ezequiel, ein alter Herr von gütigem Charakter, der in ein sanftmütiges Greisenalter eingetreten war, wurde im ganzen Sertão als ein Muster an Tugend geschätzt. Eben auf den Bischof aber ging Arésio nach seinem Eintritt in den Saal mit geistesabwesenden Augen los. Aller Augen waren auf ihn und nur auf ihn gerichtet. Zielscheibe der Aufmerksamkeit, Nächstbetroffener von den Ereignissen des Nachmittags und von Sinésios Ankunft, erschien er nun auf diese gewalttätige Weise in der Öffentlichkeit und brach unverhofft in eine Versammlung ein, zu der man ihn nicht eingeladen hatte, einmal, weil niemand wußte, wo er sich aufhielt, und zum anderen, weil ihn alle fürchteten. Arésio schritt auf Dom Ezequiel zu und behielt beim Schreiten eine seltsame Gebärde bei; wie alle später erklärten, hielt er den linken Arm fast in Schulterhöhe erhoben und nach vorn ausgestreckt, und seine geöffnete, nach oben gekehrte Hand deutete auf den Bischof. Als er zu Dom Ezequiel gelangte, reichte ihm dieser die Hand, als ob er ihm den Bischofsring zum Kuß darbieten wolle, obwohl die Hand, mit der Arésio dies zu fordern schien, die linke war und nicht die rechte, wie es das Protokoll vorschreibt. Dann überstürzten sich die Ereignisse. Als Dom Ezequiel ihm wohlwollend die rechte Hand entgegenstreckte, ergriff Arésio sie mit der linken und zog ihn heftig auf sich zu, so daß der Bischof aus dem Gleichgewicht kam und ihm gleichsam entgegenstürzte. Doch Arésio ließ, statt ihm zu helfen, die Hand los und versetzte ihm mit der geballten rechten Faust einen heftigen Hieb ins Gesicht. Dom Ezequiel rollte zu Boden, und sein Gesicht war in Blut gebadet; es lief ihm aus der Nase und einer Wunde unterhalb des Auges. Niemand rührte sich, alle rissen sprachlos die Münder auf und waren von der Gewalttat wie gelähmt. Die Geistlichen waren die ersten, die aus der Erstarrung aufwachten, auf den Bischof zuliefen und ihm erste Hilfe leisteten. Arésio schaute sich einen Augenblick lang die Szene an, so als ob er nichts damit zu schaffen hätte. Dann drehte er sich halb um und ging, ohne mit jemandem ein Wort zu wechseln, ohne eine Erklärung für seine Handlungsweise abzugeben, auf die Tür zu, verließ den Saal und verlor sich in der halben Dunkelheit, die unsere Stadt in diesem Augenblick bedeckte.«

EINUNDSIEBZIGSTE FLUGSCHRIFT
DER FALL DES RÄUDIGEN JAGUARS

Als ich diesen Teil der Geschichte zu Ende erzählt hatte, verharrte der Richter einen Augenblick in Nachdenken, dann aber schüttelte er den Kopf und ging wieder zum Angriff über:

»Nun gut, Dom Pedro Dinis Quaderna«, sagte er. »Sie haben mir verschiedene Ereignisse erzählt, die an jenem Tage vorgefallen sind. Aber die wichtigste Persönlichkeit von allen haben Sie überhaupt nicht erwähnt.«

»Wer ist das, Herr Richter?«

»Sie selber, Dom Pedro Dinis! Jetzt sind Sie an der Reihe, und ich möchte vor allem wissen, ob es wahr ist, daß Sie sich, wie es der anonyme Brief behauptet, auf dem Felsplateau befanden, von dem aus geschossen worden ist.«

»Es ist wahr, jawohl, Herr Richter. Während sich hier in der Stadt diese erstaunlichen Ereignisse abspielten, war ich, der Prophet und epische Astrologe, der sie vorausgesehen und während der fünf Jahre, die zwischen dem Tod meines Paten und Sinésios Wiederauferstehung vergangen waren, vertrauensvoll erwartet hatte, nicht zugegen und an allem unbeteiligt. Ist das nicht sonderbar? Ich befand mich außerhalb der Stadt und war deshalb außerstande, an Vorgängen teilzunehmen, die für unser aller Leben entscheidend sein sollten, vor allem für das Epos, das ich seit so langer Zeit zu schreiben vorhatte. Sie werden mich fragen: ›Warum waren Sie nicht in der Stadt?‹ Die Antwort ist einfach: An jenem Tage hatte ich beschlossen, auf meinem geheiligten Felsen zu Mittag zu essen.«

»Das ist in der Tat höchst sonderbar. Auf einem Felsen zu Mittag essen, wo Sie doch so viele überdachte Plätzchen haben, um Ihre Mahlzeiten halten zu können. Weshalb dieser Entschluß?«

»Ab und an fühle ich mich dazu gedrungen, Herr Richter. Es ist immer eine Art Vorahnung; es kommt mich dieses Bedürfnis an, und ich sage zu mir selber: ›Heute muß ich auf meinem Felsen zu Mittag essen.‹ An jenem Tage war das wieder einmal der Fall, ich weiß nicht warum. Dieser Drang überkam mich, und plötzlich spürte ich, daß ich nicht im Städtchen bleiben dürfe. Morgens war ich mit Samuel und Clemens ausgeritten, um eine Kapelle und die Grotte der Peterquelle zu besuchen. Auf dem Heimritt hatten wir uns in der Buschsteppe verirrt. Später hatten wir mit Hilfe des alten João Melquíades Ferreira den rechten Weg wiedergefunden. Clemens und Samuel waren in die Stadt zurückgekehrt, und ich ging mit meiner mitgebrachten Provianttasche auf den Felsen und tat das, obschon ich wußte, daß ich auf diese Weise meinen Platz als Anführer der von mir so sorgfältig für 2 Uhr Nachmittag vorbereiteten Kavalkaden nicht einnehmen konnte.«

»Pflegen Sie den von Ihnen organisierten Kavalkaden immer fernzubleiben?«

»Nein. Ich glaube, es war das erste Mal, und ich glaube, es wird auch das letzte Mal gewesen sein. Ich sage das, weil Kavalkaden zu leiten eines der größten Vergnügen meines Lebens ist. In einem solchen Augenblick fühle ich mich wie Karl der Große, als er die zwölf Paladine von Frankreich befehligte, oder, um patriotischer zu reden, wie Dom Pedro I., als er die Dragoner der Unabhängigkeitserklärung befehligte; so erscheint dieser Usurpator der Krone der Quadernas auf dem Monumentalgemälde ›Der Schrei von Ipiranga‹, das der geniale paraíbanische Maler Pedro Américo de Figueiredo e Mello, der Baron von Avaí, Ritter des Rosenordens und Grande des brasilianischen Kaiserreichs, gemalt hat.«

»Das heißt also: Sie gestehen ein, daß Sie nie bei einer Kavalkade gefehlt hatten. Sie gestehen außerdem, daß Sie zu dem Ort gegangen sind, von dem aus auf den Cangaceiro geschossen wurde. Und die einzige Erklärung, die Sie für all das anführen, ist eine Art ›Vorahnung‹, die Sie überkam?«

Ich sah, daß ich mich immer tiefer in mein Unglück hineinritt, so daß mir nur der Weg übrigblieb, meine Karten klarer aufzudecken, um guten Willen zu zeigen. Ich beschloß, in meinen Bekenntnissen einen Schritt weiterzugehen:

»Herr Richter, da niemand besser als ich die Rätsel und dunklen Ziele hinter den Vorgängen meiner Geschichte kennt, da mir die geheimen Fäden bekannt waren, die alle Ereignisse miteinander verknüpften, da ich auch die Rolle kannte, die ich im ›Krieg des Reiches‹ und in der ›Neuen Suchfahrt nach dem Sertão-Reich‹ zu spielen hatte und habe, kann ich meine damalige Abwesenheit vom Städtchen nur dem verborgenen Willen der göttlichen Vorsehung zuschreiben. Dieser ist um so augenfälliger als es, wie schon gesagt, das erste Mal war, daß ich einer Kavalkade fernzubleiben wagte. Ich war im übrigen umsichtig genug gewesen, meinen Brüdern, welche die Rolle des Maurenkönigs von der roten Partei und die des Christenkönigs von der blauen Partei spielten, einzuschärfen, sie sollten bei ihren Reitmanövern keine Figur zeigen, die als Vasallenhuldigung gegenüber dem Präfekten und dem Bürgermeister ausgelegt werden konnte. Ich kenne die Menschheit gut und wußte, daß der Präfekt, der Bürgermeister oder ein anderer städtischer Würdenträger beim ersten Schwächezeichen der Familie Quaderna sogleich eine Verschwörung anzetteln und ihre Wühlarbeit beginnen würden, um den Thron von Cariri zu usurpieren, einen Thron, den ich seit dem Tode meines Paten mit den übrigen Thronen eines Genius des brasilianischen Volkes, eines Königs des fünften Reiches im Sertão, eines Kaisers des Heiligen Geistes und des Siebengestirns des Skorpions mit der

Würde eines Propheten und Hohenpriesters der katholischen Sertão-Kirche verbinde. Deshalb sollten sich im Augenblick der Begrüßung die Spielteilnehmer nicht zur Tribüne umwenden. Beruhigt durch diese Vorsichtsmaßnahmen, glaubte ich mich berechtigt, meiner Vorahnung nachzugeben und auf dem Felsplateau zu Mittag zu essen. Wenn ich nun bei einer so wichtigen Gelegenheit die Stadt verließ, Herr Richter, geschah dies einmal wegen der geheimen Pläne der Vorsehung und zum anderen, weil der Vorabend des Pfingstfests in der Liturgie meines Sertão-Katholizismus ein hochwichtiger, ein entscheidender Tag ist, weil ihm astrologische, maurenkreuzritterliche und negerrote Rituale zugeordnet sind.«

»Ausgezeichnet, dieser sogenannte Sertão-Katholizismus interessiert mich sehr, denn meiner Meinung nach ist Ihre Kirche durch ihre Riten eng mit dem Tod des enthaupteten Königs, Ihres Paten, und mit der Wiederauferstehung des sogenannten Strahlenden Fürsten vom Sertão-Banner verbunden. Wie sind Sie zu der Gründung dieser neuen religiösen Sekte gekommen?«

»Herr Richter, die Schöpfung meiner Sertão-Kirche ähnelt sehr der Schöpfung meiner epischen Dichtung. Es war gleichzeitig eine Frage des Glaubens, des Blutes, der Wissenschaft, des Ingeniums und des Planeten. Den Anlaß lieferte das von mir ererbte Blut vom Stein des Reiches, eine Glaubenskrise, eine mir zuteil gewordene Vision und die Einwirkung der Tierkreiszeichen auf die Widrigkeiten meiner Lebensirrfahrt, die mich über alle Wege und Unwege unseres alten Sertão von Nordparaíba führte. Ich weiß nicht, ob ich Ihnen schon erzählt habe, daß mich mein Vater dazu bestimmt hatte, der Geistliche der Familie Quaderna zu werden.«

»Doch, aber Sie haben sich nicht auf Einzelheiten eingelassen«, sagte der Richter.

»Ich habe mehrere Jahre im Priesterseminar verbracht, Herr Richter. Aber später entdeckte ich, daß mir die Berufung fehlte, und trat wieder aus.«

»Hier in der Stadt heißt es aber, Sie wurden aus dem Seminar ausgestoßen.«

»Ja, und das eben hat mich entdecken lassen, daß mir die Berufung fehlte und ich das Seminar besser verlassen sollte. Ich wollte nun erzählen, daß ich in meiner Seminaristenzeit von hier aus nach Campina ritt, um dort den Zug nach Paraíba zu erreichen. Sagen Sie, Herr Richter: Haben Sie schon die Flugschrift gelesen, die den Titel trägt: ›Der Student, der sich dem Teufel verkaufte‹?«

»Nein.«

»Lino Pedra-Verde hat diese Geschichte eines Tages in Reime gebracht und daraus die ›Romanze‹ gemacht, die ich drucken ließ und hier auf dem Markt verkaufte. Es ist ein Prachtstück, Sie müßten es sehen! Alles spielt in Spanien: der Student bezieht die Universität Salamanca, und auf der Landstraße gibt ihm der Teufel einen Spiegel zum Austausch für seine Seele. Seit ich diese Geschichte gelesen habe, war mir klar, daß Spiegel mit dem Teufel verbunden sind, mit den Machenschaften des Teufels und dem diabolischen Besitz der guten Dinge des Lebens, also Macht, Geld, Frauen, Kronen, Zauberpferden, Schätzen usw. Seither führe ich immer einen Spiegel bei mir, vor allem, wenn ich über die Landstraßen des Sertão ziehe.«

Der Richter sprang abermals auf mich zu:

»Was?« rief er aus und rollte die Augen. »Das heißt also, daß Sie immer einen Spiegel in der Tasche tragen?«

»Das tue ich, gewiß«, versetzte ich erschrocken.

»Sagten Sie nicht, daß die Lichtzeichen, die den Cangaceiro in den Tod lockten, mit einem Spiegel hervorgerufen wurden?«

»Jawohl, das habe ich gesagt«, erwiderte ich abermals verblüfft, weil es ein weiteres fatales Zusammentreffen war, das ich vorher nicht beachtet hatte.

»Na schön, dann darf es Sie nicht wundern, daß mich das beeindruckt. Aus der Nähe des Felsplateaus kamen die mit einem Spiegel bewirkten Lichtsignale, und Sie befanden sich auf dem

Felsen und trugen einen Spiegel in der Tasche. Schreiben Sie das auf, Dona Margarida! Vortrefflich! Jetzt können Sie mit der Erzählung Ihrer Vision fortfahren, Dom Pedro Dinis Quaderna!«

Ich spürte, wie der Druck in meiner Magengegend zunahm, und fuhr fort:

»Herr Richter, ich garantiere Ihnen dafür, daß das ehrwürdige, altersgraue Priesterseminar von Paraíba, das in einem Franziskanerkloster aus dem achtzehnten Jahrhundert untergebracht ist und in der Nähe des Pulverhauses liegt, wo Sinésio tot aufgefunden wurde, meine Universität, die Universität von Salamanca meines Lebens gewesen ist. Zu der Zeit, als ich es besuchte, wanderte ich eines Tages über die Landstraße und blieb erschöpft neben einem kleinen Steinhügel stehen, um auszuruhen und zu Mittag zu essen. Der Steinhügel lag neben einem Scheideweg. Es war schon fast Mittag, und die Sonne brannte glühend vom Himmel. Ich setzte mich unter einen Imbu-Baum, der dort den Steinen Schatten spendete, und beschloß, meinen Körper vor dem Essen ein bißchen abzukühlen. Augenblicke zuvor hatte ich, als ich mein Pferd absattelte, ein metallisches Klirren in der Satteltasche vernommen. Ich griff hinein und sah, daß sich das Päckchen, in dem ich meine Rasiersachen bei mir führte, geöffnet hatte. Ich zog diese Utensilien hervor, setzte mich unter den Imbu-Stamm, lehnte den Spiegel gegen ihn und ergriff, während ich meinen Körper abkühlte, das Rasiermesser und begann es an meinem Lederriemen zu schärfen. Da, Herr Richter, führten Zufall und Verhängnis vier gefährliche, geisterbeschwörende Dinge zusammen: einen Scheideweg an einer Sertão-Landstraße, eine Messerklinge, einen Spiegel aus Stahl und Kristall und schließlich Leder mit Schmirgelstreifen. In meiner unvorsichtigen Verblendung ließ ich das Messer auf dem Riemen hin und her gleiten. Da fiel mein Auge zufällig auf den Spiegel, den ich mir gegenüber gegen den Baumstamm gelehnt hatte. Im gleichen Moment sprang ich auf und stieß einen Schreckensruf aus: im Spiegel zu-

rückgeworfen, erschien die Gestalt eines Jaguars auf der Landstraße. Entsetzt drehte ich mich zu der Stelle um, an der, nach
dem Spiegelbild zu schließen, das Raubtier stehen mußte, und
erblickte – nichts. Wo mochte der Jaguar stecken? Sollte ich
mich getäuscht haben? Rasch schaute ich von neuem in den
Spiegel: da war wieder der Jaguar. Ich kehrte mich zum zweiten
Mal um – wieder nichts. Oh, Herr Richter, das war einer der
schlimmsten Augenblicke meines Lebens. Erst später – im Verlauf meiner Fahrt mit Sinésio – lernte ich Macht und diaboli-
sche Kraft des Spiegels in ihrem vollen Ausmaß ermessen; das
werde ich später erzählen, wenn ich Ew. Ehren von unserem
höllischen Eindringen in das gefährliche Reich des Gebells berichte. An jenem Tage jedoch bemerkte ich sogleich, daß der
von mir wahrgenommene Jaguar eine typische ›Spiegelvision‹
war, ähnlich derjenigen, die der Teufel dem Studenten von Salamanca auf den staubigen Straßen Kastiliens verschafft hatte.
Ich nahm mein Herz in beide Hände, faßte neuen Mut und beschloß, das Schicksal herauszufordern und die Vision zu überprüfen. Diesen Entschluß sollte ich bitter bereuen. Ich betrachtete abermals den Jaguar, diesmal sehr vorsichtig. Am meisten
erschreckte mich, daß er nicht wie ein gewöhnlicher Jaguar aussah. Es war keineswegs ein Jaguar, der zwischen Steinen,
Buschsteppen oder Dornen des Sertão über Straßen oder
Feldwege irrt. Es war etwas vorgefallen: entweder der Jaguar
war in der Zwischenzeit zwischen meinem ersten und meinem
zweiten Hinschauen gewachsen, oder er war schon vorher so
unförmig gewesen, und ich hatte es im ersten Augenblick nicht
bemerkt. Tatsache ist jedoch, daß ich jetzt entdeckte, daß der
Jaguar von den Steinen, dem Buschwald, den Straßen und der
Sonne gebildet wurde, dergestalt daß ich, als er sich in dem teuflischen Spiegel abbildete, von ihm umfangen wurde und auf
dem Fell seines Rückens lag. Sagen Sie mir eines, Herr Richter:
Hat Ihnen jemand, als Sie klein waren, die Geschichte vom
Menschentier und vom Weltentier erzählt?«

»Nein.«

»Tante Filipa hat sie mir mehrfach erzählt. Es heißt, daß das Menschentier zu Beginn aller Dinge, als es frisch von Gott geschaffen worden war, über eine Straße wanderte, wo es dem Weltentier begegnete und es mit ihm aufzunehmen wagte. Mitten im Kampf bemerkte das Menschentier, daß das Weltentier ein Weibchen war, was den Kampf für den Menschen gefährlich und ungleich machte. Aber es war zu spät. Mit ihren weiblichen Zauberkünsten umstrickte Frau Welt das Menschentier, verzauberte es und verkleinerte es schließlich so sehr, daß es in einen Menschen verwandelt wurde, und dann, als der Mensch, verglichen mit ihr, nur noch so groß war wie ein Floh, ließ sie ihn in ihren Pelz entkommen, damit er dort angekrallt leben solle wie eine Zecke. Und deshalb leben wir alle jetzt so; angekrallt, saugen wir der Welt das Blut aus und irren auf ihrem Pelz umher. Diese Geschichte erzählte ich meinem Firmpaten, dem Volkssänger João Melquíades, und er schrieb darüber einige Verse, die also lauten:

Einstmals war der Jammer groß:
Krätze, Pest und Kampfgetümmel!
Gott ging fort, verließ den Himmel,
Ließ den Angelhaken los.
Und der Mensch schritt göttlich, bloß,
Einen Sonnenweg entlang,
Und bei Sonnenuntergang
Hat er mit der Welt gerungen,
Und von ihr ward er bezwungen
Und verzaubert ganz und gar.
Und noch heute er im Haar
Dieses Untiers Kreise zieht,
Das ein schlauer Jaguar,
Den er, weil zu klein, nicht sieht
Und drum für ein Weibchen hält
Und den Namen gab: »Frau Welt«.

»Und was soll die Reimerei?« erkundigte sich der Richter.

»Nun, Ew. Ehren, das ist doch wohl klar. Genau dasselbe erblickte ich dort auf der Landstraße zum ersten Mal mit Hilfe des diabolischen Spiegels. Nun erst erkannte ich, daß ich tatsächlich nichts anderes war als eine Laus, eine blutsaugerische graue Zecke, die im Pelz des Jaguars umherirrte. Das Schlimmste jedoch ist, daß es nicht einmal ein rechter gefleckter Jaguar war, wie ihn der Prophet Nazário und Pedro der Blinde wahrgenommen hatten. Es war ein riesiger und unförmiger Jaguar, leprakrank, zahnlos, räudig und verächtlich, ein boshaftes Wesen, das zur gleichen Zeit, in der es mich einkreiste und verschlang, selber ebenfalls von einem hohlen, leeren, aschegefüllten Loch verschlungen wurde. Während der Weltenjaguar vom Loch verschlungen wurde, hob er sein blindes, boshaftes Gesicht gegen das Antlitz der Zeit auf, das ihn immer mehr versengte und mit Falten und Runzeln übersäte und in Staub, in Asche und in Räude auflöste, was ihm noch an würdelosem Leben verblieben war. Zwar konnte ich sie nicht sehen, aber ich war ganz sicher, daß in dem Pelz und zwischen den räudigen Wunden dieses grauen Pumas die lausige Rasse der Menschen umherirrte, eine ebenfalls räudige Rasse ohne Größe, die sich wie eine Affenherde idiotisch das Fell kratzte, in Gegenwart eines versengenden Sturmwinds, während sie auf den Tod wartet, zu dem sie von vornherein verdammt ist.«

Ich hatte die Erzählung meiner Vision beendet. Doch der Richter hatte offenbar gegen Ende etwas Sensationelles erwartet, denn er fragte:

»Na und?«

»Das war's«, bekannte ich.

»Nur das?«

»Wenn ich Eindruck auf Sie machen wollte, hätte ich einen grandioseren Schluß erfinden können, aber ich bin nicht hergekommen, um Sie anzulügen. Deshalb muß ich bekennen, daß nichts weiter erfolgt ist. Ich bin nicht einmal in Ohnmacht gefallen wie Pedro der Blinde, als ihn seine Vision überkam. Ich glaube sogar, ich habe ein prosaisches Nickerchen gehalten, denn ich hatte mich am Boden ausgestreckt, um über das Gesehene nachzudenken, und dabei bin ich eingeschlafen. Aber jedenfalls war es ein entscheidendes Ereignis für mich, denn von da an konnte ich das Bild des Pumas nie mehr von dem Bild der Welt abtrennen. Das Gesicht des Jaguars habe ich nie mehr so wiedergesehen wie an jenem Tage; aber ab und zu erinnert mich eine Sertão-Landschaft, die zottiger, grauer und dorniger geworden ist, weil Fackelkakteen sie überziehen, an sein räudiges Leder. Habe ich Ihnen schon erzählt, daß mich Samuel und Clemens für ganz und gar unfähig halten, der Genius des brasilianischen Volkes zu werden?«

»Mehr oder minder.«

»Aber ich glaube, ich habe Ihnen noch nicht den Hauptgrund für diese ihre Meinung genannt?«

»Wohl nicht.«

»Sie behaupten, ich sei außerstande, irgend etwas Brauchbares zu schreiben, weil ich mir im Umgang mit den Flugschriften und Romanzen vom liederlichen Leben drei schwerwiegende Fehler zugezogen hätte: die ›Verirrung ins Heroische‹, die ›Verirrung ins Obszöne‹ und das ›dämonische Spottgelächter‹. Das hat mir tiefen Eindruck gemacht, Herr Richter, denn aus dem einen oder anderen Grunde bin ich das tatsächlich geworden: ein liederlicher Galoppdichter und Spaßmacher. Ich lachte über alles, überall zeigte mir der Teufel – und zeigt mir immer noch – seinen verwünschten tausendfältigen Spiegel. Die Leute meinen, ich lache aus Freude oder Spottlust. Doch welche Freude könnte ich haben, wo ich doch nicht der Kaiser von Brasilien bin und weiß, daß mein Gelächter einer Versuchung entstammt? Mein Gelächter entsprang auch nicht der Verzweiflung: ich sehe nur den vermaledeiten Weltenjaguar in allen seinen Ausprägungen. Glücklicherweise fiel mir damals ein Buch des genialen paraíbanischen Schriftstellers Humberto Nóbrega über Augusto dos Anjos in die Hände. Ich las in diesem Buch, daß die Dichter, ›die mit Vorliebe den Weltschmerz besingen‹, zwei Gesichter besäßen: einerseits seien sie ›Spaßmacher, Gefolgsleute von Gregório de Mattos in der Kunst des Verspottens‹, andererseits sähen sie ›in der Freude eine Krankheit und in der Traurigkeit ihre einzige Gesundheit‹. Ein Dichter dieses Typus ist laut Humberto Nóbrega gleichzeitig ›pathetisch, tragisch, burlesk und geistvoll‹; er ist ein ›respektloser Satiriker‹ und auch ein ›Hypochonder, der an Melancholie leidet‹.«

»Was hat das mit dem Jaguar zu tun, den Sie gesehen haben?« erkundigte sich der Richter.

»Obwohl ich Vorkehrungen ergriffen und nie wieder zugelassen habe, daß die vier teuflischen Elemente in meiner Nähe zusammenkamen, hat mich die Vision ein für allemal in das aschegefüllte Loch geworfen; ich hatte entdeckt, daß die Welt ein räudiges Vieh ist und die Menschen blutsaugerische Läuse und Zecken sind, die auf seinem grauen Fell umherirren, auf seiner wunden, mit Schwären bedeckten Haut, die von Narben und Haarausfall gezeichnet ist, auf kleiner Flamme verbrannt von der sengenden Sonne und dem Glutwind des Hinterlandes. Im übrigen übertreibe ich vielleicht ein bißchen: ich geriet nicht eigentlich in Verzweiflung, sondern in eine Art blinder, halb irrwitziger Leere. Als ich an jenem Tage aus meinem Nickerchen unter dem Imbu-Baum erwachte, kratzte ich mich einen Augenblick, schaute mich um und versuchte, mit den Gedanken nachzuvollziehen, was ich zuvor mit dem Blute gedacht hatte. Ich spürte, daß mir etwas Entscheidendes widerfahren war. Ich wußte, ich konnte mich in Zukunft zu vergnügen versuchen, wie ich wollte, ich würde selber wie der Jaguar von jenem Höllensturm versengt. Alles, was ich an Blut und Leben besaß, würde nach und nach verbrannt, versengt und in Asche, Räude und Staub verwandelt. Ob ich es wollte oder nicht, ich war aus dem Blut des Pumas entsprungen, des blinden, räudigen Weltenjaguars. So waren mein Schicksal und mein Blut an sein Blut und Schicksal gebunden, an diesen Jaguar, der sich mühsam, ohne Größe mit seinen vier Pfoten auf der harten, trockenen Erde der Welt aufrecht zu halten versuchte, in dem Sturmwind aus Feuer und heißer Asche, der ihn versengte und in die Mitte des blinden Lochs zog, von wo aus der Sturm blies. Ich entsinne mich, daß, während ich mich mit einem entmutigten, würdelosen Entsetzen kratzte, mein beherrschender Gedanke war: Um der unheilvollen Spiegelvision auf den Steinen und Dornen des Sertão Widerstand zu leisten, hatte ich nur die vier oder fünf abstrakten Ideen, die man mir in dem alten Franziskanerkloster in den Kopf gesetzt hatte, in meiner armseligen und – wie ich jetzt entdeckt hatte – ohnmächtigen Universität von Salamanca! Nur eine Stimme hatte ich dort gehört, die Kraft besaß, um sich gegen das blinde, leere Loch der Vision zu stemmen, aus dem der trockene heiße Wind des Todes blies: es war die Stimme der Volkssänger, die wie unsere Volkssänger in der Wüste des Sertão in der Wüste von Judäa gesungen hatten, allen voran die heisere, von Glutkohlen erfüllte Stimme Jesaias und Hesekiels. Aber diese Propheten, die unserem Nazário Moura ähnelten – auch die beiden letzten und gewaltigsten, Johannes und Immanuel –, forderten im Austausch für die Kraft und teufelsbannende Macht, die sie mir geben wollten, von mir Nüchternheit, Keuschheit und Demut. Nun wissen Sie aber bereits, daß es mein größter Wunsch war, seit wir Quadernas Land und Krone verloren hatten, eine neue Gelegenheit zur Thronbesteigung zu nutzen, um mich alsdann der Völlerei, dem Wein, den Weibern und den kriegerischen Kämpfen ergeben zu können und so ein mächtiger und gefürchteter Mann zu werden. Ich wollte nicht ein vulgärer, phantasieloser Geldsack werden wie der Komtur Basílio Monteiro, weil ich mit meinem Adelsblut kein Zeug zum Bürger hatte. Es war immer mein Traum, einer der großen Herren, Cangaceiros und Fürsten zu werden, die in den Flugschriften auftraten. Das war riskant. Aber sollte ich zum Genius des brasilianischen Volkes aufsteigen, so konnte ich das alles erreichen, ohne jemanden umzubringen und ohne daß man mir selber die Kehle durchschnitt, wie es das Schicksal aller Krieger ist, die etwas auf sich halten.

Da lieh mir Samuel ein Buch von J. A. Nogueira: ›Gigantentraum‹. Darin sprach man von der Möglichkeit, ein Brasilianer
könne ein Buch mit zwei Gesichtern schreiben, einerseits voll
›patriotisch-epischen Schwunges‹ und andererseits voll ›peit-
schenden Gelächters‹, ein Buch, das ›die Wohlgelauntheit mit
einem mehr oder minder deutlich sichtbaren Hintergrund von
bitteren Kümmernissen und dunkler Melancholie‹, ein ›mond-
haft versonnenes mit einem sonnenhaft-heroischen Antlitz‹
verbinden würde. Ich erkannte, daß ich vielleicht trotz diesen
Widersprüchen in meinem Blut die Einheit und in der Kunst den
höchsten Adel des ›königlichen Stils‹ zu erreichen fähig war.
Von allen Flugschriften machten mir besonders zwei starken
Eindruck: ›Die Geschichte von Karl dem Großen und den
zwölf Paladinen von Frankreich‹ und ›Der stolze König zur
Stunde der Wahrheit‹. Aus ihrer Lektüre ersah ich, daß die
Helden im Leben offenbar nur drei Dinge trieben: wenn sie
nicht bei Tisch saßen und aßen und Wein tranken, befanden sie
sich entweder auf der Landstraße und trugen dort, auf ihren
Pferden reitend, mit Schwertern bewaffnet und mit im Winde
knatternden Fahnen Sträuße aus, oder sie lagen im Bett, bestiegen Damen und kletterten auf schutzlose Frauen und Edel-
fräulein. Das war noch ein Leben, das Leben der mittelalterlichen Cangaceiros von der Art Robert des Teufels oder der Ser-
tão-Krieger vom Schlage Jesuíno Brilhantes, Männern in Lederrüstungen, bewaffnet mit Schwertern, die sie in Damaskus
oder in Pajeú gekauft hatten; sie tranken Wein aus Pithecellobium oder Brunfelsie, siegten in tausend Schlachten und waren immer fähig, tausend Frauen zu besitzen. Auch wenn die
Frauen das anfänglich nicht mochten, am Ende fanden sie doch
Spaß daran: zunächst wegen des Ruhmes und dann, wie mir
eine frisch verheiratete Hinterländlerin in meinem ›Beratungs-
büro für Gefühlsdinge und Astrologie‹ erklärte, ›ist das Vö-
gel-Geschäft anfangs etwas unbequem, aber später ist es sogar
recht unterhaltsam‹. In dieser Zwickmühle steckte ich, als ich
entdeckte, was meine Familie bis dahin sorgfältig vor uns ver-

borgen gehalten hatte: unsere Abstammung von König Dom João Ferreira-Quaderna dem Abscheulichen.«

»Ihre Familie hatte damit hinter dem Berge gehalten?«

»Jawohl, sie hatte uns das verheimlicht. Mein Urgroßvater mit dem gotischen Blut, Pater Wanderley, der Vater meiner Großmutter, Bruna Wanderley, hatte von unserem Namen den Ferreira abgeschnitten und nur den Quaderna übriggelassen, den mein Urgroßvater, der Abscheuliche, wenig benutzte und der faktisch unbekannt geblieben war. Mein Vater Dom Pedro Justino Quaderna wußte Bescheid, weil sein Vater Dom Pedro Alexandre ihm alles erzählt hatte. Aber nachdem er meine Mutter geheiratet hatte, ein adliges, wenngleich uneheliches Mädchen, Tochter des Barons von Cariri und Schwester von Dom Pedro Sebastião Garcia-Barretto, hatte er beschlossen, ›alle diese Geschichten der Vergessenheit anheimzugeben‹, wie er das in seinem Almanach-Stil nannte. Mit diesem Stil präludierte er übrigens meinem eigenen Dichtertum, das seine ›Wissenschaft‹ aus dem ›Ewigen Mondkalender‹ und dem ›Buch von St. Cyprian‹ einsog. Mein Vater war auch gründlich belesen im ›Geographischen Wörterbuch des Staates Paraíba‹ aus der Feder des genialen Irineu Pinto. In späterer Zeit war mein Vater nicht nur Redakteur des ›Almanachs von Cariri‹, sondern auch ein bißchen Arzt – mit seinen Rezepten im ›Mondkalender‹ –, ein bißchen Dichter, ein bißchen Redner und ein bißchen Historiker und Familienforscher. Professor Clemens und Dr. Samuel hatten die Angewohnheit, als wir noch im ›Herrenhaus vom Turm des gefleckten Jaguars‹ wohnten, meinen Vater lächerlich zu machen, indem sie ihn den ›adligen Wurzelsepp‹ nannten. ›Wurzelsepp‹ wegen der Rezepte aus dem ›Mondkalender‹ und der Kräutertees, und ›adlig‹, weil mein Vater auf ich weiß nicht welche Weise entdeckt hatte, daß wir Quadernas Nachkommen von König Dom Dinis dem Landmann waren. Dies war übrigens auch ausschlaggebend für meine Vornamen: weil mein Vater irgendwo gelesen hatte, daß ein Bastard-Urenkel von König Dom Johann II. von Portugal den

Namen Dom Pedro Dinis de Lencastre erhalten hatte, beschloß er, ›auch dieser Familientradition zu folgen‹ und mir den Namen Dom Pedro Dinis Quaderna anzuhängen. Das war für mich ein königlicher Plan der Gestirne: der Name Pedro verwies auf den Felsen und auf Dom Pedro I., und Dom Dinis war wie ich gleichzeitig König und Volkssänger, und das bestärkte mich in meiner Absicht, König und Genius des Volkes zu werden, also Entzifferer und Nationaldichter Brasiliens. Trotz allen Vorsichtsmaßnahmen meines Vaters enthüllte mir mein Firmpate João Melquíades Ferreira, der Sänger von Borborema, die Geschichte vom Stein des Reiches: die Enthauptungen, den Zauberwein, die Bräute, die mein Urgroßvater in der Brautnacht und vor den Ehemännern ›dispensiert‹ hatte, und so weiter. Ich erkannte, daß mein Urgroßvater König, aber auch Prophet eines Katholizismus gewesen war, den Pereira da Costa einen ›besonderen‹ Sertão-Katholizismus nannte. Ich sah auch, daß dies der Katholizismus war, der mir behagte, weil mir diese Religion erlaubte, gleichzeitig König und heiliger Prophet zu sein, so viele Frauen zu besitzen, wie ich konnte, an allen Wochentagen so viel Fleisch zu essen, wie mir beliebte, und so viel Wein zu trinken, wie ich lustig wäre, auch den geheiligten Wein vom Stein des Reiches, der uns den Schatz zeigte, bevor er entdeckt und entzaubert worden war. Kurz gesagt, es war eine Religion, die meine Seele rettete und mir gleichzeitig erlaubte, mein gutes Essen und Trinken und mein gutes Huren beizubehalten, lauter Dinge, mit denen ich mir die Vision vom Jaguar und von der Asche vom Leibe halten konnte. Zur gleichen Zeit bekam ich durch Zufall von den ›Schriften‹ Kenntnis, die der Prophet und heilige Sertão-Pilger, der Regent des Imperiums vom Schönen Berge von Canudos, der hl. Antonius Conselheiro hinterlassen hatte. In die Astrologie hatte mich schon mein Vater eingeweiht, der als Redakteur des ›Almanachs von Cariri‹ Meister in den Geheimnissen des Tarockspiels und Besitzer des Schlüssels zur Kabbala war. Sobald mir diese Dinge bekannt wurden, verschmolz ich diese verstreuten Elemente in einem einzigen Feuer und entdeckte sogleich, daß sich die neue, von mir begründete Religion, der Sertão-Katholizismus, in vollständiger Harmonie mit meinem Lebensprogramm befand, das wie immer von Samuel und Clemens beeinflußt war. Als Katholizismus war es eine recht monarchistische Religion, kreuzfahrend und iberisch, um Samuel zufriedenzustellen; als Sertão-Religion war sie hinreichend volkstümlich und negertapuiahaft, um Clemens Sympathie einzuflößen. Abschließend kann ich also Ew. Ehren erklären, daß mir diese Ereignisse zu meiner gegenwärtigen Stellung als Prophet der katholischen Sertão-Kirche und Fürst von Geblüt des Sertão-Throns von Brasilien verholfen haben.«

»Ich verstehe«, meinte der Richter.

»Nunmehr können Sie auch begreifen, weshalb der Vorabend des Pfingstfestes im Jahr 1935 für mich so wichtig war, daß er mich von der Stadt fernhielt, obwohl eine Kavalkade stattfinden sollte. Vom liturgischen, politischen und kriegerischen Gesichtspunkt aus begann am folgenden Tag die Zeit des Pfingstfeuers. Vom astrologischen Tierkreiszeichen-Standpunkt aus traf in jenem Jahr die Pfingstzeit mit der vollen Stärke des Tierzeichens der Zwillinge zusammen, und in diesem Zeichen bin ich geboren. Deshalb ging ich an jenem Morgen, bevor ich mit Clemens und Samuel ausritt, in meine ›Herberge zur Tafelrunde‹. Die vierundzwanzig Ritter, die an der Kavalkade teilnehmen sollten, erwarteten dort meine Befehle, darunter selbstverständlich meine Brüder, die am Nachmittag Ritter und Könige darstellen sollten. Ich übergab allen die Gewänder, die Decken, die Sättel, die Lanzen, das Zaumzeug und die übrige Prachtausstattung für das Fest. Ich gab Anweisung, daß man ihnen in der ›Tafelrunde‹ ein Mittagessen auftrage, das ich – in gediegenem Gold – aus der Präfektur herausgepreßt hatte. Ich gab meinen Brüdern die letzten Anweisungen. Ich zeigte ihnen, wie sie vor der Tribüne mit den Bannern und Standarten auftreten sollten, um vor den Behörden der Republik weder als Vasallen noch als feile Knechte zu wirken. Ich sprach mein Bedauern aus, dem Mittagessen der Ritter von der ›Tafelrunde‹ nicht präsidieren zu können, weil mich liturgische Pflichten an anderer Stelle in Anspruch nähmen. Ich traf dann meinerseits Vorkehrungen für das Mittagessen auf dem Felsplateau, wo ich einige hochwichtige Rituale der katholischen Sertão-Kirche zelebrieren wollte. Dazu mußte ich gewisse liturgische Verpflichtungen auf mich nehmen und mich auf besondere Weise kleiden: Khaki-Hose und -Hemd, Hanfschuhe mit Lederband und Lederhut mit Metallsternen und Davidsstern und alles übrige. Dazu gehörte auch der Umhang. Diesen steckte ich zusammengefaltet in die rechte Tragetasche von ›Blitzstein‹, denn ich wollte ja in Begleitung meiner beiden Lehrmeister ausreiten und wage nur dann, ihn auf der Landstraße anzulegen, wenn ich von den Gaffern der Stadt weit genug entfernt bin. Maria Safira, meine Geliebte, war ausgegangen. Zuvor jedoch hatte sie Dina-tut-mir-weh – der Tochter des Propheten Nazário, der bei uns in der ›Tafelrunde‹ wohnte – aufgetragen, mir einen Proviantbeutel mit in Fett gebratenem und in Mandiokmehl gewälztem Würzfleisch, Geriebenem und Quark herzurichten. Dazu kam noch ein Lederbeutel mit kühlem Wasser und ein randvoller Bockslederbeutel mit meinem berühmten ›Rotwein vom gefleckten Jaguar‹. Ich nahm das alles und dazu Cajá-Früchte, die mir Lino Pedra-Verde aus Estaca Zero geschickt hatte, und steckte Eßwaren und Getränke in die linke Satteltasche. Ich kehrte dann ins Innere der ›Tafelrunde‹ zurück, ging in mein Zimmer, öffnete meine Geheimkassette, nahm meinen ›Topasring, meinen Smaragdring, meinen Rubinring‹ sowie mein mit Weihrauch und Sandelholz parfümiertes Batist-Taschentuch. Ich steckte auch das Manuskript mit dem ›Mystischen Weg‹ des Sertão-Pilgers und das Heft mit den astrologischen und genealogischen Aufzeichnungen zu mir, das meinem Vater gehört hatte. Ich verschloß die Kassette, kehrte auf die Straße zurück, band ›Blitzstein‹ vom Eisenholzbaum los, stieg auf und schloß mich meinen beiden Lehrmeistern an, mit denen ich in die Buschsteppe ritt. Wie schon erwähnt, verirrten wir uns im Buschwald, fanden aber gegen Mittag den Heimweg wieder, dank meinem Paten João Melquíades, der uns bis zur Hauptstraße führte. Dort ritten Samuel und Clemens mit ihm zur Stadt weiter. Sobald die drei um die erste Straßenbiegung verschwunden waren, schaute ich mich um und sah nach, ob ich wirklich allein war. Dann nahm ich den liturgischen Umhang aus der Satteltasche. Ich erwähne das, weil ich noch einen anderen Mantel besitze, der aus Jaguarfell und Pantherfellstücken zusammengesetzt ist. Dieses aber war der rote Prophetenmantel, mit einem Goldkreuz und vier ebenfalls goldenen Halbmonden verziert, die auf den vier Seitenfeldern der Kreuzbalken sitzen. Diesen Mantel hatte ich ausgewählt, weil Rot die liturgische Pfingstfarbe ist und weil so ungefähr Form und Farbe der Standarten unserer Truppen im ›Krieg um das Sertão-Reich Brasiliens‹ sein sollten. Glaubte ich doch das ›Jahrhundert des Reiches‹ zum Greifen nahe.«

❚ ZWEIUNDSIEBZIGSTE FLUGSCHRIFT ❚
DAS MITTAGESSEN DES PROPHETEN

O edle Herren und schöne Damen mit den weichen Brüsten! Sehen Sie nur, wie gefährlich es ist, wenn man sich vom geheiligten Feuer des Traumes und der Dichtung hinreißen läßt! Ehe ich mich besinnen konnte, war mir dieses schlimme Geständnis entschlüpft. Der Richter war unerbittlich. Wie ein Sperber schoß er auf die Beute nieder, die ich ihm anbot, und rief mit erhobenem Zeigefinger zu Margarida hinüber:

»Nehmen Sie das zu Protokoll! Diese Einzelheit ist hochwichtig für die Untersuchung.«

Entsetzt verharrte ich einen Moment schweigend und schaute ihn an, magnetisiert von seinen Kobraaugen, während Margarida ungerührt im Taktak ihrer Schreibmaschine alles mitschrieb. Als sie fertig war, sah ich, noch immer halb benommen, daß ich am besten im gleichen Tonfall fortfahren würde, als ob das Gesagte ohne Bedeutung und Gefahr wäre. So sagte ich denn:

»Außer dem Rittermantel hatte ich noch meine übrigen kaiserlichen und prophetischen Insignien mitgebracht. Haben Sie schon von einem König von Portugal namens Dom Heinrich reden hören?«

»Von Heinrich dem Seefahrer? Gewiß.«

»Nein, der ist nicht gemeint. Gemeint ist ein anderer, ein alter Herr, der Onkel König Sebastians. Er war Kardinal, und als Dom Sebastian in der Schlacht von Alcácer-Quibir fiel, bestieg der alte Herr den Thron. Nun war er aber nicht nur Kardinal, sondern auch so alt und senil, daß es über alle Begriffe ging. Portugal brauchte einen Thronerben, denn ohne ihn mußte es in die Hände von Philipp II. von Spanien fallen, der ebenfalls Dom Sebastians Onkel war. Da faßte sich der alte Herr ein Herz. Er erlangte einen Dispens vom Heiligen Stuhl, einen Erben für die Dynastie zeugen zu können. Freilich konnte der Heilige Stuhl nur die Erlaubnis erteilen, nicht aber das Wunder vollbringen, das den Dispens wirkungsvoll gemacht hätte. Nun denn: der alte Herr war schon so senil und hinfällig, daß man ihm die ausgefallensten Ideen in den Kopf setzen konnte. So gab man ihm den Rat, an den Brüsten einer jungen Amme zu saugen, um zu sehen, ob er auf diese Weise seine Männlichkeit wiedergewinnen und einen Thronerben zeugen könne. Ich erzähle das nur zur Illustration; denn mich interessiert an Dom Heinrich nur, daß ich wie er eine Art Kardinal-König bin oder auch ein Kaiser und ein Prophet dazu, und dies ist der Grund für meine Insignien. An jenem Tage hing, wie schon erwähnt, meine Flinte ›Seridó‹ angeschnallt am Sattelbogen. Mein legendäres Schwert hing an meinem Gürtel. So packte ich meinen geheiligten königlichen Ochsenstachel, das ist meine legendäre Lanze ›Cariri‹, die mir gleichzeitig als Königszepter, als Prophetenstab und als Kriegerlanze dient. Und da ich schon meinen bestirnten Lederhut auf dem Kopfe trug, setzte ich auch den Metallreif auf und vervollständigte so meine legendäre Sertão-Leder- und -Silberkrone. Nunmehr war ich, Dom Pedro Dinis Quaderna, der Entzifferer, mit den Gewändern und Insignien angetan, die meine Eigenschaft als Souverän, Prophet und Großmeister vom ›Orden des Reiches‹ bezeichneten. Wie Sie sehen, steht meine Position derjenigen meines Vorfahren Dom Dinis des Landmanns, des Königs von Portugal, der wie ich ein Dichter und Sänger und Großmeister des Christusordens war, in nichts nach. Die Leder- und Silberkrone auf dem Kopf, den roten Mantel auf den Schultern und die Lanze mit der Rechten umgreifend, faßte ich die Zügel mit der Linken und ritt, indem ich ›Blitzstein‹ mit den Sporen gängelte, im Paradeschritt etwa anderthalb Kilometer über die Landstraße auf die Stadt zu, nachdem ich João Melquíades, Clemens und Samuel hinlänglich Zeit gelassen hatte, einen Vorsprung zu gewinnen. Dann kam ich an den gesuchten Ort. Ich stieg ab, zog ›Blitzstein‹ von der Straße fort, band ihn am Halfter an einen Quittenbaum und begann den dornigen steilen Abhang emporzuklettern, der zu meinem Felsplateau führt. Der Wald duftete nach zertretenen Quittenblättern, ein Duft, der sich mit dem weiter entfernten Geruch nach schlecht verbrannten harzigen Hölzern vermengte. Nicht weit von hier brannte jemand ein Stück Rodeland ab, und dessen Geruch vermischte sich mit dem Duft der zertretenen und im Schatten aufgehäuften Quittenblätter. Seit meiner Kindheit, Herr Richter, war mir dieser Ort heilig. Einmal war ich dort bei meinen Streifzügen auf ein Jurity-Nest gestoßen, das in der Gabelung eines Quittenbaumes hing. Darin lagen zwei kleine, hübsche, weiße Eier auf dem noch von dem Weibchen warmen Flaum. An jenem Samstag des Jahres 1935 stieß ich, als sollte ich auf die bevorstehenden Ereignisse hingewiesen werden, ebenfalls auf Vögel. Diesmal war es keine Jurity: es war eine Wachtel, die plötzlich fast vor meinen Füßen aufflog, mich erschreckte und bezauberte. Ein Städter wie Sie hat so etwas nie erlebt und kann deshalb nicht wissen, wie so etwas ist. Da geht man durch den Buschwald, und plötzlich schlängelt sich eine große Eidechse ganz in der Nähe davon und raschelt heftig. Vor Schreck und Aufregung schlägt einem das Herz höher, vor allem wenn man zufällig ein Jagdgewehr bei sich hat. Aber am schönsten ist es, wenn das Tier fortgelaufen oder fortgeflogen und alles wieder still geworden ist, die üblichen Geräusche des Waldes zu vernehmen. Nun gut: an jenem Tage hatten die Vorsehung und die Gestirne die Wachtel geschickt, um mich zu warnen, und ich sündhafter, verblendeter Mensch verstand diese Warnung nicht sofort. Im Gegenteil: als ob es ein normaler Felsplateau-Tag wäre, stieg ich den Hang empor, der zu meinem Steinaltar führt, stach mich an den Dornen der Kakteen und verbrannte mich an den brennenden Spitzen der Geiernesselbäume und den Brennesselblättern. Als ich an den Fuß des Felsplateaus gelangte, hatte ich schon oberhalb des Knies einen Dornstich von einer Wachskerze und eine Nesselverbrennung an der Hand abbekommen. Das konnte jedoch nicht als besonderer Wink der Vorsehung gelten, denn es gehörte zu den üblichen Begleiterscheinungen bei solchen Exkursionen. Aber was dann kam, war eine Warnung, eine deutliche Warnung. Der Aufstieg zum Felsplateau wird durch etliche Steinblöcke erleichtert, die sich von oben abgelöst haben, durch die Hitze oder durch Blitze abgesprengt; auch gibt es da Vorsprünge, Aushöhlungen und kleinere Vertiefungen: sie bilden eine unregelmäßige Treppe bis zur Spitze des großen Felsens. Ich begann hinaufzuklimmen. Als ich schon recht weit oben war, spürte ich bei der letzten Kehre des Aufstiegs plötzlich einen entsetzlichen Schmerz am Hals, als ob mich ein Dämon mit einer vergifteten Nadel gestochen hätte: eine Waldhornisse, in deren Nest ich unbemerkt hineingetreten war, hatte ihren Stachel in mich hineingebohrt. Abermals warnte mich die Vorsehung, und ich blieb ganz blind für die göttlichen Botschaften. Ich gelangte auf den Gipfel des hohen Felsens. Ich holte tief Luft, schweißbedeckt und halb benommen durch den Schmerz und das Gift der zwei Daumenkuppen großen Waldhornisse. Sobald der Schmerz etwas nachließ, nahmen auch Schweiß und Hitze ab; dort auf der Höhe wehte eine frische reine Brise: wir befanden uns im Monat Juni, dem angenehmsten im Sertão. Ich blieb also eine Zeitlang sitzen und erholte mich im Schutze des Blätterwerks dreier großer Bäume, die meinen Felsen umgeben und deren Laub seine Spitze überragt. Es sind ein Braúna-Baum, ein Angico-Baum und ein Eisenholzbaum. Der Schmerz ließ allmählich nach und verlor seine erste Gewalt. Binnen kurzem würde ich Kälteschauer, Fieber und Kopfschmerz spüren, die Lymphknoten des Halses und der Achseln würden aufschwellen. Aber da diese Symptome glücklicherweise noch nicht aufgetreten waren, blieb ich dort eine gute Weile sitzen und tat gar nichts außer träumen und sinnen, betrachtete den Baum der Zeit und erblickte zwischen den Zweigen des Eisenholzbaums die Hausdächer unserer Stadt, die man von dort aus wahrnehmen kann. Man erkennt zwar nicht alle, wohl aber die Dächer der Zukkermühlen- und der Brunnenstraße.«

»Durch die Zuckermühlenstraße ist doch der Cangaceiro zum ausgetrockneten Flußbett des Taperoá hinuntergelaufen, wo er dann erschossen wurde, ist es nicht so?«

»Jawohl. Aber das ist nicht sonderlich wichtig. Wichtiger ist, daß nun die Stunde des Mittagessens herankam und ich meine Rituale vom Orden des Reichssteins zelebrieren mußte.«

»Was ist denn das, Mann?« fragte der Richter mit hinterhältiger Miene. »Die Rituale vom Reichsstein? Sagen Sie bloß noch, Sie hätten einen Hund oder gar ein Kind enthauptet!«

»O nein, ich habe etwas viel Wichtigeres getan. Ich erhob mich von der Felsspitze, nahm den Lederhut ab und legte ihn auf die Seite. Ich breitete das Batisttuch über einen flachen Felsvorsprung, der mir als Altar dient. Ich hängte mir an einer langen Kette den gelben Topasring um den Hals. Auf den linken Ringfinger steckte ich den roten Rubin und auf den rechten den grünen Smaragd. So vorbereitet, legte ich aufgeschlagen auf die eine Seite des Steinaltars den ›Mystischen Weg‹ des heiligen Sertão-Pilgers, also des heiligen Antonius Conselheiro von Canudos. Auf der anderen Seite schlug ich das von meinem

Vater ererbte ›Astrologische Heft‹ auf, das er eigenhändig und sorgsam mit schwarzer und roter Tinte abgeschrieben hat, eine unschätzbare Erbschaft für meine Laufbahn als Dichter des Blutes, der Wissenschaft und des Planeten, als Entzifferer und Meister der Geheimnisse des Tarockspiels. Ich stellte auch den Weinbeutel, das Päckchen mit dem Würzfleisch und dem Quark auf den Altar, und dann begann ich die Zeremonie. Jawohl, Herr Richter, die Zeremonie. Denn in der katholischen Sertão-Kirche ist das Mittagessen nicht nur einfach eine Mahlzeit, nein: es ist ein edles, sorgfältig überdachtes liturgisches Ritual, damit es gleichzeitig dem Genuß, dem Geist und dem Blut unserer Gläubigen dient. Bescheidenheit beiseite, es gibt auf der Welt keine vollständigere Religion als die meinige. In ihr wird das Mittagessen, vor allem wenn es auf der Basis von Würzfleisch, getrocknetem Salzfleisch und Quark angerichtet ist, aber auch das Trinken von Wein und das Beschlafen von Frauen in den Dienst der seelischen Erbauung meiner Anhänger und Gefolgsleute gestellt. Sehen Sie nur: das Judentum und das Christentum der Heiligen, Märtyrer und Propheten führen zum Himmel, aber diese Religionen sind streng und ungemütlich wie der Teufel. Der Mohammedanismus dagegen ist eine lustvolle Religion: er erlaubt, daß man seine Feinde umbringt und viele Frauen besitzt und daß man essen und trinken kann, was man will. Zum Ausgleich ist man dann dazu verurteilt, in die Hölle zu fahren. Die katholische Sertão-Religion ist die einzige Religion auf Erden, die hinreichend ›jüdisch und christlich‹ ist, um zum Himmel zu führen, und gleichzeitig hinreichend ›maurisch‹, um uns gleich hier auf Erden die größten Genüsse zu erlauben, die wir auf dieser alten Gotteswelt genießen können. Übrigens dürften Ew. Ehren das schon bemerkt haben, als Sie vor kurzem die Geschichte vom Stein des Reiches hörten, die ich Ihnen vorlas, denn alles, was dort geschah, waren Rituale, die von meinen Ahnen bei ihrem außerordentlichen, tragisch-epischen Abenteuer zelebriert wurden. Das getrocknete Salzfleisch, der Quark, der Wein, der Nachtisch mit dem

Kauzucker aus Ceará oder dem Goiabakompott aus Arcoverde, die Frauen – das alles gehört zu den religiösen Ritualen, mit denen wir der Sertão-Gottheit unsere Verehrung erweisen.«

»Sertão-Gottheit? Gibt es denn eine ganz besondere? Wer ist es? Es ist doch nicht Gott, oder etwa doch?«

»Das kommt darauf an, Herr Richter. Wie Sie wissen, sind diese religiösen Dinge schwierig und verwickelt. Das gilt ganz allgemein. Was nun den Sertão-Katholizismus angeht, so ist er noch stärker als der römische von unheilbringenden Dingen bevölkert, die Sie erst allmählich besser begreifen können. Einstweilen genügt es, wenn ich Ihnen sage, daß unsere Sertão-Gottheit derselbe jüdische und katholische Gott ist, wenn er auch eher dem Gott der Wüste gleicht als dem Gott, den uns Pater Renato in der Messe verkündet. Unser Gott ähnelt eher demjenigen, der den Mund der Propheten mit einer glühenden Kohle verbrannte und im Sertão von Judäa ›im Gewand einer Rodung‹ erschienen ist.«

»Im Gewand einer Rodung?« fragte der Richter erstaunt.

»So nenne ich das aus ›brasilianischem Sertão-Patriotismus‹. Aber wenn Sie unbedingt wollen, können Sie es auch ausländisch ausdrücken. In diesem Fall müssen Sie an den Gott denken, der in der judäischen Wüste ›in Gestalt eines brennenden Dornbuschs‹ erschienen ist. Außerdem müssen Sie noch andere Unterschiede erfahren. Zum Beispiel: die allerheiligste katholische Dreifaltigkeit wird gemeinhin von drei Personen gebildet. Unsere allerheiligste Dreifaltigkeit umfaßt fünf Gottheiten und wird immer durch das brasilianische Wappentier par excellence, den gefleckten Jaguar, dargestellt. Deshalb wandte ich mich an jenem Tage zuerst in die Richtung von Pajeú, wo die beiden Steintürme unseres Reiches liegen. Ich schlug das Buch des Sertão-Pilgers auf und begann in psalmodierendem Tonfall meine erste Anrufung an Adonai, die schreckliche jaguarhafte Sertão-Gottheit, die auch den Namen Aureadugo führt.«

»Wie heißt sie?« fragte der Richter neuerdings erschrocken.

»Aureadugo, Ew. Ehren. ›Adugo‹ ist der Tapuia-Name für den gefleckten Jaguar. ›Aureadugo‹ ist ein aus der Zusammenziehung des Adjektivs ›golden‹, der rechtsstehenden Tapirseite Gottes, und des Substantivs ›adugo‹ entstandener Name. Der ›Aureadugo‹ ist also der aus dem Gold des Göttlichen gebildete gefleckte Jaguar. Es ist der jüdische Adonai, und dies sind die schrecklichsten Namen des Sertão-Gottes aus der Wüste von Judäa. Deshalb drehte ich mich an jenem Tage in Richtung Pajeú und sprach also:

›O Adonai, mein jüdisch-tapuiahafter und maurischer Sertão-Gott! Sieh an, daß jedwedes Ding mir das Leben nehmen kann! Ein Tropfen Salzlake, der ins Herz eindringt und eine Arterie verstopft, eine wichtige Ader, die in meiner Brust zerspringt, ein Erstickungsanfall bei einem Husten, eine starke innere Bedrückung, ein heftiger Blutsturz, eine Korallenschlange, die mich beißt, ein Fieber, ein Insektenstich, ein Funke von einem brennenden Blitzstein, ein Blitzschlag, ein Sandsteinchen in den Nieren, ein wagemutiger Feind, ein Stein, der sich von einem Berghang löst – all das und manches andere kann meine Galle gerinnen lassen, mir den Blutknoten abschneiden und im Handumdrehen das Leben rauben. Deshalb, o Herr, verüble es mir nicht, daß ich, solange ich hier auf Erden weile und das Leben genießen kann, das Du selber erzeugt hast, indem Du den Lehm der Sertão-Erde mit der Sonne und der Kraft Deiner Lenden verbandest, Dir die köstliche Ehrung erweise, die ich der Gottheit zu verdanken habe, und sie beginne, indem ich einen guten Schluck von meinem Sertão-Rotwein vom Gefleckten Jaguar trinke.‹ Mit diesen Worten, Herr Richter, ergriff ich den Bockslederbeutel, schraubte seinen Holzdeckel ab, führte das Mundstück an die Lippen, erhob mein Antlitz gen Himmel und nahm den ersten großen Schluck Wein. Sanfte Wärme und süßes und seliges Kribbeln durchströmten sogleich mein Blut, dämpften den Schmerz des Hornissenstichs noch mehr und luden mich ein, mich auf dem Felsplateau auszustrecken, um ein Schläfchen zu halten. Aber in religiösen Dingen bin ich hart und unbeugsam: es waren noch verschiedene Teile des Rituals zu erfüllen, so daß ich mich beherrschte und nicht niederlegte. Ich hatte die Worte, die ich Ihnen eben erneut vorgelesen habe, im Buch des Sertão-Pilgers gelesen. Ich schlug die Seite um, indem ich den Finger an der Zunge befeuchtete, genau wie ich es Pater Renato mit dem Meßbuch bei den Sonntagsmessen tun sah. Und dann las ich erneut mit lauter Stimme: ›O Adonai, o Adugo, o Sertão-Jaguar des Schrecklichen! Bedenke, daß ich ein Sünder bin, ich, ein Stückchen brauner Sertão-Erde, die in Blut und Sonne gebakken worden ist. Deshalb werde ich mich bald wieder erneut in Erde verwandeln. Bedenke, wie oft ich ganz gegen meinen Willen in Raufereien, Kriege und Sertão-Hinterhalte geraten bin. Ich kann, wieder ohne es zu wollen, in einen neuen Hinterhalt geraten und ermordet werden, mein Leib kann auf der staubigen Straße der Sonne ausgesetzt sein und von Aasgeiern gefressen werden. Und selbst wenn ich das Glück haben sollte, im Bett zu sterben, ändert sich dadurch auch nichts: ich werde in der harten, heißen Sertão-Erde begraben und die Beute blinder Tiere und der Feuersalamander mit glänzender Haut werden. Jawohl, denn schon General Dantas Barretto hat uns alle gewarnt, daß die Strahlen der glühenden Sonne mit zerstörerischer Heftigkeit auf den Sertão-Boden aufschlagen, und der Erdboden seine Eingeweide zu großen Spalten aufklaffen läßt, in die sich hungrige Reptilien auf der Suche nach Nahrung stürzen, die sie an der feurigen Oberfläche nicht finden. So wird dieser Leib, der mir jetzt so viele bebende Genüsse mit Maria Safira verschafft, eines Tages verwesen. Mein Gesicht, mein Mund, mein Haar werden stückweise abfallen. Meine Augen werden die Sperber fressen. Mein Leib wird zum stinkenden, abstoßenden Skelett werden; später werden meine von der Sonne gebleichten Knochen zerfallen. Mein Kopf wird sich vom Rumpf ablösen, wie dies bei meinem Urgroßvater am Stein des Reiches geschehen ist. Da ich ein Raub der Sperber und Geieradler, der Urubus und der im Sertão umherirrenden

Wildschweine werde, so verüble mir nicht, o Herr, daß ich mich jetzt, solange ich noch am Leben bin, ergötze, indem ich das Fleisch der Tiere esse, die ich gejagt und getötet habe, vor allem jetzt dieses in Öl gebackene Würzfleisch und diese Stücke gesalzenen Trockenfleischs vom Rücken und der Lende des Ziegenbocks, den ich gestern zu Deinen Ehren geschlachtet habe.‹ Dann kehrte ich meinem Altar den Rücken zu, Herr Richter, und zündete auf einem steinernen Dreifuß, der noch von der Asche früherer Rituale schmutzig war, ein Feuer an. Dazu benutzte ich trockene Blätter und kleine Holzstückchen, die ich anzündete, indem ich mit einer Stahlplatte aus dem Stein meines Felsennestes Funken schlug. Ich nahm eine Schüssel hervor, die ich seit langem in einem kleinen Felsversteck verborgen hatte, legte mein duftendes, schmackhaftes Trockenfleisch samt dem Mandiok-Gewürzfleisch hinein und wärmte es. Gebratenes Fleisch zu verspeisen ist übrigens, Herr Richter, eines der Rituale, die ich in meinem Sertão-Katholizismus mit dem größten Genuß zelebriere. Vor allem wenn das Würzfleisch wie an jenem Tage mit gekochten Eiern, Zwiebeln und hausgemachtem Speck angereichert ist, wenn das Ganze gut geröstet, gut gewürzt und gut gesalzen ist. Rituell verspeiste ich nun die Stücke Trockenfleisch vermischt mit dem Mandiokfleisch, und den Schluckauf bei diesem äußerst pikanten Essen bekämpfte ich mit köstlich großen Schlucken von meinem Sertão-Wein vom Gefleckten Jaguar. Als ich mit dem Brat- und Würzfleisch fertig war und so einen weiteren Teil des Rituals beendet hatte, kehrte ich zum Altar zurück, blätterte in dem Buch des Sertão-Pilgers und im ›Astrologischen und Genealogischen Almanach von Cariri‹ und psalmodierte von neuem mit folgenden Worten: ›O Adonai! O gefleckter Tapuia- und Neger-Jaguar des Göttlichen im Sertão! Diese von fetten Bürgern beherrschte Republik ist ein großes Übel für das Imperium des Sertãos von Brasilien. Sie möchte das Volk des braunen Jaguars und unseren Sertão-Katholizismus, dieses Meisterwerk Gottes, untergraben und entmutigen. Der römische Katholizismus ist nur zwanzig Jahrhunderte alt, während unsere geheiligte Religion vom Stein des Reiches in der Sertão-Wüste von Judäa neben den Steinen des Reiches vom Sinai und vom Tabor begründet wurde. Der Präsident der Republik, seine Spießgesellen und die fetten Geldsäcke meinen, sie könnten das Kaiserreich Brasilien nach ihrem Gutdünken regieren, verraten und verkaufen. Brasilien ist jedoch vorherbestimmt für den braunen Monarchen des Volkes, für denjenigen, der rechtmäßig von Gott eingesetzt wurde, um das Wohl und die Größe des brasilianischen Volkes zu begründen. Wieviel Unrecht müssen wir Sertão-Katholiken verbittert mitansehen! Die Macht des Präsidenten ist nicht rechtmäßig, die ganze Republik ist nicht rechtmäßig. Jede rechtmäßige Macht entstammt der ewigen Allmacht des Sertão-Gottes durch das Volk, und deshalb ist sie der göttlichen Regel unserer heiligen Kirche vom Stein des Reiches unterworfen, in der zeitlichen wie in der geistlichen Ordnung. Alle Brasilianer müssen Quaderna, dem Fürsten, Vater und Propheten, gehorchen, weil sie, indem sie ihm gehorchen, alle auch Gott gehorchen. Für alle anständigen Leute ist es klar, daß diese Republik unter einem falschen Prinzip steht und dem brasilianischen Volk nur Böses bringt. Jedoch, selbst wenn sie etwas Gutes brächte, ist sie an und für sich schon schlecht, weil sie dem geheiligten Gesetz des Volkes und des Sertão entgegensteht. Wer wüßte nicht, daß der würdige Fürst, Dom Pedro Dinis Quaderna, König des Sertão, Kaiser von Brasilien und Hoherpriester der katholischen Sertão-Kirche, als solcher von den Nationen anerkannt wird? Diese Wahrheiten leugnen hieße behaupten, daß die Sonne nicht göttlich ist und nicht stets einen neuen Tag in den Strahlen ihres goldenen Feuers aufgehen läßt. Es ist ein Irrtum, ein schlimmer Irrtum zu behaupten, daß die königliche Familie der Quadernas nicht mehr Brasilien beherrschen darf, wie sie es vor einem Jahrhundert am Stein des Reiches im Hinterland von Brasilien getan hat. Der Sertão ist eines, und die Welt etwas anderes. Wenn die Welt göttlich und absolut wäre, könnte man noch Zweifel he-

665

gen. Doch der Sertão ist göttlich, und der Sertão schwört und kämpft nur für das königliche Blut der Quadernas. Deshalb wird diese Republik der Ungerechtigkeit stürzen, und Gott wird früher oder später Gerechtigkeit walten lassen. Die Republik wird bald zu Ende gehen: sie ist ein dorniges Prinzip. Der Fürst ist der wahre Herr Brasiliens. Aus den Meereswellen wird Dom Sinésio Sebastião mit seinem ganzen Heer hervorsteigen. Mit der blanken Klinge zieht er alle von der papierenen Republik fort, und man wird bis an die Knöchel im Blut waten. Wer Republikaner ist, möge beizeiten in die Vereinigten Staaten auswandern! Die Zeit reift heran, das Jahrhundert bricht an. Gott und das Volk dürfen den Grund für alle Hindernisse, die der Präsident der Republik und seine Spießgesellen aufrichten, um die kaiserliche Familie der Quadernas vom Thron fernzuhalten, nicht mit Stillschweigen übergehen: es ist die Furcht, es ist das Entsetzen, von dem alle gepackt wurden, als sie erfuhren, daß Dom Johann II., der Abscheuliche, vor einem Jahrhundert am Stein des Reiches siebentausend Hunde schlachten ließ. Wenn das Reich fortbestanden hätte, wären sie als ungezähmte Drachen wiederauferstanden, um die Mächtigen zu verschlingen, das Reich zu bekräftigen und ein für allemal die Gerechtigkeit und die Volksmonarchie herzustellen: durch die lederne Silberkrone des gefleckten Jaguars vom Sertão.‹«

»Wie kommen Sie zu diesem unsinnigen Gerede?« fragte der Richter gereizt.

»Der größte Teil meiner Worte, Herr Richter, stammte aus den Lektionen und Schriften des Sertão-Pilgers. Aber Sie begreifen, daß ich bestimmte Dinge hinzufügen und überarbeiten mußte, damit alles für das brasilianische Volk klarer wird. Zum Beispiel sagt der heilige Antonius Conselheiro tatsächlich, daß ›der würdige Fürst Dom Pedro III. von Gott rechtmäßig die Macht erhalten hat, Brasilien zu beherrschen‹. Aber ich habe Dom Pedro III. durch Dom Pedro IV. ersetzt. Wenn ich von der kaiserlichen Familie spreche, versuche ich stets klarzustellen, daß ich von den Quadernas rede, sonst würden sich in Kürze die

Braganzas aufregen, weil sie dächten, sie seien gemeint. Ich lebte damals, Herr Richter, in einer Zeit großer Erwartungen. Meine Familie hatte von 1835 bis 1838 über Brasilien geherrscht, so daß nun das Jahrhundert des Reiches heranbrach, und dies alles spiegelte sich in meinen Gebeten und Anrufungen auf dem Felsblock. Als ich nun dieses Ritual beendet hatte, machte ich mich über den Quark her, den ich in Bröckchen zu butterbestrichenem Brot aß, wobei ich jeden Bissen mit meinem Rotwein vom Gefleckten Jaguar hinunterspülte. Nachdem ich Brot und Käse gegessen hatte – eine höchst liturgische Beschäftigung, denn Brot und Wein sind, wie Sie wissen, ernsthafte Dinge –, kehrte ich zu meinem Altar zurück, drehte meinen Topasring gen Himmel und sprach also:

›O mein Planet! O Sonne Merkurs! O Merkur-Sonnenschwert, mir vom Tierkreis zubestimmt! O zweischneidiges Sternenmesser! Bedeckt mich mit euren Strahlen, die unter dem Einfluß meines doppelten Tierkreiszeichens Zwilling und Schütze ihre höchste Kraft entfalten! Verbürgt mir meinen Wein, mein Königreich, meine Macht, die Böcke für die Opfergaben, die Krone und das Zepter am Thron vom Stein des Reiches! O mein unheilvoller Planet! Befreie mich von meiner jetzigen Frau, die dem Merkur zugehört, besessen ist und von meinem Blut Besitz ergriffen hat, und laß vor mir die andere Frau erscheinen, die Venus-Frau mit dem blonden Bocks-Zeichen, von der ich seit so langer Zeit träume! Gib mir die Frau, der ihr Planet, welcher das weibliche Zeugungsorgan bewässert, ins Zentrum ihres Leibes einen geheiligten Punkt aus Reich und Blut stellt, einen Punkt, der für mich fest und sicher ist in der geistlichen wie in der geschlechtlichen Hinsicht!‹«

Als ich diese Worte rezitierte, warf ich einen schiefen Blick auf Margarida, um zu sehen, ob sie meinen verborgenen Appell aufgefangen hatte. Aber Margarida zeigte nur aufs neue, wie grausam gleichgültig sie mir gegenüberstand, und schenkte mir nicht die geringste Beachtung, edle Herren und schöne Damen mit den weichen Brüsten! Da stieß ich einen Seufzer aus, wandte mich wieder dem Richter zu und fuhr in meiner Erzählung fort:

»Als ich dieses Stoßgebet beendet hatte und den Quark mit Butterbrot ebenfalls, ging ich zu der Satteltasche, die ich mit mir auf die Felshöhe genommen hatte und wollte ihr Umbu- und Mombupflaumen entnehmen, dazu ein Päckchen Kauzukker, die an jenem Tage mein Nachtisch sein sollten. In dem Augenblick, in dem ich alles ergriffen hatte und die Hand zurückziehen wollte, spürte ich einen heftigen Stich an der Spitze des rechten Mittelfingers: ich war von einem Skorpion gestochen worden oder, genauer, von einem Skorpionenweibchen; denn es war ein riesiges, goldrotes Tier, das ich, außer mir vor Schmerz und Wut, aus seinem Versteck zu vertreiben und mit der Sohle meiner Hanfschuhe auf dem Felsen zu zerquetschen vermochte. Ich entsann mich sogleich, daß sich unter den Versen eines Epigramms, das ich hier gegen einen verkommenen Dichter verfaßt hatte, eine Strophe befand, in der es hieß:

> Durchdringend stinkt der Ziegenbock nach Leben,
> Doch der Skorpion sticht zu und bringt den Tod.
> Das Fleisch zu *fühlen* heißt die Welt erleben;
> Dies Los zu tragen wird uns nur gegeben
> Im Halblicht zwischen Glück und Blendungsnot.

»Was wollen Sie damit sagen?« fragte der Richter.

»Ich weiß es nicht. Ich aß Bocksfleisch und trank Wein dazu, und da war es mir, den eben ein Skorpion gestochen hatte, wie wenn der Bock ein Zeichen des Lebens wäre und das giftige Skorpionenweibchen ein Wappenzeichen des Todes. Es war eine weitere Warnung der Gestirne und der Vorsehung. Wenn ich nicht gleich tot umfiel und alle viere von mir streckte, so nur, weil ich schon durch den Wachskerzen-Dorn, die Nesselverbrennungen und das Hornissengift immun geworden war. Ich glaube auch, der Rotwein hat geholfen und das Blut verteilt, und das war der Grund, weshalb ich nicht gestorben bin. Ich setzte mich, wartete ein bißchen, damit der Schmerz nachlassen sollte, und erst dann aß ich die Umbu- und Cajá-Früchte, deren Saft glücklicherweise, wie jedermann weiß, heilsam gegen das Gift von Skorpionenweibchen ist. Ich gelangte nun an das Ende meiner rituellen Mahlzeit, so daß ich mich bei den Gebeten beeilen mußte und noch einmal direkt an den gefleckten Jaguar des Göttlichen wandte. Als ich die Früchte aufgegessen hatte, ging ich wieder zum Altar und sprach also zur Gottheit: ›Wenn das Jahrhundert des Reiches herannaht und die feurige Nachtwache beginnt, wird der Herr die Glut-Kolonne über das Feldlager und Gebiet der Ausländer und ihrer verbrecherischen mächtigen Verbündeten aussenden. Der feurige Jaguar des Sertão wird ihre Heere zerstören, die Räder ihrer Streitwagen zerschmettern, und alle Verräter werden aus dem Sertão in die Tiefe des Meeres gestürzt werden. Dann werden die Ausländer also sprechen: ‚Laßt uns fliehen vor den Brasilianern und den übrigen Lateinern, denn der Gott des Feuers kämpft mit ihnen gegen uns!' Und der Gott des Feuers wird zu Quaderna sprechen: ‚Recke deine Hand aus vom Stein des Reiches über das Meer, damit sich die salzigen Fluten gegen die Ausländer kehren und ihre Teufelswagen, ihre Feuermaschinen und ihre Reiterei mit den flammenden Apparaten verderben.' Und so wird es geschehen. Wenn Quaderna seine Hand ausreckt, wenn der König sein Zepter schwingt und der Prophet seinen Prophetenstab, wird der Fürst des Volkes, der Jüngling auf dem Schimmel, auferweckt, und das Meer wird die Verräter scheitern lassen und im Morgengrauen an seinen vorigen Ort zurückfluten. In jenen Tagen wird der König einen Gesang schreiben, um das Volk von Brasilien, die Kinder des Sertão der Welt, zu unterweisen. Und nachdem der Fürst durch den Gesang wiederauferweckt worden ist, wird der Herr des Feuers Sinésio, dem Sohn Dom Pedro Sebastiãos, einen Befehl erteilen mit den Worten: ‚Sei stark und fasse Mut, denn du wirst die Kinder des Sertão in das Reich führen, das ich ihnen verheißen habe, und ich werde mit meinem Volke sein.' Und so geschieht es: sobald Quaderna die Worte dieses Gesangs und dieses Gesetzes in seinem Buch gelesen hat, wird er den Sertão-Bewohnern befehlen, daß sie die Truhe mit dem Stein des Bundes des Herrn des Feuers davontragen und dazu sprechen: ‚Nehmt dieses Buch und vergrabt es am Fuße der steinernen Türme der verzauberten Kathedrale des Reiches, damit es als Fundament und Eckstein für das Kaiserreich Brasilien diene.‘ Und wenn dann die Ausländer fliehen werden samt den Verrätern, die sie stützen, wird die heilige Wüste des Sertão den salzigen heiligen Gewässern des Meeres begegnen. So wird an jenem Tage der Herr des Feuers den Sertão befreien, und das Volk wird seine Feinde am Meeresstrand sterben sehen, weil die machtvolle Hand der Gottheit sie für ihre Ungerechtigkeit und Härte bestraft. Dann wird Quaderna auf seinen Felsen steigen und mit dem Volk den geheiligten Gesang anstimmen, den er selber verfaßt hat, und also sprechen: ‚Laßt uns die Stimmen erheben zum Feuergott des Sertão, denn er hat ruhmreich seine Macht bezeigt und Maschinen und Unternehmen ins Meer gestürzt, die höllischen Apparate der Ausländer und Verräter, weil er die Kraft und Verworfenheit der Mächtigen, die uns bedrückten, züchtigen und den Sertão erhöhen wollte: seinen Mut, seine Felsen, seine Dornen, seine Pferde und seine Reiter!'‹ Dann bekreuzigte ich mich, Herr Richter, drehte dem Altar ein letztes Mal den Rükken zu und verzehrte meinen Kauzucker, doch trank ich dazu nicht mehr Wein, sondern köstlich kühles Wasser aus meinem Lederbeutel. Dieser war außen feucht, und innen war das Wasser kühl; es zerschmolz die Zuckerstücke in meinem Munde, kam genau zur rechten Zeit und war eine wahre Labsal, weil mir die Sonne, das Salzfleisch und der Wein Durst gemacht hatten. An das Ende dieses Teils gelangt, erhob ich das Opferwasser zu Gott und richtete an ihn meine letzte Bitte mit den Worten: ›Mein Gott im Sertão! Mein gefleckter Jaguar, mein göttlicher Jaguar aus Blut, Feuer und Edelsteinen! Ich glaube an nichts. Entflamme mein Blut mit der Feuergabe, die Glaube heißt, selbst wenn mich Dein Glaube mit dem Sturmwind meines geheiligten und gepeinigten Reiches, dem Espinhara, dem

versengenden Sertão-Wind verbrennen sollte. Dieser Feuer-
sturm verbrennt und mißhandelt, aber er heilt und schafft Narben und ist deshalb der Anfang der Rettung. O roter Jaguar des
Vaters! O schwarzer Jaguar des Teufels! O braungrauer Jaguar
des Sohnes! Du, weißes Reh! Du, Goldsperber der Sonne des
hl. Geistes! Der Weltenjaguar – räudig, mit eitrigen Wunden
übersät – muß sich in den gefleckten Goldjaguar verwandeln,
der nicht mehr über dem leeren, verschlingenden, ascheblinden
Loch sitzt, sondern auf dem festen Felsen des Göttlichen. Nur
so wird mein Reich Wahrheit sein, nur so werden mein Blut und
meine Knochen Wahrheit sein, nur so wird die Grotte der Welt
und die geheiligte Grotte Wahrheit sein, auf die wir alle zuwan-
dern, die den Jaguar des Lebens durch den Jaguar des Todes
heiligt und seine endliche Verbindung mit dem heiligen Jaguar
des Herrn des Feuers vollzieht. Das erbitte ich von dir, o Herr,
jetzt und von Ewigkeit zu Ewigkeit, Amen.‹«

▌ DREIUNDSIEBZIGSTE FLUGSCHRIFT ▌
ST.-JOHANNES-KAVALKADEN IN JUDÄA

»Als der Hunger gestillt war, den ich verspürte, seit ich mich in
der Buschsteppe verirrt hatte, Herr Richter, und als ich den
geistlichen Durst der Sertão-Wüste gelöscht hatte, streckte ich
mich im Schatten des Braúnabaums aus, der zur Rechten des
Felsplateaus lag. Halb auf die Seite gelehnt, den Kopf auf einem Stein, auf den ich den eingerollten Umhang als Kissen gelegt hatte, betrachtete ich die sandige Hochebene, die zu jener
Stunde unter der Urgewalt der Sonne des Sertão-Mittags in allen Richtungen funkelte. Meine Augen, so geübt wie die der
Wildkatze, durchstreiften die wichtigen Orte, wo sich gerade
diejenigen befinden mußten, welche ich für die Hauptpersonen
der schrecklichen Geschichte von Blut, Liebe und bannerge-
schmücktem Rittertum hielt, die sich an Namen und Person
Dom Pedro Sebastiãos, des enthaupteten Königs, knüpfte. Bedenken Ew. Ehren, daß gerade in diesem Augenblick, gegen ein

Uhr nachmittags, Sinésio der Strahlende noch nicht angelangt war, so daß es nur als schicksalhaftes Zeichen verstanden werden kann, daß ich mich ohne deutlichen Grund an ihn und seinen Vater erinnerte. Wohl dachte ich daran, einen epischen Roman zu schreiben, in dessen Mittelpunkt der Tod meines Paten stehen sollte. Aber warum mußte ich ausgerechnet jetzt daran denken? Ich rief mir den alten bärtigen Prophetenkönig in Canudos im Jahre 1897 in Erinnerung. Ich sah ihn vor mir im ›Zwölfer-Krieg‹, der 1912 im Sertão von Paraíba stattfand. Dann im Jahre 1930, als er in seinem berühmten, mit Orden behangenen Wams gegen das ruhmreiche ›Provisorische Bataillon‹ des Präsidenten João Pessoa gekämpft hatte. Ich sah ihn an der Seite seines Lieblingssohns Sinésio bei den Krönungsfeierlichkeiten als Kaiser des hl. Geistes. Und schließlich sah ich ihn noch einmal auf dem Turmboden im Herrenhaus zum Gefleckten Jaguar liegen, blutüberströmt und enthauptet, in der gleichen Stellung, in der ich ihn, außer Atem vom Treppensteigen und Aufbrechen der Tür, erblickt hatte, wobei ich vor Schreck und Verzweiflung sinnlos zu schreien begann. Wie ich nun dort auf meinem Felsplateau ausgestreckt lag, spürte ich die Wirkung des Weines, der astrologischen Zeichen und Rituale der katholischen Sertão-Kirche immer stärker. Es war der große Vorteil der Tierkreiszeichen, Spielkarten, Banner, Wappen, Mäntel mit Kreuzen und Halbmonden, Silbersterne, Lanzen und anderen königlichen Insignien meiner Kirche und meiner Monarchie, daß ich mit ihrer Hilfe das blinde leere Loch der Welt und die assyrische Wüste meiner Seele füllen konnte. Indem ich mein Blut mit Heftigkeit pulsieren fühlte, konnte ich nicht länger an mir zweifeln. Mein Blut verbürgte mir das Vorhandensein meines Körpers und der Körper das Vorhandensein meiner Seele. Auch die Welt nahm nun ein verändertes Aussehen an. Abgesehen davon, daß ich in meinem göttlichen Rausch die Gewißheit hatte, selber vorhanden zu sein, schaute ich auf den Ort, an dem ich kurz zuvor die graubraune Welt wahrgenommen hatte – den räudigen Jaguar, der über dem

Abgrund aus Asche hockte –, und sah nun nicht mehr das mit Krätze bedeckte Tier, sondern statt dessen einen schönen, leuchtenden gefleckten Jaguar mit goldfarbigem Fell und braunroten Flecken. Die lausige Rasse der Menschen und die giftigen Skorpione, die Tiere in seinem Pelz, erschienen mir nun wie eine hervorragend organisierte Kavalkade, die von Königen, Knappen, Königinnen, Damen und Bischöfen zu Pferde veranstaltet wurde, eine schöne, glorreiche, mit Schwertern und Bannern geschmückte Kavalkade. Ihr Zug über das Raubtierfell der Welt erschien mir nicht mehr als ein feiges, gemeines Gewühl, als schändlicher, nutzloser Fluchtversuch von unrettbar zum Tode Verdammten, sondern als eine Kavalkade wie diejenigen, die ich hier in der Stadt durchführte und die – als meine Prozessionen – auch zum Ritual meines Katholizismus gehörten. Diese Kavalkade der Welt – deren Anführer, Mauren- und Kreuzfahrerkönig Gott war (so wie ich der Anführer meiner Kavalkaden) – schleppte sich nicht mehr feige und häßlich auf das Aschenreich des Todes zu, sondern galoppierte tapfer auf die göttliche Sonne, auf die Sonne des Schrecklichen zu. Deshalb erschien mir die Welt nicht mehr als ein krankes, aussätziges Tier, als räudiger grauer Ort, der dem Zufall entsprungen war, sondern als ruhmreicher, auf Fels gegründeter, gleichzeitig harmonischer und glutvoller Sertão. In gleicher Weise war der mir zugefallene Teil der Welt, der ›Sertão‹, nicht mehr nur der Sertão, den viele Leute sahen, sondern das Königreich, von dem ich träumte, voller Pferde und Reiter, roter Wachskerzen-Früchte, die wie Sterne leuchteten und von den schwarzroten Pfeilen der Trupiale angepickt wurden und auf das Silbergefunkel anderer Sterne Antwort gaben: die Sternenbrüste der Damen, die schwarzroten Sterne der weiblichen Geschlechtsteile, die Metallsterne, die auf den Standarten der Kavalkaden oder auf den Lederhüten prangten, welche die Viehtreiber und Cangaceiros trugen, die Edelleute meines Königshauses mit ihren ledernen Baronatskronen. Gott selber war nicht mehr das zarte Säuseln der anderen Religionen: er erschien mir als allerheiligste Sertão-Dreifaltigkeit, eine glühende, glorreiche Sonne, gebildet aus fünf Tieren in einem: aus dem roten Jaguar, dem schwarzen Jaguar, dem braunen Jaguar, dem weißen Reh und dem Goldsperber oder, anders ausgedrückt, dem Vater, dem Teufel, dem Sohn, der Mitleidreichen und dem heiligen Geist.«

»Dom Pedro Dinis Quaderna, mir ist schon zweimal aufgefallen, daß in Ihrer Religion der Teufel zur heiligen Dreifaltigkeit hinzugehört und der heilige Geist immer von einem Sperber verkörpert wird. Warum ist das so?« fragte der Richter.

»Nun, Ew. Ehren, das alles sage ich einmal, weil es die Wahrheit ist, und sodann, weil mich dabei Samuel, Clemens und sogar Pater Daniel beeinflußt haben. Der Teufel ist ein Rebell der schwarzroten Partei, und deshalb muß er rehabilitiert und in die Gottheit eingefügt werden. Alsdann sind in meinem Katholizismus die Tiere, die als Sinnbilder des Göttlichen dienen, alle echt brasilianisch und gehören dem Sertão an. In meiner Sprache treten beispielsweise nie Löwen oder Adler, ausländische Tiere, auf, sondern Jaguare und Sperber. Abgesehen von meiner brasilianischen Sertão-Treue, habe ich die Manie, den heiligen Geist als Täubchen darzustellen, immer als ziemlich weibisch empfunden. Es sei gleich klargestellt, daß der heilige Geist damit nichts zu schaffen hat: die Schuld daran fällt auf die Erfinder zurück. Die Geschichte mit dem Täubchen hat nichts von einer Sertão-Prophetie an sich, es ist eine reine Frechheit der verdrehten Propheten des Auslands. Deshalb ist in meinem Sertão-Katholizismus der heilige Geist ein Sperber, ein männlicher, blutsaugender Vogel, nicht dieses Täubchen, das mir immer recht verdächtig vorgekommen ist. Nach unserem Glauben, Herr Richter, war es der gefleckte Jaguar der göttlichen Sonne, der uns, mich und die Welt, nach seinem eigenen Bilde geschaffen hat. So kann es nicht verwundern, daß der Jaguar im Hinblick auf die Welt das gleiche getan hat, was ich als König mit dem Sertão tue. Deshalb nahm Gott das blaue brennende Feld des Himmelsbanners und setzte darauf die

Gold- und Silberzeichen seines Wappens, das von Sonnen und Sternen funkelt, mit dem Kreuz des Südens, der Sonne und dem Skorpion. Selbst der Tod, Herr Richter, war nun für mich ein schönes heraldisches Wappentier. Er erschien mir als eine riesige Korallenschlange, die eingerollt im Himmel liegt und nach uns ausspäht. Sie war schwarz, silberweiß und tiefrot mit Sperberflügeln und Jaguarzähnen und -krallen, eine Schlange, deren Gift das geheiligte Öl war, das zu unserer Salbung und Weihe unentbehrlich war, weil wir uns ohne sie nicht mit dem Göttlichen vereinen können, um eins mit ihm und ebenfalls göttlich zu werden. Nun gut, Herr Richter: an jenem Tage verbanden sich die Rotweinträume und die bannergeschmückten Tierkreisträume des Sertão-Katholizismus mit dem Funkeln der Sonne auf den Felsspitzen, den Quarzsplittern und Malachit-Kristallen, und plötzlich, ehe ich mich versah, überkam mich eine ›Brise‹.«

»Eine Brise? Was ist das? Von was für einer Brise sprechen Sie jetzt? Spielen Sie vielleicht auf die Sertão-Brise an?«

»O nein. Mit allem Respekt gesagt, Sie kennen sich in den Sertão-Winden schlecht aus, Herr Richter. Hier im Hinterland – in dem dornigen, graubraunen, steinigen Land der Linken – gibt es überhaupt keine ›Brise‹, das ist ein romantisches, rechtsorientiertes Lüftchen, im Ausland gang und gäbe, aber hier in Brasilien allerhöchstens hin und wieder in der Buschwaldzone zu finden. Der Sertão-Wind ist entweder der nächtliche Cariri oder der Espinhara, der versengende Wind des Mittags und der Nachmittage in der Buschsteppe. Wenn ich also Brise sage, meine ich etwas ganz anderes. ›Brisen‹ sind apokalyptische Anfälle, die mich dann und wann überkommen, da ich ja unter der ›heiligen Krankheit‹ der Seher, der schäumenden Dichter und der Propheten leide. An der gleichen Krankheit haben auch Kaiser Pedro I., Machado de Assis und zwei Sertão-Propheten gelitten, die in der Wüste von Judäa lebten.«

»Wer war denn das? Doch nicht Antônio Conselheiro und sein Urgroßvater?«

»O nein, der Prophet Hesekiel und der Prophet Johannes von Patmos, bekannter als Evangelist Johannes, so wie mein Urgroßvater als Dom Johann der Abscheuliche bekannter war. Hesekiel war ›Brisen‹ ausgesetzt. Ich sage das, weil Pater Renato hier eines Tages in der Messe einen Abschnitt aus der epischen Chronik vorgelesen hat, die Hesekiel verfaßt hat. Der Prophet erzählt darin, daß er, als er eines Tages auf eine mit Gebeinen bedeckte Wüste schaute – sicherlich die Skelette, Schädel und Rippen von Ochsen, wie sie unsereins zu Dutzenden im Sertão findet –, plötzlich eine Vision erlebte. Die Knochen traten allmählich zusammen, sie vereinigten sich, bis die Skelette vollständig waren, und dann kam ein Feuerwind, und die Skelette tanzten, und es erschienen große Edelsteine und leuchteten über alledem, und es tauchte ein riesiger Saphir auf, ein vom Licht des Feuers glühender Chrysolith und Flammenwagen und mit blinkenden Schwertern bewaffnete Cherubim mit Schwingen aus Gold und Silber und der Engel und der geflügelte Stier und der Jaguar und der Sperber. Es war eine schreckliche Angelegenheit, Ew. Ehren, ein Totenvers voller Gebeine und gleichzeitig glorreich und silbern mit eingelegten Sternensteinen. Ich weiß nicht, ob ich Ew. Ehren schon berichtet habe, daß Samuel, Clemens und ich unsere ›politischen Parteienspiele‹ haben.«

»Nein, davon haben Sie nichts erzählt. Politische Spiele? Sind das die Intrigen, die Sie aushecken, um Ihre Ziele zu erreichen?«

»O nein, es sind Spiele, regelrechte Spiele. Clemens, der in der Welt nur die graue trübe Wirklichkeit der Hungrigen und Elenden wahrnimmt, hat als sein Lieblingsspiel das ›Damespiel‹ auserkoren, das, weil es ›arm und schlicht ist, aus schwarzen und weißen Steinen besteht‹, ein passendes Abbild für den Kampf der schwarzen Völker gegen die weißen und reichen der Welt darstellt. Samuel, der nur die Traum- und Wappenseite der Welt wahrnimmt, mit Edelleuten, Schilden und Bannern, hat das Schachspiel ausgewählt, weil es von ›Königen, Damen und Springern‹ bevölkert ist, ›welche die Bauern beherrschen, hoch zu Roß reiten und von edlen kriegerischen Türmen beschützt werden‹. Mir selber blieb keine andere Wahl, und ich beschloß daher, wie immer ihre beiden gegensätzlichen Positionen zu einem einzigen Spiel zu vereinen, dem Tarock, das die goldschwarzen Spielkarten des Volkes, nämlich Kreuz und Pik, mit den goldroten Spielkarten des brasilianischen Adels, Herz und Karo, versöhnt. So unterdrücke ich nicht das Volk, sondern erhebe das goldschwarze Volk und die goldroten Könige zu einem einzigen Adel, bei welchem die schwarzen Könige von Kreuz und Pik die goldroten Herz- und Karo-Damen erobern. Da ich dem gleichzeitigen Einfluß von Clemens und Samuel ausgesetzt war, finde ich die linksgerichteten ärmlichen Teile der Sertão-Wirklichkeit – trüb, grau, staubig, elend, voller Gebeine von Kühen, Ziegen und Eseln – ebenso schön wie den Traum aus Silber und Edelstein, der sich ihr zuweilen zugesellt, um sie zu verklären. Oftmals ist es mir schon so ergangen, wenn ich an den Nachmittagen mit starker Sonne auf meinem Felsplateau sitze. Ich sitze dann dort oben und betrachte mir die trübe, staubbedeckte Sertão-Welt, die sich jedoch bereits mit dem Glorienschein belebt, den ihr Kupfer und Gold des Sonnenuntergangs verleihen. Wenn es in einem solchen Augenblick vorkommt, daß dort ein Zigeuner vorüberreitet, dessen Zaumzeug mit Münzen und Medaillen verziert ist, und die Sonne Funken aus diesen Metallen oder den Malachit-Inkrustationen der Steine schlägt, so überkommt mich in der gleichen Stunde eine ›Brise‹; mein Blut und mein Kopf geraten in Brand, und die graue trübe Wirklichkeit verschmilzt mit dem Feuer der Sonne und der Diamanten des Traumes. Der wilde, harte Sertão wird dann zu dem Reich vom Reichsstein und bevölkert sich mit unglücklichen Grafen und verzauberten Prinzessinnen; die Herren sind wie die Paladine von Frankreich aus den Kavalkaden und die Damen wie die Königinnen aus dem Kriegerspiel gekleidet. Die armselige Hochebene des Sertão wird zu einem riesigen Schachbrett oder Spieltisch, vergoldet von einer glorreichen und glühenden Sonne. Ich will mich hier nicht rühmen, Herr Richter, aber diese ›Brisen‹, die mich überkommen, sind etwas sehr Verehrungswürdiges, da sie auch den anderen Apostel und Sertão-Propheten, Johannes von Patmos, ereilt haben. Sie sind auch allen anderen Sertão-Propheten widerfahren, welche die Geschichte Christi erzählt haben. Haben Sie schon das Evangelium gelesen?«

»Einige Teile daraus, nicht das ganze.«

»Sie sollten es lesen, Herr Richter, es ist eine der besten epischen Chroniken, die je geschrieben wurde, mit dem Sturz des Thrones, der Kronen und Monarchien Christkönigs, mit der blutigen Katastrophe seines Todes, mit der Enthauptung Johannes des Täufers und so weiter. Nun denn: im Evangelium erzählen Matthäus, Markus und Lukas, daß eines Tages der junge Bursche, der anfangs einfach und arm war, Immanuel Jesus mit Namen, Sohn eines Sertão-Zimmermanns, auf einen Berg gestiegen ist, auf einen steinigen, dornigen Felsen wie es die hiesigen sind. Johannes, Jakobus und Petrus schauten ihn an, als sie plötzlich von einer ›Brise‹ überkommen und verzückt wurden. Das Antlitz jenes gewöhnlichen jungen Mannes begann zu blitzen wie die Sonne, und seine Gewänder fingen an zu leuchten. Von da an war der junge Mann nicht mehr derselbe: der irrende Knappe, der Hans-ohne-Ziel aus der jüdischen Wüste ›verklärte‹ sich zur Gestalt des Schrecklichen, des Christkönigs, eines Mannes mit Feuerworten, eines Blitzfunken, den man wie einen Höllenhund zu verfolgen begann, dem man endlich einen roten Mantel anzog und eine königliche Dornenkrone aufs Haupt drückte, eines Herz- und Pik-Königs mit blutendem Herzen, der in der Hand als Insignie seines Königtums ein hölzernes Zepter hält, das er mit seinem eigenen Blut benetzte. Und auch wenn Petrus und Jakobus späterhin solche Visionen nicht mehr gehabt haben sollten – ich weiß es nicht –, so steht doch fest, daß sie Johannes immer wieder überkamen. Derart daß er bei einer dieser Erscheinungen – oder Visionen, was auf dasselbe hinausläuft – eines Tages sah, wie vier

jüdische Sertão-Ritter auf mageren häßlichen Pferden vor-
überritten, als sich plötzlich Pferd und Ritter zu heroischen,
medaillengeschmückten Pferden und Rittern von Kavalkaden
verklärten.«

»Wie war das?« sagte der Richter und schnitt eine Grimasse.
»In Judäa gab es auch schon Kavalkaden?«

»Gewiß, ebenso wie hier im Königreich des Sertão und im
Reich der Normandie. Was das angeht, brauchen Sie nicht den
geringsten Zweifel zu hegen, denn es steht schwarz auf weiß in
einem heiligen Buch. Johannes berichtet, daß er das Lamm vier
Siegel erbrechen sah, und aus jedem Siegel ging ein Pferd hervor, ein weißes, ein rotes, ein schwarzes und ein gelbes; alle
wurden von Reitern geritten, die Bögen in der Hand hielten
und Kronen auf dem Kopf trugen, so wie sie hier bei den Sertão-Kavalkaden Lanzen und Helme tragen. Wie Sie sehen, ist
damit bewiesen, daß es in Judäa Kavalkaden gab. Mit einem
Unterschied freilich: bei den Sertão-Kavalkaden und -Hirten-
spielen gibt es nur zwei Parteien, die blaue und die rote. Bei den
jüdischen, von Christus veranstalteten Kavalkaden gab es, wie
man aus den Worten des Apostels Johannes ersieht, deren vier:
die weiße, die schwarze, die rote und die gelbe. Wissen Sie, wer
hier in Brasilien eine ›Brise‹ erlebt hat, die der Verklärung
Christi ähnelt, Herr Richter?«

»Nein.«

»Euclydes da Cunha. Er hat als einer der Propheten aus dem
Wüstenland von Canudos ›gesehen‹, wie der heilige Antonius
Conselheiro bei einem Hungerstreik an den Folgen einer
Schußwunde verstarb. Als Visionär und Prophet, der er war,
sah er unseren Heiligen und Propheten ausgestreckt auf dem
Boden liegen. Da überkam ihn eine Verzückung, und er sah
Conselheiro verklärt und erhoben, auferstanden ›unter Millionen von Erzengeln herabfahren – flammenspeiende Schwerter
blitzen in der Höhe – mitten im Schwarm‹. Und wegen alledem, Herr Richter, sage ich, daß Hesekiel und Johannes die
jüdischen Conselheiros waren. Und deshalb sagte ich auch, daß

an dem Tage, an dem unser Fürst auf dem Schimmel hier eintraf und seinen großen Leidensweg begann, er von Legionen von Erzengeln und gefährlichen Dämonen umringt gewesen ist.«

»Ich habe verstanden. Sie können fortfahren.«

»All das war sehr wichtig für mich, Herr Richter. Zunächst wegen der ›Jaguarvision‹, die ich Ihnen schon erzählt habe. Sodann wegen eines anderen Abenteuers, des ›Abenteuers von der Felsvision‹, das mir zugestoßen ist und das ich Ihnen nun erzählen will. Bis heute weiß ich nicht genau, wie es sich eigentlich zugetragen hat. Ich hatte mich in der Buschsteppe verirrt. Ich weiß nicht mehr, ob ich mich niedergesetzt habe, dann eingeschlafen und später wieder aufgewacht bin. Ich glaube aber, genau das ist geschehen, denn plötzlich fand ich mich liegend wieder, ganz räudig, mit Schorf bedeckt, verfaulend wie Lazarus, unter einem hohen, unzugänglichen Felsplateau. Da erschien mir die Gestalt der Caetaner-Todesgöttin mit ihrer Korallenschlange und ihren Sperbern. Ohne ein Wort, nur mit ihren Blicken gab sie mir zu verstehen, daß ich, wenn ich den Felsen erstiege, der senkrecht in die Höhe ragte und mit Brennesseln bestanden war, meine stinkenden Wunden heilen und mich mit dem Göttlichen vereinigen könnte. Ich mußte wie im Traum, wie im Albtraum, hinaufklettern. Ich schnitt und stieß mich an den scharfen Kanten wund, und meine Fußsohle zerfiel bei der Berührung mit dem rauchenden Stein, und doch vermochte ich auf den Gipfel zu gelangen. Und dort, o Wunder aller Wunder!, entdeckte ich schließlich oder, besser, fühlte mit meinem Blut, daß *alles* göttlich war: das Leben und der Tod, das Geschlecht und die Wüstendürre, die Verwesung und das Blut. Der Felsen sah aus wie der Stein des Reiches, der Stein mit dem Silberregen, und ich wußte mit meinem Blut, daß ich, wenn ich imstande wäre, ihn zu ersteigen, in der Höhe mit einem Schlag den Genuß der Liebe, die Macht des Reiches, die Pracht der Schönheit und die Vereinigung mit der Gottheit erleben würde, die vier Ektasen, welche dem Menschen in Erinnerung rufen, daß er sich auf dieser Wüstenerde, in diesem assyrischen und judäischen Sertão über den morastgrünen Smaragd des Irdischen aufschwingen muß zum roten und blutigen Rubin der Leidenszeit, um so den Goldtopas des himmlischen Jerusalem zu erreichen. Es war eine so wichtige Sache, Herr Richter, daß Sie mir glauben dürfen: als ich an jenem Tage wirklich zu mir kam und mich hingestreckt neben einem Felsen wiederfand, war ich geradezu enttäuscht, als ich feststellte, daß ich nicht so räudig und stinkend war wie in meinem Traum. Aber von nun an gliederte sich das alles in die Visionen und Rituale meiner Kirche ein. Trunken von Wein und Träumen, sah ich, wie sich mein Felsen auch jetzt zu bevölkern begann, aber nicht mit Pferden, sondern mit Frauen, die mich sogleich auf die aufreizendste Weise streichelten, die Sie sich vorstellen können. Während sie das taten, streckte sich eine andere Frau nackt auf dem Felsen neben mir aus und rief mich auf sich. Unten auf der felsigen Hochebene standen die Damen, Ritter und Bauern meines Königreiches, überall ragten Burgen, Silberflüsse schlängelten sich überallhin, und Dolche und Diamanten funkelten in den Lüften mit Pferdeherden und im Winde entfalteten gelben und roten Fahnen. In gewisser Weise ist meine Vision sogar erklärbar, denn ich habe von meinem Vater die Eigenschaft eines Meisters in den Geheimkünsten der drei Astrologien ererbt. Was mir jetzt erschien, war eine Vision vom gesamten Imperium des Skorpion-Siebengestirns mit seinen sieben Kardinalpunkten und seinen zwölf geheiligten Orten – sechs im Meere und sechs im Sertão –, beherrscht von den sieben Planeten und von den zwölf Zeichen des Tierkreises. Dies war übrigens meine letzte Vision im Wachzustand. Denn unmittelbar danach verfiel ich, erschlafft von Sattheit, Trunkenheit und Stickluft, in Schlummer. Die ›Entrückung‹ hielt freilich an, nun aber von allen Wahnvorstellungen belastet, die der Schlaf mit sich zu bringen pflegt. Jetzt gab es nicht mehr den Gegensatz zwischen der nackten Frau, die mich oben auf dem Felsen verlockte, und dem Königreich des Sertão, das sich weiter unten regte und mich blendete. Jetzt verschmolz alles in eins, denn das Reich erschien mir gleichzeitig wie eine fahnenübersäte Schlachtszene und wie eine schöne nackte Frau, die auf der Goldkaskade ihres Haares hingelehnt lag und deren vollkommener Leib von der Sonne vergoldet wurde. Durch dieses ›Reich der Prinzessin vom Schönen Stein‹, durch dieses Zauberland, bevölkert mit Grotten und Hügeln, irrte ich, gleichfalls verhext und bezaubert, entdeckte, streichelte, berührte, enthüllte, und gleich darauf drang ich ein, saugte, biß und zerstückelte – ausgestreckt über schattigen Quellen und Bächen, in deren Moos und deren stillem Wasser in frischgrünem Schatten halboffene Früchte und Blumenkronen leuchteten – die roten Blumenkronen der dunkelroten Rosen, die weichen weißen Blüten des Cambraia-Jasmins, alle zwischen schlängelnden Lianen glitzernd, die meinen Rumpf und meinen Hals einwickelten, meinen Rücken streichelten und ebenfalls gierig suchten, was sie beißen und zusammenpressen könnten. Und es kam der Augenblick, in welchem sich das alles zu einer Empfindung von solcher Seligkeit vereinte, daß die Pferdehufe in meiner Brust und in meinen Schläfen zu galoppieren begannen und im Rhythmus meines Blutes pulsierten und stampften. Es waren Lasten und Herden, sonderbare Kriegerinnen zogen vorüber, und maurische Kämpfe wurden beim gelben und roten Klang der Trompeten ausgetragen, all dies verschmolz mit dem Galopp der Pferde, mit dem Stöhnen der Frau, die mit mir zusammen auf den Gipfel des Reiches gelangte, und schließlich erdröhnte der gelbe sonnendurchglühte Schuß aus einer holländischen Muskete, der, während er von mir ausging, mich im Blut, in den Augen und im Zentrum meines Wesens erreichte – mit dem Prasseln und Blinken glühenden Kupfers.«

VIERUNDSIEBZIGSTE FLUGSCHRIFT
DAS SCHLIMME ABENTEUER
MIT DEN BLENDSPERBERN

»Mittlerweile, Herr Richter, waren etwa zwei Stunden vergangen. Es war nun zwischen zwei und halb drei Uhr nachmittags. In diesem Augenblick war schon die bewußte Szene zwischen Antônio Moraes und Genoveva vorgefallen, und es entspann sich eben das Gespräch zwischen Gustavo und Clara im Auto. Ich wachte auf. Nun erst bemerkte ich, daß der ›Traum von Juwelen und ausgelassenem Leben‹, den ich geträumt hatte, in der Tat eine Beziehung zur ›schlauen, trüben Wirklichkeit‹ hatte, die in meinem Falle von der Landstraße und der Hochebene da unten gebildet wurde. Diese Wirklichkeit hatte zumindest den Schlußteil meines Traumes bestimmt, denn die Straße, die in ungefähr hundert Metern Entfernung am Felsen vorüberführte, war zu diesem Augenblick wahrhaftig von einer geräuschvollen Schar von Wagen, vom Fauchen wilder Tiere, von den metallischen Pfeiflauten der Sperber und dem Geschrei der Eseltreiber belebt, die ihre Tiere antrieben. Ohne genau zu wissen, worum es sich handelte, denn ich schlief ja noch, als das alles begann, hatte ich möglicherweise das Klappern der Pferdehufe, das Klirren der Steigbügel, die gegen die Metallsporen der Reiter schlugen, das Quietschen der Wagenräder und die erstickten Schreie der Lasttiertreiber, welche die eingesperrten Tiere und das Gepäck begleiteten, im Traum wahrgenommen. Erst später, gegen Sonnenuntergang – während Arésio dem Bischof den schrecklichen Faustschlag versetzte, der ihn blutend zu Boden streckte – sollte ich hier im Ort erfahren, daß dies die Kavalkade war, die uns die strahlende Gestalt unseres Fürsten vom Banner des Göttlichen im Sertão zurückbrachte. Aber selbst wenn ich es gewußt hätte, so hätte ich in diesem Augenblick nichts beobachten können, weil der andere Teil des Traumes, der Musketenschuß in meine Augen, ebenfalls seine Ursache hatte, wie ich sogleich zu meiner Bestürzung entdekken sollte. Ich hatte mich im Schatten des Braúnabaums ausgestreckt. Aber während ich schlief, war die Sonne ein gutes Stück weitergewandert, so daß sie mir ins Gesicht schien. Selbst bei geschlossenen Augen hatte mich ihr heftiges Licht völlig geblendet. Vielleicht hatte sich diese Lichtfülle im Traum zu dem ›gelben Schuß aus einer holländischen Muskete‹ verklärt, den Schüssen ähnlich, die während der Schlacht von Guararape im siebzehnten Jahrhundert gegen die Brasilianer abgefeuert wurden, wie Samuel und Clemens mir seit meiner Kindheit unermüdlich zu erzählen pflegten. Was die Augen anging, war es zunächst nur dies, Gott sei Dank. Was das andere Lebenszentrum betraf, das ich im Traum explodieren gefühlt hatte, so trug glücklicherweise kein liederlicher Mulatte die Schuld daran, sondern die schöne Mulattin, die ich durch den Wein und meine astrologischen Zauberriten nackt und ausgestreckt herbeibeschworen hatte. Mit meinen Augen, Herr Richter, geschah nun allerdings etwas, das meine Lage verschlimmerte: in dem Augenblick, in dem ich aus dem Schlaf erwachte, wurde mir nicht sogleich bewußt, daß mir die Sonne ins Gesicht schien, und so öffnete ich sie ohne eine Vorsichtsmaßnahme genau in ihrer Richtung. Alsbald wurde ich von einem gleißenden Licht geblendet, das mich diesmal vollständig erblinden ließ, und dieser Zustand hielt so lange an, daß er mich daran hinderte, den Reiterzug Sinésios des Strahlenden, der über die Landstraße auf die Stadt zu zog, klar zu erkennen. Der Abdruck des Sonnenkreises in meinen Augen erfüllte meinen verdunkelten Blick mit Phantasmagorien und einem Lichtkaleidoskop, worin ich den riesigen Globus in einer Art weitläufigem Feuer aus geschmolzenem Blei schwimmen sah, zwischen Segelbooten, Schiffen und Fahnen, goldenen Sphären und flammenden Früchten. Meine Stirn brannte vor Kopfschmerz, als wenn sie wirklich den Streifschuß einer glühenden Kugel abbekommen hätte. Mein Sehvermögen wurde noch weiter herabgesetzt, weil Sinésios Reiterzug auf der Landstraße eine riesige Staubwolke aufwirbelte. Der rotbraune, von der Sonne vergoldete Staub hüllte die Reiter ein; sie zogen in einer Wolke ›strahlender, verhüllter Bilder‹ vorüber, strahlend und verhüllt wie der Fürst selber, der dort herankam. Jetzt war der Schmerz wie ein Ring aus heißem Eisen oder ein Feuergürtel, der meine Stirn mitleidlos zusammenpreßte. Und da ich gleichzeitig ein Hornsignal vernahm – wahrscheinlich das gleiche Jagdhorn, das Sinésio später auf dem Marktplatz blies –, rüttelte mich das heilige Feuer des Epos auf, das über die Theorben-Saiten des genialen brasilianischen Barden Dom Raymundo Corrêa ausgegossen wurde. Unmerklich und ohne mein Zutun begannen sich die prophetischen Verse in mir zu regen und mir Blut und Kopf zu versengen, in welchen Raymundo Corrêa den Einzug von Dom Sinésio Sebastião in das steinige Reich des Sertão vorausahnt, im Geleit von zigeunerhaften Cangaceiro-Adligen. Vierzig Jahre vor dem Ereignis dichtete er die Verse:

> Die Sonnenglut die stille Straße sengt.
> Doch horch! Was naht? Durch Stille bang
> Mit Hufgetrappel zieht den Weg entlang
> Die große Kavalkade dichtgedrängt.

> Braune Zigeuner sind herangesprengt.
> Geschmeidig wie der Puma ist ihr Gang.
> Sie reiten fort. Es hat der Hörner Klang
> Dem Nachmittag sein rotes Gold geschenkt.

> Vom Brand verzehrt die Dornensteppe bebt.
> Von des Gebirges Felsenkamm das schlimme
> Getöse dieses Zugs gebrochen wird.

> Landaus, landein die Feuerstille schwebt.
> Die Sonne weiht des Königs staub'ge Stimme;
> Der Strahlende durch Totensonne irrt.

»Geblendet und Raymundo Corrêas Verse in den Gedanken, Herr Richter, hörte ich die Schar vorüberziehen und sich immer weiter entfernen. Ich hatte nichts deutlich erkennen können und meinte in meiner prophetischen Blindheit, es sei irgendein Zirkus oder eine gewöhnliche Zigeunersippe, die hier in der Stadt auf den Markt ziehe. Ich blieb noch einige Zeit auf dem Felsen, drehte dem Städtchen den Rücken zu und schaute auf die Straße und hatte dabei die Hände über die Augen gelegt, um sie zu schützen und zu sehen, ob sich die Blindheit so rascher bessern und ich mein Sehvermögen zurückgewinnen würde. Aber es war nichts zu machen. Kaum wollte ich versuchsweise die Augen öffnen, so kehrten die Feuerkugeln, die Lichtpunkte, die Flecken geschmolzenen Bleis wieder und wurden unerträglich, wenn ich die Augen gewaltsam offenhalten wollte, und sie blieben gedämpfter und spiegelverkehrt, wenn ich sie von neuem schloß. Während ich mein Augenlicht zurückzugewinnen suchte, muß Sinésios Reiterzug in die Stadt eingezogen sein, die eingesperrten Tiere aus den Käfigen befreit und all die Ereignisse hervorgerufen haben, die ich erzählt habe, wozu auch die ›Vision‹ des Propheten Nazário und Pedros des Blinden gehörte.«

»Eine Frage, Dom Pedro Dinis Quaderna! Ich stelle fest, daß die ›Visionen‹ des Propheten Nazário und Pedros des Blinden in enger Verbindung mit Ihrem Sertão-Katholizismus stehen. Waren sie Ihre Schüler?«

»In gewisser Hinsicht schon, Herr Richter. Sie hörten sich alle Jahre die Vorlesung des ›Almanachs von Cariri‹ an, den ich nach dem Tode meines Vaters weiterhin veröffentlichte, und kannten alle Flugschriften, die ich drucken und auf dem Markt verkaufen ließ, vor allem die vom Stein des Reiches; an deren Verbreitung war mir viel gelegen, weil ich auf diese Weise neue Proselyten für meine Sekte werben wollte.«

»Notieren Sie das, Dona Margarida! Es ist eine wichtige Einzelheit für die Aufklärung dieses Falles. Sie können weitererzählen, Dom Pedro Dinis Quaderna!«

»Tatsache ist, Herr Richter, daß ich, wie eben gesagt, ungefähr zu der Stunde, in der die Jaguare freigelassen wurden, mein volles Sehvermögen wiedergewann. Noch mehr als das: wie eine heilige, aber vorübergehende Gabe, die im letzten Augenblick, in welchem sie in mir wohnte, kräftigen Abschied nehmen wollte, kehrte mein Augenlicht nicht einfach normal wieder. Ich sah mich vielmehr plötzlich mit einem ungewöhnlichen visionären Sehvermögen ausgestattet, wie ich es nie zuvor besessen hatte. Wehe mir, Herr Richter! Ich konnte nicht ahnen, daß mir dieses königliche Tierkreis-Sehvermögen nur für einen Monat verliehen worden war, nur damit ich alsbald und für immer in eine intermittierende, grausame Blindheit verfallen sollte, die ebenfalls prophetisch, aber hart und schrecklich zu ertragen ist.«

»Eine Blindheit? Sie sind erblindet? Sie sind jetzt blind?«

»Das bin ich. Nicht nur epileptisch, auch blind. Haben Sie schon etwas für einen Epenautor Schlimmeres gesehen? Was mich bei dieser Tragödie tröstet, ist nur, daß die Blindheit einem ›Volksgenius‹ wie mir gut zu Gesicht steht. Homer war ebenfalls blind. Wußten Sie das?«

»So sind Sie also blind,« sagte der Richter und schüttelte den Kopf. »Und genau in der Stunde erblindet, wo in Ihrer Nähe und in der Nähe des Felsens, auf dem Sie sich befanden, der Schuß abgegeben wurde, der vielleicht verhindert hat, daß man Licht in diese Angelegenheit bringen kann. Wissen Sie, daß diese Blindheit genau zum richtigen Zeitpunkt gekommen ist, Dom Pedro Dinis Quaderna? Da Sie blind sind, können Sie mir sagen, Sie hätten überhaupt nichts gesehen. Da Sie blind sind, werden Sie ein Gegenstand des Mitleids. Da Sie blind sind, können Sie auch die Mörder nicht identifizieren, auch dann nicht, wenn wir sie entdecken sollten. Sehen Sie, Herr Quaderna, ich möchte nicht unhöflich sein, aber es ist doch wohl absonderlich, daß Sie sich genau diesen Zeitpunkt für Ihre Erblindung ausgesucht haben. Und dann, was ist das überhaupt für eine merkwürdige Blindheit? Sie sind ohne Blindenführer hierher ins Gefängnis gekommen, sind die Treppe ohne zu tasten emporgestiegen, haben die Stufen mühelos gefunden, haben sich auf den Stuhl gesetzt, den ich Ihnen vor kurzem mit einer Geste gezeigt habe, Sie haben gesehen, daß ich einen schwarzen und roten Talar anhabe . . . Was hat das zu bedeuten?«

»Tatsächlich ist es eine sehr merkwürdige Blindheit, Herr Richter, die an jenem Tage meine Augen betroffen hat. Meines Erachtens ist es eine nahe Verwandte der genialen Epilepsie, die mich ebenfalls überkam, wie ich Ihnen sagte. Beide ließen mich in einer Art Dämmerlicht zurück, in welchem mir die Welt wie ein Sertão erscheint, wie eine große Wüste, von der die genialen Schriftsteller Manuel de Oliveira Lima und Afrânio Peixoto sprachen, indem sie auf alte brasilianische Chronisten aus der Zeit der Konquistadoren zurückgriffen, wie mir Clemens und Samuel erzählt haben. Auf diese Weise erscheint mir der Sertão als das Reich des Feinen Steins, von dem ich schon gesprochen habe. Als ich vor kurzem hierher ins Gefangnis kam, erblickte ich den Sertão selber als ein riesiges Gefängnis, umgeben von Steinen und Schatten, von phantastischen, einsamen Felsen, giftigen, grauen Eidechsen, die in einem wüsten Lande schliefen. Den Ruinen, den verbrannten Riesenskeletten einer in Brand gesteckten Felsenstadt ähnlich. Nun bin ich als Schüler von Samuel Katholik; aber als Schüler von Clemens bin ich auch ein Anhänger der Neger-Tapuia-Mythologie Brasiliens. Auch ist laut Clemens unser Hinterland das älteste Land der Welt, es ist die Wiege des Menschengeschlechts. Er sagt, wir Hinterländler seien die direkten Nachkommen des Tapuia-Indios, des ›braunen Urmenschen‹, der an einem Tage aus der braunen Sertão-Erde hervorsproß, als sie feucht war, und dann zwischen den Dornen und Steinmauern des Sertão umherirrte. Im übrigen erscheint mir diese Auffassung von Clemens logischer als die Auffassungen anderer, ausländischer Mythologien. Es ist viel logischer, daß der braune Mensch, der von hier nach Afrika ausgewandert ist, dort durch die Hitze schwarz und in Europa durch die Kälte weiß geworden ist, in Ägypten oder Indien dagegen braun blieb. Etwas anderes, das Clemens sehr verärgert, ist die ganz willkürliche Vorliebe, die man auf der Welt dem, was er die ›englische biologische Mythologie‹ nennt, entgegenbringt. Entrüstet stellt er die Frage: ›Wie kommt man überhaupt dazu zu behaupten, der Mensch stamme vom Affen ab? Es ist viel logischer, daß er von anderen Tieren abstammt, vor allem vom Jaguar.‹ Das sagt er in Augenblicken der Erregung. In Augenblicken größerer Ruhe erklärt er dann, der Mensch stamme von gar keinem Tier ab, und die Neger-Tapuia-Mythologie komme der wissenschaftlichen Wahrheit viel näher als die angelsächsischen Mythologien, die so willkürlich sind wie irgendeine andere und zum Überfluß auch noch anmaßend. Sehen Sie, Herr Richter, immer wenn ich etwas über die Buschsteppe des Sertão sagen werde, stütze ich mich dabei auf drei geniale brasilianische Schriftsteller, General Dantas Barretto, Oberstleutnant Durval de Aguiar und Hauptmann Euclydes da Cunha – letzterer laut Samuel ein Dauerkünstler im Plagiat der beiden vorher Genannten. Ich ziehe immer den General Dantas Barretto vor, einmal, weil er im Rang am höchsten steht, vor allem in der militärischen Rangordnung, dann, weil er ein so bewundernswürdiger Schriftsteller ist, daß er den Eisenbahnzug als ›zischende mechanische Schlange‹ bezeichnen konnte. Hier jedoch muß ich für das, was ich zu sagen habe, auf Oberstleutnant Durval de Aguiar zurückgreifen. Haben Sie schon etwas von ihm gelesen?«

»Nein, nie, ich habe nicht einmal von diesem Autor reden hören.«

»Das ist schade. Er und General Dantas Barretto haben für Euclydes da Cunha die gleiche Rolle gespielt, die Samuel und Clemens für mich gespielt haben. Bei der Beschreibung des Reichssteins im Sertão sah Oberstleutnant Durval de Aguiar, daß diese Gegend ganz ›aus natürlich übereinandergeschichteten Steingebirgen‹ besteht, ›die Festungen und unbezwingliche Zufluchtstätten‹ bilden. Euclydes da Cunha beschreibt, den Oberstleutnant plagiierend, ebenfalls den Sertão und spricht von ›Reihen kapriziös angeordneter Gebirgshänge‹, die ›tat-

sächlich großen Totenstädten‹ ähnlich sehen, Städten, an denen
der Sertão-Bewohner vorbeireitet, ›ohne die Sporen aus den
Weichen seines pfeilgeschwinden Pferdes zu ziehen‹, weil er
sich vorstellt, sie seien ›von schweigenden, tragischen Seelen
aus einer anderen Welt bewohnt‹. Und daran erkenne ich, daß
Euclydes da Cunha unter keinen Umständen der ›Genius des
brasilianischen Volkes‹ gewesen sein kann. Sehen Sie nur, wie
leichtsinnig er vorgegangen ist! ›Sich vorstellt‹, was für ein blöd-
sinniges Gerede! Es gibt sie wirklich! Diese Bevölkerung von
Seelen aus einer anderen Welt existiert hier wirklich in unseren
Steinen, nachts, bei Tage und auf dem Gipfel des Mittags. Die
Jaguare, die Sperber, die Geieradler, die Hirsche, die Böcke,
die Schlangen und die Sertão-Fledermäuse würden für den
Beweis genügen, daß unser steinummauertes Königreich von
Göttern und Dämonen, von Engeln und Gottheiten bevölkert
ist. Wie mir Clemens erklärt hat, Herr Richter, ging aus dem
Beischlaf der Sonnengottheiten miteinander die Erde hervor
und das Wasser, das diese Gottheiten abließen. Von da an war
es leichter: Spermatropfen der männlichen Götter oder Men-
struationstropfen der weiblichen Gottheiten, die auf den Lehm
der Erde fielen, ließen entweder Tiere oder Pflanzen entstehen.
Wenn dann später ein Gott eine Hirschkuh bestieg oder eine
Göttin sich von einem Pfau oder von einem Sperber decken
ließ, wurde je nachdem ein Mann oder eine Frau geboren. Aus
diesem Beischlaf der Tapuia-Gottheiten mit den Jaguaren, den
Sperbern, den Böcken, den Ziegen, den Hirschen und anderen
Tieren gingen die braunen Tapuias hervor, direkte Vorfahren
der Sertão-Einwohner und indirekte aller übrigen Menschen.
Und deshalb erscheint mir der Sertão in den Augenblicken
meiner größten prophetischen Blindheit als das steinerne Königreich, von dem ich Ihnen gesprochen habe. Ein Reich, durch
das ich jetzt umherirre wie der Raufbold Vilela, ebenfalls ein
verirrter, von einem Prozeß bedrängter Vagabund, blind und
außerstande, etwas anderes wahrzunehmen außer diesen Felsen, diesen dornigen Buschsteppen, diesen kahlen Anhöhen,

dieser Sertão-Rasse und diesen Tieren, die jenen ähnlich sehen, die bisweilen in unseren Albträumen auftreten. Zu meinem Glück jedoch kennt die Blindheit, die meine Augen befiel, lichte Augenblicke. Blind wie ich bin, spaltet manchmal, wenn ich es am wenigsten erwarte, ohne Vorzeichen ein Blitz das Halbdunkel, in dem ich lebe, und dann *sehe* ich, was ich ebenfalls der ›geheiligten Krankheit‹ der Genies zuschreibe, von der ich in Ihrer Gegenwart überkommen wurde. In solchen Augenblicken *sehe* ich wirklich, sehe ich gründlich! Was ich dann wahrnehme, was ich dann ins Auge fasse in solchen Augenblicken des ›Funkensteinblitzes‹ und des ›Schmetterblitzes‹, erkenne ich in unterbrochenen Zonen blendender Helligkeit, sehe ich, wie bis heute nichts von den gemeinen Sterblichen gesehen worden ist.«

»Von den gemeinen Sterblichen? Was sind Sie denn? Ein Erleuchteter oder etwa eine Tapuia-Sertão-Gottheit?« fragte der Richter ironisch.

»Bescheidenheit und christliche Demut verbieten mir, so weit zu gehen. Ich würde allerhöchstens sagen, daß das, was mir zugestoßen ist, ein unerforschlicher Ratschluß der Vorsehung gewesen ist, die nicht zulassen konnte, daß der Genius des brasilianischen Volkes dem Genius des griechischen Volkes in irgend etwas nachsteht. Meine Blindheit wäre der dichterischen prophetischen Blindheit Homers sehr ähnlich, falls dieser liebenswerte und erlauchte Dichter, der Autor der griechischen Übersetzungen von ›Ilias‹ und ›Odyssee‹, wirklich existiert hätte – und ich sage das, weil, wie Samuel längst bewiesen hat, der tatsächliche Autor der brasilianischen Originale dieser beiden Werke der geniale Barde des Nordostens Dr. Manoel Odorico Mendes gewesen ist. Auch glaube ich, daß Hesekiel, der renommierte jüdische Sertão-Dichter, von dem ich vor kurzem sprach, in einem ganz ähnlichen Zustand der Blindheit und Erleuchtung, wie ich ihn nun erleide, seine Vision vom Knochengefilde hatte und ebenso die andere, eine Vorläuferin der Neger-Tapuia-Mythologie, bei der ihm Adler, Greifen und

Stiere erschienen, welche den Thron des Göttlichen trugen, eine Vision, die ich sogleich dem Sertão angepaßt habe, indem ich die Adler in Sperber, die Greifen in eine Kreuzung aus Jaguar und Kranichen und den Löwen des Göttlichen in den Jaguar des Göttlichen verwandelt habe.«

»Wenn Sie so ausgefallene Dinge im Kopf haben, Dom Pedro Dinis Quaderna, dürften in Ihrem Kopf einige Schrauben locker sitzen«, sagte der Richter und tat so, als spräche er mit mir, in Wahrheit aber wollte er bei Margarida Anerkennung finden.

Ich stellte mich ganz harmlos und stimmte zu:

»Das ist wahr, so ist es wirklich, Ew. Ehren. Mein ganzes Leben hindurch habe ich unter dem Einfluß der Clementinischen Linken gestanden, einem *klassischen,* schmucklosen Einfluß: volkhaftes Morgenlicht vom Rubin, himmlisch und sonnenhaft. Andererseits stand ich auch unter dem Einfluß der Samuelischen Rechten, der *romantisch* ist, nächtlich, saturnhaft-mondlich, adlig, smaragdhaft, höllenhaft, morastgrün und vom Mond bestimmt. Wenn sich das Clementinische Element mit dem Samuelischen verbindet, ergibt sich das Quaderneske. Deshalb bin ich, da ich dem Nachmittag, dem Topas, dem Fegefeuer, dem Merkur und der Sonne zugehöre, gleichzeitig klassisch und romantisch, das heißt: ›vollständig, genial, musterhaft und königlich‹. Ich, Herr Richter, der mit zwei Sertão-Augen auf die Welt gekommen ist, habe später im Priesterseminar den romantischen und prophetischen Einfluß des genialen judäischen Barden aus Alagoas, Pater Ferreira de Andrade, erfahren und bin von nun an als Einäugiger durch die Welt gegangen: vom romantischen Wahn der jüdischen Sertão-Wüste ebenso verbrannt wie von der Feuerschwinge und Messerklinge der Muse des genialen Dichters aus Paraíba, Augusto dos Anjos. Das andere Auge ist klassisch und volkstümlich geblieben, so wie es geboren wurde. Am merkwürdigsten aber ist, daß das rechte, das romantische verbrannte Auge von dem klassischen und sehenden, dem linken, abhängt. Und umgekehrt. Wenn der romantische und feurig-wüstenhafte Sperber nicht eines meiner Augen verbrannt und zerstückelt hätte, hätte das andere nicht das Privileg erhalten, in der graubraunen getrübten Wirklichkeit diese Kavalkaden und bannergeschmückten Schlachten, diese Sterne und Münzen wahrzunehmen, die ich zuweilen auf der Stirn der Sertão-Reiter erblicke. Und wenn ich nicht Silber und Sonne meines Blutes gänzlich mit dem klassischen sehenden Auge verbraucht hätte, so wäre ich nicht in der Lage, Leid und Elend wahrzunehmen, die zahnlose, fettleibige Häßlichkeit der Leute, die Fledermäuse, die Urubú-Geier und die Krähen der Sertão-Grotten, wo die höllischen saturnalischen Gottheiten meiner astrologischen Tierkreiswelt hausen.«

»Ich habe verstanden. Fahren Sie nun fort mit Ihrer Schilderung der Ereignisse des 1. Juni 1935 auf der Höhe Ihres Felsens!«

»Nachdem ich eine gute Weile mit geschlossenen Augen dagesessen hatte, wie ich Ew. Ehren erzählt habe, fand ich, daß zu meiner Wiederherstellung Zeit genug vergangen sei, und schlug die Augen auf. Ich hatte mich wieder zur Stadt hin umgedreht, so daß plötzlich ihre Dächer vor mir auftauchten. Sonderbarerweise erblickte ich jetzt alles viel deutlicher als vorher. Drei Häuser hoben sich in meiner prophetischen Vision besonders klar ab: das alte Herrenhaus der Familie Villar, das mir näher lag als die übrigen; das Haus der Garcia-Barrettos und das Haus der Pinienzapfen, in dessen Nähe der Cangaceiro stand, der auf Sinésio einen Schuß abgab. Dies waren genau die Häuser, in denen sich, wie schon erwähnt, die für diese Geschichte wichtigsten Persönlichkeiten aufhielten. Und Ew. Ehren dürfen mir glauben, daß ich das alles blitzschnell *sah,* wie ich nie zuvor etwas in meinem Leben gesehen habe. Es schien mir so, als ob mir die Welt zumindest in ihrem Sertão-Teil ›nicht ihre Erscheinungsformen, sondern ihr eigenes Blut, ihre braunen Eingeweide, ihre seltsame Raubtierseele enthüllte, welche die unsrige erzeugt hat‹. So sagt Clemens immer, wenn er mir die ›mythologische Neger-Tapuia-Einführung‹ seiner berühmten ›Penetral-Philosophie‹ erläutern will. Aber das dauerte nur einen Augenblick, Herr Richter! Die riesige Kugel aus geschmolzenem Blei, welche die Sonne in mein Augenlicht eingepreßt hatte, hatte sich noch nicht völlig aufgelöst. Sie schien sich nur von meinen Augen abgelöst und Eigenleben gewonnen zu haben, denn sie begann in halber Höhe zwischen dem Felsen und der Stadt am Horizont zu schwimmen. Und dann trat die nicht wiedergutzumachende Katastrophe ein: die übermannsgroße Bleikugel spaltete sich in der Mitte, und aus ihr krochen zwei Sperber hervor, ein Männchen und ein Weibchen; pfeilschnell durchstießen sie die Lüfte auf meinen Felsen zu und gaben dabei rauhe, metallische Pfeiflaute von sich. Was waren das wohl für Sperber, Herr Richter? Waren es zwei von denen, die mit Sinésio mitgekommen waren und in diesem Augenblick auf dem Marktplatz freigelassen wurden? Waren es gewöhnliche Sperber aus dem Sertão, die zufällig dort erschienen waren? Waren es die beiden Sperber, die dem Caetaner-Mädchen gehören, der jungen grausamen schwarzroten Sertão-Todesgöttin? Waren sie vom unheilvollen Schicksal ausgesandt worden, um meine Stirn mit dem ›Siegel des Genius‹ zu brandmarken, von dem der geniale brasilianische Dichter Fagundes Varela spricht? Ich weiß es nicht. Ich glaubte, sie würden, sobald sie mich erblickt hätten, einen Bogen um den Felsen und mich schlagen, wie es Sperber normalerweise tun. Deshalb ergriff ich keine Vorsichtsmaßnahmen, und das hat mich ins Unglück gestürzt, Ew. Ehren; denn sie haben mich geblendet und meine Augen für immer verletzt und zerstückelt.«

»Dom Pedro Dinis Quaderna, ich will hier nicht erörtern, ob Sie blind sind oder nicht. Aber eines kann ich Ihnen garantieren, weil ich es sehe: Ihre Augen sind nicht zerstückelt, sie sind immer noch so frisch und wohlbehalten, daß es ein Vergnügen ist, sie anzuschauen.«

»Das mag sein, Herr Richter. Um genau zu sein, ich weiß wirklich nicht, wie die Sperber vorgegangen sind. Ich weiß nicht, ob sie den Schnabel oder die Krallen benutzt haben oder ob sie sich damit begnügt haben, sich an meine Augen anzulehnen und ihre brennenden, flammenden Hinterteile an jedes meiner Augen zu halten. Ich weiß, weil ich es noch zu sehen vermochte, daß sie die Lüfte durchschnitten und mit gewaltiger Geschwindigkeit auf mich zukamen, gleich an meinen Kopf heranflogen und ihn umflatterten, wie dies immer bei den Anfällen meiner ›heiligen Krankheit‹ geschieht. Entsetzt vernahm ich das Rauschen, die trockenen Schläge ihrer Schwingen, die meinen Kopf umkreisten, und das mit wachsender Geschwindigkeit. Ich taumelte, fühlte, wie eine seltsame Hitze Kopf und Stirn umfing. Meine Augen begannen sich auf unerträgliche Weise zu erhitzen und zu schmerzen. Ein Feuerwindstoß blies mir ins Gesicht. Und etwas müssen sie getan haben, denn plötzlich zersprangen meine Augen wie Maiskörner im Feuer oder wie wenn man sie auf der Höllenesse zusammengehämmert hätte. Und das war das letzte, was ich sah, Herr Richter: unmittelbar darauf erblindete ich, Blut und Tränen flossen mir über das Gesicht, vermischt mit der salzigen Flüssigkeit meiner zerstückelten Augen.«

FÜNFUNDSIEBZIGSTE FLUGSCHRIFT DER PROPHETEN-GEHILFE

»Mit einem Schmerzensschrei der Verzweiflung kniete ich am Stein nieder und verharrte dort eine gute Weile lang und streichelte mit beiden Händen so sanft wie möglich die Gegend, die meine armen zerstückelten Augen umgab. Ich war völlig verzweifelt und überzeugt, daß meine Augen unheilbar blind waren. Der Einfluß der brasilianischen Dichter, vor allem der Akademiemitglieder, ist in mir so mächtig, daß die Worte, die mir in den Sinn kamen, um mein Mißgeschick auszudrücken, die berühmten Verse des genialen Pernambucaners Eustáquio Gomes waren, die da lauten:

Die Blindheit ist die Mieterin der Augen,
So wie Unwissenheit die Aftermieterin
Von allen bösen Leidenschaften ist.

»Hübsch!« meinte der Richter.

»Das finde ich auch«, stimmte ich zu. »Aber auch so war ich in schrecklicher Sorge. Sollte ich in meiner Blindheit zum Ignoranten werden und die Unwissenheit, die Aftermieterin der bösen Leidenschaften, wegen meiner nutzlosen Augen von meinem Kopf Besitz ergreifen? Würde mich dieser Vereselungsvorgang nicht daran hindern, den großen Traum meines Lebens verwirklicht zu sehen, zum ›Genius des brasilianischen Volkes‹ zu werden? Ich spürte im Munde einen seltsamen Geschmack nach salzigem Metall; es mußte wohl der rostige Geschmack nach dem Blut und den Tränen sein, die mir aus den Augen in den Mund flossen. Dieser Geschmack ließ mich den Grund verstehen, weshalb mir die Augen der Blinden immer wie aus in der Sonne geblendetem Silber gemacht vorkamen. Ich fühlte jetzt nämlich an meinem eigenen blinden Antlitz, daß der Raubvogel der Sonne meine Augen in zwei Kugeln geschmolzenen Silbers verwandelt hatte, die sich gleich verhärten und für immer trüben würden. Ich wußte jetzt, daß mich die geschmolzene Bleikugel, welche die letzten Augenblicke meines Sehvermögens erfüllt hatte und nun meine sonderbare Blindheit begleitete, nie mehr verlassen und bis ans Ende meiner Tage bei mir bleiben würde.«

»Sind Sie bis in die Nacht auf Ihrem Felsen geblieben?«

»Nein. Mit dem Dortbleiben hätte ich meine Schwierigkeiten nicht vermindert. Es war besser, ich versuchte, hier in den Ort zurückzukehren, um den Arzt aufzusuchen. Also fing ich an, tastend und strauchelnd, mich abermals an den Nesseln verbrennend und an den scharfen Kanten meines heiligen Felsens verletzend, hinunterzuklettern, um meine erste Wanderung als Blinder anzutreten. Ich schürfte mir die Haut ab, fügte mir auf alle erdenkliche Weise Schmerz zu, stöhnte, wütete schreiend gegen die göttlich-teuflische Katastrophe, die über mich hereingebrochen war, und brachte es schließlich fertig, den Felsen hinabzuklettern, die abschüssige Hochebene zu durchqueren, die zwischen ihm und der Landstraße liegt, und an den Platz zu gelangen, wo sich mein treues Pferd ›Blitzstein‹ befand. Es beschlich mich ein schlimmes Gefühl der Unsicherheit, da ich zwar vom Felsen hinabzusteigen vermocht hatte, nun aber wehrlos auf der Hochebene stand. Es schien mir, als ob ich allen Gefahren des Sertão-Buschwalds ausgesetzt wäre. Ich hatte Angst, einem Jaguar zu begegnen, einer großen Kobra, die mich so verschlingen würde, wie sie Pedro ›Windsturm‹ verschlungen hatte, einem losgelassenen wilden Jungstier, der mir mit den Stahlspitzen seiner Hörner den Bauch aufschlitzen würde, oder einer Korallenschlange, die mich in den Knöchel stechen und mit den tödlichen Kristallen ihres Giftes das Blut der Caetaner-Todesgöttin in mein Blut einspritzen würde. Ich hörte ›Blitzstein‹ so leise wiehern, wie er das immer bei meiner Ankunft tut. Ich folgte der Richtung dieses Geräuschs und vermochte zu ihm zu gelangen: ich umarmte das edle Tier und lehnte weinend meine glühende Stirn an seinen Hals; sie rauchte noch von dem Sperberfeuer, das mich geblendet hatte. Da ließ mir nun meine Sertão-Gottheit ein Zeichen zukommen, Herr Richter, und gab mir zu verstehen, daß sie sich meiner zu erbarmen begann. Ich hörte eine Stimme näher kommen: sie sang auf der Straße von Vila de Estaca Zero nach Taperoá. Die Stimme war näselnd und heiser und kam mir doch gleich bekannt vor. Am meisten beeindruckte mich, daß sie von den Silberklängen einer Gitarre begleitet wurde. Abermals kamen mir da die Sertão-Blinden in den Sinn, Herr Richter. Jetzt wußte ich auf einmal im Inneren meines Blutes, warum Stimme und Gitarre der Blinden mir immer silbriger erschienen waren als die der gewöhnlichen Volkssänger. Ganz in meiner Nähe stieß die Stimme einen Kriegsruf aus und sagte: ›Auf, mein Volk! Auf, denn der Strahlende ist angelangt, und der Krieg um das Reich hebt an!‹ Dann stimmte sie eine Strophe an, die mich nicht länger darüber im Zweifel ließ, wer der herankommende Sänger war. Die Verse lauteten wie folgt:

Lino Pedra-Verde bin ich,
Bin ein stachliges Insekt,
Bin die große Klapperschlange,
Die das Hinterland erschreckt.
Um mit blankem Stahl zu kämpfen,
Bin ich gänzlich ungewandt.
Aber frei und losgelassen,
Die Gitarre in der Hand,
Bin ich wie der Jaguar,
Meines Wappens Königstiger,
Bin ich Dolch und Silberkugel,
Schlangenlöwenbrut und Sieger!

»Ausgezeichnet, Dom Pedro Dinis Quaderna!«, kommentierte der Richter. »Von allen Ihren Versrätseln ist dieses am einfachsten zu entziffern, wenigstens für uns, nicht wahr, Dona Margarida? Aus den Versen entnehme ich, daß der Sänger, der da herankam, Lino Pedra-Verde gewesen ist, nicht wahr?«

»Genauso ist es, Ew. Ehren, und ich beglückwünsche Sie, daß Sie mit meinem königlichen Rätselstil bereits so vertraut geworden sind.«

»Sie wissen ja, daß alle Leute hier am Ort sagen, dieser Lino Pedra-Verde sei nicht nur Ihr Mittelsmann bei allen möglichen dunklen Geschäften, sondern auch Verbindungsmann zwischen Ihnen und den törichten Fanatikern, die Sie in den sogenannten Orden vom Stein des Reiches zu locken verstanden. Wissen Sie das?«

»Das weiß ich wohl.«

»Und obwohl Sie das wissen, gestehen Sie, daß Sie zu eben der Stunde, in der der Cangaceiro in größter Nähe erschossen wurde, eine Begegnung mit Lino Pedra-Verde hatten?«

»Das gestehe ich, jawohl, denn es ist die reine Wahrheit, und ich bin außerstande zu lügen, selbst wenn mir das schaden sollte.«

»War Ihre Begegnung mit ihm so zufällig, wie Sie zu verstehen gaben? Oder lag eine vorherige Verabredung zwischen Ihnen beiden vor?«

»Die Begegnung war zufällig, Herr Richter.«

»War sie das wirklich? Sagen Sie mir eines: wußten Sie, daß Lino Pedra-Verde an jenem Samstag in die Stadt kommen würde?«

»Das wußte ich, jawohl, denn er läßt hier keinen Markttag aus, und es war gerade ein Markttag.«

»Und wußten Sie auch, daß dies die Straße war, auf der er kommen mußte?«

»Jawohl, das wußte ich.«

»Ausgezeichnet! Nehmen Sie das alles zu Protokoll, Dona Margarida! Es ist ein wichtiges Faktum für die Aufklärung des Falles. Sie können fortfahren, Dom Pedro Dinis Quaderna!«

»Linos Schritte kamen näher, Herr Richter. Ich sah nichts, ich war völlig in meiner Blindheit verloren. Da blieb Lino stehen, was ich daraus entnahm, daß seine Schritte stockten, und es trat ein Augenblick des Schweigens ein, während dessen er mich wohl fassungslos angeschaut haben muß, entsetzt über den Anblick meines von Blut und Tränen befleckten Gesichts. Nach diesem Augenblick des Schweigens und Erschreckens sagte Lino Pedra-Verde:

›Dom Pedro Dinis Quaderna, mein König und Herr! Was tun Sie hier mitten auf der Landstraße? Willst du dich zum Gespött machen, Dinis?‹«

»Herr Quaderna, wenn Sie Ihr Epos schreiben, geben Sie acht auf die Anredeformen! Jetzt eben haben Sie bei Linos Satz zu Beginn eine feierliche Anrede gebraucht, dann sind Sie zum ›Sie‹ übergegangen und schließlich zum ›du‹. Aufgepaßt, das ist eine schwerwiegende Nachlässigkeit bei einem Epiker!«

»Nein, das war keine Nachlässigkeit, da irren Sie sich. Die Anredeformen, die ich verwendet habe, sind mit Vorbedacht gewählt worden. Damit Sie diese Besonderheiten recht begreifen, muß ich Ihnen gewisse Dinge erklären. Zunächst einmal hatte ich den Rittern vom Orden des Reichssteins einige zeremoniöse Formeln beigebracht, die aus den Romanen von José de Alencar und Zeferino Galvão stammten; der letztere ist ein genialer Sertão-Autor aus Pernambuco, aus Vila de Pesqueira, Verfasser von ›Das Kloster von Nîmes‹ und ›Heloise von Arlemont‹. Daraus stammte das ›Dom Pedro Dinis Quaderna, mein König und mein Herr‹, womit mich Lino eingangs begrüßt hatte. Gleichzeitig aber redeten mich meine Vertrauten als Dinis an. Nun war Lino mein Spielgefährte auf dem ›Gefleckten Jaguar‹ und mein Kollege in der Sängerschule von João Melquíades gewesen, dergestalt daß er bald den zeremoniösen Königston, bald die familiäre Umgangssprache verwendete. Außerdem gehörte diese Vermischung der Anredeformen zur Überlieferung unseres Hauses. Am Stein des Reiches redeten die Untertanen meines Urgroßvaters, Dom Johanns II., des Abscheulichen, diesen bald als ›König und Majestät‹ an, bald nannten sie ihn auch einfach ›Joca‹, wie dies in der epischen Chronik von Antônio Áttico de Souza Leite geschrieben steht. Als sich also Lino auf diese Weise an mich wandte und fragte, ob ich verrückt geworden sei, erstaunte mich seine Familiarität keineswegs. Ich beschränkte mich auf die Antwort: ›Du fragst, was ich hier auf der Landstraße tue? Ich bin halt hier und schleppe mich dahin, so gut ich kann, Lino, und versuche, nach Hause zu kommen. Es ist doch Lino, der da mit mir spricht?‹

›Er selber, Dom Pedro Dinis Quaderna‹, versetzte Lino mit Überzeugung. ›Ich ziehe hier meines Weges nach Taperoá, denn dort wird es jetzt gleich ein Mordsspektakel geben, und ich will im Ort sein, um den großen Krawall mitzuerleben. Außerdem darf ich dich darauf hinweisen, daß ich mir die Nase begossen habe.‹«

»Die Nase begossen?« verwunderte sich der Richter.

700

»Das stimmte, Herr Richter, und das hätte er mir, um die Wahrheit zu sagen, gar nicht erst zu sagen brauchen, ich merkte es auch so. An dem irren, verzückten Tonfall seiner Stimme hatte ich schon bei seiner Ankunft festgestellt, daß sich Lino mehrere Gläser von meinem ›geheiligten Zauberwein‹ vom Stein des Reiches hinter die Binde gegossen hatte. Was mich erschreckte, war also nicht, daß er ›sich die Nase begossen‹ hatte und nun beduselt und angesäuselt war, denn in diesen Zustand versetzt der heilige Wein uns immer. Was mich verwunderte, war, daß er keineswegs befremdet war, als er mich dort blind, mit in Blut gebadetem Gesicht erblickte. Ich beschloß daher, ihn darauf aufmerksam zu machen:

›Du bist sicher verwundert, Lino, weil du mich so mit meinem blutigen Gesicht siehst‹, sagte ich.

›Du, Dinis? Von wegen! Dein Gesicht ist so sauber wie die Sonne.‹

›Was sagst du da, Lino?‹ wunderte ich mich erschrocken. ›Was redest du da?‹

›Das wollte ich eigentlich dich fragen, Dom Pedro Dinis. Mir scheint, du hast ebenfalls einige gute Schlucke von unserem Wein hinter die Weste geplätschert. Oder hat dich das Auftreten unseres Fürsten und seines Gefolges um den Verstand gebracht? Auf deinem Gesicht ist nicht eine Spur von Blut, Dinis.‹

›Und meine Augen, Lino? Fließt nicht Blut aus ihnen heraus?‹

›Nichts da, mein Herr Dom Dinis! Warum fragst du danach?‹

›Ich bin nämlich blind, Lino. Ich bin auf beiden Augen zugleich erblindet.‹

›Armer König! Armer Quaderna!‹ sagte Lino, spuckte seitlich aus und fügte hinzu, während ich seine Kiefer schwarzen Nachtschatten vom Stein des Reiches kauen hörte, den zu kauen ich ihn gelehrt hatte: ›Wie sind Sie denn erblindet? Vor längerer Zeit?‹

›Es ist noch nicht lange her, Lino. Es war jetzt eben, hier

oben auf meinem geheiligten Felsen. Aber mich wundert, daß mein Gesicht nicht voller Blut ist, denn ich habe genau gespürt, wie das Blut aus meinen Augen herabfloß.‹

›Ach so, das Blut ist aus deinen Augen geströmt, war das so, Dinis? Wie ging denn das zu? Haben dich alle guten Geister verlassen?‹

›Ich weiß es nicht, Lino. Ich weiß nur, ich habe zu Mittag gegessen, Trockenfleisch und Würzfleisch, einige Schlucke vom Rotwein des Gefleckten Jaguars genommen, bin dann eingeschlafen, und als ich wieder aufwachte, schien mir die Sonne ins Gesicht und in die Augen. Da begann ich dann merkwürdige Dinge zu sehen, oben über dem Haus meines Paten Dom Pedro Sebastião Barretto, das man, wie du weißt, von hier aus wahrnehmen kann. Auf einmal hörte ich auf der Landstraße ebenfalls merkwürdige Geräusche – Jaguarfauchen und -winseln, Sperberpfiffe, Pferdehufschlag und das Quietschen von Wagenrädern. Da griffen mich zwei Sperber an, schwirrten um meinen Kopf und schlugen mit den Schwingen. Von da an weiß ich nicht mehr, was geschehen ist, Lino. Ich weiß nur, daß sich plötzlich meine Augen erhitzten, ich spürte einen stechenden Schmerz, sie zersprangen, und ich erblindete.‹

›Jesses, heilige Jungfrau! Dann hast du also den Zug auf der Straße vorbeikommen hören? Das war doch ER, nicht wahr?‹ fragte mich Lino wie im Fieberwahn, ohne sonderlich auf das zu achten, was mir widerfahren war, mit seinen Gedanken nur bei dem Jüngling auf dem Schimmel.

›Er, wer?‹ fragte ich erschrocken zurück, weil mir mit meinen übel zugerichteten Augen nach der Erscheinung der Sperber der Gedanke an Sinésio überhaupt nicht gekommen war.

›Es war unser Fürst Dom Sinésio der Strahlende; er ist zurückgekehrt, Dinis!‹ schrie Lino, wie vom Blitz getroffen.

›Was denn, Lino? Was sagst du da?‹ fragte ich ungläubig und schrieb seine Exaltation der vom Wein des Reichssteins verursachten Umnebelung der Sinne zu.

›Genau wie Sie es vorausgesagt haben, mein König Dom Pedro Dinis Quaderna!‹ fuhr Lino fort und steigerte sich in immer größere Erregung hinein. ›Genau wie Sie es prophezeit haben für die Ära zwischen 35 und 38: die Erscheinung des Jünglings auf dem Schimmel, im ‚Almanach von Cariri‘. Komm, komm mit! Gehen wir nach Taperoá, denn der Fürst vom Schimmel ist auferstanden, und jetzt beginnt das große Donnerwetter, der Krieg um das Sertão-Reich.‹

›Laß das Geschwätz, Lino!‹ warnte ich ihn. ›Ich spreche von einer Sache und du von etwas ganz anderem. Ich habe gesagt, es sind Zeichen über dem Hause meines Paten erschienen, aber von Sinésio habe ich kein Sterbenswörtchen gesagt. Hör doch zu, was ich dir sage, Mann! Ich bin blind und wundere mich nur darüber, daß du kein Blut auf meinem Gesicht sehen kannst. Wie kommt es nur, daß du es nicht sehen kannst, wo ich doch den Geschmack der mit Blut vermischten Augenflüssigkeit in meinem Mund gespürt habe? Ich habe es genau gefühlt, als meine Augen zersprangen und das Augenwasser herabfloß. Ich weiß das ganz genau, denn ich schmecke sogar jetzt noch das rostige Metall in meinem Mund.‹

›Na ja, Dom Pedro Dinis Quaderna, das wundert mich nicht weiter, denn als ich hier an der Straßenbiegung auftauchte, da standest du wie ein Ölgötze die ganze Zeit herum und hattest dein Klappmesser quer in den Mund gesteckt.‹

›Das Messer? In den Mund?‹ fragte ich dümmlich.

›Jawohl‹, beharrte Lino. ›Als ich auftauchte, hast du wie ein Verrückter auf deinem Messer herumgebissen. Und ich will dir noch eines sagen: ich wäre fast vor Angst getürmt, denn so wie du ausgesehen hast, mit Hanfschuhen und Lederriemen, brauner Kleidung, den Lederhut auf dem Kopf und das Messer quer im Mund, wie ein wildgewordener Handfeger, sahst du aus wie der Geist eines Cangaceiros, der am hellichten Tag erschienen ist. Es wird wohl das Klappmesser gewesen sein, das dir diesen rostigen Metallgeschmack im Mund verschafft hat. Du sahst wie ein Vollidiot aus, wie einer, der auf dem Messer herumbeißt und sich immer noch die Lippen danach leckt. Als ich näher kam, hast du dann, ohne es zu merken, das Messer aus dem Mund genommen und in der Hand behalten.‹«

»Und stimmte das, was er sagte?« erkundigte sich der Richter.

»Ja, so war es.«

»Schreiben Sie das auf, Dona Margarida, es ist wichtig. Sie hatten das Messer in der Hand, haben Sie das nicht gesagt?«

»So war es. Erst als es Lino sagte, merkte ich, daß ich tatsächlich noch das Messer in der Hand hielt. Da fiel mir dann undeutlich ein, daß ich, als ich den Felsen hinunterstieg, das Messer aus dem Gürtel gezogen und quer in den Mund gesteckt hatte – für alle Fälle. Höchst verlegen und beschämt vor meinem Untertan und Gefolgsmann, der mich bei einer Narretei dieses Ausmaßes ertappt hatte, fragte ich Lino, immer noch zweifelnd:

›Das heißt also, daß meine Augen intakt sind, Lino?‹

›Das sind sie, alter Dinis‹, gab er mit großer Sicherheit zurück.

›Und wie kannst du dir dann erklären, daß ich so blind bin, daß ich einen Blindenführer brauchen könnte? Ich kann dich nicht erkennen. Ich kann nicht einmal das Licht der Sonne erkennen. Wenn ich in die Sonne schaue, sehe ich nur eine Silberkugel, die in Feuer schwimmt.‹

›Daran kannst du sehen, daß du paralytisch geworden bist, wie ich mir das gleich gedacht hatte. Dinis, du bist so närrisch und extravagant wie die Pest. Was ist das auch für eine überkandidelte Idee, zuerst Trockenfleisch essen und Wein trinken und sich dann auf einen Felsen in die pralle Sonne legen, das weiß man doch, das muß einem ja den Verstandeskasten durchlöchern. Das bedeutet Tod oder sichere Blindheit, und zwar Blindheit, wie sie im Buche steht. Ich werde Euch etwas sagen, mein alter Kriegskönig: du kannst noch von Glück sagen. Die Lähmung hätte auch an einer weniger gesunden Stelle auftreten können, und dann wäre es dein sicherer Tod. So hat die Lähmung nur die Augen erwischt, und du bist glücklicherweise nicht gestorben, sondern nur erblindet. Soll ich dir bis zur Stadt als Blindenführer dienen?‹

›Ja, Lino, tu mir diesen Gefallen!‹

›Na, dann komm her und steig auf den ‚Blitzstein‘! Ich helfe dir.‹

›Nein, warte! Laß mich zuerst den Mantel vom Orden des Reichssteins ablegen!‹

›Nicht doch!‹ protestierte Lino. ›Wozu denn den Mantel ablegen? Gerade jetzt, in einer Stunde wie dieser, wo der Strahlenprinz wiederaufersteht und zurückkehrt, soll der König den Mantel ablegen? Dom Pedro Dinis, sagt mir nicht, daß Ihr den Glauben verloren habt, sagt mir nicht, daß Ihr ein falscher Prophet gewesen seid?! Sagt mir nicht, es sei gar nicht unser heiliger Strahlender, der zurückgekehrt ist!‹«

Der Richter unterbrach mich:

»Hat er wirklich eine so deutliche Anspielung auf den jungen Mann auf dem Schimmel gemacht?«

»Das tat er. Ich jedoch hatte unter dem Eindruck der Katastrophe, die über mich hereingebrochen war, den sonderbaren Worten Linos nicht die verdiente Aufmerksamkeit geschenkt. Was ich davon zwischen Staub und Sonne meines Mißgeschicks mitbekommen hatte, schrieb ich dem Wein und dem schwarzen Nachtschatten vom Stein des Reiches zu. Jetzt jedoch gewöhnte ich mich schon allmählich an das Unglück und begann in die Wirklichkeit zurückzukehren. Andererseits hatte er jetzt so unzweideutig gesprochen, daß sich mir die Vermutung aufdrängte, daß etwas von ungeheurer Wichtigkeit im Gange war oder in Gang kommen sollte. Auf ›Blitzstein‹ sitzend, den Lino am Halfter hielt und vorwärtszog, sprach ich zu ihm:

›Lino, was hast du da für eine Geschichte zum besten gegeben? Du hast von der Auferstehung des Fürsten auf dem Schimmel gesprochen, war es nicht so? Was hat es damit auf sich?‹

›Was es damit auf sich hat? Himmelherrgottsakrament! Du, Dom Pedro Dinis, unser König und Prophet, kannst noch zweifeln? Man kann es kaum glauben, daß du es gewesen bist, der unseren Glauben diese fünf Jahre hindurch wachgehalten hat. Schau, Dinis, ich will dir etwas sagen: Heute ist hier auf der Landstraße das Heiligste vorgefallen, was uns zustoßen konnte. Ich war in Estaca Zero. Ich ging auf eine Rodung und erlebte auf dem Wege dorthin eine Vision, etwas Schaudererregendes, einen Reiter aus der Hölle, von dem ich dir noch erzählen werde. Ich kam in den Ort zurück, und dort fand ich den größten Krawall vor, den man sich vorstellen kann. Es sah aus, als wäre der Weltuntergang gekommen: Kinder weinten, Frauen kreischten wie angestochen, es war der Teufel los! Als ich sah, daß die Schreierei größer war als bei einem üblichen Straßenauflauf, fragte ich, was denn vorgefallen sei. Man erzählte mir, es sei ein schmucker Reitertrupp durchgezogen, mit einem Mönch und einem Banner an der Spitze und einem jungen Mann in der Mitte, der auf einem Schimmel ritt. Und da, Dinis, ging es mit mir durch. Und das mit Grund, denn das hatten du und der Prophet Nazário ja seit 1930 im ‚Almanach von Cariri‘ vorausgesagt, jedes Jahr, seit man den jüngsten Sohn unseres enthaupteten Königs Dom Pedro Sebastião entführt und getötet hatte. Es ist unser strahlender Fürst auf dem Schimmel, der auferstanden zurückkehrt, um die Reichen ins Unglück zu stürzen und das Glück der Armen im Hinterland zu machen. Ach, mein alter Dinis, du kannst dir nicht den Wirbel vorstellen, den das Völkchen dort in Estaca Zero machte. Alle sprangen wie närrisch umher, und ich hörte nur die Schreie. Einer rief: ‚Der Fürst vom Stein des Reiches ist wiedergekommen und hier auf der Straße nach Taperoá gezogen.‘ Ein anderer schrie: ‚Ich will sehen, ob ich das Glück habe, daß er mich für den Krieg des Reiches annimmt, denn dann kann ich mit ihm auferstehn und werde nie sterben.‘ Der Reiterzug des Fürsten, Dinis, war ohne Aufenthalt im Galopp durch Estaca Zero durchgezogen, so daß das Volk, halb benommen, nicht auf den Gedanken gekommen war, hinter ihm herzuziehen. Ich meinerseits war, wie ich dir sagte, zu spät gekommen. So setzte erst fast eine Stunde später der erste Parteigänger seinen Fuß auf die Landstraße, jetzt aber ist alles, was Beine hat, aus Estaca Zero hierher auf der Straße unterwegs. Ich hatte das Glück, einen Lastwagen zu erwischen, der mich in Cosme Pinto absetzte. Von den Leuten im Lastwagen habe ich erfahren, daß schon das erste Scharmützel des Reichskriegs in der Nähe eines Felsens zwischen Cosme Pinto und Estaca Zero stattgefunden hat. Deshalb komme ich hier als erster von allen Bewohnern meines Ortes an; leider habe ich den Reiterzug unseres Fürsten verpaßt. Jetzt will ich nach Taperoá, und so Gott will, wird der Krieg des Reiches beginnen, wenn ich schon mitten dabei bin. Nun frage ich dich eines: Du warst doch hier auf der Straße? Hast du unseren Fürsten hier vorbeiziehen sehen? Und wenn der junge Mann, der hier auf einem Schimmel reitend vorüberkam, wirklich unser Strahlender war, hast du ihn erkannt?‹

›Was weiß ich, Lino Pedra-Verde? Wenn es vorher gewesen wäre, hätte ich ihn erkannt. Aber blind wie ich bin, was weiß ich?‹

›Teufel auch, das geht nicht mit rechten Dingen zu. Ausgerechnet jetzt mußtest du erblinden, Dom Pedro Dinis Quaderna. Ohne dich, ohne eine philanthropische Person wie dich – die sich im ‚Mondkalender‘ und anderen liturgischen Dingen auskennt – kommt unser Königreich nicht vom Fleck. Nur du kannst diesen Knäuel entwirren. Was, sagtest du noch, hast du auf der Straße gesehen, bevor ich kam?‹

›Das kann ich dir auch nicht deutlich sagen, Lino, denn es war alles sehr verworren. Garantieren kann ich dir nur, daß ich, kurz bevor ich erblindete, einen Reitertrupp über die Straße ziehen sah oder besser hörte, mit quietschenden Wagenrädern und einem Gewinsel, das sich wie das von Zirkustieren in ihren Käfigen anhörte. Im Grunde habe ich überhaupt nichts gesehen, denn zu jener Stunde waren meine Augen schon von der Sonne geblendet und schmerzten. Aber wenn ich auch die Pferde und die Reiter nicht gesehen habe, so sah ich doch ihre von der Sonne auf den Staub geworfenen Bilder.‹

›Ave Maria!‹ schrie Lino begeistert. ›Und wenn du etwas Derartiges gesehen hast, mein König, wie kannst du dann noch den Mut haben zu sagen, du hättest nichts gesehen? Du hast gesehen, hast es gesehen. Hast es tatsächlich gesehen! Jetzt aber los, auf in die Stadt, denn ER ist es. Ach, Dom Pedro Dinis Quaderna, hast du denn ganz vergessen, was du in deiner Prophezeiung zu Beginn dieses Jahres im ‚Almanach‘ geschrieben hast? Auf nach Taperoá, denn diese ‚Bilder‘, die du gesehen hast, sind die Laterna Magica der Sonne, sind das Kosmorama der Phantasmagorie, die Bruder Simão und der Alte von Badalo für die Rückkehr unseres Fürsten Dom Sinésio Sebastian des Strahlenden prophetisch vorausgesagt haben.‹«

»Die Alte von Badalo?« wunderte sich der Richter. »Ist das auch eine Prophetin?«

»Das ist sie, wenn auch eher eine Flugblatt-Prophetin. Badalo ist ein Stadtviertel hier in Taperoá, das nur Narren hervorbringt. Die alte Maria Galdina stammt von dort und singt immer alte Tanzlieder und alte Romanzen aus der Zeit des Schnarchhahns und des Dom Pedro Peitschenstock. Im ›Almanach von Cariri‹ für das Jahr 1935 hatte ich eines dieser Lieder veröffentlicht, und Lino war, wie ich merkte, der Ansicht, daß sich dieses Lied auf Sinésios Ankunft beziehe.«

»Ich habe verstanden«, sagte der Richter schneidend. »Ich begreife alles, Dom Pedro Dinis Quaderna, und die Rolle, die Sie bei alledem gespielt haben, wird mir immer klarer. Sie können weiterreden.«

O edle Herren und schöne Damen: Ich spürte, daß ich mich immer mehr in dem Schlangenknäuel verheddderte, den das Schicksal für mich zurechtgeknotet hatte. Doch was sollte ich tun? Ich fuhr fort:

»Lino redete in äußerster Erregung weiter, Herr Richter, und nun brachte er mein Erblinden mit Sinésios Wiedererscheinen in Zusammenhang. Er sagte:

›Weißt du was, Dinis? Es ist gut möglich, daß es gar keine Lähmung war. Du wirst sehen, es war die Vision von der Phantasmagorie des Fürsten, die dich geblendet hat. Du, Dinis, bist zwar ein König und Prophet, aber ein liederlicher Sünder. Vielleicht steckt eine haarige Sünde in deinem schwarzen Gewissen, und du hattest deshalb nicht das Recht, unseren strahlenden Fürsten vom Banner des heiligen Geistes zu erblicken. Du selbst hast ja in deiner Prophezeiung für dieses Jahr geschrieben, daß unser heiliger junger Mann als reines, von allem Makel freies Geschöpf heimkehren werde. Nun, es ist doch wohl klar, daß ein solches Wesen nicht von einem Saubeutel wie dir angeschaut werden kann. Aber andererseits, Sünder hin, Sünder her, ob gutes oder schlechtes Gewissen, es steht geschrieben, daß das Reich nur durch die Hand dessen, der König und Prophet vom Stein des Reiches ist, in die Hand des Fürsten gelangt. Und wenn du also schon nicht imstande gewesen bist, den Fürsten zu erblicken, so kannst du zumindest sein Kosmorama erblicken. Und das genügt. Wenn du das gesehen hast, Dinis, ist es deine Pflicht, das Volk in Taperoá zusammenzurufen und allen zu erzählen, wie der Krieg um das Sertão-Reich von Brasilien beginnen wird. Auf, Dom Pedro Dinis Quaderna! Auf, denn die Sonne will bald untergehen, und ich möchte noch bei Sonne in der Stadt ankommen, bei so viel Licht, daß ich das strahlende Antlitz unseres Fürsten erblicken kann.‹«

FÜNFTES BUCH
DIE GRALSUCHE

SECHSUNDSIEBZIGSTE FLUGSCHRIFT
DIE SUMERISCHE GROTTE
DER SERTÃO-WÜSTE

»Als wir in die Stadt gelangten, Herr Richter, fanden wir die
Leute von dem großen Ereignis aufgewühlt. Die Bürger und die
›Feudalherren des Landadels‹, wie Clemens sie nennt, hatten
sich in ihren Häusern verrammelt, überzeugt, daß die kommunistische Revolution begonnen hatte, und waren dann, wie ich
schon erzählt habe, zu der Versammlung mit dem Bischof gegangen. Aber die Straßen waren so voller Volk, daß man,
wenn ich auch kaum etwas sah, doch die Schreie, das Weinen
und die Verwünschungen ›des schlecht gewaschenen, übelriechenden und fanatischen Sertão-Pöbels‹ vernahm, wie Samuel
sich auszudrücken pflegt. Ich bat Lino Pedra-Verde, mich direkt zu meinem Hause zu bringen, das neben der Bibliothek
liegt, und dann wieder auf die Straße zu gehen, um sich so diskret wie möglich zu erkundigen, was denn vorgefallen sei, und
mir anschließend einen zuverlässigen Bericht zu erstatten. Ich
legte mich auf meinen Liegestuhl, und Lino verließ das Haus,
um meinen Auftrag auszuführen. Kurz darauf kam er noch aufgeregter zurück. Er erzählte mir nun alles: Sinésios Ankunft,
den Hinterhalt auf dem Felsplateau, das Attentat auf der Straße, den Tod des Cangaceiros und die Vision des Propheten Nazário, dazu auch diejenige Pedros des Blinden. Ich erkannte sogleich, daß ich für mein Schicksal entscheidende Ereignisse vor
mir hatte. Es waren astrologische Tierkreis-Ereignisse, die
nicht nur das Schicksal Brasiliens betrafen, sondern auch das
Werk, die Sertão-Burg, die der Genius des brasilianischen Volkes errichten sollte – der Auserwählte, der vorherbestimmt
war, dieses Glück und diesen Erbprinzen zu besingen. Ich bat
nun Lino, er möge Clemens und Samuel aufsuchen, von dem
Unglück verständigen, das über mich hereingebrochen war,
und dringend ihren Besuch erbitten, denn ich hätte hochwichtige Angelegenheiten mit ihnen zu bereden. Lino Pedra-Verde

fand sie beide in Clemens' Haus, das direkt neben dem meinigen liegt. Sie hatten sich in eine heiße Diskussion verbissen, ausgelöst, wie nicht anders zu erwarten, durch das wunderbare, rätselhafte Wiedererscheinen Sinésios und durch die Visionen, die Nazário und Pedro der Blinde der Menge mitgeteilt hatten. Die politische Bedeutung dieser Vorgänge beschäftigte sie und der Widerhall, den sie beim Volk finden würden. Da Clemens' Haus so nahe liegt, dauerte es nicht lange, bis sie, geführt von Lino Pedra-Verde, zu mir kamen, in das neben der Bibliothek gelegene Vorderzimmer, in dem ich mich aufhielt. Beide trugen noch immer die Festanzüge, mit denen sie auf der Tribüne erschienen waren, und so traten sie mit übergezogenen Talaren in das Zimmer, in welchem ich, meine Stirn rings um die unheilbar zerstückelten Augen streichelnd, immer noch auf dem Liegestuhl saß, in die größte Verzweiflung getaucht, die man sich vorstellen kann. Meine beiden Lehrmeister waren tief verstört. Nicht wegen meiner Blindheit, sondern wegen Sinésios Wiederauferstehung. Tatsächlich bot unsere Stellung gegenüber der Familie meines Paten allen Anlaß dazu. Ich, ein Verwandter und zum Hauswesen gehörender Schützling, war nur drei Jahre älter als Arésio und dreizehn älter als mein Neffe und Vetter Sinésio. Clemens, Samuel und ich hatten lange Zeit auf dem ›Gefleckten Jaguar‹ gewohnt, im Hause des alten enthaupteten Königs Dom Pedro Sebastião. Clemens und Samuel jedoch waren erheblich älter, derart daß sie schon als Erwachsene der Geburt von Arésio und Sinésio sowie der Geburt des anderen Sohnes meines Paten, Silvestre, beigewohnt hatten. Sie waren auch sozusagen unsere Zuchtmeister und Lehrer gewesen. Bis zu jenem Tage hielten beide Sinésios Tod für bewiesen. Jetzt erschien der wiederauferstandene Jüngling plötzlich auf wunderbare Weise, um sein Anrecht auf die Erbschaft geltend zu machen und Rache für seinen Vater zu fordern. Denn dies war die einhellige Meinung des Volkes: es war der erwartete Richter, der Rächer gekommen. Vielleicht wegen dieser Vorgänge geruhten weder Samuel noch Clemens, meiner Blindheit

Bedeutung beizumessen. Vielleicht auch deshalb, weil Unmenschlichkeit immer die großen Männer kennzeichnet: sie pflegen nicht von ihrem hohen Podest herabzusteigen, um Dingen geringer Tragweite wie dem individuellen Unglück eines menschlichen Wesens Bedeutung beizumessen. Vielleicht auch, weil sie mich nie ernst genommen hatten und als ihren ehemaligen Schüler ansahen, der zu ihrer Schmach nur ein Scharadenmacher und Entzifferer geworden war, unwürdig ihrer Teilnahme und ihres Mitgefühls.«

»Bemerkten sie, daß Sie blind waren?« erkundigte sich der Richter.

»Das merkten sie, Herr Richter. Anfangs dachte ich zwar, daß Lino ihnen nichts davon gesagt hätte; dabei hatte, wie ich später erfuhr, der einäugige Sänger meine Erblindung längst im ganzen Ort herumgetratscht, wo sich die Nachricht unter dem Volk wie ein elektrischer Funke ausbreitete. Aber außerdem hatte Lino den beiden alles brühwarm erzählt. Dennoch ignorierten sie meine Katastrophe, als sie ins Zimmer traten. Sie gingen auf mich zu, aber nur, um die von Lino unterbrochene Unterhaltung fortzuführen und den seltsamen Fall von Sinésios Wiederauferstehung, die Prophezeiungen und alles übrige zu besprechen. Der Erregteste war im Augenblick Clemens. Samuel war trotz allen Anstrengungen, sich nichts anmerken zu lassen, beunruhigt wegen der Möglichkeit, es könnte sich um eine kommunistische Expedition handeln. ›Wenn es so sein sollte‹, sagte er, ›wird mich die Kanaille an die Wand stellen und ungesäumt erschießen.‹ Beide hatten jedoch ihre Zweifel, und auch die Linke war beunruhigt, denn Clemens war sich ›der wahren ideologischen Orientierung dieser sonderbaren Zigeunertruppe‹ durchaus nicht sicher. Ich stellte sogar fest, daß meine beiden Lehrmeister sich gegenseitig mit großer Höflichkeit behandelten, was durchaus ungewöhnlich war. Erst später sollte ich den Grund dafür begreifen: sie hatten eine Art Pakt zur gegenseitigen Sicherheit geschlossen. Sollte die Expedition der Linken nahestehen – wie der Komtur Basílio Monteiro glaubte –, würde Clemens Samuel schützen und verstecken; dieser würde ebenso mit seinem Nebenbuhler verfahren, falls die Truppe von Dreiecks-Luís sich als rechtsstehend erweisen sollte. Als ich sah, daß sie von meinem Unglück durchaus keine Kenntnis nehmen wollten, wagte ich schüchtern in der ersten Gesprächspause eine Klage über die tragische Katastrophe, welche die Blindheit über die Mieter meiner Augen, über meine bösen Leidenschaften, über ›die Widrigkeiten meiner gequälten Existenz‹ gebracht hatte. Beide vermochten kaum ein zerstreutes Interesse für diese Tatsache zu heucheln. Samuel kam mir gleich mit seiner rechtsgerichteten Literatur, um mich zu trösten: ›Sehen Sie, Quaderna‹, sagte er ernst, ›was auf den ersten Blick wie ein Unglück aussieht, kann sogar etwas Gutes sein, mindestens für Sie, der gern ein epischer Dichter und Romanschreiber sein möchte, wie Sie uns heute gestanden haben. Übrigens sage ich Ihnen das nur, weil ich ganz andere Pläne habe und die Tatsache, daß Sie einen Roman schreiben, mir keinen Nachteil verschafft. Ich habe Ihnen schon erklärt, daß meiner Ansicht nach das Werk des brasilianischen Volkes ein hermetischer Gedichtband sein wird, ein Buch, das nur ein Dichter zustande bringen kann.‹ So sprach er in einem hochfahrenden Ton, der mich noch mehr reizte. Und fügte hinzu: ›Aber Sie denken ja anders darüber, Sie meinen, Sie müßten etwas im epischen Stil schreiben. Nun, dann machen Sie ruhig weiter. Ich gebe Ihnen gratis einen Rat: Warum schreiben Sie nicht eine Art ‚mittelalterlichen brasilianischen Ritterroman‘, ähnlich denen des genialen pernambucanischen Schriftstellers aus Pesqueira, Zeferino Galvão, und benutzen dazu die Chronik der Familie Garcia-Barretto? Sie sollten dabei aber nicht von Ihrem Paten ausgehen, sondern von der wunderbaren Wiederauferstehung dieses Jünglings auf dem Schimmel! Auch wenn Sinésio zu der barbarischen, auf den Hund gekommenen Sertão-Aristokratie gehört, ist er doch ein Barretto, also ein Nachkomme der hochberühmten pernambucanischen Sippe der Morganatsherren vom Kap. Wenn Sie also seine Geschichte erzählen, können Sie Brasilien auf seinem wahren Wege, auf dem iberisch-flämischen Wege darin einbauen. Bedenken Sie, daß der geniale Zeferino Galvão, obwohl er nie aus Pesqueira hinausgekommen ist, seine Romanhandlungen immer in die Provence verlegte und damit einen Beweis für seine Treue zu den Wurzeln unserer edlen Rasse erbrachte. Er schrieb eine Trilogie mit dem Titel ‚Heloise von Arlemont‘, die aus drei genialen Werken besteht: ‚Der Hof der Provence‘, ‚Das Kloster von Nîmes‘ und ‚Der Krieg der Kamisarden‘. Nach meiner Meinung muß das Werk des Volkes in Versen und von einem Dichter geschrieben werden. Aber da Sie ja ein epischer Dichter sein möchten, so wählen Sie doch, um über den Jüngling auf dem Schimmel zu schreiben, einen iberisch-flämischen und brasilianischen Ritterroman wie die von Zeferino Galvão oder auch die des Jugendschriftstellers José de Alencar, den Sie mit Ihrem Almanach-Geschmack so sehr bewundern.‹

Im gleichen Augenblick, Herr Richter, protestierte Clemens und wollte Zeferino Galvão lächerlich machen, eine Frechheit, von der er erst Abstand nahm, als er erfuhr, daß der große Schriftsteller aus Vila de Pesqueira Mitglied des Archäologischen Instituts von Pernambuco und folglich ein akademischer, anerkannter und unanfechtbarer Schriftsteller gewesen ist. Aber auch wenn er in diesem Punkt den Rückzug antrat, so blieb er doch auch weiterhin anderer Meinung als Samuel:

›Sehen Sie, Samuel‹, sagte er, ›ich will ja nicht unhöflich gegen Sie sein, vor allem weil mir unser Pakt vor Augen steht. Aber ich bin mit einer ganzen Anzahl von Dingen, die Sie da eben gesagt haben, nicht einverstanden. Das Werk des brasilianischen Volkes muß in erster Linie ein philosophisch-revolutionäres Werk sein: es muß in Prosa und von einem Philosophen geschrieben werden, der durch sein Blut und seine Kultur tief in der gesellschaftlichen Wirklichkeit unseres Landes verwurzelt ist. Aber selbst dann, wenn das Werk des Volkes episch sein müßte, wie Quaderna meint, könnte es niemals ein lächerlicher iberisch-flämischer Ritterroman sein. Vielmehr müßte es ein satirischer, volkstümlicher Schelmenroman sein, wie ich Ihnen schon heute morgen bewiesen habe, ein Roman ohne individuellen Helden – etwas ganz Überholtes und Reaktionäres –, mit einem Mann aus dem Volke als Hauptperson, einem Symbol von Hunger und Elend, der den Machthabern mit Schläue entgegentritt und unglücklich über die Straßen des Hinterlands irrt. Dieser Zeferino Galvão war, so genial er auch gewesen sein mag, doch ein Verräter Brasiliens.‹

›Keineswegs, Clemens, entschuldigen Sie, daß ich Ihnen das sagen muß‹, gab Samuel zurück und versuchte, wegen des Paktes, immer noch die Formen zu wahren. ›Ich finde es völlig legitim, daß ein brasilianischer Autor, dem die plebejische Rassenmischung mißfällt, die den adligen Beginn unserer Rasse verdorben hat, über eine andere Zeit und einen anderen Schauplatz schreibt, wie Zeferino Galvão über die Provence des siebzehnten Jahrhunderts. Ist es vielleicht die Schuld dieses berühmten Pernambucaners, daß die gegenwärtige Wirklichkeit Brasiliens nicht den hohen Träumen von uns adligen Dichtern entspricht? Ich meine, diese Wahl Zeferino Galvãos sei sogar ein Beweis für seinen guten Geschmack, denn wenn wir uns auf die gemeine plebejische Wirklichkeit gar nicht erst einlassen, können wir aus unseren Werken das grobe schmutzige Leben verbannen und Platz schaffen für Phantasie, Legende und Traum.‹

›Sehen Sie, Samuel‹, hielt ihm Clemens entgegen, ›Sie müssen verstehen, daß ich nicht deshalb Kritik übe, weil Zeferino Galvão über die Landesgrenzen Brasiliens ausgegriffen hat. Ich beanstande nur, daß er, als er diese Grenzen überschritt, nicht den maurisch-äthiopischen Weg eingeschlagen hat, der zu den wahren Wurzeln Brasiliens zurückgeführt hätte.‹

›Nichts da‹, beharrte Samuel. ›Zeferino Galvão hat sich nur darin vergriffen, daß er, als er dieses Land der Kaffer und Krausköpfe verließ, die Provence auswählte, ein Land, das noch halb iberisch, aber auch halb braunhäutig ist. An braunhäutigen Iberern haben wir gerade genug, nämlich das portugiesische und spanische Blut, das zu Anfang hierherkam und sich dann durch das eingedrungene Negerpack bastardisiert hat. Was jetzt notwendig ist, um das Blut unseres Volkes aufzufrischen, ist ein guter Schub nordischen Blutes; nur so kann in dem edlen Schmelztiegel Brasilien die Rasse der brasilianischen Edelleute unserer Träume entstehen.‹«

Hier unterbrach mich der Richter und bemerkte:

»Ich stelle fest, Dom Pedro Dinis Quaderna, daß zwischen den Ideen und Worten von Dr. Samuel und Gustavo Moraes eine gewisse Ähnlichkeit besteht.«

»Das stimmt, Herr Richter. Um gerecht zu sein, muß ich sagen, daß Samuel schon vor langer Zeit Ansätze zu solchen Gedankengängen hatte. Aber seit Plínio Salgado durch den Sertão gereist und vor allem seit Gustavo Moraes aus Recife eingetroffen ist, haben diese Gedankengänge starken Auftrieb und neue Formulierung erfahren. Es gab hier in Paraíba bei der Gruppe um die Zeitung ›Die Union‹ drei Schriftsteller, die Samuel bei seinen iberischen Adelsträumen beeinflußten, und das noch vor dem Integralismus: es waren Carlos Dias Fernandes, Eudes Barros und Ademar Vidal. Auf ihrer Linie beschloß er an jenem Tage seine Ausführungen:

›Zeferino Galvão hätte meiner Ansicht nach Flandern auswählen müssen oder, noch besser, Burgund, das auf halbem Wege zwischen Iberien und Flandern liegt und einen Mischling aus nordisch-portugiesischem Blut zum letzten Herzog gehabt hat: Karl den Kühnen; das sage ich, weil ich es an mir selbst erlebt habe, weil ich als legitimer Wan d'Ernes ein echter iberisch-flämischer und brasilianischer Edelmann bin.‹ So sprach Samuel, Herr Richter, und mein Traum, zum Genius des brasilianischen Volkes zu werden, machte mich so literaturbesessen, daß diese Gespräche trotz meinem Unglück schon meinen Kopf in Brand zu setzen begannen. Mein geheimes Ziel war es, selber meine Burg aufzuführen und die unheilbar gegensätzlichen und unvollständigen Meinungen von Samuel und Clemens miteinander auszusöhnen. Ich wollte ein Prosawerk schreiben, wie es Clemens vorschlug, aber dieses Prosawerk sollte vom unterirdischen Feuer der Poesie und vom Galopp des Traums belebt werden, wie es Samuel anriet. Ein Dichter von Geblüt, von Wissenschaft und vom Planeten sollte es schreiben; es sollte mit Versen untermischt sein und zum ersten Mal die Sertão-Literatur der Schelme und Wanderer – auf der Linie der ›Kurzgefaßten erzählerischen Darstellung des Reisenden von Lateinamerika‹ – und die Adelsliteratur aus der fruchtbaren Landschaft zwischen Küste und Sertão – nach Art von Zeferino Galvãos ›Der Hof der Provence‹ – miteinander verbinden. Deshalb vergaß ich bereits meine Blindheit und sagte, ohne meine Karten allzu weit aufzudecken:

›Seht, mein Problem besteht nicht darin zu entdecken, *wie* ich Sinésios Geschichte schreiben soll. Für mich ist es notwendig, allen Ereignissen bis zum Ende beizuwohnen, um so über alles im Bilde zu sein und Stoff zum Schreiben zu haben. Wie ihr mir schon oft bewiesen habt, besitze ich keine Erfindungsgabe; ich kann nur erzählen, was ich gesehen habe. Nun weiß ich zwar alles, was mit den Garcia-Barrettos bis zum heutigen Tage vorgefallen ist. Von nun an geht es bei dieser Auseinandersetzung und diesem Kriege, der zwischen Arésio und Sinésio ausbrechen wird, vor allem um das Testament und den Schatz, den ihnen ihr Vater hinterlassen hat. Wenn ich recht verstanden habe, weiß das der Rechtsanwalt des Jünglings auf dem Schimmel, Dr. Pedro Gouveia da Câmara Pereira Monteiro, besser als wir. Also wird er Sinésio auf die Suche nach dem Testament und dem Schatz schicken. Nun, bei dieser ganzen Geschichte muß ein Ereignis meiner Ansicht nach richtig ausgelegt werden, weil es der Schlüssel zu allen Vorgängen sein kann. Wißt ihr, was das für ein Ereignis ist? Es ist die Vision des Propheten Nazário, die Pedro der Blinde vervollständigt hat. Haben Sie ihre Geschichte gehört, Clemens?‹

›Gewiß‹, sagte der Philosoph, und seine Augen glühten.

›Und was halten Sie von der Vision? Halten Sie sie für unwichtig?‹

›Analysieren wir das Schritt für Schritt‹, erwiderte Clemens vorsichtig. ›Ich glaube wie Sie, daß die Vision des Propheten Nazário eine Angelegenheit von höchster Wichtigkeit ist. Freilich ist es keine Vision. Nichts von alledem ist erfunden, Quaderna. Nazário und Pedro der Blinde müssen etwas gesehen haben, das ihnen so absonderlich vorgekommen ist, daß sie davon in mystischem, reaktionärem und obskurantistischem Tonfall reden. Sagt einmal: habe ich euch schon das Abenteuer erzählt, das mir einmal in einer Sertão-Buschsteppe zugestoßen ist und in dessen Verlauf ich eine archäologische Entdeckung von höchster Bedeutung für Brasilien gemacht habe?‹

›Nein‹, sagte ich und steckte nun meinerseits vor Neugier funkelnde Augen auf.

›Es ist wahr. Ich rede davon zum ersten Mal, weil ich das, in Anbetracht der Wichtigkeit der Entdeckung, für meinen Traktat von der Penetral-Philosophie aufsparen wollte. Aber angesichts der heutigen Ereignisse will ich euch alles enthüllen, sofern ihr mir absolutes Stillschweigen über das Gehörte zusichert. Tut ihr das?‹

›Selbstverständlich‹, riefen Samuel und ich wie aus einem Munde.

›Habt ihr schon einmal von der legendären karisch-aztekischen, phönizisch-inkaischen und ägyptisch-tapuiahaften Stadt gehört, die hier irgendwo im brasilianischen Hinterland verschüttet liegen soll?‹

›Ich habe nur ein paar vage Hinweise darauf gelesen‹, erwiderte Samuel. ›Ich habe immer gemeint, diese Geschichten von phönizischen Steininschriften im Sertão seien Ausgeburten müßiger Gehirne.‹

›Nun, da irren Sie sich, Samuel‹, sagte Clemens ernst. ›Ich habe die Angelegenheit ausgiebig studiert und kann Ihnen heute garantieren, daß die Kario-Trojaner, die Azteken, die Inkas, die Tapuias, die Sumerer, die Ägypter, die Phönizier und die Zigeuner alle ein und dieselbe Sache sind. Gegen 1924 oder 1925, ich erinnere mich nicht mehr genau wann, kam hier durch das Hinterland von Paraíba ein ausländischer Gelehrter, den die Sertão-Bewohner Luís ‚Chauveenagua' – ‚Regenwasser' – nannten. Er wurde uns von dem damaligen Präsidenten persönlich empfohlen, und ich hatte Gelegenheit, ihm als Führer zu dienen und verschiedene Auskünfte zu geben, die er als wertvoll betrachtete und – der geriebene Hund! – in sein Buch übernahm, ohne die Quelle anzugeben, aus der er geschöpft hatte. Ich will hier nur ein paar Hinweise geben, bei denen euch die Kinnlade herunterklappen wird. Erstens: Wißt ihr, daß die brasilianischen Steininschriften und -zeichnungen ‚Buchstaben des phönizischen Alphabets und der demokritischen Schrift Ägyptens' verwenden? Wußtet ihr, daß es hier im Sertão Inschriften mit ‚Lettern der alten babylonischen, nach den Sumerern genannten Schrift' gibt? Wir haben auch Schriften mit ägyptischen Hieroglyphen, mit kretischen Lettern, dazu einige aus Karien – einem mit den Trojanern im Trojanischen Krieg verbündeten Land –, aus Iberien und aus Etrurien. Ein alter Funktionär der brasilianischen Grenzziehungskommission hat im Sertão die Ruinen einer Stadt gefunden, die er für ‚phönizischen Ursprungs' hielt. Und es gibt noch andere Fakten. Als die Phönizier sich hier aufhielten, erbauten sie mehrere Werften, einige mit Landeplätzen und unterirdischen Anlagen, größtenteils im Küstengebiet des Staates Rio Grande do Norte – in Maracu, in Lago Verde und in Açu, außerdem eine in der Nähe von Touros. Varnhagen erzählt, daß die Karier und die Trojaner, nachdem sie von den Griechen im Trojanischen Krieg besiegt worden waren, nach Brasilien auswanderten, und zitiert zahlreiche Wörter, die den Tapuias, den Ägyptern, Sumerern und Kario-Trojanern gemeinsam sind. Im übrigen gründeten die gegen die Griechen verbündeten Staaten nach dem Trojanischen Krieg verschiedene Städte zu Ehren Trojas. So gab es ein Troja in der Nähe von Venedig, ein anderes in Latium; es gab ein etruskisches Troja, ein weiteres an der atlantischen Küste Iberiens. Uns jedoch interessiert mehr der verbleibende Rest: In dem Maße, wie alle diese Völker Afrika umschifften und sich nach Brasilien begaben, spürten sie die Faszination ihres Ursprungs und den Drang nach der Rückkehr zu den Tapuia-Wurzeln, aus denen sie herstammten. Und so gründeten sie zwei Trojas an der brasilianischen Küste, eines in Rio Grande do Norte – dessen Name später zu Routos wurde – und ein weiteres in Bahia – das zu Tôrre wurde. Die Karier ihrerseits gründeten im Hinterland die Stadt Carnatum, deren Name im Lauf der Zeiten zu Canudos verballhornt wurde. Jawohl, denn im Nordosten, zwischen den Flüssen Tocantins und São Francisco, haben sich, wie Luís ‚Regenwasser‘ versichert, die Karier niedergelassen. Seht nur, welch merkwürdiges Zusammentreffen! Die Phönizier errichteten Werften im Küstengebiet von Rio Grande do Norte, und das ist möglicherweise der Ursprung der Tunnel und Landeplätze, die der Gringo Swendson in der Festung von St.Joachim vorgefunden hat. Andererseits ist Canudos, der Schauplatz des Sertão-Trojas, von Kario-Trojanern gegründet worden. Ist das nicht wunderbar? Nun wohl: noch wunderbarer ist das, was mir zugestoßen ist. Während meiner archäologischen und paläographischen Untersuchungen verirrte ich mich eines Tages in der Sertão-Buschsteppe von Seridó in Rio Grande do Norte. Ihr wißt, daß sich diese Inschriften und Ruinen immer bei großen Stein- und Felshaufen befinden. Nun gut. Als ich mich verirrt hatte, fand ich plötzlich einen Steinhaufen mit einem Loch, das wie der Eingang einer Grotte aussah. Da gab es Fledermäuse und Hornissen, die ich mit einer Quittenast-Fackel verscheuchte. Mit dieser Fackel als Laterne drang ich in das Loch ein, gelangte auf den Grund, wandte mich in einen Seitengang und kam so ans Gangende, das in einen weiten, in den Stein gehauenen Saal einmündete. Die Wände waren von Felszeichnungen bedeckt: sumerische Krieger, aztekische Priester, Inkakönige, nackte karische Priesterinnen – ihre Brüste waren gelb, ihr Bauch, die Arme und das Gesicht rot bemalt. Das Seltsamste ist, daß nicht nur die dargestellten Körpertypen, sondern auch die Ornamente und Kleider der Gestalten einander auffallend ähnelten. Von dem Saal zweigten kleinere Gänge und Säle ab. In einem von ihnen fand ich mehrere Mumien, die nebeneinander auf dem Boden lagen. In ihrer Nähe lagen riesige Steinscheiben, einige in zwölf, andere in sechzehn Bezirke unterteilt; jeder Bezirk hatte sein besonderes Zeichen. Alle ähnelten den sogenannten ‚Aztekenuhren‘, die Alexander Borghine in seinem 1923 veröffentlichen Buch erwähnt. Das Wichtigste jedoch ist, daß in einem Saal, dessen Wände mit Tieren verziert waren – Jaguaren, Rehen, Sperbern, Kranichen und Emas – ein unermeßlicher Schatz lag: Gürtel, Halsketten, Kronen und Juwelen, alle mit Diamanten, Topasen und Aquamarinen besetzt.‹

›Und haben Sie etwas davon an sich genommen, Clemens?‹ fragte ich, während meine Nasenflügel und Augen vor Erregung bebten und glühten, obwohl ich spürte, daß der Philosoph uns mit seinen ernsten Worten womöglich einen Bären aufbinden wollte.

›Nein, es lag alles in Kisten, in zentnerschweren Kisten. Außerdem hatte ich Angst, ich fürchtete, mich zu verirren. Ich ging den Weg zurück, verließ die Grotte und betrat wieder das flache Feld, um den Heimweg zu suchen. Anderntags kehrte ich, ohne irgend jemandem ein Sterbenswörtchen gesagt zu haben, mit einem erfahrenen Viehhirten an die Stelle zurück, wo ich mich verirrt zu haben glaubte, aber ich konnte den Eingang beim besten Willen nicht wiederfinden. Alle Steinhaufen glichen einander derart, daß ich es endlich aufgab. Nun können aber Nazário und der blinde Pedro tatsächlich diesen oder einen ähnlichen Ort wiedergefunden haben, den ebenfalls die Kario-Tapuias und Phönizier hinterlassen haben. Die Art, wie sie die Geschichte erzählt haben, ist halb mystisch und reaktionär. Aber wenn wir tatsächlich eine solche Grotte wiederfinden könnten, wären der Fund und die Enthüllung des Schatzes von allerhöchster Bedeutung, ebenso für meine philosophische Weltanschauung wie für unsere Kultur und vor allem für die brasilianische Revolution.‹«

SIEBENUNDSIEBZIGSTE FLUGSCHRIFT
GESANG VOM ARMEN EDELMANN

»Als Clemens die Erzählung seines außerordentlichen Abenteuers abgeschlossen hatte, wandte ich mich an Samuel und fragte:

›Und Sie, Samuel? Haben Sie bei Ihren glücklichen und unglücklichen Abenteuern, auf Ihren Irrfahrten durch die pernambucanischen Zuckermühlen auch eine legendäre Entdeckung wie diese gemacht?‹

›Quaderna‹, erwiderte der Edelmann, ›ich brauche keinen Glückstag zu haben, um solche Dinge zu erleben, weil mein ganzes Leben in jedem Augenblick eine gloriose Legende war und ist. Ich, der letzte männliche Nachkomme meines Hauses, lebe ewig in einer Zaubergrotte, deren Träume und Schätze den Schätzen weit überlegen sind, die die beiden Sertão-Philosophen Nazário und Clemens erblickt haben.‹ So sprach er, lächelte überheblich und hatte den Pakt schon fast vergessen. Er fügte hinzu: ›Ihr wißt, daß ich einen Horror habe vor eurem düsteren Sertão-Poeten Augusto dos Santos. Aber in seinem ganzen Werk gibt es ein einziges Gedicht, das mich berührt. Mit ihm kann ich wiederholen:

> Mein Herz erfüllen riesig und uralt
> Ehrwürdige Tempel, wo bei Serenaden
> Götter der Liebe zum Gebet einladen,
> Jedweden Glaubens Halleluja schallt.

> Im Spitzgewölbe dieser Kathedralen
> Der Hängeampeln Widerschein sich bricht,
> Und unter Goldreif-, unter Silberlicht
> Geheimnisvolle Amethysten strahlen.

›Gewiß, Samuel‹, sagte ich. ›Aber glauben Sie, daß man sich auf Nazários Vision verlassen kann? Das sollte man jetzt wissen. Was meinen Sie dazu? Was hat Nazário da gesehen?‹

›Nazários Vision, Quaderna, war eine Gralsvision dichterisch-ekstatischer Natur, etwas barbarisch wie alles, was mit dem Sertão zu tun hat; aber gut ausgelegt und von einem wahren Dichter verbessert, läßt sich ihr wahrer Sinn sehr wohl ergründen: sie verweist auf das Fünfte Reich, das von allen unseren Visionären, Propheten und Erleuchteten von Antônio Vieira bis zu Gustavo Barroso erträumt worden ist. Wie sollte mich aber eine Vision begeistern, die der zerlumpten, übelriechenden Sertão-Kanaille in einer plebejischen, clementinischen Szene offenbart wird? Das einzige, was mich dabei entzückt, ist das Auftreten dieses Jünglings, wer immer er sein mag, der auf einem Schimmel reitet. Oh, wenn das im Küstengebiet geschehen wäre! Dann wäre kein Zweifel möglich: dann wüßten wir, es muß der junge Edelmann sein, das Wahrzeichen unserer Rasse, dazu auserkoren, das neue Imperium Iberiens, das Eldorado und herzförmige Wappen Lateinamerikas aufzurichten.‹

›Nun gut, Samuel‹, sagte ich, ›ich bin einverstanden und lasse das gelten. Mit einer Einschränkung. Sie haben gesagt, der Jüngling auf dem Schimmel sei rein und keusch. Nun, wenn er das ist, dann ist er es gewiß auf ganz andere Weise als König Sebastian, denn wie mir Lino erzählt hat, hat er auf der Straße das Porträt eines Mädchens auf seinem Schild geführt.‹

›Das beweist nichts gegen seine Keuschheit‹, gab Samuel zurück. ›Das kann die mythische Gestalt der Dame sein, die alle Ritter verehren. Aber wahrscheinlich ist das Porträt sogar eine Anspielung auf die Lichtkönigin des Himmels, auf das ‚Lumen Coeli Regina‘. Wer weiß denn, was dem jungen Mann mit dem Schimmel zugestoßen ist? Vielleicht hat er die Himmelskönigin in mystisch-kriegerischer Ekstase erblickt und sich von nun an der Suche nach dem Göttlichen und der Einsamkeit der Wüste geweiht. Ja, so muß es sein. So ist es ganz gewiß. Dies könnte der einzige Grund dafür sein, daß ein so reiner, so heraldischer Jüngling diese barbarische Sertão-Wüste aufsucht. Wer weiß, ob es nicht der ‚Arme Ritter‘ ist, der junge, stürmische und keusche, fanatisch von der Gottheit besessene Ritter, den der geniale militaristische, adlige Sänger Olavo Bilac besungen hat? Ihr kennt ja das Gedicht von Bilac, zumindest in der tapiristischen und iberisch-wappenhaften Neuauslegung, die ich ihm gegeben habe. Die Geschichte ist ein Wunder: es ist die Geschichte eines Ritters, der eines Tages eine solche Erscheinung erlebt hat. Danach setzte er das Antlitz der strahlenden reinen Himmelsdame auf seinen Schild. Die Welt verwandelte sich für ihn in ein weites nutzloses Mausoleum. Während die anderen lebten, genossen und liebten, wurde er vom Feuer des Göttlichen verzehrt, denn nur das Göttliche konnte ihn, nachdem er es einmal erblickt hatte, sättigen und läutern, selbst wenn dies durch Feuer und Verwüstung geschehen mußte. Danach zog sich der junge Ritter, nachdem er tausendmal in den Kreuzzügen den Tod gesucht hatte, in die Wüste zurück, wo er seine Tage beschloß: gealtert, wahnsinnig, mit glühenden Augen, ob des Schrecklichen, das er erblickt hatte, und von seinem eigenen brennenden Herzen verzehrt und verwüstet. Erinnern Sie sich, Quaderna? Das Gedicht, das ich im Anschluß an Bilacs Verse verfaßt habe, lautet ungefähr so:

Niemand weiß, wer der arme Ritter war,
Der einsam lebte und verschwiegen starb
Und, wie das Mondlicht blaß und schlicht und klar,
Ein edler tapfrer Kämpfer war.

Bevor er sich dem Waffendienst ergab,
Ward ihm ein himmlisches Gesicht zuteil:
Fortan erschien die Erde ihm als Grab –
Nutzlos und leer und ohne Heil.

Von Stund an hat ein reinigendes Feuer
Die Liebesleidenschaft in ihm vernichtet;
Nie wieder war ihm eine Dame teuer –
Auf Liebe hat er ganz verzichtet.

Von nun an trug er das Visier gesenkt.
Drei Wörter standen, weil in treuem Lieben
Er seiner Himmelsdame stets gedenkt,
Auf seinem Rundschild eingeschrieben.

Er zog ins Heilige Land. Als in der Schlacht
Die Christenritter in Bedrängnis kamen
Und, Hilfe suchend gegen Übermacht,
Anriefen ihrer Dame Namen,

Schwang er sein Schwert und rief mit rauher Stimme:
‚Lumen Coeli Regina‘, und so drang er
Ins Heer der Heiden ein mit wildem Grimme –
Die Unbezwinglichen bezwang er.

Den Schlachtentod versagte ihm sein Los.
Da wurde ihm die enge Welt zur Qual.
Es zog ihn in die Wüste; sie war groß,
Doch größer war sein Ideal.

Und weil die Wirklichkeit ihm dies verwehrt,
Starb er, ein wahnbesessenes Ungeheuer,
Von Einsamkeit zerrüttet und verzehrt
Von seines eignen Herzens Feuer.

Als Samuel das Gedicht zu Ende rezitiert hatte, Herr Richter,
konnte Clemens nicht länger an sich halten und protestierte:
›Samuel, dieses Gedicht haben gar nicht Sie gemacht, und
das Original stammt auch nicht von Bilac: es stammt von einem
ausländischen Dichter, ich weiß nicht genau von wem.‹
    ›Clemens‹, erwiderte Samuel, ›ich habe Ihnen das schon wer
weiß wie oft gesagt: das Gedicht ist mein Gedicht, weil ich
daran gearbeitet habe. Zum Beispiel: dort, wo ich von einem
‚Schwert‘ rede, hatte Bilac ‚Pike‘ geschrieben – ‚schwang er die
Pike‘. So wie ich das umgeschrieben habe, klingt es viel hübscher. Was Ihre zweite Bemerkung angeht, so will ich Ihnen nur

gleich erklären, daß, wenn ein brasilianischer oder portugiesischer Dichter ein ausländisches Werk *übersetzt,* für mich das Original zu seiner eigenen Arbeit wird. Ich bin Nationalist, und wenn ich kann, plündere ich die Ausländer so weidlich aus, wie es nur möglich ist. Für mich ist Manoel Odorico Mendes der Autor der Originale der brasilianischen ‚Ilias‘ und ‚Odyssee‘: Homer und Vergil sind nur die griechischen und römischen Übersetzer seiner Werke. Castilho ist der Autor des ‚Faust‘ und des ‚Don Quijote‘, ebenso wie José Pedro Xavier Pinheiro der wahre Verfasser der ‚Göttlichen Komödie‘ ist, die Dante ins Italienische übersetzt hat.‹

›Ausgezeichnet‹, sagte ich, indem ich ihn unterbrach. ›Ich habe eure Position mehr oder minder verstanden. Meines Erachtens wird Sinésio eine Expedition auf die Beine stellen, um das verlorengegangene Testament und den verborgenen Schatz zu suchen. Jawohl, denn Tatsache ist, daß der vom alten enthaupteten König von Cariri hinterlassene Schatz irgendwo in einer Sertão-Grotte vergraben liegt, einerlei ob in der von Nazário visionär erschauten oder in der von Clemens wissenschaftlich entdeckten. Von dem Gefolge meines Paten, das mit ihm auszog, um das Testament zu vergraben, bin ich der einzige Überlebende. Dom Pedro Sebastião hatte mich zum Testamentsvollstrecker ernannt und mir versprochen, mir, sobald das Dokument in der Grotte vergraben wäre, wenn er sich dem Tode nahe fühle, den Ort zu offenbaren. Für Sinésio ist die Auffindung dieses Testaments von fundamentaler Bedeutung. Also werden sich der Jüngling auf dem Schimmel und seine beiden Beschützer – der Doktor und der Mönch – auf den Weg machen müssen, um es aufzuspüren. Ich bin mithin für diese Expedition unentbehrlich und werde als ihr Führer mitgehen müssen. Auf der anderen Seite ist die Teilnahme für mich eine Notwendigkeit, weil ich die Ereignisse später nicht in meinem Epos schildern kann, wenn ich nicht an allen selber teilgenommen habe. Ob Schelmen- oder Ritterroman, mein Werk muß auf den Straßen spielen, im staubigen, offenen Hohlraum der

Welt, im Mittelpunkt des Zeitenbaums, und das ist nur möglich, wenn ich Sinésio, den Doktor und den Mönch auf ihrer abenteuerlichen Suche nach dem Testament begleite. Da taucht nun ein sehr wichtiges Problem auf: Wie bringen wir die Mittel für die Reise auf? Von Gelddingen will nie jemand reden, aber ohne Geld kann man wenig ausrichten. Nun gut: seit ich zu dem Schluß gekommen bin, daß ich mitreisen muß, denke ich daran, einen Zirkus zu organisieren, damit wir die Reise finanzieren können. Ich wollte schon immer einen Zirkus haben, und jetzt bietet sich mir eine Chance dazu. Wir können dabei auf die Hilfe meiner Brüder zählen, die alle irgendwelche Fähigkeiten besitzen. Einige von ihnen spielen Fiedel und Pikkoloflöte. Sie stellen das Orchester. Wenn Sinésios Truppe wirklich aus Zigeunern besteht, werden einige von ihnen auf Pferden Pirouetten schlagen und Kunststücke machen können. Andere können Karten legen. Dramen, Komödien und Tragödien sind meine Sache, Karnevalsumzüge ‚Bumba-meu-boi‘, Marionettentheater, die ‚Galione Catrineta‘ usw. Ich verpflichte mich auch, ein Hirtenspiel einzurichten, bei dem die Gunstgewerblerinnen des Armenviertels mitwirken, die meine ‚Tafelrunde‘ frequentieren. So können wir umsonst reisen, uns amüsieren und außerdem noch einen kleinen Überschuß erwirtschaften und alle für die Auffindung des Testaments notwendigen Expeditionen unternehmen. Denn meiner Meinung nach kann die Geschichte des Propheten Nazário ein Hinweis auf Schatz und Testament des enthaupteten Königs gewesen sein. Nun frage ich euch: Falls mich Dr. Pedro Gouveia an der Expedition teilnehmen läßt, wäret ihr bereit, in meinem Zirkus mitzukommen?‹

Beider Augen begannen zu funkeln, Herr Richter. Aber da sie gesetzte Leute waren und gern auf Nummer Sicher gingen, trafen sie sogleich ihre Vorsichtsmaßnahmen. Clemens redete zuerst:

›Gut, Quaderna‹, sagte er, ›es ist klar, daß uns dieser Vorschlag fesselt. Aber verschiedene Punkte müssen gleich klargestellt und festgelegt werden, vor allem was den finanziellen Teil angeht. Zunächst sagen Sie mir: wären wir als Gäste mit allen Privilegien und Ehren im Zirkus eingeladen?‹

›Natürlich‹, stimmte ich heiter zu, da ich sah, daß sie geneigt waren, die Einladung anzunehmen. ›Außer der Freundschaft, die ich für euch empfinde, brauche ich dringend euer beider literarische und politische Ratschläge.‹

›Würden wir Essen, Trinken und Unterkunft umsonst bekommen?‹

›Das würdet ihr. Ich würde euch im Rahmen des fragwürdigen Komforts, der in einem Zirkus möglich ist, die bestmögliche Unterkunft besorgen, mit besonderen Künstlerzimmern für euch beide.‹

›Und falls wir den Schatz finden sollten?‹ fragte Samuel. ›Werden wir bei der Aufteilung beteiligt?‹

›Nun, darauf kann ich erst eine Antwort geben, nachdem ich mit Dr. Pedro Gouveia gesprochen habe. Das wird jedoch recht bald geschehen, davon bin ich überzeugt. Bescheidenheit beiseite, auf diese Art von Dingen verstehe ich mich. Ich möchte sogar darauf schwören: binnen kurzem schickt der Doktor jemanden, um uns holen zu lassen.‹

›Dann wird dieser Teil in Anwesenheit des Doktors entschieden‹, erklärte Clemens. ›Vor allem müssen wir feststellen, wer dieser junge Mann mit dem Schimmel wirklich ist und welches seine wahren Absichten sind. Samuel und ich sind Staatsbeamte. Aber wenn es vorteilhaft sein sollte, versuchen wir, Urlaub zu bekommen, um an der Reise teilzunehmen und als Spezialisten – ich als Rechtsanwalt und er als öffentlicher Anklagevertreter – die Suche nach dem Testament und der Erbschaft des jungen Mannes zu begleiten. Was mich betrifft, so bietet sich mir damit eine Gelegenheit, eine philosophische Reise zu unternehmen, wie sie der brasilianische Gelehrte Alexandre Rodrigues Ferreira im achtzehnten Jahrhundert unternommen hat, womit er allen Reisen ausländischer Naturforscher durch die Neue Welt zuvorkam.‹

›Nun, und für mich‹, fiel Samuel ein, ›wird diese Expedition

eine abenteuerliche Traum-Reise werden wie diejenige, die
mein Vorfahr Sigmundt Wan d'Ernes in Gesellschaft des adligen Dichters und flämischen Soldaten Elias Herckman unternommen hat, als beide im siebzehnten Jahrhundert durch den
Sertão von Paraíba reisten, ebenfalls auf der unglücklichen Suche nach einem Schatz und Silberminen, was die Phantasie eines Dichters und Edelmanns, wie ich es bin, stark in Wallung
versetzen muß.‹

Ich ließ sie in jenem Augenblick über meine wahren Absichten im unklaren, Herr Richter. Für mich sollte die Reise tatsächlich beides gleichzeitig sein. Es sollte eine neue Suchfahrt
im Schutz der Tierkreiszeichen, eine katholische Sertão-Reise
nach der Grotte des Schrecklichen sein, auf der wir vielleicht
das Glück haben würden, den Schatz vom Stein des Reiches zu
finden, den ich bei meinen alchimistischen und philosophischen
Meditationen mit dem Schatz von König Sebastian in eins gesetzt hatte. Und mein Herz erblickte schon alles im rosigsten
Hoffnungsschimmer, als mir plötzlich erneut die Katastrophe
einfiel, die meine Augen zerstückelt hatte; da seufzte ich tief
auf:

›Weh mir! Erst jetzt fällt mir ein, ich kann ja nicht im Traum
daran denken, einen Zirkus zu gründen und die abenteuerliche
Reise zu unternehmen. Wie kann ich daran teilnehmen, wenn
ich blind bin?‹

›Nun, Quaderna, das macht gar nichts‹, sagte Samuel mit der
größten Selbstverständlichkeit. ›Für Sie ist das rein gar nichts.
Seien Sie stark, seien Sie ein Mann! Wie ich eben sagte, kann
diese Blindheit, die auf den ersten Blick wie ein Unglück aussieht, in Ihrem Fall sogar zu Ihrem Wohl ausschlagen, da Sie ja
doch davon träumen, ein epischer Dichter zu werden. Ich weiß
nicht, ob Ihnen bekannt ist, daß Joaquim Nabuco Blindheit und
Unglück als unabdingbare Voraussetzungen für einen Epenverfasser ansah. Nun, auch Nabuco war ein Barretto: kein Barretto wie Sie und die anderen Sertão-Barrettos, die heruntergekommene Bastarde sind, sondern ein Barretto aus der Fami-

lie der Morganatsherren vom Kap und daher ein rechtmäßiger, reiner Edelmann aus Pernambuco. Also stand er auch der Rechten nahe, und sein Wort verdient Vertrauen. Nabuco sagt, daß Camões erst dann vom Lyriker zum Epiker wurde, als er erblindet war. Er meint, wie es scheint, daß dies für Camões ein Glück war, eine Behauptung, mit der ich nicht einverstanden bin, weil ich, wie ihr wißt, die epischen Dichter als verkappte Prosaschriftsteller betrachte – so vulgär und so langweilig wie alle Prosaschriftsteller. Aber bei den Ideen, die Sie vertreten, Quaderna, und angesichts Ihres Plans, ein Epiker werden zu wollen, muß sich Ihre Meinung mit der von Nabuco decken: für Sie hat Camões sicherlich einen Fortschritt gemacht, als er vom Lyriker zum Epiker wurde. Trösten Sie sich also, denn innerhalb Ihrer Denkordnung ist das etwas Gesalbtes und Geheiligtes. Hier steht es, in dem genialen Vortrag, den Nabuco über ›Die Lusiaden‹ gehalten hat‹, sagte er, erhob sich und suchte im Bücherregal das erwähnte Buch, aus dem er uns den folgenden Abschnitt vorlas, den ich später abschrieb und als Dokument aufbewahrte:

›Irgendeine Indiskretion in Liebesdingen veranlaßte die Verbannung des Camões vom Königshof und seinen Eintritt ins Heer; er kämpfte gegen die Mauren in Afrika, wo er verwundet wurde und ein Auge verlor. Diese Verwundung bezeichnet eine Epoche in der portugiesischen Literatur. Ihretwegen zerschlugen sich die Hoffnungen des Camões auf eine Laufbahn bei Hofe, sein Stolz als Liebhaber wurde gebrochen, und er fühlte sich in der Gewalt derjenigen, die sein entstelltes Antlitz anschauten. Ohne Miltons Blindheit wäre das ‚Verlorene Paradies‘ etwas ganz anderes geworden. Ohne die Entstellung des Camões hätte sein poetisches Werk einen anderen Charakter bekommen. Seine Mißgestalt ließ Camões in Verzweiflung auf die Liebe, das Leben bei Hofe, in Lissabon, in Portugal verzichten und auf die ‚Lusiaden‘ zusteuern. Seine halbe Erblindung verwandelte ihm die Liebe, die ihm stets eine Obsession der Sinne gewesen war, in den Sinn des Göttlichen. Sie verwandelte ihm die vergiftete Klinge – die ihm zuvor nur dazu gedient hatte, sich selbst zu quälen – in den Meißel, der das portugiesische Nationalgedicht schaffen sollte.‹«

ACHTUNDSIEBZIGSTE FLUGSCHRIFT
DIE EPISCHE BLINDHEIT

»Als Samuel die Lektüre dieses erstaunlichen Prophetentextes beendet hatte – wobei er völlige Fühllosigkeit gegenüber dem menschlichen, nichtliterarischen Teil meines Leidens bewies –, stöhnte ich kläglich:

›Ist es denn die Möglichkeit, daß ihr das Ausmaß meines Unglücks noch gar nicht wahrgenommen habt? Ich bin so blind, daß ich einen Blindenführer brauche, Clemens. Ich bin blind, und Samuel kommt mir mit Literatur.‹

›Armer Quaderna‹, sagte Clemens und versuchte weniger fühllos zu erscheinen als sein Rivale. ›Vielleicht verlieren Sie Ihren Posten in der Bibliothek und werden mit einer minimalen Pension zur Ruhe gesetzt. Aber ob Sie nun entlassen oder pensioniert werden, so ist das für Sie viel weniger nachteilig als für mich und Samuel. Es könnte ja ein neuer Direktor die Bibliothek übernehmen, der uns nicht die gleichen Vergünstigungen gewährt wie Sie. Außerdem finden die literarischen Gesprächszirkel unserer ‚GEAKEINSE‘ in der Bibliothek statt und werden dadurch sehr geschädigt.‹«

»GEAKEINSE«? fragte der Richter. »Was ist das? Was ist die ›GEAKEINSE‹? Sicher eine kommunistische Vereinigung!«

»O nein. ›GEAKEINSE‹ ist die Telegramm-Anschrift unserer Sertão-Gemeinschaft, der ›Geisteswissenschaftlichen Akademie der Eingeschlossenen im Sertão von Paraíba‹, die wir gegründet haben und die ihren Sitz hier in Taperoá in der Bücherei hat.«

»Ach so. Und wie viele Akademiemitglieder gibt es?«

»Drei. Clemens, Samuel und mich.«

»Das genügt mir. Sie können fortfahren.«

»Als ich Clemens auf diese Weise reden hörte, traute ich meinen Ohren nicht. Konnte ein Mensch so egoistisch sein? Ich äußerte mein Befremden:

›Wie ist das, Clemens? Sie erdreisten sich zu behaupten, meine Blindheit schädige euch mehr als mich?‹

›Eben das, und das braucht Sie gar nicht zu wundern‹, beharrte der Philosoph. ›Sie, ein Scharadenmacher, ein professioneller Entzifferer, ein Mensch, der seine Zeit damit zubringt, Rätsel und Logogriphen aufzuschlüsseln und neue anzulegen, werden von der Blindheit bestimmt wohltätig beeinflußt werden. Denken Sie nur daran, daß der Schutzpatron der Jahresbeilage des ‚Lusobrasilianischen Scharaden- und Literatur-Almanachs‘ Ödipus ist, der seine Tage als Blinder beschloß. Da dem so ist, dürfen Sie sich nicht darüber beklagen, daß Ihnen jetzt dasselbe widerfahren ist und Sie nunmehr genötigt sind, den strauchelnden Schritten Ihres Schutzpatrons auf der Straße der Blindheit zu folgen. Wer weiß, ob Sie nicht als Blinder zum Ausgleich die Geistesklarheit des Ödipus empfangen? Ödipus, der das Rätsel des Menschen gegenüber der Sphinx gelöst hatte, wurde nach seiner Erblindung ein so effizienter Entzifferer, daß ihm die Ehre zuteil wurde, zum Schutzpatron aller Scharadenmacher der Welt auserkoren zu werden. Nach alledem, was mir unser Volksbarde, unser einäugiger Lino Pedra-Verde erzählt hat, waren es zwei Sperber, ein Männchen und ein Weibchen, die Sie geblendet haben, nicht wahr?‹

›So ist es‹, gab ich mit böser Miene zurück.

›Nun, dann können Sie ganz sicher sein, Quaderna, daß Sie von nun an der einzige Mensch auf der Welt sein werden, der gleichzeitig imstande ist, die Dinge männlich und weiblich zu sehen, was bestimmt ein großer Vorteil für den Entzifferer und Epiker ist, der Sie immer werden wollten. Nach meiner Ansicht *sah* Ödipus, als er noch jung war und gesunde Augen hatte, zu viel, und das war der Grund dafür, weshalb er überhaupt nichts *sah*. Erst nach der Erblindung empfing er die Geistesschärfe der Sphinx und konnte feststellen, daß Welt und Leben, wie der geniale Tobias Barretto sagt, ‚eine erschütternde Ganzheit bilden‘. Ich glaube, deshalb behaupten auch die deutschen Philosophieprofessoren, daß Ödipus noch als Blinder ein Auge zuviel hatte.‹

›Ja, gewiß, das Auge am Hintern‹, sagte ich ziemlich wütend, weil ich sah, mit welchen Überlegungen diese Subjekte an mein Unglück herangingen. Und ich fügte hinzu: ›Deshalb sagen auch wohl die brasilianischen Philosophieprofessoren hier am Ort, eine Pfefferschote im Hintern der andern sei die reinste Erfrischung.‹

›Seien Sie nicht ordinär, Quaderna, seien Sie nicht so kleinlich!‹ erwiderte Clemens streng. ›Wie können Sie sich um solche Dinge wie Ihre Blindheit oder Nicht-Blindheit sorgen, eine rein persönliche Frage von sekundärer Bedeutung, wenn Ereignisse von möglicherweise großer Bedeutung für Brasilien ihren Anfang nehmen, wie es bei dieser Expedition des jungen Mannes auf dem Schimmel der Fall ist. In diesem Augenblick ist das die einzige Frage, der wir unsere besten Gedanken und Taten widmen sollten. Wer weiß, ob dieses Ereignis nicht den Beginn der Revolution bedeutet, welche die Volksrepublik Brasilien heraufführt, die erste Lateinamerikas?‹«

»Notieren Sie diese Einzelheit, das ist sehr wichtig, Dona Margarida!« sagte der Richter.

Margarida gehorchte, und der Richter wandte sich von neuem an mich:

»Ausgezeichnet. Und was hat Professor Clemens sonst noch gesagt? Hat er noch mehr über die Revolution gesagt?«

»Es sah so aus, als ob er noch mehr dazu sagen wollte, Herr Richter. Aber da wurde er von Lino Pedra-Verde unterbrochen, der mein Gefährte auf der Schule im ›Gefleckten Jaguar‹ und ebenfalls Schüler von João Melquíades gewesen war, so daß er eine Reihe von Versen ›schicksalhaft-politischen Charakters‹ kannte, die allesamt bei der brasilianischen Schuljugend sehr beliebt sind. Lino kaute noch immer an dem schwarzen Nachtschatten, weshalb der Geist der Prophezeiung und der Weisheit auf ihn herabgefahren war. In solchen Augenblikken drückte er sich lieber dunkel aus, eine Angewohnheit, die er von João Melquíades übernommen hatte, und so sprach er denn zu uns wie folgt:

›Meine Herren Doktoren, entschuldigen Sie, wenn ich mich in das Gespräch von so philanthropischen Personen einschalte, aber all das, was Sie gesagt haben, hat mich stark beeindruckt, denn all das, was Sie gesagt haben, ist wahr und sehr wichtig, von einer ganz hundsföttischen Wichtigkeit. Meinen Sie nicht, weil ich keine höhere Bildung habe, weil ich ein Ignorant bin, so sei ich deshalb schon ein Nirgendwer oder ein x-beliebiger Hurensohn. Der hier anwesende Dom Pedro Dinis Quaderna kennt mich und kann mir ein behördlich beglaubigtes Führungszeugnis ausstellen. Außerdem war ich ein Schüler von Ew. Hochwohlgeboren. Dann habe ich die Studien aufgegeben und lange Zeit von Ew. Gnaden entfernt gelebt, aber nicht aus Liederlichkeit und Charakterschwäche. Dergestalt daß ich dies alles verstanden habe, was Ew. Exzellenzen geredet haben. Obwohl ich nur mehr ein einfacher Volkssänger von nationalem Renommee bin, kenne ich sehr wohl den erlauchten portugiesischen Dichter Luís de Camões, den Autor der ‚Lusiaden‘ von Luís de Camões. Außerdem hat Camões drei Wörter benutzt, die ich ebenfalls sehr gern in meinen Flugschriften verwende: ‚jedoch‘, ‚beladen‘ und ‚dennoch‘. Deshalb habe ich verstanden, was Sie über das blinde Auge des Camões gesagt haben: das ist alles wahr, und zwar wirklich und wahrhaftig wahr. Und es ist so wahr, daß Portugal und Brasilien viel größer und wichtiger sind als Deutschland und die Türkei zusammen. Und deshalb heißt es auch bei uns, wie wir es schon in der Schulzeit gelernt haben:

Camões, der einäugige Dichter,
Muß ein großer Dichter sein,
Denn er sah mit *einem* besser
Als wir anderen mit drei'n.

In Frankreich gehn die Uhren anders:
In Frankreich nennt man kurz und barsch
Den Allerwertesten den Hintern;
Hier in Brasilien bleibt Arsch Arsch.

›Sehen Sie, Quaderna?‹ meinte Clemens spöttisch. ›Hören Sie
die Stimme der Weisheit, hier verkörpert durch diesen würdigen Barden mit dem Lederhut, Ihren Mitschüler und Gesinnungsgefährten! Hören Sie sie und trösten Sie sich über Ihre
Blindheit! Solange Ödipus noch sein Augenlicht hatte, war er
nur ein kleiner Tyrann, gleich vielen anderen in Griechenland.
Aber nach seiner Erblindung wurde er zum Entzifferer, wie Sie,
Lino Pedra-Verde und Euclydes Villar. Solange Camões seine
beiden Augen hatte, war er nur ein weinerlicher lyrischer Dichter und Höfling. Auf einem Auge erblindet, wurde er zum Epiker, und er wurde ein zweitrangiger Epiker und Nachahmer
von Vergil, weil er nur halbblind und nicht ganz blind war. So
gelangt man zu dem Schluß, daß das Genie eines Epikers um so
größer ist, je mehr blinde Augen er hat, und das ist wahrscheinlich der tiefere Grund dafür, daß Dr. Amorim de Carvalho, der
Hofredner Kaiser Pedros II., Homer als den größten von allen
betrachtet. Also nur Mut, Quaderna! Wer weiß, ob Sie jetzt,
wo Sie auf beiden Augen blind sind und diesen großartigen Sertão-Rhapsoden und -seher bei sich haben, der Ihnen
als Führer dient, nicht zum Camões der Sertão-Scharaden
werden oder, besser noch, zum Homer des brasilianischen
Rätsels!‹
    Sie dürfen es mir glauben, Herr Richter: trotz der Bosheit
und Ironie, die in Clemens' Worten steckten, war dies der Anfang meines Trostes. Um zum Genius des brasilianischen Volkes zu werden, wäre ich imstande gewesen, jedes Abkommen
zu schließen, und wenn Blindheit der Preis gewesen wäre, hätte
ich ihn mit Lust entrichtet. Wenn die Tatsache, nicht blind zu
sein, im Vergleich zu dem Rabenaas, dem Griechen Homer, ei-

nen Nachteil bedeutete, so war die Unterlegenheit dank den Raubvogelgottheiten der Caetaner-Todesgöttin nunmehr ausgeglichen. Die Punktezahl war sogar zu meinen Gunsten gestiegen, weil Homer zwar blind gewesen war, aber weder existiert hatte noch vollständig gewesen war. Ich existierte nicht nur und war vollständig, genial und königlich, sondern bot meinem Widersacher nun auch keine offene Flanke mehr, denn ich hatte sogar auf beiden Augen zu erblinden vermocht. Die glühende Heiterkeit, die ich wegen meiner Blindheit zu empfinden begann, verminderte freilich nicht meinen Groll gegen Clemens und Samuel. Ich beschloß, mit Drohungen gegen beide vorzugehen, wozu ich nur im äußersten Notfall Zuflucht nahm, was dann stets Erfolge zeitigte. Wegen der ›Wechselfälle des Geschicks‹, die ich in meiner geplagten Existenz kennengelernt hatte, hatte ich gute Beziehungen zum Volk – zu Killern, Cangaceiros, Viehtreibern, Kuhhirten, Gunstgewerblerinnen, Volkssängern und so weiter. Die beiden aber lebten, obwohl sie stets und ständig das Volk im Munde führten und darüber philosophierten, im Muff ihrer jeweiligen Häuser, in Staub und Spinneweben der Bibliothek, kurz und gut, im ›Muff der intellektuellen Kapaune‹, wie mein Vetter Arésio Garcia-Barretto zu sagen pflegte. Sie wußten nicht einmal, wie man mit Leuten aus dem Volke spricht, und empfanden einen geheimen Schauder und stilles Unbehagen gegenüber allem, was mit dem Volk zu tun hatte. Es sah sogar so aus, als ob sie durch eine unsichtbare Linie von ihm getrennt wären, eine Linie, die ich viele Jahre zuvor gewaltsam überquert hatte, als ich aus dem Milieu ausgestoßen worden war, in dem ich von klein auf gelebt hatte. Außerdem waren meine Halbbrüder, die auf der anderen Seite der Linie lebten, ein wertvolles Bindeglied, auf das ich gern zurückgriff. Deshalb versetzten mir Samuel und Clemens ab und zu einen indirekten Hieb, indem sie von ›Quadernas heruntergekommenen, zu Cangaceiros gewordenen Verwandten‹ sprachen. Aus dem gleichen Grund erlaubten sie sich den Luxus kleiner Sticheleien, hielten aber immer einen breiten Raum für

Rückzüge in Reserve, denn weder wußten sie genau, wie ich reagieren würde, noch wollten sie auf den möglichen Schutz verzichten, den ich ihnen im Falle einer Gefahr gewähren konnte, bei der sie von Leuten ›von der anderen Seite der Linie‹ bedroht würden. Und da ich schließlich gegen meinen Willen als ›Feigling mit Glück‹ an den von meinem Paten Dom Pedro Sebastião veranlaßten Botengängen, Hinterhalten, Kriegen und Scharmützeln teilgenommen hatte, so genoß ich trotz meiner Feigheit in der Stadt und vor allem bei meinen beiden Lehrmeistern ein gewisses Ansehen als ›wilder Geselle‹, was mir bei gewissen Gelegenheiten zustatten kam. An jenem Tage griff ich darauf zurück und sagte:

›Da sitzt ihr nun, ihr beiden, und treibt mit meiner Blindheit Spott. Jeder von euch hofft, diese Expedition und der junge Mann auf dem Schimmel seien gekommen, um die Linke oder die Rechte zu unterstützen. Tatsache ist jedoch, daß die Polizei geflüchtet und unsere Stadt der Expedition ausgeliefert ist. Vergeßt nur nicht, daß Sinésio nicht nur ein Garcia-Barretto, sondern auch ein Quaderna ist! Er ist mein Vetter und mein Neffe, dergestalt daß die Expedition, ob nun von links oder von rechts, bestimmt nicht gegen mich gerichtet sein wird. Vergeßt auch nicht, daß Sinésio, ein Quaderna, wie ich von der Familie abstammt, die nicht nur den Sertão im Rodeador-Gebirge und am Stein des Reiches beherrscht hat, sondern auch in einem Zeitraum von drei Tagen ein höchst eindrucksvolles Schlachtfest veranstaltet hat, was euch ja keine sonderlichen Aufregungen verursachen dürfte, da ihr ja beide Befürworter eines Blutbads seid. Habt ihr schon gesehen, wie wütend das Volk ist? Natürlich habt ihr das gesehen, und ihr wißt auch beide, daß das Sertão-Volk in diesen Dingen unberechenbar ist: es kann sich auf die Seite des Landadels stellen, und es kann eine andere, völlig entgegengesetzte Richtung einschlagen. Nun frage ich euch beide: Wenn der Reichskrieg beginnt und Sinésio heute nacht oder morgen früh die Erschießung aller Mächtigen des Ortes anordnet – meint ihr wohl, der Anwalt und der Anklagevertreter unseres Städtchens könnten ohne ein Wort von mir der Exekution entgehen?‹«

»Einen Augenblick, Dom Pedro Dinis Quaderna!« rief der Richter jubilierend. »Halten Sie ein, denn das alles ist hochwichtig! Notieren Sie das, Dona Margarida! Jawohl. Recht so. Und jetzt können Sie fortfahren.«

Abermals hatte ich mich von meinem ritterlichen, königlichen Enthusiasmus hinreißen lassen, edle Herren von der Akademie und dem Obersten Gericht, und schöne Damen mit den weichen Brüsten! Meine Lage wurde immer gefährlicher. Aber da sich einmal Geschehenes nicht wieder rückgängig machen ließ und der angerichtete Schaden nicht wiedergutzumachen war, nahm ich einen Anlauf und sprach weiter:

»Als ich das sagte, Herr Richter, erbleichten Samuel und Clemens. Lino Pedra-Verde jedoch sprang wie vom Blitzstrahl getroffen auf:

›Rodeador-Gebirge? Hast du davon gesprochen, Dinis, vom Rodeador-Gebirge und vom Stein des Reiches? Das ist freilich wichtig. Alles andere, was ihr gesagt habt, ist schön und gut, aber wichtig ist nur der Krieg um das Reich. Jawohl, genau das. Dr. Samuel und Professor Clemens, was sagen denn Sie dazu?‹

›Ich weiß nicht, Lino‹, antwortete Samuel für beide. ›Ich weigere mich nicht, dieses Thema zu erörtern, denn Varnhagen war ein großer brasilianischer Historiker der Rechten und hat über diese Sertão-Bewegungen gesprochen, wenigstens über die erste Phase, die vom Rodeador-Gebirge. Aber danach kamen so viele Hirngespinste hinzu, daß das Thema nicht mehr als seriös angesehen werden kann. Übrigens sieht es so aus, als ob Varnhagen schon vorausgesehen hätte, daß dies der Fall sein würde, denn er schrieb: ‚Das Ereignis wird in Zukunft mit Sicherheit der Phantasie von Dichtern und Romanschreibern ergiebigen und fesselnden Stoff bieten.‘‹

Nun war die Reihe an mir, aufzuspringen, Herr Richter,

denn das berührte mich zutiefst in meinem Traum, der Genius des Volkes zu werden und einen epischen Roman über meine Familie zu schreiben. Außerdem lieferte Varnhagen, der Vicomte und katholisch war, einen guten monarchischen Beitrag zu meinen Ideen und meiner Familiengeschichte. Deshalb fragte ich Samuel:

›Aber Samuel, warum haben Sie über etwas so Ehrenvolles Bescheid gewußt und mir das all diese Jahre hindurch verschwiegen?‹

›Quaderna, Sie sind auch ohnehin so eingebildet, daß ich mir vorstellen kann, wie Sie erst durchdrehen würden, wenn ich Ihnen in der ‚Allgemeinen Geschichte Brasiliens‘ eine ausdrückliche Anspielung auf Ihre Familie zeige. Aber jedenfalls steht sie da, und ich werde Ihnen zeigen, wo. Varnhagen sagt wörtlich: ‚Widmen wir einen Abschnitt dem kurzgefaßten Bericht über ein Vorkommnis im Rodeador-Gebirge, im Distrikt des Sertão von Bonito, in der Provinz von Pernambuco zu Beginn des Jahres 1820. Aus dem Glauben, es gäbe auf der Höhe dieses Gebirges einen Felsen, aus welchem Stimmen heraustönten, zog ein gewisser José dos Santos Nutzen, um viele Wundermären zu erzählen und Berichte auszustreuen über Bilder, die von Lichtern begleitet erschienen seien und denjenigen beständigen Sieg und großes Vermögen verhießen, die sich von ihnen anwerben ließen. Von Neugier und Aberglauben getrieben oder von Ehrgeiz und Begehrlichkeit angestachelt, scharten sich innerhalb kurzer Frist fast gegen vierhundert Menschen zusammen. Als man sie aufforderte, auseinanderzugehen, gehorchten sie nicht. Im Gegenteil: sie leisteten den ersten bewaffneten Milizsoldaten tapferen Widerstand. Aber schließlich wurden sie von der Truppe überwältigt, und viele gerieten in Gefangenschaft; der König verzieh den *Irregeleiteten* und befahl, sie zu ihren Familien heimzuschicken.‘‹

Sobald Samuel dies gelesen hatte, spürte Clemens trotz der Verwirrung, in der er sich wegen der jüngsten Ereignisse befand, sein linkes Blut aufwallen. Er schüttelte den Zwang ab, den ihm der Pakt auferlegt hatte, und rief, vom Stuhl aufspringend:

›Da kann man wieder einmal sehen, was dieser rechtsgerichtete Vicomte, der Arschkriecher Kaiser Pedros II., für ein liederlicher, reaktionärer Bursche war. Zunächst einmal unterschlägt Varnhagen die Bedeutung der politischen und wirtschaftlichen Forderung, die mit der Bewegung vom Rodeador-Gebirge gegeben war. Dann unterläßt er absichtlich die Schilderung des Massakers, das die Truppen König Johanns VI. auf Geheiß des reaktionären Gouverneurs Luís do Rêgo unter den wehrlosen Bauern veranstalteten, die durch den wahnwitzigen Obskurantismus von Quadernas Verwandten verblendet waren. Sehen Sie, wie die Dinge liegen, Quaderna? Und Samuel, dieser Drecksedelmann, lebt hier und rülpst Patriotismus, unterschreibt Varnhagens Worte und mißachtet die Unabhängigkeit Brasiliens.‹

›Ich?‹ protestierte Samuel erschrocken. ›Inwiefern habe ich die Unabhängigkeit Brasiliens mißachtet? Was haben Quadernas fanatische Verwandte vom Rodeador-Gebirge oder vom Stein des Reiches mit der Unabhängigkeit von Brasilien zu schaffen?‹

›Sehen Sie, Samuel‹, erläuterte Clemens, ›Sie wissen, daß ich Bewegungen ohne ideologischen Gehalt mit den größten Vorbehalten betrachte. Dennoch sollten Sie einmal, statt hier die reaktionären Ansichten von Varnhagen zu verbreiten, die Worte des Komturs Francisco Benício das Chagas lesen, eines Autors, der erheblich seriöser und genialer war als Varnhagen. Freilich war der Komtur, da er nicht in meine Penetral-Philosophie eingeweiht war, nicht scharfsinnig genug, um zu erkennen, daß die Unabhängigkeit Brasiliens, diese Farce vom 7. September 1822, ein Betrug war. Brasilien wird erst dann unabhängig werden, wenn es den Imperialismus im Ausland und die Reaktion im Inland besiegt. Jedenfalls hat es der Komtur läuten hören, auch wenn er nicht genau wußte, wo die Glocken hängen. Und sogar der schamlose Schuft, unser erster Kaiser,

Pedro I., sieht die politische Bedeutung der Episode ein, wenn er in seinem ‚Manifest an die Brasilianer' sagt: ‚Entsinnt euch der Scheiterhaufen im Bonito-Gebirge!' Damit zeigte Dom Pedro I. nicht nur, daß er genau über die Sertão-Bewegungen Bescheid wußte, sondern auch, daß ihm die damit verbundenen politischen Absichten trotz ihrer unzureichenden Durchdachtheit bewußt waren.‹

›Was haben Sie da gesagt, Professor Clemens?‹ unterbrach ihn Lino wiederum bestürzt. ›Stimmt das, was Sie da eben sagen? Wußte Kaiser Pedro I. von den Vorgängen im Rodeador-Gebirge, vom Stein des Reiches und all den Aufregungen um die Familie von Dom Pedro Dinis Quaderna? Hat er davon gesprochen, in Dokumenten, die von der Regierung verbürgt sind?‹

›Das ist wahr, Lino‹, bestätigte Clemens.

›Na so was, da kann man wirklich nur mit unserem Meister João Melquíades sagen: Was für eine philanthropische Angelegenheit! Was für eine liturgische Geschichte für die Familie unseres Königs, nicht wahr, Dinis? Können Sie mir sagen, Professor Clemens, wo die Worte dieses bewußten Komturs zu finden sind?‹

›Das kann ich, warum nicht, Lino?‹ erwiderte Clemens, voller Genugtuung darüber, daß es ihm gelungen war, mit einem Mann aus dem Volke ins Gespräch zu kommen. ›Schauen Sie her!‹ fügte er hinzu und zog einen Band aus dem Regal und las uns folgenden Abschnitt des genialen pernambucanischen Autors Komtur Francisco Benício das Chagas vor:

›‚Die beklagenswerten Ereignisse, die sich gegen Ende des Jahres 1819 am Rodeador-Felsen abspielten, genau zwischen der Revolution von 1817, die von der absolutistischen Staatsmacht unterdrückt worden war, und der von 1821, die in der unbesiegten Stadt Goiana ausbrach, waren gleichsam das Vorspiel zu unserer Unabhängigkeit, die an dem denkwürdigen 7. September 1822 proklamiert wurde. Sie zeigen deutlich, daß die Volksversammlung am Rodeador-Felsen in diesen schick-

744

salhaften Zeiten wahrhaft politische Ziele verfolgte. Der Anführer der genannten Bewegung, Silvestre José dos Santos – Dom Silvester I. – mit dem Spitznamen Meister Quiou, was in der Sprache der Eingeborenen soviel heißt wie ›der Vorsteher‹, war kein bloßer Abenteurer, Betrüger und Wegelagerer, wie man damals unter der gewalttätigen und despotischen Regierung von General Luís do Rêgo Barretto verbreitet hat. Silvestre war kein Betrüger, als er die Versammelten lehrte, daß eine Heilige aus dem Stein zu ihnen reden würde, um ihnen zu zeigen, was getan werden müsse, um das Los des leidenden Volkes zu verbessern. Das erklärten nach der Unabhängigkeitserklärung die Patrioten von Bonito, die in engerem Kontakt mit Silvestre gestanden hatten. Was war das für eine Heilige, die reden und viele nützliche Dinge verkünden sollte, die das Volk ins Werk setzen müsse? Es war gewiß die heilige Freiheit, es war die Unabhängigkeit Brasiliens! Die Volksversammlung am Rodeador-Felsen vollzog sich auf folgende Weise: von der Mitte bis zum Ende des Jahres 1819 erschien an jenem Ort ein Geheimnisvoller und sagte, sein Name sei Silvestre, und seine Mission sei es, den Lagerplatz auszusuchen . . .‹‹

›Was?‹, schrie Lino, während ihm Schaum vor den Mund trat und seine Augen aus den Höhlen quollen. ›Und das steht dort genau so geschrieben, Doktor? Da steht ›ein Geheimnisvoller‹, ist es so? Steht es da so?‹

›So ist es, Lino‹, erwiderte Clemens etwas überrascht. ›Es wird wohl ein Druckfehler gewesen sein. Wahrscheinlich wollte der Komtur schreiben: ein ›geheimnisvoller Mensch‹.‹

›Das meinen Sie, das sagen Sie so‹, versetzte Lino. ›Aber es muß gerade ›ein Geheimnisvoller‹ geheißen haben, was der Doktor da geschrieben hat. Denn die Personen der heiligen Sertão-Dreifaltigkeit, Personen wie Pater Cícero und Silvestre, sind immer verdammt geheimnisvolle Kapazitäten. Und was sagt er da von der Mission, die Silvestre Quiou, der Gottgesandte, hatte? Er sagt, daß er einen Lagerplatz auswählen mußte, nicht wahr? Sagen Sie mir eines: Was ist ein Lagerplatz? Ist das nicht ein Belagerungsplatz, wie es ihn 1930 beim Krieg um Princesa gab? Das muß es sein, ich weiß, daß es so ist, denn ich habe es in der Zeitung gelesen, und es steht auch in unserem ‚Almanach von Cariri‘, den unser König Dom Pedro Dinis Quaderna herausgibt. Heute weiß ich genau, daß Princesa, Canudos, das Rodeador-Gebirge, der Stein des Reiches, daß all das ein hundsföttischer Lagerplatz war, ein verfluchter Belagerungsplatz, ein einziges Troja!‹

›Lagerplatz heißt nicht unbedingt Belagerungsplatz, Lino‹, erläuterte Clemens, der sich in seiner Eigenschaft als Mann der Linken immer verpflichtet fühlte, das Volk aufzuklären. ›Aber wir wollen die Lektüre des Komtur-Textes fortsetzen!

‚Einige Tage später erfuhr man in der Ortschaft, daß Silvestre einen Felsen ausgewählt hatte, der als Rodeador-Felsen bekannt war, und nun Anhänger um sich sammelte; sie sollten zur gegebenen Zeit eine Heilige hören, die den guten Weg nennen sollte, den das Volk einschlagen müsse. Innerhalb von zwanzig Tagen vermehrte sich die Zahl der Versammelten beträchtlich. Der Kommandant der Polizeitruppe befahl in einem an den Anführer Silvestre gerichteten Schreiben, die Versammlung solle unverzüglich auseinandergehen, denn wenn sie das nicht täte, würde er, der Kommandant, die notwendigen Schritte ergreifen, damit die unerlaubte Versammlung aufgelöst würde. Diese Drohung machte auf Silvestre keinerlei Eindruck, und die Zahl der Leute aus dem Volk wuchs immer mehr an, so daß sich schließlich ein Feldlager bildete. Silvestre verfügte nicht über Mittel, um die Armen zu ernähren, die ihn begleiteten, und forderte daher von den Grundbesitzern, daß sie ihm Vieh, Mehl, Mais, Bohnen und so weiter schicken sollten, und falls sie das nicht täten, sollte mit Waffengewalt requiriert werden. Daraufhin erfüllte man seine Forderungen. Diese Tatsache kam dem Gouverneur Luís do Rêgo zur Kenntnis; er schickte eine Streitmacht mit dem Oberstleutnant Madureira als Expeditionsführer aus, um den Rodeador-Felsen anzugreifen. Madureira verließ Recife an der Spitze eines Feldbataillons, gelangte nach Vitória de Santo Antão, und dort stieß ein weiteres Korps von Milizsoldaten zu ihm, das erklärte, sein Bestimmungsort sei Pajeú de Flôres. Die Truppe zog aus, als ob es dorthin gehen sollte, aber als sich Bonito näherte, machte Madureira ein Täuschungsmanöver. Mit wegkundigen Führern ausgestattet, drang er in den Buschwald in Richtung Rodeador-Felsen vor, wo er um halb vier Uhr morgens anlangte und seine Truppe in zwei Abteilungen aufteilte, das Feldbataillon unter seinem Kommando und die Milizsoldaten von Santo Antão unter dem Befehl eines Hauptmanns. Eine dieser Abteilungen drang von der Ostseite des Felsens her ein und die andere von Westen, wo sich am Abhang das befestigte Feldlager des Königs und Propheten Silvestre befand. Der Chef der Milizsoldaten kam eher zum Feldlager als Madureira. Es gab eine große Schießerei, der, als auch noch der Oberstleutnant im Geschwindschritt heranrückte und in den Kampf eingriff, ein großes Gemetzel folgte. Das Volk hätte nicht so sehr zu leiden gehabt, wenn die Soldaten nicht die Behausungen auf dem Lagerplatz in Brand gesteckt hätten, in deren Flammen viele Männer, Frauen und Kinder ums Leben kamen; sie nahmen die überlebenden Frauen und Kinder gefangen und führten sie nach Recife, wo sie hernach freigelassen wurden, weil man einsah, daß sie kein Verbrechen begangen hatten. Der Anführer Silvestre wurde später in Goiana gesichtet, wo er zu dem Heer der Unabhängigen gehörte, das seine Befehlshaber in der Stadt Recife und an anderen Orten hatte. Silvestre war braunhäutig und ungefähr vierzig Jahre alt. Er konnte lesen und schreiben, war unternehmend, scharfsinnig und streng in seinen Entscheidungen. Nie sagte er jemandem, *wo er auf die Welt gekommen war, welchen Beruf er hatte oder wovon er lebte.‹«

»Ich glaube, Herr Richter, Lino wollte eben etwas zu den letzten prophetischen Worten des Komturs anmerken. Doch eben in diesem Augenblick wurden wir von Meister Laus unterbrochen, einem Typ, der in der ›Tafelrunde‹ wohnte – wo er mein Angestellter war – und eine sehr wichtige Gestalt in meiner Geschichte ist. Dunkelbraun und mager, von etwa mittlerer Statur, mit schmutziger Lockenmähne, trug er stets ein altes löcheriges Hemd mit breiten, waagerechten, schwarzroten Streifen. Er besaß einen unzertrennlichen Freund und Gefährten, den fetten Adauto, der genauso schmutzig war wie er, dessen Hemd ebenfalls alt und löcherig war und waagerechte, blaugelbe Streifen aufwies. Das waren die Hemden der beiden Fußballclubs unserer Stadt, des ›Taperoá SV‹ und des ›Nordost-Sportclubs‹, berühmter Mannschaften im Sertão und Helden heroischer Tage, von denen zu gegebener Zeit erzählt werden soll. Meister Laus war der offizielle, ewige Bräutigam von Dinatut-mir-weh, der Tochter des Propheten Nazário und Gesellschafterin von Maria Safira, sowie mein Page und Steigbügelhalter. Er trat ein und wandte sich an mich:

›Herr Quaderna, ich habe zwei Botschaften für Sie. Die eine stammt von Dr. Pedro Gouveia, der mit dem jungen Mann auf dem Schimmel eingetroffen ist: er will mit Ihnen sprechen und auch mit Dr. Samuel und Professor Clemens. Er hat gesagt, die Herren sollten ins Stadthaus der Garcia-Barrettos kommen, denn er will mit Ihnen dreien unter vier Augen sprechen. Aber, wenn ich Sie wäre, würde ich zunächst einmal der anderen Botschaft nachkommen. Die ist nur für Sie allein: Herr Arésio ist dort in der ›Tunde‹ und bespricht sich mit Herrn Adalberto Coura und läßt sagen, Sie möchten auf einen Sprung vorbeikommen, denn er hat etwas Wichtiges mit Ihnen zu bereden.‹

›Meister Laus‹, sagte ich beinahe streng, ›ich habe Ihnen schon wer weiß wie oft gesagt, wie Sie uns anreden sollen, und Sie können es nicht lassen. Es kostet Sie gar nichts, wenn Sie mich als Dom Pedro Dinis Quaderna und Arésio als Dom Arésio Garcia-Barretto anreden. Das Herr können Sie sich meinetwegen an den Hut stecken. Außerdem heißt es ›Tafelrunde‹ und nicht ›Tunde‹, wie Sie sagen.‹

›Ganz recht, Herr Quaderna, aber Sie sind ja wohl kein Bischof, daß ich Sie als Dom anreden müßte, und ob man ‚Tunde‘ sagt oder ‚Tafelrunde‘ ist ja wohl auch egal. Auch wenn ich so rede, verstehen Sie mich doch ebenso gut? Also lassen Sie besser Ihr Geflöte hier sein und kommen gleich rüber in die ‚Tunde‘, denn Herr Arésio ist so in Fahrt, daß es gleich einen Knall geben wird.‹«

NEUNUNDSIEBZIGSTE FLUGSCHRIFT DER EMISSÄR DER ROTEN PARTEI

»Samuel und Clemens zappelten vor Neugier und waren ganz aufgeregt bei der Aussicht, zum Mittelpunkt der Ereignisse Zugang zu bekommen. Gleichzeitig jedoch hatten sie Angst, hinzugehen, vor allem weil sie dabei das versammelte Volk durchqueren mußten. Sie erkundigten sich vorsichtig bei Lino Pedra-Verde nach der ›Stimmung, in der sich diese Leute befänden‹, und fragten voller Sorge, ob sie nicht etwa in Gefahr kämen, massakriert zu werden, falls sie sich ohne Garantien auf der Straße blicken ließen. Lino beruhigte sie und riet ihnen, den Hintereingang des Hauses der Garcia-Barrettos anzusteuern. So könnten sie unbemerkt hindurchkommen, weil sich die Menschenmenge auf der Vorderseite versammelt hatte. Meister Laus bekräftigte, daß Dr. Pedro Gouveia im Gartenhof auf uns warte; die Hintertür sei zwar verschlossen, aber dahinter warteten Leute auf uns. Wir verabredeten nun, daß Clemens und Samuel zum Haus der Garcia-Barrettos vorangehen sollten. Ich wollte mit Arésio und Adalberto Coura ein Gespräch führen und dann von der ›Tafelrunde‹ direkt zu ihnen nachkommen. So gingen wir nun los; die beiden begaben sich zur Brunnenstraße und ich zum Ende von Chã da Bala, wo sich in einem abgelegenen Haus, das von einem hohen Eisenholzbaum beschattet wird, meine ›Herberge zur Tafelrunde‹ befand. Das Volk stand auf dem Marktplatz vor dem Hause der Garcia-Barrettos, derart daß Chã da Bala verlassen lag und ich den Weg zur ›Tafelrunde‹ zurücklegen konnte, ohne daß mir jemand in die Quere kam. Von Lino Pedra-Verde geführt, gelangte ich an die Haustür und trat ein. Im ersten Augenblick bemerkte ich keine Menschenseele. Die ›Tafelrunde‹ war leer, der Billardtisch verlassen, die Stühle standen auf den Tischen und keine Bedienung ließ sich sehen. Weder Dina noch Maria Safira waren anwesend, und sogar Meister Laus war mit dem fetten Adauto fortgegangen, um sich dem übrigen Volk anzuschließen, nachdem er mir die Botschaften ausgerichtet hatte. Als wir in den Raum eintraten, von dem die Treppe zum Dachgeschoß ausgeht, vernahmen wir dort oben zwei Männerstimmen. Erst da fiel mir ein, daß Arésio offenbar Adalberto Coura in der Rumpelkammer, wo dieser wohnte, Gesellschaft leistete. Diesen Ausdruck verwendete Samuel, der Adalberto Coura haßte und uns erklärt hatte, Leute wie er wohnten immer in Rumpelkammern; ›sehr geeigneten Orten‹, fügte Samuel hinzu, ›an denen alle Skorpione und aufsässigen Kobraläuse, die Feinde des Menschengeschlechts, ihre Gedanken und dämonischen Pläne verstecken können‹. Ich stieg die Treppe empor, wobei mich Lino hinter sich herzog, und gelangte so in Adalberto Couras Zimmer, einen Raum, der durch Bretterverschläge von dem niedrigen, schadhaften Dach getrennt war. Trotz der Finsternis, in der ich mich wegen meiner frischen Erblindung befand, stellte ich gleich fest, daß sich außer Adalberto Coura und Arésio noch eine dritte Person im Zimmer aufhielt, von der wir erst später erfahren sollten, wer sie war. Diese Person saß in dem Schatten, den das Schrägdach des Obergeschosses warf, und Lino Pedra-Verde erkannte sogleich, wie er mir später erklärte, an den langen Haaren, daß es sich um eine Frau handelte. In dem Augenblick, in dem ich eintrat, redete Adalberto Coura in seiner gewohnten exaltierten Sprechweise auf Arésio ein. Bitterkeit und Drohungen vermischten sich in seiner Stimme. Er war ein magerer junger Mann von weißer Hautfarbe, sein Haar war schwarz, und seine Augen leuchteten wie im Fieber. Er trug eine dunkle Hose, ein weißes kragenloses Hemd, das bis zum

Halse zugeknöpft war, Strümpfe und Mönchssandalen, was ihm das Aussehen eines Novizen in der Zelle oder eines jungen abtrünnigen Klosterbruders verlieh.«

»Ausgezeichnet!« sagte der Richter. »Seien Sie jetzt so genau wie möglich, denn dieser Adalberto kann der Schlüssel zu alledem sein, was an jenem Tage vorgefallen ist! Was hat er zu Ihrem Vetter Arésio gesagt? Sind Sie in der Lage, die Worte genau wiederzugeben, die gewechselt wurden, als Sie eintraten?«

»Das bin ich, weil ich mich daran erinnere, als ob es heute wäre. Er sagte eben: ›Nur zu, Arésio, schrecken Sie vor nichts zurück! Tun Sie alles, aber sorgen Sie vor allem dafür, daß Sie das Geld in Ihre Gewalt bringen, denn nur wenn Sie das in der Hand haben, wird sich die Sache machen lassen.‹«

»Schreiben Sie das auf, Dona Margarida, das ist sehr wichtig!« erklärte der Richter.

»Arésio erwiderte: ›Wer hat Ihnen denn gesagt, Adalberto, daß ich überhaupt will, daß sich die Sache machen läßt?‹ In diesem Augenblick bemerkte er mein Eintreten und wandte sich an mich mit den Worten: ›Aha, Dinis, da bist du ja. Komm herein und setz dich! Ich habe gehört, du seist erblindet. Stimmt das?‹

›Das stimmt, Arésio‹, gab ich zur Antwort.

›Dieser Dinis ist weitblickender, als man meint, und hat die Weisheit mit Löffeln gefressen‹, sagte er, ohne daß ich den Sinn seiner Worte vollauf verstehen konnte. ›Setz dich her, mein lieber Dinis, ich brauche deine Hilfe! Unser kleiner politischer Kirchturmprophet hier ließ mich rufen, um mir einen Rat zu geben, den ich gar nicht nötig habe. Ich soll mich um jeden Preis in den Besitz meines Geldes setzen. Seien Sie unbesorgt, Adalberto, ich meinerseits bin zu allem entschlossen, und wer sich mir in den Weg stellt, den zerquetsche ich wie eine Wanze‹, schloß er mit düsterer Miene.

›Ja, ich vertraue auf Ihre Gewalttätigkeit und weiß, daß Sie imstande sind, jemanden zu zerschmettern‹, sagte Adalberto sonderbar glutvoll, während eine Fieberwelle in sein blasses Gesicht stieg.

›Und weil Sie das glauben, haben Sie mich rufen lassen?‹ fragte Arésio.

›Eben deshalb‹, bekräftigte Adalberto. ›Ich stehe nicht an zuzugeben, daß ich nicht Ihre Eigenschaften besitze, die doch ganz unentbehrlich sein werden, wenn die Stunde kommt, alle Ausgestoßenen zu rächen und den Unterdrückten Gerechtigkeit zu verschaffen.‹

›Und wer hat Ihnen den Gedanken in den Kopf gesetzt, daß ich den Ausgestoßenen Gerechtigkeit verschaffen will?‹ fragte Arésio, ohne eine gewisse Verachtung zu verbergen.

›Das hat mir niemand in den Kopf gesetzt, ich selbst bin zu dieser Überzeugung gelangt‹, erklärte Adalberto. ›Glauben Sie, Sie könnten mich täuschen, Arésio? Ich weiß, daß Sie sich mit den Ausgestoßenen solidarisch fühlen, weil Sie selber ein Ausgestoßener sind, und ich bin ganz sicher, daß Sie sich wie ein Ausgestoßener fühlen, denn ich selbst bin ein Ausgestoßener und weiß meinesgleichen wiederzuerkennen. Es ist keine Schande, ein Ausgestoßener zu sein; schämen müssen sich diejenigen, die uns ausgestoßen haben. Schämen müßten wir uns, wenn wir uns von der Demütigung korrumpieren ließen. Wir müssen kämpfen und unsere Demütigung, unser Ressentiment in den Dienst der Wahrheit und der Gerechtigkeit stellen.‹

›Sehr schön, Wahrheit und Gerechtigkeit‹, meinte Arésio spöttisch. ›Was habe ich mit Wahrheit und Gerechtigkeit zu schaffen? Haben Sie mich herrufen lassen, weil Sie mich für einen Gerechtigkeitsfanatiker halten?‹

›So ist es‹, wiederholte Adalberto mit dem gleichen glutvollen Ausdruck.

›Ist der Bischof gestorben, Dinis?‹ erkundigte sich Arésio, indem er sich an mich wandte, etwas abrupt.

›Nein‹, gab ich zur Antwort. ›Jedenfalls war er noch nicht gestorben, als ich hierherging. Es heißt, es gehe ihm sehr schlecht; sein Gesicht sei verschwollen und blute; es soll eine innere Blutung hinzugekommen sein, die ihm Kehle und Nase mit Blut gefüllt hat. Aber man hat die Blutung stillen können.‹

›Haben Sie das gehört, Adalberto?‹ fragte Arésio. ›Ich habe um ein Haar einen wehrlosen Greis umgebracht. Und einem Mann von dieser Art reden Sie von Wahrheit und Gerechtigkeit?‹

›Doch, doch‹, beharrte Adalberto Coura. ›Ich weiß, daß es Menschen gibt, die im Inneren sanft und gütig sind, das aber im Namen der Gerechtigkeit und der revolutionären Gewalt vergessen müssen.‹

›Und auf diesem Wege bis zur Grausamkeit gehen müssen?‹ fragte Arésio weiter.

›Jawohl, bis zur Grausamkeit, denn die Grausamkeit ist notwendig. Ihr heutiges Verhalten gegen den Bischof war sinnvoll und für mich der endgültige Beweis, daß Sie alle für einen Revolutionär unentbehrlichen Eigenschaften besitzen. Ich glaube, die anderen waren bestürzt, aber ich habe verstanden, was Sie sagen wollten, und habe zu Ihnen geschickt, um Ihnen zu sagen: ich bin ebenfalls zu dem Schluß gekommen, daß es jetzt auf Biegen oder Brechen geht und wir in die Zeit der Gewalt eingetreten sind. Einstweilen sind bei uns noch nicht die nötigen Vorbedingungen für den organisierten revolutionären Kampf vorhanden. Erst wenn der Süden und Recife sich erheben, können auch wir mitziehen. Aber wir müssen sogleich eine Atmosphäre von Haß und Ressentiment schaffen, die den Aufstand begünstigt, und das eben ist durch Ihr aggressives Verhalten gegen den Bischof geschehen.‹

›Meinen Sie terroristische Aktionen? Morde inbegriffen?‹

›Jawohl, warum nicht? Hat in Rußland nicht auch alles so angefangen? Eine gewisse Duldsamkeit, ein fauler Friede ist das Programm aller Gruppen, welche die Macht innehaben. Der Friede dient in bestimmten Augenblicken nur dazu, die bestehende Ordnung zu stützen, was in unserem Fall die Erhaltung von Ungerechtigkeit und Bosheit bedeutet. Deshalb muß man mit dem Töten beginnen. Im übrigen haben ja die Todesfälle unter uns schon begonnen mit der Ermordung des Sakristans und des Paters . . .‹

›Und der Ihres Bruders‹, schloß Arésio. ›Haben Sie vielleicht die drei umgebracht?‹

›Nein‹, sagte Adalberto und erblaßte noch mehr. ›Aber ich habe die anonymen Briefe geschrieben, welche diesen Todesfällen ihren Sinn gegeben haben. In unserem Falle sind die Morde moralisch gerechtfertigt, denn sie sind eine Reaktion auf all das, was die Mächtigen den Schwachen zugefügt haben. Außerdem werden diese Gewalttaten noch gewalttätigere Reaktionen nach sich ziehen, und wenn dieses Klima gute drei Jahre anhält, wird es Rächer in hinreichender Anzahl geben, um der Revolution Dauer zu verleihen. Nutzen wir die Verwirrung im Ort! Wenn Sie mitziehen, habe ich Mut, den Richter, den Präfekten und den Pater umzubringen.‹

›Und was soll dann kommen?‹ fragte Arésio fast gegen seinen Willen neugierig, so als studierte er nur den Charakter seines Gesprächspartners.

›Was dann kommen soll?‹ sagte Adalberto wie im Fieberwahn. ›Das reinigende Blutbad und die Sonne der Gerechtigkeit für alle.‹ Er erhob sich aus dem Bett, in dem er sich bis dahin halb liegend aufgehalten hatte, und fügte hinzu: ›Erst nach diesem Blutbad werden wir wirklich anfangen, eine Nation zu sein. Eine geeinigte und starke Nation, die imstande ist, der blonden Bestie, die uns das Blut aussaugt, entgegenzutreten und sie zu besiegen.‹

›Ach ja, diese Bezeichnung hatte gerade noch gefehlt‹, erwiderte Arésio voller Ironie. ›Diese Idee, mit Verlaub, Adalberto, stammt doch wohl von unser aller Lehrmeistern, den beiden Kapaunen Clemens und Samuel, unseren geliebten und unvergeßlichen Meistern?‹«

»Den beiden Kapaunen? Hat er damit den Anklagevertreter und den Anwalt gemeint?« verwunderte sich der Richter.

»Eben sie, Ew. Ehren«, erläuterte ich. »Mit diesem Ausdruck bezeichnete Arésio unsere Lehrmeister immer. Adalberto hatte wie wir alle unter ihrem Einfluß gestanden, und darüber machte sich Arésio jetzt lustig. Doch der kranke Revolutionär ließ sich nicht aus der Fassung bringen. Er sagte mit der gleichen Leidenschaft:

›Was macht es aus, ob meine Ausdrücke den Einfluß der beiden Kapaune, wie Sie sagen, verraten, wenn sie zumindest in diesem Punkt recht haben? Wir müssen das nur radikaler formulieren, was sie unbewußt daherplappern, ohne Gefahr für die Machthaber, die man um jeden Preis zerschmettern muß. Auch Sie, Arésio, haben das alles einmal unter ihrem Einfluß behauptet, auch wenn Sie heute darüber spotten.‹

›Gewiß‹, entgegnete Arésio im Tonfall der Rückerinnerung. ›Gegen 1924 oder 1925 langten hier nationalistische Bücher aus São Paulo an. Samuel pfropfte uns mit ihnen die Köpfe voll, und Dinis und ich träumten von der Gründung der nationalistischen lateinamerikanischen Falange, und wir dehnten unsere Träume auf den ganzen Kontinent aus, den wir zu einem einzigen Land vereinigt sehen wollten, zu dem iberischen Ariel, von dem der Uruguayer Rodó geträumt hat – wir wollten noch über seine Träume hinausgehen. Erinnerst du dich, Dinis? All das sind alte Kamellen. Ich war damals noch nicht ganz erwachsen und wußte noch nicht, worauf ich hinauswollte, wenn ich auch schon all das tat, was mir Vergnügen machte. Wie hieß doch gleich das Buch, aus dem uns Samuel damals vorlas, Dinis?‹

›Ich weiß es nicht mehr, es waren so viele. War es vielleicht der ‚Gigantentraum‘, Arésio?‹

›Jawohl, ‚Gigantentraum‘, genau das war der Titel. Der ‚Gigant‘ war natürlich Brasilien, das Land des Schicksals, dem eine beherrschende Rolle als Vorkämpfer der lateinamerikanischen Einheit zufiel. Der arme Dinis war ein solcher Träumer, daß er schon im Geiste die Partei gründete, die diesen Traum verwirklichen sollte. Es war die nationalistische Falange Lateinamerikas – ‚Fanal‘ – ein gutgewählter Name, weil er an einen in der Finsternis strahlenden Leuchtturm denken ließ. Und da er sich in solchen Fragen vor allem für die Abzeichen interessiert, hat er sogar zusammen mit seinem malenden Bruder ein Hemd für die Partei entworfen, ein blaues Hemd mit einem goldenen Jaguar, gefleckt mit schwarzen und roten Tropfen, dem iberischen Jaguar oder Leoparden mit den Flecken, die das Blut der Neger und der Indios symbolisieren sollten.‹

›Das riecht mir nach italienischem Faschismus, portugiesischem Integralismus und spanischer Falange‹, sagte Adalberto. ›Außerdem ist das alles nur ein Traum.‹

›Ist es etwa verboten zu träumen?‹ protestierte ich sofort. ›Bevor Brasilien zur Nation wurde, war es der Traum von einer Handvoll Leuten. Also laßt mich jetzt träumen von einer der größten Nationen der Welt, die von Mexico bis Patagonien reicht. Wer weiß, ob sich im Laufe der Zeit nicht auch Äthiopien, Angola, Afrika, Indien, Portugal und Spanien an uns anschließen wollen, um auf der Welt den Traum von der Königin des Mittags zu verwirklichen?‹

›Jawohl‹, bestätigte Arésio. ›Wir Lateinamerikaner sind katholisch und ritterlich, Freunde von Pomp und Kunst und lassen uns von jeder Schönheit verzaubern – von der sinnlich-plastischen bis zu den erhabensten Manifestationen des sittlichen Lebens –, wir sind, so sagt das Buch, die rechtmäßigen Erben des mittelmeerischen Geistes. Deshalb sind wir das geeignete Volk, das sich dem gotteslästerlichen, unmenschlichen Industrie-Kreuzzug der Amerikaner widersetzen könnte, den Erben der puritanischen Brutalität der Nordländer, des Egoismus und der Geldversessenheit der Angelsachsen. Aber das ist alles längst vorbei. Das ist eine Vorstellung, die nur noch den Kapaun Samuel Wan d'Ernes entzücken kann, den Kapaun Gustavo Moraes und ihren Schutzpatron, den Kapaun Joaquim Nabuco. Für mich sind diese Träume unzureichend, sie stillen nicht den Durst meines Blutes. Und wissen Sie warum, Adalberto? Weil die von diesen Leuten vorgeschlagene Lösung eine geistige Lösung ist, und das heißt mit anderen Worten: eine Kastratenlösung. J. A. Nogueira pflegte, wenn ich nicht irre, zu sagen, daß Brasilien den stummen Kampf mit den Angelsachsen des Nordens gewinnen würde, weil der Endsieg nie den Stärksten – wie Achilles – gehört, sondern den Gerissensten – wie Odysseus.‹

›Für einen Entzifferer wie mich klingt das nicht schlecht‹, gestand ich.

›Ich bin ganz einer Meinung mit Arésio‹, sagte Adalberto und steigerte sich in immer größere Erregung. ›Ich, Arésio, bin vielleicht nur ein Schwächling und ein Mann des Geistes. Eben deshalb brauche ich Sie.‹

›Damit ich dem Geist als Arm dienen soll?‹ fragte Arésio.

›Genau. Sie sind mutig und gewalttätig, und wenn Sie die rechte Richtung einschlagen, können Sie Ihre Gewalttätigkeit in den Dienst der Gerechtigkeit stellen. Und wenn ich deshalb zugebe, daß ich Sie brauche, so müssen Sie ebenso einsehen, daß Sie auch mich brauchen.‹

›Wozu?‹ fragte Arésio widerspenstig.

›Um Ihren Weg mit dem Feuer des Geistes zu erhellen. Sie haben mit Hilfe von Dr. Samuel und Professor Clemens nur den ersten Teil des Weges erkannt, jetzt müssen Sie auch den zweiten Teil erkennen, Arésio. Der erste Teil besteht darin, den Feind ins Auge zu fassen, die blonde Bestie Caliban, mit der wir es hier aufnehmen und die wir besiegen müssen. Zu diesem Zweck sind wir alle bereit, die Union Lateinamerikas zu verwirklichen. Freilich gibt es selbst unter uns zwei gegensätzliche Gruppierungen, im neunzehnten Jahrhundert Joaquim Nabuco einerseits und Sílvio Romero andererseits, wie dies das Buch von J. A. Nogueira erklärt, dabei aber die falsche Partei ergreift, nämlich die von Nabuco. Für Joaquim Nabuco und seine Gefolgsleute ist Brasilien eine Verlängerung der Iberischen Halbinsel – und muß sich bemühen, es immer mehr zu werden. Im Grunde aber sind alle diejenigen Verräter unserer Sache, die Sehnsucht nach Europa haben und sich hier verbannt und entwurzelt fühlen. Unser Weg muß ein anderer sein. Wir müssen den von Sílvio Romero und Euclydes da Cunha eingeschlagenen Weg weiterverfolgen. Jawohl, Arésio. Bei dem Kampf, der zwischen Lateinern und Nordländern unvermeidlich ausgetragen werden wird, müssen wir zunächst unseren iberischen Wurzeln treu bleiben. Das ist der erste Schritt, mit dem wir alle einverstanden sind. Aber wir dürfen auch nicht vergessen, daß alle unterdrückten und ausgebeuteten Völker der Welt Neger sind, welche Hautfarbe sie immer haben mögen. Daher die Solidarität, die zwischen uns Lateinamerikanern, den Negern und den Asiaten herrschen muß.‹

›Sehen Sie, Adalberto‹, sagte Arésio und wurde mit einem Mal ernst, ›Ihr Leben geht mich nichts an, aber auf etwas muß ich Sie doch aufmerksam machen oder, besser, auf zweierlei. Zunächst einmal darauf, daß der zweite Teil Ihrer Ideen von dem Kapaun Clemens stammt. Deshalb steckt er auch, wie alle Kapaunenideen, voller Gemeinplätze und Leerformeln. Für Clemens, der in diesen Dingen ein Brett vor dem Kopf hat, entwickelt sich alles nach einem vorherbestimmten Schema. Eines davon besagt, daß das brasilianische Volk, das von Negern und Tapuias abstammt und arm ist, immer seinen Feind in der Kaste der Herren besitzen wird, wobei diese durch die Landbesitzer und die Soldaten repräsentiert ist. Wer weiß, ob der Weg Lateinamerikas nicht alle Welt überraschen wird? Eine der Narrheiten des Kapauns Clemens ist es, die Rolle der Streitkräfte und der Kirche in Lateinamerika zu unterschätzen. Die zweite Warnung, die ich an Ihre Adresse richte, ist diese: Seien Sie vorsichtig mit den Meistern und Herren, die im Zentralkomitee Ihrer Partei sitzen! Vielleicht billigen sie Ihre Vorstellungen nicht, und dann werden sie Ihren Kopf mit der größten Gleichgültigkeit der Polizei ausliefern. Wenn Sie sterben, so wäre das für sie ein doppelter Vorteil: sie schaffen sich einen gefährlichen Abweichler vom Halse und gewinnen zugleich einen neuen Märtyrer für die gute Sache.‹

›Ich habe weder Meister noch Herren, Arésio‹, erwiderte Adalberto. ›In meinem Kampf rechne ich auf niemanden. Auf wen sollte ich wohl rechnen? Mehr noch: mit wem könnten *wir* wohl rechnen, wir Lateinamerikaner, Neger und Asiaten? Mit den Russen? Die Russen haben ihre Rolle bereits gespielt und werden uns nicht begreifen. Schauen Sie sich das Problem an: Bei der Revolution haben sich die Russen Haß und Ressentiment zunutze gemacht, die durch Mordanschläge, Bomben, Dolchstöße, Exekutionen aufgekommen waren. Und so können sie sich heute den Luxus gestatten, den Terrorismus zu verdammen. Ebenso werden sie nicht anerkennen, daß die schwarzen Völker der Welt einen Kampf führen, der ihrem Kampf von 1917 ähnelt. Mir macht es nichts aus, wenn man mir den Kopf abschneidet. Vielleicht kommt dadurch das Ressentiment in meine Familie hinein, und sie will meinen Tod rächen, und wenn es nur deshalb wäre, weil man im Sertão Rache nimmt. So werden anstelle eines einzigen Toten dreißig oder vierzig Menschen ressentimentgeladen sein, und dreißig oder vierzig Ressentimentgeladene sind dreißig oder vierzig potentielle Revolutionäre.‹

›Gut‹, sagte Arésio, ›aber ich habe noch einen Einwand gegen Ihre Worte. Sie haben geredet, als ob Sie mit den Negern und den Armen dieser Welt auf einer Stufe stünden. Aber Sie müssen doch zugeben, daß Sie, ob Sie das wollen oder nicht, ein Weißer sind und von einer mächtigen Familie abstammen.‹

›Ich weiß das, und Ihnen geht es genauso. Ich hätte keinen Glauben an Sie oder an mich, wenn uns nicht das gleiche Schicksal zugestoßen wäre – die Verstoßung aus der Familie, die alte Geschichte vom Vater, dem Sohn, dem Mann, dem Engel und dem Schwert an der Tür. Das hat uns zu Verbannten, zu Ausgestoßenen, zu Parias und Ressentimentgeladenen gemacht und durch die Demütigung den Negern und Armen der Welt angenähert. Sehen Sie, Arésio: in Brasilien ist die Lage die gleiche wie in ganz Amerika, denn, wie das Buch von J. A. Nogueira sagt, die Anden trennen nicht zwei verschiedene Kulturen; wir alle sind Erben der Iberischen Halbinsel. So denke ich nur im lateinamerikanischen Maßstab, denn unser Weg ist der Weg der Einheit. Nun haben aber unter uns die iberischen

Konquistadoren die Neger- und Indianervölker beherrscht, und auf Völkermord und Sklaverei haben sie die Ansätze zu Nationen gegründet, die wir sind. Sehen Sie, wie ernst das Problem ist: Getrennt ist niemand von uns ein Land, nur vereinigt werden wir in der Welt die Nation sein, die zu sein wir ein Recht haben. Aber nun weiter: Innerhalb dieser Ansätze zur Nation ist jeder arme Brasilianer oder Mexikaner, welcher Hautfarbe er immer sein mag, ein unterworfener, versklavter Neger. So sonderbar Ihnen das erscheinen mag, unser besonderes Schicksal als Erben der Iberer können wir nur in dem Maße verwirklichen, wie wir auf das Volk zugehen, und das bedeutet: auf die Neger. Jawohl, denn die Nachfahren der iberischen Kreuzfahrer, die das nicht tun werden, üben im Grunde Verrat. Bestochen vom Reichtum und der vulgären Versuchung des Komforts, spielen sie das Spiel der blonden Bestie, versklaven das Volk und verkaufen die Nation im Tausch für einen kleinen Anteil an der Beute, einen auf demütigende Weise von den Kapitalherren der blonden Bestie zugestandenen Anteil. Brasilien wird erst eine Nation sein, wenn es diese Ungerechtigkeit wiedergutmacht und dieser Zweiteilung ein Ende bereitet. Nur dann, Arésio, wenn ein einigendes revolutionäres Blutbad diese Trennung zwischen reichen Weißen und armen Negern beseitigt und wir alle voller Stolz zu Negern, Rothäuten und Brasilianern werden.‹

›Der gelbe Jaguar mit den schwarzen und roten Flecken, Quadernas brauner Jaguar‹, sagte Arésio lächelnd.

›Von mir aus, wenn Sie es lieber so nennen‹, meinte Adalberto achselzuckend.

›Sehen Sie, Adalberto: ich leugne nicht, daß ich Sympathie für Sie empfinde‹, sagte Arésio und wog seine Worte sorgfältig ab, als ob er unfreiwillig zu lügen fürchtete. ›Allerdings sind das alles für mich tote und begrabene Vorstellungen. Beachten Sie wohl, daß ich nicht sage: ‚falsche‘ oder für *alle* Leute gestorbene Vorstellungen. Nur für *mich* sind es tote Gedanken, weil ich seit langer Zeit aufgehört habe, mich für das zu interessieren, was

richtig oder falsch sein kann. Ich glaube, dieses unaufhörliche
Suchen nach der Unterscheidung zwischen richtig und falsch ist
Sache des Geistes, nicht des Blutes. Immerhin möchte ich Ih-
nen zu Ihrer Information doch noch einen Gedanken mitteilen,
der mir durch den Sinn gegangen ist, mir, dem nur sehr wenige
Gedanken kommen. Ich, wir, haben mit dem Schicksal des
Volkes nichts zu schaffen. Es geht hier gar nicht um Gerechtig-
keit, es geht um Macht. Wenn das Volk die Macht zu erobern
vermag, dann soll es sie erobern. Einstweilen gibt es nur zwei
Regierungsformen: die Unterdrückung des Volkes und die
Ausbeutung des Volkes. Die erste Regierungsform ist die der
Tyrannen, die zweite die der Händler. Im ersten Fall wird das
Volk im Namen der Größe unterworfen und zertreten. Im
zweiten Fall wird es im Namen der Freiheit ausgebeutet. Nun
wohl: im Unterschied zu Ihnen, der seine Entscheidungen mit
abstrakten Begriffen wie Gerechtigkeit, Wahrheit, Freiheit und
so weiter rechtfertigt, stelle ich die meinigen auf eine rein persönliche und konkrete Ebene, die Ebene der Macht. Ich leugne
nicht, daß mich früher einmal die Probleme fasziniert haben,
die die beiden Kapaune vor uns aufgebaut haben: Brasilien, das
brasilianische Volk, die lateinamerikanische Union, die iberische Kultur und all diese volltönenden Worte, in deren Erfindung sie Meister sind. Aber wenn mich das gefesselt hat, so
hatte das einen rein persönlichen Grund: es geschah, weil ich
hier geboren bin, weil auch ich, wie Sie sagen, ein verpflanzter
Iberer bin, ein Halbneger, so daß dies für mich eine Möglichkeit
darstellte, meinen Wert und meine persönliche Macht als
Mensch zu vermehren. Deshalb beschäftigte mich indirekt auch
die Größe Lateinamerikas, damit ich mitwachsen könnte, denn
ich bin auch einer von euch, mit allem, was das an Vorzügen
und Fehlern mit sich bringt, und bin ebenso stolz auf meine
Vorzüge wie auf meine Fehler.‹

›Gewiß‹, stimmte Adalberto zu. ›Ich erinnere mich an einen
Tag, an dem Sie mir ein wichtiges Gespräch führten und mir
Dinge mitteilten, die mich überhaupt erst auf den Weg setzten.

Ich war fast noch ein Kind und sehr stolz darauf, daß Sie mit mir auf diese Weise redeten. Als Sie dann fortgegangen waren, konnte ich nicht einschlafen. Ich nahm mir ein Heft und schrieb das auf, was Sie mir gesagt hatten. Die Abschrift dieser Worte trage ich immer bei mir, Arésio, und ich will sie Ihnen wiederholen. Ich habe alles in der Nacht abgeschrieben, und der Gedanke flog der Hand voraus, denn ich hatte Angst, ich könnte etwas Wichtiges vergessen. Ich kann mich in Einzelheiten geirrt haben, aber das Wesentliche habe ich, glaube ich, treulich wiedergegeben. Selbst Ihre Worte sind gewahrt worden. Ich habe Ihnen so begeistert zugehört, daß ich kaum etwas vergessen haben kann. Hören Sie und urteilen Sie selbst!‹ So schloß er, zog ein Manuskript aus der Tasche und las die folgenden Worte vor, von denen ich mir eine Abschrift ausbat, die ich den Untersuchungsprotokollen beifüge, weil sie ein wichtiges Dokument für die Aufklärung des Falles darstellt:

‚O diese Händler und Wucherer der Welt! Sie wollen uns nach ihrem Bilde formen, uns, die braunen Völker der heißen Länder, uns, die glutvollen Völker, die noch fähig sind, glücklich zu sein und das Leben zu genießen in einer Welt, in der das allemal seltener wird. Es wäre mir lieb, wenn sie uns unser Leben genießen lassen würden, das sie als schmutzig betrachten, wenn sie uns unserem Tod begegnen lassen würden, den sie als unvernünftig ansehen. Sie sollten dort bleiben, wo sie sind, mit ihrem in Jahrhunderten törichter zäher Arbeit aufgehäuften Reichtum, mit ihrer in Maschinen und Geld akkumulierten Macht, mit ihren puritanischen Idealen von Hygiene und Tugend. Aber nein! Sie müssen uns unbedingt ihre Produkte verkaufen, um noch mehr Geld anzuhäufen. Sie versuchen, uns zu korrumpieren, um uns zu beherrschen, unter dem Vorwand, wir seien barbarische Jugendliche, ebenso bezaubernd wie unverantwortlich, die man am kurzen Zügel halten müsse, weil sie sonst die Weltordnung durcheinanderbrächten und beschmutzten. Zum Beweis erklären sie, wir, und vor allem die Leute aus dem Volk, die Ärmsten, die am meisten an den morgigen Tag denken müssen, seien unfähig zur Sparsamkeit. Wir lassen uns willig von Hunger und Krankheiten aufzehren, sofern wir nur singen und ohne Sorge für die Zukunft unserer heißen und strahlenden Länder tanzen können. Dann kommen sie unter dem Vorwand, uns vor diesem schmachvollen Leben retten zu wollen, und verderben uns und plündern uns aus. Sie verkaufen uns gleichzeitig die Produkte für unsere Hygiene und die Ideale einer auf der Grundlage bürgerlicher Sparsamkeit, des Sparstrumpfs, der harten, unmenschlichen Arbeit organisierten Welt. Aber alles, was sie uns übermitteln, sind die faulen Früchte ihrer Unfähigkeit zum Genuß, zur Freude, zum animalischen Glück. Diese Händlervölker, die traurigsten der Welt, die unter Kälte, Dunkelheit und dem strengen Unglück puritanischer Ideale geboren und auferzogen wurden, wollen uns ihre Lebensrezepte aufdrängen, uns, den braunen, in der Sonne aufgewachsenen Völkern. Wie sollten sie uns je verstehen können? Der Neger, der sich im ‚Kriegerspiel‘ als König verkleidet, weiß, daß er fast alles ausgegeben hat, was er besaß, um sich Mantel und Krone kaufen zu können, aber er glaubt, die Freude, ihn anzuziehen, sei eine größere Belohnung als der bezahlte Preis. Der Indiomischling, der Arbeiter in den Zuckerfabriken, weiß, daß der verseuchte Fluß voll tödlicher Krankheiten steckt, die ihn aufschwellen und seine Eingeweide aufzehren und sein Herz mit den Kalkablagerungen für das menschliche Blut gefährlicher Tierchen verstopfen werden. Er weiß von alledem, denn er sieht Tag um Tag seine Gefährten aufschwellen und also sterben. Aber er glaubt, daß er in seinem elenden, aussichtslosen Leben nur etwas zu essen findet, wenn er in den Fluß steigt; und dann weiß er, daß er nur wenige Freuden hat, die dem wilden Vergnügen eines Bades im Fluß zur Mittagszeit gleichen, wenn er ermüdet ist und unter der Sonnenhitze schwitzt. Der Sertão-Bewohner wiederum weiß, daß er sterben muß, wenn er das freie Leben der Buschsteppe, das Nomadenleben des Cangaceiros wählt. Aber er weiß auch, daß er, wenn er dieses unsichere Leben und den sicheren Tod auf sich nimmt,

Anrecht auf das hat, was er nie besaß: ein Leben ohne Herrn, ein Leben als Herr, ohne Sklavenarbeit. Deshalb macht es ihm nichts aus, verfolgt wie ein tollwütiger Hund zu leben. Er weiß, das ist der Preis, den er bezahlen muß, um Frauen zu besitzen, von denen er zuvor nicht einmal träumen konnte, die Töchter mächtiger Männer, schön und stolz, die ihre Augen über ihn hingleiten ließen, ohne ihn überhaupt wahrzunehmen, als ob er überhaupt nicht vorhanden wäre, und die ihn jetzt entsetzt, erschreckt und verwirrt ansehen. Mit seiner Lederrüstung und den silbernen Insignien seines Königtums erscheint er ihnen nicht mehr als ein verächtliches Wesen, sondern als der furchterregende Herr seiner Ehre und seines Schicksals, der Abgesandte eines grausamen, kriegerischen Lebens, das fasziniert und erschreckt. Sie alle sind Männer des Adels, verbannt und herabgewürdigt zu einem schmachvollen Leben. Wer hat das Recht, sie anzuklagen und zu beschuldigen, wenn sie sich erheben und ein anderes Leben suchen, das besser zu den Trieben und der Rasse ihres Blutes paßt? Wer hat das Recht, ihre Wahl zu mißbilligen und sie im Namen der Ideale der traurigen harten Völker der Sonntagsbürger zu verdammen, die sich von ihren Pastoren, von der öffentlichen Meinung, von der Philanthropie der Tierschutzgesellschaften und von der Hygiene erschrecken lassen? Wie können diese Gemeindemitglieder die wilde Freude eines Stier- oder Hahnenkampfes erfassen, den Genuß und den Zauber des Kampfes, die Wetten, das Spiel, das Fest, die Heiligung des unschuldigen, grausamen Lebens? Sie werden nie verstehen, daß der grausame Tod eines Stieres oder eines Hahns aufgewogen wird durch die Freude einer Handvoll Menschen; sie lassen das nicht gelten, weil sie ihre Regeln und philanthropischen Formeln höher schätzen als die Freude der Menschen. Wir werden es nie nötig haben, das Bild des Menschen zu verfälschen, um es lieben zu können. Denn unter der harten Sonne lernen wir zwangsläufig, es zu lieben, mit seiner Glut und Glorie, aber auch mit seiner Entwürdigung, seinem Blut und seinem Schmutz. Das Grausame und Schmutzige gehört auch zum Leben hinzu, und man muß ihm mit den Waffen des Gelächters und des Kampfes begegnen, mit der tapferen Zähigkeit des Menschen gegenüber den chaotischen Mächten des Lebens, gegenüber Leiden, Demütigung und Tod.'‹«

———

»Als Adalberto diese Worte vorgelesen hatte, Herr Richter, sagte Arésio mit einem unerwartet melancholischen Klang in der Stimme:

›Gewiß‹, sagte er, ›so habe ich damals geredet.‹

›Habe ich es nicht gesagt?‹ rief Adalberto. ›Ich habe alles behalten. Ich habe aufmerksam zugehört. Am anderen Tage reiste ich nach Recife, und mit diesen Worten und dieser Reise begann, was Sie kurz vor Quadernas Ankunft ironisch meine ‚Ausbildung zum Revolutionär‘ genannt haben. Jetzt frage ich Sie: Haben Sie an all das geglaubt, was Sie damals sagten?‹

›Doch, ich habe daran geglaubt, Adalberto. Und Sie können mir glauben, wenn ich von Ihrer Ausbildung zum Revolutionär mit Ironie gesprochen habe, war diese Ironie eher gegen mich als gegen Sie gekehrt.‹

›Warum weigern Sie sich dann, Ihre eigene ‚Ausbildung zum Revolutionär‘ zu beginnen und die meinige zu unterstützen?‹

›Ich glaube, die Erklärung dafür liegt in meinen Worten, die Sie so gut behalten und wiederholt haben. Sie haben sich von einem Teil von ihnen hinreißen lassen und nicht auf den anderen geachtet. Ihn haben Sie nicht aufgeschrieben, weil Sie, ohne das zu wollen, nur das behalten haben, was zu Ihren eigenen Träumen und Wünschen paßte. Ich glaube, Ihre Freunde, Lehrer und Genossen in Recife werden meine Ideen auf keinen Fall gelten lassen. Ich rede dabei nicht einmal von Ihren heutigen Freunden, sondern von denen von damals. Sie denken alle in Schablonen, und da meine Ideen nicht in ihre vorfabrizierten Schablonen passen, überprüfen sie sie nicht einmal. Ein Beispiel: Ihre Freunde sind unfähig einzusehen, daß Heer und Kirche in Lateinamerika die einzigen disziplinierten und wahrhaft organisierten Parteien sind. Sie sind unfähig zu erkennen, daß die Feindseligkeit, mit der sie diese beiden Parteien behandeln, eine Dummheit ist, die nur unseren äußeren Feinden zugute kommt. Jawohl, denn während wir uns hier in unfruchtbaren Streitigkeiten aufreiben, dringen sie ein, zersetzen, stehlen und bemächtigen sich nach Belieben aller Dinge, die sie begehren. Die Vereinigung Lateinamerikas muß durch unsere Heere geschehen, und dazu müssen wir ein neues Denken schmieden, eine neue, originelle Theorie der Macht, die aus unseren Vorzügen und Fehlern, aus unseren Eigentümlichkeiten und Besonderheiten resultiert. Aber ihr plappert die fertigen Ideen nach, die von draußen hereinkommen. Dazu gehört der Liberalismus. Seht ihr nicht, daß der Liberalismus hier nur diejenigen interessiert, die uns ausrauben wollen? Deshalb kommt es im Ausland immer wieder zu Angriffen gegen das, was sie den lateinamerikanischen Caudillismo nennen, den lateinamerikanischen Militarismus, die lateinamerikanischen Putsche, die lateinamerikanischen Militärdiktaturen. Die Ausländer wissen sehr wohl, daß wir, wenn ein wahrer Soldat auftritt, der die Vorzüge des Caudillos und des Königs in sich vereinigt, den Kopf erheben werden. Brasilien zuallererst, weil es am größten ist; danach ganz Lateinamerika, das ein Land von zweihundert Millionen Einwohnern bilden wird. Und das wollen sie nicht, und daher die ganze Propaganda, mit der sie uns von oben und von außen das Regime des victorianischen England oder der puritanischen, grausamen und habgierigen Vereinigten Staaten aufdrängen wollen. Schluß damit, ich habe schon viel zuviel geredet: es ist eine Kapaunenidee, die ich Ihnen und Dinis schenke, damit ihr sie nach eurem Belieben nutzen könnt. Doch ich muß Ihnen noch einiges in Erinnerung rufen, was ich damals in den Zeiten meiner Begeisterung gesagt habe. Ich weiß nicht, ob Sie sich daran erinnern, aber ich habe auch gesagt, daß für mich die Gleichheit nie ein Ideal sein könne, weil auch ich das lateinamerikanische Blut in mir habe, das die Cangaceiros, Propheten und Caudillos hervorbringt. Ich weiß, daß jeder von uns *auf seine Weise* den Ruhm seines Lebens erobern und auf seine Weise dem Schmutz und Blut des Todes entgegensehen muß, beides im Angesicht der Sonne. Jawohl, mit Leben und Tod muß jeder allein zurechtkommen, denn ihnen gegenüber bleiben wir immer allein.‹

›Gewiß‹, beharrte Adalberto, als ob er nur einen Teil von Arésios Worten verstehen wollte. ›Ich weiß. Man muß die Abwege Ihres Denkens berichtigen, denn Sie irren sich hier in Ihren Interpretationen. Vor kurzem haben Sie beispielsweise gesagt, es habe bis heute nur zwei Regierungsformen gegeben, die der Händler, die das Volk ausbeuten, und die der Tyrannen, die das Volk unterdrücken. In gewisser Hinsicht muß ich Ihnen recht geben. Was die Regierung der Händler angeht, bin ich völlig einverstanden. Ich glaube sogar, es gehört zu den Aufgaben des lateinamerikanischen Denkens, den Betrug der liberalen bürgerlichen Demokratie, das Regime der Händler, wie Sie es nennen, zu entlarven. Dazu haben wir die besten Voraussetzungen, denn unsere politische Überlieferung ist nicht die der bürgerlichen Demokratie. Verstehen Sie recht, was ich sagen will, damit Sie nicht später meinen Gedanken verdrehen, Quaderna! Ich persönlich habe, vielleicht weil wir einmal Untertanen von Philipp II. gewesen sind, mehr Sympathie für den totalen Absolutismus, der im sechzehnten Jahrhundert sogar die Kleidertracht der Untertanen festlegte, als für den Demokratie-Betrug der englischen Händler, die uns Ideale aufzwingen, die nicht unserem Leben und unserer Geschichte entsprechen. Im sechzehnten Jahrhundert, Arésio, hatte man die Wahl zwischen der gekrönten, halb theokratischen Selbstherrschaft Philipps II. und der Republik der Kaufleute, Holland oder England. Heutzutage sind die Vereinigten Staaten eine Art Holland in Großformat, ein Volk von pharisäischen, puritanischen Kaufleuten, das den mächtigsten Tanz um das goldene Kalb organisiert hat, der je aufgeführt worden ist.‹

›Und welchen totalen, halb theokratischen Absolutismus

könnte man heute den USA entgegensetzen? Etwa den russischen?‹ fragte Arésio abermals ironisch.

›Gewiß, Rußland, warum nicht?‹ erwiderte Adalberto so glutvoll wie zuvor. ›Rußland mit allen theokratischen, inquisitorischen und eschatologischen Elementen, die der Kommunismus an sich hat. Das sage ich nicht abwertend, sondern als Lateinamerikaner und Erbe der autokratischen Tradition Philipps II. Aber Sie haben in Ihren Worten eine wichtige Unterscheidung vergessen: Es gibt tatsächlich nur zwei Regierungsformen, die ausbeuterische und die das Volk unterdrückende. Aber in der Unterdrückung gibt es noch einmal zwei Typen: diejenigen, die im Namen imperialer Größe unterdrücken wie Philipp II., und diejenigen, die unterdrücken, um die Gerechtigkeit zu verwirklichen wie Lenin.‹

›Und welcher Unterschied besteht dabei für das Volk, das unterdrückt wird?‹ bohrte Arésio ungeduldig nach.

›Der Unterschied besteht darin, daß diejenigen, die im Namen der Gerechtigkeit unterdrücken, das Glück für alle herzustellen hoffen‹, sagte Adalberto mit der gleichen Leidenschaft.

›Ach ja, das Glück‹, meinte Arésio verächtlich. ›Das ist ein schnödes Ideal auf der Ebene des Individuellen und ein Kapaunentraum, wenn er auf das Kollektiv übertragen werden soll.‹

›Ein schnödes Ideal?‹ meinte Adalberto verwundert. ›Nein, es ist ein Ideal aller Menschen. Alle Menschen suchen Glück, Ruhe, Freude und Frieden.‹

›Alle Menschen?‹ zweifelte Arésio. ›Alle Menschen nicht. Wer von den hier Anwesenden sucht das Glück? Sie selber suchen Leiden und Strafe, und beides wünschen Sie sich, ich weiß nicht weshalb, seit ich Sie kenne.‹

›Das sind Phrasen‹, erwiderte Adalberto. ›Und selbst wenn es auf mich zutreffen sollte, Quaderna ist heiter und sucht das Glück. Vielleicht hat er sogar Ruhe, Frieden und Heiterkeit gefunden, wenn ich auch nicht mit den Methoden einverstanden bin, die er dazu angewendet hat.‹

›Die wahre Heiterkeit, Adalberto, die glühende reine Heiterkeit, die wir nur ahnen können, ist für den Menschen unmöglich, ebenso wie Frieden und Glückseligkeit schnöde Ideale der Feiglinge und der Oberflächlichen sind. Das gilt auf der individuellen Ebene. Wenn Sie an alle Menschen denken, so erweitert sich dieses schnöde Ideal von Glück und Frieden in Ausmaß und Torheit zum Ideal der Gerechtigkeit. In seinem Kampf mit der Welt kann der Mensch äußerstenfalls versuchen, eine gebrechliche Ordnung in sein Leben zu bringen und einen gewissen Stil in seine Melancholie, denn von Natur aus ist sein Schicksal fragmentarisch, rätselhaft und tragisch. Dabei besitzt der Mensch zwei Verteidigungsmöglichkeiten – das Weinen und das Lachen. Wahres Weinen und wahres Lachen, die in der Tiefe gründen, deren Rhythmus mit Blut und Untergründigem gespeist wird. Dinis Quaderna ist nicht heiter, Adalberto. Wer das erlebt hat, was er erlebt hat, wer gesehen hat, was er sah, kann nicht heiter sein. Die Untergründe seines Blutes sind wie die meinigen von blutigen Toten bevölkert, die im Strom der Unordnung treiben. Nur, während ich meine Konflikte durch Weinen und durch Gewalttätigkeit löse, löst er die seinigen durch Gelächter: aber ich weiß nicht, was gebrochener ist, meine Gewalttätigkeit oder sein Gelächter.‹

›Nun, dann wehrt euch doch!‹ rief Adalberto. ›Wehrt euch und kämpft, denn es gibt ja Menschen, die unterdrücken und dennoch von einer höheren Gerechtigkeit träumen, von einer neuen Gesellschaft, von einem Leben, in dem niemand mehr, vor allem nicht die Armen, allein mit Schmutz und Unordnung des Lebens fertig werden muß. Deshalb glaube ich an Lateinamerika. Wenn wir uns nicht mehr unserer Neigung zum Caudillismo, zum Guerrillakrieg und zum Cangaceiro-Banditentum schämen, wenn wir beweisen, daß unsere Neigung zur Autokratie auf die Organisation eines wahren Staates hingelenkt werden kann, dann, ja, dann werden wir alle Vorzüge unseres Volkes verbessert und durch die Wahrheit vereinigt haben. Dann wird deutlich werden, daß der Mensch nur in einem wahren Staat, der auf der Grundlage von Wahrheit und Gerechtigkeit aufgebaut ist, seine natürliche Veranlagung zum Guten, zur Sanftmut, zur Brüderlichkeit, zur Großmut, zu allem, was uns vom Animalischen, vom Egoismus und der Grausamkeit entfernt, verwirklichen kann. Ihre Gedanken, Arésio, werden dann nicht mehr ein zweischneidiges Messer sein, und die Sanften und Barmherzigen brauchen sich dann nicht mehr in der gerechten Gewalttätigkeit und in der notwendigen Grausamkeit zu zerfleischen, denn zum ersten Mal in der Geschichte werden Gerechtigkeit und Barmherzigkeit zusammengefaßt und zu einer einzigen Sache vereinigt sein.‹

›Das ist ein schöner Traum‹, sagte Arésio. ›Leider erlaubt unsere Zeit solche Träume nicht mehr. Unsere Zeit ist aus den Fugen, Adalberto, es ist eine tragische Zeit.‹

›Das Tragische an ihr, Arésio, ist nicht, daß Laster und Gemeinheit zugenommen haben, wie die Oberflächlichen sagen, die immer meinen, daß alles in der Vergangenheit, zu ihrer Zeit, besser bestellt gewesen sei. Das Schlimmste ist, daß die Ordnung und die alten Tugenden nicht mehr ausreichen. Deshalb hat auch der Begriff von Freiheit und Gerechtigkeit der liberalen Demokratien seine Aktions- und Stoßkraft verloren, den er im achtzehnten Jahrhundert besessen hat. Diese Begriffe begeistern heute höchstens noch die Mitglieder der Akademien und der philanthropischen Händlerclubs. Heute fordern wir alle eine gewaltsamere Freiheit und eine unerbittlichere Gerechtigkeit, damit der Mensch auf das zugehen kann, was die Religionen das Göttliche nennen und wir ‚das Höchste und Edelste im Menschen‘.‹

›Mein lieber Adalberto‹, sagte Arésio, ›Sie sind ein Pädagoge und werden es immer sein. Machen Sie die Augen auf, sonst werden Sie noch genauso wie die beiden Kapaune! Das gleiche sage ich ständig unserem Dom Pedro Dinis Quaderna. Aber Quaderna hat, weil er mein Vetter ist, etwas von meinem Blut in sich und ist zumindest ein Dichter zu Pferde, wie sein Pate João Melquíades zu sagen pflegt. Quaderna jagt, wandert und reitet über die Straßen, während Sie sich hier in diesen vier Wänden verrammelt haben und sinnen und träumen und Selbstgespräche führen. Hüten Sie sich vor dem Muff und den Spinnweben!‹

›Ich weiß, daß das meine Gefahr ist, Arésio‹, stimmte Adalberto zu. ›Und übrigens habe ich Sie deshalb herrufen lassen: ich habe Vertrauen zu Ihnen, so wie ich in gewisser Weise auch noch etwas von Quaderna erhoffe. Aber wie können wir handeln, ohne nachzudenken? Und wie könnten wir denken, ohne uns in den vier Wänden abzuschließen? Es ist immer noch die Ungerechtigkeit, die Unordnung der Welt, in die ich hineingeboren wurde, die mich zu dem geistigen und moralischen Ungeheuer gemacht hat, gerade so, wie sie die Leute mit den dicken Bäuchen in der Küstengegend, die von Würmern angeschwollen und gelb vor Hunger sind, zu physischen Ungeheuern gemacht hat. Nun gut: ich nehme Ihre Kritik an meinem Muff an und lasse mir gutwillig Ihre Ironie gefallen, sofern auch Sie mich anhören und Ihre Entscheidungen überdenken. Vielleicht verachten Sie das sogar, was ich Ihnen jetzt sage, aber ich gehe noch weiter in meinen Bekenntnissen. Sie redeten eben in spöttischem Ton von J. A Nogueiras Buch. Sehen Sie her! Auch ich war lächerlich genug, ein Buch zu schreiben und auf eigene Rechnung in Campina drucken zu lassen. Es enthält die Frucht meiner Überlegungen. Oder, wenn Sie das vorziehen, die Spinnweben und den Muff der Träume, die ich während der fünf Jahre geträumt habe, in denen ich in der Ferne war. Haben Sie Geduld, sich das Resümee meines Buches anzuhören?‹

›Selbstverständlich, ich bin sogar sehr neugierig und hänge an Ihren Lippen. Und Sie, Dinis?‹

Ich stimmte gleichfalls zu, Herr Richter. Da zog Adalberto Coura unter seiner Bettdecke eine kleine schmuddelige Broschüre hervor, betitelt ›Gedanken über den Staat‹. Das Buch enthielt Stellen, die Arésio lächeln machten, weil sie die allzu grüne Jugend verrieten, in der sich der Verfasser noch befand.

Zunächst hieß es gleich auf dem Umschlag, dies sei die Erstausgabe, und es wurde angedeutet, der Autor erwarte eine solche Nachfrage beim Publikum, daß gleich eine zweite folgen würde. Ferner hieß es auf dem Titelblatt des Buches: ›Sammlung ewiger Bücher – 1. Band.‹ Drittens war die Broschüre emphatisch der ›unvergeßlichen Gestalt meines Onkels Josua Coura gewidmet, einem Vagabunden, Ausgestoßenen und Rebellen auf den Straßen des Hinterlandes‹. Nun war Adalbertos Onkel Josua, Herr Richter, Sohn einer unserer angesehensten Familien, ein halb verrückter Exzentriker, der von der religiösen Manie der Pilgerfahrten angesteckt worden war: er lief in Lumpen umher und irrte einsam von Straße zu Straße, niemand wußte, was er suchte oder was er erwartete. Schließlich hatte das Buch eine Einführung, die ebenso winzig war wie das Buch selber, aber nicht minder emphatisch. Sie lautete wörtlich: ›Dieses Buch ist in drei Teile gegliedert. Aus den beiden ersten Teilen – über das Leben und über die Wahrheit – ergibt sich der letzte, der Teil über den Staat, der wichtigste von allen, vor allem, weil er die Verwirklichung des wahren Staates in einer Zukunft der Welt voraussagt, für deren Nahen die gegenwärtigen Erfahrungen und Erfolge des Sozialismus die ersten Vorboten sind. Und obwohl die in ihm enthaltenen Gedanken die große geistige Anstrengung nicht getreulich wiedergeben, die sie den Autor gekostet haben, so wird der Leser doch einsehen, daß sie die höchste Philosophie enthalten.‹ Als Adalberto Coura uns das vorlas, konnte sich Arésio ein Lächeln nicht verkneifen. Das Gespräch kreiste dann um die zweiundsiebzig Aphorismen, die das Büchlein enthielt, und die, ›von der hohen geistigen Anstrengung des Autors ausgearbeitet‹, seiner eigenen Ansicht nach ›die höchste Philosophie‹ enthüllten, also eine Rivalin von Clemens' Penetral-Philosophie waren. Die Aphorismen stellten eine Mischung dar aus Gedankengängen, die Adalberto in früher Jugend von Clemens, Samuel und Arésio selbst gehört hatte oder später in ungeordneter Lektüre aufnahm, die er in unserer Bücherei, in Campina Grande und in Recife trieb. Den

Ausgangspunkt für die neue Richtung der Diskussion bildete der Titel, den Adalberto Coura den drei Teilen des Büchleins gegeben hatte, vor allem den beiden ersten, die vom Leben und der Wahrheit handelten. Arésio bekräftigte noch heftiger das Recht auf Streit und Gewalttätigkeit. Er behauptete, alles, was da über Güte und Gerechtigkeit gesagt werde, sei nur Heuchelei und verkleidete Schwäche. Der Mensch sei von Natur aus grausam und habgierig und der Wille zur Macht die wahre Triebfeder aller unserer Handlungen. Adalberto stimmte leidenschaftlich zu:

›Ich bin ganz mit Ihnen einverstanden, Arésio. Der Wille zur Macht ist das Gesetz des Lebens, denn das Leben ist der Kampf darum, seine Bedürfnisse und natürlichen Triebe zu befriedigen. Aber der Staat muß allemal kräftiger und stärker werden, damit alle Menschen ihre Bedürfnisse und ihren Willen zur Macht in Sicherheit befriedigen können.‹

›Dann nehmen Sie sich vor Ihren Lehrmeistern und Führern in acht, ich warne Sie nochmals, denn diesen Teil Ihres Denkens können sie in ihren Denkschablonen keinesfalls dulden.‹

›Das betrifft mich nicht. Ich bin nicht schuld daran, daß ihre Intelligenz nicht geschmeidig genug ist, um zu begreifen, daß wir Lateinamerikaner nicht wie die deutschen Philosophen des neunzehnten Jahrhunderts denken. Man muß zugeben, daß unsere Gegner in gewissen Dingen recht haben. Jede Freude und jedes Glück stammen aus dem Bewußtsein einer Macht. Im gegenwärtigen Zustand der Dinge ist es unmöglich, daß ein Glück alle Individuen erreicht, denn die Macht, die einer erreicht und die sein Glück ausmacht, ist immer die Macht, die ein anderer eingebüßt hat. Unsere Gegner haben das erkannt, aber sie haben den falschen Weg eingeschlagen; sie verharrten an der Seite der Unordnung. Man muß nachweisen, daß die Diagnose richtig ist, aber das einzige Heilmittel die Herstellung des wahren Staates der Zukunft, in dem das Interesse eines Menschen dasjenige aller Menschen sein wird.‹

›Und die Wahrheit?‹ fragte Arésio.

›Ach, die Pilatus-Frage‹, entgegnete Adalberto ernsthaft.
›Wahrheit nennt man eine Behauptung, Arésio, mit der mehr
als ein Mensch einverstanden ist. Je größer die Anzahl dieser
Menschen, desto größer die Bedeutung dieser Wahrheit. Alles
übrige ist der verworrene Traum von Idealisten. So wie es keine
Wahrheit an sich gibt, gibt es auch nichts Falsches an sich. Etwas Falsches ist immer nur ein Zusammenstoß von Wahrheiten. Deshalb sage ich in meinem Buch: Je mehr gesellschaftliche Wahrheiten und je weniger individuelle Wahrheiten vorhanden sind, desto mehr Fortschritt, Verständnis und Glück
unter den Menschen wird es geben.‹

›Demnach sind aber die Behauptungen Ihres Büchleins, da
sie rein individuell sind, jeder Art von Widersprüchen ausgesetzt?‹ gab Arésio zu bedenken.

›Da täuschen Sie sich, Arésio. Die Behauptungen meines
Buches – unter ihnen ist die möglicherweise bedeutsamste, daß
die Wahrheit von der Mehrheit der Gesellschaft festgelegt wird
– sind unbestreitbar, weil das Zeugnis aller Menschen beweist,
daß es zur Zeit des Urmenschen eine unendlich kleinere Anzahl von Wahrheiten gab als jetzt in der Zivilisation und ihrer
Entwicklung. Und das war zu erwarten: denn die totale wirtschaftliche Organisation bringt die Organisation der Teilwahr-
heiten zu einem unanfechtbaren Ganzen hervor. Aus der Organisation und der Ähnlichkeit aller Wahrheiten in einem gemeinsamen Ganzen wird der allgemeine Friede hervorgehen.
Dies ist im übrigen der Grund für den beispiellosen Erfolg, den
der Sozialismus, der ganz auf wirtschaftlichen Grundlagen be-
ruht, in Rußland erzielt, auch wenn Sie sich noch so sehr darüber lustig machen.‹

›O nein, ich mache mich nicht im geringsten lustig. Ich stelle
nur fest, daß Ihre Selbstherrschaft, Ihre Theokratie weitaus
gewalttätiger und einheitlicher ist als die Philipps II., der außerdem keinen Erfolg hatte. Und nun frage ich Sie nicht meinetwegen, sondern wegen Quadernas: Und Gott? Was macht

Ihre Theokratie ohne diesen Zentralgedanken aller Theokratien?‹

›Wie alles übrige, Arésio, ist auch die Existenz Gottes relativ. In Lateinamerika komme ich nicht darum herum, dieses Problem zu prüfen. Gott existiert vorläufig, weil die Lateinamerikaner, mit denen ich es zu tun habe, in dieser Hinsicht Fragen stellen. Aber tatsächlich sind es die großen Staaten, die die großen Wahrheiten durchsetzen; nur ein totaler Staat kann uns aus der Sackgasse der privaten Wahrheiten herausziehen, deren Zusammenstoß die gegenwärtige Unordnung hervorruft. Jawohl, denn wenn Wahrheit die Behauptung ist, die eine Gruppe von Menschen aufstellt, so ist der Staat eine organisierte Gruppe von Wahrheiten. Aus dem Leben ergibt sich die Wahrheit, und aus beiden entsteht der Staat.‹

›Aber Adalberto, es sieht ja so aus, als träumten Sie von einer Welt, in der alle Menschen auf die gleiche Weise handeln und denken.‹

›Ja, warum sollte ich nicht davon träumen, wenn die Meinungsverschiedenheiten bis heute nur Leiden und Unordnung hervorgebracht haben? Außerdem träumen alle davon, aber sie haben nicht den Mut, das zuzugeben. Ich habe diesen Mut. Im wahren Staat wird es kein Rätsel, kein Geheimnis mehr geben, und auf alle philosophischen Fragen werden von seiten aller Individuen haargenau gleiche Antworten gegeben werden. Ich kann mir nicht vorstellen, Arésio, daß Sie nicht davon träumen, wie gut das Leben in einem wahren Staat sein wird, wo es nicht mehr den leichtesten Schatten von Unordnung, von Gegensätzen und Zusammenstößen gibt. Und ich gehe noch weiter: ich sage Ihnen, in der Zukunft wird die Auffassung vom Staat durch die Auffassung vom Weltall ersetzt werden.‹

›Und wie wollen Sie diese vollkommene Ordnung des wahren Staates herstellen? Durch Gewalt und Unordnung der Revolution?‹

›Jawohl, zumindest im Anfang. Der Aufbau des wahren Staates muß durch die Revolution erfolgen, aber ihre Fortsetzung und Festigung wird Aufgabe der Erziehung, einer totalen Erziehung sein. Diese wird so vollkommen sein, daß jeder Mensch einer bestimmten Altersstufe auf haargenau gleiche Weise denken wird wie ein anderer ähnlichen Alters.‹

›Und der Generationskonflikt?‹

›Den wird es nicht mehr geben, weil jede Altersgruppe unabhängig voneinander arbeiten wird.‹

›Und die ganz persönlichen Träume und Gedanken jedes Individuums?‹

›Auch das wird es nicht mehr geben. Alle Gedanken aller Individuen werden um die Interessen des Staates kreisen, da außerhalb seiner nichts wahr sein wird. Ob Sie es wollen oder nicht, Arésio, die Welt marschiert immer rascher auf den Sozialismus zu. Der Tag wird kommen, an welchem die totale Organisation des Staates auf die eine oder andere Weise triumphieren wird, der Kapitalismus geht ebenfalls auf dieses Ziel zu. Es wird dann Gesetze für das Denken, für das Handeln, für das Fühlen, für die Freuden, für die Urteile, für die Individualitäten und sogar für die Überraschungen geben. Da schneiden Sie eine Grimasse, nur weil ich von Gesetzen gesprochen habe. Vielleicht erkennen Sie, daß ich nicht phantasiere, wenn ich das Wort austausche und sage, daß es eine für jede Lebenslage festgelegte und vorausbestimmte Verhaltensnorm geben wird. Ist dies nicht der Traum des Menschen seit so langer Zeit? Warum gibt es religiöse und gesellschaftliche Riten, wenn nicht, um etwas Ordnung in die Unordnung des Lebens zu bringen? Wenn uns ein Verwandter stirbt, so drücken uns alle Menschen ihr Beileid aus, um doch irgend etwas sagen zu können. So geht es mit allem, und die beste Gesellschaft wird diejenige sein, die nichts dem Zufall und dem individuellen Belieben überläßt. Es läßt sich mithin nicht leugnen, daß der Fortschritt der Menschheit in der Übertragung der kleinen auf die großen Wahrheiten liegt, der Gruppenwahrheiten und -interessen auf die des Staates. Und deshalb sage ich immer, daß der Name Menschheit einer Sache gegeben wird, die noch nicht existiert. Die wirkliche

Existenz der Menschheit wird sich erst regen, wenn die erste Wahrheit erscheint, die von keinem Menschen Widerspruch erfährt. Von da an wird sich die Wahrheit ausbreiten, und alles wird darauf hinauslaufen, daß sie zur Gänze von allen angenommen wird, denn alles, was existieren wird, wird man einmütig als eine einzige Sache anerkennen, da ja der Gedanke eines Menschen der Gedanke aller, der Gedanke des Staates sein wird.‹«

▬▬▬

Als ich dem Richter diesen Teil der Geschichte zu Ende erzählt hatte – wobei ich mich auf Adalberto Couras Broschüre stützte –, reichte ich ihm ein Exemplar dieser Schrift, das er zu den Untersuchungsakten legen ließ, und dann bemerkte ich:

»Es war bereits dunkel, Herr Richter, als uns Adalberto an jenem Tage diese erschreckenden Gedanken vorlas. Als er den letzten Satz wiederholte, sah, wie Arésio sich ausdrückte, sein bleiches, mageres Prophetengesicht noch träumerisch-exaltierter aus. Man sah ihm deutlich an, daß er eben erst die frühe Jugend verlassen hatte und den Mangel an Komfort schlecht vertrug, seit ihn sein Elternhaus wegen der Ideen, die er uns gerade vortrug, verstoßen hatte. Als er zum Ende kam, bemerkte Arésio:

›Ausgezeichnet, mein lieber Adalberto, ich habe alles gehört und verstanden. Wenn Sie mir nicht sympathisch wären, würde ich jetzt drei oder vier konventionelle Redensarten vom Stapel lassen, und damit würde es sein Bewenden haben. Da ich aber Sympathie für Sie empfinde, sage ich Ihnen: Das sind alles Gemeinplätze, es ist der übliche Sprachgebrauch der Herde, in der Sie drinstecken. Aber darum geht es hier gar nicht. Ich würde gern eine Neugier befriedigen, die Ihnen vielleicht unerwartet kommt. Ich würde gar zu gern Quadernas Ansicht zu alledem kennenlernen. Meinst du auch, daß das alles Gemeinplätze sind, Dinis?‹

›Ich glaube nicht, Arésio‹, erwiderte ich aufrichtig. ›Ich weiß nicht, ob ich das sage, weil ich weniger belesen, weniger gut informiert bin als ihr, aber ich gestehe, daß ich im Gegenteil ganz erschreckt bin von so viel Neuem. Ich hätte nie gedacht, daß man solche Dinge überhaupt denken könnte.‹

›Sehen Sie, Adalberto? Fassen Sie Mut, es ist durchaus noch möglich, Proselyten zu machen, vielleicht können Sie Anhänger finden. Aber ich möchte noch etwas wissen, Dinis: da du schon so stark beeindruckt bist, sag mir bitte, welcher Gedanke hat dich am meisten erschreckt?‹

›Gedanke? Der Gedanke woran? Meinst du das, was Adalberto gesagt hat, oder das, was er aus seinem Büchlein vorgelesen hat?‹

›Beides.‹

›Nun gut, von allem, was er gesagt und aus der Broschüre vorgelesen hat, haben mich am meisten die Teile beeindruckt, die den Prophezeiungen meines heiligen Pilgers St. Antonius Conselheiro von Canudos ähneln. Beispielsweise hat mir ein Satz sehr gefallen, der in dem Büchlein steht und lautet: ‚Es ist unmöglich, daß es eine Welt ohne Leben gibt oder das Leben ohne Welt.‘ Dieser Satz hat mich am meisten beeindruckt. Einmal, weil er dem Satz von Conselheiro ähnelt: ‚Im Jahre 1897 wird es viele Hüte und wenige Köpfe geben‘ usw. Und dann hat mir der Satz so unglaublichen Eindruck gemacht, weil ich kein Sterbenswörtchen davon verstanden habe.‹

›Genau das, dachte ich mir's doch gleich‹, rief Arésio lachend. ›Nun, Adalberto, was mich am meisten beeindruckt hat, war der Absolutheitsanspruch Ihres Denkens. Sie sind mir noch sympathischer geworden durch die Tatsache, daß Sie eher den Propheten gleichen, welche die Revolution verkünden, als den Vernünftigen von heute, die niemals Ihren Traum vom wahren, vom totalen Staat übernehmen würden.‹

›Das heißt also, Sie erkennen meine Denkprinzipien an?‹ fragte Adalberto und erhob sich halb aus dem Bett mit einem so angstvollen Ausdruck, daß ein verlegenes Schweigen im Zimmer eintrat. Arésio jedoch blieb hart:

›Nein, ich lasse das nicht gelten‹, versetzte er fest. ›Ich habe gesagt, daß ich Ihren Absolutheitsanspruch bewundere; ich habe nicht gesagt, daß ich mit Ihrem ‚wahren Staat' einverstanden sei.‹

›Und warum sind Sie nicht einverstanden? Meinen Sie nicht, daß wir nur so von der absoluten Wahrheit, von der absoluten Gerechtigkeit träumen können?‹

›Wer hat Ihnen denn gesagt, daß ich von der Gerechtigkeit träume, Adalberto? Sehen Sie, ich will Sie nicht täuschen und Ihnen daher ein für allemal sagen, wie ich in dieser Hinsicht eingestellt bin. Wie wir alle hier, sah ich mich eines Tages diesen Ideen von Wahrheit und Gerechtigkeit konfrontiert, welche die beiden Kapaune unablässig diskutierten und die auch Pater Renato zuweilen in seinen Predigten zur Sprache brachte. Ja, denn im Grunde ähneln sie alle einander mehr, als sie denken. Sie mögen verschiedener Meinung sein über die beste Art, die Gerechtigkeit herzustellen, aber sie stimmen darin überein, daß die Gerechtigkeit und das Gute gesucht und verwirklicht werden müssen. Im Grunde sind sie alle Kapaune und Heuchler, das ist die reine Wahrheit. Mein Blut ist stark, Adalberto, und deshalb graut mir vor der Heuchelei. Eines Tages begann ich mich aufzulehnen gegen all diese Spinnweben, die der Befriedigung der Triebe meines Blutes im Wege standen. Ich hatte den Mut, eine Frage zu stellen: Warum sollte ich verpflichtet sein, es zu versuchen, gut zu sein? Warum sollte ich gezwungen sein, gegen mein Blut anzugehen, mich daran hindern zu lassen, grausam zu sein, die Macht zu begehren, meine Gewalttätigkeit auszutoben, alle Frauen besitzen zu wollen und zu besitzen, auf die ich Lust hätte? Ich haßte diese Heuchler, die sich als Parteigänger des Guten und der Gerechtigkeit, der Wahrheit und der Güte ausgeben und sich dennoch im Wohlleben gemein machen und ihre Kinder daran gewöhnen, aus Feigheit demütig zu sein, aus Schwäche gütig, die die Armut lieben, weil sie unfähig sind, Macht und Geld an sich zu bringen. Nein, Adalberto, bei der gegenwärtigen Ordnung der Dinge ist man entweder ein Heiliger oder ein Betrüger. Ich hasse den Betrug, und zum anderen erlaubt mir meine Veranlagung nicht, ein Heiliger zu sein – und ich gebe auch zu, daß ich das gar nicht will. Deshalb habe ich beschlossen, all diese Ideen von Gerechtigkeit, Wahrheit und Gutsein mit einem Mal fallenzulassen und zumindest in meinem Drang zur Gemeinheit, in meinen Begierden und meiner Gewalttätigkeit aufrichtig zu sein.‹

›Heißt das, daß ich nicht mit Ihnen rechnen kann?‹ bohrte Adalberto angstvoll weiter.

›Nein, Sie können mit mir nicht für Ihre Träume von Gerechtigkeit rechnen, mag sie revolutionär sein oder nicht. Was ich mit dem Bischof heute angestellt habe, war nicht, wie Sie meinten, ein terroristisches Attentat, kein revolutionärer Akt, kein Akt der Wiedergutmachung des Unrechts, das die Reichen und Mächtigen dem Volk zugefügt haben. Es war ein ganz willkürlicher, rein persönlicher Akt.‹

›Rein persönlich? Was hatten Sie denn vor?‹

›Ich weiß es nicht‹, sagte Arésio und wandte den Blick ab. ›Als ich in den Saal eintrat, hatte ich, um die Wahrheit zu sagen, nicht die mindeste Absicht, dem Bischof einen Faustschlag zu versetzen. Ich schlug ihn nieder, weil mich plötzlich dieses Verlangen überkam, ohne daß ich wüßte warum. Deshalb ist es besser, wenn Sie sich einen anderen Partner suchen. Ich habe Ihnen schon geraten, sich an die Geistlichen und an die Soldaten zu wenden. Sie sind so verblendet von Ihren Denkschablonen, daß Sie immer noch in ihnen Ihre Feinde sehen. Von mir aus, Ihre Irrtümer gehen mich nichts an. Aber da Sie schon in Ihren Irrtümern verharren wollen, suchen Sie wenigstens Pater Daniel auf, der fast genau so alt ist wie Sie und, weil er an den Rand gedrängt und als halber Ketzer verfemt worden ist, zu Ihresgleichen gehört: er ist ein junger glutvoller Prophet, der Gerechtigkeit für alle will und danach drängt, zum Märtyrer seiner Ideale zu werden.‹

›Die Religion ist unsere Feindin, sie ist Opium für das Volk, und ich will kein Bündnis irgendeiner Art mit einem Geistlichen‹, erklärte Adalberto etwas kindlich, so daß man an die

Warnung erinnert wurde, die Arésio gerade wegen der vorge-
faßten Denkschablonen ausgesprochen hatte.

›Das ist ein Mißverständnis, ich verstehe gar nicht, wie es
zwischen euch aufkommen konnte, denn im Grunde wollen Sie
und Pater Daniel dasselbe. Sie selbst haben hier erklärt, Sie
seien ein typischer Lateinamerikaner. Dann folgen Sie auch den
besonderen Linien des politischen Kampfes in Lateinamerika.
Meines Erachtens müßten sich alle, die noch von Unabhängigkeit und Gerechtigkeit in Lateinamerika träumen, zusammenschließen: Geistliche, Soldaten und junge Intellektuelle
wie Sie. Sie sind nicht dieser Ansicht: nun, dann eben nicht. Ich
habe nichts dabei zu verlieren, denn ich sorge mich weder um
die Größe Lateinamerikas noch um die Gerechtigkeit für die
Armen. Aber da Sie andere Ideale haben, vergessen Sie nicht,
daß sich bei der Revolution von 1817 Bruder Caneca und Pater
João Ribeiro, zwei Propheten und Märtyrer, die die Gerechtigkeit wollten und mutig genug waren, für sie zu sterben, mit anderen Revolutionären verbündet haben, die keine Geistlichen
waren; daß alle gewaltsam versucht haben, den gerechten Staat
zu schaffen, das, was ihnen damals als der ‚wahre Staat' erschienen ist. Es naht die Zeit, in der sich in Lateinamerika die
Neger jeder Art zusammenschließen werden – die Ausgestoßenen, die Gedemütigten, die Kranken, die Grollenden –, um
unter dem Kommando sektiererischer, an den Rand der Gesellschaft gedrängter Geistlicher und glühender kranker Revolutionäre wie Sie eine neue Revolution zu versuchen. Seien Sie
mutig und schlau genug, voranzugehen, Adalberto! Laden Sie
Pater Daniel ein, und begehen Sie dann beide terroristische
Handlungen! Übrigens hatte ich mehr Respekt vor Ihnen beiden, denn ich dachte, Sie seien schon dabei, und die geheimnisvollen Todesfälle hier am Ort hätten etwas mit Ihnen beiden
zu tun. Ja gewiß, Sie beide hätten sich schon längst verbünden
müssen. Was macht es schon aus, ob es in der Gruppe der Revolutionäre ein paar Leute gibt, die an Gott glauben und andere
nicht? Wollen Sie nicht die theokratische und totale Gerechtig-

keit, die reine Ordnung und das Gute herstellen? Haben Sie nicht selbst gesagt, das Göttliche der religiösen Menschen entspreche den menschlichen Idealen der Revolutionäre? Was mich angeht, so mag ich keine Betrügereien, und ich sage hier ganz klar, daß ich Schmutz, Ruhm und Blut des Lebens wie jeder Rebell bis zur Neige auskosten will. Beachten Sie wohl: Rebell, nicht Revolutionär! Rebell zum Nutzen meines eigenen Lebens, nicht Revoluzzer, der von der Gerechtigkeit, vom Guten und anderen abstrakten Idealen träumt, den ,erhabenen Idealen der Menschheit', wie Sie so kindlich in Ihrem Büchlein gesagt haben.‹

›Aber wenn Sie den Betrug hassen‹, beharrte Adalberto, ›müssen Sie uns begleiten, weil unser Weg der einzige ist, der damit aufräumt.‹

›Das stimmt nicht, mein lieber Adalberto! Ihr Weg ist ein Betrug, so wie auch der Weg von Pater Renato und Pater Daniel ein Betrug ist. Und so seltsam Ihnen das auch erscheinen mag, sogar Sie selber sind ein Betrüger.‹

›Ich? Warum sagen Sie das?‹ rief Adalberto so entsetzt, als wäre er auf etwas Derartiges überhaupt nicht gefaßt gewesen. Arésio setzte ein verschlossenes Gesicht auf:

›Ich sage das, weil Sie ebenso ein Pfaffe sind wie die übrigen. Sogar dieser Zufluchtsort, den Sie sich in Quadernas Haus verschafft haben, riecht auf zehn Meilen Entfernung nach Pater. Sie mit Ihren feinen weißen Füßchen, die in Hanfsandalen stecken, mit diesem kragenlosen Hemd und Ihrem feinen mageren Körperchen sind selber ein heuchlerischer Klosterbruder wie jeder Mönch, der etwas auf sich hält. Soll ich Ihnen beweisen, daß Sie ein Betrüger sind, Adalberto? Dann will ich Ihnen eine Frage stellen: Wissen Sie, wer dieses Mädchen ist, das hier sitzt und das Sie nur deswegen hierhergerufen haben, damit sie Ihre Gespräche mitanhört und dabei ist, wenn Sie vor uns glänzen?‹

›Natürlich weiß ich das‹, entgegnete Adalberto immer entsetzter. ›Dieses Mädchen heißt Maria Inominata und ist meine Braut.‹

›Von dieser Verlobung habe ich schon gehört. Ich habe sogar erfahren, daß Ihre Verlobung mit ihr, der Tochter eines einfachen Tagelöhners, einer der Gründe für Ihre Verstoßung aus dem Elternhaus gewesen. Ist es nicht so? Wissen Sie, daß sie auf Ländereien gewohnt hat, die meinem Vater gehört haben?‹

›Ich weiß, das hat sie mir erzählt‹, erwiderte Adalberto.

›Aber Sie wissen wahrscheinlich nicht, weshalb sie von dort fortgegangen ist: solche Dinge erzählt man nicht gern. Haben Sie ihm erzählt, Maria, weshalb Sie vom ‚Gefleckten Jaguar‘ fortgezogen sind?‹

›Nein‹, hörte ich Maria Inominatas Stimme wie gehaucht sagen und fast unhörbar hinzufügen: ›Um alles in der Welt!‹

Ich gestehe, Herr Richter, daß sich mein Herz zusammenkrampfte, weil ich ebenfalls darüber Bescheid wußte und Arésios Tonfall verriet, daß er erneut in die gefährliche Geistesverfassung eintrat, die alle an ihm fürchteten. Gleichgültig gegen Angst und Bitten des Mädchens, erklärte Arésio:

›Sie ist meinetwegen von dort fortgegangen. Eines Tages kam ich an ihrem Haus vorbei. Maria stand an der Tür und schaute mich sonderbar an. O ja, Adalberto, Sie haben recht, wenn Sie in Ihrer Broschüre sagen, der Geschlechtstrieb sei einer der heftigsten Triebe. Es gibt bestimmte Blicke, die die Frauen keinem Mann zuwerfen sollten. Maria Inominata ist hübsch, wie auch Sie bemerkt haben dürften. Sie ist sehr attraktiv mit ihrer braunen Hautfarbe, ihrem glatten braunen Haar, das ihr bis zum Gürtel reicht, und ihren noch nicht stark entwickelten Jungmädchenbrüsten, mit ihren ausgeprägten Hüften und ihren starken, wohlgebauten Schenkeln. Ich wollte sie an Ort und Stelle besitzen, denn der Blick, den sie mir zugeworfen hatte, besagte, daß sie mich nicht zurückweisen würde. Aber in diesem Augenblick trat ihr Bruder mit einer Sichel in der Hand aus dem Hausinnern, Amaro Inominato, ein Kerl, dem man schon am Gesicht ansehen kann, daß er gefährlich ist. Ich war unbewaffnet, und so verstellte ich mich und ging meiner Wege. Aber Maria und Amaro hatten, obwohl kein Wort gefallen war, obwohl es zu keiner Geste gekommen war, alles begriffen. Ihr Vater, der alte Manuel Inominato, gehörte zu den alten Hintersassen, die, weil sie Ihr Buch, Adalberto, nicht gelesen haben, der Meinung sind, sie könnten trotz Unterwerfung und Ergebenheit ein würdiges Leben führen. Er war sehr befreundet mit meinem Vater, und weil er seine Tochter nicht von dem Sohn des Grundbesitzers entehrt sehen wollte, bat er unseren Feind, Antônio Moraes, um Schutz. Alle zogen hinüber nach ›Angicos‹, und ich habe Maria bis zum heutigen Tage nicht wiedergesehen.‹

›Was wollen Sie damit sagen?‹ erkundigte sich Adalberto eher erstaunt als gekränkt; seine progressiven Ideen nötigten ihn dazu, Verständnis zu zeigen.

›Das will ich Ihnen sagen, um Ihnen Ihren Betrug zu beweisen‹, entgegnete Arésio immer härter. ›Vielleicht wußten Sie, was zwischen mir und ihr gewesen war; Sie beschlossen, sich dennoch mit ihr zu verloben, einmal, um Ihren Sinn für Gleichheit zu bekunden, und außerdem, um Marias Ehre wiederherzustellen, die Sie für verletzt hielten, und schließlich, weil Ihnen im Grunde klar war, daß Sie sich nur an ein Mädchen wie sie, das Ihnen gesellschaftlich unterlegen war, herantrauen würden. Feiglinge und Schwächlinge wie Sie, Adalberto, fühlen sich so sicherer: sie sind sicher, daß man sie aus Dankbarkeit erhören wird. In ihrem Fall konnten Sie, wie gering Ihre Männlichkeit auch sein mochte, immer sicher sein, daß Sie Maria blenden würden, weil Sie, ein junger Mann, der zur höheren Gesellschaftsschicht gehörte, sie nicht zur Geliebten, sondern zur Frau haben wollten. Aber auch das genügte Ihnen noch nicht: sie sollte Sie heute als Lehrer vor mir und Quaderna glänzen sehen. Und deshalb muß ich Ihnen recht geben, wenn Sie in Ihrer Broschüre schreiben, daß jedes scheinbare Desinteresse im Grunde ein reales Interesse ist, und der Mensch nur dann bereit ist, seine Macht einzuschränken, wenn er im Austausch dafür einen Genuß erlangt oder der Meinung ist, er steigere seine Macht. Nun gut, Adalberto, ich nehme Ihr Spiel an:

ich will mit Ihnen bei Maria rivalisieren und die gleichen Waffen benutzen. Zuallererst will ich auch vor ihr, vor Ihnen und vor Quaderna glänzen. Ich sage Ihnen: Ihr Denken besitzt keine Einheitlichkeit. Wenn sein Ausgangspunkt, wie Sie sagten, Ihre Ideen über das Volk, über Brasilien, über Lateinamerika, Indien und Afrika waren, so sehe ich nicht, wie man das alles mit dem wahren Staat, dem totalen Staat Ihrer Träume in Verbindung setzen soll. Um offen zu sein, hat mir Ihr Denken den Eindruck eines Ungeheuers mit zwei Köpfen gemacht, der eine schön und der andere dämonisch, und ich brauche kaum zu sagen, daß der dämonische häßliche Kopf der des wahren Staates ist, der schöne derjenige der Königin des Mittags, wie die Kapaune sagten. Der Monsterkopf tauchte auf, als ich es am wenigsten erwartete, nicht als harmonische Schlußfolgerung, sondern als ungeheuerliche Kehrseite der Medaille. Für mich hat das nicht die geringste Bedeutung, weil ich mich noch im ersten Stadium befinde, in der, wie Ihr Buch sagt, das *gut* ist, was die Triebe meines Blutes befriedigt, und das *böse,* was sie behindert. Aber Sie wollen die Gerechtigkeit herstellen, Sie widmen sich den anderen, nicht sich selber. Vorsicht also mit den Widersprüchen Ihres Denkens! Geben Sie acht, daß Ihre Überbewertung des Menschlichen, die von den Negervölkern der Welt ausgeht, nicht in eine totale Verneinung unseres lateinamerikanischen Menschentums einmündet: in eine Verneinung unserer fast heidnischen Liebe zum Leben, unserer Art, die Welt so zu genießen, als ob wir wüßten, daß unser Leben und die Welt dazu geschaffen wurden, vergeudet zu werden.‹

›Sie wollen mich beleidigen, Arésio, aber glauben Sie nicht, daß Sie es mit einem Durchschnittsmenschen zu tun haben‹, erwiderte Adalberto mit erstickter Stimme, die seine Worte Lügen strafte. ›Ich wußte wohl, daß Marias Familie Ihretwegen aus dem ‚Gefleckten Jaguar‘ ausgezogen war. Was geht mich das an, wenn doch zwischen Ihnen und ihr nichts vorgefallen ist? Wenn Sie mein Denken beschuldigen, ein Ungeheuer mit zwei Köpfen zu schaffen, so irren Sie sich vollkommen. Ich habe alles vorausbedacht, Arésio! Deshalb habe ich absichtlich von der Autokratie Philipps II. gesprochen, der uns regiert hat. Lateinamerikanische Tradition in der Politik ist eben eine mächtige Regierung, die wild auf ihre Freiheit bedachte Untertanen regiert. Als Einzelwesen messen wir, die Neger der Welt, der Regierung keine große Bedeutung bei, denn da wir alle Gemeinschaften lumpenbedeckter Edelleute sind, verstehen wir auf wilde Weise frei und unabhängig glücklich zu sein. Der wahre Staat wird dafür sorgen, daß es weder Unrecht noch Hunger gibt. Er wird unterdrücken und pressen, bis die von ihrem Wohlleben und ihrem Verrat herabgewürdigten Bürger keine Luft mehr haben, um ihren Reichtum und ihre Macht auf Kosten von Elend und Krankheit des Volkes weiterhin zu genießen. Das übrige wird unser Volk selbst in die Hand nehmen. Ihr Bild von dem Ungeheuer mit den beiden Köpfen muß ebenfalls richtiggestellt werden, denn augenblicklich hat das Ungeheuer, das uns umgibt, drei Köpfe, nicht zwei. Der erste ist der goldene Kopf der Reichen, der zweite der der bewaffneten Macht und der dritte der des Volkes, der des äußersten Elends. Die beiden ersten stehen miteinander im Bunde, weil die Händler einen Mechanismus der bewaffneten Repression aufgebaut und sich zu diesem Zweck mit den Soldaten zusammengeschlossen haben. Nun muß das Volk aufbegehren und den goldenen Kopf abschneiden, denn damit wird das Ungeheuer aufhören, ein Ungeheuer zu sein. Von den beiden Köpfen der Schmach wird der der Händler verschwinden und der des Volkes seine Häßlichkeit verlieren. So wird das Heer zu einer mit dem Volk verbündeten, mit dem Volks eins gewordenen Miliz. Das Ungeheuer verwandelt sich in ein harmonisches Wesen; seine beiden Köpfe stehen nicht mehr im Gegensatz, sondern verbinden sich zur vollkommenen Harmonie des freien, glücklichen Volkes und der bewaffneten totalen Macht, frei von den Betrügereien der Demokratie der Händler und im Dienst der Gerechtigkeit stehend. Deshalb glaube ich, daß Brasilien, daß

Lateinamerika das Land ist, das die schönste Form des Sozialismus verwirklichen wird, die die Welt je gesehen hat. Sehen Sie nun, Arésio, daß der wahre Staat die logische Schlußfolgerung unserer Ideen über Lateinamerika und die anderen Negervölker der Welt ist?‹

›Nein, das sehe ich nicht, aber ich werde auch nicht mehr Zeit mit dieser Diskussion verlieren, denn mir scheint, daß Sie mir in der Logik überlegen sind, Sie Lehrmeister der Gerechtigkeit‹, entgegnete Arésio mit immer gespannterer Heftigkeit. ›Aber Sie vergessen ganz, daß für mich das Blut wichtiger ist. Ich verzichte nie auf ein Vergnügen des Blutes. Damals bin ich daran gehindert worden, aber jetzt nehme ich Maria Inominata mit, denn Amaro ist weit weg, und Sie sind als Mann nicht ein Zehntel von ihm wert. Ich will doch sehen, ob Sie nachher Maria aus Weltanschauung noch immer wollen oder ob Sie ein Betrüger sind, wie ich glaube.‹

›Arésio, tu das nicht, ich bitte dich!‹ mischte ich mich entsetzt ein, weil ich wußte, wieviel Leid dieses Vorgehen über andre Menschen bringen würde, ihn selber einbegriffen. Aber ich wußte auch von vornherein, daß alles Bitten nutzlos war.

›Ich bin unbewaffnet‹, sagte Adalberto, als ob das Arésios Loyalität wecken könnte.

›Desto besser für mich, denn ich meinerseits bin bewaffnet‹, sagte er aufstehend, ging auf Maria zu und packte sie am Arm.

›Laß deine Hände von Maria!‹ schrie Adalberto und ging wütend auf ihn los.

Da nun, Herr Richter, überstürzten sich die Ereignisse. Arésio zog den Revolver und versetzte damit Adalberto einen heftigen Schlag auf den Kopf, so daß er betäubt zu Boden fiel. Seine andere Hand hielt er wie einen eisernen Ring um Maria Inominatas Arm geschlossen. Mit einer Drehung stieß er sie in Richtung Treppe, während er den Revolver wieder in der Tasche verstaute. Als er an mir vorbeikam, zog er eine Brieftasche voller Geld heraus und gab mir alles mit den Worten:

›Sieh her, Pensionsbesitzer: dieses Geld gebe ich dir als

Miete für das Zimmer, in dem ich das Mädchen bekommen habe. Wenn das Schulmeisterlein aufwacht, ruf ihm die Worte des hl. Augustinus in Erinnerung, die der Kapaun Samuel uns einmal vorgelesen hat. Erinnerst du dich noch? Die heidnischen Burschen vergewaltigten die christlichen Mädchen und Frauen. Diese waren an die laue Keuschheit ihrer ebenfalls christlichen Männer und Bräutigame gewöhnt und gerieten in schlimme Verwirrung angesichts dieser machtvollen, brutalen Sinnlichkeit, die ihnen ganz neu war und keine Skrupel kannte. Nachdem sie vergewaltigt und auf jede erdenkliche Weise besessen worden waren, suchten sie den Heiligen auf, weil es ihnen Gewissensbisse verursachte, auf diese nie zuvor erlebte Weise genossen zu haben. Der hl. Augustinus sprach sie alle los und sagte, sie könnten nichts dafür, daß ihr Leib unfreiwillig und barbarisch erbebt habe, wenn er so gewaltsam und zärtlich herausgefordert worden sei. Sagen Sie das dem Schulmeisterlein! Heute wird seine Braut vielleicht nicht so viel fühlen, daß sie es beichten müßte, weil der Schmerz der ersten Begegnung den Genuß beeinträchtigt, wenn ich auch alles tun werde, damit das nicht geschieht. Aber da ich sie noch eine Woche bei mir zu behalten gedenke, werde ich Herrn Adalberto dann ein Telegramm schicken, damit er Maria von ihren ‚Bebungen' absolvieren kann.‹

Mit diesen Worten, Herr Richter, ging Arésio die Treppe hinunter, stieß Maria Inominata vor sich her und verschwand aus unseren Augen. Sobald er hinausgegangen war, kümmerten Lino und ich uns um Adalberto. Lino Pedra-Verde tauchte ein Tuch in die Wasserschüssel, die auf dem Nachttisch stand, und rieb damit Adalbertos Stirn ab. Er hatte immer noch die Augen geschlossen. Ich war neben ihm niedergekniet und meinte wie Lino, der junge Mann sei noch immer ohnmächtig. Plötzlich bemerkten wir beide gleichzeitig mit einer aus Verlegenheit und Mitleid gemischten Empfindung, daß Adalberto weinte. ›Geht fort, macht, daß ihr fortkommt!‹ sagte er und bedeckte mit beiden Händen sein Gesicht. Wir sahen, daß dies im

Augenblick das beste war, was wir tun konnten. Und da wir vereinbart hatten, Samuel und Clemens nachzugehen, um die Aussprache mit Dr. Pedro Gouveia zu führen, stiegen wir die Treppe hinunter und verließen ebenfalls das Haus.«

ACHTZIGSTE FLUGSCHRIFT DER LAGEPLAN DES SCHATZES

»Nur eine Frage, bevor Sie das übrige erzählen, Dom Pedro Dinis Quaderna!« schaltete sich der Untersuchungsrichter ein. »Haben Sie das Geld angenommen, das Arésio Garcia-Barretto Ihnen in jener Nacht gegeben hat?«

»Das habe ich, Herr Richter. Ich brauchte Geld zum Leben und brauche es immer noch. Und was hätte ich Adalberto oder Maria Inominata damit genutzt, wenn ich es zurückgewiesen hätte?«

»Es ist gut. Notieren Sie diese Einzelheit, Dona Margarida! Jetzt können Sie fortfahren.«

»Wir schlugen den Weg zur Brunnenstraße ein und wandten uns zum Hintereingang des Stadthauses der Garcia-Barrettos; dort sollte meine Unterhaltung mit Dr. Pedro Gouveia vonstatten gehen, vielleicht die entscheidendste an jenem ganzen Tag. Wir nutzten soweit wie möglich die Dunkelheit auf den Straßen aus, kamen unbemerkt durch und gelangten zu dem gesuchten Hintereingang, vor dem sich niemand aufhielt, denn alle Leute waren vor dem Haupteingang auf dem Marktplatz versammelt. Ich klopfte behutsam an, und wirklich wurde das Portal wie vereinbart sogleich aufgetan. Wir sahen uns einem der Zigeuner aus Sinésios Gefolge gegenüber, einem kräftigen Burschen, der, wie wir später erfuhren, Manuel Briante hieß. Er war mit einer Flinte bewaffnet und fragte, wer wir seien. Als er meinen Namen hörte, ließ er uns passieren. Ich hatte Lino jedoch geraten, draußen auf mich zu warten, weil ich schon ahnte, daß Dr. Pedro das Gespräch um so angenehmer sein würde, je weniger Personen daran teilnähmen. Ich kannte mich von früher her im

Hause aus, so daß mir niemand den Weg zu zeigen brauchte. Ich überquerte den Hinterhof, die Hinterterrasse, die an der Küche vorbeiführte, betrat das Eßzimmer und gelangte über den Korridor ins Besuchszimmer, wo sich Samuel, Clemens und Dr. Pedro Gouveia befanden. Weder Bruder Simão noch Sinésio waren anwesend, und ich dachte bei mir, die beiden hielten sich wohl im oberen Stockwerk auf: ich war überzeugt, Dr. Pedro Gouveia würde uns erst dann ein Gespräch mit Sinésio führen lassen, wenn alles zwischen uns ausgehandelt war. Nun sollte ich zum ersten Mal direkt die listenreiche Höflichkeit Dr. Pedro Gouveias kennenlernen, des liebenswürdigsten und gewandtesten Menschen, den ich je kennengelernt habe, Herr Richter. Ich glaube, nie war der Verkehr mit irgendeinem Menschen meiner Bekanntschaft mir so nützlich wie nun der Umgang mit Dr. Pedro Gouveia.«

»Nützlicher als der Umgang mit Professor Clemens und Dr. Samuel?«

»Was praktische Dinge anlangt, bestimmt, Herr Richter. Clemens' und Samuels Einfluß war eher literarisch-politischer Natur, aber der Umgang mit Dr. Pedro bestärkte mich in Finten, auf die ich schon von allein gekommen war, und eröffnete mir andererseits zahllose neue Wege, lehrte mich neue Schliche und Abwehrtricks von unschätzbarem Wert für das praktische Leben. Sobald ich eintrat, erhob er sich rasch, aber ohne Affektiertheit. Und er erteilte mir eine erste Lektion, indem er sagte:

›Dies ist einer der großen Augenblicke meines Lebens: ich darf mit dreien der vorzüglichsten Intellektuellen und Akademiker Bekanntschaft schließen, die in Paraíba ansässig sind, mit drei großen Männern, von denen einer ein Sertão-Bewohner aus Taperoá ist und die beiden anderen Wahlbürger, so daß alle drei heute unser kleines, heldenhaftes Paraíba ehren. Herr Pedro Dinis Quaderna, mit Dr. Samuel Wan d'Ernes und Professor Clemens Hará de Ravasco Anvérsio habe ich schon vor einigen Augenblicken Bekanntschaft geschlossen. Jetzt habe ich die Ehre, Sie kennenzulernen. Ich habe Ihr Eintreffen abgewartet, um unser Gespräch zu beginnen und das Hauptthema zu behandeln, das mir die Kühnheit gab, Sie um Ihren Besuch zu bitten. Aber setzen Sie sich doch, setzen Sie sich! Wir haben miteinander zu reden.‹

›Quaderna‹, erläuterte Samuel, ›Herr Dr. Pedro Gouveia hat ein Thema von äußerster Wichtigkeit mit uns zu besprechen.‹

›Um genau zu sein, zwei‹, fügte Dr. Pedro hinzu. ›Aber diese beiden Themen hängen derart miteinander zusammen, daß sie im Grunde nur ein einziges darstellen. Zunächst muß ich Sie davon in Kenntnis setzen, daß mir Seine Ehrwürden der Herr Erzbischof von Paraíba die Ehre erwiesen hat, mich zum Kooperator, Konnetabel und Waffenmeister des ehrwürdigen Tempelritterordens von St. Sebastian zu ernennen.‹

›Wie ist das?‹ fragte ich erschrocken und spürte bereits die Gefahr, die dieser wohlerzogene und obendrein promovierte Mann für meine Größe und meine monarchischen Wünsche darstellte.

›Ihr Staunen wundert mich nicht‹, erklärte Dr. Pedro. ›Es verwundert mich deshalb nicht, weil ich selber anfangs erstaunt gewesen bin. Wissen Sie, was ein Kooperator ist?‹

›Nein.‹

›Ein Kooperator ist der weltliche Vertreter und Herr über die erblichen Feudalbesitztümer eines Bistums. Der Kooperator befehligt außerdem im Notfall die bewaffneten Streitkräfte, die der Bischof unterhält. Weil dem so ist, erwies mir der Herr Erzbischof von Paraíba die große und unverdiente Ehre, mich zum Kooperator von Cariri auszuwählen, das heißt: zum Verwalter der weltlichen Güter und Truppenkommandanten des Erzbistums hier im Cariri von Paraíba.‹

›Das bedeutet also, daß die Zigeuner-Cangaceiros, die mit Ihnen mitgekommen sind, die bewaffneten Streitkräfte des Erzbischofs von Paraíba darstellen?‹ fragte ich immer besorgter.

›Nicht ganz, wenn man es auch in gewisser Weise so auffassen kann. Aber die wahren Streitkräfte des Herrn Erzbischofs werden demnächst hier in Paraíba aufgestellt werden, freilich in einem eher geistlichen als weltlichen Sinne und auf eine Weise, die Sie sogleich begreifen werden. Der Herr Erzbischof steckt nämlich mitten in einer Kampagne zur Wiederherstellung und zum Aufbau von Kirchen in allen Hauptstädten des Staates. Dazu muß er die Mittel beschaffen und hat drei Ehrenorden in Paraíba ins Leben gerufen: dabei wurde der Orden von Cariri unter das Patronat von St. Sebastian gestellt. Wenn man die Beziehungen von St. Sebastian und König Sebastian zur Familie Garcia-Barretto bedenkt, hat dieses Zusammentreffen etwas von einem Wunder an sich‹, sagte er, indem er sich ausgezeichnet informiert zeigte. Er fuhr fort: ›Es gibt schon einen Orden für die Küstenzone und die fruchtbare Gegend am Fluß, einen weiteren für Cariri und einen für den oberen Sertão, für Espinhara und die Gegend am Fisch-Fluß. Selbstverständlich ist der Erzbischof Großmeister für sie alle, aber er hat es für gut befunden, mir Vollmacht für Cariri zu geben, und das ist die Ursache dafür, daß meine bescheidene Person dieses Kreuz tragen darf, das an einer Kette um meinen Hals hängt. Damit aber an meinen Titeln und Würden kein Zweifel aufkommen kann, ist hier das Pergament mit meiner Ernennung.‹

Und mit diesen Worten, Herr Richter, entrollte der Doktor vor uns allen, die wir fasziniert und mit leuchtenden Augen um ihn herumstanden, ein Pergament, dessen Abschrift ich den Prozeßakten beizufügen bitte und dessen Text also lautete:

Dom Adauto Aurélio de Miranda Henriques, Erzbischof von Paraíba, beschließt, von den Befugnissen Gebrauch machend, die ihm das kanonische Recht zugesteht, unter Anrufung des heiligen Geistes und der Segnungen Gottes für alle, die auf irgendeine Weise zur Wiederherstellung und zum Bau von Kirchen, die unserer Glaubensüberlieferung würdig sind, beitragen:

Artikel 1: Es wird der ehrwürdige Tempelorden von St. Sebastian gegründet, der dazu bestimmt ist, unsere Dankbarkeit all denjenigen gegenüber zu verewigen, die wertvolle Mitarbeit beim Bau von Kirchen in Paraíba leisten.

Artikel 2: Jeder Orden soll sich auf einen bestimmten Teil des Staates erstrecken; dies gilt in besonderem Maße für den ehrwürdigen Tempelorden von St. Sebastian in Cariri.

Artikel 3: Insignie des Ordens soll ein Kreuz sein, ähnlich dem der Christusritter, das eine ruhmreiche Insignie des Glaubens in den Zeiten der Entdeckungen und der Eroberung Brasiliens gewesen ist. Um dieses Kreuz jedoch von dem Kreuz des Christusritterordens zu unterscheiden, werden die Felder golden und rot graviert sein.

Artikel 4: Der Orden wird Ehrenzeichen in den Graden Großkreuz, Komtur und Ritter verliehen.

Artikel 5: Das Großkreuz soll an einem gelben und weißen Bande – den Farben Seiner Heiligkeit des Papstes – vom Hals auf die Brust herabhängen und bei feierlichen Anlässen zusammen mit einer Schärpe in den gleichen Farben getragen werden, und zwar von rechts nach links über die Schulter.

Artikel 6: Für jeden der Orden wird ein Kooperator und Konnetabel ernannt, wobei die Ernennungen durch unser Dekret in unserer Eigenschaft als Großmeister des Ordens ausgesprochen werden.

Artikel 7: Auf Grund eines vom Ordensrat vorgelegten Vorschlags befinden wir für gut, zum Kooperator und Konnetabel des ehrwürdigen Tempelordens von St. Sebastian in Cariri Dr. Pedro Gouveia da Câmara Pereira Monteiro zu ernennen, dem wir sogleich das Großkreuz des Ordens verleihen.

Artikel 8: Dem Kooperator und Konnetabel fällt es zu, Titel und Orden für erwiesene Dienste zu verleihen. Die Namen der Ausgezeichneten werden ins goldene Adelsbuch des Ordens eingetragen, das Buch, nachdem es gebilligt und geschlossen worden ist, den Archiven der Erzdiöse se ad perpetuam rei memoriam einverleibt.

Artikel 9: Die Eintragung ins Adelsbuch wird in chronologischer Reihenfolge vorgenommen, und aus ihr sollen nebst dem

Namen des Ausgezeichneten dessen Nationalität, Beruf, biographische Daten, Titel und Orden hervorgehen.

Artikel 10: Außerdem ist der Kooperator und Konnetabel befugt, Diplome auszustellen, welche die Ernennungs- und Verleihungsurkunden darstellen, was auf künstlerische Weise und gemäß beigefügtem Muster geschehen soll.

Artikel 11: In besonderen Fällen ist der Kooperator und Konnetabel befugt, Diplome gratis auszustellen und zu verleihen, wobei die ins Gewicht fallenden Dienste und Verdienste der ausgewählten Personen in Betracht zu ziehen sind.

Artikel 12: Die aufgeführten Fälle werden von dem Kooperator und Konnetabel bearbeitet und dem Erzbischof zur Genehmigung unterbreitet; die Herren Pfarrer und Vikare werden ersucht, dem Konnetabel und den Ordensmitgliedern jeden erdenklichen Beistand und Hilfe zuteil werden zu lassen.

Gegeben und ausgefertigt in unserem erzbischöflichen Palast zu Paraíba am 20. Januar 1935, am Tage des glorreichen Märtyrers St. Sebastian.

Dom Arauto Aurélio de Miranda Henriques, Erzbischof von Paraíba.

———

»So lautete das außerordentliche Dokument, Herr Richter, bei dessen Verlesung unsere Phantasie sogleich Feuer fing. Wenigstens ging meine Phantasie mit mir durch und, ich glaube, auch die Samuels. Erzbischof Dom Arauto war nicht nur ein Kirchenfürst, sondern gehörte zu einer der vornehmsten Familien von Paraíba. Samuel erinnerte sogleich daran, daß König Joseph I. im Jahre 1757 ein Brevet nach Brasilien geschickt hatte, daß Francisco Xavier de Miranda Henriques, der erprobte Ritter des Christusritterordens und Kammerherr des Hauses Seiner Majestät, in Anbetracht seiner Dienste und Verdienste zum Generalkapitän der Statthalterschaft von Paraíba ernannt werde. Unser Erzbischof und die gesamte Sippe der Miranda Henriques stammten von diesem erlauchten Ahnherrn ab, was dem nunmehr geschaffenen Orden eine ganz besondere Autorität verlieh. Ich stand jedoch, obwohl ich ebenso fasziniert war wie Samuel, der ganzen Geschichte mit großen Vorbehalten gegenüber, wie ich auch den Titel Kooperator abscheulich fand. Das nahm ich zum Vorwand, um die Feindseligkeiten zu eröffnen. Ich sagte: ›Alles schön und gut, Doktor, aber etwas muß ich Ihnen sagen: Ihr Titel ‚Kooperator‘ wird hier in Taperoá allgemeinen Spott ernten.‹

›Nichts da‹, warf Samuel ein. ›Da gibt es keinen Anlaß zum Gespött. Höchstens Ignoranten von Ihrem Kaliber kann so etwas einfallen. Der Titel ist sehr gut ausgewählt und heraldisch völlig korrekt.‹

›Er kann so korrekt sein, wie er will, aber ich kenne das Volk und weiß, daß sie als allererstes den Titel abändern werden. Sie werden sagen: der Koop, oder etwas noch Ärgeres. Deshalb halte ich es für besser, wenn Sie nur den Titel Konnetabel führen.‹

›Großartiger Gedanke!‹ rief Dr. Pedro und zeigte sofort, wie kompromißbereit er war. ›Ich werde nur den Titel Konnetabel führen.‹

Es gab jedoch noch ein Problem, das sogleich gelöst werden mußte, Herr Richter: die Abgrenzung zwischen meiner Souveränität und den Befugnissen Dr. Pedros. Ich war nicht so töricht, mir in jahrelangen Kämpfen eine Stellung zu schaffen und dann plötzlich zu erlauben, daß sie mir im Handumdrehen entrissen würde. Im allgemeinen sprach ich in der Öffentlichkeit nicht über meine Königswürde und forderte auch nichts, was andere Menschen verletzen und schockieren konnte, um mir keine Feinde zu schaffen. Doch gibt es auch im Leben der Politiker, das aus Finten und Kompromissen besteht, zwei oder drei ausschlaggebende Augenblicke, in denen die Entscheidungen gefällt und die großen Linien festgelegt werden müssen, Augenblicke, in denen man die List außer acht lassen muß. Ich sah, daß ich vor einem dieser entscheidenden Augenblicke stand. Alles mußte ein für allemal geklärt werden, bevor es zu spät

war. So bereitete ich mich auf einen Kampf auf Leben und Tod
vor und sagte:

›Da ist noch ein weiteres Problem, Dr. Pedro, und das muß
sogleich gelöst werden, bevor wir weitergehen. Es gibt nämlich
hier in Cariri in Verbindung mit der Familie Garcia-Barretto
heraldische und monarchische Besonderheiten, die Ihnen möglicherweise noch nicht zur Kenntnis gelangt sind . . .‹

›Sie meinen natürlich den Orden des Königreichs Cariri, von
dem Ihr verstorbener Onkel, Dom Pedro Sebastião Garcia-
Barretto, der Großmeister und Sie der Waffenmeister waren
. . . Ich bin darüber bestens im Bilde. Im Bilde und einverstanden, denn niemand erkennt mehr als ich die Rechtmäßigkeit
Ihrer Titel an, Dom Pedro Dinis Quaderna. Im übrigen möchte
ich Ihnen erklären, daß der Herr Erzbischof ebenfalls von allem
unterrichtet ist, und in gewisser Weise war es der Orden des
Königreichs Cariri, der die Gründung des Tempelordens von
St. Sebastian inspiriert hat. Ich möchte daher gleich eingangs
zwei Dinge klarstellen. Zunächst dies eine: unser Orden ist ein
erzbischöflicher Orden und nur das, und seine Jurisdiktion er-
streckt sich nicht im mindesten auf das politische und weltliche
Gebiet. Ich bin nur dieses Ordens Konnetabel, Herold und
Waffenmeister; weiter verlange ich nichts und könnte es auch
nicht verlangen. Außerdem könnte und dürfte ich niemals etwas gegen den Orden des Königreichs Cariri einwenden, da ja
alle Ansprüche meines Schützlings und Schülers Dom Sinésio
Sebastião Garcia-Barretto seine Hilfe voraussetzen; entweder
stützen die Angehörigen dieses Ordens Sinésio oder er wird allein dastehen. So will ich Ihnen von vornherein sagen, daß ich
nicht nur die Rechtmäßigkeit des Ordens und Ihre Eigenschaft
als sein Waffenmeister anerkenne, sondern auch selber meine
Aufnahme in diesen Orden beantrage, auch wenn ich nur den
bescheidensten und demütigsten Grad erhalten sollte, den eines Ritters.‹

Dr. Pedro war ein wahrhaft großer Mann! Mit einem einzigen Federstrich verscheuchte er alle meine Befürchtungen. Es

konnte zwischen ihm und mir zu keinem Streit kommen: der Horizont klärte sich auf, und ganz unmerklich verklärte ein breites Lächeln des Glücks und der Seligkeit meine Züge. Es war das erste Mal, daß ein ›vornehmer Herr‹, ein Mann von ebenso unbestreitbarem oder noch unbestreitbarerem Adel als Samuel − sein Adel war schließlich von einem Kirchenfürsten beglaubigt worden − öffentlich meine Größe und meine Monarchien anerkannte. Clemens und Samuel schauten mich ganz verächtlich an, und es trat ein Augenblick des Schweigens und der Verlegenheit ein. Dann hielt es Samuel nicht mehr aus; er setzte sich über die Vorschriften der Etikette hinweg und sagte:

›Aber Dr. Pedro Gouveia, die Ernsthaftigkeit dieses erzbischöflichen Ordens und die Bedeutung Ihrer Titel müßten Ihnen eigentlich verbieten, ohne ernstliche Nachprüfung − entschuldigen Sie, daß ich das sage − Quadernas groteske Vorstellungen als heraldisch und adlig legitimiert anzuerkennen.‹

›Da irren Sie sich, Dr. Samuel‹, erwiderte Dr. Pedro Gouveia ernst. ›Ich bin über alles informiert, was hier vor sich geht, über alle wahrhaft bedeutenden Persönlichkeiten der sehr edlen und getreuen Stadt Ribeira do Taperoá. Aus diesem Grunde habe ich über jeden einzelnen Erkundigungen eingezogen, über die Familien, über die Hautfarbe usw., denn obwohl der Orden eher geistlicher Natur ist, ist ‚Rasse‘ eine wichtige, eine hochwichtige Angelegenheit. Deshalb habe ich Erkundigungen eingezogen und kann heute mit Sicherheit erklären, welche Persönlichkeiten wahrhaft würdig sind, unter den von einem Kirchenfürsten wie Dom Adauto Ausgezeichneten zu figurieren. Ich kann auch sagen, daß ich Persönlichkeiten Ihres Ranges gefunden habe, Dr. Samuel, aber niemanden, der Sie an edler Abkunft übertreffen könnte.‹

›Sie haben sich also auch über mich erkundigt?‹ fragte Samuel neugierig.

›Selbstverständlich auch über Sie. Ich glaube sogar, daß ich Ihnen heute Einzelheiten über Ihre berühmte Familie enthüllen kann, die nicht einmal Ihnen selber bekannt sind.‹

›Was? Ist das die Möglichkeit?‹ rief Samuel zutiefst erstaunt.

›Das ist möglich, Sie werden es gleich sehen‹, bekräftigte der Doktor. ›Sehen Sie, Dr. Samuel: in Pernambuco gibt es den ‚Adelskalender von Pernambuco‘ von Borges da Fonseca. Hier in Paraíba sind unser Adelskalender, unser Gotha die ‚Daten und Aufzeichnungen zur Geschichte von Paraíba‘ von Irineu Pinto und vor allem die ‚Aufzeichnungen zur Territorialgeschichte von Paraíba‘ des genialen João Tavares da Lyra. Jawohl, denn im sechzehnten, siebzehnten und achtzehnten Jahrhundert bildeten die Herren der großen Güter und der von den Königen zugewiesenen Rodungsländereien den Stamm unseres feudalen Landadels. Nun gut: laut Irineu Pinto regierte in Paraíba im Jahre 1719 ein gewisser Diogo Vandernes und bildete eine Junta von Edelleuten, zusammen mit João de Moraes Valcácar, Feliciano Coelho de Barros, Francisco Souto Maior, Jerónimo Coelho de Alvarenga und Eugênio Cavalcanti de Albuquerque. Nun kamen aber, wie Sie wissen, in diese Regierungsjunten nur Leute aus dem Hochadel hinein, die unter den führenden Männern der Landesregierung ausgewählt wurden, was noch einmal den erlauchten Adel der Wan d'Ernes von Pernambuco beweist, die mit den Vandernes von Paraíba identisch sind.‹

›Aber wie schreibt sich der Nachname dieses besagten Diogo?‹ erkundigte sich Samuel, der das gern geglaubt hätte, aber noch vorsichtig war.

›Sein Name schreibt sich in einem Wort mit einem *v* zu Anfang und einem *s* am Ende, aber die Familie ist zweifellos dieselbe. Das sieht man daran, daß am 16. Februar 1759 ein Sohn von Diogo auftritt, Cosme Fernandes Vandernez, der hier in Paraíba den König um Ländereien bittet. Auch dieser schreibt noch Wan d'Ernes in einem Wort, aber mit einem *z* am Ende. Die Unterschiede haben ihre Ursache einzig in der Nachlässigkeit und Willkür der Orthographie des achtzehnten Jahrhunderts, vor allem in bezug auf Eigennamen. Jedenfalls habe ich Nachforschungen angestellt und kann bezeugen, daß die Familie des edlen und berühmten Sigmundt Wan d'Ernes, des Gefährten und Vertrauten des Grafen Johann Mauritius, Fürsten von Nassau-Siegen, in Pernambuco Wurzeln schlug – wo seine Nachkommen den Namen so beibehielten, wie er ihn immer geführt hatte –, aber später nach Paraíba übersiedelte, wohin einer seiner Nachfahren gelangte, der Vater von Diogo und Großvater jenes Cosme, der im Jahre 1759 Ländereien erbat. Von da an wird kein Wan d'Ernes mehr erwähnt, was mich glauben ließ, daß die Familie hier in Paraíba ausgestorben sei.‹

›Das kann sein‹, meinte Samuel geschmeichelt. ›Vielleicht hat unser Verwandter seinen Namen ins Portugiesische übersetzt, um sich politische Schwierigkeiten zu ersparen, wer weiß. Es könnte auch ein Bastard gewesen sein. Diese alten Wan d'Ernes waren ausgekochte Brüder! Vielleicht hat einer von ihnen einen unehelichen Sohn gehabt, dem er nicht erlaubte, seinen rechtmäßigen Namen zu führen, so daß er ihn übersetzt und lusitanisiert hat. Wer weiß! Alles ist möglich. Aber ich würde gern wissen, zu welchem Zweck Sie Ihre kostbare Zeit damit verloren haben, diese Nachforschungen anzustellen.‹

›Ich habe diese Nachforschungen angestellt, weil es im Tempelorden von St. Sebastian verschiedene Adelsgrade gibt. Wir müssen die Unterschiede ausfindig machen, weil wir, wenn wir die Ausgezeichneten ins Adelsbuch eintragen, nicht irgendeinen Kaufmann mit einem echten Wan d'Ernes gleichsetzen wollen.‹

›Das heißt also, daß Sie daran denken, mir den Titel eines Ritters des Ordens zu gewähren?‹ fragte Samuel noch immer ungläubig.

›Aber wo denken Sie hin, Dr. Samuel? Sie fragen, ob ich Ihnen die Ritterwürde verleihen will? Nein, nein, das wäre viel zuwenig für einen Wan d'Ernes! Wenn wir zu einer Übereinkunft gelangen, sollen Sie Komtur des Tempelordens von St. Sebastian werden.‹

›Wenn wir zu einer Übereinkunft gelangen? Was wollen Sie damit sagen? Muß ich etwas bezahlen, um in den Orden eintreten zu können?‹ fragte Samuel, dem es trotz seiner Vornehmheit davor grauste, für irgend etwas Geld ausgeben zu müssen.

›Sie brauchen selbstverständlich nichts zu bezahlen‹, beruhigte ihn Dr. Pedro. ›Das Bezahlen bleibt Sache der Kaufleute. Sie gehören zu den Leuten von ausnehmenden Verdiensten, auf die sich das erzbischöfliche Dekret bezieht, und entsprechend werden Sie auch behandelt. So bleibt nur noch der Zweifel, mit welchem Ort Ihr Titel Baron verknüpft sein soll.‹

›Baron? Ich? Ich soll Baron werden?‹ rief Samuel, und es verschlug ihm fast die Stimme.

›Selbstverständlich, und dabei erweisen Ihnen weder die Erzdiözese noch unser Orden eine Gunst, da Ihr Adel diese Dinge überhaupt nicht nötig hat. Wir können Ihnen nur einen Adelstitel gewähren, der die Feudalherrschaft und erlauchte Abkunft des edlen Blutes der Wan d'Ernes förmlich anerkennt. Sie haben ein unbestreitbares Anrecht auf den Titel Baron und den entsprechenden Wappenschild, der Ihnen zugleich mit dem Adelsbrief zuerkannt wird. Ich weiß nur noch nicht, welche Ländereien wir auswählen sollen, um sie mit dem Baronat zu verknüpfen. Das müssen Sie selbst entscheiden. Wenn Sie es mit dem Landbesitz der Wan d'Ernes in Paraíba verbinden wollen, werden Sie Baron von Riacho do Jacu, denn das war das Rodungsland von Cosme Vandernez. Wenn Sie die Ländereien in Pernambuco vorziehen, werden Sie Baron von Guarupá. Welchen Namen ziehen Sie vor?‹

›Selbstverständlich den eines Barons von Guarupá: es ist ein pernambucanischer Name, es ist die älteste Grundherrschaft der Familie und hat auch nicht den barbarischen Sertão-Beigeschmack von Riacho do Jacu.‹

›Und wie soll Samuels Wappen aussehen?‹ fragte ich verärgert, bemühte mich aber sehr, überlegen und heiter zu erscheinen. Der Doktor antwortete:

›Wir brauchen da nichts Neues zu erfinden und uns nicht das Gehirn mit Tüfteleien auszurenken: der Schild wird das alte Wappen der Wan d'Ernes aufweisen.‹

›Besitzen denn die Wan d'Ernes ein Wappen?‹ fragte ich mißtrauisch, weil uns Samuel nie davon erzählt hatte.

›Selbstverständlich besitzen die Wan d'Ernes ein Wappen‹, betonte der Doktor. ›Es existiert sogar ein Schreiben des Grafen Johann Mauritius von Nassau, das dies anerkennt. Das Wappen wird von einem goldgestreiften Kreuz in vier Teile gegliedert. Das erste Viertel ist rot und zeigt ein Kreuz mit blauen, goldgestreiften Balken. Das zweite ist grün und zeigt fünf fliegende, rot eingefaßte Silbertauben, ebenso wie die gegenüberliegenden Felder. Die Wappenzier ist ein Tapir in seiner Farbe.‹

›Fünf fliegende Tauben auf grünem Feld?‹ unterbrach Clemens lachend und hatte endlich einen Grund gefunden, seiner Mißachtung freien Lauf zu lassen, die zehnmal größer war als die meinige, weil sie durch politische Gegensätze verschärft wurde. ›Das paßt ja sehr gut, dieses Wappen, es paßt ausgezeichnet für diesen Integralisten zweiter Klasse, den Arschlekker von Plínio Salgado. Erstens ist das Feld grün, und grün ist die Farbe der Integralisten. Und wer fünf fliegende Tauben sagt, sagt fünf fliegende Schwänze, das kommt auf dasselbe heraus.‹

›Verehrter Herr Professor Clemens‹, versetzte Dr. Pedro Gouveia höflich, aber bestimmt. ›Wenn ich an Ihrer Stelle wäre, würde ich meine Ausdrücke über unseren Orden und seine Heraldik mäßigen. Denn wenn Sie beider Gültigkeit nicht anerkennen, so setzen Sie damit ipso facto Ihre eigene Abkunft herab und die Adelstitel, die Seine Ehrwürden, der Herr Erzbischof von Paraíba, mich ausdrücklich ermächtigt hat, Ihnen zu gewähren.‹

›Wie?‹ stammelte Clemens. ›Der Herr Erzbischof kennt mich?‹

›Er kennt Sie, gewiß, und hat Ihrem Namen für die Aufnahme in den Orden zugestimmt.‹

›Welch ein würdiger Oberhirte!‹ kommentierte Clemens. ›Ich ahnte nicht, daß er schon von mir gehört hat.‹

›Wer kennt Sie hier in Paraíba nicht, zumindest dem Namen

nach? Sie sind ein Philosoph, ein Professor, ein Jurist, der der brasilianischen Kultur Ehre macht.‹

›Aber Clemens ist ein Neger und Kommunist!‹, rief Samuel, außer sich vor Verzweiflung, als er sah, daß der Kaffer ihm möglicherweise gleichgestellt würde.

›Unser Orden hat keine politischen Ambitionen, Dr. Samuel‹, erwiderte der Doktor. ›Verdienst bleibt Verdienst. Außerdem ist Professor Clemens ein Urenkel des Vicomte von Caicó.‹

›Die Nachrichten, die hier umlaufen, lauten ganz anders‹, beharrte Samuel. ›Es steht fest, daß Clemens ein Bastard ist. Seinem Großvater, dem Gutsbesitzer, wurde die Tochter von einem schwarzen Eseltreiber entführt, und nachdem er sie verführt und geschwängert hatte, ist er von den Brüdern des Mädchens entmannt worden.‹

›Das stimmt, aber es entkräftet meine Worte nicht, weil dieser Gutsbesitzer, Professor Clemens' Großvater, ein Sohn des Vicomte von Caicó war. Noch etwas: in den Archiven von Caicó, Rio Grande do Norte, habe ich Dokumente gefunden, die beweisen, daß der Großvater von Professor Clemens der Heirat seiner Tochter schließlich zugestimmt hat, was seine Nachkommenschaft zu einer ehelichen macht. Außerdem aber stehen die Vorfahren des Professors Clemens in unserem Sertão-Gotha als adlige Landbesitzer. Am 13. März 1615 erbittet und erhält Pedro Hará de Ravasco vom König in Paraíba und in Rio Grande do Norte die Ländereien von Ribeira do Gurajá. Dieser Pedro Hará de Ravasco ist ein direkter Vorfahre des Vicomte de Caicó, des Urgroßvaters von Professor Clemens, der als Komtur unseres Ordens nur noch seinen Titel auszuwählen braucht: entweder Baron von Gurajá oder Vicomte von Caicó, wie es ihm beliebt.‹

›Ich ziehe den eines Vicomte von Caicó vor‹, sagte Clemens zu meiner Überraschung. Ich glaubte, Herr Richter, er werde den Titel ebenso entrüstet zurückweisen wie die Behauptung seiner Abstammung von einem Gutsbesitzer, weil sie ihm weißes Blut zuschrieb neben dem schwarzen und dem Tapuia-Blut, auf die er angeblich so stolz war. Aber nein, der Unglücksmensch nahm an. Sein Gesicht strahlte: zum ersten Mal sah er sich adelsgleich mit dem Edelmann aus den Zuckermühlen von Pernambuco. Es machte einen großen Unterschied, ob jemand Enkel eines gewöhnlichen Gutsbesitzers oder Urenkel eines Vicomte war. Um Vicomte sein zu können, würde er auf den Vertrag eingehen, um ja nicht mehr seine achatfarbigen Augen und die Spuren von Negerblut in seinem Körper diskutieren zu müssen. Erbittert warf ich Clemens das alles an den Kopf und hielt ihm den Verrat vor, den er gegenüber dem Sertão und seinen so lange verfochtenen Ideen beging. Aber Dr. Pedro wies meine Vorwürfe ab und kam Clemens zu Hilfe. Er sagte:

›Es ist gar nichts Sonderbares dabei, daß der Professor Clemens Vicomte ist. Die Cavalcantis de Albuquerque haben Tapuia-Blut, und der Baron von Cotegipe hatte Negerblut.‹

Ich wartete darauf, daß Samuel nun seine üblichen Spötteleien über den Kaffernadel vom Stapel lassen würde. Aber er hatte solche Angst, den Orden abzuwerten, der ihn auszeichnen wollte, und war von Dr. Pedro Gouveia so eingenommen, daß er es nicht mehr wagte, irgend etwas zu kritisieren. Da entschloß ich mich selber zum Kampfe. Ich fuhr dazwischen und fragte:

›Wird Clemens auch ein Wappen bekommen?‹

›Aber selbstverständlich‹, erwiderte der Doktor. ›Sein Wappen zeigt auf goldenem Feld zwei schwarze laufende Hunde mit einer roten Umrandung, die mit sieben Silbersternen verziert ist. Die Wappenzier ist ein roter Jaguar, in Bewegung wie die Hunde des Schildes.‹

›Ein schwarzer Hund, das ist allerdings ein passendes Wappentier für Clemens‹, konnte sich Samuel nicht enthalten anzumerken. ›Sehen Sie nur, Doktor, welch eine merkwürdige Übereinstimmung: auf meinem Wappen steht ein Tapir, und meine literarische Bewegung ist der Tapirismus; auf dem von Clemens steht ein Jaguar, und seine literarische Bewegung ist der Jaguarismus. Nun fehlt noch etwas: bei uns hier heißt Quaderna Quaderna der Braune. Sagen Sie mir nur nicht, daß Quaderna auch ein Wappen bekommt und daß sich darauf ein braunes Pferd befindet.‹

›Doch, so ist es‹, sagte Dr. Pedro, und mein Herz tat einen Sprung in der Brust. ›Da ist ein braunes Pferd, jawohl. Nicht auf dem eigentlichen Wappenschild, wohl aber auf der Wappenzier. Der Schild der Quadernas ist vierteilig. Im ersten Viertel steht auf goldenem Feld ein schwarzer Hirsch mit deutlich sichtbaren Geschlechtsteilen in einem Viereck mit vier roten Halbmonden. Im zweiten Viertel sind auf rotem Feld fünf Goldlilien in Klammern gefaßt. Die gegenüberliegenden Felder sind ebenso beschaffen. Die Wappenzier ist ein braunes Pferd mit Flügeln, mit erhobenen Vorderhufen und aufsitzenden Hinterbeinen zwischen Feuerflammen.‹

›Gott steh mir bei, Dr. Pedro‹, rief Samuel. ›Das geht doch nicht mit rechten Dingen zu. Hier gibt es zwei Versionen über Quadernas Familie. Der ersten zufolge stammt er von jenen Fanatikern, Mördern und Barbaren ab, die sich am Stein des Reiches zu Königen von Brasilien krönten. Aber sein Vater, Pedro Justino Quaderna, ein wurzelkundiger Parasit der Garcia-Barrettos, setzte eine andere Lesart in Umlauf, derzufolge die Quadernas von König Dinis von Portugal abstammten. Sagen Sie bloß, Sie hätten sich auch noch die Mühe gemacht, Quadernas Stammbaum zu untersuchen.‹

›Das habe ich in der Tat. Übrigens ist es meine Absicht, hier ein ‚Genealogisches und historisches Institut von Cariri‘ zu gründen, um diese Forschungen zur ständigen Einrichtung werden zu lassen und aufzuzeichnen, die hier in Paraíba für gewöhnlich dem Zufall überlassen bleiben.‹

›Wir haben hier schon unsere eigene Akademie, Dr. Pedro‹, informierte ich ihn eilfertig.

›Ich weiß, ich weiß. Es ist doch die bewundernswürdige Geisteswissenschaftliche Akademie der Eingeschlossenen im Sertão von Paraíba? Auch hier wird es zwischen uns keine Kompe-

tenzstreitigkeiten geben, denn die Akademie ist ein rein literarisches Unternehmen, und unser Institut wird sich der Geschichte und der Familienforschung widmen. Im übrigen brauche ich wohl kaum zu sagen, daß Sie, meine lieben hier anwesenden Freunde, zur Gründungssitzung eingeladen sind und
mithin Gründungsmitglieder des Instituts sein werden.‹

›Eine großartige Idee!‹ stimmte Clemens zu. ›Aber Sie haben uns noch nicht mitgeteilt, welche der beiden Versionen
über Quadernas Familie die richtige ist, die der Könige von Pajeú oder die von Dom Dinis.‹

›Beide, mein Lieber, weil die Könige von Pajeú von König
Dom Dinis von Portugal abstammten. Dom Dinis hinterließ einige Bastardsöhne, darunter Dom Alfonso Sanches, von dem
die Albuquerques abstammen. Aber von einer gewissen Maria
Gomes hatte er zwei Kinder, Maria und Alfonso. Das Mädchen
heiratete Juan de la Cerda und der Bursche eine gewisse Joana
Ferreira. Der Sohn von Juan de la Cerda hieß João de Lacerda
und verführte seine Kusine, Caterina Ferreira, die Tochter von
Alfonso, und zeugte mit ihr einen Bastard, der, weil er stolz
war, den Namen der Familie Lacerda nicht führen wollte. Er
vertauschte die Buchstaben und nannte sich João Ferreira Da-
cerla. Dieser hatte wieder einen unehelichen Sohn, der Dinis
Ferreira Dacerna hieß. Dessen Sohn, ebenfalls ein Bastard,
hieß Pedro Dinis Ferreira Caderna: es war der Vater von João
Ferreira Quaderna und der Großvater von Dinis Ferreira Quaderna, dem ersten, der nach Brasilien kam. Aber der berühmteste Vorfahr der brasilianischen Quadernas ist ein gewisser João
Ferreira Quaderna, der hier zur Zeit der kurzen und ruhmreichen Herrschaft von Dom Sebastian lebte. Und sehen Sie nur,
welch ein merkwürdiges Zusammentreffen: als Dom Sebastian
die unehelichen Söhne von Jerônimo de Albuquerque legiti-
mierte, verlieh er Quaderna einen Adelstitel. Wissen Sie, wie
dieser Titel lautete? Graf vom Stein des Reiches. Ich glaube,
deshalb haben die Quadernas später ihren Steinthron von Pajeú mit dem gleichen Namen Stein des Reiches benannt. Und

deshalb ist auch das Wappen der Quadernas eine Abwandlung des Wappenschildes der Lacerdas, denn bei jeder Namensänderung gab es Veränderungen im Wappen. Die Burg beispielsweise verschwand, ein purpurner Löwe wurde zum schwarzen Hirsch, es tauchte die Helmzier des braunen Pferdes auf und so weiter. Die Lilien jedoch blieben. Aber das bezeichnendste heraldische Symbol der Quadernas ist das Viereck mit den roten Halbmonden und dem großen, darin eingetragenen schwarzen Hirsch.‹

›Dieser Teil ist nicht gut gelungen, Doktor‹, protestierte ich sogleich. ›Der Hirsch ist ein einigermaßen verdächtiges Tier, und meine Feinde werden deshalb ihren Spott über mich ausgießen.‹

›Damit würden Sie recht haben, mein lieber Quaderna, wenn der Hirsch nicht seine Geschlechtsteile zeigte. Wissen Sie, was ‚vileniert‘ in der Heraldik bedeutet?‹

›Ich weiß es nicht‹, gab ich zu.

›‚Vileniert‘ heißt: mit sichtbaren Geschlechtsteilen und einem vom Rest des Tierkörpers sich unterscheidenden Email. Der Hirsch Ihres Schildes ist schwarz, aber er zeigt sein Geschlecht, und das ist rot gemalt.‹

›Nun, wenn dem so ist, sieht die Sache schon anders aus‹, sagte ich. ›Wenn der Hirsch meines Wappens die rote Stange zeigt, so kann ich dem, der mir mit Scherzen kommt, beweisen, daß unser Hirsch ein ernsthafter Hirsch, ein Mannshirsch ist und die Hörner nicht aufgesetzt bekommen hat, wie es scheinen könnte. Jedoch wollen wir zur Sicherheit, da Vorsicht und Hühnerbrühe noch niemandem geschadet haben, den schwarzen Hirsch auf meinem Schild gegen einen schwarzen Jaguar austauschen, ein männliches Tier, dessen sichtbares Geschlechtsteil rot gemalt ist; es kann auch ein brauner Jaguar sein und das Viereck mit schwarzen Halbmonden. Ich weiß es nicht, das entscheiden wir später. Nun aber noch etwas anderes, Doktor: selbst wenn Sie mir dieses Recht zugestehen, möchte ich nicht Komtur sein. Ich möchte lieber Ritter sein.‹

›Seien Sie kein Esel, Quaderna!‹ rief Samuel. ›Der Titel Komtur ist viel bedeutsamer.‹

›Aber der Titel Ritter ist viel hübscher‹, insistierte ich. ›Ich wollte schon immer hochoffiziell, bischöflicherseits und königlicherseits zum Ritter geschlagen werden, und dies ist meine große Gelegenheit: ich will nicht Komtur, ich möchte Ritter sein.‹

›Nun, dann sollen Sie Ritter des Tempelordens von St. Sebastian werden‹, erklärte Dr. Pedro Gouveia mit einer Feierlichkeit, die mich erschaudern ließ. ›Und Ihr Titel? Es interessiert Sie offenbar gar nicht, etwas über ihn zu erfahren?‹

Ich geriet dabei in Verlegenheit, Herr Richter. Alles deutete darauf hin, daß mein Titel Graf vom Stein des Reiches lauten würde. Aber wenn ich diesen Titel annahm, würde ich damit nicht implizit auf die Königskrone verzichten? Ich erkundigte mich danach mit der größten Behutsamkeit, so als ob es sich um eine ganz unpersönliche Rückfrage handelte. Die göttliche Vorsehung und die Gestirne begünstigten mich jedoch dabei entschieden: Dr. Pedro verbürgte sich dafür, daß ich ohne Risiko die allerschönsten Titel eines 12. Grafen und 7. Königs vom Stein des Reiches verbinden könne. Sogar die Zahlen 12 und 7 waren schicksalsträchtig, ruhmreich und verheißungsvoll, und ich gab mich für einen Augenblick den verstiegensten Hoffnungen hin. Dann jedoch rief uns Dr. Pedro auf den Boden der Wirklichkeit zurück. Er sagte:

›Also, meine Herren, die Karten liegen nun auf dem Tisch, und nun müssen wir entscheiden, ob das Spiel beginnen oder ob es endgültig und ein für allemal abgebrochen werden soll. Wir sind keine Kinder mehr, und es dürften schon alle begriffen haben, daß ich, wenn ich mit so ehrenvollen Möglichkeiten winke, meinerseits eine Gegenleistung fordere. Wie ich schon erklärt habe, handelt es sich im Falle von Ihnen dreien nicht um Forderungen, wie man sie an Durchschnittsmenschen richtet. Was ich von Ihnen dreien will, ist entschiedene und totale Unterstützung für die Sache von Sinésio Garcia-Barretto.‹

›Gut, Dr. Pedro, wir wollen das alles sorgfältig überprüfen‹, sagte Samuel. ›Das Problem ist nicht so einfach, wie Sie sich das zu denken scheinen. Der große Zweifel bleibt: Ist der junge Mann auf dem Schimmel, der heute hier mit Ihnen eingetroffen ist, wirklich derselbe Sinésio Garcia-Barretto, der im Jahre 1930 verschwunden ist? Und falls er es ist, wie ist er wiederauferstanden? Man muß ihn sich ansehen, muß beweisen, daß er nicht gestorben ist, und so weiter.‹

›All das wird zu seiner Zeit bewiesen und aufgeklärt werden‹, erklärte Dr. Pedro mit Festigkeit. ›Aber ich will auch nicht die sinnlose Forderung stellen, daß Sie Ihre Entscheidung sofort treffen sollen. Heute kann sich der junge Mann auf dem Schimmel leider nicht sehen lassen. Morgen jedoch verbürge ich mich dafür, daß ich ein Treffen zwischen ihm und Ihnen dreien vermitteln werde. So bleibt die Frage der Titel- und Wappenschild-Verleihung bis zu Ihrer Entscheidung aufgeschoben. Eines möchte ich jedoch sogleich sagen: Der springende Punkt der ganzen Angelegenheit ist das Testament, sind die von Dom Pedro Sebastião Garcia-Barretto hinterlassenen Güter. Kann mir jemand von den Anwesenden hierzu die ersten Informationen geben?‹

›Das kann ich‹, wagte ich mich vor. ›Ich will Ihnen jetzt offenbaren, was ich bisher niemandem offenbart habe. Ich tue es, weil ich meinerseits bereits meine Entscheidung getroffen habe, Dr. Pedro. Mein Blut verbürgt mir, daß der Jüngling auf dem Schimmel Sinésio, mein Vetter und Neffe ist, der strahlende Fürst vom Banner des hl. Geistes im Sertão. Ich stehe an seiner Seite, was auch immer geschehen und kommen mag.‹

›Ich beglückwünsche Sie, edler Graf vom Stein des Reiches‹, sagte Dr. Pedro, indem er sogleich dazu überging, mich bei meinem Titel anzureden. ›Ich beglückwünsche Sie, weil die Entscheidung, die Sie getroffen haben, hochherzig und richtig ist, Sie werden es nicht zu bereuen haben. Morgen werden wir feststellen, was Ihrem Wappenschild noch fehlt, und Sie werden Ihr Diplom und das Pergament bekommen, die den Titel anerkennen, den Sie sich in diesem Augenblick erobern, den eines erprobten Ritters im Tempelorden von St. Sebastian und Grafen vom Stein des Reiches.‹

›Ich nehme das zur Kenntnis und danke‹, sagte ich, Bescheidenheit beiseite, ziemlich hoheitsvoll. ›Und jetzt werde ich Ihnen alles mitteilen, was ich über das Testament und den Schatz weiß.‹«

»Ich begann nun, dem Dr. Pedro Gouveia alles zu erzählen, was ich in dieser Hinsicht wußte. Mein Pate war mit Dona Maria da Purificação, Arésios Mutter, in Gütertrennung verheiratet gewesen, mit meiner Schwester Joana Quaderna dagegen in Gütergemeinschaft. Es galt als sicher, daß er ein Testament hinterlassen hatte, worin er alle seine Habe Sinésio vermachte. Dadurch wäre Arésio ins Elend gestürzt worden, falls sich das Testament gefunden und der Beweis geführt worden wäre, daß der Jüngling auf dem Schimmel wirklich Sinésio war. Es verlautete, das Testament befinde sich in der Hand des Gringos Dom Edmund Swendson, Claras und Helianas Vater. Es hieß, mein Pate habe das Testament dem Gringo anvertraut, der in der Festung St. Joachim zum Stein hinter meterdicken Mauern verschanzt saß, und man müsse es gewaltsam auffinden und an sich bringen, da Dom Edmund Swendson nunmehr ein Verbündeter der Moraes war und also ein Interesse daran hatte, Arésio zu begünstigen, der im Begriff stand, seine Verlobung mit Genoveva bekanntzugeben. Das Wichtigste an alledem war jedoch nicht einmal das Testament: es war der Schatz, der, wenn er von Sinésios Anhängern gefunden wurde, dem Jüngling auf dem Schimmel mit oder ohne Testament die Macht übertragen würde, einerlei ob seine Ansprüche, ein Sohn meines Paten zu sein, berechtigt oder unberechtigt waren. Dies alles trug ich Dr. Pedro Gouveia vor, und er schrieb die wichtigsten Punkte mit. Als nun meine Ausführungen über das Testament beendet waren, begann ich meinen Bericht über den Schatz und sagte:

›Es muß zwischen 1920 und 1930 gewesen sein, daß ich Genaueres über den märchenhaften Schatz der Garcia-Barrettos hörte. Ich will zunächst den Teil wiedergeben, den wir hier für wirklichkeitsgetreu und den Tatsachen entsprechend halten, und dann den legendären Teil, der meiner Meinung nach glaubwürdiger ist als der erste. Seit 1907 oder 1908 begann mein Pate ein befremdliches Wesen an den Tag zu legen. Er war stets ein verschlossener, autoritärer und religiöser Mensch gewesen. Plötzlich packte ihn eine religiöse Manie, und er wurde geradezu fanatisch religiös, was seine Beziehungen zu seiner ersten Frau trübte. Er ging nun nicht mehr einfach bei den Prozessionen im Städtchen mit, wie dies sein Vater, sein Großvater und er selber zu Anfang getan hatten, sondern bekleidet mit einem roten Umhang und mit einem Pilgerstab in der Hand. In der Karzeit bedeckte er sich sogar den Kopf mit Säcken und staubte sich von Kopf bis Fuß mit Asche ein. Dann gab er sich strengen Fasten- und Bußübungen hin. Er bereitete auch den Grabhügel vor, in dem er beigesetzt werden wollte. Dazu hatte er sich nicht den Friedhof unseres Städtchens ausgesucht, sondern einen gewaltigen Felsen, den er freilegen ließ und an dem alle hiesigen Steinmetze arbeiten mußten, Leute, die an das Aufführen von Einfriedigungsmauern im Sertão gewöhnt waren. Dann besuchte ich das Priesterseminar. Ich gewöhnte mich daran, die hiesigen Jahresfeste zu Ehren des Heiligen Geistes zu organisieren. Mein Pate ließ sich dazu herbei, auf diesen Festen zu erscheinen und zum Kaiser des Heiligen Geistes krönen zu lassen. Er erschien auf diesen Festen in Begleitung seines damals sehr jungen Sohnes Sinésio, der auf derselben Tribüne wie sein Vater zum Fürsten gekrönt wurde. Dann folgten Kavalkaden, Paraden, ‚Galione Catrineta' – Spiele, Umzüge und Prozessionen, alles zum Klang von Fiedeln, Gitarren, Pikkoloflöten und Trommeln. Anscheinend stieg das alles Dom Pedro Sebastião zu Kopfe, ohne daß wir etwas davon merkten. So verging die Zeit. Dona Maria Purificação starb, es kam das Jahr 1912 mit all den Sorgen und Unruhen des Zwölfer-Krieges. Gegen 1921 oder 1922 legte Dom

Pedro Sebastião ein Vermögen in Landbesitz in Maturéia, in Itapetim, Brejinho, Piancó, Princesa, Monteiro und Picuí an, überall dort also, wo es in Paraíba Gold oder Silber gab. Nun kamen hier die sonderbarsten Gerüchte in Umlauf. Da das von meinem Paten geförderte Gold und Silber nicht auftauchten, wurde geflüstert, die gewaltigen, von ihm gefundenen Mengen dieser Edelmetalle würden zu Barren eingeschmolzen und in einer Steingrotte vergraben, von der nur mein Pate wisse, wo sie sich befinde. Es hieß, die Männer, die die Barren dorthin transportierten, würden anschließend ermordet, damit sie das Geheimnis nicht verraten könnten. Da Dom Pedro Sebastião andererseits auch in den Topas- und Aquamarin-Fundstätten von Picuí schürfen ließ, lief das Gerücht um, zugleich mit Gold und Silber würden Edelsteine und Diamanten vergraben. Es lief auch die Nachricht um, der Vorfahr meines Paten, der alte Dom Sebastião Garcia-Barretto, der unter den Pfeilschüssen der Tapuias ums Leben gekommen war, sei zum ersten Mal in den Sertão gekommen, um einen Schatz zu vergraben, den Schatz des Königreiches, ungezählte Holzkisten voller Dukaten und Gold- und Silberdublonen. Außerdem hielt sich noch ein weiteres seltsames Gerücht: eben dieser unser alter Vorfahr, der zweite Dom Sebastião, habe das Rätsel der Silberminen entschlüsselt, was so viele Konquistadoren und alte Sertão-Forscher vergeblich versucht hatten. Er habe seinen Nachkommen eine Kiste mit alten Pergamenten, Karten und Lageplänen hinterlassen. Diese Kiste, um die sich lange niemand gekümmert hatte, sei von Dom Pedro Sebastião gefunden worden, und deshalb sei es ihm vorbehalten, das märchenhafte Vermögen zu berühren. Man behauptete, alle diejenigen, welche die märchenhaften Silberminen von Robério Dias suchten, hätten den Weg verfehlt, weil sie gewisse grundlegende Ortsangaben falsch auslegten, was sie zu der Annahme brachte, das Silber, das Gold und die Diamanten befänden sich in Bahia. Dom Sebastião Garcia-Barretto hatte gewisse tapuio-phönizische Inschriften und Texte entziffert und war zu dem Schluß ge-

langt, daß sich der Schatz in Paraíba befinden mußte. Gewisse
alte Dokumente, die allen bekannt waren, sprachen von Itabaiana und vom Silber-Gebirge. Die Leute meinten, damit
sei das Itabaiana von Sergipe gemeint. Nun weiß man aber,
daß es auch ein Itabaiana in Paraíba gibt und in unserem Ge-
meindebezirk Monteiro einen Ort, der Spitzes Silbergebirge
heißt. Man sprach auch noch von holländischen Florinen, die
von der Kaperung und dem Schiffbruch einer Flotte herrühr-
ten, und von alten portugiesischen und spanischen Münzen.
Alle diese Darstellungen vermischten sich, wie immer in solchen Fällen. Ein Gerücht kam auf, die Schatzgrotte sei mit der
Gruft Dom Pedro Sebastiãos identisch, mit dem in das Felsin-
nere gehauenen Grab, das angeblich eine riesige unterirdische
Höhle bildete. Das Gold, das Silber, die Münzen und die Juwelen seien nachts insgeheim auf Eselsrücken herangeschafft und
in der Steingruft eingemauert worden, um zugleich mit ihrem
Besitzer ihr Grab zu finden. Das sei auch der Grund, so hieß
es, daß Dom Pedro Sebastião sein künftiges Grab immer von
einer Anzahl bewaffneter Leibwächter bewachen ließ. So kam
das Jahr 1926. Es begannen die Kämpfe, Überfälle und
Scharmützel des ‚Krieges der Expedition Prestes'. Während
dieses Krieges wurde mein Pate immer aufgeregter. Er nahm
aktiv teil an ihm, so daß mir seine fieberhafte Unruhe teilweise
das Ergebnis der politischen Leidenschaft zu sein schien. Aber
es war wohl eher so, daß er schrittweise von der Überspanntheit
in den Wahnsinn überging. Manchmal fiel es ihm ein, nachts
unerwartet allein den ‚Gefleckten Jaguar' zu verlassen und
ganze Tage außerhalb des Hauses zu verbringen. Bei seiner
Rückkehr sprach er mit niemandem über die Fahrt, auch erlaubte er keinem Menschen, darauf anzuspielen. Einmal rief er
eine Gruppe von Männern seines Vertrauens und befahl ihnen
und mir, ihn zu begleiten. Wir ritten frühmorgens los, mein Pate
voran, alle bis an die Zähne bewaffnet, wie er es angeordnet
hatte. Wir galoppierten bis gegen neun Uhr morgens und lagerten schließlich in der Nähe einiger Felsen, die ungefähr auf hal-

bem Wege zwischen Taperoá und Teixeira liegen. Dom Pedro Sebastião ordnete an, daß wir uns in Gruppen zu zweit oder dritt hinter den Steinen, Felsen und Hügeln verstecken sollten, die am Straßenrand liegen. Feige wie immer, war ich tief erschrocken, weil ich dachte, der ‚Krieg der Expedition‘ sei wieder aufgeflammt, und wir würden jetzt einem feindlichen Kommandotrupp auflauern, der dort vorbeikommen sollte. Ich verwünschte mein Geschick, welches zugelassen hatte, daß ich den Kriegshandlungen mit heiler Haut entronnen war, um mich nun in weitere, gänzlich unerwartete hineinzustürzen. Ich dachte schon daran, fortzulaufen und zu desertieren, wie ich es so viele Leute 1912 und 1926 hatte tun sehen. Aber obschon ich Angst vor dem Krieg hatte, so hatte ich doch noch mehr Angst vor meinem Paten, und so nahm ich mein Herz in beide Hände und blieb. Wir warteten und warteten, und nichts tat sich. Der Schweiß rann bächeweise über meine Stirn. Gegen Mittag erlaubte der König von Cariri, daß wir etwas zu uns nahmen. Und so blieben wir dort bis sechs Uhr nachmittags; da befahl er uns, wir sollten nach Hause zurückkehren. Das taten wir denn auch; er ritt schweigend davon. Von da an begann sich alles zu verschlimmern. Ich will hier auf weitere Details verzichten, weil das alles für mich sehr betrüblich gewesen ist. Ich will nur, weil es wichtiger ist, erzählen, daß er eines Tages eine Gruppe von zwölf Rittern zusammenrief, die er die zwölf Ritter von 1912 nannte . . .‹«

»Dom Pedro Dinis Quaderna!« unterbrach mich der Richter. »Es ist hier allgemein bekannt, daß Sie für die religiösen und monarchischen Manien Ihres Paten die Hauptverantwortung tragen. Man behauptet sogar, Sie hätten ihm die Geschichte mit den zwölf Rittern in den Kopf gesetzt; sie hatten am ›Zwölfer-Krieg‹ teilgenommen und sollten für ihn eine Art Ehrenwache bilden, wie die zwölf Paladine von Frankreich. Nach allem, was ich schon über Sie weiß, sieht man, daß das der Wahrheit entspricht. Bestätigen Sie das?«

»Die Sache mit den Rittern war meine Idee, das ist wahr.

Aber das übrige nicht; ich beschränkte mich darauf, die Befehle auszuführen, die mir mein Pate selber gab. Doch an jenem Tage unterbrach mich niemand, und so konnte ich Dr. Pedro Gouveia in Ruhe die Schatz-Geschichte erzählen. Ich sagte:

›Mein Pate rief die zwölf Ritter zusammen, die sich in dem großen Vordersaal des Herrenhauses zum ‚Gefleckten Jaguar‘ versammelten. Dom Pedro Sebastião hatte Sinésio neben sich, denn Arésio hatte sich zum Zeichen des Protestes zurückgezogen. Arésio verabscheute die phantastischen Absonderlichkeiten seines Vaters, weil sein Stolz ahnte, daß sie eine Einbuße an Ansehen für die ganze Familie Garcia-Barretto mit sich bringen würden; selbst die meisten der zwölf Ritter konnten sich das nicht verhehlen. Der Mann, der in den guten Zeiten des ‚Gefleckten Jaguars‘ den Auftrag hatte, die Hunde für die Jagden zusammenzurufen, stieß in sein Hifthorn. Die Pferde wurden gesattelt, und wir schwärmten alle zu einem Gebirge aus, das mitten auf den Ländereien der Garcia-Barrettos lag. Es war ein öder, unwegsamer Ort, auf dem man langsam emporstieg: er führte auf eine steinige Anhöhe, von wo aus der Boden steil zur Ebene von Espinhara abfiel. Ich vergaß zu sagen, daß mein Pate und Sinésio Wämser angezogen hatten. Mein Pate hatte als Geschenk eines Sertão-Präsidenten, der sich damals in der Regierung von Paraíba befand, ein ‚Ehren- und Schmuckwams‘ erhalten, das aus zwei Arten von Leder bestand, braunem Kalbsleder und gelbem Hirschleder. Das Wams war mit Silbermünzen behängt, und Dom Pedro Sebastião hatte ein gleiches für Sinésio anfertigen lassen, der damals sechzehn Jahre alt war und im Gegensatz zu Arésio seinen Vater überallhin begleitete. Wir ritten eine gute Weile, an der Spitze mein Pate und Sinésio. Die Pferde hatten immer größere Mühe, die Anhöhe zu erklettern, die anfänglich sanft war, später aber immer steiler und steiniger wurde. Schließlich, nach Stunden beschwerlichen Aufstiegs, gelangten wir zwischen gewaltigen Steinblöcken, die sich von den Riesenblöcken oben durch Blitze oder Sonneneinwirkung gelöst hatten, auf den Gipfel des Gebirges, das von einer großen Bergkuppe gekrönt wurde. Auf ein Zeichen von Dom Pedro Sebastião hielten wir in einer gewissen Entfernung an und stellten uns im Halbkreis auf. Der Herr des ‚Gefleckten Jaguars‘ führte sein Pferd weiter nach oben, indem er unter Lebensgefahr an einem Steilhang vorbeiritt, der fast hundert Meter tief vom Felsen abfiel. Immer von Sinésio begleitet, ritt er dann auf den unteren Teil der großen Bergkuppe zu. Von dort aus überblickte man fast die ganze unfruchtbare Hochebene, die von Taperoá bis zum Jabre-Gipfel in Teixeira reicht. Mein Pate blieb eine gute Weile zu Pferd sitzen und betrachtete die kahle, schöne Landschaft dort unten. Dann zog er ein Hifthorn aus dem Gurt, um das er den Hundewärter gebeten hatte, und blies darauf ein schönes, rauhes, braunes Signal, wie es auch der Klang meines Gesanges ist. Sinésio schaute das alles wortlos mit an. Als der Widerhall an den Hängen des Gebirges erstarb, legte Dom Pedro Sebastião die rechte Hand muschelförmig an sein Ohr, als ob er eine Antwort zu hören hoffte, während seine Augen die weite Hochebene absuchten, die sich dort unten vor seinen Blicken verlor. Nachdem er das mehrfach wiederholt hatte, schien es plötzlich, als wäre das erwartete Ereignis eingetreten; denn sein Gesicht erhellte sich. Er rief zu uns, die ihn von unten erschrocken, aber schweigsam anschauten, ohne uns eine Bemerkung zu erlauben, hinunter: ‚Er ist es! Er ist es! Habe ich es nicht gesagt?‘ Er richtete seine Visionärsaugen auf die wüste nackte Erde, auf die kakteenbedeckte Hochebene, deren Steine in der heftigen Mittagssonne funkelten, und rief in diese Richtung: ‚Gott schütze Euch, mein Herr, Gott schütze Euch!‘ Wer mochte das sein? Der furchtbare Herr aller Dinge? Der König? Niemand hat es erfahren. Sein Blick schien einem Vorüberreitenden zu folgen, der dort unten die Hochebene zu Pferde überquerte. Ich sage zu Pferde, denn angesichts der Geschwindigkeit, mit der seine Augen dem unsichtbaren Reiter folgten, konnte es niemand sein, der zu Fuß vorüberging. Als der Reiter sich schon am Horizont verlor, hörten wir Dom Pedro Sebastião noch ein Wort des Segens oder des Abschieds rufen: ‚Gott geleite Euch und bringe Euch in Frieden zurück!' Dann bekreuzigte er sich, und wir kehrten alle in den ‚Gefleckten Jaguar' zurück. Mir fielen die Verse von Álvares de Azevedo ein, in denen es heißt:

> Wohin ziehst du, gewappneter Ritter,
> Durch des Hinterlands Flammengewitter,
> Mit dem blutigen Schwert in der Hand?
> Warum blitzen die Augen dir mutvoll,
> Warum brechen die Schreie dir glutvoll
> Aus des Herzens feuriger Wand?
>
> Wer du bist, Herr, laß es mich wissen!
> Das gepeinigte Gewissen?
> Hoch zu Roß sieht man dich sprengen
> Über Straßen voller Leichen,
> Wo die Totenschädel bleichen.
> Hörst du den Propheten drängen?
>
> Wohin treibt dich, armer Ritter,
> Durch das flammende Gewitter
> Öder Steppe Wahngewalt?
> Hörst du? Auf dem wilden Ritt
> Galoppier' ich selber mit,
> Und der Schwur der Rache schallt.
>
> Herr, wer bist du? Welche Not!
> Welch ein Ritt durch Reich und Tod,
> Wenn der Horizont sich rötet!
> – ‚Deiner Hoffnung Ideal
> Bin ich, Fieberwahn und Qual,
> Ein Delirium, das dich tötet'!

Auf diesen ersten Ausritt folgten andere, immer in der gleichen Viehtreiberkleidung, mit den gleichen Waffen, mit den gleichen Hifthornsignalen, mit den gleichen Worten und dem gleichen vorüberziehenden Reiter auf der Hochebene, während wir nichts erkennen konnten. Da sich die Sertão-Bewohner leicht beeinflussen lassen, erklärten einige Leute sogleich, sie *sähen* zwar wirklich nichts, aber sie *hörten* den Galopp des Pferdes, wie es näher kam, die Hochebene überquerte und sich dann in der Ferne verlor. Eines Tages wagte ich es, meinem Paten Fragen nach seiner Vision zu stellen, nach der Person des Reiters und dem Sinn all dieser Geschehnisse. Dom Pedro Sebastião setzte ein abweisendes Gesicht auf, sagte aber: ‚Es ist ein Reiter, den ich treffe und dort unten auf der Lichtung sehe.‘ – ‚Und wer ist es?‘ erkundigte ich mich. ‚Ich weiß es nicht‘, fiel mir mein Pate ins Wort und setzte die hartnäckige Miene eines Mannes auf, der sich weigert, in eine persönliche Angelegenheit Einblick zu gewähren. Ich insistierte: ‚Aber reitet er wirklich zu Pferde vorbei, wie es heißt? Einige der Unsrigen glauben den Galopp eines Pferdes zu hören.‘ ‚Ach, sie hören also schon etwas‘, meinte Dom Pedro Sebastião halb ironisch, halb triumphierend. ‚Nun, dazu haben sie allen Grund, denn er reitet wirklich auf einem Pferde vorüber. Jawohl, über die Lichtung reitet er, zwischen Sonnenstrahlen und Feuerwolken, mit Umhängen und Juwelen, epileptisch und großmütig, zwischen den Böcken und den Steinen, aus denen seine Sporen Funken schlagen. An dem Tage seiner Erscheinung erwache ich mit dem feinen Gehör eines Menschen, der von einer Schlange gebissen worden ist. Wenn er noch weit entfernt ist, höre ich lange vor allen anderen die Hufschläge seines Rosses, das Feuer aus den Steinen schlägt. Dann ziehe ich mich an, ergreife die Waffen und rufe die zwölf Ritter mit dem Hifthorn zusammen, das mir früher für die Jagd gedient hat und jetzt dazu, Alarm zu geben. Ich reite mit euch ins Gebirge, und so habe ich noch keinen seiner Rufe versäumt.‘ ‚Seiner Rufe? Spricht er denn mit Ihnen?‘ fragte ich. ‚Nein‘, erwiderte mein Pate. ‚Warum sollte er auch, wenn wir uns auch ohne das vorzüglich verstehen? Es genügt mir zu wissen, daß er wachsam ist, und er seinerseits weiß, daß ich, wenn der Augenblick gekommen ist, meinerseits auf dem Posten sein werde. Deshalb treffen wir uns, weil unsere

Stunde kommen wird.' Dann fiel Dom Pedro Sebastião wieder in sein Stillschweigen zurück, und all mein Drängen vermochte ihn nicht zum Weiterreden zu bewegen.‹

›Eines Tages jedoch‹, fuhr ich fort, ›zog sich mein Pate auf die gleiche Weise an und befahl mir, ohne die Zwölf oder Sinésio zusammenzurufen, ihn zu begleiten. Der Baron von Guarupá und der Vicomte von Caicó, beide hier zugegen, hatten sich schon mehrfach danach gedrängt, eine solche Einladung zu erhalten, waren jedoch stets an Dom Pedro Sebastiãos eisigem Schweigen gescheitert, das alle Annäherungsversuche glatt abschnitt. Er übergab mir eine uralte kleine Ledertruhe, die ganz tauschiert war und die ich nie zuvor gesehen hatte, zum Transport. Er bestieg sein Pferd, einen Fuchs mit Namen ‚Medaille‘, und wir ritten auf das Gebirge zu. Diesmal jedoch gab es weder einen Hornruf noch vorüberziehende Reiter. Als wir dort anlangten, stieg mein Pate vom Pferd und hieß auch mich absteigen. Er betrachtete einige Augenblicke die wilde, heiße Hochebene dort unten und murmelte ab und zu kaum hörbare Worte. Dann wandte er sich brüsk zu mir um und erklärte: ‚Ich habe Sinésio nicht mitgenommen, um ihn nicht der Gefahr auszusetzen; du sollst der Siegelbewahrer der Schätze sein! Der Schatz! Sie reden und reden, aber sie verstehen nicht die Hälfte von der Messe. Sie reden von Belchior Moréia, von Robério Dias, von Dom Sebastian, von Bahia . . . Nichts davon! Es ist Paraíba, Taperoá, es ist der Stein des Reiches und der ‚Gefleckte Jaguar‘ mit dem vom König geschenkten Gut Coraçá. Ich will dir etwas sagen: so wie die Dinge mit dem Schatz stehen, lieber noch die Handelsgesellschaft mit dem Mann mit den Schiffen auf der Festung St. Joachim zum Stein. Die Schiffe! Du müßtest sie sehen, Dinis: sie sind riesengroß, schön gelb und rot bemalt, mit Schlangen, Drachen und Pferde- und Hundeköpfen am Bugspriet. Da gibt es den ‚Narziß‘, die ‚Ipanema‘, den ‚grünen Stein‘, den ‚Rosa Reiher‘, aber das schönste von allen ist der

‚Morgenstern'. Die Segel sind weiß, aber wenn sie in Penedo in Alagoas vorbeifahren, entfernen sie sich von der roten Sandbank, wo die Eisvögel pfeilschnell nach Fischen jagen und der ganze Fluß voll Barkassen mit bunten Segeln ist, blauen, roten, gelben, schwarzen mit goldenen Streifen und so weiter. Sie haben Zucker geladen oder Kohle oder Salz aus Macau, und vor allem transportieren sie Edelsteine: Topase, Smaragde, Sonne und Mond, jawohl, denn es gibt einen Stein, der Katzenauge heißt, und einen anderen, der Tigerstein heißt, und dazu den Mond- und Sonnenstein, und all das wird im Stein gefunden und im Stein begraben mit dem Gold und Silber, das für die Einfassung dient. Du solltest dir mit Sinésio die Schiffe anschauen: es sind sehr viele, sie reisen vom Sertão zum Meer, und wenn sie den São-Francisco-Strom und den Sertão das Piranhas verlassen haben, halten sie sich an der Küste, fahren an der Festung Nazaré do Cabo vorbei und gelangen schließlich zur Festung St. Joachim zum Stein. Fahrt einmal dorthin, und ihr werdet es nicht bereuen, denn es ist hübsch und gut anzusehen', sagte er und strich sich mit der Hand über Gesicht und Bart, als wollte er ein wenig das Gespinst seiner Träume zerstreuen. Dann sagte er vernünftiger: ‚Nimm hier diesen Schlüssel und öffne die Truhe!' Ich gehorchte mit glänzenden Augen, während meine Hände vor Neugier zitterten. In der Truhe lag eine Anzahl stark beschädigter alter Pergamente, die in einem altertümlichen Portugiesisch abgefaßt waren. An jenem Tage händigte mir mein Pate alles aus. Das erste Pergament war folgendermaßen abgefaßt:

Unterweisung, welchselbige Pater Antônio Pereira vom Turm von Garcia d'Avila dem João Calhelha im Jahre des Heils Unseres Herrn Jesu Christi eintausendsechshundertfünfundsechzig gegeben. – Im Gebirg & auf dem höchsten seiner Gipfel, so sich ein Mann auf die Südseite stellt & der Gipfel neiget sich nach Osten & unter diesem Gipfel gen Osten weit herunter, so es große Sturzregen gibt hat er eine Ader & ob diese riesige Ader von Silber oder von Gold sey, weiß Gott allein & so man auf das hochgelegene Plateau tritt und sich auf die Südseite stellt wird man viele Krystalle finden & von der Südseite gen Norden viel andere Steine die mir beträchtlich dünken & wo Gabriel Soares gestorben ist liegt ein Gebirg mit Namen Itaiuperá das voll Blei ist aber den Besitz des Schatzes anzeigt & haltet Euch nach Ribeyra wo der in Tapuia-Sprache Ubatuba genannte Fluß entspringt & geht an ihm abwärts & es bleibt keine Grotte die man nicht sehen könnte.

Die übrigen Dokumente waren alle im gleichen Altportugiesisch abgefaßt. Ich entzifferte alles mit großer Mühe und fertigte eine Abschrift an, die ich hier zum ersten Mal vorlege. Es gab da auch einen Brief von Dom Sebastião Garcia-Barretto dem Älteren. Es hieß darin, daß er einen Erkundungszug von Pilar aus unternommen habe und über den Paraíba- und Taperoá-Fluß ins Binnenland vorgedrungen sei. Es hieß weiter, unser Vorfahr Dom Sebastião Barretto, von dem man behauptete, er sei König Sebastian, sei nach Brasilien gelangt und habe ‚das Hab und Gut des Königreichs und der Mauren‘ mitgebracht. Es hieß ferner, Gabriel Soares, Belchior Dias Moréia und Alfonso de Albuquerque Maranhão hätten Spuren des Schatzes entdeckt und alles in verschlüsselter Sprache hinterlassen und falsche Spuren eingebaut, damit man denken solle, das unschätzbare Vermögen befinde sich in Bahia. Aber ich will nicht alles in Altportugiesisch wiedergeben, um die Lektüre nicht zu erschweren. Folgendes stand da zu lesen:

Aufzeichnung des Obersten Belchior da Fonseca Saraiva Dias Moréia, genannt Muribeca – Im Jahre des Heils 1675, als den Staat Brasilien der hochedle Herr Dom Roque da Costa Barretto regierte, befahl Seine Majestät der König Dom Rodrigo de Castelo Branco, er solle die Bergwerke von Itabaina bis Itaperuá untersuchen, wegen der Nachrichten und Mitteilungen des Belchior Dias Moréia. Und besagter Dom Rodrigo begab sich in das Spitze Gebirge, zog sich aber schließlich wieder zurück, begierig auf die Nachrichten, die damals über Smaragde, Gold und Silber umliefen, und er wurde umgebracht, und so blieb es dem Generalleutnant, seinem Schwager, überlassen, die Bergwerke zu überprüfen. Im Jahre 1675 zog ich mit Jorge Soares aus, einem der Männer, die Seine Hoheit ausgesandt hatte, um nachzuforschen, ob die Gebirge ergiebige Minen enthielten. Wir trafen einen Cariri-Indianer im Alter von hundert Jahren, der uns über das kalte Feld im Norden von Salitre führte, wobei wir viele Meilen Buschwald und Steppe zurücklegten, ohne Wasser oder wasserhaltige Bromelien. Doch mit Imbú-Wurzeln und schwarzem Nachtschatten half man den Entbehrungen der Männer ab, die den Weg suchten. Der Alte zeigte den Weg und den Platz, wo Belchior Dias, mein Urgroßvater, das fand, was er gesucht hatte. Der Indio sagte, ein anderer Mann seiner Rasse habe meinen Urgroßvater dorthin gebracht und ihm einige Steine geschenkt, die ihn sehr erfreut hätten. Wir fanden untrügliche Zeichen, daß Weiße dort gewesen waren: das waren besagter Belchior Dias und sein Neffe Francisco Dias Dávila gewesen, ersterer im Jahre 1628 und der zweite später. Aber sie entdeckten die Mine nicht, weil sie nicht wußten, was wir jetzt wissen, weil Belchior Dias ihnen eingeschärft hatte, sie sollten nie einem Weißen diesen Ort zeigen, weil sonst die Flamen davon erfahren und ihnen ihr Land wegnehmen würden. Deshalb hatte er nie sprechen und auch nicht den Weg zeigen wollen. Wenn man diesen unabschätzbaren Reichtum entdecken wird, den die Erde Brasiliens so viele Jahre vor den Augen der Blinden verborgen gehalten hat, wird Seine Majestät dem Türken Einhalt gebieten und die Potentaten Europas unter die Füße treten können. Aber da es niemanden gibt, der die Zeichen und die beiden Steine wiedererkennen könnte, wird Gott sie wieder enthüllen, wann es ihm beliebt. Es gibt ein Papier, das Pater Antônio Pereira da Tôrre dem João Calhelha und seinen Brüdern übergab, aber es ist nichts dabei herausgekommen, weil die Gebirge zahlreich, die Zeichen der Steine schwierig sind und sie nichts von Bergwerken, Lageplänen und Metallen verstehen.

Es war noch ein weiteres hochwichtiges Dokument dabei, das also lautete:

Seiner Exzellenz dem hochedlen Herrn Grafen von Sabugosa, Vizekönig in Brasilien – von Oberst Pedro Barbosa Leal. – Hochedler Herr! Zu den ersten Zeiten der Kolonisierung drang Oberstleutnant Sebastião Garcia-Barretto über den Itaperoá-Fluß vor, dem das Volk des Hinterlandes, weil er darauf erpicht war, einen in Gold gefaßten Stein brachte. Sein Sohn wagte sich bis zum Gipfel des Gebirges, wo er eine Befestigung anlegte. Leutnant João Martins Tôrres, mit dem ich später im Sertão von Taperoá sprechen konnte, ein alter, glaubwürdiger Mann, hat mir versichert, daß er die Befestigung gesehen und auf einem Feldstuhl gesessen habe, der sich dort befand. Jener setzte nun seine Marschroute fort und entdeckte das, was der Lageplan anzeigt, der Dom Sebastião gehört hat. Er zog zum durchlöcherten Stein und überquerte das weiße Gebirge. Und da man zu dieser Zeit schon von dem Lageplan wußte, beschloß ich, auf dem gleichen Weg in den Sertão einzudringen, aber obwohl ich verschiedene Maßnahmen ergriff, konnte ich den Schatz nicht entdecken. Unzweifelhaft handelt es sich aber um das Steingebirge, denn dort hat sich der Garcia-Barretto aufgehalten, und ich vermochte drei Steinbuchstaben aufzufinden, die von Hand ausgelegt waren, nämlich ein P, ein D und ein Q und in diese verschlungen ein A, ein V und ein S auf der einen Seite und auf der anderen ein S, ein G und ein B, alles in geringer Entfernung voneinander, mit einem Kreuz auf einer Felsplatte. Ich setzte den Weg fort und durchquerte siebzig Meilen Buschsteppe, wobei ich achtundzwanzig Pferde einbüßte, aber da mir der Lageplan fehlte, konnte ich den Schatz nicht finden. In der Nähe der Gebirge in den Feldern von Coraçá, danach in der Gegend der Hürde des Meio sah ich den Hügelzug der Amethyste und kam da vorbei, und der Häuptling jener Cariri hat mir versichert, in der Nähe dieses Hügels gebe es noch einen weiteren voll von gelben Steinen. Das Gebirge heißt ,durchlöcherter Stein', weil ,I'

Wasser bedeutet, ,ta' Stein heißt und alles zusammen Wasser vom durchlöcherten Stein bedeutet. Selbiges befindet sich am Stein, will sagen im Reich, denn aus seinem Mittelpunkt tritt ein wasserführender Bach aus einem Steinkanal hervor, der ins Gebirge hineinführt, ohne daß man seinen Anfang erblicken kann. Ich ließ fünf Männer mit angezündeten Wachsfackeln hineingehen, und als sie schon drei oder vier Klafter weit vorgedrungen waren, ging der Steinkanal im Inneren des Gebirges immer noch weiter. Die Zeichen des Lageplans sind ein großer Ormosia-Baum, die beiden Steine, die Buschwaldinsel aus wildem Zukkerrohr, das man ,Tabocas' nennt, und der große, noch heute mit Kugeln durchsiebte Baum aus der Zeit der Conquista. Es bleibt nur die Ader zu entdecken, die im Lageplan verzeichnet ist, denn der Mann hat versichert, daß das Hab und Gut des Königs und das Gold und Silber so reich sind wie das Eisen in Bilbao. Gebe Gott, daß man dieses Glück zur Regierungszeit Ew. Exzellenz findet, und Er schenke Ew. Exzellenz für lange Jahre Leben, um diese Angelegenheit zum guten Ende zu führen. Am 22. November 1725. Pedro Barbosa Leal.

Als ich das gelesen hatte, zeigte mir mein Pate eine Reihe alter Urkunden, die sich auf die Ländereien der Garcia-Barrettos in Paraíba und in Pajeú in Pernambuco bezogen; alle erwähnten Coraçá, den durchlöcherten Stein, die Lagune des Meio, das spitze Silbergebirge und so weiter. Dann sagte er mir, die Schwierigkeit sei der Lageplan, aber er besitze diesen Plan. Er zeigte mir dann eine alte Karte des Nordostens von Brasilien, wie sie im sechzehnten, siebzehnten und achtzehnten Jahrhundert üblich waren, mit Emblemen, Wappen, Fahnen, Windrosen, Seeschlangen, geflügelten Fischen, Jaguaren und Karavellen. Auf dem Pergament befand sich unterhalb der Landkarte ein Schlüssel in der Handschrift meines Paten Dom Pedro Sebastião Garcia-Barretto. Er lautete wie folgt:

Am Kreuzweg der Jaguare in einer Entfernung von 32 Schritten die Aushöhlung aus Stein mit der großen Menge

Goldes im Westen des Mächtigen. Neben dem Markstein, der mehr gen Süden liegt, innerhalb des halb zerfressenen Felsens die beiden Schätze der großen Macht. An der Kopfseite des Steinhauses der goldene Ochse ohne Waffen und 45 Schritte weiter entfernt das Silberpferd, auf der rechten Seite aufgebrochen, voll von alten Münzen. Auf dem Scheitelpunkt der Sonne der schöne Mestizenschatz an Goldstücken. Auf dem Weg des unterirdischen Ganges der Steinburg der kupferne Eimer voll Gedenkmünzen und Diamanten. Im Turm der Befestigung die schwarze Tonschüssel des Königs, mit den Goldmonstranzen und den Diamantenkisten. Unter der Kanzel oder dem Thronsitz die Eisenskulptur eines Wildschweins mit einer Unzahl römischer Münzen. Unter dem Wegkreuz im Boden auf dem Wege zu dem inkrustierten Stein die zwölf goldenen Rüstungen und das silberne Götzenbild der Maurenkönige von Brasilien. Auf der Seite der Höhlen der Schmuck des schwarzen Bischofs mit den Diamantenkisten der roten Priesterin. Zu Füßen des Sperbernestes die Pförtnerin und die goldene Hundemeute, die aus Alcácer gekommen sind. 21 Schritte vom abgeflachten Felsen entfernt im schwarzen Sandbett die hölzerne Bretterwand und darunter die Höhle voller Silbermünzen mit dem Bildnis des Braunen. In der Mitte der beiden Burgen der Silberschatz, den das Kalb hütet: wenn ihr ihn haben wollt, rührt das Kalb nicht an! In der Nähe innerhalb des Silberleoparden liegen die Wertsachen des Schrecklichen. Neben dem Steinjaguar des Eingangs die Diamanten des Alten. Drei Schritt von den Brennesseln und vom Peranhos-Felsen entfernt der Eingang zum Steinkanal und zu den zwölf Goldsälen, der von Unbekannten ausgehoben wurde. Am Ende des Stollens, an der Quelle, der Nachlaß des Neugründers ganz aus Gold, unter dem Geröll, wenn die Sonne in der siebenten Stunde auf die Spitzen des Steins brennt. Acht Schritte von der starken Strömung entfernt die Statue der Maurin, riesengroß, aus Silber und Bronze, die eine Brust aus Rubin, die andere aus Smaragd, im Unterleib die Kisten mit gelbem Topas und Goldhaar: neben der Statue liegt ihr Gewicht in Diamanten. Neben dem Felsen mit den beiden Spitzen das Blut der toten Krieger. Die unterirdische Tür bewachend zwölf in Stein gemeißelte Männer, mit punischen Buchstaben an der Marmorleiste. Auf dem Absatz das Schwert mit dem silbernen Korb und dem Brillantengriff. Hört den Klang, es ist Garcia-Klang von den Barretos, die dort hingelangten! In der Oberstütze die Reichtümer der Renegatin unter dem dritten Bogen. Im Steinjoch die 7000 Golddublonen: im Zenit des Mittags scheint die Sonne in gerader Linie vom Spitzen Gebirge darauf. Verwahrt den Lageplan und erinnert euch an seinen Schlüssel, der in den Buchstaben und auf der Karte zu finden ist: drei auf der rechten Seite, drei auf der linken und der Jaguar in der Mitte, in der Herzmitte aller drei. Ist der Eingang einmal gefunden, so ist der Rest einfach: im ersten Saal der Steingrotte liegt die erste Silberurne und in ihr der gefleckte Jaguar aus Gold. In der zweiten ein silbernes Reh, das von einem riesigen Goldsperber mit diamantenen Flügeln bewacht wird. In der dritten der schwarze Jaguar aus Diamanten und Karfunkelstein, getragen von dem braunen Goldjaguar. Verwahrt das alles gut, denn die beiden Steingipfel bewahren das Gut des Schrecklichen. Mit dem Kreuzzeichen und dem heiligen Kristallstein beschworen. Amen!

Als mein Pate mir das alles gezeigt hatte, sagte ich, das alles scheine mir einen verborgenen Sinn zu haben, aber ich könne ihn nicht entziffern. Er erklärte mir, er habe den Schlüssel absichtlich dunkel abgefaßt, damit der Lageplan und der Schatz nicht in unrechte Hände fielen. Er sagte, er wolle mir, wenn der Augenblick gekommen sei, das Rätsel auflösen, und dann werde mir alles so klar sein, daß ich erstaunt sein würde, weshalb ich nicht sogleich darauf gekommen sei. All das hörte sich an wie eine Anspielung auf den Stein des Reiches und die beiden Zwillingsfelsen, die die Türme unserer Burg bildeten. Aber da mir mein Pate die Auslegung für später zugesagt hatte, gab ich mich damit für den Augenblick zufrieden, und wir kehrten nach Hause zurück. Die Jahre 1927, 1928 und 1929 gingen ins Land. Es begann das schlimme Jahr 1930, und wieder sah sich Dom Pedro Sebastião in die politischen Kämpfe von Paraíba verstrickt. Eines Tages im Jahr 1930 suchte ich meinen Paten auf und bat ihn um den Schlüssel zur Entzifferung des Lageplans, weil er doch bei den Kämpfen und den Hinterhalten, die ihm gelegt wurden, jeden Augenblick sterben könne und Sinésio das für ihn Wichtigste gar nicht erfahren würde. Er war einverstanden. Er ließ mich den Lageplan und die Landkarte holen und sah sie sich stundenlang an. Dann schaute er mich erschrocken an und erklärte, er habe die Entzifferung völlig vergessen. Ganz einfach vergessen! Was zuvor klar wie Wasser gewesen war, erschien ihm nun verworren und rätselhaft wie ein Labyrinth. Er sagte jedoch, ich solle nicht den Mut sinken lassen. Er werde sich anstrengen und mir, sobald es ihm eingefallen sei, alles mitteilen, damit ich als Schatzverwalter alles in die Hände seines jüngeren Sohnes Sinésio legen könne. So verging die Zeit, bis der schicksalhafte 24. August 1930 herankam. An diesem Tage teilte mir mein Pate am Morgen mit, er sei drauf und dran, alles zu entschlüsseln. Er sagte mir, er werde auf den Turm des Herrenhauses steigen und von dort mit dem fertigen Schlüssel zum Lageplan zurückkehren, denn er habe sein Erinnerungsvermögen wiedergefunden und werde nun alles zum guten Ende bringen. Er stieg auf den Turm, und das war das letzte Mal, daß ich ihn lebend erblickte: denn als wir zwei oder drei Stunden später auf seine Abwesenheit aufmerksam wurden, fanden wir ihn auf die allen bekannte Weise enthauptet. In seiner Nähe lagen die Karte und der letzte Teil des Lageplans, den ich Ihnen eben mitgeteilt habe. Niemand hat alledem Bedeutung beigemessen. Ich nahm die Papiere an mich, behielt sie, und deshalb habe ich sie jetzt hier.‹

Ich zeigte nun, Herr Richter, Dr. Pedro Gouveia, Clemens und Samuel die Landkarte und den Lageplan, beide befleckt mit dem Blute des Königs von Cariri. Alle drei waren tief betroffen. Schließlich sagte Dr. Pedro:

›Später hat Ihnen niemand mehr von dem Schatz gesprochen?‹

›Nein. Heute haben mich die Gesichte von Nazário und Pedro dem Blinden stark beeindruckt, weil alles darauf hindeutet, daß die Jaguargrotte, die sie gesehen haben, mit der Schatzgrotte identisch ist. Ob es sich nun um einen iberischen Schatz mit spanischen und portugiesischen Dublonen handelt, die Dom Sebastian mitgebracht hat – wie Samuel zu glauben scheint – oder um einen phönizischen Tapuia-Schatz, wie ihn Clemens gesehen hat, Tatsache ist, daß der Schatz existiert, und ich glaube, daß der Eingang zur Grotte sich am Stein des Reiches befindet. Mein Gedanke wäre also, daß ich, Sie, Clemens, Samuel, Bruder Simão, die Zigeuner und natürlich Sinésio eine Expedition in Form eines Zirkus auf die Beine bringen. Wir werden zum Stein des Reiches ziehen und Schritt für Schritt den Ortsangaben der vom alten Dom Sebastião Garcia-Barretto hinterlassenen Dokumente folgen. Es sind siebzig Meilen wüstenhafter Buschsteppe. Auf dem Wege werden Sie und ich die Landkarte und den Lageplan studieren und versuchen, den endgültigen Schlüssel für die rätselhafte Scharade zu finden, die der alte König nicht auflösen konnte; möglicherweise ist er deshalb ermordet worden. Denn eines sage ich Ihnen: der Schatz stellt den unglaublichsten Reichtum dar, der je einem Sterblichen zuteil geworden ist.‹

›Mit ihm könnten wir die Revolution unternehmen, die große brasilianische Revolution, von der ich mein Leben lang träume‹, sagte Clemens mit sehnsuchtverlorenem Blick.

›Brasilien könnte dadurch bedeutender werden als das Reich Philipps II., und wir könnten das von Antônio Vieira prophezeite Fünfte Reich verwirklichen‹, versetzte Samuel ebenso melancholisch wie sein Gesprächspartner.

›Nichts von alledem, meine Lieben‹, meinte da Dr. Pedro Gouveia, ein Mann der Praxis. ›Schatz bleibt Schatz: er hat keinen Herrn und gehört demjenigen, der ihn findet. Wenn wir den Schatz finden, gehört er uns, also Ihnen, mir und natürlich dem jungen Mann auf dem Schimmel. Sind Sie damit einverstanden?‹

›Selbstverständlich‹, riefen wir drei wie aus einem Munde und stellten abermals fest, wie geschickt dieser Mann war.

›Nun gut, dann sind wir also einig‹, sagte er, als ob er uns verabschiede. ›Morgen werden Sie mit Sinésio zusammentreffen. Sie werden sich in bezug auf den Orden und die Reise entscheiden, und so Gott will, wird alles zum guten Ende kommen.‹

Wir erhoben uns, Herr Richter, wir verabschiedeten uns und traten durch die Hintertür auf die Straße, wo Lino mich treulich erwartete. Er ging voran, und wir schlugen den Weg zum Marktplatz ein, wo sich Ereignisse von höchster Bedeutung abspielten.«

▌ EINUNDACHTZIGSTE FLUGSCHRIFT ▌
DAS LIED DER ALTEN VON BADALO ▌

»Als wir vor dem Stadthaus der Garcia-Barretto anlangten, hatte die Verwirrung eben ihren Höhepunkt erreicht. Wir mischten uns unter die Menschenmenge. Die Vorderfront des Hauses war völlig geschlossen; das Volk verharrte dort wartend in einer Atmosphäre ungewöhnlicher religiöser Spannung. Ich bemerkte sogleich, daß meine Halbbrüder die Hand im Spiel hatten, denn auf dem Gehsteig zu beiden Seiten des Portals stand je eine holzgeschnitzte Figur von Matias Quaderna, dem Bild- und Heiligenschnitzer. Die eine war ein riesiger Christustorso, aus einem einzigen Braúna-Stamm geschnitzt; Sternenblitze und Laubwerk krönten sein Haupt; die vier Gestalten hinter ihm sahen aus, als hätte er sie mit seinen Lenden erzeugt: ein Jaguar, ein Flügelstier, ein Engel und ein Sperber. Die zweite Figur war eine ebenfalls überlebensgroße Madonna mit einem Lederhut, mit zwölf Sternen auf dem Kopfe und mit den Füßen die Schlange zertretend; mit der einen Hand stützte sie sich auf einen Hirsch, mit der anderen auf einen Jaguar. An der Mauer hingen in der Nähe der gewaltigen Holzfiguren zwei

weitere Dinge, die mir die Anwesenheit meines Bruders Antônio Papacuia Quaderna anzeigten, des Pikkoloflötisten und
Fahnenmalers für die Prozessionen von Taperoá. Es waren
zwei auf Papier gemalte Vorlagen für die Fahnen der letzten
Prozessionen. Die erste stellte in der Mitte einen Baum dar, auf
dessen Zweigen man einige Jaguare sah; unter dem Baum saß
ein Viehhirt auf seinem Pferd, und ein anderer trieb einen Ochsen an. Die zweite stellte den gekreuzigten Christus dar. Christi
Leib war mit leuchtenden Wunden bedeckt, die ihn einem verwundeten Leoparden ähnlich erscheinen ließen; auf der rechten Seite sah man einen berittenen Viehtreiber, der noch die
Lanze festhielt, mit welcher er die Brust des Heilands durchbohrt hatte; auf der linken Seite des Kreuzes stand eine Gottesmutter, als Cangaceira gekleidet, die Brust von sieben langen Dolchen durchbohrt; ein riesiger Wachskerzen-Zweig hing
von den Kreuzesarmen herab und wirkte wie die Verlängerung
der Dornenkrone. Ein Regen von Blutstropfen fiel aus der
Höhe herab und bildete unten ein Meer aus rotem, schwarzem
und gelbem Blut. Meine Brüder Antônio, Silvino und Virgolino
– der Fiedel-, der Pikkoloflöten- und der Gitarrenspieler –
standen mitten unter der Menge mit anderen Musikanten, bereit für alles, was da kommen sollte. Einstweilen war das Volk
jedoch noch ziemlich ruhig, und ich beschloß, die Stimmung zu
erkunden. Als ich eine Bettlergruppe erblickte, die in einiger
Entfernung schweigend mitten in der erregten Menge beisam-
menstand, bat ich Lino, mich dorthin zu führen. Diese Bettler
wohnten nicht in der Stadt, sondern in Erdhöhlen und Felslöchern und erschienen nur an Markttagen im Ort. Sie trugen alle
lange schmutzige, geflickte Hemden, Hirtenstäbe und lange
graue Prophetenbärte, und unter ihnen ragte die Patriarchen-
gestalt des alten Misael Cascão hervor, ihres Anführers und
Königs, von dem ich immer meinte, er sei ohne Vater und
Mutter aus den Steinen und der braunen Sertão-Erde entsprungen. Obwohl er so unbemerkt wie möglich bleiben wollte,
war er doch eine stadtbekannte Figur und mit allen Ereignissen

zu sehr verbunden, um nicht aufzufallen. Als ich zu ihnen ging, an den Blindenstock geklammert, den Lino für mich improvisiert hatte, verursachte ich eine gewisse Sensation:

›Das ist doch Pedro Dinis Quaderna! Es ist der Prophet vom Stein des Reiches! Er hat auch die Ankunft unseres Erbprinzen vorausgesagt!‹ Dies waren die Sätze, die ich auffing, als ich auf die Bettlergruppe zuging.«

»Und das ist wahr, daß Sie all das vorausgesehen hatten, Dom Pedro Dinis Quaderna?« erkundigte sich der Richter.

»Um die Wahrheit zu sagen, Herr Richter, erwartete ich seit 1930 die Rückkehr meines Neffen und Vetters Sinésio und prophezeite sie alljährlich von neuem. An jenem Tage jedoch hatten die Leute all die Jahre vergessen, in denen meine Prophezeiung unerfüllt geblieben war, und entsannen sich nur noch an die letzte, die ich im ›Almanach von Cariri für das Jahr 1935‹ veröffentlicht hatte. Jedenfalls konnte ich mit einiger Mühe in die Nähe des alten Misael Cascão gelangen, und zwar gerade in dem Augenblick, in dem das Volk mit einigem Erstaunen die Ankunft von Samuel und Clemens bemerkte, die mit mir gekommen waren und immer noch ihre Festgewandung trugen, Talar und sonstigen Zubehör. Die Bettler saßen auf dem Gehsteig und bildeten einen Halbkreis; in seiner Mitte saß, ebenfalls auf dem Gehsteig, aber mit dem Rücken an die Wand des Hauses der Garcia-Barrettos gelehnt, die Alte von Badalo; ihr Gesicht war wie aus Bronze und Stein, von der Zeit verrunzelt und zernagt. Nun erst begriff ich, weshalb die Bettler mitten im Stimmengewirr des Marktes ein aufmerksames, gebanntes Schweigen wahrten. Die Alte murmelte nämlich seit Stunden, wie man mir sagte, seltsame Dinge, die man nur mit großer Schwierigkeit begreifen konnte. Was sie da murmelte, konnte ich aus dem, was nun folgte, erschließen. Denn sobald ich in die Runde trat, begann sie plötzlich zu singen. Ihre Stimme schien aus der Bronze und dem Stein ihres Körpers und Blutes zu tönen. Sie sang eines der alten, in Vergessenheit geratenen Lieder, die nur sie und Tante Filipa am Ort noch kannten.

Die Melodie dieses Liedes ging mir nie wieder aus dem Sinn,
Herr Richter, weil ich mich, sobald sie zu singen begann, daran
erinnerte, daß auch Tante Filipa zuweilen dieses Lied gesungen
hatte, um mich in den Schlaf zu wiegen. Es lautete so:

Unser Erbprinz hatte sich im
Lande Ungemach verirrt.
Und nun lost man um die Wette,
Wer zurück ihn holen wird.
Und der auserwählte Ritter
Ward des Weinens nimmer satt;
Geht landauf und geht landab,
Nie den Mut verloren hat.
Endlich traf er einen Mauren,
Der die Wache hielt am Strand:
— Sag mir deutlich, guter Maure,
Sag mir, ist dir wohl bekannt,
Ob ein Ritter, weiß gerüstet,
Hier an dir vorüberritt? —
— Freund, so teil mir erst die Zeichen
Dieses Ritters treulich mit! —
— Seine Waffen blinken weiß,
Und sein Pferd heißt Tremedal.
An der Spitze seiner Lanze
Flatterte als Kampffanal
Ein von seiner Braut gesticktes
Taschentuch im Königsstich. —
— Freundchen, höre, dieser Ritter
Hier im wüsten Land verblich,
Seine Füße in den Wellen,
Und sein Leichnam auf dem Strand.
Sieben Wunden auf der Brust man
Tödlicher als tödlich fand:
Durch die eine dringt die Sonne,
Durch die andre scheint der Mond,

In der allerkleinsten aber
Ein beschwingter Sperber wohnt.
– Dieser Maure hat gelogen,
Dieser Maure will betrügen:
Unser Erbprinz muß verzaubert
In dem Lande Unbill liegen;
Eines Tags auf schnellem Rosse
Wird er wieder zu uns fliegen.

Als die Alte von Badalo diese halb ritterliche, halb prophetische Romanze beendet hatte – die sogar schon eine Anspielung auf den Namen von Sinésios Pferd enthielt –, bemerkte mich ein Mann in der Volksmenge und rief mir zu:

›Quaderna, ist es richtig, daß der junge Mann auf dem Schimmel gekommen ist, um den Krieg um das Reich zu beginnen? Ist er wirklich unser Erbprinz Dom Sinésio Sebastian der Strahlende, der wiedergekommen ist, um unser aller Glück zu machen?‹

›Ich weiß es nicht‹, erwiderte ich mit der düsteren Stimme, die mir meine Blindheit verlieh. ›Wie soll ich das wissen, da ich doch blind bin? Am Nachmittag waren meine Augen noch gesund, als ich neben der Straße von Campina auf einem Felsen saß. Da war ich kerngesund, und mein Augenlicht war so klar wie eh und je. Plötzlich zog auf der Straße ein Trupp von Reitern und Wagen vorüber, der den Jüngling auf dem Schimmel begleitete: da stießen zwei Sperber aus der Sonne herab und blendeten mich. Jetzt bin ich ein Blinder, der einen Blindenführer braucht.‹

›Gott helfe mir! Ave Maria, Gottesmutter, steh mir bei!‹ rief die gleiche Stimme. ›Ich sehe schon, der junge Mann auf dem Schimmel ist wirklich unser Erbprinz. Seht ihr nun, was ich euch gesagt habe? Ist es wahr oder nicht? Wo ist der Blinde, der eben noch hier gestanden hat?‹

›Welcher Blinde? Pedro der Blinde?‹ fragten einige Stimmen.

›Nein, der andere, der später kam und hier bei uns stand.‹

›Man sagt, er ist durch ein Wunder von seiner Blindheit geheilt worden‹, erklärte eine andere Stimme. ›Als man auf den jungen Mann auf dem Schimmel geschossen hat, heißt es, ist der Blinde in die Nähe unseres Erbprinzen gekommen, hat seine Kleidung angerührt und sein Augenlicht zurückerhalten.‹

›Dann ist er in der gleichen Stunde geheilt worden, in der ich erblindet bin!‹ rief ich erstaunt.

›Herr Jesus! Mutter Gottes!‹ rief die gleiche Stimme. ›Ich glaube, deshalb ist der Blinde hier geheilt worden. Es gibt immer die gleiche Anzahl von Blinden auf der Welt. Da unser Blinder geheilt worden ist, weil er das Gewand des Erbprinzen berührt hat, ist Quaderna an seiner Stelle erblindet.‹

›O mein Gott!‹ schrie da eine noch junge Frau, eine Nichte der Alten von Badalo, die ebenso verrückt war wie sie, und ließ sich rücklings zu Boden fallen; sie wand sich, und vor ihren Mund trat Schaum, als ob sie von einem tollwütigen Hund gebissen worden wäre.

›Herr Jesus! Mutter Gottes!‹ rief da die Menge, angerührt von dem Funken, von dem Blitzstrahl, der sie in solchen Augenblicken immer überfällt.

Unter den Sertão-Bewohnern, Herr Richter, standen, wie ich Ihnen vorhin erzählt habe, Fiedelspieler, Pikkoloflötisten und Trommler, die alle zur Kavalkade gekommen waren und nun dort vereint waren, als ob sie sich mit meinen Brüdern verabredet hätten. Gleich bei unserer Ankunft hatten, wie Samuel berichtete, einige Leute in seiner Nähe begonnen, ›barbarische Weisen zu spielen und zu singen, bei denen sich einem das Haar sträubte, die einen ohne Worte, die anderen mit rätselhaft-sinnlosen Worten, die im Blut der wahnbesessenen Sertão-Bewohner zu leben scheinen‹. Eine dieser Weisen kannte ich gut, sie hieß ›Das Winseln des Hundes‹, sie wurde von Fiedeln und Pikkoloflöten gespielt und von Trommelwirbeln begleitet. Plötzlich rief Lino Pedra-Verde, erregt vom geheiligten Wein vom Stein des Reiches und seiner Droge, dem Volke zu:

›Leute, wir wollen die heilige Hymne vom Stein des Reiches singen!‹ und dann stimmte er auf eigene Faust mit der näselnden, rauhen Stimme der Volkssänger die Weise an. Außer meinen Brüdern standen auf dem Marktplatz verschiedene Musikanten umher, die zu unserem Ritterorden vom Stein des Reiches gehörten. Sie kannten die Hymne genau und begannen alsbald Lino Pedra-Verdes Gesang auf ihren Instrumenten zu begleiten.«

»Eine Kleinigkeit, Dom Pedro Dinis Quaderna!« unterbrach mich der Richter erneut. »Haben Sie mitgesungen?«

»Nein. Ich war niemals so unvorsichtig, etwas Derartiges in der Öffentlichkeit zu tun.«

»Und warum?«

»In erster Linie aus Schüchternheit und dann, um von den Behörden nicht mißverstanden zu werden. Denn, das wiederhole ich Ew. Ehren noch einmal, meine monarchische Politik vom Stein des Reiches war immer ganz friedlich und harmlos. Wie gesagt, da begannen die unzähligen Ritter vom Stein des Reiches, die dort in der Menschenmenge umherstanden, in Lumpen, aber adlig, alle zu singen und wiederholten mehrmals die beiden Strophen unserer Hymne, so daß bald das ganze Volk ebenfalls mitsang.«

»Protokollieren Sie das, Dona Margarida, daß unser Dom Pedro Dinis Quaderna zugibt, daß seine Anhänger im Jahre 1935 bereits zahllos waren und am Tage der Ankunft des Jünglings auf dem Schimmel das ganze Volk die sogenannte Hymne vom Stein des Reiches sang.«

Margarida protokollierte auch diese weitere kompromittierende Tatsache, die mir entschlüpft war, edle Herren und schöne Damen! Als sie fertig geschrieben hatte, drehte sich der Richter erneut zu mir um und sprach:

»Und nun wiederholen Sie hübsch langsam, damit Dona Margarida mitschreiben kann, die Worte der Hymne vom Stein des Reiches!«

»Nichts einfacher als das, Herr Richter«, sagte ich. »Es ist so einfach, weil ich noch in diesem Augenblick, drei Jahre danach, das Gesicht von Lino Pedra-Verde vor mir sehe, wie er in jener Nacht die Hymne sang.«

»Sie sehen?« staunte der Richter. »Waren Sie denn nicht blind? Im übrigen habe ich in dieser Hinsicht mehrfach Widersprüche in Ihren Worten bemerkt und sie nur deshalb durchgehen lassen, weil ich sie alle in der Untersuchung aufgezeichnet und dokumentiert sehen wollte. Sie haben nicht nur verschiedene Dinge in Adalberto Couras Zimmer *gesehen*, sondern auch die Figuren und Malereien Ihrer Brüder und die Bettlergruppe auf der Gasse, die um die Alte von Badalo versammelt war.«

»Ja, das ist wahr, das läßt sich nicht abstreiten«, erwiderte ich stotternd. »Aber Ew. Ehren dürfen nicht vergessen, daß meine Blindheit sich sogleich als ganz besondere Blindheit entpuppt hat, die von der Vorsehung nur zu dem einen Zweck geschaffen worden ist, den Genius des brasilianischen Volkes beim Vergleich mit Homer zu begünstigen. Außerdem habe ich mich nur eines Bildes bedient; genau wie Samuel davon spricht, daß er moralisch von der Verleumdung ermordet wurde, habe ich in jenem Augenblick alles mit den Augen der Seele gesehen. Aber ich will fortfahren: Lino Pedra-Verde sang mit der trunkenen Miene, die ihm der geheiligte Wein verliehen hatte:

Der Jaguar zieht seine Bahn.
Die Grotte ward des Schlauen Nest.
Daß Wachsamkeit ihn nie verläßt,
Kündet er uns mit Fauchen an.
Die Kerker werden aufgetan.
Und sicher ist: das wilde Schwein
Muß fliehen in die Wüstenein,
Und brüllend wird der Jaguar
Den retten, der geschunden war,
Den Prinzen, der verhüllt, befrein.

Der Jaguar macht sich bereit,
Geht fauchend auf die Wildschweinjagd.
Im Nu hat er es umgebracht,
Weil unser Fürst ihm Hilfe leiht.
Der König lebt in Ewigkeit,
Er wirkt in seinem Sohne nach.
Und tief bohrt sich der Sporn der Schmach
In unsers Reiches Silberstein
Und in das Blut aus Scharlach ein:
Lang hallt der Ruf nach Rache nach!

ZWEIUNDACHTZIGSTE FLUGSCHRIFT
DIE SUCHE NACH DEM HEILIGEN GRAL

»Als Lino und die anderen Ritter vom Stein des Reiches diese Hymne zum vierten oder fünften Mal sangen, Herr Richter, begann die Menschenmenge, als ob ein Hauch geheiligten Wahnsinns über sie gekommen wäre, die Strophen zu wiederholen, wobei sie die Worte zum Gottserbarmen vertauschte und verstümmelte. Es war so eindrucksvoll, daß selbst ich zu erschauern begann. Aber Samuel und Clemens, diese Ungläubigen, blieben kalt, obwohl doch der Tempelorden von St. Sebastian kurz zuvor ihre Seele aufgewühlt hatte. Samuel nutzte einen Augenblick, in dem Lino erschöpft mit dem Gesang innehielt, um ihn zu befragen:

›Lino, was ist denn das für ein hanebüchener Unsinn? Was heißt denn Land der Unbill, was heißt Jaguar, was heißt Wildschwein, was Prinz, was Sporen? Was ist das für eine höllische Konfusion?‹

›Wissen Sie wirklich nicht, was das zu bedeuten hat?‹ fragte Lino zurück, erschrocken darüber, daß es auf der Welt Leute geben konnte, die über so wichtige und eindeutige Dinge nicht Bescheid wußten. ›Tja, Dr. Samuel, da muß ich mich doch wundern, daß Sie, ein so philanthropischer und liturgischer Mann, wie unser Meister João Melquíades sagt, ein gebildeter

Mann, der nahen Umgang hat mit unserem Dom Pedro Dinis Quaderna, die Geschichte mit unserem Prinzen auf dem Schimmel noch nicht verstanden haben, so wie sie sich von Anfang an abgespielt hat. Quaderna ist ein monarchischer, prophetischer und astrologischer Mann und kann Ihnen sehr gut erklären, daß unser Knappe vom geheiligten Stein derselbe ist wie der Prinz vom Banner des Heiligen Geistes und vom Stein des Reiches im Sertão. Ich selber habe die Herrschaften eben noch darüber reden hören, und deshalb wundert es mich, daß Sie immer noch über vieles staunen können. Unser Erbprinz ist zu Olims Zeiten im Rodeador-Gebirge erschienen. Er war verborgen im Haus des Steins, im unterirdischen Gewölbe, von wo aus die Heilige geredet hat. Der Name unseres Prinzen schwankt; bald heißt er Dom Sebastian, bald St. Sebastian, je nach Bedarf. Dort auf dem Rodeador-Gebirge haben sie unseren Prinzen umgebracht und seinen Propheten Silvestre José dos Santos dazu, den Ehemann der Heiligen, auch Meister Quiou der Entsandte genannt. Der Prophet saß auf seinem Fuchs und der Erbprinz auf seinem Schimmel. Aber der Fürst ist wiederauferstanden und abermals am Stein des Reiches von Pajeú erschienen, unterstützt von den vier Königen, den Urgroßvätern unseres gegenwärtigen Königs und Propheten, Dom Pedro Dinis Quaderna. Es gibt Leute, die reden nur von drei Königen, aber ich weiß aus sicherer Quelle, daß es vier gewesen sind: Dom Johann I., auch genannt Dom Johann Anton; Dom Peter I. oder Dom Peter Anton; Dom Johann II. oder Dom Johann Ferreira-Quaderna, verheiratet mit Prinzessin Isabela; und Dom Sebastião Barbosa; das war König Sebastian in eigener Person, der im Stein verhüllt und verborgen war wie immer.‹

›Wie denn das, Lino?‹ unterbrach ich ihn, denn dieser vierte König war auch für mich eine Neuigkeit. ›Es gab noch einen vierten König namens Sebastião Barbosa am Stein des Reiches?‹

›Jawohl, den gab es. Das ist ganz sicher, denn Major Optato

Gueiros von der Polizei von Pernambuco hat seine Bekanntschaft gemacht. Auf sein Wort ist Verlaß, auch wenn ich nur ein
Ignorant bin und verglichen mit Eurer Herrlichkeit ein Lurch,
der die drei Sterne des Skorpions betrachtet. Aber ob ich nun
unwissend bin oder nicht, auch ich habe philanthropische Studien hinter mir, die ich mit João Melquíades getrieben habe und
mit meinem Gefährten in der Dichtkunst, unserem Dom Pedro
Dinis Quaderna dem Entzifferer. Ich habe den ‚Ewigen Mondkalender‘ und den ‚Chernoviz‘ gelesen und kenne auch das Ta-
rockspiel, mit dem man das Schicksal voraussagen kann; ich
kenne also recht geheimnisvolle, tüftelige Dinge, mit denen
sich etwas anfangen läßt. Zum Beispiel weiß ich aus sicherer
Quelle, daß sie am Stein des Reiches von neuem unseren Prinzen getötet haben, der im Heiligtum eingesperrt und durch
Zauber verborgen war. Das Flugblatt, das unser Quaderna
über den Fall publiziert hat, klärt alles auf: diesmal waren es die
Pereiras, die Familie von Sinhô Pereira. Ich weiß nicht, ob Eure
Herrlichkeiten Sinhô Pereira gekannt haben, aber Quaderna
und ich haben ihn gekannt: es war ein Mann aus einer angesehenen Familie, ein starker Mann, tapfer wie ein Jaguar und so
wild wie eine Schlange. Sein Name war ein geheiligter Name,
denn er hieß Dom Sebastião Pereira. Deshalb haben die Pereiras, auf die Kraft seines Namens gestützt, vermocht, die vier
Kaiser vom Stein des Reiches zu besiegen. Und wissen Sie, wer
Sinhô Pereiras Vater war? Das war der Baron von Pajeú! Der
Baron hatte eheliche Söhne wie Sinhô und einen Hurensohn,
den er mit einer Zigeunerin gezeugt hatte, den Zigeuner Pereira. Dieser Haufen Leute hat am Stein des Reiches einen
Mordsskandal veranstaltet. Sie haben die verzauberten Türme
entweiht und, ‚um das Blut zu besiegen, die Erde mit Blut ge-
düngt‘. – Das Blut blieb rot und tränkte den Staub und wurde
von der Sonne verbrannt. Dort ist unser Prinz erneut gestorben.
Aber er ist abermals wiederauferstanden, im Imperium vom
Schönen Berge von Canudos im Jahre 1897 zur Zeit der Herrschaft unseres Dom Pedro III., bekannter als Pedro Justino

Quaderna, dem Vater unseres Dom Pedro IV. Deshalb hat unser heiliger Conselheiro auf dem Schönen Berge von Canudos gesagt: ‚Wer wüßte nicht, daß der würdige Fürst, Herr Dom Pedro III., legitim von Gott verliehene Macht besitzt, um Brasilien zu regieren?‘ Die Leute glaubten, er rede von dem Sohn von Dom Pedro II., aber wie konnte das zugehen, wo Dom Pedro II. doch keine Söhne hatte? Es ist klar: Conselheiro hat von unserem Dom Pedro Justino Quaderna gesprochen, denn im Reich gehen die Dinge immer so zu: da sitzt ein brauner König auf seinem Fuchs und dient als Prophet und Postament für den Erbprinzen vom Schimmel. Tatsache ist, daß dort in Canudos dieser vermaledeite Krieg war, dieses Troja, bei dem die ganze Polizei und das Heer aller Türkenreiche der Welt gegen das geheiligte Imperium vom Schönen Berge kämpften. Um abzulenken, haben sie gesagt, sie hätten nur Wut im Bauch gegen die Leute, die im Kriege kämpften. Aber das war Lüge. Diese Kruzitürken kämpften nicht gegen Conselheiro, nicht gegen Pajeú, nicht gegen Pedrão und nicht gegen Major Sariema, auch nicht gegen irgendeinen der Anführer von Canudos. Dieser ganze Krieg brach aus, weil die Türkenregierung vor unserem Erbprinzen, dem Erbprinzen des Volkes, Angst hatte. Jawohl, denn er war dort wie immer im Heiligtum eingesperrt. Die Außenstehenden sahen in ihrer Blindheit nur den, der sich blicken ließ, den Enthüllten, unseren heiligen Pilger Antônio Conselheiro. Aber hier steht unser Quaderna, der Urenkel der Kaiser vom Stein des Reiches, der viel besser darüber Bescheid weiß als ich. Conselheiro hat nur die Befehle des Erbprinzen ausgeführt, der verborgen und verhüllt im Heiligtum leben mußte, hinter einem Schleier, den Sonne, Mond und Sterne stickten. Da ahnten die Gegner die Gefahr und schickten einen Herodes dorthin, den Halsabschneider, der Kaiser von Rom gewesen war, den Obersten Moreira César, den gleichen Cäsar, der Befehl gegeben hatte, daß die Jaguare die Christen im Zirkus von Rom auffressen sollten. In seinem Rom hatte er auch St. Sebastian töten lassen. Da sieht man dann den Grund für ihre Angst:

St. Sebastian ist nämlich St. Georg selber, der auf einem Schimmel reitet und den Drachen tötet, und das ist der gleiche Dom Sebastian, der den braunen Jaguar und das weiße Schwein umbringt, das aus dem Ausland kommt. Und das wiederum ist Dom Pedro Sebastião, der Vater von Dom Sinésio Sebastião, der enthauptet worden ist. Sie alle sind nur eine einzige Person, der Jaguar der Auferstehung. Und deshalb hat am Stein des Reiches unser König Dom Johann Ferreira-Quaderna gelehrt, daß man außer den Frauen und den Kindern auch die Hunde köpfen müsse, weil sie dann unter dem Befehl des Jaguars wiederauferstehen würden, um mit den Unterdrückern des Volkes aufzuräumen. Da hat die Regierung erraten, daß unser Prinz abermals am Leben war, und sie haben Oberst César, den Kaiser von Rom, hergeschickt, um den Krieg des Reiches zu beenden, den das Sertão-Volk schon im Begriff war zu gewinnen, indem es das ganze vornehme Gesocks in die Pfanne haute. Sicher ist, daß sie hier von neuem unseren Prinzen getötet haben. Aber dann waren wieder wir an der Reihe, wir und das alte Cariri der Steinhölle. Und es erschien unser alter König, Dom Pedro Sebastião, und er ließ unseren Dom Pedro III. bei sich wohnen. Und Dom Pedro Justino heiratete Dona Maria Sulpícia, und da kam unser Dinis auf die Welt, unser Dom Pedro IV. Und alles wartet auf die Geburt des Erbprinzen, denn wie Dom Pedro III. im ‚Almanach von Cariri‘ erklärt hatte, war Dom Pedro Sebastião Garcia-Barretto Dom Sebastian vom Stein des Reiches in Person, es war derselbe, der das Wildschwein in Afrika tötete, um den Jaguar zu befreien. Zunächst kam unser erster Fürst auf die Welt, Arésio, der gegen das Volk war. Da mußte dann der alte König andere Frauen schwängern, um zu sehen, ob der Ersehnte nicht doch auf die Welt käme. Er schwängerte Maria Allewelt, und da kam der wiederauferstandene Silvestre zur Welt, Meister Quiou der Gesandte, der Prophet aus dem Rodeador-Gebirge. Da heiratete Dom Pedro Sebastião Joana, die Tochter von Dom Pedro III., weil unser Erbprinz das Blut der Familie Quaderna vom Stein des Reiches ha-

ben mußte. All das ist im ‚Almanach‘ nach und nach erklärt
worden. Und gegen 1910 kam unser Erbprinz auf die Welt,
kam aus der Sonne, auf einem Flügelpferd und von einem Kometen getragen. Das war endlich unser Dom Sinésio Sebastião,
der Sohn von St. Sebastian – der Heilige auf dem Schimmel.
Und da begann erneut das Ungewitter vom Krieg des Reiches.
Zuerst im Jahre 1912 mit dem ‚Zwölfer-Krieg‘ und unserem
König Dom Pedro Sebastião, der auf einem Fuchs ritt, mit dem
Neger Vicente, mit Herrn Hino, Germano, Severino ‚Mütter-
chen‘ und der ganzen Cangaceiro-Mischpoke. Und es kam der
Krieg des hl. Paters von Juàzeiro im Jahre 1913 und der Krieg
der Expedition im Jahre 1926, mit Luís Carlos Prestes und der
Leibwache der Zwölf, die aus dem anderen Krieg übriggeblieben war. Und dann folgte 1930 der Dreißiger-Krieg, der ‚Krieg
um Princesa‘, und die Regierung witterte von neuem die Gefahr. Sie wußte, daß das Volk hinter dem Fuchs des Königs und
dem Schimmel des Prinzen am Ende den Streit gewinnen würde. Und um das zu verhindern, haben sie unseren König Dom
Pedro Sebastião vom Scharfrichter von Rom aus Canudos, diesem Unglücksmenschen, enthaupten lassen. Am gleichen Tage
haben sie seinen Sohn, den heiligen makellosen Jüngling, den
Volksfürsten, entführt. Sie begruben den Unglücklichen mit
einer langen Kette am Fuß in der fernen Türkei am Ende der
Welt, drei Tagereisen in Richtung Hurenhölle. Dort haben sie
in einem Loch unter der Erde den Prinzen Hungers sterben lassen, um zu sehen, ob er so ein für allemal begraben würde und
nie wieder auferstünde. Und er ist wirklich gestorben, der Ärmste, an Hunger und Verzweiflung, ohne Vater, ohne Mutter,
ohne jemanden, der strafend für ihn eingetreten wäre: Mißhandlungen und Schuftereien erduldend, ohne einen Fluch
über seine Lippen zu bringen gegen diese schurkischen Menschen. Aber die ganze Gemeinheit hat nichts gefruchtet: denn
sobald die Frist von einem Jahr und einem Tag verstrichen war,
ist unser Prinz auferstanden und wieder erschienen, und Bruder
Simão hat ihn auf der Landstraße gefunden. Er war in eine

weiße Tunika gekleidet, und ein Strick diente ihm als Gürtel, und er trug zwei Blumen in der Hand, eine gelbe Ipe-Blüte und eine rote Korallenblume: Gold und Blut! Er hatte das Gedächtnis verloren, weil er so viel gelitten hatte, aber Bruder Simão und Dr. Pedro haben ihm alles wieder beigebracht. Er hat den Schimmel bestiegen und ist nach Cariri zurückgekehrt, um das Glück des Sertão-Volkes zu machen. Wie ist er erschienen, wie ist er von neuem aus der Erde herausgekommen? Niemand weiß das. Man weiß nur, daß er erschienen ist und heute hier Einzug gehalten hat, weil Dom Sinésio der Strahlende, der Prinz vom Banner des Heiligen Geistes, der Sohn von Sankt Sebastian, König von Brasilien und vom Stein des Sertão-Reiches ist.‹

Als Lino Pedra-Verde diese meisterhafte Erzählung beendet hatte, Herr Richter, standen seine Augen voller Tränen. Ich glaubte, Clemens und Samuel, diese hartgesottenen Sünder, würden sich erweichen lassen und endlich ihr unfrommes Leben aufgeben und sich zu unserem heiligen sertão-katholischen Glauben bekehren! Aber von wegen! Sie blieben so verhärtet und ablehnend wie eh und je, zweifelten an allem, was heilig ist, und, was noch schlimmer ist, sie versuchten die Ankunft Sinésios und der ihn begleitenden Ritter als subversive Bewegung in ihrem Sinne zu deuten. Samuel rückte gleich mit seinen rechten Voreingenommenheiten gegen den Sertão heraus. Er sagte:

›Sehen Sie, Lino, was Sie da gesagt haben, ist so schrecklich konfus, wie es nur in dem Kopf eines Sertão-Volksbarden aussehen kann, der von Quaderna unterrichtet worden ist. Ich leugne nicht, daß ich in gewisser Weise mit dem, was Sie da sagen, sympathisiere, aber man muß das fein säuberlich erläutern, sonst ist das Ergebnis verheerend. Beispielsweise einen katholisch-ritterlichen Kreuzfahrerkönig wie Dom Sebastian mit den Sertão-Barbareien vom Stein des Reiches und von Canudos in einen Topf zu werfen, müßte uns eigentlich die Verfassung verbieten. Der Sebastianismus, Lino, ist die schönste Blüte der lateinischen Rasse. Er war die schönste Frucht Portugals und allem überlegen, was Spanien in dieser Hinsicht hervorgebracht hat, denn Dom Sebastian war ein Mensch, der wirklich existiert hat und zum Mythos geworden ist; während das Äußerste, was Spanien in dieser Hinsicht erreicht hat, eine rein literarische Schöpfung gewesen ist. Und sie war noch dazu unecht, weil sie nicht aus dem Traum des Rittertums hervorgegangen ist, sondern aus dem Spott, aus dem ,phantastischen Karneval des Rittertums‘, wie Tobias Barretto in einem seiner wenigen lichten Augenblicke sagte. Und noch etwas, Lino: verwechseln Sie doch nicht Sankt Sebastian, den Heiligen, der in Rom gestorben ist, mit Dom Sebastian, dem König von Portugal, der in Afrika in der Schlacht von Alcácer-Quibir verstarb. Sankt Sebastian war eine Figur, und Dom Sebastian war eine andere.‹

›Ich weiß nicht, Doktor, ich weiß wirklich nicht‹, sagte Lino mit skeptischer Miene und kratzte sich am Kopf, weil er einem Manne mit akademischer Bildung wie Samuel gegenüber eine abweichende Meinung vertreten mußte. ›Aber da Sie ja ein berühmter Mann sind, mag es sogar sein, daß Sie recht haben. Aber eines will ich Ihnen sagen, Dr. Samuel: sehen Sie sich vor, denn alle diese Dinge sind sehr geheimnisvoll! Meinen Sie nicht, daß Sie alle Rätsel lösen könnten, mit einem einzigen Federstrich lösen könnten, nur weil Sie gebildet sind! O nein! Unsereins redet vom Hörensagen über diese Dinge, aber Tatsache ist, daß der strahlende Prinz und der Krieg um das Sertão-Reich sehr ernsthafte Dinge sind, Doktor! Sie haben von Sankt Sebastian geredet, nicht wahr? Dann sagen Sie mir doch eins: was wissen Sie von seinem Tod? Ich will hier nicht etwas vom Hörensagen, ich will etwas mit Brief und Siegel, etwas Liturgisches und Ernsthaftes, was man aus den Büchern lernen kann. Wie ist Sankt Sebastian gestorben?‹

›Sehen Sie, Lino‹, erwiderte Samuel zögernd, ›es ist sehr schwierig, über ein Thema wie dieses nur ernsthafte, aus Büchern erlernte Dinge zu sagen. Für mich jedoch, der an Traum und Legende glaubt, für mich, den letzten Edelmann dieses prosaischen Vaterlandes, sind Legende und Wirklichkeit ein und dasselbe. So kann ich Ihnen sagen, daß es der Kaiser war, der Sankt Sebastian mit Pfeilen durchbohren ließ.‹

›Der Kaiser?‹ rief Lino und riß die Augen sperrangelweit auf. ›Was, das war der Kaiser? Welcher Kaiser? Cäsar?‹

›Na schön, man kann ebensogut Cäsar sagen wie Kaiser.‹

›Also das kommt auf das gleiche heraus? Und warum machen Sie sich dann über mich her und behaupten, alles, was ich sage, sei falsch? Hat dieser Kaiser nicht in Rom gewohnt? Hieß er nicht Moreira César? War er nicht Oberst des Heeres? War er nicht befreundet mit dem Marschall Floriano Peixoto? Hat er nicht geschworen, er werde dem Prinzen auf dem Schimmel in Canudos den Kopf abschneiden?‹

›Lino, alles, was recht ist, Canudos war etwas ganz anderes! Der Tod von Sankt Sebastian hat sich in Rom zugetragen und geschah vor sehr langer Zeit.‹

›Dr. Samuel, alles, was recht ist, aber so haben wir nicht gewettet. So nicht, denn das Troja Conselheiros war ebenfalls vor langer Zeit, und ob nun Rom oder Canudos, das ist alles einerlei, alles war ein einziges Troja, unser Dom Pedro Dinis Quaderna kann das bestätigen. Alles steht schwarz auf weiß im Flugblatt von Jota Sara geschrieben. Und außerdem: haben Sie nicht eben gesagt, daß Sankt Sebastian mit Pfeilschüssen getötet worden ist?‹

›Ja, sie haben ihn mit Pfeilen getötet, aber es heißt, daß er nicht an diesen Pfeilschüssen gestorben ist. Sie ließen ihn für tot im Walde liegen, aber er überlebte und wurde von heiligen Frauen aufgefunden, die ihn nach Byblos brachten und seinen Leib salbten und das Blut seiner Wunden zum Gerinnen brachten, so daß er mit dem Leben davonkam.‹

›Na, sehn Sie wohl!‹ rief Lino mit Siegermiene. ›Und Sie wollen noch daran zweifeln. Sie wollten Sankt Sebastian töten, aber er kam mit dem Leben davon und ist auferstanden. Und wer das sagt, bin nicht etwa ich, sondern Sie selbst, ein gebildeter, bekannter Mann. Also ist es bewiesen: Oberst Moreira César, der Kaiser von Rom, Marschall Floriano Peixoto und General Deodoro da Fonseca wollten Sankt Sebastian töten, aber er entkam, und all das begab sich in Canudos, diesem Troja. Sie haben gesagt, sie ließen ihn für tot zurück, aber in Wirklichkeit war er lebendig. Das ist klar, und ich verstehe sogar, daß Sie es so sehen müssen: Sie sind ein gebildeter Mann und schämen sich, gewisse Dinge glauben zu müssen. Aber ich, ein Ignorant, habe ein Recht darauf, mich nicht zu schämen, wenn ich die Wahrheit glaube. Deshalb sage ich Ihnen: als die Frauen Sankt Sebastian fanden, war er wirklich gestorben – tot, gesalbt und geweiht. Aber freilich, wenn der Prinz vom Schimmel wieder zum Leben ersteht, dann ist das Unsinn: die Regierung hat dabei mitgeholfen, deshalb konnte er wiederauferstehen. Aber sagen Sie mir noch eines, Dr. Samuel: nachdem Sankt Sebastian an den Pfeilschüssen verstorben war und wiederauferstand, blieb er da für immer am Leben oder ist er erneut gestorben?‹

›Sehen Sie, Lino, was ich dazu sagen kann, habe ich im Meßbuch gelesen: der Kaiser ließ ihn in Byblos erneut verhaften. Man riß ihn aus dem Arm der heiligen Frauen und erschlug ihn mit Knüppeln. Die Frauen legten ihn weinend auf einen Katafalk aus Ebenholz und Gold, und so wurde er begraben.‹

›Ich weiß nicht, Dr. Samuel, ich weiß nicht‹, sagte Lino mit der gleichen Zweiflermiene. ›Aber wenn Sie dafür gradstehen, wenn Sie das im Meßbuch gelesen haben, muß es ja wohl wahr sein. Dieser Herr Meßbuch muß ja wohl eine heilige und liturgische Person sein. Aber ich bekenne Ihnen, daß ich ganz andere Informationen habe, und sie stammen von Personen, die ebenso philanthropisch sind wie Sie und Ihr Herr Meßbuch. Sind Sie ganz sicher, daß der Sarg, in dem sie den Heiligen begraben haben, aus Gold gewesen ist? Ich habe sagen hören, er war aus Stein, und Sankt Sebastian wurde deshalb in den beiden Steintürmen der Kathedrale vom Stein des Reiches im Sertão von Pajeú beigesetzt. Aber erzählen Sie mir noch ein bißchen von dieser Geschichte! Sagen Sie mir eines: gab es nicht vor diesem Tod durch Pfeilschüsse für Sankt Sebastian einige wilde Stürme und gewaltigen Kriegslärm in Afrika? Gab es nicht eine Schlacht gegen die Türken? Und war Sankt Sebastian nicht bei der Schlacht dabei und ritt auf dem Schimmel des heiligen Georg?‹

›Um Gottes willen, Lino, so hören Sie doch!‹ sagte Samuel ziemlich ungeduldig. ›Bei dieser Schlacht handelte es sich um Dom Sebastian, den König von Portugal! Das ist jener König, der den Sitz der portugiesischen Monarchie nach Brasilien verlegen wollte.‹

›Also ist er es doch, Doktor! Ich habe es mir ja gleich gedacht. Sehen Sie wohl, Dinis? Sehen Sie, Professor Clemens? Er war es in Canudos, und er war es am Stein des Reiches, denn das am Stein des Reiches war eine Narrheit, eine ganz verrückte Monarchie mit Kriegen, Kronen und Chaos und allem Drum und Dran. Außerdem ist die Monarchie Brasiliens im Sertão begraben. Und deshalb habe ich gesagt: all das ist ein und dasselbe, es ist die Monarchie von Dom Sebastian, von Brasilien, vom Sertão, von Portugal, von Afrika und vom Imperium am Stein des Reiches. Sagen Sie mir etwas, Dr. Samuel: habe ich Sie nicht einmal sagen hören, daß Dom Sebastian in Afrika mit dem Maurenvolk der Zigeuner auf Tod und Leben gekämpft hat?‹

›Das mag stimmen, Lino.‹

›Und ritt er nicht auf einem Schimmel?‹

›Das tat er, denn man hatte ihm einen Schimmel abgetreten.‹

›Ach so, abgetreten? Wer hat ihn abgetreten? Wer war der Besitzer des Pferdes?‹

›Das war Jorge de Albuquerque, ein Edelmann von den Zuckermühlen, Herr und Graf von Pernambuco.‹

›Sehen Sie wohl, Dr. Samuel? Sie selber geben zu, daß der Besitzer des Schimmels Jorge hieß und in einer Zuckermühle wohnte, dort in der Gegend von Pajeú im Sertão von Pernambuco. Ich kann mich nur wundern, daß Sie, obwohl Sie alle diese Dinge wissen, noch immer zweifeln wollen. Ave Maria, das tut nur jemand, der in die Hölle kommen will. Es ist klar, Doktor, wer dem König den Schimmel gegeben hat, war der-

selbe Sankt Georg, der in Pajeú erschienen ist. Es ist Sankt Sebastian, der am Stein des Reiches erschienen ist, und es ist derselbe Dom Sebastian, der in jenem Troja, in jenem Afrika erschienen ist, das man Imperium von Canudos nennt.‹

›Nun, das wohl kaum, denn es gibt Leute, die behaupten,
daß Dom Sebastians Schimmel nicht Jorge de Albuquerque
Coelho gehörte, sondern Dom Antônio, dem Prior von Crato‹,
warf Clemens ein.

›Was sagen Sie da, Dr. Clemens?‹ rief Lino und machte ei-
nen Satz. ›Sie haben doch Dom Antônio gesagt, nicht wahr?
Und daß er aus Crato war, stimmt es? Hier aus Crato, im Sertão
von Ceará, in der Nähe von Juàzeiro von Pater Cícero? Sehen
Sie wohl, Dr. Samuel! Einer der Könige vom Stein des Reiches
hieß João Antônio und kehrte gegen Ende seiner Tage nach
Crato in den Sertão von Ceará zurück. Und wenn der besagte
Dom Antônio, der Dom Sebastian sein Pferd gab, Prior von
Crato war, dann sehen Sie wohl, daß er es war, der in Afrika in
der Schlacht stand – unser König vom Stein des Reiches, João
Antônio, der Prior von Crato. Und so ist es ganz bestimmt, weil
sie alle eine einzige Person gewesen sind – Dom Sebastião Bar-
bosa, St. Sebastian, Dom Antônio Galarraz, Dom João Quaderna, Dom Antônio Conselheiro, Dom Pedro I. – das ganze
heilige Kriegspersonal, die sieben Personen der allerheiligsten
Dreifaltigkeit. Dort in Afrika setzte es Hiebe, da waren die
Mauren gegen die Christen, da waren der Schimmel und die
Lanzen der Kavalkaden, und die blaue und die rote Partei . . .
Das war ein schlimmer Streit, und es wundert einen gar nicht,
daß der Prinz dann und wann seinen Namen gewechselt hat, um
die Polizei irrezuführen. Jedesmal wenn er auftritt, nimmt er
einen anderen Namen an, ganz wie es der Krieg um das Reich
erfordert. Er ist Dom Sebastian, er ist Dom Pedro, er ist Dom
Pedro Sebastião, er ist Dom Antônio Conselheiro, er ist Dom
Pedro Antônio, er ist Antônio Mariz, er ist Antônio Peri, er ist
Peri-val, er ist Parsival, er ist Antônio Gala-Foice, Antônio Galarraz, er ist Sinésio Sebastião, Sohn von Dom Pedro Sebastião,

und immer so weiter. Hat er nicht auch unseren König Silvestre Quiou im Rodeador-Gebirge fertiggemacht, Professor Clemens?‹

›Das war der Gouverneur Luís do Rego, der eine Division des königlichen Heeres aussandte, die von Marschall Luís Antônio Moscoso befehligt wurde. Ihr Chefadjudant war der Major Madureira.‹

›Davon habe ich gehört, davon habe ich gehört. Ich weiß aus sicherer Quelle, daß diese schurkischen Kerle, die das Königreich vom Stein des Reiches im Rodeador-Gebirge zerstört haben, dieselben gewesen sind, die Dom Pedro II. zum Teufel schickten, nämlich Marschall Floriano Moscoso und General Deodoro Madureira. Aber Tatsache ist, daß unser Silvestre über die Klinge springen mußte, dann aber in Goiana wiederauferstanden ist und dann von neuem unter dem Namen Dom Sebastião Barbosa am Stein des Reiches auftrat.‹

›Mein Himmel, was ist das für eine verteufelte Konfusion!‹ sagte Samuel seufzend. ›Der ist ja noch schlimmer als sein Lehrmeister Quaderna. Das mit Dom Sebastião Barbosa ist vollkommener Unsinn, Lino. Daß Sie von Dom Sebastians Anwesenheit am Stein des Reiches reden, mag noch hingehen. Aber daß Sie für ihn einen Familiennamen erfinden, als ob er ein Eselstreiber aus dem Sertão wäre, das tut mir in der Seele weh, denn es ist völliger Quatsch.‹

›Alles andere als Quatsch, Dr. Samuel! Sie müssen doch einsehen, daß Major Optato Gueiros ein bekannter Mann ist, ein Polizeimajor und ein Protestant, also ein seriöser Mann, unfähig zur Lüge. Er hat gegen Lampião gekämpft, er hat in Ceará gefochten, nahe bei dem Crato des Priors von Crato, dergestalt daß er in all diesen Trojas sehr bewandert ist. Und der Major schwört bei Kelch und Hostie, daß der Name des verhüllten Prinzen am Stein des Reiches Dom Sebastião Barbosa gelautet hat. Es ist klar, daß ich von dem verhüllten König im Heiligtum der Steine spreche, denn die Könige, die draußen erschienen sind, waren die Urgroßväter unseres Dom Pedro Dinis Quaderna. Und darüber brauchen Sie sich gar nicht zu wundern, denn so sind die Dinge nun einmal. Es ist so, wie ich es in einem Vers sagte, den ich einmal geschrieben habe:

> Alles wird mit C geschrieben:
> Wie Canudos Cebastião,
> Wie Cinésio Cilvestre
> Und wie Christus so Certão.
> Und der schlimme Tod der einen
> Ebnet anderen die Bahn.

Und deshalb‹, fuhr Lino fort, ›sage ich, daß alles ein und dieselbe Sache ist: denn wenn unser heiliger Antonius von Canudos gesagt hat, daß die Monarchie der Revolution und des Reichskriegs im Sertão entstehen werde, so geschah das, weil er schon wußte, daß Dom Sinésio Sebastião der Strahlende, der Sohn von Dom Sebastião dem Enthaupteten, der Prinz des Krieges hier in Cariri sein würde. Der Conselheiro, Doktor, war ein heiliger Mann, und deshalb hatte er auch Kraft, in Canudos Krieg bis aufs Messer zu führen.‹

›Das hat aber nicht verhindert, daß man mit ihm und seinem Sertão-Krieg kurzen Prozeß gemacht hat, Lino‹, meinte Clemens nachdenklich.

›Ich weiß nicht, Professor Clemens, ich weiß nicht‹, wiederholte Lino wie zuvor. › Sie sagen das so, aber hat die Regierung wirklich diesen Krieg zu Ende geführt? Das in Canudos war ein trojanischer Krieg, ein Wahnsinn! Kennen Sie die Verse, die mein Kollege Jota Sara über die Geschichte von Canudos gemacht hat?‹

›Nein, Lino.‹

›Es sind sehr wichtige Verse. Quaderna besitzt die Flugschrift, und ich habe sie auswendig gelernt, um sie auf den Märkten vorzusingen. Sie fängt so an:

> Leser, ist dir die Geschichte
> Conselheiros schon bekannt?

Einst auf diesen schlichten Büßer
Blickte alle Welt gebannt.
Redlich und von hohem Wissen,
Hat er viele mitgerissen
In Brasiliens Hinterland.

Und er trug als einzige Waffe
Einen Stab in seiner Hand.
Und so zog er wie einst Moses
Predigend durchs Hinterland.
Er bestieg den Sinai,
Und das Volk fiel auf die Knie,
Vater hat es ihn genannt.

Und der Staat hat für fünftausend
Offiziere Geld gegeben.
Auf den Hügeln von Canudos
Ließen sie ihr junges Leben.
Ihr Gebein, das ward zu Stein.
Tausende Soldaten! Und nicht
Einer konnte überleben!

Und am Tage der Erlösung
Kam das Volk von nah und fern,
Wartete auf den Erlöser
Und Sebastian den Herrn.
Da entsprossen frische Lilien
Aus dem Troja von Brasilien,
Und am Himmel stand ein Stern.

›Hören Sie das, Samuel?‹ rief Clemens sogleich triumphierend.
›Und Sie auch, Quaderna? Hören Sie, wie der Sänger vom Volk
spricht und es gegen die Offiziere des Heeres ausspielt? Und ihr
beiden seid immer noch verbohrt, der eine in seine rechte
Schweinerei, der andere in den verworrenen Mist mit der linken Monarchie.‹

›Ich habe nie daran gezweifelt, daß diese Volkssänger und
Sertão-Cangaceiros zur Linken gehören‹, gab Samuel zurück.

›Wie könnte das auch anders sein, wo sie doch aus dem Pöbel stammen und aus ihrer barbarischen Eselstreibergesellschaft hervorgegangen sind! Ich habe immer gesagt, daß das brasilianische Volk an dem Tage, an dem es seine wahren Herren kennen wird, diese Barbarei und diesen Fanatismus aufgeben und den katholischen, flämisch-iberischen Kreuzfahrerweg Brasiliens einschlagen wird. Deshalb, Clemens, richten Sie Ihre Kritik lieber an die andere Adresse, denn wer sich diese Vermengung von Sertão-Volk, Canudos, Soldaten und Monarchien vom Stein des Reiches einfallen läßt, ist Quaderna.‹

›Nun, Quaderna dürfte ziemlich verschnupft sein, wenn er jetzt aus dem Munde seines Schülers hört, daß das Sertão-Volk sich zwar ideologische Abweichungen herausnimmt, aber im Grunde zur Linken tendiert, zur reinen, wahren Linken, nicht zu der närrischen Linken mit Kronen, Reichen, Thronen, Wappen, Fahnen, Pferden und was weiß ich noch‹, sagte Clemens und wandte sich zu mir.

Ich war nicht für Kompromisse zu haben, vor allem nicht in jener Stunde, die so wichtig für uns alle war. Daher drehte ich mich zu Lino Pedra-Verde um und sagte, während die Menschenmenge schrie und wehklagte und mit ihrem Gebrüll und Stimmengewirr den Strahlenden herausrufen wollte:

›Lino, dann wollen wir doch ein für allemal diesen beiden Starrköpfen die Wahrheit zeigen. Wiederhol' einmal für diese beiden Ungläubigen, die ständig die Sonne mit Sieben verdecken wollen, die beiden Strophen aus der Romanze von Jota Sara, die von der Republik der Verräter Brasiliens als von einer Gemeinheit reden und das Kaiserreich des Betrügers Pedro II. loben, der zwar ein Usurpator, aber immerhin ein König war, eine Krone trug und für Conselheiro eingenommen war!‹

Lino ließ sich nicht lange bitten, sondern sang die folgenden Strophen:

> Und sie sandten eine Klage
> An den Staat in Rio aus.

Kaiser Pedro aber sagte:
,Dieser Mann stört keine Maus!'
Und da ändern sie den Stil,
Und sie sprechen von Asyl,
Kranken- oder Irrenhaus.

Dann im Jahre Dreiundneunzig
Gab es große Eselei'n:
Damals zog die Republik
Auf den Märkten Steuern ein.
Conselheiro war beleidigt;
Rasch hat er sein Volk vereidigt,
Denn er wollte es befrein!

Unter ihm scharrt ungeduldig
Sein getreuer Fuchs im Sand.
Mit den Weibern und den Kindern
Zieht er aus ins Hinterland.
,Hoch Christkönig unser Meister!'
Ruft er aus, und dann zerreißt er
Das Gesetz mit eigner Hand.

›Ach ja‹, meinte Clemens seufzend. ›Man hofft immer auf den
revolutionären Geist des Volkes, aber am Ende sieht man sich
immer betrogen. Mit diesem brasilianischen Volk ist es ein
Elend. Der verdammte Sänger fing ganz ordentlich an; aber
dann hat er schon wieder Bockmist geredet.‹

›Bockmist? Scheibenkleister!‹ rief Lino so erregt, wie er
durch Sertão-Katholizismus, die Litaneien der Menge und den
geheiligten Wein vom Stein des Reiches geworden war. ›Wichtig ist folgendes, und das müssen Sie mir unbedingt erklären:
War der Name nun Peri, Perival oder Parzival? Ist Dom Antônio Mariz, der Mann aus dem Buch, das mir Quaderna geliehen
hat, derselbe wie Dom Antônio, der Prior von Crato? Und wo
ging die Suche nach dem Gral vor sich, die Dom Antônio Galarraz und Parzival unternommen haben? War das in Crato in

der Nähe von Pater Cíceros Juàzeiro und der Heimat des Priors von Crato oder war das hier in Cariri in Espinhara, in Pajeú und in Seridó? War es zwischen dem Meer von Rio Grande do Norte und dem Sertão des São Francisco?‹

›Was ist denn das schon wieder, Lino? Was ist das für eine höllische Konfusion?‹ fragte Samuel entsetzt.

›Konfusion? Ein Scheißdreck!‹ rief Lino, und Schaum trat ihm vor den Mund. ›Kennen Sie, Dr. Samuel, die Romanze von der Suche nach dem heiligen Gral, die hier in Espinhara im Sertão von Paraíba gesungen wird?‹

›Nein.‹

›Dann hören Sie gut zu! Hören Sie gut zu, dann wird es Ihnen die Rede verschlagen, und Sie werden ganz klein und häßlich werden und sehen, daß all das nur eine einzige Sache ist, denn das ist nicht nur die astrologische Geschichte von dem jungen Mann auf dem Schimmel, es ist überhaupt eine ganz tolle Geschichte. Der hier anwesende Dom Pedro Dinis kann das bezeugen.‹

Und Lino rollte mit den Augen und begann die folgenden Verse aufzusagen, die er mir schon mehrfach vorgesungen hatte:

> Hundertfünfzig reisige Männer
> Auf der Suche nach dem Gral,
> Einem blutroten Rubin
> Auf smaragdenem Pokal.
> Unter allen jenen Rittern,
> Die den heiligen Gral erblickt,
> War ein Schurke, Dom Galvão,
> Von der Hölle ausgeschickt.
> Dieser reitet einen Rappen,
> Der den Namen ‚Dolchstoß‘ führt,
> Und er hat wie alle anderen
> Nach dem heiligen Gral gegiert.

> Alle sahen sie den Kelch –
> Einer nur zum zweiten Mal:

Das war unser heiliger Prinz:
Wer trifft hier die Namenswahl?
Ist's Sinésio? Galarraz?
Dom Sebastian? Parzival?

Zwanzig Jahr' und einen Tag
Muß er durch die Ödnis reiten
Auf dem Schimmel Tremedal.
Niemand sonst wird ihn begleiten.
Sporen trägt er, Wams und Hut,
Goldnen Dolch an seiner Seiten.

Dreimal sieben Jahre irrt er
Einsam durch das Hinterland.
Einmal bei Escalará
Hinter hoher Felsenwand
Greift Galvão den Prinzen an,
Der ihm siegreich widerstand.
Unser Prinz siegt, und sein Sieg wird
Ewig unvergeßlich sein,
Doch das schnöde Blut des Toten
Drang in unsern Prinzen ein.
Seither glüht es in zwei Strömen:
Gutes muß mit Bösem streiten.
Seither hat er auch zwei Pferde,
Alle beide muß er reiten:
Tags besteigt er Tremedal,
‚Dolchstoß' unterm Sternenhimmel.
Wenn der Mond scheint, seinen Rappen,
Und bei Sonnenlicht den Schimmel.

Wer ist ihm treu zugetan?
Welches Mädchen wird ihn lieben?
Nur das mit den grünen Augen,
Die vom Sinnen müd geblieben.

Erst als er am Schicksalsfelsen
Hoch emporgestiegen war,
Ward der schwarz gefärbte Blutstrom
Wieder rot und lauterklar.
Und nach einem Tag des Feuers –
Rose, Glut und Sonnenmond –
Dort, wo zwischen Land und Meer
Ein geweihter Felsen thront,
Sah der Prinz, als sich das Dunkel
Lichtete, erneut den Gral:
Rote Glut aus dem Sertão,
Grünes Meerlichtflammenmal,
Flammenblut des heiligen Kelches,
Jaspismondlichen Pokal.

Seither hat man von der Suche
Nach dem Gral nichts mehr vernommen,
Und auch denen, die ihn suchten,
Ist die Suche schlecht bekommen:
Manche, heißt's, begingen Selbstmord,
Um die Sonne zu bewohnen,
Andre steckten sich in Brand,
Suchten heilige Feuerzonen.

Von der Sinnenden und ihrem
Prinzen war nichts zu erkunden.
Nur ein Blinder sagt, sie hätten
Unter Felsen sich verbunden
In der wunderbaren Grotte,
Die noch nie ein Mensch betrat –
Unter Früchten, die berauschen,
Unter göttlichem Granat.
Doch ein Sänger hat beschworen,
Daß ein Engel sie entführte,
Dorthin, wo das heilige Reich
Des Sertão das Meer berührte,

Während Erzengel und Flammen –
In der Schwerter Flammenschein,
Zwischen Kugeln, Litanei'n –
Fielen mit Gesängen ein,
Flügelschlagend und umgebend
Neuen Paares Hochzeitsweih'n.

Sicher ist, sie sind verzaubert,
Hausen auf Schloß Strahlenmeer,
Roß und Reiter, die den heil'gen
Gral gesucht, das ganze Heer,
Auch der Glutprinz aus der Sonne,
Auch die Dame aus dem Meer.

▌ DREIUNDACHTZIGSTE FLUGSCHRIFT ▐
DER WEIN VOM STEIN DES REICHES

»Wieder eine Versscharade!« kommentierte der Richter.

»Genau das sagte Dr. Samuel in jener Nacht zu Lino, Herr Richter«, erklärte ich. »Als Lino nämlich diesen Logogriphen in Romanzenform zu Ende deklamiert hatte, rief der Edelmann aus Pernambuco:

›O Gott, daß doch diese barbarische Lederzivilisation des Sertão alles verderben muß! Es hört sich so an, als ob das die edle iberische Geschichte von der Suche nach dem heiligen Gral sei, aber alles ist völlig verstümmelt. Die Namen sind alle falsch, da ist die Rede von der Buschsteppe und einem Pferd namens ‚Dolchstoß‘ und einem Ritter mit Wams und Lederhut, da wird der Sertão erwähnt, wo er gar nichts zu suchen hat, und da erscheint ein Mädchen mit grünen Augen und verdirbt mit ihrer Anwesenheit die Idee der absoluten Keuschheit, die mit dem Bild des Ritters verbunden sein sollte, einer Mischung aus Mönch und Krieger. Was für eine entsetzliche Geschmacklosigkeit! Und es fehlt alles, was an der iberischen Geschichte schön ist. Es fehlt die Rüstung des jungen Ritters, des keuschen

Galaaz, die aus Kettenhemd, Halsberge, Helm, Harnisch und Insignien aus roter Serge bestehen müßte. Es gibt auch keinen Teppich, keinen in grünen Smaragd geschnittenen Kelch, der das kostbare Blut Christi enthält. Vor allem erscheint auch nicht das Schwert, das der böse Ritter aus der Scheide zieht, noch ganz feucht von Blut, von einem so heißen und roten Blut, als wenn man es soeben aus dem Körper eines zu Tode getroffenen Mannes herausgezogen hätte. So daß in Ihrem Lied, Lino, nur zwei Dinge übrigbleiben, die man als wahrhaft aus der iberisch-brasilianischen Tradition stammend ansehen kann: die Gegenwart des verfluchten Ritters und die hundertfünfzig Männer, welche auf die Suche nach dem Gral gehen.‹

›Nun gut, Samuel‹, unterbrach ich ihn. ›Jedenfalls müssen Sie zugeben, daß etwas übriggeblieben ist. Und wenn dem so ist, so können Sie verstehen, daß die Reise, die wir mit dem Jüngling auf dem Schimmel unternehmen werden, eine edle Neue Suchfahrt ist. Sie können uns also ruhig Ihre Unterstützung gewähren, Ihre Waffen und Ihren Titel Baron gewinnen und mir gleichzeitig helfen, den Schatz zu entzaubern und den Ereignissen beizuwohnen, um Stoff für mein Epos zu erhalten.‹

›Quaderna, Ihr literarisches Rezept ist so elend, daß ich gar keine Angst davor habe, Sie könnten mich im literarisch-poetischen Teil überflügeln. Was den anderen, den heraldischen Teil betrifft, so bin ich einverstanden: ich verpfände dem Konnetabel Pedro Gouveia darauf mein Edelmannswort.‹

›Herzlichen Glückwunsch, Baron!‹ rief ich, indem ich Dr. Pedro nachahmte. ›Und Sie, Clemens?‹

›Ich sage das gleiche wie Samuel, weil ich, was den literarischen Teil angeht, vor keinem von euch beiden Angst habe. Was den anderen Teil anlangt, so gehe ich auch mit. Nicht weil ich beschlossen habe, meine Ideen zu verraten, sondern weil ich der Rechten keine Argumente gegen den Philosophen des Volkes liefern will.‹

›Dann desto besser für uns alle‹, sagte ich zufrieden. ›Was mich angeht, so will ich alles sehen, alles in Kopf und Herz aufnehmen und ein Epos über die Reise des Jünglings auf dem Schimmel schreiben.‹

›Genau das, Quaderna‹, stimmte Lino Pedra-Verde zu. ›Wir wollen den Fuß auf die Landstraße setzen, und über den Krieg des Prinzen kannst du dann eine Romanze schreiben, eine von der guten Sorte, so gut, daß man sie drucken und daraus eine Flugschrift machen kann. Aber schreib bloß kein dummes Zeug! Ich verlange eine liturgische, epische, mondliche, astrologische, sonnenhafte, Gelächter erregende Hurengeschichte mit Bannern und Rittern, und im Mittelpunkt muß die Neue Suchfahrt nach dem Krieg des Reiches stehen, die wir unternehmen werden.‹

Meine beiden Meister und ich, Herr Richter, hatten noch einiges zu besprechen, aber in diesem Moment schwoll das Stimmengewirr der Menschenmenge an, und wir sahen, daß die Haustür der Garcia-Barrettos aufging und Dr. Pedro Gouveia da Câmara Pereira Monteiro auf der Schwelle erschien. Von dem alten steinernen Türpfosten aus beherrschte er die Menge mit seiner Gewalt und sagte:

›Mein Volk, meine Kinder! Begebt euch bitte nach Hause! Unser Sinésio ist müde und kann heute auf keinen Fall mehr vor euch erscheinen. Geht in eure Häuser und seid ohne Sorge, denn unsere Sache wird den Sieg behalten! Es gibt noch Richter in unserem Lande, und wir vertrauen auf Gott und auf unser Recht. Vermeidet Zusammenstöße mit den Behörden, denn das könnte uns nur schaden! Ich sage das im Namen von unserem Sinésio, dem jungen Mann auf dem Schimmel, dem Erwarteten, den das Volk von Cariri so sehr liebt und schätzt.‹«

Da unterbrach mich der Richter mit der Frage:

»Was meinte wohl Dr. Pedro Ihrer Meinung nach, Dom Pedro Dinis, als er von ›unserer Sache‹ sprach? Meinte er das Testament und die Erbschaft oder meinte er den Krieg des Reiches?«

»Ich weiß es nicht, Herr Richter«, gab ich vorsichtig zur Antwort. »Ich weiß nur, daß ich, als er davon sprach und sagte,

Sinésio sei der ›Erwartete‹, abermals einsah, daß ich von diesem Dr. Pedro viel lernen könnte – und das auf einem Feld, auf dem ich bis zu diesem Tage hier am Ort meinesgleichen gesucht hatte. Ärgerlich war dabei nur, daß ich mich in der Lage eines Blinden befand, was mich hinderte, ihn und andere für mich jetzt so wichtige Dinge zu sehen. Ich beklagte mich darüber bei Lino, der mir erwiderte:

›Warum probierst du nicht den geheiligten Wein vom Stein des Reiches aus, um zu sehen, ob es mit der Blindheit besser wird? Der Wein hat schon so viele Wunder vollbracht, daß er auch dieses neue zustande bringen wird.‹

›Recht hast du, Lino. Weshalb habe ich nicht schon längst daran gedacht? Ich, der König und Prophet vom Stein des Reiches, habe mich nicht gleich an die Heilkräfte des Weins erinnert, dessen Geheimrezept von meiner Familie erfunden worden ist? Ist das nicht unglaublich? Das geht wirklich nicht mit rechten Dingen zu!‹«

»Einen Augenblick!« unterbrach hier der Richter. »Ich muß noch etwas wissen; dieser Wein scheint in Ihrem Leben und in der ganzen Geschichte eine so wichtige Rolle zu spielen, daß ich über ihn einige Auskünfte brauche. Wenn ich nicht irre, handelt es sich laut Pereira da Costa um eine Mischung aus Pithecellobium und Brunfelsie, nicht wahr?«

»Es gibt da noch andere Ingredienzien, Herr Richter, aber diese anderen verrate ich um keinen Preis, auch nicht, wenn Sie mich verhaften oder töten lassen.«

»Warum nicht?«

»Erstens weil es Familiengeheimnisse sind und die Hauptunterhaltsquelle unseres Sertão-Königshauses, und dann, weil er das Geheimnis für meinen genialen oder königlichen Stil ist. Mein Glück war, daß die anderen Autoren, die vor mir über dieses Thema geschrieben haben – wie Euclydes da Cunha, Antônio Áttico de Souza Leite, José de Alencar und der Komtur Francisco Benício das Chagas –, nur einen kleinen Teil des Gesamtrezepts, den von Pithecellobium-Mimose und Brunfelsie, entdeckt haben. Wenn einer von ihnen den Rest entdeckt hätte, hätte er den Wein hergestellt und getrunken und wäre so zum Genius des brasilianischen Volkes geworden, und in diesem Falle wäre ich verloren. Gottseidank jedoch haben sie nur einen Teil entdeckt und sind gescheitert. Ich habe mit mehr Glück, da der Wein zur Familie gehörte, alles herausgebracht. Mein Vater war Wurzelkenner und bewahrte die Rezepte der Traditionen unseres Hauses auf. Ich habe seine astrologischen Hefte geerbt, und so habe ich zu Pithecellobium und Brunfelsie den Camaru-Baum, schwarzen Nachtschatten, Abgeschabtes von der Zwischenrinde der Bumelie sartorum, die Caatuaba und noch anderes hinzugefügt, das ich nicht enthüllen kann, weil der vollständige Wein mich als Dichter und Mann gerettet hat.«

»Als Mann gerettet? Wieso?«

»Weil ich zu Lebzeiten meines Vaters zur geistlichen Laufbahn bestimmt worden war, wie ich Ihnen schon erzählt habe. Nun, dazu brauchte ich mehr Intelligenz; denn als Kind hatte ich einen harten und ausgedörrten Kopf, einen richtigen Eidechsenkopf. Da gab mir mein Vater, weil er sah, daß ich auf andere Weise nie die Prüfungen im Priesterseminar bestehen würde, einen Eselshauttee zu trinken. Das abgeschabte Eselsfell stärkte auch wirklich meinen Kopf und machte mich zu einer der geheimnisvollsten Kapazitäten, die je durch das Priesterseminar hindurchgegangen sind.«

»Können Sie mir vielleicht auch einen solchen Tee verschaffen, damit ich in meiner richterlichen Laufbahn vorwärtskomme?« fragte der Richter und lächelte Margarida überlegen zu.

»Nun, können könnte ich schon, aber ich würde Ihnen nicht anraten, den Tee zu trinken.«

»Warum nicht?«

»Weil die abgeschabte Eselshaut als Tee dem Betreffenden tatsächlich eine unvorstellbare Intelligenz verleiht, aber gleichzeitig seine Potenz auslöscht.«

»Teufel auch!« rief der Richter. Vor lauter Überraschung

war ihm Margaridas Gegenwart entfallen, weshalb er mit dem groben Ausdruck herausrückte. »Haben Sie denn die Ihrige verloren?« erkundigte er sich neugierig.

»Ja, ich habe sie verloren, und das war der Anfang meiner Tragödie. Anfänglich war das kein Problem, denn ich sollte ja Geistlicher werden, und Geistliche brauchen ja bekanntlich nicht die sogenannte ›Substanz aus den Niederlanden‹. Aber dank den Künsten Maria Safiras wurde ich aus dem Seminar ausgestoßen. Und wie sollte es nun mit mir ohne Manneskraft weitergehen? Mir blieb nur der Weg und die Tröstung der Dichtung, die ich bei João Melquíades erlernt hatte. Ich beschloß, Dichter zu werden. Aber da tauchte gleich eine weitere Schwierigkeit auf. João Melquíades hatte mir erklärt, es gebe sechs Typen von Dichtern, und die großen, die wahrhaft großen, besäßen alle sechs Eigenschaften. Dichter der Wissenschaft war ich ohne jeden Zweifel wegen des Eselhauttees. Aber ich mußte ja auch vor allem ein Dichter der schöpferischen Phantasie sein. Das war mir ebenso von João Melquíades wie von Dr. Amorim Carvalho, dem Hofredner des Betrügers Pedro II., versichert worden, der auf Seite 49 seines Buches ausführte: ›Die Phantasie und die Inspiration, das sind die beiden Elemente des Genius oder das poetische Ingenium. Was man vor allem an den Hervorbringungen des Genies zu schätzen weiß, ist die Erfindung des Stoffes, ist das ‚Feuer‘ der Einbildungskraft, ist der ‚Hauch der Inspiration‘.‹ Ich griff zum ›Illustrierten praktischen Wörterbuch‹, und dort fand ich, Ingenium sei synonym mit ›Inspiration, poetischem Scharfsinn, Feuer der Phantasie, sexuellem Begehren, Brunst, Zureiten und Beherrschen‹. Es gab keinen Zweifel mehr: das Wörterbuch – ein anerkanntes, offizielles Buch – garantierte mir, daß die wahren Dichterkönige, die Herrscher-Dichter, diejenigen seien, die das Feuer der Tierkreis-Inspiration, die Wissenschaft des poetischen Ingeniums und die Brunst der Mannheit des Blutes in der astrologischen Sonne der Planeten besäßen. Ich war ganz verzweifelt: denn ich konnte nicht nur keinen Ritt auf einer Frau mehr unternehmen, ich konnte auch nicht mehr in meinem Sertão-Reich auf meiner Burg herrschen und keinen Ritterroman mit Fahnen, Herrschertum und Kavalkaden schreiben. Ich dachte schon daran, mir eine Kugel in den Kopf zu schießen. Da hat mich Lino gerettet, weil er mir zum ersten Mal von dem Wein sprach, den mein Vater herstellte, vor uns versteckt hielt und insgeheim verkaufte. Sein Rezept mußte in den Heften stecken, die er hinterlassen hatte. Ich fand dieses Rezept, und der Wein gab mir mein Mannestum wieder und machte aus mir gleichzeitig den einzigen vollständigen, genialen und königlichen Dichter, den es auf der Welt gibt. Es ist nämlich, Bescheidenheit beiseite, Herr Richter, unser Wein vom Stein des Reiches ein Trank der Macht, des Glücks, der Prophetengabe und der Liebe.«

»All das?«

»All das und noch einiges mehr, Herr Richter. Denn dieses Glück, das der Wein uns gibt, ist nicht das phantasielose Glück der reichen Bürger, und die Prophetengabe ist auch nicht die schlichte wissenschaftliche Befähigung der Dichter. Und auch die Liebe, die er gibt, ist nicht die schwächliche lyrische Liebe, von der Joaquim Nabuco sprach. Er ist die Macht des Reiches und der kriegerischen Schätze, das poetisch-feurige tierkreishafte Ingenium des Blutes, und die Liebe zum Zureiten und Beherrschen. Mein Urgroßvater, der König Dom Johann Ferreira-Quaderna, *sah* bei diesem Trank die Schätze und verschaffte sich und seinen Untertanen den Besitz der von ihnen begehrten Frauen.«

»Und Euclydes da Cunha? Und José de Alencar?« fragte der Richter, als wollte er feststellen, was die beiden anerkannten brasilianischen Schriftsteller mit der Sache zu tun hätten. Ich ging nicht in die Falle und antwortete:

»Euclydes da Cunha spricht von Pithecellobium als dem Lieblingsbaum der Sertão-Bewohner, weil sein Haschisch berauschend sei und ihnen ein unschätzbares Getränk verschaffe, das ihnen die Stärke wiedergebe, ein wahrer Zaubertrank. Was

José de Alencar angeht, so gibt Iracema ihrem Geliebten Martim in einem Pithecellobium-Wald einige Tropfen einer merkwürdigen grünen Flüssigkeit, also grünen Pithecellobium-Wein – eines der Ingredienzien des Gesamtweins. Nun gut: selbst mit dem äußerst unvollständigen Rezept von José de Alencar und Euclydes da Cunha führten Martim und Iracema das tollste Lotterleben. José de Alencar sagt, daß Iracema, nachdem sie Pithecellobium-Wein getrunken hatte, zum brünstigen Jaguarweibchen wurde, Martim gegen alle Gefahren schützen und in sich wie in ein unzugängliches Asyl aufnehmen wollte. Aber wenn Iracema schon ein unzugängliches Asyl war, dann war sie es höchstens für die anderen Männer, denn für Martim war sie mehr als zugänglich, sie war zugänglichst. Martim war offenbar ziemlich schlapp und abgeschlafft wie ich in der Zeit des Eselhauttees. Iracema, die schon völlig dem Wein verfallen ist, sieht, daß nichts anderes übrigbleibt, als auch Martim den Likör einzuflößen. Da trinkt Martim die grüne Pithecellobium-Flüssigkeit. Nun bessert sich die Sache, und unser hochadliger Autor aus Ceará erzählt: ›Iracemas Arme umschlangen den Kopf des Kriegers und drückten ihn an den Busen. Der Christ lächelt, die Jungfrau tastet. Wie das von der Schlange hypnotisierte Äffchen beugt sie ihren geilen Rumpf endlich über die Brust des Kriegers. Schon preßt sie der Fremdling an die Brust, und seine gierige Lippe sucht die auf ihn wartende Lippe, um in diesem wilden Heiligtum, das für die Mysterien des barbarischen Ritus vorbehalten ist, die Liebeshochzeit zu feiern. Martim schlürft die Tropfen des grünen und bitteren Likörs. Jetzt konnte er mit Iracema leben und auf ihren Lippen den Kuß pflücken, der dort unter Lächeln reifte wie die Frucht aus der Blütenkrone der Blume. Er konnte sie lieben und aus dieser Liebe Honig und Duft saugen. Der Genuß war Leben, denn er fühlte ihn stärker und heftiger. Die Jurity-Taube, die durch die Buschsteppe flattert, vernimmt das zärtliche Gurren des Täubers: sie schwingt die Flügel, fliegt auf, um sich ins laue Nest zu schmiegen. So schmiegte sich die Jungfrau des Sertão in die

Arme des Kriegers. Als der Morgen kam, fand er Iracema noch immer dort hingestreckt wie einen Schmetterling, der am Busen eines schönen Kaktus eingeschlafen ist.‹ Sehen Sie wohl, Herr Richter?«

»Was soll ich sehen?«

»Aus diesem Abschnitt kann man ersehen, daß sowohl Euclydes da Cunha wie José de Alencar sich nicht darauf beschränkt haben, nur vom Pithecellobium zu sprechen: beide müssen ihn auch getrunken haben. Wenn dem nicht so wäre, würden sie nicht schreiben, wie sie geschrieben haben – halb trunken, Schaum vor dem Munde und mit ausschweifenden Visionen wie der von Iracema und der heroischen von Canudos. Man kann genau erkennen, daß es José de Alencar selbst ist, der da in der Maske von Martim in den geheiligten Wald Iracemas eindringt, den Honig aus der Blütenkrone saugt und dann die Kobra in ihr lauwarmes Jurity-Täubchen-Nest eindringen läßt. Und genau so geschieht es, Herr Richter. Wer meinen Wein trinkt, selbst nach dem unvollständigen Rezept anderer Autoren, erlangt im Leben Glück, Macht und Liebe und in der Dichtung jene Mischung aus Realismus und Tierkreiszeichen, die den Genius ausmacht. Und er hat noch einen weiteren Vorteil: die üblichen Zaubertränke verschaffen uns diese guten Dinge, aber sie zerrütten unfehlbar unsere Seele. Nicht so der Wein des Reiches: da er vollständig ist, schafft er das alles und rettet noch obendrein unsere Seele, weil er erlaubt, daß wir noch bei Lebzeiten, hier auf der Welt im Blut der Raubtiererscheinung des Göttlichen kreisen – der gleichen, die meine königlichen Vorfahren ihren Anhängern zeigten, bevor sie ihnen die Kehle durchschnitten. Jeder Schriftsteller also, der über das geheiligte Reich des Sertão schreiben will – das einzige eines Genius würdige Thema, wie Fagundes Varela bewiesen hat –, muß diesen Wein trinken, auch wenn es nur nach dem unvollständigen Rezept von Alencar, Euclydes da Cunha und Antônio Áttico de Sousa Leite geschehen sollte. Wenn einer nicht trinkt und doch schreibt, erkennt man das gleich: beim Schreiben tritt ihm kein Schaum vor den Mund, und alles, was aus seiner Feder kommt, ist falsch und den Steinen, Dornen und dem Blut des Sertão untreu. Was nun die Eigenschaft meines Weins anlangt, Brünstigkeit, Zureiten und Beherrschen zu fördern, so ist sie unbestreitbar, weil sie von einem anderen genialen brasilianischen Schriftsteller verbürgt wird, der nicht nur ein Akademiemitglied, sondern auch ein großer Arzt war, also Atteste dieser Art mit gutem Recht ausstellen konnte.«

»Wer war das?«

»Es war Afrânio Peixoto. Er erzählt in einem Roman, daß ein Bursche und ein Mädchen, die sich nicht liebten, gemeinsam diesen Wein tranken, ohne zu wissen, worum es sich handelte. Zur gleichen Stunde umschlang die blutige, giftige und köstliche Brennessel der Liebe die beiden, und sie wurden für den Rest ihres Lebens in Leidenschaft verstrickt. Das fesselt mich sehr, Herr Richter, weil das gleiche später auch Sinésio und seiner jungen Dame widerfuhr, der schönen Heliana, dem verträumten Mädchen mit den grünen Augen. Denn unser Wein ist wirklich so: wenn Sie ihn allein trinken und dabei an eine Frau denken, so gibt sie sich in der Vision hin, und Sie können sie besitzen, wie Sie wollen. Besser geht es nicht, und wenn Sie dann aufwachen, sind Sie frei und unbeschwert – die Frau hat keinen Schaden genommen und nichts gemerkt. Wenn aber ein Mann und eine Frau den Wein gemeinsam trinken, so werden sie auf ewig in schlimme Liebe verstrickt, eine gleichzeitig geistige und sinnliche, geschlechtliche und göttliche Liebe. Sie nährt mit dem Blute der beiden Liebenden das Brennesselgestrüpp und die Favelleira-Kakteen des Schrecklichen, die dornigen, ätzenden Blüten der Liebe. Afrânio Peixoto erzählt: sowie die beiden von dem Wein getrunken hatten, kam es dem Burschen vor, als ob ein Busch mit scharfen Dornen und ätzenden Blüten seine Wurzeln in sein Herzblut senkte, und er umschlang mit starken Armen den schönen Leib seiner Geliebten, während gleichzeitig das Gestrüpp die beiden für immer festhielt, ihren Leib, ihr Denken, ihr Blut und ihre Begierde. Deshalb habe ich meinen Wein nie mit einer Frau zusammen getrunken, weil ich mich nicht endgültig mit irgendeiner Frau verbinden will. Aber allein habe ich ihn schon mehrmals getrunken und dabei die Wünsche meiner Männlichkeit auf die Mädchen aus unserem Städtchen gerichtet. So hatte ich Liebesvisionen von all denen, die ich begehrte. Vor allem von den Blondinen, die zu unserem Adel gehören, weil ich selber dunkelbraun bin und ein wie aus Stein gemeißeltes, rußgeschwärztes Gesicht habe und deshalb ganz versessen auf ausländische Mädchen bin.«

Bei diesen Worten schaute ich Margarida an; weil sie blond und adlig ist, sah sie mich noch ablehnender an als sonst. Doch sie schwieg sich aus, um mir keine Freiheiten zu gestatten, und ich fügte, an den Richter gewendet, hinzu:

»Ich kann Ew. Ehren garantieren, daß man in der gleichen Stunde, in der man den Wein vom Stein des Reiches trinkt, in einen heiligen und köstlichen Sertão-Wald eintritt, der aus Pithecellobium-Bäumen, aus Angicos, Braúnas, Brennesseln und Favelleira-Kakteen besteht. Dort träuft die rotgrüne Flüssigkeit von allen Zweigen wie Smaragdtropfen und Rubin, in Brand gesteckt vom Topas der Sonne. Es ist ein Wald voll Honig und goldfarbiger Bienen, der Licht und befruchtenden Pollen verstäubt. Ein Wald, wo goldschwarze Trupiale flattern und Zuckervögel, die wie Juwelen aussehen. Ein Wald, bevölkert von Klapperschlangen und Korallenschlangen wie von Frauen mit wallendem Haar. An allen Ecken stehen rote duftende Blüten, Kakteen und Nesseln, haftende Lianen voller Dornen, Favelleiras mit ätzenden, dornigen Blättern, Korallenblumen und Mulungus mit roten Blüten, Cassien und Ipés mit gelben Blüten. All das treibt uns hingegeben und berauscht an den Busen und in das Nest von zarten, verwirrenden Frauen, deren Leib selbst wie ein Wald ist, mit den straffen, sanften Hügeln der Brüste und dem schwarzroten Trupial, der mit geöffneten Flügeln an den Eingang zur Quelle mit dem Bienenhaus, dem Honig und der Blütenkrone angeheftet ist, Frauen, die wir im grünen Schatten der Bäume und Gebüsche besessen haben, besprengt vom Tau, ausgestreckt im feinen Kristallsand, während wir dem Plätschern des Wassers lauschten, das über die Kiesel rann, und oben im sanft vom grünen Windstoß bewegten Astwerk die Äpfel und Birnen erblickten, die in der entflammten Glut zwischen den Ästen des Sonnenlichts leuchteten.«

———

Als ich diese Rede beendet hatte, waren sowohl der Richter wie Margarida halb benommen, atmeten heftig, und ihre Augen traten ihnen aus den Höhlen, während sie mich anschauten. Leider war das jedoch einer der Teile, die ich im voraus geschrieben und auswendig gelernt hatte, um ihn später in Verse zu bringen und in mein Epos einzubauen. Der auswendig gelernte Abschnitt ging hier zu Ende und damit auch meine Beredsamkeit. Die beiden schüttelten sich, als ob sie den Zauber brechen wollten, und Dr. Joaquim ›Schweinekopf‹ kehrte zu seiner gefährlichen Ungerührtheit zurück:

»Dom Pedro Dinis Quaderna!« sagte er schneidend und kalt. »Sagen Sie mir eins: sollten die Anfälle, unter denen Sie leiden und die Sie dem geheiligten Leiden der Genies zuschreiben, am Ende nicht etwas mit diesem Wein zu tun haben?«

»Das mag sein, Herr Richter. Ich kann Ihnen nicht mit völliger Sicherheit antworten, weil ich nie größere wissenschaftliche Nachforschungen in dieser Hinsicht angestellt habe«, sagte ich mit dem harmlosesten und ehrlichsten Tonfall, der mir zu Gebote stand.

»Haben Sie vielleicht, bevor Sie hierherkamen, auch etwas von diesem Wein getrunken?«

»Das habe ich, aber gewiß. Ich habe zwei oder drei Schlucke genommen, um mir Mut zu machen und mein Sehvermögen zu verbessern.«

»Es ist gut, notieren Sie das alles, Margarida! Und jetzt fahren Sie in der Erzählung der Ereignisse jener Nacht fort!«

»Vom literarischen Standpunkt aus haben Sie sich einen gu-

ten Augenblick ausgesucht, Herr Richter. Die ›Grammatik-
und Rhetorik-Postillen‹ empfehlen immer eine gewisse Verknüpfung in den Epen. Nun, da wir gerade von dem Wein sprachen: eben in jener Nacht machte ich dank Lino Pedra-Verde
die Entdeckung, daß der Wein einen lindernden Einfluß auf
meine Blindheit ausübte, was mir zum großen Trost gereichte.
Lino nahm den Lederbecher von seinem Gürtel und riet mir,
einige Gläser hinunterzukippen, was ich alsbald tat – etwa
zehn- oder zwanzigmal hintereinander. Sogleich begann mein
Blut rascher vom Kopf in die Füße zu strömen, und eine gewisse
Helligkeit erleuchtete das Gesichtsfeld vor meinen Augen. Ich
sah nun, daß die Nacht schon weit vorgeschritten war, daß das
Volk aber Fackeln und Laternen improvisierte, die sich zu der
spärlichen Beleuchtung unseres ruhmreichen Städtchens ge-
sellten und der Versammlung auf dem Marktplatz, wie Samuel
sich ausdrückte, ›das Aussehen einer Katakombenversamm-
lung und eines Fackelzugs‹ verliehen. Während ich trank, beantwortete Dr. Pedro Gouveia die gierigen, glühenden Fragen
nach Sinésio, die einige Leute aus dem Volk an ihn richteten.
Ich wandte mich in seine Richtung um und versuchte, ihn besser
ins Auge zu fassen in dem leuchtenden Nebel, der mein Sehvermögen immer noch trübte, oder in dem ›Nebel, der die zit-
ternde Pupille beschlagen ließ‹, wie das die geniale Flugschrift
›Der letzte Stierkampf in Salvaterra‹ nennt. Eben in diesem
Augenblick rief jemand Dr. Pedro Gouveia zu:

›Ist es wahr, Dr. Pedro, daß Sie den jungen Mann auf dem
Schimmel nackt, wie er aus der Mutter kam, aufgefunden haben, als er über die Landstraße ging, ohne sich an irgend etwas
zu erinnern, ohne zu wissen, woher er kam, und ohne zu wissen,
wie er heißt?‹

›Warum willst du das wissen, mein Sohn?‹ fragte Dr. Pedro
zurück, der überall sein Schäfchen zu scheren wußte und keinen
Schritt unternahm, ohne zu wissen, wie das Gelände beschaffen
war.

›Ich frage das, Doktor, weil der Streit darüber hier in der

Stadt gar nicht enden will. Einige meinen, der junge Mann sei nackt gefunden worden, andere wieder, er sei mit einem langen weißen Hemd bekleidet gewesen und habe in der linken Hand zwei Blumen getragen – eine gelbe und eine rote – und in der rechten eine Fahne! Welche Geschichte stimmt nun, Doktor?‹

›Alle beide, mein Sohn‹, erläuterte der Doktor feierlich, und ich sah erneut, daß ich von diesem Manne viel lernen konnte. ›Beide Schilderungen sind wahr; nur keine Meinungsverschiedenheiten unter unseren Leuten! Ich fand Sinésio verirrt und nackt, wie ihn Gott geschaffen hat, und er trug, wie du gesagt hast, in der einen Hand die beiden Blumen, die gelbe und die rote, und in der anderen die Fahne des hl. Geistes. Da ich ihm zu jener Stunde keine Kleidung beschaffen konnte, improvisierten wir mit einem Bettlaken die weiße Tunika, von der man euch erzählt hat. Er war außerdem wegen der überstandenen Leiden etwas von Sinnen. Aber wir haben mit aller Sorgfalt versucht, ihn neu zu erziehen und ihm die wichtigsten Tatsachen seines Lebens in Erinnerung zu rufen, derart daß er heute schon fast wiederhergestellt ist. Morgen wird sich das alles aufklären und allen zur Kenntnis gelangen. Geht nun heim, geht in eure Häuser! Geht auseinander, denn morgen, verspreche ich euch, wird unser Sinésio mit euch allen reden, und die Augen der Blinden werden sich öffnen.‹ So schloß er seine Rede.«

▌ VIERUNDACHTZIGSTE FLUGSCHRIFT ▌ DER GESANDTE DES HEILIGEN GEISTES

»Es war schon fast elf Uhr nachts, Herr Richter, und meine Augen erhellten sich immer mehr. Ich bat Lino Pedra-Verde abermals um den Lederbecher und nahm einen weiteren Schluck Wein, noch größer als den ersten. Die wundertätige Trunkenheit vom Wein des Reiches begann mir plötzlich aus dem Blut in den Kopf zu steigen. Visionen von Kronen und Funken tanzten in meinen Augen, vermischt mit alledem, was ich seit dem Morgen gesehen und gehört hatte. Da sah ich zufällig in die Richtung der Großen Straße und bemerkte, daß von dorther der Mönch mit der weißen Kutte kam, in dem Aufzug, der das Sertão-Volk so stark beeindruckt hatte. In der Hand führte er das Banner des Heiligen Geistes, und er saß zu Pferde und kam aus der Neuen Kirche, wo er die ganze Zeit über im Gebet verharrt hatte, die Muskete am Lederriemen quer über dem Rücken. Als er zum Marktplatz gelangte, stieg er vom Pferd und schritt auf die noch nicht abgebaute Tribüne zu. Er ging um sie herum, stieg auf einer der Seitentreppen empor und ließ von oben seinen Blick über die Menge gleiten. Das Volk jedoch stand mit dem Rücken zu ihm und starrte gebannt auf das Haus, in dem sich Sinésio aufhalten sollte, und deshalb bemerkte es weder seine Ankunft noch sein Hinaufsteigen auf die Tribüne. Nur ich sah ihn, und mir war klar, daß sich der Mönch an das Volk wenden wollte. Dieser Eindruck bestätigte sich sogleich, denn er lehnte das Banner des Heiligen Geistes an eine der Säulen, stützte sich mit beiden Händen auf die Balustrade, beugte seinen herkulischen Oberkörper vor und schrie:

›Geliebte Kinder in unserem Herrn Jesus Christus!‹

Das Volk aber war noch immer fasziniert von dem Haus der Garcia-Barrettos und schenkte dem Anruf nicht die geringste Beachtung. Ohnehin konnte ihn niemand hören, denn nach der Rede von Dr. Pedro Gouveia war jemand auf die großartige Idee verfallen, eine Litanei anzustimmen, die nun von den einen gebetet, von den anderen gesungen, von den übrigen aber geschrieen wurde. Erzürnt nahm der Mönch die Muskete vom Rücken, schoß in die Luft und schrie in das alsbald folgende Schweigen mit Donnerstimme:

›Ruhe, ihr Hurensöhne! Ihr hört wohl nicht, daß der Diener des Herrn zu euch redet?‹

Sogleich drehten sich alle zur Tribüne um, und Grabesstille breitete sich auf dem Marktplatz aus. Da fiel der Mönch in seinen apostolischen Tonfall von zuvor zurück und sprach also:

›Geliebte Kinder in unserem Herrn Jesus Christus! Ihr seid alle versammelt und erwartet ein großes Ereignis. Und daran tut ihr ganz recht, denn alles, was mit dem Glauben zu tun hat, ist groß. Eure Erwartung stammt aus dem Glauben: deshalb hat sie Größe und ist ein großes Ereignis. Ihr braucht nicht mehr zu suchen und zu warten, weil das große Ereignis bereits eingetreten ist. Unsere Ankunft, unsere wunderbare Errettung aus dem Hinterhalt, den böse Menschen uns auf der Landstraße gelegt haben, das Wunder des mißglückten Attentats gegen den jungen Mann auf dem Schimmel, all das sind heilige Ereignisse, die ohne Gottes Einwirkung nicht zu erklären sind. Bei dem Hinterhalt, geliebte Kinder im Herrn, sind mehrere Schüsse auf mich abgefeuert worden: wunderbarerweise schlugen die Kugeln gegen mein weißes Habit und fielen, weil mich das göttliche Herz Jesu beschützte, in den Schaft meiner Stiefel und in die Taschen meiner Soutane. Schaut her!‹

Bei diesen Worten zog der Mönch die Patronenkapseln, die er auf der Straße aufgelesen hatte, aus den Taschen und warf eine Handvoll von der Tribüne herunter. Als er sah, daß er mit der Enthüllung dieser Tatsache eine starke Wirkung erzielt hatte, fuhr er fort:

›Steht vielleicht noch ein weiteres Ereignis aus, größer als alle bisherigen? Kommt es? Kommt es nicht? Das sind Fragen, die uns alle bewegen. Ein großes Zeichen, ein großes Wunder, ich wiederhole es, ist jedoch bereits geschehen: es ist der Einzug des jungen Mannes auf dem Schimmel mit seiner Fahne in der Hand, und das genau am Vorabend von Pfingsten. Deshalb müßt ihr alle, müssen wir alle uns der Geschehnisse würdig erweisen und auf das vorbereiten, was uns noch bevorsteht. Habt ihr gehört? Die Kirchglocke läutet. Ich habe das Geläut angeordnet, denn die Mitternacht kommt heran und mit ihr die ersten Augenblicke des heiligen Pfingsttages. Diese Glockenschläge verkündigen uns allen, daß, wie dunkel die Nacht immer sein mag, in wenigen Augenblicken der Sertão erhellt und vom Pfingstfeuer in Brand gesetzt wird. Hier steht es im Evangelium geschrieben, in dem heiligen Buch, das nicht irren kann: ‚Und als der Tag der Pfingsten erfüllt war, waren sie alle einmütig beieinander. Und es geschah schnell ein Brausen vom Himmel wie eines gewaltigen Windes und erfüllte das ganze Haus, da sie saßen. Und es erschienen ihnen Zungen, zerteilt, wie von Feuer; und er setzte sich auf einen jeglichen unter ihnen; und sie wurden alle voll des heiligen Geistes.' Habt ihr diese heiligen Worte begriffen, geliebte Kinder im Herrn? Diese Fahne, die ich hier bei mir trage und nie aus der Hand gab, seit ich meinen Auftrag bei unserem Fürsten übernommen habe, ist die Pfingstfahne, das Banner der Krone, der Sonne und der Feuerflammen des heiligen Geistes. Sie erinnert an den Tag, an welchem das Pfingstfeuer für immer unser grobes Fleisch und unser heidnisches Blut in Brand gesetzt und mit dem göttlichen Siegel gebrandmarkt hat, mit einem Zeichen, das bis ans Ende der Zeiten daran erinnern wird, daß unser Gang über die braune Erde des Sertão nur eine Verbannung, ein Exil ist. Der Vater kam, um zu schaffen, zu strafen und auszutreiben. Der Sohn kam, um zu erlösen und zu verzeihen. Der heilige Geist kommt, um zu herrschen und in Brand zu setzen. Das Reich des Vaters ist abgeschlossen, und wir stehen am Ende des Reiches des Sohnes. Jetzt wird das Reich des heiligen Geistes beginnen, und wehe dem, der mit einem Sündenmakel im Blut angetroffen wird. Unser Sertão ist ein geheiligtes und geheimnisvolles Reich, das von einem der großen Propheten unseres Landes vorausgesagt worden ist, von Bruder Antônio vom Rosenkranz, einem Sohn der Kapuziner des heiligen Antonius von Brasilien, der gesagt hat, ,als er an den Vögeln des Himmels so viele Beispiele strengen und bußfertigen Lebens sah', er selber sei ein einsamer Vogel, ein Bergvogel und Pelikan der Einsamkeit. Es ist das geheiligte Reich, durchmessen von den Flüssen, die versiegen und sich wunderbar wieder füllen und von denen der gleiche Prophet Bruder Antônio gesagt hat: ,Heilig und geheimnisvoll seid ihr Ströme, weil ihr die fünfzehn Ströme im Meer des Rosenkranzes darstellt, Ströme der Erde, die den Himmel mit den Wehrufen der Apokalpyse bedrohten. Wehe, wehe, dreimal wehe!'‹ So rief der Mönch, und sogleich begann das ganze Volk, Herr Richter, zu weinen und zu klagen und wiederholte mit ihm seine Wehrufe, die nun wie eine Psalmodie klangen: ›Wehe, wehe, wehe! Wehe über die Gedanken, wehe über die Worte, wehe über die Werke, die auf der Erde hausen, aus der ich gemacht bin! Wehe über die drei Seelenkräfte, die von den irdischen Menschen so schlecht angewandt werden! Wehe über den verirrten Verstand, wehe über den blinden Willen, wehe über das vom wahren Wege abgeirrte Gedächtnis, wehe über die Erdbewohner, die sich nicht daran erinnern, daß sie aus Erde geschaffen wurden. Wer eine Sünde hat, tue Buße, wer einen Makel hat, suche mich auf! Seid ihr bereit, geliebte Kinder im Herrn, euch um das Banner des Heiligen Geistes zu scharen?‹

›Wir sind bereit, Vater, wir sind bereit! Niemals werden wir das Banner des Heiligen Geistes verraten!‹ so lauteten die Schreie, die von allen Seiten unter Gesängen, Flüchen, Schwüren und Verwünschungen laut wurden.

›Entschuldigt, Bruder, wenn ich danach frage, aber wir müssen es wissen, um sicherzugehen‹, rief neben uns der einäugige Sänger Lino Pedra-Verde. ›Seid Ihr Bruder Simão, der heilige Mönch aus dem Rodeador-Gebirge und vom Stein des Reiches? Ist der junge Mann, der mit Euch gekommen ist, unser Erbprinz, der Heilige auf dem Schimmel, der das Sertão-Volk im heiligen Krieg um das Reich anführen wird? Ist es wahr, daß er gekommen ist, um seinen Vater zu rächen und zu beweisen, daß er der Sohn ist, und gleichzeitig das Feuer des Heiligen Geistes zu bringen, um mit dem Unrecht und dem Leiden der Welt aufzuräumen?‹

Als der Mönch, Herr Richter, bemerkte, daß der Augenblick günstig war, ergriff er die rote Fahne des Heiligen Geistes und schickte sich an, von der Tribüne herunterzusteigen. Schon auf der Treppe sagte er, indem er auf Linos Frage antwortete:

›Ihr fragt, ob der junge Mann der Prinz ist. Wer bin ich, um darauf Antwort zu geben? Kann sein und kann nicht sein. Alles wird sich aufklären, und die Gerechtigkeit wird das abschließende Wort sprechen. Ist dieser Jüngling Sinésio, der Sohn des im Jahre 1930 enthaupteten Gutsbesitzers? Kann sein und auch nicht, und ihr selber werdet an den kommenden Ereignissen erkennen, ob er das ist oder nicht, was ihr von ihm erwartet. Eines aber sage ich, und dafür verbürge ich mich, meine Kinder: Das Viele schämt sich, ein Weniges zu geben, und wenn die menschliche Gerechtigkeit versagen sollte, so wird doch die göttliche Gerechtigkeit nicht ausbleiben.‹ So schloß er mit majestätischer Miene und stieg die Stufen hinunter.

›Es ist Bruder Simão, mein Volk! Es ist Bruder Simão! Es kann nur Bruder Simão sein!‹ rief Lino Pedra-Verde außer sich. Schaum trat ihm vor den Mund, und er verdrehte die Augen. ›Küssen wir ihm die Hand, mein Volk, denn es ist eine geheiligte Hand, es ist die Hand, die Silvestre dem Entsandten, unserem Conselheiro und den Kaisern vom Stein des Reiches beigestanden hat.‹

Das Volk, Herr Richter, geriet nun ebenfalls außer sich, um so mehr als es von den Worten des Mönches herzlich wenig verstanden hatte; es küßte die Hände und den Saum des weißen Habits von Bruder Simão, der alle sanft abwehrte und mit beispielhafter Bescheidenheit sagte:

›Was soll das, meine Kinder? Was ist das für eine Narrheit? Spart euch eure Verehrung für Gott und das reine heilige Kind Gottes auf, das auf seinem Schimmel mit uns eingeritten ist! Spart euch eure Verehrung für ihn auf, denn ich bin ein Sünder. Mea culpa, mea culpa, mea maxima culpa.‹

›Er ist ein Heiliger! Ein Heiliger! Es ist Bruder Simão! Es ist unser Conselheiro, der zurückgekommen ist, um das Reich zu entzaubern und zum Krieg aufzurufen!‹ schrie das Volk wie außer sich.

Ew. Ehren, Herr Richter, haben gewiß schon mit Ihrer guten Witterung als Entzifferer geahnt, daß ich ans Ende meiner Erzählung gelange. Sie werden daher verstehen, daß nach dieser Rede von Bruder Simão nur ein Wunder gleichzeitig den Jüngling auf dem Schimmel und den genialen, königlichen Tonfall retten konnte, der für einen epischen Gesang wie diesen angemessen ist. Aber, Gott sei Dank, das eben geschah. Alles begann damit, daß ich in mir ein Unbehagen, ein Sieden und Brennen fühlte, gleichzeitig eine ›Vision‹ und eine ›Erleuchtung‹. Der heilige Wein vom Stein des Reiches war mir völlig zu Kopfe gestiegen, und ich hatte schon mein gesamtes Sehvermögen zurückgewonnen. Die Visionen, die seit kurzem in meinem Blut und vor meinen Augen tanzten, rissen mich plötzlich mit sich und trieben mich um wie ein Wirbelsturm. Es drängte mich, ebenfalls zum Volk zu sprechen, wie es Bruder Simão getan hatte, aber nun überstürzten sich die Ereignisse und durchkreuzten meine Absicht. Als ich wieder zu mir kam, waren meine zwölf ritterlichen Brüder in unserer Nähe, sechs von der blauen, sechs von der roten Partei, und die beiden Vorreiter packten mein Pferd ›Pedra-Lispe‹ am Zügel. Ich stieg auf und ergriff das blaue und rote Banner mit dem gelben Querbalken, das Banner, das ich immer vor den Kavalkaden einhertrug. Mein Lederhut saß schon auf meinem Kopfe, der Umhang wurde mir über die Schultern gelegt. Was ich von nun an erzählen werde, Herr Richter, stützt sich auf spätere Berichte von Clemens, Samuel und Lino Pedra-Verde: ich selber könnte nichts von alledem mit Genauigkeit wiedergeben. Ich fühlte mich wahrhaftig wie ein Besessener, in göttlich-teuflischer Verzückung, die ich von meinen Ahnen vom Stein des Reiches ererbt hatte und die nun, durch die Umstände begünstigt, auf den Höhepunkt gelangte. Aber auch die übrigen Umstehenden waren recht verwirrt und widersprachen sich bei der Schilderung des wunderbaren Ereignisses, das nun vorfallen sollte. Dank einem Glücksfall, den Ungläubige dem Zufall zuschreiben würden, ich aber den Gestirnen und der göttlichen Vorsehung, hatten meine Brüder auch Clemens' rote Stute ›Expedition‹ und Samuels schwarzes Streitroß, den ›Kühnen‹, mitgebracht, außerdem ein weiteres gesatteltes, reiterloses Pferd, das sich alsbald als von der Vorsehung selber geschickt erweisen sollte. Einige Leute, die sich auf dem Marktplatz befunden hatten, behaupteten, das Wunder habe mit dem Glockenläuten angefangen. Bruder Simão hatte die Glocken der Neuen Kirche läuten lassen, nun aber fiel die Glocke der alten Kirche, der St.-Sebastianskirche am Marktplatz neben dem Hause der Garcia-Barrettos ein und läutete Sturm. Die Glockenschläge waren so heftig und so geheimnisvoll, daß Fensterscheiben zu Bruch gingen und der Widerhall den ganzen Sertão erfüllte. Andere waren anderer Meinung und sagten, der Glockenklang habe nur einen Teil des Hinterlandes erreicht, nämlich unser altes geheiligtes Königreich Cariri in Nordparaíba. In einem Punkt jedoch waren sich alle einig: im gleichen Augenblick, in welchem die Glocke wie rasend zu läuten begann und die Menschenmenge elektrisierte, spaltete sich der Himmel über dem alten Familienhaus der Garcia-Barrettos und gab den Blicken eine feurige Erscheinung preis. Unter Flammenglanz und Blitzesstrahlen erschien am Himmel ein riesenhafter gefleckter Jaguar mit goldfarbigem Fell, schwarzem Kopf und roten Flecken. Über ihm erblickte man einen gewaltigen Königssperber, der mit den Flügeln schlug und so einen feurigen Windsturm hervorrief, der an den Brandwind der Buschsteppe erinnerte. Unter dem Jaguar standen in der obersten Linie zwei weitere Jaguare, der eine schwarz und der andere rot, und unter ihnen wiederum einsam ein braunes Reh. Der Leib des Jaguars war verletzt und glänzte von Wunden, und alles war wie auf dem von meinem Bruder gezeichneten Banner in einem Regen von Blutstropfen gebadet, die von einem riesengroßen Pokal aufgefangen wurden. Rings um die Erscheinung gewahrte man all das, was unser Volk über den Palästen seiner Könige wahrzunehmen pflegt: Feuerzungen, Gralskelche, goldene Weltkugeln, Pferde, Hörner, rote Serge, Katafalke aus lohendem Silber, Heerhaufen von Mauren und Mönchen und Kämpfe von Paladinen in den Höhen – das Blut und die Gesichte, die dem Stein des Reiches vorausgingen. Die Erscheinung vermittelte allen, wie es einst Olavo Bilacs armem Ritter ergangen sein mußte, ein gleichzeitiges Gefühl von Entsetzen und Fülle, von vollkommener Wollust, von obszöner Todesnähe und saftiger Gegenwart der Lebensfrucht: es war ein Gefühl, das alle Menschen, die es erleben durften, sättigte und doch für den Rest ihres Lebens durstig und mit Welt und Leben unzufrieden bleiben ließ, weil sie ahnten, daß Welt und Leben dem ›weiten Grab‹ des armen Ritters glichen und außerstande waren, ein Erlebnis von gleicher Fülle zu bieten. Und dann folgte der zweite Teil des Wunders, der blutige, ritterliche. Denn während noch alle vor Staunen fassungslos waren und einander in der beseligten und stummen Mitteilung dessen anschauten, was sie im Blut ihrer Seele fühlten, stürmte die von Hauptmann Ludugero ›Schwarze Kobra‹ befehligte Cangaceiro-Truppe auf den Marktplatz, schoß über das Volk hinweg und ritt die Menschenmenge unter ihre Hufe. Es erhob sich ein fürchterliches Geschrei, obwohl zunächst niemand ernstlich Schaden genommen hatte. Offenbar hatte Hauptmann Ludugero, ein tapferer, großmütiger Mann, seinen Cangaceiros Anweisung gegeben, über die Köpfe hinweg zu schießen, um eine Panik zu verursachen und die Menge zu zerstreuen, denn er wollte nur den Jüngling auf dem Schimmel in seine Gewalt bringen und nicht das wehrlose Volk töten. Malaquias und die übrigen Reiter zückten ihre Dolche, die sie von der Kavalkade her noch bei sich trugen, und bildeten eine Mauer um meine Person, mich zu verteidigen. Es ging hier jedoch offensichtlich nicht um uns. Die Cangaceiros wollten die Menschenmenge zerteilen, um ins Haus der Garcia-Barrettos einzudringen. Es geschah jedoch etwas, das der Hauptmann nicht erwartet hatte: statt vom Marktplatz zu flüchten, strömte das Volk in immer größeren Scharen herbei und bildete eine kaum zu durchbrechende Sperrmauer. Als die Cangaceiros das sahen, trieben sie ihre Pferde gegen die Menschenmenge, um sie in die Flucht zu jagen. Als aber der erste Mann unter die Pferdehufe geriet und zu Boden stürzte, da stieß ein anderer Mann aus der Menge dem Cangaceiro, der daran schuld war, eine brennende Fackel ins

Gesicht. Ich kannte den Mann: er hieß Chico Dionísio, war aber bekannter unter dem Namen ›Chico vom Einsatz‹. Es war ein hünenhafter Kerl, rotbraun gebrannt von der Sonne, sein Haar so blond wie Werg und die Stirn hoch und schneeweiß an der Stelle, wo der Lederhut saß. Chico Dionísio war ein Jaguar an Tapferkeit: seine derben Fäuste waren mit blondem Haarflaum bedeckt. Als er dem Cangaceiro die brennende Fackel ins Gesicht stieß, schrie er markerschütternd auf, so als wäre er und nicht der Cangaceiro verletzt worden. Noch lauter aber klang das Gebrüll des Cangaceiros; er riß beide Hände an sein verbranntes Gesicht, stürzte vom Pferd und wurde alsbald erdolcht. Da zog Hauptmann Ludugero den Revolver und schoß auf Chico Dionísio. Die Kugel traf ihn mitten auf die Stirn; er ließ die Fackel fallen und fiel tot zu Boden. Die Erscheinung des gefleckten Jaguars war verschwunden: Gewalt und Totschlag beherrschten das Feld; der goldene Sperber des Heiligen Geistes wurde verdrängt von dem grausamen Sperber des Todes, der für Augenblicke über Chico Dionísio und dem von ihm getöteten Cangaceiro schwebte und aller beider Blut trank. Ich hörte Dr. Pedro Gouveia rufen: ›Ruhig Blut, ruhig Blut, Leute!‹ Aber Gewalt und Blutdurst waren einmal entfesselt und menschliche Kraft kaum noch imstande, sie zu zügeln. Ich witterte auf allen Seiten Blutvergießen. Schüsse krachten, Schreie hallten, und das Läuten der Glocken dauerte immer noch an. Ein anderer von den unsrigen, Dinis Vitorino, versetzte einem Cangaceiro einen Sichelhieb. Die Sichel hätte fast den Kopf des Mannes erreicht; er wehrte den Hieb mit seinem Arm ab, der einen furchtbaren Schnitt davontrug. Mit seinem anderen Arm stieß der Cangaceiro Dinis einen langen Dolch in den Bauch; er fiel zu Boden und krümmte sich in Todeszuckungen. Auch Ludugero wurde von der Gewalttätigkeit mitgerissen, knirschte mit den Zähnen und schrie seinen Leuten zu: ›Schießt auf diese Hunde! Bringt sie um!‹ Er riß seine Muskete von der Schulter und feuerte den ersten Schuß ab, um sich den Weg ins Haus freizuschießen. Seine Leute schossen blindlings in die aufheulende Menge. Es bildeten sich Lücken, einige Menschen stürzten und tränkten den Staub des Marktplatzes mit ihrem Blut. Man hörte Schreie, Flüche und Verwünschungen. Ein bärenstarker Mann namens Marino Quelê Pimenta, der zur Leibwache der zwölf Ritter meines Paten gehörte und im Krieg der Expedition Prestes wahre Wunder vollbracht hatte, konnte bis zu einem der Cangaceiro-Reiter vordringen. Er packte ihn mit den Armen und zerrte ihn aus dem Sattel. Er warf ihn zu Boden, packte ihn an der Gurgel und erwürgte ihn. Da hörte ich mitten im Tumult, wie jemand in nächster Nähe zu mir sagte: ›Quaderna, wir reiten jetzt auf die Hochebene neben dem Friedhof.‹ Zwei Schritte entfernt von mir stand Dr. Pedro Gouveia in Begleitung eines Mannes, in dem ich nur mit Mühe Bruder Simão wiedererkennen konnte, denn er hatte sein Habit abgelegt, um nicht erkannt zu werden. ›Und der Jüngling auf dem Schimmel?‹ fragte ich Dr. Pedro, erstaunt, daß er den im Stich lassen wollte, der doch Mittelpunkt und Ursache des ganzen Getümmels war. Doch ich hatte den Doktor unterschätzt; behende schwang er sich auf das Pferd, das meine Brüder mitgebracht hatten, und erwiderte ruhig: ›Der junge Mann ist schon oben auf der Hochebene bei dem Zigeuner Praxedes und Luís vom Dreieck. Ich fürchtete Verrat und ließ ihn insgeheim aus der Hintertür fortgehen und in einem Lagerzelt übernachten.‹ Da sah ich, daß es am besten war, seinem Vorschlag zu folgen. Ich sagte Lino, er solle, sobald wir fortgeritten wären, unter dem Volk den Befehl zum Sammeln auf der Hochebene am Friedhof verbreiten. Dann rief ich meinen Brüdern zu: ›Auf zum Zigeunerlager! Schützt Clemens und Samuel!‹ Doch die letzte Empfehlung war unnötig, denn meine Lehrmeister waren langsam im Handeln, aber blitzschnell im Rückzug. Sie waren längst aufgesessen und klammerten sich so vornübergebeugt, so verwachsen mit ihren Tieren an deren Rücken, daß es kaum möglich war zu sagen, wer hier Mensch und wer Pferd war. So ritten wir vom Marktplatz fort: nicht allzu langsam, um uns nicht zu sehr der Gefahr auszusetzen, aber auch nicht allzu schnell, um nicht unnötige Aufmerksamkeit zu erregen. Doch die Cangaceiros hielten uns nicht auf, weil sie dachten, unser Rückzug würde die Eroberung des Hauses erleichtern. So konnten wir entkommen und schlugen den Weg zur steinigen Hochebene ein, nunmehr geführt von Dr. Pedro, damit wir nicht von den Wachtposten aufgehalten oder angeschossen würden, die vom Ausgang der Stadt bis zur Höhe hin aufgestellt waren. Es war mithin das Schicksal selbst, das uns alle dazu zwang, die Partei des jungen Mannes auf dem Schimmel zu ergreifen. Als wir zum Lagerplatz kamen, wurden wir zu den besonderen Zelten geführt, die die Zigeuner für die beiden Anführer, Bruder Simão und Dr. Pedro, vorbereitet hatten. Nun bemerkte ich, daß alle kriegerischen Vorkehrungen getroffen worden waren: die Truppen von Dreiecks-Luís lagen hinter allen Steinhaufen und in Mulden, bereit für das, was da kommen sollte. Aber die Cangaceiros erschienen in jener Nacht nicht mehr. Später hörten wir dann, was sich auf dem Marktplatz abgespielt hatte: das Volk bemerkte, geführt von Lino Pedra-Verde, daß wir uns auf die felsige Hochebene außerhalb des Ortes abgesetzt hatten, und begriff instinktiv, daß sich alle Parteigänger des Jünglings auf dem Schimmel dorthin begeben müßten. So entfernten sie sich von dem Hause der Garcia Barrettos und machten den Cangaceiros Platz; diese fanden die Haustür offen, wie Dr. Pedro Gouveia sie gelassen hatte, drangen ein, suchten alles ab und verließen, als sie niemanden fanden, das Haus und unser Städtchen, ihre Toten und Verwundeten mit sich führend. Dasselbe tat auch das Volk; es nahm die auf dem Marktplatz liegenden Leichen mit sich und vereinigte sich mit uns auf der Hochebene. So verbrachten wir die Nacht. Immer wieder erschienen mit Sensen oder Flinten bewaffnete Leute und wollten sich unter das Banner des Heiligen Geistes einreihen. Von meinem Zelt aus hörte ich, wie sich Racheschreie mit Litaneien vermischten, die für die Gefallenen gebetet wurden. So sah ich mich, ob ich es wollte oder nicht, wieder in die Familienkämpfe des alten Dom Pedro Sebastião Garcia-Barretto hineingezogen. Die Lager waren schon bezogen: die Parteigänger Arésios saßen in der Stadt, die Anhänger Sinésios auf der stadtbeherrschenden Hochebene. Der Kampf würde beginnen. Sein erster Abschnitt hatte mit der Ermordung des alten Königs geendet. Nun folgte ein neuer Abschnitt: der aus seinem Blut entsprossene Herzbube eröffnete eine neue Spielrunde. Die Zeit des Verbrechens war abgeschlossen; die Zeit der unerbittlichen Rache hob an.«

FÜNFUNDACHTZIGSTE FLUGSCHRIFT
DIE WEIHE DES UNBEKANNTEN
BRASILIANISCHEN GENIUS

Wie Ew. Hochwohlgeboren aus meinen Schlußworten ersehen können, edle Herren und schöne Damen mit den weichen Brüsten, war ich an das Ende meiner Aussage gelangt. Ich hatte vier geschlagene Stunden hindurch geredet. Auch der Richter stellte das plötzlich fest, und da er sah, daß der Abend hereingebrochen war, fühlte er sich zur Müdigkeit berechtigt. Er streckte sich, reckte die Arme, gähnte, lächelte, bat Margarida um Entschuldigung und sagte:

»Na schön. Der Abend hat schon begonnen. Es ist dunkel geworden und deshalb besser, wenn wir jetzt Schluß machen.«

»Das ist wahr, Ew. Ehren«, stimmte ich zu. »Außerdem glaube ich, ich habe schon genug geredet, um meine Unschuld zu beweisen, so daß ich Sie bitten darf, mich von weiteren Aussagen zu befreien, da mein Gesundheitszustand, wie Sie gesehen haben, nicht der allerbeste ist.«

»Wie bitte, Dom Pedro Dinis Quaderna?« fragte der Richter mit gespielter und absichtsvoll übertriebener Verwunderung. »Ist das die Möglichkeit? Sie wollen mich so plötzlich verlassen? Damit sind wir aber gar nicht einverstanden, nicht wahr, Dona Margarida? Gerade jetzt, wo alles erst spannend wird, wollen Sie uns verlassen? Versetzen Sie sich einmal in meine Lage, Dom Pedro Dinis Quaderna! Nehmen Sie also an, Sie wären der Richter und ich der Zeuge und Angeklagte. Sie kommen hierher ins Gefängnis und sehen sich mit der Geschichte eines Mannes konfrontiert, der in meiner Nähe enthauptet worden ist. Ich wäre einer der Erben dieses Mannes und hätte ihm sein ganzes Leben lang als Berater gedient. Am Tage seines Todes verschwindet sein jüngster Sohn und wird später tot aufgefunden. Von nun an prophezeie ich jedes Jahr die Auferstehung und Rückkehr dieses jungen Mannes, meines Vetters und Neffen. Am Vorabend der kommunistischen Revolution von 1935 taucht hier am Ort eine Zigeunerschar auf; sie wird von zwei sonderbaren Männern befehligt, die einen jungen gedächtnisgestörten Mann mit sich führen, den sie auf der Landstraße gefunden haben. Den Männern zufolge soll der junge Mann der jüngste Sohn des Ermordeten sein, ein wiederauferstandener Sohn, genau wie ich es vorausgesagt habe. Jemand versucht den jungen Mann umzubringen. Der Schuß geht fehl, und der Killer fällt einem weiteren Schuß zum Opfer, der von der Stelle aus abgegeben wird, in der ich mich im Augenblick befinde. Nun kehre ich in die Stadt zurück. Der Kampf zwischen dem jungen Mann und seinem älteren Bruder beginnt, und ich ergreife die Partei des Wiederauferstandenen: mitten in einem heftigen Feuergefecht begebe ich mich mit den Anführern der Schar in ihr Truppenlager, zu einem Augenblick, der nach meinen eigenen Worten die Zeit des Verbrechens abschließt und die Zeit der Rache anheben läßt. Sagen Sie mir eines: Was würden Sie in einem solchen Fall unternehmen? Sprechen Sie frei heraus, Dom Pedro Dinis Quaderna! Würden Sie den Fall abschließen und erlauben, daß ich an dieser Stelle meine Aussage beende, oder würden Sie den Rest auch noch hören wollen?«

»Ich weiß es nicht, Herr Richter«, sagte ich und senkte eingeschüchtert den Kopf. »Ich bin niemals Richter gewesen. Deshalb kann ich auch denken, daß alles so bleiben kann, wie es ist, weil das vielleicht für alle Beteiligten besser wäre.«

»Aber, aber! Was ist denn mit Ihnen los? Nur Mut, Dom Pedro Dinis Quaderna! Sie wollen die Aussagen abschließen, bevor Sie die Geschichte beendet haben? Sie müssen doch einsehen, daß Sie wegen Ihres Stummelschwanzes Ihr Epos ohne die amtlichen Beglaubigungen niemals zum Abschluß bringen können.«

»Das wäre nicht allzu schlimm, Herr Richter. Es gehört sogar zur epischen Tradition der Sertão-Romane, daß sie unvollendet bleiben. So ist es zum Beispiel bei meinem Vorgänger José de Alencar. ›Der Sertão-Bewohner‹ endet ohne Abschluß; das Lebensgeheimnis des alten Jó bleibt unaufgedeckt und die Liebe Arnaldo Louredos zu Dona Flor unerfüllt. Der Autor ist sich dessen im übrigen auch bewußt, denn er schließt mit folgenden Worten: ›Hier endigt die Geschichte, der ich den Titel ‚Der Sertão-Bewohner‘ gegeben habe. Das Geheimnis, das Jôs Vergangenheit umgibt, enthüllte sich erst später. Und da diese Ereignisse mit Arnaldos Leben innig verbunden sind, spare ich sie mir für eine spätere Schilderung auf, wenn ich das Ende des furchtlosen Sertão-Bewohners beschreiben werde, dessen kühne Heldentaten viele Jahre hindurch in den wüsten und weglosen Gegenden des Nordostens an den langen Abenden, die sie im Winter in der feuchten Nachtluft verbrachten, die Unterhaltung der Viehhirten bildeten.‹ Aber José de Alencar starb, bevor er den angekündigten Teil erzählen konnte: gleichwohl hat ›Der Sertão-Bewohner‹ nichts von seinem Wert eingebüßt. Nun werden sich Ew. Ehren erinnern, daß der alte Jó ein typischer Sertão-Prophet war; er war bärtig und halb närrisch wie mein Pate; Arnaldo Louredo hingegen war ein vollkommener Sertão-Fürst – jung, kühn und mit einem Wams bekleidet wie Sinésio. Deshalb sehe ich nichts Außergewöhnliches in der Tatsache, daß ich alle diese Ereignisse, die ich Ihnen hier erzählt habe, in eine epische Ordnung bringe und dann hier abbreche, ohne den Ausgang der Liebesgeschichte von Sinésio und Heliana zu erzählen, ohne das unsühnbare Verbrechen zu enträtseln, dem der alte König zum Opfer fiel, und ohne die

Neue Suchfahrt zu schildern, bei der wir den Gefahren und Unbilden des Meeres ebenso trotzten wie den Hinterhalten und Racheakten der rauhen, steinigen Buschsteppe des Sertão. Denken Sie auch daran, daß es in ›Der Guarani‹ ganz ähnlich zugeht: die Geschichte endet, als Peri und Ceci an einen Palmstamm geklammert, mit ihm auf und ab wogend, den Fluß hinabschießen; der Willkür einer wütenden Strömung ausgesetzt, verliert sich der Palmstamm am Horizont. Oft habe ich über dieses Romanende nachgedacht und mich selber betrübt gefragt: Sind sie mit dem Leben davongekommen? Sind sie ertrunken? Dann dachte ich genauer nach und erkannte, daß ich die Frage falsch gestellt hatte. Wäre der Roman im ›flachen Stil‹ geschrieben worden, so wären Peri und Ceci auf jeden Fall umgekommen. Wenn sie nicht an Ort und Stelle ertrunken wären, so wären sie schon längst an Altersschwäche gestorben, denn ihre Geschichte spielt im sechzehnten Jahrhundert, und es gibt niemanden auf der Welt, der so lange gelebt hätte. Dann wären sie also alt, häßlich und ohne Zähne gestorben, und damit kann ich mich in keiner Weise abfinden. Ist aber der Roman im ›königlichen Stil‹ geschrieben, dann sind sie nicht gestorben, weder damals noch später. Sie haben die halb geistige, halb irrsinnige Liebe ausgelebt, die sie füreinander spürten, und so blieben sie dort und lieben einander auf dem schaukelnden Palmstamm, wie sich Gottheiten lieben, unsterblich und ewig jung, unsterblich in dem epischen Romanaugenblick, der immer der gleiche ist und sich bei jeder Lektüre erneuert. Nun habe ich einmal im ›Scharadenalmanach‹ gelesen, daß das Genie neben anderen Gaben auch die Gabe der Originalität besitzen müsse. Sie werden nicht abstreiten, daß eine gewisse Originalität darin liegt, daß ich all das vortrage, was ich eben vorgetragen habe, alle Mitwirkenden in eine Situation der Erwartung versetze: auf der einen Seite die Parteigänger Sinésios, auf der anderen die Arésios samt dem bevorstehenden Kampf und dann alles in der Schwebe lasse, wie José de Alencar am Ende seiner Romane. Noch eines: da Sie mir befohlen haben, mich in die Rolle des

Richters zu versetzen – nehmen Sie einmal an, ich würde zufällig sterben, bevor ich zu einer weiteren Aussage käme. Das wäre gar nichts Besonderes: ist nicht auch José de Alencar gestorben, bevor er den Rest seiner Geschichte erzählt hat? Meine Aussage müßte dann an dieser Stelle abgebrochen werden, aber deshalb würden Sie sie dennoch bei der Untersuchung verwenden, oder etwa nicht? Was nun das Epos angeht, so wäre es zumindest originell mit seiner angefangenen Geschichte, die zu keinem Ziel kommt, genau wie bei der Geschichte von Peri und Ceci und wie es auch im Leben üblich ist.«

Der Richter schaute mich mit seinen listigen Schweinsäuglein an. Schließlich versetzte er mir einen wohlgezielten Hieb, der mich an meiner empfindlichsten Stelle traf:

»Gewiß«, sagte er, »aber genau da setzen eben Ihre Pflichten als Epenschreiber, Genius des brasilianischen Volkes und höchster Genius der Menschheit ein. Wenn Sie nicht mehr leisten als José de Alencar und Homer, die genial, aber unvollständig gewesen sind, können Sie die beiden niemals überbieten. Was ist denn mit Ihnen los? Wollen Sie schlappmachen? Wollen Sie den Wettkampf mit den beiden verlieren? Denken Sie doch daran, daß Sie selber gesagt haben, daß ein Werk, um genial, königlich, musterhaft und erstklassig zu sein, vor allem ›vollständig‹ sein muß. Wenn Sie uns nicht den Rest erzählen, können Sie für das Ganze keine amtliche Beglaubigung erhalten, und Ihr Epos ist dann sicherlich originell, aber unvollständig.«

Dieser Mann war wirklich der leibhaftige Satan! Er hatte mich an die Wand gedrückt. Ich sagte:

»Sie haben recht; aber ich sehe schon, Herr Richter, daß ich, wenn ich alles erzähle, am Ende Kopf und Kragen riskiere.«

»Eben dies ist das Schicksal der Genies, Dom Pedro Dinis Quaderna. Die ganze Geschichte strotzt von der Erzählung ihrer Leiden. Alle sind sie vom Unglück heimgesucht. Vor allem diejenigen, die die Geschichte ihres Vaterlandes wie ein Kreuz im Blut und auf den Schultern tragen. Auch die Geschichte ist ja im übrigen nur eine düstere, rätselhafte und blutige Erzählung, um die Worte wiederaufzunehmen, die Sie im Hinblick auf den Tod des alten Königs und das Leben Ihres Neffen Sinésio, des Jünglings auf dem Schimmel, verwendet haben. Werfen Sie doch einen Blick auf die brasilianische Geschichte: da gibt es Massaker, Unglücksfälle, Blutschande, Blutbäder, Krieg und Unheil aller Art. Jede Krone ist mit Blut befleckt, wie Sie selber gesagt haben. Und wenn Sie auf die Krone eines Nationaldichters von Brasilien Anspruch erheben, müssen Sie den Einsatz wagen, alles auf eine Karte setzen und Ihren Kopf riskieren.«

»Nun gut«, sagte ich resigniert und gleichzeitig beeindruckt von den prophetischen Worten, die der Richter ironisch vorbrachte, während er dann und wann meinen Stimmton nachahmte und sich so vor Margarida geistvoll gebärdete. »Ew. Ehren verlangen, daß ich wiederkomme . . . Wenn ich nicht sterben sollte, wie José de Alencar gestorben ist, komme ich wieder.«

»Ausgezeichnet. Dann haben wir Gelegenheit, unser Gespräch fortzusetzen, das so reich gewesen ist an Hinweisen und Enthüllungen. Die Untersuchung bleibt offen und in der Schwebe, und ebenso bleibt einstweilen auch Ihr Werk in der Schwebe und offen und abhängig von neuen Aussagen, die Sie uns zu Protokoll geben werden. Vielleicht dauert die Aussage auch bis ans Ende Ihrer Tage und kommt nie zum Abschluß, was ja zum Inhalt Ihrer Mitteilungen passen würde.« Dies versetzte er mit einem grausamen Lächeln, das mich in Schrecken stürzte. »Bis morgen also! Ich erwarte Sie hier zur gleichen Stunde. In Ihrem eigenen Interesse reden Sie mit keinem Menschen ein Wort über das, was ich Sie gefragt oder was Sie mir gesagt haben. Beachten Sie wohl, was ich Ihnen sage: Wenn ich erfahren sollte, daß Sie etwas von dem ausposaunt haben, was sich hier abgespielt hat, werden Sie sofort Ihres Amtes enthoben und verhaftet. Bis morgen!«

»Bis morgen, Herr Richter! Bis morgen, Margarida!«, sagte ich mit einem zärtlichen Blick auf das Mädchen, das mich keiner Antwort würdigte.

So verließ ich, edle Herren und schöne Damen, das Gefängnis und wanderte heimwärts. Noch immer mit dem sonderbaren Sehvermögen ausgestattet, das mir der Wein vom Stein des Reiches geschenkt hatte, blickte ich zum Hause von Hauptmann Clodoveu Tôrres Villar hinüber, um zu sehen, ob ich den Besitzer oder die Besitzerin der verwünschten Augen entdecken könnte, die meinen Ohnmachtsanfall verursacht hatten. Aber es war niemand zu sehen. Sollte ich ein Gesicht gehabt haben? Das war nicht genau auszumachen.

Die Schatten der Nacht senkten sich über unser heroisches Städtchen, und der Wind frischte immer mehr auf und kühlte die Welt mit dem nächtlichen Wehen des Cariri ab. Ein balsamischer Duft nach Jasmin erfüllte die Luft in den Gärten hinter den Gittern und Portalen, an denen ich vorbeikam; ich vernahm Stimmengemurmel im Innern der Häuser, sah die Lichter angehen und hörte Teller und Bestecke klappern, all die vertrauten Geräusche, die mir in der Dämmerstunde immer ein Gefühl der Verbannung und des Sehnens vermitteln. Trotz allem, was mir zugestoßen war, trotz allen Gefahren, die mich bedrohten, allem, womit ich mich kompromittiert hatte, ist die Macht der Beichte so groß, daß ich mich entlastet und geläutert fühlte – und das alles versetzte mich in eine Stimmung feierlicher und sehnsüchtiger Melancholie.

Da ich nicht mit meinen beiden Rivalen und Lehrmeistern sprechen wollte, überquerte ich, statt direkt auf die Große Straße zuzugehen, die Gasse der Villares, so daß ich durch die Gartentür in mein Haus eintreten konnte. Ich ging nicht in die ›Herberge zur Tafelrunde‹, wo mir Maria Safira eine bessere Mahlzeit zubereitet haben würde, ich aber der Gesellschaft und zudringlichen Fragern ausgesetzt gewesen wäre. Ich wollte allein bleiben, um über alles nachzudenken, was mir widerfahren war.

Es gelang mir, unbemerkt mein Haus zu betreten. Gleich bei meinem Eintritt ging ich auf den Schrank zu. Ich nahm eine Flasche von meinem Rotwein vom Gefleckten Jaguar, ein gutes Stück Brot, hausgemachte Butter und Weißkäse aus Cariri, den besten Ziegenkäse, den es auf der ganzen Welt gibt. So ausgerüstet, setzte ich mich auf einen Liegestuhl und ließ mir alles mögliche durch den Kopf gehen. Meine poetischen und legendären Erinnerungen riefen eine sonderbare Sehnsucht in mir wach. Träumerische Ereignisse – meine Liebschaften, die Sertão-Kämpfe und -wanderungen, in die ich mich so lange an der Seite des alten wahnsinnigen Königs der blutbefleckten Legende des Sertão verstrickt gesehen hatte – zogen an meinen Augen vorüber. Ich sah die kriegerische rätselhafte Suchfahrt vor mir, die wir im Gefolge von Sinésio dem Strahlenden zu Lande und zu Wasser unternommen hatten und die auf die schreckliche Weise ihr Ende nahm, die im ganzen Sertão bekannt ist. Ich dachte auch mit Sorge an den merkwürdigen Prozeß, in den ich ein weiteres Mal verwickelt worden war. Es war offenbar mein Schicksal, immer wieder in die Verbrechen und Erbschaftsstreitigkeiten meiner berühmten und mächtigen Familie mütterlicherseits, der Garcia-Barrettos, hineingezogen zu werden. Es sah so aus, als wäre die Justiz außerstande, die wichtigeren Mitglieder dieses Königshauses im Sertão in ihre Maschen zu ziehen, und hätte daher beschlossen, gegen den wahren König und Propheten Quaderna zu wüten, weil sie wußte, daß ich zugrunde gerichtet und deshalb unfähig war, mich zu verteidigen, trotz all meinen Verdiensten als Dichter, Astrologe und Entzifferer und trotz meiner königlichen Abstammung vom Stein des Reiches.

Unmerklich traten dabei die realen und politischen Ereignisse in den Hintergrund und machten poetisch-literarischen Dingen Platz, und sie waren viel »wirklicher und bannergeschmückter« als die anderen. Kriegerische Rittertaten vermischten sich unvermerkt mit Liebschaften: mit der legendären, sonnenhaften Liebe Sinésios und Helianas, mit der grünlichlunaren Liebe Gustavos und Claras, mit der tigerhaften Saturnliebe Arésios und Genovevas. In meinem Kopf und in meinem Blut schmolz all dies zusammen und wurde immer wirrer, schöner und glorreicher. Der angenehme Geschmack des Käses, des Butterbrotes und des Weins, den ich in großen Schlucken zu mir nahm, setzte sich in meinen Adern fort, und es überkamen mich ein Wärmegefühl, eine Erschlaffung und ein Kribbeln im ganzen Leibe, das um so lustvoller war, als mich von draußen her die Nachtkühle des alten Sertão von Cariri zu umfangen begann.

Just in diesem Augenblick muß ich eingeschlafen sein; als letzte logische Empfindung bemerkte ich noch um das trübe Licht der von Staub und Spinnweben verschmutzten Glühbirne flatternde Schmetterlinge. »Morgen wird es regnen, und heuer wird es einen guten Winter geben«, dachte ich bei mir selbst. Dann schlief ich im Liegestuhl ein.

━━━━━

Alles, woran ich in meinem sanften Rausch gedacht hatte, vereinigte sich nun zu einem einzigen Traum. Ich hatte mein Epos, mein Werk aus Stein und Kalk, abgeschlossen und mitten im Königreich die Sertão-Burg, den Sertão-Markstein erbaut, von dem ich mein ganzes Leben hindurch geträumt hatte. Das Reich des Sertão breitete sich jetzt unter einer kupferroten Abendsonne aus, in Glut gehüllt und umgeben von bleifarbenen, feurig gesäumten Wolken; Sonne vergoldete die Steine und Mauern der rauhen, einsamen Hochebene, auf der es wimmelte von Bauern, Bischöfen, Königinnen, Königen, Türmen, Springern und Rittern – groben Rittern, in medaillenbesetzten Lederrüstungen, begleitet von den schönen Herz- und Pikdamen, die sie liebten. Mitten im Königreich leuchtete, auf einem felsigen Gebirge ruhend zwischen den beiden gleichförmigen Felsblöcken, die ihr als Türme dienten, die Kathedrale und Burg meiner Sippe mit ihren festungsartigen Mauern, welche die Sonne ebenfalls in ihren kupferroten Widerschein tauchte.

Das Werk war beendet, und deshalb sollte eine königliche Zeremonie stattfinden. Die Brasilianische Akademie der Geisteswissenschaften, ein für mich bestimmter Kronrat, bestand aus zwölf Paladinen von der roten und zwölf von der blauen Partei, je nachdem ob ihre Werke volksnäher oder volksferner waren. Sie bildete die tierkreishafte astrologische Gruppe der 24 Greise, die mein alter wahnsinniger Gefährte, der jüdische Sertão-Sänger Johannes von Patmos, in seinem rätselhaften und logographischen Epos erschaut hatte, das im Volksmund unter dem Namen »Die Apokalypse« bekannt ist. Es war der Tag meiner Krönung, und ich erinnere mich gut, daß mir nichts größere Freude bereitete als der über meine beiden Rivalen, Dr. Samuel Wan d'Ernes und Lizentiat Clemens Hará de Ravasco Anvérsio, errungene Sieg. Meine Verdienste und meine Überlegenheit waren nunmehr unumstritten. Ich hatte meinen untergeordneten Stand als Scharadenmacher verlassen und atmete die reinen Lüfte des steinigen und geheiligten Gebirges ein, das nur die Genies zu erklimmen und zu beherrschen verstehen. Jetzt sollten Samuel und Clemens zum ersten Mal den Sinn des Jaguars und der Korallenschlange erkennen, bei deren Erschaffung sie törichterweise Pate gestanden hatten, indem sie mein Blut und mein Gift mit ihren Gesprächen, ihren Gedanken, ihren Träumen, ihren Spötteleien und ihren Herausforderungen anstachelten.

Und es erschien die letzte Gesandtschaft, auf die noch gewartet worden war, eine aus zwölf Mitgliedern bestehende Abordnung des Historischen und Geographischen Instituts von Paraíba. Als maurische Botschafter aus der »Galione Catrineta« verkleidet und von Carlos Dias Fernandes und José Rodrigues de Carvalho angeführt, suchten sie um die Ehre nach, mir in ihrer Eigenschaft als Landsleute im engeren Sinne das Ehrengeleit in den Bezirk des Kronrats geben zu dürfen, wo der

Erzbischof von Paraíba meine Krönung vornehmen sollte. Großartig angetan wie der König aus dem »Kriegerspiel«, stellte ich mich an die Spitze der zwölf Paladine des Königreiches von Paraíba, und so so hielt ich meinen triumphalen Einzug in die Akademie, wo schon die 24 Greise versammelt waren, gekleidet wie die Fürsten aus dem Karnevalumzug »Bumba-meu-boi«. Der Erzbischof von Paraíba trug einen riesigen Kriegerhut, der wie ein asiatischer Tempel aussah und ganz mit Spiegeln und bunten Glasperlen verziert war – und dazu einen gelben ärmellosen Umhang, der mit blauen Kreuzen übersät war und darüber auf dem Rücken einen roten Mantel mit einem Kreuz und goldenen Halbmonden. Er nahm eine Lorbeerkrone, deren Blätter aus Silber bestanden. Mit ihr wollte er mich krönen, als ihn Rodrigues de Carvalho und Sylvio Romero – die eine merkwürdige Ähnlichkeit mit João Melquíades und Lino Pedra-Verde hatten – unterbrachen und sagten:

»Im Namen der Volkssänger und des Königreiches beschwöre ich alle, unseren König mit der Leder- und Silberkrone des Sertão zu krönen, die mit Wachskerzen-Dornen durchflochten und aus Goldblättern von den Stämmen des Angico, des Braúna und des Brasilholzes geflochten ist.«

Der Erzbischof von Paraíba beratschlagte mit dem Zeremonienmeister; dieser war niemand anders als Joaquim Nabuco; er gab sich wie immer etwas maniert, gebärdete sich wie ein Diplomat und war in diesen höfischen Dingen wohlbewandert. Joaquim Nabuco mußte gegen seinen Willen und in seinem Kosmopolitismus gekränkt, weil dies der »ausdrückliche Wille des Königs« gewesen war, zustimmen. Assistiert von Dom José de Alencar – dem Sertão-Edelmann der Rechten – und Dom Euclydes da Cunha – dem Sertão-Edelmann der Linken –, krönte mich endlich der Erzbischof von Paraíba zum König der Tafelrunde der brasilianischen Literatur, zur tosenden Freude des brasilianischen Volkes und zu den Klängen einer Sertão-Musik von Trommeln, Pikkoloflöten, Triangeln, Gitarren und Fiedeln. Sie spielten Galopps und rasche Polkas; der Haupttanz

hieß »Der Stein des Reiches« und ähnelte ganz merkwürdig
dem rauhen »Gewinsel des Hundes«, das man am Tage von Sinésios Ankunft gespielt hatte. Alle dort versammelten Grafen
und Edelleute sangen zu dieser Melodie Verse aus der Feder
des genialen paraibanischen Dichtersehers Antônio da Cruz
Cordeiro Júnior, in denen er, meine Krönung vorausahnend,
bereits im neunzehnten Jahrhundert geschrieben hatte:

> Woher stammt dieser Feuerklang,
> Woher des fremden Sängers Sang
> Von Cherubinen, Stein und Licht?
> Das Vaterland muß sich verneigen,
> Das ganze Volk in Ehrfurcht schweigen,
> Wenn unser Genius spricht!
> Laß uns, Quaderna, dich verehren
> Und dein Genie aus Himmelssphären
> Auf unsre Welt herabbeschwören!
> Verzeih, o König, wenn an deinem Thron
> Wir deinen Schlaf, den Traum und die Vision
> Mit rauher Stimme stören!
> Es hebt sich aus der dumpfen Menge
> Dein Genius in sein Dichterreich,
> Und hoch hinauf aus unsrer Enge
> Schwingt er sich himmelan, dem Sperber gleich.
> Im Feuerflug, dem er entsprungen,
> Hat sich der Sperber aufgeschwungen
> Hoch über Raum und Zeit.
> Auf steigt sein Schrei; sein Widerhall
> Erfüllt das ganze Weltenall,
> Wo ihn die Sonne selbst geweiht.

Um die Wahrheit zu sagen, edle Herren und schöne Damen,
waren die Verse dem Anlaß entsprechend etwas abgeändert
worden. Dort beispielsweise, wo der geniale paraíbanische
Dichter »Adler« geschrieben hatte, hatte ich angeregt, den urbrasilianischen und sertãogerechten Königssperber einzuset-

zen; weil er die Flugschriften der Volkssänger als Muse inspiriert, paßt er viel besser als Wahrzeichen für mein Königtum als der widerliche ausländische Sperber, der Adler. Im wesentlichen jedoch war dieses das Rätsel, der in Verse gebrachte Logogriph, den sie sangen, und ich benutze ihn, um damit diese Flugschrift und Romanze vom genialen Gesang des brasilianischen Volkes zu beenden.

Recife, 19. 7. 1958 – 9. 10. 1970.

NACHWORT
DES ÜBERSETZERS

Auf den Kirmessen der Kleinstädte des nordostbrasilianischen Hinterlandes findet man – zwischen Fortaleza im Norden und Salvador da Bahía im Süden – noch heute die Volksdichter, die »Barden mit dem Lederhut«, entfernte Verwandte der Bänkelsänger, die, mit Drehorgel und Zeigetafeln ausgestattet, bis in die Zeit vor dem Ersten Weltkrieg Moritaten nach Art von »Sabinchen war ein Frauenzimmer« auf unseren Märkten vortrugen. Diese brasilianischen Volksdichter haben ihr Handwerk bei einem älteren Meister erlernt oder sind ganz einfach Autodidakten. Sie alle besitzen grundlegende Kenntnisse in der Metrik und tragen ihre gereimten Romanzenverse entweder in einem litaneiähnlichen Singsang zu wiederkehrenden Melodien oder auch bloß rezitierend vor. Die einfachen Leute aus dem Hinterland, überwiegend Analphabeten, hängen an den Lippen ihrer Volksdichter und vertrauen ihnen so rückhaltlos, daß ihnen oftmals die Weltereignisse erst glaubhaft erscheinen, wenn sie von den Volksbarden besungen worden sind.

Das behauptete wenigstens Rodolfo Coelho Cavalcante, einer dieser Volkssänger, den ich 1973 in seiner Wohnung in einem Vorort von Salvador da Bahía besuchen konnte. Cavalcantes »Vertrieb« befand sich am Lacerda-Lift in der Altstadt von Salvador – man muß nämlich wissen, daß die Volksdichter ihre Romanzen zunächst vortragen und dann in Gestalt dünner Heftchen verkaufen und von diesem Verkauf ihren Lebensunterhalt bestreiten. Da ein Teil der Hörerschaft analphabetisch ist, muß man annehmen, daß jeweils ein lesekundiges Familienmitglied die Flugschriften erwirbt und dann allen Angehörigen vorliest. Auf Cavalcantes Heftchen prangte das Foto des lächelnden Autors samt der Einladung, ihn in seiner Wohnung aufzusuchen, und das taten wir denn auch. Zu unserem Glück war der Meister zu Hause, er erzählte uns aber, zu den großen Kirmessen reise er über Land, um seine Romanzen vorzutragen. Der Raum, in dem der Dichter uns empfing, war vom Fußboden bis zur Decke mit den Titelblättern seiner Flugschriften tapeziert, und der Dichter erzählte uns voller Stolz, mit seiner Literatur habe er sich bisher noch immer redlich seinen Unterhalt verdienen können. Ein Blick auf die Einrichtungsgegenstände und das ärmliche Stadtviertel zeigte freilich, daß man mit der Volksdichtung keine Reichtümer verdienen konnte. Cavalcante war der Typ des Autodidakten und sah aus wie Brechts denkender Arbeiter. Er zeigte dem Besucher einen Querschnitt seiner unüberschaubar reichhaltigen dichterischen Produktion. Da gab es Romanzen über legendäre Begebenheiten im Sertão, zum Beispiel »Der Pater, der zum Buschbanditen wurde«. Andere behandelten religiöse Themen; so gab es da ein Streitgespräch zwischen einem katholischen Pater, einem evangelischen Missionar und einem Spiritisten über die beste Art des Gottesdienstes. Wieder andere schilderten Vorkommnisse aus der Regierungszeit des Präsidenten Getúlio Vargas und anderer brasilianischer Politiker. Cavalcante berichtete mir auch, die Einwohner des Sertão hätten die Landung des Sputniks auf dem Mond erst geglaubt, nachdem er sie in Verse gebracht und auf den Märkten verkündet hatte.

Der Volkskundler Liédo M. de Souza führt in seinem Buch über die Heftchen-Literatur (literatura de cordel), erschienen 1976 in Petrópolis, nicht weniger als 23 Arten von Flugschriften an, dazu noch vier Gattungen von Romanzen, und unterscheidet beide nach ihrer Länge: bis zu 16 Seiten heißen die Heftchen »folhetos«, darüber hinaus Romanzen (»romances«). Für den nicht eingeweihten Leser ist diese Unterscheidung freilich bedeutungslos: es sind allemal Romanzen, sie tragen erzählenden Charakter und unterscheiden sich nur durch die durchgängige Verwendung von Metrum und Reim von erzählender Prosa. Souza teilt die Flugschriften in Untergattungen, die er bei den Volksdichtern selber ermittelt hat. Da findet man unter anderem Ratschläge der Eltern (oder des Dichters) an die langhaarige, »zügellose« Jugend, Ankündigungen des nahen Weltuntergangs, Heiligengeschichten und Marienwunder, heitere Schelmenstücke, ausgeführt von den listigen Spitzbuben des Nordostens, João Grilo oder Pedro Malasartes, dazu Romanzyklen über die faszinierenden Gestalten dieser Landschaften. Ein derartiger Zyklus behandelt Leben und Wundertaten von Pater Cícero aus Juàzeiro, einem charismatischen, mit der römischen Hierarchie verfeindeten Priester, der Scharen von Pilgern in seine Heimatstadt lockte und bis zu seinem Tode im Jahre 1934 eine umstrittene politische Wirkung ausübte. Andere Zyklen sind den großen Buschbanditen gewidmet; unter ihnen hat vor allem der Cangaceiro Lampião, ein Ausbund von Grausamkeit, die gelegentliche Großmut nicht ausschloß, mit seinem Kampf gegen die Mächtigen und die Polizei die Phantasie des Volkes beschäftigt. Die Volksdichter haben dem Rechnung getragen und die wichtigsten Episoden seines Lebens und Sterbens immer neu in Verse gebracht. Es gibt auch derbe, schlüpfrige Romanzen; sie werden meist anonym vertrieben, weil sich die Verfasser Ärger mit den Behörden ersparen wollen. Rodolfo Coelho Cavalcante äußerte sich mit Entrüstung über seine obszönen Kollegen, weil sie den ganzen Berufsstand in ein schiefes Licht brächten; er sitzt einer Kommission zur Bekämpfung der unsittlichen Flugschriften vor.

Inzwischen sind freilich die großen Zeiten der Volkssänger und ihrer Romanzen längst vorüber. Radio und Fernsehen sind während der letzten Jahrzehnte zu furchtbaren Konkurrenten der Volksbarden geworden und machen ihnen ihren Broterwerb streitig, nicht zuletzt in Gestalt der Lautsprechermusik, die auf allen Kirmessen die Stimme der Barden zu ersticken droht. Daher zieht es die Volksdichter heute mehr und mehr in die Großstädte, wo der Fremdenstrom dichter fließt, der Volksbarde zum festen Bestandteil der touristischen Industrie werden kann und der Verkauf der Heftchen – als Kuriositäten – sichere Geschäfte verspricht.

Brasiliens Bürgertum hat für diese Subliteratur lange Zeit hindurch nur ein mildes Lächeln übriggehabt; erst in den letzten Jahren hat man angefangen, diese Dichter und ihre Flugschriften als einen Teil der brasilianischen Volkskultur zu schätzen und zu fördern. Cavalcante äußerte sich optimistisch über die Zukunft seines Standes: es werde immer Volksdichter geben, meinte er, weil das Volk an sie gewöhnt sei; aber auch ihm war klar, daß sie das einstige Monopol der Nachrichtenvermittlung eingebüßt haben und in einen ungleichen Wettstreit mit den Massenmedien eingetreten sind, und so retirierte er schließlich auf die stolze Gewißheit, auf seine Weise ein Volkserzieher und Moralprediger zu sein, was man nun wieder Radio und Fernsehen nicht nachsagen könne.

Es gehört zu den Merkwürdigkeiten der brasilianischen Literatur, daß den Volksdichtern und ihrer Literatur in dem Augenblick, in dem sie zum Untergang verurteilt zu sein scheinen, ein Retter erstanden ist, der Wert und Wesen dieser Volkskultur in ein großes, der hohen Literatur zugehöriges Werk aufgenommen hat. Dieser Vorgang erinnert an die (freilich parodistisch gemeinte) Verwandlung, die Cervantes der niedergehenden Gattung des Ritterromans durch seinen »Don Quijote« widerfahren ließ. Der Retter der brasilianischen Volksdichtung heißt Ariano Suassuna. Er ist kein Folklorist und professioneller Romanzensammler wie Liédo M. de Souza, sondern Dichter und stammt aus der Provinz Paraíba, wo er 1927 im heutigen João Pessoa geboren wurde. Sein Vater war der damalige Gouverneur dieses Bundeslandes; 1930 fiel er einem Attentat seiner politischen Gegner zum Opfer. Seine Witwe zog sich mit ihrer großen Kinderschar auf ein kleines Familiengut in der Kleinstadt Taperoá im Hinterland von Paraíba zurück. Dort entwickelte sich der junge Ariano zum »sertanejo«, zum heimatverbundenen Bewohner der sonnendurchglühten, spärlich bewachsenen und nur zur Regenzeit jählings aufblühenden Gebiete im Hinterland des brasilianischen Nordostens. Der junge Suassuna nahm Lebensart und Denkweise der Sertão-Bewohner so intensiv in sich auf, daß sie für immer zur Grundlage seiner dichterischen Arbeit wurden. Die stark autobiographisch gefärbten Flugschriften 11 bis 25 geben eine anschauliche Vorstellung von seiner Kindheit im Sertão. Dann folgte die

Ausbildungszeit in der Großstadt Recife, der Hauptstadt des Bundesstaates Pernambuco, und manche Freunde des Dichters sehen in dieser frühen Entwurzelung des jungen Suassuna den Grund für sein besonders heftiges Bekenntnis zum Sertão und seiner Lebensart und Überlieferung. Der Student der Rechtswissenschaften rief mit gleichgesinnten Freunden ein Studententheater ins Leben, das in Erinnerung an Lorcas spanische Wanderbühne den Namen »A Barraca« erhielt. Für dieses Studententheater verfaßte Suassuna seine ersten Bühnenstücke. Dabei erinnerte er sich an die volkstümlichen Gestalten der Schelme und Gauner des Nordostens und knüpfte formal an die Mysterienspiele des Mittelalters und die Farcen des portugiesischen Renaissance-Dichters Gil Vicente an. In bewußter Abkehr vom »bürgerlichen« Theater des europäischen Naturalismus suchte Suassuna den Rückweg zu einem farbigen, wunderfrohen Volkstheater zu finden und entnahm seine Anregungen den Volksschauspielen des Nordostens: dem »Spiel von der Galione Catrineta«, den »cheganças« genannten Turnieren iberischer Herkunft zwischen Christen und Mauren, dem Karnevalsumzug »Bumba-meu-boi« und dem Puppentheater der »mamulengos«. Er machte die Nachahmung der Alltagswirklichkeit für den Niedergang des europäischen Theaters verantwortlich und suchte seinerseits »die Verwandlung der Welt«. 1964 erklärte Suassuna in der Zeitschrift »Américas«: » . . . es ist eine weitaus edlere Aufgabe, statt in der Antike oder bei exotischen Völkern nach einer falschen oder leicht poetisierbaren Wirklichkeit zu suchen, im zeitgenössischen Volksleben die Wirklichkeit aufzuspüren, die als Ausgangspunkt für die Erschaffung einer magischen oder festlichen Theaterwirklichkeit dienen kann, in der sich das Volk selber verwandelt wiederzuerkennen vermag.«

Seinen ersten übernationalen Erfolg erzielte Suassuna 1956 mit dem »Testament des Hundes« (O Auto da Compadecida), das von W. Keller ins Deutsche übersetzt und an mehreren deutschen Bühnen aufgeführt wurde. Die Handlung ist volks-

tümlich-einfach: In dem Sertão-Städtchen Taperoá, das hier
wie später in dem Roman vom »Stein des Reiches« den Schauplatz stellt, ist das Lieblingshündchen der Bäckersfrau gestorben. Sie wünscht seine kirchliche Beisetzung, aber die Geistlichkeit weigert sich. Diesen Widerstand bricht der Sertão-
Schelm João Grilo mit dem überzeugenden Argument, das
Hündchen habe der Kirche testamentarisch eine größere
Summe vererbt. Bei einem Überfall von Buschbanditen auf
Taperoá kommen alle Beteiligten ums Leben, und so spielt der
zweite Teil des Stückes im Jenseits, wo Christus — ein Neger —
mit dem Teufel um das Schicksal der verstorbenen Sertão-Bewohner rechtet, bis die von João Grilo zu Hilfe geholte Gottesmutter den Richtspruch ihres Sohnes in eine Begnadigung
abmildert. Suassunas übrige Theaterstücke sind bisher nicht
über Brasilien hinausgedrungen: »Der Heilige und das
Schwein« (O Santo e a Porca) ist eine geschickt ins Milieu des
Nordostens versetzte Neuformung der Plautus-Komödie, die
Molière als Vorlage für seinen »Geizhals« diente, und die
»Farce von der schönen Faulheit« (A farsa da boa preguiça)
verwendet Typen und Denkvorstellungen, die Nichtbrasilia-
nern einigermaßen fremd erscheinen müssen. Im letztgenann-
ten Stück verteidigt Suassuna die schöpferische »Faulheit« des
Künstlers gegen den bürgerlichen Arbeitseifer der Utilitaris-
ten. Das hat ihm den Vorwurf eingetragen, er wolle die ohnehin berüchtigte Faulheit der Brasilianer verherrlichen und einem durch Tätigkeit erzielten Fortschritt in den Weg treten.
Der Autor hat darauf in einem Interview geantwortet, er stehe
zwar auf der Seite aller lebenslustigen Südvölker, weil ihre Ge-
nußfähigkeit vorteilhaft von dem »Lasteseltum« der arbeitsa-
men Nordvölker absteche, er räume aber ein, daß Brasilien
seine Rückständigkeit gegenüber den Händlernationen dieser
Erde nur durch verstärkte Arbeit aufholen könne. Sein Lob der
Faulheit sei also nur ein Lob der schöpferischen Muße, nicht
der Untätigkeit überhaupt.

Seit 1962 hat sich Suassuna vom Theater ab- und dem Roman zugewandt. Die spärlichen Mußestunden, die ihm seine ständig zunehmenden Pflichten als Professor für Ästhetik an der Bundesuniversität von Recife, als Leiter des universitären Kulturdienstes und (seit zwei Jahren) als Stadtrat für Erziehungs- und Bildungsfragen im Rathaus von Recife übrig ließen, widmete er der Arbeit an dem als Trilogie angelegten Roman vom »Stein des Reiches«, einem der ersten Marksteine des 1970 von ihm begründeten »Movimento armorial«. Übersetzt bedeutet das so viel wie »Wappenbewegung«, auch die Wiedergabe des Ausdrucks als »heraldische Bewegung« wäre wohl noch statthaft; gemeint ist die Absicht, die Volkskunst des Nordostens zum Ausgangspunkt einer Bewegung zu machen, die sie in hohe Kunst überführt und verwandelt. Das soll nach Suassunas Absicht auf allen Gebieten geschehen: in Literatur, Musik und Malerei ebenso wie in den graphischen Künsten oder in Ballett, Theater und Film. In all diesen Bereichen hat Suassunas im »Movimento armorial« vereinter Freundeskreis Leistungen von unterschiedlicher Bedeutsamkeit zuwege gebracht. Seit der surrealistischen Bewegung in Frankreich hat es wohl keinen so umfassenden, sämtliche Künste umspannenden Versuch gegeben, eine große Konzeption zu verwirklichen, in diesem Fall die Nobilitierung des Nordostens. Suassuna ist nicht der erste gewesen, der die Künstler des Nordostens zur Entdeckung ihrer Heimat aufgefordert hat. Schon vor einem halben Jahrhundert hat Gilberto Freyre, der in Recife beheimatete Altmeister der brasilianischen Soziologie, die jungen Maler und Schriftsteller seiner Generation ermutigt, die Eigenart des Nordostens zu erkunden und eine zeitgenössische Kunst aus der Energie des Regionalismus zu schaffen. Dieser Aufruf zu einer regional inspirierten Kunst ist nicht ungehört verhallt. Jorge Amado hat das Volksleben von Bahía verklärt, José Lins do Rêgo die Gesellschaft der Zuckermühlen porträtiert, Graciliano Ramos die Schrecken der Dürrekatastrophen und der sozialen Ungerechtigkeit auf den Gütern von Ceará nachgestaltet. Mit João Guimarães Rosa ist der Sertão von Minas Gerais in die Weltliteratur eingetreten. Auf diese Vorgänger beruft sich Suassuna, und dazu noch auf einige ältere Autoren, die in Europa kaum bekannt sind: auf den romantischen Romancier José de Alencar aus Fortaleza und den Sertão-Erforscher Euclydes da Cunha. Sieht man sich den Roman vom »Stein des Reiches« etwas genauer an, so bemerkt man, daß alle großen Namen der brasilianischen Kultur irgendwann einmal genannt werden, denn Suassuna ist nicht nur Sertão-Bewohner, sondern auch Brasilianer aus Leidenschaft und Weltanschauung und hat von sich selber gesagt: »Ich kenne kein anderes Land außer meinem eigenen, und selbst innerhalb Brasiliens kenne ich nur den Nordosten gut, den nordöstlichen Sertão.« (Tempo brasileiro, Dez./Febr. 1966/7) Suassuna reist äußerst ungern, verabscheut Flugzeuge und betrachtet Radio und Fernsehen als Satanswerk. Über seine schriftstellerische Arbeit sagt er in einem Aufsatz, der den Titel »Brasilien, Afrika und die brasilianische Faulheit« trägt, er betrachte sich als einen »Schöpfer von Mythen und Geschichten, die ich, seit ich zu schreiben begonnen habe, spontan in den Dienst meines Landes, des Nordostens und meines Volkes zu stellen suchte«. In diesem Aufsatz bekennt der Verfasser auch, er leide an einem »rassischen Vorurteil mit umgekehrtem Vorzeichen«, denn er stehe an der Seite aller »dunkelhäutigen, mageren Völker der Welt« und mißtraue den Händlernationen des Nordens, die Brasiliens Gastfreundschaft mißbrauchten und seine Bodenschätze ohne Nutzen für die Brasilianer ausbeuteten. Man dürfe nicht glauben, so liest man in einem Interview Suassunas mit Marcos Cirano in der Zeitschrift »Movimento« (Nr. 97 vom 9. 5. 1977), daß wirtschaftlich höher entwickelte Länder notwendigerweise eine bessere Kunst hervorbrächten als unterentwickelte – Indiens Kunst sei jener der USA durchaus überlegen –, und er seinerseits sei jedenfalls stolz darauf, ein »Wortführer meiner Gemeinschaft«, des ärmlichen Nordostens, sein zu dürfen.

Tatsächlich gehört der Nordosten Brasiliens zu den ärmsten Teilen des riesenhaften Landes. Die Versuche der brasilianischen Bundesregierung, diese rückständigen Provinzen von Piauí über Ceará bis südwärts nach Paraíba und Pernambuco mit Hilfe von Sonderplänen wirtschaftlich aufzuschließen und ihr Lebensniveau an das von Südbrasilien anzugleichen, haben bis heute nicht verhindern können, daß Armut, Ausbeutung und soziale Mißstände im Nordosten krasser zutage treten als irgendwo sonst in Brasilien. Man berichtet, daß die armen Bauern des Nordostens für ihren Todesfall sparen und Mitglieder von Beerdigungsgesellschaften werden, damit sie nicht in ihrer eigenen Hängematte oder in einem Totenhemd aus Papier bestattet werden müssen, wie dies ein anderer Dichter aus Pernambuco, João Cabral de Mello Neto, in seinem Theaterstück vom »Leben und Sterben auf severinsche Weise« (Vida e morte severina) ergreifend dargestellt hat.

Aber Brasiliens Armenhaus ist zugleich eine Schatzkammer der folkloristischen Überlieferung, und dieses Zusammentreffen ist gewiß kein Zufall, da wirtschaftliche Rückständigkeit und folkloristischer Reichtum ganz offenbar eng miteinander verbunden sind. Anders als im Süden Brasiliens, der in starkem Maße von italienischen, deutschen, polnischen und japanischen Einwanderern geprägt worden ist, hat sich im Nordosten die Prägekraft der ersten portugiesischen Kolonisatoren verhältnismäßig rein erhalten. Sie ist ablesbar an der Architektur von Salvador da Bahía, Recife oder Fortaleza und an Musik, Malerei, Keramik und Volkskunst dieser Gebiete. Die Indios und die im sechzehnten Jahrhundert zur Fronarbeit in den Zuckermühlen importierten angolanischen Neger haben das Ihrige dazu beigetragen, daß eine vielgestaltige Volkskunst entstehen konnte, die den Charakter einer Mestizenkultur aufweist und mit ihrer Vermischung europäischer, vor allem iberischer, afrikanischer und indianischer Elemente synkretistisch wirkt.

Synkretistisch muß auch Suassunas großer Roman verstanden werden, als gesteigerter Ausdruck einer Mestizenkultur, wozu freilich angemerkt werden muß, daß der Autor selber, allen Bekenntnissen zur Mestizenkultur Brasiliens zum Trotz, von der portugiesischen Tradition am stärksten geprägt worden ist, weshalb der Anteil der Elemente aus der Neger- und Indio-Tradition geringer ist als der Anteil der iberisch vermittelten Einflüsse. So ist Suassuna überzeugter Katholik, nicht etwa Anhänger der Macumba-Kulte, wenngleich ein recht eigenwilliger und zuweilen respektloser Katholik, wie man aus den diesbezüglichen Bemerkungen über Kirche, Kleriker und die spezielle Sertão-Religion des Helden im »Stein des Reiches« entnehmen kann. Die Leser dieses heraldischen Romans werden sich vielleicht darüber wundern, daß sich Suassuna ausdrücklich zur Monarchie als der für den Sertão geeignetsten aller Staatsformen bekennt. Was Suassunas Romanhelden, den Schelmen und Hochstapler Quaderna, nicht hindert, die Familie Braganza als königliche Schwindler abzulehnen und seine eigene Ahnentafel auf die Volkskönige am Stein des Reiches zurückzuführen, die im Namen von Glück und Gerechtigkeit ein Blutbad unter ihren Untertanen veranstalten. Die Republik sei in Brasilien nur eingeführt worden, erklärt Suassuna in einem Interview aus dem Jahre 1971 mit der Zeitschrift »Veja«, um die Nordamerikaner und Franzosen sklavisch nachzuäffen; das Volk im Nordosten sei dagegen festfreudig und deshalb von Hause aus monarchistisch eingestellt, denn die Monarchie sei viel »hübscher« als die Republik, und deshalb sei König Baudouin von Belgien anläßlich seines Staatsbesuchs in Brasilien eingeladen worden, mit Hermelinmantel und Krone durch die Städtchen des Nordostens zu reisen. Im »Stein des Reiches« bezeichnet sich Suassunas Dichterschelm Quaderna als »Monarchisten der Linken«, und das paßt recht gut zur Einstellung des Autors in gesellschaftlichen Fragen: dieser von seinen Gegnern gern als Konservativer verschriene Autor hat in seinen öffentlichen Äußerungen nie einen Zweifel daran gelassen, daß er die bestehenden Gesellschaftsverhältnisse in Brasilien mißbilligt. In dem schon erwähnten Aufsatz über die »brasilianische Faulheit« schreibt er, das brasilianische Volk lebe mit zwei Plagen: schlecht entlohnter Sklavenarbeit einerseits und erzwungener Faulheit in Gestalt von Arbeitslosigkeit andererseits. »Wir Brasilianer haben uns vorzuwerfen«, fährt er fort, daß »wir nicht hinreichend einen ungerechten gesellschaftlichen Zustand angeprangert haben, in welchem wir Privilegierten das Recht auf Muße besitzen auf Kosten der schrecklichen Ausbeutung der brasilianischen Armen.« Das sind klare und deutliche Worte. Im Unterschied zu den politischen Kämpfern unter Lateinamerikas Schriftstellern jedoch hat Suassuna immer wieder betont, er betrachte sich als Dichter, nicht als Politiker, und könne daher keine Rezepte für die Veränderung der Gesellschaft anbieten. Sein Beitrag zur Erneuerung Brasiliens ist die künstlerische Aufwertung des Sertão und seiner Volkskultur. Suassuna zitiert dazu ein Wort Tolstois: »Schildere dein Dorf gut, und du wirst universal sein!« Regionalität und Universalität schließen einander nicht aus: die Kleinstadt Taperoá ist ein Mikrokosmos der Weltvorgänge. Taperoá bedeutet für Suassuna das gleiche wie Macondo für Gabriel García Márquez: den Fix- und Quellpunkt der dichterischen Inspiration. »Denn in der kleinen Welt einer Sertão-Stadt finden Sie alle erdenklichen Konflikte: Hunger, Arbeit, Liebe, Eifersucht, Verzweiflung, Krieg, Tod, Mord, es ist alles vorhanden.«

Aus dieser Denkungsart ist der Roman vom »Stein des Reiches« hervorgegangen, für den der Autor 1972, ein Jahr nach dem Erscheinen, den Nationalen Buchpreis Brasiliens erhalten hat. Das Werk entzieht sich jeglicher Einordnung in die geläufigen Untergattungen des Romans. Ursprünglich scheint Suassuna nichts anderes im Sinne gehabt zu haben als eine Verklärung der Volksdichter und ihrer Romanzen. Daher die Einteilung des Romans in »Flugschriften«, die sich an die Volksdichtung anlehnt, und der hohe Anteil der Zitate aus den Flugschriften der Volksbarden im ersten Teil des Romans. Einzelne dieser »Flugschriften« enthalten geradezu eine Prosafassung der Romanzenverse, die am Ende zur Bestätigung und Abrundung beigefügt werden. Dann aber scheint die zündende Idee hinzugekommen zu sein, einen Helden ins Zentrum des Romans zu stellen, der über der ständigen Beschäftigung mit den Romanzen der Volksdichter den Verstand verliert und zu Wahnvorstellungen neigt, ähnlich wie Alonso Quijano über der unmäßigen Lektüre von Ritterromanen den seinigen einbüßte und zum fahrenden Ritter Don Quijote wurde. Quadernas Wahn ist kaum minder gefährlich: er hält sich für den Nachkommen der blutigen Fanatiker-Könige am Stein des Reiches, im Inneren des Sertão, und als solchen für berufen, das neue Reich der Gerechtigkeit mit heraufführen zu helfen. Als Anwärter auf die Krone Brasiliens, Astrologe und Scharadenmacher behält der gewitzte Quaderna freilich genug Hellsicht übrig, um seine Pläne mit allen erdenklichen Mitteln, erlaubten wie unerlaubten, vorwärtszutreiben. Halb wahnumfangen, halb geistesklar – wie Don Quijote –, übersetzt er in seinen lichteren Stunden den Traum vom eigenen Königtum und der Wiederkehr des Reiches seiner Ahnen in einen Traum von dichterischer Größe, und das macht dieses Buch – wie das des Cervantes – zum Literaturroman par excellence. Quaderna erklärt, er wolle ein modernes Epos schreiben, worin die erzählende Prosa des Romans ebenso ihren Platz behauptet wie die epos-nahen Verse der eingestreuten Romanzen. In seiner überschwenglichen Sprache kennzeichnet Quaderna sein geplantes Werk – das im Verlauf all dieser Diskussionen gleichsam nebenher entsteht – als »heroisch-brasilianischen, iberisch-abenteuerlichen, kriminologisch-dialektischen und tapuia-rätselhaften Roman voll Spott und Lotterleben, legendärer Liebe und epischem Sertão-Rittertum«. Quadernas Wahn äußert sich in seinem maßlosen Verlangen, alle Vorgänger in der Literatur zu überbieten und den Platz eines Genius des brasilianischen Volkes, ja den eines Genius der Menschheit einzunehmen und Homer zu entthronen. Dieser Anspruch ist stark mit Ironie gewürzt, denn Quaderna hat einen Teil seiner literarischen Ausbildung bei den Volksbarden erhalten – und wie sollten wohl die Volksdichter, die Vertreter der Subliteratur, ins dichterische Elysium gelangen? Zwei Volksdichtern seines Bekanntenkreises hat der Autor in den Gestalten von Lino Pedra-Verde und João Melquíades in seinem Roman ein Denkmal gesetzt. Die übrigen Volksdichter sind zumindest in abwechslungsreichen Zitaten gegenwärtig, und der synkretistische Charakter von Suassunas Kunst wird vielleicht nirgendwo deutlicher als in der Einbeziehung der iberischen Tradition Brasiliens, z. B. in Gestalt der auch in Portugal volkstümlichen Romanze von der »Galione Catrineta«, oder gar aus Frankreich nach Iberien vermittelter und von dort aus nach Brasilien gelangter Romanzenstoffe, die sich mit Karl dem Großen, den zwölf Paladinen von Frankreich oder Robert dem Teufel befassen. Ein besonders merkwürdiges Beispiel für die Entlehnung europäischer Motive liefert die Romanze von der Suchfahrt nach dem Heiligen Gral, dem »Sangral«, die bis zur Unkenntlichkeit brasilianisiert und in den Sertão verlegt worden ist.

Mit der Einbeziehung der Volksdichtung ist der Anteil der Zitate an diesem hybriden Roman noch nicht erschöpft. In seinem wahnhaften Drang, zum Nationaldichter Brasiliens aufzusteigen, nimmt Suassunas Dichter-Schelm Quaderna auch bei der hohen Literatur seines Landes Anleihen auf; er bereichert sein »Epos« durch eine Blütenlese von Gedichten »anerkannter« und nach Möglichkeit durch Akademien geehrter Poeten Brasiliens. Der Gernegroß aus dem Sertão zitiert die großen Meister, um seinem eigenen Werk größeres Gewicht zu verleihen; nur ist es für den nichtbrasilianischen Leser, dem diese Gedichte der Meister gelegentlich als übertrieben romantisch, ja kitschig erscheinen, nicht immer einfach, Scherz und Ernst in Quadernas Zitierweise zu erkennen oder gar herauszubringen, in welchem Ausmaß die Vorlagen vom Autor spitzbübisch verfremdet und überarbeitet worden sind.

Es dient dem gleichen, bei aller Ironie wohl im Grunde doch ernst gemeinten Ziel, den Super-Roman Brasiliens zu schaffen, wenn der Autor seitenlang aus den alten Chroniken Brasiliens zitiert und dabei die portugiesische Geschichte so selbstverständlich mit einbezieht, als wäre Portugal tatsächlich, wie er scherzhaft sagt, stets ein Bestandteil des Kaiserreichs Brasiliens gewesen.

Aus vielerlei bunten Fäden knüpft Quaderna seinen Wandteppich von Geschichte und Kultur des Nordostens. Auf den ersten Blick scheint er nur einen rätselhaften Kriminalfall zu berichten: die Ermordung seines Paten Dom Pedro Sebastião Garcia-Barretto durch unbekannte Täter. Um diesen Fall seiner Aufklärung näherzubringen, benötigt der Erzähler rund 900 Seiten und straft damit seinen Beinamen »Quaderna der Entzifferer« Lügen. Denn dieser Entzifferer entziffert nichts, er verdunkelt, was er zu entziffern vorgibt, und wird allenfalls selber bei diesen Verdunkelungsbemühungen entziffert – vom Richter. Quaderna ist offenbar selber in den Mordfall verstrickt und wird deshalb vom Untersuchungsrichter mit Recht zur Rechenschaft gezogen. So präsentiert sich der Roman als eine dem brasilianischen Volk und seinem höchsten Berufungstribunal unterbreitete Verteidigungsschrift des Angeklagten Quaderna und gliedert sich – vorerst – in zwei Teile: Die Flugschriften 1 bis 48 schildern Familie und Vorleben des Angeklagten, die Flugschriften 49 bis 85 seine Verteidigung vor dem Untersuchungsrichter.

Prozeß und Verhör bringen Elemente aus dem Kriminalroman ins Spiel, bei denen Suassuna seine juristische Ausbildung zugute kommt. In anderen Bereichen des Romans feiern die Ritterbücher fröhliche Auferstehung. Dazu gehört die Geschichte von Sinésio, dem Jüngling auf dem Schimmel, der in Taperoá einzieht, um seines Vaters Erbe zurückzufordern und den armen Leuten im Sertão – wie diese glauben – Glück und Gerechtigkeit zu bringen. Hinter der Gestalt des Schimmelreiters wird der Umriß König Sebastians sichtbar, jenes ritterlichen Königs von Portugal, der 1578 bei einem verspäteten Kreuzzug gegen die Mauren Leben und Reich verlor und seither in Portugal wie in Brasilien Gegenstand von Auferstehungshoffnungen geworden ist, die entfernt an die Legendem vom schlafenden Kaiser Barbarossa im Kyffhäuser erinnern.

Die Hoffnung auf König Sebastians Wiederkehr, der sogenannte Sebastianismus, verbindet sich in Brasilien mit dem Wunsch des einfachen Volkes, an den Besitzenden Rache nehmen und soziale Gerechtigkeit herstellen zu können. Die Kämpfe um eine gerechtere Gesellschaftsordnung durchziehen den gesamten Roman: Quadernas Vorfahr, genannt König Johann II., der Abscheuliche, vergoß am Stein des Reiches Ströme von Blut, um König Sebastian zum Leben zu erwecken. Antônio Conselheiro, der sonderbare Prophet von Canudos, verteidigte 1897 seine Stadt der Gerechtigkeit bis zur letzten Patrone gegen das anrückende Militär der Bundesregierung, und sebastianistisch wirkt auch der Einzug des Schimmelreiters in Taperoá, der zeitlich mit dem langen Marsch der Expedition des Kommunistenchefs Luís Carlos Prestes durch das Hinterland Brasiliens zusammenfällt (1935) und von den bedrohten Mächtigen des Städtchens auch sogleich mit einem kommunistischen Putschversuch in Zusammenhang gebracht wird. Wie sehr der Sebastianismus die Ereignisse des Romans verklammert, ersieht man auch daran, daß der Einmarsch des Jünglings auf dem Schimmel in Taperoá genau ein Jahrhundert nach dem sebastianistischen Schreckensregiment am Stein des Reiches erfolgt.

Es ist nicht ganz einfach, in diesem vom Ritterroman beeinflußten Bereich des Romans historische Ereignisse und poetische Überhöhung auseinanderzuhalten. Doch scheint die Kavalkade des Schimmelreiters das einzige mythisch-fiktive Ereignis zu sein. Alle übrigen Vorkommnisse sind historisch verbürgt und vom Autor nur in begrenztem Ausmaß fiktiv angereichert worden. So werden die Greuel der Sebastianisten-Herrschaft am Stein des Reiches durch fortwährende Ironie auf ein erträgliches Maß gemildert. In den Bereich des Ritterromans gehören aber auch die Turniere der Blauen und der Roten, ein Sertão-Brauch iberischen Ursprungs, und – eine groteske Parodie auf den fruchtlosen Streit zwischen Rechten und Linken in der brasilianischen Politik – das Nachttopf-Duell zwischen Quadernas Lehrern Clemens und Samuel. Hierher gehört schließlich auch die Heraldik, die Vorliebe für Wappen und Banner, die sich in den – von Suassunas Gattin Zélia entworfenen – Holzschnitten des Romans spiegelt und der Absicht dient, die ärmliche Umwelt des Sertão zu idealisieren. Auf brasilianische Weise entspricht die Wiederaufnahme von Motiven des Ritterromans einer Forderung, die sowohl Mario Vargas Llosa, der peruanische Romancier, wie auch der Kolumbianer Gabriel García Márquez gelegentlich erhoben haben: der lateinamerikanische Roman möge sich von Werken wie dem »Amadís«-Roman oder »Tirant lo Blanc« anregen lassen.

Kaum minder deutlich ist der Einfluß des Schelmenromans auf Suassunas Brasilien-Epos. Schon der Held selber, dieser zwielichtige Dom Pedro Dinis Quaderna, ist ein Schelm, der in seinen Mitteln wenig wählerisch ist, wenn sie seinem Aufstieg dienen. Auch die Dichtung ist ihm nur ein Hilfsmittel beim gesellschaftlichen Stabhochsprung. Mit der Narrenkappe des Dichters getarnt, hofft Quaderna der Mitverantwortung für die Ermordung seines Paten entgehen zu können. Er ist unerschöpflich im Einstreuen heiterer Geschichten über die Sertão-Gesellschaft und verwandelt das Verhör durch den Untersuchungsrichter in eine literarische Diskussion über die beste Art und Weise, einen urbrasilianischen Roman, eine Art von »Brasiliade« zu schreiben. Dabei folgt die Verknüpfung von Theorie und Praxis des Erzählens durchaus dem Vorbild des »Don Quijote« von Cervantes, wo ebenfalls die Gesetze des Romans diskutiert und alsbald in erzählerische Abenteuer umgesetzt werden. Idealisieren die an den Ritterroman angelehnten Abschnitte des Romans die Wirklichkeit des Sertão, so erscheint diese desto krasser, unverhüllter und gelegentlich bis zur Derbheit obszön in den pikaresken Abschnitten des Romans. Beide Stiltendenzen hat Quaderna nach eigenem Geständnis von seinen beiden Lehrmeistern übernommen; diese repräsentieren die traditionelle Spaltung der brasilianischen Intellektualität in Rechte und Linke. Samuel, der adelsstolze

Nachkomme adliger Konquistadoren und Prototyp des Konservativen, verficht eine idealisierende »Tapir-Kunst«, und ihr huldigt Quaderna in den heroischen Partien des Romans. Clemens, der Vorkämpfer des Kommunismus, tritt für eine wirklichkeitsnahe, volksverbundene »Jaguar-Kunst« ein – denn der Jaguar ist das Symbol Brasiliens –, und seinen Vorstellungen folgt Quaderna in den pikaresken Teilen des Romans. Die ideologische Auseinandersetzung zwischen Konservativismus und Sozialismus, Integralismus und Kommunismus zieht sich durch den gesamten Roman und ist besonders aufschlußreich für alle diejenigen, die sich über die ideologischen Kämpfe in Brasilien orientieren wollen; sie gipfelt in der großen nächtlichen Diskussion zwischen dem Kommunisten und dem Individualisten, Adalberto Coura und Arésio Garcia-Barretto, in der Flugschrift 79. Quaderna nimmt dabei eine mittlere Position ein und wendet sich ebenso entschieden gegen eine Verewigung der bestehenden Ungerechtigkeiten in der Gesellschaftsordnung wie gegen die radikale Uniformierung des Lebens und Denkens, die der Wortführer des Kommunismus anstrebt.

Suassunas Sertão-Epos wäre nicht vollständig und dem Anspruch, Homer zu überbieten, nicht gewachsen, wenn es nicht auch die phantastische Literatur einbezöge. Das Wunderbare bricht in großer Vielfalt in den Roman ein: »Der seltsame Fall des teuflischen Reiters« stammt aus der religiösen Überlieferung des Sertão und entspricht Todorovs Definition in der »Introduction à la littérature fantastique«: »Das Phantastische ist das Zögern, das jemand, der nur die Naturgesetze kennt, gegenüber einem Ereignis mit übernatürlichem Einschlag empfindet.« Die Teufelsvision des Volkssängers Lino Pedra-Verde geht unmerklich vom Realen ins Phantastische über. Die mythischen Bilder vom Sertão als einem roten, schwarzen oder gefleckten Jaguar gehören ebenso in diesen Bereich wie die Vision von der Welt als räudigem Jaguar, auf dessen Rücken sich die lausige Rasse der Menschen tummelt. Unmittelbar ins Wunderbare führt die Erzählung vom Untier Brusakan, der personifizierten Naturgewalt des Taifuns. Das Befremdlich-Wunderbare ist gegenwärtig in den Berichten von der geheimnisvollen Grotte, auf deren Grund der Weltenjaguar lauert; Quadernas Lehrmeister Clemens vermehrt noch das Rätselhafte dieser Grotte, indem er sie als von den Sumerern aufgefundene Grotte bezeichnet! Die Suche nach Dom Pedro Sebastião Garcia-Barrettos Schatz gehört ebenfalls in diesen Bereich. Auch der narkotisierende Zaubertrank des Weins vom Stein des Reiches, mit dessen Hilfe Quaderna seine dichterische Vision des Sertão herbeibeschwört, ist ein berühmtes Hilfsmittel der phantastischen Literatur.

Auffällig sind schließlich auch die autobiographischen Elemente dieses hypertrophen Romanepos. Suassuna gehört zu den Autoren, von denen man mit Fug und Recht behaupten darf, sie trügen nur einen einzigen Romanstoff im Leibe. So scheint der rätselhafte Mordfall des alten Garcia-Barretto eine fiktionale Transposition des Politmordes an Suassunas Vater zu sein. Mit Samuel und Clemens, den ideologisch konträren Pädagogen, hat der Autor nach eigenem Bekunden zwei Lehrmeistern seiner jungen Jahre ein Denkmal gesetzt. Quadernas Kindheitserlebnisse auf dem Gut »Gefleckter Jaguar« gehören ebenso zum autobiographischen Bestand des Romans wie seine Jagdabenteuer auf der Reise zum Stein des Reiches.

Unser Autor macht einen schier unmäßigen Gebrauch vom Überbietungstopos. Nicht nur will der Schelmendichter Quaderna alle seine Vorgänger übertrumpfen: den Romantiker José de Alencar ebenso wie Euclydes da Cunha, den Schöpfer des ersten Mythos vom Sertão als einer Hölle und Paradies vermischenden Landschaft. Quaderna träumt davon, zum Genius des brasilianischen Volkes, ja zum Genius der Menschheit aufzusteigen, und ahmt dabei die äußeren Kennzeichen der genialen Dichter nach: er erblindet und windet sich in epileptischen Krämpfen. Ironiezeichen machen dem Leser diese überbietungswütige Anmaßung erträglich. Quadernas erträumtes Königtum sublimiert am Ende das blutdürstige Königtum seiner königlichen Ahnen vom Stein des Reiches zu einer literarischen »Burg«, in der alle Gattungen und Stilformen, Realität und Phantastik, Geschichte und Legende des Sertão eingemauert sind. Der Roman vom »Stein des Reiches« wird dadurch zu einer epischen Summe des gesamten Nordostens von Brasilien, ja, wenn man anerkennt, daß der Nordosten in einem gewissen Sinne die echteste Landschaft Brasiliens ist, zu einer »Brasiliade« ganz allgemein. In Suassunas synkretistischer Kunst fließen Gestalten und Schauplätze der europäischen, afrikanischen und indianischen Überlieferung ineinander. Deshalb kann sich in der Phantasie des Autodidakten-Volkssängers Lino Pedra-Verde der Märtyrer Sebastian in den portugiesischen König gleichen Namens verwandeln, dieser wiederum neu erstehen in der Gestalt des Gutsbesitzers Dom Pedro Sebastião Garcia-Barretto und in dem Jüngling auf dem Schimmel, seinem jüngsten Sohn. Deshalb lebt das kleinasiatische Troja in Brasilien weiter, kann der Volksdichter das umkämpfte Canudos des Propheten Antônio Conselheiro mit dem homerischen Troja identifizieren.

Ariano Suassuna ist überdies ein Humorist von hohen Graden, und das unterscheidet ihn von dem verzweifelten Ernst anderer lateinamerikanischer Autoren. Die Heiterkeit der Scherzromanzen seiner Volksbarden ist auf sein Werk übergegangen, und das macht dessen Lektüre zu einer wahren Labsal. Der Humor dieses Autors ist freilich stets dem Schmerz benachbart, und auch das verbindet ihn mit dem Humor des Cervantes. Suassuna scherzt im vollen Bewußtsein, daß der Lebenskampf im Sertão von Tragik überschattet ist, und seine Heiterkeit, die alles Mißgeschick überstrahlt, teilt sich auch seinen Lesern mit. So ist »Der Stein des Reiches« ein »vollständiger« Roman, in dem sich die epischen Untergattungen vermischen, freilich auch ein offener Roman. Denn die Konflikte bleiben ungelöst: wir erfahren nicht, wer Quadernas Paten ermordet hat; auch das abschließende Urteil des Untersuchungsrichters bleibt uns vorenthalten. Eine Anzahl von Ankündigungen bleibt unausgeführt: die Odyssee Quadernas und Sinésios zu Wasser und zu Lande ebenso wie die Suche nach Dom Pedro Sebastiãos Schatz oder die Liebesgeschichte Sinésios mit Dona Heliana, dem Mädchen mit den grünen Augen. Der Leser wird gleichwohl nicht enttäuscht sein: zu groß ist der erzählerische Überfluß dieses Ersten Teiles der Trilogie. Im Jahre 1977 hat Suassuna unter dem Titel »Der enthauptete König« (O rei degolado) eine Fortsetzung dieses Ersten Teiles veröffentlicht. Der neue Band ist jedoch zu schmal, um ein Urteil über den weiteren Gang des Romans zu erlauben; er greift im wesentlichen auf Quadernas Kindheit und die Sertão-Fehden zu Beginn dieses Jahrhunderts zurück. Gegen Ende des Ersten Teiles kommt der Autor auf die Unabgeschlossenheit seines Werkes zu sprechen und verteidigt seinen offenen Roman mit dem Hinweis auf illustre Vorgänger, die wie er ihre Romane unabgeschlossen aus der Hand gelegt hätten. Eines ist gewiß: auch wenn die geplante Trilogie nie zum Abschluß gelangen sollte, bleibt doch schon der vorliegende Erste Teil ein höchst bemerkenswertes Dokument der mündig gewordenen brasilianischen Literatur, eine Quintessenz aus Geschichte und Folklore des Nordostens und zu alledem eine unerschöpfliche Quelle der Erheiterung für den Leser.

Georg Rudolf Lind

INHALT

ERSTES BUCH
DER STEIN DES REICHES
Erste Flugschrift
Kleiner akademischer Gesang
nach Art einer Einführung . . . 25
Zweite Flugschrift
Der Fall des sonderbaren Reiterzugs . . . 30
Dritte Flugschrift
Das Abenteuer des Hinterhalts im Sertão . . . 44
Vierte Flugschrift
Der Fall des enthaupteten Gutsbesitzers . . . 56
Fünfte Flugschrift
Erste Nachricht von den Quadernas
und dem Stein des Reiches . . . 63
Sechste Flugschrift
Das Erste Reich . . . 66
Siebente Flugschrift
Das Zweite Reich . . . 68
Achte Flugschrift
Das Dritte Reich . . . 71
Neunte Flugschrift
Das Vierte Reich . . . 81
Zehnte Flugschrift
Das Fünfte Reich . . . 83
Elfte Flugschrift
Das Abenteuer von Rosa und der Gräfin . . . 85
Zwölfte Flugschrift
Das Reich der Dichtung . . . 91
Dreizehnte Flugschrift
Der Fall des Reiterturniers . . . 101
Vierzehnte Flugschrift
Der Fall der Sertão-Burg . . . 106

Fünfzehnte Flugschrift
Der Traum von der wahren Burg . . . 120
Sechzehnte Flugschrift
Die Reise . . . 126
Siebzehnte Flugschrift
Die erste abenteuerliche Jagd . . . 128
Achtzehnte Flugschrift
Die zweite abenteuerliche Jagd . . . 139
Neunzehnte Flugschrift
Der Fall der verschwundenen Krone . . . 143
Zwanzigste Flugschrift
Die dritte abenteuerliche Jagd . . . 149
Einundzwanzigste Flugschrift
Die Steine des Reiches . . . 157
Zweiundzwanzigste Flugschrift
Die Weihe des Fünften Reiches . . . 161

ZWEITES BUCH
DIE EINGEMAUERTEN
Dreiundzwanzigste Flugschrift
Chronik der Familie Garcia-Barretto . . . 171
Vierundzwanzigste Flugschrift
Der Fall des Sertão-Philosophen . . . 178
Fünfundzwanzigste Flugschrift
Der Edelmann aus den Zuckermühlen . . . 180
Sechsundzwanzigste Flugschrift
Der Fall der drei Eingemauerten . . . 186
Siebenundzwanzigste Flugschrift
Die Akademie und der
unbekannte brasilianische Genius . . . 198
Achtundzwanzigste Flugschrift
Die Sitzung zu Pferd und der Genius des Volkes . . . 204
Neunundzwanzigste Flugschrift
Der höchste Genius der Menschheit . . . 209

Dreißigste Flugschrift
Die Penetral-Philosophie . . . 211
Einunddreißigste Flugschrift
Der Roman als Burg . . . 217
Zweiunddreißigste Flugschrift
Das tragische Abenteuer
von König Zumbi von Palmares . . . 223
Dreiunddreißigste Flugschrift
Der sonderbare Fall des diabolischen Reiters . . . 227
Vierunddreißigste Flugschrift
Meeresodyssee eines brasilianischen Edelmannes . . . 235
Fünfunddreißigste Flugschrift
Das tragische Abenteuer König Sebastians,
des Königs von Portugal und von Brasilien . . . 250
Sechsunddreißigste Flugschrift
Der Genius des Volkes
und der Volksbarde von Borborema . . . 257

DRITTES BUCH
DIE DREI SERTAO-BRÜDER
Siebenunddreißigste Flugschrift
Das Gewebe meines Prozesses . . . 273
Achtunddreißigste Flugschrift
Der Fall des unfreiwilligen Kopfstoßes . . . 276
Neununddreißigste Flugschrift
Die blaue und die rote Partei . . . 281
Vierzigste Flugschrift
Gesang von unseren Pferden . . . 308
Einundvierzigste Flugschrift
»Die Waffen sing' ich und die wackeren Barone« . . . 320
Zweiundvierzigste Flugschrift
Das Duell . . . 329
Dreiundvierzigste Flugschrift
Die Henkersmahlzeit . . . 347

Vierundvierzigste Flugschrift
Das Antlitz des Caetaner-Mädchens . . . 350
Fünfundvierzigste Flugschrift
Das Mißgeschick
eines anspruchslosen Hahnreis . . . 352
Sechsundvierzigste Flugschrift
Das Reich des feinen Steines . . . 369
Siebenundvierzigste Flugschrift
Das Abenteuer mit den verfluchten Hunden . . . 374
Achtundvierzigste Flugschrift
Die Beichte der Besessenen . . . 383
Neunundvierzigste Flugschrift
Das Gefängnis . . . 386
Fünfzigste Flugschrift
Die Untersuchung . . . 390
Einundfünfzigste Flugschrift
Das unerklärliche Verbrechen . . . 415
Zweiundfünfzigste Flugschrift
Die drei Sertão-Brüder . . . 430
Dreiundfünfzigste Flugschrift
Meine zwölf Paladine von Frankreich . . . 440
Vierundfünfzigste Flugschrift
Der Aufzug der Sertão-Edelleute . . . 451
Fünfundfünfzigste Flugschrift
Abermals der Reiterzug . . . 461
Sechsundfünfzigste Flugschrift
Die Erscheinung des Untiers Brusakan . . . 465
Siebenundfünfzigste Flugschrift
Invasion und Eroberung der Stadt . . . 477
Achtundfünfzigste Flugschrift
Das Abenteuer mit dem pissenden Jaguar . . . 480
Neunundfünfzigste Flugschrift
Der große Anwärter . . . 485
Sechzigste Flugschrift
Die geheimnisvolle Grotte . . . 489

Einundsechzigste Flugschrift
Der Fall des blinden Theologen . . . 494
Zweiundsechzigste Flugschrift
Das mysteriöse Attentat . . . 501
Dreiundsechzigste Flugschrift
Die Begegnung der beiden Brüder . . . 510

VIERTES BUCH
DIE NARREN
Vierundsechzigste Flugschrift
Die singende Hündin
und der geheimnisvolle Ring . . . 535
Fünfundsechzigste Flugschrift
Abermals der Stein des Reiches . . . 549
Sechsundsechzigste Flugschrift
Die Tochter
als Braut des Vaters
oder Liebe, Schuld und Verzeihung . . . 560
Siebenundsechzigste Flugschrift
Der blaue Emmissär
und die Keuschheitsschwüre . . . 576
Achtundsechzigste Flugschrift
Der Fall des ungezogenen Hundes . . . 600
Neunundsechzigstes Kapitel
Das seltsame
Abenteuer mit dem Opernpferd . . . 620
Siebzigste Flugschrift
Der wollige Widder . . . 634
Einundsiebzigste Flugschrift
Der Fall des räudigen Jaguars . . . 638
Zweiundsiebzigste Flugschrift
Das Mittagessen des Propheten . . . 655
Dreiundsiebzigste Flugschrift
St.-Johannes-Kavalkaden in Judäa . . . 671

Vierundsiebzigste Flugschrift
Das schlimme Abenteuer
mit den Blendsperbern . . . 683
Fünfundsiebzigste Flugschrift
Der Propheten-Gehilfe . . . 695

FÜNFTES BUCH
DIE GRALSUCHE
Sechsundsiebzigste Flugschrift
Die sumerische Grotte der Sertão-Wüste . . . 713
Siebenundsiebzigste Flugschrift
Gesang vom armen Edelmann . . . 725
Achtundsiebzigste Flugschrift
Die epische Blindheit . . . 734
Neunundsiebzigste Flugschrift
Der Emissär der roten Partei . . . 749
Achtzigste Flugschrift
Der Lageplan des Schatzes . . . 789
Einundachtzigste Flugschrift
Das Lied der Alten von Badalo . . . 828
Zweiundachtzigste Flugschrift
Die Suche nach dem heiligen Gral . . . 836
Dreiundachtzigste Flugschrift
Der Wein vom Stein des Reiches . . . 856
Vierundachtzigste Flugschrift
Der Gesandte des Heiligen Geistes . . . 869
Fünfundachtzigste Flugschrift
Die Weihe des unbekannten brasilianischen Genius . . . 881

NACHWORT DES ÜBERSETZERS . . . 895

CIP-Kurztitelaufnahme der Deutschen Bibliothek

Suassuna, Ariano:
Der Stein des Reiches oder Die Geschichte des Fürsten vom Blut
des Geh-und-kehr-zurück: herald. Volksroman aus Brasilien /
Ariano Suassuna. Aus d. Brasilian. übers. u. mit e. Nachw. vers.
von Georg Rudolf Lind. Holzschnitte von Zélia Suassuna. –
Stuttgart: Klett-Cotta.
(Hobbit Presse)
Einheitssacht.: A pedra do reino ⟨dt.⟩
ISBN 3-12-907520-8
Bd. 2. – 1979.